dtv

D0843976

Carl Jacob Candoris – Mathematiker, Weltbürger, Dandy und Jazz-Fan – ist fünfundneunzig Jahre alt und legt seine Lebensbeichte ab: eine turbulente, zu Herzen gehende Weltgeschichte des 20. Jahrhunderts. Aufschreiben soll sie der Schriftsteller Sebastian Lukasser, Sohn des Gitarristen Georg Lukasser, den Candoris im Wien der Nachkriegsjahre kennen gelernt hat. Candoris erzählt von seinem Großvater, der einen berühmten Kolonialwarenladen betrieb, von seinen seltsamen Verwandten, bei denen er in Göttingen während seines Studiums lebt, vom Wien der Nachkriegszeit – wo Sebastians Geschichte beginnt, die Geschichte einer Selbstfindung, die sich über die zweite Hälfte des 20. Jahrhunderts zieht. Im Spiegel zweier ungleicher Familien entsteht so ein kluger, reicher, witziger und lebenssatter Generationenroman über unsere Zeit.

Michael Köhlmeier wurde 1949 in Hard am Bodensee geboren und lebt in Hohenems/Vorarlberg. Er studierte Germanistik und Politologie in Marburg sowie Mathematik und Philosophie in Gießen und Frankfurt. Michael Köhlmeier schreibt Romane, Erzählungen, Hörspiele und Lieder und trat sehr erfolgreich als Erzähler antiker und heimischer Sagenstoffe und biblischer Geschichten auf. Er erhielt für seine Bücher zahlreiche Auszeichnungen, u.a. den Rauriser Literaturpreis, den Johann-Peter-Hebel-Preis, den Manès-Sperber-Preis, den Anton-Wildgans-Preis und den Österreichischen Würdigungspreis für Literatur.

Michael Köhlmeier

Abendland

Roman

Deutscher Taschenbuch Verlag

Ungekürzte Ausgabe
November 2008
Deutscher Taschenbuch Verlag GmbH & Co. KG, München
www.dtv.de
Lizenzausgabe mit Genehmigung des Carl Hanser Verlages München
© Carl Hanser Verlag München 2007
Umschlagkonzept: Balk & Brumshagen
Umschlagbild: ›Strandgut, Pacific‹
(1980) von Henning v. Gierke
(WV 81, 40 x 50 cm, Öl auf Holz)/VG Bild-Kunst, Bonn 2008
Satz: Greiner & Reichel, Köln
Druck und Bindung: Druckerei C.H. Beck, Nördlingen
Gedruckt auf säurefreiem, chlorfrei gebleichtem Papier
Printed in Germany · ISBN 978-3-423-13718-8

für Monika
für Oliver
für Undine
für Lorenz
für unsere liebe Paula

Intro

Meinen ersten Hund mit blauen Augen sah ich, da war ich neun. Ich spazierte mit Carl und Margarida über die Kärntnerstraße, vor dem Kaufhaus Steffl lag er, an einen Fahrradständer gebunden, wartete auf seinen Herrn oder seine Dame, die vielleicht Geschenke einkauften, denn es war kurz vor Weihnachten. Um ihn herum hatte sich ein kleiner Kreis von Menschen gebildet. Eine Frau schob ihr Töchterchen nach vorn und sagte: »Schau ihn dir an, er ist der Schönste!« Der Hund stemmte sich auf die Vorderpfoten, richtete sich langsam auf und kam heran, soweit es seine Leine zuließ. Die Frau hielt ihm ihr Mädchen entgegen, als habe sie es nur für ihn so herausgeputzt, das rosa Mäntelchen, die rosa Stiefelchen und die rosa Schleifen an den Zöpfen. Aber der Hund mit den blauen Augen hatte kein Interesse an der Frau und keines an dem Kind; er hob den Kopf und blickte Carl an. Nur ihn. Pfeilgerade in seine Augen starrte er Und Carl starrte zurück. Und die Leute blickten von Carl zu dem Hund, von Carls blauen Augen zu den blauen Augen des Hundes. Ich stellte mich vor Margarida, sie zog ihre Handschuhe ab und wärmte meinen Nacken mit ihren Händen. »Gleich zeigt er uns etwas«, flüsterte sie mir ins Ohr. Carl bewegte seinen Kopf langsam nach links, der Hund folgte mit seinem Kopf; Carl bewegte den Kopf nach rechts, der Hund zeichnete seine Bewegung nach. Und wieder hin und wieder her. Nun schritt Carl den Halbkreis ab, erst nach rechts, dann nach links – der Hund folgte ihm mit gespannter Leine. Am Ende standen sie sich wieder gegenüber und blickten einander in die Augen. Carl ging in die Hocke und beugte sich weit vor, so daß sein Gesicht nahe bei der Nase des Hundes war. Der Hund gab keinen Laut von sich, er schloß langsam die Augen, öffnete sie wieder. Er bewegte den Kopf zur Seite, auf eine Art, die wie ein lässiges »Komm mit!« aussah. Das war sehr komisch. Die Frauen lachten und klatschten, und die Frau mit dem Mädchen strich sich die Haare

7

aus der Stirn. Carl war hingerissen. Laut, so daß es jeder hören konnte, sagte er: »Ja, er ist das schönste Tier, und ich gefalle ihm. Ich gefalle ihm! Was bedeutet das? Bitte, was bedeutet das?« Und Margarida
sagte, ebenfalls laut, so daß es alle hörten: »Daß auch du der Schönste
bist, was denn sonst?«

Als wir zu Hause in der Penzingerstraße waren, erzählte Margarida alles haarklein meinen Eltern. Sie drängte Carl, sich vor den hohen
Spiegel in unserer Garderobe zu stellen und seinen Kopf zu bewegen,
wie er ihn vor dem Hund mit den blauen Augen bewegt hatte.

»Warum soll ich das tun?« fragte er.

»Damit du dich siehst, wie er dich gesehen hat«, antwortete sie.

»Ich habe ihm gefallen«, sagte Carl. »Ich habe ihm tatsächlich gefallen.« Und er bewegte sich vor dem Spiegel und schnitt Grimassen,
einmal war er der Hund, einmal war er er selbst.

Als Carl und Margarida gegangen waren, sagte meine Mutter: »Seine Eitelkeit ist bisweilen unerträglich«, und mein Vater pflichtete ihr
ausnahmsweise bei. Ich aber dachte: Das stimmt doch nicht! Wer außer diesem Mann kann sich so schön freuen, daß ein Tier ihn schön
findet! Und das sagte ich auch. Ich sah meinen Eltern an, daß sie nicht
wußten, was sie denken sollten, ob sie über mich drüberfahren oder ob
sie sich für ihre Kleinkariertheit schämen sollten.

»Seine Eitelkeit ist zugegebenermaßen raffiniert«, sagte mein Vater, und es klang wie ein Vorschlag zur Versöhnung. Vor allem aber
klang es ängstlich. Alles, was mit Carl zu tun hatte, ließ meinen Vater ängstlich sein.

Erstes Buch

Erster Teil: Lans

Erstes Kapitel

1

Heute vor einem Jahr, am 18. April 2001, starb Carl Jacob Candoris. Er wurde fünfundneunzig Jahre alt. Bis zu seiner Emeritierung war er als Professor für Mathematik an der Leopold-Franzens-Universität in Innsbruck tätig gewesen. In den letzten Jahren seines Lebens wohnte er in dem Dorf Lans oberhalb der Stadt in einer Villa am Fuß eines felsigen Hügels. Wenn er, wie er es liebte, auf der Wiese saß, in seinem von den Jahreszeiten versilberten Korbsessel, konnte er auf einen See und einen Berg sehen und hatte den Tannenwald im Rücken.

Wenige Wochen vor seinem Tod rief er mich an meinem Handy an und sagte: »Sebastian, bist es du?«

Und ich sagte: »Ja, ich bin es.«

Und er: »Deine Stimme klingt anders.«

Seine Stimme hatte den soliden, elastischen Tonfall, an den ich mich erinnerte, ironisch eingefärbt wie immer. Niemand hätte so eine Stimme einem Mann seines Alters zugetraut. Wir hatten uns zwei Jahre lang nicht mehr gesehen und auch nicht miteinander telefoniert; und das war eine ungewöhnlich lange Zeit.

»Ich habe«, sagte er, »gerade Inventur gemacht, und du bist der einzige Mensch von all jenen, die ich geliebt habe, der noch lebt.«

Ich dachte: So teilt er mir mit, daß er bald sterben wird. Als ich mein Handy zuklappte, geriet ich so sehr in Aufregung, daß ich der Schwester klingelte und sie bat, mir ein Beruhigungsmittel zu geben. Erst in der Nacht, als die Wirkung nachließ und ich auf den matten Lichtstreifen starrte, der das Fenster hinter den Vorhängen nachzeichnete, gestand ich mir ein: Nicht der Gedanke, daß mein Freund den Tod kommen sah, hatte mich derart aus der Fassung gebracht, sondern die absurde Empörung darüber, daß er überhaupt sterblich war.

Ich lag in Innsbruck im Krankenhaus, die Prostata war mir herausgeschnitten worden. Meine Stimme hörte sich in Folge der Intubationsnarkose wohl etwas rostig an. Bei einer routinemäßigen Blutuntersuchung im vorangegangenen November hatte der Computer ein Sternchen hinter meinen PSA-Wert gesetzt, was bedeutete, daß dieser zu hoch war. Eine Biopsie wurde durchgeführt, der Befund der histologischen Untersuchung war positiv: Krebs in einem frühen Stadium. Nach dem Autounfall vor fast zwanzig Jahren meinte ich nun zum zweitenmal in die schwarzen Augenringe zu blicken. Mein Arzt riet mir, mich in Innsbruck operieren zu lassen, dort habe man die besten Handwerker unter Vertrag.

Carl sagte, er habe gespürt, daß ich in seiner Nähe sei; inzwischen getraue er sich auch, seine Ahnungen vor sich selbst einzugestehen, er habe nicht mehr die voltairesche Kraft zu behaupten, er sähe nichts, wenn er über den Grenzbalken schaue; außerdem sei es beinahe schon unschicklich, in seinem Alter an der Vorbestimmtheit der Ereignisse zu zweifeln. Ich für mein Teil hatte im Zug nach Innsbruck an ihn gedacht; mit schlechtem Gewissen freilich, weil ich mich so lange nicht bei ihm gemeldet hatte, und mit dem bangen Gefühl, er könnte vielleicht gar nicht mehr am Leben sein; und: mit einer paradoxen vorauseilenden Enttäuschung – er könnte vor seinem Tod niemanden beauftragt haben, mich nach demselben zu informieren.

Nach zehn Tagen entfernte Dr. Strelka, mein Operateur, den Katheter, und ich wurde mit »den besten Aussichten auf Heilung« aus der Klinik entlassen. Ich fuhr hinauf nach Lans, und Carl und ich verbrachten unsere letzte gemeinsame Zeit. Ich richtete mich auf der Couch neben seinem Lehnstuhl ein; er erzählte, ich erzählte; wir hörten Musik und ließen uns von seiner Haushälterin und seiner Pflegerin verwöhnen. Letztere, Frau Mungenast, erlaubte ihm nur wenige Schritte, aber auf diese bestand er. Wenn er eine CD aus dem Regal nehmen wollte, faßte ich ihn an seinen Händen, die zart waren wie Reisig, und zog ihn aus seinem Sessel oder aus dem Rollstuhl hoch. Er dirigierte sich ins Gleichgewicht, wie ein Balanceur auf dem Hochseil; und stand schließlich, ruhig, gerade, als wäre er bereit, alle Ehren in Empfang zu nehmen. Sein Haar war weiß und noch voll und durchzogen von blaßgelben Streifen, die an seinen ehemaligen blonden Stolz erinnerten;

stets hatte er es länger getragen, als es der Gepflogenheit seines jeweiligen Alters entsprach. Einen Meter neunzig war er groß, und nun, da er vom Alter und von seinen Leiden ausgezehrt war, erschien er mir größer denn je. In seinem hohen, schlanken, filigranen Körper war ein stählernes Gerüst eingesetzt. Hatte ich in den Jahren und Jahrzehnten denn nichts bemerkt? Irgendwann wurde dieser Körper nur noch von der Idee eines Stolzes gehalten. Die Muskulatur des Oberkörpers und der Oberarme bereitete ihm seit vielen Jahren Schmerzen. Anfänglich hatte er sich massieren und akupunktieren lassen, es hatte nichts genützt, und die Ärzte fanden nichts, und tatsächlich ergab sich keine Verschlechterung. Mehrere Jahre hatte er an einer chronischen Speiseröhrenentzündung herumlaboriert, Vernarbungen waren zurückgeblieben, das Essen wurde dadurch zu einem Problem. Er war an der Hüfte operiert worden, mehrere Male, schließlich war ihm ein Gelenkskopf aus Titan eingesetzt worden. Zwei Krebsoperationen hatte er hinter sich gebracht – mit sechzig Prostatektomie, zehn Jahre später schnitt man ihm ein Stück Dickdarm heraus. Aber hätte mich einer nach dem stärksten Mann gefragt, ich hätte geantwortet: der Professor Candoris. – So hatte ich ihn in Erinnerung. So habe ich ihn in Erinnerung: aufrecht, für Sekunden erstarrt, ehe er einen Gedanken in einen Satz faßte, der mir um so gewichtiger erschien, je nachlässiger er dahingesagt wurde. Zum Beispiel – nicht ganz willkürlich aus meinen Notizen gelesen: »Welchen Wert das Leben eines Menschen hatte, zeigt sich in dem Wert, den jene, die seinem Leben Wert gaben, ihm in ihrem eigenen Leben weiterhin beimessen.« Um einen gleich darauf anzublicken und mit den Mundwinkeln zu zucken – als schäme er sich, daß ihm wieder einmal nur ein Zopf von einem Satz gelungen war; aber auch, als amüsiere er sich über unsere Begriffsstutzigkeit, die er wieder einmal aus ihrer Tarnung gelockt hatte.

Carl war ein sehr reicher Mann; er war – wie ich im Verlauf der Recherche zu diesem Buch bestätigt bekommen habe – Erbe der Feinkost-, Süßwaren- und Kolonialwarenkette Bárány & Co. (das ist nach seinem Großvater Ludwig Bárány), die in mehreren Städten in Europa Kontore und Läden unterhielt oder an solchen beteiligt war. Vieles hatte er verkauft, nicht, weil er das Geld gebraucht hätte, als Universitätsprofessor verdiente er ja auch nicht schlecht, sondern weil er es irgendwann leid war, sich um die Geschäfte zu kümmern. Er war der großzügigste Mensch, den ich je kennengelernt habe. Er legte Wert auf gute Kleidung, bevorzugte Anzüge aus Flanell in den Farben des Herbstes und hatte nie das Haus verlassen, ohne sich eine Krawatte umzubinden. Und so hielt er es auch, als ich ihn – sobald es meine Kräfte zuließen – im Rollstuhl ins Dorf und zum Friedhof vor das Grab von Margarida schob, die dort seit neunzehn Jahren lag, oder wenn ich mit ihm, wie es bald unsere tägliche Gewohnheit wurde, durch den Schneematsch an der Lanserbahn entlangfuhr und über die langen flachen Stufen hinunter zum Lansersee. Sein Mantel mit dem eingeknöpften Winterfutter war mir vertraut wie ein eigenes Kleidungsstück; ich kannte ihn seit meiner Kindheit, er hatte sich immer wieder neue Stücke anfertigen lassen, jedes nach dem Muster des ersten. Wir haben uns übrigens nie umarmt. Daß er mich mit den Händen bei den Oberarmen hielt, das schon. Sein Spezialgebiet war die Zahlentheorie gewesen, über die er einmal sagte, sie sei »schön und ohne Sinn wie das Leben und wie dasselbe bestehend aus einer Aufeinanderfolge von Problemen und Lösungen, was, weil die Aufeinanderfolge sich unendlich fortsetzt, schließlich auch den Begriffen Lösung und Problem jeden Sinn nimmt«.

Zwanzig Tage blieb ich bei ihm. Dann fuhr ich zurück nach Wien und hörte seine Stimme nie mehr wieder. Ich rief bei ihm an, Mobil und Festnetz; er nahm nicht ab. Mehrmals am Tag rief ich an; ich sprach auf den Anrufbeantworter, bat ihn, mich zurückzurufen. Er rief nicht zurück. Schließlich erhielt ich einen Anruf von seiner Pflegerin Frau Mungenast. Sie teilte mir mit, daß Professor Candoris am Abend in seinem Bett eingeschlafen und am Morgen nicht mehr aufgewacht sei.

Mein Name ist Sebastian Lukasser. Ich bin Schriftsteller, zweiundfünfzig Jahre alt und lebe in Wien, allein; unterhalte eine Beziehung zu einer Frau, die achtzehn Jahre jünger ist als ich und die das, was wir miteinander haben und was wir füreinander sind, genau so bezeichnet hat, nämlich als Unterhaltung – wogegen ich viel einzuwenden hätte, allerdings nicht das, was sie sich erhofft.

Vor langer Zeit war ich verheiratet. Ich habe einen Sohn; er wohnt bei seiner Mutter in Frankfurt; vor einem Jahr hat er mich besucht, da hat er mich zum erstenmal aus bewußten Augen angeschaut. Wir saßen zusammen in meiner Küche, als Frau Mungenast anrief. Meine Mutter lebt noch, mein Vater nicht mehr. Meine Mutter habe ich fünfzehn Jahre lang nicht gesehen, erst wieder bei Carls Beerdigung. Dieses Buch wird auch das Resümee meiner Familie werden, und ich befürchte, ich trete damit für immer aus ihr heraus; was natürlich eine Illusion ist, denn unsere Familie hat bereits mit Carls Tod aufgehört zu existieren.

Carl hatte nie viel übrig gehabt für Gesprächsverzierungen. Ich war noch keine fünf Minuten in Lans, hatte das Haus noch gar nicht betreten – wir saßen in der Februarsonne im Schutz des an der Wand aufgestapelten Brennholzes –, da kam er bereits auf das Wesentliche – sein Wesentliches! – zu sprechen, nämlich, daß er mehr von mir wolle, als daß ich ihm lediglich an seinem Ende etwas Gesellschaft leiste. Ob ich mir vorstellen könne, etwas über sein Leben zu schreiben. Korrigierte sich gleich – als hätte er nicht jedes Wort im vorhinein abgewogen und geprüft: »Nicht *über*. Und auch nicht *etwas*. Daß du *mein Leben* nacherzählst. Das meine ich.«
    Also eine Beichte. Ich gebe zu, das war mein erster Gedanke. Der zweite war: Er kann es nicht ernst meinen. Wir sahen uns an, und was ich erwartete, fand ich in seinem Blick: den Zweifel, der sich sogleich bei ihm meldete, ob ich wirklich der Richtige sei; und fand nicht: den Zweifel, ob das ganze Unternehmen richtig sei.
    »Bevor du mir antwortest«, unterbrach er meine Gedanken, »möchte ich etwas klären. Es wird Geld zwischen uns keine Rolle spielen. Wenn du willst, daß ich dir etwas für diese Arbeit bezahle, sag es mir gleich. Ich sage *dir* gleich, ich würde es nicht verstehen. In diesem Falle bitte ich dich, meine Anfrage zu vergessen. Solltest du aber mit meinem Vorschlag einverstanden sein, werde ich in einem Schriftstück beim Notar hinterlegen, daß alle Einkünfte, die aus einer eventuellen Veröffentlichung meines Lebens erwachsen, ausschließlich dir zustehen.«
    »Wieviel Zeit gibst du mir?«
    »Wenn du pissen mußt, piß an die Fichte. So viel Zeit gebe ich dir.«
    Ich hatte bereits über ihn geschrieben! Zwei kurze Erzählungen von

knapp zehn Seiten jede. In einer der beiden habe ich ziemlich getreu jene Geschichte erzählt, als Carl Ende der dreißiger Jahre in London von einem Offizier der Royal Air Force als Agent angeworben worden war, damit er über seine deutschen Mathematiker- und Physikerfreunde herauskriege, wie weit die Nazis in der Uranforschung seien. Die Pointe der Geschichte – in Wirklichkeit und in meiner Erzählung –: Carl (in meiner Geschichte heißt er Phillip) fragt den Offizier, wieviel Zeit er ihm gebe, um sich zu entscheiden; der Offizier antwortet: »Bis ich mein Wasser abgeschlagen habe.«

»Ich würde niemals Geld von dir nehmen«, sagte ich.

»Das weiß ich«, antwortete er, »aber versetze dich bitte in meine Lage. Wäre es nicht sehr arrogant von mir, dieses Thema einfach nicht anzuschneiden?«

In der anderen Erzählung, der älteren, kommt ein Biologe vor, der deutlich die Züge von Carl Jacob Candoris trägt. Bevor ich sie damals veröffentlichte, schickte ich sie meiner Mutter, ohne Kommentar. Sie schrieb mir zurück, schon nach dem ersten Absatz habe sie gewußt, daß es sich bei diesem frostigen Wissenschaftler um Carl handle, und rügte, ich sei ungerecht gegen ihn – was mich in zweifacher Hinsicht verwirrte: erstens war immer sie es gewesen, die Carl ungerecht beurteilt hatte, ihm abweisend und mißtrauisch begegnet war – diese Meinung teilte ich mit meinem Vater –; zweitens konnte ich in dem Charakter des Biologen nichts Kaltes finden; Spitzfindiges ja, daß er vielleicht zu analytisch an seine und die Sache der anderen heranging, aber kalt im Sinne von herzlos, nein. Wie alle meine Bücher habe ich Carl auch den Band geschickt, in dem die Geschichte abgedruckt war. Er hatte mir nicht darauf geantwortet. Erst im Laufe meines letzten Besuchs, wenige Wochen vor seinem Tod, gestand er mir, die Geschichte habe ihn damals gekränkt (was mir eine weitere Bestätigung war, daß meine Mutter ihn besser gekannt hat, als ich es je für möglich hielt, nämlich besser als ich und mein Vater, ja vielleicht sogar besser als Margarida).

»Ich will es versuchen«, sagte ich.

»Wo fangen wir an?« fragte er.

»Am Anfang natürlich«, sagte ich.

2

Carl war mein Pate, das heißt, er war mein Taufpate nach katholischem
Ritus, aber er war viel mehr: Er war mein Schutzengel. Dabei kann
ich nicht einmal für mich in Anspruch nehmen, im Kernschatten seiner Flügel gestanden zu haben; denn dieser Platz war ausschließlich
für meinen Vater reserviert gewesen. Meine Mutter und ich, die wir
uns an meinen Vater klammerten, damit er nicht umstürzte, hatten
lediglich die Ränder des Schattens bezogen. Ob der Schutzengel das
beabsichtigte? Oder hat er es bloß in Kauf genommen? Die Lukassers –
Agnes, Georg, Sebastian – riefen nach ihm, und er verließ sein Institut in Innsbruck, um sich ihr Gejammer und Geschrei, ihr Herumge-
druckse, ihre Empörungen, Ressentiments, Proteste, ihre Neid- und
Mißgunstanfälle, ihre Aggressionen und Geldsorgen, ihren Welt-
schmerz und ihre Frustrationen anzuhören. Für uns war das Leben
eine andauernde Aufeinanderfolge von Problemen; er bot die Lösungen an. Durften wir darauf vertrauen, daß er sich nicht von uns abwandte? Es sei das Geheimnis des Charismatikers, sagt der englische
Schriftsteller Gilbert Keith Chesterton sinngemäß, daß große Gunst
zu gewähren und große Gunst vorzuenthalten aus seinen Händen zu
ein und derselben Geste werden. Das Vertrauen, das uns Carl entgegenbrachte, hätten wir uns selbst niemals entgegengebracht; es war
entweder übermenschlich oder unglaubwürdig. Im ersten Fall hätten
wir nur enttäuschen können; im zweiten wäre sein Umgang mit uns
nichts weiter als ein Spiel gewesen, bei dem wir, weil wir Figur oder
Würfel oder beides waren, logischerweise nicht nachvollziehen hätten
können, was daran lustig sein sollte.

Am Anfang unserer Familie war Carl; ihr Keim war gepflanzt in
seiner ersten Begegnung mit meinem Vater. Als er meinen Vater zum
erstenmal gesehen habe, erzählte Carl, sei nach wenigen Minuten in
ihm beschlossen gewesen, daß er sich mit ihm anfreunden wollte, daß
er ihm – er betonte – »demütig« folgen und alle Schwierigkeiten beiseite räumen wollte, die sich mit Sicherheit über dem Weg dieses Mannes türmen würden.

Carl und mein Vater waren so verschieden, wie zwei Menschen nur verschieden sein können. Sie lernten einander in Wien nach dem Krieg kennen; mein Vater war vierundzwanzig, Carl bereits vierzig. Wer schon einmal ein Bild des amerikanischen Folksängers Woody Guthrie gesehen hat, dem brauche ich meinen Vater nicht zu beschreiben – klein, sehnig, zäh, widerborstige dunkle Locken, das Gesicht hager und blaß, im unteren Teil grau von den unbändig nachdrängenden Bartstoppeln, ernste alte Augen, ernster Mund, sogar wenn er bis über die Stockzähne lachte, was ansteckend war, aber immer auch etwas Konspiratives, Rattenhaftes an sich hatte. Irgendwann in den sechziger Jahren zeigte ich ihm ein Bild von Woody Guthrie, und er glaubte selbst, er sei es. Guthrie hatte auf dem Foto eine Gitarre im Arm – »Was ist das für eine Gitarre? Ich hab' doch nicht so eine Gitarre!« –; an der Gitarre erkannte er, daß es ein anderer war; meine Mutter und ich haben uns schief gelacht.

Wie Woody Guthrie war mein Vater Musiker, und er war nie etwas anderes gewesen. Während des Krieges hatte er Miete, Essen und Versicherungen für sich und meine Großmutter verdient, indem er als der Contragitarrist in einem Schrammelquartett in den Heurigenlokalen auftrat, in Grinzing und Döbling, nach dem Krieg auch in den vom Bombenschutt freigelegten Kaffeehäusern und Schanigärten der Innenstadt. Mein Großvater lebte nicht mehr. Auch er war Musiker gewesen, auch er hatte die Contragitarre gespielt; das Lukasser-Quartett war in den dreißiger und vierziger Jahren die erfolgreichste Schrammelformation der Stadt gewesen. Mein Vater hatte eine Handelsschule besucht, aber vorzeitig abgebrochen und sich ab seinem sechzehnten Lebensjahr ganz der Musik verschrieben; nach dem Tod meines Großvaters übernahm er das Quartett. Er mochte es übrigens nicht, wenn man ihn einen Musiker nannte, er sagte: »Ich bin ein Musikant. Mein Vater war ein Musikant, und ich bin ein Musikant.« Später, als er längst schon keine Schrammelmusik mehr spielte, bildete er sich eines Tages aus heiterem Himmel ein, die »Fachwelt« (ein Wort, das er stets mit einer für mich beschämenden Unterwürfigkeit aussprach) lache über Musikant als Berufsbezeichnung – von da an bestand er darauf, Musiker genannt zu werden.

Hauptsächlich aber trat er nach dem Krieg in den diversen Jazzlokalen auf, die vor allem in den amerikanisch besetzten Bezirken der Stadt eröffneten – in den ersten Monaten 1946 jede Woche eines. Die bekanntesten Lokale waren im Keller vom Café Landtmann, im Souterrain vom Rondell-Kino in der Riemergasse und die Bijou-Bar in der Naglergasse; der Embassy-Club in der Siebensterngasse im siebten Bezirk war der vornehmste Club, er wurde von einem Amerikaner geführt und war ausschließlich für amerikanische Soldaten gedacht. (Die Musiker, die hier spielten, waren fast alle schwarz, die Zuhörer ohne Ausnahme weiß.) Österreicher durften das Lokal nur in Begleitung oder unter Vorlage einer schriftlichen Empfehlung eines (weißen) US-Bürgers besuchen. Aber nur wenige Einheimische konnten sich Eintritt und Getränke leisten, gern gesehen waren sie in jedem Fall nicht.

Im Embassy-Club hörte Carl meinen Vater zum erstenmal. Mein Vater betrat allein die Bühne, für seine Musik ließ sich nicht so ohne weiteres eine Band zusammenstellen. Der Besitzer bat die Gäste, ihre Unterhaltungen, und die Kellnerinnen, ihre Arbeit zu unterbrechen. »Ladies and Gentlemen, George Lukasser, the Genius!«

»Ein schwer definierbares Widerstreben ging von ihm aus«, erzählte Carl. »Der Zauber öffentlich zur Schau gestellter schlechter Laune. Er wirkte so hilflos. Wie ein Anfänger wirkte er. Als würde er zum erstenmal vor einem Publikum spielen und niemand hätte ihm gezeigt, wie das geht. Er war schon ein schlauer Hund und berechnend! Er tat alles, um die Aufmerksamkeit auf sich zu lenken. Und wenn ihn die Leute auch nur deshalb anstarrten, weil sie darauf warteten, daß er das Übergewicht bekommt und vornüber von der Bühne fällt, solange sie still waren und nicht in eine andere Richtung schauten, war es ihm recht.«

Mein Vater war die Sensation des Abends; er war die Sensation des Clubs für über ein Jahr.

Am Anfang galt er wohl als eine Kuriosität; er spielte ein Instrument, wie die Amerikaner noch nie eines gesehen hatten, eine Gitarre mit zwei Hälsen, mit einem normalen Gitarrenhals für sechs Seiten und einem, der weiter oben aus dem Resonanzkasten trat, an dem sieben Baßsaiten aufgespannt waren, die aber nicht über ein Griffbrett liefen, also nicht gedrückt wurden, sondern nur angeschlagen oder gezupft. Carl, der in Wien aufgewachsen und seit seiner Kindheit selbstverständlich immer wieder in Heurigenlokalen gewesen war, war dieses Instrument vertraut, darüber staunte er nicht; aber über die Musik, die er zu hören bekam, staunte er. Dieser schmächtige Mann, dessen Alter er nicht schätzen konnte, trug keine Schrammeln vor, wie die Contragitarre erwarten ließ; er eröffnete mit Cole Porters *In the Still of the Night*, tat dabei aber so, als wäre diese Nummer in Wahrheit ein Schrammelstück, das erst er in ein Jazzstück umkrempelte. Als zweite Nummer gab er einen Walzer von Lanner, dessen Melodie er aber nur einen flotten Durchgang gönnte, ehe er darüber zu improvisieren begann, und zwar in so aberwitzigen polytonalen Bögen, daß Carl, wie er erzählte, der Kehlkopf weh getan habe, so sehr habe alles in ihm darum gefleht, die Lannersche Melodie singend aufrechtzuhalten, damit dieser tollkühne Gitarrist dort auf der Bühne nur ja nicht den Weg durch das Minenfeld seiner Improvisation verliere. Es folgte Ellingtons *In a Sentimental Mood* – mein Vater habe den Titel mürrisch in fadenscheinigem Englisch angekündigt und ein beiläufiges Entree hingelegt, bestehend aus, wie Carl bei späteren Auftritten mitzählte, fünfundzwanzig Akkorden, ehe er in diese so freundliche, sonnige Romanze einbog, die er wieder in einer Weise interpretierte, daß man glauben wollte, der Duke habe das Stück nach einem Heurigenbesuch in Grinzing komponiert. Den weiteren Abend bestritt er mit eigenen Kompositionen und Improvisationen zu spontanen Einfällen.

Die Zuhörer waren begeistert; begeistert von der Virtuosität und der Vielfalt der musikalischen Einfälle und sicher auch von der sperrigen Erscheinung meines Vaters. Carl aber war tief berührt, und er wäre, wie er sagte, gern allein gewesen und hätte Stille um sich gehabt. Nie vorher habe er einen Musiker gehört, dem es in solcher Vollkommenheit gelungen sei, Ton und Empfindung in eins zu setzen. Nicht Musik aus Musik habe er gehört; Bezugnahme auf andere Gitarristen, Zitate aus anderen Stücken, wie sie bei den Improvisationen des Bebop üblich waren, gab es in dieser Musik nicht. »Ich hatte das angenehm unangenehme Gefühl, doch so etwas wie eine Seele zu besitzen«, erzählte Carl immer wieder – mein Vater wand sich vor Verlegenheit, wenn er mithörte; sicher war er auch stolz, vor allem aber war er ungeduldig, weil es immer das gleiche war, was ihm an Lob geboten wurde, und nicht einmal eine kleine Steigerung oder wenigstens eine neue überraschende Wendung. »Es war, als ob er zu uns spräche, ohne Umweg, sogar ohne den Umweg über die Musik, so paradox das klingen mag. Nicht zu einem Publikum sprach er. Publikum ist überall. Publikum ist ein Begriff, der gleichmacht. Jeder im Club durfte sich sagen: Er spricht zu mir, in Wahrheit spricht er nur zu mir. Und jeder hat ihn verstanden. Da saßen Franzosen, Amerikaner, Briten, Österreicher, Ungarn, Tschechen, und ich versichere euch, hätte sich einer der Mühe unterzogen, jeden einzelnen nach dem Konzert zu bitten, er möge aufschreiben, was der Bursche vorne auf der Bühne hinter der komischen Gitarre seiner Meinung nach erzählt habe, man hätte hinterher einen Packen Papier in der Hand gehalten, beschrieben in einem halben Dutzend Sprachen, aber auf jedem Blatt wäre die gleiche Geschichte gestanden.«

Nachdem er ihn drei Abende hintereinander gehört hatte, trat Carl vor meinen Vater hin, stellte sich vor und sagte etwas Verhängnisvolles, nämlich: Er kenne nur einen, der auf der Gitarre ebenso unmittelbar zu den Menschen spreche, nämlich Django Reinhardt. Den Namen dieses Gitarristen hatte mein Vater schon gehört, seine Musik aber noch nicht. Also lud ihn Carl zu sich nach Hause ein und spielte ihm auf dem elektrischen Grammophon eine Aufnahme des Quintette du Hot Club de France mit Django Reinhardt auf der Gitarre und Stéphane Grappelli auf der Geige vor. Und wie hat mein Vater darauf reagiert? So: Er war empört. Er war beleidigt. Er war eifersüchtig. Er war verzweifelt. Die Tränen standen ihm in den Augen. – Ich kann mir gut vorstellen, wie das aussah, ich habe ähnliche Momente erlebt: Seine Augen waren alt, kalt, reglos wie immer, aber die Tränen stiegen in ihnen auf, als würden sie aus dem Körper nach oben gepumpt. – Was der Herr Doktor damit bezwecke, ihm so etwas vorzuspielen, fragte er. Was für ein Vergnügen es dem Herrn Doktor bereite, ihm zu erzählen, daß dieser Zigeuner eine kaputte Griffhand habe? Ob ihn der Herr Doktor demütigen wolle? Ob er ihm damit sagen wolle, es habe keinen Zweck, wenn er weiter Läufe und Akkordfolgen übe, weil der mit nur einer halben Hand so viel besser spiele? Und so weiter. Carl war perplex. Aber er sah meinem Vater an, daß die Gedanken in seinem Kopf uferlos geworden waren, daß er verzweifelte, als hätte Django Reinhardt mit dieser knapp vier Minuten dauernden Improvisation über Tschaikowskys *Pathétique* ihm alle Zukunft genommen. »Django Reinhardt ist der Beste«, habe Carl gestammelt, »und Sie sind genauso gut wie er! Ist es denn eine Schande, so gut wie Django Reinhardt zu sein?« Er habe sich gedacht, er müsse angeben, müsse sich aufplustern, erzählte Carl, sonst höre dieser närrische Bursche mit dem Körper eines Kindes und den Augen eines alten Mannes nicht auf ihn. »Ich mußte ihn doch irgendwie überzeugen, daß meine Begeisterung Wert hat!« Er herrschte ihn mit Befehlsstimme an: »Hören Sie zu! Ich darf mit ruhigem Gewissen von mir behaupten, ein wirklich exzellenter Jazzkenner zu sein, und was ich sagen will, ist folgendes: Ich habe fast ein Jahr in New York gelebt, ich kenne alle Clubs dieser Stadt, ich habe Lester Young auf seinem Tenor spielen hören, allein und mit Count Basie, habe Billie Holiday singen hören und habe Fletcher Henderson die Hand gegeben. Ich war einer der wenigen Weißen, die im Savoy in Harlem Zutritt hatten, und ich war dort an dem Tag, als es geschlossen wurde. Sie können mir also glauben, ich habe viele Gitarristen gehört, die etwa in Ihrem Alter sind, Herr Lukasser. Ich habe Barney Kessel gehört und Teddy Bunn, Jimmy Shirley und George Barnes, aber keiner von denen – nicht einer! – hat auch nur annähernd soviel Talent wie Sie!«

Von den genannten Gitarristen hatte mein Vater noch nie etwas gehört. »Wenn sie nicht so gut sind wie ich, brauche ich sie nicht zu kennen.«

»Sie sind nicht so gut.«

»Wirklich nicht?«

»Wirklich nicht.«

»Aber sie spielen in New York.«

»Aber sie sind nicht so gut wie Sie, und sie werden es nie sein.«

»Und diesen Zigeuner, den haben Sie auch spielen gesehen?«

»Ja, natürlich. Vor dem Krieg in Paris.«

»Und auf der Bühne ist er nicht schlechter als auf der Schallplatte?«

»Er ist auf der Bühne besser.«

»Noch besser!« schrie mein Vater auf. »Sogar noch besser! Und ich? Was bin ich? Was kann ich neben dem schon sein?«

Bestenfalls, dachte Carl, kann er nicht logisch denken, schlimmstenfalls ist er paranoid. Aber er hatte einen Narren an meinem Vater gefressen; und er sah es als seine Aufgabe an, die außerordentliche Begabung dieses jungen alten Mannes zu fördern, diesen außerordentlich komplizierten und – das war ihm schon nach dem ersten Gespräch überdeutlich klar geworden – zerstörerischen Charakter vor der Welt und vor sich selbst zu beschützen. Meine Mutter, die lange ein – um es vorsichtig auszudrücken – distanziertes Verhältnis zu Carl hatte (und erst nach dem Tod meines Vaters unter seinen Einfluß geriet), war immer der Meinung gewesen, Carl bediente sich des Talents meines Vaters, um sich damit zu schmücken und seine eigene allumfassende Talentlosigkeit für sich selbst erträglicher zu machen. Damit hatte sie nicht unrecht; Carl hätte ihr zugestimmt. Aber sein lebenslanges Interesse, seine Treue, ich darf sagen, seine Liebe zu meinem Vater sind damit natürlich nicht erklärt. Ich habe mich oft gefragt, worüber die beiden eigentlich redeten, wenn sie nicht über Musik redeten. Von meinem Vater wußte ich, daß er über alles redete, außer über Musik, daß er zu allem eine Meinung hatte, außer zur Musik. Das meiste war Quatsch, was er redete, halbwahr und von seinen Vorurteilen diktiert. Also worüber redeten die beiden?

3

Carl hatte gute Kontakte zu den Amerikanern in Wien. Er verschaffte meinem Vater Auftritte in allen wichtigen Jazzclubs der Stadt, und überall war man überwältigt von der Fulminanz dieses Wunderkindes. Tatsächlich war die Synthese aus Wienerlied, Swing und Bebop und die eigentümliche Spielweise auf diesem eigentümlichen Instrument etwas im Wortsinn Unerhörtes. Und dann geschah ein Wunder: Die amerikanische Jazz-Zeitschrift *down beat* wurde auf meinen Vater aufmerksam. Wie es dazu gekommen war, weiß ich nicht, und Carl weiß es auch nicht – behauptete er; jedenfalls sei eines Abends John Maher persönlich, der Herausgeber des Magazins, im Embassy-Club aufgetaucht und habe sich meinen Vater angehört. Am Schluß jauchzte er und trampelte mit den Füßen, zeigte seine Zähne, raufte sich den Hosenbund bis unter die Brustwarzen und fragte, wer der Manager dieses Magiers sei, und der Clubbesitzer führte ihn – als bestehe nicht der geringste Zweifel – zu Carls Tisch. Maher schlug vor, Carl solle meinen Vater für *down beat* interviewen. So war der Name Georg Lukasser zum erstenmal in Amerika zu lesen.

In diesem Interview erzählte mein Vater sonderbare Dinge; das heißt, was er erzählte, war weniger sonderbar als die Art, wie er es erzählte: sprunghaft, in derben Worten, ressentimentgeladen, fanatisch; Großes wie Krieg und Frieden kommentierte er mit dünnen dümmlichen Phrasen, auf unwichtige Dinge dagegen ging er akribisch ein, so zum Beispiel, wenn er beschrieb, wie sich der alte, hochverehrte, weißmähnige, weißbärtige, griesgrämige Contragitarristenkönig Anton Strohmayer vor seinen Auftritten die Fingernägel gefeilt habe. Carl notierte den Sermon, sorgte bei der Reinschrift dafür, daß die Sätze halbwegs den grammatikalischen Regeln folgten, beließ aber, ja, verstärkte sogar, wie er später zugab, die skurrilen Eigenheiten und übersetzte schließlich alles ins Englische. Es war die Zeit, als der Swing in Amerika klassisch wurde und der Bebop zu einer explosiven Blüte ansetzte; wer selbst nicht mitspielen konnte, schrieb darüber, aus jedem Rülpser eines Ben Webster, eines Charlie Parker, eines Max Roach oder eines Dizzy Gillespie wurde eine Philosophie gezopft, die verminderte Quint wurde als akustische Ikone jenes Lebensgefühls gefeiert, das die Franzosen wenig später Existentialismus nannten, und alle waren auf der Suche nach originalen – eben sprunghaften, derben, ressentimentgeladenen, fanatischen – Genies, die nicht zwischen Wesentlichem und Unwesentlichem unterscheiden wollten und, wenn möglich, Autodidakten waren. Im Bebop herrschte das Tenorsaxophon, aber das Tenor bot den federführenden Feinspitzen inzwischen nur noch wenig Überraschung, die Gitarre schob sich ins Zentrum ihres Interesses – Charlie Christian wurde wiederentdeckt, Django Reinhardt war in New York wie ein Gott gefeiert worden. Für die Amerikaner war Österreich, falls sie überhaupt etwas über dieses Land wußten, ein dumpf-bäuerlicher Hinterwald, aus dem Adolf Hitler gekrochen war, um Europa anzuzünden, und wenn von dort Nachricht über einen Jazzer eintraf, war das mehr als nur exotisch. In der amerikanischen »Fachwelt« löste das Interview großes Interesse aus. Art Hodges, selbst Pianist und nebenbei Mitherausgeber der Konkurrenzzeitschrift *Jazz Record*, schrieb im folgenden Heft von *down beat* einen Gastkommentar über europäischen Jazz, und in einem Absatz ging er auf meinen Vater, diesen »neuen Stern mit dem komischen Instrument«, ein und forderte Aufnahmen. Der Mann solle nach New York kommen, schrieb er; wenn es für Künstler wie ihn auf dieser Welt einen Platz gebe, sei der hier und nirgendwo sonst. Obendrein meldete sich auch noch das exklusive Jazz Label *Blue Note* beim »Manager« meines Vaters. Carl hatte in den dreißiger Jahren in New York das Entstehen einer unabhängigen Studio- und Vertriebsszene miterlebt, er war oft in Milton Gablers legendärem Commodore Music Shop in der 44. Straße gewesen, aus dem *Blue Note Records* hervorgegangen waren, und hatte dort sehr viel Geld für Schallplatten liegenlassen. Er riet meinem Vater dringend, die Einladung anzunehmen, selbstverständlich würde er für alle Kosten aufkommen, und wenn er es wünsche, werde er ihn begleiten. Mein Vater aber wehrte ab. Nicht, weil er sich von Carl nicht aushalten lassen wollte. Und sicher nicht, weil er sich vor der großen Stadt fürchtete. Er fühlte sich nicht reif genug für eine Schallplattenaufnahme. Es dauerte noch eine Weile, bis es soweit war; und dann spielte er nicht mehr auf der Contragitarre – nie mehr – natürlich »nie mehr«; lauwarme Zwischenzustände wie »manchmal« oder »selten« oder »ab und zu« oder »bisweilen« kannte mein Vater nicht; für ihn gab es nur: immer oder nie.

Mein Vater konnte mit seinen vierundzwanzig Jahren bereits auf eine lange Karriere als Musiker zurückblicken. Zum ersten Mal war er auf der Bühne eines Tanzlokals gestanden, da war er noch nicht zehn gewesen. Seit seinem vierzehnten Lebensjahr war er regelmäßig gemeinsam mit meinem Großvater aufgetreten. Ich erinnere mich an ein Foto: mein Vater, versteckt hinter seiner Gitarre, neben ihm mein Großvater mit einem Schnurrbart à la Johann Strauß, auf seinen Sohn deutend wie ein Dompteur auf einen Affen. Mein Vater hatte sich eine eigene Technik erarbeitet, die es ihm ermöglichte, seine kleine Hand schnell zwischen den Gitarrensaiten und den Baßsaiten zu bewegen. Einer der Höhepunkte der Abende war, daß mein Großvater ein Stück begann, meistens einen Galopp, mein Vater einsetzte, mein Großvater ihn antrieb, schneller, schneller, und mein Vater die Geschwindigkeit der Schlaghand zu einem wahren Teufelstanz steigerte, bis einige Damen im Publikum »Aufhören! Aufhören!« riefen, weil sie fürchteten, das Kind könnte vor ihren Augen zusammenbrechen.

Mein Großvater starb an Lungenkrebs, der Krieg war gerade ein Jahr alt und sein Sohn achtzehn. Zum Militärdienst wurde mein Vater nicht eingezogen, nicht wegen Kleinheit und Magerkeit, sicher auch nicht, weil meine Großmutter ohne ihn vielleicht verhungert wäre – wen hätte das damals groß gekümmert? –, sondern, weil er an der Heimatfront gebraucht wurde, nämlich zur musikalischen Unterhaltung der Parteibonzen im feinen Hietzing. Den Nazis verdankten er und meine Großmutter, daß sie nicht delogiert wurden und auch in den letzten Kriegsmonaten ihre Sachen noch einigermaßen zusammenhalten konnten.

Schon während des Krieges war mein Vater mit dem Jazz in Berührung gekommen. Was er übrigens ebenfalls den Nazis verdankte. Konkret der Gestapo von Paris. Die hatte nämlich im Zuge einer Razzia die beliebte Band des Club Ventdour verhaftet – wegen Jazz! – und nach Wien zur Zwangsarbeit überstellt. Den österreichischen Nazis schien die Musik jedoch zu gefallen. Einer der Musiker, der Schlagzeuger Arthur Motta (nach dem Krieg spielte er eine kurze Zeit mit Django Reinhardt zusammen), wurde sogar für die Tanzkapelle des Reichssenders Wien verpflichtet. Die Musiker durften sich relativ frei in der Stadt bewegen, und so trafen sie bald mit Wiener Kollegen zusammen, mit Uzi Förster, dem Pianisten Roland Kovac – und eben auch mit meinen Vater. Einer der Franzosen, Marcel Etlens hieß er, er war Akkordeonist, Bassist und Gitarrist, befreundete sich mit ihm. Er zeigte ihm Tricks. Wobei sich mein Vater partout nichts auf der Gitarre beibringen lassen wollte; er habe, sagte er, den besten Gitarrelehrer gehabt, nämlich seinen Vater, und er habe bis an sein Lebensende genug zu tun, um alles, was der in seinen Kopf gepflanzt habe, in die Hände wachsen zu lassen. Was ihn interessierte, war, Effekte und Klänge, wie sie auf anderen Instrumenten hervorgebracht wurden, auf die Gitarre zu übertragen. Von Arthur Motta ließ er sich verschiedene Rhythmen zeigen, studierte genau die Technik, wie er die Trommeln und Becken schlug, wie er Synkopen knapp neben den erwarteten Stellen setzte und so die Dynamik steigerte. »Eine Fremdsprache lernen«, nannte er das. Gitarristen ist er sein Leben lang aus dem Weg gegangen; aber von Louis Armstrongs Gesang schaute er sich das Vibrato ab, ebenso vom Gesang der Marilyn Monroe; wie man mit leisen Tönen umgeht, lernte er von Lester Youngs Saxophonspiel und – später – von den zarten Melodien aus Chet Bakers Trompete; von Coleman Hawkins, den er eine Zeitlang fanatisch verehrte, übernahm er die Eigenart, sich einen Ton in einem hüpfenden di-dam zu holen und zwischen zwei Phrasen über die chromatische Tonleiter hinunter zu tanzen wie Fred Astaire über eine Treppe in die Arme von Ginger Rogers, nur etwa viermal so schnell. Hawkins Tenorsax inspirierte ihn außerdem zu Soli auf den Bässen der Contragitarre, wobei er, um nicht nur eine nach der anderen frei zu zupfen, mit der Hülle eines Lippenstifts über die Saiten fuhr, eine Technik, von der ihm ein schwarzer amerikanischer Soldat erzählt hatte, daß sie die Bluesgitarristen im Mississippidelta gern anwendeten (was auf der Contra allerdings erst einen Effekt erzielte, wenn er das Instrument nahe am Mikrophon spielte). So hat er es immer gehalten; wenn ihn einer über Musik hätte reden hören, und er hätte ihn nicht näher gekannt, er wäre wohl zur Ansicht gekommen, mein Vater interessiere sich für alles, nur nicht für die Gitarre. Ich erinnere mich an seine Thelonius-Monk-Phase; ich lernte gerade das kleine Einmaleins, als er, stöhnend, grunzend, fluchend und hysterisch schreiend, in unserer Küche in der Penzingerstraße saß und sich ärgerte, weil ihm die Töne zu unverletzt kamen, er aber auf der Gitarre spielen wollte (längst nicht mehr auf seiner alten Contra, sondern auf der wunderschönen, waldhonigfarbenen Gibson, die ihm Carl, wie er sagte »mit einem lachenden und einem weinenden Ohr« geschenkt hatte), daß es klänge wie Monk auf dem Klavier, nämlich so, als wäre er, wenn er einen Ton anschlug, noch von dem vorangegangenen so überrascht, daß er auf den folgenden nicht achten könnte und seine Finger nur eine Aufgabe hätten, nämlich zu korrigieren, immer wieder zu korrigieren, von Ton zu Ton, weswegen sich jedes Stück am Ende anhörte, als hätte es sich selbst geschrieben, und zwar zu keinem größeren als des Musikers Erstaunen. »Nie klingt ein Ton schöner, als wenn er zum erstenmal erklingt«, sagte er. »Es müßte einen Anfänger geben, der gut spielen kann.« In gewisser Weise war er ein solcher. Und genau das war es, was die »Fachwelt« begeisterte. –

Und genau darauf hatte Carl im Vorwort zu seinem Interview – dem ersten und letzten in seinem Leben – besonderen Wert gelegt.

Bis zum Herbst 1948 war Georg Lukasser mit seiner Contragitarre das unangefochtene Genie der Wiener Jazzszene. Dann kam Attila Zoller aus Ungarn. Vielleicht hatte sich das Publikum an dem eigenwilligen Sound meines Vaters ja schon satt gehört; die große Neugierde jedenfalls galt nun Attila. (Ich darf ihn so nennen, schließlich hat er mir feierlich das Du angeboten; ich war sechs, und er tat, als wäre ich ein Kollege. Viele Jahre hatte es gedauert, bis sich die beiden versöhnten und Freunde wurden, was zu hundert Prozent auf Attilas Konto ging; zusammen gespielt haben sie freilich nie, privat nicht und öffentlich schon gar nicht. Nachdem sich mein Vater im April 1976 das Leben genommen hatte, schrieb Attila einen mitfühlenden Brief an meine Mutter und mich. Während meiner Zeit in Amerika besuchte ich ihn in seinem Haus in Townshend, Vermont, und ich traf dort einen der liebenswürdigsten Menschen, die mir in meinem Leben begegnet sind. Vor einem halben Jahr kaufte ich eine CD von ihm – *Attila Zoller. Solo Guitar. Lasting Love* –, sie ist 1997 aufgenommen worden, also ein Jahr vor seinem Tod. Die dritte Nummer trägt den Titel *Struwwelpeter*. Mein Herz hat sich zusammengekrampft – »Struwwelpeter« war der Spitzname meines Vaters, Attila hat ihn aufgebracht. Ich hätte gern Carl angerufen und ihm das Stück am Telefon vorgespielt. Er hätte gesagt: Es ist eine ironische Verbeugung vor der rhetorischen Gitarrenkunst von Georg Lukasser; und ich hätte hinzugefügt: der genau so, wie wenn er mit dem Mund redete, auch auf der Gitarre vom Hundertsten ins Tausendste kam; aber Carl hätte das letzte Wort gehabt: nur mit dem Unterschied, hätte er gesagt, daß er auf der Gitarre immer wieder zum Ausgangspunkt zurückfand.) Der Besitzer des Embassy-Club empfahl meinem Vater, sich ein halbes Jahr lang rar zu machen. »Was hält dich hier?« sagte er. »Fahr in die Staaten, dort ist Platz für viele gute Gitarristen.« Hätte er ihm ein halbes Jahr vorher diesen Vorschlag unterbreitet, wer weiß, womöglich hätte sich mein Vater über Carl ein Visum verschafft und wäre abgedampft. Jetzt ging das nicht mehr. Jetzt wäre das einer Kapitulation gleichgekommen. Was tat er? Er versteckte sich. Weinte aus steinernem Gesicht. Saß in Unterhosen und Unterhemd bei seiner Mutter am Küchentisch und war grob zu ihr. Aß nichts. Aber trank. Ich glaube nicht, daß er damals mit dem Trinken begonnen hat; er hat vorher sicher auch schon getrunken; aber nun nahm das Trinken einen anderen Charakter an.

Er hielt es bald nicht mehr aus, zu Hause zu sitzen und sich auszudenken, wie sein Konkurrent vom Publikum auf Händen getragen wurde. Er schlich sich in den Club, blieb hinten bei den Toiletten stehen und schaute sich an, wie dieser Ungar mit dem breiten Lausbubengesicht auf der Bühne saß und dabei lässigen Umgang mit einer elektrischen Gitarre pflegte, einer amerikanischen, deren Korpus eingeschnitten war, so daß man bequem auf den obersten Lagen spielen konnte. Attila war gerade einundzwanzig geworden. Er wollte Geld verdienen. So ein Abend im Embassy-Club war für ihn ein Job und hatte mit Kunst wenig zu tun. Der Besitzer hatte zu Attila gesagt, man wünsche sich nach der doch eher schweren Kost der vorangegangenen Monate etwas Leichtes, und weil Attila so gut wie alles spielen konnte, spielte er eben etwas Leichtes, konventionellen Swing. Daß ausgerechnet dieser immer etwas wie benebelt grinsende Mann Jahre später zum Wegbereiter des Free Jazz werden sollte, das konnte damals im Embassy keiner ahnen. Aber es war nicht etwa die unambitionierte Simplizität dessen, was hier geboten wurde, die meinen Vater beunruhigte. Im Gegenteil. Sein musikalisches Ideal war nämlich durchaus schlicht. Die Musik, die er in jedem wachen Augenblick und wohl auch träumend in seinem Kopf hörte, war volkstümlich fröhlich, einfach und melodiös (die Beatles – viel später – kamen diesem Ideal sehr nahe, und längst bevor die »Fachwelt« zur großen Verbeugung ausholte, brüllte er in seine Welt hinaus, die vier Liverpooler seien so groß wie Mozart). Das Ziel war das Reine, Leichte, Einfältige; die bekannten musikalischen Wege aber, die dorthin führten, fand er ausgetreten, touristisch verwahrlost, vom Radio verkitscht, von purer Fingerfertigkeit zugeschmiert, verdreckt, dem Ideal unwürdig und schädlich. Seine Versuche, neue Breschen durch den Dschungel der Töne zu schlagen, ließ er vor sich selbst jedoch nicht als eine neue Musik gelten, und er verachtete die, die solches vorgaben. Das war alles erst Vorbereitung. Es war wie Üben. Es geht ja auch niemand her und behauptet, er habe komponiert, wenn er lediglich die Tonleiter hinauf und hinunter gespielt hat. Django Reinhardt hatte das Ziel erreicht. Der Zigeuner war seinen Weg gegangen, und es war ein neuer Weg gewesen. Der Zigeuner wußte wie er: der Dschungel mußte neu gerodet werden, damit Ihre Majestät, das Schöne Lied, auf unzertretenem, frisch duftendem Boden Einzug halten konnte. Als mein Vater Attila sah – fünf Jahre jünger als er! –, Zigarette im Mundwinkel, mit offenem Hemd ohne Sakko, wie er mit lockerer Hand und entspannter Miene zu Baß, Klavier und Schlagzeug die alten Standards trällerte, da dachte er: Der ist ebenfalls am Ziel! Und er dachte: Ich werde das Ziel nie erreichen! Hoffnungslosigkeit und Einsamkeit griffen nach ihm, und eine surreale Angst vor den Männerrücken und Männerhüten, auf die er blickte, stieg in ihm auf, als würden die sich gleich zu einem gesichtslosen Tribunal formieren und ihn, Georg Lukasser, der Hochstapelei anklagen, des Diebstahls: Du hast dir unter Vorspiegelung von Talent unsere Gunst geklaut! – Und als er so in der Ecke der Bar neben der Tür zu den Toiletten lehnte und die Fingernägel seiner Griffhand abkaute, sah er Carl im Publikum sitzen. Der war ja nicht zu übersehen, überragte alle, sein Haarschopf leuchtete wie Stroh in der Sonne. Da brach er zusammen. Ließ sich voll laufen. Soff sich nieder. Kam eine Woche nicht mehr aus seinem Rausch heraus.

Carl suchte ihn. Er wußte ja nicht, wo er wohnte. Niemand im Club wußte es. Er wandte sich an die amerikanische Besatzungsbehörde, die konnte ihm schließlich die Adresse nennen: 17. Bezirk, Hernals, Zeilergasse 7/3/17.

Carl: »Ich mußte deinem Vater versprechen, und ich habe ihm versprochen, erstens: daß ich mir nie wieder ein Konzert mit Attila Zoller ansehen werde; zweitens: daß ich, sollte Attila Zoller je eine Schallplatte aufnehmen, mir diese nicht kaufen werde; drittens: daß ich mit Attila Zoller nie ein persönliches Wort sprechen werde; viertens: daß ich Attila Zoller in Gegenwart anderer nie loben werde. Das habe ich deinem Vater versprochen. Und zwar in der Kirche von Mariazell.«

Stilgerecht in einem Wallfahrtsort erfolgte die Inauguration des Schutzengels. – Meine Mutter war es, die Carl so genannt hat. Natürlich spöttisch. Mein Vater hat ihr deswegen einmal seine Faust böse gegen die Schulter gerammt. Aber sie hat ja gar nicht über Carl gespottet, wie er meinte, sondern über uns, die Lukassers. Wenn sie zu meinem Vater sagte: »Unser Schutzengel hat für dich angerufen«, klang das aus ihrem Mund wie: Ich habe ihn mir nicht ausgesucht, und du hast ihn dir auch nicht ausgesucht, er hat sich uns ausgesucht, und wir finden nicht mehr heraus.

4

Die Wahrheit ist: Sie *hat* ihn sich ausgesucht.

Meine Mutter arbeitete als Serviermädchen im Café vom Hotel Imperial. Eines Tages trat sie an Carls Tisch und sagte: »Herr Professor, ich muß Sie etwas fragen. Wollen Sie mir helfen?« Und sie meinte damit nichts anderes als: Er sollte den Freiwerber spielen, den Gelegenheitsmacher, den Kuppler. Mein Vater und Carl trafen sich zu dieser Zeit sehr häufig, und zwei-, dreimal in der Woche trafen sie sich zum Frühstück im Café vom Imperial. In dem Haus am Rudolfsplatz standen nach dem Abzug der amerikanischen Offiziere zwei Stockwerke leer. Carl hatte meinem Vater einen Raum im Erdgeschoß zum Probieren überlassen. Mein Vater spielte inzwischen auf der Gibson an einem kleinen Verstärker, zusammen mit einem Schlagzeuger, einem Bassisten und einem Vibraphonisten, der auch einigermaßen das Klavier und das Akkordeon bedienen konnte. Sie probierten Neues aus, alles unter dem Diktat von Georg Lukasser, versteht sich. In dem Gemeindebau, in dem mein Vater und meine Großmutter wohnten, hätte er nicht so laut spielen dürfen und auch nicht bis spät in die Nacht hinein. Am Rudolfsplatz störte das niemanden. Er besaß einen Schlüssel zum Haus, konnte kommen und gehen, wann er wollte. Carl sagte: »Sie bieten mir den Genuß Ihrer Kunst, es ist nur recht und billig, wenn ich Sie dafür ab und zu zum Frühstück einlade.« Meistens war Carl vor meinem Vater im Imperial, er las die Zeitungen, und so gut wie immer verspätete sich mein Vater – nicht eine Viertelstunde, nicht eine halbe Stunde –; es ärgerte Carl, in welchem Maß er es sich gestattete, auf ihn zu warten.

Als junge Frau sah meine Mutter nicht so gut aus wie später; wir besitzen nicht viele Fotos aus dieser Zeit, aber alle zeigen sie hohläugig und blaß. Carl erzählte, sie sei beinahe geborsten vor nervöser Unruhe, habe niemandem in die Augen sehen können, habe keine zwei Minuten ruhig sitzen können, habe die Angewohnheit gehabt, sich an den Handrücken zu kratzen, sei bis zur Unhöflichkeit sparsam mit Worten gewesen und habe immer gehüstelt. Die Haare hatte sie in einem Knoten am Hinterkopf zusammengebunden, das wurde von der Hotelleitung verlangt. In der Nervosität bekam ihre Stimme eine strenge, vorwurfsvolle Höhe. »Ich muß Sie etwas fragen!« Das klang wie: Jetzt reicht's aber!

Er solle sie mit diesem jungen Mann an seiner Seite bekannt machen, sagte sie. Du lieber Himmel, habe er sich gedacht, was für eine Formulierung!

»Was wollen Sie von ihm?« fragte er. Ihm kam gar nicht in den Sinn, daß sie an Georg als Mann interessiert sein könnte. Sie trug ihr Begehr in so sachlicher Form vor, daß er nichts anderes als irgendein Geschäft vermutete – ohne allerdings auch nur einen Tau zu haben, um was für ein Geschäft es sich handeln könnte. Sie war gekleidet mit der niedlichen Uniform der weiblichen Angestellten des Imperial – weiße Kniestrümpfe in schwarzen Schnürstiefelchen, einen dunkelblauen wadenlangen Rock, weiße Schürze mit Rüschen, weiße Handschuhe und ein weißes Häubchen, das sie als eine Beleidigung empfinde – wie sie in einem plötzlichen Umschwung in ihrem Tonfall zu einem beinahe intimen Fauchen von sich gab, voller Ärger; so daß Carl nun vermutete, ihre Nervosität rühre allein daher, daß sie sich permanent unter Gewalt halte, um nicht zu explodieren. Sie war erst zwanzig und sehr ernst und nicht eine Spur verlegen.

»Ich habe mich nämlich verliebt in ihn«, fuhr sie fort, als wäre die vor einer Minute, die mit dem Zorn auf ihren Arbeitgeber, eine andere gewesen, »und ich möchte, daß er mein Freund wird. Wie heißt er?«

Das habe ihm gefallen. Zuerst die Sache, dann die Person. Das hatte seine Logik. Die Person wird von der Sache geprägt. Bevor sie von der Liebe sprach, hatte sie sich die Handschuhe abgezogen, und als gesagt war, was sie hatte sagen wollen, zog sie sie wieder an. Meine zukünftige Mutter habe mit bewundernswertem Instinkt erkannt, daß mein zukünftiger Vater jemanden nötig hatte, der ihn führte.

Diese Geschichte gehörte zum goldenen Sagenschatz unserer Familie. Immer wieder, wenn wir alle zusammen waren – Carl, Margarida, meine Mutter, mein Vater, ich – Weihnachten zum Beispiel – bis zum meinem vierzehnten Lebensjahr feierten wir jede Weihnachten gemeinsam, entweder in der Penzingerstraße oder am Rudolfsplatz, öfter am Rudolfsplatz, weil es dort geräumiger war –, immer wieder erzählte Carl von seiner, wie er versicherte, einzigen Kuppelei seines Lebens. »Ich kann die Gefühle dieses äußerst komplizierten jungen Mannes nicht beeinflussen«, habe er meiner Mutter geantwortet – was, zu jeder anderen Person gesagt, eine Platitüde gewesen wäre, nicht aber vor ihr, denn genau das erwartete sie sich ja von ihm: daß er diesen komplizierten Mann auf sie ausrichte wie einen kleinen Marschsoldaten aus Blech –, »aber ich will gern ein Zusammentreffen mit ihm arrangieren«.

»Danke«, sagte sie.

»Bitte«, sagte er.

Kein Lächeln. Aber ein Händedruck. Ein Handschlag. Eine Art Vertrag. Ein Vorvertrag vor dem Ehevertrag. Nein, so etwas habe er noch nicht erlebt!

Zehn Minuten später kam sie noch einmal an seinen Tisch, und sie besprachen die Modalitäten, Carl inzwischen ebenso sachlich wie sie. Ort: Der Strohkoffer im Keller der Loosbar, Kärntner Durchgang 10. Zeit: Abends nach 22 Uhr. Carl sagte, er werde dafür sorgen, daß an dem Tisch rechts vor der Bühne ein Sessel für sie reserviert sei. Was für eine Garderobe vorgeschrieben sei, fragte sie. Keine, sagte er. »Danke«, sagte sie. »Keine Ursache«, sagte er. Und noch einmal Handschlag.

Am Abend war meine Mutter im Strohkoffer, und nach dem ersten Auftritt meines Vaters tat Carl so, als bemerkte er sie im Publikum, rechts bei der Bühne.

Er sagte: »Georg, sehen Sie dort hinüber, wissen Sie, wer die Frau ist?«

»Sie kommt mir irgendwie bekannt vor«, brummte mein Vater, »aber ich weiß es nicht.«

»Gefällt sie Ihnen?«

Und mein Vater: »Gefällt sie Ihnen?«

Es verschaffte Carl einige Genugtuung, daß er die Abfolge dieses kleinen Dialogs bis in den Tonfall hinein vorausberechnet hatte. Was kein Kunststück war. Mein Vater fragte ihn bei ziemlich allem, was nicht mit Musik zu tun hatte, erst um seine Meinung, bevor er seine eigene abgab.

»O ja!« sagte Carl, »sie gefällt mir, sie gefällt mir sogar außerordentlich!«

Er winkte meiner Mutter zu – wie sie es beide besprochen hatten –, sie kam an ihren Tisch – wie sie es beide besprochen hatten –, und Carl schlich sich nach einer Weile davon. Alles, wie sie es besprochen hatten. Er hatte zuerst vorgeschlagen, daß er zusammen mit meinem Vater zu ihr an den Tisch komme, das hatte sie abgelehnt – zu unsicher; könnte ja sein, daß der komplizierte junge Mann das nicht wolle, und dann würde es kein gutes Bild abgeben, wenn sie zu ihnen käme. Sie hatte an alles gedacht. Sie hatte alles geplant.

Am nächsten Tag frühstückte Carl wieder im Imperial. Er war neugierig. Als er das Café betrat, kam ihm meine Mutter eilig entgegen, weißes Häubchen auf dem Haar, weißes Schürzchen über dem dunkelblauen Rock, graue Halbmonde unter den Augen. Es regnete, und an seinem Trenchcoat und seinem Hut rann das Wasser herunter und auf das Parkett. »Ich bringe Ihren Mantel in die Garderobe, Herr Professor«, sagte sie laut, so daß es der Oberkellner hören konnte, und leise fügte sie hinzu: »Folgen Sie mir!« In der Garderobe, akustisch durch die Mäntel abgeschirmt, sagte sie, sie wünsche ihn zu sprechen, ob er am Abend um sechs im Café Museum auf sie warten wolle. Anschließend servierte sie ihm das Frühstück – ohne ein Wort, ohne einen Blick und, wie Carl meinte, in einer Art Gekränktheit, für die er aber nicht den geringsten Grund sah.

Sie war pünktlich auf den Schlag, blieb aber im Windfang vom Museum stehen und winkte ihn zu sich.

»Gehen wir spazieren«, sagte sie.

Es regnete immer noch, er hatte einen breiten Schirm, sie hängte sich bei ihm ein, und sie stapften durch den Stadtpark und gingen weiter zum Donaukanal und unten am Wasser entlang stromaufwärts. Sie trug Überschuhe aus Gummi, auf ihre rechte Schulter tropfte das Wasser vom Schirm, dafür war seine linke Schulter naß; es störte sie beide nicht. Sie berichtete. Sie sei bis zum Ende geblieben. Georg habe auf seiner Gitarre gespielt, und nachdem der Herr Professor gegangen war, habe er sich nur noch einmal zu ihr an den Tisch gesetzt, dabei aber so gut wie nichts geredet. Ob das bedeute, daß sie ihm auf die Nerven falle? Nein, sagte Carl, das bedeute es wahrscheinlich nicht.

Er bat sie, ihn nicht mit »Herr Professor« anzusprechen. Wie denn sonst, fragte sie. Er schlug das Du vor.

»Das kann ich nicht«, sagte sie. Der Herr Professor sei ja nicht einmal mit seinem Freund Georg per du. »Wenn wir vielleicht wieder einmal zu dritt beieinandersitzen«, sagte sie, »was soll in so einem Fall zwischen mir und Ihnen gelten? Das Du oder das Sie?«

Carl versprach ihr, bei der nächsten Gelegenheit auch Georg das Duwort anzubieten.

Sie erzählte weiter: Als sie schließlich der einzige Gast gewesen sei, habe Georg die Gitarre eingepackt, da war es halb vier, und sie habe ihn gefragt, ob er sie nach Hause in den fünften Bezirk bringe, und das habe er getan.

»Und weiter?« fragte Carl.

Ob es ein Fehler von ihr gewesen sei, ihn ohne Kuß ziehen zu lassen, wollte sie wissen.

»Wenn eine Liebe in ihm ist«, antwortete er, und es tat ihm wohl, wie in einem einheimischen Film zu sprechen, »dann gibt es keine Fehler.«

»Ist eine in ihm?« fragte sie.

Das könne gut sein, sagte er.

»Würden Sie es merken?«

»Ich denke, bei Ihnen merke ich es.«

»Und bei ihm?«

»Ich denke, bei ihm würde ich es ebenfalls merken.«

Sie sagte, Georg und sie hätten sich für heute abend wieder im Strohkoffer verabredet, sie habe das vorgeschlagen. Sie fragte, ob Carl etwas dagegen habe, wenn sie morgen um die gleiche Zeit wieder im Café Museum auf ihn warte, sie wolle seine Meinung über ihr zweites Treffen mit Georg wissen. »Ich möchte nichts falsch machen«, sagte sie.

Als sie sich am nächsten Tag trafen, sprach er sie mit dem Du an und sie ihn ebenso. Mit dem Sie hatte sie auch ihre Schüchternheit aufgegeben, die er ihr ohnehin nicht abgenommen hatte.

Sie sagte, und ihr Ton war durchaus harsch: »Krieg' raus, was er von mir hält!«

»Spürst du das nicht selber?«

»Entweder ich spüre es nicht, oder er kann es nicht zeigen, oder ich bin ihm gleichgültig.«

Am folgenden Tag trafen sie sich wieder vor dem Museum, und wieder gingen sie den gleichen Weg. Sie erzählte von ihrer Arbeit und sehr ausführlich von einigen Stammgästen und vom Oberkellner und der Frau, die beim Frühstück die Omeletts brät, und daß Adolf Hitler kein Hotel der Welt mehr geschätzt habe als das Imperial.

»Wie geht es mit Georg voran?« fragte Carl.

»Gut«, sagte sie. »Darf ich dich um etwas bitten?« Er meinte, es könne sich nur um eine Art Intervention handeln, daß er bei dem spröden Gitarristen einige gute Worte für sie einlege. Aber das war es nicht. »Ich brauche ihn eine Zeitlang allein für mich«, sagte sie. »Ist es möglich, daß du ihn nicht siehst?«

»Wie lange?«

»Zwei Wochen.«

Auch an den folgenden Tagen trafen sie sich nach ihrer Arbeit. Er brachte ihr kleine Geschenke mit, Pralinen oder leckeres Eingemachtes. Manchmal dachte er, sie schlafe im Gehen ein. Ihre Stirn und ihre Lippen waren fahl, die Wangen standen noch enger unter den Augen als sonst, die Lider hingen tief.

»Du schläfst zu wenig«, sagte er.

Sie berührte mit ihrem Kopf seinen Oberarm. »Wenn du deine langen Beine etwas ruhiger bewegst«, sagte sie, »kann ich vielleicht im Gehen ein bißchen schlafen.«

Als zwei Wochen vorüber waren, fragte er sie: »Und?«

»Er liebt mich«, sagte sie.

»Hat er das gesagt?«

»Er hat es gesagt.«

»Von sich aus, oder hast du ihn danach gefragt?«

»Das geht dich nichts an«, sagte sie schroff. Er nahm sich vor, sie nie mehr nach Georg zu fragen. Eigentlich wollte er sie nach dieser patzigen Antwort überhaupt nicht mehr wiedersehen. In der Nacht stand er am Fenster seines Arbeitszimmers und redete halblaut auf die

Bäume am Rudolfsplatz hinaus; daß er es nicht nötig habe, sich dermaßen abkanzeln zu lassen; daß er weder einen Georg Lukasser für das Glück benötige noch eine Agnes Soundso – er kannte nicht einmal ihren vollständigen Namen. Aber am nächsten Tag war er wieder im Museum, und sie holte ihn wieder nach ihrer Arbeit dort ab; und er erzählte ihr von Dingen, die sie sich nicht länger als eine halbe Minute merkte.

»Ich würde Georg auch gern wieder einmal sehen«, sagte er. »Fragt er nach mir? Weiß er, daß wir uns treffen?«

»Das weiß er nicht.«

»Und wann kann ich ihn wiedersehen?«

»Ich brauche noch zwei Wochen.«

»Wozu brauchst du noch zwei Wochen?«

Sie antwortete nicht.

Einmal schlich er sich in der Nacht in den Strohkoffer, blieb aber hinten an der Tür stehen. Durch die Rauchschwaden konnte er Agnes sehen, die vor dem Podest an einem Tischchen saß, zusammen mit einigen jungen Männern. Georg, vor dem Hintergrund seiner Combo, spielte und sang ins Mikrophon und rauchte dabei und wirkte gleichgültig und geistesabwesend – wie immer, wenn er auf einer Bühne war. Agnes bewegte sich ausgelassen zum Rhythmus, die Arme erhoben, ein wenig hysterisch. Waren die jungen Männer ihre Freunde? Offenkundig interessierte sie sich mehr für diese Imitate amerikanischer Soldaten in Zivil als für Georg und dessen Musik. Sie hatte sich geschminkt, die Lippen grell und steil, ihr Kleid hatte einen tiefen Ausschnitt, den Busen drückte ein spitzer Büstenhalter nach oben. Die Männer versuchten, sie an den Händen zu erwischen. Wenn es einem gelang, hielt er sie fest, leckte sich die Finger seiner anderen Hand ab und berührte damit ihre Fingerkuppen. Wie konnte sich jemand so ein lächerliches Spiel ausdenken! Oder hatte es etwas zu bedeuten? Drei Männer, eine Frau. War einer unter ihnen, den sie bevorzugte? Es war nicht festzustellen. Keiner von ihnen blickte zur Bühne. Warum waren sie überhaupt hierhergekommen? Nur wegen Agnes? Hatte *sie* diese Idioten mitgebracht? Fern von all dem spielte der Gitarrist, und Carl meinte, nie zuvor habe er besser gespielt. Keiner hier weiß, was dort vorne auf der Bühne eigentlich geschieht, dachte er, und er dachte es mit gallebitterem Stolz. Dennoch hielt sein Blick nicht bei Georg aus.

Die folgende Geschichte – eigentlich das Ende der vorangegangenen – hatte mir Margarida erzählt; dieser Teil gehörte *nicht* zum familiären Sagenschatz. Margarida war damals noch nicht in Wien gewesen, sie kannte die Geschichte also selbst nur aus den Erzählungen ihres Mannes.

Eines Abends sei Agnes nicht ins Café Museum gekommen. Die Spaziergänge mit ihm waren ihr vielleicht endlich doch zu langweilig geworden – befürchtete Carl. Vielleicht war er ja inzwischen als Ganzes zu einem langweiligen Menschen geworden. Die Kollegen an der Universität, die ihm, dem »Amerikaner«, anfänglich mit Mißtrauen begegnet waren, schienen ihn auf dem »amerikanischen Weg des Lebens« längst überholt zu haben; wenn er zu den Konferenzen kam, war ihm, obwohl er einer der Jüngsten in der Runde war, zumute, als stünde er kurz vor seiner Emeritierung. Die wortkargen Spaziergänge mit Agnes empfand er als eine Befreiung aus den Mißstimmungen und dem richtungslosen Leerlauf seiner Tage. Sie sah nicht besonders gut aus, sie hatte kein Geld und keine Ideen. Ein von der Realität ungedecktes und darum so herausfordernd wirkendes Selbstbewußtsein – das bewunderte er an ihr. – Er wartete eine Stunde, blätterte in den Zeitungen und bestellte sich ein Seidel Bier und ein Paar Sacherwürsteln mit Kren und Senf. Schon eine Minute nach sechs hatte er gewußt, daß sie nicht kommen würde.

Als er am Rudolfsplatz die Tür aufsperrte, legte sie die Hand auf seine Schulter. Sie hatte im Torschatten auf ihn gewartet. Es sei etwas geschehen, sagte sie und schlüpfte vor ihm ins Haus. Er bereitete Tee zu, und sie setzten sich in sein Arbeitszimmer. Sie blickte sich nicht um, fragte nicht.

»Ich habe mich geirrt«, sagte sie.

Ich fragte Margarida, was meine Mutter damit gemeint habe.

»Auch sie war drauf und dran, einen großen falschen Schritt zu tun«, antwortete Margarida.

Dieses Gespräch zwischen Margarida und mir fand irgendwann Mitte der siebziger Jahre statt, und das Thema waren die großen falschen Schritte gewesen. Ich war nach einem furchtbaren Streit mit Dagmar in der Nacht von Frankfurt nach Innsbruck geflohen, um bei Margarida und Carl Trost, Linderung und Rat zu holen.

»Agnes hatte sich eingebildet, sie habe sich in Carl verliebt«, sagte Margarida. »Das war alles.«

»Und Carl?«

Carl hatte sie unterbrochen, ehe sie weitersprechen konnte. Er wolle nichts davon hören, hatte er gesagt; er wünsche, daß sie ihren Tee trinke und unverzüglich gehe und daß sie kein Wort weiter von dieser Sache spreche; und er verbiete ihr, Georg davon auch nur ein Wort zu sagen.

Als sie gegangen war, habe er sich an den Schreibtisch gesetzt und an Margarida einen Brief geschrieben:

Margarida! Was ist mit uns? Was ist mit uns! Ich lebe in einem leeren Haus. Komm zu mir! Charly

»Und ich«, sagte Margarida, »ich hatte in Lissabon gesessen und auf genau so einen Brief gewartet. Nachdem ich ihn gelesen hatte, habe ich die Koffer gepackt und bin mit dem Zug nach Wien gefahren. Das dauerte damals drei Tage.«

Happy-End. – Meine Mutter verliebte sich in meinen Vater – wieder oder diesmal richtig. Und mein Vater verliebte sich in sie. Carl merkte es daran, daß sich sein Musikgeschmack – er drückte sich vorsichtig aus – erweiterte. Georg Lukasser nahm einen Cowboy-Song in das Programm seiner Combo auf, und er kündigte ihn auf der Bühne an mit: »Die nächste Nummer ist für Agnes: *When I First Laid Eyes On You*.«

Ein halbes Jahr später haben sie geheiratet, und dann bin ja auch ich bald auf die Welt gekommen.

5

Carl war enttäuscht, daß ich meinen Laptop nicht bei mir hatte. Ich hätte, so stellte er sich den Idealfall vor, an den Vormittagen und den Nachmittagen aufgeschrieben, was er mir an den Abenden zuvor erzählen würde. Das funktioniere nicht, sagte ich, ich könne erst mit der Niederschrift beginnen, wenn ich die ganze Geschichte kenne; außerdem entspreche so ein hohes Tempo nicht meiner Arbeitsweise. Das sah er ein. Widerwillig. Ich nehme an, er hätte gern das eine oder andere Kapitel gelesen, bevor ich zurück nach Wien gefahren wäre – weil er wohl damit rechnete, daß später dafür keine Zeit mehr sein würde. Noch bevor er mich angerufen hatte, hatte er von Frau Mungenast einen Stoß mit Schulheften aus der Stadt besorgen lassen. Ja, er war sich sicher gewesen, daß ich kommen, und ebenso sicher, daß ich ihm seinen Wunsch erfüllen würde, und er wollte, gestand er mir mit seinem charmantesten Lächeln, für jeden Fall ausgerüstet sein. Seit meiner frühesten Jugend verwende ich Schulhefte für Tagebuchaufzeichnungen, später für Notizen und Recherchen; er wußte das und hatte es nicht vergessen. (Sie habe, erzählte mir Frau Mungenast später, zweimal fahren müssen; die gewöhnlichen Schulhefte seien ihm zu häßlich gewesen. Er habe bei sämtlichen Papiergeschäften Innsbrucks angerufen; bei Bier & Biendl in der Leopoldstraße habe man ihm schließlich versichert, Hefte in schlichter Aufmachung zu führen, von denen allerdings eines so viel kostete wie zehn von den ordinären.) Und so saß ich bereits am Nachmittag – noch keine zwei Stunden nachdem ich in Lans angekommen war – neben seinem Lehnstuhl auf der Couch, hatte ein weiches Kissen unter meinem Hintern und ein Schreibheft auf den Knien, auf dessen Schildchen ich zu unser beider verlegenen Belustigung »C. J. C. 1« schrieb und doppelt unterstrich. Das war alles übertrieben, hatte etwas kindlich Aufgeregtes an sich; was von Carl ausging, mich aber rasch ansteckte. Er rührte mich – seine schnellen Atemstöße, seine unsteten Hände, beides nicht typisch für ihn. Wir verhielten uns wie zwei Zehnjährige, die Interview spielten – »erst bist du der Prominente, dann ich …«. Frau Mungenast hatte das Geschirr von draußen hereingetragen, hatte frischen Tee aufgebrüht und Brote mit Salami und Käse hergerichtet. Ich sah ihr Lächeln, und ich deutete es als ebenso spöttisch wie mütterlich.

»Warum hast du dich so lange Zeit nicht gemeldet?« fragte er.

Immer war er es gewesen, der angerufen hatte. Außer bei Katastrophen. Bei Katastrophen waren die Lukassers über die Straße zum Gemischtwaren Lammel gelaufen, als sie selbst noch keinen Anschluß besaßen. »Und als ein Jahr vergangen war«, versuchte ich es, der Situation entsprechend, mit kindlicher Ehrlichkeit, »fiel mir ein, daß es eigentlich ungehörig war vorauszusetzen, daß immer du derjenige sein mußt, der anruft. Aber nun war bereits zu viel Zeit vergangen.«

Frau Mungenast setzte sich zu uns. Carl schien nichts dagegen zu haben. Ich schloß daraus, daß unsere eigentliche Arbeit erst am Abend beginnen würde, wenn sie nach Hause gefahren war.

»Wenn ich ihm einen Gegenstand zuordnen müßte«, wandte ich mich an sie, »dann das Telefon.« Sie sah mich so mitfühlend an, als wüßte sie über meine Sorgen, Ängste und Paniken der vergangenen Wochen Bescheid – ein hysterisches Beichtbedürfnis drängte sich in meine Kehle, was ich aber durchgehen ließ, schließlich war mir erst vierundzwanzig Stunden zuvor versichert worden, ich sei »nach allem, was wir wissen können«, vom Krebs geheilt; und daß mein fünfundneunzigjähriger Freund sich anschickte, sein Leben im Rückblick zu einem Drama zu gestalten, das vielleicht Tage, vielleicht Wochen dauern und das ich nicht gerade in Stein meißeln, aber doch zu Papier bringen würde, war ja tatsächlich etwas Außergewöhnliches, das Gefühle von Erhabenheit in einem auslösen durfte.

»Telefoniere ich zu viel?« fragte er Frau Mungenast.

»Nein«, sagte sie, ohne den Blick von mir zu wenden.

»Das liegt daran«, sagte er, »daß bis auf den hier keiner von all jenen, die ich geliebt habe, mehr lebt.«

Ich erzählte die »berühmte« Geschichte – allerdings ohne in die Details zu gehen –, als wir beide einmal gut zwei Stunden lang miteinander telefoniert hatten, und zwar keine zehn Meter voneinander entfernt. Das war noch in der Wohnung in der Anichstraße unten in der Stadt gewesen, über zwanzig Jahre ist es her. Carl war in seinem Arbeitszimmer gesessen, ich war im Gästezimmer – in »Sebastians Zimmer« – im Bett gelegen, den Hörer zwischen Kopfkissen und Ohr geklemmt. Eine wahrhaft komische Geschichte, die ebenfalls in den Sagenschatz unserer Familie eingegangen war (mein Vater lebte damals bereits nicht mehr). Carl hatte mir geraten, bei Dagmar zu bleiben; aber es war ihm nicht möglich gewesen, ausführlich von Angesicht zu Angesicht mit mir über meine Not zu sprechen und mir Trost, Linderung und Rat zu spenden; also tat er es telefonisch. Er war überaus einfühlsam gewesen, und es war mir leichtgefallen, mein Herz in den Hörer auszuschütten und Tränen hinterherzuweinen; und auch ihm schien es keine Überwindung zu kosten, mir von seinem Leid und den erlittenen Demütigungen zu erzählen, um so meinem Leid und meinen Demütigungen ihre Einmaligkeit zu nehmen. Mein Schutzengel hatte mich nicht im Stich gelassen, er hatte seine Aufgabe erfüllt; aber eben auf seine Weise. Er sei, erzählte mir Margarida, bei Stockdunkelheit an seinem Schreibtisch gesessen, korrekt gekleidet, ohne seine Krawatte zu lockern. Am nächsten Tag hatte er mit keinem Wort auf unser nächtliches Telefonat Bezug genommen; Margarida war es gewesen, die diese Geschichte in der Familie berühmt gemacht hatte.

»Wäre er ein Jahrhundert früher geboren«, sagte ich, »er hätte wahrscheinlich eine Unmenge von Briefen geschrieben.«

»Telefonieren ist nicht Briefeschreiben mit anderen Mitteln«, wehrte er ab. »Ein Brief ist mehr als bloß ein Ersatz für ein Gespräch. Telefonieren aber ist *immer* nur Ersatz und nichts weiter.«

»Und der Ersatz hat Ihnen genügt?« fragte Frau Mungenast.

»Ich war verrückt danach.«

Der Schutzengel gab Leuten, die schwitzten, nicht die Hand; er konnte Körpergerüche nicht ausstehen; er mochte es nicht, wenn laut geredet wurde; und wenn jemand gestikulierte, weil ihn vielleicht die Leidenschaft bei einem Thema packte, wich er zurück. Er war der erste, den ich kannte, der sich ein Mobiltelefon zulegte – er hatte es sich aus Hongkong schicken lassen, ein wuchtiges Ding in der Form einer in ihrer Innenwölbung flachgeschabten Gurke. Er unterhielt Bekanntschaften in der weiten Welt, führte stundenlange Ferngespräche, diskutierte mit einem Kollegen auf der anderen Seite des Globus über einen Artikel in *Nature* oder *Science* oder über das gescheiterte Sozialprogramm der Clinton-Regierung oder über Vladimir Putin – den er beharrlich »Stalin im Schafspelz« nannte –; las einem Freund aus Churchills Geheimreden oder Stellen aus Henry Kissingers Memoiren vor, die er sich angestrichen hatte, oder ließ sich, während er im Lehnstuhl saß, die langen Beine weit von sich gestreckt, die Füße auf dem mit weinrotem Leder überzogenen Schemel, den Hörer zwischen Ohr und Schulter eingeklemmt, die letzte Schallplatte von Sidney Bechet zur Gänze vorspielen; oder legte ein anderes Mal den Hörer zwischen die Lautsprecher seines alten Dual-Plattenspielers oder später seines CD-Players, wenn er auf etwas Vergessenes in seiner Sammlung gestoßen war, das er irgend jemandem in London, Lissabon, Hamburg, Wien, New York oder Paris vorspielen wollte. Seine Telefonrechnungen müssen schwindelerregend hoch gewesen sein.

Vor fünfundzwanzig Jahren, als ich in Frankfurt studierte, und auch später, als ich mein Studium beendet hatte, hatte er mich jede Woche angerufen. Wenigstens einmal. Manchmal war Dagmar am Apparat. An der Art, wie sie lachte, merkte ich, daß sie mit ihm sprach. Sie hat mir nie mitgeteilt, was er ihr erzählte, was sie zum Lachen brachte. »Du gurrst«, sagte ich. Sie sagte: »Ich tue so, als ob ich gurre, das ist der Unterschied. Und er tut so, als ob er mit mir flirtet.« Seine Stimme war die Stimme eines jungen Mannes, das beeindruckte sie. Sie wollte nicht glauben, daß dieser alte Mann, der nicht einmal verwandt mit mir war, solchen Anteil an meiner Person nahm. Ich habe ihr nur wenig aus der Geschichte unserer Familie erzählt. Für sie war klar, daß er ihretwegen anrief.

Nach dem Tod meines Vaters telefonierten Carl und ich eine Zeitlang sogar täglich miteinander. Später, als ich in New York war, pendelten sich die Anrufe wieder auf einmal pro Woche ein. Ich wollte in Amerika ein neues Leben beginnen. Mitten auf einer Straße in Brooklyn beschloß ich, nie wieder nach Deutschland oder Österreich oder sonst irgendwohin in Europa zurückzukehren, und nicht etwa meine Mutter habe ich von diesem Entschluß als erstes in Kenntnis gesetzt, sondern Carl. Ich rief ihn von einer Telefonzelle aus an. Ich hatte auf den Bus gewartet und zugesehen, wie das Gerät von Angestellten der Postgesellschaft montiert wurde. Ich wechselte in dem koreanischen Restaurant daneben zwei Scheine gegen Münzen und war der erste Mensch, der diesen Apparat benutzte. Während ich sprach, standen die Monteure um mich herum und lachten und applaudierten. Carl fragte mich: »*Wie* willst du damit beginnen?« Diese Frage brachte mich durcheinander. Es ist eine vernünftige Frage; aber wenn du jemandem mitteilst, daß du dich soeben entschlossen hast, ein neues Leben zu beginnen, rechnest du mit einem *Warum*, aber nicht mit einem *Wie*. Ich selbst war mir ja nicht einmal sicher, ob es vielleicht nicht doch nur eine Flause war, zusammengesetzt aus dem Laubgeruch der Allee und den Polizeisirenen und den verschiedenen Rassen auf der anderen Seite des Zebrastreifens und dem blauen Himmel über der Hauptstadt der Welt; aber Carl war sich sicher, daß es keine Flause war. Kaum hatte ich den Satz von meinem neuen Leben ausgesprochen, hatte er dieses neue Leben bereits akzeptiert. Und da antwortete ich ihm: »Indem ich dich bitte, mich eine Zeitlang nicht mehr anzurufen.« Und auch das akzeptierte er ohne Warum. Er sagte: »Melde du dich.« Und sagte nichts weiter. Wartete, daß ich auflegte. Das Auflegen überließ er mir. Ich hatte ihn nicht brüskieren wollen; aber nun war es aus dem Herz und aus dem Mund, und dieser kleine Satz hatte zur Folge, daß wir zum erstenmal fast zwei Jahre lang nichts mehr voneinander hörten. Carl sagte dazu: »Deine tintendunklen amerikanischen Jahre.« Was mir, weil ich diese Zeit vor mir selbst bis in die Tinte hinein gleich formuliert hatte, einerseits unheimlich war und was andererseits wieder einmal den hoffnungslosen Gedanken in mir auftrieb, ein Geschöpf dieses Mannes zu sein, und nicht nur ich, sondern auch mein Vater, meine Mutter, mein Sohn ...

»Ich telefoniere nicht gern«, sagte Frau Mungenast. »Ich sehe ja das Gesicht nicht. Es kann ja einer etwas Freundliches sagen, aber dabei sein Gesicht gemein verziehen.« Sie erhob sich. Sie wolle uns noch etwas für den Abend herrichten, sagte sie. Ob ich ihr in der Küche helfen könne, fragte ich. Sie sagte, sie werde in den nächsten Tagen mit Sicherheit auf mein Angebot zurückkommen. Wir hörten, daß sie in der Küche das Radio einschaltete; erst Schlagermusik vom Regionalsender, dann klassische Musik.

Carl nickte und starrte auf einen Fleck und schien mit dem Nicken nicht mehr aufhören zu wollen, und das sah traurig aus. Er trug seinen grünen, in den Falten schimmernden Morgenmantel, über dem Knoten des Gürtels hielt er mit beiden Händen die Teetasse über dem eingesackten Bauch. Ratlosigkeit breitete sich in seinem Gesicht aus, und es wurde leer, auch die Traurigkeit ging darin unter. Als wäre der Mann für Minuten aus der Welt gerückt. Kein Leben war mehr in ihm. Und so blieb es eine Weile.

»Wir beide und das Telefon!« spielte ich einen nostalgischen Seufzer, um ihn zurückzuholen. »Das ist schon ein eigenes Kapitel, stimmt's!«

Er leckte sich die Lippen und schickte mir einen strafenden Blick zu. Ich hatte in einer Lautstärke mit ihm gesprochen, als wäre er nicht mehr bei Sinnen. Schließlich sagte er langsam, kontrolliert und betonte jedes Wort: »Je älter ich wurde, desto mehr differenzierten sich meine Sinnesorgane.«

Und das war der erste Satz, den ich in C. J. C. 1 notierte.

Auch früher schon hatte ich mir Formulierungen von ihm aufgeschrieben, wenn er zum Beispiel jemanden charakterisierte – worin er meisterlich war – oder wenn er ausgreifende Zusammenhänge in wenige Worte faßte – worin er ebenfalls meisterlich war –; aber ich hatte es nie vor seinen Augen getan; ich hatte mir die Wendungen gemerkt und sie später, wenn ich allein war, aus dem Gedächtnis niedergeschrieben. Ich hatte vor ihm nicht als sein Eckermann erscheinen wollen. Nun war ich sein Eckermann, und meine Aufgabe bestand unter anderem darin, zwischen Wesentlichem und Unwesentlichem zu unterscheiden. Diesen Satz stufte ich als wesentlich ein. Er hatte an der Universität Mathematik gelehrt, Logik verehrte er wie andere den lieben Gott; wenn er also nach reiflichem und, wie ich es verstehen mußte, bewegtem Nachdenken einen Begriff wie *differenzieren* gebrauchte, so durfte ich getrost davon ausgehen, daß er ihn nicht allein im umgangssprachlichen Sinn von *trennen und unterscheiden* verwandte ... sondern? – Verhemmt waren wir an diesem ersten Abend, weiß Gott! Meine Güte! Beide. Und beiden war uns bewußt, wodurch diese Verhemmtheit ausgelöst wurde: Zum erstenmal wollte *er* etwas von mir. Ich sah ihm an, was er dachte: ob es wirklich ein kluger Entschluß gewesen war, mich zu bitten, über ihn zu schreiben. Und ich nehme an, er ahnte auch meine Zweifel, nämlich ob ich mir das zutraute, ob ich das auch wirklich wollte: sein Leben erzählen. Am Abend in meinem Zimmer oben unter dem Dach schrieb ich unter den Satz: *Sinnesorgane sind veränderliche Größen, die in ihrem Wert von anderen Größen abhängig sind, und weil sich C. J. C. im Laufe seines Lebens mehr aufs Hören konzentriert hat als aufs Sehen, kann er mit dem Ohr mehr Feinheiten wahrnehmen als mit dem Auge. Der Witz dabei ist, daß er zwar nie eine Brille nötig gehabt hatte, wohl aber ein Hörgerät.* – Der eigentliche Witz bestand freilich darin, daß ich wegen so eines simplen Satzes so harzige Gedanken in meinem Gehirn herumschob, nur weil diesem Satz eine längere Pause vorausgegangen und Carl dabei so melancholisch geschaut hatte, was wahrscheinlich auf nichts anderes als auf eine Absence zurückzuführen war. Mit meinen einundfünfzig Jahren war ich immer noch der übereifrige Adept und er mein Meister! (Manchmal allerdings war ich auch ein Ketzer gewesen. Aber das ist ja nur die Kehrseite der Medaille.) Ich ärgerte mich über mich selbst. Und am meisten ärgerte ich mich, weil ich ihn in meinem Kommentar C. J. C. nannte, als wäre er ein Wesen, dessen Name auszusprechen eine Sünde ist ... – Ich merke, auch ein Jahr nach seinem Tod kann ich noch immer nicht über ihn sprechen, ohne mich zu empören; aber auch nicht ohne die Ehrfurcht, die ich stets vor ihm empfunden habe; und natürlich nicht – natürlich nicht! – ohne Liebe. Will ich warten, bis Ärger, Bewunderung und Liebe nüchterner Distanz weichen, werde ich wohl nie über C. J. C. schreiben können.

»Warten wir, bis Frau Mungenast fertig ist«, sagte er. »Mir wäre am liebsten, man würde überhaupt keine Musik hören in der Küche. Aber das darf man nicht verlangen. Man soll kein Tyrann sein. Alle sagen, Musik passe gut in eine Küche. Ich finde das nicht.«

6

Meine erste Erinnerung – weil mich Carl danach gefragt hat (und weil du, David, mir von *deiner* ersten Erinnerung erzählt hast):

Ein Familiennachmittag in den Donauauen – Vater, Mutter, Carl, Margarida, ich. Wir haben einen roten Sonnenschirm mit einer Metallspitze in die Wiese gerammt und darunter Decken ausgebreitet. Ein Korb wie eine Schatztruhe mit einem gewölbten Deckel steht da, in ihm sind die guten Sachen verstaut, Tomaten und Gurken zum Beispiel. Ich sehe Carl und meine Mutter im Wasser stehen, Carl bis zum Bund seiner Badehose, meine Mutter bis zu den Waden. Sie trägt einen weißen, einteiligen Badeanzug und drückt die Schultern nach hinten. Carl ruft mich zu sich. Ich laufe barfuß über die Wiese, tauche meine Füße ins Wasser. Meine Mutter hält mich an der einen Hand, Carl an der anderen. Carl will mir das Schwimmen beibringen. Er ruft: Laß dich fallen, Sebastian! Meine Mutter streift meine Hand von ihrem

Finger. Das Wasser reicht mir nun bis zum Bauch. Ich lasse mich fallen. Carl fängt mich auf. Ich liege auf seinen Händen, sie breiten sich unter meinem Bauch und meiner Brust aus. Er trägt mich durch das Wasser, hebt mich hoch, senkt mich ab. Ruft: »Hui, hui! Hui, hui!« Dreht sich dabei im Kreis. Margarida kommt dazu. Ich habe keine Angst vor dem Wasser, aber ich strecke meine Hände nach ihr aus. Sie nimmt mich auf den Arm. Ich rieche Sonnenöl.

»So sieht deine erste Erinnerung aus?« fragte Carl. »Oder willst du mir nur etwas Liebes sagen? Daß ausgerechnet ich am Beginn deiner bewußten Wahrnehmung stehe? Wir waren oft in den Donauauen, wir vier und du. Wo ist dein Vater? Kommt er in deiner ersten Erinnerung nicht vor?«

Nein, er kommt nicht vor.

Eine andere Erinnerung an einen gemeinsamen Badenachmittag hat mehr Gewicht. Es war in dem Sommer gewesen, bevor ich in die Schule kam. Carl und Margarida wohnten bereits in Innsbruck, die Semesterferien aber verbrachten sie in Wien. In den ersten Jahren nützten sie jede Gelegenheit, um nach Wien zu fahren – Ostern, Pfingsten, Allerheiligen, Weihnachten natürlich. Margarida fand Innsbruck langweilig, sie tat sich schwer, dort Menschen kennenzulernen. Auch bei Carl dauerte es lange, bis er sich mit der Stadt anfreundete. Wenn sie in Wien waren, besuchten sie uns, und wir besuchten sie, sie luden uns zum Plachutta in der Wollzeile ein oder ins Sacher oder ins Bristol (das Imperial wollte meine Mutter nicht betreten). Oder meine Mutter kochte, was sie besser konnte als Margarida und, wie Carl sagte, besser als alle Haubenköche Wiens zusammen; an diesen Abenden saßen wir eng beieinander um unseren Küchentisch in der Penzingerstraße, ich zwischen Carl und Margarida; das war mir viel lieber als diese Restaurantbesuche, bei denen ich mein Sonntagsgewand anziehen mußte. Wann immer ich Lust dazu hatte, durfte ich am Rudolfsplatz übernachten. Am liebsten schlief ich in einem der kleinen Zimmer im Dachboden; weil ich mich aber auch ein wenig fürchtete, legte sich Margarida zu mir.

Als mir mein Vater diesmal mitteilte, daß Carl und Margarida nach Wien kommen, brach ich in Tränen aus und setzte mich auf den Küchenstuhl, weil mir die Knie schwach wurden und die Hände zu zittern begannen. In unserer Wohnung in der Penzingerstraße herrschten die berühmte Bedrücktheit und die berühmte Gekränktheit, diesmal despotischer als jemals zuvor. Mein Vater war bedrückt, weil er das Saufen nicht lassen konnte, meine Mutter war gekränkt, weil er das Saufen nicht lassen konnte, was wiederum meinen Vater kränkte, was wiederum meine Mutter bedrückte. Sie schafften es nicht, einander in die Augen zu blicken. Sie drehten sich zur Seite, wenn der andere die Küche betrat. Und schließlich bildete ich mir ein, sie brachten es nicht einmal mehr über sich, im selben Moment *mich* anzusehen. Als hielten sie die Aura nicht aus, in die mich der Blick des jeweils anderen hüllte. Ich fürchtete, meine Mutter könnte sich plötzlich umdrehen, mitten in sein Gesicht schauen und sagen: Georg, wir müssen darüber reden. Manchmal ging ein Ruck durch ihren Körper, ihr Mund wurde noch schmaler; ich habe schnell etwas gesagt, bin ihr ins Wort gefallen, noch bevor das Wort einen Ton gefunden hatte. Dieses Wir-müssen-darüber-reden-Georg würde nur eines bedeuten, davon war ich überzeugt, nämlich: Es ist Schluß, Georg. Es ist aus, Georg. Es ist vorbei, Georg. Ich geh. Die Gekränktheit und Bedrücktheit meiner Mutter konnte ich gut nachvollziehen; aber nicht verzeihen. Es war mir nicht gelungen, zu verhindern, daß mein Vater heimlich trank. Das verzieh ich mir nicht. Ich hatte es versucht. Ich hatte mit ihm gesprochen. Ich hatte gesagt: »Bitte, Papa, trink nicht soviel!« Ich hatte mich auf diesen Satz vorbereitet. Hatte mir ein Gesicht für diesen Satz eingeübt. Das Gesicht eines geschlagenen Kindes. Mein Verstand und mein Instinkt, die beide eins waren und deshalb so scharf, sagten mir, ein Erwachsener kann gegen so ein Gesicht nichts ausrichten; also wird er aufhören zu trinken. Aber er trank weiter. Wie sollte ich verhindern, daß sich meine Mutter umdrehte und ihrem Mann mitten ins Gesicht blickte? Obwohl ich mir doch genau das wünschte.

Wenn Carl bei uns war oder Margarida, vor allem aber, wenn sie uns gemeinsam besuchten, löste sich der Spuk schon in den Begrüßungsworten auf, und nichts, gar nichts blieb übrig. Unser Schutzengel lehnte sich gegen den Türpfosten, schob sich die bubenhaft blonden Haare aus der Stirn, lächelte auf seine ökonomische Art, duftete nach Seife und Rasierwasser und ein wenig nach Tabak, duftete gegen die Waschküche an, deren Tür sich nicht schließen ließ und aus der es nach Zement und Waschpulver und unserer schmutzigen Wäsche roch. Mein Vater sagte: »Essen wir etwas!« Er glaubte, wenn man nur äße, als wäre alles normal, würde alles normal werden. Ein Tisch hat vier Seiten, wenn Carl und Margarida uns besuchten, waren die Lücken geschlossen; ich fand dazwischen Platz. Alles war gut. Meine Eltern taten, was sie, wenn sie allein mit mir waren, nie taten: Sie umarmten sich, sie küßten sich, meine Mutter setzte sich auf den Oberschenkel meines Vaters und legte ihre Hand an seine Wange; und mein Vater wickelte ihr Haar um seinen Finger, so gedankenverloren, wie man es tut, wenn man es oft tut. Vor allem aber: Sie blickten einander in die Augen, wenn sie sprachen, und ich hatte den Eindruck, sie blickten einander gern in die Augen. Meine Mutter schenkte ihrem Mann Wein ein, er trank; ohne sich zu schämen, trank er; er trank nicht mehr und nicht weniger, als die anderen tranken; niemand machte ihm Vorwürfe … – Deshalb mußte ich weinen, als mir mein Vater mitteilte, daß Carl und Margarida aus Innsbruck kommen und über den Sommer in Wien bleiben: weil ich wußte, nun würde die Last von mir genommen. Für den Rest der Ferien würden Carl und Margarida unserer Familie ein Gerüst geben, und wann immer es mir gefiele, würde ich in die 71er steigen und bis zum Ring fahren und dann über den Heldenplatz zur Freyung und durch den Tiefen Graben zum Rudolfsplatz gehen.

»Erinnerst du dich an den Nachmittag im Sommer, als dieses Gummilager in Simmering abgebrannt ist und eine riesige schwarze Rauchwolke über der Stadt hing?« fragte ich Carl. »Da waren wir auch in den Donauauen gewesen. Du, Margarida, Papa und ich. Mama war nicht dabei, sie mußte arbeiten. Und auf einmal bist du verschwunden. Wir haben dich gesucht. Den ganzen Nachmittag haben wir dich gesucht.«

»Ich bin verschwunden? Plötzlich? Wie meinst du das?« fragte er.

Ich hörte an seinem Tonfall, daß er genau wußte, was ich meinte, weil er sich ebenso gut an diesen Nachmittag erinnerte wie ich. Aber er sagte: »Davon weiß ich nichts. Und an eine Rauchwolke über Simmering erinnere ich mich auch nicht.«

Carl und ich waren bis zu der Plattform geschwommen, die ein

Stück weit draußen über leeren Ölfässern errichtet und verankert worden war. Dort wollten wir über die schlammige Metalleiter auf die Planken klettern und mit einem Köpfler ins Wasser springen. Ich rief über die Schulter Margarida und meinem Vater zu, sie sollen schauen. Ich hatte vor, einen Salto vorwärts zu probieren. Margarida lehnte mit dem Rücken an der Stange des Sonnenschirms, mein Vater lag auf der Decke und hatte seinen Kopf in ihrem Schoß. Kaum war Carl auf die Plattform gestiegen, sprang er auch schon wieder ins Wasser und schwamm mit breiten Zügen ans Ufer zurück. Ich sah, wie er auf Margarida und meinen Vater zuschritt, langsam, in einem ruhigen Rhythmus, Wassertropfen glitzerten auf seinem braunen, sehnigen Körper; sah, wie er sich niederbeugte, seine Kleider vom Boden aufnahm und mit ihnen in Richtung der Umkleidekabinen davonging. Ich dachte, er will bei dem italienischen Stand hundert Meter weiter vorne Eis holen für uns alle, und ich wunderte mich auch nicht, daß er dafür seine Kleider mitnahm, es war nicht seine Art, in Badehose unter die Leute zu gehen, auch wenn diese Leute ihrerseits nichts weiter als Badehosen und Badeanzüge trugen. Ich war enttäuscht, daß mir keiner bei meinem Salto zusehen wollte, ich bin an Land geschwommen und habe mich in die Sonne gelegt, um mich aufzuwärmen.

Margarida und mein Vater nahmen keine Notiz von mir. Sie sprachen über das Trinken. Auch Margarida, bekam ich mit, habe ein Problem mit dem Trinken. Ein Problem mit dem Trinken und ein Problem mit dem Rauchen, sagte sie. Am Montag sei es das Trinken, am Dienstag das Rauchen, am Mittwoch wieder das Trinken und am Freitag wieder das Rauchen und am Wochenende beides. Sie lachte, und mein Vater lachte mit. Ich fragte, was am Donnerstag sei; aber keiner gab mir eine Antwort. Am Abend zuvor hatten wir in einem Restaurant in der Innenstadt Margaridas neununddreißigsten Geburtstag gefeiert und waren hinterher noch lange am Rudolfsplatz zusammengesessen. Mein Vater hatte auf der Gitarre gespielt und gesungen; bei manchen Stücken hatte ihn Carl auf dem Klavier begleitet; meine Mutter hatte ein Lied gesungen, auch Margarida hatte ein Lied gesungen, einen Fado aus Lissabon oder ihrer Heimatstadt Coimbra. Sie hatten Wein getrunken, aber betrunken war keiner von ihnen gewesen; am ehesten noch meine Mutter, weil sie keinen Alkohol vertrug. Ich hatte nie für möglich gehalten, daß Margarida eine Säuferin sei, wie mein Vater ein Säufer war. Auch daß sie zuviel rauchte, war mir nicht aufgefallen. Damals haben alle Erwachsenen geraucht. Ich kannte keine Frau, die so eine dunkle Stimme hatte wie Margarida. Sie sah auch ein bißchen wie ein Mann aus mit ihren starken, dunklen Augenbrauen, den gelben, überlangen Zähnen, ihrem großen Kopf mit den unfrisierbaren Haaren, der so gar nicht auf ihren schmächtigen Körper paßte. Mein Vater war sechs Jahre jünger als sie, aber aus seinem Gesicht hätte man auf gut zehn Jahre mehr geschlossen. Das Verhältnis von Kopf zu Körper war bei ihm ähnlich wie bei Margarida: ein harter, männlicher Schädel, das Gesicht im Gegensatz zu ihrem allerdings so gut wie immer ernst und humorlos, der Körper ebenso zierlich und die Haut käsig. Mein Vater, den Kopf immer noch in ihrem Schoß (vielleicht hatte er gar nicht mitbekommen, daß ich neben ihnen im Gras lag), sprach in ruhigem, besonnenem, einsichtigem Ton über sein Problem. Er wolle sich noch eine Chance geben, aus eigener Kraft vom Saufen wegzukommen; wenn er das nicht schaffe, werde er sich einer Kur unterziehen. Margarida sagte: »Dann gehen wir miteinander, Georgie. Ist das gut?« Mein Vater verrenkte seinen Arm, erwischte ihre Hand am Daumenballen und sagte: »Das ist gut.«

Ein wenig war ich traurig. Denn genau so ein Gespräch hätte ich mir gewünscht, als ich ihn gebeten hatte, nicht mehr zu trinken. Aber mit einem Siebenjährigen führt ein Alkoholiker kein solches Gespräch, vor allem nicht, wenn der Siebenjährige sein Sohn ist. Sondern er brüllt. Und lügt. Zum Beispiel brüllt er: »Du behauptest also, ich trinke? Gut, dann trinke ich eben! Siehst du diese Flasche? Die trinke ich jetzt aus. Du hast gesagt, ich trinke, also trinke ich. In einem Zug trinke ich diese Flasche jetzt aus. Und wenn sie leer ist, weißt du, was ich dann mache? Dann fresse ich sie auf. Du weißt sicher, was Glasscherben im Magen eines Menschen anrichten? Du weißt es. Du weißt ja alles.« An diesem Nachmittag in den Donauauen dachte ich: Am besten wäre es, wenn mein Vater und meine Mutter sich trennten und Carl und Margarida sich ebenfalls trennten und wenn mein Vater und Margarida sich zusammentun.

Schließlich wurden Margarida und mein Vater unruhig, weil Carl nicht zurückkam. Sie schickten mich los; aber ich wußte nicht, wo ich ihn suchen sollte, und trottete zwischen den Liegestühlen und Sonnenschirmen herum und war unglücklich und rief leise seinen Namen, halb hoffend, er hört mich, halb hoffend, er hört mich nicht, weil ich dachte, es wäre ihm bestimmt unangenehm vor all den Leuten, wenn ich seinen Namen rufe. Die schwarze Rauchwolke am Himmel, die sich inzwischen bis zu uns herüber ausgebreitet hatte, war mir wie ein Vorzeichen zu etwas Schrecklichem. Auch wenn ich es besser wußte, ich brachte sein Verschwinden mit *mir* in Verbindung, daß *ich* Schuld daran hatte; daß er es mit *mir* nicht mehr ausgehalten hatte; daß ich mich zu sehr auf ihn gefreut, mich zu lästig an ihn gehängt hatte; daß er all das, was ich ihm auflastete, weil ich es wenigstens für die Zeit der Sommerferien nicht tragen wollte, ebenfalls nicht tragen wollte.

Am Abend fuhr ich mit Margarida erst mit dem Bus und vom Praterstern mit der Straßenbahn in die Stadt zurück. Ich weiß nicht, warum mein Vater nicht mit uns fuhr. Vielleicht hatte er etwas zu tun. Oder sie hatten sich getrennt – mein Vater sollte in der Penzingerstraße auf Carl warten, Margarida am Rudolfsplatz.

Carl saß an seinem Schreibtisch und rührte sich nicht, als wir sein Arbeitszimmer betraten. Margarida sagte zu mir, ich solle im Salon warten, sie müsse mit Carl reden. Ich stellte mich hinter die Tür und lauschte. Was ich hörte, erschütterte mich so sehr, daß ich davonlief – hinaus aus dem Haus, durch die Innenstadt und über die Mariahilferstraße hinauf bis zum Westbahnhof und weiter in die Penzingerstraße, und dort schloß ich mich in meinem Zimmer ein. Ich hatte Carl jammern hören. Ich hatte nicht verstanden, was er sagte, dazu war die Tür zu massiv. Außerdem sprachen die beiden – wie immer, wenn sie allein waren – portugiesisch. Nur seinen weinerlichen Ton hatte ich gehört: ein kleinliches, klägliches Quengeln. Ich benötigte lange, um wieder mein Lot zu finden; und noch ein Stück länger, um meinen Helden in mir wieder aufzurichten – wenigstens zu Lebensgröße.

Bei unserem letzten Spaziergang hinunter zum Lansersee dachte ich, er stirbt. Jetzt. Hier. Im Schneegestöber. Über den Bäumen konnte ich den sanften Gipfel des Patscherkofels sehen. Carls Blick weitete sich auf einmal, er hielt nichts mehr um ihn herum fest. Wenn ich mich überwinde und ihn an mich drücke, dachte ich, dann stirbt er in meinen Armen. Mitten in den kleinen Gesang seines Atems hinein flüsterte er, als hätte er noch eine weitere Stimme zur Verfügung: »Lieber Gott, zeig mir den Weg, ich will ihn gehen!« Ich habe es gehört, und mir ist augenblicklich schlecht geworden. Nichts an diesem Mann ließ darauf schließen, daß ihm jemals etwas Tragisches zugestoßen sein könnte, und dennoch sah er nun aus, als gäbe es keine Unbill, die zu ertragen noch Kraft und Wille in ihm wären. Daß es von allen Göttern ausgerechnet der liebe Gott war, an den er sich wandte, klang aus diesem Mund wie eine Parodie. Aber das war es bestimmt nicht.

»Hilf mir«, sagte er und streckte mir die Hände entgegen.

Ich zog ihn aus dem Rollstuhl empor. Er schob mich von sich, tarierte mit den Fingern sein Gleichgewicht aus, hielt sich an der Umbrüstung beim Seecafé fest und versuchte, tief zu atmen – hier hatte er in längst vergangenen Sommern am frühen Morgen gesessen und, nachdem er eine halbe Stunde im See geschwommen war, ein Brioche gegessen und eine große Tasse Milchkaffee getrunken –; jetzt war in seinen Händen nur mehr wenig Blut, zu wenig, um den Schnee, der in einem schmalen Mäuerchen auf dem Geländer lag, zum Schmelzen zu bringen. Durch die meiste Zeit seines Lebens habe er keine Vorstellung von Gegenwart gehabt, hatte er mir einmal erklärt; er habe, im Gegenteil, jede Gelegenheit genützt, die Tagtäglichkeit als banal zu denunzieren, nämlich um die Gegenwart zu vertreiben, die im Vergleich mit der Zukunft stets schlecht abgeschnitten habe. Der zweite Atemzug gelang schon besser, der dritte noch besser, und schließlich atmete er zwar geräuschvoll, aber einigermaßen frei bei leicht geöffnetem Mund.

»Daß sich dein Vater das Leben genommen hat«, sagte er, »hätte ich verhindern sollen.«

»Du hättest es nicht verhindern können«, sagte ich.

Er schwieg lange, bewegte dabei seine Lippen, und es folgte ein Satz, mit dem er eine seiner Vorlesungen hätte beginnen können: »Auf der gediegenen Standfestigkeit der Logik behauptet sich der Glaube an die Vernunft, und die Vernunft hielt ich während meines Lebens für die wesentliche Grundlage der zivilisierten Menschheit ...« Schon nach den ersten Worten stand ihm die Enttäuschung über sich selbst ins Gesicht geschrieben: daß es sein Verstand nicht zugelassen hatte zu sagen, was er hatte sagen wollen; und die Ungeduld angesichts seiner geringen Zeit. Ich hätte ihm antworten sollen: Du warst für mich der Inbegriff der Vernunft. Du warst für mich der Inbegriff des Glaubens an sie. Du warst für mich der Inbegriff von Vornehmheit. Du warst für mich der Inbegriff der Langmut, der Geduld, des Nie-die-Nerven-Verlierens, des Nie-den-Überblick-Verlierens, des Nie-in-Panik-Geratens. Du warst der Arzt unserer Familie. Du warst der Schutzengel meines Vaters. Du warst der, der das Leben meiner Mutter lenkte. Du warst der Mann, der so gut gerochen, dessen Stimme mir jede Angst genommen hat; der Mann, der mir das Schwimmen beigebracht hat; mit dem ich durch das Tal gezogen bin, einen Feldstecher vor der Brust, der mir die Vögel gezeigt und mir alles über sie erzählt hat – über die vornehm gekleidete Bachstelze, die nicht minder vornehme Rauchschwalbe, den schmucken Stieglitz, über die verschiedenen Drosseln mit ihrem gepunkteten Wams, über Gimpel, den Clown, über das winzige Wintergoldhähnchen, das mir ein bißchen trottelhaft neureich vorgekommen war, den Eichelhäher mit den Seitenstreifen im schönsten Blau, über den wenig scheinbaren Sumpfrohrsänger, der sich Ruhm erwirbt, indem er alle anderen imitiert, über die hypnotische Dohle, den klugen Raben, dem man die Zunge lösen kann, was immer das auch heißen mag ... – Ohne dich wäre ich nicht, was ich bin. Er hätte gefragt: *Und was bist du?* Was für eine andere Antwort wäre mir geblieben, als ihm die gleiche Frage zu stellen? Und was hätte er geantwortet? Er weiß, daß ihm etwas widerfährt, aber er weiß nicht, was es sein wird; und er weiß noch weniger, ob es gut oder schlecht sein wird.

»Was tut dir in diesem Augenblick am meisten weh?« fragte er plötzlich und mit hoher Luft in der Brust.

Der Streifen Schilf, der unter uns aus dem Eis wuchs, die Reifenspuren des Rollstuhls am Wasser entlang, Spuren von gut einem Dutzend

Besuchen hier – alles für uns, alles von uns, alles wir, nur wir. »Setz dich wieder«, sagte ich. »Es strengt dich zu sehr an.«

»Sei doch nicht so ein dummer Hund!« fuhr er mich plötzlich an. Die Verzagtheit blieb in seinen Augen stehen. »Diese Abgeklärtheit eines Mannes in den mittleren Jahren!« rief er aus. »Wie blöd ich das finde! Können wir uns gegenseitig nicht einmal sagen, was uns im Innersten weh tut?«

»Ausgerechnet du fragst das?«

»Was soll das heißen? Ich habe dir alles erzählt. Seit du hier bist, haben wir nur von mir gesprochen.«

»Erstens hast du dir das gewünscht, und zweitens ist es nicht wahr«, sagte ich. »Ich habe dir sehr viel von mir erzählt.«

»Was tut dir weh? Eine einfache Frage.«

»Ich bin in Wien mit einer Frau zusammen, es ist eine lockere Verbindung.«

»Was kann daran weh tun?«

»Sie liebt mich mehr, als ich sie liebe.«

»Das wird *ihr* weh tun.«

»Genau gesagt: Ich weiß eigentlich gar nicht, *ob* ich sie liebe.«

»Um so mehr tut es ihr weh. Aber was geht sie mich an. Ich kenne sie nicht, und ich werde keine Gelegenheit mehr haben, sie kennenzulernen. Ich will wissen, was *dir* weh tut!«

»Sie schläft mit anderen Männern. Genau gesagt: mit zwei Männern. Ab und zu. Gleichzeitig. Genügt dir das?«

»Ein Mann schläft mit deiner Frau, das verdoppelt ihren Wert und damit auch deinen.« Er kicherte, seine Knie fingen an zu zittern. »Und mit zwei Männern – bitte! Du darfst deinen Wert mit vier multiplizieren! Woher weißt du es?«

»Sie hat es mir gesagt.«

»Warum?«

»Als wir uns erst wenige Tage kannten ... ich habe sie gefragt, ob sie schon einmal mit zwei Männern gleichzeitig im Bett war.«

»Und hast natürlich damit gerechnet, daß sie nein sagt.«

»Sie hat ja gesagt.«

»Und hat dir bei Gelegenheit die beiden gezeigt?«

»Hat sie.«

»Auch vorgestellt?«

»Nein, danke.«

»Woher weißt du, daß sie nicht lügt?«

»Sie lügt nie.«

»Das ist wenig wahrscheinlich.«

»Sie ist wenig wahrscheinlich.«

»Interessant. Wie sieht sie aus?«

»Sie würde dir gefallen.« Den Vormittag hatten wir damit zugebracht, uns alte Fotografien anzuschauen. Auf den meisten war Margarida zu sehen, ihr Gesicht, das ich so gern gehabt hatte. Deshalb sagte ich: »Sie ist Margarida nicht unähnlich.«

»Wie ist ihr Name?«

»Evelyn.«

»Das klingt androgyn. Ich muß dir gratulieren. Das hört sich doch
alles sehr anregend an. Da ist für Leben gesorgt, will ich doch meinen.
Es ist mir dennoch ein Rätsel, warum sie dich nicht angelogen hat. Es
hätte nur Vorteile gehabt, meine ich.«

»*Ich* habe *dich* angelogen«, sagte ich. »Nichts ist wahr. Ich wollte
mich nur interessant machen. Evelyn und ich haben eine ganz normale Beziehung.«

»Es war nicht gelogen«, stellte er in ärgerlichem Ton klar. »Du benimmst dich nicht erwachsen und außerdem unloyal ihr gegenüber.«

»Du bist der Logiker. Wenn du meinst, du könntest die erotische
Teilmenge meines Lebens berechnen ...«

Er konterte, ebenfalls ohne einsichtigen Zusammenhang: »Weder
Logik noch Erotik vermögen das Leben auf Dauer schön einzurichten.«

»Das schöne Leben kommt einem bei den meisten Handlungen erst
gar nicht in den Sinn«, versuchte ich mitzuhalten.

»Eben weil wir Affen sind!« rief er triumphierend. »Affen mit Prinzipien!« Und fing an zu bellen. Und wollte nicht damit aufhören.

»Laß es gut sein, bitte!« sagte ich. Ich griff unter seine Achseln,
stemmte ihn etwas in die Höhe und drückte ihn sanft in den Rollstuhl zurück.

Wir verfielen in Schweigen, als wären wir zu einem Waffenstillstand
gelangt. Starrten hinunter auf den See. Zwei Entertainer am Ende ih-

rer Doppelconférence. Ein uralter und einer in den besten Jahren. Der eine im Rollstuhl, der andere mit Kontinenz- und Potenzproblemen. Auf unserer Seite des Sees schneite es noch, aber drüben, wo das Schilf aus dem vereisten Wasser wuchs, lag bereits ein Streifen Sonne.

»Wenn ich nicht wüßte …«, sagte er nun mit einem traurigen, tapferen Ernst in den Augen, »wenn ich nicht wüßte … wenn ich nicht wüßte …« Er griff nach hinten, suchte meine Hand und teilte mit den Fingerspitzen leichte Klapse aus. Vielleicht sah er etwas, das seine Aufmerksamkeit ablenkte, eine zertretene Coladose, eine von Schnee, Regen und Sonne ausgebleichte Marlboroschachtel, etwas flüchtig Diesseitiges, was in diesem Augenblick die Rolle übernehmen hätte können, eine Metapher für alle Lebendigkeit zu sein, das sich aber weder durch Phantasie noch Paradoxie mit dem Gedanken verbinden ließ, den er gerade zu formulieren versuchte. »Wenn ich nicht wüßte, daß jede gute Gleichung jeder Glaskugel vorzuziehen ist, würde ich dich jetzt bitten, mich zu jemandem zu schieben, der kompetent Auskunft geben kann, was einen nach dem Tod erwartet.« Ich vermutete, er hatte etwas anderes sagen wollen, etwas Belangloses, es aber vergessen und, weil durch dreimaliges Ansetzen zuviel Gewicht erzeugt worden war, zum naheliegend Schweren, nämlich zur Metaphysik, gegriffen, um meine Erwartung zu befriedigen. Metaphysisches aus seinem Mund klang sentimental. Er rückte seinen Oberkörper zurecht, mit stummer, brüsker Gründlichkeit.

Auf dem Weg zurück zu seinem Haus bat er mich, die letzte Viertelstunde zu vergessen. Nuschelte eine Entschuldigung. »Ich glaube nicht an Gott. So ein altes Arschloch wie ich! Gödel soll an einem mathematischen Gottesbeweis gearbeitet haben. Er ist gestorben, bevor er damit fertig war. Das nenne ich Ironie! Einen Augenblick lang habe ich mich jung gefühlt. So ein altes Arschloch wie ich! Wenn es einen Gott gibt, bin ich unbestreitbar von ihm begünstigt. Und trotzdem angeschissen! Dankbar bin ich nicht. Es ist mir egal. Ich muß mich bei dir entschuldigen.« Ein fremder, seelenvoller Blick traf mich, aber der Glanz war aus seinen Augen gewichen. – Ich habe Carl Jacob Candoris übrigens nie vorher fluchen hören. Nie. Und nie habe ich ein ordinäres Wort aus seinem Mund gehört. Niemals.

Bevor wir bei der Kehre angekommen waren, von wo der Weg über ein kurzes steiles Stück zum Haus hinaufführt, sagte er: »Fahr' mich vor zur Straße, ich möchte noch nicht nach Hause, ich möchte Autos hören und Autos riechen.«

Ich schob den Rollstuhl bis zur Haltestelle der Lanserbahn.

»Nicht unter das Dach!« befahl er. »Mich stört der Schnee nicht. Ich weiß, es wäre weitaus poetischer, wenn sich ein Mensch, der dem Tod so nahe ist, den Geruch von Fichtenharz oder Waldboden wünscht. Ich wünsche mir Autoabgase. Laß uns warten, bis wenigstens der Bus kommt.«

Wir standen auf dem schmalen Streifen zwischen den Schienen und der Straße. Der Schnee fiel nun in breiten Flocken. Immer wieder drang die Sonne durch die Wolken und warf leuchtende Flecken, einmal mitten auf den verschneiten Stoppelacker hinter den Geleisen, einmal auf das Gehölz unten beim See, einmal auf das Dach von Carls Haus.

»Warum«, kam er noch einmal auf unser vorangegangenes Gespräch zurück, »warum hältst du dich mit einer Frau auf, die neben dir noch zwei andere Männer hat und die du nicht liebst?«

»Ich habe nicht gesagt, ich liebe sie nicht. Ich habe gesagt, sie liebt mich mehr als ich sie.«

»Liegt es nicht in der Natur der Liebe, daß man genau so einen Satz nicht sagen kann, wenn man liebt? Laß' sie gehen! Oder schick' sie weg! Oder, wenn du es nicht anders kannst, erklär' ihr, daß ihr nicht zusammenpaßt, daß ihr beide euer Leben vergeudet, sie an jemanden, den sie mehr liebt, als er sie liebt, du an jemanden, den du weniger liebst, als du es dir wünschst.« – Er lachte, warf den Kopf zurück über die Lehne seines Rollstuhls und sah mir verkehrt herum in die Augen. »Ich weiß, was du denkst, Sebastian. Was versteht der von der Liebe, denkst du. Hab' ich recht?«

Ob er jemals zu Margarida gesagt hatte: Ich liebe dich? Ich hätte ihn fragen sollen. Der Unterschied zwischen den beiden Paaren in »unserer Familie« hätte größer nicht sein können. Während ich mir bei meinem Vater und meiner Mutter, auch in Zeiten, in denen Bedrücktheit und Gekränktheit unseren Haushalt beherrschten, immer sicher gewesen war, daß ihre Herzen aufeinander ausgerichtet waren – was sie nicht weniger unglücklich als glücklich sein ließ –, erstaunte mich bei Carl und Margarida, daß die beiden einander überhaupt gefunden hatten. Außer, daß sie in fast allem einer Meinung waren; außer, daß sie sich ein gemütliches Zuhause sowohl in Wien und in Lissabon als auch in Innsbruck und später in Lans geschaffen hatten; außer, daß sie sich gegenseitig respektierten, wie ich es nie bei zwei Menschen erlebt hatte – eben absurderweise außer all dem, was ein Paar zu einem idealen Paar macht, hatten die beiden nichts miteinander zu tun. Meine Eltern liebten sich und waren verkrallt ineinander, mein Vater in offener Verzweiflung, meine Mutter auf ihre rätselhafte Art unnachgiebig und konstant; Carl und Margarida waren nicht ineinander verkrallt, und sie liebten sich nicht. – Dieser Eindruck war natürlich grundfalsch.

»Ich habe mein Handy dabei«, rief er in den Lärm eines vorbeifahrenden Autos hinein. »Ruf sie an! Jetzt! Sag ihr, daß es aus ist! Schluß! Vorbei! Am Telefon ist das leichter. Und vor mir brauchst du dich nicht zu genieren.«

Er klappte das Handy auf, hielt es mir über seine Schulter entgegen und sagte mit verändertem Tonfall: »Was war der Grund, warum ihr euch getrennt habt?«

Ich wußte genau, was er meinte; aber ich sagte: »Was meinst du? Wer hat sich getrennt?«

»Dagmar und du?«

»Dagmar und ich? Lieber Himmel, das ist zwanzig Jahre her!«

»Warum?« insistierte er.

»Das weiß ich nicht mehr.«

»Ihr habt einen Sohn miteinander. Du mußt doch wissen, warum ihr nicht zusammengeblieben seid!«

»Mehrere Gründe.«

»Nenne mir einen!«

»Willst du das wirklich wissen? Daß ich zum Beispiel zu meinem Entsetzen an mir entdeckte, wie ich ihre Art zu sprechen nachäffte, wenn sie nicht in der Nähe war, wenn ich Milch und Brot im Supermarkt besorgte oder in der UB saß, und daß sie mir erzählte, wie sie mich am hellichten Tag in halblauten Selbstgesprächen zu einem Popanz aufblase, um ihn anschließend nach Strich und Faden niederzuargumentieren. Genügt das?«

Auf dem Rückweg zur Villa hinauf erzählte er mir, daß er vor neunzehn Jahren, als Margarida gestorben war, nach Göttingen gefahren sei und daß ihn die Stadt, in der er als Kind und als Student so glücklich gewesen war, nun mit Trübsinn eingedeckt habe; daß er weiter nach Brüssel gefahren sei, um sich in der verzweifelten Hoffnung auf irgendeine Erlösung im Königlichen Institut für Naturwissenschaften den Ishango-Knochen anzusehen, in den vor achteinhalbtausend Jahren Menschen Primzahlen in Form von Kerben eingeritzt hatten, daß er durch den Anblick dieses uralten kleinen Knochens aber nicht erhoben, sondern in eine nachgerade irrwitzig komische Melancholie gestoßen worden sei, die seinem Gesicht im Hotelspiegel einen perfekten Ausdruck von Dummheit verliehen habe; daß er bereits am nächsten Tag weitergefahren sei, kreuz und quer durch Deutschland – nach Aachen, Wuppertal, Remscheid, hinunter nach Mannheim, hinüber nach Würzburg und eben auch nach Frankfurt – und daß er dort Dagmar und David besucht habe.

»Ich wußte in meiner Not nicht, an wen ich mich wenden sollte«, sagte er.

Als mich Frau Mungenast in Wien anrief und mir mitteilte, daß Professor Candoris gestorben sei, saß David neben mir. Er hat mich besucht, ja. Er hat mich besucht, weil ihn Carl darum gebeten hatte. Und er hatte ihn mit der Absicht darum gebeten, seine Mutter und mich wieder zusammenzubringen. Carl hatte über all die Jahre mit Dagmar und David Kontakt gehalten. Ich hatte nichts davon gewußt. Gleich nach Davids Geburt hatte er ein Konto auf dessen Namen eröffnet und jeden Monat 200 D-Mark einzahlen lassen. Zu Davids achtzehntem Geburtstag schickte er ihm das Sparbuch. Fünf-, sechsmal war er bei ihnen in Frankfurt gewesen. Wenn's reicht. Und David wiederum hatte Carl besucht, mehrere Male, über die Weihnachtsferien zusammen mit Freunden zum Schifahren, in den Sommerferien in Wien, dort hatte er sogar einmal einen guten Monat lang in der Wohnung am Rudolfsplatz gewohnt.

»Ich kann mich nicht erinnern, wie ich ihn kennengelernt habe«, sagte David.

»Was ist deine erste Erinnerung?« fragte ich ihn.

»Ich sehe Carl in unserer Küche in Frankfurt sitzen. Ich muß einen komischen Satz gesagt haben, erzählt Mama, und Carl und sie haben gelacht. Er war auf jeden Fall der erste Mensch, mit dem ich telefoniert habe, das weiß ich bestimmt. Einmal pro Woche, meistens am Sonntagabend, hat er bei uns angerufen.«

Das kam mir alles bekannt vor, sehr bekannt. Am Ende habe Carl sogar jeden Tag in Frankfurt angerufen. Das wollte ich genau wissen.

»Wann am Ende?«

»Als du bei ihm in Lans warst. Nach deiner Operation.«

Zweites Kapitel

1

Carl Jacob Candoris wurde am 18. Mai 1906 in Meran geboren. Sein Vater, Kajetan *von* Candoris, stammte aus einem Südtiroler Geschlecht, das Ende des neunzehnten Jahrhunderts, dank der braven Beamtentätigkeit dreier vorangegangener Familienoberhäupter, in den Stand der Edlen nobilitiert worden war. Kajetan diente als Oberleutnant in der österreichisch-ungarischen Armee und war in Brixen stationiert. Nach der Geburt seines Sohnes erhielt er von seinen Vorgesetzten die Erlaubnis, drei Nächte in der Woche zu Hause bei seiner Frau zu verbringen. Das schrieb er – und betonte es durch Unterstreichung – in einem Brief an seinen Schwiegervater in Wien.

Dieser Brief stellt den einzigen Gegenstand dar, der Carl an seinen Vater erinnerte. Von Kajetan von Candoris existieren weder Bilder noch irgendwelche Dokumente, keine persönlichen Kleinigkeiten – Tabakspfeife, Rasiermesser oder Spazierstock –, nicht einmal eine Anekdote über ihn gibt es. Er fiel bald nach Beginn des Ersten Weltkriegs in der Schlacht bei Lemberg in Galizien. Nur dieser Brief ist da; und es ist nichts an ihm, was einem ans Herz wachsen könnte. Ein vergilbter Bogen, zweifach gefaltet, am Kopf versehen mit dem Abdruck der Stampiglie des XX. Korpskommandos Brixen. Der Brief ist in sauberer Kurrentschrift geschrieben und beginnt mit: »Sehr verehrter Herr Bárány, lieber Schwiegerpapa!« Es folgen Beschreibungen der ehelichen Wohnung, der täglichen Routine beim Dienst, eines Wochenendausflugs in die Dolomiten gemeinsam mit seiner Frau, schließlich der erwähnte, in voller Länge unterstrichene Hinweis auf seine dienstliche Bevorzugung – alles in einem hölzernen Stil verfaßt, der weder rührend noch komisch wirkt, sondern tatsächlich wie aus einem der damals gebräuchlichen Briefschreibehilfen übernommen.

Unter »Hochachtungsvoll« und der Paradeunterschrift »K. v. Candoris« folgte, etwas abgesetzt und ebenfalls in voller Länge unterstrichen, ein Postscriptum: »Dieser Brief ist auf Drängen meiner lieben
Frau, Charlotte von Candoris, geschrieben worden, die hier in Brixen
nach ihren eigenen Worten sehr glücklich ist.«

Der Zweck des Briefes war Beschwichtigung. Sein Vater nämlich,
erzählte Carl, habe den Schwiegereltern gegenüber behauptet, er sei
mehrere Male beim Ministerium vorstellig geworden, um nach der
Heirat in Wien, der Heimatstadt seiner Gemahlin, bleiben zu dürfen;
die Stationierung in Südtirol sei ausdrücklich gegen seinen Willen
geschehen. Herr Bárány aber stellte Erkundigungen an und erfuhr,
daß – im Gegenteil – dringend darum gebeten worden war, in Brixen
den Dienst antreten zu dürfen.

»Das Postscriptum war ebenfalls gelogen«, bemerkte Carl. »Meine Mutter hatte Heimweh. Eltern und Verwandtschaft ihres Mannes
verhielten sich präpotent und abweisend gegen sie. In Wahrheit hatte sie keinen sehnlicheren Wunsch, als endlich wieder in Wien zu leben. Daß mein Vater sie in dem Brief an ihre Eltern nicht einfach nur
Charlotte, sondern ›von Candoris‹ nannte, läßt sich nur aus einem für
mich schwer nachvollziehbaren Dünkel erklären, der ihm vielleicht
gar nicht bewußt war – was ein erbärmliches Licht auf seine Intelligenz werfen würde –; oder seine hohe Nase war ihm wichtiger als die
Versöhnung mit einem ›Bürgerlichen‹ – wenn so, warum der Brief? –;
oder aber diese Blasiertheit war gezielt und absichtlich herablassend
gemeint – in diesem Fall wäre der Brief allerdings eine Art Kriegserklärung gewesen, was ich mir auch wieder nicht vorstellen kann. Meine Großeltern jedenfalls empfanden dieses ›meine liebe Frau, Charlotte von Candoris‹ als Dummheit, Arroganz und Frechheit.«

Frau Mungenast hatte uns im Arbeitszimmer ein kleines Abendbrot
hergerichtet und war anschließend in ihr Zimmer gegangen. Es hatte am späten Nachmittag zu schneien begonnen, mit Einbrechen der
Dunkelheit hatte der Himmel aber wieder aufgeklart. Ich hätte gern
durch die breite Fensterfront auf das Tal hinuntergeschaut, das vom
Mondlicht beschienen war; aber Carl wünschte, daß ich die Vorhänge
zuziehe. »Es lenkt uns ab«, sagte er.

Er fragte: »Brauchst du noch etwas?«

»Ich habe alles«, sagte ich.

Der Raum umfaßte die Breite des Hauses und bestand aus zwei Teilen, die durch einen Deckensturz und ein schmales Regal, das aus der Wand sprang, andeutungsweise getrennt waren. Die Wände des kleineren Teils waren vom Boden bis zur Decke mit Büchern und CDs vollgestellt, mitten darin stand ein weitflächiger Schreibtisch aus hochglänzendem Teakholz. Carl kaufte jedes Buch, das ihn auch nur irgendwie ansprach, aber hatte es nie gemocht, allzu viele davon um sich zu haben. Solche, bei denen er sich sicher war, daß er sie nicht mehr in die Hand nehmen würde, sortierte er immer wieder aus, wobei ich nicht weiß, ob er sie irgendwo im Haus, im Keller vielleicht, lagerte oder nach Wien schickte oder irgendwelchen Bibliotheken schenkte oder ob er sie einfach wegwarf. Ebensoviel Platz wie die Bücher nahmen die CDs ein. Als die Compact Disc aufkam, kaufte er sich alle Aufnahmen, die ihm etwas bedeuteten, nach und räumte die Schallplatten aus den Regalen. Die Pressungen, die auf den neuen Tonträgern nicht mehr in den Handel kamen, ließ er sich später von einem Studenten, den er im Sommersemester offiziell als seinen Sekretär anstellte, von Schallplatte auf CD brennen. Im größeren Teil des Raumes, von dem aus eine Tür hinaus auf die Terrasse führte, standen nahe der Fensterfront ein Eßtisch für zehn Personen, weiters eine Gruppe, bestehend aus einem Chesterfield, einer Zweisitzer- und einer Dreisitzercouch aus rostbraunem Leder, und Carls alter, dunkelgrüner Lehnsessel. Die Fensterecke nahm der Stutzflügel ein, ein ahornbraunes Stück, schon mehrmals renoviert, das er von seinem Großvater geerbt hatte. Der Kamin war für meinen Geschmack etwas überdimensioniert, was aber nur auffiel, wenn er kalt war; es ließ sich darin ein rechtes Lagerfeuer aufschichten, die Flammen erleuchteten den Raum und holten die Wildnis herein, eine Idee davon wenigstens.

Ich löschte die Lichter, nur die Stehlampen neben seinem Lehnstuhl und der Couch, auf der ich mich eingerichtet hatte, ließ ich brennen. Carl saß dicht am Feuer, die Hände hatte er im Schoß gefaltet, die Daumen kratzten einander den Rücken. Neben ihm auf einem Beistelltischchen standen eine Kanne mit Tee und ein Teller mit belegten Broten, die Frau Mungenast in briefmarkengroße Quadrate geschnitten hatte, ein Apfel und ein Messerchen sowie eine einzelne Zigarette auf einem Teller und eine Schachtel Streichhölzer. Die Brote, die für mich gedacht waren, hatte sie lediglich halbiert. Eine Flasche Wein stand neben meinem Teller, ebenfalls eine Kanne Tee, eine kleine Tafel Schokolade, Orangen, Bananen, Äpfel.

Ich hatte vorgeschlagen, wenigstens bei unserer ersten Sitzung mein Diktiergerät mitlaufen zu lassen. Es ist ein digitales Gerät, auf dem mehr als vier Stunden Platz hätten; das müßte, sagte ich, für den ersten Abend doch genügen. Zufrieden war er damit nicht. Ich versprach ihm, die Aufnahme in den nächsten Tagen in die Hefte zu exzerpieren. »Ich muß mich erst in meine Rolle eingewöhnen, und wir wollen ja nicht, daß etwas verlorengeht.«

Auf dem Kaminsims lagen ein kleines Buch und eine Mappe. Er bat mich, ihm diese beiden Dinge zu geben. Die Mappe enthielt neben anderen zusammengefalteten und glatt gepreßten Papieren den Brief seines Vaters. Das Buch war eine Auswahl aus Giacomo Leopardis *Zibaldone*, ein schmales Bändchen, gut fünfzig Jahre alt, schätzte ich, von kleinem Format, gebunden in grauem Hartkarton.

»Es wird dir sicher merkwürdig vorkommen, daß ich mir so etwas wie ein Motto ausgesucht habe. Sieh es mir nach! Und noch etwas: Ich spüre, du kommst dir instrumentalisiert vor. Du brauchst mir nicht zu widersprechen, ich spüre es. Ich an deiner Stelle käme mir gewiß so vor. Sieh mir auch das nach! Du kannst auf deine Bücher verweisen, dein Vater konnte auf seine immense Musikalität verweisen. All die Menschen, die mir soviel bedeutet haben, haben etwas hinterlassen, denke ich. Ich habe nur mein Leben, und das Beste daran war die Begeisterung, die ich für die empfand, die über so viele Talente verfügten. Ich möchte dir etwas vorlesen.« – Er schlug das Buch auf, wo ein gefaltetes Blatt eingelegt war. – »Leopardi hat gedacht wie ich. Vielleicht war er im Charakter mir ähnlich. Ihm hat es an nichts gemangelt, zugleich aber an allem. Er hatte zu jeder Zeit seines Lebens die besten Aussichten und war dennoch ein Pessimist. Was hier steht, ist meine Erfahrung. Ich gestatte mir, ihn etwas zusammenzuziehen. Hör zu: ›Dies ist das Eigentümliche der wahrhaft großen Werke, daß sie auch dann, wenn sie die Nichtigkeit aller Dinge vor Augen führen, wenn sie die unüberwindliche Glücklosigkeit des Daseins erkennen und spüren lassen, wenn sie die gräßlichste Verzweiflung ausdrükken, dennoch einer hohen Seele, mag sie sich auch in einem Zustande äußerster Niedergeschlagenheit und Enttäuschung, Mutlosigkeit und Verneinung befinden, stets zum Troste gereichen, zu neuer Begeisterung wecken und wenigstens für den Augenblick das verlorene Leben wiederschenken.‹«

Eine Weile schwieg er, das Buch zwischen seinen blassen, knittrigen Fäusten. Endlich sagte er: »Ich habe nie an etwas anderes geglaubt als an das, was Menschen bewerkstelligen. Daran aber schon. Und nun sollst du dein Diktiergerät einschalten.«

2

Carls Stimme auf dem Band: »Ich kann nicht behaupten, daß mir dieses Stück viel bedeutet, aber es ist nun einmal das einzige Stück, das ich von meinem Vater habe. Valerie hat den Brief nach dem Ableben unserer Mutter bei deren Sachen gefunden und ihn mir gegeben, als ich 1945 nach Wien zurückkehrte.« (Valerie ist Carls Halbschwester, achtzehn Jahre jünger als er, Tochter aus zweiter Ehe seiner Mutter. Sie lebt heute in Dänemark.) – »Daß meine Mutter den Brief durch all die Jahre aufgehoben hat, hat mich gewundert. Sie hat von meinem Vater nie gesprochen. Jedenfalls nicht mit mir. Mit meinem Großvater oder meiner Großmutter bestimmt nicht. Mit Valerie ebenfalls nicht. Was sollte sie auch mit ihr über meinen Vater sprechen, wenn sie nicht einmal über deren Vater mit ihr sprach! Ein Gespenst war mein Vater, und ein Gespenst war auch Valeries Vater. Ich bezweifle, daß meine Mutter diesen Brief je zu Ende gelesen hat. Der Brief lag also irgendwo herum. Was tun damit? So hat sie ihn halt zu ihren Sachen gelegt, in ihren Sekretär – den sie sich als junge Frau von dem einzigen Geld, das ihr je aus eigener Arbeit zugeflossen war, gekauft hatte und der erstaunlicherweise über den Krieg gerettet worden war. Und dort war er liegengeblieben, durch die Jahre. Bis man ihn nach ihrem Tod fand. So erklärte ich mir das. Und später lag er bei meinen Sachen. Ebenfalls durch die Jahre. Irgendwann habe ich ihn Margarida gezeigt. Sie war gerührt. ›Deine Mutter hat ihr Leben lang an deinen Vater gedacht‹, sagte sie. Ich sagte: ›Nein, das hat sie gewiß nicht. Und bitte nimm das Stück Papier nicht in die Hand, als wär's eine Seite aus dem Originalmanuskript vom Hamlet!‹ Margarida hat den Brief rahmen lassen und in meinem Arbeitszimmer an die Wand gehängt. Mit der Zeit begann die Schrift auszubleichen. Ich dachte: Sieh an, mein Vater löst sich in Licht auf! Und das nicht einmal metaphorisch gemeint. Gibt's etwas Friedsameres? Aber Margarida hat das Stück unter dem Glas hervorgeholt und in meiner Dokumentenmappe versorgt. Aber nicht in ein eigenes Fach hat sie ihn gesteckt, sondern unter meine Geburtsurkunde. ›Ja, das ist wirklich ein würdiger Platz‹, lobte ich sie. Bis heute habe ich den Brief nie mehr hervorgeholt.

Meine Mutter war siebzehn, als sie meinen Vater heiratete. Während seiner Zeit an der Militärakademie in Wien hatten sie einander kennengelernt. Mein Großvater und meine Großmutter sahen die Beziehung von Anfang an nicht gern. Das Soldatendasein schickte sich ihrer Meinung nach für einen intelligenten erwachsenen Mann nicht. Meine Mutter war ihr einziges Kind, und sie hätten lieber einen Zivilisten als Schwiegersohn gesehen und den auch lieber erst einige Jahre später, am besten einen mit kaufmännischen Interessen, der irgendwann das Geschäft hätte übernehmen können, ohne daß man ihn vorher zurechtbiegen und hinterher ständig kontrollieren mußte. Daß ihr Schwiegersohn einen Adelstitel mitbrachte, bedeutete ihnen weniger als nichts. Mein Großvater war gegenüber den Monarchien immer kritisch eingestellt gewesen, und meine Großmutter sah es nicht anders. Eher noch radikaler. Zeitweise jedenfalls. Hing von ihrem Blutdruck ab. Als mein Vater starb, hielt sich die Trauer der beiden in Grenzen. Sie wußten nichts über ihn, und er hatte ihnen nie Gelegenheit gegeben, ihn näher kennenzulernen. Kein Interesse hier, kein Interesse dort. Ich nehme an, mein Vater war schlicht und einfach ein nichtssagender Mensch gewesen, einer, über den es eben nichts zu sagen gab. Und deshalb hat unsere Familie auch nichts über ihn gesagt.«

Nur einmal war ich in einer von Carls Vorlesungen gewesen – das war zu einer Zeit, als Universitätsprofessoren noch eine säkulare Priesterschaft darstellten, jedenfalls in Österreich. Er war an der Tafel gestanden, gekleidet wie für einen englischen Herrenclubabend, in der rechten Hand die Kreide, die linke Hand flach vor sich, und hatte mit bald nur noch gehauchter Stimme die beklagenswerte Tatsache bejubelt, daß es vielleicht nie gelingen werde, eine Ordnung in die Abfolge der Primzahlen zu bringen; und während er sprach und die Zeichen auf die Tafel malte, hatte er immer wieder auf seine linke Hand geblickt, als seien dort die Glieder seiner Argumentationskette eingraviert. – Und so tat er es auch jetzt. Er drehte die Hand, mit der er seine Erzählung aufgehalten hatte, und las daraus vor, was er zum Thema Familie darin geschrieben fand.

»Wir schleppen unsere Familienmitglieder mit uns herum wie Voodoopuppen, weil wir ihre böse Magie nicht wecken wollen, und das allein ist der Grund, warum wir uns nicht trauen, uns ganz von ihnen zu trennen.«

Margarida hat mich einmal gewarnt, ich solle nicht unbedingt glauben, was Carl über seine Familie erzähle. Ihr Mann sei so sehr von dem Gedanken erfüllt, ein mündiger Mensch müsse bereit sein, für alles, was ihn betrifft, einzustehen, daß er nicht akzeptieren wolle, wenn einer sich hinstelle, als könne er nichts gegen seine Herkunft ausrichten. Wie die Eltern gewesen seien, sei Sache der Eltern. Wenn dich ein Unglück trifft, ist es *dein* Unglück, und es verdient, ertragen zu werden. Das sei Carls diamantene Meinung. Sagte Margarida. Ob er immer noch so dachte? In C. J. C. 6 finde ich eine Stelle – das war bereits am sechzehnten Tag meines Besuches –, wo ich zitiere, was er über den japanischen Mathematiker Makoto Kurabashi, den er entdeckt und mit dem er etliche Jahre korrespondiert hatte, sagte, nämlich: er sei sein Bruder gewesen; und ich schrieb weiter: daß er mich gleich korrigierte, als ob ich ihm widersprochen hätte, was ich nicht hatte: »Du verstehst mich falsch. Ich meine das nicht in dem abgeschmackten Sinn von ›wir werden alle welche‹ – nein, nein: In *meiner* Familie war er *mein* Bruder.«

Carls Stimme auf dem Band: »Ich erinnere mich gut an Meran. Ich war fünf, sechs, sieben. Meine Mutter war fünfundzwanzig oder sechsundzwanzig, aber sie sah keinen Tag älter aus als siebzehn oder achtzehn. Das haben alle gesagt. Jeder Gast, der zur Tür hereinkam.

Die meisten in Uniform. Wenn wir beide allein waren, spielte sie mit mir. Wir aßen unter dem Tisch Marmeladebrote, zusammen mit einer Holzpuppe und einem Blechhahn. Wir legten Decken über den Tisch und hatten darunter unsere Höhle. Wir spielten Krankenhaus. Ich war der Arzt, sie die Patientin. Sie sagte, sie leide an der gefährlichen Schlafkrankheit. Sie war den ganzen Tag müde. Ich sehe sie im Bett liegen, die Zudecke um den Kopf gewickelt. Sie erklärte mir die Schlafkrankheit: ›Der Patient liegt im Bett, der Arzt schaut jede Stunde vorbei, mißt den Puls, fühlt die Stirn und schenkt Lindenblütentee nach. In der übrigen Zeit darf der Arzt tun, was er will.‹ Es war ein schönes Spiel. Nachdem Österreich Serbien den Krieg erklärt hatte, wurde meinem Vater das Privileg, an drei Tagen in der Woche zu Hause zu übernachten, entzogen. Meine Mutter packte ihre Sachen und fuhr nach Wien. Was sollte sie allein in Meran!

Ich war zu dieser Zeit in Ferien bei meiner Großtante in Göttingen. Gleich nach Schulschluß hatte mich meine Großmutter in Meran abgeholt. Meine Mutter hatte mich ins Hotel Palace gebracht, in der Lounge war Übergabe. Die Wohnung meiner Eltern wollte meine Großmutter nicht betreten. Am 25. Juli, bei Bekanntgabe der Kriegserklärung, war ich in Göttingen bei meiner Großtante Franziska Herzog, genannt Franzi, und deren Tochter Kunigunde, genannt Kuni, den verrücktesten zwei Frauenzimmern, die mir je untergekommen sind – exzentrisch, laut, schrill, verzweifelt, egoman, unersättlich, aber auch großzügig und charmant und vor allem süchtig danach, mich zu drechseln und zu verwöhnen – eine überwältigende Feriengesellschaft für einen Achtjährigen. Und wir drei waren begeistert vom Krieg. Alles, was ich über den Krieg wußte, war, daß man ihn mit i-e schreibt. Was ja auch wieder merkwürdig ist, wo mein Vater doch Berufssoldat war. Ich weiß nicht, ob mein Vater auch so begeistert vom Krieg war wie ich und diese beiden sonderbaren, schrecklichen Frauen. Wobei die Begeisterung von Tante Franzi und Tante Kuni keine echte war, sondern eine zynische. Vaterländische Erregungen waren ihnen ebenso fremd wie die Uniformjacken und die Uniformhosen, die in dem Betrieb hergestellt wurden, von dem sie lebten und in den folgenden Jahren noch opulenter lebten. Sie freuten sich, daß die Welt verreckt. Jedenfalls Tante Franzi. Aber das habe ich nicht mitbekommen. Ein schöner Sommer. Alle Tage im Freien. Ein Umzug war in der Stadt. Wir haben uns an die Straße gestellt und zugeschaut. Vom Marktplatz zum Kriegerdenkmal sind die Leute gezogen, es war wie bei ihrem Karneval, weiter zum Offizierskasino und zum Haus des Oberbürgermeisters. Und jedesmal ein Hallo. Und jedesmal eine Rede oder zwei Reden oder drei und Bier, als wäre Krieg eine Sache des Brauereiwesens. Und die Studenten mit ihren Fahnen. Ein Viertel von ihnen hat es zwei Jahre später nicht mehr gegeben, schätze ich. Bis in den frühen Morgen konnte man sie trommeln und johlen hören.

Sicher habe ich es auch genossen, so ausschweifend verwöhnt zu werden. Ich durfte aufbleiben, solange ich wollte, durfte essen, wann immer mir danach war, niemand verbot mir, in die Stadt zu gehen. Wenn ich von einem Taschenmesser in einem Schaufenster erzählte, legte man mir Geld auf den Tisch, damit ich es mir gleich am nächsten Tag kaufen konnte, doppelt Geld womöglich, weil Tante Franzi mir das Messer schenken wollte und Tante Kuni genauso. Die Launen, das Getue, der Zynismus der beiden gingen mir aber bald auf die Nerven. Nach einer Woche bereits legte ich mir ernsthaft einen Plan zurecht, wie ich allein nach Meran zurückfahren könnte. Ich wollte Tante Franzis Haushaltsgeld stehlen, mir eine Fahrkarte kaufen und mich unterwegs in der Nähe von irgendwelchen Leuten halten, damit der Kondukteur meinen sollte, ich gehöre zu denen.

Eines Tages brachte Tante Kuni eine junge Frau ins Haus, die sie als ihre Nachhilfelehrerin vorstellte. Tante Kuni hatte nämlich mit ihren zweiunddreißig Jahren begonnen, Philosophie zu studieren, und war in einen Phänomenologenkurs geraten, wo sie kein Wort verstand. Fräulein Stein war etwa so alt wie meine Mutter und sah ihr, obwohl dunkelhaarig, sehr ähnlich, beide hatten dieses ausgeprägte Grübchen am Kinn und die ernsten Augen, und beide waren auf eine beinahe überirdische Weise nicht eitel. Ich verliebte mich in sie. Tante Franzi und Tante Kuni verliebten sich ebenfalls in sie. Aber ich war der Bevorzugte. An den Nachmittagen, nach den zwei Nachhilfestunden mit Tante Kuni, zeigte sie mir die Stadt, führte mich durch immer eine andere Gasse, und immer gab es eine Sensation zu sehen oder zu hören oder zu riechen. Sie schenkte mir ein feingebundenes Buch mit leeren Seiten. Ich sagte, da hinein wolle ich schreiben, was wir beide erleben.

Ich besitze es noch. Am Wall hinter dem Akziseamt beim Weendertor zeigte sie mir ein Hornissennest, ich hatte so etwas noch nie gesehen. Oder sie führte mich durch Blumenbachs Schädelsammlung. Aber sie erklärte mir nichts, wir haben uns die Exponate angesehen und gestaunt. Sie wußte auch nicht viel mehr als ich. Eigentlich wollten wir ja auch gar nichts wissen, nur anschauen wollten wir, und als der Kustos mit freundlichem Lächeln auf uns zukam, sind wir davon, weil wir fürchteten, er werde uns gleich einen Vortrag halten. Oder wir wanderten bis nach Rasemühle hinaus, zum Sanatorium, dort schlichen wir uns in den Park und stellten uns ins Efeu unter ein bestimmtes Fenster und lauschten der nicht enden wollenden Standpauke eines Paranoikers.

Ende September holte mich meine Großmutter aus Göttingen ab. Wir fuhren aber nicht nach Südtirol, sondern nach Wien. Im Zug teilte sie mir mit, daß mein Vater nicht mehr lebe. Sie teilte es mir mit – das ist richtig gesagt so. In der Volksschule Börsegasse war ich bereits angemeldet, und einen Platz im Hegel-Gymnasium für das Jahr darauf hatte mein vorausplanender Großvater auch schon für mich reservieren lassen. Unsere Wohnung in Meran habe ich nie wiedergesehen. Meine Mutter und ich bezogen drei Zimmer im Mezzanin im Haus am Rudolfsplatz, gegessen haben wir gemeinsam mit meinen Großeltern. Und meine Mutter führte ihr Leben als Tochter weiter, wie sie es vor ihrer Heirat geführt hatte. Ich wuchs neben ihr auf, als wäre sie meine ältere Schwester. – So sah unsere Familie aus.«

Unter Carls letzten Sätzen höre ich mich unruhig werden. Ich konnte nicht mehr länger sitzen. Ich hatte aus der Klinik ein Spezialkissen in Form eines Schwimmreifens mitgebracht, das wurde allen Prostataoperierten mitgegeben; es lag oben in meinem Zimmer. Wenn ich, hatte ich mir gedacht, im Morgenmantel herunterkomme, diesen Reifen unter dem Arm, das sieht aus, als wär' ich unterwegs zum Strand, fehlten nur noch Sonnenöl und Sonnenbrille.

Ich höre mich auf dem Gerät sagen: »Es stört dich doch nicht, wenn ich mich hinlege? Ich kann mich setzen, wie ich will, es tut einfach noch weh.«

Carl: »Wann mußt du zur ersten Kontrolle?«

Ich: »Nächste Woche Dienstag.«

Er: »Frau Mungenast wird dich fahren. Was untersuchen sie dort?«

Ich: »Blut nehmen sie mir ab. Der PSA darf nicht über Null Komma Null sein.«

Er: »Das wird er nicht sein.«

Ich: »Das hoffe ich. Wie war es bei dir?«

Er: »Das weiß ich nicht mehr. Das ist … ich weiß gar nicht, wie lang … das ist … ich denke, zwanzig Jahre ist das her. Ist es so gut für dich?«

Ich: »Ja, so ist es gut … wie Marcel Proust … so geht es gut.«

Unsere Stimmen hören sich kämpferisch an. Beide. Das überrascht mich. Ich kann mich nicht erinnern, daß ich mich kämpferisch gefühlt hätte. Merkwürdig sind auch die überlangen Pausen zwischen ihm und mir.

Er: »Ich kann keinen Wein mehr trinken.«

Pause.

Ich: »Wegen der Medikamente?«

Pause.

Er: »Sicher auch deshalb nicht, das wäre sicher nicht gut. Aber das ist es nicht. Ich leide seit einem Jahr an einer Art Allergie. Das heißt, die Histamine geraten in Aufruhr.«

Pause.

Ich: »Ich habe ein Dutzend Klammern im Bauch. Aus Titan.«

Er: »Das hat jetzt erst angefangen, das ganze Leben lang war das nicht … Es ist wie Heuschnupfen.«

Es hört sich für mich an, als sprächen die beiden für einen Hörer, den sie irrezuführen versuchten. Ich habe Teile des Bandes einem Freund vorgespielt; er hatte den gleichen Eindruck wie ich; er meinte, der Dialog klinge, als würden die beiden, während sie sprechen, sich gegenseitig Kassiber zuschieben.

Ich: »Aber du trinkst doch nicht viel.«

Er: »Das macht sich schon bei einem Glas bemerkbar. Das Gesicht juckt, ich muß niesen, die Augen tränen, und ich bekomme schlecht Luft, und das sei das gefährliche in meinem Alter. Dafür rauche ich eine Zigarette. Das tue ich nur aus Trotz, glaube mir.«

Ich: »Du hast immer nur eine Zigarette geraucht.«

Er: »Rauch meine! Ich werde Frau Mungenast sagen, sie soll morgen eine ganze Schachtel auf den Tisch legen.«

Ich: »Ich rauche schon lange nicht mehr.«

Er: »Sie findet es gelungen, wenn auf einem Tellerchen eine Zigarette liegt.«

3

Weiter in Carls Erzählung – unwesentlich gekürzt und ohne nennenswerte Veränderungen vom Band abgeschrieben:

»Als ich dreizehn war und die Professoren im Gymnasium dazu übergingen, uns mit ›Sie‹ anzureden, zog meine Mutter aus dem Haus meines Großvaters aus. Kann sein, sie war erwachsen geworden. Ich hätte, glaube ich, die Wahl gehabt, mit ihr zu gehen. Ich wollte nicht. Ich stellte das klar, noch ehe sie mich fragte. Das fällt mir in letzter Zeit häufig ein. Und es tut mir leid. Ich erinnere mich, daß sie ein gelbes Kleid trug, als sie in unserem Wohnzimmer stand und den Packern Anweisungen gab und daß die Männer über sie tuschelten. Ich nehme an, sie wollte es nicht auf einen Kampf mit ihren Eltern ankommen lassen. Sie räumte das Feld.

Den Großvater kannte ich bis dahin nur wenig. Wenn ich in Wien gewesen war, hatte er keine Zeit gehabt. Ein großer, breiter Mann mit einem Spitzbart, grau wie Aluminium, und sehr roten Lippen, immer etwas aufgeregt, weil er immer an einer Idee arbeitete. Nun kümmerte er sich um mich, und kaum war ein Jahr vergangen, da erinnerte ich mich kaum noch, daß ich einmal einen Vater gehabt hatte. Er kümmerte sich in einer Weise um mich, die einer Enteignung gleichkam. Ich denke, meine Mutter hat es so empfunden. In längst vergangenen Sommern war er als Bub in der Nähe von Szeged auf dem Gut *seines* Großvaters gewesen. Von ihm erzählte er mir sehr oft. Er habe ihm beigebracht, was er von *seinem* Großvater beigebracht bekommen hatte, nämlich die Vögel zu beobachten. Nun brachte er es mir bei. – Sebastian, alles, was ich dir, als du ein Bub warst, über Vögel erzählt habe, stammt, ich würde sagen, im Wortlaut – laß mich rechnen – vom Ende des achtzehnten Jahrhunderts. Warum auch nicht, die Vögel haben sich ja seither nicht geändert. – Mein Großvater und ich besuchten, wann immer es seine Zeit erlaubte, das Naturhistorische Museum – unseren märchenhaften Saal 29, die Vogelfauna von Mitteleuropa. Oder, was noch viel schöner war, wir fuhren mit dem Auto hinaus aus der Stadt und durch das Wiental und von der Straße ab über die Feldwege und durchstreiften das Gehölz am Fluß entlang. Der Chauffeur hatte im Wagen auf uns zu warten. Mein Großvater trug ein altes Fernrohr aus Messing bei sich, das man zusammenschieben konnte. Mir hatte er einen modernen Feldstecher gekauft. Oh, ich kannte mich aus, ich war ein Fachmann. Ich konnte alle Mitglieder der Gattung der Sylvia, unserer Grasmücke, hersagen – Sylvia atricapilla, Sylvia borin, Sylvia communis, Sylvia curruca, Sylvia nisoria. Mein Großvater hat mich regelmäßig abgeprüft. Wir saßen im Fond seines Ford, starrten geradeaus durch die Windschutzscheibe, er fragte, ich antwortete, und der Chauffeur lächelte. ›Und nun die Laubsänger!‹ ›Phylloscopus bonelli, Phylloscopus sibilatrix, Phylloscopus trochilus, Phylloscopus collybita, auch Zilpzalp genannt‹ – in diesen Namen war ich verliebt, ich sagte ihn manchmal vor dem Einschlafen wie ein Mantra hundertmal vor mich her. Und zum Abschluß des Examens sagte mein Großvater zum Chauffeur: ›Herr Koch, gleich sind wir da, drosseln Sie die Geschwindigkeit!‹ Und zu mir: ›A propos Drosseln.‹ Und ich, ohne zu zögern: ›Turdus pilaris, Turdus iliacus, Turdus philomelos, Turdus viscicorus, Turdus torquatus, Turdus merula, auch Amsel genannt.‹ Die Sensation aber war unser Eisvogelpärchen. Mein Großvater war so aufgeregt, daß er sein Fernrohr auf eine Astgabel aufstützen mußte, um es ruhig zu halten. Ich sah durch die Okulare meines Feldstechers das Vogelpärchen auf einem Ast dicht über dem Wasser sitzen, Rücken blau und türkis schimmernd, je nachdem, wie das Licht einfiel. Die Bäuchlein ein wunderhübsches Braunorange. Ein flaumiges weißes Fleckchen neben dem langen, spitzen Schnabel. Plötzlich ließen sie sich gleichzeitig fallen, streckten ihren Körper, legten die Flügel an, zwei federngeschmückte Pfeilspitzen, und verschwanden im Wasser. Mein Großvater hielt mich am Ellbogen fest, eigentlich hielt *er* sich daran fest. ›Alcedo atthis‹, flüsterte er bedeutungsvoll. Wir sahen die beiden auftauchen und auf ihren Ansitz zurückfliegen, in ihrem Schnabel zappelte ein kleiner Fisch, ein Stichling oder ein Moderlieschen. ›Jetzt paß genau auf!‹ flüsterte mein Großvater. Die beiden Eisvögel schlugen die Köpfe der Fische gegen einen Ast, bis die Fische tot waren. ›Und jetzt: Achtung!‹ In einem eleganten Wurf drehten die Vögel ihre Beute um und verschlangen sie Kopf voraus. Wir haben auch das Nest des Eisvogelpärchens gefunden, eine Höhle in der Uferböschung. Zweimal in der Woche nahm sich mein Großvater Zeit. Dann fuhren wir durch das Wiental hinaus, ein ordentliches Stück hinter Hütteldorf, und legten uns dem Nest gegenüber mit unseren Gläsern auf die Lauer. Dieses Abenteuer regte meinen Großvater so sehr an, daß er aus seiner Bibliothek die alten Bücher aushob, schöne Sachen mit handgemalten Bildtafeln, und auf den Fahrten aus der Stadt hinaus erzählte er mir, was er alles über den Eisvogel gelesen hatte. Ich muß sagen, das meiste berührte mich eigenartig. Jeder Satz über das Verhalten dieser Vögel war metaphorisch. Zum Beispiel, daß im Gegensatz zu den anderen Vogelarten, bei denen die stärksten Jungen sich die größten Brocken holen, die Jungen des Eisvogels in Reih und Glied warten, bis sie drankommen, und wenn eines seine Portion gekriegt hat, sich wieder hinten in der Schlange anstellt. Ich konnte nicht glauben, daß die Vögel das alles erlernt hatten, nur um uns Menschen zu ermahnen. Aber es hörte sich so an. Ich konnte mir nicht vorstellen, daß die Natur schon vor urdenklicher Zeit diese Vögel dressiert hatte, nur damit sie uns eines Tages als Vorbild für Disziplin dienten, beim Anstellen vor Lebensmittelläden zum Beispiel. Wenn man will, ist die gesamte Natur eine einzige Metapher. Aber doch eben nur, wenn man will. Ich wollte nicht. Mein Großvater war vom Verhalten dieser Vögel gerührt, und als er mir erzählte, er habe gelesen, daß irgendwo in einem strengen Winter zwei Eisvögel gefunden worden seien, der eine den Kopf unter dem Gefieder des anderen festgefroren, wurden ihm die Augen feucht. Das war mir als Dreizehnjährigem peinlich und auch etwas unheimlich. Zuviel Aufwand. Mir wäre lieber gewesen, die Vögel hätten gar nichts mit uns zu tun. So ist es ja wohl auch … – Das war 1919. Revolution und Republik haben meinen Großvater und mich weniger aufgewühlt als der mächtige Regen im Sommer, der das Nest unserer Eisvögel wegschwemmte.

Mein Großvater überlebte seine Tochter um knapp zwei Jahre. Er ist

übrigens gerade so alt geworden, wie ich heute bin. Er hat sich hinüber-
geschlafen. Wer auch immer mit ausreichender Befugnis und Macht
auf diesem Gebiet ausgestattet sein mag – ich bitte ihn um ein ähnliches Dahinscheiden.«

»1944 ist meine Mutter gestorben. Acht Jahre zuvor habe ich sie zum
letztenmal gesehen. Ich hatte sie in ihrer Wohnung besucht. Diesmal
war ich aus Lissabon gekommen, und anstatt Schallplatten brachte
ich ihr eine Fotografie mit, auf der Margarida und ich zu sehen waren. Unser Hochzeitsfoto in geprägtem Leder gerahmt. Portugiesisch
prächtig. Aufgenommen vor der Kirche Santa Cruz in Coimbra. Sie
würde meine Frau gern kennenlernen, sagte sie. Ich sagte, sie solle
uns doch einmal in Lissabon besuchen, eine edle Stadt, wie für sie erbaut, sagte ich, ein Rahmen für meine Mutter. Sie sagte, das würde
sie gern tun. Aber etwas Konkretes haben wir nicht vereinbart. Sie
war immer noch eine sehr, sehr schöne Frau. Später war ich noch einmal in Wien gewesen, 1937 im Herbst, wenn ich mich nicht irre, aber
da hatte sie eine Freundin in der Wachau besucht, und ich dachte, ich
werde ja bald wiederkommen, oder sie wird zu Margarida und mir
nach Lissabon kommen, sonst wäre ich doch hinausgefahren, ich hätte mir Großvaters Ford ausgeborgt und wäre hinausgefahren in die
Wachau. Stell dir vor, ich wäre hinausgefahren – vielleicht hätte sich
ja eine Gelegenheit ergeben, mit ihr allein einen langen Spaziergang
zu machen – so wie du mit deiner Mutter einen langen Spaziergang
gemacht hast nach dem Tod deines Vaters, Sebastian, das habe ich
gern gehört, als du mir das erzählt hast. Ich habe mir manchmal ein
Picknick vorgeträumt, meine Mutter und ich, nur wir beide, so allein,
wie wir in Meran gewesen waren. Ein Picknick, als säßen wir beide
in einem Gemälde von Renoir. Um mein bissiges Gewissen zu beruhigen, habe ich mir solche Szenen ausgedacht. Nur schöne Dinge, ein
Picknickkorb mit holländischem Blaurandgeschirr und Besteck mit
Ebenholzgriffen, ein Damasttischtuch, das wir über den Boden breiten, eine Flasche burgenländischen Weißen, einen Marillenschnaps,
feine Kleider, feine Stoffe. Und alles falsch. Sie hätte gesagt: Was
schleppst du dich mit diesen Dingen? Was ziehst du die guten Hosen
an, wenn's in den Wald gehen soll? Und Wein! Willst du saufen oder

wandern? Ihr hätten ein Apfel und ein Ronken Schwarzbrot genügt. Aber dem Bild, das ich von ihr hatte, dem genügte eine solche frugale Ausstattung eben nicht. Warum hatten wir alle nur so ein süßes Bild von ihr?

Am Abend des 10. September 1944 ist sie gestorben. Es war der erste Großangriff der alliierten Luftstreitkräfte auf Wien. Sie war gerade sechsundfünfzig Jahre alt geworden. Sah aus wie sechsundvierzig. Konnte sich herrichten wie sechsunddreißig. Und hatte ein Stimmchen wie eine Sechsundzwanzigjährige. Sagte Valerie, und ich glaubte ihr. Meine Mutter hat es verstanden, ihr Leben lang nicht arbeiten zu müssen. – Bis auf einmal, als sie eine Woche lang im Bristol vor orientalischen Prinzen Kleider vorführte, die selbstverständlich – so die Familienlegende – allesamt für den Harem angeschafft worden seien. Für diese Tätigkeit bekam sie so viel Geld, daß sie sich dafür ihren Hoffmann-Sekretär leisten konnte. – Ihr Nichtstun war für meinen Großvater das Ärgernis Nummer eins. Aber das monatliche Salär hat er nie ausgesetzt. Das hätte meine Großmutter auch nicht zugelassen. Komplementär zu ihrem Frauenrechtlertum und ihren egalitären republikanischen Anschauungen verehrte meine Großmutter nämlich die Schönheit als etwas Heiliges, vor dem das praktische Leben gefälligst den Hut zu ziehen habe. Wer meine Mutter nur oberflächlich kannte, hatte wahrscheinlich einen falschen Eindruck von ihr. Daß sie überaus anspruchsvoll sei, zum Beispiel. Ihre Haltung, ihre Art zu gehen! Oder wenn sie den Kopf bewegte, um jemandem zuzuhören, der neben ihr stand! Das hatte Klasse! Eleganz! Und es verriet Esprit. Es war einfach schön. Und weil zunächst niemand glauben will, daß ein solcher Adel aus einer Bevorzugung, einer Erwähltheit, eben aus der Natur selbst erwachse, vermutet man Dressur dahinter. Meine Mutter war eine Träumerin, aber ihre Wünsche und Erwartungen waren durchaus bescheiden. Sie wollte von allem das Beste, das schon, davon aber nicht viel. Sie besaß nur wenige Kleider, nur wenige Paar Schuhe, einen Mantel für den Winter, einen für die Übergangszeit. Und alles sah aus wie für sie allein geschustert und geschneidert. Sie hatte einen schmalen Kopf, sehr feine Gesichtszüge und einen schlanken, hochgewachsenen Körper. Und wundervoll wohlgeformte, wenn auch etwas zu große Hände. Eine Stimme hatte sie voll Melancholie und Sanftmut. Und eine sehr weiße Haut, makellos. Und eine Fülle blonden Haares, das sie tragen konnte, wie sie wollte, weil es sich allen Wünschen und Moden anpaßte. Sie war naiv. Ich meine damit: Sie dachte nicht über sich selbst nach. Über ein noch so kleines Kompliment konnte sie sich einen Tag lang freuen. Einmal spazierten wir durch den Volksgarten, im Frühling, und viele Menschen waren unterwegs. Ein Mann kam auf uns zu und sagte zu ihr: ›Ich kenne Sie. Sie sind die schönste Frau von Wien.‹ Meine Mutter wurde rot im Gesicht und stammelte: ›Sie müssen das nicht sagen‹ und meinte damit, es sei nicht notwendig, so zu übertreiben. Aber der Mann hatte ja nur ausgesprochen, was jeder bei sich dachte. Meine Mutter nahm mich an der Hand und zog mich fort. Und alle blickten uns nach. Aber vorne beim Burgtheater hüpfte sie vor Freude und fragte mich immer wieder: ›Was hat er gesagt? Was hat er genau gesagt?‹, und ich mußte es wiederholen: ›Du bist die schönste Frau von Wien.‹ Manchmal kann die Wirklichkeit mehr schmeicheln als jede Illusion.

Vor Weihnachten half sie in unserem Geschäft in der Wollzeile aus. Alle wünschten, nur von ihr bedient zu werden. Jedenfalls alle Herren. ›Wenn die Frau Charlotte bedient‹, sagte der Geschäftsführer, ›unser Herr Papuschek‹, wie ihn mein Großvater nannte, einer von denen, die in sie verliebt waren, ›brauchen wir von allem das Doppelte.‹ Ja, das Doppelte! Das Doppelte von den selbstgeschöpften Kognakpralinen, den selbstgeschöpften Ingwerpralinen, von den Nürnberger Elisenlebkuchen, den Aachener Printen, dem ungarischen Nougat und Marzipan; die doppelte Menge vom Slibowitz, vom Barack, dem guten aus Kumanien, vom Himbeergeist und Williamsbirn, von dem schottischen Whisky und dem irischen Whiskey, von dem Port aus Porto, dem Sherry aus Jerez de la Frontera, von den Coburger Bratwürsten in Dosen, dem unübertroffenen Serranoschinken und der italienischen Fioccosalami, die raffinierterweise wie ein Schinken geformt war; von dem goldgrünen Olivenöl aus Kreta, dem Kaviar von der Krim, den eingelegten Senfgurken mit Weichselblatt – hergestellt von einer ›echten Hausfrau aus Franken‹, die sich nach dem Tod ihres Mannes damit ihr Geld verdiente, was auf einem kleinen Faltkarton stand, der mit einem Spagatschnürl am Glas befestigt war –; das Doppelte vom Sirup und der Marmelade aus der Steiermark und dem

Bergkäse aus dem Bregenzerwald; das Doppelte von den gut zwanzig Teesorten aus Ceylon, Rußland, Indien und China, nach denen zwanzig Meter auf und zwanzig Meter ab die Gasse duftete; und nicht zuletzt das Doppelte von dem schreiend teuren Kaffee aus Jamaika, dem sogenannten ›Violetten‹, den unsere Kunden nicht ohne ein verschämtes Grinsen kauften, als würden sie wissend eine Sünde begehen, der aber, wie ich erst später erfuhr, gar nicht aus Jamaika stammte, sondern wie fast alle unsere Kaffeesorten aus Brasilien. Oder die Schokolade! Die haben wir selber gegossen. Es gab noch andere Kakao- und Schokoladeerzeuger in Wien – Josef Küfferle, die Gebrüder Kunz, Josef Manner oder die Brüder Heller –, die warben damit, daß sie Verfahren entwickelt hätten, dieses Luxusprodukt so billig zu erzeugen, daß es sich auch die armen Schichten leisten konnten. Mein Großvater, der alte Seelenfuchs, sagte, nein, wer will schon zu den armen Schichten gehören. Seine Werbung war hoffärtig, frei nach dem Motto: Wer es sich nicht leisten kann, der kriegt meine Schokolade nicht. In Wahrheit war seine Schokolade nur ein klein wenig teurer als die der Konkurrenz, aber mit diesem Kleinwenig – so referierte er am Mittagstisch – kaufe sich der Kunde in die höhere Schicht ein, er dürfe sich schmeicheln, er trinke und esse nicht, was die Proleten trinken und essen, sondern das gleiche, was man in der feinen Gesellschaft genießt. Die Angestellten im Geschäft waren angewiesen, die Kundschaft in ›Fachgespräche‹ zu verwickeln. Dabei sollten sie, möglichst selbstverständlich und nebenbei, Sortennamen wie ›Criollo‹ oder ›Trinitario‹ einflechten und auch Ausdrücke aus der Verarbeitung, wie ›Conchieren‹, damit der Kunde den Eindruck gewinne, hier habe er es mit Fachleuten zu tun, und zwar mit Fachleuten, die ihn für einen Kenner hielten, dem man nie und nimmer eine schlechte Schokolade, also eine billige, verkaufen würde. Ich habe auch gelegentlich im Geschäft mitgeholfen, als Bub. Und wie gern! Noch heute träume ich manchmal davon! Ich bin direkt von der Schule ins Geschäft gelaufen, war ja nur ein Katzensprung von der Hegelgasse in die Wollzeile. ›Womit kann ich dienen?‹ Grüne Schürze, grünes Käppi, weiße Handschuhe. Habe mich selig eingefügt und in choreographischer Harmonie mit den Angestellten meine kleine Arbeit verrichtet. Vor Weihnachten, vor Ostern oder während der Ballsaison sind die Leute bis auf die Straße hinaus angestanden. Bestellungen gab es bis von Graz herauf. Das glaubst du vielleicht nicht, aber wenn damals einer aus der Provinz nach Wien kam, und angenommen, er hätte nicht mehr als fünf Geschäfte hier gekannt, so wären Báránys Feinkost- und Kolonialwaren gewiß dabeigewesen – natürlich E. Braun & Co. am Graben, höchstwahrscheinlich das Pelzgeschäft Liska am Hohen Markt, sicher das Tuchhaus Wilhelm Jungmann hinter der Oper, ohne Zweifel Augarten Porzellan am Stock-im-Eisen-Platz, auf jeden Fall aber der Bárány in der Wollzeile.

Meine Mutter ist mit ihren Eltern nie zurechtgekommen. Sie stieß beim Sprechen mit der Zunge an, lispelte ein wenig, was sie noch reizender erscheinen, noch zarter wirken ließ. Meinen Großvater störte das, es war ein Manko, und es kam vor, daß er mit der Gabel auf den Tisch schlug und sagte: ›Wie heißt das?‹ Da war sie dreißig gewesen! Nun wohnte sie allein. Zwei gemütlich eingerichtete Zimmer waren das. Und das beste: eine große Küche mit einem weinroten Sofa darin und einem Berg von bunten Kissen darauf, mit spinnwebfeinen Vorhängen aus Florentiner Taft an den Fenstern, butterblumengelb, die man nur zuziehen mußte, um sich einzubilden, es scheine die Sonne. Und einem Kräuterbalkon, auf dem der Schnittlauch zu kleinen lila Blütenkugeln austrieb und auf den sie manchmal abends hinaustrat und den Tauben zuschaute, die ihr Gefieder schüttelten, als ob sie den Tag von sich abstreiften. Auch ein modernes Badezimmer mit gasbetriebenem Warmwasseraufbereiter gehörte zu der Wohnung und eine Badewanne wie ein Möbelstück mit Löwenpranken als Füße. Hat alles mein Großvater bezahlt. In der Nähe vom Margaretenplatz war ihre Wohnung, im fünften Bezirk, Blick in einen weitläufigen, efeuüberwucherten Innenhof, in dem ein Pferdestall und ein Hufschmied waren. Ich habe sie nur selten besucht, manchmal übernachtete ich bei ihr. Gerüchte mutmaßten, sie habe immer wieder Liebhaber gehabt. Ja, das hatte sie.

Sie besaß ein sündteures Grammophon, irgend jemand hatte es ihr irgendwann geschenkt. Als ich Mitte der dreißiger Jahre in New York war, habe ich ihr ein Paket Schellacks mitgebracht – einen Stapel mit leichtem Zeug von Tommy Dorsey und Jimmie Lunceford, aber auch Fletcher Henderson, Louis Armstrong and The Hot Fife, Earl Hines und natürlich von Duke Ellington. Wir haben zu dritt in der Küche miteinander getanzt, sie, Valerie im bodenlangen Nachthemd und ich, später hat sie uns ein Nachtmahl zubereitet aus feiner Zungenwurst und Schinken und Eingelegtem, alles hübsch arrangiert auf einer spiegelnden Platte, umrundet von petersiliegeschmückten Eierhälften. Das war ein schöner Abend. Honigkerzen. Dieser lichthungrige schwarze Punkt in ihren Augen. Es stimmte mich ein wenig traurig, als ich merkte, wie glücklich sie war, mich zu sehen. Näher sind wir beide uns nie gekommen.

Anfang der zwanziger Jahre hatte sie Valeries Vater kennengelernt und ihn in Torschlußpanik, wie sie später selbst sagte, geheiratet. Ich weiß gar nicht so recht, welchen Beruf er ausgeübt, womit er sich sein Geld verdient hatte, einmal hieß es, er sei technischer Zeichner in einem Architekturbüro in der Josephstadt gewesen, dann hieß es, er habe in einer Feuerzeugfabrik in Neuwaldegg gearbeitet, meine Großmutter behauptete, er sei Lehrer in einem Realgymnasium in Hernals gewesen. Vielleicht war er ja alles zusammen und noch viel mehr. Valerie wollte über ihren Vater gar nichts wissen, und sie wußte auch nichts über ihn. – Wir sind doch ein komisches Paar, Valerie und ich, nicht? Hatten beide nie einen Vater, sind nur halbe Geschwister und wissen voneinander so gut wie nichts. Sie war klein, neben mir jedenfalls, etwas stämmig auch, hatte unser blondes Haar, aber von der Schönheit unserer Mutter war nicht viel, das muß ich leider sagen. Alles an ihr sah rotgescheuert aus, verfroren oder zu heftig geschrubbt, zuviel Rot, die Augen rotgerändert, der Mund zu rot, wie bei unserem Großvater, kein schönes Rot allerdings, entzündet, ungesund. Und schnelle Bewegungen, keine Spur von dem Somnambulen unserer Mutter. Aber charmant konnte sie sein, pfiffig. Sie hatte vor niemandem Respekt. Ein paarmal haben wir gemeinsam den Embassy Club besucht, auch andere Clubs. In meiner Begleitung hat man sie in den Embassy hineingelassen. Aus dem wenigen Englisch, über das sie verfügte, holte sie so viel Witz heraus, daß in den Pausen unser Tisch von GIs umlagert war. Die wollten nichts von ihr, die wollten ihr nur zuhören. Was ich damals nicht wußte: Sie trieb lukrativen Handel mit den Soldaten, vor allem mit den Amerikanern, und zwar einen riskanten Handel: Nazidevotionalien – *Mein Kampf*, Orden, Mutterkreuze,

Hitlerbilder, antisemitische Karikaturen und Hetzschriften, besonders pikante Ausgaben des *Stürmer* und so weiter. Was vor der Niederlage Macht, Überzeugung, Religion gewesen war, war für die Sieger
Mitbringsel, Spiel, Unterhaltung. Sie hat auch deinen Vater kennengelernt. Sie hat ihn spielen hören. Im Keller der Loos-Bar, wo der Art-
Club sein Lokal hatte, im sogenannten Strohkoffer. Er hat sich nach
seinem Auftritt zu uns gesetzt und ab und zu einen Satz herausgelas-
sen. Sie hätte gern mit ihm getanzt, aber das wollte er nicht. Musikanten tanzen nicht. – Valeries Geschichte ist unerfreulich und bedrük-
kend. Wenn ich nicht fürchten müßte, daß sie sich zu Tode erschreckt,
würde ich sie anrufen. Aber ich kenne ja nicht einmal eine Nummer.
Gleich nach ihrer Geburt ist ihr Vater ohne Adieu auf und davon für
immer. Von nun an lebte meine Mutter sehr zurückgezogen. Meinen
Großvater und meine Großmutter besuchte sie nur zu den hohen Feiertagen und zu den Geburtstagen, und Männer hat sie angeblich auch
keine mehr gehabt. Tochtererwürgen lautete von nun an die Überschrift. Arme Valerie. Oder auch nicht arme Valerie. Sie hat ja gelernt,
sich zu wehren. Das Ergebnis ist vielleicht etwas zu kratzbürstig ausgefallen, was aber auch wieder sein Gutes hatte. Ohne sie wären die
ersten Monate nach Kriegsende für die beiden Alten am Rudolfsplatz
allzu bitter gewesen.

Gegen Ende des Krieges wurde meine Mutter als Straßenbahn-
schaffnerin in der Leopoldstadt dienstverpflichtet. Die Wohnung war
ihr gekündigt worden. Der Besitzer vermietete sie an einen Partei-
mann. Den Großteil ihres Mobiliars hat er kassiert, der Gauner. Valerie, damals gerade zwanzig, war ebenfalls dienstverpflichtet, und
zwar als Funkhelferin, und das ausgerechnet im Gaubefehlsstand am
Gallitzinberg in Ottakring, wohin sich am Ende Baldur von Schirach
verkriechen wollte, bevor er es sich anders überlegt hat und mit seinem
Schwimmwagen davon ist. Beide, Valerie und meine Mutter, waren
in Barackenlagern untergebracht, Valerie in Ottakring, meine Mutter
in Wieden. Für Valerie war das weiter kein Problem. Für meine Mutter war es das Letzte. Sie mußte in einem Raum mit acht Stockbetten
schlafen! Sie, die sich im Sommer Wachs in die Ohren stopfte, weil sie
die Amseln am Morgen nicht aushielt! Wasser in einer Waschschüssel! Sie hätte ja ins Haus am Rudolfsplatz zurückkehren können, zu

meinem Großvater und meiner Großmutter, aber das kam für sie nicht in Frage.

Am 10. September 1944, als die Bomben fielen, war sie gerade nicht im Dienst. Sie war in Ottakring beim Brunnenmarkt unterwegs, wahrscheinlich wollte sie Valerie besuchen, da hörte sie den Alarm. Aber dort war kein Luftschutzkeller in der Nähe, darum lief sie zum Clemens-Hofbauer-Platz, wo unter dem Park ein Bunker eingerichtet war. Sie erreichte den Bunker nicht, weil sie von einem Splitter getroffen wurde.«

4

Meine Stimme auf dem Band: Ich entschuldige mich, weil ich zur Toilette muß. Während ich draußen bin, läuft die Aufnahme weiter. Es ist nichts zu hören. Auch das Feuer im Kamin nicht. Gar nichts. Kein betontes Aus- oder Einatmen. Keine Bewegung von Carls Händen. Schließlich wieder meine tapsigen Schritte und wie ich mich auf dem Kanapee zurechtlege.

Ich war in Carls Badezimmer gewesen. Er hatte es umbauen lassen – den Türstock verbreitert, eine Schiebetür eingesetzt, so daß er bequem mit dem Rollstuhl hineinfahren konnte. Unter der Dusche war ein Klappsitz an die Wand geschraubt. Neben der Toilette waren Griffe, die man hinaufklappen konnte, überzogen mit weißem gepolstertem Kunststoff. Griffe auch bei der Badewanne. Auf einem Regal lag ein Paket mit Einlagen – Tena Lady Normal. Gehörten die Frau Mungenast? Die wird doch nicht ihre Einlagen in seinem Badezimmer deponieren. Oder hat er mit dem gleichen Problem zu kämpfen wie ich? Und das seit seiner Operation vor zwanzig Jahren? Daß die Inkontinenz also nicht zurückgeht? Oder daß er erst wieder in seinem hohen Alter darunter zu leiden begann? Eine normale Altersinkontinenz, die mit der Prostataoperation von vor zwanzig Jahren gar nichts zu tun hatte? Seniles Harnträufeln? Vor zwanzig Jahren waren die Operationsmethoden im Vergleich zu heute noch recht wuchtig. War ein nervschonender Eingriff damals überhaupt möglich gewesen? Als ich meinen Befund erhalten hatte, hatte ich mir eine Hitliste meiner

Sorgen zurechtgelegt: 1. Das Leben. 2. Die Potenz. 3. Die Kontinenz. Nummer 3 beschäftigte mich im Augenblick am meisten. Auf dem kurzen Weg vom Wohnzimmer über den Gang ins Badezimmer hatte ich meine Einlage durchnäßt, sie hing schwer in meiner Unterhose. Im Sitzen und im Liegen konnte ich das Wasser halten, und in der Nacht brauchte ich gar keine Einlage. Aber wenn ich stand, noch schlimmer, wenn ich ging, da konnte ich die Beckenmuskeln zusammenziehen, so fest es mir nur möglich war, das Wasser rann trotzdem in einem Faden aus mir heraus. Ich preßte den Rest vom Harn ins Klo. Ein Strahl wie ein Neunjähriger, da sind wir Operierten im Vorteil. Ich wusch mich, warf meine nasse Einlage in den Abfalleimer und nahm mir eine von Carls, riß den Papierstreifen ab und klebte sie in meine Unterhose.

Als ich wieder ins Wohnzimmer kam, saß Carl reglos in seinem Ohrensessel.

Fortsetzung von Carls Erzählung:

»Ich sagte so leichtfertig, der Brief bedeutete mir nur wenig. Das stimmt nicht. Ich habe ihn mir nämlich sehr oft angesehen, damals, unmittelbar nach dem Krieg, und das ist noch untertrieben: studiert habe ich ihn, analysiert habe ich ihn. Wie ein Detektiv, wie ein Archäologe habe ich ihn unters Vergrößerungsglas gelegt und ihn mir Quadratzentimeter für Quadratzentimeter vorgenommen. Valerie hatte die persönlichen Habseligkeiten unserer Mutter vor mir ausgebreitet und gesagt, ich solle mir aussuchen, was ich gern für mich hätte. Ich habe ein Kleidungsstück genommen, das mich besonders an sie erinnerte, eine moosgrüne Samtbluse mit Goldknöpfen, und den Brief. Valerie fragte, ob ich etwas dagegen hätte, wenn sie den Hoffmann-Sekretär nähme. ›Das ist eine sehr gute Idee‹, sagte ich.

Ich habe mich bei meiner Analyse nicht auf den Inhalt des Briefes, sondern zunächst nur auf die Schrift konzentriert. Was wollte ich? Etwas über meinen Vater herausbringen? Vielleicht. Und was? Es hätte mir gefallen, meinen Vater als interessanten Kerl zu entlarven. Ich wußte so gut wie gar nichts über Graphologie, zweifelte sogar, ob sich aus der Schrift eines Menschen überhaupt auf dessen Charakter schließen ließe. Aber angenommen, es läßt sich, so doch nur, wenn die Schrift genügend Individualität aufweist, genügend Abweichung von der Norm, was auch immer als solche bezeichnet wird. Und nun schau dir diese Schrift an! Mit freiem Auge betrachtet – mit unbewaffnetem Auge, wie es heißt –, gleicht sie einer Druckvorlage. Nicht der Norm nur ähnlich, sondern die Norm selbst ist sie. Du mußt dir nur ansehen, wie er die Zeilen hält. Er hat wahrscheinlich ein Zeilenpapier unter das Briefpapier gelegt. So viel Korrektheit ohne Hilfe wäre ja auch monströs. Oder schau dir die Abstände zwischen den Worten an. Immer gleich. Bis auf den Millimeter gleich. Wie bei einer Schreibmaschine. Oder die Schräglage. Immer im selben Winkel. Es gab Schreibunterlagen, die nur aus horizontalen Linien bestanden, und es gab solche, die kariert waren, und bei den Karierten gab es wieder welche mit lotrechten Linien und welche mit rechtsschräg geneigten Linien – ich nehme an, letztere hat er verwendet. Die Abstände der vertikalen Linien hat er als Maßstab für die Abstände der Wörter voneinander genommen. Jemand, der viel schreibt, braucht das alles nicht. Den stört auch nicht, wenn seine Schrift am Zeilenende nach oben oder nach unten läuft oder wenn die Abstände zwischen den Wörtern verschieden groß sind, und all das andere. War mein Vater ein Pedant? Anzunehmen. Zeilenvorlage, Vorlage für den Neigungswinkel der Schrift und Vorlage für Wortabstände – also bitte! Andererseits wollte er einen guten Eindruck bei seinem Schwiegervater hinterlassen. Wie erweckt man einen guten Eindruck bei jemandem, der einen nicht kennt und den man selbst auch nicht kennt? Mein Vater war im Geist von Vorfahren erzogen worden, die der Kaiser für ihre Subalternität geadelt hatte. Das heißt für ihre Pedanterie. Kann es aber nicht sein, daß er den Pedanten lediglich gespielt hat? Sogar etwas übertrieben gespielt hat? Ja, übertrieben, finde ich, arg übertrieben sogar. Vielleicht deswegen so arg übertrieben, weil er eine Schwäche kaschieren wollte? Nämlich daß er in Wahrheit das genaue Gegenteil eines Pedanten war? Was aber ist das Gegenteil von Pedanterie? Was, glaubte mein Vater, hielt mein Großvater für das Gegenteil von Pedanterie? Liederlichkeit. Er wollte unter gar keinen Umständen für liederlich gehalten werden. Weil er liederlich war?

Ich neige zu einsamen, unsinnigen Beschäftigungen. Wahrscheinlich bin ich deswegen Mathematiker geworden. Zwei durchaus einander widersprechende Eigenschaften trifft man bei Mathematikern sehr häufig an: Sie wollen sich selbst frei von nützlicher Arbeit halten und sind der Meinung, die Welt sei von Grunde auf vernünftig und deshalb bis in ihre Verästelungen logisch deduzierbar. Die Welt um mich herum war in Scherben zerschlagen, und ich vertrieb mir die Zeit mit der Analyse eines Schriftstücks. Und ich war glücklich dabei.

Mein Großvater und meine Großmutter hielten sich rund um den Tag in den beiden Zimmern auf, die ihnen geblieben waren, im Westflügel des dritten Stockes, Bibliothek und Rauchsalon. In den Augen meines Großvaters glaubte ich eine Verwirrung zu erkennen, sie blickten heiter und unbesiegt, aber sie schienen nicht von den wirklichen Kämpfen zu erzählen, die er bestanden hatte – gegen Heckenschützen und Tiefflieger, gegen die panisch marodierende SS oder gegen das plündernde Wienerherz –, sondern von Kämpfen, die nicht in dieser Welt geschehen waren – gegen Drachen, Windmühlen, den Nemeischen Löwen und die Lernäische Hydra. Er hockte vor der Bücherwand wie ein Zerberus, weil hinter Grillparzer, Schopenhauer, Goethe, Herder, den gebundenen Verlautbarungen der Deutschen Bühnengesellschaft oder wie das Blatt hieß und all den anderen papierenen Zeugen des deutschen Humanismus die letzten Spezereien und Fleischkonserven, Schokoladetafeln und Kaffeepakete und was sonst noch alles für Delikatessen versteckt waren, die er vor der restlosen Plünderung aus der Wollzeile gerettet hatte und die angesichts des allgemeinen Mangels an Grundnahrungsmitteln wie Mehl, Salz, Zucker und Fett lächerlich wirkten wie ein Schiffsticket erster Klasse auf dem Mond. ›Wir müssen halt schauen, daß wir nicht allzuviel Pech haben‹, sagte er. Der Tod war die schlimmste Form von Pech haben. Er war abgemagert. Die Esserei langweile ihn, sagte er und hob dabei hilflos kokett die Schultern. Nichts von seiner gebieterischen, reizbaren Art war geblieben. ›Gib acht‹, sagte er, ›wenn du heute in Wien in einem Kaffeehaus eine gute Tasse heißer Schokolade kriegst, stammt sie vom Bárány!‹ Das sollte heißen: aus den geplünderten Beständen. Und damit hatte er wahrscheinlich recht. Wir hatten das größte Kakaolager Wiens besessen, und nun war fast alles weg. ›Willst du nicht in die Stadt gehen?‹ neckte er. ›Geh doch, Carl Jacob! Geh ins Mozart, trink eine Schale und beschreib mir, wie die Schokolade geschmeckt hat! Und wenn's dort einen Kuchen gibt, einen feuchten englischen mit Ingwer und Orangeat und

Zitronat, iß so einen! Und laß dir eine Rechnung geben! Das setzen wir als Werbekosten ab.‹ Um sein Geschäft hatte er sich stets mehr gesorgt als um sein Leben. Als sogenannter Vierteljude war er unter den Nazis zwar nicht zum Tragen des Judensterns gezwungen worden, aber jüdischer als er konnte man nicht aussehen, er hätte das Casting für *Jud Süß* spielend bestanden. Seinen Ahnenpaß, oder wie dieses Ding hieß, hatte er immer bei sich. Nur: Daß bedrucktes Papier gegen Wahnsinn und Niedertracht nichts auszurichten vermochte, dafür war die Bibliothek in seinem Rücken ein imposanter, staubfängerischer Zeuge.

Meine Großmutter saß neben ihm auf einem Luftschutzbett, weil unser imperiales altrosa Bibliothekssofa von der sogenannten mobilen Ordnungstruppe der österreichischen Freiheitsbewegung ›Volksfront‹ beschlagnahmt worden war. Kommunisten, Sozialdemokraten und Katholiken! Zum Lachen! Arschkriecher in alle vier alliierten Richtungen! Da saß sie, das Kinn an den Hals geklemmt, um den Mund herum verschrumpelt wie eine Backpflaume, ignorierte den fröhlichen Sarkasmus ihres Mannes und sortierte Lebensmittelkarten und Bezugsscheine und verfaßte Beschwerdebriefe an die amerikanischen und die britischen Kommandanturen, weil die Offiziere in den beschlagnahmten Räumen des Hauses – Mezzanin und zweiter Stock (das Erdgeschoß hatten Plünderer völlig zerstört) – ihre Radios zu laut spielten, nicht lüfteten, nicht kehrten und nicht wischten – absurd, wenn man wußte, wie sich die Russen in den von ihnen requirierten Unterkünften aufführten. Außerdem hatte das Haus nicht einen Kratzer durch Bomben abbekommen, irgendwelche Idioten hatten die Tympana über den beiden Hauseingängen zerschossen, das war alles. Die amerikanischen und britischen Soldaten waren höflich zu uns. Einer war dabei, ein Bodybuilder aus Philadelphia, der, wann immer es sein Dienst erlaubte, im Unterhemd herumlief, auf den Oberarmen kleine popeyehafte Tätowierungen, der klopfte manchmal an und brachte meiner Großmutter nette Dinge, einen Strauß Blumen oder eine Orange. Ihm gelang es auch, diese jämmerliche Säuerlichkeit zu vertreiben, die so ganz und gar nicht in ihr Gesicht paßte. Vielleicht erinnerte ihn meine Großmutter an seine Großmutter, wahrscheinlich war er einfach nur ein netter *boy*.

Ich hauste oben unter dem Dach in einem gemütlichen Verschlag, den ich mir zurechtgezimmert hatte, Platz für ein Feldbett, meine beiden Koffer, einen Tisch, einen Sessel. Da saß ich und studierte nach dem zweiten Krieg einen Brief, den mein Vater vor dem ersten geschrieben hatte. Valerie hatte ebenfalls ein eigenes Zimmerchen im Dachboden. Bei geschlossenen Türen konnten wir uns unterhalten, nämlich durch die Ritzen in der Wand – wie Pyramus und Thisbe. Unsere Familie war privilegiert. Valerie wußte das. Für den Notfall hatte ich gute Beziehungen zu den Amerikanern. Schließlich war ich immer noch selbst einer. Hätte ich darauf gepocht, ich wäre sogar bis zu General Clark vorgelassen worden. Außerdem, was weder die beiden Alten noch Valerie wußten, besaß ich eine Zigarrenkiste voll Dollars. Die steckte sicher verwahrt unter einem Bodenbrett.

Irgendwann in der Nacht erzählte mir Valerie von den Ausschreitungen im November 1938. Sie war damals vierzehn gewesen. In Paris hatte ein junger staatenloser Jude in der deutschen Gesandtschaft einen Legationsrat erschossen. Daraus baute sich das Böse eine gute Gelegenheit. Man nannte es Vergeltung. Überall im Reich wurde auf die Juden eingeschlagen, wurden die Synagogen angezündet, die Geschäfte geplündert. Wie man weiß, auch in Wien. Und mein Großvater, der sich erstens nicht zum mosaischen Glauben bekannte, der sich zu gar keinem Glauben bekannte, weil er nämlich Atheist war, und der zweitens nach den Nürnberger Gesetzen nicht hätte behelligt werden dürfen – was ein Widerspruch in sich ist, wie sollte sich jemand unter den Schutz so eines Gesetzes stellen wollen, das nur zu dem Zweck erlassen wurde, einem Teil der Bevölkerung jeden Schutz zu nehmen – wie auch immer: Er war in der Wollzeile vor sein Geschäft getreten, um zu sehen, was da für ein Lärm war, da kommt ein Bekannter gelaufen, der ruft schon von weitem: ›Herr Bárány, Herr Bárány, sie haben den Tempel in der Dollingergasse niedergerissen!‹ Und mein Großvater, wie es seine Art ist, sagt laut und deutlich, als verkünde er in seinem Geschäft, daß gerade eine neue Lieferung mit Südfrüchten eingetroffen sei: ›Das ist ein Unrecht!‹ Und er wiederholt es, als der Bekannte schon längst weitergelaufen ist. Er steht vor seinem Geschäft, die Fäuste an seine Hinterbacken gepreßt, und sagt immer wieder: ›Das ist ein Unrecht!‹ Und jetzt stell dir vor, das sagt an so einem Tag einer, der aussieht wie die Judenkarikaturen in den *Stürmer*-Schaukästen, die an jeder Ecke hingen und über denen als Motto stand: ›Die Juden sind unser Unglück.‹ Mein Großvater geht in Richtung Innenstadt und sagt weiter seinen Spruch vor sich hin. Da halten ihn zwei SS-Männer auf und fragen, wie er das meine. Er kommt gar nicht dazu, Antwort zu geben. Sie schlagen ihn mit dem Knauf eines Fahrtenmessers auf den Kopf, daß die Schwarte aufplatzt, und zerren ihn zum Stephansplatz, wo inzwischen schon an die hundert Männer und Frauen stehen. Jeder Passant wird nach den Papieren gefragt, ob er Jude sei oder Arier. Die Juden müssen warten, die Arier dürfen, wenn sie wollen, zuschauen und feixen. Mein Großvater ist erst gar nicht nach seinen Papieren gefragt worden. Seine Nase war Ausweis genug. Nach zwei Stunden kommen Lastwagen, und mein Großvater und die anderen, die mit ihm vor den Toren des Doms gewartet haben – inzwischen sind es an die fünfhundert –, müssen einsteigen. Eine junge Frau hat sich seiner angenommen, sie hat ihm ihr Taschentuch gegeben, die Wunde auf seinem Kopf fängt nämlich immer wieder an zu bluten. Die Wagen fahren durch die Stadt, nach einer Weile halten sie an, und die Männer und Frauen müssen aussteigen. Sie müssen sich in Zweierreihe aufstellen und marschieren – über die Lannerstraße, die Vegagasse, die Peter-Jordan-Straße, die Hardtgasse, die Kreindlgasse. Rechts und links stehen Neugierige, die übertreffen sich in ihren herzlosen Bemerkungen. Einer ruft meinem Großvater zu: ›Nimm die Hände aus den Taschen!‹ Aber er hat ja gar nicht die Hände in den Taschen gehabt. Ein SS-Mann hält ihn auf und sagt: ›Wer hat Ihnen erlaubt, die Hände in die Taschen zu stecken?‹ Mein Großvater sagt: ›Ich habe sie ja gar nicht in den Taschen gehabt.‹ Der SS-Mann sagt: ›Aber man hat Sie gesehen.‹ Und mein Großvater sagt: ›Wäre es denn so schlimm, wenn ich meine Hände in meinen Taschen gehabt hätte?‹ Da gibt ihm der SS-Mann einen Tritt in den Steiß. Mein Großvater fällt auf die Knie. Im Kommissariat jagt man ihn und die anderen in den ersten Stock hinauf, wo die Personalien aufgenommen werden. Mein Großvater hat keine Papiere bei sich. Er war ja nur vor sein Geschäft getreten, um zu schauen, was für ein Lärm da war. Er wird in einen gesonderten Raum gebracht zu den anderen, die ebenfalls keine Papiere bei sich haben. Es sind an die hundertfünfzig Leute. In dem Raum steht ein Kohleofen, es ist sehr heiß hier. Einer sagt: ›Alle Juden von Wien werden nach Dachau gebracht.‹ Mein Großvater sagt: ›Ich bin nur zu einem Viertel Jude.‹ Es interessiert niemanden. Alle zehn Minuten kommt ein Polizist herein oder ein SS-Mann, der sagt: ›Hier stinkt's! Müßt ihr Zwiebelfresser denn dauernd furzen? Wer sich hinsetzt oder an der Wand anlehnt, bekommt Prügel.‹ Sie stehen bereits vier Stunden, als die Verhöre beginnen. Fünf Beamte verhören. Einer nach dem anderen kommt dran. Mein Großvater wird gefragt: ›Wie steht es mit den Parteien?‹ Er weiß nicht, was der Satz bedeuten soll. Er sagt: ›Ich verstehe Sie nicht.‹ – ›Bei welcher Partei waren Sie Mitglied?‹ – ›Ich war bei keiner Partei Mitglied.‹ – ›Aber bei der Vaterländischen Front werden Sie doch zumindest gewesen sein.‹ – ›Nein.‹ – Sie fragen nach seinem Eigentum, nach seinem Vermögen, Grundbesitz, Vorstrafen, Geschlechtskrankheiten. Ob er schon einmal bei einer Hur gewesen sei. Er sagt, er sei noch nie bei einer Prostituierten gewesen. Der Beamte sagt: ›Ihr Juden steckt doch überall eure Schwänze hinein.‹ Mein Großvater sagt: ›Ich bin nur zu einem Viertel Jude.‹ Er muß das Protokoll des Verhörs unterschreiben. Er fragt, ob er zu Hause anrufen dürfe, seine Frau sei sicher in Sorge. Er darf nicht. Er wird ins Erdgeschoß geschickt. Inzwischen ist es draußen dunkel. Im Stiegenhaus stehen ein paar hundert Leute eng beieinander. Es wird geraucht und gelacht. Die Stimmung hier ist nicht schlecht. Mein Großvater setzt sich auf die Stufen. Er ist erschöpft und hungrig, aber als einer einen Witz erzählt, lacht auch er. Man bekommt Wasser zu trinken. Jemand gibt ihm eine Schnitte Brot und ein Stück Wurst. Es wird spekuliert. Die meisten gehen davon aus, daß sie nach Dachau gebracht werden. Dieses Dachau müsse sagenhaft groß sein, wenn man dort alle Juden im Reich hinbringen wolle. ›Ich bin nur zu einem Viertel Jude‹, sagt mein Großvater. Er sagt es gerade in dem Moment, als hinter ihm eine Tür aufgeht und ein SS-Verfügungstruppenmann heraustritt. ›Warum haben Sie das nicht gleich gesagt?‹ brüllt er meinen Großvater an. Ein Mann aus Deutschland, Röhrenstiefel, Stahlhelm. Es ist still geworden. Einer sagt: ›Der will sich rausreden.‹ Der SS-Verfügungstruppenmann mit der Revolvertasche an der Hüfte brüllt: ›Wer war das? Wer hat das gesagt?‹ Es ist still. Der SS-Verfügungstruppenmann zeigt auf einen x-beliebigen, einen jungen Burschen mit hoher Stirn und kleinen Stummelzähnen. Er soll sich auf die Fußspitzen stellen, die Arme hochhalten, die Finger strekken und zusammenziehen, und das so lange, bis ihm befohlen werde, damit aufzuhören. ›Nach dem Gesetz ist ein Vierteljude wie ein Arier zu behandeln‹, sagt der Mann, der hier das Gesetz vertritt. ›Deutschland ist ein Land, in dem man sich an die Gesetze hält.‹ Nach einer Weile sagt mein Großvater zu dem SS-Verfügungstruppenmann: ›Wer auch immer das gesagt hat, er hat es sicher nicht böse gemeint.‹ Der junge Mann, der auf den Fußzehen stehen und die Arme hochhalten und die Finger strecken und zusammenziehen muß, fragt, ob er bitte eine Pause machen dürfe. Er darf nicht. Mein Großvater spürt, daß die anderen ihm die Schuld geben. Nach ein paar Minuten bricht der junge Mann zusammen. Der SS-Verfügungstruppenmann sagt: ›Alle unter siebzehn und über sechzig mitkommen!‹ Bei denen ist auch mein Großvater. Sie werden zum Tor geführt. Dort sagt der SS-Verfügungstruppenmann: ›Halt! Und wenn ich gleich sage: Marsch!, dann rennt's davon, so schnell ihr könnt's, und wer der letzte ist, der bleibt hier. Marsch!‹ Alle rennen los, stolpern, fallen, treten aufeinander, rappeln sich hoch, halten einander zurück. Mein Großvater geht quer durch die Stadt bis zum Rudolfsplatz, legt sich in sein Bett und steht zwei Tage lang nicht auf. Dann ruft er die Familie zusammen – meine Großmutter, meine Mutter, Valerie –, bittet sie, um den Tisch Platz zu nehmen, und erzählt ihnen haarklein die ganze Geschichte. Und weißt du was: Er glaubt nach wie vor an das Gesetz. Er will Anzeige erstatten. Meine Großmutter redet auf ihn ein wie auf ein krankes Pferd. Er will Anzeige erstatten in eigener Sache und sich als Zeuge melden, falls ein anderer ebenfalls Anzeige erstatten will. *Leges rem surdam, inexorabilem esse.* Das Gesetz ist taub und unerbittlich, sagt Livius. Und das Gesetz ist gefeit vor jeder Politik. Das war meines Großvaters heilige Überzeugung. Anders könne ein Geschäftsmann nicht existieren. ›Wenn die Menschen soweit sind, daß sie ihrer Menschlichkeit mißtrauen, dann schalten sie etwas vom Menschen Unabhängiges zwischen sich, um miteinander verkehren zu können: das Gesetz.‹ So hat er mich belehrt, da war ich noch keine vierzehn. Meine Großmutter habe sich in sein Hemd verkrallt, um ihn davon abzuhalten, daß er zur Polizei ging und Anzeige erstattete.

Valerie hat mir die Geschichte in der Nacht erzählt, als wir in unserem Verschlag lagen, zwischen uns nur eine dünne Bretterwand mit so breiten Spalten, daß wir einen Finger hindurchstecken konnten, um uns gute Nacht zu wünschen. Ich sagte: Warum habt ihr euch nicht mit mir in Verbindung gesetzt? Die Familie hätte nach Lissabon ziehen sollen. Damals wäre das ohne weiteres möglich gewesen. Er hätte alles verloren, sagte Valerie, man hätte uns alles weggenommen. Das wollte er nicht. Aber Mama könnte noch leben, sagte ich. Sie sagte: Die Nazis haben sie nicht umgebracht. Das wart ihr mit euren Bomben.

Am Tag bekam ich Valerie selten zu Gesicht, sie war unterwegs, um zu organisieren. Ich wußte, sie schlich sich in der Nacht heimlich in die Bibliothek, holte ein Paket Kaffee hinter den Regalen hervor und tauschte es am nächsten Tag im Resselpark gegen drei Kilo Brot oder eine Gans oder einen Topf Schmalz. Als ich Anfang Dezember nach meinem Besuch in Nürnberg bei dem Prozeß gegen die großen Nazis wieder nach Wien zurückkehrte, war Großvaters Lager hinter den Büchern ausgeräumt. Aber die beiden Alten hatten keinen Hunger leiden müssen, und gefroren hatten sie auch nicht. Valerie hatte organisiert, Tag und Nacht. Sie war viel draußen gewesen. Zu viel.«

5

Eine Stille entstand. Unterbrochen von Carls Hüsteln. Und von meinem Hüsteln. Ich erinnere mich, daß ich versucht war, eine Frage zu stellen. Valerie war zweimal von russischen Soldaten vergewaltigt worden. Beide Male im November 1945. Gerade während der zehn Tage, als Carl in Nürnberg war. Sie hatte ihn gebeten zu bleiben. Nicht aus Sorge um sich selbst, sondern aus Sorge um die Großeltern. Vor allem um den Großvater, der immer seltsamer wurde. Sie fürchtete, er könnte überschnappen. Valerie hat mit ihrem Bruder nicht über die Vergewaltigung gesprochen. Er erfuhr es erst viel später. Mit Margarida hat sie darüber gesprochen. Und mit meiner Mutter. Aber auch erst nach Jahren. Sie war schwanger gewesen, über eine Seelsorgestelle der katholischen Kirche sei ihr eine Abtreibung vermittelt worden. Zum Horror also noch ein Witz dazu. Eine Zeitlang war Valerie mit meiner Mutter gut befreundet gewesen. Wie die beiden zusammengekommen waren, weiß ich nicht. Meine Mutter hat später so gut wie nie von Valerie gesprochen. Was verwunderlich ist. In der Zeit, als die beiden zusammensteckten, war meine Mutter arbeitslos. Valerie arbeitete bei einer Bank. Sie wollte sich nicht von ihren Großeltern aushalten lassen. Meine Mutter holte sie zusammen mit mir im Kinderwagen nach der Arbeit ab. Die beiden gingen stundenlang spazieren, manchmal bis ans Ende von Simmering und weiter bis zum Albernen Hafen. Irgendwann habe sich mein Vater bei Carl beschwert, Agnes habe vor lauter Valerie keine Zeit mehr für ihn. Von den Vergewaltigungen hat mir aber nicht meine Mutter erzählt, sondern Margarida. Sie meinte, es sei keine Indiskretion, schließlich kannte ich Valerie ja nicht, sie lebte schon seit vielen Jahren in Dänemark.

Carls Stimme auf dem Band: »Jeder Mensch, der in dieser Stadt lebte, war in den ersten Monaten nach dem Krieg anders, als er in seinem bisherigen Leben gewesen war, und nie wieder würde er so sein wie in dieser Zeit der Starre. Widersinnigerweise zeigte sich diese Starre in Geschäftigkeit. Die Menschen bewegten sich wie aufgezogene Mäuse. Es muß etwas getan werden! Es muß etwas getan werden! So lautete der strenge Tagesbefehl des Lebens. Und es gab ja tatsächlich mehr zu tun als je zuvor. Obwohl man nur ein einziges Mal den Blick hätte heben müssen, um zu sehen, wie vergeblich es war, etwas zu tun. Je weniger einem Menschen zu tun übrigbleibt, desto heftiger drängt es ihn zur Tat. Diese These ließ sich tagtäglich auf den Straßen verifizieren. Jeder tat irgend etwas, trug Steine in Gemüsenetzen davon oder schob einen Karren mit Gerümpel von A nach B, und wenn er zweimal hintereinander am Naschmarkt einen guten Tausch abgewickelt hatte, bildete er sich ein, er habe bereits den Grundstein für ein Geschäft gelegt. Ich bin durch die Gassen gegangen, über Schutthalden gestiegen, rostiger Eisenschrott, Staub, knöcheltief, wie Mehl. Neben einem Einstieg, der mit LSK gekennzeichnet war, lehnte eine durchweichte Matratze, zum Auslüften nehme ich an, wie die Allegorie der Hoffnungslosigkeit kam sie mir vor. Es war unerträglich. Unerträglich war die Not, aber ebenso unerträglich war es, mit anzusehen, wie Menschen Dinge taten, die völlig sinnlos waren, die weder etwas Gutes brachten noch etwas Schlimmes verhinderten und die dennoch sinnvoll waren, weil sie wenigstens so aussahen, als hätten sie Sinn. Eine elementare

Wichtigtuerei hatte die Bürger dieser Stadt ergriffen. Die Diskrepanz zwischen dem, wie sie sich die Welt vorstellten, und dem, wie sich die Welt ihnen darstellte, wurde in zwei kleinen Worten aufgehoben: als ob. Als-ob und Carepakete haben das Leben in dieser Stadt erhalten. Im Rückblick mag für manchen die Gewalt wie eine Erlösung angemutet haben. Eine Erlösung auch von jeder Angst. Am hellichten Tag sah man lachende Frauen Kinderwägen schieben, die hoch mit Gestohlenem beladen waren, und das, obwohl Plünderern mit sofortigem Erschießen gedroht worden war. Plündern ist eine spannende Sache, es bringt etwas, *und* es ist eine spannende Sache. Man hat etwas getan, wenn man geplündert hat, und das war nicht weniger wichtig als der Gegenstand, den man davontrug. Unerträglich nämlich war es, nichts zu tun. Es muß etwas getan werden! Es muß etwas getan werden! Als ob mit der Zerstörung unserer Stadt und all der anderen Städte und Dörfer von Brest bis Stalingrad, von Guernica y Luno bis Hammerfest nicht schon genug getan worden wäre!

Am 27. April war Wien von der Roten Armee eingenommen worden, und vier Tage später bereits – vier Tage später! – wurde auf Befehl der Russen *Figaros Hochzeit* draußen in der Volksoper aufgeführt! Die Straßenbahnen fuhren noch nicht, die meisten Straßen waren überhaupt nicht befahrbar, die Sänger wurden auf russischen Lastwagen zum Währingergürtel transportiert. Der Eintritt war frei, ein Geschenk der Befreier. Und nicht etwa nur hartgesottene Opernfreunde wie meine Großeltern saßen im Zuschauerraum, die meisten Besucher hatten vorher noch nie eine Opernaufführung gesehen. Russische Soldaten mit Schnellfeuergewehren auf den Oberschenkeln saßen neben gerupften und ausgehungerten Wiener Bürgern, und die Sänger und Sängerinnen auf der Bühne und die Musiker im Orchestergraben sangen und spielten, was sie vor Jahren zum letztenmal gesungen und gespielt hatten, zwei Proben hatte man ihnen zugestanden, das war alles gewesen, und so klang es auch. Aber es war etwas getan worden. Und nicht nur an der Volksoper wurde gespielt, auch am Theater an der Wien – *Rigoletto*. Winter 1945. Ohne Dekoration. Man sah den Schnürboden und die Brandmauer. So kalt war es, daß mein Großvater und meine Großmutter in ihren Mänteln mit Decken auf den Knien und um die Schultern im Zuschauerraum saßen und sich wunderten, wie die Tänzerinnen auf der Bühne das aushielten. Die Sänger hatten Fingerhandschuhe mit abgeschnittenen Kuppen an. Es sei die schönste Aufführung ihres Lebens gewesen, sagte meine Großmutter. Alle haben das gesagt. Nichts zu essen, nichts zu heizen, aber ins Theater gehen, in die Oper gehen, Konzerte anhören! Sagt dir nicht dein gesunder Hausverstand, daß das ein Blödsinn ist? Wenn ein Bedürfnis nicht auf naturgegebene Art befriedigt werden kann, sondern bloß durch Sublimierung, ist man gut beraten, sich das Sublimat genau anzusehen. Man wird feststellen, daß der Ersatz niemals nur symbolisch befriedigt, sondern immer auch recht real, daß er vielleicht nicht bis zur Sattheit befriedigt, aber auf dem Weg dorthin. Man kann gegen den Hunger rauchen, das Nikotin nimmt das Hungergefühl. Gegen das Frieren kann man Schnaps trinken, der wärmt tatsächlich. Musik und Schauspielkunst aber nehmen weder das Hungergefühl, noch wärmen sie. Sie sind nicht Ersatz für Kalbschnitzel und Zentralheizung, und sie sind auch kein Ersatz für verlorene Volksgenossenschaft, und schon gar nicht sind sie ein Trost. *Sie nehmen die Langeweile.* Kultur gegen Langeweile! Würde mich nicht wundern, wenn die Russen das instinktiv erfaßt hätten. Ich glaube zwar nicht, daß die Soldaten Gontscharow im Tornister hatten, aber im Kopf haben sie ihn vielleicht gehabt. In jedem Russen steckt ein Ilja Iljitsch Oblomow, sagte Ksenia Sixarulize einmal zu mir, eine Freundin aus den späten zwanziger Jahren, die war zwar Georgierin, hat aber ihr Leben lang unter Russen gelebt. Den Menschen war langweilig. Krieg und Bombardierung war eine spannende Sache gewesen. Und der Nationalsozialismus war ebenfalls eine spannende Sache gewesen. Jeder Tag ein Feiertag. Und so weit das Auge reichte, Bedeutung. Alles hatte etwas bedeutet, niemand wußte, was es bedeutete, aber jeder wußte, daß es etwas bedeutete. Bedeutung ist wie Rauschgift. Du willst sie nicht, du brauchst sie. Und du brauchst immer mehr davon. Alles hatte Bedeutung. Und eine höhere Bedeutung dazu. Bald kannst du nicht mehr anders reden als mit erhobener Stimme. Hör dir doch die Radiosendungen von damals an! Das Thema konnte gar nicht banal genug sein, gesprochen wurde darüber in einem Tonfall, als wär's Parsifal. Auf den simpelsten Paßfotos blicken dir Propheten und Prophetinnen im Zustand der Erleuchtung entgegen. Mit dem 27. April war das vorbei. Die Häuser waren zerstört, die Männer in allen Winden, zu essen gab es nichts, kein Licht, kein Gas und – keinen Sinn des Lebens. Freiheit herrschte. Was man mit der Unfreiheit hätte anfangen sollen, das wußte jeder, man hätte sie bekämpfen sollen, man sagte, man habe sie nicht bekämpfen können, na gut. Aber was sollte man mit der Freiheit anfangen? Sie nützen. Was heißt das? Es gibt nur eines, was man mit der Freiheit anfangen kann: sie vergrößern. Aber darauf kommt man erst mit der Zeit. Jetzt war Friede. Ein sang- und klangloser Friede. Langeweile ist eine ansteckende Krankheit, die Krankheit mit der kürzest denkbaren Inkubationszeit. Ich steckte mich an. Ich habe das zerstörte Wien besichtigt, und am Ende war mir langweilig. Vielleicht war mir ein bißchen weniger langweilig als den anderen, weil die Jahre zuvor auch nicht so spannend für mich gewesen waren. Ich hatte Österreich verlassen, bevor es wirklich spannend wurde, und ich war zurückgekehrt, als es nicht mehr spannend war. Ich hatte keine Ahnung vom Krieg. Ich wußte, was ein Lager ist und daß es dort sehr unkommod sein kann, im Vergleich waren die australischen Lager eine gemütliche Sache, vor allem aber waren sie sicher, sicher vor dem Krieg. Wer würde schon auf die Idee kommen, Australien anzugreifen. Und später, in Los Alamos, war ich zwar mit Krieg beschäftigt gewesen, aber nur theoretisch. Es ist etwas Merkwürdiges: Theorie bringt uns der Praxis nicht näher; wir verstehen vielleicht einiges besser, wie es funktioniert, kausale Abläufe – als man Enrico Fermi vom ersten Atombombenversuch in Alamogordo berichtete und ihm erklärte, daß die Explosion um das Zehnfache gewaltiger war, als die Optimisten vorhergesagt hatten, und als man ihn drängte, er solle die Resolution gegen den Einsatz dieser Waffe unterschreiben, sie werde unfaßbares Elend und nie dagewesene Vernichtung bringen, da sagte er: Laßt mich mit diesen Dingen in Ruh! Es ist doch wunderschöne Physik! Der Schafzüchter in Australien, der vielleicht nicht einmal wußte, daß sein Land sich mit einem Mann namens Hitler im Kriegszustand befand, der hätte sich in seiner Phantasie den Krieg realitätsnäher ausmalen können als wir, die wir wie Mönche auf der Mesa von Los Alamos saßen und Tag und Nacht über die Waffe nachgrübelten, die ihn beenden sollte. Nein, ich hatte keine Ahnung vom Krieg. Nicht die geringste. Ich konnte mir zum Beispiel nicht vorstellen, daß

Edmonton Public Library Express Check

Customer ID: 21221013372468

Title: Abendland : Roman
ID: 31221090475257
Due: 12/29/2009,23:59

Title: Verlorene Ehre, verratene Treue :
Zeitzeugenbericht eines Soldaten
ID: 31221086857492
Due: 12/29/2009,23:59

Total items: 2
12/7/2009 2:46 PM

www.epl.ca

Krieg süchtig machen kann. Ich war zurückgekehrt zu einem Volk von Süchtigen auf Entziehungskur. Zu dieser Einschätzung kam ich nach wenigen Tagen. Die Universität hatte ihren Betrieb zwar bereits im Wintersemester 1945 wieder aufgenommen. Mit dem 1. Mai 1946 hätte ich meine Stelle als Dozent bei den Mathematikern antreten sollen. Aber nichts funktionierte. Überall hingen zwar Kundmachungen der Alliierten aus, in Deutsch, Englisch, Russisch, Französisch, daß sein Studium fortsetzen oder beginnen könne, wer über die nötigen Voraussetzungen verfüge, und wo sich melden solle, wem die eine oder andere Prüfung fehlte. Aber was hieß das schon! Es gab zu wenig Räume und zu viele Studenten oder zu wenig Studenten, je nachdem, in welchem Fachbereich du zu tun hattest. Die Vorlesung, für die ich mich vorbereitet hatte, wurde immer wieder verschoben, immer gaben die Amerikaner andere Gründe dafür an, dann waren es wieder die Briten, niemand wußte über irgend etwas wirklich Bescheid, der größte Teil meiner Zeit bestand aus Warten – und so machte ich mich eben in dieser im Vergleich zu der kolossalischen Weltgeschichte um mich herum winzigen Angelegenheit kundig. Langeweile ist nur mittels Tun zu befrieden, mittels Beschäftigung – was noch lange kein Schaffen, aber vielleicht so etwas wie die kleine Form davon ist; oder die Parodie, was meinst du? Ich jedenfalls habe mich mit der Zergliederung eines Briefes beschäftigt. Entsprach meiner Neigung. Und ein Tun war es auch. Es hatte keinen Sinn – *but it makes sense.*«

6

Weiter Carls Erzählung:
    »Irgendwann meinte ich, doch auf etwas gestoßen zu sein. Sieh dir das Blatt genau an! Nicht die Schrift diesmal, sondern das Briefpapier! Briefpapier des XX. Korpskommandos Brixen. Mit aufgedrucktem Emblem. Das soll wohl eine Doppellilie sein, schätze ich. Aber: Ein Emblem des XX. Korpskommandos Brixen – was soll das sein? Daß eine Militärkommandantur ein eigenes Briefpapier hatte? Und ein eigenes Emblem? Jede k. u. k. Kommandantur ein eigenes Briefpapier mit eigenem Emblem?

Zufällig traf ich Rudi Papuschek, ›unseren Herrn Papuschek‹. Er freute sich, mich zu sehen. Sein Haar war schwarz und ölig wie immer, am Kinn hing immer noch das kleine Hexenmeisterbärtchen, das Gesicht war aber deutlich schmaler, als ich es in Erinnerung hatte. Ein Mittel, sich den Bart und die Haare zu färben, hat er immerhin, dachte ich. Um ein deutliches Stück zu sehr freute er sich. Das Zuviel an Freude sollte natürlich einen Vorwurf verdecken. Es hatte sich unter den Angestellten meines Großvaters herumgesprochen, daß ich mit den Amerikanern nach Wien zurückgekehrt war. Ich lud ihn ins Café Mozart zu Kakao und Kuchen ein. Demonstrativ zahlte ich mit Dollars. Auch das hätte dem Alten vom Rudolfsplatz gefallen, denke ich. Ich wußte, Rudi Papuschek war immer ein glühender Monarchist gewesen, jedenfalls bis in die dreißiger Jahre hinein. Wie er die Welt und die Menschen nach 1938 sah, wußte ich nicht.

›Können Sie sich vorstellen‹, sagte ich zu ihm, ›daß eine k. u. k. Korpskommandantur, sagen wir im Jahr 1905, sagen wir in Brixen, ein eigenes Briefpapier hatte?‹

Er wunderte sich nicht. Tat so, als ob ihm so eine Frage täglich vorgesetzt würde, seufzte empfindsam durch die Nase. Er werde sich erkundigen, sagte er. Er wußte, die Antwort wird vergolten. Wir verabredeten uns für den nächsten Tag um die gleiche Zeit am selben Ort.

Als ich kam, hatte er bereits gegessen. Er hatte wirklich Hunger. Der Vater seines Schwagers, sagte er, ein gewisser Hofrat Dr. Mader, inzwischen längst pensioniert, sei unter dem Kaiser in einflußreicher Stelle im Kriegsministerium tätig gewesen, der könne solche Fragen kompetent beantworten. Meine Erlaubnis vorausgesetzt, habe er bereits mit ihm gesprochen, und er sei gern bereit, mir Auskunft zu geben. Was hatte er sich doch für eine Blasiertheit angewöhnt! Er war unser bester Mann gewesen. Wenn Herr Papuschek über Kakao oder Kaffee referierte, konnte man meinen, der Plantagenbesitzer persönlich halte hof in unserem Geschäft. Seine Philosophie hatte gelautet: Unternehmer und Angestellter dienen beide dem Produkt, und wenn der Angestellte sich davor hütet, daneben noch anderes im Sinn zu haben, die Politik zum Beispiel, dann stehen sich die beiden auf Augenhöhe gegenüber – ja, fast wie Ministrant und Bischof vor dem großen

Herrgott. Konnte es sein, daß diese Einstellung über den Krieg hinweg nicht zu halten gewesen war? Daß unserem Herrn Papuschek eine andere Weltsicht mehr eingeleuchtet hatte? Daß unser Herr Papuschek in den letzten Jahren vielleicht sogar jemand gewesen war? Und daß er nun wieder zurückkehren wollte in den süßen Schoß des Feinkosthandels und daran arbeitete, sich wenigstens die Formen wieder anzuerziehen, wo doch der Inhalt fehlte, jedenfalls noch fehlte? Es gab kein Produkt, das Unternehmer und Angestellter auf gleicher Augenhöhe hätten anbeten können, der große Herrgott war ja schon seit längerem tot, und nun war auch die Ware tot, wenigstens scheintot ...

Der Vater des Mannes von Herrn Papuscheks Schwester, also dieser Herr Hofrat Dr. Mader vom k. u. k. Kriegsministerium, saß zwei Tische von uns entfernt, ein würdig unwirsch aussehender Mann mit weißem, um die Mundpartie herum gelbem Bart, der ihm bis auf die Brust herabwallte. Er hatte ebenfalls bereits gegessen.

Ich schilderte ihm den Fall. Er lachte nur. ›Undenkbar!‹ rief er aus.

Ich hatte den Brief bei mir, zweimal zusammengefaltet in meiner Rocktasche. Er legte diskret eine Serviette über die Schrift, betrachtete lange Briefkopf und Emblem.

›Oder vielleicht doch‹, sagte er schließlich und schmunzelte, nahm sich aber gleich zusammen und bemühte sich um einen flachen, objektiven Geschäftston, der gar nicht zu ihm paßte. ›Man weiß ja nicht, was für Geister in der Provinz Befehlsgewalt innehatten. Kann durchaus sein, daß irgendein Soldat Sohn einer Druckerei war und sich bei seinen Vorgesetzten einhauen wollte. Hat er dem Kommandanten vielleicht eine Idee ins Ohr gesetzt. Nach dem Motto: Wir sind ein besonderer Haufen, brauchen also ein eigenes Briefpapier.‹

›Und wenn das nicht der Fall ist‹, fragte ich. ›Was kann die Erklärung für diesen Briefkopf sein?‹

›Daß der Verfasser das Briefpapier allein für sich und seine Zwecke hat anfertigen lassen‹, sagte er, und er wurde sogar zornig. ›Was soll das hier sein? Zwei Lilien? Eine Doppellilie? Eine Verhöhnung vielleicht? Daß der Fälscher den Doppeladler zu einer Doppellilie umgedeutet hat?‹

›Wie? Fälscher?‹ fragte ich und mischte brav eine Prise Empörung in das Ä.

›Allerdings!‹ triumphierte er. ›Das hier, mein Herr, kommt dem Tatbestand der Dokumentenfälschung gleich!‹ – Sein Triumph war nicht die Begleitmusik zu seiner Expertise. Er galt mir. Als hätte er soeben nicht meinen Vater eines Vergehens überführt, sondern mich. Aber eigentlich war es ja nicht Triumph, der seine Stimme hob, sondern ein aufgestautes Achtung-aufgepaßt!, dem offenkundig in den letzten Jahren niemand Gehör geschenkt hatte. Und nun legte dieser Zeitenfremdling ausgerechnet mir seine Abrechnung vor, als hätte er auf so eine Gelegenheit gewartet, seit er zum letztenmal beim Barbier gewesen war, und als wäre ausgerechnet ich entweder der Buchhalter des Antichristen, der die große Umwertung der Moral in den vergangenen sechzig Jahren zu verantworten hatte, oder – wer weiß! – der Scout des Erlösers, der gekommen war, um die Lage für eine bessere Zukunft zu sondieren. ›Jawohl, Fälschung und Betrug‹, rief er aus – und ich kam in den Genuß der wohl seltsamsten Rede, die ich je gehört habe.

›Fälschung und Betrug haben sich in jedes Wort hineingeschlichen, und jetzt ist sogar die Wahrheit verlogen, hier stehen wir! Sie kommen aus Amerika, habe ich gehört. Kommen Sie ruhig aus Amerika, meinetwegen kommen Sie halt aus Amerika! Dem Land der großen Präsidenten – Woodrow Wilson, Franklin Delano Roosevelt … Wir haben niemand Vergleichbaren. Und das schon lange nicht mehr. Ganz Europa hat niemand Vergleichbaren vorzuweisen, das möchte ich betonen. Erst haben wir auf euch heruntergeschaut, jetzt schaut ihr auf uns herunter. Als die Kronen von den Köpfen fielen, da waren die Köpfe naturgemäß nichts mehr wert. Gott hat die Entscheidung den Menschen überlassen, wem sie dienen wollen. Da stimmen Sie mir als Amerikaner sicher zu. Ich sage zur Demokratie: Meinetwegen! Wissen Sie, ich glaube, Gott hat das Herz eines Kindes. Erst hat ihn ein Philosoph für tot erklärt, dann hat ein englischer Naturgeschichtelehrer seine Schöpferkraft angezweifelt, da wird er sich gedacht haben: Macht doch euren Dreck allein! Und hat die Hand von den Dynastien gezogen. Manchem gekrönten Kopf hat allerdings die Krone auch vorher schon nicht helfen können. Ich hatte die Ehre, im Mai 1910 zu der Delegation zu gehören, die unseren Thronfolger nach London zur Beerdigung von Eduard VII. begleitete. Da habe ich die

Ursache allen Übels mit meinen eigenen Augen gesehen: Wilhelm II., den deutschen Kaiser. Ihm hat nicht Gott die Krone aufgesetzt, sondern eher der andere, ich kann es mir nicht anders erklären. In der ersten Reihe ritt er, auf einem Grauschimmel, in der scharlachroten Uniform eines britischen Feldmarschalls, den Schnurrbart aufgezwirbelt zu zwei Miniaturbajonetten. Jeder wußte, wie sehr er seinen verstorbenen Onkel gehaßt hatte. Dennoch: Zur Rechten des neuen Königs ritt er nun. Georg V. hatte es ausdrücklich angeordnet. Zur Linken soll reiten der Herzog von Connaught, der Bruder des Toten, zur Rechten soll reiten der deutsche Kaiser. Siebzig Nationen waren vertreten! Allein vierzig kaiserliche oder königliche Hoheiten! Hinter Wilhelm II. ritten die Könige Friedrich von Dänemark und Georg von Griechenland, die Schwäger des Toten, weiter die Könige Haakon von Norwegen, Alfons von Spanien, Manuel von Portugal und der farbenprächtige, mit einem seidenen Turban geschmückte Ferdinand von Bulgarien. Anwesend waren auch der Erbe des türkischen Sultans, Prinz Jussuf, und der Bruder des japanischen Kaisers, Prinz Fushimi, und der Bruder des russischen Zaren, Großfürst Michael. Unser Franz Ferdinand mit wehendem grünem Federbusch ritt in der fünften Reihe, neben dem jungen König Albert von Belgien. Das hat uns ein klein wenig verstimmt, zählte unsere Monarchie doch zu den fünf großen europäischen Mächten, und nachdem es das Protokoll vorsah, daß die Herrschaften in Dreierreihe ritten, wäre ein Platz in der dritten oder wenigstens vierten Reihe angemessen gewesen. Unter den zaghaften Schlägen des Big Ben ritten die Herrscher der Welt durch das Schloßtor, scharlachfarben, purpurn, preußisch-blau, golden, mit wippenden Helmbüschen. Etwas Schöneres habe ich nicht erlebt. Übrigens auch Ihr Amerika war vertreten. Der ehemalige Präsident Theodore Roosevelt war als Sondergesandter der Vereinigten Staaten anwesend. Zum Glück gab es da noch zwei andere Herren in Zivil, den Schweizer Gaston-Charlin und den französischen Außenminister Pichon, sonst wäre sich der Vertreter Ihres Landes wohl deplaziert vorgekommen. Nie vorher in der Weltgeschichte war so viel Auserwähltheit auf einem Fleck Erde versammelt. Und ich sage Ihnen, ich habe gespürt – ich, ein kleiner Ministerialbeamter –, daß hier mehr vor sich geht als die Beerdigung des Königs von England. Gott wollte der Welt noch einmal zeigen … aber was wollte er der Welt zeigen? Ich verstehe es nicht! Verstehen Sie, was uns passiert ist? Wie das passieren konnte. Europa ist tot. Wir sind eine Horde geworden. Ich habe von dem deutschen Kaiser Wilhelm II. nie etwas gehalten, und Sie können mir frei heraus glauben – ich weiß es nämlich –, auch unser Kaiser Franz Joseph hat nichts von ihm gehalten, weil von diesem Herrn einfach nichts zu halten war – aber: Daß Ihr Präsident Wilson sich nach dem Ende des Krieges an seinen Schreibtisch setzt und einfach so mit seiner amerikanischen Füllfeder hinschreibt, er fordere, daß der deutsche Kaiser abdankt … Sie kommen also aus Amerika, so. Und Sie treffen die Wiener – und in Berlin ist es nicht anders, Sie können mir das frei heraus glauben –, und Sie sehen diese Menschen, und Sie sehen in ihren Gesichtern, daß sie nicht wissen, was ihnen passiert ist. Auf einmal ist alles so geworden, wie es keiner haben wollte. Millionen Menschen keilen sich ineinander, jeder will etwas, die meisten wollen, daß gar nichts passiert, und am Ende kommt etwas heraus, das nicht einer von ihnen wollte. Ist das nicht nachgerade die unwahrscheinlichste Lösung? Wissen Sie, was ich während der ganzen Zeit, als der Hitler an der Macht war, getan habe? Ich habe gelesen. Als eine Art der Sühne. Wenn alle um mich herum den Arm zum Gruß erhoben hatten, saß ich darunter wie unter den Dachsparren des Teufels und habe die Frage studiert, was gewesen wäre, wenn Wilhelm II. den Reichskanzler Bismarck nicht entlassen hätte. Mein Herr, dann säßen Sie nicht hier, sondern wären immer noch in Ihrem Amerika, in Ihrem Texas oder in Ihrem Neu York oder diesem Chicago, von dem man so viel Schlechtes hört, und ich meine, das wäre wohl auch Ihnen lieber, habe ich recht? Fürst Bismarck war kein Freund von Österreich, das wird man auch in amerikanischen Schulen lehren, wenn es so etwas wie amerikanische Schulen überhaupt gibt, er war nicht einmal ein Freund des Deutschen Reiches, er war kein Freund Englands und kein Freund Frankreichs, und den Russen hat er wie jeder vernünftige Mensch mißtraut. Er hat seine Frau geliebt, das kann man nachlesen. Aber Freunde hatte er keine. Er wollte, daß alles so weitergeht, wie er es begonnen hatte, und nur, wenn es unbedingt notwendig wäre, ein bißchen anders. Und das ist auch das, was ich immer gewollt habe. Ich bitte Sie um eine ehrliche Antwort, mein Herr: Wenn eine Sache so klar ist wie diese, daß die

Geschichte anders und zum weitaus Besseren sich entwickelt haben würde, wenn der deutsche Kaiser den deutschen Kanzler nicht entlassen hätte, sollte Gottvater in so einem Falle nicht verfügen – nur in so eindeutigen Konstellationen wie dieser, verstehen Sie mich richtig, nur in solchen historischen Knoten, wo man die Abzweigung, hier zum Guten, hier zum Schlechten, genauestens identifizieren und datieren kann – 20. März 1890 –, daß man noch einmal zurückdarf, jedenfalls dann, wenn die Folgen so sind wie in dem vorliegenden Fall. Ihr Amerikaner habt das Auge Gottes auf eure Geldscheine drucken lassen, ich weiß nicht, was ich davon halten soll, aber vielleicht hat es Gottvater ja in eure Hände gelegt, die Vorbereitungen zu treffen, daß wir tatsächlich noch einmal zurückdürfen. Es gibt Leute bei uns, die glauben das. Glauben Sie das? Wissen Sie womöglich Näheres? Unter diesem Gesichtspunkt hätte die Einmischung Ihres Präsidenten Wilson damals seine Berechtigung gehabt und auch, daß Ihr Präsident Truman diese Bombe auf Japan geworfen hat, und auch, daß Ihr General Eisenhower seinen Soldaten drei Tage Plünderungsfreiheit gegeben hat. Und was diesen Brief hier betrifft, dessen Kopf Sie mir zur Beurteilung vorlegen, er würde ein zweites Mal nicht geschrieben ...‹

Und ich, dachte ich, ich würde ein zweites Mal nicht geboren. Ich demütigte den alten Mann, indem ich eine Handvoll Bilder vom Auge Gottes vor ihn auf den Tisch legte. Er beugte sich wie im Reflex vor und deckte mit seinem Bart die Dollars ab, damit sie niemand sehe. Ich verließ das Café Mozart, das ehedem einer unserer besten Kunden gewesen war, und ich war glücklich, wie ein Mann, der aus dem Gefängnis entlassen wurde. Und ich ließ meiner Einbildungskraft freien Lauf. Phantasierte aus meinem Vater einen Bel Ami, einen Dorian Gray, einen Chlestakow, einen Freibeuter, einen Briganten, einen Don Juan womöglich oder einen Münchhausen. Und immer: einen liebenden Ehemann, einen, der würdig war, von meiner Mutter geliebt zu werden. Nur eines spielte ich mir nicht vor: einen Opportunisten, der, noch ehe der Hahn dreimal kräht, alles verrät ... – Dieses Phantasieren trug mich über zwei Tage hinweg; schließlich verwahrte ich den Brief in meiner Dokumentenmappe, und dort blieb er, bis ich eines Tages auf die Idee kam, ihn Margarida zu zeigen.«

Drei Stunden lang hat Carl erzählt, und er ist dabei nicht müde geworden. Ich wußte noch nicht, daß er Schmerzmittel in hohen Dosen bekam, und ich wußte natürlich auch nicht, daß er sich am Vortag mit Frau Mungenast und seinem Arzt beraten hatte, wie man ihn wenigstens für den ersten Abend fit halten könnte.

Nun war er am Ende des Bogens angelangt, die Erleichterung ist seiner Stimme anzuhören. Ich könne das Gerät abschalten, sagt er. Aber ich ließ es weiterlaufen. Solange er so gut beieinander ist, dachte ich, soll alles draufkommen, was er von sich gibt. Es folgt ein Frage-Antwort-Spiel, das meiner Stimme bald auf die Nerven zu gehen scheint, das Carls Stimme jedoch hörbares Vergnügen bereitet; und nachdem der ganze Abend, wahrscheinlich wegen des Aufnahmegeräts, die Form eines Star-Interviews gehabt hatte – zwei Prozent Frage, achtundneunzig Prozent Antwort –, waren diese letzten Fragen eher im Stil eines Gesellschaftsjournalisten als des künftigen Biographen gehalten.

Ich: »Wieviel Prozente gibst du den Genen?«

Er: »Die Gene dienen der Beschwichtigung derer, die gern davon reden.«

»Du meinst, die Gene sind da, um etwas zu entschuldigen?«

»Nein, dazu sind sie gewiß *nicht* da. Aber sie werden dazu verwendet.«

»Was man ist, hat man selber aus sich gemacht?«

»Gilt für 99,999 Prozent.«

»Und die 0,001 Prozent?«

»Sind auserwählt.« Er lacht. »Zum Guten auserwählt oder zum Bösen auserwählt.« Er lacht.

Meine Stimme: »Die Auserwählten bekommen es, die anderen müssen es selber machen?«

Seine Stimme: »So ist es.«

»Was tut dir leid, nicht erlernt zu haben?«

»Kontrabaß. Der hätte gut zu mir gepaßt. Es gibt ein Foto von mir, da halte ich den Baß von Walter Page, und der war immerhin das Rückgrat von Count Basie.«

»Wenn du dich als Achtjähriger, als Dreizehnjähriger, als Sechzehnjähriger denkst, erkennst du dich in ihnen wieder?«

»Ja. Und sehr gerne dazu.«

»Gibt es einen Lebensabschnitt, in dem du dir fremd vorkommst?«

»Zwischen fünfundzwanzig und dreißig ein bißchen fremd. Gestern und vorgestern sehr fremd.«

»Glaube, Liebe, Hoffnung. Welche Reihenfolge?«

»Liebe, Hoffnung, Glaube. Wenn ich den anderen dabei zusehe.«

»Bei dir selber?«

»Keine Ahnung. Ich denke, das gilt nur bis sechzig oder siebzig. Bei den Auserwählten vielleicht etwas länger.« Er lacht.

»Was ist das Größte, das du in deinem Leben vollbracht hast?«

Keine Antwort darauf.

8

Unbedingt notwendig ist es, diesem Kapitel eine Anmerkung anzufügen; sie betrifft das Fräulein Stein, dem Carl als Achtjähriger in Göttingen bei seinen Tanten begegnet war.

Ich wußte natürlich, daß Carl Edith Stein gekannt hatte. Er hat ja oft von ihr erzählt; und ich kann bei Gott nicht behaupten, daß diese Erzählungen in unserer Familie keine Spuren hinterlassen hätten. Ich kenne sonst niemanden, der einer Heiligen begegnet ist.

Carl war alles andere als religiös, und ich schätze, er hat bei unserem letzten Spaziergang unten beim Lansersee zum ersten- und zum letztenmal in seinem Leben den lieben Gott angerufen. Er zitierte gern den österreichischen Bundeskanzler Bruno Kreisky, der einmal gesagt hat, er sei Agnostiker und als solcher noch weniger als ein Atheist. Das gleiche könne er, Carl, von sich behaupten; und zitierte weiter den englischen Philosophen Francis Bacon, nämlich, daß wenig Philosophie jemanden zum Atheisten werden lasse, viel Philosophie ihn jedoch zur Religion zurückbringe; weswegen es – Carls Kommentar – am gescheitesten sei, die Finger von der Philosophie zu lassen – »um die edle Pflanze des Skeptizismus vor diesem Gift zu schützen«. Mit tadelloser Geschliffenheit übte er sich in der Rolle des

Verwalters seiner eigenen Vergangenheit, feilte an einer Dramaturgie seines Lebens, einer Existenz ohne jedes Dogma; diese Frau jedoch zerriß die Ordnung, zu der er sein Leben rückblickend zusammenfügen wollte; als wären Begriffe wie Glück, Zufriedenheit, Sinn, Freude, Heil, Weisheit, Wonne bloß Teile einer modularen Arithmetik, die keinen Lebenswind verträgt. Sie, die Philosophin, die Phänomenologin, hatte, wie er sich ausdrückte, »den Retourweg der Aufklärung« beschritten; sie hatte den *Ausgang aus der selbstverschuldeten Unmündigkeit des Menschen* vor sich gesehen und hatte umgedreht; hatte sich freiwillig in Fron begeben; war einem Orden beigetreten, in dem um Erlaubnis angesucht werden muß, wenn man den Mund aufmachen will. Und es ist Carl nicht eingefallen, auch nur einmal über sie zu spotten! Ihr Vorbild hat ihn in seiner alles durchwaltenden ironischen Konduite wanken lassen. Mit einer Hingabe, die er als die Frömmigkeit eines Atheisten bezeichnete, nahm er Anteil an ihrem Leben und ihrem Sterben. Im Herbst 1945 fuhr er nach Nürnberg, weil er ihrem Mörder Seyß-Inquart in die Augen sehen wollte, und als sie von Papst Johannes Paul II. heiliggesprochen wurde, sei er, sagte er, sehr verwirrt gewesen. Wörtlich sagte er: »Ich glaubte, ich müsse mich übergeben.« Edith Stein, die sich seit ihrem Eintritt in den Karmeliterorden Teresia Benedicte a Cruce nannte, wurde als »katholische Märtyrerin« heiliggesprochen. »Pius XII. hat nichts unternommen, um ihr Leben zu retten«, sagte Carl, »und nun spricht sie einer seiner Nachfolger heilig. Sie ist ja nicht wegen ihres katholischen Glaubens in Auschwitz ermordet worden, sondern weil sie Jüdin war.« Meine Mutter, die ich bei Carls Beerdigung traf, erzählte mir, er habe sie angerufen, als in den Zeitungen von der Heiligsprechung berichtet wurde. Er habe am Telefon geweint, sagte sie. Ich sagte: »Das glaube ich dir nicht.« Sie sagte: »Weil du gar nichts glaubst.« Ich sagte: »Jetzt machst du ihn besser, als er war, früher hast du ihn schlechter gemacht.« Sie sagte: »Er hat dir viel beigebracht, mehr, als mir lieb gewesen war, aber das Wesentliche hast du nicht begriffen.« Ich sagte: »Warum können wir beide nicht miteinander reden?« Sie sagte: »*Ich* kann mit dir reden.« – Aber das ist eine andere Geschichte.

Carl begegnete Edith Stein noch ein zweites Mal, das muß Ende der dreißiger Jahre gewesen sein. Er hatte geschäftlich in Holland zu tun, als er erfuhr, daß sie in Aachen einen Vortrag hielt. Der Saal war bis auf den letzten Platz besetzt, vor achthundert Zuhörern sprach sie über Thomas von Aquin. Da trug sie bereits das Ordenskleid. Nach dem Vortrag drängte er sich hinter die Bühne. Zwei Priester stellten sich ihm in den Weg. Er sagte, er wollte mit Frau Dr. Stein sprechen. Das sei nicht möglich, sagten sie. Er sei doch mit ihr bekannt, bat er, er wolle sie nur begrüßen. Das sei nicht möglich, wiederholten die beiden. In diesem Augenblick trat sie aus einer der Türen in den Gang, sah Carl an und wies ihn ohne ein Wort in ihre Garderobe. Die Tür ließ sie offen. Ein Klavier stand in dem Raum und ein Sofa aus purpurnem Samt. Auf einem Tischchen lag das Manuskript ihrer Rede. Sie drehte die Blätter um und schrieb auf die Rückseite: »Du bist Carl.« Er sei so befangen gewesen, daß er ihr den Bleistift aus der Hand nehmen wollte. Sie schrieb: »Du darfst sprechen.« Aber er wollte nicht sprechen. Sie lächelte und gab ihm den Bleistift. »Ich habe Sie nicht vergessen«, schrieb er. Sie schrieb: »Ich habe Dich auch nicht vergessen, Carl. Wie geht es Deinen Tanten?« Er schrieb: »Ich habe lange nichts von ihnen gehört.« Sie schrieb: »Besuch sie! Sag ihnen Grüße von mir! Sag ihnen, ich habe sie nicht vergessen.« »Ihr Vortrag hat mich sehr bewegt«, schrieb er. »Danke!« schrieb sie. Er schrieb: »Ist es denn gar nicht möglich, daß wir miteinander sprechen können?« Sie zeichnete ihm mit ihrem Daumen ein Kreuz auf die Stirn und sagte leise: »Gott schütze dich!« Und führte ihn zur Tür.

Carl fuhr nach Göttingen und besuchte seine Tanten. Franziska Herzog war krank, ihre Tochter Kuni pflegte sie. Sie wußten gut Bescheid über Edith Stein, nahmen aus der Ferne Anteil an ihrem Leben, soweit das für sie möglich war. »Sie hat uns sehr geholfen«, sagten sie. Viele Jahre später, als der Seligsprechungsprozeß eingeleitet wurde, besuchte ein junger Dominikanerpater die inzwischen hochbetagte Kuni Herzog und befragte sie im Auftrag der Kongregation in Sachen Heiligsprechung über die Zeit, als sie sich Nachhilfeunterricht in Philosophie hatte geben lassen. Er brachte ihr die Autobiographie von Edith Stein mit – *Aus dem Leben einer jüdischen Familie.* Da erfuhr sie, daß ihre junge Lehrerin damals nicht weniger verzweifelt gewesen war als sie selbst und ihre Mutter. »Ich konnte«, las sie, »nicht mehr über die Straße gehen, ohne zu wünschen, daß ein Wagen über mich hinwegführe.« Kuni Herzog schickte das Buch zusammen mit einer Abschrift des Interviews an Carl.

Drittes Kapitel

1

Nach drei Wochen verließ ich Carl mit dem festen Vorsatz, unverzüglich mit der Arbeit an seiner Lebensgeschichte zu beginnen. Einige Seiten hatte ich noch während meines Besuchs niedergeschrieben (mit der Hand), mich aber doch nicht entschließen können, sie ihm vorzulesen; zumal es sich lediglich um die nur wenig redigierte Abschrift von meinem Diktiergerät handelte. (Später ließ ich das Gerät übrigens nicht mehr mitlaufen – außer einmal noch, als er mich ausdrücklich darum bat; weil er, wie er sagte, mich nicht in die Verlegenheit bringen wolle, das Erzählte in eigene Worte fassen zu müssen.) Zu Hause in Wien war ich zu erschöpft, um mich gleich an den Schreibtisch zu setzen.

Ich hatte mir zuviel zugemutet. Am Morgen unter der Dusche wurde mir schwindlig, so daß ich mich auf den Boden setzen mußte. Ich hatte nicht die Kraft, das Wasser abzudrehen, und atmete flach und starrte auf die Fugen zwischen den Kacheln und konzentrierte mich darauf, mich nicht zu übergeben. Der Tag begann, gleich war Mittag und schon Nachmittag und Dämmer. Eine Stunde lang spielte ich auf der Gitarre, das lenkte mich ab. Oder ich spazierte durch die Stadt, das half auch ein wenig; oder am Donaukanal entlang; oder ein Stück die Praterallee hinauf und wieder hinunter. Zwei Herren und eine Dame, hoch in den Siebzigern alle drei, verwahrt in gefütterten Wildledermänteln, überholten mich, verlangsamten aber bald ihren Schritt und fielen zurück, und als ich zu ihnen aufgeschlossen hatte, paßten sie sich meinem Tempo an, so daß wir in gleicher Höhe nebeneinander auf der Mitte der Allee gingen. Aus ihrem Gespräch konstruierte ich mir eine Affäre zu dritt, die vielleicht schon ein halbes Jahrhundert zurücklag. Oder ich fuhr mit der U4 hinaus nach Schönbrunn und streifte ziellos

durch die Gärten, in denen sich die ersten Blätter lindgrün entfalte-
ten – es war, als löste sich bei ihrem Anblick das Eisenband um meine Brust, aber wenn ich den Blick abwandte und weiterging, zog sich
das Band wieder zusammen; oder ich schlich bei Dunkelheit durch die
Gassen des vierten und fünften Bezirks, in den Manteltaschen zur Sicherheit zwei Einlagen (Tena Lady Normal, die mir Carls Krankenschwester, Frau Mungenast, empfohlen und besorgt hatte). Ich kaufte
bei Virgin auf der Mariahilferstraße eine CD von Wes Montgomery
mit einer Aufnahme von *Heartstrings*, weil Carl und ich dieses Stück
so oft gehört hatten. Zu Hause schaltete ich den Player nach ein paar
Takten ab, die Musik riß ein Loch in mir auf. Ich verspürte ein Gelüst
nach Delikatessen, aber das erwies sich nicht als ein Aufbrechen wie-
dergewonnener Sinnesfreude, sondern als ein querulantisches Pochen
auf Revanche – »Das steht mir jetzt bei Gott zu!« –; und egal, was ich
mir auf dem Naschmarkt oder beim Schönbichler oder beim Meinl
am Graben oder in dem dämlich teuren neuen Feinschmeckergeschäft
hinter dem Stephansdom einpacken ließ, mehr als zwei Bissen brachte ich nicht hinunter. Ich war mutlos und sank von Stunde zu Stunde
tiefer in Trübsinn und Einsamkeit, und die Angst, der Krebs könnte
doch nicht restlos entfernt worden sein, meldete sich wieder. Vor dem
Schlafengehen durchforschte ich den Tag nach Spuren jener Weisheit,
die angeblich in der Krankheit liege und die Einsichten von lang wir-
kender Dauer und großer Erklärungskraft mit sich bringe. Nichts.

2

Ich hätte Evelyn anrufen können. Ich hätte sie anrufen sollen. Ich
wußte, sie wartete auf ein Zeichen von mir. Ich tat es nicht. Legte den
Hörer wieder auf. Ich fürchtete und hoffte zugleich, ihr zufällig auf
der Straße zu begegnen; daß sie, die Hände in den Hosentaschen, den
Kragen ihres metallblauen, gesteppten Blousons aufgestellt, sich nahe
an der Hauswand haltend, mit ihren ausladenden Männerschritten auf
mich zukam – hochgewachsen, athletisch, gerade wie ein Maibaum;
schwarz überfärbte, mit Pomade glänzend geringelte, enge Locken;
ein Lippenpaar, das sich in scharfen Winkeln traf, darüber ein dunk-

ler Schimmer Flaum; mediterraner Teint, an den Wangen gesprenkelt von zart ockerfarbenen Aknenarben aus der Zeit von Rudolf Kirchschlägers und Ronald Reagans Präsidentschaften –; daß sie zwei Finger an die Schläfe hob und sie mir zum Gruß entgegenschleuderte, ein schiefes Matrosengrinsen im Gesicht.

Als Kind habe sie heftig gestottert, erzählte sie mir. Ihre Mutter (Vater gab es keinen) habe, als sie noch nicht lesen und schreiben konnte, mit ihr zusammen ein Stottertagebuch geführt. Einmal in der Woche sei sie beim Logopäden gewesen, dort habe sie gelernt, daß sich das Stottern verringere, wenn sie flüstert. Das habe ihr Sicherheit gegeben. Als sie in die Schule eintrat, verschwand das Stottern restlos. Sie habe allerdings immer gewußt, daß sich der Feind nur zurückgezogen, daß er aber nicht ihr Haus verlassen habe. Und tatsächlich, mit Zwanzig fing es wieder an. Sie begab sich abermals zum Logopäden, inzwischen wußte man mehr über die Balbuties, sie leide an einer latenten klonischen Form, hieß es. Sie schloß sich einer Selbsthilfegruppe an, in der jeden Dienstagabend gemeinsam gesungen, gesprochen und geflüstert wurde. Nach einem Jahr hatte sie ihr Leiden im Griff. Wenn sie aufgeregt ist, kann es geschehen, daß sie bei manchen Startlauten hängenbleibt. Dann senkt sie ihre Stimme zu einem Flüstern, und es ist vorbei. Wenn das Flüstern versagt, wechselt sie die Methode und redet gegen das Stottern an. »Das ist, wie wenn man mit Nitroglycerin eine brennende Ölquelle löscht«, erklärte sie mir.

Ich ging durch die Franzensgasse, vorbei am Haus Nummer 17, kehrte um, aber ich drückte nicht auf den Klingelknopf neben ihrem Namen. Bevor ich nach Innsbruck in die Klinik gefahren war, hatte ich zu ihr gesagt: »Wir wollen es lassen.« Sie hatte genickt und sehr ernst korrigiert: »Wir tun so, als ob wir es lassen.« »Nicht als ob«, hatte ich gesagt, »es gilt.« »Du wirst sehen, es gilt nicht«, beharrte sie. »Wenn du wieder zurück bist, ist alles gut, und du rufst mich an.« Ich wußte natürlich, was sie dachte. Er hat Angst, impotent zu werden, dachte sie, er rechnet damit, weil er einer ist, der immer mit dem Schlimmsten rechnet und immer Vorkehrungen treffen will für den Fall, daß das Schlimmste eintritt. – Das »Schlimmste« war nicht eingetreten, die Nervenstränge waren erhalten geblieben.

Evelyn arbeitete als Kuratorin im Haus der Fotografie. Die vorangegangenen einenhalb Jahre hatte sie damit zugebracht, eine Ausstellung über das »Wien der Jahrhundertwende« vorzubereiten. Je intensiver sie sich damit beschäftigte, desto weiter dehnte sie den Begriff der Wende aus, so daß schließlich in Klammern neben den Titel »von 1889 bis 1916« gesetzt wurde, vom Selbstmord des Kronprinzen Rudolf in Mayerling bis zur Ermordung des österreichischen Ministerpräsidenten Graf Stürgkh durch Friedrich Adler. Aber auch das genügte ihr nicht; eine Ausstellungswand sollte zudem mit »Vorgeschichte«, eine andere mit »Nachgeschichte« übertitelt werden. Im Ganzen umspannte das Projekt also fast achtzig Jahre. Ihre Redlichkeit und ihre Gewissenhaftigkeit begeisterten mich, und ich war es schließlich, der sie bat, ihr bei der Auswahl der Fotos helfen zu dürfen. So saßen wir manchmal bis spät in die Nacht hinein in ihrem Büro und breiteten Hunderte Bilder über ihren Schreibtisch, betrachteten sie unter der Lupe, notierten Registriernummern, bewegten uns im Geist durch die Straßen und Jahrzehnte – von »Klein Venedig« im Prater während der Weltausstellung zur Einweihung der Votivkirche (die fremd und spielzeughaft wie angeliefert auf dem freien Feld stand), von den Verrohrungsarbeiten des Wienflusses beim Karlsplatz zum Trauerzug für Kaiserin Sisi (zum Thema Sisi plante Evelyn einen eigenen Schrein, der nach der Ausstellung in die Schausammlung des Hauses aufgenommen werden sollte), von fleckigen Bildern mit hohläugigem Kinderelend aus den Vorstädten zu einer elfenzarten Aufnahme von Schloß Bellevue, wo Sigmund Freud, wie aus der Bildlegende zu entnehmen war, »am 24. Juli 1895 zum erstenmal einen Traum vollständig gedeutet hatte«. Erst war die Ausstellung als ein schlankes Überbrückungsprojekt gedacht gewesen, aber unter Evelyns uneitlem Diktat hatte sich die Verlegenheitslösung schließlich zu einer Paradeschau entwickelt. Eines Tages stand sie breitbeinig mit Hüftknick vor meiner Tür und sagte kaugummikauend: »Es gibt einen Katalog, und zwar keinen kleinen!« Ich stellte meine eigenen Arbeiten zurück, und wir begannen, die Texte zu formulieren; Evelyn schrieb an einem einleitenden Essay, ich übernahm die Bildunterschriften – etwa die Hälfte stammte von mir, die andere Hälfte schrieben wir gemeinsam. Irgendwann, es war im Spätsommer und schon zwei Uhr in der Nacht, saßen wir draußen vor dem Haus der Fotografie auf einer der Parkbänke, Evelyn rauchte.

»Es wäre doch schade«, sagte sie, »wenn die Ausstellung nur in Wien gezeigt würde. Sie müßte auch in anderen Städten zu sehen sein. Zum Beispiel in Moskau. Die Moskowiter sind verrückt nach Fotos.« Am nächsten Tag sprach sie mit dem Direktor, der erklärte im Handumdrehen die Idee zu seiner eigenen und setzte, wie er es nannte, »das Werkl in Gang«. Heraus kam eine Schildbürgeriade. In Folge »bürokratischer Sachzwänge«, von denen jeder einzelne von wahrhaft kakanischer Absurdität war, wurde die Ausstellung zu guter Letzt *gar nicht* in Wien gezeigt, sondern *exklusiv* in Moskau.

Wenige Tage, bevor ich nach Innsbruck fuhr, war Evelyn von Schwechat abgeflogen, um gemeinsam mit ihren russischen Kollegen die Ausstellung im Moscow House of Photography aufzubauen. Nach meiner Operation rief sie mich am Handy an. Sie war aufgekratzt von dem »sagenhaften Erfolg« der Ausstellung, immer wieder, mitten im Wort, mußte sie Luft holen.

»Eine fünfzig Meter lange Schlange vor der Eingangskasse! Sechs Zeitungen haben mit Bild berichtet!«

Die Verbindung war schlecht, und mir ging es schlecht. »Wir passen nicht zueinander«, sagte ich.

»Warum nicht«, fragte sie.

»Zum Beispiel, weil du zweiunddreißig bist und ich fünfzig«, sagte ich.

Sie platzte heraus vor Lachen. »Nach zweieinhalb Jahren kommst du darauf?«

So sicher war sie sich, daß meine immer wieder vorgebrachten Einwände gegen unsere Paarschaft für sie nichts weiter als ein Spleen waren; so sicher, daß wir beide zusammenbleiben würden, weil wir zusammengehörten. Diese Zweifellosigkeit wäre mir erträglicher gewesen, wenn sie sich mit ein wenig Pathos zu einem Klischee verbunden hätte; aber für Evelyn war die Liebe ein rein irdisches Ding, das für sich schön genug war und keinen Sanctus aus welcher Himmelsrichtung auch immer benötigte.

Sie sagte: »Die Black Muslims raten: Halbiere das Alter des Mannes, zähl sieben dazu, so alt soll die Frau sein. Rechne nach, was bei uns herauskommt!«

Ich sagte: »Woher weißt du das?«

Sie: »Aus einem Film über Malcolm X.«

Sie wäre gern mit mir zusammengezogen; hatte mir das schon nach den ersten drei Wochen unserer Beziehung dargelegt und wiederholte es nach jedem Frühstück. »Ich verdiene nicht schlecht, und du verdienst auch nicht schlecht, wir könnten uns etwas wirklich Großes leisten, vielleicht sogar ein Haus etwas außerhalb.« Ich arbeitete gern mit ihr zusammen, ich hörte ihr gern zu, und ich mochte es, wenn sie mir zuhörte. Wir hatten es gut im Bett. Aber nichts, was wir zusammen taten, wies über sich hinaus. Weder wenn wir zusammen arbeiteten noch miteinander schliefen, langweilten wir uns.

Seit zwölf Jahren wohne ich in der Heumühlgasse, erst als Mieter, inzwischen als Eigentümer. Ich habe viel Geld und viel Gewohnheit in mein Zuhause gesteckt. Ich hatte erst vor einem Jahr einen Teil des Dachbodens dazugekauft und zu einem Arbeitszimmer ausgebaut. Wenn ich jetzt an meinem Schreibtisch sitze (den ich mir von einem befreundeten Architekten bis ins kleinste nach meinen Wünschen habe anfertigen lassen, mehr ein Cockpit als ein Schreibtisch ist daraus geworden), schaue ich auf einen Teil des flachen Blechdaches, wo ich im Sommer Tisch, Sessel, Liege und Sonnenschirm aufbauen darf und vor allem: zu dem ich allein Zutritt habe; und ich schaue weiter über die Dächer der Wienzeile – ein Stück Stadtprofil, das ich jederzeit frei aus dem Gedächtnis nachzeichnen könnte; strecke ich mich ein wenig, kann ich den Turm der Stephanskirche sehen; an den Abenden fliegen die Krähen und Raben durch den Himmel vor meinem Fenster, hinaus nach Westen, nach Hütteldorf, wo sie im Park um das Irrenhaus Steinhof ihre Schlafplätze haben. Einen fausthohen Stapel mit Skizzen hatte ich angefertigt und meinem Freund vorgelegt, der sie umgezeichnet und verbessert hat, bis am Ende ein ideales Arbeitszimmer auf dem Papier aufgerissen war, das nicht größer als nötig sein würde, eingerichtet mit drei miteinander verbundenen Tischen von verschiedener Höhe, mehreren raffiniert verteilten Regalen, einem bequemen Sofa, zwei hohen, durch Knopfdruck beschattbaren Fenstern und einer schmalen Tür hinaus aufs Dach. Ich öffne die Tür, die Luft des frühen Frühlings läßt mich glücklich sein, und daß ich allein hier lebe, empfinde ich als eine Gnade. Ich höre die Chinesen, die den Laden im Erdgeschoß besitzen; sie hocken im Innenhof, putzen ihren Kohl, reden und lachen miteinander, manchmal rufe ich ihnen zu, und sie antworten mir; an heißen Tagen fault der Abfall in der Mülltonne und stinkt bis zu mir herauf. Unten in meinem ehemaligen Arbeitszimmer ließ ich eine Wand einziehen, eine Hälfte sollte ein neues Badezimmer werden, die andere ein neues Schlafzimmer. Die Arbeiten am Badezimmer waren gerade im Gange, als ich meine Diagnose erhielt. Ich habe den Fliesenleger angerufen und den Auftrag auf unbestimmte Zeit verschoben. Aus meinem bisherigen Schlafzimmer wurde ein zweiter Bibliotheksraum, von dem aus eine Wendeltreppe hinauf in mein neues Arbeitszimmer führte; aus der fensterlosen Dusche sollte ein kleines Archiv für Zeitungen, Zeitschriften, Fotokopien und die Belegexemplare meiner Bücher werden. – »Als ich in diese Wohnung eingezogen bin«, sagte ich zu Evelyn, »warst du einen Kopf kleiner als ich. Sogar in den Gestank von faulendem chinesischem Gemüse bin ich verliebt.« »Ich habe schon verstanden«, sagte sie, und es klang nicht bitter.

Am Anfang hatten wir im Ton zwar freundliche, aber doch enervierende Debatten geführt, weil ich partout nicht erklären konnte, warum ich nicht bei ihr über Nacht bleiben wollte, und auch nicht wollte, daß sie bei mir über Nacht blieb. Wir saßen auf ihrem Bett oder in ihrer Küche, die Tigerkatze Pnini hockte daneben und wandte ihren Kopf von ihr zu mir und wieder zurück, als sähe sie einem Match zu. Evelyn ist nicht nur eine optimistische, sie ist vor allem eine pragmatische Frau. Sie schlug vor: »Gib uns zwei Nächte, das ist ein fairer Kompromiß.« Einmal in der Woche schlief ich bei ihr, zweimal sie bei mir. »Man muß nicht zusammenwohnen, wenn man zusammen lebt«, sagte sie. Und dann hörte ich, wie sie am Telefon zu jemandem sagte: »Heute geht's nicht, vielleicht morgen, heute ist mein Geliebter bei mir.« Ich geriet in Panik. Weil sie von mir als ihrem Geliebten gesprochen hatte. Einen Atemzug später bereits dachte ich, ich muß dringend einen Psychiater aufsuchen. Wie sollte sie mich denn sonst nennen? Ihren Lebensabschnittspartner? Ihren Mann? Ich sprach mit Robert Lenobel darüber, er ist Psychoanalytiker und der einzige Freund, der mir in Wien geblieben ist, zwei-, dreimal in der Woche treffen wir uns zum Frühstück im Café Sperl. Er sagte: »Begib dich in eine Analyse! Fünfzig ist genau das richtige Alter dafür. Es kostet nicht mehr allzuviel, und man ist alt genug, um sich nicht mehr zu wundern, wenn nichts dabei herausschaut.«

Evelyn wünschte sich ein Kind. Ich gebe zu, das rührte mich, und das sagte ich ihr auch.

»Du hast von dir ein Bild des Künstlers als Schurken«, bemerkte sie dazu, nahm mein Gesicht zwischen ihre Hände und sagte ohne jeden Unterton von Ironie: »Aber du *bist* kein Schurke.«

Und das rührte mich noch mehr. Wahrscheinlich bin ich kein Schurke, aber ein unkontrolliert eitler Narr bin ich auch nicht; und daß es verantwortungslos, hoffärtig und dumm in einem ist, einen Menschen in die Welt zu setzen, nur weil man von sich selbst gerührt ist, das mußte ich nicht beweisen, indem ich es tat.

»Was denkst du, warum die meisten Menschen auf der Welt sind?« führte sie ihre sanfte Argumentation weiter. »Jetzt einmal nur die gerechnet, die mit Absicht gezeugt worden sind und nicht aus Versehen. Meine Mutter ist als Zwanzigjährige in der Camargue am Strand gelegen und hat sich ausgemalt, wie schön es doch wäre, wenn neben ihr ein Kind durch den Sand kriecht. Daraufhin hat sie die Pille abgesetzt und sich einen Algerier aufgerissen. Und jetzt bin ich auf der Welt.«

Nachdem der Krebs zweifelsfrei festgestellt worden war und der Arzt mir die Therapie erklärt hatte, sagte ich zu Evelyn – wobei ich mich bemühte, meine Erleichterung zu verbergen: »Sie schneiden nicht nur die Prostata heraus, sondern auch die Samenbläschen. Das müssen sie tun, denn in der Prostata wird die Flüssigkeit produziert, die den Samen verdünnt, damit er die Samenleiter nicht verklebt. Ich werde keine Kinder mehr zeugen können.«

»Aber jetzt kannst du es doch noch«, konterte sie völlig korrekt.

Die Niedergeschlagenheit nach meiner Rückkehr aus Innsbruck entwickelte sich zu einer bösen Depression. Die Vormittage waren schlimm. Ich meinte, der Naschmarkt mit seinen Farben, den Gerüchen und den Stimmen – es herrscht ja Einigkeit darüber, daß dies alles im Verbund für Lebensfreude steht – werde mich aus meiner Vergeblichkeit retten, die ich bis zur Mittagswende vor mir hertrug. Ich frühstückte in Bekir Ünals türkischem Café mit der Illy-Werbung auf dem Dach – Joghurt und Gurken, Fladenbrot und Milchkaffee. Bekir leistete mir Gesellschaft, ihm gehört auch das Teegeschäft gegenüber, wo seine Tochter bedient, eine großäugige, feiste, hübsche, junge Frau mit Kopftuch, die eine begabte Sazspielerin sei, wie ihr Vater erzählt. Wenn ich an ihrem Pavillon vorbeigehe, ruft sie mir zu, ob ich ein Glas Tee wolle; den Tee gib's umsonst, ich nehme einen Sesamtaler dazu. Zu Bekirs Imperium gehören weiters ein Gemüseladen, ein Delikatessengeschäft und ein Kebab-Stand. Er hat mich vor ein paar Jahren einmal zu sich nach Hause eingeladen. Seine Frau war zusammen mit der Tochter nach Antalya zu ihren Eltern gefahren.

Mein Arzt, Dr. Strelka, der mich operiert hatte, sagte am Telefon, das sei eine ganz normale postoperative Depression; sie vergehe und werde abgelöst von einer postoperativen Euphorie, um die er mich beneide; alle seinen Patienten hätten ihm von dieser Phase vorgeschwärmt. »Beschäftigen Sie sich«, sagte er, »aber wenn möglich, mit etwas, was Ihnen nicht am Herzen liegt. Sonst kann es sein, daß Sie sich für lange Zeit jeden Gedanken daran verderben.«

Es gab eine Menge wichtiger Dinge zu erledigen, die mir alle nicht am Herzen lagen – Korrekturfahnen einer Sammlung von Erzählungen lesen (es waren Geschichten, die ich im Lauf von zwanzig Jahren in verschiedenen Zeitschriften und Zeitungen und im Rundfunk veröffentlicht hatte), die Einkommensteuererklärung mit meinem Steuerberater zusammenstellen, neue Termine mit dem Fliesenleger vereinbaren. So vergingen vier Wochen, und ich schrieb nicht eine Zeile; ich warf nicht einmal einen Blick in meine Notizhefte – C. J. C. 1 usw. bis C. J. C. 7. Daß ich Carl telefonisch nicht erreichte, daß ich gar nichts mehr von ihm hörte, tauchte die Erinnerung an meinen Besuch in ein bedrückend irreales Licht. Warum rief er nicht zurück? Oder ließ zurückrufen? Hatte ich ihn gekränkt? Hätte ich mehr Engagement zeigen sollen? Oder hatte er das Interesse an unserem Projekt verloren? Hatte inzwischen der Zweifel obsiegt, ob ich der richtige sei, sein Leben zu erzählen? Sah er in dieser Art der Lebensverlängerung über das Leben hinaus am Ende doch keine Genugtuung für das Unrecht, das ihm mit dem Tod angetan würde? – Alle meine Angelegenheiten erscheinen mir in einem unfertigen Zustand.

3

Und dann: Freitag nacht, Mitte April. Ich war gerade von einem Spaziergang durch die Innenstadt nach Hause gekommen. Es klingelte an meiner Wohnungstür. Ich hatte keinen Zweifel, daß es Evelyn war. Sie besaß einen Schlüssel zu meiner Wohnung. Sie hatte ihn noch nie gebraucht, sie wollte ihn auch nicht gebrauchen, sie wollte ihn nur besitzen. Ich lugte durch den Spion und sah den Kopf eines jungen Mannes – schulterlanges lockiges Haar, Zigarette im Mundwinkel. Ich fragte, wer da sei, und eine kräftige Stimme antwortete:

»David. Dein Sohn.«

Er war ein hübscher Mann, dünn, der Hemdkragen zu weit, die Augen überrascht und überraschend groß. Soweit ich das alles im Halbdunkel beurteilen konnte. Er sah verwahrlost aus, verdreckt, müde wie unter Drogen. Trug einen lila eingefärbten Secondhand-Mantel über einem T-Shirt, hatte einen feldgrauen Rucksack an einer Schulter hängen. Ich streckte ihm die Rechte hin, hätte beinahe meinen Namen gesagt. Mit der Linken hielt ich die Tür fest, mein Arm war wie eine Schranke.

»Darf ich reinkommen?« fragte er. »Was soll ich mit der Kippe machen?«

»Tritt drauf«, sagte ich.

Er habe keine Erinnerung an mich, sagte er. Seine Unterlippe zitterte ein wenig, als hätte er sich zuviel zugetraut.

»Wie auch«, sagte ich. Dachte, daß er vielleicht einer ist, bei dem man leicht etwas falsch machen kann.

Er trat ein. Blickte sich nicht um. Er roch nach Zigarettenrauch und alter Wäsche. Den Rucksack legte er nicht ab. Als ich ihn zum letztenmal gesehen hatte, war er gerade ein Jahr alt geworden. Ich hatte die Wohnung verlassen, es war Abend gewesen, er lag bereits in seinem Bettchen und schlief. Er mochte es nicht, wenn man ihn zudeckte. Er lag auf der Seite, die Beinchen angewinkelt, als wäre er aus dem Sitzen gekippt. Natürlich hatte ich nicht geglaubt, daß so viel Zeit vergehen würde bis zum nächstenmal. Er wolle nur über Nacht bleiben, sagte er, er sei auf der Durchreise. Er habe sechsunddreißig Stunden nicht geschlafen. Ich solle entschuldigen, wie er aussehe, normalerweise sehe er anders aus. Es gebe nichts zu erklären, aber morgen werde er mir alle Fragen beantworten, wenn ich das wünschte.

»Wahrscheinlich wünsche ich das«, sagte ich.

Er stand in der Bibliothek und starrte vor sich auf den Boden. Die Haare hingen ihm herab.

»Willst du nicht den Mantel ablegen?« fragte ich.

Er warf den Rucksack neben den Fauteuil. »Es wundert dich sicher, wie ich herausgekriegt habe, wo du wohnst.«

»Eigentlich nicht. Ich stehe im Telefonbuch.«

Er blickte mich überrascht an, und ich hatte zum erstenmal freie Sicht auf Augen, Nase, Mund und Wangen. »Das wußte ich nicht. Damit habe ich nicht gerechnet. Ich habe gar nicht nachgeschaut.«

Es tat mir leid, daß ich ihm bei der Tür nur die Hand gegeben hatte. Jetzt wäre eine Umarmung etwas Mutwilliges gewesen.

»Alles morgen«, sagte ich.

»Das ist mir recht«, sagte er.

Ich richtete ihm ein Bett auf dem Sofa oben in meinem neuen Arbeitszimmer. Das Kopfkissen legte ich auf die Fußseite des Sofas. Damit ihn am Morgen die Sonne nicht blende. Als ich über die Stiege herunterkam, saß er in der Bibliothek im Fauteuil, hatte die Beine von sich gestreckt und schlief. Er trug keine Socken, die Füße steckten nackt in Turnschuhen. Ich legte ihm meine Hand an die Wange. Für den Augenblick des Erwachens war er ein Kind. Er sei zu erschöpft, um sich zu waschen, sagte er, ob er so schmutzig ins Bett gehen dürfe.

»Aber sicher«, sagte ich.

Ich rief die Auslandsauskunft an. Eine Dagmar Vorländer gab es in Frankfurt am Main nicht. Warum auch sollte sie noch in Frankfurt leben? Vielleicht hatte sie ja ein zweites Mal geheiratet oder ein drittes Mal oder ein viertes Mal. Ich wußte gar nichts. Ich rief noch einmal bei der Auskunft an, fragte nach einer Dagmar Lukasser, und die gab es in Frankfurt. Ich wählte die Nummer. Nach dem ersten Klingelton war sie am Apparat. Ein schrilles, waches »Ja?«. Zum erstenmal seit neunzehn Jahren hörte ich ihre Stimme. Ich sagte meinen Namen, und sie weinte.

»Er ist bei mir«, beruhigte ich sie. »Soeben angekommen, liegt im Bett und schläft. Und ist gesund. Er kann uns nicht hören.«

Sie weinte und sagte liebe Worte zu mir. Und erzählte – hastig, so als habe sie das alles schon oft erzählt: David hat einen Selbstmordversuch hinter sich; er war in der Klinik gewesen; war herausgekommen und verschwunden; seit sieben Tagen ist er abgängig; sie hatte die Polizei einschalten wollen, aber die Beamten erklärten sich als nicht zuständig, David ist volljährig und nicht entmündigt. Was der Grund sei, fragte ich. Der Anlaß, betonte sie, der Anlaß sei, daß ihn seine Freundin verlassen habe, mit einem anderen oder ohne einen anderen, das wisse sie nicht, er rede ja nicht darüber, jedenfalls mit ihr rede er nicht darüber, früher habe er alles mit ihr besprochen, seit kurzem nichts mehr, sie wisse nicht, was ihn verändert habe. Ob ich ihn wecken solle, fragte ich. Das wollte sie nicht.

»Sprechen wir morgen«, sagte sie.

Wir legten auf, und ich drückte sofort die Wiederholungstaste. »Meine Nummer«, sagte ich, »ich habe vergessen, dir meine Nummern zu geben.«

Nachdem sie sich Handy und Festnetz notiert hatte, fragte ich: »Warum hast du meinen Namen behalten?«

»Weil er schöner ist als meiner«, sagte sie und bedankte sich noch einmal und sagte wieder ihre lieben Worte.

Diesmal rief *sie* gleich wieder an. Ich solle alles versuchen, um ihn bei mir zu halten, sagte sie.

»Er will morgen weiter«, sagte ich.

»Er will nicht weiter!«

»Er hat es gesagt.«

»Nein, er will nicht! Kannst du dir nicht vorstellen, daß er nicht will? Er hat dich gesucht, und jetzt hat er dich gefunden. Er will nicht weg.«

»Ich weiß nicht, ob er mich gesucht hat. Aber er hat gesagt, er will morgen wieder weiter.«

»Um Gottes willen!« rief sie. »Das darf er nicht! Halte ihn fest!«

»Wie soll ich das fertigbringen, Dagmar?«

»Das weiß ich nicht! Bitte, halte ihn fest! Wenn er wieder verlorengeht, finde ich ihn nicht mehr! Versprichst du mir, daß du ihn festhältst?«

»Ich werde mir etwas überlegen«, sagte ich.

»Versprich mir, daß du ihn nicht weggehen läßt!«

»Ich verspreche es«, sagte ich.

Eine Zeitlang sagten wir nichts. Ich warf einen Blick durchs Fenster. Die Uhr auf der Markthalle zeigte kurz nach zwei.

»An was denkst du?« fragte sie.

»Ich denke an meinen Vater.«

»Ja, das habe ich befürchtet, daß du an deinen Vater denkst«, sagte sie. »Aber David ist anders als dein Vater.«

»Du hast meinen Vater nicht gekannt.«

»Aber du hast mir viel von ihm erzählt. David ist kein Genie, und niemand hält ihn für ein solches. David ist anders als du, anders als ich, anders als dein Vater, er ist anders als alle.«

»Wie ist er denn?«

»Weich.«

»Mein Vater war auch weich.«

»Was verstehst du unter weich?«

»Was verstehst *du* unter weich?«

»Reden wir morgen weiter«, brach sie ab.

»Ruf mich an, wenn dir danach ist«, sagte ich. »Ich habe das Handy immer in Reichweite. Und wenn es gerade nicht günstig ist, tu ich so, als ob ich mit jemand anderem rede. Erschrick also nicht über meinen Ton.«

»Was heißt nicht günstig?«

»Wenn er neben mir steht.«

»Das ist doch kindisch! Er ist ja nicht dumm, er wird wissen, daß du mich angerufen hast.«

»Das schon. Aber soll er auch mitkriegen, wenn wir miteinander telefonieren? Soll er daneben stehen und halb zuhören?«

»Nein, das soll er nicht.«

»Also, wie halten wir es, wenn du anrufst und er neben mir steht? Soll ich ihn dir geben?«

»Nein. Wir machen es so, wie du gesagt hast. Entschuldige.«

Wir legten auf. Ich spürte ein Flattern in meiner Brust und dachte an Dr. Strelka, der seine Patienten um die postoperative Euphorie beneidete. Die kommt jetzt, dachte ich.

Ich schlich mich ins Arbeitszimmer hinauf. David lag zusammengerollt auf dem Sofa, die Füße, schwarz wie Othellos Füße, schauten unter der Decke hervor. Das Gesicht war friedlich. Die makellose Haut ließ ihn jünger erscheinen, Erbe der Mutter. Die starken Augenbrauen hatte er von seinem Großvater väterlicherseits, von dem er wahrscheinlich nichts oder nur wenig wußte. An den Schläfen glaubte ich, Verwandtes mit seiner Großmutter väterlicherseits zu erkennen, auch von ihr würde ich ihm vielleicht erzählen, vorausgesetzt, es gelänge mir, ihn ein paar Tage bei mir zu halten, und natürlich vorausgesetzt, er interessierte sich für den väterlichen Teil der Familie überhaupt. Über was für andere Möglichkeiten verfügte ich, ihn bei mir zu halten, als über die der Scheherazade?

Ich war zu aufgewühlt, um zu schlafen. Ich stieg wieder in die Bibliothek hinunter, öffnete die Schnüre an seinem Rucksack: Eine Straßenkarte von Deutschland, eine von Frankreich, ein Notizbuch, das mit einem Gummiband umschlungen war, an dem einige Haare hingen, eine Schachtel Camel mit drei Zigaretten darin, ein gelbes Plastikfeuerzeug, ein Nokia-Handy, aber kein Ladegerät, ein sorgfältig in Zeitungspapier eingebundenes Buch über Comics – ich blätterte darin, konnte mich aber nicht darauf konzentrieren –, der *Standard* von gestern – also war er schon wenigstens zwei Tage in Österreich –, eine mit buntem Isolierband reparierte Geldbörse – Inhalt: 15 Euro und Münzen, ein Personalausweis, eine in Plastik verschweißte Mitgliedskarte eines Schachvereins und ein Steckschach, so groß wie eine CD-Hülle. Keine Wäsche war im Rucksack und auch kein Waschzeug.

Ich nahm mir eine Camel und rief Robert Lenobel an. Ich ließ es so lange klingeln, bis sich der Anrufbeantworter einschaltete. Ich wählte noch einmal. Er meldete sich, aus dem Schlaf gerissen, ich erklärte ihm die Situation. Bis ich damit fertig war, war er wach.

»Wo schläft er?« fragte er.

»Oben im Arbeitszimmer.«

»Heute geht das«, sagte er. »Morgen soll er irgendwo anders schlafen, nicht ausgerechnet oben, wo er jederzeit aufs Dach hinausgehen und in den Innenhof springen kann.«

Ich sagte, ich sei nicht aufgelegt für solche Späße. Er sagte, das seien keine Späße.

»Ich weiß nicht, ob er morgen noch hier ist«, sagte ich.

»Du mußt ihn halten«, sagte er.

»Kannst du ihn dir anschauen?« fragte ich.

»Du kannst ihn jederzeit zu mir bringen«, sagte er. »Aber das geht nur, wenn er es will, das ist dir doch klar.«

»Ich kann mit ihm morgen ins Sperl kommen«, sagte ich, »und du kommst auch, und wir tun, als ob es zufällig wäre, und du schaust ihn dir an.«

»Gut«, sagte er, »ruf mich an, wenn er aufgewacht ist.«

Eine Weile blieb ich auf dem Fauteuil in der Bibliothek sitzen. Vor drei Jahren hatte ich mir das Rauchen abgewöhnt, immer habe ich der Versuchung widerstanden, Evelyn die Zigarette anzuzünden. Ich hatte auch jetzt keine Lust zu rauchen. Es entsprach dem klassischen Klischee, in so einer Situation rückfällig zu werden. Ich wünschte mir, daß alles gut ausging. Vielleicht sind die guten Ausgänge standardisiert, und was wir Klischee nennen, ist in Wahrheit ein höheren Orts ausgetüftelter Ablauf, der absichtlich simpel ist, damit auch die Dümmsten mit ihm zurechtkommen. Ich ging in die Küche und rauchte Davids Camel zum Fenster hinaus.

4

Dagmar und ich: Wir haben uns von Anfang an gestritten, und wir haben immer gestritten. Und immer gleich – Thema und Improvisation, wie Jazz. Nur zweieinhalb Jahre waren wir zusammen gewesen, von Herbst 1977 bis Mai 1980; diese Beziehung wurde für mich zum Modell für all die fehlgeschlagenen Beziehungen, die folgten. Als ob jeder Fehler, den ich beging, in der Zeit mit Dagmar prototypisch vorgeprägt worden wäre. Jedes Scheitern habe ich diesem ersten Scheitern angelastet.

Ich wohnte in Frankfurt in der Danneckerstraße, das ist über dem Main in Sachsenhausen, in einer Wohnung mit einem sehr ausgefallenen Grundriß. Der Eigentümer hatte eine Wand eingezogen, eine zweite Wohnungstür eingesetzt und so aus einer zwei Wohnungen gemacht; ich hatte den Teil mit der Küche, mein Nachbar den Teil mit dem Bad. Mein Arbeitszimmer und mein Schlafzimmer (ebenfalls mittels einer Mauer aus einem zwei gemacht) waren lichtarm und schmal; die Küche aber hatte großzügige Maße, sie war asymmetrisch geschnitten und durch zwei Stufen, die sich über ihre Diagonale zogen, in zwei Bereiche geteilt. Das wirkte sehr extravagant. Ich saß gern einfach nur auf einem Sessel und schaute mir meine Küche an. Im vorderen Teil prunkte ein amerikanischer Kühlschrank, türkis und wuchtig wie ein aufrecht geparkter Omnibus, hinten bei der Fensterfront standen ein alter Schwarzweißfernseher, ein Radio, mein Plattenspieler, ein kleines Sofa und als Besonderheit eine nachträglich vom Vermieter eingebaute Badewanne aus meerblauem Kunststoff, die einen zarten Geruch nach Chlor verströmte, der mich an ein Freibad im Sommer erinnerte; ich empfand das durchaus als angenehm. Auf die beiden Zimmer hätte ich verzichten können; ich hielt mich immer in der Küche auf.

Ich hatte inzwischen definitiv mein Studium beendet – Geschichte und Latein – und tat kaum noch so, als ob ich an meiner Dissertation arbeitete. Ich war so nah bei mir selbst wie noch nie zuvor in meinem Leben. Ich lebte gern allein. Nach dem Selbstmord meines Vaters hatte ich den Himmel über meinem Kopf neu zusammensetzen müssen – eine Woche war ich bei meiner Mutter in Vorarlberg gewesen, eine Woche mit ihr zusammen bei Carl in Innsbruck, eine Woche in New York; immer wieder hatte ich den gleichen Satz vor mich hergesagt, wie eine Beschwörungsformel: »Das ist eben unser Leben.« Nach einem halben Jahr war diese Arbeit getan. Der Satz kam mir abgeschmackt vor; ich hatte alle Arznei aus ihm herausgesaugt. Ich war einigermaßen im Frieden und konnte wieder an meinen Vater denken – mit weniger Selbstvorwürfen, weniger Entsetzen, weniger Verwirrung und weniger Zorn. Und ich konnte mir das Foto ansehen, auf dem er seine Gibson in den Armen hielt und auf dessen Rückseite er mir als Geburtstagsgruß geschrieben hatte, ich solle mir einfach vorstellen, ich sei die Gitarre. Und ich konnte mir auch wieder Aufnahmen von ihm anhören – die letzten Aufnahmen, die er, wenige Monate bevor er an sein Ende gekommen war, zusammen mit Toots Tielemanns, der die chromatische Mundharmonika spielte, und einem Bassisten in einem Züricher Studio für eine Schweizer Plattenfirma eingespielt hatte.

Was ich zum Leben brauchte, verdiente ich mir zum einen an der Universität als Tutor bei den Lateinern, zum anderen mit gelegentlichen Lektoratsarbeiten für den Hirschgraben-Schulbuchverlag (Geschichte für die Oberstufe) und mit einer Serie von Viertelstunden-Biographien über große Griechen und Römer, die ich mir aus dem Plutarch zusammenschrieb und jeden Donnerstag zum Hessischen Rundfunk in die Bertramstraße 8 brachte, wo sie von einem Schauspieler gelesen und am Sonntag in der Nacht sowie am Montag vormittag im Bildungsprogramm gesendet wurden. Alles in allem hatte ich damit mein Auskommen.

Dagmar war dreiundzwanzig, ich siebenundzwanzig, als wir uns kennenlernten. Sie wohnte im Westend in der Bockenheimer Landstraße zusammen mit einer Germanistikstudentin (noch heute, wenn ich an sie denke, dreht sich mir der Magen um). Dagmar studierte Psychologie ohne zweites Fach. Sie sagte, sie finde es bescheuert, daß ich Latein studiert hätte. Ich sagte, ich könne das Wort »bescheuert« nicht besonders leiden, sie solle bitte ein anderes wählen. Sie sagte, sie wisse aber kein anderes Wort dafür. Ich schlug »idiotisch«, »krank«, »dumm«, »verrückt«, »beschissen« und »hirnverbrannt« vor. Ich sagte, ich zum Beispiel finde es idiotisch, krank, dumm, verrückt, beschissen und hirnverbrannt, Psychologie ohne zweites Fach zu studieren. »Am Ende kannst du gar nichts, ich kann wenigstens Latein!« – Das war im Dezember. Im November erst hatten wir uns kennengelernt.

Im Café Laumer haben wir uns kennengelernt, zwei Blocks von ihrer Wohnung entfernt. Dagmar saß mitten im süßen Kuchenduft und fröstelte. Sie hatte die Ärmel ihres Pullovers über die Hände gezogen und machte einen krummen Rücken. Ihre Augen waren schattig, das sah weniger verrucht als verweint aus. Ich mochte es, wenn sie ihren krummen Rücken machte, vom ersten Augenblick an mochte ich es. Es wirkte lauernd und zugleich hilflos, kindlich kämpferisch, aber doch angsteinflößend, weil nicht abzuschätzen war, wieviel Bereitschaft zum Äußersten in dieser Körperhaltung ihren Ausdruck fand. Sie trank Tee, wärmte sich die Hände am Glas, las ein Buch und schrieb in ein kleines schwarzes Heft. Das Café war voll, und ich setzte mich an ihren Tisch. Ihre Haare, blond mit goldenen Streifen, fielen über ihren Pullover, sie waren dünn und glatt, und das bewirkte, daß sie noch schmächtiger aussah. Sofort lenkte sie das Gespräch auf Wesentliches. Aber wesentlich war für sie alles. Jedes Thema, jeder Gegenstand, die unscheinbarsten Angelegenheiten bekamen allein durch die Art, wie sie darüber sprach, existentielles Gewicht. Wenn ich in ihr schmales, wegen des leicht vorspringenden Kinns herzförmiges Gesicht sah, befürchtete ich, daß ich in meinem bisherigen Leben fast alles verpaßt hatte; das war mein Unglück, aber mein Glück war, daß mir durch diese Frau die Chance geboten wurde, das Versäumte nachzuholen. Schon in der ersten Stunde präsentierte sie ihre Palette: ein unsteter Blick; immer abwechselnd ein wenig Seelenschmerz, ein wenig Mißtrauen, ein wenig Ablehnung; gleich darauf, als hätte jemand eine Seite in ihrem Herzbuch umgeschlagen, Hingabe und naives Weltvertrauen, was in mir augenblicklich einen Reflex von Ritterlichkeit auslöste, ein so altmodisches Gefühl, daß ich es tatsächlich nur aus Büchern kennen konnte. Dann, ohne mir auch nur eine Sekunde zum Umdenken zu gönnen, schnitt kalte Doktrin mein Wort ab, und sie schien nur noch aus Desillusioniertheit, Konsequenz und Arroganz zu bestehen; sie begann, mich zu agitieren, hielt mir einen Vortrag über die Arbeiterklasse, nämlich die »Arbeiterklasse an sich«, was etwas anderes sei als die »Arbeiterklasse für sich« – dieses der anzustrebende Idealzustand der Bewußtheit der eigenen Ziele und Interessen, jenes das schiere, dumpfe Dasein, bestehend aus Fressen, Saufen, Malochen, Fernsehen, Vögeln und Pennen –; eine Unterscheidung, die, soweit ich es verstand, darauf hinauslief, das An-sich mit gutem Gewissen als Rechtfertigung vorweisen zu können, wenn das Für-sich unterdrückt, geknebelt, geschunden und erschlagen wurde. (Später, wenn sie diesen Propagandaton anschlug, schmetterte ich sie ab, indem ich sagte: »Hör auf mit dem schwäbischen Nihilismus!« Darüber ärgerte sie sich maßlos. Es war eine Anspielung auf ihre Mitbewohnerin, die aus Plochingen stammte und außerdem Mitglied des Zentralkomitees des Kommunistischen Bundes Westdeutschlands, abgekürzt KBW, war. Dagmar fürchtete sich vor dieser Frau, sie haßte sie; und bewunderte sie, jedenfalls genug, um ab und zu ihren Parteisprech zu kopieren.) Ich weiß, manche hielten Dagmar für wenig ernsthaft, meinten, sie probiere lediglich aus, jongliere mit Charakteren wie eine Schauspielerin, schlüpfe aus Übermut oder purer Darstellungssucht in immer verschiedene Rollen. Ich dachte das anfangs auch. Wer ist sie wirklich, fragte ich mich. Sie setzte Farbtupfer, die ein Bild ergaben, dessen Sujet auf den ersten Blick – auf viele erste Blicke – nicht zu erkennen war und nicht zu erkennen sein sollte. Das reizvolle daran war, daß sie ihre Strategie absichtlich durchschaubar hielt; und das war eine Aufforderung – oder eine Warnung: Verlaß dich auf gar nichts, in Wahrheit bin ich ganz anders! –; vor allem aber war es eine Bitte: Tu mir nicht weh! Manchmal verstummte sie, und ihr Blick kehrte sich nach innen, und ihr Gesicht zeigte sich so anmutig verschlossen, daß jeder, der um sie war, innehielt, als wäre er Zeuge von etwas Beispiellosem. »Was war mit dir plötzlich?« fragte ich sie einmal. »Nichts«, sagte sie. »Aber was hast du gedacht?« »Gar nichts.«

Als ich nach so vielen Jahren ihre Stimme am Telefon hörte, spürte ich, wie eine heiße Welle in mir aufstieg, und ich wünschte, bei ihr zu sein, wie ich es vor so langer Zeit im Café Laumer gewünscht hatte; und daß uns über unseren Sohn ein gemeinsames Schicksal verband, katapultierte mich in den längst vergessen geglaubten Existentialistenhimmel von *l'Amour fou* – wo man sich in meinem Alter allerdings nur wenige Augenblicke aufhalten sollte.

Sie wollte mit mir kommen. Und sie kam mit mir. Und kehrte nur noch selten in die Bockenheimer Landstraße zurück, und wenn, nur auf einen Sprung, um sich etwas zum Anziehen oder ein paar Bücher zu holen. Ich, der ich ein notorischer Langschläfer war, gewöhnte mir an, um sieben aufzustehen. Denn das war Dagmars Zeit. Wir frühstückten in meiner Küche. Dort hatte ich noch nie gefrühstückt, der Küchentisch war zugedeckt mit meinen Büchern und meinen Papieren und meiner Schreibmaschine, ich war immer ein paar Straßen weiter zu Eduscho gegangen. Manchmal fuhren wir in ihrem gelben R4 über die Autobahn zum Flughafen und dort über das Kreuz, das das bekannteste Kreuz Deutschlands war, und wieder zurück und weiter in die Richtung, in die das riesige blaue Schild wies, auf dem als letztes Ziel Hamburg angegeben war; schauten auf die Großstadtskyline hinter den Schrebergärten, diesen von Menschenhand erschaffenen Horizont, auf den alle Frankfurter so stolz waren; ich erzählte von Manhattan, wo ich erst vor einem halben Jahr eine Woche lang gewesen war, und wir nahmen uns vor, Geld zu sparen und bei der nächsten Gelegenheit gemeinsam hinüberzufliegen; und wir fuhren und fuhren, bis wir Hunger bekamen, verdrückten bei einer Raststätte ein Sandwich und kehrten in der Dunkelheit wieder heim. An anderen Tagen spazierten wir eng umschlungen am Main entlang, als wäre hier Paris, sie in ihrem schwarzen Mantel aus Ziegennappaleder, der ihre zarte Figur so elegant betonte und für den sie zwei Monate in den Semesterferien bei der Post gearbeitet hatte; wir setzten uns auf einen der betonierten Blumenkästen in der Zeil, drehten Tabak und rauchten und beobachteten die Strebsamen und Besorgten, die Getriebenen und Entschlossenen und dachten, zu denen gehören wir auf alle Fälle nicht mehr, und dachten, seit neuestem gehören wir nur noch uns selbst. Ich erzählte ihr von meinem Vater und seinem traurigen Ende, und sie hörte mir zu und sagte: »Schreib über ihn!« Aber das konnte ich nicht. Ich sagte: »Noch kann ich es nicht.« (Am Telefon nach über zwanzig Jahren fragte sie mich, ob ich inzwischen über meinen Vater geschrieben hätte. »Immer noch nicht«, hatte ich ihr geantwortet.)

Abends blieben wir meistens zu Hause. Während ich meine Griechen-Römer-Porträts verfaßte óder Manuskripte für Geschichte Oberstufe lektorierte, redeten wir miteinander, hörten Schallplatten, hauptsächlich ihre – die *Brandenburgischen Konzerte* von Bach, *Ein deutsches Requiem* von Brahms, alles von Bob Dylan und, was mir am besten gefiel, *The Heart of Saturday Night* von Tom Waits (als wir uns trennten, nahm ich die Platte, ohne zu fragen, mit, sie liegt heute noch bei meinen Sachen).

Ich ließ mich antreiben – von ihren Launen, ihren fixen Ideen, ihren Zukunftsträumen und ihrer permanent auf Hochtouren arbeitenden Maschine zur Erzeugung von immer neuen Selbstbildnissen. Ich begann wieder zu schreiben – kurze Geschichten, die alle den gleichen Helden hatten, nämlich einen zehnjährigen Buben, der Jacob hieß und einen verrückten Vater hatte und eine Mutter, an die nicht heranzukommen war, und der sich in einer großen Stadt herumtrieb, die Wien heißen konnte. Die Geschichten waren nicht länger als zwei, drei Seiten und hatten als Vorbild die Nick Adams Stories von Hemingway. Jeden Tag schrieb ich eine, weil sich Dagmar jeden Tag eine bei mir bestellte. Wenn ich sie mittags in der Mensa traf, wo sie mit ihren Kommilitonen aus dem Seminar saß und Reisauflauf oder Schinkennudeln oder Hackbraten mit Püree aß, konnte es vorkommen, daß sie mir ins Ohr flüsterte: »Ich freue mich auf heute abend!«

Irgendwann, wieder mittags in der Mensa, wandte sie sich abrupt von der immer etwas schief lächelnden jungen Lehrerin mit den hervorstehenden Schlüsselbeinen und dem schmächtigen Oberkörper ab – mit der zusammen sie an einem Referat über die Theorie des sogenannten »heimlichen Lehrplans« arbeitete (die sich ohne jeden Substanzverlust in den Satz »Der Schüler weiß, was der Lehrer hören will« zusammenfassen ließ) – und sagte mit lauter, stolzer Stimme, so daß es alle am Tisch hören konnten: »Sebastian, ich wünsche, daß du mir von nun an jeden Abend *zwei* deiner Kurzgeschichten vorliest.« Die am Tisch saßen, die schief Grinsende und die beiden Pädagogen mit den Kohlenschaufelbärten, die ich nicht auseinanderhalten konnte, betrachteten mich wie ein prähistorisches Studienobjekt, und Dagmar verkündete in einem Tonfall, als lüfte sie auf allgemeinen Wunsch hin nun endlich mein Inkognito: »Ja! Er ist Schriftsteller. Jetzt wißt ihr es. Und zwar der beste, den ich kenne. Ihr werdet euch an ihn erinnern. Schaut ihn genau an.«

Ich teilte mir den Tag neu ein, stabilisierte und ritualisierte den Ablauf meiner Stunden. Ich stand noch früher auf – sechs Uhr! –, verließ das Haus, spazierte auf dem Eisernen Steg über den Main, am Römer vorbei zur Berliner Straße, wo im Souterrain eines Bürgerhauses die Bäckerei Kaiser war, die das beste Sauerteigbrot und die besten Brötchen der Stadt buk; den Rückweg nach Sachsenhausen zum Oppenheimer Platz nahm ich über die Kurt-Schumacher-Straße und die Alte Brücke. Meine Route dauerte etwa eine halbe Stunde, und im Straßenlärm fiel das nicht auf, wenn ich vor mich hin redete. Ich erzählte mir selbst eine Geschichte. Und zwar laut. Ich fing mit irgendeinem beliebigen Satz an. Achtete sogar besonders auf dessen Beliebigkeit. Nahezu hundert Prozent aller Dinge erscheinen einem ohne Bedeutung; folglich, wenn man ins Leben einblendete – und der Beginn einer Erzählung war ja nichts anderes als eine solche Einblendung –, war die Wahrscheinlichkeit überwältigend hoch, daß man auf etwas Bedeutungsloses traf. Der Zweck einer Erzählung aber bestand ja gerade darin, dem Bedeutungslosen Bedeutung zu verleihen, und zwar allein dadurch, daß ich behauptete, es habe Bedeutung … Nein, soweit war ich noch nicht. Am Ende unserer Diskussion hatte ich mich mangels eines panzerbrechenden Arguments enerviert Dagmars Meinung unterworfen, nämlich daß Literatur eine emanzipatorische Aufgabe zu erfüllen habe (ihre Mitbewohnerin und auch die beiden Bärtigen in der Mensa hätten korrigiert: einen agitatorischen Zweck!), und fügte lediglich quengelnd hinzu, daß auch hinter meinen Erzählungen eine Idee stehe, die allerdings nur in dieser spezifischen Form begreiflich werde, und daß gerade die Entdeckung der scheinbar bedeutungslosen Dinge von großer Bedeutung sei, weil sie den Menschen die Einheit allen Seins antizipieren lasse – oder so ähnlich, um Himmels willen. Auch wenn ich mich mit bestem Wissen und Gewissen vom herrschenden Zeitgeist fernhielt, hatte ich noch nicht den Mut zu behaupten, der Sinn einer Erzählung sei die Erzählung selbst und nicht ein didaktisches Etappenziel auf dem Weg zur Besserung. – Jedenfalls: Bevor ich den Main erreichte – also etwa fünf Minuten nach Verlassen des Hauses –, mußte der erste Satz stehen. Meistens war es eine wörtliche Rede. Irgend jemand sagte zu irgend jemandem irgend etwas. Der andere gab Antwort, ich spuckte in den Main und dachte mir aus, wo das Gespräch stattfand; beschrieb mir einige Details, entwarf mir ein Bild von Jahreszeit und Tageszeit und Stimmung. Ich ließ die beiden abwechselnd noch ein paar Sätze sagen – einer der beiden war mein Jacob, der vife Zehnjährige, der seine Welt in die Angeln stemmte, indem er zum Beispiel darauf achtete, daß immer Milch und Kakao im Haus waren, weil eine Tasse heißer Schokolade die Mutter etwas näher an ihn heranholte und damit berechenbarer werden ließ, was wiederum eine Voraussetzung war, wenn sie gemeinsam die Launen des Vaters im Zaum halten wollten … Die zweite Person war entweder bereits in anderen Geschichten aufgetreten oder war, was ich aufregender fand, ein neuer Mensch, der von irgendwoher dazukam und den Jacob – und mit ihm ich – erst kennenlernen mußte.

Wenn ich mit dem Brot nach Hause kam, war die erste Geschichte des Tages in groben Zügen fertig. Ich stellte das Kaffeewasser auf, repetierte den Ablauf murmelnd vor mich hin und notierte mir die Namen der neu auftretenden Personen und die Eckpunkte der Handlung.

Ich weckte Dagmar, wir frühstückten. Sie fragte: »Und?« Ich sagte: »Ja.« Dann ging sie, entweder in die Uni oder zu ihrer Wohnung oder bloß in die Stadt. Mittags trafen wir uns in der Mensa. Regelmäßig kam es zu Zänkereien mit den beiden bakuninistischen Bärten, woran übrigens immer ich schuld war. »Du interessierst dich nicht für meine Leute!« warf mir Dagmar hinterher vor »Nein«, gab ich ihr recht, »ich habe keine Zeit, ich muß nämlich Geschichten über andere Leute schreiben.« Anschließend fuhr sie nach Hause, unterwegs kaufte sie fürs Abendessen ein, Camembert *crème du prés*, Zervelatwurst, Schnittlauch, Tomaten und Zwiebeln und manchmal eine Flasche Wein (für sich, ich habe Alkohol nicht angerührt). Ich spazierte derweil durch die Stadt, stöberte in Buchhandlungen, Antiquariaten oder Plattenläden und setzte mich schließlich ins Laumer oder in das Café in der Hauptwache und erzählte mir die Nachmittagsgeschichte direkt in ein Schulheft. Auch hier war Jacob der Held. Aber im Gegensatz zur Vormittagsgeschichte, in der über ihn in der dritten Person erzählt wurde, war nun er selbst der Erzähler. Mir kam das wie eine Synthese von Tom Sawyer und Huckleberry Finn vor. Der Vergleich befeuerte mich. Am Abend legten wir uns ins Bett, und ich las vor, ihren Kopf auf meiner Schulter, einen Schenkel zwischen ihre Beine geklemmt, ihre warmen weichen Brüste an meiner Seite, eine konnte ich sehen, wenn ich am Ende eines Blattes angelangt war.

Eine Zeitlang ging das gut, die Geschichten flogen mir zu. Ich kam mir vor wie Balzac oder Tschechow oder George Simenon. Wenn ich keine Zeit fand, die Nachmittagsgeschichte in die Maschine zu schreiben, tippte sie Dagmar am nächsten Tag ab. Einen Monat lang ließ ich keinen Tag aus. Und irgendwann fiel mir nichts mehr ein. Als ich mit dem Brot fürs Frühstück nach Hause kam, hatte ich noch nicht einmal einen ersten Satz. Und am Nachmittag saß ich im Laumer vor meinem Heft, und Jacob redete nicht mehr mit mir. Dagmar meinte, das liege daran, daß ich immer noch für den Rundfunk und den Schulbuchverlag arbeite; Jacob sei in den Streik getreten, er verlange, daß ich nur noch für ihn da sei; ich müsse ab sofort alles andere sein lassen und mich nur noch dem Schreiben widmen. Aus mir werde der beste Schriftsteller der Gegenwart werden, ich werde sie alle wegwischen, den Grass, den Böll, den Walser, sogar den Enzensberger. Um das Leben, das wirkliche, solle ich mich nicht kümmern. *Sie* werde für mich sorgen. Sie werde ihr Studium aufgeben und eine Arbeit annehmen.

»Was für eine Arbeit denn?« fragte ich.

»Ich werde putzen«, trumpfte sie auf.

Sie stand vor mir, den Rücken gekrümmt, Kaffeeduft aus ihrem Mund, um den schönen Kopf ein Seidentuch mit heiteren indianischen Motiven in Purpur, Grün und Orange. Wenn einer dich größer vor dir erstehen läßt, als du bist, wird eine Verminderung daraus, sobald du es durchschaust. Alles sah sie größer als das Leben, sogar dessen Verkleinerung, und darum meinte sie, ich mißachte mein Talent sogar noch mehr, als sie es ohnehin vermutet hatte, und das trieb sie zu Maßlosigkeiten, an die sie selbst nicht mehr glaubte, die sie aber mit einer Absicht einsetzte: Ich weiß ja, daß er mir nicht glaubt; immer meint er, von allem, was ich sage, zwanzig Prozent abziehen zu müssen; wenn ich also zwanzig Prozent drauflege, landen wir ungefähr bei der Wahrheit. Ich aber zog weitere zwanzig Prozent ab, und sie legte noch einmal dazu, was nur bewirkte, daß ich weiter von mir subtrahierte. Und so steigerten wir uns hinauf und hinunter. Ich sagte: »Du kannst ja gar nicht putzen!«

5

Sie wollte nicht, daß ich mit ihr in ihre Wohnung in der Bockenheimer Landstraße komme. Der Grund war die Germanistin, mit der sie zusammenwohnte. Dagmar wollte nicht, daß ich diese Frau kennenlernte. Aber schließlich lernte ich sie doch kennen. Eine rundliche Schwäbin mit einem Kleinmädchengesicht, Pausbacken, steile, gewölbte Stirn, verwöhnter Schmollmund; schwer zu schätzen, wie alt, dreiundzwanzig oder dreiunddreißig; auf dem Näschen eine John-Lennon-Brille, die sie aber nicht wie Janis Joplin aussehen ließ, sondern wie ein fleißiges Kind (eine »Petze«, die sie ja auch war); ungeschminkt, ungepflegt; trug einen Rock und einen Pullover, beide im Karstadt-Wühlkisten-Stil, orange und grünlich; ihre Frisur war auf eine alberne Art bieder und wohl mit der gleichen Absicht geschnitten wie die Kleidung ausgewählt. Dagmar stellte uns einander vor. Die Germanistin saß mitten in ihrem Zimmer im Schneidersitz, als bete sie oder spiele Monopoly. Sie wandte ihren Kopf und schaute mir in die Augen, und ihr Blick sagte: Dich kenne ich, du bist Scheiße. Ihr Zimmer war leer, bis auf ein schmales Bett, einen Resopalküchentisch vom Trödler, einen Stuhl und einen Koffer. Keine Vorhänge, keine Bücher. An der Wand hing ein Poster, das einen lachenden Chinesen mit einer Schirmmütze zeigte, der ein gemustertes Tuch über der Schulter hängen hatte und einen Stab – oder war es eine Flöte? – in einer Hand hielt.

»Wer ist das?« fragte ich.

»Das ist der Bruder Nummer eins«, sagte sie.

»Wie viele Brüder hast du denn?« fragte ich. Dagmar warf mir einen flehenden Blick zu und gab mir Zeichen aufzuhören.

Die Germanistin sagte: »Laß ihn doch, Vorländer!« Sie sprach Dagmar nur mit dem Familiennamen an. »Wenn einer etwas wissen will, ist das gut und nicht schlecht. Sein Name ist Saloth Sar, aber die Freunde der Völker nennen ihn Pol Pot.«

Ich sagte: »Fühlt er sich nicht einsam, so allein an deiner Wand? Willst du nicht ein paar Spielkameraden für ihn dazuhängen?«

»Was meinst du damit?« fragte sie, ihre Stimme war ohne jede Modulation.

»Rechts Adolf Hitler, links Heinrich Himmler.«

»Gib mir deinen Namen, ich will ihn mir aufschreiben.«

»Damit ihr mich nach der Revolution finden könnt?«

»Ja«, sagte sie.

»Lukasser«, sagte ich. »Sebastian Lukasser, Lukasser mit k und Doppel-s, Danneckerstraße 11, 6950 Frankfurt am Main, Westdeutschland.«

Sie hat sich das tatsächlich notiert.

Dagmar stand daneben, biß sich auf ihre Unterlippe und sah verzagt aus; als wäre sie zehn Jahre alt und die Germanistin und ich wären ihre Mama und ihr Papa, und wir hätten gerade beschlossen, uns scheiden zu lassen.

Als wir allein waren, sagte sie: »Du hättest dir wenigstens ihre Argumente anhören sollen!«

»Was für Argumente denn?«

»Glaubst du, daß du alles weißt? Daß es nichts gibt, was du lernen könntest?«

»Was sie zu sagen hat, weiß ich. Ideologie in simplen Hauptsätzen. Vorgetragen im Rhythmus eines Pilotierhammers. Danke.«

»Mein Gott, bin ich froh, daß ich mit einem Typen zusammen bin, der genau weiß, worauf es ankommt!«

Sie hatte ein schlechtes Gewissen, weil sie so wenig gegen die Ungerechtigkeit in der Welt tat; aber mehr noch fürchtete sie sich vor den Gerechten. Sie erzählte mir, wie sie an diese lupen- und seelenreine schwäbische Tschekistin geraten war. Vor einem knappen Jahr hatte sie ein Zimmer gesucht und jeden gefragt, den sie traf, so auch die Germanistin, die in der Mensa hinter dem KBW-Bücherstand saß. Sie hatte ein Zimmer. Ihr Freund sei gerade ausgezogen, sie habe sich von ihm getrennt. Dagmar fand Politik interessant. Jeder fand Politik interessant. Die Germanistin verfügte über ein großes Wissen, ohne Zweifel, und sie bezog klare Standpunkte. Jeden Abend legte sie ihr Statistiken und Graphiken vor, die in Kuchen- und Säulenform eindrucksvoll bewiesen, daß die Ungerechtigkeit in der Welt schreiend und die Revolution unausweichlich waren. Dafür sein oder dagegen sein, dazwischen gäbe es nichts. Dagmar abonnierte die *Kommunistische Volkszeitung*, abgekürzt KVZ. Sie besorgte sich im KBW-Buchladen Polibula, ausgeschrieben Politischer Buchladen, die Bände 23, 24 und 25 der Marx-Engels-Werke, abgekürzt MEW, und meldete sich bei einem Kapital-Arbeitskreis für Sympathisanten in der Alten Backstube in der Dominikanerstraße an. Sie spendete: für die Miete der Schulungsräume, für die Genossen der Zimbabwe African National Union Patriotic Front, für die seit einem Jahr streikenden Arbeiter der Eisenerzgruben im nördlichen Minnesota, für die Forschung an schnell wachsenden Eiweißprodukten auf den drei Musterhöfen des KBW in Baden-Württemberg, Nordhessen und im Innenhof eines Bürgerhauses im Frankfurter Westend, für das Demokratische Kampuchea in seiner Gesamtheit und für die Anschaffung einer Linotype-Lichtsatzmaschine für ein regionales Druckzentrum des KBW in Bayern. Die Germanistin arbeitete ein Persönlichkeitsprofil aus, demzufolge lagen Dagmars Stärken nicht im Theoretischen, sondern im Praktischen. Als intellektueller Sprößling des parasitären Kleinbürgertums (Dag-

mars Vater war Notar, ihre Mutter hatte Medizin studiert, den Arzt-
beruf aber wegen Familie nie ausgeübt) sei es ohnehin gut und nicht
schlecht, eine Zeit Dienst an der Basis zu tun; das hieß, Dagmar solle
für einen Monat oder mehr in einer Papierwalzerei in Eschersheim als
Putzfrau arbeiten. Diesmal sagte Dagmar, nein, das wolle sie nicht und
zwar unter gar keinen Umständen. Warum nicht, habe die Germanistin gefragt. Einfach weil ich nicht will, habe Dagmar geantwortet.
Aus Fäulnis also, habe die Germanistin konstatiert. Es heiße Faulheit,
habe sie Dagmar korrigiert. Und die Germanistin habe gesagt: »Nein,
es heißt Fäulnis.«

Seither hatte Dagmar Angst vor der Germanistin. »Sie weiß alles
über mich, und nun hat sie auch deinen Namen aufgeschrieben, weil
du sie unnötigerweise so blödsinnig provoziert hast!«

»Ich bring ihr auch noch die Adresse von meiner Mutter«, sagte ich
fröhlich, »dort habe ich nämlich immer noch ein Zimmer, oben im ersten Stock, Ende der Treppe, links.«

»Nein, tu das nicht«, flehte Dagmar. »Die bringen dich um.«

»Ja«, sagte ich, »aber doch erst nach der Revolution.«

»Vielleicht tun sie es schon vorher.« Sie suchte unter ihren Büchern
und Manuskripten – inzwischen hatte sie einen Großteil ihrer Sachen
aus ihrer Wohnung in meine gebracht – und zog ein hart zusammen-
gefaltetes Exemplar der *Kommunistischen Volkszeitung* heraus. »Hör
zu! Hör dir an, was sie schreiben! An diesem Artikel hat sie mitgearbeitet: ›Entweder Cohn-Bendit wird von der Arbeiterklasse eine nützliche Arbeit zugewiesen bekommen, etwa in einer Fischmehlfabrik in
Cuxhaven, oder er wird während der Revolution durch die Massen an
den nächsten Baum befördert.‹ Die tun das! Du hast keine Ahnung von
denen! Sogar Cohn-Bendit fürchtet sich vor denen! Glaub mir!«

»Das ist doch nur Gerede«, versuchte ich sie zu beruhigen. »Die bringen nicht um. Niemanden. Die haben nichts mit Baader zu tun oder
mit Ensslin oder mit Mahler oder den Schleyer-Mördern. Die wollen
gar nichts mit denen zu tun haben. Die werfen keine Bomben oder
schießen von Motorrädern herunter auf Staatsorgane. Im Gegenteil,
die scheißen sich in die Hosen. Die besitzen keine Maschinenpistolen.
Die wollen doch nur spielen – Petrograd Februar 1917, Schweinebucht
1961, Langer Marsch, Lumumba, Che Guevara, Angela Davis oder von

mir aus Jupp Stalin oder Dserschinski oder Berija – Chinesen wollen die sein und Kambodschaner und Albaner. Weil sie es nicht aushalten, Deutsche zu sein. Das ist sicher sehr, sehr dumm, aber doch harmlos, und es verstößt gegen kein Gesetz.«

Dagmar hatte Angst. Sie traute sich nicht mehr in die Wohnung in der Bockenheimer Landstraße. Ich habe ihr das abgenommen, bin mit dem Auto eines Bekannten hingefahren, habe ihre Bücher in fünf Bananenschachteln gepackt und ab. Bevor ich die letzte Schachtel aus der Wohnung trug, schwenkte ich mangels eines Weihrauchfasses Kants *Kritik der reinen Vernunft* gegen die Wände, um den schwäbisch-kambodschanischen Geist zu vertreiben.

6

Am Abend des 22. März 1979 erzählte ich Dagmar folgende Geschichte (die ich zu einer kleinen Novelle verarbeiten wollte): Vor einigen Jahren klingelte eine Kommilitonin nachts um zwei an meiner Tür, sie hatte einen Koffer bei sich, der mit schwarzen Metallbändern zusammengehalten wurde, sie wollte bei mir einziehen. Ich fragte sie, ob sie sich mit ihrem Freund gestritten habe, und sie sagte, nein, sie habe sich von ihm getrennt. Ich fragte: Warum? Sie sagte: Deinetwegen. Wir lieben uns doch. Ich sagte: Wer? Sie sagte: Du und ich. Ich sagte: Wie kommst du denn auf diese Idee? Und sie: Stimmt es denn nicht?

Dagmar fragte: »Und was ist vorher gewesen zwischen euch beiden?«

»Nichts. Ich kannte sie ja kaum.«

»Wie gut hast du sie gekannt?«

»Eigentlich gar nicht.«

»Wie lange hast du sie gekannt?«

»Seit ein paar Stunden. Ich habe sie am Nachmittag zu einem Spaziergang eingeladen.«

»Und warum hast du sie zu einem Spaziergang eingeladen?«

»Wir waren im Institut und warteten, daß wir zur Prüfung drankommen. Sie ist dauernd auf und ab gegangen, weil sie so aufgeregt war. Es war heiß, und es war klar, daß wir noch mindestens zwei Stunden warten müssen, und darum habe ich gesagt: Gehen wir hinaus, spazieren wir um die Häuser!«

»Und was habt ihr auf dem Spaziergang geredet?«

»Alles mögliche. Ich wollte sie beruhigen. Ich habe ihr vom Föhn in Österreich erzählt.«

»Und deswegen hat sie sich eingebildet, daß du in sie verliebt bist?«

»Vielleicht war sie ja verrückt.«

»Oder sie dachte, du hast den Föhn als eine Metapher verwendet?«

»Metapher wofür?«

»Hast du mit ihr geschlafen?«

»Nein, natürlich nicht.«

»Was wäre unnatürlich daran?«

»Gar nichts. Aber ich habe es nicht getan.«

»Du hast es natürlich nicht getan. Oder hast du es nicht natürlich getan?«

»Bitte?«

»Ob du es mit ihr vielleicht auf nicht natürliche Weise getan hast.«

»Ich habe gar nichts getan. Und was, bitte, heißt ›auf nicht natürliche Weise‹?«

»Gegen deinen Willen zum Beispiel.«

»Warum um Himmels willen sollte ich gegen meinen Willen mit einer Frau schlafen?«

»Du stehst über allem drüber. Stimmt's?«

»Ich bemühe mich.«

»Du bist ein Lügner.«

»Genau das bin ich nicht.«

»Und traust dich nicht einmal die richtigen Worte zu sagen. Föhn für Vögeln. Metaphern, meine Güte! Also auch ein Feigling. Ein intellektueller Feigling verwendet Metaphern, wenn er eine Frau anbaggert.«

»Wenn ich mit einer Frau schlafen will, sage ich zu ihr, daß ich mit ihr schlafen will. Und wenn sie es will und ich nicht, sage ich schlicht: Nein! So und nicht anders gehe ich, verdammt noch mal, vor.«

»Ehrlich also.«

»Wenn das ehrlich ist, dann ist es so, ja.«

»Richtig. Du kommst ja aus einer Welt, in der die Menschen immer pleite waren und immer Schulden hatten und immer nur Raten abgestottert haben. Aufgewachsen mit dem Gestank der Malzbrennereien in der Nase! Im Hinterhof der Schlote! Wo die Menschen ehrlich sind und meistens stinkbesoffen. Von mir aus kannst du mit allen Frauen bumsen – freiwillig, unfreiwillig, auf natürliche Weise, auf unnatürliche Weise …«

»Du führst dich ja schon auf, wenn ich es *nicht* tue, wie erst, *wenn* ich es tue!«

»Und wenn *ich* es tue?«

»Wohin führt das, Dagmar! Das ist doch absurd!«

»Wenn ich mit einem anderen schlafe, ist es also absurd?«

»Wenn du es tun willst, tu es! Tu es aber nicht, weil du mir eins auswischen willst!«

»Wenn ich es tun will, tu ich es, und ich frage dich nicht, warum ich es tue.«

»Wir reden über Taten, die wir nicht begangen haben. Weder ich noch du. Ich möchte dich nur daran erinnern.«

»Also: Hast du sie gebumst?«

»Wen?«

»Die, mit der du dich über den Föhn in deiner Heimat unterhalten hast.«

»Nein!«

»Und warum nicht? Ist sie häßlich?«

»Sie ist nicht häßlich. Ich habe es nicht getan, weil ich es nicht tun wollte.«

»Und warum wolltest du es nicht tun?«

Und so weiter … Acht Stunden lang!

Um zwei Uhr morgens habe ich die Wohnungstür hinter mir zugeworfen und bin aus dem Haus. Ich bin zum Bahnhof gelaufen. Und bin mit dem Zug um 3 Uhr 15 nach Innsbruck gefahren, mit Umsteigen in Lindau.

Carl war damals bereits emeritiert. Er und Margarida wohnten noch in der Stadt in der Anichstraße. Als ich an ihrer Wohnungstür klingelte, waren sie gerade beim zweiten Frühstück. Margarida öffnete, und ich sah durch den Flur und das Wohnzimmer meinen alten Freund auf der verglasten Dachterrasse sitzen. Die Märzsonne breitete sich golden über die weiße Tischdecke und die weißen Teller, über das blinkende Besteck, den Korb mit den Kaisersemmeln, die porzellanen Eierbecher, die Orangensaftgläser, die Marmelade- und Honigtöpfe. Es roch nach Bienenwachs. Ich mußte mich sehr zusammennehmen, um nicht zu weinen.

Carl rückte einen Sessel vom Tisch ab und wies darauf, noch ehe er mich begrüßte. »Setz dich, Sebastian«, sagte er, »der Kaffee ist noch heiß.«

Er war ein logischer Geist, durch und durch, und zu jeder Situation legte er sich alle möglichen Vorgeschichten zurecht. Er wußte, daß etwas passiert war. Warum sollte ich sonst einen Nachtzug von Frankfurt nach Innsbruck nehmen? Und das ohne telefonische Vorankündigung. Merkwürdigerweise ist es mir nie schwergefallen, mit ihm über meine persönlichen Angelegenheiten zu sprechen. Er fragte mich auch diesmal nicht. Ich begann von mir aus zu erzählen. Ich erzählte den beiden von deiner Mutter, David, und daß wir ohne zu streiten auch nicht einen einzigen Tag zusammen verbringen konnten.

Carl sagte: »Geh zu ihr zurück!«

Ich frühstückte mit den beiden, danach legte ich mich für zwei Stunden hin.

Margarida weckte mich. Sie klopfte an die Tür, setzte sich auf die Bettkante, zerstrubbelte mein Haar. »Mein Kleiner«, sagte sie.

»Ich kenne mich bei ihm nicht aus«, sagte ich. »Ich hätte schwören können, er rät mir, die Sache zu beenden.«

»Er meint«, sagte sie, »du brauchst eine Frau. Du wirst immer eine Frau brauchen, meint er. Du bist nicht der Typ, der allein leben will, weil du nämlich nicht allein leben kannst. Wenn du nicht zu ihr zurückkehrst, wirst du früher oder später eine andere Frau kennenlernen und wirst denken, diesmal wird es besser, aber es wird nicht besser werden. Und beim drittenmal wird es auch nicht besser werden. Es wird so lange nicht besser werden, bis du merkst, daß Streiten eine mögliche Form des Zusammenlebens ist, die mit den Worten ›besser‹ oder ›schlechter‹ nicht charakterisiert werden kann. Also erspare dir die Umwege und die Irrwege. Das meint er.«

»Und du?«

»Ich meine, du sollst nicht zu ihr zurückkehren. Es wäre ein falscher Schritt.«

»Und wer von euch beiden hat recht?«

»Ich.«

Carl war in die Stadt gegangen. Ich half Margarida beim Kochen, schnitt Gemüse klein, zwischendurch rauchten wir eine draußen auf der Terrasse, sie ihre Falk, ich Rothändle (ich hatte Latein studiert, das war exzentrisch genug, da durfte ich mich beim Rauchen ruhig dem Geschmack des Zeitgeistes gemäß verhalten). Es war wie früher. Ich liebte diese Wohnung. Als Zehnjähriger hatte ich ein halbes Jahr hier gelebt, als wären Margarida meine Mutter und Carl mein Vater. Wir drei. Hier roch es nach Geborgenheit und Zufriedenheit, nach Geregeltheit und Vornehmheit. Und nach guten Erinnerungen. Die Wohnung lag mitten in der Stadt und umfaßte das oberste Geschoß eines Bürgerhauses. Von der Dachterrasse aus konnte man auf die Nordkette und weit über das Inntal nach Westen blicken. In »Sebastians Zimmer« standen Bücher, die von *Tom Sawyers Abenteuer* über John Dos Passos' *Manhattan Transfer* bis zu einer Biographie über Arthur Seyß-Inquart meine Lektüre von der Kindheit bis zu meinen Dissertationsversuchen dokumentierten. Das Bett war frisch überzogen, im Kasten stapelten sich Unterwäsche und Socken, auch einige Hemden, ein Anzug, falls ich ins Theater gehen wollte, eine gefütterte Jacke für den Winter. Ich hatte eine eigene Dusche, eine eigene Zahnbürste, einen eigenen Bademantel, eigene Hausschuhe. Wann immer ich hierherkam, egal zu welcher Zeit des Tages oder der Nacht, brauchte ich nicht zu fragen: Darf ich bei euch übernachten? Ich stellte meine Sachen einfach in mein Zimmer.

Ruhig war es in der Wohnung. Das hieß vor allem: Ruhig im Vergleich zu den Orten, von denen ich meistens hierhergekommen war – als Kind von Wien, später von dem kleinen Dorf Nofels in Vorarlberg, an beiden Orten hatte mein Vater gründlich dafür gesorgt, daß es nie ruhig war. Margaridas dunkle Stimme klang durch die Zimmer, als wäre diese Welt um sie herumgebaut worden, als ein Resonanzkörper für ihre Worte. Wenn sie mich in der Nähe glaubte, sprach sie mit Carl Deutsch, um nicht unhöflich zu sein; wenn sie meinte, mit ihrem Mann allein zu sein, sprach sie Portugiesisch. Ihr Gesicht wirkte herb und, als ihre Haare grau geworden waren, männlich. Sie war eine starke Raucherin, aber sie wollte nicht, daß die Wohnung nach ihren Zigaretten roch, also rauchte sie draußen auf der Terrasse unter dem Vordach, und ich leistete ihr dabei Gesellschaft. Die Zigarettenstummel türmten wir in den Aschenbecher. Sie legte Schallplatten auf, von denen sie meinte, daß sie mir gefielen, alte Jazzstandards, über die Carl spöttelte, obwohl wir ja wußten, daß auch er sie liebte, eben so sehr liebte, daß es seiner Meinung nach bereits einem Spleen gleichkam, über den man lachen sollte. Oder Blues, der damals eine Renaissance erlebte. Sunny Terry and Brownie McGhee. Muddy Waters. Und natürlich John Lee Hooker. Platten, die ich mitbrachte. Für Carls Geschmack zu primitiv. Als Phänomen ließ er diese Musik gelten. Als »die Wurzel«. Manchmal setzte er sich ans Klavier, ich spielte auf der Mundharmonika, und Margarida hustete dazu. Anfang der achtziger Jahre teilte mir Carl mit, sie wollten die Wohnung aufgeben und ein Haus außerhalb der Stadt, oben in Lans, am Fuß des Patscherkofels kaufen. Ich kannte das Haus, das er meinte. Und ich war betrübt, als hätte ich meine Heimat verloren …

Carl wußte, daß mir Margarida seine Meinung interpretiert hatte; wenn ich mit ihm darüber sprechen wollte, war es meine Sache, damit anzufangen. Wir verbrachten einen ruhigen Abend miteinander. Nur einmal sagte er: »Wenn du in Frankfurt anrufen willst, tu's einfach.« Ich rief nicht an. Ich dachte, wenn Dagmar mit mir sprechen will, findet sie heraus, wo ich bin. Ich dachte, fast immer besteht der Fehler des Liebenden darin, daß er nicht merkt, wenn er nicht mehr geliebt wird. Und weil ich diesen Fehler nicht begehen wollte, David, beging ich den Fehler, mir einzureden, deine Mutter liebe mich nicht mehr.

Am nächsten Morgen nach dem Frühstück sagte Margarida, sie habe Lust, mich auf einen langen Spaziergang einzuladen. Nicht eine Wolke war am Himmel, und die Häuser warfen Schatten wie auf einem Bild von de Chirico. Wir gingen am Inn entlang, aus der Stadt hinaus, auf das Dorf Völs zu, am Flugplatz vorbei. Wir setzten uns ans Wasser auf eine Betonbrüstung, die Sonne heizte unsere Rücken auf. Neben uns Wurstsemmeln, Cola, Schokolade, Zigaretten.

»Würdest du gerne weinen?« fragte sie.

»Schon«, sagte ich.

Margarida und ich waren uns immer sehr nahe gestanden. Sie war mir nie geheimnisvoll erschienen. Im Gegensatz zu Carl. Auch als Erwachsener legte ich noch gern meinen Kopf an ihre Brust. Ich kannte sie nur als zuwendungsbereit, redelustig, unsentimental, herzenswarm und manchmal ein bißchen ordinär. Ich hatte mich nie gefragt, woher sie kam, was sie erlebt hat, wer sie gewesen war, bevor sie Carl geheiratet hatte. Sie war da. Und sie war sicher. Mir war sie immer sicher gewesen (was ich über meine Mutter nicht sagen konnte und nicht kann). Carl hatte sie während der Zeit, als er in Portugal lebte, kennengelernt, und nach dem Krieg war sie ihm nach Wien gefolgt. Mehr wußte ich nicht, und mehr schien mir nicht notwendig zu wissen. – Und dann saßen wir auf der Betonbrüstung und blickten auf den Inn, dessen Wasser weich und geschwollen war, und sie begann zu erzählen. Erzählte von *ihrem* »großen falschen Schritt« …

Drei Tage blieb ich in Innsbruck. Zum Abschied sagte Carl noch einmal zu mir: »Geh zurück zu ihr, Sebastian! Bleib bei ihr! Und vor allem: Will bei ihr bleiben!«

Ist das nicht eine komische Formulierung, David? Der Befehl, etwas zu wollen? Man kann sich selbst doch nicht auftragen, daß man etwas wollen soll! – Er selbst hat dieses Kunststück wohl hingekriegt.

7

Als ich zehn war und mein Vater in seinen bis dahin schlimmsten Alkoholexzeß stürzte und meine Mutter in ihrer Verzweiflung über ihren Schatten sprang und Carl anrief und der sofort zusammen mit Margarida zu uns nach Wien kam, da hörte ich ihn zu meiner Mutter sagen: »Georg hätte niemals ein Kind haben dürfen.« Er sagte das nicht in meiner Gegenwart, natürlich nicht, er wußte nicht, daß ich zuhörte. Übrigens: Mit meiner Mutter habe ich Carl immer nur in einem verbindlichen, harten, beinahe autoritären Ton sprechen hören, in dem auch nicht eine Spur von Ironie mitschwang; er sprach nicht gern mit meiner Mutter, er ging ihr aus dem Weg, so wie sie ihm aus dem Weg ging. Ein Arzt war gekommen, der hatte meinem Vater eine

Beruhigungsspritze gegeben. Nun lag er im Wohnzimmer auf dem Sofa und schnarchte und wimmerte. Margarida saß neben ihm und wischte ihm den Schweiß von der Stirn. Carl und meine Mutter berieten sich im Badezimmer. Die Tür zu meinem Zimmer stand einen Spaltweit offen. Carl meinte wohl, ich schliefe bereits, es war ja auch schon gegen drei Uhr am Morgen. Es war klar, hier unterhielten sich zwei Menschen, die einen Revierkampf austrugen und die sich nur vorübergehend zusammengetan hatten, weil ihrer beider Interessen auf dem Spiel standen. Meine Mutter war der Meinung, Carl versuche, ihren Mann auf Ziele zu lenken, die nicht die seinen waren, und zwar mit Mitteln, die er nicht durchschaute; und Carl war überzeugt, daß sie seinen Schützling nicht begreife und ihn mit Bürgerlichkeit von seinen eigentlichen Aufgaben fernhalte. Im Augenblick allerdings ging es um die nackte Existenz dieses Mannes, und die zu erhalten war eben in ihrer beider Interesse. Carl wiederholte. »Georg ist nicht der Typ, der Kinder haben sollte.« Nachdem mein Vater nur ein Kind hatte, nämlich mich, hieß das: Er ist nicht der Typ für mich. Und das hieß: Ich war, was die eigentlichen Aufgaben meines Vaters betraf, störend. Ich bin nicht erschrocken, als ich das hörte. Ich war erst zehn, aber ich hatte meinen Vater im Suff winseln hören, und mir brauchte niemand zu erklären, daß in unserer Familie das Verhältnis Vater-Sohn umgedreht war, daß nicht er sich um mich, sondern ich mich um ihn kümmern mußte. Er konnte sich nicht um mich kümmern. Er konnte sich um niemanden kümmern. Er war mein Vater, aber ich sah ihn wie meinen kleinen Bruder. Ich hörte Carl weitersprechen: »Georg ist nicht erwachsen, und er wird es nie sein. Nie, nie!« Ich hörte die Begeisterung in seiner Stimme. »Man kann an Georg nicht die Maßstäbe anlegen, die man an dich und an mich anlegt.« Seine Begeisterung wurde unterdrückt von Vernunft, wurde zugedeckt von Sorge, aber sie glühte darunter weiter. Nicht daß Carl der Meinung war, Genie und Suff gehörten irgendwie zusammen. Das glaubt der Spießbürger. Es ist besser, wenn ein Genie nicht säuft. Das Saufen hat damit gar nichts zu tun. Die meisten Säufer sind keine Genies. Aber andererseits tut es dem Genie auch keinen Abbruch, wenn es säuft. Ein Genie ist ein Genie ist ein Genie. Und wir Mittelmäßigen können nichts anderes tun, als dem Genie den Rücken freizuhalten. Dazu gehört, es vor allzu schlimmen Alkoholexzessen zu schützen; und dazu gehört eben auch, es vor der Stumpfheit der bürgerlichen Familie zu schützen. Und eine bürgerliche Familie besteht aus Mann, Frau, Kind.

Dein Großvater, David, war nämlich ein Genie. Das war er wirklich. Nicht nur in Carls Einbildung. Aber in Carls Einbildung war er der Mann, für dessen Genialität er die Verantwortung übernommen hatte. In der Geschichte des österreichischen Jazz wirst du keinen zweiten Gitarristen vom Format deines Großvaters finden. Frag sie! Frag Karl Ratzer, Karlheinz Bonat, Harry Peppel, Harri Stojka, Karl Ritter, Wolfgang Muthspiel! Sie werden mir recht geben. Und wenn du nach New York kommst oder nach Chicago oder nach London und dich in einschlägigen Kreisen erkundigst, wirst du hören, wie der Name George Lukasser in einem Atemzug mit Wes Montgomery, Barney Kessel, Kenny Burell, Tal Farlow, ja sogar Charlie Christian und Django Reinhardt genannt wird. Natürlich kann ein Genie Kinder haben. Sie haben ja alle Kinder gehabt – Picasso, Goethe, Chaplin, Woody Guthrie –, aber es war nicht gut, daß sie welche hatten. Für sie selbst war es nicht gut, und für die Kinder war es auch nicht gut. – Das war Carls Meinung.

In diesem März 1979, als ich im Zug von Innsbruck zurück nach Frankfurt saß, wurde mir klar, was Carl in Wahrheit meinte, wenn er mir, zwar »über die Bande gespielt«, aber deutlich genug, den Rat gab, daß ich heiraten und Kinder großziehen sollte. Er meinte damit, ich würde nicht in seine Sammlung passen. Er hatte Verantwortung für meinen Vater übernommen; mein Vater war tot; ich, sein Sohn, gehörte sozusagen zum erweiterten Lebensbereich des Genies, also hatte er auch für mich Verantwortung übernommen. Wer weiß, vielleicht pflanzte sich das Genie ja im Bocksprung über eine Zwischengeneration weiter; daß ich Vater werden würde, Mittelpunkt und Quelle einer zwar kleinen, aber nichtsdestoweniger hochwichtigen neuen Ordnung – Basis und Landeplatz für einen möglichen nachfolgenden Höhenflieger. Eine Zeitlang hatte er wohl noch Hoffnung auf mich gesetzt, hatte geglaubt, auch aus mir könne etwas Großes werden, ein großer Historiker zum Beispiel. Er hat mir auf die Sprünge geholfen, aber die Sprünge sind jämmerlich ausgefallen, und sie haben mich dem Ziel, das er für mich gesteckt hatte, nicht nähergebracht. Er hatte so eine blendende Idee für eine Dissertation gehabt! »Arthur Seyß-Inquart in Nürnberg. Die unveröffentlichten Gesprächsprotokolle des amerikanischen Gerichtspsychologen Abraham Fields beim internationalen Militärtribunal.« Ich hätte nichts weiter zu tun gehabt, als die aus dem Gedächtnis niedergeschriebenen Gespräche seines Freundes Abe herauszugeben und mit einem Vorwort zu versehen. »Diese Arbeit«, prophezeite er mir, »wird dir zu einem exzellenten akademischen Start verhelfen!« Ich habe die Sache verbockt. Und mir damit die letzte Chance genommen, mich als Mensch über den Durchschnitt zu erheben.

8

Und dann, am Ende seines Lebens: »Du bist der einzige Mensch von all jenen, die ich geliebt habe, der noch lebt.« – Das ist doch wieder so ein komischer Satz! Ein komischer Satz von einem komischen Heiligen! Aber, David, versuch einmal, den Satz anders zu formulieren! Das war immer so: Carl sagte etwas, was einem gewunden und verdreht vorkam, aber wenn man darüber nachdachte, mußte man zugeben, er hatte sich exakt ausgedrückt. Einmal – ich war gerade so alt wie du jetzt – sagte er zu mir, und zwar ohne jeden Zusammenhang: »Wir befinden uns im Mittelfeld der Materie, zwischen Mikrokosmos und Makrokosmos, und unsere Augen geben uns ein ausreichendes Bild, so daß wir nicht ständig Angst haben müssen, in die Zwischenräume der Moleküle und Atome zu fallen.« Alles, was er sagte, hatte Gewicht für mich. Eine Woche lang dachte ich über den Satz nach. Schließlich fragte ich ihn, was er genau bedeute, und er antwortete: »Es war eine Art Scherz.« Und ich war mir wieder nicht im klaren, wie ich dran war; denn wenn es *eine Art* Scherz war, war es eben doch kein Scherz, und *eine Art* Scherz konnte eigentlich alles sein.

David fragte: »Das hat er zu dir gesagt? Daß du der einzige Mensch bist, der von allen, die er geliebt hat, noch lebt?«
    »Ja, so hat er es gesagt.«

»Das hat er am Telefon zu dir gesagt?«

»Ja, am Telefon.«

Er schob mit dem Finger die Brotbrösel vor sich auf dem Tisch zu einem Häufchen zusammen. Er lächelte vor sich nieder, ein bubenhaft charmantes Lächeln. Er feuchtete den Finger mit der Zunge an, drückte ihn auf das Häufchen und leckte den Finger ab. Wir saßen in meiner Küche. Es war Mittwoch, der 18. April, seit fünf Tagen war er bei mir; seit fünf Tagen tat ich die Arbeit der Scheherazade. Um die Mittagszeit hatte das Telefon geklingelt, und Frau Mungenast hatte mir mitgeteilt, daß Carl in der Nacht gestorben war. David hatte geweint. Ob er ihm erlaube, allein oben auf dem Dach eine Zigarette zu rauchen. Bald war er wieder heruntergekommen. Wir umarmten uns.

»Zu mir hat er nämlich etwas Ähnliches gesagt. Auch am Telefon.«

»Wann?«

Er grinste ein wenig verschämt. »Als du im Taxi den Weg zu ihm hinaufgefahren bist.«

»Ich verstehe dich nicht.«

»Als du aus dem Krankenhaus gekommen bist. Von Innsbruck. Als du in Lans angekommen bist. Er sagte: ›Jetzt endlich bin ich mit denen zusammen, die von allen, die ich geliebt habe, noch leben.‹ Und ich sagte: ›Wie meinst du das?‹ Und er sagte: ›Dein Vater kommt zu mir.‹ Und ich fragte: ›Wann?‹ Und er sagte: ›Jetzt. Jetzt eben fährt das Taxi am Bahndamm entlang. Ich kann es von hier aus gut sehen. Jetzt biegt es ab, jetzt kann ich deinen Vater sehen, er sitzt vorne neben dem Fahrer.‹ Und er sagte auch, daß er selbst nie im Leben in einem Taxi vorne gesessen habe.«

»Das hat er vor dir erfunden.«

»Nein, das hat er nicht erfunden. Ich habe dich gehört.«

»Wie kannst du mich gehört haben?«

»Ich habe gehört, wie du die Tür von dem Taxi zugeschlagen hast, und dann hast du seinen Namen gerufen. Und daß du dich freust.«

Viertes Kapitel

1

Ja. Hab' ich. Carl hatte oben vor seinem Haus gesessen und auf mich gewartet. Mit einer Hand schirmte er die Augen ab, mit der anderen winkte er mir zu, als ich aus dem Taxi stieg.

Ich rief: »Carl! Mein Gott bin ich froh, dich zu sehen!«

Über seine Beine war eine Wolldecke gebreitet. Darauf lag ein Handy.

»Carl!« rief ich. »Ich habe mich so gefreut, du glaubst es nicht!«

Sein Körper war eingehüllt in den moosgrünen Hausmantel, den ich so gut kannte – auch dieses Stück: das fünfte oder sechste oder zehnte, geschneidert exakt nach der Vorlage des ersten. Neben ihm in der Sonne standen ein Korbsessel und ein Korbtischchen, auf dem Tisch zwei Tassen. Eine für ihn, eine für mich.

»Beeil dich, Sebastian, der Tee wird kalt!«

»Carl! Ich bin noch ein bißchen wackelig auf den Beinen, ich kann nicht so schnell!«

Er saß im Rollstuhl und winkte mir zu.

2

David hatte recht gehört: Ich habe mich gefreut. Und wie ich mich gefreut habe! Im Taxi von der Stadt herauf war eine Seligkeit in mir gewesen – wie damals, als ich zehn Jahre alt war und Carl und Margarida mich am Bahnhof in Innsbruck abgeholt hatten und wir gemeinsam, ich meinen Rucksack auf dem Rücken, Carl meinen Koffer in der Hand, feierlich durch die Stadt zu ihrer Wohnung in der Anichstraße gegangen waren, wo ich für ein Jahr bleiben sollte. Meine wirklichen Eltern glaubten, sie könnten ihre Ehe retten, wenn sie eine Zeitlang allein sein würden, und zwar auf Kreta (wo man damals in einem Jahr nicht mehr Geld zum Leben brauchte als in Wien in zwei Monaten). Es sei ihre eigene Idee gewesen, betonten sie immer wieder, *sie* seien an Carl und Margarida herangetreten, hätten gefragt, ob sie mich für ein Jahr bei sich aufnehmen würden. Carl hat das auch immer bestätigt – mit einer auffälligen Beiläufigkeit, aus der ich herauszuhören glaubte, dies sei die offizielle Version mir gegenüber, an die er sich halten wolle. Nach dem Zusammenbruch meines Vaters – es war im März 1960 – waren Margarida und er unverzüglich nach Wien gekommen. Und dann stand er da, unser Schutzengel, lehnte an der Küchentür und stellte allein durch die Blicke, die er uns gab, eine erste Ordnung her. Meine Mutter war nervlich gar nicht in der Lage, irgendeine Entscheidung zu treffen oder eine Idee zu entwickeln; sie hatte Hals über Kopf ihre Arbeit beim Gewerkschaftsbund im vierten Bezirk gekündigt, war aber, weil ihr Chef die Sache zu ihrem Vorteil gedreht hatte, mit ein paar Monatsgehältern abgefunden worden. Mein Vater war ein heulendes, sich krümmendes, sterbensalt gewordenes Kind, das seinen Kopf in meinen Schoß legte und durch dessen verschwitztes, zerzaustes Haar ich mit meinen Fingern fuhr. Nach einer Nacht, die keiner von uns vergaß, organisierte Carl vom Rudolfsplatz aus alles Notwendige. Mein Vater wurde von einem Wagen der Wiener Rettung abgeholt und ins AKH zu Professor Hoff gebracht, der ihn in ein Netzbett legte, mit Paraldehyd in Tiefschlaf versetzte und nach ein paar Tagen in die Nervenheilanstalt am Steinhof zur Entziehungskur überwies. Margarida blieb noch eine Weile bei uns, wohnte bei uns in der Penzingerstraße und kümmerte sich um meine Mutter. Carl mußte zurück nach Innsbruck, es war Semesterbeginn, und er hatte seine Vorlesungen und Seminare zu halten. Bevor er abfuhr, nahm er mich beiseite, ging vor mir in die Hocke und preßte meine Oberarme an meinen Körper. Er holte tief Luft, nickte aber nur. Was mir das Gefühl gab, er verlasse sich auf mich, und zwar als einzigen in unserer Familie. Meine Mutter wollte sich scheiden lassen. Seit mein Vater abgeholt worden war, hatte sie nichts anderes getan, als die Fäuste gegen ihren Hals zu pressen und durch die Wohnung zu marschieren und sich blaue Flekken an den Hüften zu holen. Immer befand man sich hinter ihr, immer drehte sie einem den Rücken zu und redete zum Boden hinunter oder zur Decke hinauf. »Ich laß mich scheiden, ich laß mich scheiden!« Und immer mußte man fragen: »Was hast du gesagt?« Aber schließlich wußte man es: »Ich laß mich scheiden.« Carl war der Meinung, das würde meinem Vater den Rest geben. Auch meine Mutter hielt er an den Oberarmen fest, bevor er ins Taxi stieg, das ihn zum Westbahnhof bringen sollte. Aber auf sie verließ er sich nicht. Er sprach mit ihr, leise und ohne jede Spur von Aufgeregtheit. Ich hörte ihn sagen: »Ihr habt es angefangen, woher willst du wissen, daß es jetzt zu Ende ist?« Meine Mutter starrte ihm in die Augen, als wäre er ihr Feind, und sagte: »Woher willst gerade du wissen, daß es jetzt nicht zu Ende ist?«

Nach einem halben Jahr kam mein Vater aus der Klinik zurück, braungebrannt, charmant, scherzend. Trocken. Ein paar Untersuchungen hatte er noch zu absolvieren, nicht am Steinhof, einfach im Allgemeinen Krankenhaus; auch nicht zwingend bei Professor Hoff, einfach bei irgendeinem Arzt; die Werte seien gut, und zwar »immens« (das Lieblingswort von Attila Zoller, das sich mein Vater wider Willen angewöhnt hatte). Und auf einmal war die Idee mit Kreta da. Ich war überzeugt, es war Carls Idee gewesen. Es war eine gute Idee. »Bleibt aber nicht nur am Meer unten kleben«, sagte er am Telefon (wir hatten damals noch kein eigenes, mußten immer zum Gemischtwarenladen von Johann Lammel an der Ecke Penzingerstraße Gyrowetzgasse laufen, dort quetschten sich mein Vater, meine Mutter und ich neben die Wurstseite der Budel und teilten uns den Hörer), »schaut, daß ihr im Landesinneren etwas kriegt.« Zu Hause sagte mein Vater zu meiner Mutter: »Schauen wir, daß wir etwas im Landesinneren kriegen. Pack auf jeden Fall eine Decke ein! Wir setzen uns unter die Olivenbäume, essen Schafskäse und Brot und Olivenöl und Tomaten. Wir müssen ja nicht die ganze Zeit am Meer unten kleben!« Noch einmal trotteten wir im Gänsemarsch über die Straße zum Telefon: »Aber die Gitarre darf ich doch mitnehmen?« fragte mein Vater. »Warum solltest du sie nicht mitnehmen dürfen?« sagte Carl. Und meine Mutter nahm meinem Vater den Hörer aus der Hand und sagte hinein: »Was jetzt? Soll er sie mitnehmen, oder soll er sie nicht mitnehmen?« Ein paar Tage später lieferte die Musikalienhandlung in der unteren Mariahilferstraße (leider hat sie vor ein paar Jahren geschlossen, ich bin gern auf meinen nächtlichen Spaziergängen vorbeigegangen und habe mir im Schaufenster die Instrumente angesehen) eine neue Konzertgitarre in unsere Wohnung und einen Packen Nylonsaiten und eine ausgepolsterte Kunstledertasche und dazu eine Karte mit der Handschrift des Ladeninhabers: »Im Auftrag von Professor Candoris aus Innsbruck: Glückwünsche und alles Gute!« Carl befürchtete, daß mein Vater die gute Gibson verliere oder daß er ihr auf den Hals steige oder daß sie ihm gestohlen würde.

Und ich – wurde nach Innsbruck geschickt.

Es gibt keine Zeit in meinem Leben, in der ich glücklicher war. Obwohl ich meine Mutter und meinen Vater vermißte, ihn mehr als sie; und auch meine Schulkameraden und auch unsere Wohnung; und obwohl ich mir ein wenig überfordert vorkam, so als lebte ich immer ein wenig über meine Verhältnisse. Carl hatte mich für die erste Klasse im Gymnasium in der Angerzellgasse angemeldet, der besten Schule von Innsbruck. Ich liebte diese Schule, sie schien aus Vornehmheit und Tradition erbaut, und obwohl ich mich der Welt dieser beiden Attribute gewiß nicht zurechnete, fühlte ich mich eingeladen. Ich fiel nicht auf, höchstens durch gute Noten und wegen meines Wiener Dialekts. Ich gewann auch einige Freunde, hielt sie aber auf Abstand, ihre Namen habe ich vergessen. Ich war gern allein. Das war eine Entdeckung: daß Alleinsein Glück bedeuten konnte; daß alles, was die Wirklichkeit anbot, sich zur Ausgestaltung von Tagträumen verwenden ließ – das Gehen durch die Allee auf den Haupteingang der Schule zu war wirklich, und zugleich war es ein Traum; das knöcheltiefe Schlurfen durch die Ahorn- und Kastanienblätter; der Modergeruch vor dem Schulgebäude, der Modergeruch im Schulgebäude; meine Spaziergänge am Inn entlang oder an den Bahnschienen entlang aus der Stadt hinaus ein Stück in Richtung Brenner; der ungewohnt rasche Wechsel der Temperatur, wenn der Föhn einfiel – den von so vielen gefürchteten Innsbrucker Föhn schätzte ich wie ein Versprechen, er versetzte mich in eine Stimmung optimistischer, sehnsuchtsvoller Weltoffenheit. Es war eine aufregende Entdeckung, daß ich niemanden für mein Glück benötigte, daß ich allein sein konnte, daß ich gut mit mir selbst auskam und mir einbilden durfte, keine Angst haben zu müssen, daß sich das je ändern würde.

Ich war leider nur etwas länger als ein halbes Jahr in Innsbruck. Wir zogen nämlich für fünf Monate nach Lissabon, wo Carl überraschend zu einem Gastsemester an die gerade eröffnete Cidade Universitária eingeladen worden war. In Lissabon besuchte ich keine Schule; erlaubt war das wahrscheinlich nicht, aber es fragte ja niemand. Ich las sehr viel, auch Bücher, für die ich zu jung war – William Faulkners *Absalom, Absalom!*, das mir wie ein Fiebertraum vorkam, *Der Spieler* von Dostojewski, *Die Elenden* von Victor Hugo, *Der Geheimagent* von Joseph Conrad – in dem ich dem bösesten Menschen begegnete; am liebsten aber waren mir doch die zwei großen Buben-Romane von Mark Twain, die ich aus Innsbruck mitgebracht hatte, und wenn ich allein zum Tejo hinunterging und mich an den Kai setzte, bildete ich mir ein, vor mir liege der Mississippi und hinter mir nicht das glänzende Lissabon, dem ich so wenig abgewinnen konnte, sondern das Dorf St. Petersburg, und ich sei zwar immer noch ich, aber meine Freunde hießen Tom Sawyer, Joe Harper, Ben Rogers und – der liebste – Huckleberry Finn. Die Wohnung war im ersten Stock eines satten Bürgerhauses in der Rua do Salitre vor dem Botanischen Garten, Carls Großvater hatte Teile des Hauses in den frühen zwanziger Jahren gekauft; im Erdgeschoß war das Kontor der Handelsgesellschaft Bárány & Co. untergebracht gewesen, bis Carl nach dem letzten Krieg die Anteile der Familie verkaufte. Er hatte auch die Wohnung verkaufen wollen, aber Margarida war dagegen gewesen, sie wollte, wie sie sagte, »eine Heimat in ihrer Heimat« haben. Die Wohnung war einschüchternd großbürgerlich möbliert. Außer den erwähnten Büchern stand nur portugiesische Literatur auf den Borden, darum las ich, was ich lesen konnte, zweimal, dreimal hintereinander. Jeden Tag spielten wir zwei Stunden Schule, Margarida unterrichtete mich in Geographie und Latein, Carl in Deutsch und Mathematik, und er erzählte mir auch gelegentlich von österreichischer Geschichte; und als ich schließlich nach einem Jahr nach Wien zurückkehrte, war ich meinen Mitschülern der 2 a am Hegel-Gymnasium (ja, demselben, das Carl besucht hatte) in allen Fächern überlegen. In Mathematik erklärte mich der Professor gar zu einem Wunderkind, allein aufgrund der Tatsache, daß ich Namen wie Gauß, Euler, Riemann und Hilbert kannte und Begriffe wie Axiom, Primzahl und Theorem aussprach, als wüßte ich, was sie bedeuteten.

In Lissabon fühlte ich mich nicht wohl. Mein Alleinsein in Innsbruck hatte sich in die Ordnung der Tage eingebettet; eine allumfassende, gütige Ruhe war diese Ordnung gewesen, und die Stunden, die ich mit mir allein verbrachte, waren meine Improvisationen innerhalb eines festen Themas, und dieses feste Thema waren meine »idealen« Eltern. In Lissabon gab es kein Thema, alles war Improvisation, nicht einmal die Unterrichtsstunden mit Margarida und Carl waren fix. Die Tage zerfielen, und die Gemeinschaft zwischen uns dreien zerfiel, und wenn wir zusammen waren, schien es wie Zufall. In Lissabon fühlte ich mich einsam; die Stadt erteilte mir eine traurige Lektion, nämlich: daß in der Einsamkeit nicht ein Korn vom Glück des Alleinseins enthalten ist ...

Innsbruck aber war mein Paradies gewesen: Margarida hatte gekocht, ich währenddessen am Küchentisch meine Hausaufgaben erledigt. Wir warteten auf Carl, redeten miteinander, geistesabwesend beide. Zwischendurch stand sie am Fenster und rauchte eine, hielt die Hand mit der Zigarette erhoben, als melde sie sich zu Wort. Der Rauch, erklärte sie mir, ziehe im oberen Teil des Fensters hinaus, während im unteren Teil die frische Luft hereinziehe. Das war ein verehrungswürdiges Naturgesetz. Die Tage waren geregelt, alles geschah immer zur gleichen Zeit; ich wußte, was es an welchem Tag zu essen gab, und pünktlich um fünf Uhr am Nachmittag – die Stunde der Mathematiker – tranken wir Tee und aßen englisches Ingwergebäck, und Margarida zündete eine Kerze an, und Carl legte eine Jazzplatte auf und erzählte mir von den Musikern, die hier miteinander spielten. Ich lag auf dem Teppich, die Hände im Nacken und hörte zu. – Wann immer ich mir das Glück in ein Bild fasse, zeigt es diese Abende. – Besonders interessierten mich die Geschichten über Duke Ellington, wie er mit seinem famosen Orchester in einem Sonderzug kreuz und quer durch die Vereinigten Staaten von Amerika gefahren war – Chicago, New York, Philadelphia, Baltimore, Cincinnati, St. Louis –, immer ein Notizbuch und einen Stift in Reichweite, damit er sich Noten aufschreiben konnte, und daß er, wenn kein Notizbuch griffbereit war, die Melodien auf die Manschetten kritzelte, die heute von Bewunderern für teures Geld ersteigert werden. Das mochte ich am liebsten: wenn

Carl Geschichten über Musiker und Musikanten erzählte; weil mir nämlich mein Vater ähnliche Geschichten erzählt hatte, Geschichten aus der großen Zeit der Schrammelmusik, als alle so lustige Namen hatten, die Sänger, die Jodler, die Dudler, die Pfeifer – Bratfisch, Hungerl, Xandl, Fladl, Prilisauer, Adolfi, Brady –, Geschichten vor allem natürlich über Anton Strohmayer, der ein Held war, und zwar kein Geringerer als der König Minos von Kreta, der aber im Gegensatz zu diesem als alter Mann von seinem Heldenthron herabgestiegen war, um meinem Vater, dem damals Vierzehnjährigen, die Hand auf die Kopfwolle zu legen und ihm zu sagen, daß aus ihm einmal etwas Großes werden würde. Und so erzählte mir Carl an den Abenden, wenn ich Heimweh hatte, Geschichten von Musikern; und nicht nur von den Abenteuern des Duke berichtete er, auch von anderen Jazzern – von der unglaublichen Billie Holiday, von Lester Young, Bud Powell, Count Basie, Thelonius Monk, Coleman Hawkins, Charlie Parker – und, was mir am besten gefiel, von den alten Bluessängern aus dem Mississippi-Land, die auch so lustige Namen hatten – Big Joe Williams, Big Bill Broonzy, Blind Lemon Jefferson, Blind Boy Fuller, Blind Simmie Dooley und Kansas City Kitty, die es eigentlich gar nicht gegeben hatte und deren Abenteuer sich in meinem Kopf mit den Abenteuern von Tom Sawyer und Huckleberry Finn verbanden. Aber Carl erzählte auch von Enrico Caruso und Beethoven und Mozart und Schubert und Paganini oder von Alfred Band, der das Bandoneon, und von Adolphe Sax, der das Saxophon erfunden hatte; und von den unendlich traurigen Fadosängerinnen aus Lissabon und von jenem geheimnisvollen Georgier Grigol Beritaschwili, der mit einem Instrument, das Tschonguri hieß, den Diktator Josef Stalin in die Knie gezwungen habe. Nicht im Kindermärchenton erzählte er, sondern mit der Sachlichkeit einer Reportage, aber mit einer Stimme, so sanft und rein, daß sie auf mich wie ein Rauschmittel wirkte. Er lenkte mich von meinem Heimweh ab. – Auf einem unserer Spaziergänge kurz vor seinem Tod versicherte er mir, daß er sich auf diese Erzählungen gewissenhafter vorbereitet habe als auf seine Vorlesungen, daß er vom Institut aus lange Telefongespräche mit Experten in Wien und New York und London geführt habe.

Die Tage in Innsbruck reihten sich aneinander, aber es wurde keine

Vergangenheit daraus, unser Leben war die stetig, ruhig und verläßlich sich dehnende Gegenwart. An den Sonntagen zogen Margarida,
Carl und ich unsere Bergschuhe an – meine hatte Carl gemeinsam
mit mir in einem Geschäft in der Altstadt ausgesucht, hohe Leder-
schuhe von der Firma Hanwag, etwas Solideres gab's damals nicht
(Hanwag klang in meinen Ohren wie eine Maschine oder eine welt-
umspannende Organisation – Unimog, Hapag Lloyd, Hanse –, und
ich war ordentlich ernüchtert, als ich erfuhr, daß der Name eine Ab-
kürzung war und ausgesprochen Hans Wagner hieß und nichts weiter) –, stiegen auf der Maria-Theresien-Straße in die Lanserbahn ein,
setzten uns auf die lackierten Holzbänke und fuhren aus der Stadt
hinaus zum Berg Isel und weiter durch den Wald, der ein Zauberwald
war mit mäandernden Tannennadelwegen, Baumstümpfen, aus denen weiß und golden das Harz quoll, mit einem Friedhof mitten unter den Bäumen, auf dem nicht ein Grabstein gerade stand; fuhren in
Serpentinen hinauf zu dem sanften Hochtal am Fuß des Patscherkofels, in das Dorf Lans, wo eine andere Luft war und eine andere Zeit;
aßen im Wilden Mann zu Mittag – Hirschgulasch mit Preiselbeeren und Mehlnocken –, Carl rauchte zum Kaffee eine von Margaridas Falk, während sie fünf rauchte; spazierten auf einem Pfad durch
die Maisfelder aus dem Dorf hinaus und weiter am Bahndamm entlang von der Haltestelle Lans zur Haltestelle Lansersee und stiegen
zwischen den Wochenendhäusern über Stufen aus Holzbalken und
Eisenhaken hinunter zum See. Margaridas Schnürsenkel lösten sich
und fielen aus den oberen Haken ihrer Hanwags und schlappten bei
jedem Schritt nach. Sie kümmerte sich nicht darum. Ich konnte Carl
ansehen, daß es ihn störte; aber er sagte nichts. Wenn die beiden mit
mir sprachen, war kein Unterschied in Thema und Ton zu den Gesprächen, die sie miteinander führten; Carl erzählte von den Vögeln,
machte uns auf ihren Gesang aufmerksam, zeigte mir ihre Nester, ließ
mich am Schattenriß am Himmel bestimmen, was für ein Greifvogel
über uns kreiste; oder wir redeten über den Algerienkrieg oder über
Adolf Eichmann, den der israelische Geheimdienst aus Argentinien
entführt hatte; oder Carl demonstrierte mir anhand von hundertzehn
Kieseln, die er auf den Badepritschen beim See zu einem Rechteck
aufreihte, wie der mathematische Großmeister Carl Friedrich Gauß,

156

als er geradeso alt war wie ich, eine Formel entwickelt habe, mit deren Hilfe man in weniger als einer halben Minute alle Zahlen von 1 bis 100 zusammenzählen kann; oder er erklärte mir, was eine Primzahl ist, und während wir auf einer Bank neben dem Schilf saßen und auf den See blickten – das Café gab es damals noch nicht –, breitete er vor mir den Beweis des Euklid aus, daß die Anzahl der Primzahlen unendlich sei, und weihte mich in die Goldbach-Vermutung ein (was für ein wunderbares rätselhaftes Wort wieder!), wonach jede gerade Zahl größer als 2 sich als Summe zweier und jede ungerade Zahl größer als 5 als Summe dreier Primzahlen darstellen lasse, und ich durfte mir einbilden, ich hätte alles verstanden. – Von der Gewohnheit der sonntäglichen Spaziergänge rückten wir, wie gesagt, auch in Lissabon nicht ab, dort wanderten wir am Tejo entlang nach Belém, aßen in einem der Cafés den berühmten portugiesischen Kuchen, lachten über Chruschtschow, weil er in der UNO mit dem Schuh auf den Tisch getrommelt hatte, und fuhren mit der Straßenbahn zurück zur Praça do Comércio, wo wir uns noch eine halbe Stunde auf eine Bank setzten und schwiegen und den Schiffen zusahen, bis der Abend die Häuser und Schiffe zu Schattenrissen verdunkelte. Innsbruck war viel schöner gewesen, unvergleichlich viel schöner!

»Weißt du«, verriet ich Margarida auf dem erwähnten langen Spaziergang am Inn entlang, »daß ich euch beide als mein ideales Elternpaar gesehen habe?«

»Um der Heiligen Madonna willen!« rief sie aus und lachte breit und laut. »Dafür bitte ich dich noch nachträglich innig um Verzeihung!«

»Aber warum denn! Ihr habt mich ruhig werden lassen. Kannst du dir vorstellen, was das für mich bedeutet hat?«

»Ja, natürlich kann ich mir das vorstellen.«

»Das heißt ja nicht, daß ich meinen Vater und meine Mutter nicht geliebt hätte. Aber bei denen war es nicht ruhig. Oder es war zu ruhig. Stille war am gefährlichsten. Bei Carl und dir, das war, als ob mein Kopf kein Gewicht hätte.«

»Das, mein lieber Kleiner«, sagte sie mit bedeutungsvoller Stimme, meinte es aber ernst, »das liegt an unserer Synchronizität.«

Auf den Spaziergängen durch Lans kamen wir auch an der gelben Villa vorbei, und jedesmal sagte Margarida, wie herrlich es sein müsse, in diesem Haus zu wohnen, und Carl antwortete, ja, wenn es nur unten in der Stadt stünde. Anfang der achtziger Jahre haben sie die Villa gekauft. Einen Vorteil habe es, hier oben zu wohnen, witzelte Carl, er müsse nun nicht mehr jeden Tag die Felsen der Nordkette vor sich sehen, dieses Brett vor dem Kopf dieser Stadt. Dafür sah er den Patscherkofel, sanft und rund wie die Brust einer liegenden Frau. Ich war immer der Meinung gewesen, Carl passe nicht in dieses Haus. Tatsächlich hatte er sich lange dagegen gesträubt, die Wohnung unten in der Anichstraße aufzugeben. Nach Margaridas Tod – sie hatte nur ein Jahr in ihrem Traumhaus gelebt – überlegte er sich, es zu verkaufen, überhaupt aus Innsbruck wegzuziehen, zurück nach Wien, zum Rudolfsplatz. Aber er ist geblieben. Weil Margarida auf dem Dorffriedhof begraben liegt.

Das Haus steht an einem Hang, der über Tannenspitzen und Buchenkronen in ein Felsstück übergeht. Es war von den ehemaligen Besitzern in Habsburgergelb gestrichen worden; alles, was vom Himmel kommt, hat es im Laufe der Jahre entschieden interessanter umgefärbt; außen hatten Carl und Margarida nie etwas verändert. Mit seiner Front weist das Haus gegen den Berg und wirkt mehr stur als herrschaftlich, die beiden Ziertürmchen an den Kanten scheinen wie Messer und Gabel in den Händen eines trotzigen Kindes. Ich habe Nächte in diesem Haus verbracht, wenn der Föhn vom Patscherkofel herunterraste, und es war ein Lärm gewesen, wie ich vergleichbaren nie in der Natur erlebt hatte – auch nicht während der Winterstürme von North Dakota.

3

Der Taxifahrer nahm mein Gepäck aus dem Kofferraum. Vom Rufen war mir schwindlig geworden. Mein Kreislauf sackte ab. Ich mußte all meine Kräfte sammeln, um durch den schmalen Vorgarten zum Haus hinaufzugelangen. Nach dem Frühstück in der Klinik war mir der Katheter entfernt worden; jetzt war Nachmittag, und das hieß: Ich hatte meine ersten fünf Stunden Inkontinenz hinter mir; und das hieß: fünf Einlagen. Der Chauffeur ging über die Zementstufen voraus, an den in Vlies eingepackten Rosenbäumchen vorbei, die Steinplatten dampften in der Sonne, er trug meinen Koffer und meine Ledertasche und war auf eine Weise heiter, redselig und laut, wie es Gesunde nur gegenüber Kranken sind, die sich offenbar unter der unsichtbaren Schattenhand des Todes zu schwerhörigen und unterbelichteten Hosenmätzen zurückgebildet haben. Ich kam mir so hoch über dem Boden vor, der Kopf so weit oben, von der Nasenspitze zur Schuhspitze ein Abgrund, torkelte und hüpfte wie auf Stelzen, drückte den roten schwimmreifgroßen Gummiring, den mir die Sekretärin von Dr. Strelka mitgegeben hatte, damit ich mich darauf setze, gegen meine Brust. Die Spätwintersonne blendete mich, auch wenn ich ihr den Rücken zuwandte; die würzige Luft, die von der Erde aufstieg, war zu stark für Nerven und Nase, wie eine Überdosis von irgend etwas. Der Hang wies nach Südwesten, der Schnee war geschmolzen, nur unter den Büschen hielten sich kleine schmale Schneerampen, die gesprenkelt waren mit Resten von Rosenblättern. Auf dem vereisten Parkplatz vor der Frauenkopf-Klinik hatte ich mich von einem Pfleger führen lassen. Nun setzte ich meine ersten eigenen Schritte im Freien, versuchte dabei, wie mir beigebracht worden war, die Beckenbodenmuskulatur zusammenzuziehen.

Carl winkte mir immer noch zu, den Arm hielt er inzwischen näher beim Körper, als wäre ihm die Hand zu schwer geworden. Schließlich verharrte sie in einer cäsarenhaften Geste. Sein Torso reichte nicht einmal aus, die Rückenlehne des Rollstuhls abzudecken. Wenig war er geworden.

Ich überholte den Taxifahrer, nahm zwei Stufen auf einmal, mein Penis rutschte aus der körbchenartig geformten Einlage, Urin sickerte in Unterhose und Hose, ich mußte innehalten, um Luft zu holen, und als ich schließlich vor Carl stand, raste mein Herz und auf meiner Vorderseite war ein nasser Fleck, drei Handteller groß. Ich raffte den Mantel darüber.

»Ich kann's noch nicht.«

»Vor mir brauchst du dich nicht genieren.«

Er streckte mir die Hand entgegen, formte mit den Lippen meinen

Namen. Der Ärmel seines Hausmantels glitt zurück, sein Unterarm war mit Altersflecken gesprenkelt wie der Schnee unter den Rosenbüschen mit altem Rosenlaub. Seine Augen waren klein, wäßrig und an den Rändern entzündet; in den Winkeln klebten die Wimpern aneinander. Er trug ein Gebiß, was für mich neu war, kalkig, matt, zu groß, die Lippen schlossen sich nur mit Mutwillen darüber. Um Entzündungen vorzubeugen, erzählte er mir später, seien ihm vor einem Jahr alle Zähne gezogen worden. Ein lebenslang vertrauter Ausdruck war seinem Gesicht genommen, und etwas Hämisches hatte sich eingeschlichen – oder war geweckt worden; wenn er lachte, verschwand es; es gab keine Übergänge, keine Abstufungen, kein Nachklingen. Kann ein schlecht sitzendes Gebiß die Mimik eines Menschen so stark verändern, daß man einen anderen Charakter vor sich glaubt, wenn der nicht schon vorher in ihm gesteckt hat? Oder daß mangelndes technisches Können von Zahnarzt und Zahntechniker tatsächlich eine Wahrheit ans Licht bringt, die sich fast ein Jahrhundert lang spielend hatte verbergen lassen? Oder war es letzte verzweifelte Schadenfreude über das eigene Gebrechen, die seinem Gesicht diesen neuen, irritierenden Zug gab? Daß sich sein Geist sarkastisch über seinen Körper erhoben, sich bereits von ihm abgelöst hatte und weder Nostalgie noch Wehmut, weder Mut noch Hoffnung, kein Mitleid und keine Strenge für ihn übriggeblieben waren, sondern nur mehr eine Empfindung von Lästigkeit; daß er seinen Körper abgeschrieben hatte, wie einer seinen Sohn abschreibt, wenn ihm klargeworden ist, daß nie mehr etwas aus ihm werden kann? Die schutzlose, harmlose Kindlichkeit in seinem Blick stand dagegen und gehörte wieder zu jemand anderem. Auch den kannte ich nicht. Die Haut um die Augen herum war dünn, neben der Nase zu den Bäckchen hin babyhaft blühend, und die Augen erzählten eine mir nicht weniger unangenehme Geschichte, daß nämlich die Kraft, die Männlichkeit, das rigorose Selbstbewußtsein, die enorme Intelligenz, die sanfte intellektuelle Hartnäckigkeit, aber auch die intellektuelle Großzügigkeit, die manchmal wieder nur Gleichgültigkeit sein mochte, kurz: daß das Charisma, das diesem Mann sein Leben lang eignete, tatsächlich auf einer falschen Beurteilung durch seine Umgebung beruht hatte ... – So viel Kraft brauchte dieses Gesicht inzwischen, um einen bestimmten Ausdruck zu formen; so viel

Kraft noch einmal, um diesen Ausdruck festzuhalten, wenigstens für eine halbe Minute, damit er sich nicht gleich wieder auflöste und in ein Nichts absackte, das dann allein meinem Respekt zur Interpretation überlassen war.

Meine nasse Hose gegen seinen Rollstuhl. Ich legte den Mantel ab.

»Es ist so eklatant, daß ich nicht einmal versuchen muß, es zu verbergen, stimmt's?«

»Vor mir brauchst du dich nicht zu genieren«, wiederholte er. Wenn er sprach, war alle Greisenhaftigkeit verflogen.

Der Taxifahrer sagte: »Bei meinem Schwiegervater hat es drei Jahre gedauert.«

»Aber ich kenne einen«, antwortete Carl und drohte mit seinem Krähenfinger, als habe er den Taxifahrer beim Schwindeln ertappt, »bei dem hat es nur zwei Wochen gedauert.« Der Mann konnte den Spott nicht heraushören, es mußte einer schon geschult sein in der Harmonik von Carls feinen Untertönen.

»An diesem Punkt erwischt es uns Männer alle früher oder später«, sagte der Taxifahrer.

»Wie alt sind Sie denn?« fragte Carl.

»Zweiunddreißig.«

»In diesem Alter kommen die Gefahren freilich aus einer anderen Richtung.«

»So ist es!« rief der Taxifahrer fröhlich und tänzelte behende und gesund durch den Rosengarten zu seinem Wagen hinunter und hatte doch nicht die geringste Ahnung, worauf dieses weiße Gespenst in dem moosgrünen Hausmantel anspielte. Ich hatte ebenfalls keine Ahnung. Aber ich mußte es ja auch nicht mehr wissen.

Eine Frau kam aus dem Haus und gab mir die Hand wie einem, der lange erwartet worden war.

»Frau Mungenast«, stellte mich Carl vor, »das ist Sebastian.«

Sie war etwa in meinem Alter, hatte ihr Haar aufgesteckt, dunkles Mahagoni, trug ein blaues Kleid, das wahrscheinlich von ihrem Pflegeverein vorgeschrieben war. Sie band es mit einem Gürtel eng um den Leib. Der Gürtel paßte nicht, er war aus braunem Krokoleder, ein Männergürtel. Sie war klein, stand sehr aufrecht vor mir. Mir war, als suchte sie etwas in meinen Augen. Vielleicht vermied sie auch nur, an mir hinabzusehen. Ich hatte das Gefühl, sie mochte mich gleich, und ich mochte sie auch gleich. Sie hatte zwei Decken unter einem Arm.

»Setz dich neben mich in die Sonne«, sagte Carl. »Ich habe zu Frau Mungenast gesagt, daß du Kuchen magst. Sie hat welchen aus der Stadt mitgebracht.«

»Streusel-Kirsch«, sagte sie.

Als sie zurück ins Haus gegangen war, um den Tee zu holen, sagte er: »Sie hat ein eigenes Zimmer oben. Aber sie benutzt es selten. Manchmal bleibt sie über Nacht. Wenn ich ihr am Abend nicht gefalle. An den Wochenenden kommt Ersatz. Immer jemand anderer. Und am Mittag kommt eine Frau aus dem Dorf, die für mich kocht.«

Er schaltete das Handy ab und ließ es in die Tasche seines Hausmantels gleiten. »Jetzt bist du ja hier.« – Was hätte ich denken sollen? Er war sich nicht sicher gewesen, ob ich wirklich komme, hätte ja sein können, daß sie mich doch noch im Krankenhaus behalten, hätte ja sein können, daß ich im letzten Augenblick anrufe, weil ich es mir anders überlegt hatte. Also: daß er, der Telefonierer, am Ende seines Lebens *nur noch mit mir* telefonierte, daß sein Handy allein auf *meinen* Anruf gewartet hatte, daß es *nur für mich* dagewesen war und nun geschlossen werden konnte. – Das war falsch gedacht gewesen.

»Wenn Margarida noch am Leben wäre«, sagte er mit feierlicher Stimme, »dann wär's wie früher. Aber Frau Mungenast wird sich bemühen, daß dein Aufenthalt bei uns so angenehm wie möglich wird.«

4

Nach einer Woche traute ich mir zum erstenmal zu, Carl im Rollstuhl bis hinüber ins Dorf zu schieben. Ich polsterte mich aus wie ein Landsknecht und stopfte meine Manteltaschen mit Einlagen zum Wechseln voll. Carl steckte auf Anweisung von Frau Mungenast sein Handy ein, damit wir erreichbar wären oder, falls nötig, Hilfe rufen könnten. Nach vier Wirbeleinbrüchen infolge von Osteoporose konnte er sich nur noch für Minuten auf den Beinen halten. Gegen die Schmerzen bekam er alle zwei, drei Tage Morphiumpflaster aufgelegt, die er allerdings nicht gut vertrug, weswegen sie öfter abgezogen und an einer anderen Stelle an Brust oder Rücken aufgeklebt werden mußten. Wenn sie frisch waren, war es mühsam, sich mit ihm zu unterhalten; er schaffte es nicht, sich zu konzentrieren, wurde albern und schwerhörig, sackte in Schlaf und fuhr auf, wenn sein Kopf vornüberfiel. Wenn ich ihn in diesem Zustand vor mir sah, im Halbdunkel hinter den zugezogenen Vorhängen, erinnerte er mich an jemanden, und mir wollte nicht einfallen, an wen – an jemanden, den ich kannte, oder an einen Schauspieler aus irgendeinem Film oder an eine Figur aus einem Roman, der meine Einbildung so deutliche Züge verliehen hatte. Das Morphium veränderte seine Physiognomie. Sein helles Gesicht wurde grob, fleckig, aufgedunsen, wirkte vernachlässigt wie das Gesicht eines Trinkers; die Mehrdeutigkeit der Gedanken, die ich jederzeit hinter seinen Augen ahnen konnte, wurde ausgelöscht von den trägen Lidern. Nach ein paar Stunden ließ der erste Betäubungsschub nach, und er war wieder so klar im Kopf wie je, und sein Gesicht fand zu den alten Farben und Formen zurück. Frau Mungenast verbot ihm aus dem Rollstuhl aufzustehen, und mich hatte sie vor unserem ersten größeren Spaziergang beiseite genommen; ich solle ja nicht den toleranten Freund spielen, der Freude ins Leben dieses Mannes bringen wolle, hatte sie gesagt; ich müsse mir im klaren sein, daß bei weiterer Einbrüchen die Gefahr einer Lähmung bestehe. Außerdem hatte Carl Ödeme in den Beinen, die von einer altersbedingten Rechtsherzinsuffizienz herrührten, und die Gelenkschmerzen, die ihn schon seit Jahrzehnten quälten, ließen inzwischen jede Bewegung zu einem Unternehmen werden, das er bedenken mußte. Um es mit den Worten von Frau Mungenast zu sagen: Carl war ein multimorbider Patient. Ganz gewiß wollte ich nicht den toleranten Freund spielen, aber ich war nun einmal sein Freund, und er war fünfundneunzig Jahre alt, und ich gedachte alles zu tun, worum er mich bat – soweit es im Bereich meiner Möglichkeiten lag. Dieser Bereich war ohnehin bescheiden. In der ersten Woche war ich die meiste Zeit tagsüber auf dem Sofa gelegen. Die Inkontinenz plagte mich. Fünfmal am Tag absolvierte ich meine Übungen zur Stärkung der Beckenbodenmuskulatur, morgens nach dem Aufwachen, mittags, nachmittags, am Abend und in der Nacht vor dem Einschlafen, jedesmal hundert Anspannungen.

So freundlich sich Carl Frau Mungenast gegenüber gab, so kühl, ja abweisend verhielt er sich gegen die Frau, die sich um den Haushalt kümmerte und kochte, ebenso gegenüber ihrer Tochter, mit der sie sich abwechselte. Er hatte es nicht gern, wenn sie in seiner Küche kochten, deshalb brachten sie das Essen in verschlossenen Stahltöpfen mit und wärmten es lediglich auf. Das Abendessen bereitete meistens Frau Mungenast zu. Sie war morgens ab sieben Uhr im Haus, wenn Carl und ich noch schliefen. Sie wartete, bis Carl aufwachte, und richtete ihn für den Tag her. Ich fühlte mich sehr wohl in ihrer Gegenwart. Sie erkundigte sich nach meinem Leben, richtete mir einen Gruß von einer Freundin aus, die ein Buch von mir gelesen hatte, und tröstete mich, indem sie von vergleichbaren Fällen berichtete. Sie war geschieden und lebte inzwischen allein. Das »inzwischen« deutete ich so, daß sie nach der Ehe Männer gehabt hatte, wenigstens einen. Ich fand sie attraktiv, ihre Haltung ließ sie vornehm wirken, daran änderte auch ihre taubengraue Tracht nichts. Manchmal setzte sie sich zu uns, wenn Carl von seinem Leben erzählte. Die Anwesenheit der Köchin und ihrer Tochter hemmte ihn. Immer wieder fiel ihm etwas ein, was sie in der Stadt besorgen sollten – Kuchen, feinen Schinken, Speck, einen Laib Nußbrot. Oder er schickte nach einer CD, die er vorher telefonisch im Musikladen bei der Maria-Theresien-Straße bestellte – er sei dort einer der besten Kunden gewesen, schmunzelte er, und als Kenner durchaus berühmt, und es sei nicht nur einmal vorgekommen, daß ein aufgeweckter Zwanzigjähriger ihm den Kopfhörer gereicht und ihn um seine Meinung über eine Jazznummer gebeten habe. Mutter und Tochter hatten einen eigenen Wagen, einen büchsengroßen, aluminiumfarbenen Koreaner. Carl gab ihnen die Schlüssel zu seinem Mercedes. »Mit dem suchen sie erst einmal eine Stunde lang nach einem Parkplatz«, sagte er.

Margaridas Grab liegt an der Mauer des Friedhofs bei der Dorfkirche von Lans. Es ist mit Efeu überwachsen, am Kopfende steht ein Obelisk aus rosa Marmor, die Inschrift ist eingekerbt und schwarz nachgezogen. Ich sah ins Tal, über die Dächer der Bauernhäuser unterhalb der Kirche, über die Schneedecke auf den Feldern, aus denen in gepunkteten Linien die Stoppeln der Maisstauden schauten, bis hinüber zur

Villa. Carl bat mich, ihm aus dem Rollstuhl zu helfen. Ich stellte die Bremse fest, faßte ihn bei der Schulter. Er sog die Luft ein, das klang nach Erstaunen, aber nach keinem guten Erstaunen. Ich fragte, ob er Schmerzen habe. Er antwortete nicht, weil er die Luft anhielt. Sein Körper wog wenig in meinen Armen. Langsam streckte er sich durch, stemmte den Rücken gerade, nahm die militärische Haltung ein, die mir immer imponiert, die mich auch eingeschüchtert hatte. Eine kleine Zeit stand er frei, die Sonnenbrille in der Hand, richtete mit den Unterarmen sein Gleichgewicht aus. Ich würde ihn nie wieder gehen sehen – den langsamen Gang, der so viel zu der Gelassenheit seiner Erscheinung beitrug; er wußte, wie man sitzt, steht und geht, wie man den Arm hebt, um auf etwas zu zeigen. Ein Windhauch verwirbelte unsere Haare. »Der Föhn kommt«, sagte er. Ich faßte ihn unter den Achseln, und er ließ sich zurück in den Rollstuhl gleiten. Er zupfte einen Handschuh von den Fingern und hielt mir die nackte Hand entgegen. Sie war warm und trocken und kühlte schnell ab, wie ein lebloser Gegenstand. Er lächelte zu mir empor und setzte die schwarze Brille wieder auf. Um das Grab herum lag Schnee. Die Mauer gab die meiste Zeit des Tages Schatten. Auf den Efeublättern hatte sich der Schnee nicht gehalten, sie breiteten sich gleichmäßig über dem schmalen Hügel aus, kräftig grün, optimistisch und diesseitig, und wuchsen an den Seiten des Grabsteins empor.

> *Margarida Candoris-Durao*
> *geb. am 15. 7. 1916 in Coimbra (Portugal)*
> *gest. am 30. 1. 1982 in Lans*

Carl drückte meine Hand. »Du hast sie gern gehabt.«

»Ja, das habe ich.«

»Denkst du noch manchmal daran, als du bei uns warst?«

»Sehr oft denke ich daran.«

»Und denkst du gern daran?«

»Oh, das weißt du.«

»Du kannst dir gar nicht vorstellen, wie leid es uns getan hat, als wir dich wieder hergeben mußten. Ich will dir etwas sagen, Sebastian. Trotz allem, was du weißt, trotz allem, was ich dir vielleicht noch erzählen werde: Wir beide, Margarida und ich, wir waren das ideale Paar. Wir haben oft darüber gesprochen, und immer waren wir uns einig gewesen: Wir sind das ideale Paar. Sie hat ja einiges übrig gehabt für Illustriertenklatsch. Aber in diesem Sinne meine ich es nicht. Nimm jedes Menschenleben als ein Drama! Aristoteles hatte ja seine Überlegungen zur Tragödie von irgendwoher bezogen. Eine solche Theorie saugt einer ja nicht aus der attischen Luft. Wann ist eine Geschichte eine gute Geschichte? Wenn sie gebaut ist wie ein Leben. Von daher hat es der Aristoteles. Und jetzt sage ich dir, was ein ideales Paar ist: nämlich wenn sich die beiden genau in der Peripetie ihres Lebens treffen. Ob es mit ihnen gutgeht oder nicht gutgeht, das ist eine andere Frage. In einem dramaturgischen Sinn sind sie ein ideales Paar. Und in diesem Sinn waren Margarida und ich ein ideales Paar. Und du, Sebastian, du warst unser Sohn.«

»Auch in einem dramaturgischen Sinn?«

»Spotte nicht über mich!«

»Ich war aber nicht euer Sohn.«

»Du wärst es gern gewesen. Damals in Innsbruck und ganz bestimmt in Lissabon. Für uns warst du unser Sohn. Für Margarida bis zu ihrem Tod. Ich bemerke an mir in letzter Zeit eine höchst merkwürdige Lust, alles mögliche abrunden zu wollen. Es heißt, je älter man wird, desto nüchterner wird man auch. Das gilt nur bis Neunzig, glaub mir. Jenseits der Neunzig neigt der Mensch, vor allem der Mann, auf schreckliche Weise zur Sentimentalität … Das ist die Krankheit der sehr alten Menschen … Sie ist nur wenig erforscht, diese Krankheit, weil nur wenige so alt werden. Na klar. Aber an der Sentimentalität sterben wir Überneunzigjährigen schlußendlich, glaub mir. Wenn dagegen ein Pulver erfunden wird, leben wir ewig. Diese Krankheit ist Margarida erspart geblieben. Ihre Liebe war nicht sentimental. Das war sie nie. Davon kann ich ein Lied singen.«

Und woran soll das Mütterliche anders gemessen werden als an der Liebe, die gegeben und genommen wird? Das darf man doch wenigstens denken! Außerdem habe ich es tatsächlich einmal ausgesprochen. In Lissabon. Die Neunzigjährigen neigen vielleicht zur Sentimentalität, die Zehnjährigen ganz sicher zur Wahrheit. Ich hatte zu Margarida gesagt: »Ich möchte, daß du meine Mutter bist.« In ebendieser Klarheit. Sie hatte mir eine Ohrfeige gegeben, die viel zu fest ausfiel, als daß ich hätte glauben können, sie sei als Züchtigung gemeint; die halbe Kraft wenigstens galt ihr selbst, um sich für das Glück zu bestrafen, das sie empfand, als ich ausgesprochen hatte, was sie, die in der Wolle gefärbte lusitanische Katholikin, sich nicht einmal zu denken getraute.

5

Als sich Carl und Margarida kennenlernten, wurde sie gerade zwanzig und war verlobt mit dem angehenden Ingenieur Daniel Guerreiro Jacinto. Sie studierte in ihrer Heimatstadt Coimbra Wirtschaftswissenschaften und wohnte zu Hause bei ihrem Vater. Sie war das jüngste von fünf Kindern; ihre beiden Brüder arbeiteten bei verschiedenen Zeitungen ihres Vaters in Lissabon und Aveiro; eine Schwester lebte nicht weit von Coimbra am Atlantik am Rand der Serra da Boa Viagem, sie war die Frau eines Beamten und hatte drei Kinder; die andere Schwester, Adelina, betrieb zusammen mit ihrem Mann in Lissabon eine florierende Handschuhmanufaktur und hatte ebenfalls drei Kinder, zwei Mädchen, Zwillinge, und einen Buben. Die Geschwister waren deutlich älter als Margarida, sie kamen selten nach Coimbra, und wenn, waren sie wie Fremde. »Bis zu meinem zwanzigsten Lebensjahr habe ich mit allen vieren zusammen nicht soviel gesprochen wie wir beide heute an diesem Nachmittag«, hatte sie zu mir gesagt, als sie mir ihr Leben erzählte – nämlich mit dem Zweck, mich vor einer Verbindung zu warnen, deren gute Seite hauptsächlich aus der Hoffnung bestand, daß es eines Tages anders und besser werden würde.

Margarida war der Liebling ihres Vaters gewesen. Der war schon in den Fünfzigern, als sie zur Welt kam. »Er hat mir ein Dutzend Vornamen gegeben«, erzählte sie, »gut die Hälfte davon habe ich vergessen, den Rest werde ich dir, auch wenn du mir drohst, mich in den Fluß zu stoßen, nicht nennen, man könnte meinen, ich sei ein Stall voll mit Kühen.« – Das war übrigens typisch für sie: in eine Schlecht- und Lächerlichmacherei zu verfallen, wenn sie über sich selbst sprach. Mich hat sie damit immer zum Lachen gebracht. Carl hat es, glaube ich, nicht so gern gehabt. Wenn sie sich wieder einmal einen »weiblichen Hornochsen« oder einen »zerknitterten Papiersack« oder eine »vergeßliche Schreckenschraube« oder eine »völlig neurotische Kitschnudel« oder einen »alten Aschenbecher« nannte und dabei obendrein die Wörter, absichtlich oder unabsichtlich, falsch betonte, schoß Ungeduld in seinen Blick, und es konnte vorkommen, daß seine Hand auf den Tisch schlug, so heftig, daß ich zweifelte, ob es nur Ungeduld war, was ich in seinen Augen sah. – Noch bevor Margarida in die Schule kam, starb ihre Mutter. Die Eltern hatten sich bis dahin recht wenig um ihre Tochter gekümmert. Der Vater verhätschelte sie zwar, hatte aber immer zuviel zu tun; die Mutter war überschäumend und zugleich nachlässig, einmal freizügig bis zur Verantwortungslosigkeit, dann wieder penibel, engherzig und aufrechnerisch, im einen Augenblick rief sie Margarida zum Wunderkind aus, um sie gleich darauf mit ein paar Worten auf halbe Größe zusammenzuhauen. Margarida wich ihrer Mutter aus, und als diese starb – Margarida: »Ich weiß bis heute nicht, woran. Mein Vater hat immer nur gesagt: Sie ist abgeholt worden« –, weinte sie nicht. Herr Durao aber ging in sich, begab sich mit seiner Tochter an der Hand auf einen kleinen Sonntagspilgermarsch von der Lissabonner Innenstadt nach Belém. Dort fiel er vor dem Altar im Mosteiro dos Jerónimos auf die Knie und erklärte laut, so daß es in der Kirche widerhallte, er werde sich von nun an mit einziger und größter Sorgfalt seinem Kind widmen.

»Und diesen Vorsatz«, erzählte Margarida, »hielt er! Mehr als das! Er hat mich so erzogen, wie er dachte, daß ihn seine Eltern erzogen hatten, mit der Folge, daß aus ihm geworden war, was er war. Du darfst diese Arbeit nicht unterschätzen! Er mußte dabei über eine Parade von Schatten springen. Wieviel einfacher wäre es gewesen, wenn ich ein Knabe gewesen wäre! In Portugal in den zwanziger Jahren war es fast unmöglich, aus einem Mädchen etwas werden zu lassen, was man mit der Stellung eines Mannes vergleichen konnte. Und erst mit der Stellung eines Mannes wie Joaquim Armando Durao! Er wollte, daß ich so werde wie er! Das hat er dem Heiligen in die Augen hinein versprochen! Das war in diesem Land zu dieser Zeit so aufrührerisch, daß man ihn auf der Stelle hätte festnehmen und bis an sein Lebensende einsperren müssen!«

Joaquim Armando Durao war ein bemerkenswerter Mann, und er hatte im Laufe seines Lebens bemerkenswerte Wandlungen durchlaufen. In seiner Jugend war er liberaler Monarchist gewesen. Er gründete in Coimbra eine Tageszeitung, ein paar Jahre später erwarb er die Lizenz für eine zweite dazu, ebenfalls in Coimbra. Er übersiedelte zusammen mit seiner Frau nach Lissabon und kaufte Anteile an drei großen Zeitungen der Stadt, zudem gründete er Blätter in Porto, Braga, Aveiro und Guarda. Zu Beginn des neuen Jahrhunderts war er einer der reichsten Männer des Landes – ein »lusitanischer Citizen Kane«, wie Carl sagte. Er stiftete einen großen Teil seines Vermögens der Universität seiner Heimatstadt Coimbra für den Aufbau eines modernen wirtschaftswissenschaftlichen Instituts. Die erste radikale Wendung in seinen politischen Anschauungen vollzog er, als König Carlos I. im Jahr 1907 einen gewissen João Franco mit der Bildung einer Regierung beauftragte, der, ohne zu säumen, das Parlament abschaffte und unter dem Schutz der Bajonette und dem Jubel der katholischen Kirche die Diktatur ausrief. Da stellte Herr Durao seine Zeitungen in den Dienst der jungen republikanischen Sache. – »Von einem Monat auf den anderen«, erzählte Margarida, »wurde aus einem Monarchisten ein Republikaner, aus einem Kirchgänger ein Bilderstürmer.« – Die Republikaner erwiesen sich als nicht weniger unfähig als die Monarchisten; eine Regierung löste die andere ab, das Defizit des Staatshaushalts wuchs weiter, England, sonst immer treuer Freund der Portugiesen, feilschte unverhohlen mit Deutschland, wer nach einem abermaligen Staatsbankrott die portugiesischen Kolonien in Afrika und Südostasien kassieren sollte. Aber dann geschah etwas, was die Glocken und die Herzen im ganzen Land zum Schlagen brachte und das Herrn Durao in wenigen Tagen in den inbrünstigen Katholiken verwandelte, als den ihn seine Tochter in Erinnerung hatte: Am 13. Mai 1917 – ein Jahr nach Margaridas Geburt – erschien die Heilige Jungfrau Maria drei Kindern in der Cova da Iria, in der Nähe des Dorfes Fatima. Noch ehe über die religiöse Bedeutung dieses Wunders diskutiert wurde, reklamierten es die antirepublikanischen Kräfte politisch für sich – die Heilige Jungfrau, so hieß es, habe in erster Linie nicht ein allgemeines Zeichen für die allgemeine Menschheit setzen wollen, sondern einen Akt der Parteinahme wider die republikanische Regierung in Portugal. Joaquim Armando Durao wandte sich vom Republikanismus ab und wurde ein strenger Konservativer – und benötigte für diese Metamorphose wieder nur wenige Tage. Nach dem Tod seiner Frau kehrte er mit seiner kleinen Tochter nach Coimbra zurück, wo sie in dem prachtvollen Haus in der Rua Ferreira Borges in der Nähe der Torre de Almedina zwei Stockwerke mit insgesamt zwölf Zimmern bewohnten. Der Vater führte von nun an ein stilles Leben abseits der Tagespolitik. Was nicht hieß, daß er nicht an »der Politik im großen« teilnahm. Margarida erinnerte sich, daß ein Mann des öfteren im Haus ihres Vaters zu Besuch war, ein Professor der Nationalökonomie, der zu dieser Zeit den Lehrstuhl, der von ihrem Vater gestiftet worden war, innehatte. Der Mann war wortkarg, unfröhlich, bescheiden, und er hatte keinen Blick für ein Schulkind, wie aufgeweckt es auch immer sein mochte, zumal es sich um ein Mädchen handelte. Meist kam er in Begleitung von Studenten und Angehörigen des akademischen Mittelbaus, die ihm samt und sonders in Bewunderung ergeben waren, einige schienen ihn wie einen Propheten zu verehren. Zu ihrem siebten Geburtstag schenkte er Margarida eine Halskette mit einem goldenen Kreuz, das Lucia de Jesus, die älteste der drei Fatimakinder, geküßt und gesegnet hatte. Als Mitte der zwanziger Jahre die Republik durch einen Militärputsch abgeschafft wurde, ernannte die neue Regierung diesen Mann zum Wirtschafts- und Finanzminister, später wurde er Staatspräsident und schließlich Diktator. Sein Name: António de Oliveira Salazar. Er blieb an der Macht sechsunddreißig Jahre lang.

Mit knapp achtzehn Jahren schrieb sich Margarida an der Universität in Coimbra ein. Wirtschaftswissenschaften studierte sie, weil für sie und ihren Vater etwas anderes niemals in Betracht gekommen war. »Alle meine Freunde kamen aus der Oberschicht, alle waren katholisch und konform. Ich war eine Ausnahme, weil ich ein Mädchen war, das Nationalökonomie studierte. Aber in unserer Einschätzung des Bürgerkrieges, der hinter unserer Grenze in Spanien ausgebrochen war, unterschieden wir uns nicht: Republik war ein Gerüst des Teufels.«

Sie lernte Daniel Guerreiro Jacinto kennen, Sohn einer mit ihrem Vater befreundeten Familie. Er war ein paar Jahre älter als sie, hübsch und blaß, hatte einen Kopf voll schimmernd schwarzer Locken und einen Mund, der nie lachte. Er studierte ebenfalls Nationalökonomie, war aber alles andere als ein guter Student. Ihm fehlten die meisten Prüfungen, und das war ihm, zu Margaridas Erstaunen, egal. Er konnte sich für nichts begeistern; was in ihr das peinliche Gefühl aufrief, sie selbst gebe es bei allem zu schnell und zu billig. »In Wahrheit«, so erzählte sie mir, »verliebte ich mich in ihn, weil er gar nichts war. Kann man sich das vorstellen? Er stand auf null. Nur ein Grad im Positiven, und ich hätte mich vielleicht nicht in ihn verliebt. Ich wäre womöglich in Verehrung verfallen …« – was ich mir nicht vorstellen konnte – »… oder ein Grad im Negativen, und ich wäre zur Missionarin geworden. Nicht daß er sich selbst verachtet hätte, nein, nicht einmal das tat er. Er war ein Wunder an fehlendem Ehrgeiz. Wie ich vor ihm her über die Travessas zur Universität hinaufgegangen bin – immer blickte er mich an, als wäre ich etwas Besonderes. Nicht daß er etwas großartig Besonderes in mir gesehen hätte, Daniel hatte keinen Sinn für Pathos, nicht für Pathos und nicht für Sentimentalität, er blickte mich an, als wäre ich etwas Besonderes im Rahmen des Normalen. Etwas Besseres gibt es nicht. Daniel war kein spannender Mensch, sicher nicht, aber mit ihm zusammenzusein war spannend, weil ich jedesmal gespannt war, wer werde ich heute sein. Ich habe geredet, und er hat zugehört. Er war nett, traurig, dumm. Ich liebte ihn, weil er traurig war. Daniel wußte so gut wie gar nichts, auch über sich selber nicht. Er wußte nicht, was sein Gesicht tat, was seine Hände taten. Auch nicht, daß er hübsch war. Auch nicht, daß er kein besserer Student wurde, wenn er am Sonntag beim Familienspaziergang, wo es gar nicht gefordert war, mit der Capa e batina herumlief. Das war kein Spleen von ihm oder etwas, was man seinen Stil hätte nennen können, Daniel war ebensowenig auf Stil bedacht wie ein Schimpanse. Er meinte, er stelle damit seine Familie irgendwie zufrieden. Wir haben ihn ausgelacht, mein Vater und ich. Er wußte nicht einmal, ob es Traurigkeit war, was dieses Loch in seiner Brust hinterließ, oder ob dort einfach nie etwas gewesen war.« – Margarida konnte ein herrlich witziges Gesicht ziehen, die Wangen zusammenschieben wie den Balg einer Ziehharmonika. Ihre tiefe Raucherstimme und ihr immer etwas zerzauster Kopf paßten nicht zu ihrer zarten Gestalt. Und ihre zackigen, eckigen Bewegungen waren wie die Bewegungen einer Stummfilmfigur! Ihr Lachen war nahe beim Husten, darum klang es ein wenig ordinär. Auch das mochte ich.

Daniel und Margarida verlobten sich. Im Einvernehmen mit Daniels Eltern beschloß Herr Durao, einer Ehe erst zuzustimmen, wenn Daniel sein Examen bestanden habe. Aber Daniel schloß sein Studium gar nicht ab. Er verließ die Universität. Seine Eltern schämten sich vor Herrn Durao; um so mehr, als dessen Tochter in derselben Studienrichtung wie ihr Sohn so ungemein erfolgreich war. Sie schickten Daniel nach Lissabon auf eine Ingenieurschule, durch die er endlich mit Protektion auch geschleust wurde. Nun meinte Margaridas Vater, man solle mit der Heirat warten, bis er eine Arbeit habe. Ein Onkel hatte eine gute Arbeit für Daniel. Aber aus der Arbeit wurde nichts. Und aus einer anderen guten Arbeit wurde ebenfalls nichts; und aus der Hochzeit schon gar nichts.

»Und dann war mir auf einmal klar, daß ich in diesem Land nichts mehr verloren hatte«, erzählte Margarida. »Nichts wollte ich weniger als meinem Vater weh tun. Aber ich wußte, ich würde es ihm auch nicht mehr recht machen können. Lissabon war besser als Coimbra. Aber Paris wäre besser als Lissabon. Ich wollte nach Paris. Ohne Daniel. Und ohne den Segen meines Vaters. Meinen Vater würde ich vermissen, Daniel würde ich nicht vermissen. Und Portugal schon gar nicht. Ich hob meine Ersparnisse ab. Aber der Mut verließ mich. Als ich das Geld in der Hand hielt, das ich gespart hatte, verließ mich der Mut. Ich zahlte es am nächsten Tag wieder ein. Geniert habe ich mich. Der gleiche junge Mann, der mir das Geld am Vortag gegeben hatte, nahm es nun wieder in Empfang. Wenn er mich ausgelacht hätte, wäre es nicht so schlimm für mich gewesen. Aber er tat so, als wundere er sich nicht einmal. Ich absolvierte brav mein Studium. Die Prüfungen legte ich in Coimbra ab. Meinem Vater zuliebe. Ich war die erste diplomierte Wirtschaftswissenschaftlerin meiner Heimatstadt.«

Das war im Frühling 1938. Bei einem der regelmäßigen Treffen von Professoren, Studenten und anderen interessanten Leuten im Haus ihres Vaters lernte Margarida Carl kennen.

»Lauter Dinge, die ich weder geplant noch gewollt, noch nicht gewollt hatte, standen im Weg herum, und ich eckte an, und so ist es eben passiert, daß mich der Lebenswind nach Lissabon in die Arme meiner lieben Margarida getragen hat«, sagte Carl und schmunzelte dabei, und ich sah ihm an, daß er diesen Satz mehr oder weniger im Wortlaut vorbereitet hatte und das Schmunzeln als Begleitung dazu.

Er bat mich, einen Schneeball zu formen und ihn in seine Hand zu legen, und als ich Schnee vom Fuß der Mauer nehmen wollte, weil dort am meisten lag, rief er: »Nein, nein, ich will Schnee von ihrem Grab!«

Ich drückte eine große Kugel zurecht, er zog die Handschuhe aus und rollte den Schneeball von einer Hand in die andere.

»Ist es viel verlangt, den Schnee von ihrem Grab zu entfernen?« fragte er. »Jedenfalls die größeren Schollen. Schnee muß jetzt nicht mehr sein, was meinst du? Hinter der Kirche ist ein Brunnen, dort stehen Schaufeln und Besen.«

Ich wischte den Rest des Schnees mit den Händen weg. Danach waren meine Hände rot, und sie glühten. Der Schneeball in Carls Händen war nicht kleiner geworden. Er warf ihn hinter sich und sagte: »Vielleicht hat ja alles seine Dramaturgie, nur durchschaue ich sie nicht immer. Das wird deine Aufgabe sein. Darum habe ich mir einen Dichter gerufen.«

Carl hatte in Göttingen studiert und war anschließend nach Wien zurückgekehrt. Sein Großvater und seine Großmutter, auch seine Mutter meinten, er habe sich verändert. Stark verändert. Er sei abwesend und abweisend. Bisweilen reagierte er auf kleinste Fragen aufbrausend. Er beteiligte sich nicht. Setzte sich nicht einmal zum Tee zu ihnen. Tagelang redete er kein Wort. Seine Mutter zog sich ängstlich vor ihm zurück, kam nur noch sehr selten zum Rudolfsplatz, und er besuchte sie nicht in ihrer Wohnung. Seine Großmutter drang in ihn, versuchte ihn auszufragen und wohl auch auszuspionieren, sie wühlte in seinen Sachen, ob sich etwas finden ließe, was Auskunft geben könnte über den unerklärlichen Gemütswechsel ihres unerklärlichen Enkels. Seelenkunde war Mode. Sogar schon wieder etwas aus der Mode. Es hatte die Großmutter immer interessiert, was ein Mann wie Sigmund Freud aus Menschen herauszuquetschen vermochte, wenn sie erst auf seiner Couch lagen. Sie hatte lange mit dem Gedanken gespielt, sich selbst einer Analyse zu unterziehen, sich aber doch nicht getraut.

»Sie nahm mich eines Morgens nach dem Frühstück beiseite und schlug mir vor, einen Psychoanalytiker aufzusuchen«, kicherte Carl. »Ich sagte zu ihr: ›Das tu ich gern, Großmama. Ich kann mich gleich heute erkundigen. Aber eines weißt du schon: Der Patient darf mit niemandem darüber sprechen, sonst verpufft der Zauber.‹ Man konnte ihr förmlich ansehen, wie das Interesse aus ihr herausrann. Als hätte man unter ihrem Kinn einen Hahn aufgedreht.«

Der Großvater glaubte, den Grund für die »Laune« zu kennen: Langeweile. Carl habe mit Bravour ein Studium absolviert, das eigentlich zu nichts nütze sei, und hadere nun mit sich, weil er eingesehen habe, daß ein Mann seine Kraft im Umgang mit wirklichen Dingen verausgaben sollte. Er war überzeugt, über kurz oder lang werde Carl ins Geschäft einsteigen; er wollte ihn nicht drängen, sparte aber auch nicht mit Andeutungen und Vorschlägen.

Tatsächlich hatte Carl das Interesse an der Mathematik verloren. Aber nicht nur das: Er hatte das Interesse an allem verloren. Er hatte seine Begeisterung verloren, wie der Peter Schlemihl seinen Schatten verloren hatte.

»Das hatte seine Geschichte«, sagte er, »eine furchtbare Geschichte, aber eigentlich auch eine komische Geschichte. Mehr komisch als furchtbar. Laß mir noch ein Stück Zeit, Sebastian. Ich werde sie dir erzählen, wenn ich erst genug anderes erzählt habe, so daß das eine das andere aufwiegen kann und kein Übergewicht entsteht.«

Er arbeitete zwar weiter an der Universität, habilitierte sich am Physikalischen Institut mit einer Arbeit über die Riemannsche Vermutung (Nullstellen in der Zeta-Landschaft), ein Thema, an das sich nur die Besten wagten; ein Jahr lang hielt er als Privatdozent am selben Institut Vorlesungen und Seminare ab; eine Professur wurde ihm in Aussicht gestellt – eine brillante Vergangenheit, eine brillante Zukunft; aber zufrieden war er nicht. Er wollte Österreich verlassen, aber sicher nicht nach Deutschland zurückkehren. Sein Großvater schlug ihm vor, sich in Lissabon bei der Handelsgesellschaft, an der er beteiligt war, umzusehen; vielleicht habe er ja Interesse, einen Handelsvertreter auf einem Schiff nach Deutsch-Südwestafrika oder nach Macau oder nach Ägypten oder gar nach Brasilien zu begleiten.

Ja. Warum sollte er es nicht wenigstens versuchen? Er meldete sich von der Universität ab und fuhr in der Welt herum – Lissabon, Kairo, Hongkong, Istanbul, Panama. Schließlich in die Vereinigten Staaten von Amerika. In New York baute er aus eigener Initiative eine Geschäftsbeziehung zu einem Whiskeyexporteur auf, was für Bárány in der Folge, vor allem in Deutschland, ein gutes Geschäft wurde; dort herrschte nämlich eine Zwanziger-Jahre-Nostalgie, und ein ungebändigter Bourbon, der gerade erst aus der Prohibition entlassen worden war, wurde den saturierten schottischen Whiskys vorgezogen – wahrscheinlich weil er die Kunden an ihre eigenen wilden Jahre erinnerte, die zwar kaum einer wiederhaben wollte, in denen man aber immerhin jung gewesen war.

Eines Morgens saß Carl in der Oak Bar des Plaza Hotels in New York und frühstückte, da trat ein Mann an seinen Tisch und sprach ihn auf deutsch an. Er kenne ihn aus Göttingen, sagte er. Er, Dr. Candoris, habe doch bei Frau Professor Noether dissertiert und sei ihr Assistent gewesen; er habe sie doch Ende der zwanziger Jahre nach Moskau begleitet. Frau Professor Noether habe ihm ausführlich von dieser Zeit berichtet, es müsse sehr aufregend gewesen sein. »Ja, das war es«, sagte Carl und fragte: »Und wir beide, Sie und ich, wir kennen uns tatsächlich?« »Aber freilich«, strahlte der Mann. Er stellte sich nicht vor. Weil er so sicher war, daß ihn Carl kannte? Er hatte ein flaches Gesicht von ungesunder Farbe wie Magermilch und auseinanderstehende runde Schneidezähne. So ein Gesicht würde man sich merken, wenn es in einer vorbeiziehenden Menge aufschiene. Aber Carl erinnerte sich nicht. Frau Professor Noether lebe nicht weit von New York, fuhr der Mann fort. Davon wußte Carl nichts. Ob er, Dr. Candoris, sie sehen wolle. – Später meinte sich Carl zu erinnern, daß in diesem Augenblick eine Warnleuchte in seinem Kopf geblinkt habe, zu schwach wohl. In einer tieferen Schicht sei ein Gedanke aufgekommen, aber gleich wieder eingegangen: Der ist ein Lockvogel, man will

mich reinlegen. Andererseits: Wenn seine ehemalige Professorin in
Amerika war, dann ging es ihr mit größter Wahrscheinlichkeit nicht
gut. Und dieser Mann hier würde ihr melden: Ich habe es ihm gesagt,
aber er will nicht. Was würde sie denken? – »Das würde ich wirklich
sehr gern«, antwortete Carl. Es treffe sich gut, sagte der Mann, in ein
paar Tagen werde bei Freunden in New Jersey eine kleine Feier zu Ehren von Frau Professor Noether veranstaltet. Er werde das Nötige veranlassen. – Am selben Abend bereits lag ein Brief für Carl bei der Rezeption des Plaza. Darin wurde ihm mitgeteilt, eine junge Journalistin
werde ihn an dem betreffenden Tag in der Bar des Hotels abholen und
gemeinsam mit ihm nach New Jersey fahren.

Das Zusammentreffen mit seiner ehemaligen Professorin verwirrte ihn. Sie war eine gebrochene Frau, aber sie hielt noch ihre Scherben
zusammen. Was sie erzählte, führte ihm, der sich gerade anschickte,
das Leben leichtzunehmen, deutlich vor Augen, wie schwer das Leben
in Deutschland inzwischen geworden war. »Daß nämlich die Witz-
figuren, über die meine Freunde und ich in Göttingen und später in
Wien trotz ihres brachialen Auftretens immer nur gelacht hatten, offenbar sehr erfolgreich darangingen, ihre wahnsinnigen Ideen um-
zusetzen.« Frau Dr. Noether, Jüdin und linke Sozialdemokratin, hatte
bereits 1933 Deutschland verlassen, sie lehrte als Gastprofessorin am
Bryn Mawr College in Pennsylvania und forschte zusammen mit einigen ihrer jüdischen Kollegen aus Göttingen und anderen deutschen
Universitäten in Princeton am Institute for Advanced Study.

Dieses Treffen war in mehrerer Hinsicht bemerkenswert, wenn man
Carls weiteres Leben betrachtet. Vor allem aber lernte er bei dieser Gelegenheit Abraham Fields kennen; und wenn er auch mit dem einen
oder anderen Gast dieses Abends in den weiteren Jahren intensiver zu
tun hatte als mit ihm – Abe wurde sein Freund, und er blieb es bis zum
Ende. Mr. Fields war damals vierundzwanzig, studierte Psychologie,
lebte in New York und war – Jazzfan. Mit ihm zusammen streifte Carl
in den folgenden Monaten durch Manhattan, von den Clubs entlang
des Hudson ab der 42. Straße aufwärts bis zu den Tanzpalästen oben
in Harlem. Abe, der Ekstatiker, weckte in Carl die so lange vermißte Begeisterung – aber es war nicht mehr die, die sich an den eigenen
Möglichkeiten berauschte, sondern die Begeisterung des Sammlers,

des Zuhörers, des Betrachters, des Lesers, des Genießers; Begeisterung nicht in der Tätigkeitsform, sondern in der Leidensform.

»Eines Abends«, erzählte Carl – da standen wir immer noch vor Margaridas Grab, und der Föhn ließ uns beide ein bißchen Glück atmen – »bin ich zusammen mit Abe und jener jungen Journalistin hinauf zur 125. Straße gefahren, in ihrem Wagen, ein schöner Wagen, sehr gut geeignet zum Angeben, denn wenn man in diese Gegend kam und nichts zum Angeben hatte, war man nichts. Abe hatte zwei Karten, und die Journalistin, eine lästige Person, hoffte, sie werde an der Abendkasse noch eine bekommen. Chancenlos. Eine Karte hatte im Vorverkauf nicht mehr als 50 Cent gekostet, und auf der Straße vor dem Club wurden 50 Dollar dafür geboten, aber auch für 100 Dollar hätte einer seine Karte nicht hergegeben. Es war im April 1935, Freitag, der 19. April 1935. So ein Datum vergißt man nicht: Im Apollo Theatre trat Billie Holiday auf. Dieser Abend krempelte alle Vorstellungen um, die ich mir von Musik gemacht hatte. Ich hatte Brahms geliebt? Nach diesem Abend bedeutete er mir nichts mehr. Ich hatte Bach angebetet? Von diesem Abend an lösten die Goldberg-Variationen in mir nur noch Nervosität aus. Beethoven hatte mich innerlich erhoben? Von nun an fand ich ihn aufgeblasen und falsch. Nicht einmal meinen geliebten Schubert ließ ich noch gelten. Sie alle, schien mir, erzählten Ideologie. Weißt du, was ich damit meine? Sie erzählten mir mit ihrer Musik, wie sich Gott den Menschen vorstellt oder wie sich der Teufel den Menschen vorstellt. Oder wie sich der Mensch den Menschen vorstellt. Aber sie erzählten mir nicht, wie der Mensch ist. Sie führten mir nicht den Menschen vor, sondern Ideale, Ideen, Dämonen. Es war Musik von Göttern für Götter oder von Übermenschen für Übermenschen oder von Marsianern für Marsianer. Aber die Lady … – Ich hatte keine Ahnung gehabt, was auf mich zukommt. Abe wollte mich überraschen. Die Journalistin wußte hingegen genau, was geboten wurde, und sie erwartete, daß einer von uns beiden ihr seine Karte überließ. Abe schaute einfach nur geradeaus, reihte sich in die Menschenschlange vor dem Eingang ein und ließ sich den Regen in den Kragen rinnen. Ich habe zu ihm gesagt: ›Abe, tut mir leid, es war sehr freundlich von dir, daß du eine Karte für mich besorgt hast, aber ich glaube, ich muß …‹ Weiter bin ich nicht gekommen. Er trat mir mit dem Absatz auf den

Fuß. ›Sei einfach still und stell dich hinter mich‹, zischte er. Und ich flüsterte zurück: ›Abe, ich möchte mich nicht unhöflich gegenüber der Dame benehmen.‹ Und er sagte so laut, daß es die Dame hören konnte: ›Du wirst diesen Abend dein Leben lang nicht vergessen. Das ist es wert, einmal kein Gentleman gewesen zu sein.‹ Die Journalistin hat sich auf ihren Absätzen umgedreht und ist davon ohne ein Wort. Und Abe und ich haben uns Billie Holiday angehört. Und das war es weiß Gott wert, einmal kein Gentleman gewesen zu sein, und ich bin Abe dankbar, daß er den grausamen Part, die Dame zu vertreiben, übernommen hat. Zweitausend Menschen waren in dem Saal. Die eine Hälfte hat Tabak geraucht, die andere Hälfte Marihuana. Ich hätte die Luft anhalten müssen, um nicht high zu werden. Duke Ellington dirigierte vom Klavier aus sein Orchester, und Billie Holiday sang. Die beiden wirkten zu dieser Zeit gemeinsam in einem Film für die Paramount Studios draußen in Long Island mit. Mir war nicht im entferntesten klar, was für eine Sensation es war, sie gemeinsam auf einer Bühne zu sehen. Duke Ellington kannte ich natürlich, von Billie Holiday hatte ich noch nie etwas gehört, sie stand ja erst am Beginn ihrer Karriere. Sie trat auf die Bühne, und die Scheinwerfer wurden grün. So ein langsamer Gesang! Sie schleppte sich hinter dem Beat her, jede Betonung verzögerte sie, wurde sogar immer langsamer dabei, geriet für mein im Jazz ungeschultes Gehör völlig aus dem Rhythmus, und erst wenn sie den letzten Ton einer Phrase sang, den sie lange ohne jede Modulation aushielt, bevor sie ihn in Schwingungen versetzte, erst dann fing sie den Schlag auf und war wieder im Rhythmus angekommen. Mit ihrem letzten Atem holte sie sich den Takt zurück. Jedesmal ein Sieg gegen die Verzweiflung, die ja bekanntlich eine Hydra ist. – Und weg war mein Trübsinn! Weg meine Langeweile! Hier wurde mir ein neues Elixier angeboten: Jazz. Und ich mußte nichts dafür geben. Ich hatte nicht mehr den Drang, etwas geben zu müssen. Auch nicht mehr den Drang, etwas sein zu müssen. Nehmen! Nehmen! Nehmen! Der Jazz brachte die Leute um, er war gefährlich, er war ein Abenteuer. Als Lester Young am Ende ins Krankenhaus gebracht wurde, faßten die Ärzte seinen Zustand in ein Wort: Jazz. Wer Jazz sagte, meinte auch Marihuana, Alkohol, Barbiturate, Heroin, Kokain. Und dieses Zeug war ja auch gut. Jedenfalls das Kokain. Der Jazz war das Blut, das Odysseus vor der Pforte zum Hades ausgießt, damit sich die grauen Seelen etwas frische Farbe ansaufen. So eine graue Seele war ich. Ich hatte das dringende Gefühl, falsch gelebt zu haben. Dringend und drängend. Drängend, weil ich dieses falsche Leben so schnell wie möglich hinter mich bringen wollte. Jazz war der andere Weg. Der Genius hat sich auf meiner Bank nicht niedergelassen, er hat sich's vielleicht überlegt, aber er ist schließlich doch weitergezogen – oder -geflogen, ich weiß ja nicht, welche Art der Fortbewegung der Genius vorzieht. Nun war ich neunundzwanzig, und es gab für mich nicht mehr viel zu hoffen. Eines wurde mir klar, während vorne auf der Bühne ein Mensch mit Gesang vorführte, wie der Mensch ist, – nicht, wie sich ihn irgend jemand *vorstellt* – nicht, wie er *sein soll*, und auch nicht, wie er *nicht sein soll* –, sondern: *Wie er ist.* Nämlich dieses wurde mir klar: Meine Träume sind abgelaufen. Die Zeit nach dem dreißigsten Lebensjahr verbringt der Mathematiker damit zu beweisen, was ihm davor zugefallen ist. Mir war nichts zugefallen. Ich hatte versucht, die Riemannsche Vermutung zu beweisen, und das ist mir nicht gelungen. Gut, das ist auch keinem anderen gelungen, bis heute nicht. Kann sich einer eine Million Dollar damit verdienen. Kriegt er den Abel-Preis. Ich gönn's ihm. Ich glaube allerdings nicht, daß einer das herbringt. Was für eine edle Gelbrübe vor der Nase so vieler Esel! Sollte es tatsächlich eines Tages jemandem gelingen, etwas Triftiges über das Auftreten der Primzahlen auf dem Zahlenstrahl vorzulegen, wird er den Beweis unter anderem auch auf meine Arbeiten aufgebaut haben – vielleicht aber auch nicht. Und wenn schon! Wird aus der Riemannschen Vermutung eben das Riemannsche Theorem. Aber wo bleibt der Name dessen, der bewiesen hat? Mir wäre lieber gewesen, ich hätte eine Candorissche Vermutung aufgestellt als die Riemannsche oder die Goldbachsche Vermutung bewiesen. Und ich habe nie einen Mathematiker getroffen, dem es nicht ebenso ergangen wäre. Der Beweis wird aus Schweiß und Fleiß zusammengeknetet. Daran war mir nie gelegen. Das Genie reißt eine Vermutung auf! Und anschließend kommen die Ameisen. Mittelmaß ist nicht einfach nur ein bißchen weniger, es ist gar nichts – in der Mathematik nichts, in der Musik nichts, in allen Künsten nichts. Im Geschäftsleben dagegen spielen solche Überlegungen keine Rolle. Geld ist Quantität, ist immer nur Quantität, ist sogar der Inbegriff von

Quantität. Ist nie Qualität. Ein bißchen weniger ist auch etwas. Geld läßt sich zählen. Genie nicht. Hätte ich mir wie der Baron Napier einen schwarzen Mantel überziehen und einen schwarzen Hahn auf die Schulter setzen und Logarithmen murmelnd durch mein schottisches Schloß schlurfen sollen, abgesehen davon, daß ich kein schottisches Schloß besaß? Ich, ein Kauz? Nein, sicher nicht! Ich wollte nicht für eine Idee leben, sondern die Früchte derer genießen, die für eine Idee gelebt hatten. Was für ein köstlicher Unterschied! Ich wollte Geld verdienen, so viel Geld, daß ich mir alles leisten konnte, was mich begeisterte. Auf jeden Fall genug, um den Idioten dieser Welt jederzeit aus dem Weg gehen zu können. Ich, Professor an einer österreichischen oder gar einer deutschen Universität? Nein, nein! Man soll sich mit dem Staat nicht einlassen, mit keinem Staat, man soll keinen Beruf ergreifen, der einen in die Situation bringt, sich von irgendwelchen brutalen Dummköpfen etwas vorschreiben zu lassen, die einen davonjagen oder erschlagen, wenn man ihrem hanebüchenen Blödsinn nicht applaudiert. Ich wollte keine Schmerzen haben. Es war damals ein bißchen modisch, Schmerzen zu haben. Die Lady auf der Bühne hatte Schmerzen. Sie *zeigte* nicht Schmerzen, sie *hatte* Schmerzen. Und ihre Schmerzen haben mich von meinem Ehrgeiz und von meinem Trübsinn und meiner Langeweile erlöst. Genauso war es. Wenn ich an ihre Stimme denke, kommt mir vor, als wären alle ihre Songs langsame Songs. Was ja nicht stimmt. Zum Beispiel *Them There Eyes* ist ein swingendes Stück, flott, fröhlich, das hüpft so dahin. Aber kaum ist das Stück zu Ende, denke ich, es war ein langsames Stück. Das ist doch merkwürdig. Ich kann mir den Schmerz nur als etwas Langsames vorstellen. *Them There Eyes* hat sie an diesem Abend gesungen und *If the Moon Turns Green* und *The Man I Love*. Wenn ich eine CD von ihr höre, singe ich mit, heute noch. Ich kenne den Ton, den sie erreichen will, ich höre, wie schmerzvoll es für sie ist, diesen Ton zu erreichen, und auch wenn ich eine Nummer schon hundert Mal gehört habe, bange ich jedesmal wie um das Leben des Akrobaten auf dem Hochseil. Aber ich bin es nicht, der balanciert, verstehst du. Ich bange nur. Ich bange mit Begeisterung. Ich besitze eine Aufnahme von *Them There Eyes*, allerdings aus dem Jahr 1939, mit Charlie Shavers, den ich für den vollkommenen Trompeter des Swing halte, er hat ja auch getanzt, und das merkt man, er kann die Trompete spielen wie eine Piccoloflöte. Hör dir an, wenn er sie mit dem Dämpfer spielt. Wenn Frau Mungenast gegangen ist, werden wir es uns bequem machen, ich hätte gern, wenn du dir ein paar Bratäpfel ins Rohr schiebst, du brauchst sie ja nicht zu essen, wenn du nicht willst, nur damit wir sie riechen, obwohl dieser Geruch eher an das Ende eines Jahres paßt als an den Anfang, und anschließend hören wir uns ein paar Nummern von der leidenden Lady an und hören uns an, wie der Föhn vom Patscherkofel herunterdonnert, und hören uns *Them There Eyes* mit Charlie Shavers an. Und übrigens, was das Tremolo betrifft, das dein Vater von ihr abgeschaut hat: den Ton geradestehen lassen, ihn einfach vorzeigen, wie er ist, das halten nicht viele aus, weil man sich dabei blamieren kann, und erst sehr spät, sehr, sehr spät in die Wellenlinie übergehen, den Ton flattern lassen wie ein kleiner Vogel seine Flügel und ihn schließlich in einem Haken enden lassen. Dein Vater hat seine Soli immer weit oben auf dem Griffbrett gespielt, damit er den letzten Ton über die volle Länge des Griffbretts herunterschleifen konnte, das hat geklungen, wie wenn eine Katze faucht und zuschlägt. Billie Holiday aber formte aus dem Ende des Tremolos den Schnabel eines Raubvogels.«

Von nun an verbrachte Carl die Nächte in Harlem in den Clubs, die Small's Paradise, Pod's and Jerry's Log Cabin, The Alhambra Grill oder Hot-Cha hießen und wo man überall Musiker hören konnte, die ein paar Jahre später Weltstars waren – Earl Hines, Lionel Hampton, Benny Goodman oder Coleman Hawkins. Er wurde süchtig nach Jazz. An den Tagen durchstöberte er die Geschäfte in der 52. und in der 44. Straße nach Platten und verbrachte Stunden im Commodore Music Shop, dessen Besitzer, Milton Gabler (ich erwähne seinen Namen, weil ihn Carl in den späten fünfziger Jahren nach Wien einlud, was bei meinem Vater, wie erwartet, einen Eifersuchtsanfall auslöste) gerade damit beschäftigt war, alte Jazznummern neu herauszugeben. Carl wohnte nicht mehr im Plaza beim Central Park, sondern bei Abraham Fields, schlief auf dessen Küchensofa oder schlief bei anderen Freunden. Er gab eine Menge Geld aus für feine Anzüge, feine Schuhe, feines Essen und eben stapelweise Schallplatten. Um den Whiskeyhandel kümmerte er sich wenig, das Geschäft lief ohne ihn. Er hatte es eingefädelt, Fleiß und Schweiß überließ er den anderen.

Dieses Leben führte er ein knappes Jahr. Dann hatte er genug davon. Von einem Tag auf den anderen. Im Herbst 1935 kehrte er nach Wien zurück – aber nur, um seine Sachen zusammenzupacken und nach Lissabon zu ziehen. Von nun an leitete er die Handelsgesellschaft, in der Bárány über maßgebliche Anteile verfügte.

Was war geschehen?

»Ich habe mich nicht getraut. Ich stand an der Peripetie meines Lebens. Das wußte ich. Und weil ich es wußte, habe ich mich nicht getraut, mein Leben so gründlich zu ändern, wie es der neue Weg verlangt hätte. Also bin ich ein paar Schritte zurückgetreten und habe meine Reise auf einem der alten Wege fortgesetzt.«

Im Erdgeschoß des Hauses in der Rua do Salitre wurden die Waren aus Übersee und den Kolonien – hauptsächlich Kaffee und Kakao, aber auch Kokosnüsse, Gewürze und manche Teesorten – in die hübschen Holzkisten mit dem Brandstempel *Bárány & Co.* verpackt, um nach Wien und in die Filialen in Mailand, Prag, Budapest und München verschickt zu werden; im zweiten Stockwerk bezog Carl eine prächtige Wohnung. Bald schlich sich wieder die Langeweile in sein Herz. Dagegen half dann doch die Mathematik. Als er glaubte, genug Portugiesisch zu können, schrieb er sich als Gasthörer an der Universität in Lissabon ein und nahm an den wissenschaftlichen Diskussionen der Kollegen teil. Allein die Tatsache, daß er in Göttingen, der »Welthauptstadt der Mathematik«, studiert, bei David Hilbert und Max Born Vorlesungen besucht und bei Emmy Noether dissertiert hatte, verschaffte ihm großen Respekt – der natürlich noch dadurch gesteigert wurde, daß er sich in seiner Habilitation über die Riemannsche Vermutung den Kopf zerbrochen hatte. Eine Lektorenstelle an der Universität Coimbra wurde ausgeschrieben, Carl bewarb sich und wurde ausgewählt. Und er lernte Margarida kennen.

Carl: »Ich war vorhin nicht präzise. Nicht auf dem Wendepunkt unseres Lebens haben wir uns kennengelernt, sondern knapp danach. Als frisch Resignierte, frisch Verzagte, als junge Verräter, als gerade erst Desillusionierte, als beinahe Ausgeträumte. Unsere Beziehung versprach nicht eine neue Chance, aber einen erträglichen Umgang mit der Niederlage. Und das nenne ich die Grundlage für eine ideale Paarschaft. Margarida hat mir erzählt, du hättest ihr gesagt, sie und ich seien deine idealen Eltern gewesen. Ich gebe zu, das hat mich gefreut, wirklich sehr gefreut. Pflichtgemäß hatte ich mich natürlich auch darüber empört.«

7

Solche Redeschwalle waren bei Carl nicht ungewöhnlich. Wenn eine Geschichte seiner Meinung nach einen weitgeschwungenen Bogen erforderte, mutete er sich selbst und den anderen zu, diesen Bogen zu spannen und zu halten. Ich habe vor nicht langer Zeit für Ö1 (das ist unser Kultursender) einen kleinen Essay über die Erschaffung von Sinn und Vergangenheit geschrieben; Carls Art zu erzählen hat mich dazu angeregt. Nicht die Begebenheit, gleichgültig, ob schwerwiegend oder nebensächlich, schrieb ich darin, entscheide über Tiefe und Weite des Raumes in der Vergangenheit, der erzählend mit Sinn erfüllt wird, sondern die Frage, wie viele andere Begebenheiten, also: wieviel Welt diese eine Begebenheit unter ihr Diktat zwinge. Die Kreuzigung Christi als Faktum sei zu ihrer Zeit nichts Außergewöhnliches gewesen, erst die Evangelisten hätten dieses Ereignis erhöht und gleich zum Außergewöhnlichsten überhaupt erkoren, indem sie in ihren Erzählungen die ganze Welt daraufhin ausrichteten. Und so weiter ... Carl wollte mir erzählen, wie es dazu gekommen war, daß er bereit war, einen Schritt zu setzen, der für ihn bis dahin undenkbar gewesen war, nämlich zu heiraten.

Der Föhn hatte inzwischen das Tal eingenommen. Von einer halben Stunde auf die nächste inszenierte er mitten im Februar die Illusion eines Mai-Nachmittags, spielte Gerüche vor, die es im Winter gar nicht geben konnte – Flieder, warmer Staub nach einem Gewitter, Sonnenöl. Es war fiebrig warm geworden, und ich fühlte mich krank, der Schweiß stand mir auf dem Rücken, ich fröstelte. Und meine Einlagen waren durchnäßt. Ich wollte zurück zur Villa, wollte ein Bad nehmen, meine Sachen in die Waschmaschine werfen und mich eine Stunde hinlegen.

»Ich kann nicht mehr stehen«, sagte ich.

»Du bist mein Meister«, sagte er.

Von der Kirche durchs Dorf ging's abwärts, ich mußte die Bremse am Rollstuhl ziehen und konnte mir nicht mehr vorstellen, wie ich den Wagen vor einer knappen Stunde hier hinaufgeschoben hatte. Wenn ich die Bremse zu fest anzog, rutschten die Räder über den Streuschotter, so wenig Gewicht hatte Carls Körper.

Wir kamen beim Laden vorbei, der ein kleiner Supermarkt der ADEG-Kette war. Carl sagte: »Ich glaube, man nimmt Johannisbeermarmelade für Bratäpfel. Oder nimmt man Preiselbeeren?«

»Ich weiß nicht«, sagte ich.

»Nimm beides. Wir haben weder das eine noch das andere im Haus. Ich warte draußen. Stell die Bremse fest und mach dir keinen Kopf!«

Ich rückte den Rollstuhl nahe an das Schaufenster, das blind war vom Straßenstaub. Der Gehsteig verengte sich vor der Eingangstür. Wenn ein Auto schnell durch den Ort führe und vielleicht einem entgegenkommenden auswiche, könnte es gefährlich werden. Carl zwinkerte mir zu, spreizte zwei Finger zum Victory-Zeichen, hob auch die andere Hand, ballte sie zur Faust, streckte den Daumen nach oben, schob schließlich die Hände wieder unter die Wolldecke und wandte den Blick von mir ab.

Im Laden war es heiß. Ich konnte den Harn nicht halten. Er rann in die Einlagen, die ihn nicht mehr aufnahmen, rann an meinen Oberschenkeln hinunter. Ich fragte bei der Kasse, ob ich die Toilette benutzen dürfe. Die sei eigentlich nicht für Kunden, sagte der junge Mann. »Ich habe mir die Blase erkältet«, sagte ich. Eine Frau stand beim Förderband, die trug einen vielfarbenen Anorak mit Pelzkragen, sie hob die Augenbrauen, zuckte mit den Lippen, faßte Bananen, Lauchstange, Sellerie, Karotten und ihre anderen Sachen aus dem Einkaufswagen und dachte sich etwas. Der junge Mann öffnete die Kasse und gab mir einen Schlüssel, an dem ein schmutziges Plastiketikett hing. Ich zog ein lustiges Gesicht, ging mit großen Schritten an den Regalen entlang nach hinten, fuchtelte mit dem Schlüssel und rief der Verkäuferin bei der Brotabteilung zu: »Nur ausnahmsweise!« »Natur ist Natur«, antwortete sie.

Die Toilette war ein enger, fensterloser Raum, in dem Putzbürsten, Putzeimer und Putzmittel standen. Von der Decke herab hing an einem aufgewickelten Kabel eine Energiesparbirne, höchstens 25 Watt.

Ich schloß hinter mir ab, hängte den Mantel über das Ende von einem Besenstiel, es war kein Haken in dem Raum, öffnete den Gürtel und zog die durchweichten Einlagen aus der Unterhose. Alles war feucht, die Unterhose, die Hose bis hinunter zu den Oberschenkeln, der Saum des Hemdes. Die gebrauchten Einlagen wickelte ich in Toilettenpapier, davon gab es zum Glück reichlich, und schob den Papierball in die Manteltasche. Ich traute mich nicht, sie in die Kloschüssel zu werfen. Wenn sie den Abfluß verstopften, würde das einen Rattenschwanz von peinlichen Umständen nach sich ziehen. Inkontinenz ist kein Gebrechen, das Mitgefühl erregt. Ich wollte sie irgendwo unterwegs in einen Abfalleimer stecken, falls da einer war, spätestens vorne bei der Haltestelle der Lanserbahn war einer, das wußte ich. Ich versuchte, Unterhose, Hose und Hemd zu trocknen, indem ich den Stoff zwischen zwei Papierlagen preßte. Aber das kostete mich zuviel Kraft und hatte wenig Effekt. Mir wurde schlecht, ich setzte mich auf den Klodeckel und atmete vorsichtig und bewegte die Augen nicht. Ich holte drei frische Einlagen aus der Manteltasche, bettete sie in die Unterhose, so wie es mir Frau Mungenast beschrieben hatte, eine in die Mitte, die anderen beiden links und rechts darüber, so daß sie die mittlere je zur Hälfte abdeckten. Es sah aus, als ob unter der Hose ein sexuelles Ungetüm läge.

Ich wußte nicht, wie lange ich in dem winzigen Raum gewesen war, sicher nicht so lang, wie es mir vorkam. Die Verkäuferin beim Brot winkte mir mit den Fingern zu, als ich heraustrat. Ihr Hals war ein wenig gebläht, was mir gefiel. Zum erstenmal seit meiner Operation regte sich eine sexuelle Empfindung in mir, pochte in meiner Brust wie eine Extrasystole, ein Ball, der aufspringt und verschwindet; eine konjunktivische Empfindung allerdings: So *würdest* du fühlen, so *hättest* du noch vor einem Monat gefühlt. So *ist* es, wenn man am Ende ist. Carls Sorge war der Tod, oder nicht einmal der war mehr eine für ihn. Zu Frau Mungenast könnte ich sagen: ›Würde es Sie langweilen, meine Vertraute zu sein?‹ Oder einfach: ›Darf ich mit Ihnen reden?‹ ›Natürlich. Was wollen Sie mir sagen?‹ ›Ich habe Sorge, nie mehr einen steifen Schwanz zu kriegen.‹ – Gleich war es vorbei. Es war nicht ganz vorbei, aber doch genug davon war vorbei, so daß sich auf etwas mehr Licht hoffen ließ.

Durch das Schaufenster sah ich den Umriß von Carls Kopf und Schultern – der Schatten einer Büste, nicht anders, als wenn sein Kopf und ein Stück seines Körperchens aus Pappe ausgeschnitten und auf den Fahrradständer gesteckt worden wären. Im Regal für Shampoo, Seifen, Nagellack, Wegwerfrasierer, Rasierschaum, Zahnpasta, Duschcreme, Kämme, Nagelbürsten, Ölbäder, Achselhöhlenstifte, Wimperntusche waren auch die Einlagen, die mir Frau Mungenast empfohlen und von denen sie mir am ersten Tag nach meiner Ankunft einen Jutesack voll mitgebracht hatte: Tena Lady normal. Sogar Tena Lady forte gab es. Warum hat sie mir nicht *forte* mitgebracht? Morgen, dachte ich, werde ich ihr meine Sorge erzählen. Es wäre klug gewesen, zwei drei Pakete einzukaufen, mein Vorrat ging allmählich zu Ende. Aber das wollte ich nicht, ich wollte nicht den Schlüssel zur Toilette bei dem Herrn an der Kasse abgeben und zugleich drei Pakete Windeln aufs Förderband legen. Ich drehte mich noch einmal zu der jungen Frau beim Brot um, schön wie ein Coverbild war sie und ein wenig abstoßend. Ich nahm ein Glas Preiselbeeren und ein Glas Johannisbeermarmelade aus dem Regal, zahlte und trat auf die Straße. Carl war im Rollstuhl eingenickt. Als ich die Feststellbremse öffnete, schreckte er auf. Er sagte ein paar unzusammenhängende Worte und griff nach meiner Hand und nickte heftig und zitterte mit den Knien.

»Es wird besser«, sagte er, »du kannst es mir glauben.«

»Ich glaube, du mußt Frau Mungenast anrufen«, sagte ich. »Ich schaffe es nicht über den Weg zum Haus.«

Ich schob den Rollstuhl durch das Dorf, zwischen den Feldern hindurch; vorne bei der Haltestelle sah ich Frau Mungenast auf uns warten. Ich sah den Rauch ihrer Zigarette.

»Und wem hat das jetzt geholfen?« sagte sie nur.

Ich konnte keine Antwort geben, leerte meine Tasche in den Abfallkorb bei der Bahnüberquerung, um mich herum die sprießenden und zwitschernden Zeichen des Vorfrühlings. Frau Mungenast schob den Rollstuhl, ich stapfte hinter ihr her über die Eisflecken, die im Föhn weich geworden waren, der Abstand zwischen uns wurde größer von Schritt zu Schritt. Sie wartete im Hausflur, das Hinterrad des Rollstuhls hielt mir die Tür auf. Der Friedhof lag lange Zeit zurück, und die Toilette beim ADEG war bloß ein Alb, und das Gesicht der jungen

Frau beim Brot war verschwunden, wurde abgedrängt vom Bild einer Schauspielerin aus einer amerikanischen Fernsehserie. Ohne ein weiteres Wort an Carl oder Frau Mungenast ging ich hinauf in den ersten Stock und legte mich, während das Wasser in die Wanne lief, nackt auf den Fliesenboden, weil ich nicht warten konnte.

Nach dem Bad schlief ich eine Stunde oder etwas länger, und es ging mir gut, als ich erwachte. Frau Mungenast war bereits nach Hause gefahren. Draußen dämmerte es, der Föhn blies vom Patscherkofel herunter. Ich zog mir frische Sachen an, steckte die schmutzigen in die Waschmaschine. Frau Mungenast hatte in der Küche sechs Äpfel in einer Kasserolle vorbereitet, die Gehäuse herausgeschnitten, Johannisbeermarmelade oder Preiselbeeren eingefüllt, Zimt darübergestreut, etwas Butter darübergelegt. Auf dem Herd stand ein bauchiger Emailletopf mit Punsch aus Earl Grey, Rotwein, Orangensaft, Rum, Kandis und Gewürzen. Sie hatte Carl versorgt. Er saß in seinem Lederstuhl und war hellwach, trug seinen Pyjama, darüber den grünen Hausmantel. Sein Handy lag auf dem Beistelltischchen, neben den belegten Brotschnitten, der Teekanne, dem Apfel und dem Tellerchen mit der Zigarette. Im Kamin brannten Buchenscheite. Aus den Lautsprechern über dem Schreibtisch klang Billie Holidays Stimme.

»Wir müssen die Äpfel nur ins Rohr schieben«, sagte er. In seinen Augen stand junge, kalt funkelnde Intelligenz. Fülle und Spannung seines Geistes waren zurückgekehrt. Er hatte etwas vor. »Manchmal klingt sie wie ein querulantisches Kind, jeder Vokal ein Dorn. Klingt irgendwie schlechtgelaunt. Findest du nicht? Wie auch immer ...«

8

Alles ist jetzt ein Jahr her. Nichts ist seither geschehen. Ich habe mich auf keine Neuigkeiten eingelassen. Nur auf's Nacherzählen. Ich habe mich als gegenwartsresistent erwiesen. Die Erinnerung ist durch das, was sie bewahrt, ein Maß für den Wert des Erinnerten. So ähnlich hat es Carl ausgedrückt – wenn ich mich recht erinnere. Während ich dies schreibe (nicht in den Computer, sondern in mein Notizbuch), sitze ich auf dem Blechdach vor meinem Arbeitszimmer. Ich bin prächtig gelaunt. Ein warmer Wind weht vom Wiental herein gegen meinen Rücken. Mein Ischias halte ich mit Voltaren klein. Überwunden sind Impotenz und Inkontinenz (fast). Ich habe den Blechtisch dunkel und matt gestrichen, damit mich die Platte nicht blendet, wenn ich hier draußen in der Sonne schreibe – Vorsorge für den Sommer; eine geräumigere Zukunft interessiert mich zur Zeit nicht. Inzwischen bin ich bei einer Schachtel Camel pro Tag angelangt. Robert Lenobel sagt, ich soll, wenn ich schon rauche, es wenigstens ohne schlechtes Gewissen tun. Alles in allem habe ich ein glückliches Leben gehabt, bis jetzt. Merkwürdigerweise steigerte es stets mein Wohlempfinden, wenn ich mir einbildete, mein Leben sei unglücklich gewesen. Wenn ich sagte, mein Leben war unglücklich, so war dies eine Beschwörung; ich beschwor das Unglück, es mit dem heutigen Tag bewenden zu lassen. Wenn ich nun behaupte, mein Leben war glücklich, laufe ich dann Gefahr, das Glück zu vertreiben? In solchen Fragen liegt der Quatsch des neunzehnten Jahrhunderts, sagt Giacomo Leopardi. Robert sagt, aus seiner eigenen Lebenserfahrung und auch aus seiner Praxis als Analytiker wisse er, daß es weder ein glückliches noch ein unglückliches Leben gebe; vielmehr seien Glück und Unglück gar nicht Eigenschaften des Lebens, sondern ein auf unerlaubte Weise Zusammengefaßtes, immer Epiloge, nur im Präteritum existent, nie im Präsens; niemals würden diese Begriffe eine wahre Beschreibung eines Zustandes leisten; Glück und Unglück seien Maschinen, um einige Spreißel der Realität zu einem Zeltgerüst zurechtzubiegen, über das die luftdichte Plane einer Geschichte gelegt werde, um darunter so zu tun, als ob; also Lüge. Darin, finde ich, liegt der Quatsch des zwanzigsten Jahrhunderts. – Nichts kann mir die Freude am Leben nehmen. Es ist Freitag. Nachts um eins werde ich mit Dagmar telefonieren. So haben wir es vereinbart. Übrigens bestehen gute Aussichten.

Ich möchte Margaridas Geschichte zu Ende erzählen, wie ich sie von ihr gehört habe, als wir beide auf der Betonbrüstung saßen und auf den Inn blickten, der an diesem Tag im März 1979 graues Schneewasser führte.

Beim Frühstück hatte eine gespannte Stimmung zwischen Margarida und Carl geherrscht. Sie blickten einander nicht an, sprachen wenig. Sie starrte ins Leere. Die Lippen zog sie zusammen, ein strenges O. Wenn er sie ansprach, zuckte sie, als hätte er gebrüllt, was er ja gerade nicht getan hatte. Seine Bewegungen waren langsamer als sonst; und auch wenn noch nie etwas Ähnliches passiert war, hielt ich es für möglich, daß er gleich aufstehen, den Tisch umwerfen, sich binnen einer Minute heiser schreien und einen endgültigen Strich unter diesen Teil seines Lebens ziehen könnte, was immer das auch heißen mochte. Am Vorabend waren wir in der Maria-Theresien-Straße essen gewesen. Carl wäre lieber zu Hause geblieben. Er werde in dem Restaurant anrufen und bitten, uns ein Menü herüberzuschicken, hatte er gesagt; er meinte, ich hätte wenig Lust auszugehen, würde lieber über meine Not mit Dagmar sprechen, damit ich zu einer Entscheidung fände, das sei ja wohl der Grund gewesen, warum ich mitten in der Nacht in Frankfurt in den Zug gestiegen und nach Innsbruck gefahren sei. Margarida war dagegen; es sei noch genug Zeit für »Seelenbohrungen«, sie aber komme so gut wie nie aus der Wohnung, sagte sie. Ich unterstützte sie, obwohl ich tatsächlich lieber in der Anichstraße geblieben wäre und obwohl ich Carls Sorge ahnte. Margarida würde sich betrinken. Es war nämlich eigenartig: Zu Hause trank sie zwar auch zuviel, aber nicht so viel, daß ihr, wie es einmal meine Mutter formuliert hatte, mit den Worten auch die Manieren durcheinandergerieten. Wenn sie außerhalb der Wohnung unter Leuten war, verlor sie die Kontrolle, besonders in Lokalen, in denen die Kellner ständig die Gläser nachschenkten. Sie trank hastig fünf Gläser Wein und behauptete hinterher, nur eines getrunken zu haben, und in einer kleinlichen Art und Weise, die ihr in nüchternem Zustand absolut fremd war, konnte sie darauf bestehen, jemand habe ihr etwas in den Wein geschüttet, denn anders sei es nicht zu erklären, daß ein Glas so eine Wirkung habe, wobei sie, den Zeigefinger vor ihrem Gesicht in die Luft hackend, bestritt, daß die Wirkung mit dem Wort »betrunken« bezeichnet werden dürfe. Einmal war sie drauf und dran gewesen, einen Notarzt zu rufen, nicht weil sie sich krank fühlte, sondern um Carl zu beweisen, daß er ihr unrecht tue, obwohl er gar nichts gesagt hatte, nicht laut jedenfalls. Ich hatte ähnliche Szenen schon öfter miterlebt. Ich fürchtete mich davor. Während mein Vater unter Alkohol weich, weinerlich und unglücklich wurde, allerdings mit Auszuckern rasender Gewalttätigkeit, verwandelte sich Margarida in eine sture Rechthaberin. Sie tat mir leid. Sie war auf verlorenem Posten. Wenn Carl sie einfach hätte betrunken sein lassen, wäre weiter nichts daraus geworden; so aber, wie er den stummen Richter gab, war jeder Rausch ein Hammerschlag gegen ihren Charakter. Und dagegen wehrte sie sich, und manchmal ging das nicht anders als mit häßlichen Beschimpfungen. Andererseits – wie hätte sich Carl richtig verhalten sollen? Er hätte mit ihr mittrinken können; aber das wollte er nicht. Wie in allem war er auch beim Alkohol mäßig. Sollte man ihm das vorwerfen? An diesem Abend in dem Restaurant in der Maria-Theresien-Straße war es nicht anders gewesen. Bevor das Essen kam, hatte Margarida bereits einen Aperitif und drei Gläser Rotwein getrunken. Ihre Bewegungen wurden zäh und ungenau, ihre Statements allumfassend und durchdrungen von einer Robin-Hood-Liebe zu den Unterprivilegierten, die sie sich in die augenblickliche Situation hinein erfand, etwa als einen Lehrbuben des Kochs, an dessen Stelle sie in die Suppe spucken würde, um ein Zeichen zu setzen gegen die »mit den hohen Nasen«. Carl sagte, es zwinge den Lehrbuben ja niemand, hier zu arbeiten, wahrscheinlich sei er sogar froh, in diesem Lokal eine Stelle bekommen zu haben. Worauf sie sagte, er habe ja keine Ahnung, in was für Notsituationen ein junger Mensch geraten könne; worauf er sagte, Innsbruck sei nicht die dritte Welt; worauf sie sagte, er sei ein Arschloch. Ich fuhr dazwischen, erzählte von meiner Arbeit beim Hessischen Rundfunk und bei dem Schulbuchverlag und ließ eine Stunde lang keinen von ihnen zu Wort kommen. Margarida trank, der Kellner schenkte nach, sie trank, und er schenkte nach. Irgendwann neigte sich Carl zu ihr und flüsterte ihr etwas zu. Sie schlug die flache Hand auf den Tisch und rief: »Zahlen!« Den Kellner fragte sie, ob er den Eindruck habe, sie sei betrunken. »Gut gelaunt«, sagte er, »nicht betrunken, nur gut gelaunt.« In der Nacht, als ich in meinem Bett lag, hörte ich Carl, wie er auf Margarida einredete, und der Tonfall seiner Stimme erinnerte mich schmerzlich an den Nachmittag, als Margarida und ich von den Donauauen zurück zum Rudolfsplatz gekommen waren und ihn in seinem Arbeitszimmer gefunden hatten und ich gelauscht hatte und schließlich weggelaufen war, weil ich es nicht aushielt, wie mein großes Vorbild hinter der verschlossenen Tür seiner Frau vorjammerte.

Das Frühstück am nächsten Morgen verlief wie beschrieben: kühl und in Zeitlupe. Hinterher schlug Margarida vor, wir – sie und ich, nur sie und ich – könnten doch am Inn entlangwandern, die Rucksäcke mitnehmen, Proviant einkaufen und erst am Abend zurückkommen – wenn sich die Launen von König und Königin gebessert hätten, ergänzte ich für mich.

Bei diesem Spaziergang nun öffnete sie mir ihr Herz – und ich ihr das meine auch ein Stück weit.

Den »großen falschen Schritt«, erzählte sie weiter, habe sie getan, als sie allein nach Lissabon fuhr. Sie meinte, es dürfe nicht genügen, ihrem Verlobten lediglich in einem Brief mitzuteilen, daß sie sich von ihm trennen wolle. Sie mußte es Daniel sagen und ihm dabei in die Augen schauen.

Margarida hatte bis dahin noch mit keinem Mann geschlafen. Im Zug von Coimbra nach Lissabon beschloß sie, es mit Daniel zu tun. Sie meinte, es ihm schuldig zu sein. Und sie wollte nicht mehr Jungfrau sein. Carl hatte ihr von seinem Leben in New York erzählt, und sie war sich sehr provinziell vorgekommen. Sie wollte es vorher wenigstens einmal ausprobiert haben.

In Daniels Wohnung waren große Fenster zu einem Garten hinaus, die reichten bis zum Boden. Sie ließen sich schräg stellen, so daß sie in einem steilen Winkel ins Zimmer ragten. Es war später Nachmittag, sie waren eingeschlafen, und als sie erwachten, fiel ein Licht auf die Scheibe, und sie sahen sich darin gespiegelt. Sie lagen beide auf der Seite, Margarida im Rücken des Mannes, der noch immer meinte, ihr Verlobter zu sein. Sie hatten sich mit dem Leintuch zugedeckt. Sein Oberkörper war bis zur Brust frei. Eine Haarsträhne war über sein Gesicht gefallen, im Spiegelbild sah sie aus wie eine zornige, hoch in die Stirn ragende Braue. Margaridas Haar war über die Matte ausgebreitet, auf ihren Wangen lag ein Schimmer der vom Fensterglas gebundenen Sonne. Sie waren im selben Moment aufgewacht und hatten ihr Bild in der Fensterscheibe gesehen. Weiß wie Zementfiguren waren die beiden dort über ihnen. Sie wagte es nicht, sich zu bewegen, schielte zum Fenster hin, bis ihr die Augäpfel in den Höhlen weh taten. Die Bäume und Telefonmasten und der Giebel des Nachbarhauses und die

Wolken darüber schlugen durch das Trugbild hindurch, und es fiel ihr leicht, die zwei dort oben als ande..... zu sehen.

»Ich sagte, daß ich die Verlobung lösen will, daß ich einen anderen heiraten werde. Aber ich wußte im selben Moment, daß es nicht so funktionieren würde, wie ich mir vorgenommen hatte. Nämlich weil bereits ein falscher Schritt getan war.«

Sie fuhr nach Coimbra zurück. Sie teilte ihrem Vater ihren Entschluß mit. Er stellte sich auf ihre Seite. Ohne daß Margarida davon wußte, zahlte er an Daniels Familie eine Entschädigung. Davon erfuhr sie erst viel später.

Carl und Margarida heirateten in der Kirche Santa Cruz, einem Monumento Nacional; darauf hatte ihr Vater bestanden; es sollte eine unübersehbare Geste gegenüber allen sein, die hinter seinem Rücken tuschelten, sollte sagen: Seht her, ich bin nicht nur einverstanden mit diesem Schwiegersohn, ich bin stolz auf ihn. Als Trauzeugen begleiteten sie ein Kollege Mathematiker und eine Kusine, die von Herrn Durao bestellt war, weil sich sonst niemand fand, der Margarida diesen Dienst erweisen wollte. Als Carls Gastlektorat schließlich zu Ende war, folgte ihm Margarida nach Lissabon. Alle ihre Sachen ließ sie im Haus des Vaters, nur ein paar Bücher nahm sie mit. Sie wohnten in der Rua do Salitre über dem Kontor von Bárány & Co., das war eine Viertelstunde von Daniels Wohnung entfernt. Aber sie nahm keinen Kontakt zu ihm auf. Lange Zeit nicht.

Margaridas Schwester Adelina erkrankte an Krebs und starb. Ihr Mann verlor den Boden unter den Füßen, und seine Familie suchte eine neue Frau für ihn. Bis es soweit war, nahmen Margarida und Carl die Zwillinge zu sich. Den Buben wollten die Großeltern haben.

Nun waren sie eine Familie. Vater, Mutter, zwei hübsche, hüpfende Töchter – Mariana und Angelina. Für zwei Jahre waren sie eine Familie. Margarida nähte für die beiden Kleidchen, und für ihre Lieblingspuppen nähte sie die gleichen Kleidchen, nur kleiner. Carl war viel unterwegs, in England, aber auch in Deutschland. Dann brach der Krieg aus. Während eines Aufenthalts in London wurde Carl, als Bürger des Deutschen Reiches, festgenommen. Er wurde in ein Internierungslager nach Australien gebracht, weiter nach Kanada. Er schrieb Margarida. Sie brauche sich nicht um ihn zu sorgen, und sie sorgte sich nicht.

Ihr Schwager heiratete wieder, und Mariana und Angelina zogen zu ihm und ihrer neuen Mutter, und Margarida war allein.

Sie besuchte ihren alten Vater in Coimbra. Inzwischen nannte er sich einen Feind der Regierung, aber nur seiner Tochter gegenüber. Er hasse die Politik, sagte er. Aber er sagte es leise, flüsterte in seinem eigenen Haus. Traute niemandem mehr, traute sich nicht einmal vor den wenigen Freunden, die ihm geblieben waren, seine Verbitterung zu zeigen, weil er fürchtete, dies könne als Kritik am *Estado Novo* verstanden werden. Nur seiner Tochter gegenüber äußerte er seine Enttäuschung und auch seine Empörung über die Übergriffe der *Polícia de Vigiância e Defesa do Estado*, dieser allerorts lauernden politischen Polizei, die inzwischen auf sämtliche Organe des Staates, einschließlich der Streitkräfte, Einfluß ausübte. Am Ende seines Lebens hatte Herr Durao noch einmal eine Wendung in seinem Denken vollzogen; allerdings betraf diese nur sein politisches Denken. Mehr als je zuvor wandte er sich der Religion zu, und wenn Margarida ihm das Offenkundige vor Augen hielt, nämlich daß die Kirche die solideste Stütze der Diktatur sei, hörte er einfach weg. Er hätte es gern gesehen, wenn seine Tochter wieder nach Coimbra gezogen wäre, wenn sie in seinem Haus gewohnt hätte. Aber Margarida kehrte nach Lissabon zurück. Wenige Monate später starb ihr Vater.

»Hätte ich damals nicht mit Daniel geschlafen«, erzählte sie, »ich hätte ihn nun nicht gesucht. So aber habe ich es getan.«

Daniel Guerreiro Jacinto wohnte noch unter derselben Adresse, und er war noch allein. Sie blieb über Nacht. Sie wollte nicht, daß er zu ihr in die Wohnung komme. Deshalb war sie die meiste Zeit bei ihm. Bald lebten sie zusammen wie ein Paar. Vor Daniels Freunden verheimlichten sie, daß Margarida verheiratet war. Unter seinen Freunden war eine Frau, die einer Widerstandsgruppe angehörte. Margarida schloß sich dieser Gruppe an. Den Genossen verheimlichte sie, daß ihr Vater Joaquim Armando Durao war, weil jeder wußte, daß der in seinen Zeitungen Salazars Sache von Anfang an befördert hatte. »Mehr als diskutiert haben wir nicht. Einmal haben wir einen Packen Flugschriften gedruckt und an einer zugigen Ecke der Praça do Comércio abgelegt und haben uns im nächsten Eingang versteckt und zugesehen, wie die Blätter vom Wind über den Platz verstreut wurden. Die Leute hoben sie auf, aber als sie die Überschrift lasen, warfen sie sie schnell weg. Nur ein Wort hatte auf dem Blatt gestanden: *Tarrafal*.« Das war der Name des Lagers auf einer der Kapverden-Inseln, wohin die Feinde des Staates gebracht wurden.

Ein Brief von Carl aus Amerika kam an. Er lebte in New Mexico und wollte, daß sie zu ihm komme. Sie zögerte nicht einen Augenblick. Sie löste erneut die Verbindung zu Daniel, fuhr zu Carl und erzählte ihm alles.

»Er reagierte sehr still darauf. Er fragte, was weiter daraus werde. Ich sagte, daß nichts weiter daraus werde. Damit war es gut.«

Nach der Kapitulation Japans flog Carl nach Tokio. Er gehörte einem Team an, das die Auswirkungen der Bombardements kartographierte. Margarida kehrte nach Lissabon zurück. Daniel besuchte sie nicht. Carls Aufenthalt in Japan dauerte nur zwei Monate. Er wollte in Wien nach seiner Mutter sehen, nach seiner Großmutter, seinem Großvater, seiner Schwester.

»Ich schrieb ihm, er solle schnell wieder nach Lissabon kommen. Wien war zerstört, hieß es. Er hatte von seiner Familie nichts mehr gehört, seit er interniert worden war. Er rechnete mit dem Schlimmsten, und er ist einer, der mit sich allein sein muß, wenn ihn das Unglück erreicht.«

Carl schrieb Briefe aus Wien, schrieb, er wisse noch nicht, was er vorhabe. Margarida war wieder allein. Sie besuchte Daniel, und sie lebten wieder zusammen wie Mann und Frau. Daniel fragte nicht, ob sie sich von Carl scheiden lassen und ihn heiraten wolle. Über ihre Ehe sprachen sie nicht. Carl schrieb, er habe sich entschieden, in Wien zu bleiben. Eine Stelle an der Universität war ihm angeboten worden. Er bat sie zu kommen. Wieder zögerte Margarida keinen Augenblick. Sie setzte sich in den Zug.

»Ich habe ihm wieder alles erzählt. Er sagte, er sei mit der Scheidung einverstanden, wenn ich sie wünschte. Aber ich wünschte keine Scheidung. Nicht ein Gedanke daran. Das konnte er nicht verstehen. Und ich habe es eigentlich auch nicht verstanden. Warum fängst du immer wieder etwas mit ihm an, fragte er, wenn du nicht einmal einen Gedanken daran hast, es fortzuführen. Er hatte recht. Carl ist Daniel nie begegnet. Er kannte ihn nicht. Und er wollte auch nicht, daß ich von ihm erzähle. Wenn wir drei zur selben Zeit in einem Zimmer gewesen wären und Carl hätte mir die gleiche Frage gestellt, ob ich mich scheiden lassen will, wäre mir die Antwort nicht so leicht gefallen, das weiß ich. Aber wir waren nie gleichzeitig zu dritt in einem Zimmer.«

Margarida und Carl bezogen eine Wohnung in dem Haus am Rudolfsplatz und richteten sich modern ein. Als das Leben leichter zu werden begann, fuhren sie in den Sommersemesterferien nach Lissabon, verbrachten ein, zwei Monate in der Stadt oder in Coimbra im Haus ihres Vaters, das sie sich mit ihren Geschwistern teilte, oder nach Ericeira ans Meer, wo sie ein Ferienhäuschen besaßen.

Nach zehn Jahren traf sie Daniel zufällig auf der Straße. Er war gerade im Begriff in den Elevador de Santa Justa zu steigen. Er war zusammen mit einer Frau, die trug eine amerikanische Brille und wirkte sehr chic. Er stellte sie Margarida als seine Frau vor. Er erzählte, daß er eine gute Arbeit habe, in der Verwaltung des bakteriologischen Instituts. Sie gaben einander die Hand und verabschiedeten sich wie für immer. Am nächsten Tag wartete sie am Abend vor dem Eingang des Verwaltungsgebäudes in der Travessa do Torel auf ihn. Sie gingen in ein Hotel. Während dieses Sommers trafen sie sich noch mehrere Male. Immer im gleichen Hotel. Diesmal erzählte sie Carl nichts davon. Im September flogen sie und Carl nach Wien zurück.

Bald darauf bekam Carl seine Professur in Innsbruck. Margarida war es, die vorschlug, die Sommer nicht mehr in Portugal zu verbringen. Sie flogen nach Amerika, mieteten ein Auto, fuhren von New York über den Süden nach New Mexico. Oder sie verbrachten die Semesterferien in England oder in Finnland oder blieben zu Hause. Gedanken an Daniel bedeuteten ihr wenig. Erst 1961 fuhren sie wieder nach Lissabon, diesmal zusammen mit mir. Carl hielt seine Gastvorlesung an der neuen Universität.

»Ich habe es wieder getan. Keine Spur von Sehnsucht. Ich hatte nie Sehnsucht nach Daniel gehabt. Wenn du mich fragst: Warum wieder? Einfach nur, weil ich die Möglichkeit dazu hatte? Das kann nicht richtig sein. Weil auch noch etwas anderes in mir war *und* weil ich die Möglichkeit dazu hatte. Wir hatten uns wieder fast zehn Jahre nicht gesehen. Aber wie ich Daniel kannte, durfte ich damit rechnen, daß sich in seinem Leben nichts geändert hatte. Daß er also immer noch in der Personalabteilung des bakteriologischen Instituts arbeitete. Ich patrouillierte am Nachmittag durch die Travessa do Torel, und es war, wie ich erwartete: Er trat auf die Straße.«

Sie trafen sich in Hotels. Daniel hatte inzwischen zwei Kinder. Er sei nicht glücklich, sagte er. Er wurde bald fünfzig. Er sagte, ihm sei, als wäre er erst jetzt erwacht. Er habe ein Leben lang geschlafen. Margarida wußte, das hatte alles nichts oder doch nur wenig mit ihr zu tun.

»Wenn ich es wieder zulasse, dachte ich, wird es diesmal gefährlich. Aber ich habe es zugelassen.«

»Warum gefährlich?« fragte ich.

»Für ihn. Und damit auch für mich. Ich habe einen Trieb in mir, Leute zu retten. Er sagte, er habe zwei gute Gründe, sich zu Tode zu trinken: das, was geschehen war, und das, was nicht geschehen war. Er sah besser aus denn je. Ich wußte nicht, was mit mir los war, und ich kann es auch heute nicht beschreiben. Ich war wie unbeteiligt. Aber mir war klar, wenn nicht etwas geschieht, werde ich tun, was unmöglich getan werden darf, und ich werde es in Wahrheit nicht wollen. Nämlich, daß Carl und ich uns trennen. Das meine ich. Als du mit Carl die Woche in São Paulo warst, als dir der liebe Gott erschienen ist, in dieser Woche war Daniel bei mir. In der Rua do Salitre, ja. Zum erstenmal hat er in unserer Wohnung übernachtet. Ich wollte es. Er ist einfach von zu Hause weg. Hat seiner Frau nichts gesagt. Nach zwei Tagen erst hat er sie angerufen. Sie war verrückt vor Sorge. Ich habe sie aus dem Telefonhörer weinen hören.«

Als Carl und ich aus São Paulo zurückkamen, erzählte sie ihm alles. Carl blieb ruhig. Er werde über eine Lösung nachdenken, sagte er.

»Wie ging es weiter?« fragte ich Margarida.

»Irgendwie und nicht. Ich habe Daniel getroffen. Carl wußte es. Und Daniels Frau wußte es auch. Beide haben es akzeptiert. So sah es aus. Sie haben es uns leichtgemacht. Beide. Als Carl und ich nach dem halben Jahr wieder in Innsbruck waren, war es vorbei. Für mich war es vorbei. Ich wollte nie wieder nach Lissabon. Ich bat Carl, die Wohnung aufzugeben. Das hat er getan. Irgendwann kam ein Brief von Daniels Frau. Darin stand, daß Daniel gestorben sei. Ich weiß nicht, woran. Das hat sie nicht geschrieben. Und ich habe mich nicht erkundigt. Ich weiß auch nicht, wo er begraben liegt.«

Carl aß einen Bratapfel, ich drei. Wir saßen vor dem Kamin. Schließlich sagte er und sah mich dabei an: »Margaridas Geschichte kennst du ja. Sie hat sie dir ja selbst erzählt. Ich weiß es. Es gibt sicher einiges hinzuzufügen. Einiges, das sie selbst nicht wußte. Auch entspricht ihre Version nicht zur Gänze der Wahrheit. Aber nicht heute. Heute abend ein anderes Thema.«

Zweiter Teil: Europa

Fünftes Kapitel

1

Im Mai 1962 besuchte der Dominikanerpater Frederik Braak im Auftrag der Congregatio pro Causis Sanktorum Carls Großkusine Kuni Herzog in ihrem Haus in Göttingen. Pater Braak führte mit der Achtzigjährigen ein langes Gespräch – 12 Tonbänder à 20 Minuten – über die Philosophin und Pädagogin Edith Stein. Aus den Erinnerungen von Kuni Herzog wollte die Kongregation im Prozeß um die Seligsprechung Erkenntnisse gewinnen, die sich in Argumente *pro* oder *contra* fassen ließen. Das Interview nahm vor allem Bezug auf den Sommer und den Herbst 1914, in dem die beiden Frauen viele Stunden miteinander verbracht hatten. Die Aussagen von Kuni Herzog hätten, so sicherte später durch – erzählte mir Carl –, in der Kongregation zu einer heftigen Debatte geführt. Es sei ernsthaft diskutiert worden, der Gläubigenschar in der Person von Edith Stein eine Heilige zu geben, an die sich Suizidgefährdete in ihrer Not wenden könnten.

Edith Stein und Kuni Herzog trafen einander zum erstenmal in der Konditorei Cron und Lanz in der Weenderstraße. Edith Stein war damals dreiundzwanzig, Kuni Herzog bereits zweiunddreißig. Es war Sommer. Und alles war anders. Ende Juni waren der österreichische Thronfolger Erzherzog Franz Ferdinand und seine morganatische Gattin Sophie in Sarajewo ermordet worden, und das hatte, wie sich Kuni Herzog ein halbes Jahrhundert später gegenüber ihrem Interviewer ausdrückte, zur Folge, »daß der kleinste Fritz plötzlich der Meinung war, es könne nicht mehr so weitergehen wie bisher«.

Frederik Braak schrieb die Bänder ab und schickte einen Durchschlag an Kuni Herzog, damit sie das Interview autorisiere. Kuni Herzog rief bei Carl an – ich kann mich sehr gut daran erinnern, ich war seit einer Woche in Innsbruck und kam gerade aus meiner neuen Schule in mein neues Zuhause in die Anichstraße, wo wegen des Telefonats höchste Aufregung herrschte –, und Carl fuhr noch am gleichen Tag nach Göttingen. Er ließ die hundertfünfzig Seiten in einem Schreibbüro abtippen und bat seine Tante, von der Kongregation Kopien der Bänder zu fordern, und setzte auch einen entsprechenden Brief an Pater Braak auf. Antwort kam nie. Die Bänder werden wohl in einem Archiv in Rom liegen. – Eine Fotokopie der Abschrift des Interviews ist in meinem Besitz, Carl hat sie mir gegeben, verschiedene Stellen hatte er mit Rotstift unterstrichen. Wenn ich im folgenden Kuni Herzog erzählen lasse, gebe ich den Wortlaut des Interviews wieder.

Frederik Braak: »Wie hat Edith Stein reagiert, als sie vom Ausbruch des Krieges erfuhr?«

Kuni Herzog: »Sie hat sich darüber gefreut. Hat sie mir erzählt. Sie sei an dem besagten ersten August mit einer Freundin am Feuerteich spazierengegangen. Es war ein Samstag – das Fräulein Stein behielt solche Kleinigkeiten, ich wußte mein Lebtag lang nicht, was für ein Tag ist. Was ist heute für ein Tag?«

»Dienstag.«

»Und anschließend seien sie durch die Stadt zur Jüdenstraße gegangen, weil sie sich bei dem Zeitungshäuschen dort die Mittagsausgabe der *Berliner Zeitung* besorgen wollten. Es habe aber bereits kein Exemplar mehr gegeben. Zufällig kam der Dr. Reinach mit Gattin des Weges, ebenjener Dr. Reinach, der uns beide später zusammenbrachte, und der hatte ein Exemplar der *Berliner Zeitung*, und nun konnte sie es lesen. Zur Feier des Tages habe sie sich eine Tüte Kirschen gekauft, und die hätten sie zu viert weggeputzt. Das Fräulein Stein fragte den Dr. Reinach, ob er nun auch in den Krieg ziehen müsse, und er habe geantwortet: Nicht müssen, dürfen. Nun hat Frau Reinach, ebenfalls zur Feier des Tages, ebenfalls eine Tüte Kirschen gekauft, und die hätten sie ebenfalls weggeputzt, und Professor Reinach habe gesagt, die Kirschen von Fräulein Stein hätten besser geschmeckt, obwohl er ja wußte, daß beide Tüten beim selben Obststand neben dem Zeitungshäuschen gekauft worden waren. Ich fragte Fräulein Stein, wie denn Frau Reinach darauf reagiert habe. Sie wußte gar nicht, was ich meinte. ›Der ist doch verliebt in Sie‹, sagte ich. Sie ist nicht einmal rot geworden.

›Meinen Sie?‹ hat sie gefragt. ›Hat Frau Reinach Sie zornig angesehen?‹ fragte ich. Sie überlegte. ›Kann sein‹, sagte sie, ›und was hätte das zu bedeuten?‹ ›Daß sie eifersüchtig ist‹, sagte ich. Und sie: ›Aber warum denn?‹ Sie spielte mir nichts vor. Fragte: ›Warum denn eifersüchtig?‹ ›Ja‹, sagte ich, ›schauen Sie doch einmal Ihre hübsche Larve in einem Spiegel an!‹ Sie dachte wieder eine Weile nach und sagte: ›Kann sein, kann aber auch nicht sein.‹

Als wir uns kennenlernten, war der Krieg bereits einen Monat alt, und so eine wie ich fragt: ›Wer geht denn gegen wen?‹ Sie lachte laut und lang, verschränkte die Arme vor ihrem Bauch und beugte sich vor, wie es Schulmädchen tun, und ich dachte: Was für ein fröhlicher Mensch! Sie wußte alles, bis in die Einzelheiten hinein, hat mir Schlachtpläne erläutert, militärische Rangordnungen erklärt und auch, warum Deutschland unbedingt Rußland den Krieg erklären, in Belgien einmarschieren und Frankreich angreifen muß, wenn der österreichische Thronfolger von einem Serben ermordet wird, und hat noch alles mögliche gefaselt von innerer Reinigung und vom Freiglühen eines unzerstörbaren Kerns. Ich fragte sie, ob sie glaube, daß es lange dauere, also ob es sich für mich rentiere, mich mit dem Krieg zu beschäftigen. Nicht daß ich mir all die Mühe auflade und die Zeitungen studiere und mir Meinungen einhole und so weiter, und wenn ich meinen ersten gescheiten Satz dazu sagen könnte, ist der Krieg fertig.«

Kuni Herzog war als junge Frau, wie sie sich vor Pater Braak selbst beschrieb, reich, launisch, egozentrisch, ignorant, arrogant und tyrannisch gewesen. Sie hatte seit ihrem Abitur alles mögliche angefangen und alles mögliche bis zu einem sinnlosen Ende durchgehalten. Ausgerechnet in dem Sommer, als der Krieg ausbrach, hatte sie beschlossen, mit dem Studium der Philosophie zu beginnen. Sie verband damit keinerlei Berufsabsichten, wollte lediglich, wie sie sich ausdrückte, »meinen Gram und meine Langeweile mit Nachdenken über Ideen vertreiben«. Sie war eine Frau, von der gesagt wurde, wie schön sie als Kind gewesen sei – »eine barmherzige, aber allzu durchsichtige Umschreibung für Häßlichkeit«. Alles an ihr schien zu groß – die Füße, die Arme zu lang, der Hals zu hoch und zu rot und wie aus dürren Strängen geflochten, und vor allem der Mund viel zu breit. Und einen schweren Gang hatte sie und an gar nichts eine Freude. Und zu gar nichts hatte sie Zutrauen.

»Es heißt, frühreife Kinder bringen später nichts zustande. Man sagte mir immer, ich hätte keinen Geschmack. Irgendwann habe ich mich entschlossen, nur noch schwarze Klamotten zu tragen. Schwarz paßt zu allem. Sogar zu mir.«

Sie lebte zusammen mit ihrer Mutter Franziska, verwitwete Herzog, geborene Alverdes – Carls Großtante »Franzi«. Ihr Vater hatte eine Textilfabrik hinterlassen. Während des Deutsch-Französischen Krieges war ihm mit Uniformschneiderei ein Vermögen zugewachsen. Nun wurde der Betrieb von Prokuristen umsichtig geführt. Mutter und Tochter hatten nichts zu tun, den lieben Tag über nichts zu tun. Erst hatten sie sich noch gestritten, und der Streit hatte ihr Leben, den Tag, die Stunde ein wenig zu gliedern vermocht; hatte ihre Zeit in böse Erinnerung und böse Erwartung unterteilt. Schließlich aber stritten sie nicht mehr. Und es wurde still. Sie sprachen kaum noch, gingen leiser als zuvor, huschten auf Strümpfen durch die Korridore, legten die Türen mit provokanter Behutsamkeit ins Schloß. Die Dienstboten kündigten, neue wurden eingestellt, die blieben nur kurze Zeit.

Eines Tages besprachen Mutter und Tochter in einer Offenheit, vor der ihnen mehr ekelte als vor allem anderen in der Welt, die Möglichkeit eines gemeinsamen Selbstmords. Jede sollte es in ihrem eigenen Zimmer tun. Damit keine der anderen dabei zuschauen müsse. Aber zeitgleich. Nur Ekel sei in diesem Gedanken gewesen, kein bißchen pathetische Würze. Letztere war erhofft worden. Daß wenigstens der Gedanke an den Tod einen Reizimpuls für das Leben lieferte. Sie schämten sich, als hätten sie einander bei einer abstoßenden Tätigkeit ertappt.

Frage von Pater Braak: »Erzählten Sie Edith Stein davon?«

»Nein. Kann sein, daß ich eine Andeutung fallenließ. Über den Selbstmord im allgemeinen – wenn man so einen Ausdruck gebrauchen darf –, darüber sprachen wir. Darüber hat damals jeder geredet, jeder, der etwas auf sich hielt.«

»Edith Stein auch?«

»Sicher.«

»Auch, daß sie selbst schon daran gedacht hatte?«

»Nein, das nicht. Nur allgemein. Ich auch nur allgemein. Über jenes peinigende Gespräch zwischen meiner Mutter und mir habe ich ihr natürlich nichts erzählt.«

Kuni Herzog zog von zu Hause aus, mietete sich eine elegante Wohnung in der Alleestraße beim Leinekanal, Flügeltüren, französische Fenster. Einmal in der Woche besuchte sie ihre Mutter für eine Stunde. So war die Abmachung. Ihr Waffenstillstandsabkommen. Kontrolle und Sorge zugleich.

»Ich war neugierig, ob meine Mutter inzwischen verrückt geworden war. Ja, tatsächlich. Und sie war neugierig, ob ich verrückt geworden war. Und immer ihre erste Frage: ›Was sagt man draußen über mich?‹ ›Nichts. Kein Mensch redet über uns.‹ ›Das glaube ich nicht.‹ Einmal bildete sie sich ein, immer noch viele liebe Freunde zu haben, dann wieder argwöhnte sie, eine Beute giftiger Zungen geworden zu sein. ›Wir beide, Mutter‹, versuchte ich, ihr die Lage zu erklären, ›wir beide sind ein Paar, von dem man sich tunlichst fernhält. Niemand interessiert sich für uns, weder im guten noch im schlechten.‹«

So saßen Mutter und Tochter an den ausgehandelten Abenden in der Küche, die eine der anderen ein hämisch finsterer Spiegel. Die Ellbogen auf der Tischplatte. Wie Arbeiter nach Feierabend. Erstatteten einander Bericht über die Seelenarbeit der vorangegangenen Woche. Die eine eifersüchtig auf die andere. Siegerin war, die es schlechter erwischt hatte. Aber diese Besuche schürten auch eine merkwürdige Lust in den beiden, nämlich die romantische Vorstellung, sie seien vom Unglück Bevorzugte.

»Das Romantische aber«, sprach Kuni Herzog in ihrem feinen Singsang dem Dominikanerpater aufs Tonband, »ist eine kurz bemessene Angelegenheit. Es entsteht aus einem Defizit an Wissen. Wer romantisch bleibt, obwohl er dazulernt, der wird ein Ungeheuer. Wer nicht dazulernt, aus dem wird ein Narr. Wir beide, meine Mutter und ich, wir brachten das Kunststück zuwege, Narren und Ungeheuer zugleich zu werden. Nach einem Monat schon kehrte ich an den Abenden nicht mehr in meine Wohnung in der Alleestraße zurück, ich zog wieder zu ihr, wieder in mein Mädchenzimmer.«

Nicht daß sie glaubte, die Philosophie könne dem Leben einen Sinn geben. Sie sah in ihr nichts weiter als eine zeitvertreibende Beschäftigung, die ohne körperliche Anstrengung durch schieres Denken bewältigt werden könnte. Kuni Herzog suchte Dr. Reinach auf. Der war Privatdozent und galt als Koryphäe der neuen Philosophie. Er war die rechte Hand von Edmund Husserl. Wenn Husserl Gott war – »was seine Jünger zwar geleugnet hätten, woran sie aber glaubten« –, dann war Reinach sein Prophet. Außerdem verwaltete er die Finanzen der Philosophischen Gesellschaft, eines privaten Zirkels, der aus eigenem Vermögen neben den universitären Veranstaltungen Seminare abhielt, wozu Vortragende aus dem weiten Europa eingeladen wurden (zum Beispiel der damals in akademischen Kreisen geächtete Max Scheler). Kuni Herzog versprach, die Gesellschaft finanziell zu fördern, wenn ihr Dr. Reinach einen Vergil auf dem Weg durch die Philosophie vermittle, den sie selbstverständlich gesondert bezahlen wolle. Dr. Reinach nannte ohne Zögern die Studentin Edith Stein. Erstens könne die junge Frau das Geld brauchen, zweitens sei, darauf verwette er seine Erstausgabe von Hegels *Logik*, im ganzen Reich eine Bessere für diese Aufgabe nicht einmal vorstellbar. – Man vereinbarte ein Treffen bei Cron und Lanz.

Edith Stein arbeitete an ihrer Staatsexamensarbeit, die sie zu einer Dissertation auszuweiten gedachte: *Das Problem der Einfühlung aus phänomenologischer Sicht*. Als Kuni Herzog bemerkte, da sei das Fräulein Dissertantin bei ihr genau an der richtigen Adresse, an ihr könne sie praktische Studien vornehmen, denn es werde wohl eine Menge an Einfühlung notwendig sein, um zu kapieren, warum es einer Frau, der es so gut gehe, so schlecht gehe, antwortete Edith Stein, die die gallige Ironie entweder nicht verstand oder aber ignorierte, Einfühlung sei in ihrer Arbeit keine psychologische, sondern eine erkenntnistheoretische Kategorie, nämlich im Sinne von Husserls These (er – wer sonst – war ihr Doktorvater), daß objektive Außenwelt nur intersubjektiv wahrgenommen werden könne, wobei sich die wahrnehmenden Subjekte weder lieben noch ehren, nicht einmal kennen müssen; ja, daß Einfühlung, so verstanden, sogar über den Tod hinaus stattfinden könne, einerseits zurück in die Vergangenheit – »wenn ich Platons Dialoge lese, fühle ich mich über zweieinhalbtausend Jahre hinweg in seine Personen ein und gelange dadurch zu Erkenntnissen über ihre Wirklichkeit« – als auch vorwärts in die Zukunft gerichtet –

»sollte dereinst sich jemand finden, der meine Dissertation, sollte sie je fertig werden, lesen wird ...«.

»Entweder sie ist depressiv oder kalt wie ein Wetzeisen«, berichtete Kuni Herzog ihrer Mutter. Die hielt das für eine höchst erotische Mischung, und sie lud das Fräulein Stein zu einem Abendessen in ihr Haus ein, schriftlich.

Kuni Herzog: »Ich gab die Einladung weiter, und das Fräulein Stein fragte mich, was für eine Weltanschauung meine Mutter habe. Ich sagte: Meine Mutter bekennt sich zu einer Art skeptischem Naturalismus als Lebensphilosophie. Was ich darunter verstehe, fragte sie. Nun ja, sagte ich, sie ist nicht fromm und sieht in den Menschen wilde Tiere.«

2

An diesem Abend lernte Carl Edith Stein kennen.

Er war seit zwei Wochen bei seinen Tanten in Ferien und hatte bereits genug. Die Hysterie, mit der die beiden in jedem seiner Worte, in jeder seiner Gesten, bereits in jedem seiner Blicke einen Ausdruck des wahren, ungekünstelten, unverdorbenen alpinen Lebens zu erkennen wähnten, auf den sie sich stürzten, den sie beredeten und zerlegten, als ließe sich daraus ein rettendes Elixier destillieren, bewirkte, daß er selbst anfing, sich zu beobachten, und davon wurde er grundunglücklich, weil er alles mögliche an und in sich entdeckte, nur nicht seinen gewohnten Denk- und Gesprächspartner. Nach dem ersten Blickwechsel mit dem Fräulein Stein wußte er, sie war auf seiner Seite. Seine Tanten hatten ihm extra für diesen Abend einen kurzärmeligen königsblauen Matrosenanzug besorgt – solche Kleidungsstücke für Kinder hatten in diesen Wochen patriotisch reißenden Absatz, weil es inzwischen ja auch gegen die Seemacht England ging. Fräulein Stein saß allein im Eßzimmer am Tisch. Mutter und Tochter waren schnell in die Garderobe geeilt, um irgendwelche Striche in ihrem Gesicht nachzuziehen. Sie trug eine weiße Bluse über einer ähnlich matrosenblauen Weste, die beiden Krägen waren akkurat übereinandergelegt. Ihr Oberkörper wirkte etwas eingesunken, die Hände hielt sie im Schoß. Wohl fühlte sie sich gewiß nicht.

Als sie ihn hinter sich hörte, drehte sie sich um und ergriff mit beiden Händen die Lehne ihres Sessels. »Du bist Carl Jacob«, sagte sie und lächelte ihn an.

»Carl Jacob Candoris«, stellte er sich vor und vollführte einen perfekten Diener. »Guten Abend, Fräulein Stein.«

»Setz dich neben mich!« lud sie ihn ein. »Damit ich nicht so allein hier bin. Und sag du zu mir. Ich möchte, daß du Edith zu mir sagst.«

»Lieber nicht, wenn meine Tanten anwesend sind«, sagte er.

»Und warum nicht?«

»Ich glaube, es gehört sich nicht für mich.«

»Das sehe ich anders. Ich bin näher bei dir als bei deinen Tanten. Was das Alter betrifft, meine ich. Wie alt bist du?«

»Acht Jahre.«

»Und ich bin dreiundzwanzig. Gerade einmal fünfzehn Jahre liegen dazwischen. Das ist nicht viel.«

»Tante Kuni ist aber zweiunddreißig. Zwischen Ihnen und ihr liegen nur neun Jahre.«

»Das ist richtig. Aber du hast den Plural verwendet, du hast gesagt, du möchtest mich vor deinen *Tanten* nicht duzen. Also mußt du ihr Alter zusammenzählen.«

»Vielleicht darf ich Sie morgen duzen, das würde ich gern«, sagte er.

»Gut«, flüsterte sie, denn die Tanten waren hereingekommen, »morgen.«

Tante Franziska ließ eine lange Speisenfolge auffahren. Dem Dienstmädchen hatte sie ausdrücklich verboten, zu sprechen oder dem Gast in die Augen zu schauen. Sie hatte sich fein hergerichtet und war aufgedreht und zappelig wie ein Backfisch. Von Anfang an führte sie das Wort, und sie richtete es nur an das Fräulein Stein. Sie sah mit ihren Mitte fünfzig immer noch gut aus, abgesehen von den diabolischen Augenringen, die sie mit Schminke sogar noch betonte, weil sie der Meinung war, Schönheit ohne eine Ahnung von Häßlichkeit sei langweilig. Sie trug ein Kleid aus dunkler Seide, das, wenn es sich in Falten legte, in alle möglichen Farben spielte. Um den Saum war eine Fransenborte genäht, fein wie Flaum, die sich beim kleinsten Windhauch bewegte, was ihre Tochter obszön fand. Das Kleid stand ihr fabelhaft.

Vornehm und verheert sah sie darin aus, und genau so wollte sie aussehen. Sie hatte ihrem Busen von unten her etwas nachgeholfen, das war damals nicht Mode, aber um Mode kümmerte sie sich nicht, sie wußte, was die Männer mochten; und was die Frauen mochten, wußte sie ebenfalls. Das war eines ihrer Lieblingsthemen: Frauen wollen das gleiche wie Männer, sie geben es nur nicht zu, jedenfalls nicht in der Öffentlichkeit.

Beim Essen ging es hauptsächlich um den Krieg. Zu Kunis Erstaunen zeigte sich ihre Mutter mit militärischen und politischen Details durchaus vertraut, so daß sie ohne Peinlichkeit ihrem Gast Paroli bieten konnte; darauf kam es ihr nämlich an: durch eine im Grundton zynische, in der Melodie possierliche Gegenrede zwischen ihr und dem Fräulein Stein eine Spannung zu erzeugen, wobei sie den Bogen in der Hand hatte – und auch die Pfeile, falls es darauf ankam, jemanden abzuschießen. Sie habe ja gar nichts gegen den Krieg, sagte sie, nur sollte er intelligent geführt werden. »Warum haben wir den Belgiern denn nicht einfach Miete für die Straßen bezahlt, auf denen unsere Soldaten nach Frankreich marschieren wollen?« – »Wir haben ihnen ja Geld angeboten«, entgegnete das Fräulein Stein, »aber sie wollten es nicht nehmen.« – »Vielleicht hat man ihnen zu wenig geboten.« – »Man darf sich nicht erpressen lassen.« – »Aber vielleicht hätten die Belgier Freude daran gehabt, mit uns zu handeln. Wenn man ein Angebot sofort annimmt, ist das auch eine Art von Unhöflichkeit, finde ich.« – »Aber warum überhaupt Belgien«, warf Kuni ein. »Hätte man nicht direkt in Frankreich einmarschieren können?« – »Nein, hätte man nicht«, sagte die Mutter scharf wie »Halt die Klappe!« – Das Fräulein Stein erklärte: »Weil die Franzosen ihre Grenze zu uns so fest gemauert haben.« – »Die tun nämlich nur so flatterhaft«, schäkerte die Mutter weiter, »in Wahrheit sind sie prüde wie ein Wäschekorb.« – »Und warum überhaupt gegen Frankreich?« beharrte Kuni. – »Warum *nicht* gegen Frankreich hätte die richtige Frage gelautet, wenn wir in irgendeine andere Richtung marschiert wären«, bekam sie von ihrer Mutter zurück. »Habe ich nicht recht?« – »Eigentlich gegen Rußland«, korrigierte Fräulein Stein schüchtern. »Nur müssen wir zuerst den Rücken frei haben.« Und leise fügte sie hinzu, sie wolle sich für ein Lazarett melden, wenn es im Osten losgehe. Kuni kicherte und erntete dafür einen stummen Verweis ihrer Mutter, eine Handbewegung, als wollte sie eine Tür zudrücken.

»Das ist sehr tapfer von Ihnen«, rief Tante Franzi mit schicksalhaft vibrierender Stimme aus: »Aber! Aber! Aber!« Sie erhob sich, nahm die Weinkaraffe, ließ ihr Kleid fliegen, umrundete den Tisch und trat hinter ihren Gast. »Zunächst, liebes Fräulein Stein, machen Sie mir die Freude und bleiben Sie heute nacht in meinem Haus. Zur Zeit streichen merkwürdige Individuen durch die Straßen, die meinen, sich schon draußen auf dem Schlachtfeld zu befinden. Und viele fühlen sich zu manchem berechtigt, was ihnen draußen Ehre, hier aber das Zuchthaus einbringen würde. Tun Sie mir den Gefallen, und markieren Sie nicht die Heldin!«

Ohne auf eine Antwort zu warten, wandte sie sich an das Dienstmädchen, das gerade den Nachtisch hereinbrachte, und befahl ihm, das Gästezimmer herzurichten. Sie hatte wohl mit Widerspruch seitens ihres Gastes gerechnet und sich auf eine neckische Verhandlung eingestellt, und als der Widerspruch ausblieb, wußte sie nicht vor und zurück, und nun stand sie zwischen Rosentapete und glitzernder Tafel, regielos und beschwipst. Carl hatte Mitleid mit ihr, so sehr, daß er hätte weinen wollen. Ihr kurzes, bleifarbenes Haar war von zwei Scheiteln gespalten, in der Mitte streng nach hinten gezogen, an den Seiten zu engen Wellen onduliert, die aussahen, als wären sie aus dem Schädel gemeißelt. Es war still geworden. Auf ihrem Gesicht erschien ein Ausdruck des Wissens um das Ungeheuerliche. Sie reckte den Kopf, Carl guckte in ihre langgestreckten Nasenlöcher und in die unruhigen Augen mit der blauen, dunkel umrahmten Iris, und ihm war, als ziehe eine unsichtbare Hand den bizarren Glanz von dieser Person ab – erst von ihr, dann von den Wänden, von den Böden, von der Oberfläche der imperial gedrechselten Stuhllehnen, dem Goldrandporzellan, den silbernen Messerbänkchen, den Bleikristallgläsern, dem Bleikristallüster; und darunter kam Abgewohntes, Abgelebtes, Ziel- und Sinnloses zum Vorschein, eine alles durchwaltende Fadheit, schlaues Mittelmaß, eben Ungeheuerliches.

In einer heftigen Bewegung stellte Tante Franzi die Karaffe ab, nahm den Kopf der jungen Frau zwischen ihre Hände, beugte sich über sie, sagte von oben in das zarte Gesicht: »Aber! Aber! Aber! Was sind Sie für ein schönes kleines Ding und wollen sich an stinkende Soldaten vergeuden!«

Diesen Satz hatte sich Carl ein Leben lang gemerkt. »Er konnte alles mögliche heißen«, kommentierte er. »Konnte erstens: ein Zitat sein, also ein Scherz. Konnte zweitens heißen: Ich weiß, daß Sie eine barmherzige Frau sind, die verlegen wird, wenn man sie lobt. Konnte drittens heißen: Angesichts der glorreichen vaterländischen Aufgabe, die vor uns liegt, sind wir alle nichts weiter als kleine, unwichtige Fusseln, bei denen es keine Rolle spielt, ob sie schön oder häßlich, wohlriechend oder stinkend, gesund oder krank, mit einer Zukunft begabt oder sinnlos sind – und so weiter, was man damals an jedem Wirtshaustisch eben zu hören und in diversen Illustrierten in gereimter Form zu lesen bekam. Hieß aber doch nur, was es hieß – nämlich: Was bist du für ein schönes kleines Ding!«

Carl sprach während des Essens nicht ein Wort. Er beobachtete und hörte zu. Manchmal drückte ihm das Fräulein Stein ein Auge. – »Nichts konnte mir etwas anhaben. Sie hatte mir versprochen, daß ich sie morgen wiedersehen würde. Indirekt hatte sie mir das versprochen. Aber versprochen hatte sie mir es. Und wenn sie mir zuzwinkerte, konnte das doch nur heißen: Der Spuk geht vorbei, morgen lassen wir zwei es uns gutgehen.«

Tante Kuni schien aus dem Rennen zu sein. Als man sich nach dem Essen ins Wohnzimmer begab, buckelte sie sich ins Sofa, stieß Luft aus und rollte mit den Augen wie eine Dreizehnjährige.

Kuni Herzog zu Pater Frederik Braak: »Selten genug war es vorgekommen, daß ich eine Freundin nach Hause eingeladen habe. Jeder dieser Besuche war damit zu Ende gegangen, daß ich mich wie ein bockiges Kind benahm und sie allein die Szene beherrschte, und meine Freundinnen sagten hinterher, was für ein Energiebündel von Mutter ich doch hätte, wie beneidenswert. Einmal habe ich einen jungen Mann mit nach Hause gebracht, da war es nicht anders, und gleich war es auch schon wieder vorbei gewesen. Meine Mutter fegte mich vom Horizont.«

Vor dem Fräulein Stein spielte die Mutter die unterhaltsame Schurkin, sie wollte die junge Dame mit dem unschuldigen Gesichtchen schockieren. – Kuni Herzog: »Weil das alte Luder dachte, Schock und

Charme kommen bei der Jugend an.« – Sie freue sich auf den bevorstehenden Untergang Europas, rief die Mutter aus, stellte sich mitten ins Zimmer, spreizte die Beine, soweit ihr Kleid das zuließ. »Ich will nie wieder ein Wort Englisch sprechen, bevor nicht die letzte Suffragette aus dem Gefängnis entlassen ist!« – Kuni Herzog: »Und was sollte das bitte heißen? War sie dafür oder dagegen? Oder beides? Oder beides nicht? Und wofür oder wogegen? Meine Mutter war der Meinung, Mehrdeutigkeit lasse auf Intelligenz schließen. Also legte sie sich einen Tonfall zurecht, der nach Mehrdeutigkeit klang. Sie brachte das Fräulein Stein zum Lachen. Sie kam bei ihr an. Sie kam gut bei ihr an. Ich existierte gar nicht mehr für sie.«

Carl bestätigte Kuni Herzogs Erinnerung: »Der Zirkus, den Tante Franzi aufführte, hatte offensichtlich nur einen Zweck, nämlich ihre Tochter zu demütigen, sie zu beschämen. Das hatte ich schon bei ähnlichen Konstellationen so erlebt. Hinterher hatte sie ein schlechtes Gewissen, und das wiederum gab Tante Kuni die Gelegenheit, ihre Mutter zu demütigen und zu beschämen.«

Franziska Herzog konnte eine mitreißende Erzählerin sein, sie mußte nur drei, vier Gläser Wein intus haben und jemanden vor sich, der ihr zuhörte. Beide Voraussetzungen waren gegeben. Ihre Hände und Lippen bewegten sich mit aufreizender Rasanz. Sie erzählte von den Reisen, die sie als junge Frau zusammen mit ihrem Mann unternommen hatte, nach London, Schanghai, New York, Tokio und immer wieder nach Deutsch-Südwestafrika, wo, wie sie trällerte, »unsere Tochter wahrscheinlich gezeugt wurde«.

»Mein liebes Fräulein«, säuselte sie – sie war zum wiederholtenmal hinter den Sessel getreten, auf dem Edith Stein saß, nun schlang sie ihre Arme um ihren Kopf. »Wo waren Sie schon überall auswärts gewesen?«

»Nur in Polen«, antwortete Edith Stein, »aber das ist ja kaum Ausland, das ist bei uns in Breslau unsere Nachbarschaft.«

»Polen! Wie langweilig!« hauchte sie ihr ins Ohr, sie hatte inzwischen einen kräftigen Zungenschlag. »Reisen Sie! Verkriechen Sie sich nicht! Paris kennen Sie nicht? Nein? London kennen Sie nicht?«

»Das ist während des Krieges nicht möglich.«

»Aber es heißt doch, der wird im Oktober gewonnen sein. Wir dür-

fen doch hoffen, daß unsere Soldaten die schönen Dinge einigermaßen heil lassen.«

»Im Oktober möchte ich mein Staatsexamen abschließen.«

»Philosophieren kann man in Kairo oder Lüderitz genausogut wie
in Göttingen oder Breslau, oder etwa nicht?«

»Reisen kostet Geld.«

»Nicht, wenn man sich einladen läßt.«

»Ich denke, mir gefällt eine Wanderung an der Weser entlang besser
als eine Dampferfahrt über den Ozean.«

»Das weiß man erst, wenn man so eine Fahrt erlebt hat.«

»Man muß nicht alles erleben.«

»Wer nichts erlebt, der weiß nichts.«

»Man kann vieles lesen, und man kann sich vieles erzählen lassen.«

Edith Stein saß in gerader Haltung, ihre Wangen brannten, sie hatte die Beine von sich gestreckt und wippte andauernd mit ihrem Kopf,
als wolle sie ihre Gastgeberin anfeuern. Kuni beobachtete sie sehr genau. In ihrem Gesicht habe sich hochmütige Verachtung mit einer Art
ängstlicher Abwehr sonderbar gemischt, erzählte sie. Sie nickte, nickte immerzu, als wäre es ein Tick. Und Kuni sah, wie ihre Mutter vor
Erregung zitterte.

»Was willst du wissen, Edithchen?« gurrte sie. »Frag alles, ich werde
nicht den Mund halten.«

Kuni Herzog: »Ich fuhr auf: ›Mutter, es ist genug! Es ist genug!‹ – Es
war mehr als genug. Ich rechnete damit, daß sie jeden Augenblick auf
die Knie sinken und weinen würde. Ist schon vorgekommen, ist schon
vorgekommen! Meine Mutter hatte ein sehr unvorteilhaftes Weinen,
das wollte ich Fräulein Stein ersparen. Und wollte es auch meiner Mutter ersparen. Und auch mir. Ich sagte: ›Fräulein Stein, es ist spät, darf
ich Sie auf Ihr Zimmer führen?‹ Sie erhob sich sofort von ihrem Sessel und folgte mir. Meine Mutter lief uns nach, und als wir beim Stie-
gengeländer waren, rief sie: ›Fräulein Stein, wissen Sie eigentlich, daß
meine Tochter in Sie verliebt ist?‹«

Sie habe nicht einschlafen können, erzählte Kuni Herzog Pater Frederik Braak aufs Tonband. So gegen drei sei sie aufgestanden und
im Dunkeln durch das Stiegenhaus hinunter zum Schlafzimmer ih-

rer Mutter geschlichen. Sie habe ihr Ohr an die Tür gelegt und das
Schluchzen gehört. Leise öffnete sie die Tür. Die Nachttischlampe gab
ein mattes Licht, die Mutter hatte ihr Kleid ausgezogen und über den
Lampenschirm geworfen. Sie saß im Unterrock auf der Bettkante, Ellbogen auf den Knien, das Gesicht zwischen den Händen zu einer komischen kleinen Fratze verschoben.

»Wie sind wir?« jammerte sie. »Kuni, wie sind wir?« Ihre Stimme
bahnte sich einen Weg durch die Tränen. »Kuni, wie sind wir nur?«

Kuni blickte auf die talgweißen Striche ihrer Scheitel. Die gerunde-
ten Schultern wirkten gar nicht mehr aufreizend und schurkisch wie
während des Abends, als sie ihre anzüglichen Vorträge gehalten hatte. Wie ein vor dem Ballsaal sitzengelassenes, erkältetes Mädchen kam
ihr die Mutter vor.

»Wir zwei wissen genau, wie wir sind«, sagte Kuni.

Da barst das verspannte Gesicht unter den Tränen, und der lange
Kummerfaden spulte sich ab. Kuni wartete. Das Weinen dauerte und
würde wohl länger dauern. Sie ekelte sich ein wenig vor ihrer Mutter.
Vor ihrer Unterlippe zum Beispiel – weich und schwer, die nach vorne
fiel, wenn sie den Kopf neigte, und die Zähne des Unterkiefers freigab,
das Zahnfleisch, mehr blau als rot. Auf dem Bett lag ein Blatt Briefpapier, zur Hälfte beschrieben. Kuni hatte nicht die Geduld, die kleinlich
verkrampften Buchstaben zu entziffern. Ähnliche Briefe hatte ihre
Mutter schon ein halbes Dutzend geschrieben. Sie setzte sich neben
sie und legte den Arm um ihre Schultern. Sie hätte ihr eine deutlichere Antwort geben sollen. Aber es bestand kein ausreichender Grund
für ein Resümee, sie war zweiunddreißig, und es war die Erfahrung
nicht wert gewesen. Sie sah sich im Spiegel, der dem Bett gegenüber
an der Wand hing – so oft hatte sie ihrer Mutter gesagt, es sei eine
tagverderbende Idee, dorthin einen Spiegel zu hängen –, ihr Gesicht
hatte einen Ausdruck steinerner Nichtüberraschung. Sie wischte mit
der Hand über die Schulter der Mutter, die im Spiegelbild durch ihre
eigene Schulter verdeckt war. Sie hatte kein Gespür mehr für Fair-
neß, zu müde war sie, sogar für das schlechte Gewissen. Wer nicht an
Gott glaubt, tut selbst in der Not gut daran, nicht zu ihm zu beten. Es
reichte nicht einmal für eine metaphysische Phantasie, wie sie Vier-
zehnjährige einander ins Poesiealbum schreiben. Sie hatte auch kein

Bedürfnis nach klarer Sicht auf ihr Gewordensein, und die philosophischen Begriffe, die sie in den letzten Wochen in ihrem Cerebrum gehortet hatte, boten keinen Trost, schürten aber auch keinen kathartischen Schmerz. Gedanken, die gar nichts zu tun hatten mit dem, was sie hier vor sich sah, tappten in ihrem Kopf herum wie kranke Vögel. Daß es schön gewesen wäre, ein Studium beendet zu haben; daß die Wohnung in der Alleestraße einmal wenigstens ordentlich durchgeputzt werden müßte; ob ein Bajonett in erster Linie nur Zierde oder doch zum Töten da sei ... – Das Weinen ihrer Mutter endete mit einem leisen, spitzen Schrei. »Der war wie eine glühende Nadel, wie um eine Öffnung zu schaffen, durch die das Leben einströmen könnte. Falls das Leben dazu Lust haben würde.«

Kuni Herzog zu Pater Frederik Braak: »Nein, ich hatte kein Mitleid mit ihr. Sie hatte ja auch keines mit mir. Ich sah nur die Scheibe, auf der wir beide uns drehten. Daß wir keinen Mann hatten. Daß wir uns nicht einmal mehr einen wünschten. Die Sterne am Nachthimmel waren uns chaotisch ausgestreute Beweise eines kosmischen Irrsinns. Mit gar nichts waren wir verwachsen, mit unseren alten Wünschen nicht mehr, nicht mit irgendeiner gesellschaftlichen Rolle, nicht einmal mit der häuslichen Möblierung. Kein Fetzen Anmut war uns geblieben.«

So saßen Mutter und Tochter nebeneinander und beschlossen, es zu tun. Diesmal unbedingt. Nicht getrennt in getrennten Zimmern. Zusammen. Ohne hoffnungsvolle, pathetische Pose. Einfach wie eine lästige Erledigung. Jetzt. Nicht morgen. Nicht irgendwann. Jetzt.

»Und dann?« fragte Pater Frederik.

»Dann«, sagte Kuni Herzog, »stand auf einmal das Fräulein Stein im Zimmer.«

»Auf einmal stand sie im Zimmer? Was hat sie geweckt?«

»Das weiß ich nicht.«

»Sie meinen, sie hat Ihre Not und die Not Ihrer Mutter gespürt?«

»Ja, genau das meine ich.«

»Und was sagte sie?«

»Gar nichts. Sie stand einfach nur in der Tür. Trug die Kleider, die sie getragen hatte. Als wäre sie gar nicht im Bett gewesen. Die Arme hingen an ihren Seiten herab. So stand sie. Eine Minute vielleicht.

Blickte uns an, drehte sich um und verließ das Haus. Ich habe nie mit ihr darüber gesprochen.«

»Aber ihr Erscheinen hat etwas bewirkt, das wollen Sie sagen? Bei Ihnen und Ihrer Mutter.«

»Ich möchte mich nicht aufspielen, das glauben Sie mir doch. Ich weiß aber: Das Fräulein Stein hat uns geheilt. Meine Mutter und mich.«

»Was meinen Sie mit geheilt?«

»Daß kein Wille zum Tod mehr in uns war.«

»Sie meinen, das war ein Wunder?«

»Es war ein Wunder.«

»Das kann man, denke ich, nicht so ausdrücken.«

»Ich will das nicht beurteilen«, sagte Kuni Herzog. »Helfen Sie mir bei einer besseren Formulierung. Ich bin eine alte Schwarte und könnte bestenfalls Shakespeare zitieren.«

»Wie meinen Sie?«

»Es war ein Scherz.«

»Sie wissen«, sagte Pater Frederik, »die Kongregation ist ausschließlich an einem Wunder interessiert. Ein Wunder muß leider unbedingt sein.«

»Es war gewiß ein Wunder«, wiederholte Kuni Herzog.

3

Carl kommt in den Erinnerungen von Kuni Herzog gar nicht vor. Pater Frederik Braak ging davon aus, daß an jenem Abend nur die drei Frauen anwesend waren – Franziska Herzog, ihre Tochter Kuni und Edith Stein. Seine Tante, sagte Carl, habe das ihm gegenüber damit gerechtfertigt, daß die Erwähnung seiner Anwesenheit die Sache ihrer Meinung nach nur verkompliziert hätte. Was für eine Sache denn, habe er sie gefragt. Sie meine damit ihren Beitrag zur Seligsprechung des Fräulein Stein. Kuni Herzog schämte sich vor Pater Frederik Braak, daß sie und ihre Mutter ein Kind in ihre Eskapaden hineinzogen, daß sie in ihrem einsamen Egoismus keine Rücksicht genommen hatten. Sie fürchtete, damit die Glaubwürdigkeit ihrer Argumente aufs

Spiel zu setzen. Soll man im Prozeß um eine Seligsprechung jemanden als Zeugen vorführen, der nicht einmal die primitivste menschliche Verpflichtung, nämlich die gegenüber einem Kind, zu erfüllen gewillt oder in der Lage ist? Deshalb hat Kuni Herzog die Geschehnisse der Nacht »verkürzt«, wie sich Carl mit gekünstelter Bitterkeit kichernd ausdrückte.

»Übrigens«, eröffnete er seine Version der Geschichte, »ist Edith Stein nicht aufgewacht, weil sie im Schlaf die Not meiner Tanten gespürt hat. Das ist Quatsch. Sie ist aus dem gleichen Grund aufgewacht wie ich. Und ich war vor ihr unten.«

Carl erwachte von einem lauten Krach. Irgend etwas war umgefallen. Glas war zersplittert. Jemand schrie. Er lief über die Treppe hinunter, hinein in das langgestreckte Falsett von Tante Franzi, das nun das Haus erfüllte. Es drang aus dem Badezimmer. Hinter sich hörte er Fräulein Stein, sie rief seinen Namen. Sie war schnell in ihre Sachen geschlüpft, und während sie über die Treppe hinunterlief, knöpfte sie sich die Ärmel ihrer Bluse zu. Unten im Flur erwischte sie ihn, hielt ihn fest. Er solle sich nicht von der Stelle rühren, befahl sie ihm. Sie sprach knapp, bewegte sich kantig, als wäre sie in einem dienstlichen Einsatz und nicht erst vor einer halben Minute aus dem Schlaf gerissen worden. »Tu, was ich dir sage, ich werde dich brauchen!« Sie drückte ihn in die Nische, wo der Schirmständer stand. Hier solle er auf sie warten, legte ihren Finger auf seinen Mund. Sie riß die Badezimmertür auf. Carl sah das Entsetzen in ihrem Gesicht, und nun trat er doch neben sie und schaute ebenfalls ins Badezimmer. Das hohe Regal, in dem die Handtücher und die vielen Toilettensachen aufgereiht waren, war umgefallen und auseinandergebrochen, die Regalbretter lagen verstreut auf den Kacheln, dazwischen Scherben, Fläschchen, Cremedosen, Bürsten, Kämme, Wattebäusche, Seifenschalen, Lockenwickler, eine Brennschere. Tante Kuni stand nackt mitten im Badezimmer, ein Streifen Blut über der Brust, dem Bauch, der Leiste, wo er auf der nassen Haut ausebbte. Sie hatte ein Handtuch um einen Unterarm gewickelt, der Stoff war blutdurchtränkt, Blut tropfte auf den Boden. Die Badewanne war angefüllt mit rotem Wasser. Darin saß Tante Franzi, auch sie nackt, schreiend, einen Arm erhoben, aus dem Puls quoll Blut, färbte den Arm auf seiner ganzen Länge bis in die Achselhöhle.

Als Tante Kuni das Fräulein Stein und neben ihr Carl im Schlafanzug sah, fing auch sie an zu schreien. »Mama! Mama! Mama!« schrie sie. »Helft der Mama!« Fräulein Stein schob mit dem Fuß die Regalbretter beiseite, warf Tante Franziska ein Handtuch zu. »Ruhe!« herrschte sie die beiden an. Sie hob zwei Glasfläschchen auf, die nicht zerbrochen waren, drückte sie Carl in die Hand. »Laß kaltes Wasser darüberlaufen!« Sie half Tante Franzi aus der Wanne, drückte das Handtuch auf ihren Unterarm. »Sind die Flaschen kalt? Füll sie mit kaltem Wasser auf!« Sie betrachtete die Wunden über den Handgelenken. Tante Kuni hatte nicht so tief in die Haut geschnitten wie ihre Mutter. Fräulein Stein preßte die kalten Fläschchen, die ihr Carl reichte, auf die Wunden. »Halten Sie das, drücken Sie das fest darauf, und heben Sie den Arm über den Kopf!« Tante Franzi hatte zu schreien aufgehört, sie setzte sich auf den Rand der Badewanne. Blaue Äderchen verästelten sich über ihre Oberschenkel; im Badezimmerlicht sah die Haut gelb aus. Tante Kuni setzte sich neben ihre Mutter, blickte apathisch vor sich nieder, auch sie den Arm über ihrem Kopf.

»Das hast du gut gemacht«, sagte Fräulein Stein zu Carl. »Weißt du, wo das Verbandszeug ist?« Auf dem Boden lag eine große Blechdose, auf die ein rotes Kreuz gemalt war. »Lauf vor die Tür, lauf schnell, hol zwei runde Kieselsteine vom Weg herauf. Schnell, so groß wie eine Kastanie, rund müssen sie sein, keine spitzen!«

Die Haustür war abgesperrt, der Schlüssel steckte nicht. Panik schoß in ihm hoch. »Der Schlüssel!« rief er. »Wo ist der Schlüssel?« Zwischen der Tür und dem Lichtkasten hingen Schlüssel, ein Bord voll. Er war zu klein, um sie zu erwischen. Er lief ins Eßzimmer, wo immer noch die Teller und Gläser vom Abend standen, schob einen Stuhl auf den Gang hinaus und pflückte alle Schlüssel von den Haken. »Ich weiß nicht, welcher der richtige ist!« rief er. Der erste paßte.

Draußen wehte die Augustluft lau an seine Schläfe, die Tanne, die dicht neben der breiten Steintreppe bis zum Giebel des Hauses emporwuchs, roch stark nach Harz, was ihm bisher nie aufgefallen war. Er wollte weglaufen. Nun war er sich nämlich gewiß, daß in dem Haus in seinem Rücken das Glück fehlte, über das man sich sonst überall freuen durfte. Er kniete nieder und wischte mit der Hand über den Kies. Es war zu dunkel, um mit den Augen die Steine zu unterscheiden. Er wußte nicht, wofür das Fräulein Stein zwei runde kastaniengroße Kiesel brauchte, aber er wußte, sie brauchte seine Hilfe.

Die Tanten hatten sich inzwischen ihre Bademäntel übergezogen. Ihre Hände waren wie rot lackiert, die Gesichter verschmiert. Auf dem Boden waren blutige Fußabdrücke, wäßrige Blutpatzen. Das Blutwasser in der Wanne rann ab. Auch die weiße Bluse von Fräulein Stein war blutverschmiert.

»Wasch die Steine ab, Carl Jacob!« sagte sie, und er tat es.

Sie wickelte die Steine in Gaze und drückte sie oberhalb der Wunden auf die Haut, dort, wohin Tante Franzi und Tante Kuni die Fläschchen mit dem kalten Wasser preßten. Die Blutung hatte nachgelassen, bei Tante Kuni kam gar kein Blut mehr. Fräulein Stein wickelte den Verband über die Steine und zog ihn straff an, erst bei Tante Franzi, dann bei Tante Kuni.

»Ich werde gehen und einen Arzt holen«, sagte sie.

»Tun Sie das nicht«, bat Tante Franzi matt. »Sie haben uns kolossal fachmännisch behandelt. Es genügt. Es genügt wirklich. Bitte!«

Als hätte sie das Haus requiriert, führte das Fräulein Stein die beiden Frauen in den Raum, der die Bibliothek genannt wurde, obwohl gar nicht besonders viel Bücher dort waren. Hier hatte sie in den letzten Wochen gemeinsam mit Tante Kuni Husserls *Logische Untersuchungen* gelesen. Sie befahl den beiden, sich auf das Sofa zu setzen.

»Haben Sie Wundbenzin?«

War nicht im Haus.

»Schnaps?«

Carl wußte, wo der war. In der Kredenz im Eßzimmer, unten links. Er holte eine Flasche Korn. Fräulein Stein löste vorsichtig die Verbände, wickelte die Steine in ein frisches Stück Gaze, goß Schnaps über die Wunden und zog die Verbände wieder fest. Nun reinigte sie Gesicht und Hände von Tante Franzi und Tante Kuni.

»Ist Ihnen kalt?« fragte sie.

»Ich schäme mich so«, sagte Tante Franzi. »Und Ihre schöne Bluse ist auch ruiniert.«

Fräulein Stein tat, als hätte sie es nicht gehört. »Kannst du Tee kochen?« wandte sie sich an Carl. Das konnte er nicht. Sie ging in die Küche, Carl folgte ihr. Sie stellte Wasser auf und suchte in den Schränken nach Tassen und Teepulver. Er hockte sich auf einen Küchenstuhl und verschränkte die Arme auf dem Tisch. Er tat das mit Absicht, nämlich um ihr zu zeigen, daß er ruhig war, daß sie sich um ihn nicht zu sorgen brauche, daß sie sich auf ihn verlassen konnte und daß er auf ihrer Seite stand.

»Was ist eigentlich passiert?« fragte er.

»Sie haben sich in der Badewanne die Pulsadern aufschneiden wollen«, sagte sie.

»Und warum ist das Regal umgefallen?«

»Es ist doch gut, daß es umgefallen ist«, sagte sie. »Sonst würden wir zwei immer noch schlafen. Möchtest du wieder hinauf ins Bett gehen?« Das wollte er nicht.

Schließlich saßen sie alle zusammen in der Bibliothek und tranken Tee, bis es vor dem Fenster zu dämmern begann, und schwiegen oft und lang.

»Ich bin gar nicht müde«, sagte Carl. Aber er sank doch tiefer in das Sofa hinein.

»Bitte, erzählt niemandem etwas davon«, bat Tante Franzi.

»Natürlich nicht«, versprach Fräulein Stein, und Carl versprach es auch.

Fräulein Stein sagte, sie wolle jetzt das Badezimmer aufräumen und putzen. Damit man nichts sieht, wenn das Dienstmädchen kommt. Man könne ja behaupten, das Regal sei einfach so umgefallen.

»Ich helfe«, sagte Carl.

»Nein, das tust du nicht, du wirst für etwas anderes gebraucht«, ordnete sie an. »Weißt du, wo der Bäcker ist?«

»Er weiß es«, sagte Tante Kuni leise. Sie hatte kein einziges Mal dem Fräulein Stein in die Augen gesehen und auch ihrer Mutter nicht und auch Carl nicht.

Carl zog Hose und Jacke über seinen Schlafanzug, Fräulein Stein gab ihm Geld, und er ging in der frischen Morgenluft über den Hainholzweg hinunter zur Bäckerei Kasimir, wo man ihn inzwischen gut kannte, weil er doch jeden Tag dort Brötchen holte, nur eben nicht so früh am Morgen. Das Licht am Osthimmel weckte ihn auf, und er fühlte sich sogar fröhlich. Er schlug einen kleinen Umweg ein, schlenderte an der Sonne-Mond-und-Sterne-Villa vorbei, die er für sich so nannte, weil auf die Fassade der Sternenhimmel gemalt war. Er wollte nicht mehr weglaufen. Der Gedanke kam ihm kindisch vor. Und was er im Badezimmer gesehen hatte, kam ihm lange vergangen vor und als wäre es ihm bloß erzählt worden, als wären alle Beteiligten andere gewesen. Seine Mutter fiel ihm ein, aber er hatte kein Heimweh. Sie fiel ihm nur ein. Es tat ihm leid, daß er ihr von dieser Nacht nicht erzählen durfte, von Tante Franzis Geheul, das auch irgendwie komisch gewesen war, und dem Blutstreifen auf Tante Kunis Bauch und dem roten Wasser in der Wanne. Er konnte sich die Augen seiner Mutter denken, die sie aufreißen würde, aber nicht nur gespielt, wie es seine Großmutter tun würde. Um diese Zeit lag sie sicher noch im Bett. Er stellte sich die Wohnung in Meran vor, die kurzen, heiter weißen Vorhänge in der Küche, die wie kurze Hosen waren. Das hatte seine Mutter gesagt und hatte draußen auf das Sims Tontöpfe mit Petersilie und Schnittlauch und Basilikum gestellt, das sei, wie wenn einer mit kurzen Hosen durch eine Wiese schreite. Und er schritt auf dem Bürgersteig zur Bäckerei Kasimir hinunter, wo es manchmal Gefrorenes mit einer Waffel gab, Erdbeere oder Kirsch oder Vanille. Das Wort Bürgersteig hatte er nicht gekannt, das hatte er erst in Göttingen gehört. Es gefiel ihm. Ein Steig, auf dem der Bürger geht, auf dem ihm die frischen Brötchen entgegendufteten. Er freute sich darauf, wenn ihn seine Mutter abholte. Er würde ihr die Stadt zeigen, er würde sagen: Wir gehen auf dem Bürgersteig. Er wußte, daß alles gut war; daß sogar gut war, was geschehen war; daß vielleicht etwas viel Schlimmeres geschehen wäre, wenn das nicht geschehen wäre; obwohl er nicht wußte, was es Schlimmeres geben konnte als das, was geschehen war.

Er betrat die Bäckerei, die Klingel über der Tür wurde angeschlagen, Herr Kasimir kam aus der Backstube hinter dem Laden, ein Mann mit einem engen Kiefer und Geheimratsecken bis weit in den Schädel hinauf ins graue Haar hinein. Er beugte sich über den Tresen und fragte – genau wie Carl erwartet hatte –, warum er heute schon so früh unterwegs sei, und fragte weiter – wie Carl ebenfalls erwartet hatte, weil er es ihn jeden Morgen fragte –: »Na, sag mir, junger Mann, bist du stolz, daß dein Vaterland an der Seite unseres großen Willem steht?«

»Sehr stolz bin ich«, antwortete er und verkniff sich, was er sich an jedem Morgen, seit Krieg war, verkniffen hatte, nämlich daß es, wenn man genau sein wollte, ja der deutsche Kaiser war, der an der Seite des österreichischen Kaisers stand, und nicht umgekehrt, und sagte statt dessen: »Heute zwei Brötchen mehr, bitte.«

»Hat man nächtlichen Besuch gehabt?«

»Ja.«

»Noch eine Tante?«

»Ja.«

»Muß ein Ärger sein für einen jungen Mann wie dich mit so vielen Frauen.«

»Ziemlich.«

»Aber die kriegst du schon in die Zange, stimmt's?«

»Stimmt.«

Und dann gab ihm Herr Kasimir eines seiner berühmten Karamelbonbons mit Schokoladeüberzug.

»Ich habe später nachgerechnet«, sagte Carl, »und heraus kam, daß ungefähr zur selben Zeit mein Vater bei Lemberg fiel. Vielleicht gerade an einem dieser herrlichen Nachmittage, als mir Edith Stein all diese stummen Köpfe zeigte, die Friedrich Blumenbach in seinem Akademischen Museum gesammelt hatte und die mich so tief beeindruckten; geträumt habe ich von ihnen, ich war so klein wie eine Ameise und bin durch die Augenhöhlen in die Schädel spaziert, die wie Kirchenschiffe waren. Oder vielleicht, als wir über die Felder wanderten, in unseren Rucksäcken Wurst und Brot, die meine Tanten spendiert hatten, weil diese Sachen inzwischen schon das Dreifache kosteten. Als Fräulein Stein und ich uns an der Hand hielten und *Im Frühtau zu Berge* sangen, als wären wir Hänsel und Gretel, voll dem Wohlgefallen, das wir aneinander hatten. Ungefähr zu dieser Zeit, ja, tatsächlich zu dieser Zeit hat meinen Vater die Kugel getroffen oder ein Granatsplitter, wer soll das wissen, wer will das wissen. Meine Mutter hat der zweite Krieg umgebracht, meinen Vater der erste. Und beide auf ähnliche Weise. Meine liebe Margarida meinte, das habe etwas zu bedeuten, sie verehrte Bedeutungen, und Bedeutung hieß bei ihr immer etwas Gutes. Der – wenn man es recht bedenkt – brutale Wunsch, daß es in der Welt und im Leben stets eine Ausnahme zu unseren Gunsten geben müsse. Und falls Leben und Welt für diese Ausnahme zu kurz

geraten sollten, werden Leben und Welt eben ins Jenseits hinein verlängert. Margarida sagte: ›Du hast eben doch nicht recht. Sie haben
sich geliebt, deine Eltern.‹ Und ich sagte: ›Schön. Und um das zu beweisen, mußten zwei Kriege her?‹ Ich habe nicht an meinen Vater
gedacht, den ganzen Sommer über nicht ein Mal. An meine Mutter
habe ich gedacht, an meine Großmutter, an meinen Großvater, an meinen Vater nicht. Wenn wir uns drüben begegnen, was mir in letzter Zeit beunruhigenderweise immer plausibler erscheint, wird mir
ein junger Mann gegenüberstehen, der vielleicht Geheimnisse hinter
seiner Stirn trägt – vielleicht hat er ja tatsächlich das Briefpapier des
XX. Korpskommandos Brixen gefälscht! –, er wird die Hacken zusam-
menschlagen und mir die Hand schütteln, und mehr wird wahrscheinlich und leider nicht sein. Sollte allerdings meine Mutter bei ihm stehen, im zweiteiligen Wollkostüm in Altrosa, die Ärmel besetzt mit je
zwei Fuchspelzstreifchen, und sollten sich die beiden womöglich sogar bei der Hand halten – nun, ich nehme an, in diesem Fall wird
Margarida nicht weit sein, und sie wird sagen: ›Siehst du, du verkalk-
ter, blöder Agnostiker, du hast eben doch nicht recht gehabt.‹ – Wenn
zwei so einen wie mich in die Welt befördern, hat das eine Bedeutung.
Falou e disse!«

4

Die Erinnerung formt sich nach den Folgen des Erinnerten; der Phantasie liegt ein stabiles gegenwärtiges Verlangen zugrunde, nämlich: sich einzubilden, wer man in der Vergangenheit hätte gewesen
sein können; und trotz aller Vorsicht, nur ja nicht Wirklichkeit und
Wunsch zu verwechseln, streckt sich das Fragezeichen des Konjunktivs allmählich zum Rufzeichen des Indikativs, so daß das Erinnerte
bald alles andere als ein Bild aus der Vergangenheit darstellt, sondern
nur noch die Nöte der Gegenwart spiegelt. Die Vergangenheit ist der
Laden des Teufels, sagt Ralph Waldo Emerson, wenn ich mich recht
erinnere, und der Teufel liefert jede Ware, die gewünscht wird; was
ja wohl heißen soll, daß Erinnerungen immer lügen, weil sie aus dem
Fundus des Lügenkönigs stammen ... – Ich spreche nun von mir, Se-

bastian Lukasser, Vorwort und Vorsicht gelten *meinen* Erinnerungen. Daß ich so ausführlich über die Begegnung zwischen Carl und Edith Stein im Sommer 1914 berichte, hat auch – vor allem, möchte ich sagen – seinen Grund in meiner eigenen Biographie – und in der Biographie meiner Mutter.

Über meine Mutter habe ich bisher wenig erzählt. Das bedrückt mich, weil es ungerecht ist; was es zu erzählen gibt, bedrückt mich allerdings noch mehr. Bei unserem Gespräch nach Carls Beerdigung – bei welcher Gelegenheit sie übrigens zum erstenmal ihren Enkel David sah –, fragte sie mich, wie meine Gedanken an sie aussähen, und weil sie mich ausdrücklich bat, ehrlich zu sein, antwortete ich ihr, ich könne nicht anders an sie denken als entweder mit einem schlechten Gewissen oder mit Wut und Fassungslosigkeit, meistens mit einem Gemisch aus allem, wobei eins dem anderen Munition liefere. Sie blickte an mir vorbei auf den Zierlorbeer, der innen an der Friedhofsmauer wuchs, und sagte: »Dafür bitte ich dich um Verzeihung.« Etwas Ähnliches hätte ich mir denken können. Ich war trotzdem nicht darauf gefaßt gewesen. Es zog mir den Boden unter den Füßen weg und die Tränen aus den Augen. David hat mich umarmt. Ich sagte zu ihr: »Ich danke dir, Mama. Mein Sohn hat mich umarmt. Das hast du bewirkt.« Was ein unsäglich querulantisches Zeug war und wofür ich mich auf der Stelle auch unsäglich schämte. Sie stand vor uns, barfuß in Sandalen, in ihrem braunen Ordenskleid, das mir wie ein Manifest gegen mich vorkam, das schwarze Skapulier über Kopf und Schultern, die Haut unter den Augen in einem unglücklichen körnigen Rosa, und sagte ohne Regung in der Stimme: »Du bist ein Zyniker geworden, Sebastian. Warum?« Was ich gesagt hatte, war vielleicht blöde, es war hilflos bockig, aber zynisch war es nicht gemeint gewesen. David hatte es bestimmt nicht so verstanden; nun blickte er mich an, und in seinen Augen war Abscheu. Und ich war wieder einmal von meiner Mutter vor drei Möglichkeiten gestellt worden: Entgegnung, Bestätigung oder Schweigen. Egal, wofür ich mich entschied, ich würde als ein Schuldiger zurückbleiben …

Es gibt nichts Richtiges im Falschen, deshalb war immer alles falsch, was sich zwischen meiner Mutter und mir abgespielt hatte; wobei ich mir die Schuld daran anrechne – was kein großsprecherisches An-die-Brust-Schlagen ist, sondern traurige Konsequenz aus der Tatsache, daß ich mir unserer neurotischen Beziehung stets bewußt war, sie sich aber nicht; daß es also immer bei mir gelegen hätte, steuernd einzugreifen. Wenn sie mich dennoch um Verzeihung bat, dann, weil sie lediglich vermutete, irgendwann einmal in unserer Vergangenheit einen Fehler begangen zu haben, eine Art Grundfehler vielleicht; sie erinnerte sich zwar nicht daran, wollte sich aber vor dem Privileg des Verletzten, auf alle Fälle recht zu haben, beugen, und zwar in Demut. Unsere Beziehung war nicht so geworden, weil einer von uns irgendwelche Fehler begangen hatte. Versäumnisse waren es. Es hat etwas Indirektes, Gespreiztes, Geheucheltes an sich, zu bereuen, daß man etwas *nicht* getan hat.

Meine Mutter gehört dem gleichen Orden an, in den Edith Stein nach ihrer Konvertierung zum Katholizismus eingetreten war – dem teresianischen Karmel –, und es war Edith Steins Autobiographie gewesen, die zehn Jahre nach dem Tod meines Vaters den letzten Ausschlag dafür gab, daß sie allem gesellschaftlichen Leben den Rücken kehrte – und als wäre das nicht schon genug, ihre Oberen außerdem bat, sie in ein Land zu versetzen, dessen Sprache sie nicht verstand, so daß die gewährten Ausnahmen des Schweigegelübdes ihr nur ja keine Erleichterung brächten. Sie lebt heute im Monastère du Carmel in Fouquières les Béthune nahe der belgischen Grenze, bewohnt dort eine Zelle von drei Metern Länge und zwei Metern Breite, in dem es nur wenige Gegenstände gibt, die sie an ihr Leben davor erinnern, und außer der *Regula Montis Carmeli* und des Neuen Testaments nichts zu lesen. Sie nennt sich Benedicta Teresa, das sind Edith Steins Ordensnamen in umgekehrter Reihenfolge. Robert Lenobel hat mich einmal nach meiner Mutter gefragt; ich antwortete, sie lebe in Frankreich. Der Fuchs hat ein Instrument zum Aufspüren neurotischer Schwingungen in seinem Hirn eingebaut, er bohrte weiter, und ich erfand drauflos. Ob sie wieder verheiratet sei, fragte er; ich sagte, nein; ob sie mit jemandem zusammenlebe, fragte er; und weil ich fürchtete, wir nähern uns wie beim heiteren Beruferaten mit Robert Lembke allmählich der Wahrheit, sagte ich, ja, sie lebe in einer Gemeinschaft. Das rechtfertigte ich vor mir damit, daß sie ja tatsächlich in einer Gemeinschaft lebte; ich also genaugenommen nicht gelogen und somit auch keinen Verrat an meiner Mutter begangen hatte. Zu Evelyn sagte ich einmal, meine Mutter sei tot. So etwas kann man nicht zurücknehmen. Man müßte es aber zurücknehmen. Ich konnte es nicht ...

Sie war nie fromm gewesen. Jedenfalls hatte ich als Kind nie den Eindruck gehabt, sie sei es. Später hätte ich es wohl gar nicht gemerkt. Manchmal sind wir in die Kirche gegangen, allerdings nur, weil mein Vater es wollte. Der Herrgott fiel ihm ein, am hellichten Nachmittag, und er meinte, es könne schaden, wenn man sich nicht ab und zu bei ihm zurückmeldete. Er schleppte meine Mutter und mich in die Kirche am Gürtel in der Nähe vom Westbahnhof (ich weiß ihren Namen nicht, die geziegelte mit dem Kuppelschiff, an der schon seit vielen Jahren ein abwaschbares Transparent mit der Aufschrift »Es gibt einen, der dich liebt ... Jesus Christus« hängt). Mein Vater wollte, daß außer uns niemand in den Bänken sei, und das war in dieser Kirche an den Nachmittagen der Fall. Er fürchtete nämlich – und hoffte zugleich –, jemand würde ihn erkennen, er hielt es für kein günstiges Image für einen Jazzmusiker, in Kirchen herumzuhängen. Wir knieten in der vordersten Reihe, ich zwischen meinen Eltern, und mein Vater trug laut ein Phantasiegebet vor – wunderbar rhythmisiert übrigens –, in dem wir, seine Frau, sein Sohn, vorkamen, manchmal auch Carl; in dem er seiner Sorge, womöglich doch kein großer Künstler zu sein, Ausdruck gab und in dem er seine Vorsätze aufzählte – mehr üben, mehr üben, mehr üben, nicht so lange schlafen, nicht immer gleich explodieren, die Mama und den Sohn öfter küssen, mehr verdienen, um die Schulden bezahlen zu können. Er preßte die Hände vor die Augen, und ich dachte, jetzt denkt er sich seinen größten Vorsatz, nämlich: nicht mehr zu trinken. Meine Mutter hatte wie ich die Hände gefaltet, sagte wie ich am Ende des Gebets Amen – weil das Gebet erfunden war, wußten wir nicht, wann das Amen kam, weil mein Vater aber wollte, daß wir alle drei im Chor das Amen sagten, kündete er es jedesmal an: »Und jetzt gemeinsam: Amen!« –; ansonsten wirkte sie unbeteiligt – als gehöre sie einer anderen Religion an und verstehe diese hier nicht oder gehöre überhaupt keiner Religion an. Sie wartete, bis mein Vater fertig war. Und entsprach damit dem Bild, das ich von ihr hatte: eine Frau, die wartet. Ohne Ungeduld. Die auf nichts Bestimmtes wartete. Ihr Warten war pure Negation. Daß die Zeit vergehe. Daß keine Zeit mehr sei.

Sie war keine ambitionierte Hausfrau, war sie nie gewesen. In diesem Punkt herrschte bei uns zu Hause Gleichberechtigung. Wir waren alle gleich nachlässig, und keinen von uns störte das. Manchmal aßen wir Tage hintereinander nur Brot mit Butter und Honig und tranken Kakao dazu (sie streute übrigens Pfeffer über den Honig). Nicht weil wir kein Geld hatten, sondern weil es keiner von uns über sich brachte, hinüber zum Johann Lammel zu gehen, um etwas Gescheites zum Essen einzukaufen. Der Haushalt war nie ein Thema gewesen. Geld übrigens auch nicht. Jedenfalls nicht in meiner Gegenwart. Wir waren eine Familie, in der zwar jeder Groschen umgedreht werden mußte – was ausschließlich meine Mutter übernahm –, in der Geldmangel jedoch niemals zu Streit führte. Darüber kann ich mich heute noch wundern. Mein Vater nahm gelegentlich Jobs an, kleine, leichte Arbeiten; bei der Post einmal, daran erinnere ich mich, er mußte beim Westbahnhof Pakete werfen und hat uns am Abend seine Muskeln gezeigt, hat aber bald damit aufgehört, weil er fürchtete, er könnte sich einen Finger brechen und nicht mehr Gitarre spielen. Immer wieder gab er Gitarrestunden, fuhr mit dem Fahrrad durch die Stadt zu seinen Schülern, die Gibson in der gepolsterten Tasche auf dem Rücken. An den Abenden spielte er in verschiedenen Formationen in verschiedenen Lokalen, im Sommer vor Touristen in Grinzing in einem Schrammelquartett (auf der Gibson!). Carl redete ihm ins Gewissen, er solle sein Talent nicht vergeuden; wenn er Geld brauche, werde er es ihm geben; das sei kein Almosen, sondern der Tribut des Untalentierten an den Talentierten – und so weiter. Ich glaube, meine Mutter hätte nichts dagegen gehabt; aber mein Vater wollte es nicht; besser: meistens wollte er es nicht; besser: immer wieder fiel ihm ein, daß er es eigentlich nicht wollte.

Wie Carl sie mir als junge Frau beschrieb, erkenne ich sie nicht wieder: nervös, getrieben, monoman. In dem zarten, struppigen Mann, der mehrere Male in der Woche mit Carl im Imperial frühstückte, hatte sie geglaubt, den für sie Bestimmten zu erkennen. Erst wohnten sie bei Georgs Mutter in dem Gemeindebau im 17. Bezirk in der Zeilergasse (vis-à-vis hauste übrigens der wallbärtige König der Contragitarre, Anton Strohmayer; wenn er sich in seiner Küche den Kaffee aufbrühte, konnte ihn Georg sehen; manchmal winkten sie einander zu). Agnes' Vater galt als vermißt, ihre Mutter zögerte jedoch, ihn für tot erklären zu lassen. Einmal nur, bei der Hochzeit und dem anschließenden Essen in der Goldenen Glocke in der Kettenbrückengasse, hatte Georg seine Schwiegermutter gesehen – eine Frau mit aufgequollenen Augen und einem lippenlosen Strich als Mund, aber den grell geschminkt. Georg fand schließlich eine eigene Wohnung, draußen in der Penzingerstraße, nicht weit vom Technischen Museum. Die Wohnung war billig. Aber, wie Carl meinte, unmöglich geschnitten. Die Zimmer reihten sich wie auf der Wäscheleine hintereinander, und zwar in einer merkwürdigen Abfolge – wenn man eintrat, befand man sich in der Waschküche, es folgten die Küche, das Wohnzimmer, das Schlafzimmer, das Bad und zuletzt ein eventuelles Kinderzimmer, das blickte in einen Garten mit Kirschbäumen hinaus. Carl schlug vor, in seinem Haus am Rudolfsplatz eine Wohnung für sie einzurichten. Das wollte Georg nicht, und Agnes wollte es auch nicht.

Als Agnes schwanger war, wurde ihr im Imperial gekündigt. Kellnerinnen mit einem dicken Bauch paßten nicht in das Café eines Nobelhotels. Carl riet ihr, sich an die Arbeiterkammer zu wenden oder an die Gewerkschaft. Statt für sie zu kämpfen, bot ihr die Gewerkschaft einen Posten als Sekretärin an. Erst aber blieb sie zu Hause und kümmerte sich um das Kind. In dieser Zeit lebten sie von Carls Geld. Er richtete bei der Postsparkasse ein Konto für sie ein, lautend auf Agnes und Georg Lukasser, und überwies monatlich einen Betrag. Dafür besuchte er sie öfter und ließ sich von Georg auf der Gitarre vorspielen. Er besorgte auch einen Plattenspieler und Schallplatten – Louis Armstrong, Charlie Parker, Billie Holiday, Enrico Caruso, Dizzie Gillespie, Coleman Hawkins –, das seien nicht Geschenke, sagte er, sondern Investitionen. Er stieß auf kein großes Interesse. Georg und Agnes taten den lieben Tag lang nichts anderes, als sich um das Kind zu kümmern. Georg vernachlässigte die Musik, die Gibson lag eingepackt in ihrem Koffer im letzten Zimmer, das noch leer war. Das Kind schlief bei Georg und Agnes im Bett. Agnes ging an den Nachmittagen zusammen mit Carls Schwester Valerie und dem Kinderwagen spazieren. Georg verließ nur sehr selten die Wohnung. Und er zog sich selten etwas anderes an als den Schlafanzug. Er trank nicht viel, aber ständig. Er verlor den Überblick, dachte, es seien nicht mehr als zwei Achtel oder drei oder höchstens vier am Tag, während Agnes wußte, es war nie weniger als eine Flasche. Carl ermahnte Georg, nicht auf das Üben zu vergessen, ein Talent könne verkümmern, und es könne sogar absterben. Georg reagierte unverhältnismäßig zornig. Musik entstehe nicht in den Fingern, sondern im Kopf, sagte er, und die Liebe zu seinem Kind sei die beste Musik, also übe er. Carl zog sich zurück, der Kontakt brach ab. Die monatliche Überweisung blieb aufrecht. Nach einem Jahr stand Georg vor Carls Tür, erklärte, das Geld sei nun nicht mehr nötig, weil Agnes mit ihrer Arbeit beim Gewerkschaftsbund begonnen habe, und fragte, ob Carl der Pate seines Sohnes werden wolle, man habe nämlich beschlossen, ihn taufen zu lassen, man könne ja nicht ausschließen, daß etwas dran sei, im übrigen übe er jeden Tag mindestens drei Stunden. Es sei ihm eine Ehre, sagte Carl. Der Streit war vergessen. Agnes fuhr nun jeden Morgen mit der Straßenbahn von Penzing zum Karlsplatz und ging weiter zu Fuß die Prinz-Eugen-Straße hinauf zur Bezirkszentrale des ÖGB. Am späten Nachmittag kehrte sie zurück, bügelte die Hemden, räumte die Wohnung auf, kochte. Georg trug das Kind auf dem Arm, fütterte es feist, rollte mit ihm auf dem Boden durch die Zimmer, schlief, wenn es schlief, spielte ihm vor und ließ es mit den Patschfingern in die Saiten greifen, bis es sich an der hohen E verletzte. Freitags, samstags und sonntags trat er in den Clubs auf. In den ersten Morgenstunden kam er nach Hause und war betrunken. Bis in den Nachmittag hinein schlief er. Als der Sohn fünf Jahre alt war, brachte er seinem Vater das Frühstück ans Bett. Agnes bereitete es vor, bevor sie zur Arbeit fuhr, Kaffee in der Thermoskanne, Käsebrot zwischen zwei Tellern, damit es nicht austrocknete. Georg versprach seinem Sohn, daß bald alles anders würde, es sei im Augenblick eine schwierige Zeit. Den Kaffee ließ er, statt dessen trank er Weißwein. Bevor Agnes von der Arbeit nach Hause kam, putzte er sich die Zähne und gurgelte mit Kaffee, den Rest schüttete er ins Waschbecken. Er haßte Kaffee. Als der Sohn sechs Jahre alt war, zog er die Mutter am Ärmel in sein Zimmer und sagte: »Er schläft bis um drei, und bevor du kommst, putzt er sich die Zähne und gurgelt mit Kaffee.« Sie nickte und versprach, mit dem Vater zu reden. Der Sohn beobachtete seine

Eltern, spionierte ihnen nach, sah sie aber nicht miteinander sprechen. Vielleicht redete die Mutter ja in der Nacht mit dem Vater, das konnte er nicht hören, weil zwischen seinem Zimmer und dem Schlafzimmer das Bad lag, und dort rauschte die Klospülung, der Ablauf vom Reservoir war nämlich nicht dicht. Er glaubte, es würde nützen, wenn sie mit ihm redete, und warf ihr vor, daß sie es nicht tat. Als er sieben Jahre alt war und in die Schule kam, war Georg an den Tagen allein in der Wohnung. Er spielte auf der Gibson und trank. Er bevorzugte nun Whisky, Vat 69, Jim Beam und den roten Johnnie Walker. Wenn der Sohn wieder damit anfing, schüttelte Agnes nur den Kopf, und ihre Augen wurden wie Zement. Der Sohn nahm eines Tages seinen Mut zusammen und bat den Vater, nicht soviel zu trinken. Georg bekam einen hysterischen Anfall, schrie, ob es denn schon wieder soweit sei, daß ein Kind seinen Vater bespitzle und verleumde. Durch all diese Jahre hatte der Sohn ein schweres Herz, weil sein Vater ein Trinker war, er aber nicht wußte, ob es wirklich so schlimm war, wie er dachte, oder nur eine vorübergehende Schwäche, und er dem Vater vielleicht unrecht tat, was ihn nur noch weiter schwächen würde. Als er zehn war und in der ersten Klasse des Gymnasiums, brach Georg zusammen. Agnes wollte sich scheiden lassen. Sie schimpfte, und das hörte sich für den Sohn an wie eine Reklamation. Sie hat sich von uns abgekoppelt, dachte der Sohn. Sie fühlt sich nicht mehr zu unserem Gespann gehörig. Sie war auf einmal anders. Ihre Stimme war anders – vorne im Mund gebildet, scharf und überartikuliert –, ihr Schritt war anders, die Bewegungen ihrer Hände waren anders, zuckend, provokant, unkontrolliert, spastisch. Der Sohn dachte sich: Die Mutter ist ohne Gefühl; ohne Gefühl für ihren Mann, ohne Gefühl für ihren Sohn, ohne Gefühl für jeden Menschen auf der Welt.

5

Es fing damit an, daß sie die Flaschen aus dem Haus räumte, die leeren und die halbleeren und die vollen. Mein Vater packte sie bei den Armen, schüttelte sie, ich dachte, er bricht ihr das Genick. Er schlug ihr mit einem Tritt die Beine weg und stieß sie zu Boden. Er trat weiter gegen ihre Füße und ihre Unterschenkel und gegen ihr Becken. Sie kroch zur Tür, stolperte hinunter auf die Straße und in den Laden und rief Carl in Innsbruck an. Währenddessen demolierte mein Vater die Küche, stürzte den Kasten mit dem Geschirr um und warf sich mit Anlauf gegen die Wand, bis er aussah, als wäre er gegen Floyd Patterson im Ring gestanden. Ich kauerte im hintersten Zimmer in meinem Bett, die Decke wie ein Gespenst über Kopf und Schultern, und heulte mir die Seele hohl. Zwanzig Stunden später, als Carl und Margarida an der Tür schellten, lag mein Vater im Wohnzimmer auf dem Sofa und wimmerte und krampfte und wollte nicht, daß jemand einen Arzt rufe, und bat darum, ihn die Sauerei aufräumen zu lassen. Es schüttelte ihn so sehr, daß er das Glas nicht halten konnte. Carl flößte ihm Whisky ein, weil er fürchtete, er werde sonst ins Delirium fallen. Mein Vater schämte sich – vor meiner Mutter, vor mir und vor Carl. Er versuchte, einen Spaß für mich zu machen, nämlich den, den ich, als ich klein war, so gern gehabt hatte. Er steckte einen Daumen in den Mund und drückte mit dem anderen Daumen von innen gegen den Oberarm und pustete, so daß es aussah, als blase er seinen Bizeps auf. Und dann weinte er. Margarida sagte, sie werde sich um ihn kümmern. Die Tür zum Wohnzimmer stand offen, so daß meine Mutter und Carl in der Küche hören und, wenn sie zwei Schritte zur Seite traten, auch sehen konnten, was im Wohnzimmer vor sich ging. Mich hatte man ins Bett geschickt. Natürlich konnte ich nicht schlafen. Irgendwann schien sich mein Vater beruhigt zu haben. Ich schlich durchs Badezimmer und weiter durchs Schlafzimmer. Die Tür zum Wohnzimmer war nur angelehnt. Ich spähte durch den Spalt. Ich sah, daß Margarida dicht neben meinem Vater saß. Sie hatte ihre Hand in seiner offenen Hose, und die glitt langsam über seinen Penis. Mein Vater lag breit ausgestreckt über dem Sofa, ein Bein auf dem Boden, die Augen offen, atmete schwer. Und ich sah, daß meine Mutter in der Küchentür stand und Margarida beobachtete. In ihrem Gesicht war eine geistesabwesende Interessiertheit, wie wenn sie jemandem beim Rosenschneiden zusähe. Sie bemerkte mich, aber das änderte nichts in ihrem Gesicht. Ich habe nie mit meiner Mutter darüber gesprochen. Aber mit Margarida habe ich darüber gesprochen. Allerdings erst viel später. »Es war die einzige Möglichkeit, deinen Vater zu beruhigen«, sagte sie und hustete sich den Drang zu lachen aus der Brust. »Das habe ich mir damals eigentlich auch gedacht«, log ich. Daß ihr meine Mutter dabei zugesehen hatte, sagte ich ihr nicht. Ich war erst zehn gewesen, und von Liebe, Eifersucht, Begehren wußte ich gar nichts. – Ich tastete mich durch die Dunkelheit in mein Zimmer zurück. Normale Kinder glauben, daß ein Vater unzerstörbar sei; ich wußte es besser. Irgendwann wachte ich auf, weil ich Carl und meine Mutter reden hörte. Sie waren im Bad, ich konnte sie deutlich verstehen. Carl warf meiner Mutter vor, daß sie ein Kind bekommen hatte …

Entziehungskur, anschließend Kreta. Ich in Innsbruck und in Lissabon. Als ich nach einem Jahr zu meinen Eltern nach Wien zurückgebracht wurde, erwarteten sie mich am Westbahnhof als ein glückliches Paar. Margarida hatte mich im Zug begleitet. Erst hob mich meine Mutter zu ihrem Gesicht und küßte mich, dann mein Vater. Meine Mutter umarmte Margarida, und mein Vater umarmte Margarida. Ich dachte mir, vielleicht habe ich mir alles nur eingebildet in jener Nacht, was Margarida an meinem Vater angestellt hatte, was Carl im Bad zu meiner Mutter gesagt hatte. Meine Eltern sahen gut aus. Braungebrannt waren sie, verjüngt waren sie, zugenommen hatten sie, nicht mehr so ausgezehrt waren sie. Mein Vater ging vor mir in die Hocke und sagte:»Nicht einen Schluck habe ich getrunken. Bist du stolz auf mich?« »Ja, ich bin stolz auf dich«, sagte ich. »Hast du dich in Innsbruck in ein Mädchen verliebt?« fragte meine Mutter. »Ich war sogar in Lissabon«, sagte ich. »Und in Brasilien«, fügte Margarida bedeutungsvoll hinzu. Wir gingen zu Fuß zur Penzingerstraße. Meinen Rucksack trug ich selbst, meinen Koffer trug mein Vater. Meine Mutter legte ihren Arm um ihn und hielt im Rücken seinen Gürtel fest. Ich kannte sie nicht mehr wieder und mußte sie erst wieder kennenlernen.

Es folgten unsere schönen Jahre. Mein Vater trank nichts mehr, sogar Rasierwasser gestattete er sich nicht, und wenn wir in ein Gasthaus essen gingen, fragte er den Kellner, ob Wein in der Sauce sei, und sagte mit Noblesse in der Stimme: »Sie müssen nämlich wissen, ich bin Alkoholiker.« Meine Mutter erzählte mir: daß sie in Kreta in einem Dorf in den Bergen gewohnt hätten, das sei umgeben gewesen von Olivenhainen; jeden Tag hätten sie etwas zu essen in einem Korb mitgenommen und die Nylonsaitengitarre und eine Decke und seien gewandert, ohne Ziel, hätten sich in den Schatten eines Olivenbaums gelegt; Papa habe ihr Melodien vorgespielt, die ihm in der Nacht in den Träumen eingefallen seien, einige habe er sich notiert, die meisten habe er vergessen; sie seien auf der Decke gelegen und hätten in den Himmel geschaut. »Und das ein Jahr lang?« fragte ich. »Mir kam es viel kürzer vor«, sagte sie.

Mein Vater stellte eine neue Band zusammen – der kugelköpfige, lustige Adi Kochol am Baß, der mürrische Edwin Niedermeyer am Piano (er wurde ein paar Jahre später mit Wahnideen ins Irrenhaus am Steinhof gebracht, wo er mit einigen Unterbrechungen bis zu seinem Tod fast zwanzig Jahre lang blieb) und Philipp Mayer am Schlagzeug (er war mir der liebste, er hatte eine Freundin, die war umwerfend komisch, und er war das gar nicht, er war melancholisch und doch so stolz auf sie, wenn sie den Clown spielte). Sie reisten alle zusammen in einem alten Omnibus durch Deutschland, feierten in Hamburg und Köln Erfolge, spielten im Westdeutschen Rundfunk mit Albert und Emil Mangelsdorff eine Session ein (Attila Zoller saß im Regieplatz und schaute durch die Scheibe zu. Der Aufnahmeleiter wollte, daß Attila und mein Vater im Duett spielten, das lehnten aber beide, lange lachend, ab). Als mein Vater von dieser Tour zurückkam, ging er wieder vor mir in die Hocke und sagte: »Nicht ein Tropfen, Sebastian! Bist du stolz auf mich?« Und ich sagte: »Das bin ich, Papa, ja.« Er nahm seine erste Schallplatte auf. *One Night in Vienna*. Der Produzent begriff nicht einmal ansatzweise, mit was für einem Kaliber er es hier zu tun hatte. Er setzte auf Bewährtes, nur zwei eigene Kompositionen meines Vaters ließ er zu, die anderen Nummern waren Standards. (Bei Gershwins *Summertime* steuerte übrigens Art Farmer ein Solo auf der Trompete bei, er war damals bei der ORF-Bigband engagiert und saß manchmal bei uns in der Küche, still und traurig, der blasseste Schwarze, den ich je gesehen habe, als wäre Asche in die Poren gedrungen.)

Ein gewisser Maximilian Farebrother, der eigentlich zu anderen Aufnahmen in dem Studio war, spielte spontan bei zwei Nummern das Tenorsaxophon, und er erkannte, was in meinem Vater steckte. Er vermittelte ihn an ein Jazzlabel in London, und dort nahm mein Vater bereits ein halbes Jahr später seine zweite Platte auf. Und diese Platte war eine Sensation. Sie katapultierte ihn in Jazzkreisen an den Himmel. Sie war *Agnes Lukasser* gewidmet und hatte den Titel: *George Lukassers Lassithi Dreams.* Der Titel sollte sie an Kreta erinnern, wo sie sich fast zehn Wochen lang auf der Hochebene von Lassithi zwischen den Windmühlen herumgetrieben hatten und wo der Engel der Musik Nacht für Nacht die Träume meines Vaters heimgesucht und ihm aus dem goldenen Firmament Melodien mitgebracht hatte. Mein Vater war gemeinsam mit Adi Kochol und Philipp Mayer nach London geflogen, im Studio waren sie von dem Saxophonisten Lee Konitz und dem Pianisten Lennie Tristano erwartet worden, die damals bereits gute Namen hatten. Nur eigene Kompositionen meines Vaters wurden eingespielt, auch im Arrangement richtete man sich allein nach seinen Wünschen und Vorstellungen. – Miles Davis hat Anfang der achtziger Jahre in einem Zeitungsinterview an diese Aufnahmen erinnert, als er sagte: »Was heißt Avantgarde? Lennie Tristano, Lee Konitz und George Lukasser haben vor fünfzehn Jahren Ideen gebracht, die kühner als alle diese neuen Dinge waren. Aber als sie es taten, hatte es Sinn.« Ich habe mir das Interview unter Glas gerahmt und überallhin mitgenommen, es hängt heute in meinem Arbeitszimmer.

Studioaufnahmen in Berlin, wieder in Köln, in München und schließlich in New York folgten. Der Höhepunkt in der Karriere meines Vaters: eine Tournee durch die Vereinigten Staaten von Amerika, gemeinsam mit Chet Baker. – Fast ein Jahr waren meine Mutter und ich allein.

Eine solche Selbstverständlichkeit waren wir uns gegenseitig in dieser Zeit, daß wir ohne jedes äußere Zeichen einer Zuwendung auskamen; wir küßten uns nicht, wir umarmten uns nicht, ich legte meinen Kopf nicht an ihre Schulter; keine Neugierde empfanden wir füreinander; mit dem denkbar geringsten Aufwand an Worten kamen wir aus, als wäre der eine dem anderen ein externes Organ, telepathisch mit einem Zentrum verbunden, von dem sich nicht mit Bestimmtheit sagen ließ, wo es untergebracht war. Gestritten haben wir nicht (bis auf einmal). Gelacht haben wir aber auch nicht. Ich war gern zu Hause, und tagsüber hielt ich mich nicht hinten in meinem Zimmer auf, sondern bei ihr in der Küche. Sie arbeitete immer noch bei der Gewerkschaft, konnte ihre Zeit aber einteilen, wie sie es wollte. Ich wußte das nicht so genau. Vielleicht war sie ja auch nur auf Honorarbasis angestellt und wurde eingesetzt, wenn es nötig war. Manchmal war sie mehrere Tage hintereinander zu Hause, manchmal von morgens bis spät in die Nacht hinein im Büro unten im vierten Bezirk. Ich vermißte meinen Vater, aber das Leben ohne ihn war doch angenehmer, weil um so vieles leichter. Manchmal klingelte der Heinz Pachner an unserer Tür, der Lehrling unten beim Lammel, und sagte, der Herr Professor Candoris habe angerufen, ob wir ihn zurückrufen könnten. Wenn Carl und Margarida in Wien waren, besuchten sie uns und luden uns in die Innenstadt zum Essen ein. Meine Mutter blieb lieber zu Hause, nur einmal ging sie mit.

An den Nachmittagen breitete ich meine Schulsachen über den Küchentisch, spitzte meine Bleistifte und Buntstifte, schnitt Sportbilder aus Zeitschriften aus und klebte sie in verschiedene Hefte oder betrachtete Menschenhaare, Fliegenbeine und Schimmelkäse unter dem Mikroskop, während meine Mutter herumwerkelte. Oder wir hörten uns gemeinsam ein Hörspiel an. So sehe ich sie: die Brauen hochgezogen, mit den Lippen die Bewegungen ihrer Finger nachahmend, sich immer wieder mit einer überflinken Bewegung ins Haar fahrend. Ich wußte nicht, was das für eine Sache war, ob sie etwas für sich bastelte, oder eine Heimarbeit gegen Bezahlung. Manchmal erledigte sie Gewerkschaftspost, dann lagen vor ihr eine Liste und Kuverts, links die noch leeren, rechts die bereits bearbeiteten, darüber die Briefe, die, auf ein Drittel zusammengefaltet, versandt werden sollten, weiters ein Bogen mit Briefmarken und eine Plastikschale, in der ein Stück feuchter Schaumgummi lag. Sie schrieb die Adressen mit einem Füllhalter, den ich nicht einmal berühren durfte, über ihren rechten Daumen hatte sie eine Kappe aus rotem, durchlöchertem Gummi gestülpt.

Eines Tages brachte sie einen hohen Packen alter Zeitschriften aus der Stadt mit, sie trug ihn die Treppe herauf, er reichte ihr vom Gürtel bis zum Kinn – *Quick, Stern, Spiegel, Constanze*, einige Sportzeitungen waren darunter, aber auch alte Tageszeitungen, *Krone, Kurier, Arbeiterzeitung* – alle datiert von August bis September 1960, nämlich als die Olympischen Spiele in Rom stattgefunden hatten. Sie sagte mir nicht, woher die waren. Ich vermutete, jemand hatte sie ihr geschenkt.

Aber wer? Sie wollte mir eine Freude bereiten, und das erschreckte mich merkwürdigerweise. Ich konnte mir meine Mutter nicht als jemanden vorstellen, der darüber nachdenkt, wie er einem anderen eine Freude bereiten könnte, schon gar nicht, wenn es sich dabei um mich handelte. Bei der Fußballweltmeisterschaft 1958 hatte ich zu sammeln begonnen. Ein Heft besaß ich, in das ich nur Bilder des brasilianischen Rechtsaußen Garrincha geklebt hatte. Er war mein Liebling gewesen. Auf dem Schulweg hatte ich seinen Namen halblaut vor mich hin gesagt wie eine Zauberformel. Inzwischen interessierte mich Leichtathletik mehr als Fußball. Bis spät in die Abende hinein saßen wir nun zusammen und schnitten im Licht der Küchenlampe Bilder aus. Sie war dabei sehr geschickt. Mit einer Fingernagelschere schnipselte sie an den Konturen der Körper entlang, so daß am Ende die Sportler ohne Hintergrund, als wären sie noch gar nicht in der Welt angekommen, über die linierten Seiten liefen oder den Speer, den Hammer, den Diskus schleuderten oder am Reck, an den Ringen, am Barren, am Pferd turnten oder vom Sprungbrett sprangen oder den Ball auffingen oder ihn in den Korb warfen oder den Hockeyschläger schwangen oder zu acht plus Steuermann mit Sprechtüte in einem Boot ruderten. Im Sommer 1960 war ich in Innsbruck bei Carl und Margarida gewesen und hatte gar nichts von den Olympischen Spielen mitgekriegt, weil sich die beiden nicht für Sport interessierten und ich außerdem einige sehr anspruchsvolle Sorgen hatte, die es nicht zuließen, daß ich mich ablenkte. Ich nehme an, meine Mutter wollte mit den Zeitschriften vor mir Abbitte leisten, jedenfalls kam mir dieser Gedanke; andererseits glaubte ich nicht – und kann es mir auch heute nicht vorstellen –, daß sie von sich aus auf diese Idee gekommen war. Vielleicht hatte sie mit jemandem über mich geredet. Vielleicht hat ihr derjenige gesagt, es sei nicht anständig von ihr gewesen, mich ein Jahr lang zu anderen Leuten zu schicken. Vielleicht hat sie zu ihm gesagt: Es ist nun einmal geschehen, wie soll ich es zurückzaubern? Und er hat gesagt: Eine Freude kannst du ihm machen. Wofür interessiert er sich denn? Und sie hat gesagt: Für Sport. Und da ist ihm eingefallen, daß er irgendwo, im Keller oder im Dachboden, einen Haufen alter Zeitschriften und Zeitungen liegen hatte. So habe ich mir die Sache zurechtgelegt – mit der etwas unheimlichen Ahnung, daß es in dieser Stadt jemanden gab, den ich nicht kannte, der aber mich kannte und meinte, er müsse sich als mein Anwalt zwischen mich und meine Mutter stellen. Sie riet, wir sollten uns nur auf eine Sportart beschränken, und schlug Leichtathletik vor, weil sie wußte, daß mir die Sportler aus dieser Disziplin am besten gefielen. Unsere Helden waren: Bikila Abebe aus Äthiopien, der den Marathon barfuß gelaufen war und den Zweiten um mehr als eine Stadionlänge abgehängt hatte, ohne dabei nennenswert zu schwitzen, wie es in einem Artikel hieß; Armin Hary, der als erster Mensch die hundert Meter in 10,0 gelaufen war (eine der Sportzeitschriften hatte anläßlich der Eröffnung der Spiele eine lange, reich bebilderte Rückschau gehalten, und darin fand ich ein Bild von Jesse Owens, dem goldenen Sprinter und Weitspringer von Berlin 1936, auf dem er jemandem, der links neben ihm steht, die Hand reicht; zufällig gab es auch ein Foto von Hary, wie er die Hand ausstreckt, und zwar nach rechts; ich klebte die Bilder nebeneinander, und auch wenn Hary darauf deutlich kleiner war als Owens, sah es aus, als reichten sich die beiden die Hand); oder: Ralph Boston, Goldmedaille im Weitsprung, 8,12 m (ich besaß drei Bilder von ihm, auf allen führt er seine berühmten Luftschritte vor, deutlich waren die drei Buchstaben auf seinem Leibchen zu sehen, die sein Heimatland, das ja vielleicht bald auch das unsere sein würde, bezeichneten – *United States Of America*); Rafer Johnson, der beste Zehnkämpfer (seinen Name sprachen meine Mutter und ich gern und oft aus, weil wir meinten, er passe so gut zu einem, der alles konnte); Waleri Nikolajewitsch Brumel, der Hochspringer aus der Sowjetunion, der in Rom zwar nur Zweiter geworden war, aber erst vor kurzem mit 2,28 m den Weltrekord aufgestellt hatte. Unser erklärter Liebling aber hieß: Wilma Rudolph. Sie hatte sowohl im Hundertmeterlauf und im Zweihundertmeterlauf die Goldmedaille gewonnen als auch in der 4 x 100-Meter-Staffel der Damen das amerikanische Team zum Sieg geführt. Auf einem der Bilder, die wir in den Zeitschriften fanden, hielt sie den Kopf etwas schief und lächelte, wie uns schien, verlegen. »Hier schaut sie aus wie du«, sagte ich zu meiner Mutter, und obwohl offensichtlich war, daß ich mir das nur ausgedacht hatte, freute sie sich und war einen Augenblick lang verwirrt, und ich kam nicht einmal auf den Gedanken, sie freue sich vielleicht gar nicht so sehr wegen der Ähnlichkeit mit Wilma Rudolph, sondern weil ihr Sohn sich ihr gegenüber wie ein Kavalier verhalten hatte. Als Kind sei Wilma, lasen wir in der Bildunterschrift, an Kinderlähmung erkrankt, und ihr rechtes Bein sei gelähmt gewesen, und in einem guten Spital habe man sie nicht aufgenommen, weil sie schwarz war. Da stand auch, daß sie in einem Ort namens St. Bethlehem geboren sei, was ja schon merkwürdig genug war, aber obendrein sei sie auch noch das zwanzigste von zweiundzwanzig Kindern gewesen. Bis zu ihrem zehnten Lebensjahr sei sie auf Krücken gegangen, aber genau an ihrem Geburtstag habe sie die Krücken weggeworfen und zu trainieren begonnen. Sechs Jahre später bereits, als Sechzehnjährige, nahm sie an den Olympischen Spielen in Melbourne teil und holte als Staffelläuferin die Bronzemedaille – damals war sie gerade drei Jahre älter als ich gewesen. Meine Mutter schnitt je ein Bild von Armin Hary und Wilma Rudolph aus – es zeigte die beiden im vollen Spurt – und klebte sie, meinem Vorbild beim Einkleben von Armin Hary und Jesse Owens folgend, übereinander, und zwar so, daß es aussah, als liefen sie um die Wette. Mir gefiel das nicht, denn es widersprach eklatant den Regeln, die es nun einmal nicht zuließen, daß Männer und Frauen gegeneinander antraten; außerdem hatte meine Mutter Wilma Rudolph einen kleinen Vorsprung gegeben, was schon gar nicht sein konnte, denn Armin Hary war genau eine Sekunde schneller gelaufen als sie. Ich riß die Seite aus dem Heft, woraufhin meine Mutter die restlichen Zeitschriften, die noch so viele Schätze bargen, nach unten brachte und in die Mülltonne warf. Eine Woche lang redeten wir kein Wort miteinander. Aber schließlich ging alles wieder so weiter wie bisher – nur daß ich mir meine Sporthefte nicht mehr in ihrer Gegenwart anschaute. Ich war dreizehn, fühlte mich nicht mehr als Kind, und sie fühlte, daß ich keines mehr war.

Diese bewußtlose, gleichsam biologische Einheit zwischen meiner Mutter und mir zerfiel, als mein Vater zurückkehrte. Er war immer noch trocken, aber er züchtete verrückte Ambitionen hinter seiner Stirn, die schließlich dazu führten, daß wir Wien verließen und nach Vorarlberg in ein winziges Dorf zogen. Meine Mutter und ich fanden nicht wieder in unser Paradies zurück. (Unser Paradies – so will ich es definieren – war der Ort, an dem wir nicht permanent von falschen Erwartungen bedroht waren.) An ein einziges wirkliches Gespräch mit ihr erinnere ich mich – ich meine damit ein Gespräch, bei dem ich den Eindruck hatte, ich unterhalte mich mit meiner Mutter und nicht mit einer Leihgabe an unsere Familie: Das war wenige Tage nach der Beerdigung meines Vaters. Wir unternahmen einen weiten Spaziergang; wir waren euphorisch – Folge meines Entsetzens und ihrer Zermürbtheit –, und auf einmal war eine wonnige, von aller Dumpfheit befreite, glücklich aus dem Tunnel entlassene, vernünftig heitere Innigkeit zwischen uns. Ich wünschte, wir hätten sie nicht wieder verloren ...

6

Über meine Mutter zu schreiben fällt mir sehr schwer und erscheint mir als eine zusätzliche Vermehrung meiner Schuld. Wenn ich von meinem Vater erzähle oder von Carl oder von Margarida (über deren Kindheit und Jugend ich viel besser Bescheid weiß als über Kindheit und Jugend meiner Mutter, die mir fremd erscheinen wie die Erinnerungen eines x-beliebigen, fremd und abstoßend, wahrscheinlich deshalb, weil meine Mutter ihre Herkunft selbst so sah und deshalb nie darüber sprechen wollte und sowohl meinen Vater als auch mich sorgfältig von ihrer Verwandtschaft fernhielt); oder wenn ich von Maybelle Houston erzähle – wie ich es im dritten Teil ausführlich tun werde –, darf ich auf die lindernde Distanz des Präteritums vertrauen. Meine Mutter lebt noch. Was auch immer ich über sie schreibe, es wird ungerecht, unfair, arrogant, mäklerisch, herablassend, zynisch oder grausam und kalt geraten – wie der vorangegangene Satz: Als ob ich ihr vorwerfe, daß sie lebt, weil dies für die Arbeit an meinem Buch hinderlich sein könnte! Was auch immer ich über sie schreibe, es wird sie kränken, wenn sie es liest. Aber egal, wie tief die Kränkung sein wird, sie wird mir verzeihen. Im übrigen glaube ich nicht, daß sie mein Buch lesen wird. Sie hat nie gelesen in ihrem Leben, auch meine Sachen nur, wenn ich sie dringend darum gebeten habe (wie im Fall der eingangs erwähnten Novelle, in der ich mir Carls Charakter ausgeborgt habe). Das macht es für mich allerdings noch schwerer, von ihr zu erzählen. Es ist, als ob ich hinter ihrem Rücken über sie redete – und das zu jemandem, den ich nicht einmal kenne. Ich kann mir vorstellen, was sie zu alldem sagen würde: *Auch David, dein Sohn, lebt noch,* hält sie mir in meiner Phantasie entgegen. *Über ihn schreibst du ja auch. Hast du ihn gefragt, ob er das will? Du hättest ihm gegenüber weiß Gott mehr Grund zu einem schlechten Gewissen als mir gegenüber. Du wirfst dir selbst vor, daß du mich nach dem Tod deines Vaters allein gelassen hast. Aber das ist Unsinn. Ich konnte immer gut mit mir allein sein. Ich erwarte nichts anderes von meinem Tag, als daß er vergeht und gleich ist wie der vorangegangene. David hast du verlassen. Er ist erschrocken, als du mich ihm vorgestellt hast. Und was denkst du, warum er erschrocken ist? Wegen meines Ordenskleides? Das glaube ich nicht. Darüber wird er sich höchstens gewundert haben, oder er wird sich amüsiert haben, oder er wird gar nicht gewußt haben, was es ist. Er ist erschrocken, weil er von meiner Existenz nichts wußte. Er wußte nicht, daß seine Großmutter überhaupt existiert ...* – Ich hatte alles verabsäumt, was ein Sohn nur verabsäumen kann; oder wie sie es zusammenfaßte, als wir, David und Dagmar zwanzig Schritte vor uns, durch Lans und weiter über das Maisfeld zur Haltestelle gingen: »Du hast mich nie geliebt.« Wofür sie sich natürlich die Schuld gab. Ich sagte: »Das stimmt ja nicht, Mama.« Als hätte sie bei einer Rechenaufgabe bloß falsch zusammengezählt. Ich fürchtete nämlich, wenn ich jetzt das einfache Ich-liebe-dich sage, könnte es für sie wieder nur zynisch klingen.

»Weißt du noch«, sagte ich, »als Papa in Amerika war, sind wir einmal miteinander ins Kunsthistorische Museum gegangen, wir beide, weißt du das noch?«

»Das weiß ich nicht«, antwortete sie. »War ich überhaupt jemals dort?«

»Vielleicht täusche ich mich ja auch«, sagte ich.

»Vielleicht täuschst du dich ja«, sagte sie.

Nein. An einem Freitag nachmittag, als sie von der Arbeit nach Hause gekommen war, hatte sie mich an ihre Brust gedrückt, und ich hatte mich nicht erinnern können, wann das zum letztenmal geschehen war. Sie fragte mich, ob ich wisse, daß sie Papa liebhabe. Ja, sagte ich, das wisse ich genau. Es ist allerdings kein normales Liebhaben, dachte ich, so eines wie bei den Eltern meiner Schulkameraden, dafür aber ein besonders hartnäckiges. Ich war mir auch sicher, daß lange nicht jeder seine Eltern für besondere Menschen hielt, im Gegenteil, daß den meisten die grausame Tatsache vor Augen gestellt war, daß ihre Eltern bloß so dahinflossen in der Zeit und in der Menge der anderen. Ich hatte Eltern, die unverwechselbar waren auch für einen Fremden, auch bei nur kurzer Anhörung ihrer Geschichte, auch in einer Reihe von Millionen, zum Beispiel in Wien. Und es war nicht ausgemacht, ob dieser Glanz allein meinen Vater und sein Genie als Quelle hatte und meine Mutter bloß den Rundumstrahl abbekam oder ob nicht in ihr der ursächliche Funke brannte. An diesem Freitag abend im frühen Herbst hüpfte sie mit mir durch unseren Wohnungsschlauch von der Waschküche in die Küche und weiter ins Wohnzimmer und ins Schlafzimmer, und in meinem Zimmer war kehrt und wieder zurück im Hoppla-hopp-Galopp. Ob ein Brief von Papa gekommen sei, fragte ich, weil: Warum sollte sie sonst tanzen? »Der schreibt doch nicht«, sagte sie. »Er schreibt nicht, weil er sich für seine Rechtschreibfehler schämt.« »Aber das ist doch wurscht«, sagte ich, »es lesen doch eh nur wir den Brief.« Sie dachte gar nicht an ihn. Und daß sie sich von mir ihr Liebhaben versichern hatte lassen, öffnete dieses Kapitel nicht, sondern sollte es schließen – nicht ganz, nicht ein für allemal, natürlich nicht; aber für die weitere Zeit, in der mein Vater nicht hier war.

»Es gibt jemanden, der dich kennenlernen möchte«, sagte sie plötzlich. »Ich habe ihm erzählt, wie sehr du dich über die Zeitungen mit den Sportbildern gefreut hast.«

Ich spürte, wie sich meine Kopfhaut zusammenzog, und in ihrem Gesicht las ich, daß sie mein Entsetzen richtig einschätzte.

»Halt mir ja keine Predigt«, sagte sie.

»Gäb's einen Grund dafür?« fragte ich.

»Jawohl«, hackte sie zurück. – Und aus war's mit dem Tanzen.

Warum er mich – a – kennenlernen wollte und warum – b – das ausgerechnet im Kunsthistorischen Museum sein sollte, wer sollte das bitte verstehen? Wenn er tatsächlich etwas mit ihr hatte – also, ich an seiner Stelle würde alles darangesetzt haben, mich *nicht* kennenzulernen. Daß es im Museum sein sollte, kam mir wie eine Demütigung unserer Familie vor. Er wollte sich mir in diesem Prachthaus präsentieren. Als ob es ihm gehörte. Ich hatte gelesen, daß bei den Löwen der neue Mann als erstes den Kindern des Verjagten das Genick zerbeißt.

Die Löwenmutter sitzt dabei und schaut zu, manchmal gähnt sie sogar.

»Ich werde nicht mitgehen«, sagte ich.

Sie: »Ich befehle es dir!«

Ich: »Du kannst mir nichts befehlen.«

Sie: »Würdest du mich jemals schlagen?«

Ich: »Das kommt darauf an.« Und war draußen zur Tür.

Und kam erst in der Nacht wieder zurück. Weil ich mich nicht durch ihr Schlafzimmer schleichen wollte, legte ich mich im Wohnzimmer auf die Couch. Am nächsten Tag, Samstag, frühstückten wir schweigend. Und sonst war nichts Gemeinsames. Am Sonntag rannte ich noch vor dem Frühstück aus dem Haus. Trieb mich in der toten Stadt herum bis in den Nachmittag, und närrisch vor Hunger, zur festgesetzten Zeit, um fünfzehn Uhr, fand ich mich auf dem Maria-Theresia-Platz zwischen dem Naturhistorischen und dem Kunsthistorischen Museum ein. Schließlich bezahlte ich mit meinem Taschengeld das Eintrittsgeld und eilte durch die unmenschlich und übermenschlich hohe Halle und über die Stufen hinauf, wo beim ersten Absatz ein marmorner Theseus gerade im Begriff war, einen Kentauren zu erledigen. Lief im ersten Saal an den Breughels vorbei, die ich von Bildern in der Straßenbahn kannte, vorbei an dem grausigen abgeschlagenen Haupt der Medusa mit den Schlangen und Nattern und Würmern im Blut, vorbei an dem von Pfeilen durchlöcherten Mann, der meinen Namen trug – ein Pfeil mitten durch den Kopf, beim Hals hinein, bei der Stirn heraus, und trotzdem hatte er noch die Augen offen, als ob er lebendig wäre –, schließlich sah ich sie. Sie standen in einem der kleineren Räume neben einem Bild, das einen Maler von hinten zeigte, der eine Frau in blauem, etwas steifem Gewand porträtierte – *Die Malkunst* von Vermeer, wie ich viel später dazulernte. Tatsächlich schweifte mein erster Blick von den beiden ab zu dem Bild. Als ob es Macht besäße, die beiden auszulöschen. Meine Mutter drehte mir den Rücken zu, ihn sah ich im Profil. Ein hochgewachsener Dunkelhaariger mit einem ausrasierten Bart, der wie ein dunkles Körbchen an seinen Ohren hing. Ich nahm mir vor, die Sporthefte unverzüglich zu vernichten, im Ausguß der Waschküche zu verbrennen und die Asche in die Kanalisation zu spülen (was ich freilich nicht getan habe).

Der kann meinem Vater nichts anhaben, dachte ich. Und Carl würde ihn niemals anerkennen. Ich kehrte um und spazierte, befriedigt, als hätte ich die Bestätigung erhalten, daß mein Fluchen Wirkung getan habe, an den Gemälden vorbei und hinaus aus diesem unerklärlichen Palast.

Bald nach mir kam meine Mutter nach Hause. »Es hat sich erledigt«, sagte sie.

»Bist du mir böse?« fragte ich.

»Ein paar Tage lang, ja«, sagte sie.

»Und nach den paar Tagen?«

»Nicht mehr.«

»Hast du mich lieb?« fragte ich.

»Natürlich habe ich dich lieb.«

Aber sie fragte mich nicht zurück, ob ich sie auch lieb habe. So weit ging es doch wieder nicht.

Im Herbst 1985 – ich lebte in Amerika, in North Dakota, in der Nähe der Stadt Dickinson – erhielt ich einen Brief von Carl, in dem er mich dringend bat, nach Österreich zu kommen – »Unter allen Umständen!« –, es gehe um das Leben meiner Mutter. Ich rief ihn sofort an. Es war unser erstes Telefonat nach langer Zeit.

Er freute sich überschwenglich, soweit man das bei seiner Art sagen kann; kein Vorwurf klang in seiner Stimme nach, keine Spur von Distanziertheit bemerkte ich; womit ich nämlich gerechnet hatte, ich hatte den Kontakt ja ziemlich brüsk abgebrochen nach dem Gespräch aus der Telefonzelle in Brooklyn. Nein, sagte er, ich brauche mir keine Sorgen zu machen, meiner Mutter gehe es gut, vielleicht sogar besser als je zuvor, sie sei gesund, wie ein Mensch nur gesund sein könne, und sie sei glücklich. Sie habe einen Lebensentschluß gefaßt, und sie brauche mich, damit sie ihn ausführen könne. Näheres wolle er aus Respekt vor ihr am Telefon nicht sagen. Er ließ mir keine Gelegenheit für Wenn und Aber, redete über die paar Worte, die ich einwarf, hinweg: er habe beim Reisebüro einen Flug reservieren lassen und gehe davon aus, daß ich einverstanden sei, er werde noch heute buchen.

Was dachte ich? Daß meine Mutter wieder heiraten will, dachte ich. Seit ich in Amerika war, hatte ich ihr fünf Ansichtskarten geschrieben, zwei aus New York, eine aus Washington, D.C., eine aus Oxford, Ohio (wo ich an der Miami University einige Vorträge über deutsche Literatur, speziell über Brecht, Brentano, Heine und Wedekind, also Lyrik, die sich singen läßt, gehalten hatte), und ein Ansichtskartenleporello mit Bildern vom Theodore Roosevelt Nationalpark, der, wie ich schrieb, »meine neue Heimat« geworden sei. Sie hatte mir mit ebenso vielen Briefen geantwortet, keiner länger als zehn Zeilen. Ich dachte, das ist eine wirklich gute Idee, daß sie heiraten will. Ich stellte mir vor, was für ein Mann es sei, und er war mir in meiner Phantasie sympathisch. Weiter dachte ich, es muß einen Grund geben, warum meine Mutter Carl vorschickt und mir nicht selbst geschrieben hat; und ich dachte, sie schämt sich vor mir und fürchtet, ich könnte ihr ihre neue Liebe übelnehmen; und ich dachte, ja, nun kann wirklich alles gut werden zwischen uns, und ich wollte auch alles dafür tun und gleich damit anfangen, indem ich akzeptierte, daß sie mir ihren Entschluß indirekt über Carl mitteilte. Ich sagte zu. Rief nicht bei ihr an. Stieg in meinen Jeep, ratterte durch die Prärie nach Bismarck, hüpfte über Minneapolis und Amsterdam nach Zürich, fuhr mit dem Zug nach Feldkirch in Vorarlberg und von dort mit dem Bus in das kleine Dorf Nofels und ging zu Fuß die zwei Kilometer von der Haltestelle zu dem wettergrau geschindelten Bauernhaus, in dem meine Mutter nun allein wohnte. Sie empfing mich mit einem kräftigen Händedruck. Sie hatte die Haare zu einer kurzen Männerfrisur geschnitten, trug selbst im Haus einen dünnen Staubmantel und war geistesabwesend wie immer. Ich konnte an ihr nicht feststellen, daß sie sich über mein Kommen freute. Sie eröffnete mir, worum es ging: nämlich, daß sie in einen Orden eintreten wolle und daß sie dafür meine Zustimmung brauche, und zwar schriftlich.

Damit ich hätte glauben können, dies sei ein Witz, hätte meine Mutter wenigstens einmal in ihrem Leben einen Witz machen müssen. Ich fühlte mich von Carl hereingelegt – daß er mich nicht vorgewarnt hatte, daß er nicht nach Nofels gekommen war, um mich gegen diese Verrücktheit zu unterstützen. Aber er hätte mich ja gar nicht unterstützt! Er unterstützte nämlich meine Mutter in ihrem Entschluß! Noch am selben Abend rief er an. Und zwar so vehement unterstützte er sie, als ginge es dabei um die Substanz seines eigenen Lebens. Meine Mutter befand sich bereits in jenem Land, in dem es keine Aufschreie, kein Entsetzen, keine herzzerreißende Trauer, kein Weinen und kein Fluchen gibt, nur Hingabe an das, was ist, weil man weiß, woher es kommt.

7

»Im November 1917 bekam ich einen Brief von Edith Stein nach Wien«, fuhr Carl in seiner Erzählung fort.

Das Kaminfeuer hatten wir ausgehen lassen, ich hatte ohnehin nur zwei Handvoll Spreißel angefacht, der Föhn drückte den Rauch in den Abzug. Als ich auf die Terrasse getreten war, um einen Armvoll Birkenscheite zu holen, war es draußen bereits so warm wie im Haus, das Feuer hätte nur der Gemütlichkeit gedient, nicht, um uns zu wärmen. Ich ließ die Tür offen, und wir genossen den falschen Frühling, bis es doch etwas kühl wurde – da war es bald Mitternacht. Die kleine Stunde Schlaf am Nachmittag nach unserem Ausflug zu Margaridas Grab hatte mich erfrischt und gekräftigt wie eine komprimierte Kur; außerdem wirkte Carls Vitalität ansteckend auf mich. Ob diese jugendliche Energie pharmazeutischen Quellen entsprang oder allein seinem lebensgierigen Geist oder ob sie das merkwürdige Phänomen bestätigte, daß die Erinnerung nicht nur Bilder und Geschichten aus der Vergangenheit transportiere wie der Postbote Päckchen und Briefe, sondern den sich Erinnernden immer auch zurückverwandle, das ließ sich nicht entscheiden – wenn ich Carl reden hörte und dabei die Augen schloß, war er der ewig altersgleiche Freund, als der er mich durch mein Leben begleitet hatte.

Er bat mich, ihm die Zigarette anzuzünden, und schlug vor, daß wir sie gemeinsam rauchen. Das wollte ich nicht.

»Ich habe es mir so mühsam abgewöhnt«, sagte ich.

Ich solle mich nicht so sehr vor den Dingen fürchten, antwortete er, die Dinge seien wie Hunde, sie würden frech, wenn sie einen vor sich haben, der vor ihnen Angst hat.

Der Duft der Zigarette verband sich mit der Föhnluft von draußen zu einem Gemisch, das mich nur noch euphorischer werden ließ. Solche Hochstimmungen seien immer egozentrisch, sagt Robert Lenobel, und während Carl von seinen Erlebnissen als Achtjähriger in Göttingen erzählte, war mir, als erzählte er auch von mir, als borge er sich die Aura und die Atmosphäre meiner Erinnerungen, um sie seinem kleinen Vorläufer umzulegen. Der Geruch der Bratäpfel, der seine Erinnerungen hätte unterstützen sollen, war realiter in aufdringlicher Weise störend gewesen; als wir gegessen hatten, räumte ich das Geschirr in die Küche und schob die Reste in die Toilette und wusch die Teller ab, um jede Spur von dem Zimtgeruch zu tilgen, und ich dachte, Carl empfand einen ähnlichen Widerwillen gegen diese Vorweihnachtlichkeit, und die Zigarette hatte in erster Linie den Zweck, neue olfaktorische Voraussetzungen zu schaffen. Er wünschte sich, daß ich ihn für eine Minute hinaus auf die Terrasse schiebe. Dort legte er den Kopf in den Nacken und schloß die Augen, und sein Gesicht entspannte sich, und er sah glücklich aus. Er liebte die warmen Jahreszeiten. Ein frommer Gedanke kam in mir hoch, nämlich daß ihm im Februar ein kleiner Frühling geschickt worden war, weil er den großen nicht mehr erleben würde.

»Mir«, fuhr er fort, »einem Elfjährigen, schrieb sie: ›Ich kenne sonst niemanden, an den ich mich wenden könnte.‹ Adolf Reinach war tot. Er war einer der achtzigtausend Männer, die in der Panzerschlacht bei Cambrai in Flandern gefallen waren. Reinach war ihr Mentor gewesen, ihr Führer durch die Welt der Phänomenologie, ihr Vertrauter, ihr Freund – ihr Führer durch die Welt. Der, der mit Tante Kuni um seine Erstausgabe von Hegels Logik gewettet hatte, daß sie im ganzen Reich keine bessere Tutorin als das Fräulein Stein finde. Der, der gesagt hatte, er *müsse* nicht in den Krieg, er *dürfe*. Merkwürdigerweise war die Kriegsbegeisterung unter den Philosophen besonders groß gewesen. Und die Göttinger Phänomenologen übertrafen darin noch ihre Kollegen. Ich weiß nicht, woran das lag. Der Brief war an mich adressiert, aber sie sprach nicht mit mir, natürlich nicht, ich nehme an, sie hat mit ihrem Herrgott gesprochen oder mit ihrer Philosophie. Welche Ehre für mich! Natürlich war ich völlig überfordert. Der größte Teil des Briefes bestand aus Fragen. Der Tod als Kulturprodukt? Im Gegensatz zum Tod als einem natürlichen Ereignis? Der Tod, von der Natur vertrauensvoll in unsere Hände gelegt? Damit wir ihn von nun an verwalten? Für ihn Sorge tragen? Interessant für einen Phänomenologen! Dem Tod wäre das Rätselhafte, das Unheimliche, das Mysteriöse, das Religion- und Philosophiestiftende genommen. Allerdings auch jeder metaphysische Sinn. Aber wenn wir einfach auf die Metaphysik pfeifen? Und uns den Sinn nach Plan selber zusammenbasteln? Die Philosophie als Produktionsstätte von Sinn mit dem Hauptwerk in Göttingen. Sinn, den jeweiligen Lebensumständen angepaßt. Maßgeschneiderter Sinn sozusagen. In gereimter Form womöglich. Gemalt und massenhaft gedruckt. Zum Beispiel in der *Illustrirten Geschichte des Weltkrieges*. In der Septemberausgabe 1914 konnte man sich in der Mitte dieses Blattes eine prächtige Doppelseite ansehen: im Hintergrund ein brennendes französisches Dorf, ein wabernder, orange-roter Himmel, in der Mitte Kaiser Wilhelm II., in einem Auto stehend, ihm gegenüber sein Sohn, der Kronprinz gleichen Namens, hoch zu Roß, ein Schimmel muß es sein, Berichterstattung und Siegmeldung vor dem Oberkommandierenden der deutschen Truppen, rechts und links ein paar Feldgraue, die uns ihre grauen Hosenböden zeigen, und vorne drei französische Gefangene, einer ein Afrikaner, staunend über so viel deutsche Überlegenheit. Ich habe mir bei meiner Abfahrt aus Göttingen von meiner Großtante die Zeitschrift kaufen lassen, und während der Fahrt nach München und am nächsten Tag von München nach Wien habe ich über diesem Gemälde gehockt und geträumt, bis es mir meine Großmutter verboten hat. Im Vordergrund lag ein Tornister auf dem Weg. Wem gehörte der? Das hat mich beschäftigt. Und der orangerote Himmel hat mich beschäftigt. Was brennt denn hier so gut? Und auf jeder Seite: ›Deutschland, Deutschland über alles …‹ Und noch eines habe ich mir gemerkt: ›Nun kommen wir Jungen! / Mit ehernen Zungen / verkünden wir Krieg. / Wir kennen das Hassen! / Aus unseren Massen / Wachse der Sieg.‹ In Wahrheit war es bereits vorbei mit der Begeisterung. Die oberste Kriegsführung brauchte dringend Helden. Der Held erhebt das Herz des Volkes. Viele Helden erheben viele Herzen. Das ist eine einfache Rechnung. Und wenn die Helden jung sind, um so besser. Und als hätte man das Gedicht in der Wirklichkeit nachstellen wollen, wurde in Langemarck einem Reservekorps, bestehend zum größten Teil aus unerfahrenen Gymnasiasten und Studenten – auch ein Haufen Göttinger dabei –, der Befehl erteilt, eine Hügelkette zu erstürmen, wo britische Söldner in Gräben lagen und mit ihren Maschinengewehren alles niedermähten, was sich vor ihnen bewegte. Allein am ersten Tag fielen zweitausend von diesen jungen Männern. Das halbe philosophische Institut war weg. Nun wurde die Operation abgebrochen. Sie hatte weder strategisch noch taktisch Sinn gehabt. Ihr Zweck war es einzig und allein gewesen, Helden zu produzieren. Das war gelungen. Drei Jahre später, als Adolf Reinach fiel, hat keiner mehr gejubelt. Und von Helden hat keiner mehr gesprochen. Nur darauf gewartet hat man, daß die Erde endlich ihr Maul schließen möge. Vierzigtausend auf jeder Seite in dieser einen Panzerschlacht! Es gibt Menschen, die setzen alles in den Sand, die sind böse, und sie machen sogar im Sinne des Bösen alles falsch, aber sie gelten als zuverlässig, selbst ihre Gegner sind beruhigt, wenn sie die Dinge in die Hand nehmen, denn man traut ihnen zu, im Falschen das Richtige zu tun. Sie gelten als tapfer und sind feige, als uneigennützig und bestehen doch von außen bis innen aus Egoismus. Sie gelten als hervorragende Strategen und gewiefte Taktiker und sind doch nichts anderes als Dummköpfe, Parvenus ohne den geringsten geistigen Zuschliff. Das ist der Ludendorff-Typus. Dieser Typus war nun an der Macht. Man hat den Nihilisten zum Heroen erhoben. Das ist wohl einmalig in der Weltgeschichte! Aber durchaus logisch! Wenn ausschließlich der Krieg dem Tod einen Sinn zu geben vermag, so ist der Gipfelpunkt des Nihilismus erreicht. Nur: Nach drei Jahren hingebungsvollem Schlachten hat sich herausgestellt, daß dem Tod im Krieg kein Sinn gegeben werden kann, weil sich nämlich der Sinn auf alle gleich verteilt und sich der großen Masse wegen gegen null verdünnt. Und wenn alles vorbei ist, nach dem Ende, sollen wir einsehen, daß wir glücklich nur sein können, wenn wir mit der Welt nüchtern und vernünftig umgehen, und gar nicht, indem wir ihr einen Sinn geben? Kein Sinn also? In so einer Welt wolle sie nicht leben. Mir, dem Elfjährigen, vertraute Edith Stein ihren Schmerz an. Daß sie sich von dieser Welt abwenden wolle, daß sie in Kontemplation leben wolle. Wenn die Welt keinen Sinn brauche, brauche der Sinn keine Welt. – ›Ich kenne sonst niemanden, an den ich mich wenden könnte.‹ – Ich habe den Brief verloren. Was ich sehr bedaure.«

Im Schreibtisch drüben, sagte er, in der obersten Schublade rechts,

248

verwahre Frau Mungenast die Zigaretten auf. Ob ich so gut sei, ihm noch eine zu bringen, er wolle sie nicht rauchen, nur in den Aschenbecher legen, damit sie ihren Duft verströme. Erst habe Frau Mungenast die Zigaretten im Küchenkasten deponiert, aber dort hätten sie die Frau aus dem Dorf und ihre heimtückische Tochter immer geklaut.

»Setz dich so, daß ich dich ansehen kann«, sagte er, ehe er in seiner Erzählung fortfuhr. »Hast du Schmerzen?«

»Solange ich liege, nicht«, sagte ich.

»Schieb' den Rollstuhl etwas näher heran.« Er legte seine Hand auf meinen Fuß. »Die meisten Geschichten entpuppen sich bei näherem Hinhören als Familiengeschichten. Und meine Familie, das seid ihr gewesen. Also hör zu!

Siebenundsechzig Jahre, nachdem ich diesen Brief bekommen hatte, bald nach Margaridas Tod, klingelte es an meiner Tür, und deine Mutter stand draußen. Und sie sagte: ›Es gibt sonst niemanden, an den ich mich wenden könnte.‹ Genau so. Der Schmerz über den Tod deines Vaters war immer noch in ihr wach. Und sie glaubte, ich, der ich einen ähnlichen Schmerz in mir hatte, könne ihren Schmerz verstehen. Weil sie ihn selber nicht verstand. Aber ich verstand ja den meinen auch nicht. So haben wir uns zusammengetan. Um uns gegenseitig zu helfen. Sie wollte nicht reden. Also habe ich geredet. Ich habe ihr alles mögliche erzählt, quer durch mein Leben, und ich habe ihr auch von Edith Stein erzählt. Habe ihr ausführlich jene Nacht geschildert, in der sich meine Tanten die Pulsadern aufgeschnitten und sich ins warme Bad gesetzt hatten. Auch von dem Brief, den mir Edith Stein geschrieben hat, habe ich ihr erzählt. Und daß ich damals dachte, sie schreibt mir, weil sie nicht mehr leben will. Daß es also ein Abschiedsbrief war. Daß auch sie sich die Pulsadern aufschneiden und sich ins warme Wasser setzen wollte. Weswegen ich mich nicht getraut hatte, ihr zu antworten. Ich erzählte auch, daß ich Edith Stein Jahre später bei einem ihrer Vorträge noch einmal getroffen und daß sie damals bereits das Ordenskleid getragen habe. Deine Mutter saß, wo du jetzt sitzt, und ich habe ihr aus der Lebensgeschichte von Edith Stein vorgelesen. Und habe ihr auch von ihrem traurigen Ende erzählt. Und daß ich in Nürnberg ihrem Mörder begegnet bin. Und sie hat zugehört. Sie hat in demselben Zimmer geschlafen, in dem du schläfst. Wir sind am Morgen gemeinsam ins Dorf spaziert und haben Semmeln fürs Frühstück gekauft und Milch, weil sie so gern Kakao getrunken hat. Wir setzten uns draußen vor die Hauswand in die Sonne, auch zum See hinunter sind wir spaziert, und am Abend habe ich weitergelesen, und sie hat zugehört und hat mich gefragt, ob es mir recht sei, wenn sie einfach gar nichts sage, und das war mir recht. So haben wir uns gegenseitig getröstet. Kannst du das verstehen?«

Ich gab ihm keine Antwort, und er fragte noch einmal: »Kannst du das verstehen, Sebastian?«

Ich antwortete wieder nicht.

»Hast du überhaupt eine Vorstellung, was Trost sein kann? Hast du je Trost nötig gehabt?«

Margarida starb sechs Jahre nach meinem Vater. Sie war zum Postkasten gegangen, es war im Jänner gewesen, Schnee lag, sie rutschte aus, kam nicht mehr hoch und erlitt einen Herzinfarkt. Carl teilte es mir am Telefon mit, und ich fuhr mit dem nächsten Zug von Frankfurt nach Innsbruck, und nach Margaridas Beerdigung kehrte ich nicht mehr nach Frankfurt zurück. Ich bin nicht einfach von Dagmar und David abgehauen, so war es nicht. Dagmar und ich waren übereingekommen, daß wir uns trennen. Sie wollte es, sie hat es ausgesprochen, sie sagte, es könne nicht mehr so weitergehen. Ich dachte, von mir aus kann es so weitergehen, aber am Ende gab ich ihr recht. Sie bat mich, David nicht in einen Konflikt zu stürzen, und ich verstand das so, daß ich Alimente bezahlen, mich sonst aber aus seinem und auch aus ihrem Leben heraushalten sollte. Damals hätte ich Trost nötig gehabt. Wie jeder andere, dem es je ähnlich ergangen ist. Ich fuhr nach der Beerdigung mit meiner Mutter nach Vorarlberg, packte, was in einen Koffer paßte, und besorgte mir ein Ticket nach New York. Ich habe alle meine Sachen in Frankfurt gelassen, meine Bücher, meine Schallplatten – bis auf den Tom Waits.

Carl hatte stets den Eindruck eines Mannes vermittelt, der sich von Gefühlen nicht unterkriegen ließ; wobei es kaum eine Rolle spielte, um welche Sorte von Gefühlen es sich handelte – Sentimentalität, Pathos, ausgelassene Freude, Zorn oder Trauer. Er hatte mir nie signalisiert, er benötige Trost. Meine Mutter hatte sich immer möglichst fern von ihm gehalten, war ihm gegenüber mißtrauisch gewesen, hatte immer wieder versucht, sowohl meinen Vater als auch mich seinem Einfluß zu entziehen.

»Agnes war verzweifelt«, erinnerte er sich, »und zwar auf eine faszinierende, beinahe künstlerische Art – was ich sagen darf, denn ich habe das auch zu ihr gesagt, und es hat ihr gutgetan. Jedenfalls hat sie darüber ein wenig gelacht und ist rot geworden, als hätte ich ihr ein Kompliment gemacht. Sie war immer der Meinung gewesen, es sei ihre Bestimmung, deinen Vater zu lieben. Du weißt, daß ich solche hehren Meinungen über das Menschenherz nicht teile. Aber wenn sie wahrhaftig empfunden werden, haben sie etwas Großes, neben dem ein Skeptiker wie ich doch recht erbärmlich aussieht, wo der sich doch schon schwertut, wenn er vier Bände vom großen Brockhaus von einem Regal zum anderen schleppen soll, während der Glaube ganze Berge versetzt. Sie weinte nicht. Ich habe geweint. Sie hat mir zugesehen, wie ich weinte. So als warte sie, bis der Regen aufhört. Sie hat mich noch ein paarmal besucht. Mit ihr zu telefonieren war mühselig, weil sie nichts sagte. Dann teilte sie mir ihren Entschluß mit, in den gleichen Orden einzutreten, in den Edith Stein eingetreten war. Sie fragte mich nicht, was ich davon halte. Sie bat mich aber, ihr zu helfen Adressen herauszukriegen. Briefe zu schreiben. Treffen zu vereinbaren. Dich in North Dakota aufzuspüren. Das habe ich getan.«

»So einfach war das?«

»Einfach?«

»Meine Mutter kriegt ein Buch vorgelesen und will in ein Kloster eintreten.«

»Ja.«

»Und alles nur, weil sie zufällig den gleichen Satz gesagt hat, den Edith Stein dir als Elfjährigem geschrieben hat.«

»Und wenn es so wäre?«

»Hast du sie dazu überredet?«

»Nein, Sebastian, das habe ich nicht. Aber ich habe ihr auch nicht davon abgeraten. Lebensentscheidungen sind eben keine mathematischen Beweisführungen. Und ihre Kausalität bleibt weitgehend verborgen. Geht das in deinen Schädel hinein?«

Ich sagte, es sei verletzend, wie er mit mir spreche. Er entschuldigte sich nicht. Er saß vornübergebeugt, die Hände flach auf seinen Oberschenkeln, nahe am Kamin. Eine Weile schwiegen wir.

Schließlich gab er nach, ein Lächeln huschte über seine Lippen und hinauf ins rechte Auge. »So«, sagte er. »Willst du mir einen Gefallen tun? Drüben unter dem Schreibtisch steht die Gitarre deines Vaters. Die gute ES 127. Ich habe sie mit Zitronenöl gereinigt, einen ganzen Nachmittag lang, und Frau Mungenast hat in der Stadt einen Satz neuer Saiten besorgt, und ich habe sie mit ihrer Hilfe aufgezogen. Einen kleinen Verstärker hat sie auch besorgt. Sie hat einen Neffen, der in einer Rockband spielt. Ich glaube, er ist ihr Neffe, vielleicht auch der Sohn ihres Nachbarn. Er hat ihn vorbeigebracht. Ich habe ihm erlaubt, auf der Gibson zu spielen. Er war ganz aus dem Häuschen. Hol die Sachen her! Und schieb mich an den Flügel! Schauen wir, was wir beide zusammenbringen! Für *Over the Rainbow* müßte es eigentlich reichen.«

Sechstes Kapitel

1

Nach der Matura in Wien immatrikulierte sich Carl 1926 an der Georg-August-Universität in Göttingen und studierte Mathematik an der philosophischen Fakultät. Seine Tanten boten ihm an, bei ihnen zu wohnen, er hätte unter dem Dach zwei nette Zimmer für sich allein haben können, hätte nicht einmal ihre Wohnung betreten müssen. Er lehnte ab. »Wir verstehen dich«, sagten sie, sprachen aber nicht aus, was sie damit meinten. Statt dessen nahm er sich in der Stadt ein Zimmer, in der Jüdenstraße, gleich bei der Jacobi-Kirche, neben deren Portal er in der ersten Zeit gern auf der steinernen Bank gesessen habe, um im *Don Quixote* zu lesen (Carl: »Bezeichnenderweise habe ich mir damals eingebildet, dies sei mein Lieblingsbuch; weil ich nämlich irgendwo gelesen hatte, es sei das Lieblingsbuch aller Genies«) und um den Spatzen zuzuhören, die in dem Efeupelz an der Fassade tschilpten. Seine Vermieterin war eine Kriegerwitwe, die ihn wegen seines wienerischen Tonfalls für einen Adeligen – incognito! – hielt, auf alle Fälle für einen sehr vornehmen Herrn, der herabgestiegen war, um das Studentenleben kennenzulernen. Sie servierte ihm jeden Morgen ein Frühstück aufs Zimmer, wischte täglich den Staub und kramte in seinen Sachen, wenn er nicht zu Hause war.

Er sei, erzählte Carl, beseelt gewesen von dem Gedanken, wenigstens eines der dreiundzwanzig Probleme zu lösen, die David Hilbert zu Beginn des Jahrhunderts in seiner berühmten Rede auf dem Mathematikerkongreß in Paris als die letzten großen seiner Wissenschaft apostrophiert hatte. Durchaus logisch sei es ihm deshalb erschienen, beim Meister persönlich zu studieren – abgesehen davon, daß die Georgia Augusta ihren Weltruf nun schon seit einem guten Jahrhundert glänzend behauptete: schließlich hatten Carl Friedrich Gauß und Peter Gustav Lejeune Dirichlet hier gelehrt. Und Bernhard Riemann, der mit der Einführung der Zeta-Funktion der Mathematik eine neue Dimension eröffnet und daraus jene Vermutung entwickelt hatte, die seinen Namen trägt und die Hilbert in seinem Katalog als jenes Problem (Nummer 8) bezeichnete, das wohl am längsten auf eine Lösung werde warten müssen. Es ist charakteristisch für Carls Ehrgeiz als Zwanzigjähriger, daß er sich der Zahlentheorie und besonders der Erforschung der Primzahlen zuwandte, deren Abfolge und Berechenbarkeit die Riemannsche Vermutung zum Inhalt hat. – Zu seiner Enttäuschung nahm ihn Hilbert nicht als seinen Studenten; der große Gelehrte war bereits Mitte Sechzig, stand kurz vor der Emeritierung, und sein Bestreben war es immer gewesen, seine Studenten durch ihr gesamtes Studium hindurch zu begleiten. Er war jedoch gerührt von Carls Enthusiasmus und riet ihm (sein ausgeprägter ostpreußischer Akzent machte es dem Wiener schwer, ihn zu verstehen), sich an Frau Professor Noether zu wenden, und schrieb auch eine Empfehlung.

Emmy Noether war von Hilbert nach Göttingen geholt worden, weil ihn ihre Arbeiten zu Fragen der kommutativen Algebra beeindruckt hatten und, wie er offen zugab, weil er von ihrer Originalität profitieren wollte. Und auch von ihrer Bescheidenheit, die »als Geschenk anbiete, was sonst nur als Beute zu haben sei«. Nachdem sie mit hochgezogenen Brauen Hilberts Empfehlungsschreiben gelesen hatte, sagte sie zu Carl: »Er schildert Sie als einen Amateur. Nicht erschrecken! Das klingt gut. Ein neuer Goldbach womöglich. Wenn Gott mich liebt. Sie sind angenommen.« Nachdem sie erst jahrelang darum gekämpft hatte, sich habilitieren zu dürfen, war ihr nach der Habilitation der Titel eines »ordentlichen Professors« vom preußischen Minister für Wissenschaft, Kunst und Volksbildung verweigert worden (inoffizielle Begründung eines hohen Beamten: »Die erste ordentliche Professorin an einer deutschen Universität soll doch um Gottes willen nicht Sozialdemokratin, Pazifistin und Jüdin in einem sein!«); und so waren ihre Lehrveranstaltungen im Vorlesungsverzeichnis unter Hilberts Namen angekündigt – in Klammern und für Weitsichtige kaum lesbar: »Gemeinsam mit a. o. Prof. Dr. E. Noether« (alle anderen Vornamen in dem Verzeichnis waren übrigens ausgeschrieben).

Emmy Noether hatte eine widersprüchliche Nachrede. Einerseits galt sie als kameradschaftlich und unkompliziert – sie liebte es, Witze zu erzählen, weniger, sich welche erzählen zu lassen –; wenn sie lachte, konnte man es bis in den letzten Winkel des Auditoriengebäudes hören; sie traf sich mit ihren Studenten im städtischen Freibad oder im Stadtbadehaus am Stumpfebiel oder zum Biertrinken im Gastgarten; andererseits schreckte sie ihre Studenten damit, daß sie, anstatt ihnen fertige, gut abgerundete Resultate mit erprobter Beweisführung vorzusetzen, ihre Theorien *in statu nascendi* vortrug und sie aufforderte, an der Ausfeilung selbst mitzuwirken, und wenn sich einer dabei ungeschickt anstellte, servierte sie ihn mitleidlos ab; was dazu führte, daß sie ihre Vorlesungen bisweilen zu Hause in ihrem Wohnzimmer in der Weenderstraße abhielt, weil sich so wenige Studenten bei ihr anmeldeten. Carl allerdings war begeistert von dieser Art, Wissenschaft und Lehre in eines zu legen, im Vortrag erst den Gedanken zu entwickeln. »Immer suchte sie nach unkonventionellen Lösungen, und wenn sich keine finden ließen, konnte es vorkommen, daß sie die Kreide auf den Boden warf, darauf herumtrampelte und ausrief: ›Jetzt muß ich es doch so herum anstellen, wie ich es nicht wollte!‹ und dabei fauchte wie ein Teufel. Eine Viertelstunde später unterbrach sie ihren Vortrag und wandte sich an einen von uns, meistens an mich: ›Können Sie mir erklären, was vorhin mit mir los war?‹ Und bat mich, ihr genau zu beschreiben, wie sie sich aufgeführt hatte, und lachte, daß die Scheiben klirrten. ›Was bin ich doch für ein unberechenbares Huhn!‹ Und ohne einen Atemzug dazwischen: ›So, und jetzt weiter in meiner Sache!‹ Als wäre ihr Wutanfall gar nicht ihre Sache gewesen. – Einmal sagte sie zu mir: ›Wissen Sie, Candoris, was das angenehmste an unserer Wissenschaft ist? Daß bei den Objekten der Mathematik Schein und Sein zusammenfallen. 181 ist eine Primzahl, nicht weil sie einer zu einer solchen erklärt hat, sondern weil es so ist. Beruhigt Sie das nicht auch?‹ Das hat mich tatsächlich beruhigt.«

Frau Professor Noether paßte nicht in die Zeit, die sich so dandyhaft und blasiert gab und sich in einem amoralischen Ästhetizismus gefiel. Zweifellos war sie keine schöne Frau – klein, kurzarmig, halslos, mit einem weichen, jeder Bewegung des Körpers hinterherwalkenden Bauch, der über den Nabel kippte, wenn sie saß. Außerdem trug sie unvorteilhaftes Gewand, worin sie aussah, als lasse sie sich

gehen, was ja vielleicht auch der Fall war. Sie hatte einen Watschel-
gang, der sie gewollt tolpatschig erscheinen ließ, wie ein Kind, das
sich letzte Sympathien holen will, indem es den Klassenclown spielt,
und sie trug eine Brille, deren Gläser so stark waren wie die Linsen
auf Taschenlampen. Sie rasierte sich zweimal in der Woche und hielt
ihre Lehrveranstaltungen ungeniert mit Stoppelbart ab. Die Studenten nannten sie »den Noether«. Einmal habe Carl einen Kommilitonen zu einem Faustkampf aufgefordert, weil der sich das Maul über sie
zerrissen habe. »Er war ein massiger Nationaler mit Schmissen quer
über die Backe«, berichtete er mir mit deutlicher Freude. »Ich war ein
schmales Hemd. Er meinte, er müsse nur kurz husten. Er wußte nicht,
daß ich boxte. Wenigstens einmal in der Woche trafen wir uns in der
Turnhalle in der Geiststraße, lauter so schmale Hemden wie ich. Aber
ehrgeizig! Nach dem Kampf hat keiner mehr einen Witz über Frau Dr.
Noether gerissen, jedenfalls nicht, wenn ich in der Nähe war.«

Dabei hatte sie Carl anfänglich auch für einen von diesen Burschen
gehalten, die meinten, mit einem Cutaway aus feinem englischem Tuch
sei bereits das halbe Studium gewonnen. Sie war interessiert an ihm,
weil sie ihn für intelligenter hielt als die anderen, ignorierte ihn aber,
und das war nicht zu übersehen und sollte es auch nicht sein. Wenn er
der einzige war, der nach einer Frage die Hand hob, konnte es geschehen, daß sie »Aha!« sagte, als wäre da gar keiner. Später einmal sagte
sie zu ihm: »Die falschen Fünfziger erkennt man daran, daß sie einem
schmeicheln und beleidigt sind, wenn man nicht zurückschmeichelt.«
Carl schmeichelte ihr nicht und war auch nicht beleidigt, und seine feinen Anzüge trug er weiterhin. Hätte er sich auch nur ein wenig ihrem
Geschmack – der gar keiner war – angeglichen, sie hätte es bemerkt
und als Bestechungsversuch gewertet. Nach einem halben Jahr hatte
er die Aufnahmeprüfung – zu einer der Vorkammern ihres Herzens –
bestanden. Von einem Tag auf den anderen änderte sie ihr Verhalten
ihm gegenüber. Ob er ihr Assistent werden wolle, fragte sie ihn. Und
das wollte er. Das war natürlich nichts Offizielles, dieses Amt hatte
Frau Professor Noether zu vergeben und sonst niemand, aber gerade
deshalb war es für Carl eine besondere Auszeichnung. – Albert Einstein soll gesagt haben: »Emmy Noether zerkaute lieber die Lorbeeren,
als sie aufzusetzen.«

Früh bereitete sich Carl auf seine Dissertation vor. Sein Thema wählte er tatsächlich aus dem Umfeld der Riemannschen Vermutung. »Hier liegt der Diamant aller exakten Wissenschaft!« Noch als Fünf-undneunzigjähriger konnte er sich für dieses Gebiet der Zahlentheo-rie begeistern. Das Clay Mathematics Institute in Massachusetts, er-zählte er mir und bewegte dabei die Finger, als kraule er das Fell eines Bären, habe einen Preis von einer Million Dollar ausgesetzt für den-jenigen, der Riemanns Hypothese beweise, und tatsächlich sei der alte Ehrgeiz in ihm erwacht. Er habe sich vor dem Schlafengehen vorge-nommen, seine Träume in die Riemannschen Zahlenräume zu len-ken und sich dort nach möglichen Allegorien umzusehen. Schließlich sei dem gestrengen, allem Esoterischen abholden Herrn August Ke-kulé von Stradonitz die ringförmige Anordnung des Benzolmoleküls ja auch im Traum, in Form der germanischen Midgardschlange, be-gegnet. »Die Mathematik«, erklärte er mir in dem für ihn typischen ironischen Pathos, »ist eine Wissenschaft ohne Skandal. Es wäre para-dox, wenn sich die Primzahlen, die Bausteine dieser ordnungserfüll-ten Welt, so wild und unvorhersagbar verhielten.« Besonders schmer-ze ihn allerdings, daß inzwischen jeder mittlere Dummkopf Fragen zu diesen mathematischen Wunder- und Rätselgebilden stelle, die selbst ein Genie nicht zu beantworten vermöchte, was, weil seit der Aufklä-rung eine kluge Frage merkwürdigerweise mehr gelte als eine kluge Antwort, die Hierarchie des Geistes als zu einer demokratischen Ebe-ne abgeflacht erscheinen lasse. – Ich durfte diesen gedrechselten Satz durchaus präventiv auf mich gemünzt verstehen – falls ich vorhätte, mir eigene Theorien zu diesem Thema zurechtzulegen –, sollte ihn aber auch im Spiegel der Ironie betrachten und dahingehend auslegen, daß die gesamte Zahlentheorie nichts weiter als ein Trick der Mathe-matiker sei, um Verdienst und Erwähltheit vorzugaukeln, wo doch nur der Dünkel hockte; war aber zugleich aufgefordert zu bedenken, daß dieses sokratische Eingeständnis die geistige Überlegenheit der Mathematiker wiederum bestätige … und so weiter; bis ich mich zu guter Letzt, zwischen den Spiegeln der Ironie hin und her geworfen, einem Charakter gegenübersah, der ungefähr so berechenbar war wie das Auftreten der Primzahlen auf dem Zahlenstrahl. – Er fand sich in seiner eigenen Wissenschaft nur mehr schwer zurecht, und die Ironie war der Versuch, dies sich selbst zu verzeihen; sich zu verzeihen, daß er inzwischen selbst ein »mittlerer Dummkopf« geworden war. Ich denke, das ist die Wahrheit.

Emmy Noether betreute Carls Arbeit; ihre Erwartungen waren hoch, seine Ambitionen waren es ebenfalls. Er habe für seine »Doktorvaterin« (sie selbst schlug vor, daß er sie so nenne) die größtmögliche Anzahl von positiven Gefühlen empfunden. Diese Gefühle standen in seinem Herzen wie Soldaten in der Kaserne, Uniform und Haut makellos, weil sie noch niemand ins Feld geschickt hatte. Das heißt, Gespräche, die üblicherweise »persönliche« genannt werden, führten sie (bis auf eine erschütternde Ausnahme) nicht. Konflikte waren also so gut wie ausgeschlossen. Bei aller Kameradschaftlichkeit im Umgang legte Emmy Noether nämlich großen Wert darauf, daß stets eine letzte Distanz gewahrt blieb – daß zum Beispiel brüllendes Gelächter mit Schenkelklopfen ihrerseits nicht als Aufforderung an ihre Studenten gesehen werden wollte, es ihr gleichzutun. Sie war ein Kamerad, kein Kumpan. Die meisten trafen die Grenze nicht, schossen darüber hinaus oder verhielten sich aus Angst davor zu still; beides strengte auf die Dauer an, sowohl die Frau Professor als auch ihre Studenten. Carl dagegen, weil er einen ähnlichen Umgang mit seinen Mitmenschen schätzte, fühlte sich in ihrer Gegenwart rundweg frei (wenngleich manchmal Situationen eintraten, in denen er sich nicht wohl fühlte). »Ein bißchen etwas von dem, was die Norddeutschen einen Schnösel nennen, hatte ich an mir, das muß ich zugeben. Ich war zweiundzwanzig, benahm mich wie ein welterfahrener Vierzigjähriger und hielt fünfundneunzig Prozent der Menschheit für dümmer und höchstens ein Prozent für gescheiter. Und ich konnte ein Gefühl einfach nicht loswerden, nämlich, daß geistige Unterlegenheit nach oben ansteckend wirke, und zwar über autobiographisches Erzählen. Deshalb hielt ich bei fünfundneunzig Prozent der Leute die Luft an, wenn sie vor mir über sich selbst zu reden begannen.« Das ist gewiß übertrieben – sollte es wohl auch sein, nicht zuletzt, um zu verdecken, daß er eben doch so dachte und in abgemilderter Form sein Leben hindurch auch dabei geblieben war. Daß Emmy Noether ähnlich wie er niemanden auf Herzensnähe an sich heranließ, hatte andere, gewiß nicht dandyhafte Gründe; im Gegenteil: Arroganz war ihrem Wesen völlig fremd. Sie hatte Angst, am Ende ausgelacht zu werden. Das hätte Carl damals nicht für möglich gehalten; bald aber wußte er es.

Sie verbrachten täglich Zeit miteinander, entweder standen sie im Seminarraum vor der Tafel, beide eine Kreide in der Hand, oder sie suchten sich gemeinsam aus der Präsenzbibliothek im Mathematischen Lesezimmer Literatur zusammen, oder sie spazierten zum Bismarckturm hinauf oder an der Leine entlang, an warmen Tagen im Sommersemester manchmal bis weit ins Land hinaus. Sie »redeten Mathematik«, wie Emmy Noether sich ausdrückte. »Ihr luzider Geist«, erinnerte sich Carl, »war für ihren Zuhörer auch eine permanente Prüfung der eigenen Integrität. Sie entwickelte aus dem Handgelenk Ideen, die ein anderer zu Höhepunkten seines Denkens erklärt hätte. Einen Tag später hatte sie vergessen, daß sie es gewesen war, die so brillante Ableitungen und Querverbindungen hergestellt hatte. Die Versuchung für ihren Zuhörer, ihre Gedanken als seine eigenen auszugeben, war entsprechend groß.«

2

Carl freundete sich mit einem Physikstudenten an. Der hieß Eberhard Hametner, war zwei Jahre älter als Carl und stammte ebenfalls aus Wien. Sie boxten im selben Club. Hametner hatte ihn nach einem kurzen, gut gepolsterten Kampf angesprochen, er sei doch am Hegelgymnasium gewesen, er selbst habe das Akademische Gymnasium besucht; er erinnere sich noch sehr gut, Carl habe als Sechzehnjähriger die Erlaubnis der Schulbehörde bekommen, an dem ehrwürdigen Redewettbewerb der Wiener Gymnasien teilzunehmen, zu dem eigentlich nur angehende Maturanten zugelassen waren; eine Woche lang sei in ihrer Klasse über nichts anderes gesprochen worden als über dieses frühreife Rhetorikgenie der Hegelianer. »Darwin und die möglichen Folgen‹, wenn ich mich nicht täusche?« Carl bat ihn, mit niemandem über die Sache zu sprechen.

»Hametner«, so charakterisierte Carl seinen Freund, »war ein patenter Bursche, wenngleich ein wenig oberflächlich. Was sich nicht mit Optimismus und guter Laune behandeln ließ, das schob er beiseite. Darin war er mir nicht unähnlich. Und das ist wohl auch der Grund, warum wir bei allem Gleichklang der Interessen, trotz der gemeinsamen Erinnerungen an unser Wien und trotzdem wir beide den Boxsport liebten, doch im Innersten nicht allzuviel miteinander anzufangen wußten. Es fehlte die Spannung. Ich ging ihn, er ging mich eigentlich nichts an. Der Kontrapunkt fehlte, und ich meinte, ich würde nie auf ihn und er würde nie auf mich Einfluß ausüben können. Aber das stimmte nun ganz und gar nicht. Ob und inwieweit ich in seinen Lebensweg eingegriffen habe, kann ich nicht beurteilen, aber er – darüber wurde ich mir erst viel später klar –, er hatte großen Einfluß auf mein Leben – keinen Einfluß auf meine Person, das nicht, aber auf mein Leben.«

Hametner war – wie fast alle seine Kommilitonen – davon überzeugt, daß er dereinst in die Annalen der Physik des zwanzigsten Jahrhunderts aufgenommen würde. Die Physiker bewunderten die Mathematiker, weil sie diese im Besitz der Wunderwaffe wähnten, mit deren Hilfe die Schlösser zu den letzten Welträtseln aufgesprengt werden konnten; gleichzeitig belächelten sie sie auch. »Ihr seid euch gar nicht bewußt, wie wertvoll euer Gehirn ist«, sagte Hametner einmal zu Carl. »Und deshalb werden wir Physiker das Rennen machen. In eurem Elfenbeinturm ist zuwenig Platz für ein Stadion mit Aschenbahn, Tribüne und Presse.« Ein durchtrainiertes Mannsbild, nur wenige Zentimeter kleiner als Carl, der sich im Faustkampf mit der Rechten zurückhielt.

»Zu jener Zeit«, erklärte mir Carl mit einem resignierten Lächeln, »war Göttingen tatsächlich die Welthauptstadt des exakten Geistes, und es gehörte zur Tagesroutine, in den Cafés oder der Mensa oder in der Bibliothek neben einem oder manchmal sogar mehreren Nobelpreisträgern zu sitzen, solchen, die ihn bereits bekommen hatten, und solchen, auf die er noch wartete. Etliche waren darunter, die ihn nur deshalb nicht bekamen, weil er nicht häufiger als einmal im Jahr vergeben wird und die schwedische Akademie ja nicht ausschließlich aus dem Göttinger Reservoir schöpfen konnte.« – Unter anderem studierten und lehrten damals in Göttingen: Richard Courant, Paul Dirac, Georg Gamow, Enrico Fermi, Edward Condon, James Franck, Wolfgang Pauli, Max Born, Werner Heisenberg und auch der russische Mathematiker Lev Schnirelmann, dem man zu jeder Zeit des Tages und der Nacht in abgerissenem Zustand in den Gassen der Stadt begegnen konnte und der, gerade ein Jahr älter als Carl, in dem nach niemand anderem als nach ihm benannten »Schnirelmannschen Satz« dem Beweis der Riemannschen Vermutung einen gewaltigen Schritt näher gekommen war.

Und dann war da noch Geoffrey Brown, ein manchmal gefährlich spaßiger Schnelldenker mit einem Fuchsgesicht. Er hatte in seiner Heimat England bei Ernest Rutherford studiert und als Assistent in dessen Cavendish-Laboratorium mitgearbeitet. Brown war ein guter Freund von Hametner, und er war der festen Überzeugung, daß der Fortschritt der Physik vor allem dadurch gebremst würde, daß die Physiker keine allzu großartigen Mathematiker seien. Das war auch der Grund, warum er um Carl warb, damit er ihrem Zwei-Mann-Club beiträte. Von nun an ging Carl fremd – so bezeichnete er es vor sich selbst –; er »betrog« seine Doktorvaterin, das heißt: es kam nicht selten vor, daß er, nachdem er zusammen mit Emmy Noether einen langen Spaziergang unternommen hatte, den gleichen Weg noch einmal zusammen mit Hametner und Brown ging. Er konnte sich denken, was sie zu seinen Physikerkontakten gesagt hätte, und etwas Ähnliches sagte sie auch, als er irgendwann das Gespräch auf die Kernphysik brachte, nämlich: »Die betreiben angewandte Mathematik, und das ist Kinderkram.«

Geoffrey Brown war mit einer Studentin aus Manchester zusammen, die nach Göttingen gekommen war, um deutsche Literatur zu studieren. Sie hieß Helen Abelson und hatte, wie Carl sich ausdrückte, »eine tyrannische Art, sich nicht wohl zu fühlen«. Sie begleitete die drei Freunde manchmal auf ihren Spaziergängen. Sie wußte, daß Hametner in sie verliebt war, er hatte es ihr nämlich gestanden, und sie machte ihm ständig Hoffnungen, und das nur, weil sie verrückt danach war, von ihm zu hören, daß er sich zwischen der Loyalität zu seinem Freund und seiner Liebe für die Liebe entscheiden würde. Carl sah, wie Hametner litt, und einmal paßte er sie vor dem Germanistischen Institut ab und stellte sie zur Rede. Carl: »Sie sagte, ich verstehe das völlig falsch, sie sei in Wahrheit nur in mich verliebt. Ich sagte, sie solle den Mund halten oder etwas Ähnliches.«

Eberhard Hametner war Kommunist. Seine Eltern gehörten zwar zum Wiener Bürgertum, und sein Vater war als Besitzer einer Möbelfabrik gar ein Kapitalist. Bereits als Zwölfjähriger hatte er sich für Politik zu interessieren begonnen – Auslöser sei das Attentat des Arbeiterführers Friedrich Adler auf den Ministerpräsidenten Stürgkh gewesen –, und als nach dem Zusammenbruch der Monarchie die Kommunistische Partei Deutschösterreichs gegründet wurde, trat er als einer der Jüngsten bei. Er stritt sich gern mit Geoffrey Brown, der, nur um besser Kontra zu geben, *Das Kapital* von Marx, *Die Dialektik der Natur* von Engels und *Der Linksradikalismus als Kinderkrankheit des Kommunismus* von Lenin las. Carl bezeichnete Hametners Freund einen »komfortablen, insularen angelsächsischen Antikommunisten«, der von sich behauptete, keines seiner Argumente gegen die Linke aus der bürgerlichen oder gar rechten Presse, sondern ausschließlich aus sozialistischen und kommunistischen Schriften zu beziehen.

Wie in etlichen anderen deutschen Universitätsstädten gab es seit Beginn der zwanziger Jahre auch in Göttingen eine Gesellschaft, die, ihren Statuten gemäß, die deutsch-russische Freundschaft pflegte und sich unter anderem zur Aufgabe stellte, sowjetische Wissenschaftler zu Vorträgen einzuladen. In der Villa des Tuchfabrikanten Levin in der Merkelstraße fand so ein Vortrag statt. Vor handverlesenen Gästen unter einer opulenten Stuckdecke sprach Professor Abraham Joffé aus Leningrad. Hametner war Mitglied der Gesellschaft, und es gelang ihm, für Carl eine Einladung zu besorgen. Der Gast erzählte Wunderdinge über die Bedingungen wissenschaftlichen Arbeitens im Sozialismus, ehe er zu seinem eigentlichen Thema kam, nämlich dem Atomkern und den neuesten Versuchen, in denselben einzudringen. Anschließend wurde diskutiert. Emmy Noether saß in der ersten Reihe zwischen David Hilbert und James Franck, sie trug ein schwarzes Taftkleid mit Rüschen am Saum und hatte sich eine Goldbrosche an den Ausschnitt gesteckt. Carl hatte ihr noch am Nachmittag erzählt, daß er zum Vortrag von Professor Joffé eingeladen sei; sie hatte nicht erwähnt, daß auch sie dasein werde. Ihm fiel auf, daß Joffé – der deutsch sprach – die meiste Zeit seines Vortrags mit ihr Blickkontakt hielt, als spräche er nur zu ihr; und das, obwohl sich hinter ihrem Rücken ein Saal voll mit Physikern reihte, die seinen Ausführungen wahrscheinlich leichter, sicher aber mit beträchtlich größerer Gier folgten als sie.

Zwei Personen im Auditorium fesselten Carls Aufmerksamkeit: Zunächst ein Mann mit verwirbeltem weißem Haar, der bei den Fenstern stand und weniger den Vortragenden als das Publikum beobachtete – es war Wickliff Rose, der aus den Vereinigten Staaten von Amerika nach Deutschland gekommen war, um Stipendiaten anzuwerben, die an einer der feinen Universitäten drüben, ausgestattet mit Geld aus der Rockefeller-Stiftung, ihre Studien fortsetzen und vielleicht für immer dort bleiben sollten. Der Mann hatte ihn zwei Tage zuvor in seiner Bude aufgesucht; auf wessen Empfehlung hin, hatte er nicht verraten wollen.

Besonders aber war Carl fasziniert von einem jungen Amerikaner, der zusammen mit Mr. Rose gekommen war; fasziniert heißt in diesem Fall: er war sowohl angezogen als auch abgestoßen von ihm – ein spindeldürrer Mann Anfang der Zwanzig, der sogar während des Vortrags eine Zigarette an der anderen ansteckte, mit Augen von einer Bläue, daß man hätte meinen können, es handle sich dabei um das Ergebnis eines chemischen Experiments. Er beteiligte sich lebhaft an der Diskussion, sprach dabei abwechselnd deutsch, englisch und französisch, je nachdem, an wen er sich gerade wandte, mied weitgehend den üblichen Fachjargon, zitierte Shakespeare und John Donne, warf bisweilen den Kopf in den Nacken und verdrehte die Augen, als überkomme es ihn, und war am Ende der Mittelpunkt der Versammlung. – Am nächsten Tag brachte Brown den jungen Amerikaner mit zum Spaziergang. Sein Name war Julius Robert Oppenheimer.

Sie wanderten zu viert weit ins Land hinaus. Bald sprach nur noch Oppenheimer, und Carl, Brown und Hametner lauschten seinen Analysen und Assoziationen, flickten höchstens ergänzend oder bestätigend Stücke aus dem eigenen Fundus an. Zusätzlich zu den Fakten brachte Oppenheimer einen philosophisch-erkenntnistheoretischen Aspekt in die Überlegungen zur Quantenphysik ein, der bis dahin, zumindest in den Göttinger Kreisen, nicht vorhanden gewesen war. Legten die Entdeckungen der Atomphysik nahe, die Unanzweifelbarkeit der Zweiheit zwischen dem Subjekt des Beobachters und dem Objekt des Beobachteten aufzugeben? Wie konnte man intellektuell redlich weiterleben, nachdem sich herausgestellt hatte, daß zwei sich gegenseitig ausschließende Aussagen über die gleiche Sache beide als wahr bezeichnet werden mußten? Was, wenn der Begriff der Komplementarität nicht allein auf das Elektron beschränkt war, das manchmal als Welle mit stetiger Fortpflanzung und charakteristischer Interferenz, manchmal als endliches und individuelles Partikel mit einer zu jeder Zeit bestimmten Lage erschien, sondern wenn diese zwei einander logisch ausschließenden Seinsformen in allem wirksam waren, also auch in uns, und zwar gleichzeitig, so daß wir uns, je nachdem, unter welchem Gesichtspunkt wir unser Leben betrachteten, sowohl als Sterbliche als auch als Unsterbliche fühlen durften? Was, wenn die Erkenntnisse der Physik uns eines Tages zwingen, die Verknüpfung von Ursache und Wirkung als Grundlage jeder Weltbetrachtung und Weltanalyse nicht mehr als zwingend anzusehen? Waren die Naturgesetze nur eine Illusion?

»In Oppenheimers Gegenwart«, so schilderte Carl die Wirkung dieses Mannes auf ihn und seine beiden Freunde, »geriet alles in einen Ausnahmezustand, jedes Wort, jede Geste, jede Frage, jedes Schweigen. Wenn die Wirklichkeit nichts ist, dann gibt es nichts Verläßliches auf der Welt außer den Illusionen. Dann ist, was ist, das, was einer bestimmt, daß es sei. Eine größere Freiheit war nicht denkbar. An ihr mußte von nun an der Grad der eigenen Freiheit gemessen werden. Glaub mir, wir schwankten zwischen Entsetzen und Euphorie.«

Wickliff Rose besuchte Carl ein zweites Mal in der Jüdenstraße. Mr. Oppenheimer sei begeistert von ihm, sagte er. Herr Candoris, so habe Oppenheimer geschwärmt, sei der einzige Mathematiker, den er bisher kennengelernt habe, dem die Mathematik für sich nicht genüge, der sie als ein reines Instrument der Physik zur Verfügung stellen wolle – das heißt: dem Leben. Carl konnte sich nicht vorstellen, welche seiner Äußerungen Oppenheimer zu diesem Urteil veranlaßt haben könnte. Aber er fühlte sich geschmeichelt, wie sollte es anders sein, und durch die Einladung in die Vereinigten Staaten von Amerika fühlte er sich natürlich auch geschmeichelt, besonders, weil sie nun bereits zum zweitenmal vorgetragen wurde.

»Ich besprach mich mit Hametner. Ich wußte, er hätte sich liebend gern von Mr. Rose anwerben lassen, er wäre sofort aufgebrochen. Nur, auf ihn hatte es der Keiler der Rockefeller Foundation nicht abgesehen. Aber Hametner war nicht neidisch. Im Gegenteil. Er drängte mich, das Angebot anzunehmen. ›In Amerika‹, rief er aus, ›in America, in Amerika wird der Schauplatz aller zukünftigen Wissenschaft sein!‹ Wobei er das zweite America amerikanisch aussprach. ›Das sagen Sie als Kommunist?‹ entgegnete ich ihm. ›Ja, das sage ich als Kommunist! Was glauben Sie denn? Daß es zwischen New York und Los Angeles keine Genossen gibt?‹ Er stampfte auf seinen Herkulesbeinen durch mein schiefes Zimmer und redete bis zum frühen Morgen auf mich ein. Eigentlich hatte ich meinen Entschluß längst gefaßt: Ja, ich wollte das Angebot von Mr. Rose annehmen. Und Eberhard ahnte es natürlich, und er war glücklich, glücklich, daß es einer von uns schaffen würde. ›Candoris, seien wir ehrlich, Sie haben gar keine andere Wahl.‹ – Dieser Satz war es. O ja, manchmal weiß man so etwas. Manchmal kann man rückblickend sehr genau einen Punkt markieren. An dieser Stelle war eine Weggabelung. Ich wußte ja, wie er es meinte. Er wollte sagen, ich sei meinem guten Schicksal erlegen, ich solle mich einlassen auf das Gute, solle nicht hadern mit dem Guten, es sei ja doch höheren Ortes beschlossen, daß ich ein Erwählter sei, ein Bevorzugter. Daß es doch etwas Wunderbares sei, die Verantwortung für sein Leben in den guten Händen des Schicksals zu wissen. Hingabe, Hingabe! Daß die Entscheidung ja gar nicht bei mir liege, daß die guten Kräfte längst für mich entschieden hätten. Ich aber vervollständigte seinen Satz in mir: Sie haben gar keine andere Wahl, Candoris, als sich in den immerwährenden Ausnahmezustand dieses irisierenden Herrn Oppenheimer und seiner Welt zu begeben. Und entgegen meiner Absicht, die noch eine halbe Minute vorher so fest gestanden hatte, und ohne jede weitere Überlegung antwortete ich: ›Nein, es ist definitiv, und ich bitte Sie, Hametner, nie wieder davon anzufangen. Ich gehe nicht nach Amerika!‹«

Für das Wintersemester 1928/29 und das anschließende Sommersemester wurde Emmy Noether als Gastprofessorin nach Moskau eingeladen. Auf Empfehlung von Professor Abraham Joffé. Er war in Wahrheit aus dem gleichen Grund wie Wickliff Rose nach Göttingen gekommen, und auch er hatte es in erster Linie auf die Mathematiker

abgesehen. Einer spontanen Eingebung folgend, bat Carl, sie beglei-
ten zu dürfen – als ihr Assistent, unentgeltlich selbstverständlich; den
Aufenthalt und die Reise werde er aus eigener Tasche bezahlen. Emmy
Noether war einverstanden, die Gastgeber waren es ebenfalls.

3

Emmy Noether war gern in Moskau. Gegen Ende ihres Lebens in
Princeton – so hätten ihre Kollegen berichtet – sei sie immer wie-
der ins Schwärmen geraten. »In Göttingen«, habe sie gesagt, »waren
Mathematiker unter Mathematikern, und hier in Princeton ist es das
gleiche. In Moskau aber brauchst du nur den Finger zu heben und zu
rufen: Hallo, ich will etwas über Maximalbereiche aus ganzzahligen
Funktionen erzählen!, und schon rennen dir alle möglichen Leute das
Haus ein.«

Die Sowjetunion hatte in der Mitte der zwanziger Jahre begonnen,
sich von der Welt abzukapseln. Die Wissenschaftler kamen immer
schwerer an ausländische Literatur heran, über die Forschungen in
anderen Ländern trafen nur spärliche und schwer überprüfbare Nachrichten ein (deshalb schickten die Universitäten Leute wie Abraham
Joffé aus, um Wissenschaftler ins Land zu holen, solange das noch
möglich war). Zugleich aber stellten die sozialistischen Machthaber in
ihren Reden und Mahnschriften außerordentliche Ansprüche – Wissenschaft und Sozialismus, hieß es, bedingten einander, der historische Materialismus sei die erste und einzige Weltanschauung auf wissenschaftlicher Basis, also objektiv; das Wort Weltanschauung sei von
nun an, weil subjektiv, obsolet. Beklommenheit und Minderwertig-
keitsgefühle drückten Professoren und Studenten nieder. Sie hielten
sich einerseits als der hochbegabtesten Gesellschaft zugehörig, andererseits verunsicherte und verbitterte sie die offensichtliche Tatsache,
daß sie am internationalen Diskurs nur marginal oder gar nicht mehr
teilhatten. Wenn man in den warmen Monaten auf den Hof der Moskauer Universität herabsah, zeigte sich einem ein eigenartiges Bild:
Studenten standen beieinander, nie mehr als fünf, nie weniger als drei,
sie blickten aneinander vorbei, ihre Oberkörper wiegten sich in nik-

kenden Bewegungen, was auf zufriedenste Zustimmung schließen ließ, ihre Lippen öffneten und schlossen sich, wie sich Lippen bei Gesprächen über Sterne oder Birnen oder antike Wasserleitungen öffnen und schließen mochten; aber wenn man das Ohr auf diese Menschen herabsenkte, hörte man nichts; und wenn man eine Sonde in die Herzen und Hirne dieser Menschen eingeführt hätte, hätte man erkannt, daß sich ihre Lippen auch nicht in stillen Selbstgesprächen bewegten, sondern allein, um die Person unauffällig zu halten, denn auffällig konnte schon jemand sein, der mit anderen zusammenstand und nichts sagte, weil der sich womöglich etwas dachte, was er sich laut nicht zu sagen traute. Als gegen Ende der zwanziger Jahre eine gewisse Liberalität zu keimen begann – zur Blüte brachte sie es freilich nicht –, wurde das kleinste Entgegenkommen als große Freiheit gefeiert – und ausländische Gastprofessoren, nur weil sie eben vom Ausland kamen, als Weltspitzenkapazitäten empfangen. – Haben die Gäste aus Deutschland diese Bedrücktheit nicht wahrgenommen? »Ich schon, sie nicht«, urteilte Carl.

Emmy Noether hielt ihre Vorlesungen auf deutsch, begleitet von einem Dolmetscher – der allerdings nur selten einsprang, die meisten Studenten hatten in der Schule hinreichend Deutsch gelernt. Der Hörsaal war zum Bersten voll. Auch viele Studenten aus anderen Fachbereichen waren gekommen, dazu Interessierte, die gar nicht an der Universität tätig waren – weil sie alle die Frau erleben wollten, »deren Ansehen in der Welt so einzigartig ist« (Vorlesungsverzeichnis WS 1928). Carl saß unter den Zuhörern, seine Assistententätigkeit beschränkte sich darauf, wie in Göttingen mit seiner Doktorvaterin spazierenzugehen und »Mathematik zu reden«. Emmy Noether wohnte in einem winzigen Zimmerchen im Erdgeschoß der Brodnikov-Straße, das entweder frostkalt oder überheizt war; Carl hatte Quartier in dem (relativ) vornehmen Hotel Leonjuk in der Rybnyi-Straße bezogen – was ihm peinlich war, schließlich stand er in der Rangordnung unter seiner Professorin; aber nicht peinlich genug, um auf die Annehmlichkeit beispielsweise einer Badewanne zu verzichten. Die Vorlesungen fanden am späten Nachmittag statt. Jeden Morgen holte Carl Emmy Noether ab, und sie spazierten über die Poljanka, wo sie sich süßes Brot kauften, das sie bei den buntgestrichenen Kiosken zu Limonade, die nach Rasierwasser roch, aßen. Weder der Lärm noch das Gedränge hielten sie ab, nach diesem Frühstück an der Moskwa entlangzugehen oder am Vodootvodnyi-Kanal – erst auf der einen Seite, dann über eine Brücke und weiter auf der anderen Seite und über die nächste Brücke und wieder auf der einen Seite weiter, bis sie sämtliche Brücken passiert hatten. Bald verwandelte der Winter alle Menschen in dicke und wenig schöne Geschöpfe.

Mit drei Personen unterhielten die beiden während ihrer Moskauer Monate engeren Kontakt. Der erste war der Dolmetscher Lawrentij Sergejewitsch Pontrjagin. Er sprach wortreich Deutsch mit Moskauer Akzent. Wo er es so gut gelernt hatte, wußte niemand. Er war ein immer angenehm riechender Mann, von kurzem, kompakt stämmigem Wuchs, dunkelhaarig, wohlgenährt, glattrasiert; er interessierte sich für Kunst, Musik, Literatur, Theater ebenso wie für Physik und die neueren Tendenzen in der Sprachwissenschaft und schien jeden zu kennen, von den akademischen Kapazitäten bis zu den Limonadenbudenbetreibern unten an der Moskwa. »Der kleine neue Mensch«, so wurde er genannt, sich selbst bezeichnete er als einen Epistemologen. Er verstand alles, lehnte nichts ab, interessierte sich für alles, fand nichts nicht der Rede wert, schien keinerlei Vorurteile zu haben, erlaubte sich allerdings auch nie ein Urteil und war der höflichste Mensch, der Carl je begegnet war. Er war Dozent am Mathematischen Institut, mehr war er nicht, verdiente sich damit gerade das Minimum für seine Existenz, wirkte dennoch immer elegant, trug Anzüge, die aussahen, als wären sie maßgeschneidert (und zwar in einem der deutschen Handwerksbetriebe, die sich seit Anfang der zwanziger Jahre in Moskau oder Leningrad niedergelassen hatten). Hatte er also noch andere Einnahmequellen? Es war nichts aus ihm herauszubekommen, und niemand schien Näheres über ihn zu wissen. Mit der Zeit kam Carl der Verdacht, daß sein größtes Geheimnis darin bestand, daß er keines hatte. Manchmal kam es vor, daß ihm jemand eine persönliche Frage stellte – wo er das Wochenende verbringe und mit wem oder ob seine Eltern auch in der Stadt lebten – dann blickte er dem Frager gerade in die Augen, als warte er auf die nächste Frage; Antwort gab er nicht.

Nach Emmy Noethers Vorlesungen traf sich regelmäßig ein Kreis von Wissenschaftlern, Studenten, Neugierigen und Interessierten in Pontrjagins Büro – das interessanterweise das größte am Institut war. Man brachte mit, was man hatte. Selten hatte jemand etwas anderes als einen Sessel aus Kirschholz – solche standen massenweise im Institut herum – und Schnaps. Also wurde auf Kirschholzsesseln gesessen und Schnaps getrunken. Und diskutiert.

Außerdem hatten sich Emmy Noether und Carl mit Ksenia Sixarulize angefreundet, die eine bekannte Volkskundlerin war. Sie stammte aus Georgien und war schon ein deutliches Stück über Fünfzig – ein körperlich aufs Wesentliche reduzierter Mensch, ausgedörrt wie eine Hungerhexe mit schwarzgefärbten offenen Haaren, überschminkten Fingern, nikotinbraunen Zähnen und einem breiigen Bronchienlachen, vor dem jeder zurückwich. Für ein paar Semester war sie aus Tiflis nach Moskau gekommen, um an der Universität über die Märchen der verschiedenen Völker der Sowjetunion zu sprechen. Sie war zu den Mathematikern geeilt, als sie erfuhr, daß eine Frau Vorlesungen halte, die aus Göttingen hierhergekommen sei. Das erste, was sie, den Zeigefinger vor Frau Professor Noethers Brust in die Luft hämmernd, rief, war: »Jacob Grimm, Wilhelm Grimm!«; und als diese erschrocken stammelte, sie wisse nicht, was sie damit sagen wolle, in akzentfreiem Hannoveraner Deutsch explizierte: »Was ihr eure Sprache nennt, das habt ihr nicht Goethe oder Lessing zu verdanken, sondern Luther und den Märchenbrüdern!« Sie beherrschte sogar umgangssprachliche Sonderheiten verschiedener deutscher Regionen, so daß sie, ohne nachfragen zu müssen, Emmy Noethers komplizierte Witze verstand. Sie selbst kannte ebenfalls unzählige Witze und konnte sie so gut erzählen, daß sie den hohen Ansprüchen des Gastes gerecht wurde – weswegen alle am Institut in den Genuß eines bis dahin nicht gehörten Lachens kamen. Die beiden konnten einander gut leiden, und mit einer kleinen Wehmut registrierte Carl, daß die Georgierin nach wenigen Tagen bereits eine Leichtigkeit im Ton anschlug, die er in den Gesprächen mit seiner Professorin wohl nie erreichen würde. Sie duzten einander. Carl hatte geglaubt, Frau Professor Noether erlaube das Duwort niemandem außerhalb ihrer Verwandtschaft. Ihn nannte Frau Sixarulize den »edlen Silbernagel«, weil er so groß und dünn war und hellblonde Haare hatte.

Der dritte im Bunde war ein junger Mann namens Jossif Aszaturow. Er studierte Ingenieurwissenschaften und hatte es als Mitglied eines studentischen Schachclubs an der Universität zu einer bescheidenen Berühmtheit gebracht – vor allem aber durch sein Aussehen. Er war von einer ins Romantische ragenden Häßlichkeit – Carls Schilderung erinnerte mich in der Tat an das Geschöpf aus Mary Shelleys *Frankenstein* –, ein Riese mit einem in die Länge gezogenen Gesicht, maskenhaft, blaß und wachsglatt. Seine Nase war flach und in sich verkrümmt, die Augen punktklein und rosarot gerändert. Nach jedem Wort, das er von sich gab – er habe in einer abgehackten Art gesprochen, die an einen Wahnsinnigen denken ließ –, bewegten sich die Lippen mümmelnd weiter, als formulierten sie stumm, was eigentlich gemeint, aber nicht ausgesprochen worden war. Er sprach befriedigend Deutsch, besserte manchmal mit ein paar Brocken Französisch nach. Wenn sich das Stammeln aber erst gelegt hatte, wurde einem die Freude zuteil, sich mit einem brillant denkenden Mann zu unterhalten, der die komplexesten Zusammenhänge in einer Klarheit darzustellen vermochte, als wären sie mit dem »Tau des Paradieses gewaschen« – sagte Ksenia Sixarulize.

Carl erzählte, Emmy Noether sei bestürzt gewesen über Aszaturows Häßlichkeit. Aber nicht, weil sie an seinem Schicksal besonderen Anteil nahm, sondern weil ihr drückend bewußt wurde, daß ihre eigene Häßlichkeit in Gegenwart dieser anderen nicht etwa relativiert – wie die Schönen und Normalen die Wirkung von Häßlichkeit falsch einschätzen –, sondern verstärkt wurde; daß ihr unförmiger Körper neben Aszaturows extremförmigem Körper sein Unschönes noch rücksichtsloser preisgab. Ein häßlicher Mensch neben einem schönen Menschen wird vielleicht zum Kontrast degradiert, aber weil sich durch ihn die Schönheit des anderen in gewisser Weise erst manifestiert, ja definiert, fällt ein Widerschein des Glanzes auch auf ihn. Mag sein, daß Schönheit in Schönheit untergeht, ein Häßliches jedoch macht auf ein anderes Häßliches erst aufmerksam, und am Ende erscheinen beide häßlicher als zuvor, als sie noch einzeln vor das Auge traten. – Ebendies war der Inhalt des einzigen Gesprächs zwischen Frau Professor Noether und ihrem Studenten Candoris, in dem es, über das Alltägliche hinaus, nicht um ihre geliebte Mathematik ging,

sondern eben um »Persönliches«; nämlich um »die Wunden, die sie sich selbst schlage, wenn sie die Deduktionen an ihrer eigenen Person exemplifiziere« – andere Worte, um ihr Weh zu beschreiben, hatte die Doktorvaterin nicht zur Verfügung.
Dieses Gespräch hatte eine Vorgeschichte.

4

Etwa zwanzig Leute hatten sich an diesem Abend nach Emmy Noethers Vorlesung in Lawrentij Sergejewitsch Pontrjagins Büro versammelt. Frau Dr. Sixarulize erzählte von ihrer Arbeit. Seit über dreißig Jahren sammelte und kommentierte sie Märchen aus ihrer Heimat Georgien, aber auch aus den angrenzenden Ländern des Kaukasus, aus Armenien, Aserbaidschan, Märchen der Mingrelier, der Lazen, der Swanen, Azeri, Tscherkessen, Tschetschenen, der kaukasischen Kurden ebenso wie der mongolischen Kalmücken, der Tadschiken, Usbeken, Turkmenen, Inguschen, Osseten, Abchasen, dazu Märchen aus der Türkei und aus Persien. In unzähligen Artikeln und einem Dutzend Büchern hatte sie sich immer wieder auch theoretisch mit dem Märchen auseinandergesetzt. Und dies sei, so legte sie dar, die Quintessenz ihrer Forschung: daß es im Märchen einzig um Gewinn und Verlust gehe und daß demzufolge nur zwei Typen von Figuren auftreten – der Sieger und der Verlierer. Als wäre sie selbst einem Märchen entstiegen – gekrümmt, plötzlich, nie zu allen Anwesenden zugleich sprechend, sondern immer nur zu einem –, dozierte sie: »Alle Typen im Märchen sind dieser Dichotomie untergeordnet: die Klugen sind die Sieger, die Dummen die Verlierer, die Schönen sind die Sieger, die Häßlichen die Verlierer, die Bösen sind die Verlierer, die Guten sind die Sieger.« Das Märchen erzähle nicht von der Entwicklung einer Person – schon aus diesem Grund tauge es nicht zu didaktischen Zwekken –, sondern es liefere die Begründung für einen Zustand. »Warum ist dieser Mensch schön? Weil er ein Sieger ist. Warum ist er häßlich? Weil er ein Verlierer ist. Das Märchen kennt keine Moral.« Dem aufgeklärten Geist des frühen neunzehnten Jahrhunderts sei diese Tatsache freilich unerträglich gewesen, und so seien aus Märchen Kindergeschichten mit erhobenem Zeigefinger geworden. – Frau Sixarulize war, während sie sprach, durch den Raum gegangen, und als sie geendet hatte, sah sie sich um, und der einzige freie Sessel war hinten am Fenster, wo Emmy Noether neben Jossif Aszaturow saß. Also setzte sie sich zu ihnen.

Nun ergriff Lawrentij Sergejewitsch Pontrjagin das Wort. Er knüpfte an die Gedanken der Volkskundlerin an und kam auf die Philosophie des deutschen Idealismus und den Begriff des Schönen bei Hegel zu sprechen; nämlich, daß das Schöne nichts anderes sei als die Idee des Schönen und daß man dies so zu verstehen habe, daß das Schöne selbst als Idee, und zwar als Idee einer bestimmten Form, nämlich als Ideal, gefaßt werden müsse. »Das Häßliche ist keine bloße Abwesenheit des Schönen, sondern eine positive Negation desselben. Was seinem Begriff nach nicht unter die Kategorie des Schönen fällt, das kann auch nicht unter die des Häßlichen subsumiert werden. Ein Rechenexempel ist nicht schön, aber auch nicht häßlich – Sie werden mir sicher recht geben, Frau Dr. Noether –, ein mathematischer Punkt, der gar keine Länge und Breite hat, ist nicht schön, aber auch nicht häßlich.«

Die meisten der Anwesenden verstanden die deutsche Sprache sehr gut, doch es war wenig wahrscheinlich, daß sie den Ausführungen Lawrentij Sergejewitschs folgen konnten. Und weil auch Carl selbst Schwierigkeiten hatte, die abstrakten Gedanken in einem halbwegs vernünftigen Sinn zusammenzuhalten, fragte er sich, an wen sich die Worte des Dozenten eigentlich richteten.

»Das Schöne«, fuhr Pontrjagin fort, »bestimmt sich als das sinnliche Scheinen der Idee. Und das Häßliche? Sehen wir es uns an! Es existiert. Es existiert einfach. Aber hinter dem Häßlichen gibt es keine Idee. Es gibt kein Krebsgeschwür ohne den Menschen. Aber es gibt Menschen ohne Krebs.«

Der kleine Mann saß auf seinem Schreibtisch, die Schenkel kräftig und breit gespreizt, die graue Hose prall sitzend, mit beiden Händen klammerte er sich an die Tischplatte zwischen seinen Beinen fest, als reite er auf ihr. Den Kopf hielt er leicht schräg nach oben gerichtet. Er blickte beim Sprechen niemanden an. Es war vielleicht nicht klar, zu wem er sprach; aber es war doch jedem klar, was hier geschah: Mit den

verrenkten Worten eines deutschen Philosophen des vorangegangenen Jahrhunderts wurde definiert, was Schönheit ist. Und gerade weil
die Argumente und Ableitungen in ihren dialektischen Verzahnun-
gen nicht mehr bis an ihr Ende nachvollziehbar waren für den, der
diesen Jargon nicht beherrschte, erschien der eigentliche Gegenstand
des Diskurses so unerbittlich deutlich, und die Verve, in der Pontrjagin sprach, veredelte Ästhetik obendrein zum Argument eines moralischen Edikts; und somit ging es nicht mehr nur um abstrakte Schönheit und ihr abstraktes Gegenteil, sondern: um schöne Menschen und
häßliche Menschen.

Und da fiel es auf. Plötzlich waren die Blicke der anderen auf die drei
Häßlichen hinten bei den Fenstern gerichtet: den armenischen Riesen,
die georgische Hexe, die deutsche Dicke. Und es wurde still im Büro
von Lawrentij Sergejewitsch Pontrjagin. Carl meinte, der einzige Zuhörer zu sein, der nicht nach hinten blickte.

»Das Häßliche«, führte der Dozent seine Rede nach einer Weile weiter und sah weiter nirgendwoanders hin als hinauf zur Decke, »erinnert das Schöne in jedem Augenblick daran, daß es eine Kategorie des
Sinnlichen ist. Ohne das Häßliche würde sich das Schöne von seiner
Erdenschwere lösen, und es wäre – göttlich! Oh, ich danke Frau Professor Sixarulize, daß sie zwei so wunderbar altmodische Worte wie
Sieger und Verlierer gebrauchte. Ich verstehe nichts von Märchen und
kann daher nicht beurteilen, ob Märchen Moral haben oder nicht. Ich
möchte aber doch darauf hinweisen, daß Sieger und Verlierer, dem
üblichen Sprachgebrauch folgend, moralische Begriffe sind, und zwar
nicht nur, wenn Sieg oder Niederlage sich als gerecht oder ungerecht
herausstellen. Ich bin Mathematiker wie die meisten von Ihnen, meine Damen und Herren, und ich denke, ebenso wie die scheinbar un-
überwindlichen Schwierigkeiten, die einige mathematische Probleme
seit vielen Jahren darstellen, der Tatsache geschuldet sind, daß die notwendigen Axiome noch nicht gefunden wurden, kann es doch sein,
daß die Probleme bei der Bestimmung von ›Was ist schön?‹ und ›Was
ist häßlich?‹ daher rühren, daß es uns bisher nicht gelungen ist – oder
daß wir es noch gar nicht versucht haben –, die Ästhetik auf Axiome
zurückzuführen und ihre Urteile damit einer wissenschaftlichen Prüfung auszusetzen. Ich gebe zu, die Ästhetik unterscheidet sich von der

Logik wesentlich auch darin, daß letztere nie, erstere aber so gut wie immer durch Versuch am lebenden Objekt verifiziert werden muß. Wenn ich mich einmal derb ausdrücken darf: Man braucht den, der behauptet, daß eins und eins nicht zwei sei, nicht zu erschlagen, um zu beweisen, daß eins und eins doch zwei ist. Wenn ich logische Fehler eliminiere, eliminiere ich logische Fehler und mehr nicht. Deshalb ist die Logik – und nun verwende ich zum zweitenmal bereits diesen altmodischen Ausdruck – göttlich. Denn die Logik ist an keine Sinnlichkeit, keine Weltlichkeit, keine Körperlichkeit gebunden. Sie ist Idee. Reine Idee. Die Ästhetik dagegen, die Idee des Schönen muß, um sichtbar zu werden in der Welt, sich in sinnlich wahrnehmbare Gestalt verwandeln. Und nach dieser Metamorphose begegnet sie dem Häßlichen. In der blutvollen Wirklichkeit hat das Wort *eliminieren* allerdings andere Konsequenzen als in der Mathematik …«

Lawrentij Sergejewitsch Pontrjagin stieg von seinem Schreibtisch herunter, tat ein paar Schritte in den Raum hinein und wandte sich nun direkt an die drei Häßlichen hinten bei den Fenstern: »Es ist wohl abzusehen, daß das Kernproblem aller bisherigen Gesellschaften, nämlich daß sie Klassengesellschaften waren, mit dem Sieg des Proletariats gelöst sein wird. Aber ich prophezeie: Wenn die gesellschaftlichen Probleme gelöst sind, werden die biologischen Probleme um so sichtbarer werden. Und wenn die gesellschaftlichen Probleme nach moralischen Überlegungen gelöst wurden, so werden die biologischen Probleme nach ästhetischen Kriterien gelöst werden. Welchen anderen Sinn könnte das festliche Gelage, das von Anbeginn der Welt im Gange ist, haben als den, schön zu sein? Der neue Mensch, Gastgeber und Gast in einem bei diesem Fest, soll nicht nur glücklich, er muß auch schön sein!« – Hier eine Pause, in der Pontrjagin vor sich ins Leere schaute, als sähe er der Entstehung einer Fotografie in der Entwicklerlösung zu. – »Was, meine Damen und Herren, soll daraus geschlossen werden? Zu welchem Ergebnis, zu welcher Synthese drängt der biologische, der ästhetische Antagonismus? Die Antwort überlasse ich Ihnen.« – Er knickte mit dem letzten Wort in eine kaum wahrnehmbare Verbeugung und verharrte eine Weile in dieser Haltung: ein Zauberkünstler, der gerade eine beeindruckende, aber weiter nicht ernstzunehmende Vorstellung gegeben hatte.

Die hinten bei den Fenstern waren nun am Wort. Die drei Häßlichen. Und nicht Argumente in der Sache wurden von ihnen erwartet, sondern Argumente für ihre eigene Person. – Was ist nur in diesen aufgeblasenen kleinen neuen Menschen gefahren, dachte Carl. Er wollte laut herauslachen, das schien ihm die einzig angemessene Reaktion.

Jossif Aszaturow kam ihm zuvor.

»Bitte!« stammelte er. »Bitte …«

Er erhob sich von seinem Sessel, setzte sich wieder hin und stand wieder auf und setzte sich wieder, als würde in einem Film mit Charlie Chaplin vor und zurück und vor und zurück immer wieder ein Turm aus dem Boden gezaubert. Seine Lippen schlugen aufeinander, schon bevor er etwas sagte, Panik unter den Argumenten, die am wenigsten robusten wurden niedergetrampelt, aber vielleicht wäre gerade unter ihnen ein stichhaltiges gewesen, *die* schlagende Antwort, kurz mußte sie sein, der Ankläger darf gern lange reden, der darf sich ausbreiten, darf mit Hegel als Knüppel beweisen, daß nur das Schöne lebenswert ist, der Angeklagte darf das nicht, wer sich mit vielen Worten verteidigt, hat unrecht – und Jossif Aszaturow rief mit sich überschlagender Stimme in den Raum hinein:

»Stalin! Ist er schön oder häßlich?«

Und verließ stampfend den Raum.

Lawrentij Sergejewitsch Pontrjagin wurde blaß wie Schafskäse. »Um Gottes willen«, stammelte er, »um Gottes willen, Herr Ingenieur, hier geht es doch um Ästhetik und nicht um Politik!«

Und lief hinter Aszaturow her.

»Mon Dieu, que nous les Russes sont infantils!« stieß Ksenia Sixarulize hervor und zerbrach ihren Bleistift. Worauf sich die Gesellschaft auflöste.

5

Vor dem Institutsgebäude standen die Laternen so dicht beieinander, als hätte die Stadtverwaltung oder ein Politbürosonderausschuß oder wer auch immer sonst in dieser Stadt für das Licht zuständig war sich vorgenommen, eine Metapher für den Geist sinnfällig vorzuführen. Darum herum war es finster, die Straßen waren hohl und leer, keine Autos, keine Pferdegespanne. Die Straßenbahnen stellten ihren Betrieb ein, sobald es dunkel wurde. In den Fenstern der Häuser schimmerte nur wenig Licht. Es war still. Schnee fiel.

Emmy Noether bat Carl, sie nach Hause zu begleiten. Das war nichts Außergewöhnliches. Die Dunkelheit in dieser Stadt war ihr sehr unangenehm. In den Nächten, wenn der Himmel bedeckt war und Mondlicht und Sternenlicht die Erde nicht erreichten, tastete sie sich durch die Gassen um das Institutsgebäude und an den Hauswänden entlang, bis sich ihre Augen einigermaßen an die Finsternis gewöhnt hatten. Nur halb im Spaß hatte sie einmal zu Carl gesagt, sie fürchte, plötzlich in das Gesicht eines Mannes zu greifen. Der Schnee half ihren Augen, sich zurechtzufinden; wenn er allerdings so dicht fiel wie an diesem Abend, konnte es geschehen, daß sogar die Bürger von Moskau in manchen Vierteln ihrer Stadt die Orientierung verloren. Die Brodnikov-Straße war eine knappe halbe Stunde Fußweg vom Institut entfernt, das Hotel Leonjuk bildete den dritten Punkt in einem etwa gleichseitigen Dreieck; Carl hatte also einen längeren Abendspaziergang vor sich, aber daran hatte er sich inzwischen gewöhnt. Emmy Noether zog sich zwei Wollmützen über den Kopf, ihre Hände vergrub sie in geringelten Fäustlingen, die an einer Schnur um ihren Hals hingen. Im Institut trug sie ihre Sommerhalbschuhe, die bequem eingetreten waren, für die Straße besaß sie wasserdichte, wadenhohe Männerstiefel aus Juchtenleder mit Kautschukfußbett. Das Schuhwerk war der Grund, warum man Frau Professor Noether in Moskau immer mit einem Rucksack auf dem Rücken sah, einem deutschen Wandervogelrucksack aus dichtgewebtem Khakileinen. Im Institut trug sie darin ihre Stiefel herum, draußen ihre Halbschuhe. Auf die Stiefel war sie besonders stolz, sie hatte sie sich in Göttingen über Versand von einem Fachgeschäft schicken lassen, hatte sie absichtlich zwei Nummern zu groß gewählt, damit, wie sie Carl während der Bahnfahrt von Berlin nach Moskau auseinandersetzte, sich im Inneren mit Hilfe von drei Paar Wollsocken ausreichend Wärme speichernde Luftkämmerchen bilden könnten. Es waren monströse Knobelbecher, »welche« – so stand in der Reklameanzeige zu lesen, die sie

Carl präsentierte, als wäre sie eine vertraglich abgesicherte Garantie – »unter Mithilfe von erfahrenen Feldsoldaten für Jäger entworfen und gebaut wurden, die frühmorgens in feuchter Flur stehen und auf das Wild warten, auf das sich mit desto ruhigerer Hand anlegen läßt, je wärmer die Füße sind«.

Sie gingen dicht nebeneinander durch die engen Gassen zur Poljanka, Carl auf der Häuserseite, Emmy Noether auf der Straßenseite. Sie konnte nicht erkennen, wo eine Tür oder eine Einfahrt das eintönige Dunkel der Wand unterbrach, und das war ihr unheimlich. Ihr Assistent schien zwar nicht besonders stark zu sein, aber groß war er, in seinem gefütterten Mantel wirkte er sogar mächtig, die Pelzmütze täuschte einen breiten Nacken vor und verdeckte die feinen, jungenhaften blonden Haare. (Sie habe ihn, wird sie an diesem Abend bei ihrem ersten »persönlichen« Gespräch zu ihm sagen, anfänglich für jemanden gehalten, dem man Unglück und Grausamkeit niemals zumuten dürfe, weil er sich nicht zu wehren verstehe.) Normalerweise redete sie in Carls Beisein ohne Unterbrechung. Und wenn er sie nachts vom Institut zur Brodnikov-Straße begleitete, redete sie noch mehr als sonst. Daß sie mit Carl an ihrer Seite keine Angst hatte, ließ sie übermütig werden. »Gegen die Dunkelheit«, hatte sie ihn einmal belehrt, als würde sie ihm eine ihrer originellen Lösungen präsentieren, »helfen nur Nachdenken und Kennerschaft. Nur so bekommen die Dinge einen Sinn, und man braucht sie nicht mehr zu fürchten. Habe ich recht?« Sie redete beim Ausatmen und redete beim Einatmen. Sie dachte im Reden. Carls Part war es – und war es immer gewesen –, zuzuhören und ab und zu eine Frage zu stellen. Es hatte ihn immer mit Genugtuung erfüllt, daß seine Gegenwart sie offenkundig zum Denken animierte. Anfangs, in Göttingen, war es ihm mitunter schwergefallen, ihren hurtigen Sprüngen von Ahnung zu Behauptung zu Vermutung zu Beweis zu folgen, bald jedoch kannte er sich in den Räumen ihres Gedankengebäudes gut genug aus, um sich darin nicht zu verirren. (Wenn sie zwei Jahre später mit ihm auf seinen Doktor anstoßen wird, wird sie sagen: »Ihre vorzüglichste Eigenschaft ist das Zuhören. Könnten alle so gut zuhören wie Sie, würde sich das Wissen in der halben Zeit verdoppeln.«) – Heute schwieg sie. In ihrem Schweigen fand er sich nicht zurecht, hatte er sich nie zurechtgefunden.

Das erste Mal war es während eines ihrer Spaziergänge in Göttingen geschehen. Sie war plötzlich, und wie er sich erinnerte, mitten im Gedanken, mitten im Satz, in Schweigen versunken. Er hatte damals gemeint, es sei dies eine Aufforderung an ihn, den von ihr eingeschlagenen Gedankengang zu Ende zu führen; und weil dieser bereits so hell von ihr ausgeleuchtet worden war, war es ihm leichtgefallen und eine Freude gewesen, die Schlüsse zu ziehen, die zwingend aus ihren Thesen gezogen werden mußten, und die Folgerungen miteinander zu verknüpfen. Nun hatte *er* geredet und geredet und mit den Händen ausgeholt, und als er merkte, daß seine Hände von allein die Gesten seiner Doktorvaterin nachahmten, betonte er diese Gesten sogar noch, denn er war überzeugt, sie könne darin nichts anderes sehen als ein Zeichen seiner Bewunderung und seiner Zuneigung. Sie aber sagte: »Hören Sie jetzt bitte auf damit!« Und ausgerechnet sie sagte: »Kann man denn nicht ein einziges Mal den Mund halten und einfach nur auf die Natur lauschen? Mathematik ist doch bei Gott nicht alles.« Sie waren durch die Schilleranlagen gegangen (vorbei am Haus seiner Tanten), ihr Ziel war der Eulenturm gewesen, von wo aus sie über die Stadt und das Umland schauen wollten. Beim Albanitor, wo die Allee aus Eschen und Nußbäumen begann, hatte er sich noch gedacht: Wir könnten genausogut durch die Gänge des Auditoriengebäudes marschieren, sie kriegt ja gar nichts mit, nicht einen Blick nach links oder rechts gibt sie ab. *Er* war es doch gewesen, der vorgeschlagen hatte, hinaus in die Natur zu gehen, um unter der Sonne bei frischer Luft »Mathematik zu reden«! Die Spaziergänge waren *seine* Idee gewesen, gewiß nicht ihre! Jedesmal mußte er sie aufs neue dazu überreden. Und ausgerechnet sie, die sich erst vor wenigen Tagen unten beim Leinekanal von ihm hatte erklären lassen, daß eine Grasmücke nicht ein Insekt, sondern ein Vogel sei, sie behandelte ihn, als wäre er der naturfernste Stubenhocker – er, der Haubenmeise, Kohlmeise, Blaumeise, Schwanzmeise, Tannenmeise, Sumpfmeise, Beutelmeise, Trauermeise ohne geringste Mühe an ihren Stimmen auseinanderhalten, der noch immer jeden Greif am Himmel aus den Augenwinkeln bestimmen, der jeden Vogel an seinem Gelege erkennen konnte! Er war schwer gekränkt gewesen, vor allem wegen des scharfen Tons, mit dem sie ihn zurechtgewiesen hatte, und während des weiteren Spaziergangs hatte er kein Wort mehr gesagt. Und war noch schwerer gekränkt gewesen, weil sie offensichtlich gar nicht merkte, wie sehr sie ihn verletzt hatte. – Ihr Reden und sein Zuhören folgten den Regeln eines ausreichend erprobten Zusammenwirkens; in ihrem Schweigen aber mußte er improvisieren wie Siegfried im Kampf gegen den Tarnkappenträger. Ihre Rede war klar, ihr Schweigen war rätselhaft.

An diesem Abend war es anders. Ihr Schweigen hatte Inhalt: Es war ein Vorwurf. So empfand er es. Sie stapfte durch den Schnee, betonte dabei jeden Schritt, als wäre sie das den derben Profilsohlen ihrer Stiefel schuldig. Weil er nicht protestiert hatte? Weil er Pontrjagin nicht in die Schranken gewiesen hatte? Weil er dies einem Betroffenen, Aszaturow, überlassen hatte? Weil er so weit vom Fenster entfernt seinen Platz eingenommen hatte? – Seine Kommilitonen in Göttingen hatten ihn vor allen möglichen Gefahren in Moskau gewarnt, hatten die neue apokalyptische Reiterei aus Weltjudentum und Bolschewismus an die Wand gemalt (einige rieten ihm ohne Umschweife, er solle in Moskau Frau Dr. Noether, wenn irgend möglich, aus dem Weg gehen, schließlich trage sie beide Krankheiten in sich, und was in Deutschland in Latenz gehalten werden konnte, würde in Rußland voll ausbrechen) – daß ausgerechnet ästhetische Fragen zu einer Bedrohung werden könnten, das wäre nicht einmal in den hedonistischen Studentenkreisen Göttingens jemandem eingefallen. – Vielleicht aber, so dachte er, spinne ich ja nur meine Gedanken in ihren Kopf hinein (weil er seit drei Monaten seine Muttersprache fast nur noch verwendete, um über Mathematik zu reden). Vielleicht hatte Lawrentij Sergejewitsch mit seiner Philippika sie ja gar nicht verletzt, vielleicht ist ihr sein Sermon zum einen Ohr hinein und zum anderen hinaus. Vielleicht hatte es sie sogar amüsiert. Ganz bestimmt komisch war, wie Aszaturow als sein einziges Argument den Namen Stalin genannt und damit das Heer aus hegelianischen Spitzfindigkeiten weggeblasen und den Anführer in die Flucht geschlagen hatte. Alle hatten gelacht. Am Ende lachten nämlich auch Frau Dr. Noether und Frau Dr. Sixarulize. Vielleicht sogar Pontrjagin, wenn er draußen in der kalten Luft seine Tassen erst wieder ordentlich in den Schrank gestellt haben würde. Also wäre er, Carl, der einzige gewesen, bei dem es nicht einmal zu einem Grinsen gereicht hatte? Er hatte das Gefühl gehabt, nicht in ein Geheimnis eingeweiht zu sein. Als wäre der Abend ein kindliches Spiel in der Dunkelheit gewesen. Er war kein Kind, und er konnte sehen. Aber er wußte nicht, worauf es unter all den Dingen, die ihn umgaben, ankam.

Sie waren beim Durchgang der Bezirksparteizentrale am Vodoot-vodnyi-Kanal angelangt, wo die Stadtverwaltung ein weiteres Mal alle Herrlichkeit des Lichts ausgeschüttet hatte, und Carl sah im Gesicht seiner Professorin – und das um so klarer konturiert, weil es vom Passepartout ihrer Mützen eingerahmt war –: Resignation und machtlose Empörung – und, wie er weiter interpretierte und still für sich in Worte faßte, die unbarmherzig abschlägige Antwort auf die Frage, ob das Streben der Menschheit durch Kennerschaft und Nachdenken zu einem Sinn finden könne. *Nichts gilt, wenn du nicht zu den Schönen oder wenigstens zu den halbwegs Schönen gehörst.*

»Bin ich ein Kauz?« fragte sie.

»Ja«, antwortete er prompt. Weil er dachte, das ist eine Planke, an der sie sich festhalten möchte.

In der Reklame stand, die Stiefel verleihen einen festen Tritt. Damit war doch wohl gemeint, man habe einen sicheren Stand in ihnen, und nicht, man müsse fest zutreten. Und wenn sie ausrutschte und hinfiel? Bei ihrer Körperfülle würde sie große Schwierigkeiten haben, wieder auf die Beine zu kommen. Sie würde Carl bitten müssen, ihr zu helfen. Ihr Fallen wäre ein Plumpsen. Es würde die ästhetische Theorie von Lawrentij Sergejewitsch Pontrjagin illustrieren. Wenn ein Mensch in Gegenwart eines Dritten gedemütigt wird, so rechnete sich Carl vor, während sie an der lichtlosen Fassade des Restaurants Kolisej vorbeigingen (wo er manchmal, wenn ihm die Toleranz gegenüber den frugalen proletarischen Stolowajas riß, zu Mittag aß), dann sind drei verschiedene Wirkungen auf das Gemüt des Zeugen möglich: Mitleid, Gleichgültigkeit, Verachtung. Wobei die jeweilige Wirkung mehr davon abhängt, welche gesellschaftliche Stellung Zeuge und Gedemütigter einnehmen, als von dem persönlichen Verhältnis der beiden zueinander. Wenn der Gedemütigte gesellschaftlich unter dem Zeugen steht, wird der Zeuge – vorausgesetzt, er ist kein Psychopath – Mitleid empfinden und sich bei durchschnittlicher Courage mit ihm solidarisch zeigen. Nehmen beide die gleiche Stufe ein, wird der Zeuge recht wenig empfinden, ein bißchen Schadenfreude, wenn er den Gedemütigten nicht mag, ein bißchen Sorge, wenn er ihn mag. Steht der Gedemütigte allerdings über dem Zeugen, so wird ihn die Demütigung in den Augen des Zeugen unweigerlich verkleinern. Dagegen wird auch die klarste Vernunft des Zeugen nichts ausrichten können. Der Zeuge wird sich sagen: Es ist ungerecht, es ist nicht wahr, es ist bösartig. Aber das wird nichts nützen. Das Bild hat Schaden gelitten. Wie kann sich der Gedemütigte rehabilitieren? Was hätte Frau Professor Noether gegen Lawrentij Sergejewitsch Pontrjagin tun sollen, wenn schon ihr Assistent nichts getan hat? Ihn in eine Diskussion verwickeln? Seine Argumente zerpflücken? Damit hätte sie nur das Verfahren gegen sie akzeptiert.

In der Brodnikov-Straße sagte sie: »Ich wünsche mir, daß wir zusammen eine Tasse Tee trinken.«

6

Als sie das winzige Zimmer betraten, beschlugen sich Frau Dr. Noethers Brillengläser. Sie wischte sie am Bettüberzug ab, rückte den Sessel nahe an den Ofen heran, bat Carl, Platz zu nehmen. Einen zweiten Sessel gab es nicht, und einen Tisch gab es auch nicht. Das Zimmerchen war so eng, daß er, wenn er sich in die Mitte stellte und die Arme ausstreckte, jeden Gegenstand berühren hätte können. Bevor sie zu ihrer Vorlesung gegangen war, hatte sie ein paar Briketts auf die Glut gelegt. Sie zog eine flache Kiste unter dem Bett hervor. Darin waren säuberlich die Kohlenbarren gebettet. Sie nahm zwei heraus. Auch ein Schürhaken lag in der Kiste. Sie rüttelte vorsichtig die Asche in die Blechwanne unter der Glut und legte nach.

»Es ist alles sehr einfach hier«, sagte sie, »aber ich brauch's nicht komplizierter.«

Sie hob die Kanne aus der Waschschüssel, die neben dem Bett auf dem Boden stand, und ging hinaus in den Flur, um sie mit Wasser zu füllen, schloß die Tür hinter sich, damit die Wärme im Zimmer blieb. Am Fußende des Bettes stand eine hohe Lampe mit einem Schirm aus purpurnem Samt, die ihr Licht auf das Sims unter dem Fenster warf, wo sauber Notizbücher von verschiedener Größe aufgereiht waren. Daneben waren eine Tasse, eine kleine Teekanne aus Steingut, eine Dose mit Tee, eine mit Kaffee, eine mit Keksen, ein Sieb, Löffel, Messer, Gabel aufgereiht. Weiters lagen hier ein Kamm, ein Stück Seife, eine Zahnbürste, eine Büchse mit Zahnputzpulver, ein langer Schuhlöffel und ein Reisenecessaire aus gefurchtem braunem Leder.

»Es ist besser hier, als Sie meinen«, sagte sie, als sie mit der Kanne zurückkam. »Hier zu wohnen ist eine Aufgabe, die jeden Tag aufs neue gelöst werden muß. Und das läßt unsereins doch irgendwie glücklich sein, habe ich recht?«

Sie goß einen Teil des Wassers in einen schwarzen Eisentopf, den stellte sie auf den Ofen.

»Das zum Beispiel ist mein Schreibtisch.« Sie griff hinter das Bett und zog ein Nudelbrett hervor. »Ein Geschenk von Frau Dr. Sixarulize. Wenn man sich erst daran gewöhnt hat, will man nichts anderes mehr. Versuchen Sie es!« Sie reichte ihm das Brett. »Stellen Sie die Füße auf die Bettkante, und legen Sie das Brett auf die Knie. Im Rücken wärmt der Ofen. Auf dem Fensterbrett wartet eine Tasse Tee. Nichts, was ablenkt. Ksenia hat mir versichert, so habe Wilhelm Grimm unsere schönen Märchen niedergeschrieben. Wenn das so ist, was soll man dagegen sagen?«

»War Frau Dr. Sixarulize schon einmal hier?«

»Ja, freilich.«

Sie schnürte ihre Stiefel auf und gab ihnen einen Tritt. Auf dem Boden hatte sich eine Wasserlache ausgebreitet. Sie zog das Handtuch von dem Gestänge hinter dem Ofen und legte es darüber und setzte sich aufs Bett, die Füße steckte sie unter die Bettdecke.

»Wir könnten, bis das Wasser heiß ist, eine Zigarette rauchen, wenn Sie welche haben«, sagte sie.

Carl hatte aus Deutschland reichlich Tabak mitgebracht, und jeden Morgen, bevor er sein Zimmer im Leonjuk verließ, drehte er sich drei Stück für den Tag. Eine war noch übrig. Er reichte sie ihr hinüber und zündete ein Streichholz an.

»Und Sie?« fragte sie.

»Ich sehe Ihnen dabei zu.«

»Wir können sie gemeinsam rauchen. Ich verspreche, daß ich das Mundstück nicht zerkaue.«

Sie paffte nur. Der Tabak roch nach Vanille. Inzwischen hatte sich der Ofen aufgeheizt. Carl zog den Mantel aus und öffnete sein Jackett. Das Wasser dampfte. Er reichte ihr Teekanne, Sieb und Teedose, und sie goß auf. Er nahm einen kräftigen Zug von der Zigarette und warf den Stummel in den Ofen.

»Ich habe leider nur eine Tasse«, sagte sie. »Wenn es Sie nicht stört, trinke ich aus dem Schnabel der Kanne. Aber zuerst schenke ich Ihnen natürlich ein.«

Sie erzählte. Erzählte tatsächlich von sich. Zum erstenmal, seit sie sich kannten. Erzählte von ihrer Kindheit in Erlangen. Kein Wort über Mathematik. Sie sei kein besonders ansehnliches Kind gewesen und pummelig. Aber in ihren jungen Mädchenjahren sei sie schlank gewesen, und es sei ihr oft gesagt worden, wie herzig sie aussehe. Was ihr egal gewesen sei. Lieber wäre sie nämlich eine gute Turnerin gewesen. Ihre größte Angst hieß, über den Bock zu springen. Sie übte mit ihrem Bruder Fritz Bockspringen. Er buckelte sich, sie schlug mit ihren Händen auf ihm auf und grätschte über ihn drüber. Im Gymnastikunterricht aber, zu dem sie auf Anraten des Arztes von ihrer Mutter geschickt wurde, vergaß sie alles und traute sich nicht; sie nahm Anlauf und bremste und stieß gegen den Bock und prellte sich böse die Rippen. Sie besuchte die Höhere-Töchter-Schule in dem etwas heruntergekommenen Adelspalais in der Friedrichstraße 35 – einer Adresse, die die Herzen aller Erlanger Eltern, die aus dem Leben ihrer Töchter mehr herausholen wollten, habe höher schlagen lassen, denn nur dort sei große Bildung für kleine Frauenzimmer geboten worden. Emmy konnte das Palais nicht leiden, unten roch es nach Moder, oben nach Kreidestaub. Einmal habe sie sich darin verirrt. Sie war in der Zehn-Uhr-Pause über die Stiegen hinaufgelaufen, und der junge Studienrat Fasser war ihr auf den Stufen entgegengekommen, das Physikbuch in der Hand, ein sturer Spitzbauch, der den deutschen Kaiser ablehnte und dem preußischen König nachtrauerte, und sie, weil sie in ihrer Eile nur vor sich nieder auf den Boden schaute, sah ihn nicht und rammte in seinen Bauch wie in den Bock im Turnsaal, und er schlug ihr das Physikbuch über den Kopf. Der Studienrat hatte sie nämlich für irgendein Mädchen gehalten. Er war außer sich, als er sah, daß sie die Emmy war, nämlich die Tochter des wirklich ehrwürdigen Professors Max Noether, bei dem er sein Rigorosum abgelegt hatte. Er entschuldigte sich bei Emmy, wie er sich nicht einmal bei einem Erwachsenen entschuldigt hätte, wiegte dabei den Oberkörper wie ein Rabbi beim Kaddisch und schichtete Pyramiden von Schachtelsätzen über ihrem schmerzenden Kopf auf. Sie war so verwirrt, daß sie nur »Danke!« sagte und weiter über die Stiege in den zweiten Stock hinaufrannte. Aber sie vergaß, was sie dort gewollt hatte, und rannte bis in den dritten Stock, und zufällig stand die Tür, die in den Dachboden führte, offen, und so rannte sie über die staubigen Stufen weiter in den Dachboden und dort durch die nächste Tür und weiter über eine Wendeltreppe und über einen Steg unter dem Dachgiebel entlang, bis sie sich am Ende auf eine Kiste setzte und wartete. Sie wartete darauf, daß ihr der Reihe nach einfiel, was alles passiert war. Es fiel ihr aber nicht ein.

»Wie ging es weiter?«

»Man hat mich gefunden. Stunden später.«

Durch ihre Erzählung hindurch wartete Carl auf einen Satz von ihr, ungefähr so: Von diesem Moment an bin ich häßlich geworden. Oder: … merkte ich, daß ich häßlich bin. Oder: … merkten die anderen, daß ich häßlich bin. Wie sie die Geschichte erzählte, klang sie ihm nämlich wie eine Vorgeschichte.

Sie erzählte auch von ihrer Studienzeit, daß sie, sobald das entsprechende Gesetz beschlossen war, in Nürnberg ihr Abitur absolviert und zunächst englische Sprache und Literatur studiert habe, später erst Mathematik, und zwar bei ihrem Vater; und plötzlich sagte sie: »Der Pontrjagin denkt klar, aber er ist für meinen Geschmack zu talentiert. Weil ihm der Weg so wenig Mühe bereitet, bedeutet ihm das Ziel nichts. Interessant an seiner Überlegung ist doch nur eines: Schönheit geht in Schönheit unter. Schönes wird durch Schönes entwertet. Häßliches dagegen gewinnt unter Häßlichem an Kontur. Daraus schließe ich: Das Schöne ist eine Variable, das Häßliche eine Konstante. Damit aber wäre seine Vermutung widerlegt.«

»Welche Vermutung?« fragte Carl.

»Im einzelnen«, schloß sie, ohne auf ihn einzugehen, »müßte meine Argumentation freilich ausgebaut werden. Nur wird wohl niemand erwarten, daß ausgerechnet ich diese Deduktionen und obendrein ausgerechnet an meiner eigenen Person exemplifiziere.«

7

In der Eingangshalle vom Leonjuk wartete Lawrentij Sergejewitsch Pontrjagin auf Carl. Den Mantel weit geöffnet, kam er ihm mit flinken kleinen Schritten entgegengelaufen. In aller betrunkenen Förmlichkeit bat er um Verzeihung. Nie und nimmer habe er daran gedacht, daß seine Ausführungen von einem der Anwesenden als auf ihn gemünzt mißverstanden werden könnten. Er schlug sich mit dem weichen Teil der Fäuste gegen die Schläfen. »So tue ich schon den ganzen Abend!« rief er leise. »Nennen Sie einen Preis, Herr Doktorand! Was kostet bei Ihnen eine Beleidigung? Ich werde bezahlen, ohne zu feilschen.« Er sei sogar bereit, als Gegenleistung ein paar kompromittierende Geheimnisse aus seinem Leben anzubieten. Carl sagte, er solle verschwinden und ihn in Ruhe lassen. Pontrjagin winselte, das werde er gewiß tun, aber erst solle er ihn zu Frau Professor Noether führen, damit er wenigstens die Möglichkeit habe, sie zu fragen, ob er auch sie um Verzeihung bitten dürfe. Bei Jossif Aszaturow habe er sich bereits entschuldigt, und der habe die Entschuldigung angenommen. Frau Dr. Sixarulize, das wisse er, nehme ihm nichts im Leben übel, das wisse er, dennoch werde er sich morgen als erstes bei ihr nach seiner Sühne erkundigen, alles auf einmal könne er heute abend nicht wiedergutmachen. Er habe leider keine Ahnung, wo Frau Professor Noether wohne, außerdem fürchte er, sie werde ihm nicht die Tür öffnen. Aber wenn er in Begleitung von Carl Jacob Candoris zu ihr komme, werde sie die Tür öffnen.

Carl wiederholte, er solle verschwinden.

Pontrjagin hielt ihn am Mantelkragen fest, sehr fest, und sagte, nun ohne jede Weinerlichkeit in der Stimme: »Sie sind ein Mensch, der noch nie in seinem Leben beleidigt worden ist, habe ich recht? Ich habe recht. Deshalb wissen Sie nicht, wie weh so etwas tut. Und deshalb wissen Sie auch nicht, wie sehr ein Beleidigter danach dürstet, daß man sich bei ihm entschuldigt. Wenn Sie mich nicht zu Frau Professor Noether führen, sind Sie wenigstens für die Hälfte des Schmerzes, der sie in dieser Nacht quälen wird, verantwortlich.«

Inzwischen schneite es noch heftiger. Sie schlugen den Kragen hoch und beugten sich vor, um das Gesicht zu schützen. Pontrjagin stapfte ein paar Schritte vor Carl her, bei Wegkreuzungen wartete er. Auf seinen Schultern und seiner Mütze waren kleine Schneehügel, die von Kreuzung zu Kreuzung breiter und höher wurden. Als sie oben auf der Bolotnaja am Vodootvodnyi-Kanal entlanggingen, sagte Pontrjagin, es wäre besser, den Weg direkt unten am Wasser zu nehmen, dort streiche der Wind über sie hinweg, dort könnten sie sich besser unterhalten.

»Worüber sollten wir uns unterhalten?« fragte Carl. Die Treppen, die nach unten führten, waren von Schnee überweht, so daß man die einzelnen Stufen nicht sehen konnte. Carl kannte die Stelle, der Weg am Wasser entlang endete nach ein paar hundert Metern, dort hätten sie wieder über eine Treppe hinaufsteigen müssen. »Spielen Sie mir Theater vor?«

Pontrjagin ergriff sein Handgelenk. »Ist es noch weit?«

»Erst möchte ich, daß Sie mir sagen, was Sie von Frau Professor Noether wirklich wollen?«

»Ich kann mir denken«, entgegnete Pontrjagin etwas atemlos, obwohl er sich nicht von der Stelle rührte, »daß Sie sich wundern, weil ich nicht weiß, wo Frau Professor Noether wohnt …«

»… wo Sie doch genau wissen, wo ich wohne«, ergänzte Carl sarkastisch.

Pontrjagin ließ Carls Hand nicht los. »Ich denke mir«, sagte er, »wir beide sollten zuerst *unseren* Kasus bereinigen, bevor ich mit Frau Professor Noether rede.«

Er war nicht mehr betrunken, und Carl vermutete, er war es auch in der Halle des Hotels nicht gewesen. »Was haben wir beide denn für einen Kasus?« äffte er ihn nach.

»Als ich im Hotel auf Sie wartete, dachte ich mehr über Sie nach als über Frau Professor Noether. Frau Professor Noether ist eine bemerkenswerte Wissenschaftlerin, aber sie ist kein komplizierter Mensch. Ein Bedürfnis nach Rache ist ihr sicher fremd. Und daß jemand sogar

Lust auf Rache empfinden könnte, daß er sich eine Beleidigung sogar wünscht, nur um einen Grund zur Rache zu haben, das würde sie nicht verstehen können. Wenn sie ja sagt, meint sie ja, wenn sie nein sagt, meint sie nein. Dagegen in Ihrem Denken, mein lieber Doktorand, spielen die Worte ja und nein gar keine Rolle, außer zu dekorativen Zwecken. Allerdings glaube ich auch nicht, daß Rache Ihnen etwas bedeutet. Sie mögen es, sich etwas gutschreiben zu können. Destruktive Affekte stören. Carl Jacob Candoris verliert nie die Contenance. Er hat Zutritt zu jedem Haus. Nirgends ist er fehl am Platz. Überall wird er erwartet. Nicht überschwenglich, aber mit Respekt. Seine liebste Temperatur liegt um die fünfzehn Grad Celsius. Er mag es kühl. Eigentlich ein Geschäftsmann. Aber ich glaube, auch das ist nur Schein. Ich glaube, ich kenne Sie besser.«

»Warum haben Sie mir im Hotel einen Betrunkenen vorgespielt?«

»Ach, hören Sie! Das ist doch leicht zu erraten. Man verzeiht dem Betrunkenen mehr als dem Nüchternen.«

»In Rußland vielleicht.«

»Werden Sie nicht chauvinistisch! Alle Welt liebt die Romane von Tolstoi, und Tolstoi war ein Trinker. Wußten Sie das nicht?«

»Das wußte ich nicht.«

»Ich bedaure, daß wir zwei uns nicht schon im September letzten Jahres gekannt haben! Wir hätten gemeinsam zu den wunderbaren Feierlichkeiten nach Jasnaja Poljana fahren können! Sie wären begeistert gewesen. Die vielen Menschen! Die Farben! Die Menschen haben sich mit Dingen geschmückt, die ihnen längst nichts mehr bedeuteten. Was für ein wunderbarer Ort! Alle Welt liebt Tolstoi. Leider lag Gorki schwerkrank in Moskau. Er hätte die Hauptansprache halten sollen. Aber Lunatscharskij hat ihn überaus würdig vertreten. Seine Rede hätte Ihnen gefallen. Er hat auch Tolstois Religiosität gewürdigt. Obwohl unsere Sowjetunion ein atheistischer Staat sei, zeige die Regierung Delikatesse gegen alle religiösen Überzeugungen. Im Gegensatz zur Zarenregierung. Aber was, wenn die Menschen die Religion nicht mehr wollen? Wenn sie all die Devotionalien, die sich in ihren Häusern angesammelt haben, loswerden wollen? Soll man den Menschen etwa Religion befehlen, nur damit das Ausland keinen Grund hat, uns zu verleumden? Carl Jacob! Wie wäre es, wenn Sie und ich im Frühling nach Jasnaja Poljana führen? Sie bräuchten sich um nichts zu kümmern, ich würde alles organisieren. Als Gegenleistung für mein unhöfliches Benehmen. Vielleicht haben Sie recht, und Tolstoi war gar kein Trinker. Aber Beethoven war einer, und Ihr Mozart war, soviel ich weiß, auch einer. Darum verzeihen wir ihnen ihr Genie und hören ihnen um so lieber zu. Haben Sie nie darüber nachgedacht?«

»Und euer Stalin, ist er auch ein Trinker?« Es war ein matter Versuch von Carl, in die Kerbe zu hauen, die Aszaturow geschlagen hatte.

Eine Weile behielt Pontrjagin seine Hingerissenheit im Gesicht. Schließlich sagte er: »Sie enttäuschen mich ein wenig, Carl Jacob.«

»Halten Sie Ihr Angebot noch aufrecht, Lawrentij Sergejewitsch?« fragte Carl. »Daß ich Ihnen einen Preis für die Beleidigung nennen soll?«

Pontrjagin vollführte einen höfischen Knicks. Carl holte aus und schlug ihm die Faust mitten auf den Mund – eigentlich nur deshalb, weil er ihn nicht ein zweites Mal »ein wenig« enttäuschen wollte.

Der kleine Mann rührte sich nicht. Staunend blickte er Carl gerade in die Augen, das Blut quoll aus den Lippen und färbte das Kinn und tropfte auf seinen Mantel.

»Das führt Sie zu keinem guten Ende«, sagte er leise und fügte mit kräftiger Stimme hinzu: »Erstaunlicherweise und entgegen der Meinung, die ich noch vor einer Minute über Sie geäußert habe, tun Sie doch Dinge, die sich auf Ihrem Konto nicht gutschreiben lassen, Carl Jacob Candoris.« Er griff in die Manteltasche, zog ein großes Taschentuch hervor und hielt es vor den Mund.

Carls Hand brannte, der Schmerz stach in den Ellbogen hinauf und setzte sich bis unter die Achsel fort. Er fürchtete, ein Knochen könnte gebrochen sein. Wenn er die Finger spreizte, hätte er aufschreien wollen. Seine Gedanken überschlugen sich und breiteten in Geschwindigkeit verschiedene Szenarien vor ihm aus, schieden Wahrscheinliches von Unwahrscheinlichem und sortierten die Elemente des Wahrscheinlichen nach der Qualität der Gefahr, die ihm drohte. »Das ist eben mein Preis für eine Beleidigung«, preßte er trotzig hervor und versuchte erst gar nicht, selbst daran zu glauben.

»Wer hat Sie denn beleidigt?« fragte Lawrentij Sergejewitsch.

Der Schlag war härter ausgefallen, als Carl beabsichtigt hatte. Er hatte Pontrjagins Wange treffen wollen. Beim Aufprall hatte er den Widerstand der Zähne auf den Knöcheln gespürt. Das Blut sickerte durch das Taschentuch und fiel in langen Fäden vor dem Mann in den Schnee.

»Tun Sie Schnee auf die Lippe«, sagte Carl, »dann hört es gleich auf.«

Pontrjagin kniete sich nieder und rieb sich das Gesicht mit Schnee ein. Gleich war der Schnee um ihn herum voller Blut. »Ich vertrete die Auffassung«, sagte er, und es klang sogar heiter, »es wäre anständig gewesen, mich nicht in dieser Weise zu überraschen. Wenn Sie ein anständiger Mensch wären, Carl Jacob Candoris, hätten Sie mich zu einem Boxkampf aufgefordert.« Er häufte Schnee in das Taschentuch und band die Enden zusammen, erhob sich, legte den Kopf in den Nacken, drückte sich diese Kompresse auf Nase und Mund und redete munter weiter, was nun so klang, als habe er einen Schnupfen: »Ich hätte mich ehrenhalber nicht gewehrt, aber ich wäre wenigstens vorbereitet gewesen.« Und fügte hinzu: »Sie brauchen mich jetzt nicht mehr zu Frau Professor Noether zu führen.« Er wischte seine Rechte am Mantel ab und hielt sie Carl hin: »Leben Sie wohl, Carl Jacob Candoris!«

Lawrentij Sergejewitsch stand nahe beim Treppenabgang, hinter ihm eine flimmernde Wand aus Schneeflocken. Carl schlug noch einmal zu, diesmal mit der unverletzten Linken und nicht gegen das Gesicht von Lawrentij Sergejewitsch, sondern gegen dessen Brust, und hinter diesen Schlag legte er das Gewicht seines Körpers. Lawrentij Sergejewitsch kippte über die oberste Stufe und fiel. Carl hörte den Aufschlag auf dem dünnen Eis und hörte das Wasser, als das Eis brach.

Er wartete, bis sich die Stille in seinen Ohren wieder eingeschaukelt hatte, dann blickte er über das Geländer nach unten. Er konnte nichts erkennen. Rasch drehte er sich um und ging eiligen Schritts zum Hotel zurück.

»Mir war ein bißchen übel, daran erinnere ich mich sehr gut«, schilderte mir Carl, was in ihm vorgegangen war. »Ein Gefühl der Getrenntheit von allen Dingen wurde mächtig in mir. Ich schätzte Pontrjagin auf Anfang der Dreißig. Bei Ausbruch der Revolution war er also um die Zwanzig gewesen. Aiaja hatte mir zu verstehen gegeben, daß die Mitglieder der Tscheka, der Außerordentlichen Kommission für den Kampf gegen Konterrevolution und Sabotage – laß mich probieren, ob ich es noch kann: Tschreswytschajnaja komissija po borbe s kontrrevoljuzijei i sabotashem –, daß sie allesamt ein überaus höfliches Auftreten gehabt hatten und daß sie einen um so höflicher behandelten, je näher ihr Finger beim Abzug war. Vielleicht war Lawrentij Sergejewitsch Pontrjagin als junger Mann ein Tschekist gewesen? Möglich war das. Und wenn er überlebt hatte, war die Wahrscheinlichkeit, daß er nach Auflösung der Kommission von der GPU übernommen worden war, nahe eins. Vermutungen. Tatsache allerdings war: Ihm stand der größte Büroraum am Institut zur Verfügung. Wie war er zu diesem Privileg gekommen? Persönliche Quadratmeter waren ein großes Privileg, vielleicht das größte überhaupt in jener Zeit in Moskau. Der Institutsleiter, Professor Jegorow, dem er wenigstens formal untergeordnet und wissenschaftlich verantwortlich war, saß in einem engen, fensterlosen Verschlag, Büro konnte man das nicht nennen, sein Schreibtisch war in eine Nische neben dem großen Hörsaal geschoben und durch so etwas wie eine spanische Wand, die nicht einmal bis zur Decke reichte, von der Halle abgetrennt worden – ein verbitterter Mann. Außerdem schien Pontrjagin über reichlich Mittel zu verfügen, private Mittel. Die Tschekisten hatten ja noch Wert und Ehre auf Askese gelegt, die Leute von der GPU, davon durfte man ausgehen, waren von den Umständen belehrt worden, daß Macht mit Bevorzugung auf allen Gebieten durchaus einhergehen konnte. Aus Andeutungen von Studenten glaubte ich ableiten zu dürfen, daß Pontrjagin, bevor Emmy Noether und ich nach Moskau kamen, überhaupt nicht am Institut tätig gewesen war. War er oder war er nicht? Direkt gefragt, bekam man keine Antwort. Es konnte sein, oder es konnte ebensogut nicht sein. Angenommen, er war nur unseretwegen ans Institut gekommen, was sich durchaus als harmlos erklären ließ, er diente ja Frau Noether als Dolmetscher, um so unverständlicher war es aber, daß einem kleinen Dolmetscher so ein geräumiges Büro zugewiesen wurde. Wenn seine wahre Tätigkeit jedoch eine andere, nämlich eine geheime, eine verdeckte war, wäre sie nicht gerade durch dieses Privileg aufgeflogen? Ja, das könnte sein. Aber vielleicht war es gar nicht nötig, etwas zu verbergen. Vielleicht wußten ja alle, was hier gespielt wurde. Alle außer Frau Noether und ich. Wenn man sich in dieser Zeit auf etwas verlassen konnte, dann darauf, daß die Menschen ihren Mund hielten. War er also abgestellt worden, um uns zu bewachen? Um uns auszuforschen? Um uns zu bespitzeln? Eine waghalsige, auch etwas hybride Vermutung, zugegeben. Aber angenommen, es war so, was für einen Grund gäbe es, Frau Noether zu bespitzeln? Sie war schließlich eingeladen worden. Nicht sie hatte darum gebeten, in Moskau Vorlesungen über Algebra halten zu dürfen. Sie war gebeten worden, umworben worden, umschmeichelt worden sogar. Man lädt doch nicht jemanden ein und will, wenn er hier ist, herausfinden, warum er gekommen ist. Pontrjagin hatte recht: Frau Professor Noether war eine bemerkenswerte Wissenschaftlerin, aber ein komplizierter Mensch war sie nicht. Nur meinte er mit kompliziert wahrscheinlich etwas anderes, als man landläufig darunter versteht. Für die GPU wäre sie kein komplizierter Fall gewesen, gewiß nicht. Aber ich vielleicht. Ich war nicht eingeladen worden. Ich hatte darum gebeten, sie begleiten zu dürfen. Also fragte man sich: Was will der? Der will doch etwas. Aber wenn man ihn nicht hereinläßt, kann man nicht herausbekommen, was er will. Also läßt man ihn herein und wirft ihm dabei keine Prügel in den Weg. Daß man mich also für einen Spion hielt? Daß man es für möglich hielt, daß ich ein Spion sein könnte – so ist es besser ausgedrückt. Lächerlich! Ich war dreiundzwanzig, ein behüteter Bürgerbengel, der in seinem Leben noch nicht einmal angestreift war an der Politik. Warum aber war mein Ansuchen, Frau Professor Noether nach Moskau begleiten zu dürfen, so ohne weiteres, ohne die üblichen bürokratischen Schlangenlinien positiv beschieden worden? Alle hatten sich darüber gewundert, am meisten der Beamte in der russischen Botschaft in Berlin. Und der neue deutsche Botschafter in Moskau, der Nachfolger des kurz zuvor verstorbenen Graf Brockdorff-Rantzau, hat mich behandelt, als wäre ich mit einer geheimen, selbst vor ihm geheimgehaltenen Mission ausgestattet. Und niemandem war eingefallen, wenigstens die Stirn zu runzeln, als er meinen Paß ansah, wo doch stand, daß ich Österreicher war und nicht Deutscher. Keine Schwierigkeiten bei den Russen, keine Schwierigkeiten bei den Deutschen. Weil die Russen die Deutschen gebeten hatten, mir keine Schwierigkeiten zu machen? Daß in diesem, in meinem Fall die Russen und die Deutschen zusammenarbeiteten? Vermutungen. Jede für sich vielleicht schwach. Manche nicht mehr als eine Ahnung. Zusammen wiesen sie immerhin in eine Richtung. Und welche Rolle spielte dabei Lawrentij Sergejewitsch Pontrjagin? Er war also zu den Tolstoi-Feiern nach Jasnaja Poljana gefahren. War er von sich aus hingefahren, oder war er eingeladen worden? Wenn eingeladen, von wem eingeladen? Immerhin hatte er die Rede des Volksbildungskommissars hören können, also darf er zum engeren Kreis der Geladenen gezählt werden. Ein kleiner Dozent, der manchmal den Dolmetscher spielte? War das wahrscheinlich? Also bitte! Und daß er mich einlud, mit ihm nach Jasnaja Poljana zu fahren – was hatte das zu bedeuten? – Und so reimte ich mir die Sache zusammen: Nein, nicht einen deutschen Spion vermuteten sie in mir – sie hielten zwar die meisten Ausländer für Spione, Spione vor allem im Auftrag der Engländer oder Spione der Komintern, die ihrer Meinung nach mit Trotzkij unter einer Decke steckte –, mich hielten sie nicht für einen. Einen Geschäftsmann hatte mich Pontrjagin genannt. Einen Händler. Einen, der vielleicht mit Nachrichten handeln könnte? Daß sie also einen Spion aus mir machen wollten? Einen Spion gegen Deutschland? Und er, Pontrjagin, sollte mich rekrutieren. Sollte mich in seine Schuld stellen. Sollte etwas über mich herausfinden, damit man etwas gegen mich in der Hand hatte, um mich unter Druck setzen zu können. Diese Diskussion über die Dialektik der Schönheit, die ja gar keine Diskussion war, sondern ein Monolog, hatte er sie vom Zaun gebrochen mit dem alleinigen Zweck, mich zu provozieren? Und dann war ihm der armenische Riese Aszaturow mit einer gefährlichen Assoziation in die Quere gekommen. Der Name des großen Generalsekretärs hatte wie das Schwert des großen Alexander gewirkt. Pontrjagin hatte die Fassung verloren, die Provokation war nicht gelungen – im ersten Anlauf jedenfalls nicht. Also unternahm er einen zweiten Versuch und wartete im Hotel Leonjuk auf mich. Und im zweiten Versuch gelang ihm die Provokation. Blieb immer noch die Frage: Warum ausgerechnet ich? Andererseits: Warum nicht ausgerechnet ich! Zwei Faktoren hatten sich für jene Leute, die hier Regie führten, zu einer günstigen Situation verbunden. Erstens: Irgendein junger, einigermaßen intelligenter Mann wollte unbedingt zwei Semester in Moskau studieren. Der schien jedenfalls kein Feind zu sein. Vielleicht war er sogar ein Freund? Zweitens: Graf Brockdorff-Rantzau, dieser brillante Vermittler der beiden gegenüber der alliierten Welt isolierten Reiche Deutschland und Rußland, der von niemandem und nichts hinters Licht geführt werden konnte, war tot, und sein Nachfolger hatte erst seit wenigen Monaten das Amt inne, war unsicher, unerfahren, überfordert, fremd, wenig ambitioniert. Es war ein Kinderspiel, vor seinen Augen einen jungen Deutschen, auch wenn er ein Österreicher war, in einen sowjetischen Spion zu verwandeln. – Klingt das alles absurd? Natürlich klingt es absurd. Aber seit gut zehn Jahren erreichten uns im Westen Nachrichten aus Sowjetrußland, und viele schienen noch viel absurder und waren dennoch wahr. – Was siehst du so an mir vorbei, Sebastian? Weil ich mir nicht an die Brust schlage? Bedenke die Jahre, wie lange das alles her ist!«

Carl hatte am Nachmittag Besuch gehabt. Eine Reporterin vom ORF Landesstudio Tirol hatte sich kurzfristig angemeldet. Sie kam zusammen mit zwei Kameramännern und einem Toningenieur, eine schmale Person mit blondgefärbten Haaren, Ende Zwanzig, schätzte ich, in der Hand ein Blatt Papier, auf dem sie sich ihre Fragen notiert hatte. Sie plane keine bestimmte Sendung, sie wolle nur ein wenig mit Professor Candoris plaudern, rechtfertigte sie sich – seltsamerweise vor mir. Über ihre wahren Motive bestand natürlich kein Zweifel: Man rechnete mit dem baldigen Ableben von Professor Candoris und wollte Material für einen Nachruf sammeln. Sie schoben Carl ins Arbeitszimmer, stellten den Rollstuhl neben den Schreibtisch, die Bücherwand bildete den tv-üblichen Hintergrund für Geistesgrößen, nicht anders sollte es sein. Ich hatte meinen Mantel übergezogen und mich draußen vor der Hauswand in die Sonne gesetzt, während drinnen die Scheinwerfer aufgebaut, Carl mit einem Mikrophon verkabelt und die Kameras positioniert wurden. Das Interview dauerte über zwei Stunden, anschließend lud Carl die vier noch zu Tee und einer Jause ein, auch Frau Mungenast setzte sich zu uns an den Tisch, bis sie sich bald darauf verabschiedete. – Der Nachmittag war vertan. Als Carl und ich wieder Zeit für Erzählen und Zuhören hatten, war es bereits Abend. Deshalb dauerte unsere Sitzung an diesem Tag bis weit in die Nacht hinein. Einmal noch wurden wir unterbrochen; gerade als Carl erzählte, wie er Lawrentij Sergejewitsch Pontrjagin über die Steintreppe gute fünf Meter tief in den zugefrorenen Vodootvodnyi-Kanal gestoßen hatte, kam Frau Mungenast zu ihrer Nachtvisite. Sie wollte Carl zu Bett bringen. Er sagte, er sei nicht müde, sie solle sich keinen Kummer machen, er fühle sich stark und heiter wie schon lange nicht mehr, er werde heute alles allein erledigen. Frau Mungenast warf mir einen tadelnden Blick zu und verschwand. Und Carl schilderte mir, was ihm alles auf dem Weg zurück ins Hotel Leonjuk durch den Kopf gegangen war.

Als er geendet hatte, sagte er: »Frag, was du fragen willst!«

»Wer ist Aiaja?«

Er wandte mir sein Gesicht zu. Ich sah den Spott in seinen Augen. »Du hast ein bißchen Schiß, stimmt's?«

»Bitte, der Reihe nach«, sagte ich.

»Du hast tatsächlich Schiß vor mir?«

»Vielleicht sollten wir zu Bett gehen und morgen weiterreden«, sagte ich.

»Das wollen wir doch beide nicht! Aiaja war eine Rabfakowka, eine Studentin der Arbeiter- und Bauernfakultät. Keine Ahnung, was die dort gelehrt bekommen haben. Ein Arbeiter ist ein Arbeiter, was soll man dem groß beibringen außer ein Grundwissen in Marxismus/Leninismus. Ob man dafür eine Fakultät braucht? Und die Bauern waren hier, um Arbeiter zu werden. Dazu benötigte man keine Fakultät, man mußte sie nur von ihrem Land vertreiben. Aiaja war süß, ungewaschen und direkt und konnte nicht mehr als drei Worte Deutsch zu einer Zeit, als ich nicht mehr als drei Worte Russisch konnte. Aber es hat gereicht. Wir haben uns mit Händen und Füßen verständigt und mit allem anderen dazu. Tscheka, sagte sie und lächelte und verfiel in einen Singsang wie eine Mutter, die ihr Kind in den Schlaf wiegt, streichelte meinen Kopf, Tscheka, Tscheka, Tscheka, drückte mir den Zeigefinger an die Schläfe und machte: Puff! Auf diese Art haben wir uns über alle möglichen Themen unterhalten.«

Als er im Schneetreiben beim Hotel angekommen war, traute er sich nicht, es zu betreten. Was, wenn Pontrjagin nicht allein gewesen war? GPU-Agenten waren nie allein. Schon deswegen nicht, weil die Regie einem Menschen allein grundsätzlich mißtraute. Wenn also der andere in der Halle auf ihn wartete? Oder oben in seinem Zimmer? Mitten auf seinem Bett saß, vor sich die berühmte Mauser wie der Mönch die Weihrauchschale? Er drehte sich um und ging wieder den Weg zurück zum Vodootvodnyi-Kanal. Der Schnee hatte längst alle Spuren zugedeckt, und immer noch schneite es. Carl stieg über die Steintreppe zum Fluß hinab, vorsichtig setzte er einen Fuß vor den anderen, die Stufen waren nur noch zu ahnen. Unten reichte ihm der Schnee fast bis an die Knie. Er sah die Stelle, wo das Eis über dem Wasser eingebrochen war. Sonst sah er nichts.

Und im Hotel wartete niemand auf ihn.

Emmy Noethers Vorlesung am folgenden Tag fand ohne ihren Dolmetscher statt. Sie fragte nicht nach ihm. Aber nach einer Woche fragte sie doch nach ihm. Die Studenten blickten ins Leere und zuckten mit der Schulter. Im Sekretariat zuckte man nicht einmal mit der Schulter. Als sie aber nicht lockerließ, nahm Ksenia Sixarulize Carl beiseite und bat ihn dringend, er solle Emmy warnen, sie möge das um Himmels willen lassen. Frau Noether aber wollte partout gesagt bekommen, was mit Lawrentij Sergejewitsch los sei. Carl log, vertraute ihr grinsend an, es werde gemunkelt, der kleine neue Mensch habe wegen einer Frauengeschichte die Stadt verlassen müssen. Sie wird mich für einen Idioten halten, dachte er, und genauso sah sie ihn an. Und bald war es, als hätte es einen Lawrentij Sergejewitsch Pontrjagin nie gegeben.

Anstatt, wie geplant, zwei Semester in Moskau zu bleiben, verließ Carl die Stadt bereits nach dem Winter. Seiner Doktorvaterin erklärte er, er wolle mit Volldampf an seiner Dissertation arbeiten, und dazu fehle ihm die Göttinger Luft. Sie nahm es hin, ohne weiter zu fragen. Seit Pontrjagins Verschwinden war ihr Carl aus dem Weg gegangen. Sie hatte es wohl bemerkt.

Im Juni 1929 kehrte schließlich auch Emmy Noether nach Göttingen zurück. Sie war jetzt siebenundvierzig Jahre alt. Ihre produktivste Zeit begann. Sie schrieb Arbeiten zur Eliminationstheorie, zur klassischen Idealtheorie, zur Darstellungstheorie, zur Modultheorie, zur Klassenkörpertheorie. Als erste Frau hielt sie auf dem internationalen Mathematikerkongreß in Zürich den Hauptvortrag.

Man hat ihr in Deutschland die Lehrbefugnis entzogen. Obwohl sie eine »*nichtbeamtete* außerordentliche Professorin« war, wurde die neue Beamtenverordnung, die nur Arier als Beamte zuließ, auf sie angewandt. Sie wies die Behörde auf den Widerspruch hin. Die Behörde antwortete, sie sehe keinen Widerspruch. Frau Professor Noether bekam keine Abfindung und keine Pension. Und sie durfte die Universität nicht mehr betreten. Ihr russischer Kollege Pavel Aleksandrov bemühte sich um einen Lehrstuhl in Moskau für sie – vergeblich. Sie erhielt ein Angebot für eine Gastprofessur an das Frauen-College Bryn Mawr in Pennsylvania, USA. Sie nahm an. Neben ihren Lehrveranstaltungen am College hielt sie wöchentliche Vorlesungen am Institute for Advanced Study in Princeton, an dem bereits Albert Einstein und Hermann Weyl arbeiteten (diese neuartige, damals weltweit gewiß unvergleichbare Akademie – dem, wie Einstein es ausdrückte, »Elfenbeinturm aus roten Backsteinen«, wo, wie Kurt Gödel dazu spöttisch bemerkte, die »Fürsten der Reinen Vernunft« residierten – widmete sich der »Nutzanwendung unnützer Erkenntnisse«, was Emmy Noethers Auffassung von ihrem Fach sehr entgegenkam). Beide hatten sich für sie eingesetzt. Noch einmal fuhr sie nach Deutschland, nämlich um ihren Haushalt aufzulösen. Sie verabschiedete sich von der Göttinger Luft und von Göttingens schiefen Häusern, die aussahen, als wären sie den biederen Kindergeschichten entstiegen, die man sich vielleicht in ihrem Inneren erzählte, Geschichten von apfelbackigen Mädchen und kurzbehosten Buben, die in zarten Grundfarben gekleidet, mit Netzen in den Fäustchen über satte Wiesen hinter Schmetterlingen herliefen …

Anfang April 1935 fand jenes Zusammentreffen in der kleinen Stadt Kinnelon in New Jersey statt, zu dem auch Carl eingeladen war. Die Gastgeber, die die Party veranstalteten, waren ein jüdisches Emigrantenehepaar aus Berlin, erst vor kurzem waren die beiden aus New York ins Landesinnere von New Jersey gezogen; er arbeitete bei der Regierung – oder für die Regierung –, sei persönlich mit Roosevelt bekannt; die Frau – groß, schlank, elegant, in hellem Grau, aschblonde Haare, wie eine Schauspielerin sah sie aus, ihre Stimme war leise und ein wenig sandig – arbeite angeblich ebenfalls für die Regierung. Carl hatte von Anfang an den Eindruck, es gehe hier um mehr als nur darum, eine Party zu Ehren einer deutschen Professorin zu feiern.

Carl war tatsächlich im Eiltempo durch seine Dissertation geritten. Emmy Noether hatte ihm die beste Note dafür gegeben, war aber doch enttäuscht gewesen und hatte damit auch nicht hinter dem Berg gehalten. Seine Arbeit (»Über die Darstellung natürlicher Zahlen durch definite und indefinite quadratische Formen von 2r Variablen«) war ihr zu konventionell, zu wenig ambitioniert, insgesamt zu brav ausgefallen. Sie hatte sich von ihm etwas anderes erwartet. Lieber wären ihr, wie sie sagte, eine ausgestreute Handvoll verstiegener Vermutungen gewesen, für die es zwar nicht so gute Noten gegeben, die aber zu weiteren Spekulationen gereizt hätten, als diese zweifellos kluge, aber letztlich auch feige Sicherstellung von Bröseln. Auch Carl war nicht begeistert von seiner Arbeit, ein »Formelgestrüpp« nannte er sie. Der Kontakt zu Emmy Noether lockerte sich, ihre Beziehung kühlte deutlich ab, gemeinsame Spaziergänge in die Umgebung der Stadt fanden nicht mehr statt. Was doch zu erwarten gewesen wäre, nämlich daß Doktorvaterin und Doktorand wenigstens einmal über ihre gemeinsame Zeit in Moskau gesprochen hätten – nicht ein einziges Mal. Sie waren einander aus dem Weg gegangen während der letzten Wochen in Moskau, und sie gingen einander aus dem Weg in Göttingen. »Allerdings«, so schränkte Carl mir gegenüber ein, »glaube ich heute, es lag ausschließlich an mir. Im Gegenteil will es mir manchmal scheinen, daß sie meine Nähe sogar suchte. Ich sah sie durch die Jüdenstraße gehen, an dem Haus vorbei, in dem ich wohnte, und ich sah sie unter dem Portal der Jacobi-Kirche sitzen und den Spatzen zuhören, die große Freundin der Naturtöne, viel schöner als der heilige Franziskus, nur weil sie hoffte, sie werde mich dort treffen. Es fällt mir bei Gott nicht schwer, mir auszudenken, was in ihr vorging: Sie wollte sich nicht aufdrängen. Er hat in Moskau eine doppelte Portion Noether abgekriegt, und nun will er sich entwöhnen. Das wird sie sich gedacht haben. Daß ich eben doch so ein falscher Fünfziger sei, der beleidigt ist, wenn man ihm nicht schmeichelt. Hätte ich ihr sagen sollen, daß mich die Mathematik nur noch wenig interessierte? Ich dachte, das würde sie mehr treffen als jede persönliche Animosität. Was für ein engherziger Unsinn! Wenn es wahr ist, daß ich mich leichtfertig aus ihrem Herzen katapultiert habe, so tut es mir sehr leid, so tut es mir auch nach siebzig Jahren noch sehr, sehr leid.« Er habe »Hirnschwerstarbeit« leisten müssen, um nicht dauernd an »den Moskauer Kasus« zu denken, und jedesmal, wenn er sie gesehen oder schon wenn er nur ihr Lachen durch das Auditoriengebäude habe schallen hören, sei er in dieser Arbeit, die seine wahre Doktorarbeit gewesen sei, zurückgeworfen worden auf das Vorsortieren der Prämissen. Er blieb nicht einen Tag länger als nötig in Göttingen, packte seine Sachen, sobald ihm seine Papiere ausgehändigt worden waren, und kehrte nach Wien zurück – übrigens, was er sich ebenfalls noch heute vorwerfe, ohne sich von »einem gewissen Mädchen« zu verabschieden, dessen Name er, was er sich doppelt vorwerfe, vergessen habe.

»Verabschiedet habe ich mich von meinem Freund Eberhard Hametner. Ich war in Versuchung gewesen, ihm alles zu erzählen. Und daß ich meine Höllenfahrt in gewisser Weise ihm zu verdanken hatte. Ich habe es nicht getan. Ich habe ihm nicht einmal meine Eindrücke von der Realität des Kommunismus geschildert. Das war sicher ein Fehler. Vielleicht hätte das ja bewirkt, daß er nach Hitlers Machtergreifung nicht ausgerechnet nach Charkow emigriert wäre. Er hat es überlebt. Gut bekommen ist es ihm nicht. Eine Zeitlang ist er drüben gehätschelt worden, war sogar Mitherausgeber einer wissenschaftlichen Zeitschrift in deutscher Sprache, die großzügig mit Mitteln ausgestattet war. Im Zuge des immer paranoider werdenden Sowjet-Patriotismus wurde er der Vergehen der Sabotage und Spionage angeklagt, wurde gefoltert und eingesperrt und schließlich in ein sibirisches Lager verschleppt. Aber, wie gesagt, er hat es überlebt. Und ich bin ihm wieder begegnet. Helen übrigens auch. Sie hieß nicht mehr Abelson, sie war inzwischen Eberhards Frau. Eine gute Frau, wie ich wider Willen zugeben mußte.«

Eine Zeitlang half Carl in Wien als Assistent am Physikalischen Institut mit, Vorlesungspläne zu entwerfen, eine Ordnung für die Institutsbibliothek zu entwerfen, Seminararbeiten zu entwerfen und Seminararbeiten zu korrigieren. Er begann auch, an seiner Habilitation zu werkeln, ohne Freude allerdings und ohne an das Ziel zu glauben. Sein wissenschaftlicher Mentor war der Zahlentheoretiker Philipp Furtwängler, der von Carls Arbeit sicher mehr verstand als Emmy Noether, die ja Algebraikerin war, der ihm aber zu wenig Ernst entgegenbrachte. Überhaupt habe er, erzählte Carl, hier in Wien niemanden gefunden, der – wie seine Göttinger Professorin – felsenfest an die objektive, vom menschlichen Denken und seinen Moden unabhängige Existenz der mathematischen Wirklichkeit glaubte; tatsächlich habe er den Eindruck gehabt, hier fallen Schein und Sein auch in der Mathematik auseinander (was merkwürdig ist, denn zu ebendieser Zeit beherrschte der »Wiener Kreis« mit seinem logischen Positivismus den wissenschaftlichen Diskurs. In anderem Zusammenhang hat mir Carl einmal erzählt, daß er des öfteren zu den berühmten Donnerstagabenden des Zirkels um Moritz Schlick in die Boltzmanngasse eingeladen worden sei, daß er die Diskussionen aber jedesmal als unangenehm und verlogen empfunden habe, weil auf der einen Seite, wenn einer ein Wort mit »Meta...« begonnen habe, den Herren Schlick, Neurath und Waismann die Krallen aus den Augen gesprungen seien in der Erwartung, es gehe mit »...physik« weiter, andererseits weil allein bei der Erwähnung des Namens Wittgenstein dieselben Augen sich in religiöser Verzückung nach oben verdreht hätten. Carl: »Mit einem einzigen Menschen aus diesem Kreis habe ich ein vernünftiges Gespräch geführt, nämlich mit Kurt Gödel, und der war am Ende seines Lebens in Princeton verrückt genug, einen mathematischen Beweis für die Existenz Gottes führen zu wollen.«).

Der Großvater schlug vor, Carl solle in der Firma als Kompagnon mitarbeiten; er solle seine Intelligenz sozusagen als Kapitaleinlage zur Verfügung stellen. Der alte Mann hatte in der Wirtschaftskrise fast alles verloren – »Ich bin zur Bank«, so stellte er Carl seine finanzielle

Situation von 1923 dar, »habe mein gesamtes bares Vermögen abgehoben, bin ins Landtmann gegangen und habe es verfrühstückt« – und beim Börsenkrach 1929 war ihm noch einmal ein großer Brocken abgebrochen. Daß sein Enkel die hohe Kunst des Rechnens auf eine Weise ausübte, die niemandem nützte, hatte er zwar stets respektiert, aber auch für eine nachgerade unverantwortlich snobistische Spielart von Egoismus gehalten. Ohne um Bedenkzeit zu bitten, nahm Carl das Angebot an. Wenigstens so zu tun, als wäre er ein Geschäftsmann, war ihm eine willkommene Abwechslung und Penizillin gegen seine Ziellosigkeit. Er hielt es immerhin für möglich, daß er eines Tages nicht mehr bloß so tun müßte. Das hysterische Europa, sagte er, habe angefangen, ihm gehörig auf die Nerven zu fallen. Er beendete seinen Kontrakt mit der Universität und begab sich auf Reisen, nach Lissabon, nach Kairo und so weiter, wie bereits erwähnt, und schließlich nach New York, wo er einen lukrativen Handel mit Bourbon aufzog, den Jazz kennenlernte und wo er, was nicht von Anfang an seine Absicht gewesen war, fast ein Jahr blieb. – Und wo eines Tages in der Oak Bar des Plaza Hotels ein Mann an seinen Frühstückstisch trat und ihn zu einer Party zu Ehren seiner ehemaligen Professorin einlud; woraufhin ihn am nächsten Tag eine junge Journalistin und ein junger Psychologe namens Abraham Fields in einem melangebraunen Packard abholten und mit ihm gemeinsam hinüber nach Hoboken fuhren und weiter durch New Jersey hinauf nach Kinnelon am Kinnelon-See …

Emmy Noether stand auf der Veranda, als sie in Kinnelon ankamen. Sie wartete auf ihren ehemaligen Studenten und Assistenten. Die Gäste waren im Haus. Sie hielt eine Hand über den Augen, um ihnen Schatten zu geben, die andere ruhte auf dem weißlackierten Knauf des Geländers. An ihrem Kragen leuchtete eine buttergelbe Stoffrose, die war viel zu groß. Wie sie vor dem hübschen weißen Holzhaus stand, über ihr das Blau des Himmels, neben ihr die mit Kerzen und frischem Laub dekorierten Tischchen, bot sie ein gravitätisches Bild, als posiere sie für ein Gemälde, das den Titel »Amerikanische Freiheit« hätte tragen können. Sie rief seinen Vornamen und streckte ihm ihre kurzen Arme entgegen und bat seine Begleiter, sie einen Augenblick mit ihrem ehemaligen Studenten, »dem besten, den sie je gehabt habe«, allein zu lassen, sie werde sie danach ausgiebig begrüßen und sich selbst auch ausgiebig vorstellen. Carl hatte Abraham Fields und der Journalistin auf der Fahrt an den Weidezäunen New Jerseys entlang von seiner großen Professorin erzählt – die beiden hatten noch nie von ihr gehört –, und er hatte ihr Wesen genau so geschildert, wie es sich im ersten Augenblick vor ihnen präsentierte: impulsiv, umweglos, kauzig und meistens warm. Ihre Freude war so ausgelassen, daß sich Carl schämte, weil vielleicht seine Gefühle, sicher aber nicht seine Fähigkeit, sie zu zeigen, mit ihr mithalten konnten.

»Ich«, bekannte er mir gegenüber, »bin zu leichtfertig mit ihrer Freundschaft umgegangen. Ich habe mich für sie geschlagen, in Göttingen. Nicht in Moskau. Das war etwas anderes gewesen, was mit ihr, wie ich mir bald eingestehen mußte, nur sehr wenig zu tun gehabt hatte. Es dürfte mir noch heute keiner ein böses Wort über sie sagen. Ich habe das Geschenk ihrer Freundschaft beschützt, aber ich habe es nicht angenommen. Margarida mit eingerechnet, denke ich, gab es in meinem Leben keinen Menschen, der besser zu mir gepaßt hätte. Sie ist mir zugeteilt worden, wer kann beweisen, daß es nicht so war? Wenn man uns in Ruhe gelassen hätte, wäre die Schnittmenge unserer Existenzen in Frieden und Gleichklang verblieben. Alles mögliche hätte gefehlt, dem Himmel sei Dank, jeder nur denkbare Konflikt zum Beispiel. Für das, was fehlte, hätten wir einander aber nicht nötig gehabt. Es hat mir an Glauben gemangelt. Ungläubigkeit hänge mit Dürftigkeit geistiger Anlagen zusammen, behauptet Leopardi. Ich denke, er hat recht, dieser ungläubige, anmaßende, redlichen Pessimismus vorschützende, düstere Zyniker, der so viele verführt hat in jener nach Verführung süchtigen Zeit.«

Als sie ihn, an den Unterarmen festhaltend, fragte, wie er es mit ihrer beider Geliebten, der Mathematik, halte, schämte er sich noch mehr, antwortete aber klar und ohne jede Abwehr gegen den Kitsch dieser Analogie: »Ich habe sie verlassen.«

Es schien sie nicht zu überraschen. Sie strich mit ihrem Handrücken über seine Wange, hakte sich bei ihm ein, so gut das bei dem Größenunterschied gelingen konnte, führte ihn zur Tür und rief hinein, die Gäste dürften nun herauskommen, das Wesentliche zwischen ihnen beiden sei absolviert, jetzt habe man Hunger.

Ein gutes Dutzend Leute war der Einladung der Gastgeber gefolgt. Man saß auf der schmalen Veranda, nebeneinander wie im Kino, Blick auf die Straße, Glas in der Hand, Teller auf dem Schoß oder auf einem der Tischchen, Fruchtsaft und Kuchen, kalifornischer Wein und ungarisches Gulasch, ein lauer, duftender Frühlingsabend. Auf der anderen Seite der Straße, etwas eingerückt, standen zwei Häuser, nackt sahen sie aus, mitten auf dem Rasen, kein Baum, kein Strauch. Dahinter war der See, ein glitzerndes Band, das aussah, als würde es auf der Erde liegen und wäre nicht eingebettet in sie. Unter anderem saßen auf der Veranda: ein kieferstarker Physiker aus Boston, der sich von seinem Begleiter alles ins Ohr übersetzen oder kommentieren ließ; eine Professorengattin aus Manhattan, schon sehr weiß, die sich im Namen ihres Mannes entschuldigte, der aus irgendeinem Grund verhindert war; ein Physiker und ein Mathematiker aus Princeton, die zusammen mit Emmy Noether gekommen waren und Aktenmappen mitgebracht hatten und sich im Hintergrund hielten, als warteten sie auf ihren Auftritt; und schließlich zwei Emigrantenehepaare, eines aus München, das andere aus Aachen, und ein junger englischer Offizier in Zivilkleidung, der sich aber ohne Umschweife als Mitglied der Royal Air Force vorstellte – »Major Rupert Prichett«.

Für Emmy Noether war der mittlere Tisch reserviert, damit keiner außer Hörweite von ihr säße. Die Gastgeber können sie noch nicht lange kennen, schloß Carl daraus, denn sonst würden sie ja auch ihre Stimme kennen und wüßten, daß diese Sorge vollkommen überflüssig war. Sie bestand darauf, daß Carl neben ihr sitze. Während des Essens bedrängten sie die Gäste mit Fragen. Sie wollten wissen, wie das Leben in Deutschland sei. Ob es überhaupt noch Juden in Deutschland gebe oder ob alle bereits das Land verlassen hätten, fragte der Physiker aus Boston auf englisch, sein Begleiter übersetzte ins Deutsche, was bestimmt nicht nötig war. Die weiße Professorengattin fragte, ob es wahr sei, was man so höre, nämlich daß Hitler die Juden gegen die Radikalen in seiner eigenen Partei in Schutz nehme, daß er viele seiner eigenen Leute sogar habe hinrichten lassen, weil sie den Juden Leid angetan hätten. Die New Yorker Journalistin, selbst »eine Linke«, wie sie auch bei dieser Gelegenheit betonte, wollte wissen, inwieweit sich Deutschlands Kommunisten von den Nationalsozialisten unterschieden, ob es die Kommunistische Partei in Deutschland heute überhaupt noch gebe oder ob sie inzwischen mit der Nazipartei verschmolzen sei. Emmy Noether antwortete: »Ich bin erst seit einigen Monaten in Amerika. In Amerika weiß man mehr über Deutschland als in Deutschland. Fragen Sie mich in einem Jahr, dann werde ich alles wissen.«

Beim Kaffee geschah, was diese Party für Carl, wie er sich ausdrückte, »zu einer titanischen Sensation für sein Herz und seinen Kopf« werden ließ: Emmy Noether wandte sich ihm zu, legte ihre Hand auf seine Schulter und fragte: »Sie erinnern sich doch noch an Lawrentij Sergejewitsch Pontrjagin?«

Nach sechs Jahren fegte die russische Paranoia wieder durch seinen Kopf: Was, wenn diese Party in Wahrheit veranstaltet worden war, um ihn zu überführen? Wer sind all diese Leute in Wahrheit? Wer war der Mann, der ihn im Plaza beim Frühstück gestört hatte? Warum um Himmels willen hatte er ihn nicht aufgefordert, sich auszuweisen? Wie konnte dieser Mann behaupten, er kenne ihn aus Göttingen, sei mit ihm gemeinsam in Seminaren gesessen? Er war deutlich älter. So einer wäre doch aufgefallen. In den Seminaren von Frau Professor Noether saßen selten mehr als fünfzehn Studenten. Außerdem: Woher wußte dieser Mann, daß er in New York war, daß er im Plaza abgestiegen war, daß er nicht wie die anderen Gäste im Breakfast room, sondern in der Oak Bar frühstückte?

Noch ehe er seine Fassung wieder gefunden hatte, plauderte Emmy Noether in harmlosem Ton weiter: »Ich habe ihn erst vor wenigen Tagen getroffen.«

»Wen haben Sie getroffen?«

»Lawrentij Sergejewitsch. Er hat mich am College besucht, stellen Sie sich vor! Irgendwie hat er es herausgeschafft aus dem Paradies der Werktätigen, über Estland, Lettland, Finnland, Schweden, zusammen mit einem Waggon Antiquitäten, dieser Tausendsassa. Anschließend an meine Stunde haben wir ein Eis gegessen. Er ist ein charmanter Kerl, natürlich ein heilloser Aufschneider. Und leider einer, der sich dauernd beim Angeben erwischen läßt. Aber so gescheit! Er hat sich nach Ihnen erkundigt, Carl Jacob. Sie beide haben sich ja besonders gut verstanden, hatte ich immer den Eindruck.«

»Mehr weiß ich nicht«, beendete Carl seine Erzählung. »Bis heute nicht. Die Unschuld ist weniger eine Frage der Moral eines Lebens als der Dauer eines solchen. Je mehr Jahre sich häufen, desto geringer wird die Wahrscheinlichkeit, die Unschuld zu behalten. Lange genug habe ich geglaubt, ein Mörder zu sein, lange genug, um mich mit diesem Gedanken vertraut zu machen, und lange genug, um mich mit diesem Gedanken auszusöhnen – was ja nichts anderes als ein geschwollenes Wort für ›sich daran gewöhnen‹ ist. Amerika hat mir dabei geholfen. New York liegt weit weg von Moskau, Mitleid nimmt mit der Entfernung ab, das Gefühl der Schuld nicht weniger. Pascal hatte recht: Ein Meridian entscheidet über Gerechtigkeit und Wahrheit. Was auch immer damals am Vodootvodnyi-Kanal geschehen war, ich wollte es gar nicht so genau wissen. Ich war wieder aufgenommen in den Club der einigermaßen Zivilisierten. Natürlich war ich erleichtert. Leopardi, der fürwahr ein kranker Hund war, sagte, man spüre sogar Schmerz, wenn ein peinvoller Zustand aufhört, eben weil man sich an ihn gewöhnt hat. Und ich mußte mich erst wieder an den Gedanken gewöhnen, kein Mörder zu sein … – Nun aber, Sebastian, wollen wir zu Bett gehen.«

Siebtes Kapitel

1

Abraham Fields war ein Begeisterter. – Er wurde 1911 in New York City geboren, dort wuchs er auf, dort starb er. Kleine Hände hatte er, blasse, weiche Hände. Aber nicht ungeschickte Hände. Er bastelte gern. Was er bastelte, war zierlich, Dinge für den Schreibtisch oder für eine Frisierkommode, Schmuckkästchen zum Beispiel, nicht größer als eine Zigarrenkiste, manche so klein wie eine Zigarettenschachtel. Aus dem weißen Blech von Konservendosen bog er sie zurecht, verlötete sie, verzierte sie mit Einritzungen und Glassplitterchen, roten, grünen, weißen, die er einfaßte wie Rubine und Saphire und Diamanten. Innen legte er die Kästchen mit Stoffetzen aus, die färbte er mit verdünnter Tinte oder Tee und unterfütterte sie mit Wollflaum. Siebzehn Stück. Er hat sie alle nacheinander seiner Schwester geschickt. Die war älter als er, lebte in Chicago; sie hatte ihren Mann bei der Invasion in der Normandie verloren. Die Post der amerikanischen Armee sorgte für prompte Zustellung. Fünfundzwanzig Jahre später, nach dem Tod seiner Schwester, nahm er die Kästchen wieder zu sich. Als ich Abraham Fields im Herbst 1976 in New York besuchte, zeigte er sie mir. Sie standen auf seinem Steinway-Stutzflügel aufgereiht, eins neben dem anderen entlang der Kante in exakt gleichem Abstand. Ich beugte mich zu ihnen nieder, sie zu berühren getraute ich mich nicht. Mr. Fields reichte mir eine Lupe, und ich betrachtete die winzigen eingeritzten Ornamente. »Mit der Spitze eines Zirkels«, erklärte er mir. »Einer unserer Offiziere hatte auf der Straße in Nürnberg mit einem deutschen Oberstudienrat eine Dose Corned beef gegen einen Zirkel getauscht, und ich redete so lange auf den Offizier ein, bis ihm klar wurde, daß er ja gar keinen Zirkel brauchte, und er ihn mir schenkte.« Hinter den Kästchen war eine Galerie kleiner Stehrahmen arrangiert. Schön wäre es, sagte Mr. Fields, wenn zu jedem Kästchen eine Person gehörte, aber leider gebe es nicht siebzehn Menschen, die für sein Leben wichtig seien oder wichtig gewesen seien. Deshalb dürften manche in mehreren Kästchen wohnen. Auf drei Bildern erkannte ich Carl – auf einem, ich schätzte, dreißigjährig, Unkle Sam mimend, schiefes Grinsen, Zylinder auf dem Kopf, den Zeigefinger auf den Fotografen gerichtet; das andere war ein Schnappschuß vor einem blühenden Baum im Central Park, Carl in einem Tweedmantel, an dem, deutlich zu erkennen, der mittlere Knopf fehlte; das dritte, aufgenommen irgendwann nach dem Krieg oder während der letzten Monate des Krieges, wie Mr. Fields kommentierte, zeigte Carl zusammen mit Margarida auf der Fähre nach Staten Island, im Hintergrund die Freiheitsstatue. – Und dann stand hier auch ein Bild von Edith Stein. Das Bild kannte ich von Carls Schreibtisch. (Es hängt auch in der Zelle meiner Mutter, wie sie mir erzählte.) Es zeigt sie in der Tracht ihres Ordens. Es ist das bekannteste Bild von ihr, ihre Ikone. Sie hatte es anfertigen lassen als Paßfoto, kurz bevor sie nach Holland geflohen war. Carl hatte Abe oft von Edith Stein erzählt. Abe war tief beeindruckt gewesen, immer wieder hatte er diese Geschichten hören wollen, die ihn, wie er sagte, in die Zauberwelt des romantischen Deutschland trugen. Die darin auftretenden Personen seien ihm ans Herz gewachsen – die eifersüchtige Tante Kuni, die wilde Tante Franzi, der tapfere kleine Carl Jacob und vor allem der Engel. In seinem Kopf hätten sie zusammen mit der schönen Loreley, mit Dornröschen, dem Sandmann, dem Peter Schlemihl, dem gestiefelten Kater und all den anderen sozusagen seine deutsche Familie gebildet. Nach dem Krieg, in Nürnberg, habe er erfahren, daß der Engel gar nicht Mitglied im romantischen Club des »ewigen Sonntages im Gemüte« gewesen, sondern daß er in der deutschen Wirklichkeit gelebt hatte und in Auschwitz ermordet worden war. Als ihm Carl Anfang der sechziger Jahre am Telefon berichtet habe, daß ein Verfahren zur Heiligsprechung von Edith Stein vorbereitet werde, habe er ihn gebeten, ihm ein Bild von ihr zu schicken. »Manchmal schaue ich sie an und bete ein wenig zu ihr. Das erquickt mich. Am liebsten bete ich den Rosenkranz auf deutsch. Das ist eine Spinnerei, ohne Zweifel. Aber es gilt, denke ich. Wenn eine deutsche Jüdin aus einer heute polnischen Stadt als katholische Märtyrerin heiliggesprochen werden soll, darf auch ein atheistischer amerikanischer Jude den deutschen Rosenkranz beten. Wer wollte dagegen ein Verfahren anstreben?« Abraham Fields hatte deutsche Vorfahren (die hießen Felder). Deutsche Kultur und deutsche Geschichte interessierten ihn seit seiner Jugend. Neben dem Psychologiestudium an der Columbia Universität baute er die Kenntnisse unserer Sprache aus, an den Abenden im Studentenheim las er *Effi Briest*, die *Duineser Elegien* und die *Traumdeutung*. Zu den Freunden seiner Studienzeit zählte jenes jüdische Emigrantenehepaar aus Berlin, das später nach Kinnelon in New Jersey gezogen war. Als sie noch an der East Side in einer kleinen Wohnung in einem der öden Klinkerblocks wohnten, hatte er die beiden regelmäßig besucht; es milderte ihr Heimweh, wenn sie sich mit ihm in ihrer Muttersprache unterhielten, und er verfeinerte dabei seine Artikulation.

Als die Vereinigten Staaten von Amerika in den Krieg eintraten, meldete er sich bei der Army und wurde als Dolmetscher bei Verhören gefangener deutscher Offiziere eingesetzt. Er beherrschte unsere Sprache so gut, daß er fürchtete, er könnte bei seinen eigenen Leuten Mißtrauen erregen, und unterlegte ihr deshalb absichtlich einen amerikanischen Akzent. Nach dem Zusammenbruch des Nazireichs wurde er vom IMT, dem Internationalen Militärtribunal, als Gerichtspsychologe zum Prozeß gegen Göring, Heß, Streicher, Schirach, Jodl, Dönitz und die anderen nach Nürnberg gerufen – als psychologischer »Begutachter«. Vom 14. November 1945 bis zum 1. Oktober 1946 besuchte er an allen Verhandlungstagen und meistens auch an den verhandlungsfreien Sonntagen die Angeklagten in ihren Zellen oder saß bei ihnen in den Speisesälen. Er hörte sich ihre Kommentare an, ihre Lügen, ihre Prahlereien, ihre panischen Rechtfertigungen, ihre durchsichtigen Schmeicheleien, blickte ihnen stoisch auf die Stirn, wenn sie ihm drohten, ließ sich von ihnen die Hand halten, wenn sie weinen wollten. Er befragte sie nach ihren Ansichten über den Prozeßverlauf, über die anderen Angeklagten, die Richter, die Anwälte, die Ankläger. Legte ihnen IQ-Fragebögen vor, bat sie, ihre Kindheitserinnerungen in kleine Novellen zu fassen. Sprach mit ihnen über Gott und die Welt. Seine eigene Zeit verbrachte er möglichst allein. Er kaufte einem ausgebombten angeblichen Installateur – auch dieser hatte auf der Straße seine Siebensachen vor sich ausgebreitet – einen Lötkolben ab und eine Rolle Lötzinn dazu, sammelte Blechdosen und Glassplitter und bastelte seine Schmuckkästchen. Journalisten und Berichterstatter aus allen Ländern der Welt waren hinter ihm her, wollten von ihm »Persönliches« über die Angeklagten erfahren. Sie hofierten ihn, luden ihn schließlich zu einer »internationalen Pressekonferenz« in das Schloß der Bleistiftfirma Faber-Castell ein, das von den Besatzungsbehörden als Unterkunft für die Presseleute hergerichtet worden war. Sie improvisierten ein Buffet mit französischen Pasteten, russischem Wodka, englischem Kuchen, amerikanischen Zigaretten und kubanischen Zigarren – letztere spendiert von Ernest Hemingway. Abraham rührte nichts an. Er beantwortete ihre Fragen, aber nur, soweit sie sich auf den Prozeßverlauf und die ohnehin bekannten biographischen Daten der Angeklagten bezogen. Über »Persönliches« sprach er nicht. Die Damen und Herren waren ratlos, ärgerten sich, glaubten, Abe wolle sie an der Nase herumführen, wolle Geld schinden. Er verbeugte sich und rannte davon. Der russische Schriftsteller Ilja Ehrenburg nahm ihn an einem der folgenden Tage beiseite, entschuldigte sich für seine Kollegen, redete ihm aber doch ins Gewissen: Abe, in seiner Position als Prozeßpsychologe, sei vor der Weltgeschichte verpflichtet mitzuhelfen, daß das Seelenleben dieser Bestien publiziert werde. Und wurde endlich konkret: Abe solle ihn als seinen Assistenten ausgeben und ihn bei seinen Besuchen in den Zellen der Angeklagten mitnehmen. Abe schüttelte den Kopf. Dem amerikanischen Schriftsteller John Dos Passos, der für das *Life Magazin* über den Prozeß berichtete, gelang es, Abe für eine kurze Zeit so etwas wie Freundschaft vorzugaukeln, er verlor aber rasch die Geduld und hielt ihm ein Bündel Dollars vors Gesicht, und Abraham, tief enttäuscht, sagte auf deutsch: »Um Gottes willen!« Die Presseagenturen RCA Mackey, Press Wireless und Tass versuchten gemeinsam Druck auf ihn auszuüben, man werde bei der amerikanischen Militärregierung in Bayern bewirken, daß er seines Postens enthoben werde, wenn er sich nicht kooperationsbereit zeige. Abraham blieb standhaft. Er erlaubte niemandem, sich als seinen Assistenten auszugeben und ihn zu den Angeklagten zu begleiten – mit einer Ausnahme … Über jedes Gespräch, das er mit Hermann Göring, Joachim von Ribbentrop, Hans Frank, Ernst Kaltenbrunner und den anderen Naziverbrechern führte, verfaßte Abraham ein gewissenhaftes Protokoll. Wirklich viel Geld sei ihm nach dem Prozeß für diesen Packen Papier geboten worden, erzählte Carl. Abraham Fields aber schenkte seine Aufzeichnungen verschiedenen geschichtswissenschaftlichen Instituten und Forschungsstätten. (Das besonders umfangreiche Dossier über Arthur Seyß-Inquart, der als Reichskommissar für die besetzten Niederlande für die Deportation von Edith Stein nach Auschwitz verantwortlich war, überließ er dem Rijksinstituut voor Oorlogsdocumentatie in Amsterdam. Es hätte neben den Gesprächen, die ich mit Abe geführt hatte, meiner Dissertation als Grundlage dienen sollen – so jedenfalls Carls Plan für meinen »exzellenten akademischen Start«.) Ein Kollege von ihm, der ebenfalls während des Prozesses in Nürnberg tätig war und der später ein berühmtes Buch darüber schrieb, nannte ihn in einem Interview einmal den »Nürnberger Thukydides« – ein Titel, auf den Abraham sehr stolz war und über den er sich bis zu seinem Lebensende freute.

2

Carl bezeichnete Abe als den besten Freund, den er in seinem Leben gehabt habe. Wahrscheinlich war er auch sein einziger. (Mein Vater war nicht sein Freund, er war mehr: Mitglied der Familie.)

Und so hatten sie sich kennengelernt: Zusammen mit der Journalistin, an deren Namen sich Carl nicht mehr erinnerte, hatte Abe im Frühling 1935 die Oak Bar betreten, um ihn für die Fahrt nach Kinnelon abzuholen. Die Journalistin hatte sich bei Abe eingehängt und zog ihn hinter sich her. Carl saß in der Ecke unter einem der wuchtigen Gemälde von Everett Shinn. Er glaubte nicht einen Augenblick lang, daß die beiden ein Paar waren. Er wunderte sich, daß die Frau, ohne zu zögern, auf ihn zusteuerte, als hätte sie ihn schon einmal gesehen. Sie stellte zuerst Abe vor – »Student der Psychologie, Freudianer« –, anschließend sich selbst: Sie sei eine Feindin von Adolf Hitler und Reporterin beim *New Yorker* und habe diese Stelle auf Empfehlung einer Freundin von Dorothy Parker bekommen, eine Stelle sei es ja eigentlich nicht, sie arbeite auf freier Honorarbasis, was aber auch sein Gutes habe … und so weiter. Ihr gehörte der braune Packard mit dem creme-farbenen Stoffdach. Es war ein warmer Tag, und sie bestand darauf, mit offenem Verdeck zu fahren. Carl saß hinten im Fond. Während der Fahrt legte Abe seinen Arm über die Rückenlehne und sprach nur nach hinten zu Carl; er kam zwar selten zu Wort, denn meistens redete die Journalistin, aber auch wenn sie redete, blickte Abe nicht sie an; er hatte Augen allein für Carl. Abraham Fields war homosexuell.

Als sie in der Nacht nach der Party wieder in New York waren, er-zählte ihm Abe sein ganzes Leben. Sie hatten sich von der Journa-listin beim Times Square absetzen lassen und waren durch die laue Luft über die Seventh Avenue nach Norden in Richtung Central Park spaziert. Carl schlug vor, in einer Bar noch ein Bier zu trinken. Am liebsten hätte er das Plaza gar nicht mehr betreten. Er rechnete nicht damit, aber er fürchtete sich davor, daß Lawrentij Sergejewitsch Pon-trjagin in der Halle auf ihn wartete, wie damals im Leonjuk in Mos-kau, diesmal als ein Geist, mit einer Eiskruste am Kragen. Abe hatte sehr wohl bemerkt, daß Carl nach dem Zusammentreffen mit seiner ehemaligen Professorin verwirrt und niedergeschlagen war; aber er hatte den Grund dafür im Schicksal dieser freundlichen Frau und in der gegenwärtigen politischen Situation Deutschlands vermutet. Als er sich schließlich bewußt wurde, daß die ganze Zeit über nur er ge-sprochen hatte, war es zu spät, um innezuhalten und zu sagen: So, jetzt sind Sie dran. Carl gefiel ihm, und er hatte die Erfahrung gemacht, daß Männer, deren homoerotische Neigungen nur wenig ausgeprägt wa-ren, dieselben leichter aktivieren, wenn man ihnen mit brüderlichem Trost kam und nicht gleich mit direkter Verführung. Er aber hatte we-der brüderlichen Trost gespendet, noch hatte er versucht, Carl zu ver-führen. Er fürchtete, er habe alles vermasselt.

Zu seiner Überraschung fragte Carl: »Haben Sie ein Sofa, auf das ich mich heute nacht legen kann?«

Abe bewohnte ein kleines Appartement auf der West Side, Höhe 79. Straße. In der Küche stand tatsächlich ein Sofa. Am nächsten Tag bereits zog Carl aus dem Plaza aus und bei Abe ein. Carl bestand dar-auf, Miete für das Sofa zu bezahlen.

Carl: »Wir hatten eine ›krokantartige Affäre‹, Abe und ich. Copyright auf diesen Terminus technicus: Magistra Margarida Candoris Durao, wie sie sich so unkorrekt wie nur möglich nannte. Als Terminus technicus wollte sie dieses Wort auch verstanden wissen, denn sie interessierte sich vor allem für das Technische an dieser Affäre. Als wir schon dreißig Jahre oder noch länger verheiratet waren, habe ich ihr davon erzählt. Weißt du, was sie sagte? Sie sagte: ›Überleg dir, Charly, ob du damals nicht vielleicht die falsche Entscheidung getroffen hast.‹ Margarida glaubte, alle Männer seien homosexuell! Sie stellte sich das Männerherz als eine Crème brûlée vor, auf der eine harte, dünne Krokantschicht liege. Darunter aber tümple ein Reservoir süßer Männerliebe. Aus diesem Bild heraus nannte sie meine Freundschaft zu Abe eine ›krokantartige Affäre‹. Ich habe sie natürlich darauf aufmerksam gemacht, daß die harte Schicht auf Crème brûlée aus kandiertem Zucker und nicht aus Krokant besteht. Aber solche Kleinigkeiten sollen doch nicht stören dürfen, wenn eine Portugiesin durch den Bilderreichtum der deutschen und der französischen Sprache berserkert. Sie war sehr neugierig, wollte alles wissen, und als ich ihr dezidiert sagte, daß ich ihr keine Details liefern werde, hat sie sich eben welche ausgemalt. Margarida konnte sehr derb sein, in Wort und Tonfall, sehr vulgär. Sie war ja nicht eifersüchtig. Eifersucht kannte sie nicht. Sie konnte sich dieses Gefühl wahrscheinlich nicht einmal vorstellen. Es spielte keine Rolle für sie. Warum nicht? Weil es für sie keine Macht gab, die dem Bündnis, das wir beide nun einmal geschlossen hatten, etwas anhaben konnte. Darum. Wenn ich ihr die mysteriöse Geschichte von Lawrentij Sergejewitsch Pontrjagin und mir im Winter in Moskau am Vodootvodnyi-Kanal erzählt hätte, daß ich all die Jahre im Glauben gelebt hatte, ein Mörder zu sein, sie hätte Verständnis gehabt, sogar noch, wenn ich tatsächlich ein Mörder gewesen wäre. Sie hätte mich angesehen mit ihrem unerschrockenen Mussoliniblick und mir zu verstehen gegeben, daß es für sie nur eine Moral gebe, nämlich unser Bündnis, und daß unmoralisch nur sei, was dieses Bündnis gefährde. Aber ich habe ihr diese Geschichte nicht erzählt. Sie hätte mich in ihren Augen über die Maßen interessant erscheinen lassen.«

Manche Geschichten wollte Carl in eine präzise kalkulierte Choreographie gebettet sehen. Schon zu Anfang meines Besuches hatte ich vermutet – und es auch in C. J. C. 1 niedergeschrieben –, daß er nicht einfach sein Leben vor mir nacherzählen, sondern daß er es inszenieren wollte; daß er sich vorher genau überlegt hatte, in welche Themenkreise er es aufteilen und auch welche Schauplätze als szenischen Hintergrund zu welchen Geschichten er auswählen wollte. In C. J. C. 4 steht dazu die folgende Überlegung. Sie ist im Zorn geschrieben, und zwar am zehnten Abend meines Besuches – also genau in der Mitte unserer Zeit. Es war der einzige Abend, den ich *nicht* gemeinsam mit Carl und auch *nicht* in seinem Haus verbracht habe, sondern unten in Innsbruck im Hotel Central.

Die Themen legt er fest, zum Beispiel: die Meister – Edith Stein, Emmy Noether, Abraham Fields. Oder die Schüler – Georg Lukasser, Agnes Lukasser, Sebastian Lukasser. Oder die Geheimnisse – Pontrjagin, die »krokantartige Affäre«. (Das dritte Geheimnis kannte ich in der zehnten Nacht noch nicht, das hatte er sich für den Schluß aufgespart.) *Die Ausgestaltung der Themen aber gibt er frei für die Improvisation – nämlich durchaus für meine Improvisation. Duke Ellington soll einmal gesagt haben, die Melodien, die Duke Ellington einfallen, seien zu gut, um sie Duke Ellington allein zu überlassen, alle Musiker des Orchesters sollen glauben dürfen, sie hätten an dem großen Werk teilgehabt. Nur Egomanen wie der Duke oder Carl, die mit jedem zu sprechen bereit sind, aber niemandem zuhören, schaffen es, sich einzubilden, jeder Mensch auf der Welt könne nicht anders als glücklich sein, wenn er von ihnen eine Rolle zugewiesen bekommt. Sein Leben soll ich erzählen? Nicht mehr und nicht weniger? Ja. Aber das ist nur ein Teil der Inszenierung. Am Ende seines langen Lebens will er dem langen Leben den lebenslang vermißten Sinn geben, indem er es zu einer großen Symphonie verkomponiert, besser: zu einer Oper – aufzuführen über mehrere Wochen in der Villa Candoris in Lans. Wem es an Genie mangelt, um ein großer Dichter, Musiker, Künstler zu werden – oder ein großer Mathematiker –, der aber ein Leben lang den Genius so inbrünstig angebetet und unter dem Mangel gelitten hat und sich mit der ihm nicht gewährten Bevorzugung partout nicht abfinden kann, was bleibt dem anderes übrig, als sein Leben selbst zu einem Kunstwerk zu erklären? Die Medici haben ihr Leben zu einer Stadt arrangiert – nicht sie waren Florentiner, Florenz war eine Medici. Shakespeare ist von seinem Genius restlos okkupiert worden, so daß wir für vierhundert Jahre Material hatten, um über den Hamlet nachzudenken, aber so gut wie nichts über seinen Schöpfer wissen. Der Genius ist eine Quelle, hinter der immer mehr ist, als aus ihr fließt. Also besteht wenigstens theoretisch die Möglichkeit, daß die wahre Größe des eigenen Daseins, als es noch dauerte, lediglich nicht bemerkt worden war; daß es also erst am Ende in der Inszenierung in ihrer werkhaften Dimension erfaßt wird – von den anderen, aber vor allem von ihm selbst. Inszenieren ist natürlich ein viel zu schwaches Wort – neu schaffen will er sein Leben aus der Erzählung. Hinter seiner Bewunderung für meinen Vater vermute ich heute Herablassung. Sein überwältigendes Selbstvertrauen gab meiner Phantasie stets zu verstehen: Letztendlich sind auch Michelangelo, Mozart, Shakespeare, Einstein – und Georg Lukasser – nichts weiter als Zuträger jener wahren Auserwählten, die reich genug oder clever genug oder kultiviert genug sind, um deren Werke zu genießen. Zu diesen Auserwählten zählt er sich ohne Zweifel. Erstere mögen Sieger sein in einem mystischen Ringen mit ihrem Genius, letztere sind Gewinner, und zwar in einem handfesten, meist sogar handfest materiellen Sinn. Sein Leben lang hatte er es verstanden, den innersten Kern unter dem Pingpong seiner Ironie zu verbergen; um ein Die-Wahrheit-und-nichts-als-die-Wahrheit geht es ihm in seiner »Lebensbeichte« nicht, wohl auch nicht um die Inventur, die er mir vorlegen wollte, mir, dem »einzigen Menschen von all jenen, die ich geliebt habe, der noch lebt«, wie die Lockformel lautete. Und worum geht es ihm wirklich? Um die Befriedigung seiner Eitelkeit? Das ist Tarnung. Es geht ihm um Rache, um eine advokatenhafte Rache. Was er vor mir inszeniert, ist die Generalprobe für das Plädoyer, das er halten will, wenn er als Ankläger vor den lieben Gott tritt: Warum hast du den Genius an mir vorüberziehen lassen?*

Als ich das in mein Schulheft geschrieben hatte, ging es mir besser.

3

Die Geschichte von der »krokantartigen Affäre« schien Carl nicht in die Kulisse eines vom Kaminfeuer erwärmten Salons zu passen und paßte ihm auch nicht zu einem Spaziergang durch das Dorf und, trotz ihres Copyrights auf den Titel, natürlich auch nicht vor das Grab von Margarida. Er rief den Bürgermeister von Lans an, bat ihn um den Schlüssel zum Gatter im Zaun des Sees. Er wünsche, den See zu sehen, er fürchte, er könne nicht mehr bis zum Frühling warten, wenn die Tore wieder für die Allgemeinheit geöffnet werden. Daß Professor Candoris nun wirklich nicht zur Lanser Allgemeinheit gehörte, bewies der Bürgermeister, indem er knapp zehn Minuten später persönlich an der Tür klingelte und den Schlüssel in Carls Hände legte.

Draußen schneite es so dicht, daß man nicht einmal bis zu den Tannen sehen konnte; aber Carl bestand darauf, daß ich ihn – und zwar sofort – im Rollstuhl über die Auffahrt hinunter zur Lanserbahn, weiter auf dem Weg an den Geleisen entlang und, wie auch immer ich das zustande brächte, über die Stufen hinunter zum See führe. Frau Mungenast war empört. Nicht um seine Gesundheit sorgte sie sich, sondern diesmal um die meine. Der Arzt habe Herrn Sebastian verboten, zwei Mineralwasserflaschen auf einmal zu heben, also dürfe er bei so einem Wetter sicher nicht einen Rollstuhl schieben, sagte sie. Der Herr Sebastian, sagte Carl – noch meinte ich, es sei ihm lediglich ein ironisches Spiel, bei dem er ihren Tonfall aufnahm –, wisse sehr genau, daß die Würde des Menschen nichts weiter sei als die Behauptung, er habe eine, und sie deshalb um so wirkungsvoller auftrete, wenn man Dinge tue, die man nicht dürfe. Frau Mungenasts Lider senkten sich über ihre schönen braunen Augen, ihre Lippen schlossen sich, ihr Gesicht nahm einen abwesenden Ausdruck an, sie zog sich die Ärmel über die Handgelenke und sah zu mir herüber; schließlich wurde ja über mich verhandelt. Auch Carl blickte mich an. Aber ich sagte nichts. Er wandte sich wieder ihr zu, und nun war sein Ton greifbar streitsüchtig und arrogant. Ob sie tatsächlich meine, Rollstuhl plus Inhalt seien bei Schneetreiben schwerer als bei Sonnenschein. Der Rollstuhl sei selbstverständlich nicht schwerer, antwortete sie redlich, aber schwerer zu schieben sei er auf jeden Fall. Ach so, rief Carl aus, er habe sie wohl nur falsch verstanden. »Sie haben mich richtig verstanden«, sagte sie leise. Ich dachte wieder, ich würde gern eine Stunde mit ihr allein sein und ihr meine Sorgen erzählen. Ich nahm mir vor, wenn sie heute über Nacht im Haus bliebe, an ihre Tür zu klopfen.

»Wir werden den unteren Weg nehmen«, sagte ich mehr zu Frau Mungenast hin als zu Carl. »Der führt durch den Wald und ist nicht so steil.«

»Den werden wir selbstverständlich nicht nehmen«, schnitt mir Carl das Wort ab. »Der ist nicht gebahnt. Dort bleibst du mit den vorderen Rädern stecken.«

»Ich kann den Rollstuhl ein wenig nach hinten kippen. Das ist für dich auf alle Fälle sicherer, und für mich ist es leichter.«

»Damit ich dasitze wie bei einer gynäkologischen Untersuchung.«

»Es sieht uns ja niemand.«

»Du siehst mich zum Beispiel.«

»Ich geh hinter dir, ich sehe dich nicht. Außerdem, wenn wir vorne über die Stiege zum See hinuntergehen, muß ich den Stuhl ja auch kippen.«

»Aber das ist unter den Bäumen, dort sieht uns wirklich niemand. Und es ist nur ein kurzes Stück.«

»Aber im Wald ist es doch auch unter den Bäumen.«

»Aber ich will es nicht!«

»Aber ich denke, es ist zu gefährlich. Wenn ich im Schnee ausrutsche, kann ich vielleicht den Rollstuhl nicht halten. Es ist für dich gefährlich, verstehst du? Der Weg unten herum ist eher flach, und die Bäume stehen dicht, dort wird auch nicht soviel Schnee liegen.«

»Wir werden es halten, wie ich gesagt habe«, beharrte er. »Wir gehen oben.«

»Und warum wirklich?«

Keine Antwort.

Er hatte Schmerzen. Das Morphium, das aus dem Pflaster in seine Haut diffundierte, war aufgebraucht. Und die Schmerzen zerrten an seinem Gesicht, teilten es in die Greisenhagerkeit der Wangen und die kindlich rosa Hügelchen über den Backenknochen und verstärkten den Zug von Häme, den ich anfänglich den falschen Zähnen zugeschrieben hatte und dem es immer wieder gelang, diesen Mann in meinen Augen klein zu machen, mäkelig, seine erhabene Kälte fort zu blasen.

Ich wollte ihn aufheitern. »Außerdem«, feixte ich, »brauchst du dich vor einem Herrn in den oberen mittleren Jahren, der sich eine Windel in die Hose klemmt, weil er das Wasser nicht halten kann, nicht zu schämen.«

Ohne mich anzusehen, sagte er: »Ich schäme mich gewiß nicht vor dir.« Das hat mir doch etwas weh getan, zumal er es vor Frau Mungenast gesagt hatte.

»Verschieben Sie Ihren Ausflug doch auf morgen«, versuchte nun sie zu vermitteln. »Morgen ist besseres Wetter. Und heute abend werde ich das Pflaster wechseln.«

»Erstens ist das kein Ausflug« – Carl hackte die Worte in Richtung ihres Gesichts – »sondern ein simpler Fußmarsch von nicht einmal zehn Minuten.«

»Und zweitens?« fragte ich. Was frech war.

Er drehte mir langsam den Kopf zu und sagte: »Willst *du* mir *dein* Leben erzählen?«

Wir hielten es, wie er es wollte.

Der See lag unter einer weißen Decke, mit dem Auge ließ sich nicht feststellen, wo er begann und was noch begehbares Ufer war; es auszuprobieren war zu riskant. Carl wünschte, daß ich ihn über die flachen Stufen hinauf zur Terrasse des Cafés schiebe; er wollte unter dem fröhlich luftigen Vordach mit dem filigranen, rosa, hellblau und türkis gestrichenen Gestänge sitzen und hinunter auf den See schauen; wie er es in den Sommermonaten an den frühen Vormittagen tat – getan hatte. Der Weg war nicht zu erkennen; aus den nur angedeuteten Wellen auf der Schneedecke ließ sich erraten, wo die Stufen waren. Ich gebe zu, zuerst stellte ich mich absichtlich ungeschickt an; ich wollte ihm demonstrieren, daß es unmöglich war, ihn und den Rollstuhl die zwanzig Meter zur Terrasse hinaufzubefördern. Der Schnee reichte Carl bis an die Waden, es war, als würde ich einen Pflug vor mir herschieben. Carl war ungeduldig, klopfte mit seinen behandschuhten Händen auf die Armlehne. Die Decke, in die ihn Frau Mungenast gewickelt hatte, war weiß wie das Federbett eines Kindes, und auf seinem

316

Hut lag ein weißer Pelz. An den Reifen pappte der Schnee. Bald tat ich nicht mehr absichtlich ungeschickt, ich nahm meine Kraft zusammen, biß auf die Zähne, daß die Kiefer schmerzten und der Schweiß an Nacken und Rückgrat mein Hemd durchnäßte. Ich spürte die Narbe in meinem Unterleib. Sicherheitshalber hatte ich meine Unterhose dreifach ausgepolstert.

»Es ist nicht möglich«, sagte ich. Mein Herz raste, und mir war ein wenig schlecht.

»Wir können nicht hier mitten im Schneetreiben stehenbleiben«, maulte er – ja, es war ein Maulen, ein weinerliches und zugleich flegelhaftes Maulen; mir wäre lieber gewesen, er hätte mir einen soldatischen Befehl erteilt.

»Wir könnten uns unter das Dach bei den Umkleidekabinen stellen«, sagte ich.

»Ich war noch nie bei den Umkleidekabinen. Soll ich mit den Schulkindern Tischtennis spielen? Außerdem sehen wir von dort den See nicht.«

»Es ist nichts zu sehen vom See.«

»Dreh den Rollstuhl um«, befahl er nun doch, »dreh ihn um und kratz den Schnee vorne weg! Versuch, ihn zu ziehen! An den Vorderrädern liegt es, immer liegt es an den Vorderrädern! Die Rollstühle sind unüberlegt gebaut.«

»Laß es uns morgen versuchen«, bat ich. »Ich habe nicht die Kraft dazu, und die Kraft, die ich habe, brauche ich, um wieder den Weg hinauf zur Straße zu kommen. Sonst sitzen wir tatsächlich hier unten fest.«

»Gut«, sagte er, »ich biete dir einen Kompromiß an. Nach Hause gehen wir über den hinteren Weg durch den Wald. Das ist leichter für dich. Die überschüssige Kraft kannst du hier einsetzen.«

»Nein«, sagte ich, »ich weiß, was ich nicht tun will!«

»Gut. Hilf mir auf! Dazu wirst du ja noch Kraft genug haben. Ich werde gehen! Gib mir deinen Arm!«

»Auch das will ich nicht tun!«

»Gut. Ich werde ohne deine Hilfe gehen!«

»Das ist absurd!« rief ich. »Was um Himmels willen ist denn so wichtig, daß es unbedingt heute dort oben geschehen muß?«

»Was bildest du dir ein!« fuhr er mich an. »Für mich ist ein Tag wie für dich ein Jahr. Wie würde es dir gefallen, wenn ich sagte, leg dich hin, hab Geduld, es dauert ohnehin nur ein Jahr, bis du wieder ohne Windeln draußen herumspazieren kannst?«

Ich stampfte mit den Schuhen zwei Fahrspuren hinauf zum Café, für jedes Rad eine, übertrieb dabei meinen Hinkegang, als wäre ich Quasimodo, kippte den Rollstuhl und balancierte ihn rückwärts auf den Hinterrädern Schritt für Schritt nach oben. Und ich holte grob aus dabei, zerrte und riß und schüttelte, und ich sah, wie seine dürren Schultern unter jeder dieser Bewegungen zitterten und wie der Schnee von der Krempe seines Hutes auf seine Schultern und seine Brust fiel. Aber schließlich waren wir oben. Oben auf der Terrasse des Strandcafés, wo ich so oft gesessen und mir vorgeträumt hatte, ich sei auf den Salomon-Inseln oder auf Tristan da Cunha oder irgendwo im Amazonasdelta oder in einer Wüstenoase, ein stefan-zweigscher Emigrant oder ein joseph-conradscher Abenteurer.

»Es wird schon nichts in deinem Bauch kaputtgegangen sein«, kicherte er, und ich merkte wohl, das war nicht mehr zynisch gemeint, es sollte ein Kumpanenscherz sein, seine Art, sich bei mir zu entschuldigen, und augenblicklich war Frieden zwischen uns.

Aber dann verließ ihn der Mut.

»Ich weiß ja, daß Abe unsere Geschichte lang und breit vor dir ausgewalzt hat«, sagte er. »Ich brauche sie also nicht zu wiederholen. Wir hätten uns den Weg hierher tatsächlich sparen können. Bau eine kleine Novelle daraus! Das soll ja deine Stärke sein, habe ich mir sagen lassen. Material hast du genug, denke ich doch. Es war ein knappes Jahr wie im Fieber. Weiter kein Wort von meiner Seite darüber! Mach einen Libertin aus mir – ganz, wie du willst. Schreib: Die große Freiheit beginnt, wenn das große Gewissen abgeschafft ist. Ich habe sechs Jahre mit dem Gedanken gelebt, einen Mann getötet zu haben – und nicht in Notwehr und nicht im Affekt! Es war Mord. Bevor ich Lawrentij Sergejewitsch die Faust gegen die Brust schlug, hatte ich mir gedacht: Gleich werde ich etwas tun, was ich bisher in meinem Leben nicht für möglich gehalten habe. Ich hatte es nicht einfach nur in Kauf genommen, daß er an dem Schlag sterben könnte; ich hatte damit gerechnet, ich hatte es beabsichtigt. Und natürlich hatte ich es nicht getan, weil

318

ich die Beleidigung an meiner Professorin rächen wollte. Auch nicht, wie ich mir unmittelbar danach zusammenbastelte, weil ich fürchtete, der Mann sei in geheimdienstlicher Mission mir beigestellt worden, um mich zu vernichten. Ich war in eine Situation geraten, in der ich mich für oder gegen etwas Außergewöhnliches entscheiden konnte, und ich hatte mich für das Außergewöhnliche entschieden. Und nun, da ich erfahren hatte, daß Lawrentij Sergejewitsch Pontrjagin lebte, war mir, als wäre in Wahrheit ich es, der von den Toten auferstanden war. Ich fühlte mich über alles hinausgehoben. In diesem Zustand befand ich mich, als Abe und ich, aus Kinnelon zurück, am Broadway ein paar Biere tranken. Er plapperte und plapperte, erzählte von seinem Freund, auf den er zugunsten von dessen Familie verzichtet hatte, lauter Zeug, das mir wie Gerümpel vorkam, das sich einer um den Hals hängt. Abe kam mir wie ein spießiger Buchhalter vor. Du willst mich verführen, dachte ich. Du? Dann tu es doch! Jawohl, ich dachte: Für einen Einstieg in eine solche Erfahrung ist dieses weiche Herz genau richtig, da werde ich weich landen, falls es mich hinhauen sollte. Ich weiß, das hat er nicht verdient. Er hat sich nicht ausgekannt bei mir, der Clown. Ist es ein Wunder? Hat sich Theorien zurechtgelegt. Dieser Psychologe! Ich habe mich ihm gegenüber verhalten wie ein Schwein. Ich habe ihn mir angesehen, wie er sich als großer Verführer vorgekommen ist. Verführer und Pädagoge in einem. Ich Alkibiades, er Sokrates. Es würde mich tatsächlich interessieren, was Abe dir über mich erzählt hat. Erzähl's mir nicht, kein Wort! Schreib's auf! Abe war ein tratschsüchtiges Waschweib, dem Sokrates nicht unähnlich, nur daß er besser ausgesehen hat als der. Schreib's genauso tratschsüchtig auf, wie er es dir erzählt hat! Er wird kein Detail ausgelassen haben, nehme ich an. Das war sein größter Fehler, sein Tratschmaul. Es war aber auch sein einziger Fehler. Und der genügte, um diesen heiligen Narren einsam werden zu lassen, stell dir vor! Ich sage: Wenigstens hatte er diesen Fehler. Mein Bedarf an Heiligen ist nämlich gedeckt. Mehr als eine Begegnung mit einem Heiligen pro Leben wäre wahrscheinlich auch gar nicht gesund, was meinst du? Der liebe Gott, falls es ihn gibt, hat mich mit einem pragmatischen Mißtrauen gegenüber allem Transzendenten ausgestattet. Recht hat er gehabt. Warum hast du mir eigentlich nie gesagt, daß Abe dir alles erzählt hat?«

Weil ich es Abe versprochen hatte, deshalb. Weil Abe gesagt hatte, er sei in Carl verliebt gewesen wie in keinen anderen Mann, und daß ihm kein anderer Mann im Leben so weh getan habe wie Carl. Deshalb.

»Woher weißt du überhaupt, daß mir Abe davon erzählt hat?« fragte ich.

»Weil er« – inzwischen hatte ihn seine schlechte Laune wieder in ihr Netz gezogen – »es mir am Telefon gestanden hat. Übrigens, noch während du bei ihm warst. ›Er sitzt drüben am Klavier‹, sagte er. Ich hörte, wie du diese Ballade von dem Indianer geklimpert hast, das war dein Lieblingsstück damals. Abe konnte nichts für sich behalten, gar nichts, nicht einmal einen Tag lang.«

4

Im späten Herbst desselben Jahres verließ Carl fluchtartig New York, und Abe hörte lange Zeit nichts von ihm. Er schrieb ihm ein halbes Dutzend Briefe nach Wien. Carl antwortete auf keinen. Fünf Jahre vergingen, es war Winter, New York versank im Jahrhundertschnee, da stand Carl wieder vor Abes Tür, mager, braungebrannt, mit einem Schafzüchterhut auf dem Kopf und in bester Laune. Er kam aus Kanada, war dort in einem englischen Internierungslager gewesen, aber nur ein Dutzend Tage und war bevorzugt behandelt worden. Er habe geheiratet, erzählte er, seine Frau lebe in Lissabon, er wolle amerikanischer Staatsbürger werden und sich, mindestens solange der Krieg dauere, irgendwo in den Staaten niederlassen, seine Frau werde nachkommen. Er fragte Abe, ob er einer seiner Bürgen bei den Immigrationsbehörden sein wolle. »Jeder Mensch auf der Welt möchte amerikanischer Staatsbürger werden«, sagte Abe. »Aber nicht jeder ist Jake Candor«, antwortete Carl. »Willkommen«, sagte Abe und umarmte ihn. Tatsächlich wurde Carl in einem geradezu mysteriösen Eilverfahren zum Bürger der Vereinigten Staaten von Amerika erklärt. »Danke für deine Hilfe«, sagte er; und war auch schon wieder spurlos verschwunden.

Zu Beginn des großen Kriegsverbrecherprozesses in Nürnberg erfuhr Abe, daß Edith Stein in Auschwitz ermordet worden war. Abe wußte nicht, ob Carl immer noch in den USA lebte, wie er die Zeit während des Krieges verbracht, wo und woran er gearbeitet hatte, ob er inzwischen in das befreite Wien zurückgekehrt war – ob er überhaupt noch lebte. Er schickte mit der Post der amerikanischen Armee von Nürnberg aus ein Telegramm nach Wien, Rudolfsplatz 2, in dem er Carl dringend bat, mit ihm Kontakt aufzunehmen, es betreffe Edith Stein. Carl rief bei der Nummer an, die ihm Abe im Telegramm angegeben hatte, es war die amerikanische Pressestelle des IMT, und es dauerte fast eine halbe Stunde, bis sie Abe an den Apparat geholt hatten. Als Carl schließlich Abes Stimme hörte, war ihm, als sei keine Zeit vergangen, vor allem nicht so eine Zeit, und Abe empfand es nicht anders.

Edith Stein, berichtete Abe, sei nach der Machtergreifung der Nazis gemeinsam mit ihrer Schwester nach Holland geflohen. Bald darauf hätten die Deutschen das Land besetzt und alle Nichtarier für staatenlos erklärt und die Juden aufgefordert, sich zur Emigration, das hieß: zur Deportation anzumelden. Die Kirchen der Niederlande protestierten dagegen, die Evangelischen kündeten die Verlesung einer Kanzelbotschaft, die Katholiken die Verlesung eines Hirtenbriefes an, darin sollte die Politik der Nationalsozialisten im allgemeinen, ihre Rassenpolitik aber besonders scharf verurteilt werden. Der Reichskommissar für die besetzten Niederlande – »dein Landsmann Seyß-Inquart« – bot den Bischöfen einen Kompromiß an: Wenn sie sich bereit erklärten, den Hirtenbrief seinen Wünschen gemäß abzuändern, verspreche er, alle getauften Juden von der Deportation auszunehmen. Der Erzbischof von Utrecht, Johannes De Jong, nannte den Vorschlag eine Offerte Satans und lehnte ab. Wenige Tage nach der Verlesung von Hirtenbrief und Kanzelbotschaft in den Kirchen der Niederlande holte die SS Edith Stein und ihre Schwester aus dem Kloster ab und verschleppte die beiden zusammen mit Tausenden anderen nach Auschwitz.

»Wir haben ihren Mörder«, sagte Abe. »Er steht hier vor Gericht.« Carl fuhr nach Nürnberg. Das war im November 1945.

First Lieutenant Abraham Fields war nicht zusammen mit den anderen Mitgliedern des Gerichts, die etwa seinen Rang einnahmen, untergebracht; er war als einer der letzten nach Nürnberg gekommen, und der Quartiermeister hatte die Zimmer in den requirierten Häusern bereits vergeben. Es gab nur wenige Gebäude in Nürnberg, die einigermaßen bewohnbar waren. Der Justizpalast samt nahe gelegenem Gefängniskomplex war merkwürdigerweise von den Bomben verschont geblieben. Die Nürnberger nannten ihre Stadt das »Adolf-Hitler-Gebirge«. Menschen, die ein Leben lang hier gewohnt hatten, fanden nicht einmal mehr ihre Straße. Mauerreste ragten in den Himmel, Kamine, keine Bäume gab es mehr, überall waren Schutthaufen. Abe wurde ein kleines, unversehrtes Haus etwas außerhalb der Stadt zugewiesen. Es war umgeben von einem Obstgarten, und wenn man zum Fenster hinaussah, konnte man sich einbilden, es hätte nie einen Krieg gegeben. Wer hier vorher gelebt hatte, wußte er nicht. Er wohnte zusammen mit zwei Soldaten, die waren zu seinem Schutz bestellt, einer war zudem sein Chauffeur, der ihn jeden Morgen in die Stadt und am Abend wieder nach Hause fuhr. Zu Mittag aß er meistens in dem Hamburger-Grill im Keller des Justizpalastes, für Abendessen und Frühstück versorgte er sich im PX, dem Supermarkt für Armeeangehörige. Auf die Idee, sich mit Basteln von Schmuckkästchen die freie Zeit zu vertreiben, war er gekommen, als er an einem der ersten Tage durch die Stadt gegangen war und einen Mann zwischen den Trümmerhalden beobachtete, der solche Blechschatullen verkaufte. Er saß, in einen schwarzen Mantel gehüllt, auf einem Ziegelstein, vor sich auf einem Brett hatte er etwa ein Dutzend fertiger Kästchen aufgereiht, und ohne den Blick auch nur einmal zu heben, um vielleicht nach Kundschaft zu spähen, klopfte er das Blech für ein nächstes Stück zurecht. Nicht weit von ihm hockten eine Frau und zwei Kinder um einen Behelfsofen, der aus einem zurechtgebogenen Stück Zinkblech und einer Dachrinne gefertigt war. Auf dem Ofen stand ein Topf mit Suppe. Die Frau gab Abe ein Zeichen. Er trat zu ihr hin und sagte: »Ich spreche Deutsch.« – »Kaufen Sie ihm etwas ab«, sagte die Frau. – »Ist er Ihr Mann?« fragte er. – »Und wenn es nicht so wäre?« – »Dann ist es eben nicht so«, gab Abe in dem gleichen Ton zurück. Er ging vor dem Mann in die Hocke, nahm ein Kästchen in die Hand, fragte: »Woraus sind die gemacht?« – »Aus euren Konserven«, gab der Mann unverzüglich zur Antwort, hob langsam den Blick und musterte Abe. »Warum sprechen Sie Deutsch?« fragte er. »Ich habe es gelernt, in Amerika.« – »Und waren Sie schon einmal in Deutschland?« – »Nein.« – »Und gefällt es Ihnen?« Abe zuckte mit der Schulter, sagte nichts. Eine Weile schaute er dem Mann noch bei der Arbeit zu, schließlich spazierte er zurück zum Gerichtsgebäude. Am selben Abend noch säuberte er zwei Konservendosen, in denen gelber Käse aus Texas gewesen war, schnitt sie an den Lötstellen auf, klopfte sie mit einer Steinguttasse auf dem Küchentisch flach, holte aus seinem Necessaire Nagelschere und Nagelfeile und probierte sein erstes Stück. Er durchsuchte das Haus nach Werkzeug und geeignetem Material – Draht, Glas, Stoff. Seine Ansprüche wuchsen, die Kästchen wurden von Mal zu Mal barocker, ihre Konstruktion komplizierter. Es gab zweistöckige mit Schublädchen und einem Deckel mit Scharnier. In den Prozeßpausen zeichnete er Skizzen.

»Das sind Kunstwerke«, sagte Carl.

»Such dir eines aus«, sagte Abe. »Und wenn du wieder gehst, denk daran: Es ist nicht nötig, daß du dich nicht bei mir meldest.«

»Danke«, sagte Carl.

Abe hatte für seinen Freund ein Feldbett organisiert. In dem Häuschen war Platz genug, Carl hatte ein kleines Zimmer für sich allein, oben zwischen schrägen Wänden.

Am ersten Abend nach Carls Ankunft gingen sie in die Felder hinaus, die gleich hinter dem Haus begannen. Einer der Soldaten folgte ihnen in einigem Abstand.

Erst gingen sie auf einem Feldweg. Das Gras auf dem Mittelstreifen war aufgeschossen und verdorrt und vom Wind zur Seite gekämmt worden. Wer war in den vergangenen Sommern hier gegangen, mit einem Fuhrwerk gefahren, einem Traktor? Sie kamen an einem Bauernhof vorbei, in einem der Fenster brannte Licht. Neben dem Scheunentor lehnten Schaufeln, Rechen, Harken. Sie verließen den Weg, schritten über das Gras hinweg, über Stoppelfelder, über Herbstklee.

»Du bist übrigens Journalist für eine kleine deutsche Zeitung in Minnesota«, sagte Abe. »Denk dir einen Namen aus, einen deutschen, den vergessen sie gleich wieder. Als die Nazis in Österreich einmarschiert sind, bist du geflohen. Weil du Halbjude bist oder Vierteljude. Den Unterschied kennen sie nicht und ist ihnen auch egal. Du bist unter deinem amerikanischen Namen akkreditiert.«

»Und wenn das jemand nachprüft?« fragte Carl.

»Dafür interessiert sich hier niemand.«

Sie gelangten an einen Bach, der von Weidenstümpfen gesäumt war. Er schlängelte sich durch die Wiese, sein Wasser blitzte und zog lautlos dahin, träg wie Öl. Kein Rufen von einem Tier. In ihrem Rücken den Soldaten, der durch die Nase atmete. An den Schläfen spürten sie einen matten, kühlen Hauch von den Hügeln herunter. Es roch säuerlich nach Sägemehl. Der Boden war moosig, an manchen Stellen versanken die Stiefel knöcheltief im Weichen, und wenn man sich auf die Absätze stellte, sanken sie noch tiefer ein. Das Mondlicht zeichnete die Silhouette der Hügel ringsum. Kein Weg war von hier aus zu sehen, kein Haus.

»Und daß ich mit ihm sprechen kann?« fragte Carl.

»Bist du verrückt! Völlig ausgeschlossen.«

»Mach es möglich!« bat Carl. »Behaupte einfach, von einem Journalisten sei nie die Rede gewesen. Ein Mißverständnis. Behaupte, ich sei ein aus Wien geflohener, sechzehnteljüdischer Psychologe.«

»Weißt du, was ein Rorschachtest ist?«

»Nein.«

»Schon durchgefallen, Jake. Ich werde dich zu Hause einem Rorschachtest unterziehen, dann weißt du es. Und deinen IQ werde ich auch messen.«

Abe machte es möglich. Nachdem Carl den Prozeß einige Tage lang von der Pressetribüne aus verfolgt hatte, stellte ihn Abe einem amerikanischen Oberst vor. Der schaute ihm gelangweilt in die Augen und nickte, und das war alles.

Dr. Jakob C. Candor nahm allerdings nur an einem einzigen Tag als Assistent von First Lieutenant Dr. Abraham Fields an der Verhandlung teil. Nach diesem Tag hatte er bereits genug. »Es war allerdings auch ein höchst bemerkenswerter Tag«, erzählte mir Abe. »Ein wahnsinniger Tag.«

An diesem Tag verhandelte das Gericht die Okkupation Österreichs durch die Hitlertruppen. Carl und Abe saßen an einem eigenen Tischchen – eine Aktentasche breit, zwei lang –, aber ihr Platz bot freien Blick zu der Bank mit den Angeklagten. Sie waren schließlich Psychologen und mußten das Mienenspiel der Angeklagten beobachten können. Abe trug Uniform, Carl eine Armbinde. Vor beiden lagen Block und Bleistift.

Die Anklage schilderte die Vorgehensweise Görings, er hatte »das Unternehmen Otto«, wie die Operation genannt wurde, geleitet. Die österreichischen Nazis, so der Plan, sollten Unruhen anzetteln, Straßenschlachten provozieren und so weiter, daraufhin sollte Bundeskanzler Seyß-Inquart von Berlin militärische Hilfe erbitten, damit Ruhe und Ordnung wiederhergestellt würden. Das Telegramm, das Seyß-Inquart an Hitler schicken sollte, diktierte ihm Göring von Berlin aus ins Telefon. Aber das Diktieren wurde dem Reichsmarschall zu langweilig, und in seiner Ungeduld rief er in den Hörer – der Vertreter der Anklage zitierte wörtlich, Göring hatte nämlich alle seine Telefonate und Gespräche stenographieren lassen: »Ach was, Seyß! Sie brauchen gar nichts zu schicken, ich habe das Telegramm ja vor mir. Sparen wir uns den Umweg!« – Ein knallender Lacher von der Anklagebank: Göring. – Die Anklage zitierte nun aus einem anderen Telefongespräch, nämlich jenem, das Göring am 13. März 1938, einen Tag nach der Okkupation, mit Ribbentrop geführt hatte. Er gab darin dem Außenminister des Deutschen Reiches, der gerade in London weilte, Anweisungen, wie er den Einmarsch in Österreich gegenüber den Engländern rechfertigen solle. – Und die Verlesung dieses Dokuments geriet zu einer wahnsinnigen Komödie.

Göring schien an diesem Prozeßtag besonders gut gelaunt zu sein, am Beginn der Sitzung hatte er mit angedeuteter Verbeugung und Handkuß eine amerikanische Journalistin gegrüßt, die er von früher her kannte. Als ihm mitgeteilt wurde, er solle das unterlassen, antwortete er, er wolle doch nicht glauben, daß es in der Kompetenz dieses Gerichtes liege, einem Mann die guten Manieren zu verbieten; und erntete damit eine Heiterkeit auf der Pressetribüne, die lange nicht abebbte, zumal er mit jener Journalistin einen clownesken Flirt aus Gesten und Blicken zu spinnen begann. Sogar der Chefankläger Mr. Jackson hatte geschmunzelt – was ihm Göring mit einem zugeworfenen Handkuß dankte und dafür abermals Gelächter erntete. Nun, als er im Kopfhörer seine damals an Ribbentrop gerichteten, erst ins Englische, anschließend von einem Dolmetscher ins Deutsche zurückübersetzten Worte hörte, platzte Göring heraus vor Lachen. Er hatte einen ansteckenden Lacher, und was vorgelesen wurde, war ja auch komisch. Doppelt komisch sogar – erstens einmal, weil die Übersetzung doch ziemlich plump war, zum anderen, weil die Art, wie Göring am Telefon über die Sache geredet hatte, in so eklatantem Widerspruch zum Ereignis, nämlich dem Überfall auf einen souveränen Staat, stand.

»Also, mein lieber Ribbentrop«, zitierte Mr. Sidney Alderman, der Vertreter der Anklage, aus dem Stenogramm, »kommen Sie so bald als möglich, ich freue mich schon auf Ihr Kommen! Das Wetter ist prachtvoll hier, blauer Himmel. Ich sitze hier, in Decken gehüllt, auf meinem Balkon in der frischen Luft und trinke meinen Kaffee, und die Vögel zwitschern, und durch das Radio hört man ab und zu von Wien die Stimmung ...«

Göring brüllte vor Lachen, und Ribbentrop, der ein paar Köpfe weiter auf der Anklagebank saß, stimmte heftig nickend in das Lachen ein. Und Heß, ehemals der Stellvertreter des Führers, der bisher nur einen einzigen Satz von sich gegeben hatte, nämlich »I can't remember«, fing ebenfalls zu lachen an, ein hohes Keckern, in Paketen ausgestoßen, dazwischen pfeifendes Luftholen. Sein kalkiges Kittgesicht zitterte, die Brauen, die wie dunkle Balken waren, hoben und senkten sich. Alderman mußte immer wieder neu ansetzen. Lordrichter Lawrence ermahnte die Angeklagten zur Ruhe. Aber das Lachen war wie Feuer, es sprang von Heß über auf Schirach, auf Saukel, Papen, Kaltenbrunner, Neurath, Frank, Rosenberg und die anderen und auch auf Jodl, Keitel, Dönitz und Raeder in ihren nackten Uniformen, von denen alle Rangabzeichen abgetrennt waren. Und nun lachten alle. Die Männer lachten wie Buben nach einem langen Vormittag in der letzten Schulstunde, wenn auf einmal jedes Wort, das der Lehrer sagt, zu einem Witz wird, über den man sich ausschütten möchte. Als Alderman zum drittenmal ansetzte, um die Passage mit den zwitschernden

Vögeln vorzulesen, wurde er selbst vom Lachen erfaßt. Erst stolperte er nur über ein Wort, schließlich konnte er nicht mehr weiter, er versuchte, sich zu beherrschen, wollte den Lachkrampf durch Konzentration zur Entspannung bringen. Er preßte die Lippen aufeinander, aber das ging nicht gut. Er prustete aus der Nase, was ja noch viel komischer wirkt, als frei aus dem Mund heraus zu lachen, und nun sprang das Lachen auf die anderen Vertreter der Anklage über und auf die Verteidiger und auf die Wachesoldaten mit ihren weißen Helmen, Schlagstökken und Pistolentaschen und zuletzt auf die Richter. Göring riß sich die Kopfhörer herunter, hob die Arme Mr. Alderman entgegen, es sah aus, als wollte er ihn umarmen, und wandte sich schließlich der Angeklagtenbank zu, dirigierte mit den Zeigefingern das Gelächter, als wären die da eine Blaskapelle, die einen Marsch spielte. Auch Abraham lachte; aber Carl lachte nicht.

Lordrichter Lawrence unterbrach auf Antrag seines sowjetischen Kollegen Generalmajor Nikitschenko die Sitzung. Die Angeklagten durften ihren Platz nicht verlassen, das Gericht zog sich zurück.

Carl beobachtete die Angeklagten, und wider Willen habe er Mitleid für diese Männer empfunden, wie sie sich auf die Schenkel schlugen und einander in die Arme fielen, mit Fingern aufeinander deuteten und sich im Falsett ihre Namen zuriefen, wie sie mit ihren Fäusten auf die Pulte trommelten und sich glückliche Tränen aus den Augen wischten. Das Lachen brachte etwas zustande, was unmöglich war: Es schaffte Gleichheit – wenigstens für einige Minuten. Es ließ den Trug entstehen, daß in diesem Raum Gleichheit herrschte: Sie waren alle gleich, sie waren aus Fleisch und Knochen, trugen Kleidung und verdauten, sie atmeten dieselbe Luft, und sie lachten über dasselbe. Hier saßen Angeklagte und Ankläger, Richter, Verteidiger, Wachsoldaten – das Lachen machte sie gleich.

Es gibt Fotos von dieser Szene. Die Presse hatte die Erlaubnis, jederzeit zu fotografieren; damit die Blitzlichter den Ablauf der Verhandlung nicht störten, war der Raum ständig mit Scheinwerfern ausgeleuchtet (weswegen es bisweilen unerträglich heiß im Gerichtssaal war). Abe sah sich einige dieser Fotos Tage später an. In die richtige zeitliche Folge gebracht, dokumentierten sie sehr gut das Entstehen dieser gespenstischen Szene. Auf dem ersten Bild lachte nur Göring.

Auf dem zweiten lachten bereits Heß, Kaltenbrunner, Ribbentrop und Schirach. Auf den nächsten Bildern lachten alle Angeklagten und auch schon einige der Verteidiger, die in vier langen Bänken vor ihren Klienten saßen. Auf den folgenden Bildern lachten alle: die Soldaten unter ihren weißen Helmen hinten an der Wand, die Stenographen, die Gerichtsdiener, die Ankläger – Franzosen, Sowjets, Amerikaner und Briten –, die Dolmetscher und Dolmetscherinnen hinter ihren Glasscheiben; selbst der sonst so gravitätische britische Lordrichter Geoffrey Lawrence lachte mit weit aufgerissenem dunklem Mund. Ebenso Francis Biddle, sein amerikanischer Kollege, auf dessen hoher Stirn das Licht der Scheinwerfer reflektierte wie ein Funke des Glücks. Professor Henri Donnedieu de Vabres, der Frankreich auf dem Richterstuhl vertrat und immer auf kühle Distanz bedacht war, lachte mit flehentlich erhobenen Händen. Der amerikanische Ankläger Sidney Alderman – Auslöser der Szene – wischte sich die Augen, als wäre er betrunken und jemand hätte ihm einen unanständigen Witz erzählt. – Auf allen Bildern waren auch Abe und Carl zu sehen. Abe sah sich selbst lachen und sah Carl: ernst. »Als wäre ihm«, so formulierte es Abe vor mir, »als letztem aufgetragen, an allem zu leiden.« Mit beiden Händen hielt er seinen Schreibblock fest. Weil hier jeder lachte, weil das Lachen der Normalzustand in dieser festgehaltenen Welt war, wirkte er komisch, und in der Serie der Bilder wirkte er noch komischer. Ein Clown. Wie ein in die Länge gezogener, blonder Buster Keaton. – Und dann habe er noch einen entdeckt, der nicht lachte, erzählte Abe, nämlich Arthur Seyß-Inquart. Sein Blick war – so schien es jedenfalls auf einem der Fotos – auf Carl gerichtet. Er beobachtete ihn. Auf diesem Foto lachte er nicht mehr. Auf dem Bild, das vor diesem aufgenommen worden war, lachte Seyß-Inquart noch, aber schon nicht mehr so ausgelassen wie auf dem Bild vor diesem Bild – schon hatte er den Kopf gewendet, es war, als bemerkte er diesen ihm fremden Mann gerade in dem Moment, als der Fotograf auf den Auslöser drückte.

Die Sitzungsunterbrechung dauerte nicht länger als eine Viertelstunde. Richter, Ankläger und Verteidiger kamen in den Saal zurück, die Verhandlung wurde fortgesetzt. Aber sie wurde nicht an dem Punkt fortgesetzt, an dem sie unterbrochen worden war.

»Hoher Gerichtshof!« sagte Mr. Alderman. »Wir sollten nun logischerweise mit der Geschichte der Tschechoslowakei fortfahren. Aber wir müssen unsere Pläne ändern und von der streng logischen Reihenfolge abweichen. Jetzt ist vorgesehen, Ihnen einen Film zu zeigen.«

Mr. Dodd, einer der beiden amerikanischen Hauptankläger, meldete sich zu Wort. »Hoher Gerichtshof! Die Anklagebehörde für die Vereinigten Staaten wird nun mit der Erlaubnis des Gerichtshofs einen Originalfilm über die Konzentrationslager vorführen.«

Carl wußte, daß die Nazis Konzentrationslager errichtet hatten; er wußte nicht, wie viele es waren, und er wußte auch nicht, was dort wirklich geschehen war. Abe wußte mehr; er hatte zum Beispiel Statistiken gelesen, die dem Massenmord die Form von Zahlen gaben. Über nichts wurde in den Cafeterias, den Pressezentren und in den Gängen des Gerichtspalastes heftiger diskutiert und spekuliert als über die Tötungsfabriken der Nazis; wer das Äußerste vermutete und gar noch seine Vorstellungen davon ausbreitete, galt als Zyniker. Nach dieser Vorführung nicht mehr. Der Film war zusammengeschnitten aus Material, das amerikanische Soldaten bei der Befreiung verschiedener Konzentrationslager gedreht hatten; die schrecklichsten Teile aber stammten aus dem Privatbesitz hoher Nazifunktionäre, die treue Untergebene gefunden hatten, die für ihre Herrn die Kamera bedienten. Carl blickte von der Leinwand zu den Gesichtern der Angeklagten, zu der weißen Fläche seines Schreibblocks. Ribbentrop habe die Augen zugedrückt und sich von der Leinwand weggedreht, als die Halden von Schuhen, Kleidern, Prothesen, Brillen, Kinderpuppen und Haaren gezeigt wurden; Hans Frank, ehemals Hitlers Anwalt, später Generalgouverneur der besetzten polnischen Gebiete, im Gefängnis fromm geworden, habe die Schultern hängenlassen, wie wenn ihm der Herr Lehrer eine Schwindelei nachgewiesen hätte; Julius Streicher, der Hauptschriftleiter des *Stürmer*, blickte gelangweilt zur Decke, als auf der Leinwand die Türen zu den Gaskammern geöffnet wurden und man die Toten sehen konnte, die wie Basaltsäulen aufrecht aneinandergepreßt standen; Göring nahm den Kopfhörer ab, gähnte bei geschlossenem Mund, die Caterpillars, an deren Steuer vermummte amerikanische Soldaten saßen, schoben gerade Hunderte Leichen zusammen; Alfred Rosenberg zappelte auf seinem Sitz herum und sah immer wieder nach den anderen, um seine Miene auf die ihren einzustellen. Arthur Seyß-Inquart blickte geradeaus, an der Leinwand vorbei. Seine Augen hinter den starken Gläsern waren ohne Ausdruck.

Nach dem Film war der Gerichtstag beendet.

Am Abend besuchten Abe und Carl den Gefangenentrakt. Ihn interessiere nur Seyß-Inquart, sagte Carl.

»Ich muß aber mit jedem sprechen, das ist meine Aufgabe. Kapierst du das nicht?« zischte Abe auf deutsch. »Besonders nach so einem Tag muß ich das tun. Und du bist mein Assistent, verdammt noch mal! Du mußt mitschreiben.«

Sie wurden von vier Soldaten begleitet, einem Amerikaner, einem Briten, einem Franzosen und einem Russen. Jeder Posten hier schien vierfach besetzt zu sein. Dementsprechend viele Soldaten standen in den Gängen herum.

»Geh du zu den anderen und laß mich allein mit ihm!« flüsterte Carl zurück. Abe hatte ihn gewarnt, von ihrem französischen Begleiter wisse er, daß er leidlich Deutsch verstehe.

Abe war sehr aufgeregt. »Seyß-Inquart wird es nicht zulassen.«

»Fragen wir ihn, ob er etwas dagegen hat.«

Seyß-Inquart hatte nichts dagegen.

Als er, erzählte Carl, den britischen und den russischen Soldaten im Rücken, in der schmalen Zelle dem Gefangenen gegenübersaß, sei ihm aber nicht eine Frage eingefallen, von der er sich eine Antwort von Belang erwartete. Seyß-Inquart habe nach einer Weile gesagt, er werte es als kein gutes Zeichen, daß am Ende dieses Tages keine Frage an ihn gestellt werde. Nun sei ihm, sagte Carl, erst recht nichts eingefallen, und er habe es sogar aufgegeben, über eine Frage nachzudenken. Er sei einfach dagesessen und habe gewartet. Seyß-Inquart sagte, so etwas wie am Nachmittag gehe an die Nieren, aber er halte durch, es wäre allerdings ein gewisser Trost, wenn Fragen gestellt würden. Aber Carl fiel eben keine Frage ein. In der Zelle roch es nach Mottenkugeln und nach Süßigkeiten. Der Mann, der für den Tod von Edith Stein verantwortlich war, saß ihm gegenüber, die Handflächen auf dem Tisch, als wäre ihm das befohlen worden. Er trug amerikanische Zivilkleidung, grauer Anzug mit feinen Streifen. Gürtel und

Krawatte wurden ihm abgenommen, wenn er aus dem Gerichtssaal in seine Zelle zurückgeführt wurde. Es wäre ihm freigestanden, in seiner Uniform vor Gericht zu erscheinen, das hatte er abgelehnt. Die Augen hinter den dicken Gläsern wirkten basedowsch. Die Haare hatte er sich an Schläfen und Hinterkopf scheren lassen. Der Angeklagte mit dem höchsten IQ.

Als die Zellentür in Carls Rücken aufgesperrt wurde, weil Dr. Abraham Fields seinen Assistenten abholen wollte, sagte der Gefangene doch noch etwas. Der Assistent schrieb mit:

»Ein Sonderfall also. Ein Präzedenzfall also. Etwas, das es vorher nicht gegeben hat. Something that has not existed before. Das nun meinen Namen trägt. Morgen kann einer sagen: Ich bin so, wie Dr. Arthur Seyß-Inquart einer gewesen ist.«

In der Nacht spazierten Abe und Carl wieder in die Felder hinaus. Sie hatten sich aus dem Häuschen geschlichen, ihr Wachsoldat sollte es nicht merken, sie wollten allein sein. Abe fragte Carl, wo er sich in den vergangenen Jahren herumgetrieben habe. Statt ihm zu antworten, erzählte Carl seinem Freund, daß er erst vor wenigen Wochen erfahren habe, daß seine Mutter bei einem amerikanischen Bombenangriff auf Wien gestorben sei.

»Ich kann mich nicht erinnern, wann und bei welcher Gelegenheit ich sie zum letztenmal gesehen habe.«

»Erzähl mir von ihr«, sagte Abe.

»Ich war ihm kein guter Freund gewesen«, keuchte Carl. Frau Mungenast hatte mir erklärt, daß die Schmerzen vom Rückgrat ausgingen und sich über den Rücken ausbreiteten und schließlich in die Beine und die Arme führen, so daß sich der Patient fühlte, als bestehe er nur aus Schmerz. »1952 bin ich nach New York gefahren, um mich mit Abe zu versöhnen, das heißt, ihn um Verzeihung zu bitten. Er hatte furchtbar viel zu tun, arbeitete in einem Wahlkomitee für die Demokraten, hatte eigentlich gar keine Zeit für mich, nahm sich aber alle Zeit. Hat er dir erzählt, daß wir nach Princeton gefahren sind? Und weiter nach Pennsylvania? Ich wollte in Bryn Mawr das Grab von Frau Professor Noether besuchen. Aber es gibt dort kein Grab. Sie hat sich einäschern lassen. Ihre Urne steht im Library Cloister des Colleges. Das wollte ich nicht – mich mit verschränkten Händen vor ein Regal stellen. Sind wir eben gleich wieder umgekehrt. Ein vergnüglicher Ausflug ist daraus geworden. Abe war auf seine Weise ein Genie. Er war ein Genie auf dem gleichen Gebiet, auf dem auch das Fräulein Stein eines war. In ihrem Fall sagt man nicht Genie, sondern Heilige. Genie und Heilige des Trostes.«

Auf dem unteren Weg durch den Wald war es, genau wie ich gedacht hatte, um so viel leichter, den Rollstuhl zu schieben. Der Weg war nur wenig verschneit, weil sich über ihm die Äste zu einem Dach vereinigten. Der Weg war hart, nicht ein Mal mußte ich den Rollstuhl kippen, und der Weg war glatt, so daß Carl nicht zusätzlich von Erschütterungen gequält wurde.

»Jetzt könnte ich beide brauchen«, wimmerte er, »die Heilige und das Genie.«

6

Im April 1976 hatte sich mein Vater das Leben genommen. Carl sah, daß ich des Trostes bedurfte, und da erinnerte er sich an den Meister des Trostes.

Er kenne einen Mann, sagte er, der sich mit Arthur Seyß-Inquart vor dessen Hinrichtung sehr ausführlich unterhalten und darüber ein äußerst gewissenhaftes, bis heute unveröffentlichtes Protokoll verfaßt hat; daraus eine Dissertation zu verfertigen sei mit Sicherheit nicht allzu aufwendig, würde mir aber, das garantiere er, zumindest in Österreich zu einem exzellenten akademischen Start verhelfen. Dieser Mann heiße Abraham Fields, und er lebe in New York.

»Besuch ihn!« sagte Carl. »Unterhalte dich mit ihm! Tu's einfach! In einer Woche hast du alles beieinander. Du kommst zurück und schreibst es zusammen. Ein Klacks! Oder willst du nicht nach Amerika?«

Ich war aus Frankfurt gekommen, meine Mutter aus Vorarlberg. Carl und Margarida hatten uns nach der Beerdigung meines Vaters nach Innsbruck eingeladen. Obwohl meine Mutter damals noch ihre kratzbürstige Distanz zu Carl hielt, war deutlich, daß ihr die Fürsorge, vor allem Margaridas, guttat. Sie blieb mit einer Unterbrechung fast ein halbes Jahr in der Anichstraße.

»Soll ich?« fragte ich meine Mutter.

»Ich kann es nicht beurteilen«, sagte sie. »Ich war noch nie in Amerika.« Und das hieß: Ich will dort auch niemals hin. Amerika gab sie die Schuld. Dort hatte sich ihr Mann die Ideen geholt, die er zu Hause nicht umsetzen konnte, was der Grund für das Schreckliche gewesen war.

Ich geriet in solche Aufregung, daß ich Fieber bekam und in der Nacht aufwachte, weil ich glaubte, das Meer zu riechen – mitten in den Alpen! Mein erster Gedanke war nämlich gewesen: Ich bleibe drüben. Was gibt es hier noch für mich? Ich würde mir einen neuen Namen zulegen und mit niemandem, auch mit meiner Mutter nicht, auch mit Carl nicht, mit niemandem aus meiner alten Welt würde ich Kontakt halten. Ich stand auf und ging in die Küche. Der Föhn rüttelte an den Fensterläden, die Fernsehantennen draußen auf dem Dach surrten und pfiffen und sangen im Wind, und ich sah im ersten Morgenlicht, wie Laub, Staub und Zeitungen aus der Stadt in die Luft gewirbelt wurden. Ich trank aus dem Wasserhahn und rieb mir das Gesicht ab. Ich dachte: Carl weiß, daß ich drüben bleiben will, er wünscht es sich, er wünscht es sich für mich, und das erfüllte mich mit Genugtuung, denn was konnte es anderes heißen, als daß er mich hochschätzte. Ich liebte amerikanische Musik und amerikanische Literatur; wenn ich Woody Guthrie, Muddy Waters, John Lee Hooker, Velvet Underground, Bob Dylan, Neil Young hörte, war ich glücklich; wenn ich John Steinbeck, Jack Kerouac, William S. Burroughs, William Faulkner, Ernest Hemingway las, war ich glücklich. New York war vertrautes Gelände in meiner Einbildung, ich hatte es mir zusammengebaut aus den Erzählungen meines Vaters und aus dem Roman *Manhattan Transfer* von John Dos Passos, das lange mein Lieblingsbuch gewesen war. Die Gerüche in den Cafeterias von Greenwich Village oder in den Hallen der Grand Central Station, in den Toreinfahrten, den Hinterhöfen, Kohlenkellern, Eiskellern, auf den Piers und Brückenaufgängen, die schillernden Farben des ölverschmierten Pflasters nach einem Regen, der schaumige Dampf aus den U-Bahn-Schächten, die Gesichter der Menschen aller Länder, der rasende Wechsel der sozialen Welten von Straße zu Straße, von Avenue zu Avenue, Gier, Arbeit, Glück, Macht – das alles schien mir wirklicher als meine Erinnerungen an Wien, wo ich aufgewachsen war und bis zu meinem vierzehnten Lebensjahr gewohnt hatte. Natürlich war mir klar, daß ich Dos Passos' New York nicht vorfinden würde; daß Bud Korpenning, Jimmy Herf, Bob und Frances Hildebrand, Congo Jake, Ellen, Maisie und Ed nicht weniger als ich über die Skyline staunen würden, wenn sie heute mit mir von der Brooklyn Bridge nach Westen blickten; aber ich zweifelte nicht daran, daß der *sound* dieser Stadt, ihr Herzschlag, der gleiche sein würde wie der, den ich spürte, wenn ich dieses Buch las. – Auf einen exzellenten akademischen Start in Österreich legte ich hingegen absolut keinen Wert.

Den Flug hat Carl bezahlt, das Hotel ebenfalls, und er hat mir auch ein Taschengeld mitgegeben. Ich widersprach nicht einmal anstandshalber. Und meine Mutter ebenfalls nicht.

Abraham Fields stand unten in der Halle des Tudor Hotels, die Hände auf dem Rücken verschränkt. Als er mich aus dem Fahrstuhl treten sah, hob er fragend den Kopf, und als ich nickte, schritt er mir, ohne die Hände vom Rücken zu nehmen, den Oberkörper weit vorgebeugt, entgegen. Seine Bewegungen waren schnell, sparsam, gezielt. Er schlug mir sanft gegen die Oberarme, drückte meine Hand. Ein schüchternes Lächeln erschien auf seinem Gesicht, und die Hände verschwanden wieder in seinem Rücken. Er hatte lichtes, weißes Haar, das knapp über dem Ohr gescheitelt war. Kaum sichtbar unter den festen Brauen saß eine randlose Brille. Seine Wangen waren etwas schlaff, das erzeugte den Eindruck von Nachgiebigkeit. Dazu im Kontrast klang seine Stimme rauh und sehr amerikanisch. Trotz der Hitze war er im Anzug gekommen, klassisch sportlich geschnitten, Sakko mit Dragoner und Golffalte, Hemdknopf und Schottenkrawatte waren nicht gelockert. Die Hosenbeine waren kurz, darunter trug er Halbstrümpfe, grün mit roten Rauten. Ein auf etwas spaßige Art eleganter Mann Mitte der Sechzig. Er sprach in kurzen, klaren Sätzen, sagte, es bereite ihm Freude, wieder einmal Deutsch zu sprechen, und wenn ich nichts dagegen hätte, wolle er gern dabei bleiben. Immer wieder ließ er eine Pause, trat einen Schritt zurück und betrachtete mich lächelnd und, wie mir schien, mit Genugtuung, so als wollte er sagen: Das ist also aus dir geworden! Er sagte »Sie« zu mir, aber Sebastian. Ich nehme an, Carl hatte ihm am Telefon ausführlich und sicher nur das Beste von mir erzählt. Als wir im Taxi saßen, sagte er, er würde es schätzen, wenn auch ich ihn bei seinem Vornamen nenne.

Er führte mich in ein italienisches Restaurant in der Second Avenue Höhe Central Park Süd. Während wir unsere Gnocchi aßen, fragte er mich, wie es Carl und Margarida gehe, erkundigte sich nach meinem Studium, sagte, er habe von Carl gehört, ich wolle Schriftsteller werden, fragte, welches meine deutschsprachigen Favoriten seien, ob bei uns Lyrik noch gelesen werde und ob ich eine Erklärung habe, warum die neue deutsche Literatur sich an allen möglichen Literaturen ein Vorbild nehme nur nicht an der alten deutschen Literatur. Nach meinem Vater fragte er nicht. Durch die Fenster des Restaurants sah ich die Fassade des Plaza Hotels (das ich von einem Foto kannte, das bei Carl hinter dem Schreibtisch an der Wand hing), ein Stück vom frühsommerlichen Laub des Central Park und darüber einen Himmel, so blau, wie ich ihn nur aus den Bergen kannte. In meiner Vorstellung war mir die Stadt immer in sonnenlosem Zwielicht erschienen. Bis hierher hatte ich mich gewünscht, und nun wünschte ich mich nicht weiter. Wie Wimpernschläge blitzten durch meinen Kopf der Wunsch, allein zu sein, und gleich darauf der Wunsch, mich unter all diesen Menschen hier zu verlieren, eine Nuance in dem kolossalischen Farbkasten zu werden. Ich trug eine braune Lederjacke mit wollenem Kragen, erstanden in einem Secondhand-Laden in Frankfurt am Main, zusammengenäht in U.S.A. Und wenn sich herausstellte, daß mehr gar nicht nötig war? Seit mich meine Mutter, Carl und Margarida in Innsbruck zum Bahnhof gebracht hatten, hatte ich keine Spur von Trauer mehr in mir gefunden. Mein Vater war geliebt worden, ich war in gewisser Weise auf seinem Weg, das beruhigte mein Gewissen.

»Es interessiert mich«, sagte Abraham, »was ein junger Österreicher über das heutige Deutschland denkt.« Ich glaubte zu wissen, was er meinte. Wenn in diesen Tagen Deutschland in den internationalen Schlagzeilen auftauchte, dann wegen Andreas Baader und Gudrun Ensslin und ihrer Rote-Armee-Fraktion, vor allem aber wegen Ulrike Meinhof, die sich erst ein paar Wochen zuvor in ihrer Zelle in Stammheim erhängt hatte. »Ich spaziere einmal in der Woche die Park Avenue hinunter zum Waldorf Astoria, dort liegen im Frühstücksraum die *Frankfurter Allgemeine Zeitung* und die *Süddeutsche Zeitung* und der *Spiegel* aus. Wie beurteilen Sie diesen neuen deutschen Terrorismus?«

Was interessierten mich Meinhof, Bader, Ensslin, Raspe, Mahler, Meins und wie sie alle hießen! Ich war in New York! Ich war vor die Tür meines Hotels getreten, hatte nach links geschaut und den schönsten Wolkenkratzer der Welt gesehen, das Chrysler Building. Ich hatte im Taxi den Hals verrenkt, um den Himmel über der Schlucht von 42nd Street zu sehen. Wie, wenn dies alles mein täglicher Anblick wäre? »Es ist schwer, in wenigen Sätzen eine Meinung dazu abzugeben«, sagte ich und präzisierte unnötigerweise: »Mir jedenfalls fällt es schwer, in wenigen Sätzen eine Meinung dazu abzugeben.«

Abraham musterte mich, kaute, schluckte seinen Bissen hinunter, legte das Besteck in den Teller und sagte: »Wenn ich sogar bei ›Du sollst nicht töten!‹ nachdenken muß, haben moralische Maßstäbe ihre Verbindlichkeit verloren. Finden Sie nicht auch?«

Ich schämte mich. Er sah es und schämte sich nun seinerseits. Ich wünschte, dieser Mann hätte eine gute Meinung von mir. Ich wünsche mir noch heute, daß er sich in den anderthalb Jahren, die er noch lebte, mit ungetrübter Sympathie an mich erinnerte.

»Ich muß mich bei Ihnen entschuldigen«, sagte er. »Mein Vorschlag: Wir nehmen uns an den Vormittagen Zeit für Ihre Arbeit. Ich bitte Sie, über mich zu verfügen. Ich werde Ihnen alles erzählen, was ich weiß. Ich werde Ihnen ein Empfehlungsschreiben für das Rijksinstituut voor Oorlogsdocumentatie mitgeben, und Sie können, wann immer Sie Lust dazu haben, nach Amsterdam fahren und frei nach Ihrem Belieben meine Aufzeichnungen einsehen – über meine Gespräche mit Seyß-Inquart, mit seiner Frau, seiner Tochter, seinem Anwalt Dr. Steinbauer und mit dem damaligen Erzbischof von Utrecht, Johannes De Jong, der einer der lustigsten Menschen war, die ich je getroffen habe. Aber ich hoffe, wir werden auch noch Gelegenheit finden, über andere Dinge zu sprechen. Ich möchte Ihnen ein paar Freunde vorstellen, die allesamt nichts mit Seyß-Inquart und seiner Zeit zu tun haben, die nicht einmal wissen, wer dieser Seyß-Inquart

336

war, und es gar nicht wissen wollen und auch nicht wissen sollen, wie ich meine.«

Eines Nachts war mein Vater nach Hause gekommen, hatte mich aus dem Bett gehoben, in die Küche getragen – ich war bald dreizehn und nicht kleiner als er! – und hatte meiner Mutter verkündet: »So! Sie haben die *Lassithi Dreams* gehört. Konitz und Tristano sind schuld. Man ist begeistert. Sie legen ein Angebot auf den Tisch. Ich fahre hinüber und schau, ob es wahr ist. Und wenn das wahr ist, dann! Ich glaube, es ist soweit!« Amerika! – Amerika! – Die Arme auf dem Küchentisch verschränkt, Mutter, Vater, Sohn. Auswandern! Ein Traumwort. Amerika! »Auf meinem Ruder werden wir uns ein neues Leben aufbauen!« Dieser Satz gefiel ihm so gut, daß er ihn hundertmal durch unsere Wohnung brüllte. Das Ruder war seine Gitarre. »Scheißruder« oder »altes Ruder« oder »Hurenruder« oder »verdammtes Scheißhurenruder«. In seinem Hirn surrten die Maschinen einer Traumfabrik. Ein Ast des Kirschbaums wuchs so nahe an das Fenster meines Zimmers heran, daß ich die Nase in die Blüten stecken konnte. Als Sommer war, wartete ich auf Kirschen. Aber die Amseln holten sie, ehe sie reif waren. Er kaufte früh am Morgen eine große Tüte auf dem Markt und hängte Zwillinge und Drillinge an die Zweige, kitzelte mich wach und sagte, es habe sich »ein Naturwunder ereignet«, der Baum habe über Nacht Kirschen wachsen lassen, »extra für dich«, was sich damit beweisen lasse, »daß sie ausschließlich an dem Ast vor deinem Fenster wachsen«. Als er aus Amerika zurückkam, wurde über Auswandern nicht mehr gesprochen. Alles zerbrach, nahm einen logischen, natürlichen, furchtbaren Verlauf. Zerbrach an dem raffinierten Geschick meines Vaters, immer das Falsche zu tun. Wir zogen aus Wien fort. Mein Vater unterrichtete Musik an einem Gymnasium und fluchte auf die Schule, sie werde von Idioten geleitet und habe keinen anderen Zweck, als Idioten heranzuzüchten. Er legte seine Hand auf meinen Hinterkopf und drückte mich an seine Brust. »Schlechte Noten sind ein gutes Zeichen«, sagte er. Ich fühlte mich nicht getröstet. Er meinte nicht mich. Er meinte sich selbst. Ich hatte nie schlechte Noten. Der Boden unter seinen Füßen war endgültig eingebrochen. Es dauerte noch fast zehn Jahre, bis er darin versank, und es waren auch zufriedene Jahre darunter. Meine Mutter, die vorher vor den zu hohen Zielen ihres Mannes Angst gehabt hatte, hatte nun Angst, daß er diese Ziele aufgab. Über jeden Menschen, den wir kannten – Carl ausgenommen –, hatte mein Vater schon mindestens zehnmal gesagt, er bringe ihn oder sie um, und jedesmal hatte sich mein Magen verkrampft, weil ich dachte, was wird dann aus mir. Wir spielen vielleicht nicht in den glücklichen, eher wohl in den dunklen Augenblicken der anderen eine Rolle. Als er in Amerika war, sei ich es gewesen, der ihm am meisten gefehlt habe. Meine Mutter erzählte mir auf unserem Spaziergang nach seinem Tod, er habe sich einmal bei ihr über mich beklagt, daß er nicht herausfinden könne, was ich wolle, daß er manchmal Zweifel habe, ob ich überhaupt etwas wolle. Entweder ich trage meine Wünsche zu spitz oder zu trocken vor oder zu unvermittelt oder zu obenhin – Evelyn sagt das. Wenn *er* etwas wollte, brüllte er. Thelonius Monk hatte er in New York kennengelernt und Gerry Mulligan und auch Barney Kessel, vor dem er sich so gefürchtet hatte und den er im Chelsea Hotel zu einem Duell traf, das eindeutig zu seinen Gunsten ausging (was sich überprüfen läßt, die Session wurde nämlich auf Tonband aufgenommen und erschien irgendwann in den siebziger Jahren bei dem winzigen New Yorker Jazzlabel *Kuykendall Records* auf Platte). Er arbeitete im Riverside-Studio, dem damals modernsten Studio der Welt. Wes Montgomery spielte dort zusammen mit dem Wynton-Kelly-Trio einige Nummern ein. Wes sei ein vornehmer feiner Hund, erzählte er, er habe ihm seine Daumentechnik erklärt. »Immens fulminant, aber letztendlich zu umständlich.« Eines Tages kam Chet Baker ins Studio, er stellte gerade eine neue Band zusammen, und er lud meinen Vater ein, ihm vorzuspielen. Mein Vater stach alle Konkurrenten aus, er bekam das Engagement und zog fünf Monate lang durch die Jazzclubs der Ostküste und der Westküste. Und so kündigte ihn Baker dem Publikum an: »George Lukasser, der neue Charlie Christian!« Mein Vater brachte einen Sportsack voll Bänder aus Amerika mit. Ich habe sie mir alle auf CD brennen lassen. Die schönste Aufnahme ist die, auf der er und Chet Baker Cole Porters *Night and Day* im Duett singen – die erste Strophe a cappella, in der zweiten Strophe die Melodie einstimmig auf Gitarre und Trompete spielen, dabei auch in den Verästelungen ihrer Improvisationen exakt beieinanderbleiben und erst ab der Hälfte der letzten Strophe, wenn Baß, Piano und Beserlschlagzeug einsetzen, in zwei verschiedene Stimmführungen auseinandergehen.

7

An meinem ersten Tag führte mich Abraham in einen kleinen Park direkt am East River. Eigentlich war es gar kein Park, sondern ein einzelner Ahornbaum mit einer weiten Krone, um den herum ein paar Bänke aufgestellt waren. Die Bronzefigur eines Wildschweins stand dort, lebensgroß, übersät mit in Erz gegossenen Fingerabdrücken des Künstlers. Der Zugang zu dieser Oase sah aus wie ein Privatweg, und während der zwei Stunden, die wir dort verbrachten, betrat kein anderer Besucher den Platz. Abraham stieg gleich in medias res, erzählte, daß er die Angeklagten gebeten habe, eine eindrückliche Kindheitserinnerung in eine kleine Erzählung zu fassen; nicht die Wahrheit sollten sie niederschreiben, sondern einen literarischen Text verfassen. Er habe freie Hand gehabt zu experimentieren, sagte er, und in den Diskussionen, die er noch vor Nürnberg mit Kollegen an der Columbia geführt habe, habe sich in ihm die Überzeugung verfestigt, daß in besonders schweren Fällen der Wahrheit nicht direkt ins Auge geblickt werden könne; daß ein Frank, ein Kaltenbrunner und ein Seyß-Inquart der Wahrheit näherkommen, wenn man von ihnen *fiction* statt *facts* verlangte. Er, Abe, habe dieses dialektische Wechselspiel von Verdrängung und Aufdeckung und deren synthetische Aufhebung in der Fiktion als Metapher für die Wahrheit den *Perseus-Komplex* genannt, in Anspielung auf den antiken Helden, der der schrecklichen Medusa den Kopf abgeschlagen, sie dabei aber über seinen spiegelglatten Schild angeschaut habe, weil ihn der direkte Blick versteinert hätte. Er habe auch einen Aufsatz in einer sehr renommierten Zeitschrift für Psychologie darüber geschrieben, der Begriff habe sich aber nicht durchgesetzt, Abe Fields sei eben nicht Sigmund Freud.

Keine fünfzig Meter nördlich des Parks setzte die Queensboro Bridge zum Sprung über den East River an. Der Anblick der Eisenkonstruktion, die sich streng und verspielt zugleich, halb Tortenverzierung, halb Kathedrale, über dem Ufer erhob und im Licht des späten Nachmittags all ihre grazilen Einzelheiten preisgab, überwältigte mich, und Abraham bemerkte es: »Hat es diese wunderschöne Brücke verdient, daß Ihre Erinnerungen an sie von diesen Nazigeschichten überschatten werden?«

»Nein«, sagte ich.

»Hat es die Stadt verdient?«

»Nein«, sagte ich.

»Also reden wir nicht weiter darüber! Alles, was Sie für Ihre verdammte Doktorarbeit brauchen, finden Sie in Amsterdam. Was geht Sie eigentlich das Leben dieses Mannes an?«

Statt dessen erzählten wir uns gegenseitig aus unserem Leben. Wir schlenderten durch den Central Park, und ich erzählte von meinem Vater. Daß ich so ein schlechtes Gewissen hätte, weil ich nie aufmerksam gewesen sei, wenn er mir seine Musik erklären wollte; weil ich immer ungeduldig gewesen war und die Augen verrollt hatte; daß ich immer gewußt hatte, daß ihm kein Lob mehr bedeutete als meines, und trotzdem hatte ich es nicht über mich gebracht.

Abraham lud mich in seine Wohnung ein, hörte mir zu, kochte für mich, legte eine Schallplatte auf. Er habe zu seiner eigenen Überraschung die Oper für sich entdeckt, sagte er. Er sei es gewesen, der Jake von der Oper und der Klassik abgebracht habe, und nun habe er Oper und Klassik für sich entdeckt. Zur Zeit höre er ununterbrochen *Elektra* von Richard Strauss, allerdings müsse er dabei allein sein, später einmal könne er sich diese Musik vielleicht zusammen mit jemand anderem anhören, zur Zeit sei er noch nicht soweit, noch habe er die physische Seite von Begeisterung und Erschütterung nicht im Griff und wolle niemandem zumuten, ihm dabei zuzuschauen. Er schaltete alle Lichter aus bis auf eine Stehlampe, und dann erzählte er mir von dem Abend, als er Carl verführt hatte. Ebendiese Stehlampe habe er aus seinem Schlafzimmer in die Küche getragen, wo Carl auf dem Sofa gelegen habe. Sie gebe ein weiches, facettenreich mit den Schatten spielendes Licht. Er habe sich auf die Kante des Sofas gesetzt und versucht, seinen Körper in Position zu bringen, so daß Carl vor allem sein Profil zu sehen bekäme. Er habe einen beeindruckenden Römerkopf, das wisse er, das sei ihm Dutzende Male bescheinigt worden, der allerdings in einem – wie er sich nüchtern eingestehen müsse – unschönen Kontrast zu der beinahe mädchenhaften Zartheit seines Körpers stehe; was andererseits, und auch das sei ihm von verschiedenen Seiten versichert worden, Charakter mache. Interessant sei doch nur das Antagonistische: treu, lauter, aufrichtig und all das auf eine bedingungslos grausame Art: ein Mann zur Freundschaft geschaffen, auch über die Liebe hinaus, wo Treue sich zu einer barbarischen Tugend wandeln könne. Er habe zu Carl gesagt: Nennt dich irgend jemand Jake? Ist es dir recht, wenn ich Jake zu dir sage? Ich denke, es ist gut, wenn ich Jake zu dir sage. Vielleicht schämst du dich ja hinterher. Dann ist es gut, wenn du so tun kannst, als wärst du ein anderer gewesen.

»Ein paar Jahre später, Anfang der fünfziger Jahre, kurz bevor Eisenhower zum erstenmal zum Präsidenten gewählt wurde, besuchte er mich in New York. ›Ich habe ein Geschenk für dich‹, sagte er. Wir mieteten ein Auto und fuhren nach Princeton, und dort stellten wir uns am Nachmittag gegen fünf in der Wiese vor dem Institute for Advanced Study hinter ein Gebüsch und warteten, bis zwei Männer, der eine im schwarzen Mantel mit dunklem Borsalino, der andere in hellem Mantel mit Wollmütze, das Gebäude verließen und über den Wiesenpfad spazierten. ›Das sind Kurt Gödel und Albert Einstein‹, flüsterte er mir zu. ›Schau, wie sie gehen und denken!‹ Es war, als hätte er mich ins Museum eingeladen oder in die Oper. Hat Jake Ihnen von unserer gemeinsamen *Elektra* erzählt?«

»Ich weiß jetzt nicht genau, was Sie meinen. Ich glaube aber, nein.«

»1964 in Salzburg. Bei den Festspielen. Er hat mich eingeladen. Hat angerufen und gesagt: ›Abe, mein Lieber, es ist an mir, mich zu revanchieren, ohne dich hätte ich nie Billie Holiday erlebt.‹ Er hat gesagt: ›Abe, mein Lieber.‹ Genau so hat er sich ausgedrückt. Und ich bin ins Flugzeug gestiegen und habe nichts anderes denken können, als daß wir beide auf unsere alten Tage vielleicht doch noch zusammenfinden. Geglaubt habe ich es nicht. Aber gehofft habe ich es. Alles, was auf der Bühne und im Orchestergraben geschah, habe ich auf mich bezogen. *Wer dran leidet und nicht das Mittel findet, sich zu heilen, ist nur ein Narr. Ich finde mir heraus, was bluten muß, damit ich wieder schlafe.* – Und als Elektra in ihren Jubel ausbricht, weil Aegisth und Klytämnestra gemordet sind – *Ich trag' die Last des Glückes, und ich tanze vor euch her –*, hätte ich am liebsten mit eingestimmt. Jake saß zwischen Margarida und mir, und ich schob meinen Arm unter seinen und drückte ihn gegen meine Seite, und er ließ mich gewähren. Stellen Sie sich das vor, nach so vielen Jahren! Richard Strauss, der Soundtrack für mein Glück! Und was für Ausschweifungen hat er sich einfallen lassen! ›E-Dur und D-Dur in Schmerzen vereint!‹ Daß Elektra am Ende vor lauter Jubel verrückt wird und sich vor lauter Verrücktheit zu Tode tanzt, kam mir allerdings etwas überdreht vor. Aber schließlich war ich im Land Sigmund Freuds, der dem Todestrieb mehr Macht zugestanden hat als dem Sexualtrieb. Aber anstatt mich selbst zu vergessen und mich der Musik hinzugeben, habe ich mich von Jakes Rasierwasser ablenken lassen. Wie ich mich heute dafür hasse! Astrid Varnay als Elektra! Herbert von Karajan am Pult! Die Wiener Philharmoniker im Graben! Was haben Sie im Sommer 1964 gemacht, Sebastian?«

»Da waren wir noch in Wien.«

»Oh, wir hätten uns auf der Straße begegnen können.«

»Meine Mutter und ich haben auf meinen Vater gewartet. Daß er aus Amerika zurückkommt, um uns zur Auswanderung abzuholen.«

»Ich habe etwas, das wird Ihnen gefallen«, sagte er und nahm eine Platte aus dem Regal.

Und so saß ich bereits an meinem zweiten Tag in New York bis spät in die Nacht hinein in Abraham Fields' *living room* auf der Chaiselongue mit den handtellergroßen Phantasieblumen und hörte Maria Callas als Norma in der – wie mir Abraham versicherte – legendären Aufnahme aus dem Mailänder Cinema Metropol von 1954. Diese Musik sollte jeden meiner weiteren Abende in New York ausklingen lassen; denn entgegen den Plänen, die ich mir zurechtgelegt hatte, verbrachte ich die meiste Zeit gemeinsam mit meinem Mentor.

»Leider wird die *Norma* an den großen Opernhäuser kaum mehr gespielt«, klagte er. »Wer soll sie singen nach der Callas? Zum Glück wird sie nicht gespielt! Und mit Donizetti ist es nicht anders. Würden Sie *Lucia di Lammermoor* nach Maria Callas von einer anderen Sängerin hören wollen?«

»Ich habe diesbezüglich leider keinen wirklichen Überblick«, sagte ich.

Spät in der Nacht begleitete mich Abraham Fields zurück in mein Hotel in die 42. Straße im Osten von Manhattan und machte sich Vorwürfe, daß er so fahrlässig mit dem tiefsten Geheimnis seines besten Freundes umgehe, und mit wie zum Gebet gefalteten Händen flehte er mich an, nie, nie, nie Carl davon auch nur ein Wort zu verraten.

Jeden Morgen frühstückten wir gemeinsam – in meinem Hotel oder in einer der Cafeterias um den Washington Square oder in einem Coffeeshop an der Upper Westside, oder wir spazierten bis zur Mitte der Brooklyn Bridge, wo wir uns auf eine Bank setzten und Bagles aßen und Kaffee aus der Thermosflasche tranken. Anschließend führte er mich durch das Museum of Modern Art, durch die Public Library – im Schatten der steinernen Löwen saßen wir auf der Treppe und rauchten seine Zigaretten mit den goldenen Filtern. Er fuhr mit mir – »weil sich das so gehört« – mit dem schnellsten Lift der Welt zur Aussichtsplattform des Empire State Building hinauf und in einem Touristenschiff um Manhattan herum. Die meisten Abende aber verbrachten wir in seiner klimatisierten Wohnung 55th Street Ecke Sutton Place South. Er zeigte mir voll Stolz seine Bibliothek, die wohl an die zehntausend Bände umfaßte. Am liebsten lese er in der Küche, sagte er. Auf dem Eßtisch stapelten sich drei Bände *Standard Edition of the Complete Psychological Works* von Sigmund Freud, *Doctrines and Covenants* des Mormonenpropheten Josef Smith, ein Band mit Essays von Montaigne, ein Buch auf deutsch über den heiligen Paulus, die Bibel auf englisch in der Übersetzung von William Tyndale, die *Äneis* von Vergil, *Rot und Schwarz* von Stendhal, ein Buch über Helden und Heldenverehrung von Thomas Carlyle und eine prachtvolle, in Ziegenleder gebundene Ausgabe von *The Paradise Lost*. »Als Milton dieses Wunderwerk schrieb«, sagte Abraham und ließ mich den Band in meinen Händen wiegen, »war sein Sohn tot, war er mit seinen Töchtern zerstritten, waren ihm zwei Ehen zerbrochen, hatte er das Augenlicht verloren, war sein öffentliches Ansehen entehrt und waren seine Freunde von einer ungerechten Justiz ermordet oder ins Exil vertrieben worden.«

Abraham arbeitete ehrenamtlich bei einem Sozialprojekt in Brooklyn mit. Seine Arbeit bestehe darin, schwarze Jugendliche zu coachen, damit sie vor Gericht nicht in die Fallen tappen, die ihnen der Richter stellt. Er habe sich inzwischen an den Gedanken gewöhnt, daß er wohl keine feste Bindung mehr eingehen werde. »Ich habe mich zu einem fanatischen Verlierer entwickelt, zu einem Verehrer der Niederlage sozusagen. Und damit bin ich modern. Moderner, als ich aussehe jedenfalls. Besteht die Tragödie unseres Jahrhunderts nicht gerade darin, daß die Menschen einfach nicht einsehen wollen, daß man nicht leben kann wie Jeanne d'Arc oder Garibaldi oder Ivanhoe, daß man nicht wie General Queipo de Llano herumrennen und rufen kann: Es lebe der Tod? Unser gemeinsamer Freund – ›And were I any thing but what I am, I would wish me only he‹ – hat mir damals arge schmerzhafte Sorgen bereitet. Jake hat sich einem *dazzled devil* angeschlossen. Der hieß Bob Le Bon, stammte aus Louisiana, hatte eine prächtige Plantagenfamilie im Hintergrund und war der Mercutio von Greenwich Village. Aber Jake war nicht stark genug für diesen blendenden Teufel, der sich aufführte, als wäre Giacomo Leopardi in einen Roman von Walter Scott geraten, ich konnte ihn nicht ausstehen, er wollte immer und überall tanzen, *chorea hysterica rhythmica*, und mir trampelte er auf den Füßen herum, und in jedem Thema vertrat er die führende Meinung, nur Phrasen. Wie ich diesen Kerl noch immer hasse! Nachdem ich Jake fast zwei Monate lang nicht mehr gesehen hatte, saß er eines Tages wieder in meiner Küche, ziemlich blaß, ziemlich dünn, ausgetanzt und realistisch, und mir blieb nichts anders übrig, als ihm zu geben, was ich selbst mein Leben lang gehofft hatte und immer noch ein wenig hoffe, daß es mir einer gibt, nämlich Trost. Am nächsten Tag ist er auf und davon. Schaute erst fünf Jahre später wieder vorbei, um amerikanischer Staatsbürger zu werden. Und erst nach weiteren fünf Jahren sahen wir uns wieder in Nürnberg.«

Ich bin nur eine Woche in New York geblieben. An meine Dissertation hatte ich keinen Gedanken mehr verschwendet. Ich hatte mir ein in Leder gebundenes Notizbuch aus Österreich mitgenommen, aber alles, was ich mir aufgeschrieben hatte, waren ein paar Telefonnummern und Adressen. Auch die von Maybelle Houston, die mir Abe bei einer Streetworker-Party in Brooklyn vorgestellt hatte. Als ich sechs Jahre später wieder nach New York kam – diesmal mit der felsenfesten

Absicht, in Amerika zu bleiben –, lebte Abraham Fields nicht mehr. Da rief ich bei Maybelle an. Die Geschichte ist zu groß, um sie an dieser Stelle zu erzählen. Maybelle Houston benötigt ein eigenes Kapitel, und wohl mehr als das ...

Abraham brachte mich zum Kennedy Airport. Bevor ich durch die Paßkontrolle ging, überreichte er mir eine Plastiktüte. Darin waren, in einen Kopfkissenüberzug gewickelt, die drei Schallplatten mit der Aufnahme von *Norma*, aus denen wir an jedem Abend Ausschnitte gehört hatten.

8

Frau Mungenast, die Kapuze ihres Mantels über dem Kopf, wartete auf dem Weg vor dem Haus. Sie hatte uns durch den Wald vom See heraufkommen sehen. Erst fragte sie nach meinem Befinden, dann nach Carls. Sie zog den Rollstuhl über die Stufen zum Haus hinauf, im Flur half sie Carl aus den Kleidern und hob ihn in den Zimmerstuhl.

»Wie war's denn?« fragte sie.

»Er hat sich leider ziemlich ungeschickt angestellt«, sagte Carl.

Frau Mungenast erschrak, sie warf mir einen Blick zu, in dem war Empörung, und ich fühlte mich verpflichtet, ebenfalls empört zu sein. Ich sagte: »Weißt du was!« und dachte: Leck mich am Arsch!, knallte die Flurtür zu und lief nach draußen und über die Treppe zum Weg und den Weg hinunter zur Lanserbahn, und weil die gerade daherkam, stieg ich ein und stieg erst mitten in Innsbruck bei der Endstation in der Maria-Theresien-Straße wieder aus.

Während der Fahrt hatte mein Handy geklingelt. Ohne hinzusehen, wer es war, hatte ich es abgeschaltet. Ich ging zum Hotel Central, nahm ein Bad und legte mich ins Bett. Ich hatte C. J. C. 4 bei mir, das Heft hatte ich auf unseren Spaziergang mitgenommen, ich hatte mir ja Stichworte notieren wollen, die krokantartige Affäre betreffend. Jetzt schrieb ich meine Wut nieder.

Irgendwann, es war bald Mitternacht, rief der junge Mann von der Rezeption an und sagte, eine Frau Mungenast wolle mich in der Halle sprechen. Ich zog mich an und fuhr mit dem Lift hinunter.

»Er ist der feinste Mensch, den ich je kennengelernt habe«, sagte sie, »für keinen anderen Patienten würde ich so etwas tun.« Carl habe mit ihr gewettet, daß ich im Central abgestiegen sei; und er hatte sie gebeten, mich zu holen. Ihre Haare standen ihr als ein rötlichbrauner Schein um ihr Gesicht. Sie wirkte sehr fröhlich, und diese Fröhlichkeit war mädchenhaft und ansteckend. Ich dürfe seine Unverschämtheit nicht ernst nehmen, sagte sie. »Es sind die Schmerzen. Jetzt ist er zahm und auch ein bißchen blöd. Ich habe ihm ein neues Pflaster aufgelegt.«

»Ich kann jetzt nicht einfach einen Rückzieher machen«, sagte ich. »Wie stehe ich da!«

»Vor wem?« fragte sie.

»Aber ich will ihn wenigstens eine Stunde warten lassen.«

»Und ich? Ich soll gemeinsam mit dir warten?«

»Ja. Es wäre schön, wenn ich eine Stunde mit dir allein sein könnte.«

»In deinem Hotelzimmer?«

»Warum nicht? Nicht nur er ist berechnend. Ich bin es auch. Ich habe mir alles so gedacht, wie es geschehen ist: Ich fahre ab, gehe ins Central, er wird sich denken, ich sei im Central, und wird dich schicken. Und nun bist du hier.«

»Eine Stunde für uns zwei?«

»Ich habe mich danach gesehnt.«

»Nach mir?«

»Nach deiner Umarmung.«

»Er hat mir einen Brief für Sie mitgegeben«, sagte sie. »Ich kenne den Inhalt. Er hat mich gebeten, ihn zu lesen. Er meinte, in seinem Zustand kann er nicht beurteilen, ob der Brief Sie beleidigen könnte. Ich sagte, der beleidigt ihn sicher nicht. Also blamieren Sie mich nicht.«

Sie reichte mir ein Kuvert. Es war nicht zugeklebt.

Lieber Sebastian!
Mein Vorschlag zur Versöhnung: Morgen bist Du dran.
Morgen und übermorgen. Ich wünsche es mir. Deine Jahre
in Amerika zum Beispiel. Hast mir zum Beispiel nie von deinem Unfall erzählt. Morgen und übermorgen.
C. J. C.

Mit den Kürzeln zu unterschreiben, dachte ich, war ein Risiko für ihn. Hätte ja sein können, daß ich im Augenblick für Ironie keinen Nerv hätte.

»Sie haben recht«, sagte ich, »ich führe ja keinen Wettkampf gegen ihn. Ich bin kindisch. Sie müssen mir das nachsehen.«

Carl hatte darauf bestanden, auf mich zu warten. Er hatte sich vor dem Kamin auf das Kanapee betten lassen. Frau Mungenast sprach ihn laut an. Er erwachte. Er brauchte eine Weile, um sich zurechtzufinden. Er streckte die Hand nach mir aus, deutete mir, näher zu kommen. Und strich mir über die Wangen. Die Lider hingen halb über die Augen, die Mundwinkel glänzten von Speichel, seine Gesten waren wie in Zeitlupe.

»Verzeih mir, Sebastian«, sagte er. Seine Lippen bewegten sich, als hätte er einen Gummiball zwischen Gaumen und Zunge, und genauso hörte sich seine Stimme an. »Es hat dreimal auf meinem Handy geklingelt. Warst du das? Hast du mich anrufen wollen? Habe ich die Wette gewonnen? Warst du im Central? Staunst du über das, was ich dir erzähle? Sag es mir! Niemand hat gewußt, daß sie einen Hirntumor hatte. Ich bin nicht zu ihrer Beerdigung gefahren. Sie hat den Tumor schon in ihrem Kopf gehabt, als wir in Kinnelon waren. Und damals hat sie es bereits gewußt. Ich dachte nämlich, der Russe ist bei der Beerdigung. Du hast einen Sohn, Sebastian. Vergiß ihn nicht und sag seiner Mutter einen schönen Gruß von mir, vergiß das nicht. Etwas Wichtiges habe ich vergessen, dir zu erzählen. Ich war oft im Kunsthistorischen Museum gewesen und hatte versucht, die unheimlichdrolligen Bauerngesichter vom Breughel nachzuzeichnen. Und Bachs Matthäus-Passion hatte ich studiert, auf Schallplatte und in der Partitur, und auch seine Kunst der Fuge. Die Matthäus-Passion wollte ich eines Tages dirigieren. Der romantische Mendelssohn hat das Stück instrumentiert und den Chor so breit gewalzt, aber das ist falsch, das Stück ist eigentlich Kammermusik. Verstehst du? Ein jähes Staunen, das wünsche ich mir. Das gibt es in meinem Alter nicht mehr. Aber nichts wünsche ich mir mehr. Das kannst du doch verstehen, oder? Darüber haben Frau Mungenast und ich uns unterhalten, Sebastian. Hab' ich recht? Ich habe gesagt, das jähe Staunen gehört zum Handwerkzeug eines Schriftstellers. Das ist seine Harmonielehre. Und heute habe ich ihn zum Staunen gebracht. Das habe ich doch, oder? Über das Staunen, über das jähe, haben Frau Mungenast und ich uns unterhalten. Frau Mungenast hat interessante Ideen ...«

Noch während er sprach, begann ich mitzuschreiben. Das war brutal und war *meine* Rache; sollte aber auch als ein Zeichen meiner Dienerschaft verstanden werden. – Ich war nicht nachsichtig, nicht barmherzig. Leute in meinem Alter, David, haben schon zu viel schlechtes Gewissen gehabt, um jemals angemessen und glaubwürdig um Nachlaß der Schuld bitten zu dürfen. Ab dem vierzigsten Jahr ist es, denke ich, zu spät dafür. Und wenn wir es doch versuchen, setzen wir uns dem Verdacht aus, lediglich ein bißchen pathetisch sein zu wollen, weil's halt manchmal guttut. Aber niemand soll sich Pathos als die Fähigkeit zu mehr Leben schönreden, niemand soll von sich behaupten, er verkörpere die Idee vom schönen Leben; also können wir nur schwer erwarten, daß unser Leben mit Bedeutung vollgepackt ist.

Achtes Kapitel

1

Samstag, 14. April, 2001. – Vormittags.

Ich hatte in der Bibliothek geschlafen, erst im Fauteuil, anschließend auf dem Teppich. Mehrmals bin ich aufgewacht, habe mich über die Wendeltreppe nach oben geschlichen, den Kopf durch die Bodenluke in mein Arbeitszimmer gesteckt. Nichts als die Spanne vom Mund zur Nase war unter der Zudecke zu sehen. Ich lauschte auf seinen Atem. Und lauschte auf die Lokomotive der »postoperativen Euphorie«, die auf mich zudonnerte: Mein Sohn David ist bei mir! Um sieben stellte ich mich unter die Dusche – die war noch immer ein Provisorium, weil ich es in meiner »postoperativen Depression« nicht über mich gebracht hatte, mit dem Installateur einen neuen Termin zu vereinbaren.

Dies waren meine ersten Vorsätze: Ich werde vor ihm so tun, als ob ich mich selbst darüber wunderte, daß ich ihn gleich bei seiner Ankunft in mein Herz geschlossen habe. Ich werde so tun, als ob ich mir nicht gleich nach seiner Ankunft von seiner Mutter Anweisungen eingeholt hätte. Ich werde so tun, als ob ich nichts von seinem Selbstmordversuch wüßte. Ich werde nicht so tun, als ob ich mich zwanzig Jahre lang auf diesen Tag gefreut hätte, weil er, ein Minimum an Menschenkenntnis und Welterfahrung vorausgesetzt, das nicht glauben würde; sondern ich werde so tun, als ob ich zwar immer, aber eher untergründig an ihn gedacht hätte, indem ich mich als Vater *fühlte*, daß bisweilen aber eine Sehnsucht in mir aufgestiegen sei und ich mir, sozusagen in einem längeren Gedankenspiel, erlaubt hätte, mir vorzustellen, er und ich fänden irgendwie irgendwann zusammen, und sei es auch nur – hier wollte ich eine ironische Brechung einfügen, damit ich nicht als sentimentaler Lügner dastehe –, um vor ihm, meinem Sohn, damit angeben zu können, was aus mir geworden sei, nämlich einer, der zweiundzwanzig Bücher geschrieben hat. Auf alle Fälle werde ich so tun, als ob ich nicht vorhätte, ihn *gegen seine Interessen* in Wien zu halten.

Daß ich David, Dagmar und mich an diesem Morgen unter der Dusche so selbstverständlich zueinanderrechnete – ohne die geringsten biographischen Kenntnisse aus Davids und Dagmars vergangenen zwanzig Jahren –, daß ich uns drei in ein Familienartiges zusammenfaßte, ließ mich die Melodramatik des Plots, der sich in mir zu spinnen begann, mitsamt ihrem süßen Vokabular annehmen wie den Erlösungssegen aus dem österlichen Kreuzzeichen. (Es war Karsamstag!) Und ich wies mir auch gleich eine Rolle in dem Film zu – die des *Padrone*, der keine andere Moral kennt, als die Trinität von Vater, Mutter, Kind zu erhalten und zu verteidigen, selbst auf Kosten jedes einzelnen der Zehn Gebote. Ich drehte das Wasser heißer, bis die Haut am Rücken juckte. Ich glühte in meiner Sendung, und daß ich zugleich über dieselbe grinste – und, wie ich, wenn ich den Duschvorhang etwas beiseite schob, schemenhaft in dem sich beschlagenden Spiegel sah, grimmig optimistisch grinste –, ließ mich darauf vertrauen, daß ich von einem Schicksal getragen wurde, das großräumig genug war, um auch seine eigene Verspottung in sich einzuschließen. »Welche Rolle der Mensch auch spielen mag«, versichert uns der über jedes Fragezeichen erhabene Montaigne, »stets spielt er die seine mit.« *Ich werde so tun, als ob ich ein Vater wäre.*

Und dann die Sensation: Durch Schütteln, Kraulen, Kneten, Reiben war es mir gelungen, so viel Blut in meinen Penis zu pumpen, daß er sich in eine Schräge von fünfundvierzig Grad erhob und eine halbe Minute lang so blieb, während das Wasser auf ihn niederrauschte. Das war durch rein mechanische Einwirkung geschehen, ohne Hilfe der Einbildungskraft. Mein Penis, bildete ich mir ein, war seit der Operation länger und in seiner Mitte schmaler geworden, auch blasser, unterhalb der Eichel eingefallen wie ein altes Gesicht, seine Haut zog vertikale Fältchen, eine Ader trat hervor. Dem Rat des Arztes folgend, hatte ich ihn in den ersten Wochen mehrmals täglich stimuliert, aber wenn ich die Hand von ihm nahm, schmiegte er sich sofort wieder an den Hodensack, als würde er seine Befehle nicht von derselben Zentrale wie meine anderen Organe erhalten. Dr. Strelka hatte mir eine Schachtel Viagra mitgegeben. Acht Stück waren in der Pakkung. Drei hatte ich noch in Lans genommen, sie hatten tatsächlich gewirkt: Mein Penis war angeschwollen und hatte sich ein wenig aus seinem Bett zwischen den Hoden gestemmt. Was immerhin bewies, daß die Nerven – Professor Strelka: »die an der Prostata entlangführen wie Hosenträger am Bauch« – nicht durchtrennt oder irreversibel geschädigt waren. Für eine Erektion oder gar einen Orgasmus reichte die chemische Hilfe nicht aus. Zwei weitere Tabletten nahm ich, als ich wieder zu Hause in Wien war. Ich bekam einen roten Kopf und Ohrensausen und konnte nicht schlafen. In der Packungsbeilage las ich, das Präparat wirke nur bei bereits vorhandener Erregung, es ersetze nicht ein Aphrodisiakum. Die restlichen drei Tabletten spülte ich in stoischer Verzweiflung die Toilette hinunter. Dabei hatte ich in den letzten Tagen in Lans schließlich doch recht schöne Erfolge erzielt – ohne die blauen Pillen, allein mit der Unterstützung von Phantasien bis dahin unbekannter Art, die nicht um den Geschlechtsakt oder andere auf den Orgasmus zielende Praktiken kreisen, sondern bloße Zärtlichkeiten enthielten – was mich neben der Freude über den Erfolg allerdings auch etwas beunruhigte, weil ich hier eine Vorschau auf ein Geschlechtsleben ohne virile Leidenschaften argwöhnte. Schöne Erfolge – damit meine ich, ich hatte Erektionen zustande gebracht, die mich durchaus in die Lage versetzt hätten, den Geschlechtsakt zu vollziehen; zum Orgasmus habe ich es freilich nicht geschafft – aber das verstimmte mich nicht, ich vermied ihn sogar in halber Absicht, fürchtete ich doch, die alten Empfindungen, die er ohne Zweifel in mir rekrutiert hätte, würden meine neue bescheidene Zufriedenheit stören. In diesem zärtlichen Phantasieren hielt mich Frau Mungenast in ihren Armen, und sie streichelte meinen Penis, wie Margarida den meines Vaters gestreichelt hatte, als der in seiner größten Not auf dem Sofa unserer Wohnung in der Penzingerstraße gelegen war, und mir wurde klar, warum meine Mutter ihr ohne Empörung dabei zugesehen hatte: nämlich, weil sie *wußte*, daß es Margarida aus Barmherzigkeit tat. Als ich Lans und Carl und Frau Mungenast verließ, büßte die Vision jede Mächtigkeit ein. Was mir Trost und Zuversicht gegeben hatte, erschien mir in Wien infantil und pervers. Also versuchte ich es mit rohem aneidetischem Wichsen. Aus einem Diskussionsforum im Internet, an dem sich Betroffene mit ähnlichem Schicksal beteiligten, erfuhr ich von Fällen, in denen schon bald nach der Ektomie der Prostata die Potenz für kurze Zeit einigermaßen hergestellt, aber von einem Tag auf den anderen erloschen war, und zwar für immer. Ich begann, mich damit abzufinden, daß ich so ein Fall sei. Die morgendlichen Übungen unter der Dusche führte ich zwar noch fort, aber ohne Hoffnung, bald auch ohne Verzagtheit, einfach nur, weil es sich für einen anständigen Menschen gehörte, sich auf diesem heiligen Feld nicht geschlagen zu geben – ein Don Quixote der sexuellen Zuversicht, von jeglicher Lust so weit entfernt wie das Schneewittchen hinter den sieben Bergen. Den Erfolg an diesem Karsamstag morgen, davon war ich überzeugt, verdankte ich meinen Gedanken an Dagmar – die Geliebte, die Frau, die Mutter meines Sohnes … so ungefähr … alles Elemente des Plots, den ich mir unter der Dusche ins Herz diktierte; und mich gleichzeitig dabei verfluchte, weil ich offensichtlich nichts, aber auch gar nichts mehr ohne Ironie wahrzunehmen vermochte, auch die Liebe nicht – nichts, ohne mich irgendeiner Überlegenheit zu versichern. Dennoch hätte ich jauchzen wollen!

Ich fuhr mit dem Lift nach unten, holte die *Frankfurter Allgemeine* und den *Standard* aus meinem Postkasten. Wieder oben, setzte ich Kaffee auf und las, daß Timothy McVeigh, der 1995 als 26jähriger das Bombenattentat auf das Alfred P. Murrah Federal Building in Oklahoma City verübt hatte, bei dem 168 Menschen getötet worden waren, sich für den 19. Mai eine landesweite Fernsehübertragung seiner Hinrichtung wünsche, er betrachte dieselbe nämlich als »Selbstmord mit staatlicher Hilfe in Form von 10.000 Volt«. Je wahnsinniger Botschaft und Bote, desto mehr Zahlen kommen vor. Ich holte eine zweite Zigarette aus Davids Rucksack – nun war nur noch eine in der Schachtel – und rauchte sie in der Küche zum Fenster hinaus, den glühenden Stummel ließ ich in den Lichtschacht fallen. Bei einer dreiviertelvollen Schachtel müßte er ein pedantischer Mensch sein, um zu merken, daß zwei Zigaretten fehlten, wenn aber von drei Stück zwei weg waren, war klar, daß der Vater den Rucksack durchwühlt hatte. Ich fuhr also noch einmal nach unten, lief quer über die Kreuzung zum Kiosk in der U-Bahn-Station und kaufte eine Schachtel Camel. Wie an jedem Samstag war der Platz vor der Station voll mit Fixern und Giftlern. Es roch nach Kotze, Urin und verschüttetem Rotwein. Als ich mit der Packung in der erhobenen Hand aus dem Kiosk trat – die Trafikantin hatte sie mir über den Ladentisch gereicht, und in dem Gedränge wäre es mir nicht möglich gewesen, den Arm zu senken, ohne jemanden im Gesicht zu berühren –, zeigte einer mit dem Finger auf mich und hüpfte und drängte sich zu mir durch und lachte mit markigem Ha-ha, als hätte er mich endlich gefunden. Sein Gesicht war narbig wie eine alte Zielscheibe, sein Kopf zerzaust, der ganze Mann wie aus dem Freundeskreis um Jesus gestiegen, abgesehen davon, daß er einen Foxterrier an einen Strick und den Strick an seinen Gürtel geknotet hatte. »Schenk' mir ein paar von denen!« rief er. »Ich bete für dich, morgen ist Ostern!« Ich riß die Packung auf und gab ihm die Hälfte der Zigaretten. »Ich kenn' dich eh«, sagte er. »Ich hab' dich im Aug'. Du hast mich bisher noch nicht enttäuscht.« »Super«, sagte ich. Er hielt mich fest, was mich in Panik versetzte, drei von den Zigaretten, die ich ihm gegeben hatte, fielen auf den Boden. Ich ekelte mich vor seiner Hand und vor seinem Hund, dessen Fell aussah, als hätte einer Himbeer-sirup daraufgeschüttet. »Ich rauch' eine mit dir! Ich geb' dir eine von mir. Da schau an, zufällig die gleiche Sorte wie du.« In seinem Blick war etwas Wahnsinniges, das ich ihm aber nicht abnahm, er meinte, ich erwarte so etwas von ihm. »Super«, sagte ich, »ich hab' leider keine Zeit.« »Du hast schon Zeit. Du hast für den da und den da keine Zeit. Aber für mich hast du Zeit. Das weißt du genau. Wenn du etwas brauchst, mußt du es nur sagen.« »Ich habe alles«, sagte ich. »Wirklich«, sagte er, »ich kenn' dich. Du wohnst ja eh gleich hier. Ich hab' kein Feuer.« »Ich auch nicht«, sagte ich und stieß mich von ihm ab. Er aber griff flink nach meinem Ärmel und zog mich und seinen Kö-ter zwischen den Gebrechlichen und Geschundenen hindurch, denen die Knie weich waren und die halb in die Hocke gesunken dastanden, weswegen sie wie Mißgeburten mit überlangen Oberkörpern aussa-hen. »He, Sally!« rief er einem Mädchen zu, die nicht älter sein konn-te als vierzehn, und zu ihr sprach er nicht mehr in dem zugerauchten Hippie-Singsang, in dem er mit mir gesprochen hatte, sondern wie ein klar denkender Zuhälter. »Gib meinem Freund hier Feuer!« »Ich hab' keins«, jammerte sie. »Besorg' eines!« Sie streckte ihm die Zunge her-aus, und er schlug ihr mit den Knöcheln auf den rotgefärbten Schädel.

»Ich will keine rauchen«, sagte ich, »und mit Ihnen zusammen schon gar nicht, und jetzt lassen Sie mich bitte sofort los!« Das klang so dämlich, daß ich mir selbst gern auf den Kopf geklopft hätte. »He«, sagte er, »kein' Stress, du bist in Ordnung, wie du bist, ich bete für dich. Das hab' ich dir doch versprochen. Du kannst dich drauf verlassen.« Ich gab ihm einen Stoß, so daß er den Alten mit den langen grauen Haaren und dem Charles-Manson-Gesicht, der uns unentwegt anstarrte, rammte, und der, als hätte er auf so eine Gelegenheit nur gewartet, rammte einen dritten, und dieser einen vierten – und ich lief los, die Schachtel Camel immer noch über mir in der Hand wie die olympische Fackel. Ich lief an den Taxifahrern vorbei, die an ihren Mercedessen lehnten und zuschauten, als wär's Fernsehen, lief über die Kreuzung zurück zu unserem Hauseingang. In der Schachtel waren gerade noch fünf Zigaretten, zwei in der Mitte abgeknickt. An der Ecke zur Linken Wienzeile, vis-à-vis vom BIPA, parkte ein Polizeiwagen, die Fenster waren heruntergelassen, ein Beamter und eine Beamtin blickten gelangweilt auf die Menschen, die aus der U-Bahn drängten, der Polizist rauchte. Ich fragte ihn um Feuer, er hob die Hand, schnippte die Asche ab und hielt mir die Glut hin, alles ohne mich anzusehen. Ich nahm zwei Züge und warf die Zigarette zusammen mit den zerbrochenen in den Gully. Auf dem weiten Parkplatz hinter der Station war Flohmarkt, der Wind wehte eine Mischung aus Debracziner, Curry und Patschuli herüber und Desinfektionsmittel von den Kleiderständen und Kellermief und Zigarrenrauch.

David schlief noch. Ich steckte die beiden Zigaretten, die ich gerettet hatte, in seine Packung zurück, schnürte den Rucksack zu, stellte ihn in der Bibliothek neben den Fauteuil, wo er ihn hatte fallen lassen, und setzte mich wieder in die Küche.

Was für ein Tagesbeginn!

David!

Der Winter meines Mißvergnügens ist durch seine Sonne zum strahlenden Sommer geworden. – *And all the clouds that lour'd upon our house / In the deep bossom of the ocean buried.* – Nein, der dritte Richard und sein brachialer Minderwertigkeitskomplex hatten in meinem Plot nichts verloren. Schon eher Papa Falstaff. *Leb wohl, du Spätfrühling, du alter Jungfernsommer!* Gibt's einen fürsorglicheren Vater, der kein Vater ist, als diesen ärmsten Lumpenhund, *der je mit Zähnen gekaut hat?* Zieht als Anführer einer liederlichen Bande durch die Nächte, umgibt sich mit einer für sein Alter viel zu würzigen Wolke aus Anarchie, nur um seinem Liebling Hal, Prinz von Wales, die Heiterkeit zu erhalten. *By the Lord, I knew ye as well as he that made ye.* Einem genetisch korrekten Vater kann so etwas ja auch gar nicht gelingen. Der sieht im Sohn nur die Zukunft und verteidigt sie eifersüchtig gegen die Gegenwart, als wäre diese Zukunft seine eigene. Der Ersatzvater hingegen weiß, daß der Junge ihm nicht bleiben wird, also wozu sich um seine Zukunft sorgen! Er sieht in ihm nicht, was er werden wird, sondern nur, was er ist. Ich bin in der bemerkens- und beneidenswerten Lage, Vater und Ersatzvater in einem zu sein ... Wollen wir es nicht übertreiben – Sir John, der größte aller witzigen Geister, stirbt an gebrochenem Herzen, weil er als Ersatzvater verschmäht wird; weil er, als die Zukunft schon längst angebrochen ist, immer noch jener Gegenwart nachhängt, die inzwischen Vergangenheit heißt. Zudem ist es mehr als waghalsig, mit Falstaff oder irgendeinem anderen aus derselben Werkstatt in Vergleich treten zu wollen; Shakespeares Tinte überfärbt jedes wirkliche Blut. – Ob sich David fünf Tage auf diesen Ort festzaubern ließe, wenn ich ihm Shakespeares Stücke nacherzähle? Vier Tage? Drei Tage? Das Publikum liebt mich in der Rolle des Erzählers großer Stoffe. Mein Shakespearebuch (in der Manier von Charles Lamb) über Macbeth, Shylock, Lear, Timon, Richard III., Rosalinde, Falstaff und Hal, Othello und Jago, Antonius und Kleopatra, Hamlet und Claudius (den ich übrigens für den wahren Vater Hamlets halte, was – wenig beruhigend in meiner Situation – der Grund für Hamlets überdimensionierten Haß wäre) verkauft sich in den Wiener Buchhandlungen nicht auffallend schlechter als der Meister persönlich ... – Mir fiel nicht ein einziges Thema ein, dem ich zutraute, daß es sich interessant genug aufbereiten ließe, um meinen Sohn bei mir zu halten. Zwei Tage. Wenigstens einen Tag. Wie hat Scheherazade das angestellt? Und wenn er mich nur besucht hat, weil er, bevor er aus dem Leben scheidet, ein Mal wenigstens seinen Vater sehen wollte? Eine solche Sentimentalität hätte sich Shakespeare nicht durchgehen lassen.

Um halb zehn wachte David auf.

Als wir das Café Sperl betraten, sah ich Robert Lenobel hinten in der letzten Loge sitzen, neben dem Klavier und dem großen Spiegel, wo wir immer sitzen, wenn wir gemeinsam frühstücken. David war begeistert von dem Café, er sei ein leidenschaftlicher Billardspieler, sagte er, aber erst seit ein paar Wochen. Ob ich mit ihm eine Partie spielen wolle. Ja, aber erst nach dem Frühstück. Er sah sich die Billardtische im anderen Flügel an. Ich setzte mich derweil zu Robert.

»Das ist er«, sagte ich.

»Sei so gut und laß mich machen«, sagte er. »Unterbrich mich nicht und verzieh nicht dein Gesicht!«

2

Robert Lenobel ist verheiratet mit Hanna, die eine jüdische Buchhandlung in der Innenstadt betreibt. Sie haben zwei Kinder, Bub und Mädchen, Klara zwölf und Hanno fünfzehn. Robert ist aktives Mitglied der Israelitischen Kultusgemeinde und trägt am liebsten schwarze Anzüge und weiße Hemden ohne Krawatte. Als Student sei er Trotzkist gewesen, inzwischen ist er religiös. »Ich sehe aus wie Walter Benjamin«, pflegt er seine Bekehrung zu rechtfertigen, »also muß ich mich auch benehmen wie er. Unser Gott hat sich sicher etwas dabei gedacht, als er uns beiden das gleiche Kinn, die gleichen Pausbacken, den gleichen Schnauzbart und die gleiche Dioptrienzahl verpaßte.« Tatsächlich hat er keine Ruhe gegeben, bis er endlich bei einem Trödler auch das gleiche Brillengestell gefunden hat, wie es Walter Benjamin auf den meisten Fotos trägt. Ich finde übrigens nicht, daß er ihm ähnlich sieht. Sein Schädel ist zu knochig, sein Körper viel zu schlank und zu lang; Benjamins Hände, soweit man das auf den Fotos erkennen kann, waren klein und mädchenhaft, Robert hat ziemlich ungefügte Pratzen. Neben seiner Tätigkeit als Psychiater – seine Praxis ist in der Girardigasse, gleich ums Eck beim Sperl – hält er einmal in der Woche an der Hochschule für Angewandte Kunst eine Vorlesung – über Freud, Jung, Adler, Lacan und Foucault und deren Einfluß auf die Kunst des zwanzigsten Jahrhunderts. Eine Zeitlang hatte er vor Philosophiestudenten doziert, es aber bald gelassen, weil er sich, so hatte er es ausgedrückt, »von denen eingekreist fühlte wie von einem Rudel fehlgeleiteter Sozialarbeiter«. Die Philosophie, predigt er, sei der Religionsersatz der Kleinmütigen, das Opium für die Gottlosen; »*mit* einem moralischen Auftrag ist sie dumm, *ohne* einen solchen ist sie sinnlos«; gute Philosophen seien Dichter, mit Wahrheit habe ihr Aufwand nicht das geringste zu tun; der ewige Schmarren aus Wer-bin-ich?, Woher-komme-ich? und Wohin-gehe-ich? werde uns immer nur von den Zweit-, Dritt- und Viertrangigen aufgetischt, daran seien diese nachgerade zu erkennen. Ich gebe neidlos zu, Herr Dr. Lenobel ist ein Meister der psychologischen Rhetorik, halbwegs angesiedelt zwischen Augustinus und Colombo, Freud und Hercule Poirot. In unseren Unterhaltungen – um so mehr, wenn andere dabei sind –, bemühen wir uns, wie in einer hypergeistreichen Sit-Com zu wortfechten. Immer wieder gelingt es ihm dabei, mich zu Zynismen zu verführen, vor denen es mir selbst schaudert. Am Ende bin jedesmal ich es, der ihn übertrumpft, und er ist es, der zur Mäßigung rät. Ich verabschiede mich von ihm, und bereits draußen auf der Straße habe ich das Gefühl, ein schäbiger Kerl zu sein. Ich fühle mich von ihm durchschaut. Was mich erstaunlicherweise nicht beschämt. Denn nicht mich durchschaut er, beschwichtige ich mich selbst, sondern ein Double von mir, ein potentielles Ich, das am Ende auf mich warten würde, wenn ich weiter den Weg des schäbigen Kerls ginge. Einmal sprach ich mit ihm darüber – »es gelingt dir, die schlechtesten Seiten in mir zu beleuchten, aber so erkenne ich sie wenigstens«; er faltete die Hände und bat mich, dies ja niemandem zu erzählen, es könnte seinen Ruf beschädigen; und er meinte das nicht ironisch. Außerdem lehne er Selbstverachtung als die verrückteste aller Attitüden ab. »Man muß nicht unbedingt zuerst deine schlechten Seiten erfahren, um zu wissen, wer du bist.« Er übrigens versteht es meisterlich, seine Fehler in Vorzüge umzudeuten. Als ihn Hanna einmal eine »technische Wildsau« nannte, weil er weder mit der Waschmaschine und dem Mikrowellenherd noch mit dem Videorecorder, ja nicht einmal mit seinem eigenen Handy umgehen könne, antwortete er ihr: »In der Anbetung der Technik versinnbildlicht sich für mich die schlimmste Rückständigkeit des menschlichen Geistes.« – Diesen Satz habe ich mir notiert. Hinter seiner Fassade aus brillantklarem Eis vermute ich Warmherzigkeit und Milde, ja sogar

Nachgiebigkeit. Sein Sohn und seine Tochter – beide haben das eigentümlich hohe, etwas konkave Gesicht ihrer Mutter – gehen freundschaftlich und gelassen mit ihm um. Wenn er mit ihnen spricht, ist nichts von dem Pointenzwang zu spüren, dessentwegen sich unsere Gespräche, jedenfalls wenn sie Spielfilmlänge überschreiten, für mich bisweilen recht anstrengend gestalten. Ich schließe daraus: Der Vater steht den Kindern sehr nahe, eben alltäglich nahe. Robert ist ein treuer Ehemann, andere Frauen interessieren ihn nicht. Ich habe versucht, ein Doppelleben in seinen Schatten zu malen, aber meine Vorstellungskraft hat versagt, es gibt nichts, woran sie sich festhalten könnte. Er kennt Massen von Witzen, vornehmlich jüdische Witze, nie allerdings habe ich einen Witz sexuellen Inhalts von ihm gehört. Kann sein, ein Psychoanalytiker hat solche Ventile nicht nötig. Wann immer es mir schlechtgegangen war, hatte er Zeit für mich gehabt, und wenn ich mich mit ihm unterhielt, egal worüber – vorausgesetzt, nicht zu lang –, ging es mir hinterher, trotz Zerknirschtheit und dem Verlangen nach Läuterung, eindeutig besser.

Das folgende Gespräch zwischen Robert und David fand an diesem Samstag mittag im Café Sperl statt:
　　Robert: »Ich bin Jude. Stört Sie das?«
　　David: »Nein, natürlich nicht.«
　　»So etwas darf man nicht fragen?«
　　»Doch, natürlich darf man so etwas fragen.«
　　»Aber es ist nicht geschickt, denken Sie.«
　　»Wieso geschickt?«
　　»Wenn man etwas rauskriegen will, meine ich.«
　　»Bei mir gibt es diesbezüglich nichts rauszukriegen.«
　　»Ich bin für Apartheid zwischen Juden und allen anderen, müssen Sie wissen. Ich plädiere für zwei Formeln der Begrüßung aller Menschen auf dieser Erde. Entweder: Ich bin Jude, stört Sie das? Oder: Ich bin kein Jude, stört Sie das? Was halten Sie davon?«
　　»Ich glaube nicht, daß ich darüber nachdenken möchte. Ich glaube nämlich, Sie meinen das nicht ernst.«
　　»Überlegen Sie: Auf diese Weise würden solche, die Juden nicht mögen, erst gar nicht in Kontakt zu Juden kommen. Das gleiche gilt für

Juden, die keinen Kontakt zu Nichtjuden haben wollen. Und solche, die nichts gegen Juden haben, müßten nicht überlegen: Ist er ein Jude und meint womöglich, ich hätte etwas gegen Juden, oder ist er kein Jude und meint, ich sei Jude, und er hat etwas gegen Juden, oder er meint, ich hätte etwas gegen Nichtjuden? Durch meine Formel würden Argwohn und unnötige Ablenkung von dem eigentlichen Thema, über das sich zwei Menschen unterhalten wollen, von vornherein gar nicht aufkommen. Was meinen Sie?«

»Ich habe noch nie, wenn ich mit jemandem geredet habe, darüber nachgedacht, ob er ein Jude ist oder nicht.«

»Aber woher wissen Sie, ob Ihr jeweiliger Gesprächspartner nicht darüber nachdenkt?«

»Hundertprozentig genau weiß ich das natürlich nicht. Ich kenn', glaub' ich, gar keinen Juden. Aber warum sollte zum Beispiel in China jemand jemanden fragen, ob jemand anderer ein Jude ist.«

»Nicht fragen, ob er ein Jude ist! Sagen: Ich bin einer oder ich bin keiner, es stört mich, wenn Sie einer sind, oder es stört mich nicht, wenn sie einer oder wenn Sie keiner sind. Das ist ein Unterschied. Glauben Sie, in China gibt es keine Juden?«

»Das weiß ich doch nicht. Ich war noch nie in China. Außerdem glaube ich, alle Menschen sind gleich. Jedenfalls sollte man alle gleich behandeln.«

»Ich glaube das nicht. Und auch wenn Sie sagen, Sie glauben das, denken Sie weder so, noch handeln Sie danach in Ihrem alltäglichen Leben.«

»Woher wollen Sie das wissen, bitte?«

»Sonst würden Sie in den gleichen Worten mit Ihrem Vater sprechen, wie Sie mit mir sprechen. ›Ich bin‹ heißt zunächst ›Ich bin anders‹. ›Alle sind gleich‹ heißt also ›Keiner ist, wie er ist‹. Aber es möchte doch keiner so sein, wie er nicht ist. Geben Sie mir recht? Die Ungleichheit zwischen einem Juden und einem Nichtjuden hat, von der Beschnittenheit des Juden abgesehen, kein verläßliches, sinnlich wahrnehmbares Merkmal. Rein äußerlich unterscheidet sich Moses nicht sonderlich von den Ägyptern, Judas Makkabäus nicht von den Griechen, Bar Kochba nicht von den Römern und Robert Lenobel nicht von Jörg Haider. Also sollte man gleich zu Beginn jedes Kommunizierens, am besten in eine Begrüßungsformel verpackt, die sich jeder leicht merken kann, darauf hinweisen: Ich als Jude bin anders als Sie, der Sie ein Nichtjude sind. Und umgekehrt.«

»Genau das wäre rassistisch, denke ich.«

»Spinnerei, was Sie da sagen! Ob Sie so denken, bezweifle ich erneut. Das haben sich eure nichtjüdischen altlinken Achtundsechziger ausgedacht. Uns Juden haben das unsere *jüdischen* altlinken Achtundsechziger beibringen wollen. Zu welchem Zweck aber? Damit jeder nach außen hin so tue, als gäbe es keine Unterschiede. Im Inneren aber denkt man sich, es muß *doch* welche geben, es kann die Geschichte nicht so ein meschuggenes Ding sein, das über Jahrhunderte ein Pogrom nach dem anderen aufführt, ohne daß es einen Grund dafür gäbe?«

»Auch auf die Gefahr hin, daß ich jetzt nachplappere, was mir jüdische oder nichtjüdische Achtundsechziger vorgeplappert haben: Wenn einer sagt, es gibt einen Grund dafür, daß es immer Verfolgungen gegeben hat, so meint er doch in neunzig Prozent der Fälle, die Juden haben selber Schuld.«

»Ja, Sie plappern tatsächlich nach. Sie plappern nach, aber Sie denken nicht nach. Wenn die Kuh nicht wie der Ochs ist, ist ja auch nicht die Kuh schuld. Und nebenbei gesagt, der Ochs auch nicht. Die Mahnmale nach dem Holocaust, was sagen die? Wenn sie von Nichtjuden errichtet werden, steht dahinter der vom schlechtesten Gewissen aller Zeiten befohlene Sühnewunsch, nämlich: selbst ein Jude zu sein – ein Ehrenjude sozusagen, wobei die Ehre darin besteht, einer zu sein, der nichts gegen Juden hat. Diese Mahnmale sind umgedrehte Verdienstkreuze, die sich die Gojim an die Brust heften. Und Jad Vashem? Waren Sie schon einmal in Israel?«

»Auch nicht, leider.«

»Merkwürdig. Jedesmal, wenn ich dort war, habe ich deutsche Jungen und Mädchen gesehen, die ihre Stirn gegen die Klagemauer schlugen.«

»Sie sind sehr ungerecht. Aber ich glaube immer noch nicht, daß es Ihr Ernst ist.«

»Haben Sie sich jemals überlegt, warum sich die deutsche Linke von allen nationalen Befreiungsbewegungen auf der ganzen Welt ausgerechnet in die der Palästinenser so sehr verknallt hat? Doch nicht etwa, weil ihnen deren Feind als Feind so nahe steht? Oder vielleicht gerade deshalb? Ich mache Ihnen einen anderen Vorschlag: Wenn ein Mensch einen anderen Menschen zum erstenmal trifft, soll er entweder sagen: ›Ich bin Jude. Falls du keiner bist, will ich dir nur mitteilen, daß ich dir nicht vorwerfe, was unsereinem von euereinem angetan wurde.‹ Genau das sagen all die Jad Vashem. Oder, wenn dieser Mensch kein Jude ist, soll er sagen: ›Falls du ein Jude bist, sei versichert, ich werfe dir nicht vor, daß du mir vorwirfst, was unsereiner euereinem angetan hat.‹ Das steht in den Gesichtern der Nichtjuden geschrieben, die Jad Vashem besuchen. Ist das besser? Wir bewegen uns in die Zukunft wie der Engel der Geschichte. Im Rückwärtsgang nämlich. Den entsetzten Blick nach hinten gerichtet, wo sich die Leichen der Ermordeten bis in die Wolken hinauf türmen. Und weil uns der Wind, der aus dem Paradies weht, weg von den Leichen nach vorne treibt, meinen wir, wir hätten das Recht, die Leichen als Argumente für irgend etwas zu verwenden, damit sie wenigstens für irgend etwas verwendet werden. Wer hat Ihrer Meinung nach Jesus Christus umgebracht?«

»Keine Ahnung. Ich war damals noch nicht auf der Welt.«

»Kein guter Witz.«

»Keine gute Frage.«

»Die Frage ist nicht so schlecht. Die Antwort könnte lauten: Die Juden haben ihn umgebracht.«

»Ich denke, die Römer haben ihn umgebracht.«

»Warum denken Sie das?«

»Es gibt historische Belege, denke ich.«

»Über Jesus Christus existiert nicht ein einziger gesicherter historischer Beleg. Zum Glück gibt es die Römer. Schließlich haben die Deutschen ja nicht sechs Millionen Römer ermordet. Angenommen, sie hätten, dann wären für unsere lieben nichtjüdischen altlinken Achtundsechziger bestimmt die Juden die Christusmörder gewesen. Meinen Sie nicht auch?«

»Das habe ich nicht richtig mitbekommen. Aber wenn ihn tatsächlich die Juden umgebracht hätten? Und? Ich kann mir vorstellen, daß es fünfzig fünfzig steht. Daß die Römer ungefähr ähnlich wahrscheinlich die Mörder von Jesus sind wie die Juden, oder? Aber den Italienern hat man das nie vorgeworfen. Das kommt übrigens nicht von mir, das kommt von meinem ehemaligen Geschichtslehrer. Mich interessiert dieses Thema nicht besonders, tut mir leid. Das werden Sie als Jude mir sicher vorwerfen. Aber das Thema interessiert mich einfach nicht besonders. Geschichte überhaupt nicht so sehr. Ich bin kein Jude, Sie sind Jude. Was ist der Unterschied?«

»Das will ich Ihnen sagen: Der Holocaust hat das Buch ersetzt. Das ist eine bestürzende Diagnose. Über zweitausend Jahre war die Tora der Stab, an dem sich jeder Jude festhalten konnte, wenn er sich auf schwankendem Boden durch die Finsternis bewegte. Ich bin Jude, weil meine Mutter Jüdin ist, ja, das auch, aber zuvorderst doch: Ich bin Jude, weil ich glaube, was in der Bibel steht. Und nicht nur das. Ich brauche die Bibel nicht einmal zu lesen. Ich bin Jude, weil ich weiß, daß die Bibel *unser Buch* ist. Die Tora ist uns, und zwar *nur uns Juden* geschenkt worden von Gott. Heute heißt es: Ich bin Jude, weil ich zu denen gehöre, die Hitler ausrotten wollte. Und die Juden sind eifersüchtig auf jeden Massenmord – auf die Opfer von Stalin, die Opfer der Roten Khmer, den Völkermord in Ruanda. Immer muß dazugesagt werden: Halt, das läßt sich nicht mit dem Holocaust vergleichen! Aber wer will denn vergleichen? Kein Mensch mit halbwegs gesundem Verstand will Massenmord mit Massenmord vergleichen. Aber viele Juden und noch mehr gojische Ehrenjuden predigen dauernd, der Holocaust lasse sich nicht vergleichen. Als ob es einen Wettbewerb im Fach Grauen gäbe. Warum predigen sie das dauernd? Ich halte das für einen klassischen Fall von Übertragung. Die Ehrenjunden, weil sie einen Dämon in sich spüren, der *eben doch* vergleichen will, nämlich mit dem perversen Wunsch, daß herauskommen möge, der Holocaust war nicht so schlimm wie sein Ruf, denn der Ruf des einen relativiert sich am Ruf des anderen. Die Juden aber vergleichen – und als Jude finde ich das besonders traurig –, weil sie nicht mehr glauben, das Buch habe die Kraft, uns zu einigen. Niemand weiß mehr, wovon im Deuteronomium berichtet wird, aber jeder kennt die Zahl der in Auschwitz ermordeten Juden. Und wenn es früher hieß, den Juden, und zwar allein den Juden ist das Wort Gottes geschenkt worden, dann heißt es jetzt: Den Juden, und zwar allein den Juden ist der Holocaust geschenkt worden.«

»Dieser Gedanke ist völlig abartig. So denkt doch niemand. Denken Sie wirklich so?«

»Ich bin mir nicht sicher, ob ich so denke«, antwortete Robert. »Sie erschrecken mich mit dieser Frage. Manchmal denke ich wirklich so, manchmal spreche ich den Gedanken nur aus, um mich zu vergewissern, daß ich nicht so denke. Kennen Sie so etwas?«

»Sie meinen, daß man etwas sagt, was man nicht denkt?« fragte David.

»Das sowieso. Nein, daß ich etwas ausspreche, nur um festzustellen, ob ich das auch wirklich denke.«

»Doch das kenne ich.«

»Ist ja auch kein Wunder. Man hat so viele Gedanken im Kopf, und sie sind ja nicht mit Farben markiert – rot die fremden, blau die eigenen. Wie soll man sie auseinanderhalten. Es ist so schwer. Man soll sie aussprechen.«

An dieser Stelle stand ich auf, murmelte etwas von: ich müsse dringend telefonieren, und ging vor die Tür.

3

Eine Weile blieb ich zwischen den glänzendschwarzen Glasschildern mit der goldenen Aufschrift Café Sperl stehen, betrachtete den Verkehr auf der Gumpendorferstraße und spürte, wie meine gute Laune allmählich zum Sinkflug ansetzte. Es ist behauptet worden, das Wesen der großstädtischen Geselligkeit bestehe darin, daß alles nur um des Gesprächs willen geschieht. Man tut, um hinterher darüber zu reden. Und man entscheidet sich für die eine Tat und nicht für die andere, weil sich aus der anderen weder Anekdote noch Sentenz schlagen läßt. Die Tat für sich ist gar nichts, erst wenn darüber geredet wird, gewinnt sie Sinn. – »Zwischen Was-ist? und Was-bedeutet? spannt sich eine kosmologische Leere, und man darf es nicht darauf ankommen lassen, daß sie sich so weit ausbreitet, bis am einen Ufer das andere nicht einmal mehr gedacht werden kann.« – Wenn es so etwas gibt wie im Gespräch handelnde Gestalten, dann ist Robert Lenobel der Herkules dieser Gattung (und Carl Jacob Candoris ist der Jupiter). Roberts Tat bestand darin, den jungen Leoparden ein Gatter zu errichten. *Und er blickt in das Herz meines Sohnes, weil ich es nicht kann.* Ein Möbelwagen versperrte die Fahrbahn. Die Autofahrer hinter ihm warteten geduldig. Ein wolkenloser Himmel spannte sich über die Stadt, zwei Kondensstreifen bildeten darin ein riesiges Kreuz. Vom Apollokino herunter wehte ein Wind, ein Frühsommerwind bereits, er wirbelte den Staub neben den Trottoirsteinen auf. Der Fahrer eines auberginefarbenen BMW, ein Mann mit einem roten, massigen Gesicht breitete eine Zeitung über das Lenkrad, schob sich die Brille in die Haare und zog eine andere Brille aus der Brusttasche. Neben ihm saß eine Frau, die im Rhythmus einer Musik, von der ich nur die Bässe hörte, ihren Nacken vor und zurück bewegte. Ohne sie anzusehen, reichte er ihr einen Teil der Zeitung hinüber. Vom Naschmarkt herauf durch die Girardigasse kam eine Gruppe Touristen, die Männer in kurzen Hosen, die Frauen das T-Shirt über dem Hosenbund. In ihren Blicken und Bewegungen war die Verlorenheit jener, die sich entschließen, die Stadt abseits der Trampelpfade zu erkunden, dann aber, nach wenigen Schritten in eine Seitenstraße hinein, den Beweis vor sich zu sehen glauben, daß die Touristenattraktionen zu Recht so genannt werden, weil alles andere nicht sehenswert ist. Der mutigste von ihnen schritt voran, seine Stimme hallte zwischen den unschön verputzten Fassaden, darüber erschrak er, verlangsamte den Schritt und gliederte sich wieder in die Gruppe ein. Noch ehe sie die Ahornbäume vor dem Café erreicht hatten, blieben sie stehen und berieten sich, und schließlich drehten sie um und kehrten zum Naschmarkt zurück, der ja tatsächlich eine Attraktion ist. Der Fahrer des Möbelwagens schlug die Hecktüren zu, hob die Arme zu einer Geste, die Dankeschön meinen konnte, und stieg ins Führerhaus. Der Mann im BMW reichte der Frau nun auch seinen Teil der Zeitung hinüber, tauschte abermals die Brillen und legte den Gang ein. Als sich Abraham Fields am Kennedy Airport von mir verabschiedete, hatte er mich umarmt und mir dabei ins Ohr geflüstert: »Lassen Sie es bleiben!« Und als ich ihn fragte, was ich bleiben lassen soll, hatte er gesagt: »Die Geschichte mit Seyß-Inquart.« Das fiel mir ein. Abe und Robert hätten sich gut verstanden. Abe wäre von Roberts Art der Gesprächsführung ebenso fasziniert gewesen, wie es offensichtlich mein Sohn war. Als ich vor längerer Zeit Robert erzählte, daß ich irgendwann beabsichtigt hätte, über Seyß-Inquart zu dissertieren, hatte er etwas Ähnliches gesagt wie Abe. »Sei froh, daß du es nicht getan hast. Die allerbesten Absichten nützen nichts. Bei so etwas kommt immer Heldenverehrung heraus. Es mag ja notwendig sein, daß ihr eure Schurken ins Schaufenster stellt, man soll die Täter ja nicht vor der Welt verstecken. Aber wenn sie im Schaufenster stehen – schwupp! –, sind sie Helden.« Ich hatte gesagt: »Warum *unsere* Schurken? Seyß-Inquart ist nicht *mein* Schurke.« Jahre vorher hatte Abe gesagt: »Es ist doch besser, man wirft euch vor, ihr habt es verabsäumt, die Seele dieser Verbrecher zu studieren, als daß gesagt wird, ihr errichtet wissenschaftliche oder literarische Denkmäler.« Ich überquerte den kleinen dreieckigen Platz vor dem Café, wohin Herr Staub, der Besitzer, die dunkelgrünen Metalltische und -stühle stellen wird, wenn sich das Wetter weiter hielte. Die lange Schaufensterfassade vis-à-vis gehört zu einem Lampengeschäft, in dem gute Stücke von den zwanziger bis zu den siebziger Jahren des eben erst vergangenen Jahrhunderts angeboten werden; aber auch extravagante Möbel, zum Beispiel stand bis vor kurzem ein mannshoher, mit Leopardenfellimitat überzogener Stöckelschuh in der Auslage, der mit »Lehnstuhl« angeschrieben war und tatsächlich einen Käufer fand. Das Geschäft hat den schönen Namen Lichterloh. Ich kenne die Besitzerin recht gut, sie setzt sich manchmal zu Robert und mir und frühstückt mit uns. Robert hält sich vor ihr mit seinen Witzen zurück, sie lacht sehr laut, und das ist ihm unangenehm. Ich mag das. Sie ist klein und mollig und hat einen mächtigen Busen, an den ich in der letzten Zeit oft gedacht hatte. Wenn ich mit ihr allein im Café bin, erzählt sie von ihren Sorgen mit den Männern, die kommen und gehen, meistens verheiratet sind, oft viel Geld haben, manchmal grob sind und nur selten länger als ein paar Nächte bei ihr bleiben. Robert behauptet, der Name Lichterloh stamme von ihm, sie verdreht die Augen und ruft in den Himmel hinauf, das sei ein Blödsinn. Ich glaube Robert. Einmal verkündete er, er habe einen so tollen Namen für ein kleines Speiselokal, daß er sich ohne Witz überlege, eines zu eröffnen – Kost-Bar. Wem so ein Name einfällt, dem fällt auch Lichterloh ein. Das Geschäft hat samstags geschlossen, weil die Besitzerin unten beim Flohmarkt schaut, ob es etwas Interessantes zu ergattern gibt, das man herrichten, mit einer Geschichte ausstatten und mit saftigem Profit weiterverkaufen kann. Ich suchte Dagmars Nummer auf dem Speicher meines Handys, ließ es tuten, bis ihre Stimme sagte, Dagmar Lukasser sei im Augenblick nicht zu erreichen, man solle es später noch einmal versuchen. Nach dem Piep-Ton redete ich auf die Mailbox, bemühte mich, meine Stimme möglichst natürlich klingen zu lassen – ich wolle mich nur kurz melden, die Nacht sei völlig problemlos verlaufen, David habe bis um zehn geschlafen, im Augenblick säßen wir im Kaffeehaus, er sei guter Laune, sie solle sich keine Sorgen machen. »Er weiß natürlich nicht, daß ich mit dir telefoniere. Denk heute nur an dich und an sonst nichts! Du kannst dich auf mich verlassen. Ich rufe in der Nacht noch einmal an. Leg dein Handy neben das Kopfkissen.« – Und was werde ich ihr sagen, wenn David bis zum Abend auf und davon ist?

Als ich das Café wieder betrat, sah ich David, weit über den Marmortisch gebeugt, mit Robert sprechen. Er hatte seinen Mantel ausgezogen und auf meinen Sessel gelegt. Seine Arme schimmerten, so weiß waren sie. Ich blieb beim Zeitungstisch gleich neben dem Eingang stehen und beobachtete die beiden. Wenn vorhin Robert geredet und David ihn nur mit kleinen Bemerkungen unterbrochen hatte, so war es nun Robert, der zuhörte. Was erzählte ihm David? Ihre Gesichter waren nahe beieinander, und ihr Ausdruck war sehr ernst. David fuhr mit den Händen aus, fuchtelte vor Roberts Gesicht herum, trommelte mit den Fingerkuppen auf den Tisch, jetzt schüttelte Robert den Kopf, David vollführte noch einmal eine ähnliche Parade von Gesten, schließlich schüttelten beide den Kopf und lehnten sich in ihren Sesseln zurück. David hatte eine unglaubliche Geschichte erzählt, so muß es gewesen sein, und sie gleich noch einmal erzählt, wie man es tut, wenn eine Geschichte wirklich unglaublich ist. Er hob seinen Mantel auf, griff in die Taschen, bot Robert eine der Zigarette an, die ich in die Schachtel gesteckt hatte, Robert lehnte ab. Immer wieder strich sich David die Haare zurück, immer wieder fielen sie ihm in Korkenzieherlocken über Wangen und Stirn. Wie seine Mutter, wenn sie sich bei einem Thema sehr engagierte, machte er den Rücken krumm. Nun schien ihm Robert eine Frage zu stellen. David hob die Arme und holte tief Atem, ehe er antwortete. Wieder nickte Robert kaum merklich, während David sprach. Einmal lachte er auf, wollte etwas sagen, ließ ihn aber weiterreden. David sprach nun, ohne zu gestikulieren. Die Arme drückte er an sich, die Schultern zog er hoch, die Hände klemmte er zwischen die Schenkel, dabei wippte er, als trüge er einen Rap-Song vor. Die Stirn im Profil hatte die gleiche Wölbung wie Dagmars Stirn, klug, aufmerksam, vertrauensselig, ein wenig verwöhnt, ein wenig besserwisserisch, hingabebereit und rührend. Robert winkte Fräulein Anneliese, unterbrach David, fragte ihn wahrscheinlich, ob er noch etwas wünsche, David schüttelte den Kopf, etwas unwillig, wie mir schien, wahrscheinlich, weil ihn Robert unterbrochen hatte, Robert bestellte, wahrscheinlich einen großen Braunen, nach einer Pause fuhr David fort. Nun aber, ohne mit dem Körper seinen Worten einen Rhythmus zu geben. Robert sagte ein Wort, und David brach in das heiterste und harmloseste Lachen aus; dabei nahm sein Gesicht einen kindlichen Ausdruck an, der ihm ungemein gut stand – soweit ich das von der Seite beurteilen konnte.

Ich ging wieder hinaus, überquerte den Platz vor dem Café, spazierte die Gumpendorferstraße hinauf. Sah mir neben Lichterloh das Schaufenster des Schneidergeschäfts an, in dem ich mir vor ein paar Jahren eine Jacke anfertigen hatte lassen, einen Lumberjack aus tiefgrünem Kord mit Lederteilen an der Schultern und den Ellbogen, ebenfalls grün, und zwei Brusttaschen, die mit Klappen wie geschwungene Klammern versehen waren. Als Zwölfjähriger, draußen im 15. Bezirk in der Penzingerstraße, hatte ich einen Lumberjack besessen, bei weitem nicht so einen noblen wie mein grüner, er war gebraucht gewesen, eine Freundin meiner Mutter hatte ihn mitgebracht, ihr Sohn sei in die Höhe geschossen, so hatte sie ihr Geschenk begründet, und ich hatte mir darunter einen kriegerischen Zwischenfall vorgestellt, und irgendwann war der Lumberjack verlorengegangen, worüber ich verzweifelt gewesen war, wirklich verzweifelt. Ein Amselweibchen landete zwei Schritte vor mir auf dem Gehsteig. Es senkte seinen Kopf, das hatte, so absurd der Vergleich war, etwas Wölfisches. Die Federn des Schwanzes schleiften am Boden, der Schnabel war weit geöffnet, aber kein Laut kam heraus. Ein Paar auf Rollerblades schwang die Straße herunter, die beiden hielten sich an den Händen, sie hatte auf der Brust ein weißes Blinklicht, fuhren an mir vorbei, er auf dem Rücken ein rotes. Ich ging weiter, beim Autohaus Denzel vorbei und an dem Friseurladen, der aussieht wie eine italienische Eisdiele, an der Reinigung vorbei bis zu dem Antiquariat, in dessen verstaubter Auslage seit zwanzig Jahren, wahrscheinlich schon länger, die große Rommel-Ausgabe der Werke von Johann Nepomuk Nestroy steht. Ich habe mich irgendwann einmal nach ihrem Preis erkundigt, da hatte der Besitzer gesagt, es tue ihm leid, sie sei gerade verkauft worden, der Kunde hole sie in den nächsten Tagen ab. Über dem Nestroy stapelten sich eine Biographie über Hermann Göring, eine im Schnitt gebräunte Taschenbuchausgabe der Tagebücher von Joseph Goebbels, die Kriegserinnerungen eines ostmärkischen Oberstudienrats, Brehms Tierleben, der große Herder aus den dreißiger Jahren, die Edda, Impressionen aus den deutschen Kolonien in Ostafrika und Südwestafrika sowie aus Neuguinea und dem chinesischen Kiautschou. Außerdem eine unter der Staubschicht gerade noch als blau erkennbare Ausgabe der Werke von Fritz Reuther, acht Bände über Österreich-Ungarns Außenpolitik von 1908 bis 1914, Lloyd Georges *Anteil am Weltkrieg* in drei Bänden und Thomas Edward Lawrence's *Die sieben Säulen der Weisheit*. Mir schauderte bei der Vorstellung, daß hier auch eine vergriffene Ausgabe einer Biographie über Arthur Seyß-Inquart, verfaßt von einem gewissen Sebastian Lukasser, stehen könnte. Ich betrat den Laden. Hinter dem brusthohen Tisch in der Mitte, den Bücher wie eine Festungsmauer umrundeten, thronte der Besitzer. Nicht anders als bei meinem letzten Besuch vor zehn Jahren trug er einen grauen Arbeitskittel, und wie damals blickte er mir ohne jedes Interesse direkt in die Augen. »Was kostet die Rommel-Ausgabe?« fragte ich. »Die ist zu teuer«, sagte er. »Danke«, sagte ich und ging. Ich spazierte weiter, zum Apollokino hinauf, wo auf der Plakatwand unter dem lachsfarbenen Türmchen Bruce Willis im Profil zu sehen war, er war *The Unbreakable*, der Mann, dessen Knochen auch zwischen verkeilten Eisenbahnwaggons nicht brechen (der Mann, »der nicht blutet, wenn man ihn sticht«). Gegenüber, auf der Steintreppe vor dem Haus des Meeres, das in dem gigantischen Betongrabstein eines Flak-Turms untergebracht ist, saßen Ostertouristen und ließen sich von ihrem Führer das weitere Vorgehen erklären. Weit oben über den Balustraden, auf denen am Ende des WK 2 die Kindersoldaten hinter ihren Kanonen gesessen und auf die amerikanischen Flugzeuge geschossen hatten, hatte ein Künstler in dreimannshohen Lettern geschrieben: SMASHED TO PIECES (IN THE STILL OF THE NIGHT) In diesem Moment drehten sich die Touristen um und blickten hinauf zu der Inschrift. Der Führer nützte die Gelegenheit, sich eine Zigarette anzustecken und sich die Hände am Hosenboden abzuwischen.

Nach einer halben Stunde trat ich wieder zu David und Robert an den Tisch. Sie fragten mich nicht, wo ich so lange geblieben war.

4

Nachmittags.

»Also dann«, sagte David, und ich sagte: »Bitte, bleib doch noch!«

Für einen Augenaufschlag, so bildete ich mir ein, war Rührung in seinem Blick; er stellte den Fuß auf den Rucksack und schaute zu Boden. Seine Rührung hatte dem »Bitte« gegolten; wenn ich ihn aber noch einmal bitte, dachte ich, wird er gehen, weil er sich aufgefordert sieht, Standfestigkeit zu beweisen. Es fiel mir schwer, es nicht zu tun.

»Es ist ein bißchen komisch zwischen uns«, sagte er.

Ich entschied mich, weiter zu schweigen.

»Rauchst du eigentlich?« fragte er.

»Gelegentlich.«

»Rauchen wir eine oben auf dem Dach«, sagte er. »Dort gefällt es mir.«

Er hatte auf dem Weg vom Café herunter gefragt, ob ich ihm Geld borge, er habe keine Zigaretten mehr. Mit borgen, so hatte ich gedacht, wird er vermutlich schenken meinen, es könnte aber auch sein, daß er mir das Geld tatsächlich zurückgeben will, und das hieße, er rechnet damit, daß wir uns wiedersehen. Aber als wir oben auf dem Dach vor meinem Arbeitszimmer standen, die Unterarme auf das Geländer gestützt, und in den Innenhof hinunterschauten, kam wieder nichts zustande. Jedes Räuspern legte ich mir zur Deutung vor; wie er den Rauch aus der Nase ziehen ließ; daß er die Zigarette nicht wie ich zwischen Zeigefinger und Mittelfinger, sondern zwischen Daumen und Zeigefinger hielt; wie er mit zugekniffenen Augen, den Mund zu einem O zusammengezogen, den Kopf im Nacken, über die Dächer sah. Selbst aus seinen Händen versuchte ich etwas zu lesen, markant geäderte Hände, erwachsene Männerhände. (Meine Hände waren mir nie erwachsen vorgekommen, bis sie auf einmal alt waren.) Ich müßte an sein Es-ist-ein-bißchen-komisch-zwischen-uns anschließen, dachte ich, aber mir fiel nichts anderes ein als ebenderselbe Satz, und den wollte ich nicht sagen, es wäre gewesen, als schöbe ich die Verantwortung für das Gespräch an ihn zurück, was ich an seiner Stelle nicht anders denn als Desinteresse interpretiert hätte. Mir fiel nichts ein, was sich vernünftig, und nichts, was sich zärtlich anhören würde. Er meint, er muß kämpfen, ist aber kein Mensch, der an Kämpfen Spaß hat. Tabletten? Pulsader? Es wäre grob gewesen, Dagmar gestern in der Nacht danach zu fragen; aber es war mein erster Gedanke: Wie hat er es angestellt? Sein Großvater hatte es mit Tabletten gemacht. Tabletten und Whisky dazu. Ich weiß bis heute nicht, was für Tabletten es waren. Ich hatte meine Mutter gefragt, und sie hatte mir den Finger auf die Lippen gelegt. Nicht unmittelbar nach der Katastrophe hatte ich sie danach gefragt, Jahre später erst. Gleich danach wäre die Frage verzeihlich gewesen, Jahre später war sie anscheinend kaltherzig. Tabletten waren wahrscheinlicher als Rasierklinge. Alles andere schloß ich aus. Und die junge Frau, die ihn verlassen hatte – wußte sie überhaupt davon? Vielleicht existierte sie gar nicht, vielleicht hatte er sie erfunden, um vor seiner Mutter und der Welt einen plausiblen Grund zu nennen für das, was er hatte tun wollen, weil er für den wahren Grund keine Worte finden konnte. Und wenn es gar keinen Grund gab? Vielleicht hatte ja Dagmar diese junge Frau mir gegenüber bloß erfunden; wie sie immer alle Kausalitäten erfunden hat, die in ihrer Weltsicht die Dinge miteinander verbanden, weil sie sich vor nichts mehr fürchtete als vor Schrauben ohne Muttern, Haken ohne Ösen, Geschichten, in denen Verbrechen ohne Motiv verübt wurden; weswegen sie sich auch immer der Liebe vergewissern mußte, denn für die Liebe fand sie in der Welt keinen ausreichenden Grund; und wenn wir zu lange für ihre Nerven nebeneinander auf dem Kanapee in meiner Küche in der Danneckerstraße gesessen und geschwiegen hatten, riß die kosmologische Leere in ihr auf, und sie sehnte sich nach einem die Liebe und das *Etwas* bestätigenden Streit, den sie, sobald er entzündet war, in jener

glücklich unbekümmerten Ausgelassenheit betrieb, die der von ihr
gepriesene, aber, trotz zwanzigbändiger Suhrkampausgabe im Regal,
höchstens hauchweise rezipierte Georg Wilhelm Friedrich Hegel »den
Sonntag des Lebens« nennt, »der alles gleichmacht und alle Schlech-
tigkeit entfernt«. Das hatte ich in meinem früheren Leben nicht begriffen: daß für Dagmar Streiten ein Akt der Reinigung war, aber
nicht in dem Sinn, wie ihn die Illustriertenpsychologen ihren Lesern
raten, sondern ein blutiger, mystischer Ritus zur Wiederherstellung
von Unschuld. Und plötzlich stand so deutlich wie die Gegenwart eine
Szene vor mir: Dagmar und ich, nebeneinander auf dem Teppich in
meiner Küche in der Danneckerstraße, die Hände auf der Brust gefaltet, die Augen zur Zimmerdecke gerichtet, und wir hören Bellinis
Norma. Ich war eben erst aus Innsbruck zurückgekehrt, wohin ich
nach unserem alles Bisherige hoch übertrumpfenden Acht-Stunden-
Streit geflohen war, weil ich mir von Margarida und Carl Ezzes holen
wollte. Dagmar wußte und ich wußte: daß wir zu weit gegangen waren. Und wir ahnten, daß wahrscheinlich etwas unheilbar verletzt
worden war, etwas, das uns beiden gehörte, ohne das wir in Zukunft
zwar anstandslos unsere Tage hinter uns bringen konnten, aber doch
nur jeder für sich allein. Ich hatte sie vom Bahnhof aus angerufen, hatte gesagt, ich sei zurückgekommen, hatte gefragt, ob sie mich sehen
wolle. »Komm zu mir«, hatte sie gesagt. Und dieses Wort hatte mich
berauscht wie eine Lossprechung. Ich war zu Fuß vom Bahnhof nach
Sachsenhausen gegangen, weil ich meine Gefühle sortieren wollte, um
ihr innerlich einigermaßen gewaschen und gekämmt gegenüberzu-
treten. Ich war übermüdet und in einem derart labilen, überempfind-
lichen Zustand, daß mich jede beliebige Gewöhnlichkeit zum Jauchzen
oder zum Weinen hätte bringen können – Blumenkästen mit verdorr-
ten Geranien, ein Smiley-Aufkleber auf dem Kotflügel eines Kinder-
rades, die Goldbrosche an der Bluse einer alten Dame, ein Verkehrspo-
lizist, der mit dem Rücken zur gleißenden Märzsonne sein Jausebrot
auspackte. Dagmar hatte in der Zwischenzeit eine Knoblauchpaste an-
gerieben und auf Weißbrot gestrichen und die Scheiben ins Rohr geschoben und den Tisch gedeckt und eine Flasche Wein entkorkt und
pro forma auch neben meinen Teller ein Glas gestellt, im Hof einen
Efeuzweig von der Wand gerissen und als Schmuck über den Tisch ge-

legt, und sie hatte Kerzen angezündet und das weinrote, knöchellange Kleid mit den aufgenähten schwarzen Spitzen an Ausschnitt und Bünden angezogen. Ich klingelte an meiner Tür, und wir trauten uns nicht, uns zu umarmen. Wir trauten uns nicht einmal, allzu höflich zueinander zu sein; sie dachte, ich dachte, der andere werde allzu auffällige Höflichkeit als der Ungeheuerlichkeit unseres Streits nicht angemessen empfinden. Wir aßen still. Schließlich berührten wir einander im Gesicht, so schüchtern, als wäre dies die erste Berührung zwischen einem Mann und einer Frau und noch Teil des großen Tests, ob solches Vorgehen der Erhaltung der Art diene oder eher nicht. Wir umarmten uns und legten uns auf den Teppich, weil das Kanapee zuwenig Platz bot, um glaubhaft so zu tun, als ob wir uns noch nicht entschieden hätten, was weiter mit uns geschehen sollte. Die Beine ineinandergelegt, wärmten wir uns, und Dagmar sagte, sie würde gern Musik hören, und ich ging in mein Arbeitszimmer und legte eine der Platten auf, und wir hörten Maria Callas und Ebe Stignani erst abwechselnd, in der letzten Strophe im Duett *Mira, o Norma* singen; und als die Nummer fertig war, stand ich auf, ging wieder in mein Arbeitszimmer und hob die Nadel an den Anfang zurück, und das wiederholte sich, ich weiß nicht, wie oft, so daß diese – wie mir einfach nicht aus dem Kopf gehen wollte – *geborgte* Glückseligkeit immer nur vier Minuten dauerte; aber das war gut so, denn die Kreisform der Wiederholung ist das einzig mögliche Gleichnis, das wir uns von der Ewigkeit machen können; und im Gegensatz zu heute, wo ich die Repeat-Taste am CD-Player drücke und damit diese Arie zu einem durchgehenden abendfüllenden Stück verlängern kann (wenn ich dabei Gift nähme, zu einer Monsterproduktion wie den *Ring des Nibelungen*, angenommen man würde mich erst – oder bereits – nach fünfzehn Stunden finden), wurde uns diese geborgte Glückseligkeit in Paketen geliefert, die ich für uns eins nach dem anderen abholte und uns ins Herz stapelte. Da lagen wir und blickten zur Decke hinauf, und Dagmar sagte, sie sei hundert Prozent sicher, daß Bellini, natürlich ohne es zu wissen, diese Musik für diesen Augenblick komponiert und daß die Callas, natürlich ebenfalls ohne es zu wissen, so schön nur gesungen habe, damit wir beide in diesem Augenblick hier liegen und zuhören. Und ich wäre gern einer gewesen, der sich wenigstens einmal – wenigstens einmal! – von der Liebe überrumpeln läßt, ohne sich sofort hinterher zu sagen: Sieh an, jetzt bin ich von der Liebe überrumpelt worden. – *If music be the food of love, play on!* – Aber ich empfand ja nicht anders als sie, nur daß die Metaphern und Zitate, die mir durch den Kopf tanzten, mit der reinen und ganz und gar wirklichen Wölbung von Dagmars Stirn nicht konkurrieren konnten (die aus heutiger Sicht, also durchaus nüchtern betrachtet, das Schönste war, was mir der liebe Gott je gezeigt hatte); und so breitete sich das Weltall vor mir aus und füllte sich aus der Quelle eines Soprans und eines Mezzosoprans mit Sinn und Bedeutung wie Frankensteins Monster mit dem Blut von durch und durch wirklichen Menschen, und ich wäre gern ein anderer gewesen, und doch war ich nie vorher und nie wieder nachher lieber ich selbst. An diesem Abend beschlossen wir zu heiraten – entweder zu heiraten oder uns zu trennen (eine Alternative, die, wie mir Robert versicherte, am Beginn so vieler mißglückter Ehen stehe), also zu heiraten; und beschlossen auch gleich, ein Kind zu haben, und Dagmar setzte die Pille ab, und wir vögelten von nun an dreimal am Tag und mit einem Ernst, als wäre es die gute Tat.

Meine morgendliche (postoperative) Euphorie meldete sich wieder in kleinen dahinhüpfenden Momenten von Überschwenglichkeit, in denen sich die Härchen an meinen Armen aufstellten. In Davids Augen, meinte ich, funkle ein Licht kindlicher Frühreife, was mich dazu animierte, ihm imponieren zu wollen – wie ich auch seiner Mutter immer imponieren wollte. Ich befand mich in Konkurrenz zu Herrn Dr. Lenobel. Was einem an einem Fremden gefällt, stößt einen am eigenen Vater ab? Kann ja sein. Und um nicht häßlich zu erscheinen, entschloß ich, mich gar nicht zu zeigen. Damit ihn eine gewisse Rätselhaftigkeit an seinem Vater fasziniere. Den Vater jedenfalls faszinierte eine gewisse Rätselhaftigkeit an seinem Sohn. Aber man muß ein Schweiger sein, um schweigen zu können. Meistens stellt sich Schweigen einfach als Nichts-Reden dar, und es benötigt sündteuren Kunstaufwand, um einen Clint Eastwood zu kreieren, der still ist, aber dennoch irgendwie nicht dumm wirkt. Solcherart blankes Schweigen mag in der freien Natur des Wilden Westens Effekt zeigen, in der Großstadt wirkt es ohne die Stütze vielsagender mimischer und gestischer Ironie bloß bäurisch. Ein Mangel an Nuance, Zweifel und Witz würde mich als

primitiv erscheinen lassen, und das sollte für meinen Sohn kein An-
sporn sein, sich mir zu öffnen. Allzu sophisticated durfte ich jedoch
auch wieder nicht auftreten, er könnte es als Arroganz auslegen. Darin bestand das hervorragende Talent des Dr. Caligari Lenobel: daß er
sich auf jeden Menschen einzustellen verstand, so daß sich jeder so
ungezwungen geben konnte wie gegenüber einem zweiten Selbst. Es
duftete vom Nachbarhaus herüber nach österlichem Hefekuchen, und
ein Feenwunsch durchzuckte mich, nämlich daß ich nie älter als zehn
Jahre geworden wäre und daß mein zehntes Jahr so lange dauern hätte sollen wie ein ausgelebtes Leben und daß ich dieses Leben in Innsbruck in der Anichstraße verbracht hätte mit der Gewißheit, daß Margarida jeden Sonntag für mich einen Blechkuchen mit Streuseln bäckt.
Aus zwei hofseitigen Fenstern unter uns hingen abgezogene gesteppte
Bettdecken. Eine Frau, die ich manchmal in der Toreinfahrt traf, wenn
sie die Post aus ihrem Fach nahm, stand auf einer Leiter und polierte
die Scheiben. Sie trug eine dunkle Strumpfhose, die ihr Becken an-
machend betonte, und hatte sich ein leuchtendrotes Tuch in die Haare
geknotet. Sie hielt einen Augenblick inne und winkte zu uns herauf.
David hob die Hand, als wäre er es, der sie kannte, und ich zu Besuch
bei ihm. Aber ich glaubte ihm nicht. Eher konnte ich mir vorstellen,
daß er gegen Panik ankämpfte. Das kommt ja vor, daß alle unsere Äußerungen gerade dann dem Ideal von Normalität nacheifern, wenn
wir uns ins Extrem gedrängt fühlen. Was mochte er über mich denken? *Er führt ein bequemes Leben, ohne Entschuldigung, ohne Scham
und vollkommen unabhängig, was kann ich anderes für ihn sein als
ein Störfaktor? Ich hätte ihn nicht besuchen sollen; er wäre immer
eine Option gewesen, so ist er gar nichts, weniger als ein x-beliebi-
ger Mann, von dem ich mir nie etwas erwartet habe.* – Option? Daß
er mich auswählte, ihm beizustehen in seiner Not? Und? Kann ich das?
Wenige Monate, bevor sich mein Vater das Leben genommen hat, habe
ich mit ihm telefoniert, er war aufgekratzt und teilte mir mit, daß er in
der Schweiz in einem Studio aufnehme. Ein Jahr lang hatte er die Gitarre nicht mehr angerührt. Er hat mich gefragt, was ich davon halte,
wenn er wieder eine Band gründe. Und ich sagte nur: »Ich weiß nicht.
Findest du das wirklich eine tolle Idee?« Für ihn war ich nach diesem
Telefongespräch wahrscheinlich keine Option mehr gewesen.

Wir rauchten schweigend und ließen am Ende, ohne eine andere Bewegung, als daß wir den Abstand zwischen Daumen und Zeigefinger ein wenig vergrößerten, gleichzeitig unsere glühenden Stummel in die Tiefe fallen.

»Also gut«, sagte er, und seine Stimme klang brüsk, »ich bleibe bis morgen früh. Kann ich mich jetzt gleich eine Stunde hinlegen? Ich habe wenig geschlafen in letzter Zeit.«

»Gib mir deine Sachen«, sagte ich, »ich stecke sie in die Waschmaschine, bis du aufwachst, sind sie fertig, dann geben wir sie in den Trockner, und am Abend kannst du sie wieder anziehen. Wir beide brauchen halt ein bißchen mehr Zeit. Ist das schlimm?«

Als ich mir sicher war, daß er schlief, rief ich Robert an.

»Ich habe euch beobachtet«, sagte ich.

»Ich habe dich dabei gesehen«, sagte er.

»Hat mich David auch gesehen?«

»Glaub' ich nicht.«

»Was habt ihr denn so Interessantes besprochen?«

»Du hast mich gebeten, daß ich ihn mir ansehe«, seufzte er herablassend geduldig. »Ich nehme an, du hast damit den Arzt gemeint. Nun, der Arzt hat Schweigepflicht. Also frag' nicht!«

»Eine Frage wenigstens: Hat er etwas über mich gesagt?«

»Daß du ihn nicht einmal gefragt hast, was er macht.«

»Ich hatte keine Zeit. Gleich nachdem er aufgewacht war, sind wir ins Sperl gegangen, weil ich dich nicht warten lassen wollte, und auf der Straße wollte ich ihn nicht fragen, bei dem Gedränge und dem Lärm, das wäre mir unhöflich erschienen, und im Sperl hast ja gleich du mit ihm gesprochen.«

»Er hat mit mir gesprochen. Ich habe ihn dazu gebracht, daß er mit mir spricht.«

»›Ich bin Jude, ich bin kein Jude, stört es dich, stört es dich nicht …‹ Es hat ihn nicht interessiert. Hast du das nicht mitgekriegt?«

»Es hat ihn interessiert, glaub mir.«

»Ah! Hat er dir vielleicht sogar einen konstruktiven Gegenvorschlag unterbreitet? Daß man sich in Hinkunft begrüßen soll mit: ›Ich bin ein Deutscher, stört dich das?‹«

»Du bist beleidigt.«

»Ja.«

»Und auf was hinaus bitte? Du benimmst dich kindisch. Du bist eifersüchtig.«

»Natürlich bin ich eifersüchtig. Warum tust du so, als ob ich ein Feind wäre. Ich bin nicht sein Feind, und ich bin nicht dein Feind!«

»Es war richtig, daß du mich mit ihm allein gelassen hast. Es wird ihm zwar merkwürdig erschienen sein. Aber das schadet nichts. Ich schätze, er hat das Manöver durchschaut. Auch das schadet nichts. Die Söhne können den Vätern nicht in die Augen sehen. Das ist ein uraltes Thema. Davon erzählen uns die Mythen.«

»Das erzählen die Mythen? Das habe ich noch nie gehört.«

»Isaak und Abraham, Jakob und Isaak, Simeon und Jakob …«

»Die haben doch alle ihren Vätern in die Augen gesehen. Ich habe nie etwas anderes gelesen. Das hast du doch in diesem Moment erfunden.«

»Und wenn schon! Freud hat auch alles erfunden – den Ödipus-Komplex, das Unterbewußtsein, die Verdrängung, die Sublimierung, den Freudschen Versprecher, das Es, das Ich, das Über-Ich …«

»Das Ich nicht.«

»… den Todestrieb …«

»Den gibt's. Davon kann ich ein Lied singen. Mein Vater, dem ich übrigens sehr gut in die Augen sehen konnte, hat sich umgebracht, und meine Mutter hat sich lebendig begraben, und mein Sohn ist suizidgefährdet …«

»Ist er nicht.«

»Er hat immerhin einen Versuch unternommen.«

»Das war Bluff.«

»Woher weißt du das?«

»Er hat mir alles erzählt.«

»Warum dir, einem völlig Fremden? Warum nicht seinem Vater?«

»Du bist ihm nicht weniger fremd als ich. Den kannst du ihm zur Auflockerung erzählen: Zwei Lehrer treffen sich im Kaffeehaus, sagt der eine: Wenn ich Bill Gates wäre, wäre ich wahrscheinlich noch reicher als er. Fragt der andere: Wie das? Antwortet der eine: Ich könnte zusätzlich Nachhilfeunterricht geben.« – Und legte auf.

Hier nun Biographisches über die Mitglieder meiner wiederentdeck-
ten Familie, wie sie es selbst – David am Abend, Dagmar in der Nacht –
vor mir ausgebreitet haben:

David wollte nach dem Abitur Medizin studieren und Chirurg werden. Sein Notendurchschnitt aber war nicht entsprechend, so daß er
von der ZVS (Zentralstelle für die Vergabe von Studienplätzen – mit
Wonne und Schadenfreude registrierte ich, daß ihm seine Mutter ihre
Vorliebe für Abkürzungen mitgegeben hatte) ziemlich weit nach hinten gereiht worden war und vier Semester hätte warten müssen, bis
ihm irgendein medizinisches Institut irgendwo in der Bundesrepublik zugeteilt worden wäre. Also gab er seinen Berufswunsch auf und
schrieb sich für Wirtschaftspsychologie an der Universität Lüneburg
ein. Er wußte nicht, was Wirtschaftspsychologie zum Inhalt hatte,
auch nicht, was für eine Tätigkeit draußen im Leben auf einen Wirt-
schaftspsychologen wartete. Er besuchte eine einzige Vorlesung, die
war derart langweilig, daß er auch mit dem besten Willen nicht einmal eine Minute lang im Gedächtnis behalten konnte, was vorgetragen wurde. Hinterher war er erschöpft wie nach einem Dreißigstun-
dentag. Noch vor den Weihnachtsferien exmatrikulierte er sich und
kehrte nach Frankfurt zurück. Er meldete sich für den Zivildienst an
und bekam eine Stelle beim Diakonischen Werk in einem Tagesheim
für Behindertenbetreuung. Von Anfang an gefiel ihm diese Arbeit.
Die Patienten mochten ihn. Er hatte sogar den Eindruck, sie mochten
keinen Betreuer lieber als ihn. Er hatte sich um vier Spastiker zu kümmern, zwei Frauen, zwei jugendliche Männer. Eine der Frauen hieß
Natalie, sie war siebenundzwanzig und hatte ein hübsches Gesicht,
wenn es entspannt war, was selten vorkam – in seiner Gegenwart aber
eindeutig häufiger als in Gegenwart der anderen Betreuer. Natalie litt
unter einer zerebralparetischen Störung, sie hatte bei der Geburt zu
wenig Sauerstoff bekommen. Sie saß im Rollstuhl und konnte nicht
sprechen. Es gelang ihr zwar, Laute von sich geben, aber das tat sie nur,
wenn es ihr unbedingt notwendig erschien. Sie schämte sich. Sie wußte, die Leute hielten sie für schwachsinnig, wenn sie stöhnte, gurrte,

röchelte oder lallte. David bekam die Erlaubnis, Natalie im Rollstuhl durch die Stadt zu schieben. Sie besuchten den Zoo, und während eines Wolkenbruchs flüchteten sie sich in das Giraffenhaus. Dort waren sie allein. Ihm ging es zu dieser Zeit nicht besonders gut, und das erzählte er ihr angesichts der Giraffen, und er erzählte auch, warum es ihm nicht so besonders gut ging. Sie tröstete ihn. Sie hatte noch nie in ihrem Leben jemanden getröstet, sonst war immer sie getröstet worden. Natalies Mutter lud ihn an einem Wochenende nach Hause ein. Natalie tanze gern, sagte sie, sie wünsche, ihm etwas vorzutanzen. Die Mutter legte eine Musik auf, und Natalie drehte und warf sich im Rollstuhl vor und zurück und hin und her. Nach einer Weile fand sie den Rhythmus, und ihr Körper war voll Anmut, trotz der schnellenden, zuckenden Bewegungen. Er verstand, warum weder Natalie noch ihre Mutter es wollten, daß sie im Heim vor den anderen tanzte. Die Bewegungen hatten nämlich auch etwas Anbietendes, Geiles, Lüsternes an sich, obwohl sie bestimmt nicht so gemeint waren. Allein die Tatsache, daß eine behinderte Frau, die schön war, tanzte, ließ einen etwas Schäbiges denken. Natalie war sein Liebling. Jeden Tag unterrichtete er sie. Hauptfach war Bliss. Bliss ist eine Universalsprache, ihr Erfinder war ein gewisser Charles Bliss, der hat sich, beeinflußt von den chinesischen Schriftzeichen, Symbole ausgedacht, mit deren Hilfe man alles, was man so üblicherweise redet, ausdrücken kann, nämlich einfach, indem man mit dem Finger darauf deutet. Das Sensationelle daran ist, daß auf diese Weise jeder Mensch mit jedem anderen Menschen kommunizieren kann, egal ob er Chinesisch, Portugiesisch, Deutsch oder Suaheli spricht. In der Allgemeinheit hat sich diese Erfindung leider nicht durchgesetzt, im Umgang mit sprachgestörten Menschen aber lassen sich erstaunliche Erfolge damit erzielen. Nachdem David ein halbes Jahr mit Natalie gearbeitet hatte, war sie in der Lage, mit Hilfe eines auf Bliss aufbauenden Programms – Apple Bliss – am Computer zu »schreiben«. Das Problem war: Natalie konnte mit den Händen nicht den Bildschirm berühren, um auf die Symbole zu zeigen und damit das Programm auszulösen. Wenn sie ihre Hand vor sich sah, zuckte die Hand aus und ließ sich nicht führen. Um die Hand halbwegs ruhig zu halten, mußte sie den Kopf wegdrehen. Wenn sie aber den Kopf wegdrehte, sah sie nicht, auf welche Taste sie drücken wollte. David stellte einen Spiegel auf den Tisch, so daß sie ihre Hand indirekt sah, und, wie ein Wunder, sie gehorchte ihr. Das erste, was sie schrieb, war ein Brief an David. Sie schrieb, sie liebe ihn wie einen kleinen Bruder. Als er seinen Ersatzdienst abgedient hatte, arbeitete er noch eine Weile unentgeltlich in dem Heim weiter, meldete sich aber an der Universität Frankfurt für die neue Studienrichtung Bioinformatik an, für die draußen in Niederursel im FIZ (Frankfurter Innovationszentrum Biotechnologie) ein Institut eingerichtet werden soll. Er stellt sich vor, daß man in dieser Studienrichtung auch über Kommunikationsformen jenseits von konventioneller Schrift und Sprache nachdenke. Jedenfalls wird er, wenn es zu einem Aufnahmegespräch komme, sagen, er wisse bereits, worüber er seine Diplomarbeit schreiben wolle, nämlich über Bliss.

Als wir uns zum Schlafengehen voneinander verabschiedeten, sagte David: »Wenn du nichts dagegen hast, würde ich gern über die Feiertage noch hierbleiben.«

»Hast du eine Bliss-Tafel bei dir?« fragte ich, wissend, daß er keine bei sich hatte.

»Nein«, sagte er, »aber ich kann dir die wichtigsten Symbole auf ein Blatt aufzeichnen.«

»Das würde mich sehr interessieren«, sagte ich. Und das stimmte auch.

Dagmar arbeitet auf Honorarbasis in der Abteilung für Stadtentwicklung und Flächennutzung des Stadtplanungsamtes der Stadt Frankfurt. Der Job wird nicht übermäßig gut bezahlt, dafür ist er interessant, und man kann in ein paar Jahren bei einem Spaziergang durch die Stadt sehen, was man zustande gebracht hat. Sie hat auch an dem inzwischen in der ganzen Bundesrepublik bekannten Baulückenatlas mitgearbeitet. Der war erstellt worden nicht zuletzt auf Wunsch und Druck der Industrie- und Handelskammer, und zwar zu dem Zweck, jeden freien Quadratmeter in der Stadt wirtschaftlichen Interessen preiszugeben. Aber eine seriöse Stadtplanung ist ja keine Lobbyistenspielwiese. Und die Stadt gehört allen. Auf der anderen Seite stehen die militanten Naturschützer, die aus jedem freien Quadratmeter ein Reservat rückbauen wollen, das am besten nicht betreten werden sollte, weil dort vielleicht irgendwelche Ruderalpflanzen gedeihen oder ein Mauerseglerpaar sein Nest baut. Dagmar hat durchgesetzt, daß wenigstens eine Baulücke unangetastet blieb, und zwar genau jene, die sowohl von den Ökos als auch von den Wirtschaftsleuten als besonders häßlich bezeichnet wurde. Dort stehen gerade noch die Kellerschächte zweier ehemaliger Bürgerhäuser. Spekulanten hatten die beiden Grundstücke gekauft und die Häuser abgerissen und waren pleite gegangen. In den Kellern hatte sich ein Tümpel gebildet, die Mauerstümpfe sind von Efeu und Knöterich überwuchert, etliche der alten Parkbäume stehen noch, unter anderem ein Mammutbaum und eine mächtige Blutbuche, ein Hain aus zarten Birken wächst auf der einen Seite, auf der anderen hat sich Schilf breitgemacht. Es ist ein Stück Großstadtdschungel und Dagmars Lieblingsplatz, gelegen am Rand des Westends, sie sagt »mein Platz« dazu, außer den Bonzen und den Grünen finden offenbar auch alle anderen Frankfurter diesen Platz häßlich, auf jeden Fall ist nie jemand dort, nicht einmal Punks oder Junkies kommen hin. »Ich habe«, sagt sie, »etwas getan, indem ich durchgesetzt habe, daß nichts getan wird.« Zur Zeit hat sie eine besonders schöne Arbeit: Die Bebauung des Rebstockparks nicht weit vom Messegelände ist in Planung, und weil man ihre Art schätzt, hat man sie in die Vorbereitung dieses Projekts einbezogen. Es ist die spannendste Aufgabe, an der sie in ihrem Leben mitgewirkt hat. Der Architektenstar Peter Eisenman aus New York hat die Pläne entworfen, eine unglaublich schöne Lösung hat er gefunden, er hat mathematische und philosophische Überlegungen mit ökologischen und wirtschaftlichen verwoben und das Ganze unter ein soziales Diktat gestellt. Bei dieser Arbeit verdient sie auch besser, es ist ein Vorteil, daß sie nicht angestellt ist. Aber auch wenn sie nichts dafür bekäme, würde sie es tun. Sie überlegt sich, ob sie in ihrem Alter noch ein Architekturstudium beginnen soll, wahrscheinlich aber tut sie es nicht.

Bis zwei Jahre nach der Scheidung hat sie noch mit David in der Danneckerstraße in Sachsenhausen gewohnt, sie hat nichts in der Wohnung verändert, aber nicht wegen Sentimentalität, sondern wegen Faulheit oder Gewohnheit. Dann sind sie umgezogen. Sie hatten unwahrscheinliches Glück, in der Friedrichstraße, überhaupt nicht weit vom Grüneburgplatz, war eine große Wohnung mit Flügeltüren, vier Zimmern und einem protzigen Frühstücksbalkon angeboten; die Vermieterin hatte sich ausdrücklich eine alleinstehende Frau mit einem Kind gewünscht, für so eine hatte sie die Miete halbiert, ein Ehepaar oder ein Single hätte fast das Doppelte berappen müssen. Bis heute hat sie sich an die schöne Wohnung noch nicht richtig gewöhnt, und manchmal steht sie zwischen den Türen, verschränkt die Arme und dreht sich langsam im Kreis. In der Liebe dagegen hat sie kein großes Glück gehabt, aber das war ein Glück für sie, denn sonst würde sie jetzt wohl in einer Familie leben und hätte noch ein oder zwei Kinder dazu, die sie höchstwahrscheinlich nicht so sehr lieben würde wie David, was zu großen Problemen führen würde. Immer wieder hat sie Beziehungen gehabt, aber die Männer haben es bei ihr nicht ausgehalten, nämlich aus dem altbekannten Grund, weil sie so eine Streitgretel sei. David haben sie gemocht, und er hat die Männer auch gemocht, aber es ist nicht gegangen. Gerade erst vor einem Monat hat sie sich von einem Mann getrennt, ja, diesmal hat sie sich getrennt. Er ist verheiratet, zweieinhalb Jahre war sie mit ihm zusammen. Das heißt, sie waren nicht zusammen, er hat sie besucht. Es war eine Spätnachmittagsbeziehung. Am späten Nachmittag war nämlich ein Zeitloch, in das seine Frau nicht hineinschauen konnte. Aber nicht öfter als drei- bis viermal in der Woche hat er sie besucht. Und nicht länger als zwei Stunden. Alle zwei Monate oder noch seltener blieb er über Nacht. Viel telefoniert haben sie. Sie kennt seine Frau, eine edel aussehende Person mit melancholischen Augen. Von diesem Mann übrigens hielt David nicht viel. Er sagte, er könne ihr das Wasser nicht reichen. Was er genau damit meinte, weiß sie nicht, der Mann ist immerhin ein hochgebildeter Jurist, der einen hochinteressanten Filmclub aufgebaut hat. Dagmar ist Mitglied in diesem Filmclub. Dort hat sie ihn auch kennengelernt. Kino bedeutet ihr sehr viel, wahrscheinlich soviel wie mir die Literatur. Jetzt geht sie dort nicht mehr hin. Irgendwie ahnt sie, was David meint. Christoph, so heißt der Mann, hat keine Herzensbildung, im Umgang mit Menschen ist er ein Orang-Utan. Er wußte nicht, was er mit ihrem Herz anfangen sollte, und leider hatte sie den Eindruck, ihre Gefühle waren ihm irgendwie peinlich.

Als ich Dagmar am Ende dieses ungewöhnlichsten aller Tage an ihrem Handy anrief – es war halb zwei in der Nacht –, hatte sie sich mit »Wer spricht?« gemeldet. Sie wußte, daß ich es war. Ihr Ton war gleichgültig geschäftsmäßig. Ich ließ mich nicht bluffen. Es gibt niemanden, der sie besser kennt als ich. Nachdem sie ausführlich erzählt hatte, fragte sie: »Hast du manchmal daran gedacht, zu mir zurückzukommen?«

Ich antwortete mit der Wahrheit: »Nachdem wir gestern nacht miteinander telefoniert hatten, habe ich daran gedacht. Seither denke ich daran.«

»Vorher nie?«

»Nein.«

»Verdankst du mir etwas, Sebastian?«

»Wie meinst du das?«

»Vergiß es!«

»Sag mir, wie du es meinst!«

»Frag' mich nicht, wie ich es meine, sag' einfach ja oder sag' nein.«

»Sehr viel verdanke ich dir.«

»Ich frag' lieber nicht, was.«

Wir erzählten einer dem anderen, was der andere ohnehin wußte, weil wir es miteinander erlebt hatten. Irgendwann sagte ich: »Erinnerst du dich noch an die verrückte Schwäbin?«

»Welche verrückte Schwäbin?« fragte sie.

Und obwohl ich sehr deutlich den warnenden Unterton hörte, sprach ich weiter: »Die KBWlerin mit dem Babygesichtchen, mit der du in der Bockenheimer Landstraße zusammengewohnt hast.«

»Die Inge? Wieso sagst du, die war verrückt?«

»Du hast noch Kontakt zu dieser bitteren Schwäbin?«

»Sie ist meine Freundin.«

»Sie ist deine Freundin? Bist du verrückt! Und wo ist sie zur Zeit dabei? Bei den Satanisten? Beim Opus Dei? Bei den Tierschützern, die Hühnerfarmen mit Auschwitz und Bergen-Belsen vergleichen?«

Dagmar legte auf. Und ich dachte: Ich habe alles verdorben. Und das kam mir sehr vertraut vor, denn immer, wenn wir uns gestritten hatten, hatte ich mich hinterher ähnlich gefühlt.

6

Dienstag, 17. April.

Später Vormittag. – Im selben Moment, als David und ich aus diesem schicken Kleidergeschäft auf die Annagasse traten, wo sich gerade eine Heerschar auf Stelzen, die für ein Hautpflegesystem warb, zu einer orange-grünen Phalanx formierte – je ein Buchstabe des Produktnamens auf je einem Wams –, sah ich Evelyn oben auf der Kärntnerstraße. Ich erkannte sie an ihrem Schritt und an der Art, wie sie die Arme eng am Körper hielt. Das wirkte sehr einsam. Sie zeigte ihre Zähne, ließ den Schlüsselbund aus ihrer Hand springen und fing ihn in raubtierhafter Geschwindigkeit auf, grüßte, indem sie die Fäuste gegen mich ballte, und mit geballten Fäusten kam sie auf uns zu.

»Kann es sein, daß du David bist?«

Ich hatte ihr von David erzählt, nicht allzu ausführlich freilich, und es war auch schon lange her; daß er mein Sohn ist, viel mehr hatte ich über ihn damals ja auch nicht gewußt. Er stellte die Papiertaschen mit den Boxershorts und T-Shirts, den Schuhen, den Jeans und dem halben Dutzend Socken, wozu ich ihn überredet hatte, neben sich auf das Pflaster und drückte ihre Hand. »Stimmt auffallend genau«, sagte er.

Ich sah ihr an, daß sie von seiner Stimme beeindruckt war, und wohl auch, weil sein mädchenhaftes Gesicht und sein honigfarbenes lockiges Haar dazu ein so perplexes Kontra bildeten, daß es ihr schwerfallen mußte, überhaupt ein erstes Bild von ihm zu entwerfen. »Hast du eine Ahnung, wer *ich* sein könnte?«

»Ich bin erst den dritten Tag in Wien.«

»Sagt dir der Name *Evelyn* etwas?«

»Ich möchte nach zweieinhalb Tagen nicht unbedingt etwas falsch machen«, antwortete er.

»Das ist eine ziemlich gute Antwort«, imitierte sie seine Stimmlage und unterlegte ihr die Karikatur eines Quizmasters, was albern klang und mich rührte, weil ich daraus schloß, daß ihr Herz hoch schlug. Nun wandte sie sich zu mir. »Kommentier's bitte nicht.« Und wieder zu David: »Und wie lange bleibst du?«

»In zwei Stunden oder so fahre ich wieder.«

»Ein kurzer Besuch.« Und zu mir: »Wie geht's dir?«

»Fast alles ist gut«, sagte ich.

»Was heißt *fast*?«

»Daß nie *alles* gut ist.«

»Warum hast du nicht *ein* Mal wenigstens angerufen?«

»Mein Sohn hat mich besucht.«

»Aber doch erst vor drei *Tagen*, wie ich gerade erfahren habe! Ich habe seit zwei *Monaten* nichts von dir gehört!« Zu David: »Er stellt sich nämlich nicht die Frage, wie es *mir* dabei geht, wenn ich dauernd nachstudieren muß, wie es *ihm* geht. Er spinnt, weißt du das? Absolut kein comprendo bei ihm.« Zu mir: »Aber ich denke, *ich* verstehe *dich*, ich verstehe dich, ja, ich denke, *ich verstehe dich*.«

David hob seine Taschen auf und ging ein paar Schritte weiter, hockte sich auf einen Fahrradständer, zündete sich eine Zigarette an (Streichholz in der Höhlung der Hand wie ein Knastbruder) und beobachtete die Stelzenmänner, die in Zeitlupe zur Kärntnerstraße wanderten und sich dort breitbeinig zu einer Barriere aufstellten und einander an den Händen hielten, so daß sich die Leute unter ihren langen Beinen durchducken mußten. Ohne Interesse schaute ihnen David zu, zog an seiner Zigarette, ein Ausdruck im Gesicht, als wäre das beileibe nicht das erste Mal, daß er sich abseits begebe, damit der Vater ungestört mit seinem Pantscherl parlieren kann.

»Warum hat er so eine Stimme?« fragte Evelyn.

»Was für eine Stimme hat er denn?«

»Ein rauher Bariton. Sehr sexy.«

Sie nahm mein Gesicht zwischen ihre großen warmen, trockenen Hände und küßte mich fest auf den Mund. »Du siehst gut aus, hast abgenommen, das steht dir gut, und warst an der Sonne, hast eine Farbe. Gefall ich dir noch?«

»Natürlich.«

»Warum ist er in Wien?«

»Er wollte seinen Vater kennenlernen.«

»Ja. Aber warum?«

»Das ist ein uraltes Thema, das wollen alle.«

»Ich zum Beispiel wollte es nicht.« Und schon begann sie, sich zu überhaspeln. Erst lehnte sie ihren Kopf gegen meinen und flüsterte, aber nach wenigen Worten gab sie das Flüstern auf, dafür erhöhte sich die Geschwindigkeit ihrer Rede, und am Ende war sie schneller als ein Capriccio von Paganini. »Ich würde gern eine Ausstellung über Wien während des Kalten Krieges organisieren. Über die Spione. Die sind sich zu dieser Zeit in der Kärntnerstraße g-g-gegenseitig auf die Füße getreten, so viele waren es. In Wahrheit war nämlich hier, in Wien, der Fokus der Weltpolitik, nicht in Washington oder Moskau oder London oder Genf oder Berlin. *Und Jimmy ging zum Regenbogen.* Ich habe mir die Nummer vom Simmel besorgt. Bis jetzt habe ich noch nicht bei ihm angerufen. Ich wollte erst mit dir darüber sprechen. Er wäre ein sicherer Programmpunkt. Ich denke, das könnte eine Ausstellung werden, die sehr stark von Veranstaltungen begleitet wird. Man könnte auch sagen, es wird eine Veranstaltungsreihe, zu der parallel eine Ausstellung zu sehen ist. Was hältst du davon? Den Simmelabend müßte man irgendwie zu einer großen Würdigung ausbauen. Daß die Stadt den Mann irgendwie groß würdigt. Wäre eh fällig. Im Museum könnte der Roman von Alpha bis Omega in einer Marathonlesung mit mehreren Schauspielern vorgelesen werden. Außerdem eine Gesprächsrunde, zum Beispiel auf der Bühne des Burgtheaters: ein alter ehemaliger amerikanischer Spion, ein alter ehemaliger sowjetischer Spion, ein alter ehemaliger britischer Spion, natürlich ein deutscher, über Lautsprecher hört man die Übersetzungen. Super wäre es, wenn der Peter Huemer die Gesprächsleitung übernehmen würde. Den könntest du fragen.«

»Wie geht's Pnini?« fragte ich nach einer Pause, die sie nötig hatte, um sich von ihrem Gewitter zu erholen.

»Sie ist schwanger«, flüsterte sie. »Sie klettert über den Balkon auf die Dächer. So ist es passiert, denke ich. Wenn du ein kleines Kätzchen willst, melde dich bei mir an. Es würde dich weniger hart sein lassen.«

Sie drehte sich mit einem Ruck von mir weg und ging zu David, hockte sich neben ihn, legte ihren Arm um seine Hüfte und sprach nahe an seinem Ohr auf ihn ein. Er strahlte sie an und nickte und schnippte den Tschick in meine Richtung, ohne in meine Richtung zu sehen.

Sie rief: »Er ist einverstanden, daß ihr heute abend zu mir zum Essen kommt.«

Sie ging davon, schritt dahin, die Urwaldkönigin, die es in die Großstadt verschlagen hatte.

»Das ist schon okay«, sagte David. »Hat ja niemand erwartet, daß du zölibatär lebst.« Aber ich meinte, er meine damit, er habe es sehr wohl erwartet, und das erfüllte mich mit einer solchen Freude, daß ich ihn umarmte und es mir in der Kehle kratzte, als ich sagte: »Ich bin sehr glücklich, daß du mich besucht hast, und sehr glücklich, daß du noch ein bißchen bleibst.«

Er klopfte meinen Rücken, wie man es bei einem Hustenanfall tut, und schob mich sanft von sich. »Ich habe gehört, daß Leute, die eine Operation hinter sich haben wie du eine, in der ersten Zeit danach leicht heulen.« Dabei sah er schräg vor sich nieder, hob eine Braue und verzog den Mund, was ebenso verlegen wie spöttisch aussah; auf jeden Fall aber sohn-echt. In einer Woge von Liebe ging mein Mißtrauen unter – woher weiß er von meiner Operation? Ich habe ihm davon nichts erzählt! –, und ich glaubte, mir vorstellen zu können, wie es gewesen wäre, wenn ich ihn in Windeln gewickelt, ihm die ersten Schritte beigebracht, einen Bienenstich an seinem Arm ausgesaugt, ihm das Schuhebinden, das Geschichtenerzählen, das Fahrradfahren gelehrt, mit ihm geübt, Klein-b und Klein-d auseinanderzuhalten, mit ihm zusammen auf die Rückgabe einer Mathearbeit gewartet und zuletzt mir seinen Liebeskummer angehört hätte.

Abends. – Kein Essen zu dritt, sondern eine Party. Was ich gar nicht mag. Deshalb hat Evelyn ja auch nicht mit mir gesprochen, sondern mit David. »Sie hat gesagt, es ist eine Party, sie könne nicht mehr absagen, aber verrate es ihm nicht, sonst kommt er nicht«, gestand er mir, als wir bereits in ihrer Wohnung waren. Ein (im Vergleich zu mir) junger Mann hatte uns die Tür geöffnet. Ich besaß zwar einen Schlüssel zu Evelyns Wohnung, aber weil ich mich so lange nicht bei ihr gemeldet hatte, wäre es mir unziemlich erschienen, einfach aufzusperren und einzutreten; obwohl ich wußte, daß sie genau das wünschte, sich jedenfalls bisher immer gewünscht hatte – weil es ihr ein Zeichen dafür war, daß wir beide zusammengehörten. Als ich nun den Mann vor mir sah – nicht wissend, daß hier eine Party stattfand –, der unrasiert war, etwas jünger als Evelyn, der schwarzes Haar hatte, das glänzte wie das ihre, und einen mediterranen Teint, war mein erster Gedanke, er ist ihr Bruder. Und weil ich ja wußte, daß Evelyn keine Geschwister hat, schoß es mir durch den Kopf, er könnte ihr Halbbruder sein, der sie gesucht und gefunden hatte, wie David seinen Vater gefunden hatte, und deshalb die Party. Er sprach Englisch, entschuldigte sich, er sei nur ein Gast und zufällig neben der Tür gestanden.

An die zwanzig Leute verteilten sich auf Evelyns Arbeitszimmer und Wohnzimmer. Die meisten kannte ich vom Sehen. Ich rechnete damit, daß David eine ähnliche Abneigung gegen solche Veranstaltungen hegte wie ich, zumal er ja um die Hälfte jünger war als die meisten hier. Aber so war es nicht, so schien es nicht, jedenfalls am Anfang nicht. Während ich noch im Flur stehenblieb und die Sache erst langsam angehen wollte, drückte er sich gleich zwischen den Leuten hindurch, als wäre er nicht zum erstenmal hier, Zigarette im Mundwinkel, die Hände in den Taschen seiner neuen dunkelblauen Hose. Es waren Arbeitskollegen und -kolleginnen von Evelyn und eine Studienfreundin mit ihrem Mann, der als Sportjournalist beim Fernsehen arbeitete und auch schon politische Diskussionen geleitet hatte. Auch das Ehepaar, das die Wohnung daneben bewohnte, war hier – er sehr groß und schüchtern, aber ein witziger Unterhalter im kleinen Kreis; sie, ebenfalls fast einen Kopf größer als ich, hat ein Talent, mich jederzeit mit einem abschätzigen Blick zu langanhaltendem Schweigen zu zwingen. Wenn die beiden in Urlaub fahren, kümmert sich Evelyn um ihre Pflanzen, das ist eine umfangreiche Aufgabe. Einmal waren wir gemeinsam drüben, und als wir alles erledigt hatten, legten wir uns auf den Teppich und schliefen miteinander; der Gedanke, daß wir es in einer fremden Wohnung taten, war besser gewesen als der Akt selbst.

Der Engländer zeigte ein ziemlich zähes Interesse an Evelyn; bei ihrer phlegmatischen Art, die Dinge, die ohnehin geschahen, mit sich geschehen zu lassen, schätzte ich, daß sie, wäre ich hier nicht aufgetaucht, am Ende der Nacht mit ihm, ganz gleich, ob er ihr Halbbruder oder ein Fremdling ist, im Bett gelandet wäre. Evelyn war in der Küche damit beschäftigt, in einem Topf, so groß wie für einen Jahrmarktsstand (den ich in dieser Küche noch nie gesehen hatte), Kartoffelgulasch umzurühren. David half ihr dabei, das heißt, er probierte mit einem Löffel die Sauce. Sie kicherten, als wären sie miteinander aufgewachsen und gerade ihrem Aufpasser entflohen. Sie trug ein winziges T-Shirt mit einer aufgenähten Rose aus glitzerndem Samt über der Brust, und sie hatte sich in ihre engsten Jeans gezwängt. Ich dachte, nicht für mich hat sie sich so angezogen, sondern für David, sie wollte ihm gefallen, und ich sah, daß sie ihm gefiel. Sie paßte in jeder Hinsicht besser zu ihm als zu mir.

Evelyn leckte den Kochlöffel ab, legte ihre Arme um meinen Hals und ihre Stirn gegen meine. »Mein Armer«, sagte sie.

Sie war raffiniert geschminkt wie immer, um ein Haarkleines zu kräftig nämlich. Das Schminken war bei ihr eine Sache von wenigen Minuten, alles andere als raffiniert, sie tat es nicht, weil sie meinte, ihr Gesicht habe das nötig, sondern weil es alle Frauen taten und sie unter gar keinen Umständen eine Ausnahme sein wollte, sich im Gegenteil vor nichts mehr fürchtete, als eine Ausnahme zu sein. Robert sagt, er benötige nicht mehr als einen Blick, um zu wissen, daß diese Frau vor dem Spiegeltisch einen ganzen Roman an Vorgeschichte in ihr Gesicht einarbeite; sie sei zweifellos eine Besonderheit, aber daß sie davon nichts wisse oder davon nichts halte, das bilde ich mir ein.

David hatte sich bereits in sie verliebt. Und sie sich in ihn. Wenn ich sie so nebeneinander beim Herd stehen sah, wußte ich, wenn er nur einen Tag allein mit ihr verbrächte, wäre seine Seele gesund, an welcher Krankheit sie auch leiden mochte. Mir kam sogar der Gedanke, nun endlich hätte ich die Antwort gefunden auf die zentrale Frage unserer Beziehung, nämlich: Was um Himmels willen findet sie an mir? Vielleicht hat sie dank ihrer magischen Fähigkeiten, über die sie zweifelsfrei verfügte, im Vater den Sohn erkannt, noch ehe sie über den Sohn mehr wußte, als daß es ihn gab.

Der andere, der sich ebenfalls in Evelyn verliebt hatte, nämlich der junge hübsche Engländer, stand plötzlich in der Küche. Über Davids Augen huschte ein Schatten. Ich legte meinen Arm um den Eindringling und schob ihn aus der Küche hinaus, und es blieb ihm keine andere Wahl, als Konversation zu machen:

Er: »Evelyn told me you're a writer. Well, I'm a reader. What is your favorite book?«

Ich: »You are the guest here! It is my honor to ask you about your favorite book.«

Erst tat er, als ob er überlegte, dann tat er, als ob er selbst überrascht wäre: »*Wuthering Heights* by Emily Brontë.«

»That's quite a devil of a book.«

»Unfortunately, I can't come up with a quote from it, to show off.«

»I believe books are jealous demons. As soon as I mention one of them, the others get together against me.«

Er nickte, als wären wir beide Geisteszwillinge, hob zwei Finger zum Gruß an seine Schläfe, wie es Lauren Bacall in *The Big Sleep* tut, wenn Humphrey Bogart das Spielcasino betritt, und steuerte auf den Sportreporter zu, der beim offenen Fenster stand und eine Virginia rauchte. Weil ich die Bacall-Geste so gut von Evelyn kannte (»Glaubst du tatsächlich, so eine Handbewegung wächst aus der Naivität?« hätte Robert gefragt), dachte ich nun endlich das Naheliegende, nämlich: Der ist bereits ihr Liebhaber. Das hörte man doch immer wieder, daß sich Leute Partner suchen, die ihnen ähnlich sehen – John Lennon und Yoko Ono, Brian Jones und Anita Pallenberg, Mick und Bianca Jagger. Später erzählte mir Evelyn, sie habe ihn an diesem Abend zum erstenmal gesehen, er sei ein Freund eines ihrer Arbeitskollegen und aus Birmingham zu Besuch gekommen, und ihr Arbeitskollege hätte ihn mitgebracht, weil er ihn nicht am ersten Tag gleich allein lassen wollte. »Und um ihn mit dir zu verkuppeln«, ergänzte ich. »Das kann schon sein«, antwortete sie und blickte mich dabei ernst an.

Evelyns Schlafzimmer liegt gleich neben der Eingangstür, es ist ein winziger Raum mit einem Fenster in einen Innenhof, in dem ein chinesischer Essigbaum wächst. Ein großes Doppelbett und ein Schrank stehen in dem Zimmerchen, mehr nicht. Es war abgesperrt. Als alle das Gulasch gegessen hatten, bat ich Evelyn, mir den Schlüssel zu geben. »Die letzten Tage waren für mich, als hätte ich mitten in einer Explosion gesteckt«, sagte ich.

»Du bist eben wieder ins Leben zurückgekehrt«, sagte sie. »Das ist gut. Möchtest du, daß ich mit dir komme?«

»Ich will mich nur eine Viertelstunde ausruhen«, sagte ich. Ich sah mich nach David um. Er unterhielt sich mit dem Engländer. Die Kandidaten mit den besten Aussichten, dachte ich. »Ja, komm mit mir!«

Sie sperrte hinter sich zu und zog das T-Shirt über den Kopf. Die dunklen Ringe auf ihren Brüsten blickten mich an, und ich wußte, ich würde es können, aber ich sagte: »Ich weiß nicht, ob ich es kann.«

»Das wird sich zeigen«, sagte sie und zog Jeans und Slip in einer Bewegung aus.

Sie legte sich rücklings aufs Bett und streckte mir ihre Arme entgegen. Als ich ihren Bauch berührte, die zarte braune Haut dort, dachte ich mit der Schadenfreude dessen, der keine gute Eigenschaft mehr braucht, weil man keine mehr bei ihm vermutet: Nach vier Tagen bereits betrüge ich Dagmar. Evelyn griff mit beiden Händen nach unten und faßte meinen Penis, und ich spürte, wie er sich mit Blut füllte und fest wurde. Als ich Dagmar erst einen Monat kannte, das war nach unserem ersten größeren Streit gewesen, hatte ich sie tatsächlich betrogen; nur dieses eine Mal, später nie wieder. Ich besuchte eine Studentin, die in einem meiner Tutorien bei den Historikern gewesen war, ich erinnere mich nur wenig an sie, Vera hieß sie, sie hatte ein niedliches Mausgesicht mit einer kleinen kessen Hakennase und hatte sehr blondes, glattes und langes Haar. Ich war schon einmal bei ihr in der Dachkammer gewesen, in der es nur schräge Wände gab, auch damals war ich niedergeschlagen gewesen, ich nehme an, das hatte mit meinem Vater zu tun gehabt, weil es bald nach seinem Tod gewesen war. Hinterher hatte sie zu mir gesagt, wann immer es mir nicht gutgehe, sei sie für mich da. Ich hatte das für ein sonderbares Versprechen gehalten – ich bezahle für Sex, und meine Währung heißt Verzweiflung. Und dann stand ich wieder vor ihrem rotgestrichenen Bett, das mehr nach einem Trampolin in einem Kinderladen aussah, und sagte, es gehe mir nicht gut, und wir zogen uns aus, als wäre ich bei ihr in Behandlung, und schliefen miteinander, und ich steckte ihr den Finger in den Arsch, weil ich dachte, sie erwarte sich etwas in der Art des *Letzten Tango von Paris*, wo ja auch ein Verzweifelter im Sex seinen Trost sucht. Sie hat mich über die Treppe nach unten gebracht und mich über ihre verschmierten Lidschatten hinweg angesehen, als könnte eines Tages etwas aus uns werden. Zu Hause fragte mich Dagmar: »Woher kommst du?«, und ich antwortete: »Ich habe mit einer früheren Freundin geschlafen, die Vera heißt.« Sie weinte, zog den Mund nach unten wie ein Kind. Als hätte ich eine Lore voll Elend über sie ausgeschüttet. Sie war fassungslos. Weil sie solche Sachen zu mir gesagt habe, so meine klägliche Argumentation, sei ich der Meinung gewesen, sie liebe mich nicht mehr, sonst hätte ich es nicht getan. Sie drückte den Kopf in ein Kissen und weinte noch mehr und rief dabei immer wieder: »Es tut so weh, es tut so weh!« Ich kam mir vor wie ein Schwerverbrecher, und das war ich auch und obendrein einer, der sich mit der dümmsten Ausrede verteidigte. Wir gehörten zusammen, und ich hatte angefangen, das kaputtzuschlagen. – Als es mir kam, schlang Evelyn ihre Arme um meinen Kopf, und ich dachte, daß es immer eine Lüge ist zu sagen, man sei stolz auf seinen Körper, wenn der nichts anderes gebracht hat, als den von der Natur höchstselbst aufgestellten Erfordernissen zu entsprechen. Wahrscheinlich wäre ich stolz auf meine Erektion und meinen Orgasmus gewesen, wenn die Erektion nur halb und der Orgasmus nur vorgetäuscht gewesen wären und ich vor Erschöpfung nach Luft gerungen hätte. Aber die Erektion war, wie sie vor der Operation gewesen war, und der Orgasmus war heftig, und beides hatte sich ohne großen Aufwand eingestellt. Meine Sorge zog sich in wenigen Sekunden restlos von diesem Feld zurück und galt nun allein meinem und Dagmars gemeinsamen Leben, das zwar nur in einem Tagtraum existierte, das mir dort aber, gleichsam als meine zweite Chance, zur Obhut übergeben war; wo ich es nachts am Telefon entweder bewahren oder ein zweites Mal zerstören konnte.

»Willst du gar nicht wissen, wie es für mich war?« sagte Evelyn. »Das fragst du doch sonst immer.«

Statt dessen fragte ich undankbarer Mensch: »Hast du die beiden getroffen?« Sie drehte den Kopf etwas zur Seite und drückte ein Auge zu. »Deine beiden Liebhaber«, präzisierte ich – gar nicht überflüssigerweise, denn offensichtlich hatte sie nicht verstanden, was ich meinte. Ihre Miene zeigte keinen Kommentar. Da war nicht das geringste Anzeichen des Gedankens, daß ich eifersüchtig sein könnte; sie fürchtete nicht, ich sei es, sie hoffte nicht, ich sei es. Sie nickte nur.

»Das heißt, du hast sie getroffen?«

Sie nickte. Dann sagte sie: »Du machst einen Film daraus.«

Vor der Schlafzimmertür hockte Pnini, ich wäre fast über sie gestolpert. Ich bückte mich zu ihr nieder, streichelte ihr graues Tigerfell, begutachtete ihren schönen Bauch, hielt ihr, wie ich es immer tat, die Faust hin, und sie boxte mit ihrer Schläfe dagegen und schnurrte.

David war nicht mehr da. Der Engländer sagte, er habe sich verabschiedet, bald nachdem Evelyn und ich im Schlafzimmer verschwunden seien.

8

Näheres wußte niemand. Der Sportreporter sagte, David habe sich mit ihm über die große Zeit des Carl Lewis unterhalten. Der Engländer sagte, er habe sich mit ihm über den Islam unterhalten. Sonst hatte keiner mit ihm gesprochen. Ich gab den Leuten die Hand, einem nach dem anderen. Evelyn sagte, sie verstehe nicht, daß auch ich gehen müsse. Ich müsse, sagte ich, ich würde sie morgen anrufen.

Davids Rucksack stand noch in meiner Bibliothek. Ich hatte ihm, als er sich entschloß, über die Feiertage zu bleiben, einen Schlüssel zu meiner Wohnung gegeben. Es war kurz nach Mitternacht. Ich war nicht übermäßig beunruhigt. Ich setzte mich in den Fauteuil und wartete.

Gegen halb eins klingelte das Telefon. Ich sah auf dem Display, daß es Dagmar war. Ich ließ es klingeln. Ich hörte meine Stimme auf dem Anrufbeantworter und dann Dagmars Stimme. Sie hoffe, uns gehe es gut. Sie probiere es vielleicht später noch einmal. Oder morgen. Sie klang künstlich heiter. Ich ließ mir einen Kaffee aus der Espressomaschine und marschierte durch die Wohnung.

Ich fuhr mit dem Lift nach unten und trat auf die Wienzeile. Es herrschte kaum noch Verkehr. Über den Platz vor der Markthalle schlenderte eng umschlungen ein junges Paar, er barbieblond gefärbt; auf der Dachrinne hockten die Tauben und schliefen; in den Naschmarkt hinein schob ein junger Mann sein Fahrrad, er hatte die Kapuze seines Pullovers übergezogen und pfiff ein Lied.

Ich fuhr mit dem Lift nach oben. An der Tür hörte ich das Telefon klingeln. Es war wieder Dagmar. Sie wartete diesmal nicht ab, bis der Anrufbeantworter einsetzte, sondern legte vorher auf. Ich trank noch einen Kaffee. Nur, um etwas zu tun. Wieder klingelte das Telefon, diesmal sprach Dagmar erneut aufs Band. Was los sei. Ob sie sich

Sorgen machen müsse. Ich solle sie doch bitte anrufen. Egal wann. Sie lege das Handy neben ihr Bett. Sie habe mir schon drei Nachrichten auf meinem Handy hinterlassen. Ich wisse doch ganz genau, daß sie warte. – Ich hatte sie ausdrücklich gebeten, nicht auf den Anrufbeantworter beim Festnetz zu sprechen, es könnte ja sein, daß David zufällig mithört oder daß er in Versuchung kommt und ihre Mitteilungen abhört, wenn er allein in der Wohnung ist. Sie war empört gewesen. David sei weder einer, der die Briefe anderer Leute lese, noch einer, der die Anrufbeantworter anderer Leute abhöre. Nach zwei Minuten klingelte es wieder. Als meine Stimme einsetzte, legte sie auf. So ging es durch die nächste Dreiviertelstunde. Ich löschte das Licht und setzte mich in die Bibliothek.

Um zwei hörte ich, wie er den Schlüssel im Schloß umdrehte. Ich hörte, wie die Tür vorsichtig geöffnet und vorsichtig geschlossen wurde. Ich hörte, wie er seine Jacke an die Garderobe hängte und sich die Schuhe auszog. Ich wollte ihn nicht erschrecken und schaltete das Licht ein.

»Gott sei Dank«, sagte ich.

»Ich geh' gleich rauf«, murmelte er. »Ich bin müde.«

»Du hättest mir etwas sagen können oder jemand anderem. Daß du gehst. Ich versteh' ja, daß die Party langweilig für dich war. Ich war verrückt vor Sorge.«

»Komisch«, sagte er.

»Setz dich noch eine Viertelstunde zu mir. Oder rauchen wir auf dem Dach noch eine.«

»Ich möchte lieber nicht.«

Das Telefon klingelte.

»Das ist deine Mutter«, sagte ich. »Soll ich abnehmen?«

Er antwortete nicht, und wir warteten, ob sie aufs Band spräche. Sie tat es nicht.

»Das weiß ich schon, daß ihr miteinander telefoniert«, sagte er.

»Woher weißt du das?«

»Der Herr Dr. Lenobel hat es mir gesagt. Er hat mir auch gesagt, daß du ihn angerufen hast, damit er sich ein Bild von mir machen soll. Er hat gesagt, er lehnt so etwas ab. Ich möchte jetzt bitte schlafen gehen.«

»Und warum sagst du mir das erst jetzt?«

»Das ist doch egal.«

»Also gut, reden wir morgen.«

»Morgen fahr' ich. Ganz sicher fahr' ich morgen.«

Als er die Bodenklappe im Arbeitszimmer heruntergelassen hatte, rief ich bei Dagmar an. Wir seien erst jetzt nach Hause gekommen, sagte ich, alles sei in Ordnung, wir hätten eine kleine Stadtnachtwanderung unternommen, etwas gegessen, uns unterhalten, in der Broadway-Bar noch etwas getrunken, nur so, hemingwaymäßig, das habe ihm gut gefallen, er sei bereits im Bett, weil saumüde. – Es war mir egal, ob er zuhörte; ich hoffte sogar, er tut es.

Mittwoch, 18. April 2001. – Neun Uhr vormittags.

Ich wachte auf, weil David an die Schlafzimmertür klopfte. Er wolle sich verabschieden, sagte er. Er hatte seine alten Sachen an. Ob er nicht mit mir frühstücken wolle. Nein. Aber dann setzte er sich doch in die Küche, als ich mir einen Kaffee aus der Maschine rinnen ließ. Ihm fiel nicht ein Wort ein. Mir auch nicht. Außer: »Brauchst du vielleicht noch etwas?« – »Nein.« Essen und Kaffeetrinken – mehr konnte ich offenbar nicht tun, um ihn zu halten.

Das Telefon klingelte. Es war Frau Mungenast. Sie sagte, in der Nacht sei Professor Candoris gestorben. Als ich es David mitteilte, weinte er. Daß er Carl sehr gern gehabt habe; daß er ihn ein paarmal besucht habe; daß Carl öfter bei ihnen in Frankfurt gewesen sei; daß sie jede Woche einmal, am Ende jeden Tag miteinander telefoniert hätten. Daß ihn Carl gebeten habe, mich zu besuchen.

Ich fragte ihn, ob er nicht doch noch ein paar Tage bei mir bleiben wolle. »Wir können gemeinsam zur Beerdigung nach Innsbruck fahren.«

Das würde er gern, sagte er. Ich rief Dagmar an und erzählte ihr alles und gab den Hörer an David weiter.

Zweites Buch

Dritter Teil:
Tintendunkles Amerika

Neuntes Kapitel

1

Martin hieß der eine, Roland der andere. Martin war so alt wie ich. Die Brüder wohnten gemeinsam mit ihrer Mutter draußen bei den Feldern. Vieh besaßen sie keines mehr. Der Boden war verkauft, das Haus war ihnen geblieben. In den Giebel über dem Eingang montierten sie einen Scheinwerfer, der brannte die Nacht über, beleuchtete die Müllhalde, auf der hier gelebt wurde. Zwei Schäferhunde patrouillierten, die lagen nicht an der Kette. Mein Vater, meine Mutter und ich waren spät dazugekommen, waren Fremde aus der fernen, verhaßten Hauptstadt; mein Vater war als Choleriker bekannt, der eine unbegreifliche Musik liebte und seine Schüler im Gymnasium Volkslieder auf eine Art singen ließ, die ihn als Spötter verdächtig machte – uns gegenüber verhielt man sich im Dorf reserviert. Mit den Rottmeiers aber wollte keiner etwas zu tun haben. Die Brüder repräsentierten die Endstation eines Niedergangs, das letzte, was von einer Familie übrigbleiben konnte, das Angebrannte unten im Topf. War bei den einen das Wohl nach dem Krieg vervielfacht worden, so hatten sich Haben und Charakter der Familie Rottmeier von Generation zu Generation halbiert. Martin Rottmeier, genannt Maro, und sein Bruder Roland, von dem alle als Chucky redeten, waren endlich bei null angelangt. Jeder im Dorf hatte Angst vor den beiden. Es gab nichts mehr, was sie hätten verteidigen, nichts mehr, was sie hätten verlieren können. Um zu haben, mußten sie nehmen. Ihr Vater hatte sich erhängt. Eigentlich habe er nur so tun wollen, als hänge er sich auf. Um zu drohen. Wem er drohen wollte und warum, wußte niemand und wollte niemand wissen. Er hat den Strick im leeren Stall an den Balken gebunden, mitten in der Nacht oder früh am Morgen, hat die Schlinge um seinen Hals gelegt, sich auf einen Schemel gesetzt und gewartet. Wollte den Erhängten spielen, wenn seine Frau am Morgen das Bett neben sich leer fände und ihn suchte und die Buben weckte und die ihn im Stall entdeckten, Kopf schief, Zunge bis zum Kinn, Augen weiß, Hände wie Krallen, Beine im X. Er war besoffen, und so ist er auf dem Schemel, Hals im Strick, Schlagader abgedrückt, eingeschlafen. Hatte noch eine Zigarette zwischen den Fingern, die Glut versengte den Fingernagel. Von nun an sorgte Maro für die Familie. Obwohl er der jüngere der beiden Brüder war. Maro brachte die Volksschule hinter sich, danach handelte er mit Gebrauchtwagen. Er handelte und reparierte und war an Diebstählen beteiligt. Fuhr mit einem Kleinlaster in der Gegend herum. Auf dem Fleck Boden um das Haus drängten sich im Dreck Autos ohne Nummernschilder, lagen auf Haufen Reifen, Auspuffe, Kardanwellen, Motorblöcke. Was Chucky machte, wußte ich nicht. Es hieß, er gehe jeden Montag zu Fuß nach Feldkirch zum Bahnhof, kaufe sich den *Spiegel*, und den lese er auf dem Rückweg von vorne bis hinten durch, die Reklame inbegriffen.

Maro sei der brutale von den beiden. Hieß es. Ich habe nicht gesehen, wie er jemandem Gewalt angetan hat; ich habe gesehen, wie ihm Gewalt angetan wurde, Gewalt gegen Fleisch und Knochen. Bei einem Fest der Dorffeuerwehr haben ihn zwei Burschen festgehalten, und ein dritter schlug mit einem Gegenstand nach ihm. Maro war unter die Sitzbank gerutscht, er klammerte sich an das Brett, preßte seinen Kopf von unten dagegen, damit wenigstens ein Teil seines Gesichts geschützt war. Die Beine hatte er eng an den Körper gezogen. Das Hemd war ihm aus der Hose gerutscht, ich sah die weiße Haut und den Abdruck der Rückenwirbel über dem Gürtel. Aus seiner Brusttasche schaute eine Schachtel Smart Export. Sein Widersacher stand breitbeinig neben der Bank und schlug dorthin, wo er Maros Gesicht vermutete. Die beiden anderen versuchten, Maro unter der Bank hervorzuzerren. Sie hämmerten mit ihren Bierkrügen auf seine Finger, damit er das Sitzbrett loslasse, rissen an seinen Haaren und traten mit ihren Schuhen gegen Oberschenkel, Becken und Nieren. Von Maro war kein Laut zu hören; sein Peiniger aber brüllte um so lauter, er war außer sich. Maro mußte etwas Ungeheuerliches gesagt oder getan haben. Aber ich hatte nichts mitgekriegt. Ich kannte den Schläger nicht, hatte ihn nie vorher gesehen, fett, Pickel auf den Backen, groß, aus

dem Dorf war er nicht. Ich meinte, er hatte so etwas wie eine Fahrradkette in der Faust. Günther Veronik, damals mein Freund, mit dem
zusammen ich die Szene beobachtet hatte, behauptete hinterher, es
sei ein Radmutterschlüssel gewesen. Aber warum nimmt einer einen
Radmutterschlüssel oder eine Fahrradkette zu einem Feuerwehrfest
mit? Wir waren bestürzt, und bis spät in die Nacht hinein saßen wir in
unserer Scheune, wo mein Verstärker und meine Gitarre standen und
sein E-Baß und das bißchen Schlagzeug, das wir zusammengetragen
hatten. Wir haben geredet, und ich habe die Tür abgesperrt, und wir
beide wußten nicht, wie wir das benennen sollten, was wir gesehen
hatten, denn weder er noch ich waren je Zeuge solcher Gewalt gewesen. Günther hatte sich auf dem Weg nach Hause zweimal übergeben,
und ich mußte hart an mich halten, damit ich nicht zu heulen anfing.
Aber nicht vor dem Schläger und seinen Komplizen schüttelte es mich,
sondern vor dem Geschlagenen, vor seinem glücklichen, bösen Blick,
der mich getroffen hatte. Er hatte mich angesehen. Es bestand kein
Zweifel: Er hatte mich angesehen, mich und sonst keinen.

Eine Woche später redete er mit mir.

»Ihr habt eine Band«, sagte er. »Ich spiel mit.«

Er stand auf der Straße, gegenüber unserem Haus, lehnte am Gar-
tenzaun des Nachbarn, Arme verschränkt, Haare hinter die Ohren gekämmt, honigblond, ein Knie angezogen. Schon mit sechzehn hatte er
einen Zug um den Mund, wie ihn alte bittere Männer haben. Er trug
ein Blouson aus grobem braunem Stoff, enge schwarze Hosen und
spitze schwarze Halbschuhe. Keine Socken. An der Schläfe war eine
Narbe zu sehen. Er war etwas kleiner als ich. – Niemand, auch kein Erwachsener, hätte sich getraut, nein zu sagen.

Ich sagte: »Was spielst du?«

Er sagte: »Keine Ahnung. Irgend etwas, und Chucky spielt Schlagzeug.«

»Wir haben bereits einen Schlagzeuger«, sagte ich.

»Dann haben wir jetzt einen neuen«, sagte er. Spuckte aus, drehte
sich um, ging die Straße hinauf, vorbei am LKW-Parkplatz vom Fräch-
ter Winkler.

Ich blickte ihm nach und dachte: Ich werde mein Leben nicht mehr
so führen können, wie ich es in meinen Träumen geplant hatte. Es

wird kein Haus, keine Hütte, kein Loch auf der Welt geben, wo ich mich vor diesem Menschen verstecken kann. Ich werde Dinge tun, die ich nicht tun will. Ich werde in Zwänge geraten, wie ich sie mir heute nicht vorstellen kann. Ich werde alles verlernen. Das Beste vergessen. Das Liebste verlieren.

2

Nofels ist der Name des Dorfes. Es liegt am Rhein, auf der anderen Seite ist Schweiz. Hier endeten die Straßen. Zum Bahnhof der Stadt Feldkirch mußte man mit dem Bus fahren. Oder eine Stunde zu Fuß gehen. Es gab einen Lebensmittelladen, eine Metzgerei, drei Gasthäuser, Kirche mit Friedhof. – Als ich noch nicht ganz fünfzehn war, zog unsere Familie von Wien nach Vorarlberg. Carl hatte meinem Vater in Rekordzeit einen Job vermittelt – als Musiklehrer am Gymnasium in Feldkirch. Er meinte, damit die endgültige Katastrophe abgewendet zu haben.

Mein Vater war aus Amerika zurückgekommen, wo er die Größten kennengelernt und auch mit einigen von ihnen zusammen gespielt hatte – vor allem mit Chet Baker, mit dem er durch zwei Dutzend Staaten getourt und der zu dieser Zeit bereits dem Heroin verfallen war, worunter aber »weder seine Musik noch seine Freundlichkeit litten«; und nun war mein Vater wieder in Wien, und er war erfüllt von einer Mission. Die Begeisterung für den Jazz hatte in Wien in den vorangegangenen Jahren, eigentlich schon, seit die Amerikaner aus Österreich abgezogen waren, deutlich nachgelassen; der allgemeine Musikgeschmack war in dumpfe Schlagerherrlichkeit abgesunken; die Elite, wie sich jene allmählich wieder zu nennen begannen, pilgerte nach Salzburg, wo, wie sie überzeugt war, Herbert von Karajan allein zu ihren Ehren die Musik von vor zweihundert Jahren aufführte. Für gute zeitgenössische Musik schien sich niemand mehr zu interessieren. Aus diesem Grund war es meinem Vater ja so leicht gefallen, nach Amerika zu fahren – natürlich, um seine Karriere voranzutreiben, aber, wie er betont hatte, vor allem, um dort »das Notwendige für unsere Auswanderung vorzubereiten«. Als ich das Telegramm, in dem er uns die Ankunftszeit seines Flugzeugs mitteilte, auf dem Küchentisch liegen sah, war mir, als ertönten die Fanfaren, die bekanntgaben, wer als nächster das Gelobte Land betreten durfte. Auch meine Mutter stellte sich auf ein neues Leben ein. In den Tagen bis zur Ankunft meines Vaters wirkte sie feierlich, machte sich schön, legte Parfüm auf, auch wenn sie die Wohnung gar nicht verließ. Und dann war er da, und Auswandern war kein Thema mehr, nur seine Mission galt. Er, der sich nie um anderer Leute Geschmack gekümmert hatte, meinte nun auf einmal, den Menschen das Gute zurückbringen zu müssen. Er wollte in Wien einen eigenen Jazzclub eröffnen. Als meine Mutter und ich ihn in Schwechat am Flugplatz abholten – wir hatten, abgesehen von dem Telegramm, neun Monate lang nichts von ihm gehört! –, war sein erster vollständiger Satz: »Ich glaube, der Name Hot Club Vienna ist doch am besten.« Noch in der Ankunftshalle begann er, uns zu erklären, was er vorhatte, wobei er hauptsächlich auf Details einging – die indirekte Beleuchtung der Stufen, die zur Bühne führen sollten, oder das Mobiliar in der Künstlergarderobe oder die Beleuchtung des Clubs durch kleine Scheinwerfer, die an der Wand entlang zur Decke gerichtet werden sollten, wie er es in einem Club in Cincinnati gesehen habe, oder die künstlerische Gestaltung der Mitgliedskarten. Die Augen meiner Mutter wurden schmal und blieben so. Ich aber fühlte mich genötigt zu sagen, ich fände einen Jazzclub keine so tolle Idee. Er erhob die Stimme, so daß es alle im Bus vom Flughafen in die Stadt hören konnten: »Ich darf nichts trinken. Gut, ich habe nichts getrunken. Ich war mit Rauschgiftsüchtigen und Säufern zusammen, Tag und Nacht, aber ich habe nichts getrunken. Was darf ich weiter nicht? Nur, damit ich es von Anfang an weiß.« Ich sagte nichts mehr, saß auf dem Fensterplatz, mein bemerkenswertestes Sportheft unter dem Arm, das hatte ich ihm zeigen wollen, nur amerikanische Leichtathleten waren darin eingeklebt. Und meine Mutter sagte auch nichts. Ich schämte mich. Ich hatte ihn nicht einmal ausreden lassen. Hatte ihm nicht eine einzige Frage gestellt. Hätte seine Begeisterung doch ebensogut als Freude, wieder zu Hause zu sein, deuten können; hätte ihn erst von seinem großen Jahr in den Vereinigten Staaten von Amerika erzählen lassen sollen; hätte bedenken müssen, daß er – wie so oft so vieles andere – auch das mit dem Jazzclub wahrscheinlich gar nicht so ernst meinte.

Aber er meinte es ernst. Und er fand auch einen Kompagnon – Arnold J. Reiter, den fröhlich ängstlichen Unglücksraben. Die beiden im Gespann waren eine Garantie für jedes Mißlingen. Nun wäre es tatsächlich notwendig gewesen, meine Bedenken einzubringen. Aber nun tat ich es nicht. Aus schlechtem Gewissen, weil ich glaubte, meinem Vater die Heimkehr verdorben zu haben, sagte ich zu allem, was mit Hot Club Vienna zu tun hatte: »Das ist eine tolle Idee.« Und ich konnte mich nicht darauf hinausreden, daß er ohnehin nicht auf mich gehört hätte. Das hätte er wahrscheinlich. Er hatte meine Meinung immer ernst genommen. Schon als ich zehn war, hatte er mit mir gesprochen wie mit einem klügeren Bruder. Wenn überhaupt, hätte er sich nur von mir etwas sagen lassen. »Glaubst du inzwischen wirklich, daß es eine tolle Idee ist?« fragte er. »Es ist eine tolle Idee«, antwortete ich, und weil ich ja wußte, daß er, wann immer er selbst Zweifel an einer Sache hatte, sie damit vertrieb, indem er Wortwiederholungsschleifen knüpfte, sagte ich: »Es ist eine tolle Idee, ja, es ist eine tolle Idee, es ist wirklich eine tolle Idee, ja, ich denke, es ist eine tolle Idee, doch, es ist eine tolle Idee.« Er zog ein Gesicht, als wollte er sagen: Das kommt von dir, nicht von mir, ich verhalte mich in dieser Frage neutral wie die Schweiz, aber ich bin stolz, daß ich einen Sohn habe, der logisch denken kann. Und klemmte meine Wange zwischen Zeigefinger und Mittelfinger und streichelte über den Wulst.

Arnold J. Reiter war Schallplattenproduzent und Besitzer eines Aufnahmestudios. Das J stand für nichts, es sollte lediglich amerikanisch wirken. Er war dicklich und kurzhalsig und hypochondrisch, hatte einen glattzüngigen Witz und wuselte beim Reden mit den Fingerchen immer vor seinem Gesicht herum, als würde er etwas Winziges zusammensetzen. Er hatte Aufnahmen mit Fatty George und eine Sprechplatte mit Helmut Qualtinger produziert und *One Night in Vienna*, die erste Schallplatte meines Vaters. Arnold sagte bei jeder Gelegenheit, Jazz sei sein Leben, und als ihm meine Mutter einmal bolzgerade in die Augen starrte und fragte, was er genau damit meine, wurde er rot wie ein Ziegeldach und brachte kein Wort heraus. Wahrscheinlich aber, weil meine Mutter es war, die ihn danach gefragt hatte. Sie mochte ihn nicht. Aber das sagt wenig. Meine Mutter mochte fast niemanden, der mit meinem Vater umging (außer dem Schlagzeuger

Philipp Mayer, den mochte sie sogar besonders gern, aber den mochte jeder). Wenn sich jemand für ihren Mann interessierte, argwöhnte sie Motive, die ihm schaden könnten. Ihre Abneigung Arnold gegenüber begründete sie damit, daß er die Platte versaut habe, weil er zu feige gewesen sei, Georg Lukassers eigene Musik aufzunehmen, und ihn statt dessen zur simplen Wiedergabe von ausgeleierten Standards gezwungen habe. Komisch, so eine Argumentation aus dem Mund meiner Mutter zu hören. Erstens hatte sie keine Ahnung, zweitens hatte Arnold meinen Vater sicher nicht gezwungen, sondern höchstens gebeten – allerdings in dieser zähen, weinerlichen Art, gegen die sich mein Vater nicht durchsetzen konnte. Feige war Arnold, da hatte meine Mutter recht. Er war mutig feige. Mutig, wenn er verkündete: Nächstes Jahr werde ich …; feige, wenn es hieß: morgen. Es wurmte ihn, daß er damals meinem Vater nicht die Klasse zugetraut hatte, die in London und New York sofort erkannt worden war. Und es wurmte ihn, daß nicht er es gewesen war, der die fulminanten *Lassithi Dreams* produziert und herausgegeben hatte. (Ebenso ärgerte er sich sein Leben lang, daß er zwar mit Fatty George und Helmut Qualtinger je eine Schallplatte aufgenommen hatte, aber nicht jene legendäre, auf der die beiden gemeinsam zu hören sind – Helmut Qualtinger spricht Texte von François Villon, die H. C. Artmann ins Wienerische übersetzt hat, Fatty George improvisiert dazu auf seiner Klarinette. Arnold hatte das Produkt mit der Begründung abgelehnt, Qualtinger sei wie ein Wiener Schnitzel, Fatty George wie eine Sachertorte, H. C. Artmann wie ein vorzügliches Erdäpfelgulasch, Villon wie eine Bouillabaisse, zusammengemischt komme einem das Kotzen.) Eine zweite Chance wollte er sich nicht entgehen lassen, also sagte er von nun an – genauso wie ich – zu jeder Idee von Georg Lukasser sicherheitshalber ja. Als Lokalität hatte Arnold ein ehemaliges Bierlager in der Taborstraße im zweiten Bezirk in Aussicht, das aus drei miteinander verbundenen Kellergewölben bestand. Arnold besaß etwas Geld, mein Vater besaß nichts. Mein Vater sprach mit Carl. Der ließ sich die Idee Hot Club Vienna in aller detailbesessenen Ausführlichkeit vortragen, inspizierte die Lokalität und erklärte sich zu unser aller, auch zu meines Vaters Erstaunen einverstanden, für eine beträchtliche Summe bei der Bank zu bürgen.

Carl: »Ich hatte ihn wegen seines Amerikajahres aus den Augen und auch, ich weiß das, aus dem Sinn verloren und war deshalb ungeübt im Umgang mit ihm. Sonst hätte ich wohl gemerkt, daß sein Entschluß, sich an mich zu wenden, für ihn der letzte Ausweg war, aus dieser Sache herauszukommen.«

»Du meinst, er hat gehofft, du sagst nein?«

»Ja, das meine ich. Er war endlich auch in seinem Kopf in Wien angekommen, und die amerikanischen Träume hatten sich verduftet. Aber er hatte bereits den Mund zu weit aufgemacht. Vor allem dir gegenüber. Das war für ihn die schlimmste Vorstellung: daß er seinen Sohn enttäuschen könnte.«

»Meine Mutter hat es ähnlich gesehen.«

»Hat sie das zu dir gesagt?«

»Ja. Nach seinem Tod. Auf unserem langen Spaziergang. Er habe sich am Ende seines Lebens so viel vorgeworfen. Weil er geglaubt habe, ich sei immer nur enttäuscht von ihm gewesen.«

»Das war nicht fair von Agnes, daß sie das zu dir gesagt hat. Nach seinem Tod.«

»Fair sicher nicht, aber vielleicht die Wahrheit.«

Die Wahrheit lautete: Mein Vater hatte das Interesse am Jazz verloren. Wahrscheinlich war er sich dessen gar nicht bewußt. So viele Einflüsse hatte er in Amerika in sich aufgenommen, die schwirrten alle durch seinen Kopf und durch sein Herz. Nicht nur mir gegenüber hatte er ein schlechtes Gewissen, vor allem seiner Musik gegenüber. Im magischen Weltbild meines Vaters anthropomorphisierte sich jedes Ding, wenn er erst eine Weile damit Umgang gehabt hatte, jedes Ding, jede Idee, jede Gewohnheit. Er ging einen bestimmten Weg, nahm eine bestimmte Straßenbahn, kehrte in einem bestimmten Kaffeehaus ein, trug Schuhe, Hosen, Jacken, Hemden bis zu ihrem Zerfall – warum? Weil bei einem Wechsel der Weg, die Straßenbahn, das Kaffeehaus, die Schuhe, die Hose, die Jacke, das Hemd gekränkt sein könnten. Er hatte schon einmal musikalischen Verrat begangen, nämlich an der Schrammelmusik seines Vaters; das hatte ihm lange zu schaffen gemacht. Und nun, das spürte er, kündigte sich ein neuer Verrat in ihm an: am Jazz. Er erzählte uns von so vielen Musikern, denen er in New York und auch während der Tournee mit Chet Baker begegnet war, mit denen er gesprochen, mit denen er gespielt, die er gehört hatte, deren Eigenarten nachzuahmen er auf der Gitarre versucht hatte, ob es sich um Joe Pass, den Zauberer auf der Gitarre, oder um Spieler auf anderen Feldern wie die verschollene Bluessängerin Memphis Minnie, die jeden Ton am Ende umstülpte, oder den Schlagzeuger Art Blakey oder um Thelonius Monk handelte.

Carl: »Er war enttäuscht von denen allen. Tief in seinem Herzen war er enttäuscht, daß er mit ihnen mithalten konnte. Er hatte erwartet, daß sie größer wären. Daß sie für ihn unerreichbar wären. Nun konnte er nicht nur mithalten mit ihnen, vielleicht war er sogar besser. Es war so, wie ich es ihm von allem Anfang an gesagt hatte. Nun hatte er es erlebt: Er gehörte zu den Besten. Damit hatte diese Musik für ihn jedes Hoffen und Bangen verloren. Sie bot nicht einmal Anlaß für seine Eifersucht. Sie ließ keinen Platz für den Traum. Dein Vater zählte sich nicht zu jenen Glücklichen, denen sich ein Traum erfüllt. Ergo: Wenn sich doch einer erfüllte, dann war er es nicht wert gewesen, geträumt zu werden.«

Aber wie sollte er es seinen Freunden – Phillip Mayer, Adi Kochol, Edwin Niedermeyer, Hans Koller, Art Farmer, Jacques Trutz, dem Pianisten aus der ersten Zeit –, die ihm ja alle durch die Bank seinen Erfolg gönnten, wie sollte er es uns, seiner Frau und seinem Sohn, die wir so lange von ihm getrennt waren, wie sollte er es Carl, seinem Förderer und obersten Anhimmler, erklären, daß ihn, der gerade von einer Tournee mit Chet Baker, dessen Name »in Fachkreisen« nur mit Ehrfurcht ausgesprochen wurde, zurückkam, nun diese Musik langweilte? Um vor den Mächten, die ihn umschwirrten und bedrängten, zu verbergen, daß er nun schon wieder im Begriff war, ihr Geschenk zurückzuweisen, nämlich sein Talent, auferlegte er sich eine Mission: Zum zweitenmal sollte dieser Stadt der Jazz gebracht werden. Was beim erstenmal die 5. Armee der Vereinigten Staaten von Amerika nur für die Zeit ihrer Anwesenheit zustande gebracht hatte, sollte nun ein kleiner Mann mit Kraushaar und Bartschatten, ein ehemaliger Schrammelcontragitarrist aus Hernals, für immer hier verfestigen. – Die Sache ging schlecht aus. Nach einem Jahr war der Club bankrott. Mein Vater nahm die Meldung entgegen wie die Radionachrichten über einen Wechsel an der Spitze des Europarates in Straßburg. Arnold lehnte an unserem Kühlschrank und schluchzte. Mein Vater saß mit verschränkten Armen auf dem Sessel, hatte die Beine von sich gestreckt und sagte nichts. Ein wenig ungeduldig war er; als warte er, bis Arnold endlich mit seiner (!) Sache fertig sei, damit man sich wieder anderem zuwenden könne, das es wert war, daß man sich ihm zuwandte. Ich hatte mit Schreierei und einer Explosion aus Selbstvorwürfen und Beschuldigungen gerechnet, mit Umbringenwollen und Drohungen, sich die Griffhand in den Scharnieren der Küchentür zu brechen (war eine Zeitlang seine Lieblingsmethode gewesen, alle zum Schweigen zu bringen). Mit dieser Kaltblütigkeit nun konnte ich nicht umgehen. Meine Mutter ebenfalls nicht. Sie schien uns gefährlicher als alle seine bekannten Verrücktheiten zusammen. Meine Mutter lief hinüber zum Lammel und telefonierte mit Carl. Margarida und er kamen gleich am nächsten Tag mit dem Zug aus Innsbruck. Auch ihnen war die Ruhe meines Vaters unheimlich.

Carl: »Erst später wurde mir klar, daß sich Georg nichts anderes gewünscht hatte, als daß dieses Projekt scheitere. Nun war er reingewaschen. Er hatte für den Jazz getan, was er konnte. Dagegen hatte der Jazz ihm und seiner Familie nur Schaden zugefügt. Wenn er sich von ihm abwandte, waren sie beide quitt – er und der Jazz.«

Er, Carl, hatte für meinen Vater getan, was er konnte, sogar noch mehr; mein Vater hatte *ihm* einen großen finanziellen Schaden zugefügt. Heute denke ich, daß ihn das Scheitern dieses unsinnigen Projekts – unsinnig, weil es von den denkbar ungeeignetsten Personen betrieben wurde – das einzige Mal in seiner Loyalität meinem Vater gegenüber hatte wankend werden lassen. Ohne vorher mit uns darüber zu sprechen, organisierte er diesen Job als Musiklehrer am Gymnasium in Feldkirch. Und es war nicht ein Vorschlag, den er meinem Vater unterbreitete, sondern eigentlich ein Befehl. Im Kamelhaarmantel saß er in der Küche, er zog ihn nicht aus, dazu trug er zweifarbige Schuhe, die mir fremd erschienen und wie ein Zeichen, daß er sich von uns abgewandt hatte. Meine Mutter schüttelte den Kopf, den ganzen Abend über schüttelte sie den Kopf, es war wie ein Zittern, und ihre Augen schwammen. Sie glaubte, mein Vater, der Lehrer, würde eine noch größere Bescherung abgeben als mein Vater, der Lokalbesitzer, und sie gab sich alle Mühe, die in ihr tobende Panik nicht nach außen dringen zu lassen. Und ich war auf ihrer Seite. – In den Schulferien 1965 packten wir zusammen und zogen nach Westen.

Zwei Wohnungen standen zur Auswahl: eine mitten in Feldkirch, zwei Minuten zu Fuß zum Gymnasium, klein, nicht gerade billig, aber in der Stadt und mit Zentralheizung; und: ein Bauernhaus in dem Dorf Nofels, bestehend aus einer leergeräumten Scheune, einem leergeräumten, frisch verputzten und gekalkten Stall, vier engen Zimmern aus gemütlichem Holz, einer mächtig großen Küche, um deren Tisch bequem zwölf Leute Platz hatten, und einem Wohnzimmer. In letzterem, vom Vermieter »Stube« genannt, stand ein Kachelofen. Die Küche wurde mit dem Herd geheizt, der Rest des Hauses durch geöffnete Türen. Meine Mutter war für die Wohnung in der Stadt. Mein Vater nahm das Haus auf dem Dorf. Mir gefiel es in Nofels. Gleich am ersten Tag nach unserer Ankunft machte ich allein einen langen Spaziergang. Die Straßen konnte man blind und taub überqueren, so selten fuhr ein Auto. Hier war ein Fluß, den zu beiden Seiten Auwälder säumten. Der Fluß schäumte über gemauerte Stiegen in einen anderen Fluß. Das gefiel mir. Ich mußte nicht wissen, wie die Flüsse hießen. Ich hatte nicht vor, auch nur einen einzigen Menschen näher kennenzulernen. Ich liebte es, allein zu sein und spazierenzugehen. Für beides gab es in diesem Dorf viel Gelegenheit.

Morgens um Viertel nach sieben stiegen mein Vater und ich in den Bus, der uns zur Schule brachte, mittags fuhren wir gemeinsam nach Hause. Wider alle Erwartungen fand mein Vater von Anfang an großen Gefallen an seiner neuen Arbeit. Er war glücklich, und darum war dies eine glückliche Zeit für unsere Familie. Meine Mutter bekam eine Stelle bei der Arbeiterkammer, und ihre Arbeit war ähnlich wie in Wien beim ÖGB. Was das genau war, wußte ich wieder nicht. Ich habe sie nie so oft lachen sehen wie damals. Sie richtete sich her, sah jünger aus, trug bisweilen eine lindgrüne schulterfreie Bluse, die so eng anlag, daß sich der BH-Verschluß am Rücken abzeichnete, und in der sie auf mich wirkte, als wäre sie schon einmal auf Hawaii gewesen, dazu einen gerüschten steifen Rock und hohe Stöckelschuhe. Die steckte sie in ihre Handtasche, wenn sie mit meinem Vater manchmal abends den langen Weg zu Fuß in die Stadt ging. Unter dem Churer Tor zog sie sie an. Sie spazierten die Marktstraße hinauf und durch den Gymnasiumshof und über die Neustadt hinunter zum Dom und beim Katzenturm wieder in die Marktstraße, wo sie im Gasthaus Lingg, dem besten am Ort, ein Entrecôte Café de Paris aßen und wo es nicht selten vorkam, daß jemand an ihren Tisch trat und zu meinem Vater sagte, der Sohn oder die Tochter sei begeistert von seinem Musikunterricht.

Mein Vater nahm seine Arbeit sehr ernst, euphorisch ernst. Er war der einzige Musiklehrer an der Schule, und er unterrichtete alle Klassen. Bei den Schülern war er bereits nach wenigen Wochen beliebt wie kein anderer Lehrer. Er spielte ihnen auf der Gitarre vor oder auf dem Klavier, erzählte ihnen so spannend vom Zusammenwirken der Klänge, als wär's ein Spiel mit Detektiven, Banditen und Leichen. Er sprach über die Beatles, verkündete, daß die Band, als er selbst in den Staaten gewesen sei, sieben Plätze unter den ersten zehn in der amerikanischen Hitparade belegt hätte und daß er und Chet einige Nummern von ihnen für Trompete und Gitarre arrangiert hätten; er setzte sich ins Gegenteil der meisten Schülereltern, indem er nicht nur zugestand, dies sei Musik, sondern sogar behauptete, dies sei unvergleichlich schöne Musik, »geniale Musik«, »unfaßbar geniale Musik«, »unglaublich unfaßbar geniale Musik«, »nicht kleiner als Schubert oder Johann Strauß oder Duke Ellington oder Charlie Parker«. Er versicherte seinen Schülern, diese Musik sei allein für sie komponiert worden. Er besorgte auf eigene Kosten einen Plattenspieler und kaufte stoßweise Singles: *A Hard Day's Night, I Want To Hold Your Hand, She Loves You, All My Loving, I Feel Fine, Eight Days A Week* … Man hörte seine Begeisterung durch das Schulgebäude dröhnen, vom Physiksaal im Erdgeschoß bis hinauf zum Zeichensaal. Er gab Gitarrestunden für ein Drittel des Honorars, das ihm in Wien geboten worden war, die Schüler rannten uns die Scheune ein; er notierte die Akkorde sämtlicher Beatles-Songs, klopfte sie auf Matrize, vervielfältigte sie und verteilte sie in der großen Pause im Schulhof.

Er gründete einen Chor. Von Anfang an gab er sich nicht mit Leichtem ab. Er studierte mit den Burschen und Mädchen in stundenlangen Proben Jazzstandards ein – wie *I Got Rhythm* von George und Ira Gershwin oder *Georgia On My Mind* von Hoagy Carmichael; Beatles-Songs gehörten zum Repertoire und – Vorarlberger Volkslieder. Er konnte kein Wort im Vorarlberger Dialekt sprechen, verstand nur wenig, bemühte sich auch nicht darum. »Zusammen mit Musik wird jeder Text zu bla-bla oder yeah-yeah, es ist sogar ein Vorteil, wenn man nicht versteht, was gesungen wird«, war seine Meinung. Er verwandelte biedere Volksweisen in aufreizende Nummern. Meine Mutter sagte, dies sei die schönste Musik, die sie in ihrem Leben gehört habe. Der eine oder andere Schülervater, die eine oder andere Schülermutter fragten, ob sie im Chor mitsingen dürften. Mein Vater nahm jeden auf, der mitmachen wollte, er fragte nicht nach musikalischen Qualitäten welcher Art auch immer; ihn interessierte die Verschiedenheit von Stimmen und nicht ihr Belcanto. Er war glücklich. Geprobt wurde in unserer Scheune. Auf der Gitarre spielte er nur noch selten.

Ich sang übrigens nicht in seinem Chor mit. Was ihm, denke ich, sogar lieber war. Ich wollte Musik machen wie die Beatles, aber ich wollte nicht mithelfen, fünf- bis sechsstimmig nachzusingen, was sie zwei- bis dreistimmig vorgesungen hatten. Zu meinem sechzehnten Geburtstag schenkte mir mein Vater einen Verstärker und eine elektrische Gitarre – eine gebrauchte, die er günstig von einem Wiener Freund erstanden hatte. (Fender Telecaster, Baujahr 58. Heutiger Sammlerpreis: etwa die Größenordnung eines Mittelklassewagens. Ich besitze sie selbstverständlich immer noch.) Mein Vater habe sich von der Gitarre verabschiedet, urteilte Carl, er habe sozusagen die Verantwortung für dieses Instrument an mich, seinen Sohn, weitergegeben. Bestimmt neigte Carl nicht zu Archaisierungen, und ich neige ebenfalls nicht dazu – in diesem Fall, denke ich, trifft sein Urteil zu. Seit meiner Kindheit hatte ich auf Gitarren und ähnlichen Gebilden herumgeklimpert. Auf der Ukulele war ich nicht schlecht gewesen. Aber Ukulele geht einem bald auf die Nerven, und sie gibt wenig her, weder was den Klang betrifft noch in bezug auf das Ansehen, das sie einem in der Welt verschafft. Auch auf der Mandoline habe ich mich durchaus mit Erfolg versucht, ebenso auf dem sechssaitigen Banjo (den Klang dieses Instruments haßte meine Mutter, ich kann es ihr nicht verdenken). Später hatte ich auf den Gitarren meines Vaters gespielt. Wir waren oft in unserer Küche in der Penzingerstraße gesessen, und ich hatte ihn begleitet, indem ich im Django-Rhythmus drei verminderte Septakkorde hinauf- und hinunterrutschte, während er seine Soli dazwischensetzte. Ich sei eine Rhythmusmaschine, jubelte

er. Er hat mich auch zu eigenen Kompositionen animiert, und manchmal habe ich den Part der Lead-Gitarre übernommen, und er, »einer
der besten Gitarristen der Welt«, ist mein dienender Begleiter gewesen. Nun, die bissige, bockige Telecaster am Riemen, stellte auch ich
eine Band zusammen, und es gab keinen Beat-Gitarristen in einem
Umkreis von fünfzig Kilometern, der, wäre er auf meiner Schulter gesessen, mir auch nur bis zum Kinn gereicht hätte.

Und eines Nachmittags stand Martin Rottmeier vor unserem
Haus ...

3

Alles hat etwas zu bedeuten, soviel wußte ich; aber ich verstand nicht
bei allem, was es bedeutete. Was zum Beispiel hatte das Spucken zu bedeuten, dieses feine Spucken, fast ohne Speichel, das mehr ein Wegbla-
sen eines Krümels oder einer Wimper von den Lippen war? Was hatte
es zu bedeuten, daß er sich umdrehte und ohne weitere Anweisungen
an mich ging? Hieß das, ich solle ihm folgen? Oder mich in den nächsten Tagen bei ihm melden? Oder warten, bis er sich bei mir meldete?
Er hatte einen wiegenden Gang, als würde er alten Swingnummern
lauschen; aber er kannte keine alten Swingnummern. Seine Hände
steckten in den Taschen seines Lumberjacks, der die Farbe verdreckten
Efeus hatte; sein Nacken bewegte sich im selben Rhythmus vor und
zurück wie seine Hüften hin und her. Die blonden, fettigen Haare ließen sich nur schwer bändigen, einige Locken sprangen aus der Frisur
und wippten synkopisch zur Bewegung des Kopfes und des Körpers.
Ich fürchtete mich vor diesem Burschen; aber ich blickte ihm gern
nach – wie er unter dem hohen, blassen Frühsommerhimmel dahinschritt, an unserem zusammengenagelten Bretterzaun entlang, über
den Asphalt, dessen Staub noch vom Gewitterregen der Nacht schraf-
fiert war. Als wäre alles Irdische auf ihn abgestimmt, auf ihn, der un-
beeindruckbar war wie die Dinge, an die er anstreifte. Der in mir das
ärgerliche Bedürfnis erzeugte, mich für ihn zu schämen. Dem jedes
Nachdenken über sich selbst wider die Natur zu gehen schien. Der
elend war, sich aber nicht elend machte. Der Motoren und Regenrin-

nen reparierte, ohne sich um den Nutzen oder die Benutzer zu scheren. Der sich über die Wunden, die ihm geschlagen wurden, mehr freute als die, die sie ihm schlugen. Wir anderen, wir bemühten uns und waren erfolgreich; er würde immer ohne Widerhall sein, aber auch ohne Beschwer. Wenn man auf seinen Rücken blickte, war es, als würde er aus dem Land gehen; wenn er auf einen zukam, war es, als hätte er einen weiten Weg hinter sich. Und ich dachte, er wird mir vielleicht das Leben ruinieren, aber er wird wunderbar in meine Band passen, er wird meiner Band erst das richtige Image geben: Hier wird nicht gute, hier wird gefährliche Musik gemacht, eine Musik, die sogar der verrückte Herr Lukasser nicht tolerieren will.

Ich wollte keine Verantwortung für unsere Familie mehr tragen, wollte nicht mehr voraus- und schon gar nicht mehr zurückblicken. Wollte mich in Zukunft um nichts mehr scheißen und mich bloß noch in dem Revier herumtreiben, das von dem brutalen Gitarrenriff in *I Can't Get No Satisfaction,* dem polternd abstürzenden Baß in *19th Nervous Breakdown* und der unerhörten Stimme von Mick Jagger ausgesteckt worden war. Ich wollte mies sein dürfen. *Under my thumb / The girl who once had me down / Under my thumb / The girl who once pushed me around // It's down to me / The difference in the clothes she wears / Down to me, the change has come / She's under my thumb.* Wenigstens ein bißchen mies. Die Beatles sollte mein Vater bekommen, die Rolling Stones waren für mich. Ich hatte mich gegen die Klischees meiner Generation gestemmt, ohne Applaus, von welcher Seite auch immer; jetzt wollte ich loslassen und einsinken in diesen süßen Brei aus Rebellion und Unterwerfung, Verweigerung und Hosenmode. Was mich einzig dabei störte, war, daß ich wußte, es handelte sich um einen süßen Brei. Seit ich einen klaren Gedanken fassen konnte, war ich in unserer Familie der ruhige Pol gewesen, der Flageolettpunkt, der Beschwichtiger, der Schiedsrichter, der Versöhner, der Launenglätter, der Vermittler-Aufrüttler-Aufheiterer-Aufheller, der Ernüchterer, der Mutmacher, der Friedenstifter, der Lober, der Anti-Schwarzseher, der Ruhegeber und Ruhehalter, der Sich-Freuende, wenn Freude erwartet wurde, der Tröster, wenn Trost erwartet wurde, der die Zähne zusammenbiß, wenn erwartet wurde, daß einer die Zähne zusammenbeißt –; ich war allein gelassen in allem; stets war ich einer Sorge ausgeliefert, die sich nicht bändigen ließ. Ich wunderte mich, woher ich in diesen Jahren die Kraft und die Zuversicht genommen hatte und dazu den Glauben, das habe alles einen Sinn.

Von weit her war eine Kreissäge zu hören – wenn sie ins Holz schnitt, kreischte sie kurz auf und hielt gleich wieder konstant und verläßlich ihren Ton, als wollte sie allen anderen Geräuschen im weiten Umkreis Gelegenheit geben, ihre Stimmung aufzunehmen. Die Mostbirnenbäume, die in der Wiese neben und hinter unserem Haus wuchsen, prunkten in ihrer Blüte, das Gras um sie herum war frisch gemäht und leuchtete in einem hellen, gedunsenen Grün. Mitten über die Wiese war eine Wäscheleine gespannt von einem Baumstamm zum nächsten und weiter zum übernächsten. Leintücher und Tischtücher hingen daran, die einen weiß, die anderen mit rotaufgestickten Kreisen. Die Sachen gehörten zu dem Gasthaus mit dem merkwürdigen Namen Matschels auf der anderen Seite der Wiese. Ein Mädchen aus der Parallelklasse gefiel mir, und es war ein bißchen aufregend, mit ihr in der großen Pause unter den Arkaden beim Marktplatz zu stehen und in eine Käsesemmel zu beißen, aber inzwischen ging sie mir doch eher auf die Nerven, weil sie vor den anderen unbedingt so tun wollte, als müßten wir zwei gar nichts miteinander reden und verstünden uns trotzdem. So wurde schon zu Hause getan, auch mein Bedarf an Schweigen war gedeckt. Mit Maro hätte ich mich wirklich gern unterhalten und hätte ihm wirklich gern zugehört. Von welchen Dingen aber sollte er mir erzählen? Von seinen Motoren? Seinen schrägen Geschäften? Den Faustschlägen, die er abbekommen, die er ausgeteilt hatte? Seinen Familienangelegenheiten? Und worüber sollte ich mit ihm reden? Ich hatte gerade begonnen, mich ernsthaft für Literatur zu interessieren. Ich besorgte mir wöchentlich Bücher aus der Leihbibliothek der Arbeiterkammer, setzte mich an den Nachmittagen im Auwald auf eine Lichtung, den Rücken an den harzigen Stamm einer Föhre gelehnt, und las mich ins Schlaraffenland menschlicher Einbildungskraft; hatte Dostojewskis *Raskolnikow* verschlungen und *Die Dämonen* und *Der Idiot* und *Erniedrigte und Beleidigte* und von Camus *Der Fremde* und *Die Pest* und (zum erstenmal) John Dos Passos' *Manhattan Transfer* und von Joseph Conrad *Herz der Finsternis* und *Lord Jim* und *Nostromo* und *Mit den Augen des Westens* und alles, was es von Jack London gab; und war in John Steinbecks *Früchte des Zorns* auf Seite 107, wo Tom Joad und seine Familie ihre Sachen aussortieren und das Beste auf den Laster laden, um nach Kalifornien zu fahren, wo sie ein neues Leben beginnen wollen, und ihnen das Herz weh tut bei jedem Stück, das sie zurücklassen müssen, und wo es heißt: *Wie sollen wir leben ohne unser Leben? Woher sollen wir wissen, daß wir's sind – ohne unsere Vergangenheit? Nein. Laß es da. Verbrenn's.* War das nicht unheimlich? Aber es war wunderbar! Das Buch kommentierte mein eigenes Leben! Mir war, als würde ich in die Bücher hineinsteigen und alles, was mir dort etwas bedeutete, mitnehmen in mein Leben, ein literarischer Freibeuter war ich. Ich konnte mir Maro leicht als Helden in einem dieser Romane denken; aber mit ihm über diese Romane reden, das ging nicht. Nein, das würde nicht gehen. Konnte er überhaupt lesen und schreiben? Man erzählte sich, er sei mit zwölf Jahren eines Tages nicht mehr in der Schule erschienen. Weder der Lehrer noch der Direktor hätten etwas unternommen. Bei einem Rottmeier ist es wurscht, ob er zur Schule geht oder nicht. Ich wollte nicht so sein wie Maro, bestimmt nicht. Ich wollte nicht die Lükken haben rechts und links von den oberen Eckzähnen, nicht die flaumigen Wangen, nicht die roten verfrorenen Hände, nicht diese Augen wie Messer, nicht seine leere Zukunft, auch nicht die Anmut seines Lächelns, denn ich mißtraute diesem jähen Ausbruch von Schönheit, seine Stimme hätte ich gern gehabt, die ordinär und schrammig war wie eine Rock'n'Roll-Nummer ohne Gitarre-Schlagzeug-Baß; aber ich wollte, daß alle anderen in mir sähen, was ich in ihm sah. Auch wenn er Vorarlberg nie verlassen hatte, ja kaum einmal aus dem Dorf hinausgekommen war – furchtlos, auf niemanden angewiesen, vor der Welt geschützt durch die eigene Regungslosigkeit, eine freie Persönlichkeit mit großartigen Möglichkeiten zur Selbstzerstörung. In seiner Gegenwart, dachte ich, wird, wie Jack London in seinem *Abenteuer am Schienenstrang* schreibt, »das Unmögliche zum Ereignis und das Unerwartete springt bei jeder Wegbiegung aus den Büschen«. Ich hatte bis dahin nie vor mir selbst zugegeben, so etwas wie Ausweglosigkeit zu empfinden, und obwohl ich nicht einmal hätte sagen können, worin denn das Auswegloses an meiner Existenz bestehen könnte, fühlte ich in den Sekunden, als ich Maro nachblickte, wie er an den

Schnauzen der Lastwagen des Frächters Winkler vorbeiging, daß mit diesem Wort das Leben meiner Familie auf den richtigen Begriff gebracht war.

Ich sprach mit Günther Veronik. »Es ist ein Zufall, daß er zu mir gekommen ist«, sagte ich. »Er hätte auch zu einem von euch kommen können. Er ist zu mir gekommen, weil unser Haus am nächsten bei den Feldern steht.« Ich wußte, das stimmte nicht. Maro hatte nur mich gemeint. Er wollte mit *mir* Musik machen und mit sonst keinem. Günther verlor mit einem Schlag jedes Interesse an der Band. Mit einem Rottmeier wollte er nichts zu tun haben. Und ich wußte, auch unser Schlagzeuger wollte mit einem Rottmeier nichts zu tun haben und auch unser Rhythmusgitarrist nicht. Das war mir recht. Es war *meine* Band. Und wir würden *meine* Musik machen, und zwar in einer Besetzung wie Cream. Maro = Jack Bruce = Baß. Ich = Eric Clapton = Lead-Gitarre. Chucky = Ginger Baker = Schlagzeug.

Ich wartete. Eine Woche, zwei Wochen. Maro meldete sich nicht. Als meine Freunde kamen, um den Baß und das Schlagzeug abzuholen, bat ich sie, mir die Sachen noch eine Weile zu lassen. Einmal schlich ich am Rottmeierschen Haus vorbei. Ich fürchtete mich vor den Hunden. Sie lagen im Schatten des Kleinlasters, mit dem Maro herumfuhr, obwohl er zwei Jahre zu jung für einen Führerschein war. Daneben war ein VW auf Steinen und einer umgedrehten Schubkarre aufgebockt, die Räder waren abmontiert, die Motorhaube klaffte auf. Davor stand ein unglaublich schmutziger Schemel, auf der Erde lagen eine halb aufgerollte Tube Kondensmilch und eine Schachtel Smart Export und eine Schachtel Streichhölzer. Als mich die Hunde sahen, spitzten sie die Ohren, einer erhob sich, tapste in die Sonne, blinzelte zu mir herüber und bellte zweimal, aber ohne rechten Ehrgeiz. Er war ein niedriger, heller Schäfer, ich rechnete ihn Maro zu. Das Haus war ähnlich wie unseres, eines der üblichen Bauernhäuser mit angebauter Scheune. Die Holzschindeln an den Wänden waren grau und zum Teil schon abgewittert, so daß die mit Lehm und Stroh gefüllte Holzkonstruktion darunter zum Vorschein kam. Auf einer Seite des Hauses war ein Dachflügel eingesunken. Ein paar Dutzend Ziegel fehlten, die Dachlatten waren zu sehen. Ich hockte mich auf den Rottmeierschen Zaun, im Respektabstand zu den Hunden. Die andere Straßenseite war mit Büschen bewachsen, die einen scheckigen Schatten auf den Staub warfen. Der Duft getrockneten Heus wehte zu mir herüber. Die Sonne brannte auf meinen Nacken und auf meine Oberarme. Ich war bereit. Maro hatte den ersten Schritt getan, indem er mich besucht hatte, nun besuchte ich ihn. Was stellte er sich vor? Stellte er sich überhaupt etwas vor? Hatte er schon jemals einen E-Baß in der Hand gehabt? Würde er sich je merken können, wann im Blues auf die Subdominante und wann auf die Dominante gewechselt wird? Wußte Chucky, daß er von seinem Bruder zum Schlagzeugspielen eingeteilt worden war? Und wenn er das gar nicht wollte? Mit Chucky, sagten manche, sei noch weniger zu spaßen als mit Maro. Was Maro liegen lasse, auf das trete Chucky drauf. Ihm rechnete ich den anderen Hund, den dunklen, zu. Oder hatte mich Maro verarschen wollen? Aber warum? Andererseits: Brauchte jemand wie Maro einen Grund für irgend etwas? Nach einer Weile sprang ich vom Zaun. Ich rief seinen Namen. Die Hunde fingen sofort zu bellen an, sie traten nun beide aus dem Schatten, bellten sich gegenseitig in Rage und kamen zögerlich auf mich zu. Ich drehte mich um und ging davon. Er konnte doch nicht erwarten, daß ich mich mit seinen Hunden anlegte! Ich kannte niemanden, der ihn so gut kannte, daß er ihm etwas ausrichten wollte. Sollte ich ihm einen Brief schreiben? Er würde meinen, ich sei schwul. Oder ich will ihn blamieren, weil er nicht gescheit lesen kann. Ich wartete weiter.

Einer, den ich flüchtig kannte, sagte eines Tages zu mir: »He!« Und ich sagte: »Was?« Und er sagte: »Der Maro. Er erzählt herum, wenn er dich erwischt, drückt er dir die Zähne in den Magen.«

Ich glaubte nicht, daß er es bildlich meinte. Ich glaubte nicht, daß Maro je irgend etwas bildlich gemeint hatte. Nicht eine Ohrfeige sollte es setzen. Oder einen Anschiß. Oder einen Boxer. Oder ein Zusammenhauen mit zerblutetem Gesicht. Er wollte mir die Zähne in den Magen drücken. Ein gewaltiger Faustschlag, der mich von oben nach unten durchbohrte. Seine Faust fährt in meinen Mund, durchbricht Ober- und Unterkiefer, reißt die Zähne mit sich. So ungefähr. Aber warum wollte er das tun?

4

Ich traf mich bald mit niemandem mehr. Schnitt mir die Haare. Lernte nur noch für die Schule. War der Beste in allen Fächern. Hatte kein Bedürfnis mehr, mies zu sein. Fand die Rolling Stones redundant. Verlor vorübergehend jedes Interesse an der Musik. War einer, dem die Bücher aus den Händen wuchsen. Upton Sinclair *Der Dschungel*, Gogol *Die toten Seelen*, Louis-Ferdinand Céline *Reise ans Ende der Nacht*, von Kafka alles, was zu haben war. Für meine Mitschüler war ich »der Wiener«; ich kannte nicht einmal die Hälfte meiner Klasse beim vollen Namen. Sie gingen mir aus dem Weg. Manche Lehrer fürchteten sich vor mir. Der Mathematiklehrer zum Beispiel und auch der Deutschlehrer. Ich genoß das. Ich war einer, von dem man sagt, er sei »mit dem Mund gut zu Fuß«. Mit den Mädchen hatte ich es nicht leicht. Ich stand mir selbst im Weg. Ich hatte mir mühsam ein Image zurechtgelegt, und von dem wurde ich nun überwacht, eifersüchtig, streng, tyrannisch und unnachsichtig. Wenn einer so tut, als ob er niemanden braucht, so glaubt man ihm das nach einer Weile sehr gern.

Ich absolvierte die Matura mit Auszeichnung. Am Tag meiner letzten Prüfung meldete ich beim Einwohnermeldeamt meinen Wohnsitz ab. Ich gab an, ich verlasse Österreich für immer, werde wahrscheinlich amerikanischer Staatsbürger werden. Der Beamte fragte mich, ob ich mir im klaren darüber sei, daß ich mich nicht in Österreich blicken lassen dürfe, ohne mich unverzüglich wieder anzumelden. Ich war mir darüber nicht im klaren, sagte aber, ich sei es. Ein Kompliment wäre es gewesen, wenn er mich einen Deserteur genannt hätte. Ich hatte mir einen Ruf aufgebaut, mit dem es nicht zu vereinbaren war, daß ich es zuließ, wenn einer mich brüllend aufforderte, mich schneller zu bewegen, damit die Scheiße in meinem Hirn besser durchgemischt werde – es wurde kolportiert, daß dieser und ähnliche Sprüche beim Bundesheer völlig normal seien; ich hätte, wollte ich nicht meinen Ruf aufs Spiel setzen, mich bei solcher Anrede zur Wehr setzen müssen, was mit größter Wahrscheinlichkeit größte Schwierigkeiten zur Folge gehabt hätte; also war es weise, dem aus dem Weg zu gehen.

Ich verließ Österreich aber nicht sofort, sondern blieb noch bis in den frühen Herbst. Wenn ich in die Stadt ging, zog ich die Schultern hoch und blickte zu Boden, und vor Uniformträgern flüchtete ich mich in Hauseingänge und Seitengassen, auch wenn es sich um Busfahrer oder Briefträger handelte. Anders als in den vorangegangenen Ferien arbeitete ich in diesem Sommer nicht. Ich hatte, seit ich sechzehn war, jedes Jahr einen höchst attraktiven und vor allem fixen Ferialjob gehabt, nämlich in Liechtenstein bei Kraus & Thomson, dem größten Antiquariat der Welt (mit einem Bestand von über fünf Millionen Büchern). Ich hatte mitgeholfen, einlangende Konvolute zu registrieren oder zum Beispiel den Grundstock für das Germanistische Institut einer neugegründeten deutschen Gesamthochschule zusammenzustellen; ich brauchte mich bei meiner Arbeit nicht zu beeilen, durfte, wann immer ich ein Buch interessant fand, mich in eine Ecke verziehen und darin schmökern, das wurde sogar gern gesehen, schließlich sollten die Mitarbeiter wissen, womit sie es zu tun hatten. Die Chefitäten wohnten in Milwood New York State, und Milwood New York State war weit, und daß sie ihre größte Filiale ausgerechnet in Liechtenstein, mitten im Ried in der Nähe eines Dorfes namens Nendeln, errichtet hatten, in dessen Wohnzimmern zusammengenommen nicht halb so viele Bücher standen wie in unserem Besucherraum, war sicher auch der großzügigen Hilfe der Liechtensteiner Behörden zu danken, die H. P. Kraus in den dreißiger Jahren auf der Flucht vor den Wiener Nazis aufgenommen und ihm geholfen hatten, mit seiner Familie nach Amerika zu emigrieren. Vor allem aber der liechtensteinischen Steuerpolitik der sechziger Jahre, die der Firma so viel ersparte, daß es sich ihre Angestellten ohne schlechtes Gewissen gemütlich machen durften. Vermittelt hatte mir den Job mein Deutschlehrer in der fünften Klasse Gymnasium, mit ihm hatte sich mein Vater angefreundet, Traugott Schneidtinger, ein massiger Mann mit langen weißen Haaren, er schrieb Gedichte, die ich um kein Haar schlechter fand als die von Paul Celan und von denen mein Vater einige vertonte und im Chor aufführte. (Prof. Schneidtinger hat mir später einmal – tatsächlich unter Tränen – erzählt, wie die Firma in Liechtenstein aufgelöst wurde, nachdem Mr. Thomson, dem die marode *London Times* gehörte, sein Kapital aus dem Unternehmen abzog; Bauernburschen aus der Umgebung seien angeheuert worden, die hätten mit ihren Mistgabeln die Bücher in Container geschaufelt ... und so weiter ...)

Ich hatte in Liechtenstein mehr als das Doppelte von dem verdient, was meine Mitschüler bei ihren österreichischen Jobs verdienten. Aber ich mußte dafür zweimal täglich über die Grenze fahren, und das traute ich mich nun nicht mehr. Außerdem war ich nicht mehr auf das Geld angewiesen. Ich war seit der Matura ein reicher Mann, denn – wie später bei meinem Sohn – hatte mein Patenonkel Carl Candoris von meiner Geburt an monatlich einen bestimmten Betrag auf ein Konto überwiesen, und an dem Tag, als ich mit dem Maturazeugnis in der Hand nach Hause kam, wartete dort ein eingeschriebener Brief auf mich, der neben einer Glückwunschkarte, unterschrieben von Carl und Margarida, ein Sparbuch über 100.000 Schilling enthielt. Ich rechnete mir aus, daß ich mit diesem Geld drei Jahre lang würde leben können, sogar wenn ich neben meinem Studium nicht arbeitete, was ich aber nicht vorhatte. Ich lud meine Eltern ins Lingg zum Essen ein – Vorspeise: Weinbergschnecken mit Knoblauchbutter –, bot ihnen von meinen Smart Export an und fühlte mich unwohl, weil ich fürchtete, es könnte jemand zur Tür hereinkommen, der diesbezügliche Befugnisse besaß – womöglich sogar der Beamte vom Einwohnermeldeamt –, und mich wegen nicht angemeldeten Aufenthalts in Österreich anzeigen.

Die vier Monate nach der Matura verbrachte ich in glücklich ängstlichem und römisch erhabenem Alleinsein. Ich las *Ich, Claudius, Kaiser und Gott* von Robert Ranke-Graves, lieh mir die Kaiserbiographien von Sueton und die *Römische Geschichte* von Appian von Alexandria in der Leihbücherei der Arbeiterkammer aus (den Appian mußte die Bibliothekarin, Frau Mag. Albrecht, ihrerseits von der Nationalbibliothek in Wien ausleihen, was mich, wie ich hoffte, denn sie gefiel mir, in ihren Augen ein paar Grade interessanter sein ließ) und vertiefte mich zuletzt in Theodor Mommsens *Römische Geschichte*, die ich mir von meinen Eltern zur Matura gewünscht hatte. Den Tag über saß ich im Auwald neben der Ill (so hieß der eine der beiden Flüsse, der andere war der Rhein) und las und phantasierte von Cäsar und Antonius, von Agrippina und Nero, von Messalina, der dritten Frau des Claudius, die sich in den Nächten als die Prostituierte Licisca in den heruntergekommenen Vierteln Roms herumtrieb, von Catilina und Spartacus und natürlich von Scipio, Hannibal, Hasdrubal, Hamilkar und Mago, deren Reinkarnation mir in Richard Nixon, Fidel Castro, Ho Chi Minh, Lenin und Martin Rottmeier dämmerte. Erst bei beginnender Dunkelheit trottete ich nach Hause, knieschwach und fast besinnungslos vor Hunger. Manchmal setzte sich meine Mutter zu mir in die Küche. Manchmal strich sie mir über die Stirn und sagte, sie sei stolz auf mich, weil ich die Matura mit lauter Einsern bestanden hätte. Mir war, als schrien ihre Augen um Hilfe. Aber ich konnte mich nicht auf meine Mutter konzentrieren, nicht auf einen einzigen Gedanken an sie, auch nicht, wenn ich frei von allem war und unter freiem Himmel, in der Nachtluft ausgestreckt, auf dem Rücken liegend, mir einbildete, ich sei gewappnet gegen jede Art von Bedrängnis, die von außen kam. Meinen Vater sah ich kaum, aber ich hörte ihn. Er war in der Scheune mit seinem Chor beschäftigt oder mit seinen Tonbändern, in den Ferien vor allem mit seinen Tonbändern. Er hatte sich ein gebrauchtes Aufnahmegerät Marke Uher und drei gebrauchte Studiomaschinen Marke Studer besorgt und letztere miteinander und einem Mischpult verkabelt, so konnte er die Stimmen, Töne und Geräusche, die er aufnahm, überspielen, kopieren und zueinander in ein gewünschtes Verhältnis bringen, bevor er die Chorsätze dazu komponierte. Meine Mutter sagte: »Geh hinüber zu ihm, frag ihn, was er macht. Es verletzt ihn, daß du dich nicht für seine Arbeit interessierst.« Ich setzte mich zu ihm, und was er mir an Musik zu hören gab, war so merkwürdig, daß es mich mit Sorge erfüllte.

Am Ende des Sommers fuhr ich nach Frankfurt, immatrikulierte mich an der Johann-Wolfgang-von-Goethe-Universität und inskribierte in den Fachbereichen Geschichte und Latein (Folge von gut viertausend Seiten antikes Rom). Und trug mich in einer Liste ein, die in der Mensa auflag und mit deren Hilfe Musikanten gesucht wurden, die bei einem Gedächtniskonzert zu Ehren von Jimi Hendrix, der im September gestorben war, spielen wollten. Ich setzte meinen Namen in die Sparte »Gitarre« und gab meinem Können die Note zwei. Als die Bands zusammengestellt wurden, war ich nicht dabei. Grimmig mußte ich bei dem Konzert im Audimax feststellen, daß die Musik, die geboten wurde, ein einmaliger, himmeltraurig jämmerlicher Scheißdreck war, daß dies aber offenbar niemanden weiter störte.

Von Maro hatte ich seit drei Jahren nichts mehr gehört. Es war also anzunehmen, daß er die Sache mit unserer Band vergessen hatte. Daß er andere Sorgen hatte.

Die hatte er tatsächlich. Er habe, wurde mir, als ich in den ersten Semesterferien nach Hause kam, erzählt, ein Kilo Haschisch oder mehr und noch anderes dazu aus Spanien herausschmuggeln wollen und sei dabei erwischt worden. Er sei abgeurteilt und in ein spanisches Gefängnis gesperrt worden. Als ich in den zweiten Semesterferien nach Hause kam, hieß es, er habe sich im Gefängnis wie die wilde Sau aufgeführt, weswegen seine Strafe verlängert worden sei. Außerdem sei er, das stehe fest, von jemandem verraten worden. Sein Bruder Chucky, hieß es weiter, habe überall verlauten lassen, er werde den Verräter erwischen und ihm die Augen ins Hirn drücken. Ich dachte, wenn ich mich erkundige, wird sich das womöglich herumsprechen, und man wird sich fragen, warum erkundigt der sich. Auch Chucky schätzte ich als jemanden ein, der nichts im Leben bildlich meinte.

Als Maro nach fünf Jahren aus Spanien zurückkam, erkannte ich ihn nicht wieder. Sein Gesicht war vernarbt und schief, der linke Arm hing ihm herunter. Er hatte im Gefängnis einen Schlaganfall erlitten – mit vierundzwanzig Jahren! Merkwürdigerweise brachte er viel Geld mit. Er kaufte sich eine Honda 750. Damit ihm die kaputte Hand beim Fahren nicht herunterrutschte, klebte er sie mit Isolierband an der Lenkstange fest. Wenn ich ihn in den Ferien auf der Straße sah, stellte ich mich in einen Hauseingang, und wenn kein Hauseingang in der Nähe war, hinter einen Baum, und wenn kein Baum in der Nähe war, drehte ich mich um und zog den Hals ein. Damals, als er bei dem Feuerwehrfest geschlagen worden war, hatte er zu mir herübergeschaut und die blutigen Locken gegen mich geschüttelt. Als wollte er mir demonstrieren, wofür man ihn alles einsetzen könnte.

5

Weihnachten 1979 – also zehn Jahre, nachdem ich Österreich verlassen hatte – lernte ich Maros Bruder Chucky kennen. Alles war inzwischen anders: Ich hatte mein Studium beendet, hatte definitiv alle

Bemühungen um eine Dissertation aufgegeben, lebte in Frankfurt zusammen mit Dagmar in einer festen Beziehung, wollte bis ans Ende in Deutschland bleiben. Mein Vater war seit drei Jahren tot. Meine Mutter lebte allein in Nofels.

Und Dagmar war im achten Monat schwanger. Wir hatten eine merkwürdig ruhige Zeit verbracht, seit wir uns entschlossen hatten, zu heiraten und ein Kind zu haben. Wir begegneten einander mit einer Höflichkeit, die wir beide nach unseren Kämpfen als erholsam empfanden, aber auch als bedrückend. Wir verbrachten die Stunden des Tages gemeinsam, was bisher nicht der Fall gewesen war, und wir legten einander den Arm um die Hüfte, wenn wir durch die Stadt gingen. Den Termin der Heirat schoben wir vor uns her, schließlich einigten wir uns auf ein großes Familienfest, bei dem Eheschließung und Geburt unseres Kinder in einem gefeiert werden sollten. Dagmar spürte, ich spürte, daß sie, daß ich eine Zeitlang allein sein mußten, wenn wir nicht einen weiteren Ausbruch riskieren wollten. Wir kamen überein, die vorlesungsfreie Zeit um Weihnachten getrennt zu verbringen; bekannten uns allerdings nicht zum wahren Grund, sondern argumentierten uns gegenüber, wir würden in naher Zukunft ja ohnehin eine Familie sein, und es seien sicher die letzten Weihnachten, die Dagmar zu Hause in Marburg mit ihren Eltern und ihrem Bruder und ich in Vorarlberg mit meiner Mutter verbringen würden.

Meine Mutter war enttäuscht, daß Dagmar nicht mitgekommen war. Sie hatte sie noch nicht kennengelernt, und sie hätte gern, sagte sie, ihre Hand auf ihren Bauch gelegt. Ich rief in Marburg an und reichte meiner Mutter den Hörer und ging in die Küche, damit sie ungestört im Flur mit ihrer zukünftigen Schwiegertochter sprechen konnte. Das Gespräch dauerte erstaunlich lang. An den Abenden saßen meine Mutter und ich gemeinsam vor dem Fernseher, wir frühstückten auch gemeinsam, und es war nicht so, daß wir nicht miteinander redeten; der Abstand zwischen uns dehnte sich unter einer Kraft, die unserer Kontrolle entzogen war, und jeder hatte Ausblick auf etwas anderes – das war es. Wir sprachen auch über meinen Vater. Sie erzählte mir, wie sie ihn gefunden hatte. In der Scheune. Er war gestorben, während sie im Haus war. Weil er oft Tage und Nächte hintereinander an seinen Kompositionen »bastelte« (erst wollte er, daß man ihn einen Musikanten nannte, dann einen Musiker, schließlich einen Bastler) – oder am Ende doch wohl nur noch so tat, als ob er bastelte –, hatte er sich drüben eine Matratze auf den Boden gelegt. Manchmal habe sie ihn drei Tage lang nicht gesehen, sagte sie. Er habe fast nichts mehr gegessen. Immer öfter habe er sich in der Schule krank gemeldet.

Irgendwann nach den Feiertagen klingelte es an der Tür, und Chukky stand draußen. Anders als sein Bruder blieb er vor der Tür stehen, nachdem er den Klingelknopf gedrückt hatte.

»Geht's, daß wir reden?« fragte er.

Er wirkte ruhig, entspannt, keine Spur von dem nervösen glücklichen Haß, der einen das Gesicht seines Bruders nicht vergessen ließ. Er hatte einen blonden, lichten Vollbart, der sich bis zum Kragen hinunter krauste, und große, durchschimmernd rote Ohren. Er trug die Sonntagssachen vom Land und derbe, sorgfältig polierte Schuhe. Seine Fingernägel waren schalenförmig und hatten weiße Ränder, als hätte er sie mit der Spitze eines weißen Stiftes geputzt. Wir fuhren in seinem Kombi flußaufwärts und ein Stück den Berg hinauf und setzten uns in ein Gasthaus. Wir waren die einzigen. Blick über Feldkirch bis zu den Bergen in der Schweiz – die Kurfürsten, der Hohe Kasten. Wir bestellten Bier und Kaffee. Ich fürchtete mich nicht vor ihm.

»Im Fall, daß es wegen Maro ist …«, begann ich.

»Was denn wegen Maro?« Er sprach mit sanfter Stimme.

»Wegen der Band damals … du am Schlagzeug …«

»Der Martin ist ein Idiot«, unterbrach er mich gleich. Ich mußte mich ihm zuneigen, so leise sprach er. »Ein Übergeschnappter, der dumm ist. Ich kenne überhaupt niemanden, der so dumm ist wie der Martin. In Spanien hat er nichts dazugelernt. Wenn's nach mir ginge, hätten sie ihn unten behalten sollen. Er bringt Unglück. Er reißt nur das Maul auf und tut nichts. Ich bin dafür, daß man ihn entmündigt.«

Ich wußte nichts zu sagen. Wußte nicht, wie ich mein Gesicht einrichten sollte. Meine Phantasie konnte aus ihm nichts anderes werden lassen, als er bereits war. Chucky stellte mir keine Falle. Das wäre Maros Art gewesen. Augen, so blau wie aus der Werbung zwanzig Jahre später oder vierzig Jahre früher, er starrte sich ein Stück in mich hinein, nicht metaphorisch gemeint, sondern in sturen Zentimetern. Er wartete. Er wollte etwas von mir und wartete, ob ich vielleicht errate, was er wollte. Eine Frage meinerseits wäre ein halbes Einverständnis gewesen mit dem, was er mit mir vorhatte. Also schwieg ich ebenfalls.

Nach einigen seufzenden Atemzügen sagte er: »Ich weiß, was du machst.«

»Was mach ich denn?«

»Du studierst.«

»Ich bin fertig. Ich mach gar nichts zur Zeit.«

»Das spielt keine Rolle«, sagte er, und da gab es nichts zu widersprechen. »In Deutschland studierst du. Aber die Frage ist doch: Warum studierst du in Deutschland? Warum nicht bei uns in Österreich? Kann man nicht in Innsbruck studieren? Oder in Salzburg? Oder in Wien? Man hat in Deutschland etwas zu tun, darum. Stimmt's?« Der Bauer stand in seinem Gesicht, randvoll mit schlauer Stumpfheit. Die Verwunderung, die er in mir weckte, war offensichtlich ansteckend: Er blickte mich an, als wäre ich gerade vom Ende der Welt angekommen. »Verstehst du, was ich sagen will?«

»Ich verstehe gar nichts«, antwortete ich.

Er nickte. Ich interpretierte es als ein zufriedenes Nicken. Als laufe alles zwischen uns, wie er es sich vorgestellt hatte.

»Klar, daß du das sagst.«

»Klar, daß ich was sage?«

»Es ist gut, daß du nichts sagst.«

»Es ist gut, daß ich was nicht sage?«

Er nahm einen Bierdeckel, spaltete die Pappe an einer Ecke mit dem Daumennagel, zerteilte sie vorsichtig. »Hast du einen Kuli?« fragte er. »Nein«, sagte ich. »Bringen Sie mir bitte einen Kugelschreiber!« rief er der Bedienung zu, und als die Frau mit der schwarzgefärbten Außenwelle ihm den Stift reichte, bedankte er sich mit pfadfinderhaftem Ernst, und ich hatte den Eindruck, er tat das nur, weil er sich dachte, ich erwarte es von ihm. Als sie wieder hinter dem Tresen war, begann er, auf die weiße rauhe Seite einer der Hälften zu schreiben, formte seine linke Hand zu einem Mäuerchen – wie ein Schüler, der nicht will, daß ihm einer abschaut; er klappte den anderen Teil darauf und schob mir den Bierdeckel zu.

Brigitte Margret Ida Mohnhaupt stand da.

»Und jetzt?« fragte ich.

»Das ist es, was ich meine.«

»Ich habe schon wieder keine Ahnung, was du meinst.«

Nun schien er doch ratlos zu sein. Seine Augen weiteten sich, sie starrten auf meine Brust. Nach einer Weile flüsterte er: »Ich will mitmachen bei denen.« – Na also! – »Jetzt weißt du aber, was ich meine.«

»Ja, jetzt weiß ich es.«

Soviel wußte ich – soviel wußte damals jeder: Brigitte Mohnhaupt war Mitglied der Rote-Armee-Fraktion, sie wurde als Mittäterin bei der Ermordung des Generalbundesanwalts Siegfried Buback genannt (erschossen im Auto an einer Ampel zusammen mit seinen beiden Begleitern Wolfgang Göbel und Georg Wurster; die Mörder saßen auf einem Motorrad; in einem Flugblatt einer linken Gruppe – ich weiß nicht welcher, es gab so viele – war daraufhin zu lesen, es werde empfohlen, gewisse Probleme in Zukunft mit einer Suzuki 750 GS zu lösen), ebenso als Mittäterin bei der Ermordung von Jürgen Ponto, dem Vorstandsvorsitzenden der Deutschen Bank (erschossen in Oberursel bei Frankfurt, nachdem sein Patenkind Susanne Albrecht die Mörder in sein Haus geführt hatte), außerdem soll sie an der Entführung und Ermordung des Arbeitgeberpräsidenten Hanns-Martin Schleyer und an der Ermordung der drei ihn begleitenden Polizisten Reinhold Brändle, Roland Pieler und Helmut Ulmer sowie seines Chauffeurs Heinz Marcicz beteiligt gewesen sein. Ich hatte das alles sehr aufmerksam verfolgt – mit einer Mischung aus Faszination und Ekel. Tagtäglich waren vor der Mensa in Frankfurt Flugblätter der verschiedenen linken Fraktionen verteilt worden, in denen entweder in aggressiv militanter Form oder in einer nachgerade monströsen Weinerlichkeit für Solidarität mit den RAF-Genossen geworben wurde, die, wie es in einem dieser Blätter hieß, »in Vernichtungslagern« gefangengehalten würden, womit eine Parallele zwischen Stammheim und Auschwitz hergestellt war, was den Schreibern wohl als besonders schlau vorkam. Berühmt wurde der Nachruf auf Buback, den eine Göttinger Studentenzeitung unter der Autorenschaft eines gewissen »Mescalero« veröffentlicht hatte, in dem dieser seine »klammheimliche Freude« über den Mord kundtat. Ich erinnere mich auch noch sehr gut an ein Flugblatt des

KBW in den ersten Wochen nach dem Mord an Schleyer, in dem mit atemlos hysterischen Wendungen über die Sanktionen gegen das »Schussenrieder Jugend-Blättle Motzer« berichtet wurde, weil in einer Ausgabe über den Ermordeten hergezogen worden war. Daß den Schussenriedern die Subventionen gestrichen wurden, war für die Schreiber des Flugblatts offenbar ein unvergleichlich größeres Verbrechen gegen die Menschlichkeit als die drei Kugeln im Körper von Hanns-Martin Schleyer. Ich habe mir dieses und auch einen Stapel anderer Flugblätter aufgehoben, und als zwei Monate später Dagmar und ich uns kennenlernten und schon bald darauf unsere Streitereien begannen, die sich hauptsächlich um Politisches drehten – wenigstens glaubten wir, es sei so –, zog ich nicht nur einmal diese Zettel mit dem Emblem einer Faust, die eine Kalaschnikow stemmt, oder dem fünfzackigen Stern, über den eine Maschinenpistole und die Lettern RAF gelegt waren, aus der Schublade und hielt sie ihr vor die Nase; was natürlich unfair war, denn niemals hatte sie auch nur eine Spur von Sympathie für die Mörder gezeigt. Allerdings war sie der festen Überzeugung, die Stammheimer Häftlinge Andreas Baader, Gudrun Ensslin und Jan Carl Raspe seien ermordet worden, entweder vom Verfassungsschutz ohne Billigung der Bundesregierung oder vom Verfassungsschutz mit Billigung der Bundesregierung. Ich sagte: »Und wenn es nicht so ist?« Sie sagte: »Es ist aber so.« Ich sagte wieder: »Und wenn es doch nicht so ist?« Und sie sagte: »Was ist, wenn es doch nicht so ist?« »Dann«, sagte ich, »haben wir es mit einem Sonderstück von Perfidie zu tun. Den eigenen Selbstmord so zu inszenieren, daß man glauben soll, es sei Mord!« Das traute sie den RAFlern nicht zu. Und ich muß sagen, ich eigentlich auch nicht. Wer die Entführer und Mörder von Hanns-Martin Schleyer waren, das wußte auch zwei Jahre nach der Tat niemand mit Bestimmtheit zu sagen. Die Kommentatoren bezeichneten Brigitte Mohnhaupt als jene Terroristin, die das Kommando (»Kommando Siegfried Hausner«, wie sich die Entführer in ihrem Bekennerschreiben nannten) geleitet hatte. Sie sei, hieß es, in bürgerlichen Verhältnissen aufgewachsen, habe ihr Abitur in Bruchsal mit Auszeichnung bestanden, habe in München studiert und sich aus Empörung über den Vietnam-Krieg der USA und die Notstandsgesetze der BRD sowie die Tatsache, daß immer noch NS-Richter hohe Funktionen ausübten, der radikalen Linken zugewandt und schließlich mit Baader und den Seinen Kontakt aufgenommen. »Eine Frau Kohlhaas ohne Pferde«, die der Nation erklären wollte, was Gerechtigkeit ist, und überzeugt war, sie tue das »in Assoziationen und Bildern, die dieser Nation vertraut waren« – wie ein bekannter Psychoanalytiker und Pädagoge in einem sympathisierenden Essay schrieb. Das dauernde Erwähnen des ausgezeichneten Abiturabschlusses löste Unbehagen in mir aus – und sicher nicht deshalb, weil ich selbst mit Auszeichnung maturiert hatte –; es schien Abraham Fields' These zu belegen, daß die Deutschen in tiefst versteckter Wahrheit stolz auf ihre Terroristen seien; nicht weniger stolz als auf ihre ehemaligen Nazis – um Himmels willen nicht wegen deren Morde, sondern weil diese Morde, wie sollte es bei einer so überlegenen Kulturgemeinschaft auch anders sein, von höchst intelligenten Männern und Frauen geplant und zum Teil auch von denselben durchgeführt worden waren; jedenfalls fehle bei Charakteristiken der SS selten der Hinweis, in ihren Spitzenpositionen hätte sich die intellektuelle Elite des Landes getroffen. An einem Nachmittag im Central Park haben Abe und ich über dieses Thema gesprochen, das heißt, er hat mir ausführliche, sokratische Fragen gestellt, die ich kurz, meist nur mit ja oder nein, beantwortete. Bei dieser Gelegenheit sagte er: »Wenn ich Deutsche von der Dämonie der Nazis reden höre, spüre ich hinter der Entrüstung eine alte Begeisterung, und ich denke mir, sie huldigen noch immer dem romantischen Genius des Bösen und fühlen sich allen anderen Bösewichte produzierenden Nationen überlegen, weswegen Hannah Arendts Begriff von der Banalität des Bösen bis heute von vielen als Spielverderberei empfunden wird – und auch wenn sie es nicht aussprechen, meinen sie doch jüdische Spielverderberei.« Und genauso sehe man es nun wieder: Junge überintelligente, überernsthafte, überunbestechliche, übersensible Frauen und Männer waren hier am Werk – ein Werk, das schlecht war, nicht weil es schlecht war, sondern weil es im Übermaß gut war –, überhochmoralische Pastorentöchter, am vergessenen Heimkinderelend zerbrechende Zeitschriftenkolumnistinnen und ausgezeichnete Abiturientinnen, denen allen positiv angerechnet wurde, daß sie ihre Taten aus Verzweiflung über die Taten ihrer Väter begingen – kaum ein Kommentar, in dem nicht darauf hingewiesen wurde, daß Hanns-Martin

Schleyer ein hoher Nazi-Studentenfunktionär und ein Zuarbeiter von Gestapo- und SD-Chef Reinhard Heydrich gewesen war (der, wie ich irgendwo gelesen hatte, so intelligent gewesen sei, daß er die gesamte Planung der Olympiade 1936 in seinem Kopf zusammengehalten habe). Tatsächlich waren diese Assoziationen und Bilder der Nation vertraut wie dem Christen die Kreuzwegstationen Jesu. Ich gebe zu, ich habe anfänglich mit der RAF sympathisiert, ihre Mitglieder hatten sexy Frisuren, waren schlank und lässig, hätten ohne Verkleidung in einem französischen Gangsterfilm oder, nur wenig verkleidet, in einem Sergio-Leone-Western mitspielen oder, in Vierer- oder Fünfergruppen aufgeteilt, als Rockbands auftreten können. Der Idealismus, die höhere Idee, die Bereitschaft, sich für diese Idee zu opfern, und, aus dieser Selbstlosigkeit abgeleitet, das Recht, auch andere dafür zu opfern, all das hat mich jedoch gelangweilt und befremdet. Mich faszinierte der individuelle Anarchismus à la Raskolnikow oder Kirillow (oder Martin Rottmeier alias Maro), der sich weniger mit der Frage quälte, ob man einen chinesischen Mandarin, der Tausende Kilometer entfernt nutzlos vor sich hin lebt, mit einem Knopfdruck töten darf, wenn dadurch Millionen anderer Menschen in unmittelbarer Nähe das Leben lebenswert gestaltet werden kann, sondern der schlicht ein Naturrecht der starken Persönlichkeit postulierte, an die andere moralische Maßstäbe anzulegen seien als an den Querschnitt von Millionen. Diese ideologiefreie, pur egozentrische Gewalt erhob mein literarisches Herz und ließ es schneller schlagen; sie glaubte ich in einem Typen wie Andreas Baader verkörpert; die Weiber und weibischen Männer um ihn herum stellten die unvermeidlichen Mänaden dar, die kannten wir aus der Umgebung des Gottes Dionysos und des Feldherrn Alexander des Großen, sie waren bei Marcus Antonius aufgetreten, bei Lykurg, Solon, Mohamed, Tschingis Khan bis hin zu Napoleon, John F. Kennedy, Mao Tse-tung und waren noch anzutreffen in der Strand-Buggy-Streitmacht der Hippievariante Charles Manson. Brigitte Mohnhaupt gehörte auch zu denen. Ich selbst hatte mich zeitweise als ein Aspirant gefühlt, als ein Pentheus, der sich gern eingeschlichen hätte, um wenigstens zuzusehen. Abe hatte mich mit einem einzigen Satz ein für allemal von dieser Blödheit geheilt: »Wenn man sogar bei ›Du sollst nicht töten!‹ nachdenken muß, haben moralische

Maßstäbe jede Verbindlichkeit verloren.« Und er hatte mit unerbittlicher Freundlichkeit weiter ausgeführt: Er würde ja gern glauben, daß es in der Seele des Menschen sich widersprechende Prinzipien gebe, die einander korrigieren, mildern und läutern, aber seine Erfahrung lege leider die Vermutung nahe, daß die menschliche Seele nur *ein* Prinzip kenne, nämlich die Gier, und daß Gerechtigkeit, Milde und Maß mühsam gegen die Seelennatur errichtete Bastionen des Verstandes seien, weswegen der Ratschlag, man solle auch jenseits von rein privaten Angelegenheiten auf sein Herz hören, in seinen Ohren nicht zart und verschwärmt, sondern immer wie eine Kriegserklärung gegen alles Menschliche geklungen habe. Meine Formulierung, der individuelle Anarchismus eines Andreas Baader erhebe »mein literarisches Herz«, hatte ihn fuchsteufelswild werden lassen – »Was an diesem Mann für den Nimbus eines greifbaren Heldentums gehalten wird, ist nichts anderes als die Achselausdünstung eines simplen Kriminellen!«; und entschuldigte sich sofort, daß er so viele Adverbe und Adjektive verwende. – Nach diesem Gespräch im Central Park stand für mich endgültig fest, daß ich nicht Carls Ratschlag folgen, daß ich nicht über Arthur Seyß-Inquart eine Dissertation schreiben werde ...

»Sie kann mich brauchen«, flüsterte Chucky und betonte dabei zischend jedes Wort.

»Das kann ich nicht beurteilen«, gab ich in der gleichen Tonlage zurück. »Aber noch einmal: Was hat das mit mir zu tun?«

»Ich weiß, daß sie auf jemanden wie mich wartet.«

»Und warum willst du ausgerechnet mit mir darüber sprechen?«

Er ignorierte einfach meine Fragen. »Das sind alles gescheite Köpfe, das sehe ich«, redete er weiter. »Vielleicht können sie es mit den Händen aber nicht so gut. Für das, was sie machen, brauchen sie Autos. Ich weiß alles über Autos. Ich kann aus einem VW einen Rennwagen machen. Wenn das gebraucht wird. Ich kann jedes Schloß aufmachen. Ich habe zwei Erste-Hilfe-Kurse besucht. Ich war der Beste. Es graust mich nicht vor der Mund-zu-Mund-Beatmung, auch nicht, wenn derjenige gekotzt hat. Ich kann tapezieren. Ich kenne mich mit allem Elektrischen aus. Ich habe beim Steinbruch unten in Hohenems beim Sprengen geholfen. Technisch bin ich eins a.«

»Das weiß jeder hier, Chucky«, sagte ich. »Aber ich bin der falsche Mann. Ich kann dir nicht helfen, und ich kann denen nicht helfen. Und ich will ihnen auch gar nicht helfen.« Ich spürte, daß ich mich zu eifrig erklärte, daß ich dadurch Distanz verlor und in Verdacht geriet, selbst nicht zu glauben, was ich da redete.

»Ich zeig dir etwas«, sagte er. Er zog seine Brieftasche heraus und entnahm ihr ein Zeitungsbild, schwarzweiß, das er mit durchsichtigem Klebstreifen überklebt hatte, so daß es aussah wie in Streifen lackiert. »Erkennst du sie?«

»Ich kenne das Bild von den Fahndungsplakaten«, sagte ich.

Er strich mit dem Daumennagel darüber. »Ich mag ihr Gesicht gern, weißt du.« Er sprach nun noch leiser und aus dem Mundwinkel, seine Ohren glühten. »Ziemlich breit ist es. Das mag ich gern. Den schmalen Gesichtern geh ich aus dem Weg. Ich habe noch nie eine Frau gesehen, die so ein breites Gesicht hat. Und die Haare. Gerade Haare, und das Gesicht völlig frei. Es gibt nichts zu verbergen. Und warum nicht? Ich kann diese Frage beantworten. Die anderen ziehen sich die Haare vors Gesicht. Die Männer bleiben unrasiert. Und schau her, ihre Haut ist fein. Siehst du, wie fein sie ist? Die meisten von ihnen haben eine schlechte Haut. Man kann das kaum verhindern. Auf der Haut trifft alles zusammen. Das, was von innen kommt, und das, was von außen kommt. Ein wildes Leben, eine wilde Haut. Ihre ist fein. Von oben bis unten gleich, kein Fleck, kein Punkt. Sie hat ein wildes Leben, aber sie hat ihr Gesicht im Griff. Sie kann sich auf ihr Gesicht verlassen. Das ist die höchste Kunst und Wissenschaft. Du siehst keine Spur von dem, was sie denkt. Sie muß nichts verstecken mit Haaren oder Grimassen. Nur die Augen. Die Augen hat niemand bis ins Letzte in seiner Gewalt. Das kann nicht gehen. Es ist ein Polizeifoto. Das darfst du nicht vergessen. Darum macht sie die Augen so schmal. Damit nur das Allernotwendigste heraus- und das Allernotwendigste hineinkommt. Schau dir den Mund an! Er ist nichts weiter als zwei Lippen, die aufeinanderliegen. Probier das einmal! Mach einen Mund, der überhaupt nichts bedeutet. Von dem niemand etwas ablesen kann. Probier das! Das geht nicht. Man macht in so einem Fall nämlich einen Mund, von dem man nichts ablesen können soll. Aber genau das kann man ablesen, und genau das soll man nicht ablesen können. Jeder denkt sich:

Warum will der einen Mund machen, von dem man nichts ablesen kann? Das ist verdächtig. Das ist noch verdächtiger, als wenn du einen brutalen Mund machst. Bei einem brutalen Mund könnte man sich immerhin denken, der macht extra einen brutalen Mund, weil er will, daß man meint, daß er brutal ist, und das will nur einer, der nicht brutal ist. So machen es die Idioten. Der Martin würde das so machen. Sie aber denkt alles, was sie tun will, vorher genau durch. Jeden Schritt denkt sie durch. Sie sagt sich: erstens, zweitens, drittens. Sie hat Angst. Und von erstens zu zweitens zu drittens kriegt sie immer mehr Angst. Am Schluß hat sie alle Angst durch. Und es ist gut, und die Angst ist weg. Ich habe gelesen, daß die Frauen sich untereinander abstimmen, wann sie die Regel kriegen. Wie das gehen soll, weiß ich nicht. Aber ich glaube das. Sie mieten Wohnungen und richten die Wohnungen ein. Es gibt Nachbarn. Man will niemanden erschießen, der nicht erschossen werden muß. Es kann sein, daß ein Nachbar kommt und Salz ausborgen will. Da muß man sagen können: Komm herein. Bleib doch nicht im Gang stehen, Menschenskind, willst du einen Kaffee. Oder so ähnlich. Wenn man den draußen stehenläßt, ist das verdächtig. Warum läßt der mich nicht hinein? Wenn man kein Salz hat, ist das verdächtig. Jeder Mensch hat Salz, warum hat der kein Salz? Wenn man ihn aber in die Wohnung läßt, muß die Wohnung irgendwie aussehen. Die kann nicht leer sein. Das wäre verdächtig. Normale Einrichtung. Nichts Besonderes. Wenn es etwas Besonderes ist, erzählt er es vielleicht herum. Die haben etwas Besonderes in der Wohnung. Wenn er Verdacht schöpft, muß man ihn wahrscheinlich erschießen und den, dem er es weitererzählt hat, auch. Das will man nicht. Erstens, zweitens, drittens. Verstehst du? Alles durchdacht. Jeder Schritt höllische Angst. Sie liegt wach und denkt alles durch. Neben ihr liegen die anderen und schlafen. Unterernährte komische Typen. Ich würde ihr gern helfen. Sie braucht jemanden, der auf sie aufpaßt. Ihr Dinge abnimmt. Soll sie selber das Salz besorgen oder die Möbel, soll sie selber die Wände tapezieren, das Elektrische reparieren? Oder daß das Auto immer vollgetankt ist. Und genug Öl. Das Öl wird leicht vergessen. Ich würde das gern machen.«

»Woher weißt du das alles«, fragte ich ihn.

Er klopfte mit dem Finger auf das Bild. »Ich sehe es.«

»Du siehst das in ihrem Gesicht?«

Er nickte.

»Auf diesem Foto?«

Er nickte und steckte das Foto wieder ein.

»Es ist kein gutes Foto, Chucky. Und ein Polizeifoto ist es dazu. Und obendrein hast du das Foto aus einer Zeitung ausgeschnitten. Fotos in Zeitungen sind gerastert. Das heißt, sie bestehen aus lauter Punkten. Du könntest einen Pickel ja gar nicht von einem Rasterpunkt unterscheiden. Vielleicht hat sie gar keine reine Haut, vielleicht hat sie so viele Pickel wie Rasterpunkte.«

»Das hat sie nicht. Das sehe ich.«

»Schau mich an, Chucky! Und in meinem Gesicht siehst du nicht, daß ich dich nicht anlüge? Aber ich lüge dich nicht an, Chucky. Ich kenne wirklich niemanden von denen. Und daß sie außer Brigitte noch Margret Ida heißt, das habe ich zum erstenmal gehört.«

Er blickte mich an, genauso ausdruckslos, wie er meinte, daß Brigitte Margret Ida Mohnhaupt auf dem Fahndungsfoto in die Welt hineinblickte. Und es war dennoch klar, was er dachte: Er hat sich verraten, dachte er. Chucky hatte mich bisher weder gefragt, ob ich einen von denen kenne, noch hatte er es behauptet. Von mir war überhaupt noch nicht die Rede gewesen. Ich war es, der mich dauernd mit denen in Verbindung brachte. Er rief: »Zahlen!«, legte Geld für sein Bier und meinen Kaffee auf den Tisch und fuhr mich ohne ein weiteres Wort nach Hause.

Nach Neujahr klingelte er wieder an unserer Tür.

»Ich fahr dich hinaus nach Frankfurt«, sagte er.

»Ich fahr mit dem Zug«, sagte ich, »ich habe eine Retourkarte.«

»Ich löse sie dir am Schalter ein«, sagte er.

6

Dagmar wollte bis Dreikönig in Marburg bleiben. Das war mir recht. Chucky würde es ohnehin nicht länger als ein paar Tage in Frankfurt aushalten. Die Stadt war ihm von Anfang an zuwider, sie verunsicherte ihn, stauchte ihn zusammen; er sagte, daß er sie hasse, da hatten wir noch nicht einmal einen Parkplatz gefunden. Sie sei dreckig und gemein und verhurt, fluchte er aufs Lenkrad nieder. Ich hatte nicht vor, diesen Eindruck zu korrigieren. Unsere Wohnung in der Danneckerstraße, das stellte er in der ersten Minute klar, sei ein hirnverbrannter Blödsinn, er würde verrückt werden in einem »dreieckigen Zimmer«, von dem man nicht einmal wisse, ob es eine Küche oder ein Badezimmer sei. »Wie wollen wir es sonst anstellen«, fragte ich. »Hier steht leider das einzige Sofa.« »Ist ja wurscht«, brummte er und legte sich hin. Als ich ihm eine Wolldecke brachte, war er bereits eingeschlafen, in sich verkrümmt wie ein bockiges Kind, Ohren wie Warnleuchten.

Um halb sechs Uhr morgens hörte ich ihn husten und sich räuspern und auf und ab gehen und immer wieder »Scheiße!« sagen. Ich blieb absichtlich lange im Bett liegen. Dies war mein Revier, hier hatte er sich nach mir zu richten. Wir aßen in der Mensa der Universität zu Mittag. Ich zeigte ihm die braunen Flecken auf der Decke, sechs Meter oben. »Spaghetti Bolognese«, sagte ich. »Diese Schweine«, sagte er und drehte sich um und holte ordentlich Luft, als wolle er gleich ein Statement in die Runde brüllen. Tat er nicht. Am Abend zogen wir durch die Kneipen, in keiner gefiel es ihm. »Es sind doch noch jede Menge Sitzplätze frei«, sagte er. »Warum stehen die alle?«

Am nächsten Tag weigerte er sich, die Wohnung zu verlassen. Hier müsse geputzt werden, stellte er fest. Er arbeitete acht Stunden durch. Meine Aufgabe war es, Coca Cola und Wurstsemmeln zu holen und Putzmittel und Scheuertücher einzukaufen und den Müll hinunterzutragen und ihm bei seiner Arbeit nicht im Weg zu stehen. Am Abend roch die Wohnung nach Zitrone und Salmiak. Er pflanzte sich mitten drin auf und kratzte sich die Oberarme. Ich fragte ihn, wie er in der Bruchbude in Nofels seine Sauberkeitsansprüche aufrechthalten könne. Er schickte mir einen bösen Blick zu. Eine Stunde später drückte er mich gegen die Wand, holte auf ähnliche Weise wie in der Mensa tief Luft, und was er mir antwortete, klang feierlich und offiziell: »Erstens: gehört mir dort nur ein Zimmer. Mehr brauche ich nicht. Zweitens: wirst du in diesem Zimmer keine Sauerei finden, und zwar keine. Drittens: habe ich einen eigenen Eisschrank in dem Zimmer und eine eigene Kochplatte, und zwei Stunden jeden Tag wird ge-

434

lüftet. Und der Martin nimmt sich zur Zeit eh zusammen. Sonst geht mich das Haus nichts an.«

Am dritten Tag marschierten wir durch den Zoo, von den Tigern zu den Gorillas, von den Löwen zu den Nashörnern, von den Schimpansen zu den Straußen, von den Elefanten zu den Giraffen, von den Ameisen zu den Nachtaktiven, und schließlich war es Nacht, und ohne jeden Übergang sagte er: »Es reicht jetzt! Führ mich hin! Und halte mich auch nicht eine einzige Minute länger zum Narren!«

Ich hielt ihn tatsächlich für einen Narren, für einen hochgradigen sogar, beschränkt, putzsüchtig, einsam und durch und durch harmlos. Seit wir in Frankfurt waren, hatte er nicht ein Wort mehr geredet über Brigitte Mohnhaupt und ihre Gang und seine Absicht, »bei denen mitzumachen«. Wenn wir durch die Stadt gingen, entfernte er sich nicht weiter als drei Schritte von mir, und als ich einmal mitten auf der Zeil im Trippelschritt Achterschleifen zwischen zwei kahlen Zierbäumchen gezogen hatte, nur um zu sehen, wie weit ich es treiben durfte, war er hinter mir hergetapst, und ich hatte ihm angesehen, wie sich Wut und die Unsicherheit, ob es sich hier nicht vielleicht doch um so etwas wie einen notwendigen Test handle, ein Gemenge lieferten, was sich zwischen den Lampions seiner Ohren in grotesken Grimassen äußerte; als würde sich dieser Mann nicht auf eine Karriere als Terrorist, sondern als Clown vorbereiten. Er fürchtete sich, fürchtete sich vor allem und fürchtete sich auf eine so komische Art, daß *ich* fürchtete, in Lachen auszubrechen, wenn ich ihm auch nur in die Augen sähe. Ich wünschte nur, daß er bald verschwindet und daß Dagmar kommt und ich ihr diese verrückte Geschichte erzählen kann und wir uns am Boden rollen.

»Also gut«, sagte ich.

Wir stiegen in seinen Kombi, und ich dirigierte ihn. »Fahr dort vorne rechts!« – »Jetzt links!« – »Über die Brücke!« – »Über die nächste Ampel!« – »Jetzt rechts!« – »Jetzt wieder links!« – »Geradeaus!« – »Weiter geradeaus!« – »Jetzt wieder rechts!« – »Hier stell den Wagen ab!« – Wir waren in der Bockenheimer Landstraße. Ich sagte: »Vorne das Haus! Das geziegelte! Das mit der Steintreppe davor! Die dritte Klingel von oben! Wo kein Name steht! Drück' einmal! Zähl langsam bis fünf! Dann drück' sechsmal! Und sag' einen schönen Gruß von mir!« Ich reichte ihm die Hand. Er nahm sie nicht. Er zitterte und wollte nicht, daß ich es merkte.

Ich stieg aus und ging davon. Und kicherte durch die Stadt bis nach Sachsenhausen und stellte mir vor, wie sich die an den Klassikern des dialektischen Materialismus geschulte Schwäbin und der deklassierte, sich nach Terror sehnende Bauer aus dem Vorarlberger Rheintal miteinander unterhielten: über das, was gut und nicht schlecht war – zum Beispiel, daß nun endlich der KBW von der KP Chinas als Bruderpartei anerkannt wurde –, und das, was schlecht und nicht gut war – zum Beispiel die NATO, aber auch die Gegner der NATO und ebenso die Gegner der Gegner der NATO, die nicht dieselben waren wie die NATO, und dazu noch die Gegner der Gegner der Gegner der NATO, die nicht dieselben waren wie die Gegner der NATO; während der Bruder Nummer eins aus dem demokratischen Kampuchea milde lächelnd vom Poster an der Wand auf sie herabblickte.

7

Dagmar trug einen Mantel, den ich nicht kannte. Ihre Mutter habe ihn für sie schneidern lassen, und zwar nach Maßgabe von Dagmars Lieblingsmantel. Im Gegensatz zu allem anderen, was Frau Vorländer ihrer Tochter bisher geschenkt hatte, verfolgte dieses Kleidungsstück offenkundig keinen didaktischen Zweck, sonst wäre es nicht schwarz gewesen. Dagmar sagte: »Schade, daß du Weihnachten nicht bei uns warst! Die nächsten Weihnachten feiern wir zu dritt, weißt du das?« Sie sah so schön aus! Ihr Gesicht war gebräunt vom vielen Spazierengehen in der Wintersonne an der Lahn entlang und noch etwas runder als vor drei Wochen. »Ich hoffe, du hast ordentlich eingekauft«, sagte sie, »ich muß inzwischen alle zwei Stunden fressen.« Als wir uns küßten, stellten wir uns seitlich zueinander. Ihr Bauch war mächtig, sie legte die Hände oben drauf wie auf ein Pult. Ich wollte sie gleich nackt sehen, und sie wollte es auch. Ihre Brüste hatten sich gesenkt, der Nabel war nur noch eine flache Delle, die Haut darum herum spannte prall und weiß, an den Seiten traten blaue Äderchen hervor, die ihr Sorgen bereiteten, weil hier Schwangerschaftsstreifen zurückbleiben könnten. Ich wärmte das vorbereitete Risotto – mit getrockneten Steinpilzen, eine ihrer Lieblingsspeisen –, und während sie aß, massierte ich ihren Bauch und ihre Seiten mit Olivenöl und einem aus grober Schnur grobgehäkelten Handschuh, wie ich es, dem Rat der Kolumnistin einer Frauenzeitschrift folgend, seit Beginn der Schwangerschaft jeden Morgen und jeden Abend tat. Sie zog den Hals ein und wiegte sich genüßlich und wuschelte mir ihre Haare ins Gesicht. Ihre Eltern, die ich von drei Besuchen bei uns in der Danneckerstraße kannte und deren Antipathie mir auf beinahe schon beruhigende Art sicher war (ich hatte den Verdacht, sie bestand, seit ich erzählt hatte, daß ich mir mein Studium selbst verdient hätte, was sie als eine Art von proletarischem oder bohemienhaftem Auftrumpfen mit klassenkämpferischem Touch auslegten, scharf gezielt auf sie, die sie als Notar und Ärztin, aus Notars- und Arztfamilien stammend, ihrer Tochter und ihrem Sohn selbstverständlich immer alles bezahlten), hatten ihr ein Weihnachtspaket für mich mitgegeben, das ein Buch zum Thema Vaterwerden, einen Baby-Tragesack aus beigem Schnürlsamt und ein verchromtes Zigarettenetui enthielt, dazu ein Brieflein, von »der Oma« geschrieben, in dem sie mich und Dagmar zu einem Wochenende meiner Wahl nach Marburg einlud. Das bedeute, sagte Dagmar, daß mich ihre Mutter, die treibende Kraft der Ablehnung, endlich als Schwiegersohn akzeptiere. Dagmar war mit ihrem R4 gekommen, sie mußte den Sitz so weit zurückschieben, daß sie Mühe hatte, mit den Füßen die Pedale zu erreichen. Ihr Vater habe vorgeschlagen, sie solle den Renault in Marburg stehen lassen, er fahre sie mit seinem BMW nach Frankfurt. »Das wollte ich nicht. Wir brauchen unser Auto doch«, sagte sie. »Du willst mich doch bestimmt in der Gegend herumkutschieren.« – »Ja, das will ich«, sagte ich, und so kindisch es war, ich freute mich, daß sie »unser Auto« gesagt hatte. Wir legten unsere Zudecken und Kissen in der Küche auf den Teppich, und ich schob meinen Kopf zwischen ihre Beine und streichelte mit der Zunge die seidenen Hautfalten, zwischen denen hindurch in vierundzwanzig Tagen unser Kind in die Welt entlassen würde.

Als es draußen dämmerte, fragte ich sie: »Soll ich dir eine Geschichte erzählen?«, und sie sagte: »Erzähl mir eine Geschichte!« Auf diesen Augenblick hatte ich mich gefreut, seit ich Chucky losgeworden war. Ich schenkte ihr ein Glas Rotwein ein und zündete eine Kerze an, erzählte, was ich hier erzählt habe, und wir rollten über den Fußboden.

In der Nacht weckte sie mich. »Hast du wirklich gesagt, er soll der Schwäbin einen schönen Gruß von dir ausrichten?«

»Ja, natürlich.«

»Ich habe auf einmal Angst, daß das keine gute Idee war?«

»Es war sogar eine sehr gute Idee. Du hast jedenfalls gelacht wie schon lange nicht mehr. Und es ist gut und nicht schlecht, wenn eine Schwangere lacht.«

»Die Kontakte, von denen dein Freund glaubt, du verfügst über sie, die kann *sie* ihm bieten. Das *kann* sie, glaub mir!«

»Er ist ein Idiot, sie ist eine Idiotin. Sie werden gut miteinander auskommen. Vielleicht wird etwas daraus, wer weiß. Vielleicht werden sie mir beide furchtbar dankbar sein.«

»Was, glaubst du, wird sie sich denken? Sie wird sich denken, du machst dich lustig über sie.«

»Dann denkt sie eh richtig.«

»Und was wird dein Freund denken?«

»Das gleiche.«

»Und die beiden werden ihre Gedanken austauschen.«

»Das meine ich ja. So kommen sie sich näher. Das ist doch nett.«

»Aber ich finde es nicht nett, wenn sie den Vater meines Kindes umlegen.«

Ich spielte den Reporter, der in Embryosprache den Zustand der Welt unter die Bauchdecke meldet, und Dagmar lachte wieder, und schließlich schlief sie ein. Und ich schlief auch ein.

Beim Frühstück war sie nervös, und als ich sie an der Schulter berührte, fing sie an zu weinen. Sie habe, sagte sie, geträumt, mein Freund Chucky schieße ihr mit einem Gewehr in den Bauch. Ich war mir nicht sicher, ob ich das glauben sollte. Ich neigte dazu, es nicht zu glauben. Glaubte eher, daß sie mir etwas vorspielte. Schätzte Nervosität und Tränen als ihren Beitrag zu meinem Plot ein. Es wäre typisch für sie gewesen. Ich hatte die Show an mich gerissen, das hätte bereits ausgereicht für ihren Verdruß, aber ich hatte obendrein meine Geschichte auf einem Schauplatz enden lassen, der ein Schauplatz *ihres*

Lebens war; nun wollte sie etwas dagegenhalten. Hätte ich eine ernste, tendenziell tragische Geschichte erzählt, hätte sie versucht, mit einer Komödie zu kontern. So blieb ihr nur die Aussicht auf eine Tragödie. Daß sie nicht davor zurückschreckte, die eigene Leibesfrucht als Opfer in ihrem Plot auftreten zu lassen, wunderte mich nicht im geringsten, so war sie eben; und genau das beruhigte mich auch wieder: Wenn sie sich wirklich vor Chucky und der Schwäbin fürchtete, würde sie sich nicht ausgerechnet so einen Traum ausdenken. Das alles entsprach dem üblichen Muster unserer Kommunikation.

Ich beging einen Fehler. Anstatt meinen komischen Teil und damit die Konkurrenz zwischen unseren beiden Stories zu verstärken – wie ich es in Zeiten vor unserem großen Streit und vor Dagmars Schwangerschaft getan hätte –, wollte ich unter allen Umständen eine Auseinandersetzung vermeiden und zeigte mich reuig. »Vielleicht hätte ich ihn wirklich nicht zu der Schwäbin schicken sollen«, sagte ich.

Sie erschrak, und ich sah, daß dieses Erschrecken nicht gespielt war. »Warum, meinst du?« fragte sie leise.

»Es war unfair ihm gegenüber.«

»Aber das meinst du doch nicht. Es ist dir doch scheißegal, ob du ihm gegenüber fair warst oder nicht. Du meinst, du hättest ihn nicht zu der Schwäbin schicken sollen, weil die beiden vielleicht wirklich etwas anstellen könnten. Das meinst du doch, oder?«

»Nein, das meine ich nicht!«

»Das meinst du, ich weiß es genau!«

»Jetzt spinn' doch nicht! Nein!«

»Du hast immer gesagt, die Schwäbin ist verrückt. Und wenn sie zufällig tatsächlich verrückt ist? Und wie du über deinen Freund redest ...«

»Er ist nicht mein Freund!«

»... einer, der in eine fremde Wohnung kommt und gleich am ersten Tag anfängt zu putzen, der ist doch verrückt.«

»Nicht gleich am ersten Tag. Außerdem habe ich übertrieben.«

»Ich glaube nicht, daß du übertrieben hast.«

»Ich habe übertrieben, weil ich eine gute Geschichte erzählen wollte. Glaub mir das, bitte!«

»Und daß er sich die Fingernägel mit einem weißen Stift putzt, das hast du auch erfunden? Und daß er sich die Hände mit Sägemehl und Terpentin wäscht, auch? Und daß er mit seinem Bruder in einem Haus lebt und mit ihm nicht ein Wort redet, schon seit fünf Jahren nicht, und daß die Hälfte des Hauses sauber, die andere Hälfte dreckig ist, das hast du auch erfunden?«

»Ja«, log ich, »das habe ich alles erfunden. Du kennst mich doch!«

»Diesmal hast du die Wahrheit gesagt, das denke ich.«

»Ich sage nie die Wahrheit, wenn ich etwas erzähle.«

»Beweise es mir!«

»Was um Himmels willen soll ich beweisen? Daß ich *nicht* die Wahrheit gesagt habe? Ich schwöre, ich habe nicht die Wahrheit gesagt und nichts als nicht die Wahrheit, so wahr mir Gott helfe. Wie soll einer beweisen, daß er *nicht* die Wahrheit sagt? Denk einmal darüber nach!«

»Beweise mir, daß dein Freund nicht so verrückt ist, wie du erzählt hast! Nur das will ich wissen.«

»Der Beweis liegt darin«, wand ich mich, »daß die Wirklichkeit nie nach einem Klischee abläuft. Was ich dir von Chucky und seinem Bruder erzählt habe, ist aber ein Klischee …« – Während ich, jeden zusammenhängenden Gedanken zerpflückend, weiter auf sie einredete, wurde mir klar: Sie hatte natürlich recht. Wenn es einen gab, dem alles zuzutrauen war, dann Chucky. Und wenn es noch jemanden gab, dann die Schwäbin. »Hör zu«, sagte ich, »nur damit du dich beruhigst: Ich gehe jetzt gleich in die Bockenheimer und rede mit der Schwäbin, und wenn Chucky noch dort ist, rede ich auch mit ihm. Ist das in deinem Sinn?«

»Nein, das ist nicht in meinem Sinn«, sagte sie. »Wenn, gehe ich. Einer Schwangeren tut niemand etwas.« – Sei dir nicht so sicher, dachte ich, und darüber erschrak nun ich, und zwar so heftig, daß es mir die Hand vor die Stirn riß. Sie sah es und wagte kein Wort mehr.

Am Nachmittag sagte sie: »Ich habe mir das alles überlegt. Bitte, setz dich jetzt hin und hör mir zu! Es ist gar nicht so schwer, sich in die beiden hineinzudenken. Hörst du mir zu?«

»Natürlich höre ich dir zu.«

»Unterbrich mich aber nicht! Zuerst zu ihr: Es klingelt. Es klingelt auf eine komische Art, so, wie du erzählt hast, einmal und sechsmal oder so, sie öffnet, draußen steht dieser Chucky. Was wird er sagen? Sag du! Was wird er sagen?«

»Ich weiß nicht. Er wird sagen, er sei hierhergeschickt worden. Seinen Namen wird er, schätze ich, nicht gleich sagen.«

»Von wem hierhergeschickt worden?«

»Von mir.«

»Von Sebastian Lukasser. So. Was denkt sie? Sie denkt, ein Arschloch schickt ein anderes Arschloch.«

»Das wäre eh das beste.«

»Im günstigsten Fall denkt sie das. Sie fragt ihn, was er will. Er zeigt ihr das Foto von der Mohnhaupt und sagt, er will bei denen mitmachen. Tut er das?«

»Ich schätze, ja.«

»Und weiter?«

»Sie sagt, danke, das ist nicht meine Abteilung.«

»Ich glaube eben nicht, daß sie das sagt.«

»Sie ist KBWlerin, Dagmar, die halten die RAFler doch für kleinbürgerliche Trotteln.«

»Im Gegenteil. Sie bewundern die RAF in Wahrheit. Glaub's mir doch, um Himmels willen! Red' doch nicht über etwas, von dem du keine Ahnung hast! Sie bewundert die RAF-Genossen, weil die etwas tun. Sie teilt die Menschheit ein in Genossen und Idioten, und die Idioten in Idioten und nützliche Idioten. Ähnlich wie du.«

»Ähnlich wie ich? Warum ähnlich wie ich? Erstens habe ich zum Beispiel schon keine Genossen ...«

»Du teilst die Menschheit eben ein in solche, die die gleichen Bücher gelesen haben wie du, und in Idioten.«

»Das wäre ja eine einigermaßen vernünftige Einteilung.«

»Aber darüber will ich jetzt nicht reden, verdammt noch mal!«

»Du hast damit angefangen!«

»Warum schickt mir der Lukasser einen, der bei der RAF mitmachen will? Das wird sie sich denken. Also, entweder hat der Lukasser Verbindung zur RAF, oder er hat zum Beispiel Verbindung zum Verfassungsschutz, und dieser Chucky soll als Spitzel eingeschleust werden. Auf jeden Fall aber denkt der Lukasser, denkt sie, sie hat Beziehungen zur RAF. Was meinst du, wie ihr das gefällt!«

»Sie ist zwar eine Idiotin, aber auf ihre besondere Art ist sie nicht dumm. Sie würde nach fünf Minuten checken, daß sich Chucky nicht als Spitzel eignet.«

»Das ist doch völlig egal, ob der sich als Spitzel eignet oder nicht. Er muß nicht einmal wissen, daß er ein Spitzel ist!« schrie sie mich an. Ihr Atem flatterte, so nahe war sie dem Weinen. Ich ließ ihr Zeit. Schließlich hielt sie meine Handgelenke fest und schluckte und bewegte dabei ihren Kopf auf und nieder, als falle ihr das Schlucken schwer. »Hör genau zu, was ich jetzt sage, und unterbrich mich nicht! Willst du mich unterbrechen?«

»Nein.«

»Also. Sie wird sich denken: So, dieser Chucky ist einer, der ist wirklich radikal, der tut alles, was man ihm sagt, der legt einen Mann um, wenn man sagt, leg den Mann um, der will wirklich und nicht nur theoretisch, daß etwas geschieht, der prescht vor, der fürchtet sich vor nichts. So. Und was denkt sie weiter? Der ist einer, der die Genossen anstachelt, der sie aufweckt, ein echter Proletarier, die Genossen werden begeistert von ihm sein. Sie werden sich alle in ihn verlieben. Die Genossen lieben nämlich Bauern. Die glauben nämlich wirklich, daß die Einwohner von Phnom Penh aus lauter Begeisterung aufs Land gezogen sind. Die Genossen werden so verliebt in Chucky sein, daß sie gar nicht merken, daß er vom Verfassungsschutz observiert wird. Weißt du, was ich meine? So einer wie dieser Chucky, der braucht kein Spitzel zu sein, also daß er direkt für den Verfassungsschutz arbeitet. Der ist ein Spitzel, ohne daß er es merkt, verstehst du? Es ist nicht schwer, so einen wie den zu observieren, der ist wie ein Panzer, der über ein ebenes Feld fährt. Nicht zu übersehen. Und das ist der Trick, wird sie sich denken. Das hat sie mir doch alles erzählt, so haben es die Konterrevolutionäre mit dem Bucharin gemacht, um den Genossen Stalin zu stürzen, und mit dem Radek und dem Sinowjew und dem Kamenew und dem Trotzki sowieso und auch mit den anderen, sogar mit Lenins Witwe, das hat mir die Schwäbin haarklein erzählt, und daß der Genosse Stalin nicht auf diesen Trick reingefallen ist. Erst haben alle geglaubt, der Bucharin sei ein guter Genosse. Aber ein guter Genosse ist etwas Unsicheres, aus einem guten Genossen kann jederzeit ein schlechter Genosse werden. Das hat sie mir alles erklärt. Jeder gute Genosse hat als Möglichkeit den schlechten Genossen in sich. Verstehst du? Später haben alle geglaubt, der Bucharin sei ein Spitzel. So sonnenklar war, daß der Bucharin ein Spitzel ist, daß die Intelligenten bald bei sich gedacht haben, das ist zu sonnenklar, der ist sicher kein Spitzel, den wollen uns die Reaktionäre nur rausschießen. Aber einer, der auf diese Weise als *kein Spitzel* erkannt worden ist, der ist nicht mehr etwas Unsicheres, der ist etwas Sicheres. Der ist wirklich das sicherste. Und genau das war der Trick. Daß alle glaubten, der Bucharin sei der Sicherste. Das hat mir die Schwäbin erklärt. Was glaubst du, wird sie sich denken? Sie wird sich denken: Ha, ich und Stalin! Ich und der Genosse Stalin! Wir beide lassen uns vom Klassenfeind nicht reinlegen. Das ist besser als Ficken mit Stalin.«

»Angenommen, sie denkt wirklich so, verrückt genug wäre sie ja, was denkt sie, warum ausgerechnet ich es bin, der Chucky zu ihr geschickt hat? Sie hält mich für ein reaktionäres Arschloch, dem man schon von aller Weite ansieht, auf welcher Seite er steht. Der soll der Kontaktmann zu einem Spitzel sein? Der wäre doch der letzte, den sich der Verfassungsschutz für so eine Aufgabe aussuchen würde!«

»Du hast es immer noch nicht kapiert! Also, hör zu: Sie wird sich hinsetzen und genau überlegen: Was denkt sich dieser Lukasser? Und was denkt sich der, ha? Der denkt sich genau das, was du eben gesagt hast. Der denkt sich, die wird sich denken, der Lukasser ist doch der letzte, den sich der Verfassungsschutz aussuchen würde. Ja, ein Genosse, der nur eine Spur weniger intelligent ist als die Schwäbin, der wird genau darauf reinfallen. Aber nicht die Schwäbin! Die denkt sich: *Gerade* den Lukasser machen sie zum Kontaktmann, und zwar *gerade* aus dem Grund, weil sich eben jeder Genosse denkt, jeden anderen wird der Verfassungsschutz zum Kontaktmann machen, nur nicht den Lukasser. Das Theater, das der Lukasser aufgeführt hat, wird sie sich denken, all die Mühe, die sich der Lukasser gegeben hat, um vor mir unsympathisch zu wirken, das alles hat doch nur einen Zweck gehabt, nämlich: unverdächtig, unverdächtiger, am unverdächtigsten zu erscheinen. Die anderen Genossen, wird sie sich denken, die werden darauf reinfallen, die werden diesen eingeschleusten Bauernproletarier-Chucky vergöttern und werden den Verstand ausschalten. Ich aber nicht. Ich nicht! So denkt sie. Ich kenne sie doch, die blöde Kuh! Und,

Sebastian, bilde dir ja nicht ein, die redet nur! Du weißt gar nichts über Leute wie sie. Mein Gott, wird sie stolz sein, daß sie genauso klug ist wie der Genosse Stalin! Und noch mehr stolz wird sie sein, daß der Verfassungsschutz sie für RAF-würdig hält!«

Drei Tage später waren wir beide soweit, daß wir es nicht mehr wagten, die Wohnung zu verlassen. Wir saßen in der Küche und warteten, daß es an der Tür klingelt. Oder schlimmer: klopft. Oder am schlimmsten: daß die Tür einfach eingetreten wird.

8

Ich hatte Carl diese Geschichte vorher nie erzählt. Nicht einmal in Andeutungen.

»Ich ahnte natürlich«, sagte er, »ich wußte, es war etwas mit Dagmar und dir geschehen. Margarida war neugierig. Sie drängte mich, ich solle euch ausfragen. Tu's doch selber, sagte ich. Sie traute sich nicht. Das hat mir schwer zu denken gegeben. Margarida mit ihrem Instinkt! Wenn die sich einmal etwas nicht traut, mein lieber Freund, dachte ich mir, dann hat es weit herunter geschneit. Da traute ich mich auch nicht mehr. Hättet ihr uns die Wahrheit gesagt?«

»Wahrscheinlich nicht. Ich hätte mich geschämt. Und Dagmar auch.«

»Ihr habt mit niemandem darüber geredet? Habt ihr keine Freunde gehabt? So sehr wart ihr ineinander verkrallt?«

Erst viel später habe ich mit jemandem darüber gesprochen. Mit Maybelle habe ich darüber gesprochen. Da lebte ich in Amerika, und David hatte, weit weg von seinem Vater, bereits seinen zweiten Geburtstag gefeiert. Da kam mir die Geschichte so unwahrscheinlich vor, und obwohl die Sehnsucht mich immer wieder in Wellen und Schüben erfaßte und ich dem Weh der Trennung von Dagmar und dem kleinen Buben pufferlos ausgesetzt war, auch so lang vergangen, so fremd, so unerwartet seltsam, daß es mir schwerfiel, mich darin als einen der Beteiligten zu erkennen, und ich meine Erzählung kopfschüttelnd mit »Ich war nicht bei mir selbst« unterbrach. Ich war nicht bei mir selbst gewesen, und Dagmar war nicht bei sich selbst gewesen – die Dagmar,

nach der ich mich manchmal so sehr sehnte, daß sich meine Bauch-
muskulatur zusammenkrampfte wie unter Strom, die hatte mit dem
hysterischen Wesen in dieser Geschichte wenig gemeinsam, und wenn
ich den Reigen der Paranoia defilieren ließ, schienen mir auch Chucky
und die Schwäbin wie von einem fremden Willen gelenkt. Maybelle
sagte: »Ja, von *deinem* Willen gelenkt nämlich, von deinem und dem
Willen deiner Frau, denn wie ich aus deiner Geschichte schließe, hatten die beiden gar nichts damit zu tun, und die, vor denen ihr euch gefürchtet habt, die waren eure Erfindungen.«

»Mit Maybelle habe ich darüber gesprochen«, sagte ich.

»Von ihr kenne ich nur den Namen«, sagte Carl. »Sie ist die Wächterin in deinem Amerika?«

In der ersten Nacht, die wir gemeinsam verbrachten, erzählte ich
Maybelle die ganze Geschichte. Das war nicht in Brooklyn, sondern
ein Stück im Landesinneren, den Hudson hinauf, in einem Motel mit
einer Fassade aus türkisschimmerndem Metall, kurz vor Hyde Park,
wo wir uns am nächsten Tag das Haus und die Bibliothek von Präsident Franklin Delano Roosevelt ansehen wollten. Vor unserem Fenster lag die prunkvolle Landschaft des Hudson Valley.

»Was geschah weiter?« fragte sie.

Ich erzählte, daß wir uns schließlich in der Nacht aus dem Haus
geschlichen hätten und in Dagmars Auto zu mir nach Hause, nach
Österreich, gefahren seien, um herauszubekommen, ob Chucky inzwischen zurückgekehrt war; daß wir in Abständen von zwei Stunden an seinem Haus vorbeigefahren, daß wir aber weder Chucky noch
seinen Bruder dort gesehen hätten, auch die Hunde nicht, und auch
Chuckys Kombi nicht. Also seien wir davon ausgegangen, daß sich
Chucky noch in Frankfurt aufhielt.

»Habt ihr deine Mutter besucht?« fragte Maybelle.

»Nein.«

»Warum nicht?«

»Ich wollte sie nicht hineinziehen«, wehrte ich mich. – Von allen
meinen Leuten interessierte sich Maybelle am meisten für meine Mutter, in ihren Fragen spielte sie sich zu ihrer Anwältin auf. Sie prophezeite, es werde die Zeit kommen, da ich meine Mutter als das große

Rätsel in meinem Leben erkennen werde. »Wir hielten es immerhin für möglich, daß das Haus meiner Mutter beobachtet wird«, argumentierte ich und bekam den Tonfall der Rechtfertigung nicht heraus. »Dagmar hatte sich inzwischen so tief hineingesteigert, daß sie es sogar für möglich hielt, daß Chucky und ein paar von den Frankfurtern im Haus auf uns warteten. Ich sagte ihr, daß ich, wenn es wirklich so wäre, natürlich die Verpflichtung hätte, meiner Mutter beizustehen, weil sie ja schließlich mit alldem nichts zu tun habe. Dagmar fing zu schreien an. Ich müsse mich entscheiden, zu welcher Familie ich stehe, zu meiner alten oder zu meiner neuen. Ich nahm ihr das nicht übel. Sie hatte Angst um das Baby.«

»Und zu welcher Familie wolltest du stehen?« fragte Maybelle.

»Ich habe ja so nicht gedacht. Und ich habe nicht eine Sekunde gedacht, meine Mutter könnte in Gefahr sein. Ich wollte ihr nur nicht alles erklären müssen.«

Ich wollte nicht, daß meiner Mutter mit einemmal klar würde, was für eine Halde an eigenem Leben ich inzwischen aufgehäuft hatte. Ich war schon bei meinem letzten Besuch an Weihnachten so ungeduldig mit ihr gewesen, ich hatte mich zusammennehmen müssen, damit ich nicht mit den Augen rollte, wenn sie etwas sagte, und wenn sie etwas sagte, gelang es mir nicht, ihr zuzuhören. Sie ging mir auf die Nerven, das ist leider wahr.

Ich rief von einer Telefonzelle aus an, während Dagmar im R4 wartete. Meine Mutter meldete sich, und ihre Stimme klang ruhig und zufrieden und ganz bestimmt nicht so, als würde jemand mit einer Maschinenpistole hinter ihr stehen. Ich sagte nichts und legte auf.

Dagmar hatte viel zuviel Angst, um nach Frankfurt zurückzukehren. Auch mir war der Gedanke nicht geheuer. Wir fuhren die paar Kilometer über die Grenze nach Liechtenstein und übernachteten in Vaduz in einem Hotel. Dort beruhigte sie sich etwas, und wir konnten uns überlegen, was wir tun sollten.

Sie war es, die schließlich den Vorschlag machte. »Ruf deinen Freund in Innsbruck an«, sagte sie. »Er soll uns helfen.«

Und Carl und Margarida halfen uns. Sie stellten keine Fragen; Carl sagte, er werde einen Platz in der Entbindungsstation der Klinik organisieren. Ich wußte, es wird alles gut.

Dagmar und ich schliefen in der Anichstraße in »Sebastians Zimmer«, und als die Wehen einsetzten, fuhr uns Carl ins Krankenhaus, und Carl und Margarida warteten in den Gängen, während ich im Kreißsaal Dagmars Rücken massierte, bis mir mein eigener so weh tat, daß ich meinte, ich werde ohnmächtig. Auf Dagmars ausdrücklichen Wunsch trugen sich Carl und Margarida als Davids Paten ein. Ja – und dann heirateten Dagmar und ich in Innsbruck. Auch das hat Carl organisiert. Und er und Margarida waren unsere Trauzeugen.

Drei Monate wohnten wir bei Carl und Margarida in der Anichstraße – die erste Zeit gemeinsam mit ihnen, später waren wir allein in der Wohnung, weil die beiden nach Lans in die Villa zogen, die Stadtwohnung behielten sie noch eine Weile; wir sahen sie aber fast jeden Tag. Als wir schließlich aufbrachen – ich (ohne Führerschein) am Steuer, Dagmar auf dem Rücksitz, das Baby neben sich in dem Körbchen, das uns Margarida geschenkt hatte –, weinte Margarida so sehr, daß sich ihr zerknittertes Gesicht überschwemmte, und Carl würde wohl auch geweint haben, wenn er einer gewesen wäre, der das gekonnt hätte.

Von unserer Paranoia waren wir geheilt; aber wir waren, wie wir waren, und nach einiger Zeit begannen wieder die Streitereien, und wir waren unglücklich und wußten nicht, wie wir es anstellen sollten, andere zu werden. Als David noch nicht ein Jahr alt war, warfen wir das Handtuch. Das ist der richtige Ausdruck. Wir haben aufgegeben. Dagmar wollte nicht mehr. Scheidung. Ich zog aus Frankfurt fort, ein paar Wochen wohnte ich bei meiner Mutter in Nofels.

Maybelle hatte gesagt: »Schön, jetzt weiß ich etwas von dir.«

Mit richterlicher Ungeduld faßte Carl zusammen: »Es hatte kein Grund bestanden, uns nicht davon zu erzählen.« Und etwas zu glatt am Schnürchen wiederholte er: »Verzeih mir meine gräßliche Laune gestern, und danke noch einmal, daß du dich von Frau Mungenast hast überreden lassen, das überaus kommode Hotel Central gegen deine Dachkammer hier zu tauschen.« Und in einem Ton, der mit Mühe nicht herablassend klingen wollte: »Nun aber erzähl mir von deinen tintendunklen Jahren!«

Also dann!

Am 30. Jänner 1982 brach Margarida zusammen. Nach der Beerdigung fuhr ich nach Zürich und stieg in ein Flugzeug nach New York. Ich wollte Abe aufsuchen und ihn bitten, mir bei einem Neustart in Amerika zu helfen. Aber Abe lebte nicht mehr. Ein halbes Jahr zuvor, so erfuhr ich, war auch er an einem Infarkt gestorben.

In dem Heft, das ich damals nach New York mitgenommen hatte, um mir Notizen zu Seyß-Inquart zu machen, fand ich die Nummer von Maybelle Houston, die mir Abe an einem unserer letzten Abende bei der Streetworker-Party vorgestellt hatte. Wir trafen uns, und für mich begann ein neues Leben.

An einem blauen Septembertag, umgeben vom Duft der ersten welken Blätter der Allee, rief ich aus einer Telefonzelle, die eben erst von Angestellten der Postgesellschaft montiert worden war, bei meinem Schutzengel in Innsbruck an und sagte, während draußen die Monteure applaudierten, ich wolle in Amerika ein neues Leben beginnen. Und als Carl fragte: »*Wie* willst du damit beginnen?«, sagte ich: »Indem ich dich bitte, mich eine Zeitlang nicht mehr anzurufen.«

Zehntes Kapitel

1

Maybelle stammte aus Montgomery, Alabama, sie war das zweitjüngste von acht Kindern. »Ich bin von einem Freund des großen Dr. Martin Luther King entdeckt worden«, sagte sie und verdrehte dabei die Augen, als wäre sie der Star, der mir, dem x-ten Reporter, erzählte, was jeder im Land bereits wußte. »Er hieß Michael Jeremias Vincenc und hielt sich für eine Reinkarnation von Aaron, dem Bruder des Mose, und führte sich dementsprechend auf wie der Agent des Stellvertreters Gottes auf Erden.« Er habe ihre Eltern sowohl auf die schöne Singstimme als auch auf die Intelligenz der Tochter aufmerksam gemacht und ihnen angeboten zu helfen. Er wolle »alle Protektion aktivieren, über die ich verfüge« (Zitat M.J.V.), damit Maybelle auf eine bessere Schule als die Industrial School of Girls komme und später nicht auf die Booker T. Washington High School angewiesen sei, deren Zeugnisse für eine Karriere einmal genausoviel wert sein würden wie das Einwickelpapier der Pausenbrote. »Allerdings reichte alle Protektion, über die er verfügte, nicht aus, um ein schwarzes Mädchen auf eine weiße Schule zu schicken.« Als sich Mr. Vincenc einer größeren Aufgabe zuwandte, nämlich der Organisierung des berühmten Montgomery Bus Boykott, und sich neben Rosa Lee Parks logischerweise nicht auch noch um ein weiteres Schicksal kümmern konnte, gewährte er Maybelle immerhin freien Zutritt zu seiner privaten Bibliothek; was sie ausgiebig nutzte – bis er sie rausschmiß, weil sie, wie er behauptete, eine Biographie über Harriet Beecher Stowe geklaut habe. Maybelle: »Habe ich aber nicht. Ich habe das Buch mit nach Hause genommen, weil ich mich in einem fremden Zimmer nicht so laut zu ärgern getraute, wie ich es wollte. Ich hätte es selbstverständlich zurückgegeben.« Mit Zwanzig heiratete sie Lawrence Houston (spricht sich aus wie der Stadtteil von New York –»Hausten« – und nicht wie die Stadt in Texas – »Justen«), der in der Dexter Avenue, gleich gegenüber der Baptist Church wohnte, in der Dr. King predigte. Lawrence war fast auf den Tag genau gleich alt wie Maybelle; er war der Sohn eines radikalen Funktionärs der Brotherhood of Sleeping Car Porters – so nannte sich eine schwarze Teilorganisation der Eisenbahnergewerkschaft; und der wollte, daß sein Sohn etwas Ähnliches werde wie er, denn er hatte gar nichts für Basketball übrig und noch weniger für die Idee seines Sohnes, dieses Spiel zu seinem Beruf zu machen – mit dem Traumziel, eines Tages in das Team der Boston Celtics oder der Philadelphia Warriors oder der New York Knicks oder der Syracuse Nationals aufgenommen zu werden. Lawrence drängte Maybelle, mit ihm in den Norden zu ziehen; erst suchten sie ihr Glück in Washington, später in Baltimore und in Philadelphia, ehe sie sich in New York niederließen, wo Lawrence – traurigerweise durch Intervention seines Vaters – eine Stelle bei der Long Island Rail Road in Queens bekam. Maybelle brachte eine Tochter zur Welt, Becky. Bald darauf geriet Lawrence beim Verschieben zwischen zwei Waggons. Er starb, ehe die Ambulanz zur Stelle war. Maybelle zog mit einer Frau zusammen, die Mariana hieß und als Kind mit ihren Eltern aus Puerto Rico nach New York gekommen war und die auch eine kleine Tochter hatte, um die sie sich allein sorgte. Mariana vermittelte Maybelle einen Job in einer Bäckerei in Greenpoint, wo sie eben erst gekündigt hatte, weil ihr etwas Besseres in einer Großküche der Roy-Stimson-Stiftung an der Queens Plaza angeboten worden war. Nun fuhr Maybelle jeden Morgen um drei mit dem Fahrrad zu ihrer Arbeit, mittags war sie fertig und löste Mariana bei den Kindern und am Herd ab. Maybelle wollte keine feste Beziehung mehr eingehen, mit ihren Liebhabern traf sie sich in deren Wohnungen oder, wenn es dort nicht günstig war und sie Geld übrig hatten, in Hotels. Als Becky sechzehn war, stellte sie ihrer Mutter einen Mann vor, der war zwanzig Jahre älter als sie – also gerade ein Jahr jünger als Maybelle –, den wollte sie heiraten. Er hieß Gil Clancy, betrieb einen Boxclub in der Myrtle Avenue im Süden von Williamsburg und war Manager und Trainer einiger bekannter Boxer, zum Beispiel des Halbschwergewichts Horace Hal Carrol oder des Superleichtgewichts Adolph Pruitt. Maybelle verhörte Gil eine Stunde lang, endlich sagte sie: »Wenn du Becky haben willst, mußt du mich mit dazu nehmen.« Gil war einverstanden, und so gab sie den Job bei der Bäckerei, in der sie sich wohl gefühlt hatte, auf und übersiedelte mit ihrer Tochter und ihren Siebensachen von Queens nach Brooklyn. Das Zusammenleben mit ihrem Schwiegersohn habe sich von Anfang an praktisch und harmonisch gestaltet, Konflikte habe es so gut wie nie gegeben, vor allem auch deshalb nicht, weil sie ein Zimmer mit eigenem Eingang bewohnte. Maybelle arbeitete die Steuererklärungen aus, schrieb Rechnungen und bezahlte Rechnungen und verwaltete die Kasse des Boxclubs; außerdem organisierte sie den Trainingsplan der Boxer, die sich den Ring im Erdgeschoß und im ersten Stock teilten und die drei Räume im Keller, wo die Hantelbänke standen und der Butterfly und die Bizeps- und die Trizepsmaschinen und wo die Punchingballs und die Sandsäcke von der Decke hingen; und sie kümmerte sich obendrein um die Öffentlichkeitsarbeit, was die Journalisten mehr als nur verwunderte, aber auch ihre Ohren spitzte, denn so etwas hatte es noch nie gegeben: daß sich eine Frau um die Belange von Boxern kümmerte. Der erste Kampf, zu dem sie ihr Schwiegersohn mitnahm, war ein nicht angemeldeter Halbschwergewichtskampf, er fand in einer ehemaligen Turnhalle statt, die zum Teil unter der aufsteigenden Brooklyn Bridge lag und einer Großgärtnerei als Pflanzenlager diente, was wenigstens einen Vorteil hatte, nämlich daß die Wachstumslampen ein gutes Licht gaben. Solche Kämpfe hatten den Zweck, junge Boxer, die noch keine Lizenz hatten, zu rekrutieren, die Regeln wurden dabei nicht allzu streng ausgelegt; nichts anderes, als rekrutiert zu werden, konnte bei diesen Fights gewonnen, viel aber verloren werden. Sie habe, erzählte mir Maybelle, den Kampf schlichtweg wahnsinnig gefunden. »Ich saß weit vorne und hatte freie Sicht auf alle Wunden.« Schon nach der ersten Runde wollte sie gehen. Sie blieb bis zum K. o. in der achten. Der Kopf des am Boden liegenden Boxers ragte unter den Seilen hindurch über die Kante des Rings; er sah aus wie ein blutig geraspelter Stumpf. Sie schaute sich daraufhin lange Zeit keine Kämpfe mehr an. Im Gym beobachtete sie das Sparringstraining, aber da waren die Köpfe unter gepolsterten Lederhelmen geschützt. Sie hörte zu, wenn Gil mit seinen Boxern diskutierte, und sie gewann den Eindruck, ihr Schwiegersohn sei ein guter Lehrer.

Aus seinem Mund klang die schärfste Kritik wie ein Lob. Bald ging sie auch wieder zu Kämpfen mit, freute sich nach einem schönen Fight und ärgerte sich nach einem dummen, konfusen; und wenn einer »aus der family« kämpfte, schlug ihr das Herz bis in den Hals.

Als Maybelle und ich zum erstenmal allein in einem Hotelzimmer waren und sie mir das Hemd über den Kopf zog, war sie fünfzig und ich zweiunddreißig. Sie trug ihr Haar, wie es schon seit einigen Jahren nicht mehr Mode war, im sogenannten Afro-Look, nicht kraus, sondern in Locken, wie um den Daumen gewickelt, und sie hatte sie indianerschwarz gefärbt. Sie trainierte täglich an den Geräten im Keller des Gym, immer an dem, das gerade frei war; sie hatte einen sehnigen Händedruck, und wenn ich sie umarmte, spürte ich die beiden Muskelstränge in ihrem Rücken. Sechs Jahre zuvor hatte mich Abe, als wir die Busgarage an der Esplanade in Brooklyn Heights betraten, wo die Streetworker-Party stattfand (Abe: »Der Besitzer hat eine Tochter, die von unseren Leuten von der Straße geholt worden ist. Als Dank stellt er uns einmal im Jahr die Garage zur Verfügung und bezahlt das Bankett«), am Ärmel gepackt und hinter sich hergezogen, am Bierausschank und den Grillplatten vorbei, zwischen Männern und Frauen hindurch, die fast alle schwarz waren und sich über die Stehtischchen beugten, die an den parkenden Bussen entlang aufgestellt waren, und als ich schon meinte, jetzt sei er übergeschnappt, hielt er vor einer Frau in einem schimmerndroten, schenkelkurzen Samtkleid, legte meine Hand in die ihre und sagte erst auf deutsch, dann noch einmal auf englisch: »Darf ich Ihnen meine liebe Freundin Maybelle Houston vorstellen!« Und Maybelle, als wäre sie auf meinen Auftritt vorbereitet, zeigte mit dem Finger auf Abes Nase und sagte: »Darf *ich* vorstellen: Er ist der einzige Jude von Manhattan, der mich leiden kann.« Abe dagegen: »Und Maybelle ist der einzige Mensch in Brooklyn, dem ich meinen rechten Arm übers Wochenende ausleihen würde.« »Und wer bist du?« wandte sich Maybelle an mich; aber ehe ich die Kiefer aufklappen konnte, antwortete Abe: »Sebastian Lukasser, ein verirrtes Schaf, das noch meint, auf dem richtigen Weg zu sein.« Und sie: »Was heißt ›noch‹?« Und Abe: »Maybelle, ich lese zwischen deinen Augen und deinem Mund die Geschichte von Little Red Riding Hood und der

452

Wolfsmutter, die mit ihren makellosen Zähnen ihr Junges am Nacken packt und in die Höhle schleppt, weil sie in Rotkäppchens Körbchen, zwischen Kuchen und Weinflasche, den Lauf einer Fünfundvierziger gesehen hat.« Und Maybelle zu mir: »In Wahrheit, Luke, bin ich die einzige Frau, bei der es Abe leid tut, daß er schwul ist.« Später meinte Maybelle, sie erinnere sich nicht an ein einziges Wort, das wir beide an diesem Abend miteinander gesprochen hätten, allerdings sei sie so stoned gewesen, daß sie sich an gar nichts erinnere. »Aber du hast dich an *mich* erinnert«, protestierte ich, »sonst hättest du mich doch nicht nach sechs Jahren in dem Café in der Bleeker Street sofort wiedererkannt!« »An dich, Luke, habe ich mich erinnert, ja«, antwortete sie, »aber von dir habe ich in einer nüchternen Nacht geträumt, lange bevor Abe deine Hand in meine gelegt hat.« Wenn sie mir zuhörte oder wenn wir im Fort Greene Park im Schatten des Prison Ship Martyrs Monuments, den Rücken an die Marmorsäule gelehnt, schweigend nebeneinandersaßen – was mich in unserer ersten Zeit irritierte –, bekam ihr Gesicht einen Ausdruck wie aus der Zeit entrückt, die Augenlider halb gesenkt, die Lippen, die im Profil so vornehm stoisch wirkten, zwei Millimeter voneinander getrennt, ein Bild wie erstarrte Trauer, so daß ich sie des öfteren fragte, woran sie denke und ob sie noch bei mir sei. Dieser Eindruck verlor sich augenblicklich, sobald sie zu sprechen begann. Ihre Stimme war kräftig und laut, und die Vokale sprangen innerhalb eines Wortes manchmal über eine Oktave hinauf und hinunter. Bald mochte ich es sogar besonders gern, wenn wir leer in die Luft starrten und nichts sagten und eigentlich auch nichts dachten – jedenfalls ich, soweit ich mich an meinen Teil erinnere.

»Maybelles Story« hatte mir Abe am Morgen nach der Party beim Frühstück erzählt, als ich ihn fragte, wie er und Mrs. Houston einander kennengelernt hätten – nicht die ganze Geschichte freilich hatte er mir erzählt. »Sie meint, sie habe eine große Schuld auf sich geladen«, deutete er an.

»Hat sie das?« fragte ich.

Er blickte mir auf die Stirn, als hätte ich zum wiederholtenmal den gleichen Fehler begangen und sagte. »Ich kann mir niemanden vorstellen, der sich weniger berufen fühlt, diese Frage zu beantworten, als

ich.« Dabei war ihm anzusehen, daß er mit sich rang und daß der Vorwurf, den sein Blick mir zugeschoben hatte, eigentlich ihm selbst galt:
ob er loyal zu seiner Freundin stehen und schweigen oder ob er sich
der Köstlichkeit hingeben sollte, die im Erzählen einer guten Story bestand. Er entschied sich für die Loyalität.

Als Abe altersbedingt aus dem Lehrkörper der Columbia University ausschied, war ihm langweilig gewesen, er sei sich unnütz vorgekommen, und so habe er beschlossen, seine Kompetenz als Psychologe
der Rehabilitation straffälliger Jugendlicher zur Verfügung zu stellen – ein weites Feld, für dessen Pflege die Stadt New York keine Zeit
und kein Geld habe, was er, Abe, Bürgermeister Abraham D. Beame
bereits zweimal bei einer »Audienz« unter die Nase gerieben habe. »Er
hat nicht auf mich gehört. Ich habe ihm meine Erfahrung angeboten!
Umsonst! Er hat durch mich hindurchgesehen wie durch eine Qualle!
Welche Schande! Welche Demütigung! Er ist schließlich Demokrat!
Ich habe ihn gewählt! Und er hat den gleichen Vornamen wie ich!«
Abe erkundigte sich beim Verband der jüdischen Wohltätigkeitsver-
eine, dessen Vorsitzenden Sheldon Steinbach er kannte, ein besonne-
ner, gottesfürchtiger Mann, der immer wieder davor warnte, daß es zu
Feindseligkeiten zwischen Juden und Schwarzen, vor allem in Brook-
lyns Viertel Williamsburg, kommen werde, wenn nicht gegenseitige
Vertrauensmaßnahmen gesetzt würden. Steinbach nannte Abe eine
Adresse in Brooklyn, es war eine private Organisation, die sich die
Eingliederung junger schwarzer Straffälliger als Aufgabe stellte und
sich ausschließlich aus Spendengeldern finanzierte. Und dort traf er
Maybelle.

Maybelles Job war ein ähnlicher wie zuvor im Gym ihres Schwiegersohns, sie organisierte: Termine bei Anwälten, Richtern, Polizisten,
Termine für Aussöhnungsgespräche zwischen Muggern und Bestohle-
nen, Schlägern und Geschlagenen und Treffen zwischen Häuptlingen
von miteinander verfeindeten Gangs und Treffen von Prostituierten,
die aussteigen wollten; und sie stellte die Dienstpläne der Streetworker
zusammen, die in der Mehrheit entweder selbst ehemalige Kriminel-
le oder Angehörige von Kriminellen waren und ihre mühselige Kunst
des Zuhörens und Überredens neben ihrer Arbeit erledigten, denn für
die gute Sache bekamen sie nicht einen Cent. Maybelle, erklärte mir

Abe, obwohl sie als einzige entlohnt werde, betrachte sie ihren Dienst dennoch als eine Art Buße. »Deshalb betont sie auch immer wieder, sie werde uns nur eine abgemessene Zeit lang zur Verfügung stehen, nämlich bis ihre Schuld gesühnt sei.«

»Eine Buße wofür?« fragte ich.

»Angenommen«, sagte er nach einer langen Pause und zog sich mit Hilfe einer typischen Abraham-Fields-Rede am Schopf aus seiner Verlegenheit, wobei seine Stimme, die anfänglich kleinlaut klang, jedesmal lauter und fester wurde, wenn ich protestierend unterbrechen wollte, »angenommen, Sebastian, Sie treffen Maybelle in Ihrem Leben wieder, und angenommen, Sie beide freunden sich miteinander an, was ich für möglich, ja sogar für wahrscheinlich halte, es war ja nicht zu übersehen, wie Sie auf sie abgefahren sind, das sind Sie, das sind Sie, das sind Sie, und Sie wiederum haben einen großen Eindruck bei Maybelle hinterlassen, das haben Sie, das haben Sie, weswegen ich mich verpflichtet fühle, Ihnen doch eines zu verraten, und zwar, was das Hauptproblem im Umgang mit Mrs. Houston darstellt, nämlich, daß man sich niemals sicher sein kann, ob sie ein rein geistiges oder ein rein körperliches Wesen ist. Ich zumindest habe sie nie als eine Mischung aus beidem erlebt, sondern stets, und das ohne merklichen Übergang, entweder als das eine oder als das andere. Wenn sich ihr gegenwärtiger sexueller Wunschtraum, der so deutlich aus Ihren Augen spricht, eines Tages erfüllen wird und Sie mit der prächtigen Maybelle Houston im Bett liegen, dann wird sie Ihnen die Geschichte ihrer Schuld und Sühne selbst erzählen, da bin ich mir gewiß, wahrscheinlich wird Sie Ihnen die Geschichte schon längst vorher erzählt haben, sie macht nämlich nicht das geringste Geheimnis daraus, es scheint sogar ein Bestandteil dieser Buße zu sein, daß sie kein Geheimnis daraus macht, was übrigens wesentlich dazu beiträgt, daß es mir doch um einiges leichter fällt, nicht darüber zu sprechen, es fehlt der Reiz des Gerüchts, verstehen Sie?«

Sechs Jahre später irrte ich durch Manhattan, aber die Stadt erschien mir ohne Abe an meiner Seite nicht mehr als ein gigantisches Symbol meiner eigenen Unbeschwertheit und Zukunftskraft, sondern als ein Riesendampfhammer, unter dem alle Zuversicht flach und öd und gegenwärtig gehauen wurde. Was ich erhofft hatte, nämlich daß mich der Große Apfel mit seinen Verlockungen von den traurigen Gedanken an Margarida und Dagmar und dich, David, ablenken würde, traf nicht ein. Die Stelenfelder von Midtown und Downtown, die, von der Aussichtsplattform des Empire State Building aus betrachtet, die Insel wie einen Riesenfriedhof aussehen ließen, an dessen südlichem Ende die Twin Towers wie die Türme der Friedhofskapelle in den weißen Himmel ragten; die im Dunst sich auflösenden Schneisen der Avenues; der Grand Central Terminal mit seinen five-o'clock-pm-Menschenmassen in young, urban and professional Anthrazit, einige mit winzigen Rucksäckchen zwischen den Schulterblättern; selbst das Chrysler Building, der hybrideste Finger – alles verwandelte sich vor mir in ein Gleichnis von Sinn- und Freudlosigkeit, Verlust und Schuld. Ich wohnte wieder im Hotel Tudor in der 42. Straße Ost. Inzwischen war es noch teurer geworden. Nach einer Woche zog ich aus. Da hatte diese gierige leise Vornehmheit bereits ein beängstigendes Loch in mein Budget gerissen. Ich schlug mir an den Kopf, was für ein Idiot ich denn sei; ich, der von allen nüchternen Fähigkeiten die der Regelung meines Lebensunterhalts am besten zu beherrschen glaubte! Ich hatte alle meine Ersparnisse in kleinen amerikanischen Scheinen aus Europa mitgebracht, trug das Geld Tag und Nacht in einer Ledermappe um den Hals, hatte bereits einen Ausschlag auf der Brust; nun meinte ich am Gewicht zu spüren, wie ich ärmer wurde. Als ein Anfall von Irrsinn kam es mir vor, daß ich bis vor wenigen Tagen noch wie ein melancholischer Millionär in der Gourmet Deli Salad Bar mein Abendmahl eingenommen hatte, und das nur aus »Gewohnheit«, weil Abe und ich dort öfter gewesen waren – allerdings auf seine Rechnung.

Ich zog nach Greenwich Village in ein Studentenhotel in der Bleeker Street, nicht weit vom Washington Square. In der Eingangshalle standen ausgebaute Autositze um Holzkisten herum, eine steile Treppe führte nach oben, die war blutrot lackiert und höchstens einen Meter breit, es roch nach Aschenbecher und ungelüfteten Betten und nach einem Gemisch aus Bohnerwachs und Pisse. Ich teilte mir ein Zimmer mit einem Kanadier, der ein Stück über Fünfzig war und sich Peter St. Paul nannte und dem ein strohtrockener grauer Zopf bis zum Gürtel hing und der eine Art Ziehharmonika besaß, auf der er sich begleitete, wenn er bis spät in die Nacht hinein Gedichte von William Blake und Emily Dickinson und William Carlos Williams rezitierte (von ersterem hatte ich bis dahin eine Handvoll Gedichte gekannt, die Dickinson kannte ich nur dem Namen nach, letzteren gar nicht; ich besorgte mir von den dreien je ein Penguin Taschenbuch in jener Buchhandlung in der Lafayette Street, wo man, wenn man Glück hatte, Arthur Miller, William S. Burroughs oder Woody Allen treffen konnte). Peter St. Paul behauptete von sich, er sei Student der Anthropologie – ein Witz, den ich lange nicht kapiert habe. Mein Anteil an der Miete betrug zwar nur einen Bruchteil dessen, was ich im Tudor für mein Zimmer hingelegt hatte, aber auch wenn ich mich ausschließlich von koreanischem Street-Food ernähren würde, war leicht auszurechnen, wann ich gerade noch über genügend Dollars verfügte, um mir ein Flugticket zurück nach Hause zu kaufen. Der Mann an der Rezeption riet mir, meine Sachen irgendwoanders unterzustellen, er könne keine Verantwortung übernehmen, wenn etwas geklaut würde, und geklaut würde hier wie in der Garderobe der Hölle unten. Also schleppte ich meinen Koffer in die U-Bahn und fuhr hinauf bis zum Grand Central und stellte ihn dort in ein Schließfach; was natürlich eine Schnapsidee war, weil ich immer, wenn ich mir etwas Frisches anziehen wollte, durch halb Manhattan fahren mußte. Erst nach ein paar Wochen kam ich dahinter, daß die Penn Station wenigstens acht Straßen näher lag, aber da hatte ich mich längst auf zwei Garnituren eingestellt. Meine schmutzigen Kleider wusch ich – wie ich es bei anderen gesehen hatte – mit Haarshampoo an einem Trinkwasserbrunnen im Washington Square Park und hängte sie über einen Lorbeerstrauch zum Trocknen und setzte mich daneben auf eine Bank und las *One Hundred Years of Solitude* von Gabriel García Márquez, das Buch hatte mir Peter St. Paul geborgt (wofür ich ihm heute noch dankbar bin).

Ich sprach Leute auf der Straße an, fragte sie nach Arbeit. Einmal fegte ich in einer Autowerkstatt in der Nähe meines Hotels für acht Dollar den Hof aus; dort bekam ich auch den Tip, oben an der Eastside, in der Nähe der Queensboro Bridge (ja dort, wo Abe gewohnt hatte), könne man sich mit Autowaschen ein gutes Geld verdienen – stimmte auch, hatte aber den Nachteil, daß meine Kleider hinterher verdreckt und durchnäßt waren und ich zwei Tage aufwenden mußte, um sie wieder in Ordnung zu bringen.

Eines Abends spazierte ich die Bleeker Street hinunter Richtung East Village und kam bei Matt Union vorbei, dem Gitarrengeschäft, von dem mir mein Vater erzählt hatte. Ich trat ein und fragte einen der Verkäufer, ob er einen Gitarristen namens George Lukasser kenne, und er kannte ihn – ja, er kannte meinen Vater! –, und ich sagte, ich sei der Sohn von George Lukasser, worauf er mir die Hand über den Ladentisch reichte. Ich fragte, ob er vielleicht jemanden wisse, der einen Gitarristen suche, ich sei nämlich auch ein Gitarrist. Er nickte und gab mir die Adresse eines Clubs ein paar Blocks weiter am Broadway. Es war eine schwarz ausgemalte Fabrikhalle ohne jedes Mobiliar, ein Dutzend Gitarristen wartete bereits; wir wurden durch einen finsteren langen Gang geführt, in dem es nach verdorbenem Essen und nach durchwühlten Müllcontainern roch. Man stellte mir eine Les Paul zur Verfügung, und ich improvisierte zu *Strange Brew* von Cream. Der Manager zeigte sich davon angetan und lud mich zu einer Session mit noch vier anderen Gitarristen ein. Das Publikum war dünn und bestand wohl zur Hauptsache aus Freunden der Akteure und den »Pennern von der Bowery« – wie ein magerer Bursche von der »Waterkant« bei Bremerhaven meinte, der aus dem gleichen Grund hier war wie ich (nur daß er nicht halb so gut spielen konnte). Anstatt Geld zu bekommen, wie ich erwartet hatte, mußten wir dafür zahlen, daß wir spielen durften, und ich verlor in zwei Stunden, was ich an einem Tag als Autowäscher verdient hatte. Der Bremerhavener hieß Carlo Poell, eine Zeitlang trafen wir uns und langweilten uns miteinander und hockten im Central Park herum, mit Vorliebe oben beim Reservoir; er sagte, er könne sich vorstellen zu klauen, Handtaschen oder Jacken, die neben ihren Besitzern auf der Bank liegen, vorbeirennen, an sich reißen, weiterrennen. »Du kannst es dir vorstellen?« sagte ich. »Ja«, sagte er, »kann ich mir, aber tun tu ich es nicht.« Und wie er das in seinem absolut geheimnisfreien nordischen Akzent sagte, mußte ich lange darüber lachen.

Ich half am Hudson Pier, vier Tage lang für insgesamt hundert Dollar, Kisten mit gestanzten Metallteilen, deren Funktion ich nicht erriet, aus Lastern auf Paletten umzuladen; schon nach zwei Stunden konnte ich an dieser Arbeit aber auch gar nichts Romantisches mehr entdecken; und in der ersten Nacht drehte ich mich unter Schmerzen zur Wand, um Mr. St. Paul wenigstens nicht vor mir zu haben, wenn er schon keine Ruhe gab, und war mir sicher, daß ich mir einen Kreuzschaden fürs Leben zugezogen hatte. Auch der Hochfrühling mit seinem Schaumbad an Blüten im Central Park vermochte es nicht, mich und die Stadt, die wir uns doch, als Abe unser Brautwerber gewesen war, so sehr geliebt hatten, wieder einander näherzubringen.

Für fünf Dollar trug ich eines Tages Kartons mit aus der Mode gekommenen Kleidern und Hosen von einer Boutique an der Avenue of the Americas Ecke 10. Straße zu einem katholischen Sammelplatz für Altkleider in einem pseudoklassizistischen Kasten an der 14. Straße, Ecke Broadway, also gerade etwa zweihundert Meter weit, und dort wurde ich von einer Schwester in hellblau-dunkelblauer Tracht gefragt, ob ich für vier Dollar in der Stunde an den Waschmaschinen aushelfen möchte, was ich fünf Wochen lang tat, bis ich irgendwann nachts auf dem Heimweg mitten im Washington Square Park stehenblieb und in den Himmel blickte, wo tatsächlich Sterne zu sehen waren, und mich die Frage anfiel, ob ich mein Leben mit solchem unbedarften Quatsch vertrödeln wolle, nur um mich wie ein von John Dos Passos erfundener Held zu fühlen …

Schließlich hatte ich meiner Schüchternheit keine Chance mehr gelassen und an der Rezeption meiner jämmerlichen Bleibe, die nicht einmal einen Namen hatte und in der ich und Mr. St. Paul inzwischen die längstdienenden Gäste waren, Maybelle Houstons Nummer gewählt, die sie mir bei der Streetworker-Party in Perlschrift unter ihren Namen in mein Notizbuch geschrieben hatte.

2

Maybelle arbeitete inzwischen nicht mehr in der Rehabilitation. Und auch mit dem Boxsport wollte sie nichts mehr zu tun haben. Die Trainingstermine verwaltete ihre Tochter Becky, für die Buchhaltung bezahlte ihr Schwiegersohn einen Steuerberater aus Williamsburg, denselben, der sich auch um die monetären Angelegenheiten der

Streetworkerorganisation kümmerte. Maybelle besorgte den Haushalt der Glancys, und weil die Putzfrauen, die in den Trainingsräumen putzten, in einem Aufwisch auch die Böden in der Wohnung mitnahmen und Becky und Gil wenigstens dreimal in der Woche auswärts aßen, blieb ihr viel Zeit für sich selbst – »die ich«, wie sie sich später mir gegenüber ausdrückte, »verwende, um mich vom Fundament aufwärts zu renovieren, und zwar innen ebenso wie außen und ganz innen.«

Wir verabredeten uns in einem Café in der Bleeker Street in der Nähe meines Hotels. Sie komme mit dem Taxi aus Brooklyn; es sei besser, wir träfen uns in meiner Gegend, hatte sie am Telefon gesagt, als daß ich mich in ihrer verirre und vielleicht für immer verloren sei; und hatte dabei so weich gelacht, daß mir war, als spinne mich aus dem Hörer heraus eine seidige Heimeligkeit in einen Kokon ein, und ich dachte, nun wird doch noch alles gut und, wer weiß, vielleicht sogar besser. Ihre Stimme hatte nicht verwundert geklungen, als ich meinen Namen sagte, und als ich ihr erklären wollte, woher wir uns kennen, daß mich Dr. Abraham Fields ihr vorgestellt habe, hatte sie mich gleich unterbrochen und gesagt: »Luke, ich weiß doch, wer du bist!« Als hätte sie auf diesen Anruf gewartet, jedenfalls mit ihm gerechnet. Ich war eine Stunde vor der verabredeten Zeit im Café, schrieb Sätze in mein Notizbuch, die erste Sätze einer Erzählung hätten sein können, in der Hoffnung, aus dem ersten entstehe irgendwann einmal ein zweiter und ein dritter Satz, der vielleicht schon eine Ahnung in mir aufkommen ließe, was für eine Story hier erzählt werden wollte – aber ich konnte mich nicht konzentrieren, ich war zu aufgeregt.

Maybelle winkte mir von der Straße aus zu, als sie das Taxi bezahlte, marschierte stracks durch das Café zu meinem Tisch und sagte: »Schade, daß Abe nicht mehr lebt, er hätte uns beide so gern verkuppelt.«

Sie sah sehr gut aus; noch kraftvoller, als ich sie in Erinnerung hatte. Sie trug dunkelgelbe hohe Schuhe und ein dunkelgelbes Kleid mit Spaghettiträgern, außerdem ragten ihre Fingernägel gute drei Zentimeter über die Fingerkuppen, was ja wohl signalisieren sollte, daß sie für körperliche Arbeit nicht zu haben war. Später erklärte sie mir, sie kaufe sich niemals Röcke, fast nur Kleider, jedenfalls seit ihrem vierzigsten Lebensjahr, weil sie nämlich so stolz auf ihre Figur sei, und die mache ab Vierzig in einem Kleid einfach mehr her als in T-Shirt und

Hose. Ein Kleid sei um so vieles raffinierter, denn was der Betrachter bei einer Hose im Geist abziehe, rechne er bei einem Kleid dazu. Außerdem liebe sie die Einfarbigkeit, die koste zwar meistens ein Stück mehr, aber man steche von den anderen ab, und genau das wolle sie: Ich bin ich, und du bist du. Jeder Mann, jede Frau hatte sich zu ihr hingedreht, als sie das Café betrat, und sie hatte die Blicke entgegengenommen, wie mir schien, mit einem Zug von Trotz um den Mund, als hätte sie sich diese Huld in einem langen Verfahren erstritten. Es war spätsommerlich schwül draußen, die Türen zur Straße waren ausgehängt, die Klimaanlage bewirkte nicht mehr, als daß sich die Farne, die hier auf Messingständern zwischen den Tischen wucherten, an den Spitzen ein wenig bewegten. Maybelles Oberarme glänzten von Schweiß, und als ich ihr eine von meinen Marlboro anbot und sie mir das Feuerzeug reichte, konnte ich einzelne Muskelstränge unter der Haut wahrnehmen. Ich roch ihr Parfüm, und mir fiel ein, daß Abe erzählte hatte, sie verwende ein bestimmtes, durchaus billiges Rasierwasser, das an ihr jedoch einen unnachahmlich zauberhaften Duft entwickle.

»Warum lachst du, Luke?« fragte sie.

»Mir ist gerade eingefallen, was Abe über dich gesagt hat.«

»Ihr habt also über mich gesprochen?«

»Sehr ausführlich sogar.«

»Und was hat er dir erzählt? Daß ich sein Gottesbeweis sei?«

»Das auch, ja.«

»Hast du auch ein so gutes Gespür dafür, was eine Frau ärgern könnte, Luke? Siehst du in mir ebenfalls eine Art von Gottesbeweis?«

»Also, darüber habe ich bis jetzt noch nicht nachgedacht, Maybelle, wirklich nicht.«

»Ich bringe dich in eine Zwickmühle, stimmt's? Wenn du ja sagst, bist du genauso mies wie Abe, wenn du nein sagst, bist du uncharmant. Das will ich nicht, Luke. Reden wir von etwas anderem. Was kann ich für dich tun?«

Obwohl wir uns ja erst einmal gesehen hatten – woran sie sich angeblich kaum erinnerte –, sprachen wir bereits nach wenigen Minuten miteinander, als bestünde zwischen uns seit je die unbeschwerteste Vertraulichkeit; und wer uns beobachtete, wie wir auf dem Sperrmüllsofa saßen, der mußte uns für enge Freunde halten, die sich erst vor zwei Stunden zum Lunch getroffen hatten und hier bei einem Kaffee ihr Gespräch fortsetzten. Es schien, als wäre ich Maybelle vertraut wie ein Freund; und sie war mir ebenfalls vertraut, ja, viel mehr vertraut, als jede Vernunft zuließ; sie war seit unserer ersten Begegnung immer wieder als eine Art erotische Wiedergängerin in meine Gedanken eingekehrt; und auch das Wort Wiedergängerin ist nicht so deplaziert, wie es den Anschein haben mag, denn ich hatte an sie gedacht wie an jemanden, der für immer verloren ist und der doch immer wieder und in Augenblicken, in denen man es am wenigsten erwartet, plötzlich vor einem steht, wenn auch nur in der Phantasie. Einmal hatte ich tatsächlich von ihr geträumt; und dieser Traum hatte mich erschüttert und im weiteren meine Gedanken an sie nicht nur eingetrübt, sondern eine Zeitlang sogar zu etwas mir Widerlichem werden lassen. Dagmar und ich – so die Erzählung des Traums – betraten unsere Küche in der Danneckerstraße und sahen eine Frau auf dem Fußboden liegen. Die Frau war schwarz, sie lag auf der Seite, so daß wir ihr Gesicht nicht erkennen konnten, sie war nackt, und wir wußten nicht, ob sie lebte oder ob sie tot war. Als wir uns über sie beugen wollten, hörten wir von weither ein Fauchen. Unsere Küche hatte nicht die gleiche Dimension wie in Wirklichkeit, sie war gedehnt zu einem langen Dreieck, spitz wie ein Schiffsrumpf, die hintere Ecke lag so weit von uns entfernt, daß wir sie in dem Nebel, der aus der Badewanne aufstieg, nur undeutlich erkennen konnten. Von dorther kam das Fauchen. Dagmar und ich hielten uns an den Händen fest wie Hänsel und Gretel im Wald und machten uns auf den Weg nach hinten. Auf dem Regal über der Badewanne lag ein Leguan, gut zwei Meter lang, buntscheckig wie mit Ölfarbe bemalt. Er hatte den Rachen aufgerissen, und sein Auge starrte uns an. Aus dem Gully in der Wanne unter ihm kroch seine Brut, unzählige bunte Leguane, jeder klein wie ein Finger. Wir liefen zur Tür zurück, wo immer noch die Frau lag, und wir sahen, daß sich auf ihrer Haut Beulen gebildet hatten, an den Beinen, am Rücken, auf den Schultern, den Armen, im Nacken, am Bauch. Die Beulen platzten auf, und heraus krochen kleine Leguane. Die Frau bewegte sich, drehte sich auf den Rücken, öffnete die Augen, ich blickte in ihr Gesicht, es war Maybelle. Ich erkannte sie aber nicht sofort, ich wußte nur, mir ist diese Frau schon einmal begegnet, und erst als Dagmar und ich aus unserer Wohnung liefen und die Tür hinter uns versperrten, fiel mir ein, wer die Frau war. Draußen stand unser Nachbar, mit dem wir nie etwas zu tun gehabt hatten, und sagte, er werde uns helfen, wir seien nicht die einzigen, die dieses Problem hätten …

Als ich aus dem Traum erwachte, empfand ich eine zehrende Sehnsucht, ein Gefühl sexuellen Ausgeliefertseins, durchdrungen von einer Atmosphäre der Unheimlichkeit, die in schnellen Wellen zwischen Angst und Ekel changierte. Die Erinnerung an Maybelle, wie sie in der Busgarage gestanden hatte, die Ellbogen auf das Stehtischchen gestützt, meldete sich mit einer Plastizität in mir zurück, die mich ihre Nähe deutlicher spüren ließ als die von Dagmar, die neben mir im Bett lag. Aber es war von dieser Nacht an nicht mehr dieselbe Maybelle, die durch meine Phantasie streifte, nicht die fröhlich schlagfertige Kumpanin von Abe Fields, sondern ein Phantom, das so gut wie gar nichts mit der wirklichen Maybelle Houston zu tun hatte. Ich habe es nicht über mich gebracht, Dagmar von Maybelle zu erzählen und schon gar nicht von meinem Traum; nicht allein, weil ich mit Streit rechnete – hätte sein können, hätte nicht sein können –, sondern vor allem, weil ich fürchtete, das sonderbare Geflecht aus *nevermore* und *anyone*, in dem sich von nun an meine Gedanken an Maybelle ausbreiteten, könnte zerreißen.

Es sei zur Zeit Mode in Manhattan, daß sich Weiße mit Schwarzen in einem Café treffen, besonders schick sei ein weißer Mann mit einer schwarzen Frau, und am schicksten sei es, wenn die schwarze Frau älter sei als der weiße Mann, sagte sie; so habe man in einem Akt so ziemlich alle Tabus gebrochen, die diese Stadt noch zu bieten habe, und sich gleichzeitig auch noch als moralische Leuchte in Szene gesetzt, was ebenfalls der augenblicklichen Mode entspräche; und sagte im selben Atemzug, daß ich ihr gefalle. Ich sagte, sie gefalle mir auch.

Sie bestellte einen Minzetee mit Eis, bot mir nun eine ihrer Zigaretten an – Benson & Hedges in der goldenen Box –, und während ich die riesigen Rauchkegel bewunderte, die sie zur Decke blies, erklärte ich ihr meine Lage.

»Luke, du kommst gerade im richtigen Moment«, faßte sie dieselbe zusammen. »Ich habe nämlich mächtig Ambition, jemandem beim Leben zu helfen.«

Als erstes müsse ich – sie schlug einen Ton an, als wäre ich ein Fall für einen Katastrophenplan – ein Zimmer für mich allein haben, nicht in dem hochnäsigen, herzenskalten Manhattan, wo die Apartheid ausschließlich aus modisch ästhetischen Gründen aufgehoben sei und es Leute gebe, die jemanden erschießen, nicht weil sie auf sein Geld scharf sind, sondern weil sie berühmt werden wollen. Sie wisse auch bereits etwas für mich, drüben in Brooklyn, nicht weit von ihr entfernt, und wenn sie sich nicht grundlegend in einem gewissen Howie Albert täusche, dürfe ich dort sicher für zwei oder drei Monate umsonst wohnen, dann allerdings müsse ich Miete zahlen oder ausziehen, aber bis dahin – das wisse sie – habe sich für mich Amerika ohnehin so weit aufgetan, daß ich in einem 57er Cadillac einfahren werde. Das alles klang nicht sehr ermutigend, sondern eher so, wie wenn man zu einem Achtzigjährigen, der sich den Oberschenkelhals gebrochen hat, sagt, er werde uns alle noch überleben. Ich mußte wohl einen ziemlich heruntergekommenen Eindruck auf sie machen. Und so war es auch gewesen, wie sie mir später bestätigte. Zweitens, sagte sie, solle ich um Himmels willen nicht mehr herumlaufen und die Leute auf der Straße wegen Arbeit anhauen, das ende in dieser Gegend früher oder später auf dem Schwulenstrich, und um dort eine Karriere zu starten, sei ich doch schon etwas zu alt.

»Abe hat mir erzählt, du wolltest Schriftsteller werden.«

»Ihr habt also über mich gesprochen?«

»Wir haben sogar sehr viel über dich gesprochen, Luke. Bist du nun Schriftsteller geworden? Kann ich etwas lesen, was du geschrieben hast? Hast du inzwischen ein Buch veröffentlicht?«

»Nein. Noch nicht. Und ich schreibe auf deutsch.«

»Aber man kann es doch übersetzen. Das kann man doch?«

»Natürlich.«

»Also hast du bereits ein Buch geschrieben oder nicht?«

»Einen Haufen Erzählungen habe ich geschrieben, ein Buch, was man so nennt, noch nicht.«

Sie zog ein Gesicht, als rüste sie sich zum Kampf. »Du bist also Schriftsteller? Sehr gut. Also schreib ein Buch, das man so nennt!«

Ein Notizbuch voll mit ersten Sätzen hatte ich. Sechzig durchnumerierte bleistiftbeschriebene Seiten – das war alles, was ich nach fünf

Monaten in der Hauptstadt der Welt an literarischer Arbeit vorzuweisen hatte. Ich hatte mich so sehr daran gewöhnt, unter Dagmars fordernder Anleitung für Dagmars kriegerisches Lob zu dichten, daß ich mich nach unserer Trennung als Schriftsteller erst neu erfinden mußte – so rechtfertigte ich mich vor mir selbst. Ich wagte mich nicht an zweite Sätze heran, heuchelte mir vor, die ersten könnten dadurch ihre Keuschheit verlieren; ihre Vorläufigkeit würden sie verlieren – davor war mir in Wahrheit bange: daß ich Kraft beweisen müßte. Ich hatte sogar schon daran gedacht, die Sätze in Zeilen zu brechen und sie mit arabischen Ziffern zu versehen und sie zu je zehn oder zwölf zu bündeln und die Bündel mit römischen Ziffern zu überschreiben und zu behaupten, das Ergebnis sei ein Poem. Einige Gedichte von William Carlos Williams kamen mir so vor – wie, was man mitkriegt, wenn ein redelustiger Engel über einen drüberfliegt:

> so much depends
> upon
> a red wheel
> barrow
>
> glazed with rain
> water
>
> beside the white
> chickens

Dieses war mein Lieblingsgedicht, seit ich es, von Mr. St. Paul zu seiner Ziehharmonika vorgetragen, zum erstenmal gehört hatte; und ich glaube, es ist mein Lieblingsgedicht noch heute. Meine Olivetti Reiseschreibmaschine (Metall, Hammerschlaglackierung, türkis) befand sich in meinem Koffer zusammen mit zehn Paar Socken, zehn Unterhosen, zehn Unterhemden, sechs Hemden, einem Pullover, zwei Hosen, einer gefütterten Winterjacke, einem Paar gefütterten Winterschuhen, Ohrenmütze und Handschuhen, *Manhattan Transfer*, *Früchte des Zorns*, *Licht im August* von Faulkner und dem verschnürten Paket mit meinen Erzählungen, und der Koffer stand in dem Schließfach Nummer 3462 in der Pennsylvania Station hinter dem Madison Square Garden in der Seventh Avenue.

»Ich brauche jemanden, dem ich vorlese«, sagte ich, »sonst fällt mir nichts zum Schreiben ein.«

»Auch in diesem Fall bin ich genau die richtige«, sagte Maybelle.

3

Howie Albert war ein ehemaliger Boxer, dessen Enkel ein gewalttätiger Dieb und ein Dealer gewesen war und den Maybelle, wie sich Mr. Albert in ihrer Gegenwart ausdrückte, vor Schlimmerem gerettet habe; heute arbeite der Enkel in Hoboken bei der New Jersey Around and Around, einer witzigen und sehr erfolgreichen Firma, die Rundreisen durch die Vereinigten Staaten organisiere, bei denen Touristen das schwarze Amerika gezeigt werde. Mr. Albert besaß ein kleines, weißes Holzhaus, nicht weit vom Fort Greene Park entfernt, das hatte er sich in seiner aktiven Zeit als Profiboxer gekauft. Inzwischen lebte er von »einer Art Rente«, die er aus einer Versicherung beziehe, außerdem sei er als »eine Art Berater« für verschiedene Boxclubs tätig. Was darunter zu verstehen sei, wußte Maybelle nicht. Die Gasse, in der Mr. Alberts Haus und sonst nur noch fünf weitere, ähnlich kleine Häuser standen, wurde von ihren Bewohnern »The Best of Chicken Bones« genannt, weil am Ende eine Hühnerbraterei war, deren Geruch mich in den nächsten anderthalb Jahren umgab, wann immer ich bei offenem Fenster in meinem Zimmer saß und an meinen Geschichten tippte, so daß meine Kleider nach Hühnergrill rochen und auch meine Haare und sogar meine Manuskripte. Mein Zimmer war im ersten Stock des Hauses, über der Garage, es war niedrig, eine Wand schräg, ein schmales Bett und ein Nachttischchen standen hier, weiters ein Tisch, ein Stuhl, ein Kleiderschrank, alles mattweiß und frisch gestrichen; der Boden bestand aus blaßgescheuerten, unbehandelten Dielen; Dusche und Toilette waren im Erdgeschoß, sie teilte ich mit Mr. Albert; außerdem durfte ich auch seine Küche benutzen. Er legte großen Wert auf Sauberkeit, aber daran gewöhnte ich mich nach wenigen Tagen. Er sprach mich mit Mr. Lukasser an und ich ihn natürlich mit Mr. Albert. Er war ein sehr dunkler, breitschultriger Mann mit ernsten, blutunterlaufenen Augen und einem hoch ansetzenden, weit vorstehenden Bauch; er hörte den ganzen Tag über Radio, drehte am Knopf, bis er eine Wortsendung erwischte, am liebsten hörte er Nachrichten; in der Nacht schaute er sich die politischen Sendungen im Fernsehen an, von *Nightline* mit Ted Koppel auf ABC versäumte er nicht eine Folge. Koppel nannte er den klügsten und aufrichtigsten Mann Amerikas, er würde sich gern einmal mit ihm unterhalten, inoffiziell, nur um zu erfahren, was er von verschiedenen Dingen des täglichen Lebens halte. Und weil Mr. Albert auf einem Ohr zu hundert Prozent, auf dem anderen zu vierzig Prozent taub war, war ich zu jeder Zeit über the News of the Day informiert – zum Beispiel die Verleihung des Nobelpreises für Literatur an Gabriel García Márquez, was mich freute, als hätte das schwedische Komitee mir persönlich einen Gefallen getan; oder den Tod von Leonid Breschnew oder das permanente martialische Sich-an-die-Brust-Schlagen von Präsident Ronald Reagan – dessen Launen und dessen Politik übrigens neben dem Wetter die einzigen Themen waren, über die Mr. Albert und ich uns unterhielten und vor denen er sich zu fürchten begann, als das Weiße Haus den Plan eines sechs Monate dauernden und am Ende siegreichen Atomkriegs gegen die Sowjetunion veröffentlicht hatte.

Ich führte das Leben, das ich mir erträumt hatte: ein Bohemien, ein Schriftsteller, die Berufung fühlend und der Berufung folgend; frei; bedürfnislos. Geld gab ich aus für Zigaretten – Mr. Albert mochte es nicht, daß ich im Haus rauchte, was meinen Konsum drastisch senkte – und für einmal in der Woche eine U-Bahn-Karte oder eine Buskarte nach Manhattan hinüber, wo ich in einer der Cafeterias um den Times Square oder in dem Bistro in der Madison Avenue, das einem Österreicher aus Graz gehörte, zwei weitere Dollar für einen Kaffee ausgab. Am Abend spazierte ich die Fulton Street hinunter, vorbei an den Backsteinhäusern, in denen zu der Zeit, als Carl in New York gewesen war, noch feine Herrschaften unter Kristallüstern diniert hatten und die jetzt, wenn überhaupt, von Neonröhren beleuchtet waren, vorbei an den Ulmen und Tannen in den Vorgärten, über deren Stämme Efeu wucherte; weiter über einen fahnengeschmückten Platz, dessen Name auf den Schildern mit Sprühdosen unkenntlich metallisiert worden war; besorgte mir in Joe's Food Market an der Kreuzung Bedford Avenue und DeKalb Avenue ein großes Paket Waffelbruch (Nuß, Zitrone oder Schokolade) und zog, wenn die Abende lau und meine Laune heiter und mutig war, noch eine Runde durch die Gassen um das Atlantic Centre, wo keine einzige Laterne mehr funktionierte und ich nicht einem einzigen Menschen begegnete, als handelte es sich bei diesen Niederungen um einen heiligen Bezirk. Manchmal ging ich bis zur Brooklyn Heights Promenade hinunter und blickte, die Ellbogen auf das Geländer gestützt, auf das funkelnde Diadem von Lower Manhattan und rauchte eine Zigarette und wurde wehmütig, weil ich beinahe körperlich spürte, wie mein kleiner Sohn und ich auseinandertrieben. Ich erkundete Reif um Reif meine Gegend, die an manchen Enden als nicht ungefährlich galt, weswegen ich auch meistens nicht allzulange ausblieb. Ich wußte, Mr. Albert konnte sich nicht gebührend auf seine Sendungen konzentrieren, bevor er mich nicht über die Treppe seines Hauses nach oben stampfen hörte. Es kam auch hin und wieder vor, daß er mich zu sich einlud, dann saßen wir schweigend und Chips kauend in seinem Wohnzimmer, jeder in einer anderen Ecke des gewaltigen Sofas, und schauten uns im Fernsehen einen alten Spielfilm mit Bob Hope oder James Cagney oder Bette Davis an oder eine Show oder ein Footballspiel. Manchmal kam ich schon um neun nach Hause, vollführte genügend Lärm, um ihm anzuzeigen, daß ich hier sei, schlich mich aber gleich wieder aus dem Haus und gesellte mich zu der Hip-Hop-Clique, die sich am Ende der Gasse am Hühnergrill ihre Rücken wärmte und dabei ihre Kunststücke trieb, um sich gelenkig zu machen für die bevorstehende Nacht. Die Stammkunden kannten mich bald, und wenn ich auftauchte, führten sie mir vor, was sie Neues einstudiert hatten. Da war zum Beispiel ein Brüderpaar, Zwillinge, wie sie behaupteten, nicht älter als sechzehn, der eine klein, der andere lang; die hatten Stimmen wie Howlin' Wolf und John Lee Hooker (von denen sie, wie sie sagten, noch nie etwas gehört hatten), sie waren Meister des Sprechgesangs, es schien ihnen ein unausschöpfliches Reservoir an Reimen zur Verfügung zu stehen, und sie verstanden es, aus jedem Wortwechsel, jedem Gespräch, jedem Gelächter heraus einen Rhythmus zu filtern und ihn allen weiteren akustischen Äußerungen aufzuzwingen, so daß aus fast allem Musik wurde, und wenn sie erst genügend Musik in die Dinge gepumpt hatten, improvisierten sie aus dem, was gerade geredet wurde, ihre Verse. Die beiden nannten sich »Zippo« und »Old Gold«, der eine nach dem Feuerzeug, der andere nach der Zigarettenmarke, die sie bevorzugten ... – Man mochte mich dort. Die Burschen hielten mir ihre Fäuste entgegen, und ich drückte meine Knöchel auf die ihren.

Die meiste Zeit aber saß ich in meinem Zimmer und schrieb. Ich lebte in der Welt der Geschichten, die ich mir ausdachte – oder die sich mir ausdachten –, lebte in der Euphorie, ein Storywriter zu sein, der in Brooklyn in einer extravaganten Gasse ein mönchisches Zimmer besaß, als wäre meine Existenz ebenso Teil meiner Phantasie wie die Figuren, die aus meiner Olivetti sprangen und deren Verstrickungen unter meinen Fingern täglich deutlichere Konturen zeigten. Ich stand früh auf, frühstückte, huschte in Mr. Alberts Badezimmer – wir beide suchten ein morgendliches Zusammentreffen möglichst zu vermeiden, und spätestens um neun saß ich an meinem Tisch.

Ein neues Projekt schwebte mir vor. Ich hatte bislang nur kurze Prosastücke geschrieben, die in keiner Beziehung zueinander standen (jene rund vierzig Kurzgeschichten ausgenommen, zu denen mich Dagmar animiert und die alle den zehnjährigen Jacob zum Helden hatten – die Manuskripte hatte ich Dagmar zu unserem Abschied geschenkt); nun wollte ich einen Kranz aus Novellen flechten, dessen einzelne Teile sich aber nicht über eine oder mehrere Figuren verbanden, sondern über ein Thema, nämlich die Musik. *Musikanten* sollte die Sammlung heißen und von unerhörten Begebenheiten einiger Musiker, Komponisten, Sänger, Songwriter erzählen. Die erste Geschichte, von der ich einen Entwurf fertigstellte, hatte den Titel: *Ein Tag im Leben Mozarts, an dem er kein Genie war.* Darin baute ich eine Anekdote aus, die ich einmal in einer Ausgabe der *Gartenlaube* aus dem Jahrgang 1892 gelesen hatte: Mozart habe sich eines Tages aus Jux unter anderem Namen bei einer Hochzeitskapelle in der Nähe von Augsburg als Ersatzmann für einen Geiger angemeldet und, nachdem er die Stelle bekommen hatte, mit eiserner Konsequenz einen langen Abend hindurch gegen alle Regeln gespielt, was ihm – hier setzte meine Phantasie ein – anfänglich großes Vergnügen bereitet, ihn schließlich aber in eine depressive Verdüsterung versetzt habe, weil trotz seines gegenteiligen Bemühens eben doch wieder nur engelsschöne Musik herausgekommen sei und er sich mit Schaudern habe eingestehen müssen, daß seine Person nur eines war, nämlich der Träger des Genius und nichts weiter ... und so weiter und so weiter ... – In einer weiteren Novelle wollte ich eine Begebenheit aus dem Leben meines Großvaters, Martin Lukasser, schildern, des Schrammelmusikanten auf der Contragitarre, der zu seiner Zeit in Wien so beliebt war wie kein anderer Volksmusiker und von dem in Neustift am Walde beim Fuhrgassl-Huber und in Hernals beim Vickerl in der Antonigasse noch heute je eine Fotografie hängt, in letzterem an der Hinterwand, wo die Spieler sitzen, 20 x 30 Zentimeter unter Glas in einem verzierten Rahmen neben Bildern von Anton Strohmayer, Josef Schrammel, Georg Dänzer mit dem picksüßen Hölzl und (!) Johann Strauß Sohn, alle in gleichem Format, in gleicher Größe, auf gleicher Höhe, aufgereiht unter einer originalgetreuen Kopie des bekannten Gemäldes von Johann Michael Kupfer, auf dem eine Heurigenszene zu sehen ist.

4

An den frühen Nachmittagen stand Maybelle unten auf der Straße und rief meinen Namen. Gleich nach dem Lunch am Tisch ihrer Tochter und ihres Schwiegersohns brach sie zu mir auf, kaufte unterwegs Sandwichs und Coca Cola ein, manchmal, wenn zu Hause etwas übriggeblieben war, packte sie ein Steak oder eine Portion Bacon and Beans in eine Styroporbox. Sie sorgte für mich. Daß mir Mr. Albert jeden Morgen eine Kanne Kaffee und zwei Donuts vor die Tür stellte und am Abend eine Flasche Milch, Obst und zwei Scheiben von dem Maisbrot, das ich einmal vor ihm gelobt hatte, rechnete ich ebenfalls dieser Sorge zu. Wir drückten uns an der Hühnerbraterei vorbei und überquerten einen freien Platz aus aufgerissenen Betonplatten, wo laternenhohe Birken aus den Ritzen wuchsen und Zementstaub, Glassplitter und Reste von Schalbrettern und verrostete Wehreisen alles bedeckten. Mr. Albert sagte, der Platz sei verflucht, schon ein halbes Dutzend Baufirmen sei hier mit Projekten gescheitert und bankrott gegangen, noch bevor der Dreck des jeweiligen Vorgängers weggeräumt worden sei. (»Wenn das wahr ist«, kommentierte Maybelle, »dann hat jemand ein Drittel von Brooklyn verflucht.«) Auf der anderen Seite des Platzes duckten wir uns unter dem Bauzaun hindurch – Maybelle konnte das so geschickt, daß sie sich weder an den Latten festhalten mußte noch sie überhaupt berührte – und landeten an der Carlton Avenue, unter deren Bäumen wir, entlang der wunderbaren alten Brownstone-Häuser mit ihren ausladenden Steintreppen, vorbei an Marktständen mit Blumen und einem Spalier sich grazil bewegender Angeber, bis zum Fort Greene Park gingen. Manchmal schob sie ihren Arm unter den meinen, aber höchstens für zehn Schritte und ohne mich dabei anzusehen. Sobald ich nach ihrer Hand griff, entzog sie sich mir. Wir betraten den Park durch das Südtor, schlenderten über die verschlungenen Wege zur Mitte, stiegen über die Stufen zum Monument hinauf und setzten uns an die Säule, auf deren Spitze eine riesige Urne thronte, die an die Männer erinnern sollte, die während der Revolutionskriege vor zweihundert Jahren in einem britischen Gefangenenschiff umgekommen waren – wie mir Mr. Albert erzählt hatte.

Maybelle packte die Sachen aus, die sie mitgebracht hatte – Weißbrot ohne Rinde mit Schinken und mit Schweizerkäse und mit Turkey und mit Mozzarella –, schaute mir beim Essen zu und biß von mir ab und trank von meiner Cola. Wir hatten Aussicht über den Park bis zu den Spielplätzen mit ihren gelb-blau-roten Gitterburgen und zu den Tennisplätzen und dem Informationshäuschen, vor dem zwei alte Kanonen ihre Rohre auf uns richteten. Im Westen sahen wir das World Trade Center und die Spitze des Empire State Building über das Gebirge von Manhattan ragen. Unter uns auf den Stufen saßen Paare, Kinder liefen einander nach, Hunde beschnupperten sich gegenseitig. Maybelle breitete meine Lederjacke über die Marmorplatten, legte sich darauf und bettete ihren Kopf in meinen Schoß, faltete die Hände über ihrem Bauch, und ich las ihr vor, was ich geschrieben und ins Englische übersetzt hatte. Sie bat mich, eine Zigarette mit ihr zu teilen, einmal zog ich, dann berührte ich mit Zeigefinger und Mittelfinger ihre Lippen, und sie zog, dann zog wieder ich. An jenem Tag trug sie ein Kleid, dessen Farbe aus unzähligen winzigen verschiedenfarbenen Punkten bestand, bei denen an manchen Stellen die rosaroten, bei anderen Stellen die weißgelben, bei wieder anderen die lindgrünen in der Überzahl waren, was man aber nur sah, wenn man nahe genug war, und das wie ein Bild von Mondrian von strikt abgegrenzten horizontalen und vertikalen Streifen in Schwarz zergliedert war. Sie habe das Kleid in einem Secondhand-Shop in Tribeca für dreißig Dollar erstanden, erzählte sie stolz, es stamme aus den frühen sechziger Jahren und sei ursprünglich eine Courrèges-Imitation gewesen, sie habe einiges daran geändert, zum Beispiel Wesentliches an der Taille – der schwarze Gürtel sei ebenfalls ihre Idee, sie habe sicher ein Dutzend Geschäfte nach einem geeignetem Stoff durchwühlt, sich endlich aber für einen Lackgürtel entschieden –, auch den Ausschnitt habe sie verändert, und etwas gekürzt habe sie das Kleid auch, somit sei das Kleid ein Original, ein Unikat, und es müsse ihr ein Modeschöpfer schon ein erlesenes Angebot vorlegen, wenn er es abzeichnen wolle.

Durch irgend etwas – ich zerbrach mir den Kopf, was es wohl gewesen sein mochte – war eine störende Befangenheit in unsere Beziehung eingezogen. So aufregend ich ihre Nähe fand, und so ungeduldig ich jeden Mittag am Fenster stand und auf die bunten, in Hochglanz lackierten Haustüren und die scheckigen, mit Totems und Parolen geschmückten und mit Marihuanatöpfen bestückten Fassaden der Hippiehäuschen gegenüber schaute und auf sie wartete, war ich doch jedesmal erleichtert, wenn wir uns zwei Stunden später vor Mr. Alberts Haus verabschiedeten und ich wieder in meinem Zimmer war. Zugleich aber war ich überzeugt, daß nicht ich diese Fremdheit zwischen uns beiden verursacht hatte. In den Fältchen an den Winkeln ihrer Augen und zwischen ihren Brauen und in den beiden feingeschnittenen Kerben rechts und links ihres Mundes war die Haut fast schwarz, was ihren Gesichtszügen etwas Graphisches gab und ein wenig brüsk wirkte ... – Es gelang mir nicht, auch wenn ich in schon beinahe unverschämter Weise dieses Gesicht studierte, darin zu lesen. Die Frau aus der Busgarage, die dem witzigen Abe eine witzige Kontrahentin gewesen war – die zerfallende Frau aus meinem Alptraum – die Frau im dunkelgelben Kleid und den dunkelgelben Schuhen, die Heldin für zwei Stunden aus dem Café in der Bleeker Street – und nun die Frau, die entweder eine Fremdheit ausstrahlte, die mir beinahe Ehrfurcht einflößte, oder die über Dinge plapperte, die mir allesamt belanglos erschienen; die Frau, die sich entweder um mich kümmerte wie um einen, der ihr höchsten Ortes anempfohlen worden war, oder die in mir den schmerzlichen Eindruck erweckte, ihre Gedanken seien weit weg von mir. Im Café hatten Maybelle und ich jeder über sich selbst gesprochen, durchaus so, als berichteten wir von einem anderen, einem zweiten Ich, das im Augenblick nicht anwesend war, feinnerviger, schrulliger, genialischer als wir selbst, das aber das eigentliche Ich war. Bei unserem zweiten Treffen bereits – sie holte mich in einem alten schwarzen Mercedes bei der Penn Station ab, um mich zu meiner neuen Unterkunft zu bringen – hielt ich es für um vieles wahrscheinlicher, daß meine Euphorie mir diese Nähe nur vorgegaukelt hatte. Zwei so unterschiedliche Menschen wie wir beide, wie sollten die sich nach wenigen Minuten ineinander verlieben? Während sie uns durch den Verkehr auf der 34. Straße zum Franklin Roosevelt Drive und über die Williamsburgh Bridge steuerte, redete sie ohne Unterbrechung, erzählte mir alles über ihr Auto – daß sie es von ihrem Schwiegersohn geschenkt bekommen habe, dem es ein pensionierter Offizier geschenkt hat, der während WW 2 in einer Kompanieschreibstube auf den Aleuten eine ruhige Kugel geschoben und von dort aus bequem und heimlich Adolf Hitler bewundert habe und bis zu seinem Tod jeden Freitag in den Gym gekommen sei, um sich das Boxen anzusehen, so verliebt sei er in die Muskeln junger schwarzer Männer gewesen; daß der Wagen im Jahr 1960 in Sindelfingen, Germany, gebaut worden sei, ein originaler Mercedes Benz 190 Ponton, der inzwischen schon Sammlerwert besitze; daß es sich bei diesem Modell um eben jenes handle, über das Janis Joplin gesungen habe – alles Dinge, die mich zu hundert Prozent nicht interessierten. Die Sonne stach durch das offene Verdeck auf meinen Hinterkopf, vor uns fuhr ein Gasolinetruck aus blankem Metall, ich sah unseren schwarzen Leichenwagen mit unseren Gesichtern verzerrt darin gespiegelt, und ich dachte: *Something is happening here, but you don't know what it is. Do you, Mr. Lukasser?* Seither hatten wir nicht mehr von uns selbst erzählt, und unsere wundersamen zweiten Ichs hatten sich verdünnt und verduftet. Maybelle kam jeden Tag in The Best of Chicken Bones, um mich abzuholen und zwei Stunden mit mir zusammenzusein; aber ich wußte nicht, *warum* sie das tat. Sie machte sich schön, eindeutig verführerisch schön; aber ich zweifelte, ob sie sich *für mich* schön und verführerisch machte. Vielleicht hatte sie tatsächlich Abe versprochen, sich um mich zu kümmern, und Abe hatte ihr entsprechende Anweisungen gegeben, die über meine Ernährung hinausreichten. Das traute ich Abe zu. »Wenn du schon nicht mit ihm schlafen willst, obwohl ich es ihm prophezeit habe, dann mach dich wenigstens schön für ihn, damit er ein paar Bilder hat, wenn er wieder allein bei sich zu Hause ist!« Abe hatte sich für einen objektiven Experten auf dem Feld der Heterosexualität gehalten, und was dort aufgeführt wurde, war ihm, im Gegensatz zur Bühne der Homosexualität, die ihm allein als edel genug für Tragödie, Pathos und Hysterie galt, wie Kabarettprogramm erschienen. Einmal fragte er mich: »Lacht ihr, wenn ihr es miteinander treibt?« Ich sagte: »Manchmal schon.« Und er rief aus: »Habe ich es doch immer vermutet!«

An dem Nachmittag unter dem Monument im Fort Greene Park, als sie ihr Courrèges-Kleid trug (wenige Stunden zuvor hatte ich Carl aus der Telefonzelle gegenüber dem koreanischen Restaurant in der Nähe der Williamsburgh Savings Bank angerufen), teilte ich Maybelle mit, daß ich von nun an selbst für meine Ernährung sorgen wolle, und bat sie, nicht mehr mittags in The Best of Chicken Bones zu kommen, um mich abzuholen.

Da weinte sie und sagte: »You can't do that to me, Luke!«

Ein anderes Beispiel für ihre Unberechenbarkeit: Irgendwann – viel später allerdings – wollte ich Maybelle von Carl erzählen; daß er so etwas wie der Schutzengel unserer Familie sei, ohne den wir Lukassers schon längst vor die Hunde gegangen wären. Der Einstieg in die Erzählung ist mir mißlungen. Bereits der erste Satz, noch bevor ich den Namen meines Freundes ausgesprochen hatte, hörte sich an, als wollte ich ein Geständnis ablegen. Warum hatte ich, der ich vor Maybelle mein ganzes Leben von Anfang bis Ende und wieder retour erzählt hatte, in Gesamtschau und Detailansicht, und das, weil sie, wie sie sagte, verliebt in meine Geschichte sei – »my sweet Luke lullaby« –, nicht nur einmal, sondern bei jeder Gelegenheit, am liebsten, wenn wir zusammen im Bett lagen, warum hatte ich ihr nie, nicht einmal bis dahin, mit nicht einem Wort, in nicht einer Andeutung von dem großen Carl Jacob Candoris erzählt?

474

Sie reagierte, als hätte sie auf genau diese Geschichte gewartet; als wäre sie die ganze Zeit, seit wir uns kennen, gespannt gewesen, ob ich wohl den Mut fände, ihr von diesem Menschen zu berichten. Ihr Körper straffte sich, sie war hellwach – nichts von der somnambulen Entrücktheit, in die sie für gewöhnlich verfiel, wenn sie mir zuhörte. Sie stellte Fragen. Ob dieser Mann mit uns verwandt sei. Ob wir Schulden bei ihm hätten. Ob er irgendwelche Geheimnisse über uns wüßte. Ob er mit einem aus unserer Familie irgendwann irgend etwas gehabt habe.

»He!« sagte ich. »Maybelle! Mit wem soll er etwas gehabt haben? Was redest du da! Er und Margarida sind unsere besten Freunde. Die beiden haben für uns gesorgt. Sie haben uns gerettet.«

Die Frau interessiere sie nicht, sagte sie. Ob ich mit Sicherheit ausschließen könne, daß dieser Mann auch nicht weitläufig mit uns verwandt sei.

»Ja, das kann ich. Aber was hat das damit zu tun?«

Ich sage ihr nicht die Wahrheit, jedenfalls nicht die ganze Wahrheit, beharrte sie. Sie spüre das.

Ich mußte immer wieder nachhaken, weil sie sich von mir wegdrehte und beim Sprechen den Mund nicht aufmachte, was ich gar nicht von ihr kannte. Sie war sehr aufgeregt und wollte nicht, daß ich es ihr anmerke.

Einige Tage später kam sie auf Carl zurück. »Ich habe über diesen Mann nachgedacht«, sagte sie. »Ich werde dir einiges über ihn verraten.«

»Was?« rief ich aus. »Wie kannst du über ihn nachdenken? Du weißt ja gar nichts von ihm! Ich habe dir ja gar nichts von ihm erzählt! Du hast mich ja nicht ausreden lassen!«

»Ich brauche nicht mehr über ihn zu wissen, als ich weiß«, fauchte sie. In ihrem Gesicht stand überdeutlich eine Feindseligkeit, die absurd, weil durch nichts, aber auch gar nichts begründbar und deshalb komisch war, so daß es mir den Mund zu einem Grinsen verzog. Da brach es aus ihr heraus, ein Gewitter, eine Litanei von Beschimpfungen, ich hielt mir die Ohren zu wie ein bockiger Zehnjähriger und streckte ihr hinter dem Rücken die Zunge heraus und meinte damit meinen Freund und Wohltäter gegen ihre Angriffe zu verteidigen.

Von da an haben wir nie mehr von Carl gesprochen, und von meiner Familie habe ich auch nicht mehr erzählt

Merkwürdig ist, daß ich bei Carl, als ich ihm von Maybelle erzählte, eine ähnliche, freilich weniger effektvolle Reaktion zu bemerken glaubte. Sein »Sie ist die Wächterin in deinem Amerika?« war sehr herablassend. Aber ich meinte ihn zu durchschauen: Die Verachtung war gespielt, um etwas anderes zu verbergen, nämlich Eifersucht. Maybelle hatte nicht hinter dem Berg gehalten. Sie hatte mir zum Abschluß ihrer Predigt ihren Zeigefinger mit dem blutrot lackierten Nagel auf die Stirn gedrückt und gesagt: »Gut, daß du in Amerika bist! Hier kann er dir nichts tun!«

5

Am Morgen des 15. September 1982, meinem zweiunddreißigsten Geburtstag, klopfte Mr. Albert an meine Tür und sagte, Mrs. Houston sei unten, sie habe Donuts und frische Bagels aus Friedman's Bakery mitgebracht und wolle gemeinsam mit uns frühstücken, der Kaffee sei bereits fertig. Er überreichte mir ein Päckchen, das er hinter seinem Rücken versteckt hatte, und sagte: »Happy birthday, Mr. Lukasser!«

Seit drei Wochen hatte ich Maybelle nicht gesehen. Sie hatte ihre Haare strecken und umfärben lassen, sie hingen in verwegenen Wellen in ihre Stirn und schimmerten schwarz, als hätte sie sie in Öl getaucht. Sie umarmte mich, hielt mich lange fest, ich spürte ihre Fingernägel über meinen Nacken streichen, sie küßte mich oberhalb des Schlüsselbeins auf den Hals. »Ich dachte«, flüsterte sie, »vielleicht bereitet es dir eine Freude, mit Missis Maybelle Houston und Miss Mercedes Benz ein Stück den Hudson hinaufzufahren.«

Mr. Alberts Geschenk war ein aufziehbarer Wecker in einem Gehäuse aus eloxiertem Aluminium, das schlichteste, schönste Ding dieser Art, das ich je gesehen habe (es steht heute noch auf meinem Schreibtisch). »Weil Sie mich immer wieder gefragt haben, wie spät es ist«, rechtfertigte er sich verlegen und fügte rasch mit einem Blick auf Maybelle hinzu: »Aber das hat mich nicht gestört.«

Gleich nach dem Frühstück fuhren Maybelle und ich los.

»Willst du dich ans Steuer setzen?« fragte sie.

»Ich habe keinen Führerschein«, sagte ich.

»Du hast keinen Führerschein!« rief sie. »Das ist pervers! In Amerika meint man, das sei eine Sünde, das muß ich dir schon sagen. Ich werde dich morgen anmelden!«

»Aber ich kann fahren«, sagte ich. »Ich bin sogar ein sehr guter Autofahrer.«

Sie lenkte den Mercedes auf den schmalen Pannenstreifen des West Side Express Highway und hielt an. »Also, fahr!«

»Durch die Stadt? Ich würde lieber erst fahren, wenn wir draußen sind.«

»In der Stadt ist die Wahrscheinlichkeit, daß wir angehalten werden, geringer«, sagte sie.

Ich hatte keine Schwierigkeiten, den Mercedes durch den Verkehr von Manhattan zu lenken und hinter Harlem über die George Washington Bridge auf die New-Jersey-Seite und hinaus aus dem Häusermeer. Als wir hinter Tappan wieder in den Staat New York hineinfuhren, schob Maybelle ihren Sitz zurück, schlüpfte aus ihren Highheels und legte die Füße unter die Windschutzscheibe über dem Handschuhfach. Sie war gut gelaunt und sang mir Lieder vor, Gospels, Blues, aber auch einen Countrysong von Hank Williams – Lost On The River –, das Lied wurde nach diesem Ausflug zu unserer Hymne.

Am Nachmittag, als die Sonne hinter der Stadt Poughkeepsie verschwand und die Dämmerung über den Catskill Mountains heraufzog, sagte Maybelle: »Was hältst du davon, wenn wir erst morgen in die Stadt zurückfahren? Dann haben wir noch Zeit, in Hyde Park das Haus des besten Präsidenten anzusehen, der je Amerika regiert hat.«

»Und wo übernachten wir?« fragte ich. Mein Puls hatte sich von einem Schlag zum nächsten nahezu verdoppelt.

»Hier zum Beispiel«, sagte sie, und ihr Tonfall enthielt keine Anspielung auf das, was in dieser Nacht zwischen uns geschehen könnte.

Etwas oberhalb der Straße, umrahmt von flammenden Ahornbäumen, thronte ein protziges Gebäude aus groben Titanensteinen bis übers Erdgeschoß, darüber erhoben sich aus dunkelrot gebeiztem Holz drei Stockwerke mit Erkern und Balkonen, die Fenster waren weiß gestrichen. Der Eingang war von weißen Säulen eingefaßt, darüber stand auf einem Schild: *Old Hotel Dutchess*.

»Laß uns hier übernachten«, sagte sie. »Wir können erst etwas essen, und anschließend spazieren wir zum Hudson hinunter und ein Stück am Wasser entlang.«

»Das ist mit Sicherheit das teuerste Hotel auf der Strecke«, sagte ich.

»Du hast heute Geburtstag, Luke«, lachte sie. »Vergiß das nicht!«

Die Eingangshalle war weitläufig, in Gruppen waren Tischchen und Fauteuils verteilt, wo Paare saßen, alle schon älter, fein gekleidet, duftend, Zigarre rauchend, Tee trinkend. Auf einer Seite stand eine gläserne Kuchentheke neben einer Bar aus rustikaler Eiche; auf der anderen war die Rezeption, ein zehn Meter langer Tresen, der mit schwarzem, goldgenietetem Leder überzogen war. An der Decke über der Lobby hing eine goldbesprenkelte, riesige ovale Glasscheibe, die eine milde Beleuchtung gab. Ich legte meinen Arm um Maybelle, und so traten wir zu dem jungen Mann, der allein an der Rezeption seinen Dienst tat. Er hatte einen schmalen, zu zwei Strichen gestutzten Oberlippenbart, braune Haare und kontaktlinsenblaue Augen.

»Wir würden gern für eine Nacht in Ihrem Hotel buchen«, sagte ich.

Er lächelte, wie es Flugbegleiter so beeindruckend können, als wäre er ein wenig auch unser Freund. »Zwei Einzelzimmer oder ein Doppelzimmer?«

Ohne zu überlegen sagte ich: »Ein Doppelzimmer.«

Maybelle zeigte keine Reaktion, als hätte sie nie etwas anderes erwartet.

»Ein Doppelzimmer, bitte«, wiederholte ich, und wieder schlug mein Herz, daß ich meinte, der Mann vor mir müßte es unter meinem Hemd sehen können. »Wenn möglich, eines mit Blick auf den Hudson.«

»Sie haben kein Gepäck, Sir?«

»Das ist richtig. Wir wollten eigentlich heute noch nach New York zurückfahren. Wir haben es uns anders überlegt. Sie haben sicher eine Zahnbürste und einen Kamm für uns.«

Er nickte, lächelte weiter freundlich, schlug sein Buch auf, das so breit war wie seine beiden Unterarme, und sagte etwas lauter als nötig. »Sie haben nicht vorbestellt, Sir?«

»Natürlich nicht. Wir haben vor einer halben Stunde noch gar nicht gewußt, daß wir überhaupt ein Hotel brauchen.«

»Gut, ich werde schauen, was sich tun läßt.«

Und dann geschah das Unglaubliche. Noch mit dem Lächeln dessen, der, etwas überlaut zwar, aber absolut korrekt, seinen Job erledigt, zischte er, ohne mich dabei anzusehen: »Wir sind kein Bordell, weißt du das? Und schon gar nicht eines, in das einer seine Negerhure abschleppen kann.« Um gleich darauf seinen Blick zu heben und nahtlos im freundlich überartikulierten Tonfall seiner Profession anzuschließen: »Tut mir leid, Sir, wir haben leider kein Zimmer mehr frei.«

»Was haben Sie eben gesagt?«

»Daß wir leider kein Zimmer mehr frei haben. Es wäre gut, wenn Sie das nächste Mal telefonisch ein Zimmer vorbestellen würden, Sir. Ich gebe Ihnen gern eine Karte des Hotels, da steht alles drauf, Telefonnummer, Adresse.«

Maybelle hielt mich am Arm fest. »Gehen wir«, flüsterte sie. »Schnell, komm, Luke!«

»Nein«, sagte ich. Für einen Augenblick schossen rote Flammen vor meinen Augen hoch, ich wandte mich an die Gäste, die in der Lobby waren: »Sehr verehrte Herrschaften!« rief ich. »Ich bitte um Ihre Aufmerksamkeit! Ich möchte Ihnen mitteilen, was dieser Herr an der Rezeption soeben zu mir gesagt hat.« Aber das war verrückt von mir, und es wurde mir klar, als die Flammen in sich zusammenfielen, nämlich daß ich Maybelle unendlich mehr demütigen würde, wenn ich tatsächlich laut wiederholte, was der Typ mir zugeflüstert hatte. Einige der Leute, die in der Halle in ihren Lederfauteuils saßen, wandten mir den Kopf zu. Die meisten taten, als hätten sie nichts gehört, unterhielten sich weiter, saugten an ihren Zigarren, nippten an ihrem Tee. Ich spürte, wie mein Gesicht den Ausdruck eines perfekten Idioten annahm.

Maybelle sagte: »Luke, ich gehe jetzt. Wenn du mitkommen willst, komm gleich. Sonst kannst du mit dem Daumen in die Stadt zurückfahren.« Damit drehte sie sich um und klackte, ohne irgend jemandem einen Blick zu gönnen, durch die Halle und hinaus zur Tür. Ich lief ihr nach. Ich hörte niemanden lachen.

Als wir eine gute halbe Stunde zurück in Richtung New York gefahren waren, schweigend und brütend, sagte sie: »Du bist nicht richtig angezogen für so ein Hotel, Luke. Wenn wir wieder in New York sind, solltest du dir in der Fifth Avenue einen Anzug kaufen, bei Bergdorf Goodman, dann kannst du es ja noch einmal versuchen. Aber das hat mir doch ziemlich gut gefallen, daß du ein Doppelzimmer für uns beide wolltest. Und jetzt laß mich ans Steuer!«

Ich stieg aus, und Maybelle rutschte auf den Fahrersitz. Sie wendete den Wagen auf der Straße, und wir fuhren wieder stromaufwärts, fuhren am *Old Hotel Dutchess* vorbei – wir fluchten weder, noch hupten wir, noch zeigten wir den Mittelfinger. Knapp vor Hyde Park, es war bereits stockdunkel, sahen wir dieses niedrige langgestreckte türkisfarbene Gebäude mit der Leuchtschrift *Fink's Motel* auf dem Dach, das aus Büschen heraus von Scheinwerfern angestrahlt wurde.

»Zweiter Versuch«, sagte Maybelle. »Diesmal läßt du mich verhandeln.«

Eine junge Frau in grüner Uniform mit einem Zopf über der rechten Schulter stand an der Rezeption und schaute uns gelangweilt an. Maybelle füllte den Meldezettel aus, nahm den Schlüssel in Empfang, und wir gingen, sie ihren Arm um meine Hüfte gelegt, ich den meinen um ihre, über den Parkplatz zum Appartement Nummer 12 am Ende des Bungalows. Sie sperrte auf und sperrte hinter uns zu, und zog mir das Hemd über den Kopf und bat mich, den Reißverschluß in ihrem Rücken zu öffnen.

6

»Glaubst du, Luke«, sagte sie, »dir werden meine Titten gefallen?«

Sie verschränkte die Arme vor ihren Brüsten und drehte sich zu mir um. Ihre dunkle Gestalt, ihr Gesicht fast schwarz, die Mandelaugen, ihr stoischer, von einer klaren Linie umschlossener Mund, die Oberlippe in zwei geschwungene Dreiecke unterteilt, das leicht himmelwärts gereckte, eigenwillige Kinn – ich bemühte mich, in allem zu lesen. Ich trat einen Schritt auf sie zu und strich über ihre Oberarme. Sie fühlten sich kühl an, ein wenig rauh und so, als berührte ich sie

480

zum erstenmal. Nun war ihr Gesicht im Schatten meines Kopfes. Gott hat Himmel und Erde ja nicht zum Scherz erschaffen und natürlich auch nicht die Träume, und Maybelle war die Hauptperson in einem Alptraum gewesen, auch daran dachte ich in diesem Augenblick. Nur die kleine, zitronenfarbene Lampe hinter mir im Eingang zum Appartement brannte, ein Schimmer davon lag auf Maybelles Schulter. Die Scheinwerfer der Autos, die uns auf der Straße entgegengekommen waren, hatten einen gleichen Schimmer über ihre Schulter gezogen. In dem Zimmer stand ein breites französisches Bett, über das eine cremefarbene Wolldecke gebreitet war. Maybelle stieß mit ihren Kniekehlen dagegen. Auf den Kissen lagen Candys, und auf den Nachttischen rechts und links stand je ein Weinglas, das mit einer Papierserviette abgedeckt war. Nicht eine Spur von Verlegenheit konnte ich in ihrem Gesicht wahrnehmen, auch nichts Spöttisches, auch nichts herablassend mütterlich Verführerisches, wie ich befürchtet hatte. Nichts Weiches, Sanftes, der Situation entsprechend Undeutliches.

Sie behielt die Unterarme weiter vor sich gekreuzt, hob sie aber ein wenig an. »Hast du sie dir so vorgestellt?« fragte sie. »Faß sie an, ich mag das. Und ich kann mir vorstellen, du magst es auch.«

Ich legte meine Arme um sie, vergrub die Augen in ihrem Haar und suchte mit dem Mund ihren Hals. Sie mußte meine Aufregung über meine Halsschlagader spüren. Mit den Lippen schob ich die Haare in ihrem Nacken beiseite, ein warmer feiner Geruch aus Parfüm und Schweiß stieg auf. Gleich würde ich weniger denken, dachte ich, und nicht mehr dauernd nur mich selbst vor mir sehen – in diesem Augenblick als das gesichtslose Porträt eines erotischen Pilgers, der auf Führung, Trost und Hilfe hofft und wahrscheinlich genau das gleich geboten bekommt. Maybelle ließ ihre Brüste los und strich mit ihnen über meine nackte Brust. Sie preßte ihr Becken gegen das meine und fuhr wieder mit ihren Fingernägeln sanft über meinen Rücken. Ich hörte nahe an meinem Ohr, wie sie ohne Eile tief Luft holte. Ich dachte an Abe und daß gleich seine Weissagung in Erfüllung gehen würde. Ich solle ihn fragen, ob er sie schon einmal nackt gesehen habe, hatte er zu mir gesagt, und ich hatte ihn gefragt: »Mr. Fields, haben Sie Maybelle Houston schon einmal nackt gesehen?« Und er, im Tonfall eines Sachverständigen vor Gericht: »Nicht über und über nackt, aber doch fast, nämlich am Georgia Beach in East Hampton auf Long Island, sie trug einen weißen ganzteiligen Badeanzug, der ihren Körper jedoch wahrer zeigte, als wenn sie nackt gewesen wäre.« – »Ist sie schön?« hatte ich gefragt. – »Ja, aber nicht auf eine exemplarische Weise«, hatte er geantwortet. – »Und was heißt das?« – »Daß sie eben nicht nur schön ist.« – »Und das haben Sie auch zu ihr gesagt?« – »Selbstverständlich.« – »Und wie hat sie darauf reagiert?« – »Sehr vernünftig.«

»Steck ihn mir rein«, sagte sie, »und hinterher sind wir lieb zueinander.«

Mit zwei Handgriffen schlüpfte sie aus allem, was sie noch anhatte, öffnete meinen Gürtel, und ich zerrte und trat meine Hose von den Beinen. Sie setzte sich breitbeinig auf den Rand des Bettes, hielt mich an den Hüften, nahm kurz meinen erigierten Penis in den Mund und warf sich zurück, und ich war in ihr. Sie gab einen so atemlosen Rhythmus vor, daß ich fürchtete, es werde mir bereits nach wenigen Stößen kommen.

»Du brauchst nicht zu warten«, sagte sie. »Komm einfach!«

»Warum haben wir es nicht schon längst getan?« fragte ich.

»Keine Ahnung«, sagte sie.

Von Liebe haben wir übrigens nicht geredet, und Pläne über einen Monat hinaus haben wir nie entworfen, in dieser Nacht in dem Motel kurz vor Hyde Park nicht und bis zu ihrem Tod nicht. Was Sex alles meinen konnte, war mir vorher wahrscheinlich nicht bewußt gewesen, und heute versuche ich mir in Erinnerung zu rufen, was der Begriff alles für mich einschloß. Damals meinte ich, er schließe in Wahrheit alles ein, sei der Überbegriff der Liebe, und ich schaute satt und überheblich auf die beiden herab, die zum Beispiel Dagmar und ich im Bett gewesen waren (heute finde ich das empörend, besonders deshalb, weil ich in dieser Nacht Maybelle die lange Geschichte von Dagmar und mir erzählt, ich Dagmar also in gewisser Weise preisgegeben hatte). Maybelles Sex war pragmatisch. Erst gefiel mir das, dann gefiel es mir nicht mehr, dann gewöhnte ich mich daran, und schließlich gewann ich eine ähnliche Einstellung dazu. Jedenfalls ist es mir einige Male gelungen, meinen Grips auszuschalten. Pragmatischer Sex – am Ende meinte ich, etwas Poetischeres gebe es nicht.

In der Nacht wachten wir auf und befriedigten uns gegenseitig mit der Hand, Maybelle wollte es so, und hinterher sagte sie und hatte dabei die Augen geschlossen: »Lies mir etwas vor, Luke!« Ich hatte aber nichts dabei. »Ich kann dir ein Gedicht aufsagen, das ich auswendig kann«, sagte ich. »Hast du es geschrieben?« fragte sie. »Nein, ein anderer.« Mindestens zehn Gedichte von William Carlos Williams konnte ich auswendig, ich rezitierte sie am hellichten Tag vor mich her, wenn ich über die Avenues ging und ahmte dabei den rückgratschwingenden Gang der Schwarzen nach, die in unserer Straße vor der Hühnerbraterei ihre Show abzogen. Ein Gedicht war darunter, das hatte gar nichts zu tun mit der Liebe und nichts mit Sex, aber es schien mir doch, als hätte es Williams über eine Frau wie Maybelle geschrieben, und als hätte er es geschrieben, damit es sich irgendwann einer wie ich einprägte, um es bei einer speziellen Gelegenheit vorzutragen. So eine spezielle Gelegenheit schien mir jetzt.

A big young bareheaded woman
in an apron

Her hair slicked back standing
on the street

One stocking foot toening
the sidewalk

Her shoe in her hand. Looking
intently into it

She pulls out the paper insole
to find the nail

That has been hurting her

»Es ist ein gutes Gedicht«, meinte Maybelle.
   »Es ist das beste, das ich kenne.«
   »Ich weiß nicht«, sagte sie, »vielleicht finde ich es ja auch nur des-

halb schön, weil ich mit dir im Bett liege. Ich habe deinen Schwanz in der Hand, und du hast deinen Finger in meiner Pussy und trägst vor, und ich höre dir zu. Hast du es schon einmal jemandem vorgetragen, der dir gegenüber an einem Tisch gesessen ist, in einer Cafeteria zum Beispiel, beim Frühstück zum Beispiel, jemand, den du gar nicht besonders gut kennst?«

»Nein.«

»Vielleicht solltest du es Howie vortragen. Er würde Gedichte mögen. Ich bin mir sicher. Ich bin mir ganz sicher sogar. Dieser Mann könnte beurteilen, ob es ein gutes oder nur ein mittelmäßiges Gedicht ist.«

»Es ist eines der schönsten Gedichte Amerikas«, sagte ich.

»Ich möchte aber doch lieber, daß du mir in Zukunft nur noch Sachen von dir vorliest«, sagte sie. »Und ich finde es besser, du liest sie mir nicht vor, wenn wir im Bett liegen. Ist das okay für dich, Luke?«

Wir blieben drei Nächte in dem Motel. An den Tagen spazierten wir durch die rostfarbenen Laubwälder am Hudson entlang oder besuchten das Haus von Präsident Roosevelt in Hyde Park, bewunderten den Rosengarten, der inzwischen zwar schon abgeerntet war, aber immer noch eine Heiterkeit ausstrahlte, als herrschte hier in allem eine frühlingshafte Erwartung. Maybelle erzählte mir, der Präsident sei im Rollstuhl gesessen, aber er habe einen Oberkörper gehabt wie ein Boxer, er selbst habe gesagt, diesbezüglich könne er sich mit Jack Dempsey vergleichen, und Amerika wisse bis heute, sagte sie, daß der beste aller Präsidenten hier, im Rosengarten seines Hauses, seine Muskeln trainiert habe.

Am vierten Tag sagte Maybelle, nun müsse sie nach Hause, sonst sorge sich ihre Tochter um sie. Sie bezahlte alles. Ich wollte das nicht, und es gab einen Wortwechsel deswegen.

»Was denkst du, was ich mir dabei denke!« empörte ich mich.

»Das weiß ich nicht. Wenn es wichtig ist, was du dir denkst, verrate es mir.«

»Ich werde mir einen Job suchen!« sagte ich.

Da sagte sie wieder: »You can't do that to me, Luke!«, und wieder füllten sich ihre Augen mit Wasser, und ich war nicht darauf gefaßt gewesen, hatte mich wieder einmal von ihrem ausdruckslosen Blick täuschen lassen und hatte auch nicht die geringste Ahnung, was daran zum Weinen sein sollte, wenn ich mir einen Job suchte, und sagte das auch.

Sie erklärte es mir sehr genau: »Es wird eine Zeitlang dauern mit uns, und irgendwann wird es vorbei sein. Aber ich möchte mir hinterher nicht vorhalten, ich habe ihm die Zeit gestohlen, die er gebraucht hätte, um sein Buch zu schreiben. Ich möchte, daß du sagst, ohne sie hätte ich mein Buch nicht schreiben können. Das hätte ich wirklich gern, Luke. Und am liebsten hätte ich, wenn das irgendwo in dem Buch drinstehen würde, vorne oder hinten, das ist mir egal. Ich glaube nämlich an Jesus. In Brooklyn glauben viele an Jesus, ich bin eine davon. Du auch, Luke?«

»Was soll ich sagen, wenn ich ehrlich sein soll? Und was hat Jesus mit einem Buch zu tun, das ich eventuell irgendwann einmal schreiben werde?«

»Ich hätte gern, daß du mich brauchst, Luke. Das ist es, nur das, Luke.«

Ich schrieb. Allerdings ohne große Ambition, daß ein Buch daraus werden sollte. Den Novellenzyklus hatte ich aufgegeben. Maybelle fragte immer wieder danach. Sie machte sich Sorgen deswegen. Sie meinte, ich verplempere meine Zeit. Von den kleinen Dingen, die ich in mein Notizbuch schrieb, erzählte ich ihr nicht. Wer bitte sollte sich für eine Sammlung erster Sätze interessieren?

Ansonsten ging alles so weiter wie bisher. Maybelle holte mich mittags ab, wir spazierten in den Park, aßen, redeten. Eines Abends klickte ein Steinchen an mein Fenster. Sie stand unten auf der Straße und winkte mir zu. Ich huschte in Strümpfen über die Treppe hinunter, aus Mr. Alberts Wohnzimmer hörte ich den Fernseher, öffnete vorsichtig die Tür, Maybelle schlüpfte aus ihren Schuhen und ging vor mir her zu meinem Zimmer hinauf. Sie stellte den Wecker, den mir Mr. Albert zum Geburtstag geschenkt hatte, sperrte die Tür ab und führte mir vor, wie man einen mächtigen Orgasmus haben kann, ohne einen Laut von sich zu geben. Mr. Albert war vielleicht zwanzig Jahre älter als Maybelle, und ich war achtzehn Jahre jünger als sie, und daß sie sich in Mr. Alberts Haus schlich und wir es heimlich wie Teenager miteinander trieben, war natürlich komisch, für einen Außenstehenden mußte das zum Lachen gewesen sein. Aber damals war es nicht lächerlich für mich, nicht komisch, und ich war tatsächlich gerührt, eben weil gar nichts Romantisches daran war, sondern weil es die einzige Möglichkeit war, die Maybelle sah, bei mir zu sein, ohne ihren Freund Mr. Albert vor den Kopf zu stoßen oder im Haus ihrer Tochter und ihres Schwiegersohnes eine lästige Debatte auszulösen. Sie schlief bei mir bis in die frühen Morgen, dann schlich sie sich wieder aus dem Haus. Und so hielten wir es von nun an fast jede Nacht.

Ende November sagte sie: »Gil und Becky fahren über Thanksgiving nach Connecticut, du kannst zu mir kommen.«

Ich sagte, ich würde gern für sie kochen, aber um Himmels willen keinen turkey. Ich würde gern kochen, wie man in meiner Heimat kocht. Nämlich Rindsrouladen mit Kartoffelpüree und Gelberübengemüse.

Ich besorgte vier Rindsschnitzel, Frühstücksspeck, Senf, eingelegte Gurken, Zwiebeln, Karotten, mehlige Kartoffeln, Milch, Muskatnuß, zwei Dosen mit Rindsbrühe und eine Flasche herben Weißwein. Ich benötigte dafür einen halben Tag, fuhr sogar nach Manhattan hinüber.

Am späten Nachmittag wartete Maybelle an der Myrtle Avenue auf mich. Es regnete. Sie stand unter der Markise des Sportartikelladens, der an Gil Clancys Boxclub anschloß und in dessen Schaufenster Punchingballs und Sandsäcke von der Decke hingen; auf einer mannshohen Halterung Gewichte gestapelt und Boxerschuhe in allen Farben neben dazu passenden Boxershorts aufgereiht waren, als Begleitung schepperte Rapmusik aus zwei dünnen Lautsprechern. Auf der Straße war viel los, und ich war hier der einzige Weiße. Maybelle hatte sich ein Cape übergezogen, und als sie mich aus dem Taxi steigen sah, lief sie durch die schmale Gasse, die zum Hintereingang vom Gym führte. Sie wollte nicht, daß mich jemand zusammen mit ihr sah. Ich gebe zu, das ärgerte mich, und deshalb tat ich so, als hätte ich sie nicht gesehen und blieb vor dem Eingang des Clubs stehen, die Plastiktüten mit meinen Einkäufen in den Händen. Die Fenster zur Straße waren zugemauert, die Höhlungen mit Plakaten verklebt, über dem Eingang hing eine gelbe Neonschrift – *Gil's Gym* –, sie war ausgeschaltet. Maybelle erschien wieder an der Hauskante und winkte mich hastig zu sich. Sie nahm meine Hand und stöckelte über eine Holzstiege hinauf, die zu einem Anbau auf der Hinterseite des Hauses gehörte. Ich trat in einen Vorraum, der wie ein Puff beleuchtet war, die Wände waren mit Bilderrahmen behängt, einer dicht neben dem anderen, Fotos hingen hier, mir schien, es waren Hunderte, auch Zeitungsausschnitte und Kinderzeichnungen, wie ich mit einem ersten flüchtigen Blick erfaßte.

»Ich denke, deine Leute sind nicht im Haus«, sagte ich. »Warum tust du so heimlich?«

»Ich will nicht, daß dich jemand sieht«, sagte sie.

»Das habe ich gemerkt.«

»Es ist eben so, mach dir nichts draus.«

Maybelles Zimmer war eng, und man konnte sich darin nicht bewegen, ohne irgendwo anzustreifen, es war vollgestellt mit Puppen, Bilderrahmen, Kissen und bunten Töpfen verschiedener Größe, aus denen Pflanzen wuchsen, echte und künstliche aus Plastik oder Seide. Unter einem der beiden Fenster stand eine Nähmaschine, darauf waren Stoffreste ausgebreitet und ein mit Bleistift gezeichneter grober Schnittplan und ein Stück weißes Fell. Auch ein Plattenspieler war in dem Zimmer, ein altes Ding mit dem Lautsprecher in der Abdeckung. In einer Ecke, abgeteilt durch einen glasperlenbestückten Vorhang, der nun zur Seite geschoben war, stand ihr Bett. Über dem Tisch in der Mitte des Zimmers lag ein Teppich, auf dem eine Jagdszene wie aus Tausendundeiner Nacht zu sehen war – ein Mann saß auf einem glänzendschwarzen Pferd, er hatte einen Turban um den Kopf gewunden und war eingezwängt in einen goldprunkenden Jagdrock, die Beine steckten in purpurnen Pluderhosen, er hatte einen kurzen Reflexbogen gespannt und zielte mit dem Pfeil auf eine Gazelle, die gerade über einen blütenbesetzten Busch sprang. Mitten in dem Dreieck der gespannten Bogensehne stand ein gezuckerter Marmorkuchen, daneben eine Kanne mit Tee. Maybelle zog sich das Kleid über den Kopf, sie trug darunter keinen BH, nur einen leuchtendweißen Slip.

»Mir wäre es lieber, wir tun es erst nachher«, sagte ich.

»Wann nachher?« fragte sie.

»Nach dem Essen.«

»Wie du willst«, sagte sie und schlüpfte wieder in ihr Kleid. »Tee auch erst nach dem Essen?«

»Ich habe nicht gemeint nach dem Essen«, korrigierte ich mich, ich war auf einmal sehr verlegen, »ich meinte nach dem Kochen. Es dauert sicher zwei Stunden, bis das Essen fertig ist.«

»Gut, nach dem Kochen«, sagte sie.

Ich folgte ihr über eine Treppe hinunter in die Wohnung ihrer Tochter und ihres Schwiegersohnes. Es roch nach Weihrauch oder irgendwelchen Räucherstäbchen und nach Putzmittel. Die Küche war geräumig und eingerichtet wie bei einer Fernsehfamilie, der Herd rundum zugänglich, davor eine Bar mit drei Hockern. Ich glättete das Fleisch mit einem Löffel, rieb es mit Salz und Pfeffer ein, bestrich es auf einer Seite mit Senf, legte je zwei Scheiben Speck darüber, rollte eine Zwiebelscheibe, ein Stück Karotte und eine halbe Essiggurke in das Fleisch ein und befestigte es mit einem Zahnstocher. Ich briet die Rollen kurz in Butter an, so daß sie eine braune Kruste bekamen, und legte sie beiseite, zerhackte grob die Reste der Zwiebeln, des Specks, der Karotten und der Gurken, briet sie ebenfalls in der Pfanne, bestäubte sie mit Mehl und löschte mit Wein ab. Schließlich legte ich die Rouladen in einen Topf, goß den Sud mitsamt den Einlagen darüber und füllte mit Suppe auf. Ich schaltete den Herd auf kleinste Flamme.

Oben in Maybelles Zimmer wollten wir uns die Wartezeit mit Sex vertreiben, aber wir kamen nicht dazu. Es klopfte an die Außentür. Maybelle legte den Finger auf ihre Lippen, trat hinaus auf den Gang und zog die Tür zum Zimmer hinter sich zu. Ich hörte eine Männerstimme und lauschte. Es war unverkennbar die Stimme eines Schwarzen, und wie mir schien, war es eine junge Stimme. Ich verstand höchstens die Hälfte, der Mann sprach verschliffen und durchsetzt mit Slangworten, von denen ich viele nicht kannte. Worum es in diesem Gespräch ging, schloß ich hauptsächlich aus dem, was Maybelle sagte. Und das reimte ich mir zusammen: Der Mann wollte Maybelle besuchen, er meinte, die Gelegenheit sei gut, weil Maybelles Tochter und deren Mann außer Hauses seien; und es bestand auch nicht der geringste Zweifel, warum der Mann Maybelle besuchen wollte. Maybelle sagte, heute sei es nicht günstig, und sie sagte, nein, sie wolle nicht, daß er hereinkomme, auch nicht für eine Minute. Der Mann verfiel in einen weinerlichen Ton, und Maybelle redete auf ihn ein wie auf ein Kind. Eine Weile war es still. Dann hörte ich, wie Maybelle die Außentür abschloß. Er war wohl ohne Gruß gegangen. Sie sagte nicht, wer dieser Mann gewesen war, sie erfand keine Story für mich; sie sagte gar nichts. Und ich fragte nicht.

7

Zwei Monate nach unserem Ausflug nach Hyde Park – die Bäume auf der Carlton Avenue waren längst schon kahl – brachte mich Maybelle mit dem Ehepaar Sarah Jane und Fabian McKinnon zusammen. Die beiden waren meinetwegen aus Manhattan zum Fort Greene Park gekommen. Wir hätten in ein Café gehen können, es war bereits empfindlich klamm draußen, aber keiner machte den Vorschlag. Die McKinnons arbeiteten an der City University in der Nähe vom Times Square, am Hunter College. Sarah Jane schätzte ich auf Ende Zwanzig, sie sah aus wie eine Frau, die sich erst vor kurzem sehr viel Gewicht abgetrotzt hatte, ihr Kopf war schmal, und ihr Gesicht wirkte hohl, ein Eindruck, der durch die langen, glatten blonden Haare noch verstärkt wurde. Sie hatte ein mädchenhaftes, unregelmäßiges Lächeln, und sie lächelte bei allem, was sie sagte. Sie war Ethnologin. Fabian, ihr Mann, war Musikwissenschaftler. Er wirkte knurrig, sah auch aus wie ein Bär, groß, umfangreich, zottelhaarig, dunkelbärtig. Sie hatten über einen – von Maybelle präparierten – Bekannten erfahren, daß ein Schriftsteller aus Vienna in Brooklyn lebe, der ein exquisiter Kenner der mittel- und osteuropäischen Volksmusik sei und – das hatte ihnen Maybelle persönlich am Telefon erzählt – vorübergehend in Amerika lebe, um ein Buch zu schreiben, in dem er sich vergleichend mit der europäischen und amerikanischen Folklore auseinandersetze. Dieser Schriftsteller war ich. (Nach dem Treffen gestand mir Maybelle: »Das mit dem Vergleich habe ich mir ausgedacht. Was nämlich nichts mit Amerika zu tun hat, interessiert diese Leute nicht.«)

»Schon viel von Ihnen gehört«, begrüßte mich Fabian und schüttelte mir die Hand. Sarah Jane fragte, ob ich wisse, wer Alan Lomax sei. Ich wußte es nicht. Das verwirrte sie, und beide blickten zu Maybelle hinüber, die aber hatte ihren Voodoo-Blick aufgesetzt.

»Mr. Lomax hat Großes vor«, erklärte Fabian und sprach dabei durch die geschlossenen Zähne, bedachtsam und sacht, als handelte es sich um etwas außerordentlich Gefährliches – *top secret.* »Eine weltweite Sammlung von Folkmusic. Von Vietnam bis Togo, von Sibirien bis Sizilien, von Feuerland bis Grönland, von Spanien bis Cuba. Die Rokkefeller Foundation hat ihre Zuwendungen für dieses Projekt deutlich erhöht, beinahe ver-dop-pelt. Im nächsten Jahr wird Alan die schon lange angekündigte Gründung der Association for Cultural Equity endlich realisieren können. Das aber bedeutet für uns: Wir brauchen Leute. Und zwar: nicht nur Bürger der Vereinigten Staaten von Amerika. Deshalb die Frage: Wollen Sie bei uns einsteigen?«

»Das kommt darauf an, welche Arbeit Sie für mich vorgesehen haben.«

»Schreiben natürlich.«

»Für Zeitungen«, präzisierte Sarah Jane. »Sie schreiben, und wir hängen unser Logo an.«

»Und einen Kasten, in dem unsere Arbeit vorgestellt wird«, ergänzte Fabian.

»Klingt interessant«, sagte ich, bemühte mich um einen geschäftlichen Ton.

»Und Sie meinen«, nahm Sarah lächelnd diesen Ton auf, »Ihre Arbeit bei uns einbringen zu können?«

»*Meine* Ideen«, sagte ich – betonte das »meine«, um anzudeuten, daß meine Arbeit durchaus auf der gleichen Stufe mit der Arbeit von Mr. Lomax zu sehen sei –, »entsprechen durchaus Ihren Absichten, denke ich«, und spann den Faden weiter, den Maybelle zu drehen begonnen hatte: »Ich denke an eine Serie von Doppelporträts ...« – beim S des Wortes Serie fiel mir der alte Plutarch mit seinen Doppelbiographien über Theseus und Romulus, Coriolan und Alkibiades, Demosthenes und Cicero, Cäsar und Alexander und all die anderen ein, der mir schon einmal Brot gebracht hatte, als ich aus seinen Büchern ein Dutzend Sendungen für den Hessischen Rundfunk bastelte – »... jeweils ein amerikanischer Musiker soll einem anderen Musiker aus der weiten Welt gegenübergestellt werden ...« – den Begriff »weite

Welt« wählte ich absichtlich, nämlich um darauf hinzuweisen, daß ich kein Reporter sei, sondern ein Poet, der auch in einem nüchternen Geschäftsgespräch nicht ohne Poesie auskomme – »… ich denke dabei an zehn bis zwölf solcher Paar-Erzählungen …« – *double-tales* – wunderbar flutschte dieses Wort heraus, als wäre es in der Fachwelt ein fixer Begriff – »… die schließlich zu einem Buch zusammengefaßt werden sollen …« – Maybelle blickte vor sich ins Leere. »Mrs. Houston und ich arbeiten schon seit geraumer Zeit zusammen. Sie besorgt die Übersetzungen. Ich glaube, wir beide sind gut aufeinander eingespielt.«

Ich getraute mich nicht, Maybelle anzusehen, weil ich fürchtete, ich könnte herausplatzen. Sie hatte bisher geschwiegen, nun sagte sie: »Mr. Lukasser wird sich die Geschichten natürlich nicht aus der puren Luft saugen, wir werden zusammen einige Originalschauplätze ansehen müssen. Das heißt, Spesen werden anfallen.«

»Das läßt sich einrichten, davon bin ich überzeugt«, sagte Fabian.

»Das ist das mindeste«, präzisierte Sarah Jane eifrig.

»Wir werden viel unterwegs sein«, sagte ich – und in vielen Motels Nächte und Tage im Bett verbringen und uns unseren Leibern überlassen, die so viel Freude aneinander haben, dachte ich.

Die McKinnons luden Maybelle und mich in ihr Büro ein: Mr. Lomax sei zur Zeit nicht in New York, er sei mit einem Kamera- und Aufnahmeteam in der Karibik unterwegs. Als wir die Räume im sechsten Stock, 450 West, 41. Straße betraten, krampfte sich mein Herz zusammen. Gleich der Eingangstür gegenüber hing ein riesiges Bild von meinem Vater an der Wand – es war natürlich nicht mein Vater, es war Woody Guthrie …

Hatte Carl zu Beginn meiner Erzählung noch eine Miene aufgesetzt, die deutlich verkündete, hier werde lediglich ein Versprechen eingehalten, war er bald in Unruhe geraten, ja, in Aufregung, und schließlich unterbrach er mich im Tonfall bitteren Selbstvorwurfs – schlecht gespielt übrigens, wahrscheinlich sogar absichtlich schlecht gespielt:

»Mein Gott, wie hätte ich ahnen sollen, daß du so einsam warst in Amerika! Ich sehe dich durch New York gehen, wo ich so ein verrücktes Leben geführt habe. Nicht eine Stunde war ich allein gewesen. Das ist mir nie gelungen. Im Leben nicht einmal!«

Frau Mungenast, die gerade im Zimmer war, weil sie die Abrechnung für den vorangegangenen Monat fertig hatte und auf eine Gelegenheit wartete, mit Carl darüber zu sprechen, sagte, als sprächen
wir – Carl, sie, ich – von jemandem, der nicht anwesend, der vielleicht
überhaupt schon aus der Welt war: »Nein, das kann er nicht. Das kann
er wirklich nicht. Er will, daß alle Türen offen sind. Und wenn ich in
der Küche sitze und etwas lese, bittet er mich herüberzukommen, und
wenn ich sage, ich möchte lieber allein sein, wenigstens eine Stunde,
befiehlt er, ich soll Geräusche machen. Also schalte ich das Radio ein.
Aber das genügt ihm nicht. Das Radio würde ja auch Musik spielen,
wenn niemand in der Küche säße. Dann klappere ich halt mit der Teetasse oder mit den Töpfen. Oder ich huste. Aber so kann kein Mensch
in einem Buch lesen. Also setze ich mich neben ihn. Dann ist es gut.«

Carl nickte und lächelte. Ganz so, als kenne er diesen Freund, von
dem hier gesprochen wurde, recht gut.

»Carl«, sagte ich, und ich versuchte ebenfalls zu spielen, einen Eifer-
süchtigen nämlich, was nicht gelang, ich war ja tatsächlich eifersüchtig, »meinst du, ich sei in Amerika einsam gewesen, nur weil du keine
Geräusche von mir gehört hast, kein Klappern und kein Husten? Aber
vielleicht hast du ja recht. Da habe ich von dieser Telefonzelle in Brooklyn aus versucht, dich aus meinem Leben zu weisen, und meinte tatsächlich, das sei mir auch gelungen. Habe dich nicht mehr angerufen,
habe nicht mehr an dich gedacht, nicht sehr oft jedenfalls, habe, wenn
ich ehrlich bin, sogar damit gerechnet, dich nie wiederzusehen. Und
dann setze ich mich an die Arbeit, will mein erstes Buch schreiben.
Denke mir: Wahrhaftig, das kommt alles aus mir, hier hat der große
Mann nicht seine Hand drauf. Und dann?«

»Und dann«, beantwortete er ungerührt meine Frage, die ja gar keine war, »erzählst du Geschichten von Musikanten. Das kommt uns
doch bekannt vor.«

»Würde ich das Buch lesen wollen?« fragte Frau Mungenast.

»Sie würden es lieben«, sagte Carl. »Gehen Sie zum Schreibtisch! In
der großen Lade rechts liegen noch ein paar Exemplare der deutschen
Erstausgabe. Ich habe mir gleich nach dem Erscheinen einen Schock
besorgt. Nehmen Sie sich eines und lassen Sie es sich signieren!«

Elftes Kapitel

1

Die folgende Geschichte habe ich, wie bereits erwähnt, von Carl; und er hat sie von Rupert Prichett, seinem englischen Verbindungsoffizier; und Mr. Prichett hat sie von Lawrentij Sergejewitsch Pontrjagin, den ihm Emmy Noether kurz vor ihrem Tod in Princeton vorgestellt hatte und mit dem sich Mr. Prichett anfreundete. Lawrentij Sergejewitsch Pontrjagin schließlich hat die Geschichte von Ksenia Sixarulize; sie hatte sie ihm erzählt, als sie 1940 nach ihrer Flucht aus Sowjetrußland nach New York gekommen war, wo er sie bei sich in seiner winzigen Wohnung an der Lower Eastside aufnahm und wo er sich bis zu ihrem Tod wenige Monate später um sie kümmerte.

Im Jahr 1938 erschien in Tiflis jene bis heute in Georgien und im gesamten Kaukasus und in Fachkreisen weit darüber hinaus berühmte Sammlung georgischer Märchen, die Dr. Ksenia Sixarulize zusammengetragen und vorzüglich kommentiert hatte. Das Buch war, wie in diesen Jahren anders gar nicht denkbar, dem Vater des Vaterlandes, Jossif Stalin, gewidmet. In einem Festakt sollte es in der Akademie der Wissenschaften in Moskau präsentiert werden. Wenige Tage vorher erfuhr Frau Sixarulize, daß ihr bei dieser Gelegenheit ein Orden verliehen werden sollte, und zwar aus der Hand des Parteivorsitzenden; Stalin hatte es so angeordnet, er wollte seiner Landsmännin die Auszeichnung persönlich überreichen. Frau Sixarulize bekam es mit der Angst zu tun. Noch kein Jahr war es her, als einem ihrer besten Freunde, nämlich Jossif Aszaturow, der Lenin-Orden verliehen worden war. Er hatte eine wichtige Brücke geplant und war vorzeitig damit fertig geworden. Damals hatte ebenfalls Stalin den Orden überreicht, ebenfalls ohne vorherige Absprache mit der zuständigen

Behörde. Nach der Verleihung hatten unten in der Garderobe zwei Männer auf Aszaturow gewartet. Er wurde ohne Angabe von Gründen in die Lubjanka gebracht und verhört. Aszaturow habe den Polizisten den Lenin-Orden gezeigt, den er erst zwei Stunden zuvor aus der Hand des Parteivorsitzenden in Empfang genommen hatte, er habe das goldglänzende Stück zwischen Daumen und Zeigefinger vor sich hin gehalten. Es hatte ihm nichts genützt, man verschleppte ihn nach Jerewan und warf ihn in ein Gefängnis, dort wurde er an den Füßen aufgehängt. Stalin selbst hatte das Todesurteil unterschrieben. Die Gründe dafür kannte niemand.

In seiner Laudatio auf Ksenia Sixarulize dankte Stalin der Wissenschaftlerin, daß sie sich so unermüdlich für das Volkstum seiner Heimat einsetzte. Er sprach ungewohnt lange und in ungewohnt persönlichem Ton, erzählte Geschichten aus seiner Kindheit und ließ einmal mitten im Satz eine lange Pause, die viel zu lang war, um eine rhetorische Pause zu sein, und deshalb von den Anwesenden als ein Zeichen von innerem Bewegtsein gedeutet wurde. Ein Exemplar des Buches war in georgischem Ziegenleder gebunden worden, dieses überreichte Frau Sixarulize dem Vorsitzenden als Geschenk. – In der Garderobe wartete niemand auf sie.

In der Staatslimousine auf dem Rückweg zum Kreml blätterte Stalin in dem Band und schlug zufällig das Märchen mit dem Titel Chutkuntschula auf. Während seiner Kindheit hatte tatsächlich ein Mann in Gori gelebt, den nannte man nach dem Helden dieses Märchens »Chutkuntschula«. Er war ein Musikant gewesen, einer, der auf Hochzeiten spielte und bei Beerdigungen, bei Geburtstagen reicher Leute, aber auch an den Feierabenden der Armen. Es hatte geheißen, er sei der beste Tschongurispieler in Georgien und einer der besten Sänger dazu. Stalin gab in derselben Stunde seinem Sekretär den Auftrag, nachzuforschen, ob dieser Mann noch lebe, und er bekam zur Antwort: Ja, der Mann heiße Grigol Beritaschwili, sei vierundachtzig Jahre alt und bei guter Gesundheit und halte sich immer noch in Gori auf. Am folgenden Tag fuhr Stalin in einem gepanzerten Eisenbahnwagen nach Tiflis, und in den nächsten Morgenstunden stand er vor dem kleinen Haus etwas außerhalb der Stadt Gori am Ufer der Kura. In seiner Begleitung waren zwei Soldaten, die schlu-

gen an die Tür. Das Schloß wurde geöffnet, und da stand – Chutkunt-
schula. Stalin erkannte ihn sofort, sein Haar war weiß, die Schnei-
dezähne fehlten wie bereits vor vierzig Jahren, das Gesicht war faltig
und dunkel.

Grigol Beritaschwili hatte in seinem Leben viele Lieder gesungen,
und in vielen Liedern war von überirdischen Dingen erzählt worden,
aber selbst hatte er nie an überirdische Dinge geglaubt. Nun aber
stand der Herrscher der großen Sowjetunion vor ihm, der in Geor-
gien Koba genannt wurde, der Unbeugsame. Er sah im Licht der La-
terne das vernarbte Gesicht, sah, daß der linke Ärmel seines Armee-
mantels umgeschlagen war, und erkannte daran, daß der linke Arm
kürzer war als der rechte, sah die ratlosen Mienen der Soldaten, die
mehr Angst zu haben schienen als er selbst; er wußte, daß so klares
Anschauen nur im wahren wachen Leben möglich war, daß es sich
also weder um einen Traum noch um Verrücktheit handelte. Er trat
beiseite, und Stalin, gefolgt von den beiden Soldaten, bückte sich in
das Haus.

Stalin setzte sich an den Tisch und knöpfte seinen Mantel auf.
»Chutkuntschula«, sagte er und noch ein-, zwei-, dreimal: »Chutkunt-
schula.«

»Koba«, antwortete Grigol Beritaschwili jedesmal.

»Besitzt du noch deine Tschonguri?« fragte Stalin. »Wenn ja, hol
sie, Chutkuntschula, und spiel mir etwas vor!«

»Sie ist oben in meiner Schlafkammer. Sie liegt neben meinem
Strohsack, damit ich sie fassen kann, wenn ich am Morgen erwache.
Ich bin ein alter Mann, es wird dir sicher zu lange dauern, wenn ich
aufstehe und sie hole. Schicke einen deiner Soldaten hinauf!«

Grigol Beritaschwili dachte nämlich bei sich: Wenn ich hinaufstei-
ge in meine Kammer, in der es dunkel ist, werde ich Angst bekom-
men und aus dem Fenster springen und davonlaufen. Wahrschein-
lich werde ich mir bei dem Sprung die Beine brechen, sicher würden
mich die Soldaten erwischen. Er wußte, daß die Angst stärker ist als
alle Vernunft, und deshalb wollte er ihr erst gar nicht die Gelegenheit
geben, ihn zu verführen. – Ein Soldat holte die Tschonguri, und Gri-
gol stimmte ihre vier Saiten.

»Was soll ich für dich spielen, Koba?« fragte er.

»Ein besonderes Lied ist es«, sagte Stalin. »Du hast es vor vierzig Jahren gespielt. Ich kenne es, aber ich weiß seinen Namen nicht.«

»Ein trauriges Lied oder ein fröhliches?«

»Ein trauriges Lied, Chutkuntschula.«

»Ein trauriges, so. Es wird sich also um ein langsames Lied handeln, habe ich recht, Koba?«

»Ja, es war ein langsames Lied.«

Stalin verschränkte seine Arme, das hieß, das mußte heißen: Reden wir nicht, spiel! – Ich weiß aber nicht, welches Lied er meint, dachte Grigol. Mindestens hundert Lieder kenne ich, die langsam und traurig sind.

»War es vielleicht dieses?« Er schlug einen Akkord an und begann zu singen. Einer der Soldaten kannte das Lied und stimmte mit ein.

»Das ist es nicht!« unterbrach Stalin.

Es ist gut, daß es das nicht war, dachte Grigol. Wenn ich's gleich beim erstenmal getroffen hätte, wäre ihm womöglich alles zusammen nicht viel wert gewesen – das Lied nicht und ich auch nicht.

»Kannst du mir vielleicht noch ein paar weitere Worte zu dem Lied sagen, Koba?«

»Ich glaube, das Meer ist in dem Lied vorgekommen«, sagte Stalin.

»Bist du sicher, es war das Meer? Nicht vielleicht ein Fluß, unsere Kura zum Beispiel?«

»Nein, das Meer, sicher das Meer.«

»Kannst du vielleicht zwei, drei Töne singen, Koba?«

Stalin brummte zwei, drei Töne. »So ungefähr.«

»Jetzt weiß ich es!« rief Grigol. »Es kann eigentlich nur das folgende Liedchen sein.«

»Seht ihr«, wandte sich Stalin an die Soldaten. »Seht ihr, schon haben wir, was wir wollten. Und jetzt sing, Chutkuntschula!«

Grigol sang den Anfang eines bekannten Liedes, das so bekannt war, daß sich sogar die Soldaten anschauten, die vielleicht aus irgendeinem anderen Land der großen Sowjetunion stammten.

»Nein, nein! Das doch nicht!« rief Stalin. »Dieses Lied kenne ich doch! Ich hätte doch gleich sagen können, spiel das! Dieses Lied kennt doch jeder!«

Wenn ich, dachte Grigol, noch einmal ein falsches Lied anstimme, wird sich Koba vor seinen Soldaten für mich schämen, weil der, auf den er gesetzt hat, nichts wert ist. Das kann mir nicht gleichgültig sein. Er weiß nicht, was für ein Lied er meint, er weiß nur, wenn er eines nicht meint. Aber, dachte Grigol Beritaschwili, ist es nicht so, daß alle langsamen, traurigen Lieder irgendwie ähnlich klingen? Kaum einer kennt so viele langsame, traurige Lieder wie ich, und ich sage: Fast alle klingen sie gleich. – Also ließ er die Finger selbst einen Akkord suchen und begann zu summen.

»Das ist gut, Chutkuntschula«, rief Stalin. »Ich glaube, jetzt hast du es.«

Grigol, der ein schlauer Mann war und deshalb Chutkuntschula genannt wurde, weil der Chutkuntschula im Märchen auch ein schlauer Mann war, der sich nicht nur gegen die Angriffe seiner Brüder zur Wehr setzte, sondern am Schluß auch den Riesen besiegte, den seine Bruder ungeheuert hatten, ihn zu töten; Grigol sang und spielte und – erfand im Augenblick Wort für Wort, Ton für Ton, das Lied, an das sich Stalin zu erinnern glaubte. Und Stalin hörte zu, nickte und weinte und ging.

Der Sänger aber blieb sitzen, bis die Sonne über den Bergen aufging. Er blieb sitzen bis zum Mittag. Er legte die Arme auf den Tisch und den Kopf auf die Arme und schlief ein. Am Nachmittag pumpte er Wasser in den Holzeimer und goß die Setzlinge, die hinter dem Haus in Säcken aufgereiht waren wie Buben in Schulbänken. Er stimmte die Tschonguri nach, aber nicht einmal der erste Akkord des Liedes fiel ihm ein. Er nahm das Geld, das einer der Soldaten auf Stalins Befehl auf den Tisch gelegt hatte, und ging hinunter zur Straße. Die Händler verneigten sich vor ihm. »Welche Ehre, Chutkuntschula!« Sie füllten einen Korb mit Sachen und sagten, den Korb brauche er nicht zurückzubringen, den solle er ruhig behalten, und Geld nahmen sie keines von ihm. Denn sie hatten erfahren, was in der Nacht geschehen war. Zu Hause aß er die guten Sachen und trank den guten Wein. Schließlich stimmte er wieder die Tschonguri. Eine Melodie fiel ihm ein. Sie kam ihm bekannt vor und auch wieder nicht. Er ließ den Mund selbst die Worte suchen. Nur das Meer sollte vorkommen, alles andere überließ er seinen Lippen. Er sang und spielte das Lied so lange, bis er es sich gemerkt hatte. Er ging hinter das Haus, redete mit *seinen Setzlingen, sah zu, wie die Sonne über der Kura unterging. In der Nacht spielte und sang er das Lied noch ein paarmal, feilte, verlängerte und verkürzte. Endlich stieg er in seine Kammer hinauf und legte sich schlafen.*

Chutkuntschula, der Tschongurispieler aus Gori, wurde bald wieder zu Parteiveranstaltungen und Hochzeiten, zu Jahrestagen und Erntefesten eingeladen. Er wurde berühmter, als er je gewesen war. Überall, wo er sang und spielte, wollten die Leute das Lied hören, das er dem Vater des Vaterlandes in jener Nacht vorgespielt hatte. Er nannte es: »Tebrone midis zchalse!« – »Tebrone, geht Wasser holen!«

> Es war ein Märchen, war ein Märchen
> Im Wäldchen war ein Vogel gestorben
> Ich legte ihn auf den Zaun, da war er vertrocknet
> Ich nahm ihn herab, da war er verfault
> In einen großen Kessel paßte er nicht
> In einem kleinen war er zu klein
> Hundert Leute konnten ihn nicht aufessen
> Er war ein Bissen für einen Mann
> Und der Mann schwamm durch das Meer
> Wie ein Vogel durch die Luft fliegt.

Grigol Beritaschwili, genannt Chutkuntschula, starb im Jahr 1958 im Alter von hundertundvier Jahren. Bis zuletzt hatte er seinen Haushalt allein geführt, und jeden Abend habe er, wird in Gori erzählt, auf seiner Tschonguri gespielt.

Zu dieser Geschichte kontrastierte ich eine Geschichte über den Folksänger Woody Guthrie. Fabian McKinnon hatte sie mir erzählt (nachdem ich ihm erzählt hatte, Maybelle und ich hätten erst vor kurzem das Anwesen der Roosevelts besucht – »um zu recherchieren«). Der zufolge sei Mr. Guthrie ausgerechnet am Nachmittag des 7. Dezember 1941 von Präsident Roosevelt und dessen Frau Eleanor nach Hyde Park eingeladen worden. Der Präsident habe mit dem Sänger eine – wie es Woody Guthrie in einem der vielen Interviews mit Alan Lomax genannt hatte – »politisch höchst brisante Sache« zu bereden gehabt.

Das Zusammentreffen war übrigens auf Vorschlag und Vermittlung von John Steinbeck zustande gekommen. Der Präsident hatte den Schriftsteller als Mitstreiter gegen die isolationistische Stimmung im Land gewinnen wollen. Im Gegensatz zur Mehrheit der Bevölkerung wünschte der Präsident nämlich, daß Amerika an der Seite Englands in den Krieg gegen Hitler eintrete. »Sie sind der Homer des modernen Amerika«, hatte er (so William Hasset, Roosevelts Privatsekretär, später vor Alan Lomax) zu Steinbeck gesagt. »Ihr Tom Joad ist ein moderner Odysseus. Schreiben Sie einen Roman über einen modernen Achill!« – »Homer war ein Sänger«, habe Steinbeck geantwortet. »Romane sind für Menschen, die lesen wollen und lesen können. Solche gibt es leider nicht allzu viele in Amerika.« Und er hatte dem Präsidenten von Woody Guthrie erzählt; und daß *The Grapes of Wrath* unter anderem deshalb so bekannt sei, weil dieser Sänger in nicht weniger als einem guten Dutzend Lieder (*The Dust Bowl Ballads*) den Inhalt des Buches singend nacherzählt und auf diese Weise den Roman auch Leuten nahegebracht habe, die nicht lesen und schreiben können oder nicht über die Mittel verfügen, das Buch zu kaufen. »Wenn es einen Homer des modernen Amerika gibt«, so John Steinbeck, »dann Woody Guthrie.« – Woody Guthrie erzählte: Er, der Präsident und dessen Frau hätten an diesem 7. Dezember des Jahres 1941 gemeinsam ein Projekt entwickelt – ein Epos, bestehend aus achtundvierzig Songs, für jeden Bundesstaat einen, jeder Song achtundvierzig Strophen umfassend, jeder Song die Geschichte eines amerikanischen Mannes oder einer amerikanischen Frau oder einer amerikanischen Familie erzählend. Es seien auch gleich die Bedingungen ausgehandelt worden: Alle großen Sender des Landes werden die Songs täglich spielen, zu jeder Stunde des Tages zwei Songs. Guthrie bekommt zudem zusammen mit dem Produzenten Norman Corwin eine fixe Sendung auf CBS, in der er singt und erzählt und auf Hörerpost eingeht. Die Regierung zahlt. Die Songs werden auf Platten gedruckt und so billig verkauft, daß sie sich jeder leisten kann. Das Gespräch – so Guthrie – sei unterbrochen worden, weil William Hasset zur Tür hereingekommen sei und sich über den Präsidenten gebeugt und ihm etwas ins Ohr geflüstert habe. Dem Präsidenten sei plötzlich ein blöder Ausdruck im Gesicht gestanden, der habe eine Minute lang angehalten. Schließlich habe sein Gesicht wieder Farbe bekommen, und er habe gesagt: Entschuldigen Sie mich, Mr. Guthrie. Und zu seiner Frau habe er gesagt: Kümmere dich bitte weiter um unseren Gast. William Hasset schob den Rollstuhl mit dem Präsidenten aus dem Salon, und Eleanor Roosevelt gab dem Chauffeur Anweisung, Mr. Guthrie in die Stadt zurückzufahren. Zum Abschied sagte sie, sie sei überzeugt, der Liederzyklus werde eine der größten kulturellen Leistungen Amerikas in diesem Jahrhundert werden. Bereits auf der Fahrt von Hyde Park nach New York City habe er über den ersten Song nachgedacht, erzählte Woody Guthrie Alan Lomax aufs Band, der Song sollte vom berühmtesten Bürger des Staates New York erzählen, eben von Franklin Delano Roosevelt, der mit seinem *New Deal* so vielen Menschen die Hoffnung zurückgegeben habe. Eine Refrainzeile hatte sich Guthrie notiert: *The world was lucky to see him born ...* – Als ihn der Chauffeur am Grand Central Terminal absetzte, war es Nacht, und Amerika war in Aufruhr. Japanische Bomber hatten auf Pearl Harbor die amerikanische Pazifikflotte versenkt; das war es gewesen, was William Hasset dem Präsidenten ins Ohr geflüstert hatte. Am nächsten Tag erklärten die Vereinigten Staaten von Amerika Japan den Krieg. Hitler reagierte darauf, indem er seinerseits den USA den Krieg erklärte. Nun war es nicht mehr nötig, Songs zu schreiben, um aus guten Amerikanern gute Weltbürger zu formen. Nach dem Tod von Präsident Roosevelt – er starb wenige Tage vor dem Ende des Zweiten Weltkriegs – schrieb Woody Guthrie ein Lied für die Witwe Eleanor Roosevelt. Der Refrain lautete:

> *Dear Missis Roosevelt, don't hang your head and cry;*
> *His mortal clay is laid away, but his good work fills the sky;*
> *This world was lucky to see him born ...*

2

Diese beiden Geschichten bildeten das erste *double-tale*.

Ich schrieb auf deutsch und übertrug den Text, so gut ich konnte, ins Englische; und gemeinsam – Maybelle und ich – korrigierten wir ihn. Wir arbeiteten in meinem Zimmer. Ich lag auf dem Bett, einen Durchschlag vor mir; Maybelle saß am Schreibtisch. Sie fügte mit der Hand die Verbesserungen ins Manuskript ein. Dann legte sie sich aufs Bett, und ich setzte mich an den Schreibtisch; sie diktierte, und ich tippte ins reine. Dabei schafften wir das Kunststück, einander in dem engen Raum nicht zu berühren, während wir Wort für Wort einzeln aufriefen und abwogen und umstülpten und verwarfen oder bestätigten und einander den Webster über den Schreibtisch zuschoben, den ich mir aus dem Vorschuß der Association for Cultural Equity bei Barnes & Noble gekauft hatte. Ich hatte, als wir das erste Mal mein Zimmer sozusagen offiziell betraten, vorgeschlagen, daß wir zuerst miteinander ins Bett gehen, weil wir uns hinterher sicher gelassener auf die Arbeit konzentrieren würden und nicht dauernd und parallel zu jedem Gedanken an Verb, Substantiv und Adjektiv denken müßten, wie sich die Haut unter den Kleidern des anderen anfühle – auf mich jedenfalls treffe das zu, sagte ich. Aber Maybelle erlaubte nicht, daß ich meine Hand in ihren Ausschnitt schob, nicht, daß ich sie auf den Mund küß te, nicht, daß ich mich an sie anlehnte oder mit meinem Fuß über ihren Oberschenkel strich. Sie hatte an Mr. Alberts Tür geklopft und gefragt, ob es ihn störe, wenn sie mich in meinem Zimmer besuche. Sie hatte ihm haarklein erklärt, was wir in seinem Haus zu tun beabsichtigten, und er hatte ihr aufmerksam zugehört und schließlich – nach einer schwergewichtigen Pause, während der er keinen von uns beiden anschaute, sondern gerade zwischen uns hindurch auf seinen Regenmantel in der Garderobe starrte – entschieden: »Maybelle, Mr. Lukasser, ich bin einverstanden.«

Maybelle korrigierte meine Rohübersetzung, aber sie griff auch in den Text ein; und sie stellte nicht nur Fragen, sondern sie bot alternative Formulierungen an, befahl diese eigentlich, und zwar mit einer Rigorosität, die mich einschüchterte, so daß ich schließlich von selbst die Änderungen vorschlug, bevor sie es tat. Die meisten meiner Sätze waren ihr zu lang, zu verschlungen, enthielten »zu viele clevere Wörter«. Sie war unempfindlich gegenüber Angeberei, Dünkel, Schmeichelei und auch gegenüber allen meinen Versuchen, mein Talent, meine Ambitionen und meine Person vor ihr kleinzureden, um auf diese Weise ihren Beifall zu erpressen.

Als wir die Geschichte von Grigol Beritaschwili noch nicht einmal zur Hälfte durchhatten, brach ich erschöpft und in dem Gefühl, zwar ernstgenommen, aber nicht geliebt zu werden, die Sitzung ab; sagte, sie solle mir zwei Tage Zeit geben, ich müsse noch einmal darübergehen.

Ob sie in der Nacht zu mir kommen solle, fragte sie. Aus Trotz sagte ich: »Nein.«

Sie nahm die Brille ab und sah mir auf die Stirn – mit geisterhafter Miene, als bündle sie hinter ihren Augäpfeln einen Voodoozauber zu einem Strahl, den sie gleich auf mich abschießen würde.

Schließlich sagte sie: »Wenn wir mit den ersten beiden Geschichten fertig sind, werde ich Howie fragen, ob er interessiert ist, sie zu hören.«

In der Nacht tat mir mein Trotz leid.

Für gewöhnlich korrigierten wir am Nachmittag etwa zwei Stunden, dann verabschiedete sich Maybelle, verbrachte den Abend mit ihrer Familie und kam kurz vor Mitternacht wieder. Wenn sie in den frühen Morgenstunden aus Mr. Alberts Haus schlüpfte, blieb ich noch eine Weile liegen, schlief aber nicht mehr ein, sondern las in den Büchern, die ich zum Teil im Hunter College, zum Teil in der Public Library ausgeliehen hatte – so zum Beispiel in einem Roman über das Leben von Niccoló Paganini (das Buch war nicht besonders gut geschrieben, aber es enthielt einige Geschichten, die meine Phantasie anregten); weiters hatte ich ein biographisches Lexikon ausgeborgt, in dem ausführliche Artikel zu zwei Dutzend Komponisten versammelt waren, unter anderem wieder Paganini und natürlich auch Johann Sebastian Bach, über den ich ebenfalls schreiben wollte. Über Joe Hill, den linken Dichter und Sänger, der aus Schweden stammte und in Salt Lake City nach einem von den Kupferbossen geschmierten Prozeß am 19. November 1915 hingerichtet wurde (Joan Baez sang in Woodstock: *I dream I saw Joe Hill last night / alive as you and me / says I »But, Joe, you're ten years dead« / »I never died« said he …*), lag mir ein Typoskript vor, eine kopierte Dissertation von der UC Berkeley, die Sarah Jane beschafft hatte. Ich las bis acht, dann wusch ich mich, frühstückte und fuhr nach Manhattan hinüber.

Die Recherche war aufregend. Finden und Erfinden trieben ihr Spiel miteinander wie in einem Vexierbild. Es fiel mir nicht ein, mich auf ein seriöses Studium eines Themas oder der Personen, über die ich schreiben wollte, einzulassen – nein, ich vertraute auf den Zufall als meinen Freund; was mir zuflog, nahm ich als ein Geschenk und als den Auftrag, es auch zu verwenden. Als ich eines Morgens über die Madison Avenue ging, kam ich an einem ungewöhnlich schmalen Haus vorbei, das zwischen zwei Hochhäusern eingeklemmt war. Auf einem Schild konnte ich lesen, daß hier das Institute for Austrian Literature and Art untergebracht sei. Ohne lange zu überlegen, trat ich durch die Tür. Der Donauwalzer von Johann Strauß klang mir entgegen, und im selben Augenblick stand fest, daß ich den Walzerkönig mit dem King of Swing zusammenführen würde, Johann Strauß mit Duke Ellington. Eine junge Frau in einem luftigen türkisenen Kleidchen kam mir entgegen, entschuldigte sich in deutlich kärntnerischem Englisch, daß das Institut erst um zehn öffne, daß sie vergessen habe abzusperren und daß sie mir wahrscheinlich gar nicht helfen könne, sie sei nämlich nur eine Volontärin für einen Sommer lang und erst seit wenigen Tagen im Institut, aber wenn ich am Nachmittag wiederkommen wolle, da sei der Herr Botschaftssekretär hier, allerdings nur für eine Stunde. Ich antwortete in breitem Wienerisch, ich sei zufällig vorbeigekommen. Sie schien sehr erleichtert. Sie sei seit drei Tagen allein im Institut, abgesehen von der Stunde am Nachmittag, in der der Botschaftssekretär vorbeischaue; ich sei ihr vierter Besuch, die drei anderen hätten jeder einen Zirkus aufgeführt, der eine sei von weither angereist, angeblich, weil ihm ein Treffen versprochen worden sei, der andere habe Geld abholen wollen, der dritte sei wahrscheinlich ein Verrückter gewesen. Nun also ich.

Dorothea zeigte mir die Bibliothek. Zwischen Alfred Einsteins *Mozart* und einer rororo-Monographie über Schubert fanden wir Marcel Prawys *Johann Strauß. Weltgeschichte im Walzertakt* und gleich daneben *Das Walzerbuch* von Franz Endler. Ob ich die Bücher ausleihen dürfe, fragte ich. Das wisse sie nicht, sagte sie, sicher aber dürfe ich sie hier im Institut lesen. Ich setzte mich in die Bibliothek und machte mir Notizen; und am nächsten Tag klingelte ich um neun an der Tür Madison Avenue 15 013, und Dorothea ließ mich ein und schloß hinter mir ab, so hätte ich wenigstens die Stunde bis zum Beginn des Parteienverkehrs, in der ich absolut ungestört arbeiten könne, sagte sie.

Auch von zehn bis elf und von elf bis zwölf konnte ich ungestört lesen; ich bin während der guten Woche, in der ich dort arbeitete, nie einem anderen Besucher begegnet. Ich studierte bis in die Werbeseiten hinein österreichische Zeitungen und Zeitschriften, die allesamt viele Tage alt waren, exzerpierte den Prawy und den Endler und las zwischenhinein einen rührenden Roman über Franz Gruber, den Komponisten von *Stille Nacht, Heilige Nacht*. Dorothea saß unten in dem kleinen Büro gleich beim Eingang, ich im ersten Stock in der Bibliothek, manchmal unterhielten wir uns rufend, manchmal trank ich bei ihr unten einen dünnen Kaffee, und wir aßen dazu die Muffins, die ich mitgebracht hatte, oder sie kam mit zwei Tassen herauf in die Bibliothek, allerdings erst, nachdem sie vorher die Tür zur Straße abgeschlossen hatte; man könne in dieser Stadt nicht vorsichtig genug sein. Wir sprachen über John Lennon, der uns beiden viel bedeutet hatte; sie erzählte mir aus ihrem Leben und von ihren Eltern, die ihr Kummer bereiteten, weil sie es nicht mehr miteinander aushielten. Irgendwann küßte ich sie, und sie schob mir ihre Zunge in den Mund, und mir war so wohl dabei, daß ich tatsächlich mit keinem Gedanken bei Maybelle war und bei meiner Arbeit auch nicht. Es könne aber nichts daraus werden, sagte sie gleich; sie habe nämlich einen Freund, den sie liebe, der sei ebenfalls in New York, er arbeite als Kinderaufpasser bei einer österreichischen Diplomatenfamilie.

Das wurde daraus: In der Stunde von neun bis zehn legten wir uns in dem winzigen Gästezimmer ins Bett, niemand würde es je erfahren. Von ihrem Körper strömte soviel Wonne und Trost zu mir herüber, und das sagte ich ihr auch, und sie sagte, ihr ergehe es nicht anders. Sie erzählte mir von ihrem Freund, der Schriftsteller werden wolle (ich sagte ihr nicht, daß ich bereits fast einer war) und um den sie sich ebenfalls große Sorgen mache, weil er weich und lebensfremd sei, und sie sagte, wie aufregend sie es finde, am Abend mit ihm zu schlafen, wo sie doch am Morgen mit mir geschlafen habe. Punkt zehn waren Dorothea und ich wieder vollständig angezogen und gekämmt und hatten unsere erhitzten Gesichter mit Wasser gekühlt.

Wir setzten uns eine Frist. Wenn Dr. Goldnagl von seiner Reise zurückkehre, wollten wir unsere Freude beenden. Unser letzter Morgen hatte gar nichts Feierliches an sich, er verlief nicht anders als die vorangegangenen, etwas kürzer sogar. Wir wußten, wenn wir uns an unsere Abmachung hielten, könnte es nur ein Zufall zustande bringen, daß wir uns wiedersähen. Aber als ich die Madison Avenue entlang zum Central Park schlenderte, um dort auf einer Bank allein in der Sonne zu frühstücken, tat es mir doch leid, daß ich Dorothea nicht mehr sehen würde.

Der Zufall hatte es in diesen Tagen auf mich abgesehen. Ich saß eine Stunde im Central Park, hatte mir zweimal bei einem der bunten Wagen heißen Kakao geholt, dazu eine Brezel, und schrieb »erste Sätze« in mein Heft. Ich achtete nur auf meine Gedanken, und so schreckte ich zusammen, als mich eine Frau ansprach, die dicht vor mir stand. Sie schlug die Hände zusammen, stieß einen Schrei aus.

»Das gibt's doch nicht!« rief sie. »Ich glaub's einfach nicht!«

Sie war mit mir in einer Klasse gewesen, wir hatten zusammen maturiert. Eine sehr kräftige Person war sie geworden, sie beugte sich zu mir nieder und riß mich an sich und hob mich hoch und rief dazu immer wieder meinen Namen.

Sie hieß Maria, bei einer Klassenparty hatten wir uns einmal durch Pullover und Hemd gewühlt. Sie hatte Jus studiert und war die erste aus unserer Klasse gewesen, die sich Doktor nennen durfte. Sie arbeite beim Gericht in Feldkirch, erzählte sie mir, und besuche zusammen mit ein paar Kollegen über ein verlängertes Wochenende New York. Sie wohnte in einem kleinen Hotel direkt hinter dem Plaza, keine fünf Minuten vom Eingang des Central Park entfernt.

Ich habe an diesem Tag mit drei Frauen geschlafen! Es war, als wäre ich von ihnen erzählt worden, drei Akte hin zu einem Ende – von Dorothea in ihre Zeit hineinberechnet; von Maria aus der Hand des Zufalls übernommen; von Maybelle schließlich in Schutz und Verpflichtung zurückgeholt ...

3

Inzwischen war mir auch klargeworden, was für ein Kaliber Mr. Alan Lomax war; für mich obendrein eine Gestalt, als wäre sie den Mythen meiner Kindheit entstiegen (nämlich den Geschichten, die mir Carl erzählt hatte, als ich bei ihm und Margarida in Innsbruck gewesen war – den Geschichten von den Bluessängern mit den wunderbaren Namen, aus deren Klang meine Einbildungskraft je hundert neue Geschichten wachsen ließ, jede hundertmal schöner als die Blüten auf den Rosenbüschen um Dornröschens Schloß, für das ich mich nie interessiert hatte). Und nun war ich selbst in den Lebenskreis jenes Mann getreten, der einige dieser Musikanten entdeckt und berühmt gemacht hatte – zum Beispiel Hudson »Huddie« Leadbetter alias Leadbelly, den größten Geschichtenerzähler des Gospel-Blues, den Mr. Lomax in einem Gefängnis, wo er wegen Mordes an einem Rivalen einsaß, hatte singen hören und für den er sich eingesetzt hatte, bis man ihn aus der Haft entließ; oder McKinley Morganfield aus Mississippi, den er auf einer Plantage getroffen hatte und der sich ihm anschloß und nach Chicago zog und sich Muddy Waters nannte und der Vater des Electric Blues wurde. Die Porträts von Leadbelly, Muddy Waters, Fred McDowell und den anderen hingen neben dem von Woody Guthrie und den Bildern von noch hundert anderen Folk-, Blues-, Country- und Cajunmusikern und -musikerinnen in den Räumen des Hunter College, in denen das ACE untergebracht war. Die Bilder kamen mir – sicher ungerechterweise – ein wenig wie Jagdtrophäen vor, und mir fiel ein, was mein Vater einmal gesagt hatte (als Spitze gegen Carl), daß, wer nichts könne, immerhin sammle (worin ihm Carl sicher zugestimmt hätte). Alan Lomax soll mit allen diesen Musikanten gejammt haben, versicherten mir Sarah Jane und Fabian. »Welches Instrument?« fragte ich. »Mundharmonika, zum Beispiel.« Das »zum Beispiel« schien mir verräterisch. Ich spürte Antipathien gegen Mr. Lomax in mir; und das, obwohl alles, was ich über ihn hörte, sympathisch klang. Es lag wohl daran, daß in seinem Reich das Bild eines Mannes an der Wand hing, der meinem Vater wie aus dem Gesicht geschnitten ähnlich sah.

Alan Lomax war bereits in den frühen dreißiger Jahren zusammen mit seinem Vater und einem hundertfünfzig Kilo schweren Ampex-Aufnahmegerät durch Louisiana, Mississippi, Kentucky und Tennessee gefahren, um Lieder und Sänger aufzuspüren. Sie taten dies im Auftrag der Library of Congress in Washington. Feldforschung nannten sie es. Sie bauten ihr Gerät in Küchen auf, in Hinterzimmern von Kneipen, in Sprechzimmern von Gefängnissen, im Schatten von Bäumen, in Kirchen und in Schulen. Alan studierte später Anthropologie und anschließend leitete er die Musikabteilung der Library of Congress. In den frühen fünfziger Jahren tauchte sein Name auf den Listen der »Red Channels« auf, auf denen jene 151 Frauen und Männer registriert waren, die im Verdacht standen, kommunistisches Gedankengut ins Radio und ins Fernsehen zu tragen. Er verließ Amerika, reiste durch Irland und Schottland, später durch Spanien und Italien. In Europa entstand die Idee einer World Library of Folkmusic. Als der McCarthy-Spuk vorüber war, kehrte er nach New York zurück. Er frischte seine Kontakte auf, knüpfte neue, vergab den Verrätern, zumindest innerlich (empörten Herzens auch dem Sänger und Schauspieler Burl Ives), umarmte die Standhaften, die sich auf Kosten ihrer Karriere geweigert hatten, Freunde und Kollegen an das House Committee on Un-American Activities zu verraten – allen voran den vorbildlichen Pete Seeger (der von Burl Ives verraten worden war), der mit seinem Lied *Where Have All the Flowers Gone* die ultimative Antikriegshymne geschrieben hatte. (An einer der Wände im ACE war diesem Lied ein Sonderplatz eingeräumt, ein Arrangement, das mich an ein Altarbild erinnerte. Hier hingen unter anderem Bilder von prominenten Interpreten des Songs wie Marlene Dietrich, Nana Mouskouri, Peter, Paul & Mary und Joan Baez; weiters die Texte von verschiedenen Übersetzungen und zwei Autographen der Notenschrift mit Akkordangabe für Gitarre, beide in C-Dur, die eine mit a-Moll, die andere, die archaische, ohne a-Moll, erstere von einem gewissen Reverend Douglas F. Helgeson niedergeschrieben, die andere von Pete Seeger himself. Eine Zeitlang trug ich mich mit dem Gedanken, über diesen Song eine Dissertation zu schreiben; ich war mir sicher, ich würde unter der Postachtundsechziger Professorenschaft von Frankfurt oder Wien dafür einen Doktorvater gewinnen. Mr. Lomax hatte alles gesammelt, was mit diesem Song zu tun hatte: Pete Seegers Vorlage für den Text – ein ukrainisches Volkslied, das Michail Scholochow in seinem Roman *Der Stille Don* zitiert; die Vorlage für die Melodie – der Railroad-Song *Drill Ye Tarriers Drill*, ein Traditional, das aber, wie Mr. Lomax herausbekommen hat, identifizierbare Urheber besitzt, nämlich Charles Connolly und Thomas Casey, beide Irish railroad workers, die im Jahr 1888 gemeinsam dieses Lied geschrieben hatten; so erfuhr ich auch, daß der deutsche Text – *Sag mir, wo die Blumen sind* –, dem Marlene Dietrich in jener berühmten Aufnahme von 1962 ihre Stimme geliehen hatte, von Max Colpet stammte, der sich wiederum an dem Lied *Sag mir, wo die Veilchen sind* des deutschen Dichters Johann Georg Jacobi aus dem Jahr 1782 orientiert hatte. Für einen Nachmittag lang war ich erschüttert von dem Gedanken, was für ein großer Gefallen der guten Sache getan wäre, wenn das völkerverbindende Rhizom dieses einfachen Liedes offengelegt würde. Und das verlockendste daran: Mr. Lomax würde mir vielleicht ein Interview mit Pete Seeger verschaffen, und Pete Seeger kannte Bob Dylan, und vielleicht würde mir Pete Seeger ein Interview mit Bob Dylan verschaffen, damit ich ihn endlich fragen könnte, warum er dieses Lied nie gesungen habe ... – Ich hörte mir an einer der Abhörboxen im College etwa zwanzig verschiedene Versionen an. Danach hatte ich eine Aversion gegen diesen Song – sie hält bis heute an – und verließ erleichtert das Gebäude in der 41. Straße und spazierte der Abendsonne entgegen in Richtung Times Square, fest entschlossen, mich nie wieder der Versuchung auszusetzen, meinen Namen mit den zwei akademischen Ehrenbuchstaben und dem Punkt zu schmücken.) Nachdem er in die USA zurückgekehrt war, führte Alan Lomax seine Sammlertätigkeit bei der Library of Congress fort, nun allerdings als freier Korrespondent. Es gelang ihm, die Verantwortlichen bei Columbia Records zu überreden, eine Plattenreihe mit amerikanischer Folkmusic zu starten. Die Reihe sollte der Beginn einer gigantischen Sammlung von Volksmusik aus aller Welt sein, der inzwischen von ihm so genannten *Global Jukebox* – ein nachgerade abstruses Unternehmen, wie er selbst meinte.

Die Stärke von Mr. Lomax war seine Begeisterung, und die brannte, als wäre sie an die Sonne selbst angeschlossen. Er war der Mittelpunkt, er war Mr. Folk; wenn er in New York war, sprach sich das schnell herum, die Leute drängten sich in den Gängen des ACE, berühmte Männer und Frauen darunter – Izzy Young vom Folklore Center, die Sängerin Maria Muldaur mit ihrem Lockenkopf wie ein französischer König, der Folkmanager und Konzertpromoter Harold Leventhal, auch Tuli Kupferberg bildete ich mir ein gesehen zu haben. Ich habe Alan Lomax nur einmal getroffen, und unsere Begegnung war sehr kurz. Er kam ins Büro, wo ich gerade saß und auf Fabian wartete – ein großer, massiger Mann mit einem Knebelbart und schweren, hängenden Schultern. Er schüttelte mir herzlich die Hand. Natürlich hatte er keine Ahnung, wer ich war und was ich hier tat, und als ich ihm erklärte, ich sei derjenige, der die Kurzgeschichten über Musikanten aus aller Welt schreibe, sagte er: »Das ist wunderbar! Ich hoffe, wir können Sie für unsere Arbeit gewinnen!« Da hatte ich bereits zwei Monate lang Geld vom ACE bekommen (das Institut streckte mir das Geld vor und kassierte bei den Zeitungen). Ich erzählte ihm, daß mein Großvater in Wien ein berühmter Folksänger gewesen sei – »Schrammelmusic«. Bei dem Wort hob er die Brauen. »Stadtfolklore«, sagte er, »ich weiß. Gibt es sonst nur noch in Lissabon. Der Fado. Die Ghirardo-Brüder haben Massen von Bändern aus Portugal mitgebracht, sie stellen gerade eine Auswahl für eine Platte zusammen. Kennen Sie die Ghirardo-Brüder?« »Nein«, sagte ich. »Lassen Sie sich ihre Telefonnummer geben! Ich hoffe, Sie besorgen uns Kopien von Aufnahmen Ihres Großvaters!« Er zeigte mir die Faust, als wäre er auf dem Weg zu einer Versammlung der Black Panthers, und schon war er hinaus zur Tür.

4

Ich hatte mir eine Reihe von Musikerpaaren, dazu Kommentare in mein Notizbuch geschrieben. Ich lese darin:

Django Reinhardt und Jimi Hendrix – _bei D. R. die Geschichte von seiner Frau, die ihn vom Wohnwagen durch den Schlamm zur Straße trägt, damit seine zweifarbigen Schuhe nicht schmutzig werden. Bei J. H. erfinden: z. B. wie er während eines Konzerts allein mit seinem Gitarrenspiel ein Mädchen aufgerissen hat ... oder etwas Ähnliches ... Freundschaft mit Eric Burdon ... oder geplante Zusammenarbeit mit Miles Davis ... oder etwas Privates ... indianische Mutter, wenn das stimmt ... Cochise und J. H. ... das Apachenhafte in seiner Musik ..._

Duke Ellington und Johann Strauß – _wie Volksmusik vergöttlicht_
wird … ein Zusammentreffen der beiden? J. St. in Amerika, der jun-
ge Duke … geht sich das aus?

Hank Williams – _der »Shakespeare der kleinen Leute«_ – _und Johann_
und Josef Schrammel – _das Weinerliche als große Kunst betrachtet_
(In das Porträt der Schrammelbrüder wollte ich die Geschichte über
meinen Großvater Martin Lukasser einflechten, die ich bereits geschrieben hatte.)

Niccoló Paganini und Robert Johnson – _Teufelspakt!_ (Die beiden
waren mein Lieblingspaar; ich wollte den jeweils einen in der Geschichte des jeweils anderen auftreten lassen, als paranoide Stimme
im Kopf.)

Über den _anonymen Komponisten der Marseillaise_ _auf der einen_
und _Townes Van Zandt_ _und den indianischen Songwriter_ _Peter La_
Farge _auf der anderen Seite_ – _Musik als ein politisches Argument_
von unten (Auf die beiden letzteren hatte mich Peter St. Paul in dem
Studentenhotel in Greenwich Village aufmerksam gemacht. Immer
wieder spielte und sang er mir Van Zandts Version von La Farges Lied
über den Indianer Ira Hayes vor, der zusammen mit fünf anderen Ma-
rines 1944 im Pazifikkrieg auf der Insel Iwo Jima die US-Flagge gehißt
hatte und dabei fotografiert worden war – ein Bild, das die Vorlage für
die größte Bronzestatue der Welt wurde – und der 1954, nämlich im
selben Jahr, als das Standbild in Arlington offiziell eingeweiht wurde – »Uncommon Valor was a Common Virtue« –, einsam, alkohol-
süchtig und völlig verarmt in einem Bewässerungsgraben in seinem
Reservat ertrank.)

Über den Hobo-Komponisten und Erfinder eines neuen Tonsy-
stems _Harry Partch_ (von ihm hatte mir mein Vater erzählt, nachdem
er aus Amerika zurückgekommen war) _und über Johann Sebastian_
Bach (wobei ich bei Bach, der ja alles andere als ein Volksmusiker war,
ausschließlich auf dessen Bearbeitung des Liedes _O Haupt voll Blut_
und Wunden in der Matthäuspassion eingehen wollte, das von H. L.

Hassler als ein durch und durch diesseitiges Liebeslied geschrieben und komponiert worden war).

Franz Gruber – _der Komponist von_ Stille Nacht, Heilige Nacht – _und Lewis Allen_ – _der Komponist von_ Strange Fruit, _das durch Billie Holiday weltberühmt wurde_ (Die Kombination dieser beiden Musikanten erschien mir die verwegenste, und ich hatte nicht die geringste Vorstellung, was ich erzählen sollte. Wie sollten eine Schnulze über die Geburt Jesu und eine Ballade über den amerikanischen Südstaatenrassismus zusammenpassen?)

Leadbelly und _Sebastían de Iradier y Salaverri_ – _der Komponist von_ La Paloma (Leadbellys _Goodnight Irene_ ist in Amerika ein Volkslied wie _La Paloma_ in Europa, und ebenso wenig wie die meisten Europäer bei letzterem den Autor kennen, kennen ihn bei ersterem die Amerikaner.)

Joe Hill und _Carl Michael Bellmann_ (Letzterer dichtete: _Ach, meine Mutter, sag, wer sandte / dich just in meines Vaters Bett // Für dein Vergnügen / bei ihm zu liegen / klopfet nun mein Blut // Was gabst du, daß ich bin / dich der Liebe hin!_ Das gefiel mir.)

Die Serie sollte Musicians heißen (eine nicht befriedigende Übersetzung des deutschen »Musikanten«); als Untertitel schlugen Sarah Jane und Fabian vor: »Porträts of the Artists as Citizens of the World«. Ich hatte keine Einwände. Absolut keine. Ich fühlte mich als ein bedeutender Mann. Meinte – wenigstens für den Zeitraum eines Nachmittags – von allen Seiten die Augen des Weltalls teleskopisch auf mein Handeln und Denken gerichtet zu sehen.

Die McKinnons waren außerdem der Meinung, es sei besser, die Geschichten in möglichst vielen kleinen Regionalzeitungen zu veröffentlichen als in einer der großen – in der _New York Times_ oder der _Washington Post_ oder dem _Boston Globe_. Ich sagte es nicht, aber ich dachte: Die beiden geben an wie Pfauen, sie bauschen die Sache auf, um selbst größer zu erscheinen. Wer, bitte, sollte bei diesen Weltzeitungen daran interessiert sein, daß ein österreichischer Schriftsteller, der mehr einer sein wollte, als daß er einer war, jede Woche mit seiner Geschichte eine lukrative Werbeeinschaltung verdrängte? Mir fiel ein, daß die Association for Cultural Equity ja ihr Logo über, unter oder neben mein *double-tale* setzen würde, daß also eine Zeitung, wenn überhaupt, wahrscheinlich gar nicht an mir, sondern an einem Teil des Fördergeldes der Rockefeller Foundation interessiert sein würde. Andererseits entsprach es zweifellos dem Anliegen von Mr. Lomax, wenn meine Musikantenporträts in erster Linie von den Leuten draußen am Land gelesen würden als hier in Gotham City, wo, jedenfalls zu dieser Zeit, niemand mehr von Folkmusic irgend etwas wissen wollte.

Fabian und Sarah Jane legten mir eine beeindruckend lange Liste von Blättern vor, die sich alle bereit erklärt hätten, für eine gewisse Zeit jede Woche eine meiner Doppelgeschichten abzudrucken. Besonders stolz waren Sarah Jane und Fabian auf den *Christian Science Monitor*. Die deutschsprachigen Zeitungen *Washington Journal* und *New Yorker Staatszeitung* hatten beide zugleich mit ihrer Zusage angefragt, ob ich bereit wäre, darüber hinaus für sie zu schreiben. (Ein Redakteur der *Staatszeitung*, ein gewisser Edwin Kroger, schlug auch gleich ein Thema vor, nämlich die sogenannte »Muehlenberg-Legende«, von der ich noch nie etwas gehört hatte und in der – wie ich heute weiß – behauptet wird, es habe im achtzehnten Jahrhundert im Kongreß eine Abstimmung darüber gegeben, ob die offizielle Sprache der Vereinigten Staaten in alle Zukunft Englisch oder Deutsch sein sollte, und Deutsch wegen einer einzigen Stimme, nämlich der von Frederick Augustus Conrad Muehlenberg, die Abstimmung verloren habe. – Was für ein Jammer, andernfalls würde Amerika, America, Amerika uns gehören! – Allerdings ist an der Geschichte nicht ein Wort wahr.) Die jüdische Zeitung *The Forward* stellte gar in Aussicht, meine Geschichten in den drei verschiedenen Ausgaben des Blattes, auf russisch, jiddisch und englisch abzudrucken, vorausgesetzt, zwei oder drei der Musikanten, von denen ich erzählen werde, seien Juden.

»Viel zahlen kann keine von denen«, sagte Fabian. »Aber wenn du alles zusammenrechnest, schaut auch fast so viel heraus, wie wenn die großen Zeitungen deine Geschichten nähmen. Außerdem würden die auf Exklusivität bestehen.«

In meinem Notizheft finde ich folgende Aufstellung:

Capital Times	55 Dollar
Baltimore Sun	50 Dollar
Boston Herold	60 Dollar
Chicago Sun Times	40 Dollar
Detroit Free Press	40 Dollar
The Sacramento Bee	40 Dollar
Christian Science Monitor	80 Dollar
Washington Journal	ohne Honorar
New Yorker Staatszeitung	40 Dollar
The Forward	ohne Honorar

Von den Zeitungen aus Maine, North Dakota, Ohio und New Hampshire gab es ebenfalls kein Honorar. Zusammen ergab das 405 Dollar in der Woche, 1620 Dollar im Monat. Mr. Albert wollte 200 Dollar für das Zimmer haben, unter gar keinen Umständen mehr. »Sonst muß ich Sie bitten auszuziehen.« Maybelle bestand darauf, daß ihr Beitrag an *The Musicians* nicht mehr als 100 Dollar wert sei. Also würden mir 1320 Dollar im Monat bleiben. Auf eine Ebene mit den Vanderbilts würde mich das nicht heben, aber wohlhabend würde ich sein, jedenfalls für meine Begriffe, die, zugegeben, bescheiden waren.

Wenige Wochen, nachdem ich die McKinnons kennengelernt hatte, standen sie eines Nachmittags in The Best of Chicken Bones und klingelten, und als mich Mr. Albert herunterrief, empfingen sie mich mit ausgebreiteten Armen. Sarah Jane trug ein Kostüm – ich kannte sie nur in Hosen –, eine Kombination in Taubenblau und Umbra, was ihr eine Aura bürgerlicher Distinktion verlieh und so gut zu ihrer blonden Erscheinung paßte, daß ich den Verdacht hatte, dies wäre eigentlich ihr normales Outfit und die Jeans und den Pullover hätte sie geliehen, um sich näher bei den singenden Schichten zu fühlen. (Tatsächlich erfuhr ich später, daß Sarah Jane der Sproß eines einflußreichen Industriellenclans britischer Herkunft sei, sich allerdings bereits mit Sechzehn nach Kalifornien abgesetzt habe, wo sie erst zum Hippietum, dann unter dem Einfluß von Angela Davis zum Kommunismus und schließlich zur aufgeklärten Volkskunde konvertiert sei.) Fa-

bian war verlegen, seine ausgebreiteten Arme hingen in der Luft wie
an den Ärmeln aufgehängt, sicher hatte ihn seine Frau überredet mit-
zukommen. Und das alles, weil sie mir mitteilen wollten, daß es dank
Mr. Lomax' Namen und Kredit in kürzester Zeit gelungen sei, mir
eine unbefristete Aufenthaltsgenehmigung für das Territorium der
Vereinigten Staaten von Amerika zu besorgen.

»In ein paar Jahren gibt man dir die Greencard«, sagte Fabian.

»Und in ein paar weiteren Jahren bist du Amerikaner«, strahlte Sarah Jane.

»Wenn Mr. Lukasser das wünscht«, sagte Mr. Albert, und ich war
ihm sehr dankbar dafür.

Ich verfiel in eine Arbeitswut, die mir selbst unheimlich war. Die
Vormittage verbrachte ich meistens im Hunter College oder in der
Public Library an der Fifth Avenue, wo ich weiter den Hintergrund zu
meinen Geschichten recherchierte oder einfach nur verschiedene Tageszeitungen las (am 22. Jänner 1983, daß der brasilianische Fußball-
star Garrincha im Alter von neunundvierzig Jahren an einer Alko-
holvergiftung gestorben war, verarmt, vereinsamt, verwirrt). Mittags
trafen Maybelle und ich einander in unserem Park oder, was immer
öfter der Fall war, in einer Cafeteria in der Nähe der Bibliothek; gegen
Mittag fuhren wir gemeinsam mit der Subway nach Brooklyn. An den
Nachmittagen schrieb ich. Ich schrieb, bis ich in der Nacht das Steinchen an meinem Fenster hörte.

Um meine Zeitökonomie zu kontrollieren, notierte ich neben den
Ergebnissen meiner Recherche nun auch meine Tagesabläufe in mein
Heft. Darin lese ich den Ausdruck »freie Tage«. Damit waren die Tage
gemeint, in denen mich Maybelle nicht besuchte. Wenn ich die beiden Worte heute lese, erschrecke ich; damals hatte ich mir nichts dabei gedacht.

5

Unsere zweite gemeinsame Autoreise unternahmen Maybelle und ich
im Frühling 1983. Für meine Geschichten wäre diese Reise nicht unbedingt nötig gewesen. Über Niccoló Paganini hatte ich genügend Stoff,

und über Robert Johnson hatte mir Maybelle alles erzählt, was ich als Background für eine Story brauchte; außerdem lagen im Hunter College genügend Informationen vor, um ein sehr dickes Buch über diesen Blues-Man zu schreiben. Als ich Sarah Jane und Fabian mitteilte, ich wolle mir die Gegend in Texas ansehen, wo sich Johnson herumgetrieben habe – und sie bei dieser Gelegenheit auch gleich um einen Vorschuß auf die Spesen anging –, fanden sie das eine großartige Idee, und Sarah Jane schlug vor, Maybelle und ich sollten uns Zeit lassen und vorher in Alabama aussteigen und uns über die Heimat von Hank Williams erkundigen, der stehe ja auch auf meiner Liste. Sie wußte nicht, daß Maybelle in Alabama aufgewachsen war und daß sie über diesen weißesten aller weißen Sänger des Blues wahrscheinlich mehr wußte als alle Mitarbeiter des ACE zusammen, die tief in ihrer linken Herzkammer in Hank Williams ohnehin so etwas wie den Klassenfeind, auf jeden Fall einen ziemlich reaktionären Knochen sahen.

Einen Tag vor unserer Abreise schlüpften Maybelle und ich, wie wir es immer taten, mittags durch den Bauzaun hinter der Hühnerbraterei und spazierten, gegen die Sonne zwinkernd, über den freien Platz in Richtung Carlton Avenue, als uns fünf junge schwarze Männer entgegenkamen. Ich bemerkte nicht gleich, daß sie es auf uns, das heißt auf mich, abgesehen hatten. Maybelle hingegen bemerkte es sofort. Sie blieb stehen, sagte: »Es ist besser, wir kehren um, Luke.« Ich fragte sie, was sie meine, da traf mich ein Gegenstand am Kopf. Es war ein gelbes Plastikfeuerzeug. Einer der Burschen hatte es nach mir geworfen. Maybelle lief ein paar Schritte zurück zum Bauzaun, dort blieb sie stehen, die Arme verschränkt. Merkwürdigerweise drehte sie mir ihre Seite zu, ihr Gesicht war ebenfalls abgewandt, doch so, daß sie alles aus den Augenwinkeln beobachten konnte. Es sah aus, als habe sie mit dem, was hier gleich geschehen würde, nichts zu tun. Einer der Burschen trat vor mich hin. Er trug eine ärmellose Steppjacke, grellrot, und eine Baseball-Mütze. Er ballte eine Faust, streckte Daumen und Zeigefinger seiner Rechten so, daß die Hand einen Revolver darstellte, und drückte mir den Zeigefinger zwischen die Augen. Er knickte den Daumen ab und fauchte: »Pfuuuw!« Er bückte sich, hob das Feuerzeug auf, und fragte in übertrieben höflichem Ton, ob es mir gehöre. Ich antwortete nicht. Nicht weil ich Angst hatte, sondern weil ich auf so eine Unverschämtheit nicht gefaßt war. Er fragte, ob ich taub sei. Ich sagte, er solle mich bitte weitergehen lassen. Er betrachtete das Feuerzeug, drehte es in der Hand. Er sagte, es sei seines. Er rief zu den Kumpanen in seinem Rücken, er habe endlich den Typen gefunden, der ihm dauernd die Feuerzeuge klaue. Die lachten und kamen näher und umringten mich. Einer trat mir mit seinen klobigen weißen Schuhen auf den Fuß, was sehr weh tat. Ich sagte, wenn sie etwas wollten, Geld zum Beispiel, sollten sie es sagen, ich hätte nicht viel bei mir, aber was ich hätte, könnten sie gern haben. Ein anderer boxte mich in den Rücken. Ich sei schließlich der Dieb, sagte er, nicht sie seien die Diebe. Ein dritter trat mir ebenfalls auf den Fuß. Und nun wetteiferten die fünf miteinander im Mir-auf-die-Füße-Treten. Ich versuchte, ihren Tritten auszuweichen, und hüpfte dabei herum wie eine Marionette an Fäden. Der mit dem Feuerzeug sagte, ich solle mich doch nicht so aufführen, hier sei schließlich kein Zirkus, außerdem sei eine Lady in der Nähe, ob ich denn überhaupt keinen Stolz besitze, man hätte ihm immer erzählt, der weiße Mann sei besonders stolz, und jetzt müsse er eine solche Enttäuschung erleben. Ich sah zu Maybelle hinüber, sie stand immer noch in der Nähe des Bauzaunes und zeigte uns ihre Seite. Sie machte keine Anstalten, mir beizustehen. Ich rief ihren Namen, rief: »Maybelle, sag ihnen, sie sollen verschwinden! Sag ihnen, sie sollen mich in Ruhe lassen!« Einer der Burschen wischte mir mit der Hand über den Kopf. Es war kein Schlag, keine Ohrfeige, sollte nicht weh tun, sollte nur Verachtung zeigen. Die anderen taten wie er. Sie traten mir noch einmal auf die Füße, jeder noch einen Tritt, nicht mehr so heftig wie zuvor, ich versuchte auch gar nicht mehr, ihren Turnschuhen auszuweichen, endlich tänzelten sie lachend davon, hinüber zur Hühnerbraterei, hoben, als sie an Maybelle vorbeigingen, zum Gruß einen Zeigefinger an die Stirn und riefen: »Lady! Gott sei mit dir, Lady! Gott schütze dich!«

Maybelle bewegte sich immer noch nicht von der Stelle, aber sie hatte ihren Kopf nun ganz von mir abgewandt. Ich ging über die heißen Betonplatten zu ihr hinüber, überschüttete sie mit Vorwürfen. Meine Kehle brannte, und mein Adamsapfel krampfte, weil ich soviel Gewalt aufbringen mußte, das Heulen zu unterdrücken. Sie antwortete nicht.

»Es sind deine Leute«, schrie ich sie an. »Sie wollten mich demütigen, weil ich mit dir zusammen bin. Eine schwarze Frau mit einem
weißen Mann! Das ist Mode? Ist das Mode?« – Sie antwortete nicht. –
»*Du* hast gesagt, das ist Mode. Das hast *du* gesagt. In Brooklyn ist es
offensichtlich nicht Mode.« – Sie antwortete nicht. – »Sie hätten mich
in Ruhe gelassen, wenn du nur ein Wort gesagt hättest. Genau darauf haben sie es angelegt. Daß du etwas sagst. Sie wollten sehen, ob
eine schwarze Frau einen weißen Mann in Schutz nimmt.« – Sie antwortete nicht. – »Ich verstehe nicht, warum du nicht ein Wort gesagt
hast, Maybelle. Ich verstehe es einfach nicht! Freut es dich, wenn du
zusiehst, wie mich deine Leute demütigen? Ist es dir egal? Das stimmt
doch nicht, Maybelle. Sag doch etwas!« – Sie sagte nichts. – »Als dich
einer von meinen Leuten gedemütigt hat, da habe ich etwas gesagt, da
habe ich dich verteidigt …«

Und so weiter. Wir standen auf einer zerborstenen Betonplatte, aus
deren Rändern und Spalten verrostete, verbogene Armierungseisen
ragten, ich redete, sie schwieg. Das ging eine halbe Stunde so. Sie hielt
ihr Gesicht der Sonne entgegen, schloß die Augen. Die Kerben neben
ihrem Mund schienen tiefer als sonst, und ihr Mund war schöner, als
ich ihn je gesehen hatte, aber in der gleißenden Frühlingssonne sah
sie älter aus als sonst, und das mißfiel mir, und ich schämte mich, weil
ich auf einmal einen Ekel vor ihr spürte, und ärgerte mich über mich
selbst, und auch deshalb schrie ich sie an. Sie ging in die Hocke, weil ihr
vom Stehen der Rücken weh tat. Sie sagte: »Mir tut der Rücken weh,
Luke, ich muß mich setzen, versteh das bitte nicht falsch.« Irgendwann
sagte sie: »Laß es jetzt gut sein, Luke. Ich habe Hunger. Gehen wir.«

Wir gingen zum Park und aßen und tranken, was sie mitgebracht
hatte. Und hinterher rauchten wir gemeinsam eine von ihren Benson
& Hedges. Sie streichelte meine Wange, und ich sah ihr an, daß ihr
Herz schwer war. Ich umarmte ihren Kopf und sagte ihr, daß sie gut
rieche.

Schon aus dem Abstand von einem halben Tag betrachtet, war die
Sache eine Lappalie. Die Burschen hatten einen Spaß mit mir getrieben, ein böser Spaß war es gewesen, aber mehr nicht. Sie hatten mich
nicht körperlich verletzen wollen. Sie hatten mir zeigen wollen, daß
ihnen ein weißer Mann zusammen mit einer schwarzen Frau ein Är-

gernis war. Mir kam auch der Gedanke, einer der Burschen könnte derselbe sein, der an Maybelles Tür geklopft hatte, als ich bei ihr gewesen war. Das würde auch erklären, warum sich Maybelle aus der Sache herausgehalten hatte. Ja, einer von denen war ihr ehemaliger Liebhaber, dachte ich. Gleich, welcher der fünf es war, keiner von denen war älter als achtzehn – Maybelle hatte einen Liebhaber gehabt, der über dreißig Jahre jünger war als sie? Warum nicht? Wenn eine Frau, dann Maybelle. Sie wollte sich nicht gegen ihn wenden. Weil sie seinen Schwanz im Mund gehabt hatte, wie sie meinen Schwanz im Mund gehabt hatte. Weil sie seine Hand genommen und sich seine Finger in ihre Pussy gesteckt hatte, wie sie es mit meinen Fingern getan hatte. Deshalb hatte sie nichts gesagt, deshalb hatte sie nicht für mich Partei ergriffen. Sie hat ihn für mich verlassen, und als seine Revanche gestand sie ihm dieses kleine böse Spiel zu.

Ich nahm mir vor, einfach so zu tun, als wäre nichts gewesen. Es gelang mir natürlich nicht. Als wir am nächsten Morgen aufbrachen und in Maybelles Mercedes (seit einem knappen Monat besaß ich einen Führerschein) über New Jersey, Pennsylvania, West Virginia nach Süden fuhren, verfestigte und verfinsterte sich die Stimmung zwischen uns immer mehr – in Wahrheit war es meine Stimmung, aber sie gewann die Oberhand über die Atmosphäre im Auto –, so daß ich endlich – kurz vor Charleston, W. V. – genervt vorschlug, die Reise abzubrechen und nach New York City zurückzufahren. Der Vorschlag war nicht ernst gemeint, ich wollte lediglich die Diskussion neu eröffnen. So waren die Konflikte zwischen Dagmar und mir abgelaufen: ein erster heftiger Streit, dem folgte eine Zeitlang konsequentes beleidigtes Schweigen auf beiden Seiten, dann nach ein paar Tagen Wiederaufnahme des Streits in abgeschwächter Form, gefolgt von einer kürzeren Schweigestrecke und schließlich eine Schlußdiskussion, die schon kaum mehr ein Streit genannt werden konnte, und am Ende die Versöhnung. Maybelle hingegen ging weder auf meine Art, mit Worten zu kämpfen, noch auf mein Schweigen ein. Im Streit wehrte sie sich nicht und schwieg, und wenn ich schwieg, redete sie. Sie redete, als ob eigentlich gar kein Schweigen zwischen uns wäre. Sie redete vielleicht nicht soviel wie sonst, erzählte nicht drauflos, wie sie es bisweilen tat, so daß die Worte aus ihrem Mund kollerten, als würde sie den Kurzzeitspeicher in ihrem Kopf ausleeren; aber sie redete, und das ohne jeden hintergründigen Ton von Sarkasmus oder Spott – bei Newark hatte sie auf die riesigen Strommasten gezeigt und gesagt, jedesmal sei sie erstaunt, wie groß die orangenen Ballons seien, die wie Riesenperlen einer Riesenkette auf die Stromkabel gefädelt waren, nämlich um die Flugzeuge zu warnen; als wir Philadelphia passierten, hatte sie bemerkt, daß sie sich vorgenommen habe, irgendwann hierher zurückzukehren, wo ihre Tochter Becky zur Welt gekommen sei; und als wir abends auf dem Highway 79 über den Monongahela River fuhren, begann sie die Stones-Nummer *West Virginia* zu singen – alles, als würde ich, neben ihr am Steuer, gar nicht beleidigt sein, als würde ich gar nicht schon seit Stunden verbissen den Mund halten. Und als ich, nachdem wir in einem Drive-in Hamburgers und Coca Cola zu uns genommen hatten, vorschlug, zurückzufahren, stiegen ihr nicht, wie ich erwartet und sowohl gehofft als auch gefürchtet hatte, die Tränen auf, was mir – so wäre es bei Dagmar gewesen – das Einlenken zur Versöhnung entschieden erleichtert hätte, und sie sagte auch nicht, wie ich ebenfalls erwartet hatte, »You can't do that to me!«, sondern einfach nur: »Wenn du meinst, Luke.« Mir blieb – wie *ich* meinte – nichts anderes übrig, als mit quietschenden Reifen auf der Straße zu wenden und zurückzufahren. Am Morgen kamen wir in New York an, ich war die Nacht über gefahren, Maybelle hatte ihren Sitz zurückgedreht, die Wolldecke vom Rücksitz über sich gelegt und geschlafen.

Ab Mai begannen die Abdrucke in den Zeitungen; da hatte ich zu den Geschichten über Grigol Beritaschwili und Woody Guthrie und über Robert Johnson und Niccoló Paganini bereits auch die anderen oben angeführten sieben *double-tales* fertiggestellt. Im Juli kamen noch fünf weitere Zeitungen dazu – aus Oklahoma, Louisiana, Alabama, Texas und Wyoming. Bei zweien verhandelte Fabian ein Pauschalhonorar, die zahlten auf einen Hau je 1000 Dollar, die, ohne daß das ACE Prozente für die Vermittlung abzog, mir gutgeschrieben wurden. Ich fuhr nach Manhattan hinüber und kaufte mir bei Matt Union in der Bleeker Street eine Gitarre, eine Martin 0008 aus solidem Rosewood, die den gesamten Vorschuß und noch etwas dazu verschlang (ein wirklich edles Stück, das ich selbstverständlich noch immer besitze).

Ich war sehr glücklich, nach so langer Zeit wieder Gitarre zu spielen. Jede unserer Arbeitssitzungen begannen wir von nun an damit, daß ich einen Blues spielte oder unsere Hymne von Hank Williams oder eine Nummer von Emmylou Harris oder Neil Young oder einen alten Schlager von Lefty Frizzell – und Maybelle dazu sang. Und wenn wir mit der Arbeit fertig waren, das gleiche. Manchmal kam Mr. Albert nach oben und steuerte seinen Baß bei.

An einem sehr warmen Frühsommerabend saßen wir zu dritt vor Mr. Alberts Haus und sangen und spielten, da bummelten ein paar Burschen und Mädchen von der Hühnerbraterei herunter und hockten sich zu uns und summten einen umwerfenden Chor dazu, als Maybelle und Mr. Albert im Duett *Back Door Man* von Willie Dixon und Howlin' Wolf sangen.

I am a back door man
I am a back door man
Well, the men don't know, but the little girls understand

When everybody's tryin' to sleep
I'm somewhere making my midnight creep
Yes, in the morning, when the rooster crow
Something tell me, I got to go

I am a back door man
I am a back door man
Well, the men don't know, but little girls understand

They take me to the doctor, shot full o' holes
Nurse cried, please save the soul
Killed him for murder, first degree
Judge's wife cried, let the man go free

I am a back door man
I am a back door man
Well, the men don't know, but little girls understand

Stand out there, cop's wife cried
Don't take him down, rather be dead
Six feets in the ground
When you come home you can eat, pork and beans
I eat mo' chicken, any man seen

I am a back door man
I am a back door man

Nach dem letzten Ton lächelte Maybelle schüchtern – mehr aus Respekt vor dem Song als vor ihrem Publikum, dachte ich. Wir applaudierten, und sie verneigte sich.

Ich bildete mir ein, einer der Burschen sei der, der mir das Feuerzeug an den Kopf geworfen hatte. Irgendwann verschwand er und kam mit einem Armvoll Bierdosen zurück. Er schickte mir eine herüber und drückte ein Auge. Obwohl ich das Zeug nicht ausstehen konnte (und noch immer nicht kann), trank ich die Dose aus; und eine zweite. – Das war einer der schönsten Abende, die ich in Brooklyn erlebt hatte.

6

Am Ende des Sommers flogen Maybelle und ich nach Europa – nicht, um für eine meiner Geschichten zu recherchieren, sondern um im Auftrag der Association for Cultural Equity in Jugoslawien Tonbandaufnahmen von Volksliedern zu besorgen, die in die *Global Jukebox* eingegliedert werden sollten. Wir würden, teilte uns Sarah Jane mit, in Ljubljana die Musikwissenschaftlerin und Ethnologin Mira Omerzel-Terlep treffen, die schon seit längerem mit ihr in Verbindung stehe; sie würde uns Bänder zur Verfügung stellen und uns ein paar Tage durch Slowenien begleiten, damit wir selbst noch weitere Lieder aufnehmen könnten. Außerdem unterhalte Frau Omerzel-Terlep, die eine Slowenin sei, Kontakte zu serbischen, kroatischen, bosnischen, mazedonischen, kosowarischen und montenegrinischen Kollegen und Musikern, die, wie sie in ihrem Brief angedeutet habe, eventuell bereit wären, uns zu übernehmen und uns mit ihrer Musik und auch einigen ihrer Musikanten bekannt zu machen.

»Stellt einfach überall, wo etwas klingt, das Mikrophon auf«, sagte Sarah Jane. »Überlegt nicht, ob die Musik etwas wert ist oder ob es überhaupt Musik ist. Dafür habt ihr zu Hause Zeit genug. Mitnehmen, mitnehmen, mitnehmen! Genauso haben es Alan und sein Vater in den zwanziger Jahren gehalten.«

Die Arbeit war gut bezahlt; unabhängig davon, wieviel Bandmaterial wir zurückbringen würden, 1000 Dollar waren uns sicher – tausend für jeden! Sarah Jane war selbstverständlich davon ausgegangen, daß Maybelle und ich gemeinsam reisen würden, daß wir einander bei dieser Arbeit brauchten – eben weil wir ein Team waren. Unser Spesenkonto (in Form von Travellerschecks) war außerdem beträchtlich, denn das ACE berechnete uns amerikanische Tagessätze, die waren gut die Hälfte höher als österreichische und sicher mehr als dreimal so hoch wie die jugoslawischen; zudem wurden wir noch mit einer Pauschale in bar – natürlich Dollars – ausgestattet, über die wir, ohne abzurechnen, frei verfügen durften. Wieviel Geld das war, weiß ich nicht mehr, Maybelle und ich legten von Anfang an alles zusammen und unser Privates dazu.

Maybelle war außer sich vor Freude, sie war noch nie in Europa gewesen. Um unseren Aufenthalt – der ja für uns wie ein Urlaub sein würde – noch etwas zu verlängern, schlug ich Sarah Jane vor, bei dieser Gelegenheit gleich auch Material über die »von Mr. Lomax so genannte Wiener Stadtfolklore« zu sichten und Tonbeispiele zu besorgen. Worunter ich verstand, daß ich in Wien zum Doblinger in die Dorotheergasse gehen und alles zusammenkaufen würde, was an alter Schrammelmusik in diesem besten aller Schallplattenläden auf Lager war; vielleicht erkundigte ich mich noch (keine Ahnung wo, wahrscheinlich auch beim Doblinger – oder frischweg in der Zeilergasse im 17. Bezirk vis-à-vis von dem Haus, in dem bis in die späten vierziger Jahren hinauf mein Vater zusammen mit meiner Großmutter gewohnt hatte und wo ich wahrscheinlich gezeugt worden war), ob es Nachfahren von Anton Strohmayer gebe, und wenn ja, würde ich versuchen, denen die Erlaubnis abzukaufen, Kopien von eventuell vorhandenen Bandaufnahmen zu ziehen. Von meinem Großvater, Martin Lukasser, existierte leider nicht ein einziger konservierter Ton; auch nicht von meinem Vater aus der Zeit, als er auf der Contragitarre Schrammelmusik gespielt hatte. Sarah Jane war sehr angetan von meinem Vorschlag, fiebrig war sie und bemüht, ihre Begeisterung zu zügeln, damit ich nicht merkte, für was für einen großen Fisch sie mich hielt, und womöglich ein höheres Honorar verlangte. Am Freitag, dem 8. September 1983, mittags um eins, landeten wir in Wien Schwechat.

Im Hotel am Schubertring waren zwei Einzelzimmer für uns reserviert. Worüber Maybelle und ich uns wunderten, denn Sarah Jane, die unsere Reise organisiert hatte, hätte blind, taub und dumm sein müssen, um nicht mitzubekommen, daß Maybelle und ich mehr als nur ein Arbeitsduo waren. Ob wir zwei Zimmer mit Verbindungstür wünschten, fragte der Herr an der Rezeption; er war nicht blind und nicht taub und nicht dumm. Und ein Rassist war er auch nicht, nehme ich an; und ich dachte, Sarah Jane ist ebenfalls nicht blind, nicht taub und nicht dumm, sie setzte lediglich bei allem, was sie über Österreich wußte, voraus, daß man hier einen weißen Mann mit einer schwarzen Frau nicht gern in einem Zimmer sähe.

Als ich den Wiener Akzent des Empfangschefs hörte und selbst, ohne es gleich bewußt wahrzunehmen, in meinen alten Penzinger Dialekt verfiel, hob sich mir ein Strudel von Empfindungen nach oben, in dem Euphorie und Wehmut durcheinanderwirbelten: die Freude, endlich wieder zu Hause zu sein, und zugleich ein Gefühl der Trostlosigkeit, tatsächlich nie wieder hierher zurückkehren zu können; nicht weil ich es nicht gewollt hätte, sondern infolge existentieller Widrigkeiten – zum Beispiel der Zeit, die mich unüberbrückbar von dem trennte, der ich in dieser Stadt bis zu meinem vierzehnten Lebensjahr gewesen war – unter anderem ein Mensch, dessen Vater sich noch nicht das Leben genommen, dessen Frau sich noch nicht von ihm getrennt hatte und dessen Sohn noch nicht von ihm ferngehalten wurde.

Einerseits hätte ich am liebsten nur schnell unser Gepäck abgestellt und wäre gleich hinaus in den Wiener Spätsommer gelaufen und hätte Maybelle meine Stadt gezeigt, die erfüllt war von den Gerüchen des Wienerwalds, die durch das Wiental strichen und sich mit den Gewürzen vom Naschmarkt und den Autoabgasen mischten und sich an die Kleider hefteten, so daß wir noch nach drei Wochen in Brooklyn nach dieser Stadt duften würden; andererseits sehnte ich mich danach, Maybelles Körper zu spüren, Stores und Vorhänge vorzuziehen und bis zur Dunkelheit mit ihr im Bett zu bleiben und mich von ihrer unsentimentalen Lust wieder in die Nüchternheit eines erwachsenen Menschen hinüberschubsen zu lassen.

Maybelle sagte: »Ich schlage dir folgendes vor, Luke: Solange diese Reise dauert, gehören wir beide zusammen wie Mann und Frau: Wenn jemand grob zu dir ist, werde ich ihn zur Rede stellen, und wenn dich jemand angreift, werde ich dich verteidigen, und du machst es umgekehrt bei mir auch so. Aber wenn wir wieder in New York City sind, gehen wir beide wieder unserer Wege. Du brauchst mich nicht mehr, du kannst deine Geschichten ebensogut mit jemand anderem übersetzen und durchgehen. Die McKinnons können das viel besser als ich. Es ist so, ich weiß das. Ich will mich nicht kleinmachen, versteh das nicht falsch, Luke. Es ist nicht meine Art, mich kleinzumachen, das war es nie. Ich glaube nur, daß es zu Ende geht mit uns. Du willst es so, und ich will es auch so.«

Die Jugoslawienreise, auf eine gute Woche geplant, dauerte gerade einen halben Tag. In dem verabredeten Café in Ljubljana erwartete uns ein junger Mann, Student, wie er sagte, der überreichte uns gegen die vereinbarte Summe eine große Pappschachtel mit Tonbändern, beiliegend ein mit Unterschrift und Stempel versehenes Blatt einer Behörde, damit wir beim Grenzübertritt keine Probleme bekämen. Frau Omerzel-Terlep sei leider verhindert, und er selbst habe leider keine Zeit; und weg war er. Es waren mehr Bänder, als wir erwartet hatten, auf jeden Fall genug, um vor Sarah Jane darum herum eine Geschichte zu bauen – wenn das überhaupt nötig sein würde. In Wien im Hotel am Schubertring hatten wir obendrein einen Stapel Schallplatten mit Schrammelmusik deponiert und drei Plastiktüten voll mit Tonbändern, die uns einer der Verkäufer beim Doblinger über unübliche Kanäle und für kein Geld besorgt hatte, weil es – wie *er* sagte – eine große Ehre für ihn sei, Mr. Alan Lomax zu Diensten zu sein; weil er sich – wie *ich* vermutete – in Mrs. Maybelle Houston verknallt hatte. Nach vier Tagen war unsere Mission eigentlich beendet und sehr erfolgreich dazu – halt so, wie man es sich im Büro des ACE von großen Fischen erwartete. Wir beschlossen, mit unserem gemieteten Toyota die restlichen Tage in der Gegend herumzufahren – nach Triest, Venedig, Verona und ein Stück weit hinein in den italienischen Stiefel.

In Florenz spazierten wir auf der berühmten Ponte Vecchio über den Arno und stiegen zum Piazzale Michelangelo hinauf, von wo aus wir über die Stadt und auf den Dom blickten, dessen Fassade mit Abertausenden Mosaiksteinchen besetzt sei, wie wir in dem Reiseführer lasen, den ich in einem Kiosk auf dem gebührenpflichtigen Parkplatz in der Nähe des Bahnhofs gekauft hatte, und Maybelle stimmte mir geistesabwesend zu, daß hier an jedem Hundsbrunzeck Dinge stünden, die in jeder amerikanischen Stadt zwischen NYC und L. A. der kulturelle Mittelpunkt wären. Aber wir fühlten uns nicht wohl in diesem urbanen Wunderwerk – ich sah, daß sich Maybelle nicht wohl fühlte, und deshalb war auch mein Herz schwer. Seit wir in dem kleinen Hotel mit dem Namen Bello Sguardo ein Zimmer (mit Blick auf den Parkplatz und unser Auto) gemietet hatten, war sie in eine Aura aus Melancholie gehüllt, die auf mich so majestätisch wirkte – vielleicht auch, weil sie sich mit der wehmütigen Pracht dieser Stadt verband –, daß ich es nicht wagte, sie zu fragen, was der Grund dafür sei. Ihren Vorschlag, unsere Beziehung zu beenden, sobald wir wieder zu Hause sein würden, hatte ich nicht wirklich ernstgenommen. Ich hatte sie auf der Fahrt von Wien nach Slowenien darauf angesprochen; sie hatte mir lächelnd über das Gesicht gewischt und gesagt, ich zerbreche mir meinen Kopf, und das sei doch gar nicht nötig.

Als wir am Abend im Hotel lagen, schmiegte sie sich an mich, umschlang mich mit ihren Schenkeln und sagte ohne Ton – ich fürchtete, weil sie sonst hätte weinen müssen: »Ich würde in dieser Stadt und in diesem Land nicht leben können.«

»Wenn du es wünschst, können wir sofort abreisen«, sagte ich.

»Laß uns morgen sehr früh losfahren«, sagte sie. »Wo diese weißen Berge waren, dort hat es mir gefallen.«

»Die Berge heißen Dolomiten.«

»Also laß uns zu diesen Dolomiten fahren.«

Noch vor Sonnenaufgang brachen wir auf. Hinter Bozen zweigten wir von der Straße ab und fuhren über einen schmalen, gewundenen Weg hinauf in die Berge. In einer Pension mieteten wir ein Zimmer für zwei Nächte. Die Besitzerin war eine junge Frau, die hier allein mit ihrer gerade schulpflichtigen Tochter lebte und ausgezeichnet Englisch sprach; sie sei, wie sie uns beim Abendessen erzählte, vor fünf Jahren als Au-pair-Mädchen in London gewesen. Daß Maybelle schwarz war, schien ihr ebensowenig eine Sensation, wie sie etwas dagegen einzuwenden hatte, daß ein weißer Mann mit einer schwarzen Frau das Bett teilte. Wir waren die einzigen Gäste, die Sommersaison sei vorbei, und bis zur Wintersaison seien noch gut zwei Monate. Eigentlich habe sie ja geschlossen, aber was heiße das schon, sie sei ihre eigene Herrin, und wenn ihr unsere Gesichter nicht gefallen hätten, hätte sie uns kein Zimmer gegeben.

Am nächsten Morgen sagte Maybelle, sie habe seit ihrer Kindheit nicht mehr so gut geschlafen. Hier heroben waren die Nächte bereits ziemlich frisch, an den Tagen aber herrschten noch sommerliche Temperaturen. Unsere Vermieterin riet uns, eine Bergwanderung zu unternehmen, sie ging mit uns ein Stück weit über die Wiese, die sich hinter ihrem Haus nach oben wellte, und zeigte uns den Berg, auf den wir steigen sollten. Er sah weiß und schroff und gefährlich aus wie alle Berge hier. Er sei leicht zu besteigen, sagte sie, und oben habe man eine herrliche Aussicht. Maybelle war noch nie in ihrem Leben auf einem Berg gewesen. Im Keller unserer Vermieterin waren gut zwei Dutzend Paar Schuhe gestapelt, Maybelle und ich suchten uns passende aus, und einen Wanderstab für jeden gab's auch.

Als wir über die Wiesen in den Wald eintraten, der hier zur Hauptsache aus Föhren bestand und nur noch schütter wuchs, waren wir wie aus der Zeit gehoben. Es gab keinen Weg, die Bäume waren mit aufgemalten Farbstreifen gekennzeichnet, diesen Markierungen sollten wir folgen, hatte unsere Vermieterin gesagt. Es sei unwahrscheinlich, daß wir jemandem begegneten. Alles um uns herum dehnte sich aus zu unserem Revier. Wir verbrachten den Tag damit, hierhin und dorthin zu gehen, ein Stück nach oben und wieder zurück und in eine andere Richtung, als würden wir unseren Besitz betrachten, allein mit der Absicht, uns seiner zu vergewissern. Wir setzten uns an einen Stein, rauchten, aßen, tranken, wanderten weiter und kehrten wieder um. Den Gipfel haben wir nicht bestiegen, aber das spielte keine Rolle, und geredet haben wir auch nicht viel. Gegen fünf Uhr erreichten wir die Pension. Wir waren zu erschöpft, um etwas zu essen, legten uns auf die kurzen Betten und waren dahin.

7

Mitten in der Nacht erwachten wir. Unsere Vermieterin hatte sich, während wir schliefen, in unser Zimmer geschlichen, oder sie hatte ihre Tochter geschickt, jedenfalls standen auf dem Tisch ein großer Teller mit Wurst- und Käsebroten, ein Korb mit Äpfeln und eine Flasche Wein und für mich ein Krug mit Milch. Wir nahmen die Sachen mit hinaus auf den Balkon, hüllten uns in unsere Federbetten und schauten in den Sternenhimmel, der Maybelle so unwahrscheinlich vorkam.

»Ich weiß eine Geschichte für dich«, sagte sie, nachdem sie lange geschwiegen hatte, »und wenn du willst, daß ich mich freue, Luke, schreib sie irgendwann nieder, und schreib dazu, Maybelle Houston habe sie dir erzählt.«

Eines Tages – erzählte Maybelle – sei ein junger Mann in Gil's Gym aufgetaucht, der sei erst vor wenigen Monaten zusammen mit seinen Eltern von den Virgin Islands nach New York gekommen. Sein Name war Barrence Rooney, und alles, was er sich unter dem Glück vorstellte, hatte mit Boxen zu tun. Er sah nicht aus wie ein Boxer und verhielt sich nicht wie die, die Maybelle kannte und die meinten, sie müßten immer und überall bedrohlich wirken, sogar wenn sie sich bei ihr die Termine für ihr Training, die Rezepte für ihre Pillen und die Zuschüsse für ihre Mieten abholten.

Gil war nach dem ersten Augenschein dagegen, Rooney in seinen Gym aufzunehmen; er passe nicht zu den anderen, sagte er, er sei zum Beispiel einfach zu hübsch, er unterscheide sich zu deutlich von Mike und Will und Butcher und Professor Smith und den Brüdern Jack und Ruff Dover. Maybelle gab nicht auf, sie traf sich jeden Tag mit Barrence im Fort Greene Park, und jeden Mittag am Tisch ihres Schwiegersohnes schwärmte sie von dessen Fähigkeiten, seiner intuitiven Intelligenz, seinem Sinn für boxerische Dramaturgie, seinem »diamantenen Ehrgeiz«. – Schließlich gab Gil seinen Widerstand auf. »Man hört ja Sagenhaftes von dir«, begrüßte er seinen neuen Mann.

Tatsächlich bestand Rooneys Stärke in seiner Schnelligkeit und seiner Phantasie, die ihn unberechenbar erscheinen ließen. Aber Maybelle sah auch seine Schwäche: Er schlug zu wenig hart zu, er hatte keinen Punch. Für die anderen Boxer in Clancys Gym war er »Mr. Dragonfly«, hübsch und flink, aber, unter dem Strich zusammengerechnet, harmlos. Es war durchaus kein Vorteil für ihn, daß er von Maybelle protegiert wurde; hinter ihrem Rücken nannten sie ihn »mother's little cookie«.

Nach zwei Jahren sah Rooneys Gesicht immer noch zart und mädchenhaft aus, aber er hatte alle im Club, die über ihn das Maul verrissen hatten, hinter sich gelassen. Er war Clancys Bester. Er hatte dreiundzwanzig Kämpfe absolviert, siebzehn gegen Aufbaukämpfer, aber immerhin sechs gegen echte Gegner. Alle Kämpfe hatte er gewonnen – alle nach Punkten, nicht ein K.-o.-Sieg war darunter. Er habe zu wenig Wut in sich, war Gils Theorie. Er sei zu schnell, darum kriege er nie etwas ab. »Warum also sollte er eine Wut haben?«

Dann gewann Rooney das Golden-Gloves-Turnier von New York, und Gil stellte beim Boxverband den Antrag, und dem Antrag wurde stattgegeben, und Barrence forderte den amerikanischen Meister im Weltergewicht heraus: Tony Pico.

Pico war das Gegenstück zu Rooney – ein Schläger, wenig Technik, große Distanz. Die Presse beklagte an seinem Beispiel den ästhetischen Niedergang des Boxsports. Den Zuschauern gefiel er. Er stand im Ring wie angeschraubt, steckte alles ein, was auf ihn niederprasselte, und teilte aus. »Kein Kampf ohne Blut!« – damit prahlte sein Manager bei den Pressekonferenzen. Der Kampf fand wenige Tage nach Barrence' dreiundzwanzigstem Geburtstag statt, und er endete mit seinem Sieg. Pico hatte seinen Gegner unterschätzt. In der Pressekonferenz danach log Picos Trainer, sein Mann sei in einem gesundheitlich bedenklichen Zustand, man habe das dem Management des Gegners und auch den Veranstaltern mitgeteilt, und man habe ihn wissen lassen, es liefen Bemühungen, den Kampf zu verschieben, allerdings habe sich Mr. Clancy nicht an seine Versprechen gehalten und so weiter – kurz: Rooney sei unter Ausnützung eines krankheitsbedingten Nachteils seines Gegners an den Titel gekommen; es benötige keinen Fachmann, um zu erkennen, daß Rooney ein außerordentlich schwacher Boxer sei, ein Schönling, der besser an den Broadway gehöre als in einen Gym. Die Ausrede war ziemlich blöd und wurde auch von niemandem ernst genommen; Barrence aber war gekränkt, und es kostete Maybelle alle Mühe, ihm das Schluchzen auszutreiben.

Im September desselben Jahres fand die Revanche statt. Diesmal war Rooney von der ersten Runde an unterlegen. Pico war schneller als in allen seinen bisherigen Fights, seine Schläge waren noch härter. Der Kampf dauerte über acht Runden. Er hätte nach vier Runden beendet sein können; es war offensichtlich: Pico schonte seinen Gegner; besser gesagt: Er schob das Ende des Kampfes hinaus, und es war auch klar, warum er das tat: Er wollte Rooney verletzen. In der achten Runde warf Clancy das Handtuch, nichts mehr war in Rooneys Gesicht, was an ihn erinnerte, und nur wenig war da, was überhaupt an ein Gesicht erinnerte. Die Reporter kommentierten den Kampf einhellig: Rooney, schnell gestartet, war schon wieder draußen.

»Er ist fertig«, sagte Gil.

»Was heißt das?« fragte Maybelle.

»Daß der Traum vorbei ist. Er kann vielleicht noch in Atlantic City auftreten, aber nicht mehr in New York. Ich hätte nicht auf dich hören sollen, Maybelle. Er paßt nicht in unseren Boxclub. Er ist kein Boxer.«

»Aber Boxen ist alles, was er will.«

»Ihm fehlt der Haß. Ein Boxer ohne Haß ist wie ein Prediger ohne Religion. Ein Boxer muß hinter die Nase seines Gegners zielen, wenn er die Nase treffen will. Er muß die zwei Zentimeter Sicherheitsabstand, die von der Natur eingebaut worden sind, durchstoßen. Aber das kann der Boxer nur mit Haß.«

»Und wie trainiert man den Haß?« fragte Maybelle.

Darauf wußte Gil keine Antwort, auf die er sich verlassen wollte. »Wahrscheinlich ist der Haß bei einem Boxer das, was das Genie bei Picasso ist«, sagte er.

Als Barrence die Verbände abgenommen hatte, fuhr Maybelle mit ihm zum Cemetery of the Evergreens. Dort werde ihn niemand anschauen, sagte sie. »Leute, die den Friedhof besuchen, haben andere Sorgen.« Sein Gesicht sah in etwa wieder wie ein menschliches Gesicht aus. Aber noch nicht wie sein Gesicht. Die Augen waren übereinandergequollene Ober- und Unterlider. Wenn er sie mit Mühe so weit öffnete, daß die Äpfel zum Vorschein kamen, sah man naß glänzende, blutunterlaufene, dünne Monde. Über die linke Braue zog sich eine schwarze Narbe, das war die Stelle, auf die Pico acht Runden lang beharrlich eingedroschen hatte. Mit einem Dutzend Stichen war genäht worden. Die Blutergüsse unter den Augen hatten sich inzwischen ebenfalls schwarz verfärbt und waren über die Wangen abgesackt. Der Nasenrücken war um gut ein Doppeltes breiter als die Nasenflügel. Die Lippen füllten wie loses, in zwei Säcke gestopftes Material das untere Viertel des Gesichts, und wenn er sprach, hörte es sich an, als hätte er matschiges Brot in den Backen.

Sie gingen zwischen den Grabsteinen hindurch zu der kleinen Anhöhe, wo die Zypressen wuchsen.

»Ich habe es dir ja gesagt«, begann Maybelle.

»Was hast du mir gesagt?« fragte Barrence.

»Daß dein Gesicht bald nicht mehr so hübsch aussehen wird.«

»Aber es wird wieder so werden. Das meinst du doch, oder?«

»Vielleicht auch nicht.«

»Ich habe Boxer gesehen, die haben schlimmer ausgesehen als ich, und die sind auch wieder hingekriegt worden.«

»Andererseits wäre es auch wieder schade, wenn es wieder genauso wird, wie es war, finde ich«, sagte Maybelle und brachte das Kunststück fertig, sowohl wie nebenbei als auch bestimmt und konzentriert zu klingen. »Du weißt doch, was über dein schönes Gesicht gesagt worden ist …«

»Nein, das weiß ich nicht. Was sagt man über mein Gesicht, Maybelle?«

»Man sagt gar nichts. Ich sage. Ich sage: Für einen Mann war dein Gesicht irgendwie zu schön.«

»Aber dich stört das doch nicht, Maybelle. Du hast nie etwas gesagt.«

»Mich stört, was andere daraus machen.«

»Wer macht etwas aus meinem Gesicht?«

»Du weißt doch, was man sagt, wenn ein Mann ein schönes Gesicht hat.«

»Nein, das weiß ich nicht!«

Maybelle wechselte abrupt das Thema. Las die Namen von den Grabsteinen. Phantasierte komische Lebensgeschichten zu den Gräbern, und Barrence ließ sich ablenken und lachte sogar. Und plötzlich fragte sie: »Warum wollen die Boxer eigentlich nicht, daß eine Frau im Gym ist?«

»Aber du bist doch in unserem Gym.«

»Aber das stört die meisten.«

»Mich stört es nicht.«

»Ich habe mich schon immer gefragt«, fuhr Maybelle fort, »warum wollen Boxer unbedingt untereinander allein sein. Auf alle Fälle ohne Frauen. Und sie mögen auch nicht, daß ihnen eine Frau zusieht bei dem, was sie tun. Warum?« Sie blieb stehen und blickte gerade in das fremde, monströse Gesicht hinein. »Kennst du schwule Boxer, Barrence?«

Barrence reagierte, wie sie es erwartet hatte. Er regte sich so sehr auf, daß eine der Nahtstellen über der linken Braue aufplatzte und das Blut über die beiden Wülste des Auges rann. Sie beruhigte ihn, aber mit Worten, die ihn noch mehr in Rage brachte. Sie habe doch nicht ihn, Barrence, gemeint, im Gegenteil, sie habe ihn immer, wenn irgendeiner diesbezüglich eine Andeutung habe fallenlassen, verteidigt.

Alle Farbe sei aus seiner Fratze gewichen, und er habe sie angeschrieen: »Wer sagt so etwas über mich? Wer? Ich will das wissen!«

In den folgenden Tagen stieß Maybelle immer wieder in diese Wunde, ohne allerdings jemals konkret zu werden.

»Ich gebe dir ein Beispiel«, erzählte sie mir. »Wir saßen in der Küche, Gil und ich, und Barrence kam zur Tür herein. Gil saß einfach nur auf seinem Sessel, hatte von nichts eine Ahnung und paffte an seinem Brasilstumpen, und da nahm ich ihm die Zigarre aus dem Mund und drückte sie im Aschenbecher aus. Weiter brauchte ich nichts zu tun. Für Barrence stellte sich die Sache so dar: Er war der Anlaß, daß hier etwas unterbrochen wurde. Er schloß, ohne sich dessen bewußt zu sein, von der ausgedrückten Zigarre auf ein abgebrochenes Gespräch.

Es ist wahnsinnig aufregend zu sehen, wie einfach so etwas funktioniert. Er dachte sich: Ich soll nicht wissen, worüber die beiden reden. Also reden sie über mich. Und was reden sie über mich?«

Barrence lauerte ihr auf. Einmal drückte er ihr die Arme an den Körper, daß sie schreien hätte wollen. »Wer sagt was über mich! Wer sagt was über mich!« Er verlangte, daß sie ihm einen Namen nenne. Den Mann zeige, der so über ihn rede.

»Wie redet wer über dich?« fragte sie scheinheilig. »Was soll irgendeiner über dich sagen? Was? Ich weiß nicht, was du meinst, Barrence.«

Er konnte es nicht einmal aussprechen.

Er bilde sich das alles nur ein, sagte sie kalt, man könne ja meinen, es bestehe ein Grund, daß er sich so aufrege.

Es kam vor, daß Barrence sie anschrie, sie eine Lügnerin nannte und schluchzte und flüsterte, sie solle ihm bitte, bitte endlich sagen …

Nach Tagen »gestand« sie ihm, daß es tatsächlich Gerüchte gebe. Und daß diese Gerüchte aus der Umgebung von Toni Pico und seinem Manager James Ratliff I. stammten. Der Haß war bereits aufgegangen. Sie sagte nicht, was für Gerüchte, nur daß es welche gebe. Das allein bewirkte, daß Barrence die Holzfüllung zu Maybelles Kleiderschrank mit einem einzigen Faustschlag zertrümmerte.

Barrence Rooney tauchte wieder im Gym auf, spannte sich in die Bizeps- und Trizepsmaschinen ein, schlug den Punchingball und den Sandsack.

»Er will noch einmal gegen Pico antreten«, sagte Maybelle zu Gil.

»Hat er das genau so gesagt?« fragte der.

»Ja, genau so«, log sie. Und daß Gil beim Wohlergehen ihrer Tochter Becky ihm versprechen solle, daß er mit seinem ehemals besten Boxer trainieren werde, wie er noch nie mit einem Boxer trainiert habe.

»Pico wird es nicht wollen«, sagte er, »und der Boxverband wird es erst gar nicht erlauben.«

Aber Gil täuschte sich. Der Boxverband drängte sogar darauf, daß Rooney noch einmal gegen Pico antrete. Damit bewiesen würde, daß der erste Kampf nicht geschoben war. Und James Ratliff I. dröhnte, man habe wirklich nichts gegen eine dritte Begegnung.

Maybelle verabredete sich mit dem Sportjournalisten Norman Corcoran, der schrieb Kommentare zu Boxkämpfen in *The Ring* und in *Sports Illustrated* und hatte eine eigene Kolumne in *Daily News*. Er wußte, daß Maybelle bei Clancy den Laden organisierte. Er kannte sie flüchtig, war einmal im Gym gewesen, und nach allem, was er so über sie gehört hatte, hatte er eine hohe Meinung von ihr.

»Es wird eine Revanche geben«, sagte sie und zog das sorgenvollste Gesicht, das sie sich in ihrem Badezimmerspiegel vorstellen konnte. »Als Boxer ist Barrence verloren, das weiß ich so gut wie jeder andere. Aber wir Frauen denken weiter als ihr Männer, und ich will Barrence als Mensch bewahren. Und deshalb muß er die Chance haben, in Würde abzutreten.«

Der Reporter hob die Schulter. Und ohne sich darum zu kümmern, ob das eine mit dem anderen etwas zu tun haben könnte, fuhr Maybelle mit sanfter Stimme fort: »Wir haben ein Problem mit Barrence, er ist schwul.«

Norman Corcoran fiel das Muffin aus dem Mund.

Sie blätterte von nun an jeden Tag die Zeitungen durch, an die dieser Reporter seine Artikel verkaufte. Einmal fand sie einen Nebensatz, in dem hieß es: »Es gibt ein Gerücht ...« Einen Tag später konnte man lesen: »Es ist nur ein Gerücht, aber ...« In der nächsten Ausgabe stand da: »Ich verabscheue es, Gerüchte weiterzugeben, nur ...« Bald konnte man lesen: »Es ist besser auszusprechen, was man weiß, als sich in Andeutungen zu ergehen ...« Schließlich stand im *Daily News* nach einem nachdenklichen Schlenker über die zunehmende verbale Verrohung und die bedenkenlosen Verletzungen der Privatsphäre im Boxsport: »Barrence Rooney ist schwul. Sagt Pico.« – Maybelle sorgte dafür, daß Barrence die Blätter zu sehen bekam.

Der dritte Kampf zwischen Barrence Rooney und Tony Pico fand im Madison Square Garden statt. Als Pico durch die Gasse kam, rief er mehrere Male zum Ring hinauf, wo Rooney bereits auf ihn wartete: »Maricón! Maricón!« Und als sie sich vor dem Gong dicht gegenüberstanden und in die Augen starrten, formten Picos Lippen noch einmal lautlos das Wort nach.

In der zwölften Runde brach der Ringrichter den Kampf ab. Pico hing in der Ecke, die Arme über den Seilen. So hatte er nicht fallen können. Achtzehn Schläge, von oben nach unten geführt, trafen seinen Kopf, ohne daß er die Hände hätte heben können, um sich zu wehren. Er erlangte das Bewußtsein nicht mehr. Zehn Tage nach dem Kampf starb Tony Pico.

»Wie lange ist das her?« fragte ich.

»Siebeneinhalb Jahre.«

»Und was tut Barrence Rooney jetzt?«

»Das weiß ich nicht genau. Er lebt nicht mehr in New York, habe ich gehört.«

»Boxt er noch?«

»Nein. Bestimmt nicht mehr.«

Nach einer Weile fragte ich: »Und deshalb die Buße?«

»Ich verstehe nicht, was du meinst?« sagte Maybelle.

»Abe hat mir erzählt, du hast dir eine Buße auferlegt.«

»Abe! Nonsens!«

»Nicht, daß du glaubst! Abe hat mir die Geschichte nicht erzählt. Er hätte es gern. Aber er hat es nicht.«

»Abe hat mich gern gehabt. Aber diese Geschichte hat er nicht gern gehabt. Er hat vom Boxen keine Ahnung gehabt. So etwas passiert eben. Erst letztes Jahr im Bantamgewicht – Lupe Pintor gegen Johnny Owen. Oder ebenfalls knapp vor einem Jahr – Ray Mancini gegen Duk Koo-Kim. Oder vor zehn Jahren Griffith gegen Paret. So etwas passiert. In Vietnam sind viel mehr, viel, viel mehr junge Männer erschossen worden, und noch einmal so viele haben sich das Leben genommen, nachdem sie zurückgekehrt sind. Die Schwarzen sind erschossen worden, die Weißen haben sich das Leben genommen. Ja, ich kann's mir vorstellen, wahrscheinlich hat sich Abe gedacht, ich *sollte* mir eine Buße auferlegen. Könnte das sein, Luke?«

8

Im November war es, Anfang November, da sah ich im Büro der ACE in einer der Musikzeitschriften, die dort herumlagen, ein Bild von Attila Zoller. Darunter stand, er lebe in Vermont, in einem Ort namens Townshend. Ein lächelnder Mann, der kaum noch Haare auf dem Kopf hatte und der diese Gitarre mit der merkwürdigen Kopfplatte in den Armen hielt, an die ich mich noch sehr gut erinnern konnte. Der erste große Rivale meines Vaters! Vielleicht sein einziger. Der Freund, der mir, als ich gerade acht war, das Duwort angeboten hatte, als wäre ich seinesgleichen. Ich bat die Sekretärin, mir seine Telefonnummer herauszusuchen. Ich hatte Glück, er war gleich am Apparat. Ich sprach deutsch. Fragte, ob ich richtig sei – bei *dem* Attila Zoller. Noch ehe ich meinen Namen genannt hatte, sagte er: »Auf die Gefahr hin, daß ich mich blamiere: Kann es sein, daß du Georg Lukassers Sohn bist?«

Ich überredete Maybelle, mit mir nach Vermont zu fahren. Erst wollte sie nicht. Ich hielte mich nicht an unsere Vereinbarung, sagte sie. Eine Zeitlang hatten wir uns nicht gesehen, hatten nicht miteinander telefoniert. Eines Nachts klickte ein Steinchen an mein Fenster.

»Schön«, sagte ich, »nun gilt unsere Vereinbarung nicht mehr.«

»Du haltst dich nicht daran«, antwortete sie prompt, »eine Vereinbarung gilt nur, wenn sich beide Seiten daran halten.«

»Aber du«, sagte ich, »du hast das Steinchen geworfen!«

Und Maybelle: »Ich halte mich innerlich daran, du nur äußerlich.«

Wir besuchten Attila, blieben zwei Tage. Wir machten Musik. Spielten *Back Door Man*, ich am E-Baß, Attila an der Gitarre, Maybelle hat gesungen – Attila hat die Aufnahme mitgeschnitten, ich habe sie, während ich dies schreibe, vor mir liegen. Am dritten Tag fuhren wir gegen Abend los. Mehr weiß ich nicht. Als ich aufwachte, lag ich im Memorial Hospital von Brattleboro. Mein Becken war zertrümmert. Maybelle war tot.

Frau Mungenast berichtete, daß die Buben, die bald nach Dreikönig angefragt hatten, ob sie den abgeschmückten Christbaum haben dürfen, auf dem Stoppelfeld vor dem Dorf einen großen Reisighaufen aufgeschichtet hätten, den sie zum Abend hin anzünden wollten; was ihnen auch erlaubt worden sei; die Frau an der Kasse beim ADEG habe gesagt, wer weiß, vielleicht entwickle sich ja ein neuer Brauch daraus. Carl wollte, daß ich ihn am Abend zu den Feldern schiebe, er könne sich das Feuer nicht entgehen lassen, sagte er. Er dürfe ja nicht hoffen, noch lange genug zu leben, um die Frühlingsfeuer um Ostern herum zu riechen. Er sei bereit, als erster diesen neuen Brauch zu akzeptieren. Gleich aber fragte er mit einem erschrocken besorgten Blick zu mir: »Würdest du deine Geschichte gern vor einem Reisigfeuer im Freien zu Ende erzählen wollen?«

»Nein«, sagte ich, »diese Geschichte nicht.«

»Dann müssen wir auf das Feuer verzichten«, wandte er sich an Frau Mungenast. »Gehen Sie, und stellen Sie sich in den Qualm, ich werde an Ihrem Mantel schnuppern.«

Zwölftes Kapitel

1

Maybelle sei am Steuer gesessen. Ich erinnerte mich nicht. Becky erzählte es mir. Sie hatte es von der Polizei. Ein entgegenkommender Wagen habe uns gerammt. Der Fahrer wurde dabei schwer verletzt; er war betrunken. Becky erzählte, ihre Mutter sei auf der Stelle tot gewesen. Es könne sich gar nicht anders zugetragen haben, hatte ihr die Polizeibeamtin erklärt, die wenige Minuten nach dem Unfall zusammen mit ihrem Kollegen am Unfallort eingetroffen war. »Mum hat nicht gelitten«, sagte sie. Sogar in meinem benebelten Zustand erschien mir das wie eine allgemein anerkannte Formel dafür, daß jemand eben doch gelitten hatte.

Becky hielt meine Hand, während sie sprach. Sie hatte sehr rote lange Fingernägel; vielleicht waren sie ja aufgeklebt und aus Kunststoff; man kriegt das nicht hin, daß echte Nägel bei dieser Länge gerade bleiben. Sie habe mir das alles bereits erzählt, sagte sie mit sanfter, empathischer Stimme; zweimal sogar habe sie es erzählt; beim erstenmal sei Gil dabeigewesen. Ich konnte mich an nichts erinnern. Und wer Gil war, fiel mir auch erst nach zwei, drei Atemzügen wieder ein. Gil sei nur einen Tag in Brattleboro geblieben, sei gleich wieder zurück nach New York gefahren, mit dem Bus, um alles für die Beerdigung zu organisieren.

»Man glaubt es ihm nicht«, sagte sie und lächelte dabei. »Weil er ein Boxtrainer ist und einen Gym besitzt, meinen die Leute, er muß auch gut trainierte Nerven haben.«

Und dann weinte sie.

Daß ich mich an nichts erinnern könne, sei ein großer Vorteil für mich, klärte mich einer der Ärzte später auf, und ein zweiter Arzt sagte das gleiche; so würden mir posttraumatische Komplikationen vielleicht erspart bleiben. Was sie damit meinten? Belastungsstörungen wie Angstzustände, Depressionen und so weiter. Was sie mit »und so weiter« meinten? Sprachstörungen, Schlafstörungen, motorische Störungen – ein weites Feld, bei jedem anders, der Mensch ist verschieden.

Der Fahrer, der den Unfall verursacht hatte, sei auch hier, sagte Bekky. Er liege im Koma. In welchem Zimmer wisse sie nicht. Das werde vor den Angehörigen des Opfers geheimgehalten. Auch den Namen kenne sie nicht. Der werde ihr auf alle Fälle mitgeteilt, irgendwann, nur jetzt noch nicht. So jedenfalls habe sie die Beamtin verstanden. Sie hoffe, daß der Mann nicht mehr aufwache. Nicht, weil sie ihm den Tod wünsche, bestimmt nicht. Er sei so schwer verletzt, daß er wahrscheinlich nie mehr richtig werde. Das habe ihr ebenfalls die Polizistin verraten. Eigentlich dürfe sie das ja nicht. Sie habe es gesagt, um sie zu trösten, das sei ihr schon klar, sagte Becky. »Sie denkt, ich wünsche ihm den Tod, weil er meine Mum getötet hat. Aber ich wünsche niemandem den Tod. Und ich wünsche ihm auch nicht, daß er ein Krüppel wird oder nicht normal im Kopf. Wahrscheinlich wird er sterben.« – Da wußte ich bereits nicht mehr, von wem Becky sprach.

Ich erinnerte mich in den ersten zwei Tagen nicht einmal daran, daß Maybelle und ich in Townshend bei Attila Zoller gewesen waren. Nicht einmal, daß wir aus New York weggefahren waren. Als mir der Arzt – bereits zum wiederholten Mal – sagte, ich läge im Memorial Hospital in Brattleboro im Bundesstaat Vermont, hatte ich keine Ahnung, wie ich hierhergekommen sein könnte, und erst mußte ich sogar überlegen, was Vermont sei, und als mir das einfiel, wo es liege. Ich fühlte mich, als wäre ich zu Hause, das hieß für mich, in Wien; vielleicht sogar, als wäre ich noch nicht vierzehn. Daß es in meinem Leben einen Menschen gab, der Maybelle hieß und den ich liebte, war in dem engen Raum, den der Schock mir gelassen hatte, als Gedanke für eine kleine Frist der Gnade nicht zugelassen. Ich hätte Deutsch mit ihm gesprochen, erzählte mir der Arzt später. Die retrograde Amnesie werde allmählich nachlassen, mein Gedächtnis werde sich Schritt für Schritt an den Moment des Aufpralls herantasten, aber kurz davor doch zurückschrecken, irgendwelche Bilder freizugeben. Und so werde es bleiben für immer. Ich fühlte mich gut. In der Mitte des Körpers spürte ich ein dumpfes Zerren, wenn man es so nennen kann, eine hintergründig schmerzhafte Schwere, die mich sanft, aber bestimmt ins Bett drückte. Zugleich erzeugte dieser Schmerz in mir das angenehme Gefühl, keine Rechenschaft ablegen zu müssen – über mich nicht und auch über sonst nichts, auch nicht über meine Gleichgültigkeit allem Menschlichen gegenüber. Mein rechtes Bein pochte; es war in eine Vorrichtung gebettet, an deren Ende Gewichte hingen. Im Gesicht spürte ich ein feines Stechen, als würde ein Nadelkissen auf Stirn und Wangen gepreßt; das rühre von Splitterverletzungen her, harmlos. Die Braue über meinem rechten Auge war aufgerissen und gequetscht worden und habe genäht werden müssen. Dort würde mir eine kahle Stelle bleiben und eventuell eine schmale, attraktive Narbe zur Stirn hinauf. In meiner linken Armbeuge steckte eine Infusionsnadel, über die sickerte Morphium in mein Blut.

Am zweiten Tag nach meiner Operation begann ich zu fragen. Ich fragte Becky, wer sie sei. Die Arzte hatten sie aufgeklärt, daß Patienten wie ich irgendwann anfangen, ihre Umgebung zu interviewen; daß sie die Antworten aber sofort wieder vergessen. Das dauere einen Tag oder zwei. Plötzlich setze das Begreifen ein. Das hieß, ich begriff, daß Maybelle tot war.

»Woher weißt du, wer *ich* bin?« fragte ich Becky.

»Mum hat es mir erzählt«, sagte sie. »Sie hat mir erzählt, du bist der liebste Mann, den sie nach meinem Vater kennengelernt habe.«

Trotz des seligen Gifts, das über meinen Arm in mein Gehirn floß und mich mit allem einverstanden sein ließ, glaubte ich ihr nicht, und ich dachte, so hätte Maybelle nie gesprochen, und auch diese Frau hier würde nicht so sprechen, wenn sie sicher wäre, daß ich bereits über dem Berg sei. Becky war groß und ein bißchen dick und nicht so dunkel, wie ihre Mutter gewesen war. Wie eine Komikerin kam sie mir vor; wahrscheinlich, weil ihr Mund so voluminös und beweglich war; wie der Mund von Rotkäppchens Großmutter. Sie strömte einen linden Veilchenduft aus.

»Nach zehn Tagen kannst du das Krankenhaus verlassen«, sagte sie. »Gil und ich werden dich abholen. Du wirst bei uns wohnen, bis du wieder gehen kannst.«

»Kann ich nicht gehen?«

Der Arzt erklärte es mir anhand eines Modells: Beim Aufprall war ich auf dem Beifahrersitz nach vorne gerutscht und mit dem rechten Knie gegen die Ablage unter dem Armaturenbrett gekracht. Durch die Wucht war der Oberschenkel wie ein Rammbock in das Hüftgelenk gestoßen worden; das hatte sich verrenkt, und die Gelenkpfanne war zerborsten. Die Schalen der Beckenknochen mußten bei der Operation erst wieder in die richtige Position gebracht und mit einer Platte und mit Schrauben stabilisiert werden.

»Und mach dir keine Sorgen wegen des Geldes.«

»Muß ich mir Sorgen machen?«

»Mr. McKinnon – an den erinnerst du dich, oder? – hat gesagt, ein Teil wird auf alle Fälle von der Vereinigung – ich habe jetzt den Namen vergessen – bezahlt, vielleicht sogar alles. Er schaut dazu, hat er versprochen. Vorläufig bist du auf jeden Fall bei uns. Sonst müßtest du in eine Rehabilitationsklinik. Hier bleiben kannst du nicht, hat Dr. Miller gesagt.«

Eine Minute lang war ich mir nicht sicher, ob ich einen Mr. McKinnon kenne, und wer Dr. Miller war, hatte ich keine Ahnung.

Drei Wochen würde ich auf alle Fälle Ruhe geben müssen, dürfe aber im Rollstuhl herumgeschoben werden, damit ich etwas von draußen sähe, das sei für die Genesung wichtig. Für den Kopf vor allem sei es wichtig. Dr. Miller befürchtete, ich könnte in Schwermut verfallen. Das entspräche der Norm. Becky solle sich auf alle Fälle nach einem Psychotherapeuten umsehen. Sobald ich die ersten Schritte tun könne, müsse ich mich außerdem einer intensiven physiotherapeutischen Behandlung unterziehen. Man werde versuchen, erst mit einem Gehbock, dann mit Krücken mir den Gebrauch meiner Beine wieder beizubringen. »Das organisiert alles Gil«, sagte Becky. Nach sechs Monaten, wenn es keine Komplikationen gäbe, sei ich wiederhergestellt.

»Was ist mit Maybelle?« fragte ich.

»Mum ist tot«, sagte Becky, und wie sie es sagte, ziemlich genervt nämlich, erschrak ich, weil mir in diesem Augenblick endgültig bewußt wurde, daß mir die gleiche Frage schon mehrere Male beantwortet worden war. Nun würde ich nicht mehr fragen.

2

Gil und Becky überließen mir ihr Schlafzimmer, es lag im zweiten Stock des Hauses, die Fenster zeigten in einen kleinen Innenhof, der von Efeu zugewuchert war. Sie selbst schliefen für die Zeit meines Besuchs in dem Anbau, in dem Maybelle gewohnt hatte. Becky meinte, es würde mir »bestimmt zu fest weh tun«, in Maybelles Bett zu schlafen. Daraus schloß ich, daß sie wußte, daß ich schon einmal hiergewesen war. Ich war eigentlich davon ausgegangen, daß Maybelle mit ihrer Tochter ebensowenig über mich sprechen würde, wie sie mit mir über Becky sprach. Daß sie eine Tochter habe, deren Vater beim Verschieben von Güterwaggons ums Leben gekommen sei – das hatte sie erzählt, mehr nicht. Ein paarmal hatte ich weitergefragt, aber sie hatte keine Antwort gegeben. Sie wollte ihre Familie aus unserem Verhältnis heraushalten. Ich hatte das respektiert. Daß sie dagegen alles wissen wollte, was mit Dagmar und mir und meinem Sohn zu tun hatte, und auch alles über meine Mutter, darin sah ich keinen Widerspruch, zumal ich gern erzählte und es ja doch in erster Linie für mich tat – eigentlich um Heimweh-Dampf abzulassen. Becky und Gil wußten alles über mich und Maybelle; daß wir auf halbem Weg nach Texas umgekehrt waren, weil wir uns gestritten hatten; daß wir zusammen in Europa gewesen waren; auch daß unsere erste Liebesnacht im Hudson Valley in einem türkisfarbenen Motel in der Nähe von Hyde Park stattgefunden hatte, wußten sie; auch, daß ich Maybelles Ehre vor einem Rassisten hatte retten wollen; sogar über den Vorfall auf dem Platz hinter der Hühnerbraterei, als mir ein Bursche ein Feuerzeug an den Kopf geworfen und Maybelle sich aus der Sache herausgehalten hatte, wußten sie Bescheid – und daß ich verheiratet gewesen war und einen Sohn hatte und daß mein Vater sich das Leben genommen hatte und daß ich Schriftsteller war und an einer Universität in West-Germany eine Sprache studiert hatte, die niemand auf der Welt mehr spricht. Aus Beckys Mund klang das alles nach einer filmreifen Romanze in Schwarzweiß (!), und ich fragte mich, ob sie selbst sich das so zurechtlegte oder ob Maybelle tatsächlich in dieser Art über uns gesprochen hatte – was ich mir nicht vorstellen konnte, dazu hätte ich – wieder einmal! – mein Bild von ihr übermalen und neu aufsetzen müssen.

Übrigens: Becky war nicht dick, sie war schwanger, im sechsten Monat. Sie war eine überaus gut aussehende, gepflegte, stets effektvoll gekleidete Frau um die Dreißig – gerade zwei Jahre jünger als ich –, sehr groß – sie überragte ihren Mann um gut einen halben Kopf –, die jeden Tag ein anderes Parfüm auflegte – Veilchen, Patschuli, Maiglöckchen und etliche Düfte, die ich nicht beim Namen kannte.

Und, wovon mir Maybelle nie erzählt hatte: Gil und Becky hatten bereits ein Kind. Ein Mädchen im Alter von fünf Jahren. Wanda. »Wanda-May« wurde sie gerufen, weil sie der Liebling ihrer Großmutter gewesen war. Ich lag bereits seit drei Tagen im Schlafzimmer der Clancys, als ich Wanda kennenlernte. Die Tür ging auf, ich dachte, es sei Becky oder Gil oder einer der Boxer (die allesamt großen Anteil an der Katastrophe nahmen und die einer nach dem anderen mich gleich am ersten Tag besucht hatten und von denen keiner daran Anstoß nahm, daß Maybelle mit einem jungen Weißen zusammengewesen war, der obendrein in einem holpernden und krachenden Akzent redete). Ich richtete mich auf, sah aber niemanden. Ich sagte: »Hallo?« Ein heiseres Stimmchen antwortete: »Hallo, Mr. Luke!« Sie trat neben mein Bett und betrachtete mich eine Weile; ein schmales Geißlein in einem gelben, langärmeligen Kleidchen, das wahrscheinlich ihre Grandma geschneidert und mit roten Rosen an Ärmeln und Saum bestickt hatte. Die Haare waren in engen Zeilen über das Köpfchen geflochten. Ihre Augen blickten ohne Scheu, aber auch ohne allzu große Neugier auf mich. Ihr Gesicht war so rein, als wäre sie erst am Morgen aus dem Backofen Gottes geholt worden. Sie hob und senkte ihre zarten Schultern und verzog den Mund; einiges an mir schien ihr zu mißfallen. Ich konnte es ihr nicht verdenken, mir mißfiel auch einiges, wenn ich an mich dachte. Plötzlich drehte sie sich um und lief zur Tür hinaus; kam aber gleich mit ihrem Puppenwagen zurück. Sie war die Mama von drei Puppen: Monica, Johanna, Helena. Sie fragte, ob ich eine in meinen Armen halten möchte. Ich sagte, gern. Sie gab mir die weiße mit den blonden Haaren. »Hat Grandma das Kleidchen genäht?« Sie nickte. »Und dein Kleid auch?« Sie nickte. »Weißt du, wo Grandma ist?« Sie zuckte wieder mit den Schultern, schüttelte den Kopf und zog ein tiefernstes Gesicht, das deutlich ihrer Mutter abgeschaut war. Am Abend sagte ich zu Becky, ich hätte heute Bekanntschaft mit einer jungen Lady gemacht. Sie rief: »Wanda-May! Ich habe dir doch verboten, Mr. Lukasser jetzt schon zu stören!« Ich aber hatte den Eindruck, wenn es nach Becky gegangen wäre, hätte ich die Kleine gar nie zu Gesicht bekommen. Maybelle hatte sie vor mir verschwiegen, und auch Becky wollte vermeiden, daß ihre Familie meinen Lebenskreisen allzu nahe käme.

Gil war einer, der nicht viel redete. Er war um die Fünfzig, ein bulliger Mann mit einer Glatze und einem grauen Haarkranz und einem sorgfältig ausrasierten und gestutzten grauen Bart. Er wich meinem Blick aus. Die obere Hälfte seines Gesichts wirkte sehr positiv, kraftvoll und brutal, die untere Hälfte schlaff, hämisch und immer ein bißchen beleidigt. Aus dem, was ihm Maybelle über mich erzählt hatte, schloß er wahrscheinlich, ich sei einer, der gern viel redete. Er wollte mir ein Gespräch anbieten, aus Gastfreundschaft sozusagen. Vielleicht hatte ihn Becky geschickt. Er brachte einen Sessel mit und setzte sich verkehrt herum darauf, stützte die Unterarme auf die Lehne. Er war verlegen, weil ihm nichts einfiel, was er für bedeutend genug hielt, um es einem Schriftsteller vorzusetzen. Ich suchte in seinem Gesicht nach irgendeiner Spur eines großen Themas, einem Fingerabdruck Gottes auf seiner Wange oder seiner Stirn oder seiner eingeschlagenen Nase oder seinem struppigen, verschrumpelten Kinn, der ein Beleg dafür wäre, daß Gott uns alle und zu jeder Zeit in seinen Händen hält, um uns ständig nachzukneten, nachzujustieren, in Form zu halten. Er glaubt nicht an ein Leben nach dem Tod, dachte ich; er geht davon aus, daß Maybelle für ewige Zeiten verschwunden war. Mir fiel ein, was Maybelle einmal zu mir gesagt hatte, nämlich, daß sie an Jesus glaube und daß es in Brooklyn viele Menschen gebe, die an Jesus glaubten. Ich konnte mir durchaus vorstellen, daß Gil zu denen gehörte; ebenso, wie ich mir vorstellen konnte, daß Maybelle nie an eine Auferstehung, nie an ein Jüngstes Gericht, nie an ein Jenseits geglaubt hatte. Gil bot mir einen seiner Zigarillos an. Solange wir rauchten, waren wir vom Reden befreit. Im Gym unten spielten sie Beethoven, den lieben Tag lang Beethoven. Natürlich die *Eroica*. Was denn sonst! Was für eine andere Musik würde sich besser als Soundtrack zu einem Boxkampf eignen? Außer: *Also sprach Zarathustra* – und das war auch tatsächlich die zweite Nummer, die gespielt wurde. Erst Ludwig van Beethoven, dann Richard Strauss, erst *Eroica*, dann *Zarathu-stra*. Die Bruderschaft der Kämpfer dort unten in dem Verlies drehte den Verstärker so weit auf, daß ich diesen pathetischen Bullshit bis in den zweiten Stock hinauf hörte.

Gil fragte, ob ich Interesse hätte, mir seinen Gym anzusehen.

»Gern«, sagte ich, »Maybelle hat mir viel erzählt.«

Er sah mich forschend an, erhob sich seufzend und brüllte zur Tür hinaus seine Befehle.

Jason und Coy, zwei junge Boxer, die eine, laut Gil, große Karrie-re vor sich hatten, trugen mich samt Rollstuhl durch das enge Trep-penhaus hinunter ins Erdgeschoß. Ich fühlte mich von Erzengeln be-wacht.

In der Mitte des Raums war der Ring, dreiviertelmannshoch und blau, darüber hingen gleißende Scheinwerfer. Es roch nach Fichten-nadeln und Männerschweiß und nach Pferd und Scheuermittel. Jason und Coy stellten mich in eine Ecke, wo ich niemandem im Weg war.

»Wenn es dir zuviel wird, melde dich!« sagte Gil. »Ich laß dich hinauftragen. Nur ein Wort. Aber ich kann dich beruhigen, es sieht schlimmer aus, als es ist. Denk' einfach, sie tun es freiwillig und gern. Heutzutage wird ja nur gestreichelt. Ich langweile mich mit diesen Burschen zu Tode. Ich bin in der rauhen Ära groß geworden, mußt du wissen – Sugar Ray Robinson, Carmen Basilio, Jake LaMotta, Rocky Marciano, Paul Pender, Willie Pep, Sandy Saddler, Gene Fullmer, Bob Foster, Kid Gavilan.«

»Ich kenne keinen von denen«, sagte ich.

»Rocky Marciano kennst du!«

»Du meinst Silvester Stallone?«

»Der war Rocky Balboa.«

»Und Rocky Marciano war sein Vorbild für die Rolle?«

»Nein, der war das Vorbild für Apollo Creed.«

»Und für Rocky Balboa?«

»Chuck Wepner.«

»Kenne ich auch nicht.«

»Hat vor acht Jahren gegen Muhammad Ali geboxt und fünfzehn Runden durchgehalten.«

»Wußte ich nicht.«

544

Gil seufzte wieder. »Ich werde den Burschen sagen, sie sollen sich zusammennehmen. Ich werde sagen, ein Schriftsteller schaut ihnen zu. Vor Schriftstellern haben sie großen Respekt. Es kann zwar nur die Hälfte von ihnen lesen und schreiben, aber das spielt keine Rolle. Hauptsache ist doch, daß sie die Buchstaben kennen, die in ihrem Namen vorkommen. Damit wir sie mit ihrer schriftlichen Erlaubnis durch den Fleischwolf drehen dürfen. Jeder weitere Buchstabe wäre doch nur Verschwendung. Sie lesen die Berichte über ihre Kämpfe in der Zeitung und verlieren den Kopf, und niemandem ist gedient, das ist meine Meinung. Lesen ist für einen Boxer die pure Scheiße. Ich werde einen kleinen Kampf für dich arrangieren, Luke, das wird dich ablenken.«

»Wovon ablenken, Gil?«

»Von deiner Trauer, verdammt noch mal!«

Kopfschüttelnd ließ er mich allein.

Das Morphium definierte mir alle möglichen Gefühle, auch solche, von denen ich vorher nichts gewußt hatte (wie das Anabolikum alle möglichen Muskeln eines Bodybuilders »definiert«, von denen er vorher nichts gewußt hat), Trauer jedoch erlaubte es nicht. Ich bin übrigens während des Kampfes eingeschlafen. Mir war, als erlebte ich den Tanz auf dem blauen Quadrat in einer Art Déjà-vu und nicht hier und jetzt vor meinen Augen; die lachenden und brüllenden Gesichter, die dazwischen geschnitten waren, schienen mir vertraut. Als der Gong nach der ersten Runde ertönte, war ich weg.

Ich wußte nicht, wie lange ich dahingedämmert hatte. Ein Riese in einem metallblau glitzernden Mantel mit Kapuze stand vor mir. Er ging breitschenkelig in die Hocke, legte eine bandagierte Hand auf meine Schulter und brüllte eine Freundlichkeit, woraus ich schloß, daß man mich in diesem fensterlosen Bunker für ein wenig schwachsinnig hielt, daß man aber guten Willens war, mich trotz meiner anderen, mindestens ebenso merkwürdigen Eigenschaften – muskelschwach, weiß und nichtamerikanisch – als Mitglied der Familie zu behandeln. Ich war keiner, bei dem es einen Kick brachte, ihn zu verletzen, also haßten sie mich nicht. Auch nicht dafür, daß ich während des Kampfes – oder der Kämpfe – eingeschlafen war. Auch Becky war auf einmal hier, verwirrt, wie mir schien, fragte, wie ich mich fühle, versicherte mir mit tastend artikulierenden Lippen, daß bald alles gut werde. Ich antwortete nicht. Hätte ich sie fragen sollen, was sie unter »bald«, was sie unter »alles« und was sie unter »gut« verstehe? Ich nahm an, sie meinte, ich werde bald eine andere Frau kennenlernen – eine junge, nichtamerikanische, weiße. Mein Kinn und mein Hals bis zu den Schlüsselbeinen hinunter waren naß von meinem Speichel. Ich lebte in einem fremden Land, in einer fremden Stadt, in einem fremden Haushalt, alles kam mir verdächtig vor, und in jedem Augenblick war ich in Gefahr, die Gesetze und Gebräuche der Menschen, unter denen ich lebte und verkehrte, zu verletzen.

Dr. Michaelis, ein schmaler Mann um die Siebzig mit eingefallenen Wangen und feuchten, vortretenden Augen, der Gil's Gym betreute und jeden Tag nach mir sah, hatte mir geraten, mich möglichst bald aus dem Morphium herauszuschleichen, hatte mir auf einem Blatt Papier einen Ausstiegsplan aufgeschrieben, der sich über drei Wochen erstreckte. Er gab zu bedenken, daß dieses gute Mittel binnen kurzer Zeit zur Sucht führe. Daraufhin hatte ich die Tabletten mit einem Schlag abgesetzt. Aber die Schmerzen waren zu stark, und ich nahm sie wieder. Außerdem gewöhnte ich mir an, Bier zu trinken. Und ich rauchte fast zwei Schachteln Zigaretten am Tag.

Mr. Albert besuchte mich. Er brachte mir in einem Körbchen frische Donuts mit. Und blieb eine halbe Stunde. Er saß neben meinem Bett, das Gesicht die meiste Zeit abgewandt. Mein Zimmer sei weiterhin mein Zimmer, sagte er. Man habe in der Best of Chicken Bones bereits nach mir gefragt. Er habe gesagt, ich sei auswärts beschäftigt. Ob mir das so recht sei. Becky kam herein, küßte ihn auf die Wange, sagte »Hi, Howie!« und stellte eine Tasse Tee und eine Schale mit Keksen vor ihn auf den Nachttisch und ließ uns wieder allein. Er werde jenen Nachmittag nie vergessen, sagte er. Maybelle habe eine so schöne Stimme gehabt. Als er sich verabschiedete, fragte er, ob er mir meine Schreibmaschine bringen solle. Es wäre gut für mich, wenn ich wieder eine Geschichte schreibe. »Zwei Geschichten«, verbesserte er sich, »Sie schreiben ja immer zwei Geschichten.« Lieber wäre mir die Gitarre, sagte ich. Besser wäre die Schreibmaschine, sagte er. Er hatte sich eine Krawatte umgebunden. Eine schwarze Krawatte zu einem karierten Flanellhemd. Sein freundliches, ernstes Wesen erzählte soviel von

Verletzbarkeit und Wehrlosigkeit – dieser Gedanke kam mir zum erstenmal. Ich hatte ihn nie nach seiner Boxervergangenheit gefragt. War er gut gewesen? Was für einen Ruf hatte er gehabt?

Auch Sarah Jane und Fabian kamen zu Besuch, sie brachten Post mit. Leserbriefe, die von den Zeitungen an mich weitergeleitet worden waren. Ich überflog sie. Sie waren einander ähnlich. Man lobte mich. Man fragte, ob die Geschichten wahr seien. Ein Mann aus Hinckley, Illinois, schrieb, er warte jede Woche sechs Tage lang auf den Freitag, und wenn meine Serie eines Tages zu Ende sein sollte, werde er seine Zeitung abbestellen und mich verklagen (sicherheitshalber hatte er in Klammer gesetzt: »Das war ein Scherz«). Und dann war da ein Brief vom Verlag Marti Lipman. Den reichten mir Sarah Jane und Fabian zuletzt. Fabian flatterte dabei mit den Augenbrauen wie Groucho Marx, und Sarah Jane verstrubbelte mir die Haare. Sie kannten den Inhalt bereits. Ein gewisser Dr. Joseph Kupelian hatte mit Fabian telefoniert. In seinem Brief stellte er sich als Lektor vor und fragte, ob ich mir schon überlegt hätte, meine *Musicians* zu einem Buch zusammenzustellen. Wenn das der Fall wäre, bitte er mich, es ihn wissen zu lassen, das Haus, das er vertrete, sei nämlich sehr an einer Veröffentlichung meiner Geschichten interessiert.

Über Weihnachten blieb ich noch bei Becky, Gil und Wanda-May, dann kehrte ich in mein Zimmer im ersten Stock von Mr. Alberts Haus in The Best of Chicken Bones zurück. Ich hätte mich hinknien und den Boden küssen wollen! Nachdem Becky ihren Sohn zur Welt gebracht hatte, rief ich sie an. Ich sagte, sie solle auch Gil und Wanda-May meine Glückwünsche ausrichten. Ich habe sie nicht wiedergesehen – Becky nicht, Gil nicht, Wanda-May nicht, und den kleinen Lawrence habe ich nie kennengelernt.

3

Im Jänner konnte ich einigermaßen gewandt mit den Krücken umgehen. Ich ließ mich von einem Taxi zum New Calvary Cemetery nach Queens fahren. Mr. Albert hatte mir genau beschrieben, wie ich Maybelles Grab finden würde, und er hatte mir auch eine Kerze in einem roten Glas besorgt. Ich benötigte dennoch fast eine halbe Stunde, bis ich in dem scheinbar willkürlich aufgewürfelten Gräberfeld ihren Stein fand. Es waren zwei Steine. Auf dem einen stand »Maybelle Houston«, auf dem anderen »Lawrence Houston«; sonst nichts, kein Geburtsjahr, kein Sterbejahr, kein Segensspruch. Die Steine waren gleich – quadratisch, nicht höher als ein Knie –, Maybelles war etwas heller, sie standen dicht nebeneinander und ein wenig einander zugeneigt. Ich stellte die Kerze dazwischen und zündete sie an. Ich wußte nicht, welcher Religionsgemeinschaft Maybelle und ihr Mann angehört hatten, ob sie Lutheraner oder Presbyterianer, Baptisten oder Adventisten gewesen waren, vielleicht waren sie Mitglieder der African Methodist Episcopal Church gewesen – dieser Richtung hatte, soweit ich mich an Maybelles Erzählung erinnerte, jener Michael Jeremias Vincenc angehört, der sie in ihrer Jugend verdächtigt hatte, die Biographie über die Autorin von *Onkel Toms Hütte* stehlen zu wollen. Ich hatte beim Eingang keinen Hinweis, die christlichen Unterabteilungen betreffend, gefunden. Hier waren nur: Schnee, Steine und Himmel.

Der Himmel war klar, die Sonne blendete, eine eisige Brise strich vom Meer herauf, blies die Nase frei von allen NYC-Gerüchen. Vor mir wölbte sich der Friedhof zu einem sanften Hügel nach Westen hin. Über dem East River – den ich nicht sehen konnte – setzten sich die Grabsteine in den Wolkenkratzern von Midtown fort – im Riesenpult des Citicorp Centers, im Trump Tower und den Türmen von Radio City, dem Chrysler Building und dem Hyatt Hotel, in der Tafel des UNO Gebäudes direkt gegenüber am Ufer des Flusses, im Seagram Building und endlich, die Stadt überragend wie Zeltstangen, im Empire State Building und im Süden hinter dem Downtown Financial District in den Twin Towers des World Trade Centers. Ich erinnerte mich, daß ich in den ersten Tagen in New York von der Plattform des Empire State Building auf Manhattan hinabgeblickt hatte und mir die Insel wie ein gigantischer Friedhof erschienen war; und nun bestätigte sich dieser Eindruck in der Umkehrung des Vergleichs: nicht Manhattan war wie ein Friedhof, sondern der Friedhof war wie Manhattan. Und plötzlich wurde ich vom Glück emporgerissen. Die Arme flogen mir in die Höhe mitsamt den Krückstöcken, und mit ihnen hob ich mein ganzes Wesen empor. Liebe und Dankbarkeit drängten in mir nach oben und brachten eine unbändige Lebenslust, eine Überlebenslust und Sehnsucht mit sich. Ich will: erstens aus dem Morphium aussteigen und trainieren, trainieren, trainieren; zweitens mit dem Biertrinken aufhören; drittens mit dem Rauchen aufhören. Ich will: viertens diese Stadt verlassen und nie mehr hierher zurückkehren; fünftens zuvor noch meine Serie beenden (d. h. noch drei *double-tales* schreiben, insgesamt würden es also fünfzehn sein, nämlich genauso viele, wie geplant waren; und daß ein Mann aus Hinckley, Illinois, drohte, sein Zeitungsabonnement zu kündigen, würde mich nicht daran hindern, diesen Plan einzuhalten); sechstens ein neues Buch anfangen, einen Roman, in dem alles erfunden sein würde (das Wort »Roman« trieb mein Glück in eine Höhe, wie ich sie glaubte noch nie mit meinen Gefühlen bezwungen zu haben). Ich will: siebtens auf absehbare Zeit allein bleiben, mich nicht mehr in einen neuen Menschen verlieben, auf alle Fälle die Nächte allein verbringen und lesen, lesen, lesen (*Krieg und Frieden, Auf der Suche nach der verlorenen Zeit, Der Mann ohne Eigenschaften, Joseph und seine Brüder, Die Brüder Karamasow*, noch einmal *Nostromo, Tom Jones, Wilhelm Meister, Der grüne Heinrich* ... – Alles, nur keinen Faulkner, keinen Dos Passos, keinen Nathanael West, keinen Flannery O'Connor, keinen Hemingway, keinen Mailer ...). Ich will: achtens David und Dagmar einen Brief schreiben, Carl einen Brief schreiben, meiner Mutter einen Brief schreiben. Neuntens wollte ich nach Hause, und damit meinte ich: nach Wien, zurück nach Wien. Ich fühlte mich, als wäre ich aus dem Gefängnis – eigentlich aus dem Fegefeuer – entlassen; und ich wußte, daß ich das Andenken an Maybelle, die nur wenige Stiche unter meinen Füßen lag, damit sehr, sehr kränkte, aber so war es eben: der Brand dieses vorhöllischen Feuers in meinem Rücken breitete sich exakt über die Zeit aus, in der wir beide ein Paar gewesen waren. Ich ließ dieses Gefühl durch mich hindurchziehen. Ohne mit mir zu hadern. »Im Anfang Seligkeit, dann Schattentrauer.« So heißt es in Shakespeares 129. Sonett.

Einmal in der Woche kam Sarah Jane, um mit mir meine neuen Texte zu korrigieren. Auch Dr. Kupelian besuchte mich in meinem Zimmer in The Best of Chicken Bones – ein dünner, großer Mann mit einem blassen Gesicht, der einen eleganten Dreiteiler aus grauem Flanell trug und dazu schwarzweiße Cowboystiefel und der in nonchalanter Art über meine Zukunft sprach, als wäre sie rechtlich verpflichtend als eine glückliche von Marti Lipman garantiert. Tatsächlich brachte er einen Vertrag mit. Ich solle die Sache gut überlegen, sagte er, aber nicht allzulange. Am Abend lasen Mr. Albert und ich die zehn Seiten durch und besprachen Punkt für Punkt. Danach sagte er, ich dürfe ohne Skrupel glücklich sein. Ich hätte ihn gern gefragt, ob auch Maybelle und er irgendwann ein Paar gewesen waren.

Bevor ich den Vertrag unterschrieb, fragte ich Dr. Kupelian, ob der Verlag mir einen Vorschuß zahle. Er sagte, ich solle eine Summe einsetzen, und er würde sich mit dem Verleger darüber unterhalten. Ich schrieb: Als Vorschuß bezahlt der Verlag die Summe, die Sebastian Lukasser dem Memorial Hospital in Brattleboro, Vermont, und die Summe, die derselbe Dr. Michaelis schuldet. Dahinter setzte ich Telefonnummer und Anschrift der Spitalsverwaltung und die Adresse von Dr. Michaelis. Woraufhin Dr. Kupelian einen Lachkrampf bekam und sagte, der Verlag habe von sich aus mit einem Vorschuß von um die 80.000 Dollar gerechnet. Woraufhin Mr. Albert mich unterbrach und mit zitternder Stimme sagte: »In diesem Falle möchte ich feststellen, daß Mr. Lukasser 100.000 Dollar verlangt.« Woraufhin Dr. Kupelian den Westernhelden mimte, schmale Augen machte und den Mund verzog, mit dem Finger auf Mr. Albert zeigte und mit John-Wayne-Stimme sagte: »It's okay, you go ahead and do it« – und mit lockerer Hand genau diesen Betrag eintrug. Nachdem er sich verabschiedet hatte, umarmte ich Mr. Albert, und wir lachten lange und laut und hatten Spaß bis spät in die Nacht hinein.

Im März erhielt ich eine Einladung des Germanistischen Instituts der Miami University in Oxford, Ohio. Man bat mich, einige meiner Geschichten vorzulesen und mit den Studenten darüber zu diskutieren. Ich sagte zu – und blieb zwei Monate.

In New York wartete eine weitere Einladung auf mich, vom Germanistischen Institut der State University in Dickinson, North Dakota. Dort lehrte eine Österreicherin aus Leoben die deutsche Sprache; sie habe, schrieb sie, Woche für Woche meine Geschichten gelesen und wünsche sich, daß ich ihren Studenten etwas erzähle. – In North Dakota nun blieb ich vom Herbst 1984 bis zum Herbst 1985 – bis ich von Carl jenen Brief erhielt, in dem er mich darum bat, nach Österreich zu kommen, weil sich im Leben meiner Mutter eine tiefgreifende Veränderung abzeichne.

(Zu den ersten drei Punkten meiner Wunschliste auf dem New Calvary Cemetery in Queens möchte ich anmerken: Die Morphiumabhängigkeit machte mir damals in der Tat schwer zu schaffen. Nachdem Dr. Michaelis verschiedene Morphinderivate ausprobiert hatte, weil er irrigerweise meinte, so könne die Abhängigkeit gemildert und bald überhaupt überwunden werden, wechselte er, als ihn mein Verlangen nach immer höheren Dosen aus diesem Konzept brachte, erst zu einem Piritamid-, dann zu einem Pentazocin-, zuletzt zu einem Dextromoramidpräparat, bevor er auf Methadon umstieg. Schließlich geriet meine Behandlung völlig aus dem Ruder, und er kehrte zu Hydromorphin zurück. Inzwischen konnte ich längst ohne Krücken gehen; das einzige, was von dem Unfall zurückgeblieben war, war ein leichtes Schlenkern des rechten Beins – eben der sogenannte Steppergang. Ich hatte eigentlich auch keine Schmerzen mehr, und hätten wir von Anfang an einen vernünftigen Ausstieg durchgezogen, wäre ich wahrscheinlich medikamentenfrei gewesen und hätte bei Wetterumschwüngen mit Aspirin oder Paracetamol mein Auslangen gehabt. So zog sich meine Morphinsucht fast über ein Jahr hin, am Ende verschaffte ich mir Spritzen und Heroin über einen Dealer bei der Hühnerbraterei; dazu kam, daß ich nun auch noch Barbiturate nahm, weil ich unter Schlafstörungen litt. Im Sommer setzten Panikattacken ein, und ich stürzte in eine schwere, allein durch diesen abenteuerlichen Drogen- und Medikamentenmix ausgelöste Depression. Dr. Michaelis verschrieb mir Amitriptylin, das mir jede Libido nahm und mich wie ein Zombie durch die Tage schlurfen ließ. Um den Hang-over-Effekt abzufedern, nahm ich Aufputschmittel, schließlich Kokain, das ich unter das Heroin mischte und mir spritzte. In der Nacht konnte ich nun erst recht nicht schlafen, und am Tag war es mir nicht möglich, auch nur eine halbe Stunde lang bei einer Sache zu bleiben. In North Dakota endlich unterzog ich mich einer radikalen Selbstentwöhnung, die übrigens auch das Zigarettenrauchen mit einschloß – ein Horrortrip, der eine knappe Woche dauerte. Heroin, Kokain und den anderen Shit wurde ich los; aber nach drei Monaten fing ich wieder zu rauchen an. Noch etwas: Es mag einigermaßen komisch klingen, wenn ich mir auf dem Friedhof vor Maybelles Grab wegen meines Biergenusses Sorgen machte, größere Sorgen sogar als wegen des Morphiums. Ich hatte in meinem Leben bis dahin so gut wie nie Alkohol getrunken, und nach diesem Friedhofsbesuch nie wieder etwas angerührt. Der Mensch kennt seine Süchte, noch bevor er ihnen begegnet, heißt es, und ich habe sehr deutlich gespürt, daß in diesen harmlosen Budweisers eine Gefahr schlummerte, die genetisch in mir verankert ist und der ich, im Gegensatz zum Morphium, nicht nur wenig, sondern innerhalb kürzester Zeit gar nichts entgegenzusetzen gehabt hätte.)

4

Das Haus stand an einer sanften Anhöhe über den Mäandern des Little Missouri. Als ich es zum erstenmal vor mir sah – das war im später September 1984 –, war mein erster Gedanke: Hier möchte ich leben. Hier, dachte ich, würde ich gesund werden, an Leib und Geist und Seele und an meinen Erinnerungen. Das tiefbraune, im unteren Teil von der Sonne geschwärzte, an den Dachvorsprüngen bald laubrote, bald whiskyfarbene Holz versprach Behaglichkeit, Ruhe und Frieden in einem verschwenderischen Ausmaß, so daß ich für einen Augenblick überwältigt war von der Vision, endlich am Ziel angekommen zu sein – wobei ich bis eine Minute zuvor gar nicht gewußt hatte, daß ich überhaupt auf dem Weg dorthin unterwegs war. Das Haus war nach Osten, Süden und Westen von einer breiten, mit Zinkblech überdachten Veranda umgeben, über deren Balustrade im Winter Fenster eingesetzt werden konnten. Im Rücken reichte ein Mischgewächs aus Föhren, kanadischen Pappeln und Eichen nahe heran; die Bäume sollten das Haus vor den Blizzards schützen, die bereits ab November von Kanada herunterbrausten. Mitten auf dem hohen, spitzen Blechdach saß auf einer Stange ein rostiger Hahn, der sich aber längst nicht mehr nach dem Wind drehte. Das Haus war vor vielen Jahren eine Aufseherstation gewesen; es stand nicht weit von der Interstate 94, die von

Dickinson nach Montana führte, und markierte nach Osten hin den Beginn des Theodore Roosevelt National Park in den Badlands von North Dakota.

Der Ausblick war überwältigend. So sehe die Hölle aus, nachdem das Feuer erloschen sei, erklärte mir mein Begleiter, Lenny Redekopp, und fügte mit einem ausgeliehenen Lächeln hinzu:»Was unter unserem gegenwärtigen Präsidenten ja nicht zu befürchten ist, jedenfalls nicht, solange Mrs. Kirkpatrick hinter ihm steht und ihm ins Ohr flüstert, was er denken soll.« Im Auto von Dickinson hierher hatte ich nicht geahnt, was ich zu sehen bekommen würde. Das Land brach plötzlich in sich zusammen; und kurz davor, in der horizontweit endlos scheinenden Prärie, die sich über hundert Kilometer und mehr von Bismarck bis hierher in einschläfernder Eintönigkeit erstreckte, war nichts zu ahnen, nichts davon zu sehen gewesen. Zwischen brandroten Felsstürzen, schwarzen Geröllhalden, wie von Riesenteufelskrallen ausgeschabt, weißen, grauen, gelben, blauen Felstischen, Felsköpfen, Felsnadeln, zwischen violetten und purpurnen Gesteinsschichten wie von altem Blut lagen karge Kräuterteppiche oder zogen sich Streifen mit hohen, scharfkantigen, dünenmäßigen Gräsern dahin und wuchsen vereinzelt Dornensträucher und langstielige Disteln, die jetzt im Herbst braun und verdorrt waren. Wir waren vom Freeway abgefahren und hatten nach einer knappen Meile auf einem Schotterweg das Haus erreicht. Unter uns schlängelte sich der Fluß durch seine grüne Umfassung, die Sandbänke schimmerten in der Sonne. Ich konnte nicht abschätzen, wie weit es vom Haus bis dort hinunter war.

»Wenn du einen Vierradantrieb hast, kannst du mit dem Auto hinunterfahren«, sagte Lenny. »Zu Fuß gehst du nicht mehr als zehn Minuten.«

Das Haus gehörte Lenny; er habe es vor Jahren vor dem Abriß gerettet und zu einem Überpreis erworben. Manchmal, leider viel zu selten, fahre er heraus, setze sich einen Hut auf den Kopf und spiele einen Nachmittag lang, er sei ein anderer. Lenny war liiert mit Toni – Frau Prof. Dr. Antonia Fasching –, die an der Universität in Dickinson deutsche Sprache und Literatur unterrichtete und ein Projekt zur Erforschung der Sprache der Rußlanddeutschen leitete, die sich vor hundert Jahren in der Gegend angesiedelt hatten – was eine akademi-

sche Verneigung vor ihrem lieben Partner sei. Lenny stammte nämlich von solchen ab; er war als Jugendlicher in den Süden gezogen,
hatte ein Viertel seines Lebens in Arkansas Grundstücke und Häuser verkauft und war heute Angestellter der Kommune; was genau
sein Arbeitsbereich war, wußte ich nicht; ich vermutete, daß sein Job
dem eines höheren städtischen Beamten bei uns entsprach. Er hatte einen krummen, griesgrämigen Rücken und knickte beim Gehen etwas
ein; er war ein witziger Kerl mit einer sprunghaften, sarkastischen
Phantasie. Er habe, sagte er mir einmal mit eisernem Gesicht, nur aus
einem einzigen Grund Arkansas verlassen und sein Lager wieder in
North Dakota aufgeschlagen, weil nämlich dort unten laut Gesetz ein
Mann seine Frau höchstens einmal im Monat schlagen dürfe, hier heroben aber ein versuchter Selbstmord als Mordversuch gelte und mit
der Todesstrafe geahndet werde. In seiner Gegenwart verkrampfte sich
ständig ein Lachen unter meinem Adamsapfel; ich mochte ihn gern.
Toni wirkte dagegen alpin stramm und streßfrei humorlos; sie hatte
freundliche Apfelbacken und war glücklich, mit mir in ihrem steiri-
schen Dialekt sprechen zu dürfen; spickte dabei das Heimatliche dicht
mit amerikanischen Ausrufen des Erstaunens, der Freude, des Übermuts und des Spottes – »Wow!«, »Yeah!«, »Marvelous!«, »Crazy!« –, ob
es nun paßte oder nicht. Sie und Lenny seien schon seit zehn Jahren ein
Paar, teilte sie mir stolz mit, aber sie lebten nicht zusammen. Ich merkte, sie erwartete, daß ich »Warum?« sage; ich sagte es aber nicht. Lenny sammelte alles, was mit den Indianern in North und South Dakota
zu tun hatte – den Ojibwa und den Sioux und den Yanktonai-Sioux,
wie er mir erklärte; er hatte einen Bildband über deren bemerkenswerte vergangene Kultur und das erbärmliche Leben, das sie heute führten, herausgegeben – auf der linken Seite früher, auf der rechten Seite
heute –, den er mir am Weihnachtsabend 1984 im Tausch gegen *Musicians* gab. Nachdem ich am Ende meiner Vorlesungen vor Antonia von
der Prärie und dem Himmel darüber geschwärmt und gesagt hatte, ich
könne mir durchaus vorstellen, eine Weile hier in North Dakota zu
leben und zu arbeiten, hatte Lenny vorgeschlagen, mir sein Haus im
Nationalpark zu zeigen; wenn ich Interesse hätte, wolle er es mir gern
für 150 Dollar im Monat vermieten, inklusive Hut, er komme ohnehin
kaum noch dazu herauszufahren.

Das Haus war von der Veranda aus betretbar, es hatte nur einen Raum, in seiner Mitte stand ein hoher gußeiserner Ofen; über seinem Feuertor war ein Backrohr, von der Decke hing ein Drahtgitter, auf dem ich Wäsche und Schuhe trocknen konnte. Die Wände bestanden aus rohen Brettern und waren mit Häuten behängt, auf die indianische Ornamente gemalt und gebrannt waren. Ein grobgehobelter Tisch stand in einer Ecke, zu den Fenstern hin eine zusammengenagelte Sitzbank, zwei Holzsessel waren da und ein schmales Bett mit einer harten Matratze. Die andere Seite des Raumes bildete die Küche, hier hingen Regale mit Geschirr, ein Spülkasten mit einem Emailbecken war in eine Ecke eingelassen, darauf konnte man eine Arbeitsplatte legen, einen kleinen Eisschrank gab es und zwei elektrische Herdplatten. Strom erzeugte ein Dieselgenerator draußen auf der Veranda. Wasser gab es in der Hütte nicht. Man mußte mit einem Eimer fünfzig Meter in die Talsenke gehen, dort war eine Pumpe. Im Winter rate er mir, mich mit Wasser aus der Stadt einzudecken, sagte Lenny, sonst bleibe mir nichts anderes übrig, als in einem Topf Schnee zu schmelzen – falls Schnee liege, es sei nämlich auch schon vorgekommen, daß das Thermometer auf minus 30 Grad Fahrenheit gesunken, aber bis in den März hinein kein halber Daumen hoch Schnee gefallen sei. Außerdem, darauf müsse er mich aufmerksam machen, könne es vorkommen, daß bei sehr niederen Temperaturen der Diesel sulzig werde, in so einem Fall werde das Leben hier draußen doch ziemlich frugal. Toni schlug vor, daß ich über den Winter in ihr Haus ziehe; sie werde ein Gästezimmer für mich herrichten. Ich aber freute mich auf den Winter; ich nahm mir vor, unter allen Umständen in der Wildnis auszuharren. An die Außenwände der Hütte war Brennholz gestapelt; wenn ich ökonomisch umsichtig heize, werde es genügen, sagte Lenny. (In diesem Punkt irrte er sich übrigens gewaltig.) Der erste Stock des Hauses, der Dachboden, war leer und konnte nur über eine Leiter von außen erreicht werden. Er sei vom Erbauer wohl nur deshalb aufgesetzt worden, um eine schöne Proportion zu wahren und das Dach möglichst steil halten zu können, wegen der Schneemassen nämlich. Die Toilette war über einer Grube an die Veranda angebaut.

So war ich also in North Dakota *gelandet* – und wenn ich mich an die Sommerzeit erinnere, während der der Wind über die Prärie wehte und das hohe Gras in Wellen wie ein Meer bis zum Horizont wogte, so scheint mir dieser Begriff sehr richtig und zudem mit so bildstarker Symbolkraft aufgeladen, daß er mir heute noch den Rest an Gottesfurcht einjagt, der sich in den Ritzen meines Lebens erhalten hat. Ohne Wehmut hatte ich New York den Rücken gekehrt. Mit einem Koffer war ich zweieinhalb Jahre zuvor in der Stadt angekommen, mit demselben Koffer und dazu einer Gitarre verließ ich sie. Als ich im Taxi auf dem Weg zum La Guardia Airport durch Queens fuhr, empfand ich nichts weiter als Erleichterung. Mr. Albert hatte zum Abschied gesagt, er gehe davon aus, daß wir weiter in Kontakt blieben, ich solle mich erkundigen, ob dort oben für einen Mann seiner Hautfarbe ein friedliches Leben möglich sei. Aber ich wußte, er meinte es nicht ernst; und wir beide wußten, daß wir uns nicht mehr wiedersehen würden. Ich habe ihm ein paar Zeilen geschrieben – auf die Grußkarte eines zwei Meter langen Ansichtskartenleporellos vom Theodore Roosevelt National Park und seiner Umgebung; das gleiche schickte ich auch meiner Mutter, Bilder wie aus Wildwestfilmen: Bisons, Felsriffe, Pferdetränken, Windräder, Blockhütten und Männer mit Cowboyhut, Bandana und Chap, auch ein Gemälde von Sitting Bull mit Federbusch und Kriegsbemalung und eine Collage aus deutschnamigen Ortstafeln – New Leipzig, Manfred, Karlsruhe und Bismarck – und einem Bild der »größten Holsteinkuh der Welt«, die, aus Polyester gegossen, auf einem Hügel stehend, als ein Wahrzeichen des Landes die Prärie überragte; auf beide Karten schrieb ich: »Grüße aus meiner neuen Heimat.« Als meine Adresse gab ich das Germanistische Institut der Universität in Dickinson an. Meine Mutter schrieb mir zurück, Mr. Albert nicht. Auch Carl schrieb ich, ebenso Dr. Kupelian, beiden eine schmucklose Postkarte. Dr. Kupelian antwortete postwendend; das Buch würde sehr schön werden, schrieb er, und wie die Vorbestellungen aussähen, dürfe ich mich auf einen Erfolg freuen; im Frühling, wenn ich bis dahin noch nicht aufgegeben hätte, würde er mich gern besuchen. Bald nachdem ich mich »in meiner neuen Heimat« eingerichtet hatte, wartete in Antonias Büro ein Paket auf mich. Es enthielt dreißig Exemplare von *Musicians*. Auf dem Umschlag war, in einem warmen Ockerton gehalten, eine Fotografie des berühmten Fotografen Andreas Feininger, die einen großen Himmel mit Wolken über der alten Route 66 zeigte. Das Buch hatte 212 Seiten und ein Lesebändchen und kostete 12 Dollar und 90 Cent. Auf der Rückseite war ein Bild von mir – ich saß auf einer Bank vor dem Geländer zum East River und grinste, im Hintergrund waren die Brooklyn Bridge und Downtown Manhattan zu sehen. Das Foto hatte Maybelle gemacht – an dem Tag, an dem wir aufgebrochen waren, um durch das Hudson Valley nach Hyde Park zu fahren. Ich hatte auf diesem Bild bestanden.

Für 1500 Dollar kaufte ich mir einen gebrauchten Toyota-Jeep, dessen Rückbank fehlte, der aber, wie mir versichert wurde, eine gut funktionierende Heizung habe und wie geschaffen sei für die Badlands. Einmal in der Woche fuhr ich die knapp siebzig Meilen nach Dickinson, stopfte unterwegs an einem Parkplatz mit Aussichtsferngläsern meinen Abfall in die Mülleimer; frühstückte bei Burger King in der Nähe des Dinosaurier-Museums ein Stück von den bunten süßen Biskuitkuchen, die in Form von Tyrannosaurus-Rexen angeboten wurden; besuchte anschließend Toni in ihrem Institut und borgte mir in der Bibliothek Bücher aus (durch den Nachlaß eines ehemals deutschen Zuwanderers aus Odessa war die Bibliothek gut bestückt mit Klassikern der Literatur und Philosophie, darunter eine üppig kommentierte Shakespeare-Ausgabe, zweisprachig, in den Übersetzungen von August Wilhelm Schlegel, Dorothea Tieck und Wolf Graf Baudissin, die ich, dank Tonis Intervention, über meinen ersten Winter in den Badlands ausleihen durfte); zum Mittagessen traf ich Toni und Lenny in der Mensa – Toni hatte mir meinen Lehrkörperausweis verlängern lassen –, drückte mich am Nachmittag auf dem Campus herum, plauderte mit Studenten und Lektoren, flirtete mit Studentinnen und Lektorinnen oder setzte mich im Zentrum der Stadt (was immer man als solches bezeichnen mochte) in die hübsche Cafeteria mit den blauen Fensterrahmen, las, schrieb mir Sachen auf – ich hatte wieder an meinem Erste-Sätze-Poem Gefallen gefunden –, hob, wenn nötig, bei der Wells Fargo Bank Geld von dem Konto ab, das ich mir noch in New York in diesem für meine Ohren romantisch klingenden Institut eingerichtet hatte, und kaufte, als die Sonne niederging, im Supermarket gleich neben der Auffahrt zum Freeway ein, was ich für die kommende Woche brauchte. Brot war übrigens ein Problem. Es gab nur helles Brot, das war nach einem Tag wie gepreßtes Stroh und nach zwei Tagen ungenießbar. Toni riet mir, mein Brot selbst zu backen, sie halte es auch so. Bei meinem nächsten Besuch hatte sie in einem Pappkarton alles zusammengestellt, was ich brauchte – Roggenmehl, eine vakuumverschweißte Sauerteigmutter, Hefe, Gewürze und in einem Kuvert das Rezept. Ich stellte mich nicht ungeschickt an, die Kruste erinnerte die ersten paar Male zwar an die Felsküste auf Lanzarote, innen aber war das Brot weich, feucht und aromatisch, und es blieb auch lange so. In einem Spezialgeschäft, das mir Lenny empfohlen hatte, kaufte ich mir eine Angel samt Grundausstattung und die teuersten wadenhohen Wanderschuhe, die angeboten wurden, und das beste: einen breitkrempigen Hut aus Känguruhleder. Lenny sagte, ich solle mir ein Gewehr zulegen. Wozu, fragte ich. Ob ich mir bewußt sei, daß ich dort draußen zwar völlig einsam, aber ganz und gar nicht allein lebe, antwortete er. Ich werde es mir überlegen, sagte ich. Die Vorstellung, eine Waffe zu besitzen, löste tatsächlich einen enormen Reiz in mir aus; und als ich Lenny das nächste Mal traf, bat ich ihn, mir doch so ein Ding zu besorgen. Er blickte mich geduldig wissend unter hängenden Augenlidern an; er hatte bereits eines besorgt, auf Kommission, ein sogenanntes Lever-action- oder Unterhebelrepetiergewehr der Firma Browning; es kostete, inklusive dreihundert Schuß Munition, satte 850 Dollar. Lenny hatte seine eigene Büchse draußen in seinem Wagen, und nachdem wir in der Mensa Spinat mit Salzkartoffeln und zum Nachtisch einen Apple Pie gegessen hatten, fuhr er mit mir hinaus, und den ganzen Nachmittag lang ballerten wir auf Blechdosen. Er hatte sich extra dafür freigenommen. Ob ich das Gewehr denn nicht anmelden müsse, ob ich nicht überhaupt einen Waffenschein benötige, fragte ich ihn. Doch, doch, brummte er, den alten Scout spielend, aber eigentlich auch nicht, dem Gesetz nach wahrscheinlich schon, in Wahrheit jedoch spiele es hier oben keine Rolle; wichtiger sei, daß ich mich nicht beim Fischen erwischen lasse – »oder wie mein bessarabiendeutscher Großvater gesagt hätte: beim Angeln«.

Von Anfang an bemühte ich mich, einen geregelten Tagesablauf einzuhalten. Ich stand um sechs Uhr auf, nahm mein Waschzeug und den

Eimer und ging hinunter zum Brunnen. Ich zog mich aus und schüttete mir kaltes Wasser über den Kopf, seifte mich von Kopf bis Fuß ein und spülte mit zwei Eimern nach. Diese Tortur hatte mir beim Entzug sehr geholfen, und aus Dankbarkeit ins Blaue hinein behielt ich sie bei, sogar im Winter; jedenfalls, solange der Brunnen nicht zugefroren war. Manchmal, wenn ich Laune hatte, lief ich zum Fluß hinunter und schwamm eine halbe Stunde. Zurück im Haus, startete ich den Generator und bereitete Frühstück. Während das Kaffeewasser heiß wurde, las ich in einem der Bücher, die ich aus der Universitätsbibliothek ausgeliehen hatte, und schrieb Wörter und Redewendungen, die mir gefielen, in ein Notizbuch. Von acht bis zwölf setzte ich mich an die Schreibmaschine. Solange es die Temperaturen zuließen, arbeitete ich auf der Veranda. Im Haus war es nämlich ziemlich düster, weil die Fenster alle zur Veranda hinausgingen, und die war eben überdacht, und das Dach ragte einen halben Meter über die Balustrade hinaus. Nach der Arbeit bereitete ich mir ein Mittagessen zu. Ich war nicht hungrig, und ich kochte nicht gern; aber auch dieses Ritual hatte mir den Entzug leichter gemacht – bildete ich mir jedenfalls ein –, und deshalb pflegte ich es weiter: als eine Art Zeremonie in der Mitte des Tages, zwischen meiner Arbeit und meiner übrigen Zeit; von der übrigen Zeit nämlich drohte Gefahr. (Dies ist meine Erfahrung: Ebenso wie die Sucht aus jeder noch so banalen Gewohnheit eine Zeremonie formt und sich mit ihrer Hilfe verfestigt, kann ihr mit Zeremonien widerstanden werden, wobei die Zeremonien der Entwöhnung eine gewisse Außergewöhnlichkeit aufweisen sollten, weil diese hilft, ihnen den Charakter des Zwanghaften zu verleihen – in diesem Fall wirkt Zwang erleichternd.) Manchmal nahm ich die Fischerrute und ging zum Fluß hinunter und zog einen Sonnenbarsch heraus und briet ihn mir an Ort und Stelle – drei-, viermal habe ich das gemacht, öfter nicht, leider. Am Nachmittag steckte ich mir Bleistift, Notizbuch und das Buch, das ich gerade las, in die Tasche, hängte ich mir die Wasserflasche über die Schulter und wanderte ins Land hinaus. Anfänglich war ich ängstlich, traute mich nur so weit zu gehen, wie ich das Haus noch sehen konnte. Es fiel mir schwer, mich zurechtzufinden, und es dauerte eine Weile, bis es mir gelang, die verschiedenen Felsen und Hügel, die Klüfte und Schründe, Bäume und Baumstrünke, Dornenbüsche und Grasnaben zu unterscheiden und sie mir zu merken. In den ersten Wochen sah mir alles ähnlich aus, und zwar bis zum Horizont. Um mich zu orientieren, ging ich immer den gleichen Weg, jeden Tag ein Stück weiter, und zeichnete in mein Notizbuch markante Orientierungspunkte nach. Ich hätte am Fluß entlangwandern können, einige Male habe ich das auch getan, aber mir war unheimlich dabei. Nur an wenigen Stellen war es möglich, direkt am Wasser entlangzugehen; über weite Strecken wucherte dort urwaldartiges Gestrüpp, dessen Grund manchmal sumpfig war. Einmal brach ein Tier vor mir aus dem Unterholz, in meinem Schrecken wußte ich nicht, ob ich es für eine übergroße Katze, einen Wolf, einen Kojoten oder einen verwilderten Hund halten sollte oder ein Stinktier vielleicht oder einen Waschbären. Von nun an wanderte ich durch das Gras an den Felsen entlang. Später, als Suka bei mir war, konnte ich über meine anfängliche Unsicherheit und Ängstlichkeit nur lachen. Ich war drei, vier Stunden unterwegs, manchmal auch länger; ich mußte mich zu einem langsamen Gang anhalten, damit ich nicht wieder Schmerzen in der Hüfte bekam. Wenn ich am frühen Abend nach Hause zurückkehrte, war ich halb blödsinnig vor Hunger. Aber ich deckte Tasse und Teller auf, legte Messer und Gabel daneben auf eine Papierserviette und aß im Sitzen. Genauso wie ich mich jeden Mittag zum Kochen zwang und jeden Morgen unten beim Brunnen zum Rasieren – was mit kaltem Wasser unangenehm und ineffektiv war –, wollte ich mich auch zu dieser Formalität überwinden; meinen spontanen Bedürfnissen hätte es entsprochen, Brot, Käse, Wurst, Tomaten, Paprika, Gurken, Mais im Stehen in mich hineinzustopfen, Milch aus der Flasche zu trinken, mich weder morgens zu rasieren, noch mittags etwas zu kochen, überhaupt das Haus nicht zu verlassen und am Ende gar nicht mehr aus dem Bett aufzustehen. Die Zeit ohne Suka war Gefahrenzeit gewesen, die Guerillas der Depression lauerten in jeder Falte des Tages; die Einsamkeit lud mich mit einer Unbefriedigtheit auf, die es mir nicht erlaubte, mich auch nur einen Augenblick lang aus meiner Obacht, aus meinem Argwohn mir gegenüber zu entlassen; Verlangen und Verzweiflung waren für mich nicht mehr zu unterscheiden, wie ein Ding, das sich beim Schielen verdoppelt. Alles um mich herum schien schneller zu fließen als mein Atem, und diesem eiligen Schleichen der Zeit kam ich einfach nicht nach, auch wenn ich immer wieder vom Tisch aufsprang und über die Länge der Veranda schritt, hin und her, hin und her. Die Abende waren mir am liebsten, ich stieg mit der Gitarre oder einem Buch den Hang neben dem Haus hinauf, setzte mich mit dem Rücken an ein Felsriff, bestaunte den sonnenüberloderten Westhimmel, klimperte ein wenig vor mich hin oder las oder schaute hinunter zum Little Missouri, dessen Wasser im untergehenden Licht an manchen Stellen noch blinkte, ehe es sich in Schwärze auflöste, und dachte darüber nach, was ich morgen schreiben würde; und fühlte mich wie das einzige denkende Wesen in einer Unterwasserlandschaft – in Gottes privatem Aquarium, in dem es so trocken war wie in der Wüste auf Erden.

5

Eines Tages sah ich, als ich von meiner Wanderung zurückkehrte, schon von weitem einen blauen Pickup unten beim Haus neben meinem Jeep stehen. Ich erkannte einen Mann, der auf dem Rücken auf der Ladefläche lag, die Baseballkappe über den Augen, die Hände im Nacken, und vielleicht eingeschlafen war.

Ich blieb in einigem Abstand stehen und rief: »He! He, Mister!«

Der Mann sprang von seinem Wagen und lief mir entgegen, streckte den ganzen Weg über die Hand nach mir aus, es waren gut zwanzig Meter, und lachte mit großem offenem Mund. Er schüttelte meine Hand, lange und in kräftigen Pumpbewegungen, als wollte er mir damit etwas mitteilen, das sich anders nicht sagen ließ.

»Ich heiße Tadeusz Zukrowski«, sagte er. »Ich habe gehört, daß Sie im Haus von Lenny Redekopp wohnen. Ich bin Ihr Nachbar. Ich wollte sehen, ob Sie etwas brauchen. Ich arbeite hier im Park. Meine Frau auch. Sie putzt bei den Touristen vorne. Lenny kennt mich, Sie können ihn nach mir fragen.« Sein Akzent, der wohl ein polnischer war, schlug so stark durch, daß ich mich auch bei den wenigen Worten konzentrieren mußte, um ihn zu verstehen. »Wollen Sie über den Winter hierbleiben?« fragte er.

»Ja«, sagte ich, »das habe ich vor.«

Wir setzten uns auf die Veranda. Er hatte Bier mitgebracht. Ich sagte, ich trinke nichts. Er nickte und sagte: »Ich verstehe.« Ich wußte, was er damit meinte, aber es war mir zu viel Mühe, ihm zu widersprechen. Er war klein und mager, sein Overall schlotterte an ihm, und ich war mir nicht sicher, wie alt ich ihn schätzen sollte; er konnte Ende Zwanzig sein, aber auch Mitte Vierzig. Wenn er redete, wirkte er jünger, wenn er zuhörte, älter. Er hatte schütteres, glattes Haar, lang und fettig und irgendwie blond; ein männliches Kinn, das nicht zu der Unterwürfigkeit seiner Gesten paßte. Seine Lippen waren aufgeplatzt, oben fehlten ihm rechts und links Zähne. Er ließ mich nicht aus den Augen, und sein Blick hatte etwas Nachrechnendes, als suchte er in allem, was ich tat und sagte, eine Bestätigung für ein bereits gefaßtes Urteil.

»Sie stammen aus Europa?« fragte er.

»Aus Österreich.«

»Ich höre das«, sagte er. »Ich höre das Deutsche. Österreich ist deutsch.«

»Nicht mehr«, sagte ich.

»Es ist deutsch. Doch, doch. Warum nicht? Ich kann Deutsch. Scheiße kann ich sagen. Und: Arbeit. Und: Dankeschön. Und: Wiedervereinigung. Und: Nazi. Das kann jeder auf der Welt sagen. Und: Speckbrot. Ich komme aus Polen. In Richardton in der Abtei lebt ein Cousin von mir. Er hat geschrieben, es ist gut hier, und so bin ich auch hierher. Waren Sie schon einmal in Richardton? Es ist wie in Europa, die Kirche ist wie in Europa. In Amerika gibt es keine schönen Kirchen. Er ist dort ein Mann Gottes. Ein Benediktinerpater. Ein sehr gescheiter Mann und sehr fromm. Ein Vorbild. Er studiert in der Stille. Wenn Sie hinfahren, fragen Sie nach Pater Stefan Zukrowski. Das ist mein Cousin. Sind Sie verheiratet? Meine Frau hat ein Kind in die Ehe mitgebracht. Wir leben zu dritt. Er ist nicht mein Sohn, aber er ist ein guter Junge. Er ist sechs Jahre alt. Er hat einen Namen, den ich nicht aussprechen kann. Ich merke ihn mir nicht. Meine Frau sagt, ich soll ihm einfach einen anderen Namen geben. Was halten Sie davon? Mit sechs Jahren plötzlich ein anderer Name! Aber sie sagt: Warum nicht? Und er sagt auch: Warum nicht? Was soll man davon halten? Ich hätte gern Czeslaw zu ihm gesagt, nach meinem Vater. Aber das kann wieder er nicht aussprechen und meine Frau auch nicht. Jetzt sage ich Leszek zu ihm. Das läßt sich gut aussprechen, und ich sage es so, als wäre es nicht ein Name, sondern ein Kosename. Das ist gut, er hat erstens nicht das Gefühl, daß er bei mir ein anderer ist, und zweitens auch, daß ich ihn gern habe. Das ist für ein Kind wichtig. Ich könnte ihm einen deutschen Namen geben. Hans. Horst. Adolf. Aber ein Name ist kein Scherz. Wie heißen Sie?«

»Sebastian.«

»Aha. Ah, ja. Was sind Sie von Beruf?«

»Ich bin Schriftsteller.«

»Ah ja? Ich kenne einige Schriftsteller. Es gibt gute polnische Schriftsteller. Kennen Sie polnische Schriftsteller?«

»Stanislaw Lem kenne ich.«

»Den kenne ich nicht. Man spricht aber nicht Stanislaw aus, sondern Staniswav.«

»Ich war noch nie in Polen.«

»Meine Familie lebt in Katowice. Wenn Sie über den Winter hier draußen bleiben wollen, müssen Sie sich Holz besorgen. Oder Kohlen. Mit dem hier kommen Sie nicht aus.«

»Lenny hat gesagt, es genügt.«

»Ach, Lenny war sicher noch nicht über den Winter in dem Haus.«

»Weiß ich nicht.«

»Ich weiß es. Ich habe ihn nie gesehen. Ich kann mich überhaupt nicht erinnern, daß in diesem Haus jemals jemand über den Winter gewesen ist. Ich werde Ihnen Holz bringen. Für mich ist das keine Sache. In diesem Winter wird viel Schnee kommen. Das sagen alle. Scheiße-Schnee. Ist das richtig? Im letzten Winter war so gut wie keiner und im vorletzten Winter war auch keiner. Jetzt ist er wieder fällig. So einfach ist das. Die Natur macht einem nichts vor.« Er erhob sich aus dem Schaukelstuhl, den vielleicht Lenny oder irgendeiner seiner Vorgänger aus Weidenruten oder ähnlichem geflochten und genagelt hatte. »Mich finden Sie, wenn Sie die nächste Abfahrt vom Freeway nehmen und sich immer rechts halten. Irgendwann sehen Sie unser Haus. Ein Fahnenmast steht davor, an dem hängen zwei Flaggen, die amerikanische und die polnische. Oben die amerikanische, darunter die polnische. Mir wäre es lieber umgekehrt. Kennen Sie die polnische Flagge?«

»Nein.«

»Sie kann man sich gut und einfach merken: Oben ist sie weiß, unten ist sie rot.«

Während er in seinem Pickup davonfuhr, ragte seine Hand aus dem Autofenster, die Finger grapschten ins Leere hinein.

Meinem Notizbuch entnehme ich, daß ich am Freitag, dem 19. Oktober 1984, Suka zum erstenmal sah. Ich war an diesem Nachmittag nicht weit gegangen, weil ein starker und eisiger Wind mir stur von Nordosten her ins Genick blies und die Wolken so niedrig über meinen Kopf trieb, daß ich meinte, sie streiften meinen Wirbel; und ich mir elend verloren vorkam draußen zwischen diesen Kegeln aus unsicherem Gestein, die sich in der Sonne so farbenprächtig präsentierten, bei schlechtem Wetter aber nicht weniger trostlos waren als die ausgebrannten Blocks von South Bronx. Ich wollte nach Dickinson fahren und Toni und Lenny fragen, ob sie etwas dagegen hätten, mit mir den Abend zu verbringen; ich wußte, daß sie nichts dagegen hatten; wir würden Karten spielen, Poker um Cent-Einsätze, oder eines der Spiele, die Toni aus Österreich mitgebracht hatte – *Mensch-ärgere-dich-nicht* zum Beispiel. Als ich zum Haus zurückkam, lagen, wild durcheinander- und übereinandergeworfen, abgerindete und abgeastete Baumstämme davor, manche nur einen Meter lang, andere über drei Meter lang, ausgedörrt und silbrig und in tiefe Spalten zerrissen, altes Holz. Auf den Stufen zur Veranda waren sauber aufgereiht: ein großes Beil, ein kleines Beil, zwei Eisenkeile und eine Motorsäge sowie ein Kanister mit Treibstoff, ein Paar tellergroße Lederhandschuhe, eine Schutzbrille und ein Plastikhelm. Die Fürsorglichkeit, die sich in den Handschuhen, der Brille und dem Helm ausdrückte, war mir unangenehm, mehr als das, ich verspürte einen Widerwillen, diese Dinge auch nur anzugreifen; bei einem anderen hätten sie mich gerührt, bei Lenny zum Beispiel – von Tadeusz Zukrowski wünschte ich mir solches Entgegenkommen nicht.

Ich setzte mich in den Toyota und fuhr zum Freeway und bei der nächsten Ausfahrt wieder herunter. Ich sah das Haus mit den beiden Flaggen auch gleich vor mir. Inzwischen stürmte es so heftig, daß ich mit dem Lenkrad hart dagegenhalten mußte, um nicht von der

Spur abzukommen. Das Haus sah unbewohnt aus, in schäbiger Auflösung begriffen. Die Fenster im ersten Stock waren eingeschlagen, die Sprossen geknickt, aus einem der Fensterlöcher flatterte ein grauer Vorhang. Die Bodenbretter der Veranda waren an den Seiten verfault und eingetreten. Aus der Scheune, die neben dem Haus stand, waren das Tor und die Hinterwand herausgebrochen; der Sturm rüttelte am Dach, an einer Ecke hatte es den Kontakt zu den Wänden darunter verloren, dort bäumte es sich gefährlich auf. Die Rottmeiers fielen mir ein. Maro hätte hierhergepaßt, er hätte ein Viertel des Weltkreises zurückgelegt, um hier das gleiche Leben zu führen wie in Nofels; als wäre nichts anderes von ihm verlangt worden, als sich für eine kleine Zeit zwischen seinen Schrottautos in die Luft zu erheben, damit die Erde unter ihm weiterrolle, und wäre schließlich hier *gelandet – ten thousand miles from home.* Ich blieb vor der Veranda stehen, stieg aber nicht aus dem Wagen, sondern hupte. Nach einer Weile trat Tadeusz Zukrowski in die Tür, mit einem Fuß blieb er im Haus und winkte mich zu sich, wobei er in den Knien federte; ich wußte nicht, ob vor Ungeduld oder vor Freude. Als ich aus dem Wagen stieg, prallte ein Windstoß gegen meine Brust, und ich mußte mich am Gestänge des Rückspiegels festhalten.

Er zog mich am Ärmel dicht ans Haus, versperrte mir aber den Zutritt. »Das hat nichts zu bedeuten«, brüllte er gegen den Sturm an, »morgen darf er noch blasen, übermorgen scheint die Sonne wieder, und sie scheint noch eine Woche oder zwei, und dann erst kommt der Winter. So lange haben Sie noch Zeit für das Holz.«

Er grüßte noch einmal und ließ mich ein. Ich bedankte mich und tat das ungeschickt, nämlich viel zu überschwenglich, was mich vor ihm kleinmachte. Er lächelte und nickte und ließ mich wieder nicht aus den Augen.

Die Unordnung und der Dreck waren unbeschreiblich. Außerdem stank es nach Salmiak und gebrühten Hühnern. Der Boden in dem Raum war ein gutes Drittel mit Schmutzwäsche bedeckt, auf dem Tisch in der Mitte türmte sich das schmutzige Geschirr, auf jedem Teller steckten ausgedrückte Zigarettenkippen in den Essensresten. In der Ecke neben dem Herd war ein Abfallhaufen aus Konservendosen und Corn-flakes-Schachteln, leeren Flaschen und schwarzen Ba-

nanenschalen, Hühnerbeinen und Damenbinden und ölverschmierten Zeitungen. Auf dem Sofa unter dem Fenster saßen ein feister Bub
mit indianischen Gesichtszügen und eine dicke Indianerin mit einem
Gesicht, so breit, wie ich nie ein Gesicht gesehen hatte. Sie hielt eine
Zigarette zwischen ihren Fingern, in kurzen Abständen zog sie daran,
was aussah, als nehme sie kleine Schlucke, und zog wieder daran, noch
ehe sie den Rauch ausgeblasen hatte. Beide – Mutter und Sohn, nahm
ich an – trugen die gleichen blauen Overalls wie Tadeusz Zukrowski
und die gleichen karierten Hemden. Der Bub hatte eine Baseballkappe
auf dem Kopf, die gleiche wie sein Stiefvater, dunkelblau mit dem Logo
vom Theodore Roosevelt National Park – ein Dreieck mit einer Eiche
vor einem schneebedeckten Berg, im Vordergrund ein Bisonbulle. Ich
nickte dem Buben und der Frau zu, sie erwiderten meinen Gruß nicht,
weder sie noch er.

Ein überkniehoher, scheckiger Hund war mit einem Strick an ein
Tischbein gebunden. Als ich ihn ansah, senkte er den Kopf und verkroch sich rückwärts zwischen die Füße der Frau, die, wie ich erst jetzt
sah, aus zierlichen, mit blinkenden Plättchen verzierten leuchtendro-
ten Pantoffeln quollen.

»Das ist Suka«, sagte der Pole und zeigte mit ungeduldig tippendem
Finger auf den Hund. »Sie ist für Sie.«

»Ich glaube nicht, daß ich einen Hund will«, sagte ich. Ich atmete
flach, damit die Luft nicht allzu tief in meine Lungen eindrang.

»Das ist ein Witz, was Sie sagen«, lachte er. »Sie leben allein in dem
Haus. Ohne Hund werden Sie verrückt. Oder es passiert Ihnen etwas.
Sie ist selbstbewußt und klug und nicht feige. Ich wollte sie Ihnen zusammen mit dem Holz bringen. Aber ich dachte: Wenn Sie nicht zu
Hause sind, was fange ich mit ihr an? Wenn ich sie an die Veranda an-
binde und Sie kommen vielleicht erst morgen wieder, ich weiß ja nicht,
was Sie den vom lieben Herrgott spendierten Tag über tun, es geht
mich auch nichts an, womöglich fallen in der Nacht die Kojoten über
die Hündin her oder ein Bär.«

»Ich glaube nicht, daß es hier Bären gibt«, sagte ich und ärgerte mich
über den streitsüchtigen Ton in meiner Stimme.

Er nickte und lächelte und lächelte und nickte eine ziemlich lange
Zeit, ehe er sagte: »Sie brauchen sich nicht zu bedanken. Der Hund ko-

stet zwanzig Dollar. Sie ist ein halbes Jahr alt. Ich habe sie großgefüttert, zwanzig Dollar sind dafür nicht zu viel gerechnet. Das Holz ist umsonst. Es hat mich gar nichts gekostet, und den Transport schenke ich Ihnen.«

Ich sagte, daß ich lieber für das Holz zahlen würde, daß ich aber den Hund nicht mitnehmen wolle; ich könne hundertprozentig keinen Hund brauchen; ich hätte nie in meinem Leben ein Haustier gehabt; ein Hund hätte es bei mir sicher nicht gut. Er starrte mir unverfroren ins Gesicht. Auch der Bub und die Frau schauten mich unentwegt an, aber nicht neugierig wie der Mann, nicht einmal interessiert, eher, wie man einen Gegenstand ansieht, der einem den Blick verstellt und weiter nichts. Mit keinem Wort, keinem Wink hatte er bisher auf die beiden hingewiesen. Die Frau gab den Zigarettenstummel an den Buben weiter, der zog kurz daran, ließ ihn fallen und trat darauf, übertrieben fest, als wäre ihm das eingeschärft worden. Die Frau hob ihre Seite, wühlte aus ihrer Hosentasche eine neue Zigarette, glättete sie, leckte sie ab und zündete sie an der langen, fauchenden Flamme aus einem Feuerzeug an.

»Die Äxte und die Säge und das andere hole ich ab, wenn Sie mit Ihrer Arbeit fertig sind«, sagte Tadeusz Zukrowski. »Dann können wir meinetwegen abrechnen, wenn Sie unbedingt wollen. Ich überlege in der Zwischenzeit, was das Holz wert ist.«

Er band den Hund vom Tischbein los, hob ihn hoch und ging mit ihm hinaus in den Sturm. Ich nickte der Frau und dem Buben zu, was abermals nicht erwidert wurde, und folgte ihm nach. Er öffnete die Hecktür zu meinem Toyota und warf den Hund hinein.

»Ich kann es ja mit ihm probieren«, sagte ich schwach; der Sturm war zu laut, als daß Tadeusz Zukrowski es hätte hören können. Es erschien mir sinnlos, mit diesem Mann zu debattieren, und ich wünschte mich so schnell wie möglich fort von hier.

»Sie heißt Suka«, schrie er mir ins Ohr. »Das ist polnisch und heißt Wölfin. Aber sie ist keine Wölfin. Sie ist ein normaler, braver, guter Hund. Wenn ich nach einer Woche komme, um ihn mir wiederzuholen, werden Sie mich erschießen wollen.«

Auf der Fahrt zurück nach Hause verhielt sich Suka hinten im Verschlag des Jeeps völlig ruhig. Im Rückspiegel sah ich sie breitbeinig dastehen und die Unruhen des Blizzards und der Straße mit Schulter und Hinterteil ausbalancieren; den Kopf hatte sie erhoben – was kann der Mensch im Gesicht eines Tieres schon lesen? Angst sah ich in ihrem Gesicht auf jeden Fall nicht, auch keine Spur von Gereiztheit, aber auch keine Unterwürfigkeit. Als ich zu Hause die Hecktür öffnete, sprang sie heraus und stellte sich neben mich, meine Beine als Windschutz nutzend.

»Also, komm, Suka«, sagte ich und stieg die Veranda hinauf.

6

Suka fraß nicht. An diesem Tag nicht und auch am nächsten nicht. Sie lag auf der Veranda und sah mir zu, wie ich mit der Motorsäge die Stämme zerschnitt, die Trommeln in Scheite hackte und diese an der Außenseite und der Innenseite der Verandenbalustrade aufschichtete. Wenn ich die Hand nach ihr ausstreckte, zog sie die Lefzen zurück und knurrte; wenn ich sie streichelte, beruhigte sie sich und ließ es über sich ergehen. Ich lud sie zu einem Spaziergang ein, ging ein paar Schritte voraus, klopfte mir auf die Schenkel; sie rührte sich nicht vom Fleck; also blieb ich ebenfalls daheim, was mir eigentlich auch recht war, die Arbeit am Holz war quälend schwer für mich, und ich fand, ich hatte genügend Zeit an der frischen Luft verbracht. In der Nacht trug ich sie ins Haus; von sich aus hätte sie die Schwelle nicht übertreten. Sie legte sich an die Tür, die Schnauze an die Ritze gepreßt, durch die Luft von draußen hereinzog. Am dritten Tag schlabberte sie eine Schale mit Milch aus; und als ich sie unter dem Maul kraulte und sie lobte, ruckte sie energisch mit dem Kopf, um meine Hand an die Stelle zu leiten, wo es ihr am angenehmsten war. Ich nahm mir Zeit und redete mit ihr. Sie hatte, seit sie bei mir war, noch keinen Laut von sich gegeben. Ich erzählte ihr, was ich am Vormittag treibe, wenn ich auf der Veranda vor dem Klickklackding sitze – sie sollte sich an meine Stimme gewöhnen, also mußte ich ja irgend etwas reden –, ich las ihr sogar die Seite vor, die ich geschrieben hatte, entwickelte in die großen, wäßrigen Augen hinein, wie die Geschichte weitergehen sollte, daß es die Geschichte meines Vaters sei, die ich, ein paar tausend Kilometer von seinem Grab entfernt, so wahrheitsgetreu wie möglich niederzuschreiben versuchte, »was mir aber nicht gelingt, ich weiß nicht, warum, schon, wenn ich das Wort *er* niederschreibe, komme ich mir wie ein Lügner vor, und bei dem Wort *ich* geht es mir nicht anders, und je genauer ich beschreibe, wie er mir zwei Jahre vor seinem Tod in seinem Studio in der Scheune gegenübersaß und mir erklärte, wie man mit drei Tonbändern den Effekt erzeugen kann, daß sich aus einer Singstimme auf einmal zwei weitere Singstimmen abspalten, so daß sie ein wenig zeitversetzt am Ende der Strophe ankommen, und je genauer ich beschreibe, wie er ausgesehen hat, immer noch dürr und sehnig, das Haar grau wie Hochgebirgsmoos an den Schläfen hinauf, ich winde mich, weil mir dabei ist, als würde ich ihn preisgeben« – und rettete mich, als ich merkte, daß ich mich mit Selbstmitleid aufzufüllen begann, in eine Hollywoodszene, in der ein Schriftsteller seinem Hund, der vor ihm sitzt wie eine Sphinx, erklärt, warum er sich in die Einsamkeit zurückgezogen habe … beichtete Suka, daß ich mir Vorwürfe machte – wegen Maybelle zum Beispiel, weil in der Erinnerung an sie mehr Schauder als Glück enthalten sei; und wegen Dagmar, weil ich so lange gar nicht an sie gedacht hatte; und wegen David; aber auch wegen meiner Mutter, weil ich ihr in meinem Leben nicht so viel Aufmerksamkeit geschenkt hatte wie dir, Suka, in den ersten drei Tagen unseres Zusammenseins; Vorwürfe nicht zuletzt wegen Carl, weil ich ihm in einem einzigen Telefonat die Meinung zu mehr als zwanzig Jahren Schutzengeldienst gegeigt hatte … Was sollte es für einen Sinn haben, vor einem Tier in vollständigen Sätzen zu sprechen? Was hatte ein Tier von der Wahrheit oder der Vorspiegelung derselben? Zwischen Menschen sind oft sehr sonderbare Sachen wahr, und wir setzen alles daran, dafür Worte zu finden und sie auch aussprechen zu dürfen. Zwischen Mensch und Tier aber genügt es, Namen zu nennen. Also sagte ich ihren Namen, sprach ich ihren Namen aus – in der Hoffnung, sie fände in ihrer Brust einen Bellton, der nur mir zugeordnet sein würde –, immer wieder ihren Namen – »Suka« – »Suka« – »Suka«; knetete in die beiden Silben alle emotionalen Motivlagen hinein, die mir einfielen – Freude, Trauer, Seufzen, Spott, Befehl, Zorn, Essen-gibt's!, Spielen-wir!, Melancholie, Weinerlichkeit, Jammer und Verzweiflung, Braver-Hund!, Böser-Hund!, Gehen-wir-jagen!, Resignation, Enttäuschung – bitter oder wehmütig –, eine gute Idee, eine schmerzliche Erinnerung, Tatendrang, Optimismus, Scheinheiligkeit, Witz, Drohung, Ekel, Sachlichkeit, Überzeugung, moralische Betroffenheit, Niedertracht, Ahnung … Es ist erstaunlich, wie variantenreich Komposition plus Improvisation für die Vokale U und A sein können. Meinem Vater hätte das gefallen. Ich lag neben Suka auf der Veranda und verlor mich in diesem Spiel, wie ich mich sonst nur im Gitarrespielen verlieren konnte; und wider ihren Willen und wider die Treue gegenüber ihrem ehemaligen Herrn fand auch Suka daran Gefallen. Wenn ich – absichtlich – eine Weile nichts gesagt und – absichtlich – von ihr weggesehen hatte, hörte ich ihren Schweif auf die Bretter schlagen, und aus den Augenwinkeln bemerkte ich, wie sie ihren Kopf zu mir hinreckte und die Brust ein wenig hob. Nun begann ich mit dem S, zischte es erst leise, dann lauter werdend zwischen den Zähnen hervor – »Sssssss …« –, schlich unmerklich in das U über – »Sssssuuuu …« –, und als ich an der Klippe zum K, auch wegen Luftmangels, abbrach, bellte sie zum erstenmal.

Am vierten Tag schließlich war sie auch in ihrem Herzen mein Hund. Da war sie es in meinem schon lange.

Sie hatte tatsächlich etwas von einer Wölfin. Die spitze kurze Schnauze zum Beispiel. Die Stirn allerdings war nicht so flach wie bei ihrer wilden Schwester. Suka, fand ich, hatte eine Denkerstirn. Akkurat in der Mitte zwischen den Augen standen zwei Denkerfalten, an deren Außenwölbungen sich das Fell, an dieser Stelle sattbraun, aufspreizte und die weiße Haut hindurchschimmern ließ. Wenn sie am Boden lag, den Kopf auf ihren Pfoten, und zu mir emporblickte, bildete sich bisweilen eine dritte Falte, und die verlief horizontal, legte sich als ein Querbalken über die Denkerfalten, was sie nun nicht mehr wie eine Philosophin, sondern wie eine arme Sünderin aussehen ließ. Allerdings fand ich bald heraus, daß dieser Blick weder auf Reue noch auf Demut deutete, sondern eher auf eine Art Geistesabwesenheit, oder sollte ich besser sagen, auf eine Art Nicht-bei-mir-Sein, denn ihre Augen waren nicht auf mich gerichtet, wie ich gemeint hatte, sondern ihr Blick ging durch mich hindurch, eigentlich ein Aus-der-Welt-Sein, so als hinge sie Erinnerungen und Traumbildern nach, die tatsächlich bis in die Wolfszeit zurückreichten; in solchen Momenten reagierte sie nicht auf meine Stimme, erhob sich nicht, wenn ich von meinem Sessel aufstand – was sie sonst immer tat –, wandte nicht einmal den Kopf, wenn ich die Tür nach draußen öffnete – was sie sonst immer jubelnd als Auftakt zu einer Wanderung, als Auftakt zur wilden Jagd, interpretierte; auch wenn ich vielleicht doch nur die fünfzig Schritte den Hang hinunter zum Brunnen ging.

Suka war eine längst nicht mehr nachvollziehbare Mischung, eine Bastardin in der x-ten Generation; als wäre alles, was je Hund gewesen war, in ihre Gene eingeerbt worden. Wenn sie neben mir stand, konnte ich gerade meine Hand auf ihren Kopf legen. Ihr Fell war zwei-, genaugenommen dreifarbig, nämlich über den Rücken schwarz, an Bauch und Brust weiß, am Kopf aber, ebenso an den Pfoten und gegen die Spitze des Schwanzes hin breiteten sich braune Inseln aus, leopardenfleckig, von *café noir* bis *café au lait*. Der langbehaarte Schwanz ringelte sich, wenn sie straff stand, unedel nach oben; dies lasse (habe ich, wenn ich mich recht erinnere, bei Jack London gelesen) auf besondere Intelligenz schließen. Sie hatte warme, gütige, teilhabende Augen, etwas glubschig vielleicht, was jemanden, der sie nicht kannte – auch mich anfänglich –, zu dem Irrtum verleiten konnte, sie sei drollig. Das war sie nicht. Dazu fletschte sie zu oft und zu gern die Zähne; auch gegen mich, das bereitete mir am Beginn unserer Freundschaft Sorgen; bald aber erkannte ich, daß dies nicht Beißlust, sondern lediglich eine Marotte war. So gern sie auf unseren Wanderungen herumtollte, jeder Fährte begeistert nachschnüffelte und hinter Tieren aller Art herjagte (nicht hinter Kojoten, vor denen hatte sie einen heiligen Respekt; nicht Angst, eher so etwas wie Ehrfurcht vor der Verwandtschaft), am Spiel, also der Imitation der Jagd, hatte sie wenig Interesse. Wenn ich den Ball warf, den ich nur zu diesem Zweck besorgt hatte, trottete sie ihm zwar nach, klaubte ihn auch mit den Zähnen auf, stand aber ziemlich ratlos in der Welt und blickte zu mir herüber und ließ sich durch mein Zurufen nicht überreden, ihn mir zu bringen, damit ich das Spiel fortsetze; schließlich spuckte sie ihn aus. Öfter als dreimal hintereinander ließ sie sich zu diesem Zeitvertreib nicht bewegen; demonstrativ hockte sie sich hin und sah zu, wie der Ball an ihr vorüberrollte, und nicht ein Muskel in ihrem Leib zuckte. Es war mir nicht möglich, ihr irgend etwas beizubringen. Sie setzte sich nicht, wenn ich »Sitz!« sagte, sie legte sich nicht, wenn ich »Platz!« sagte, sie blieb nicht an meiner Seite, wenn ich es – sie aber nicht – für notwendig hielt. Das mochte ich an ihr, und zuletzt erteilte ich diese Befehle nur noch, um mich daran zu erfreuen, wie wenig sie sich darum scherte. Der Drang nach Selbstauflösung in Kameradschaft war ihrem Wesen völlig fremd. Nicht aber der Drang, mir ihre Empfindungen zu zeigen. Oft war mir nicht klar, was diese Empfindungen ausgelöst hatte. Ich gewöhnte mir schließlich doch an, in ihrer Gegenwart vor mich hin zu reden – nicht mit ihr sprach ich, das nicht; was ich direkt an sie richtete, blieb einsilbig, höchstens zweisilbig und ging weiterhin nur wenig über die Nennung ihres Namens hinaus; aber ich gewöhnte mir an, wenn ich an der Schreibmaschine saß, manche Formulierung laut vor mich hin zu rezitieren oder nachzuplappern, welche Handgriffe ich gerade vollführte, oder schleifenartig zu wiederholen, was ich als nächstes vorhatte. Ich weiß nicht, ob ich zu dieser Art von Selbstgesprächen auch ohne Hund irgendwann Zuflucht genommen hätte – ob das vielleicht jeder tut, der sechs Tage in der Woche keinen Menschen sieht, außer am Morgen für drei Minuten sein eigenes Spiegelbild, und keinen Menschen hört, nicht einmal aus einem Transistorradio. Suka hielt sich die meiste Zeit in meiner unmittelbaren Nähe auf. Gern lagerte sie mit ihrem Bauch auf einem meiner Füße, was auch ich sehr gern mochte. Die Wärme, die von ihrem Körper auf mich überging, beruhigte mich mehr, als es jedes Medikament vermocht hätte. Aber sie nahm keine Notiz von dem, was ich vor mich hin redete, jedenfalls ließ nichts aus ihrem Verhalten darauf schließen, es wäre anders. Es kam vor, daß sie plötzlich die Ohren aufstellte und in meine Richtung schaute, als hätte ich nach ihr gerufen, was ich aber nicht getan hatte; oder sie sprang auf, wedelte so heftig mit dem Schwanz, daß ihr Hinterleib wackelte; oder sie schnellte gar, wie vom Boden weggesprengt, auf meinen Schoß und führte sich auf, als wolle sie sich in meine Brust hineinwühlen, wobei aus der ihren ein warmes, wehmütiges, mehr katzen- als hundehaftes Knurren aufstieg, gegen das sie nur anzukommen meinte, indem sie sich davon frei bellte; und dieses Bellen hatte etwas eindeutig Empörtes an sich, etwas Ungeduldiges, Zorniges, als wäre sie selbst von diesem Liebesaufwallen überrascht und mahne sich, wieder die Contenance zu gewinnen. Irgend etwas in ihr war wohl der Auffassung, allzuviel von diesem Gefühl sei ungesund; sie sprang von meinem Schoß, verkroch sich ans andere Ende der Veranda oder zog eine Runde um das Haus. Ich finde kein anderes Wort: Sie war verlegen. Eine Vermenschlichung von tierischen Verhaltensweisen ist Illustriertenkitsch, das weiß ich auch, aber wenn so etwas mit einem geschieht, kann man, wenigstens im ersten Moment, nicht anders, als die Palette der eigenen Empfindungen auf die Kreatur zu übertragen und Vergleiche anzustellen; abgesehen davon, daß unsere Sprache ausschließlich menschlichen Bezug kennt, wir also korrekterweise über außermenschliche Natur nur schweigen dürften.

Der Analogieschluß von mir auf sie stellte sich oft genug als Irrtum heraus. Gähnen zum Beispiel; eine Beobachtung, die mich beschäftigte – ich will es erklären: Wir brachen für gewöhnlich gegen Mittag auf. Wenn ich in meine Schuhe schlüpfte und die langen Bänder zuschnürte, führte sie einen Freudentanz auf – übrigens nur mittags reagierte sie so; wenn ich morgens die Schuhe anzog, blieb sie gleichgültig, sie begleitete mich nur selten hinunter zum Brunnen; abends war es ihr ein Zeichen, sich zu erheben und, ohne einen Laut von sich zu geben, mir voraus den Hang hinaufzugehen –; mittags aber bellte meine Suka, die mit ihrer Stimme so geizte, trat mit ihren zu groß geratenen Pfoten gegen meine Schuhe, versetzte mir, der ich mich über die Schuhe beugte, mit ihrem Schädel einen Kinnhaken, schnappte mit den Zähnen nach den Schnürsenkeln, sprang in die Luft, drehte sich dabei, was übrigens nicht elegant aussah, sondern so, als wäre sie ziemlich lieblos geworfen worden. Suka war eine begeisterte Geherin; manchmal waren wir sechs Stunden unterwegs, und weil ich doch recht langsam dahinschritt, lief sie dauernd vor und zurück, absolvierte also alles in allem sicher die doppelte Wegstrecke; Anzeichen von Müdigkeit aber hatte ich nie an ihr bemerkt. Im Fall daß ich allerdings – und darauf will ich hinaus – unseren Spaziergang, weil ich Schmerzen hatte oder weil ich doch lieber noch eine Seite oder zwei schreiben wollte, auf nur eine halbe Stunde reduzierte, dann erschien sie mir, wenn wir wieder zu Hause ankamen, erschöpft und tatsächlich hundemüde, sie ließ den Kopf hängen – und: gähnte. Gähnen konnte dieses Wesen! Sie stellte sich breitbeinig vor mich hin, streckte die Vorderpfoten weit von sich, reckte das Hinterteil in die Luft, ging vorne nieder und sperrte das

Maul so weit auf, daß ich ihr über den rosagerippten Gaumen bis weit in den Rachen hineinschauen konnte. Sie fing an zu zittern, erst zitterte der Schwanz, dann zitterten die Hinterbeine, die Flanken, die Schulterblätter, am Ende die Vorderläufe, sie stellte ihre Pfoten auf, zeigte die Krallen, als würde der Überschuß dieser bebenden Kraft über sie in die Luft abgeleitet. Dabei gab sie einen singenden Laut von sich, ähnlich dem, den sie bei Vollmond gegen den Himmel schickte. Und den Rest des Tages war sie schlecht gelaunt; das heißt, sie mißachtete mich, gab sich ignorant gegenüber allem. Als wollte sie mich dafür bestrafen, daß ich sie um ihre geliebte Wanderung geprellt hatte. Mit der Zeit kam ich allerdings zu der Auffassung, daß meine Interpretation falsch war. Suka war weder müde, noch wollte sie mich mit ihrem Gähnen provozieren, noch war sie schlecht gelaunt. Das Gähnen aus Müdigkeit war ein anderes, ein völlig anderes; sie benötigte dafür keine besondere Körperhaltung, sie gähnte im Liegen oder im Sitzen oder im Stehen, wie wir es auch tun, und danach schlief sie meistens ein. Auch ihre schlechte Laune – natürlich hatte sie manchmal schlechte Laune – äußerte sich anders, nämlich aggressiv und bissig – nicht daß sie mich verletzt hätte, aber ein Loch in mein Hosenbein gebissen hat sie mir bei solcher Gelegenheit schon. Was die Gründe für ihre schlechte Laune waren, ist schwer zu sagen; manchmal war es ihre Reaktion auf meine schlechte Laune, manchmal kam es mir so vor, als wäre sie frustriert, weil sie bei der Jagd nach irgendeinem kleinen Tier erfolglos geblieben war, wobei galt: je kleiner das Tier, desto bitterer die Niederlage; oder aber es gab keinen ersichtlichen Grund für ihre Allüre, es ging ihr eben alles auf die Nerven – warum nicht manchmal auch einem Tier? Der Freudentanz vor unseren Spaziergängen aber, so sehr er mich rührte, ich glaubte, er diente doch in erster Linie dazu, Adrenalin in die Muskeln zu pumpen, also Energie aufzutanken für den langen Weg. Das Gähnen nach einem zu früh abgebrochenen Spaziergang war dagegen so etwas wie Energieabfuhr. Und ich vermutete, auch ihre plötzlichen stürmischen Liebesbezeugungen waren nichts weiter als Energieabfuhr und wurden weder von meinen Worten noch von deren Klang, noch von irgendwelchen anderen Äußerungen meinerseits ausgelöst. Dieser Gedanke ließ mich ziemlich jämmerlich zurück, das muß ich zugeben – als einen, der nicht geliebt, auf den bloß reagiert wird. Allerdings hielt sich diese mechanistisch-materialistische Einschätzung des Tierischen nicht sehr lange in mir. Ich gab sie bald wieder auf und war mir dabei durchaus bewußt, daß ich mich vom Intellektuellen zum Schamanen wandelte, daß ich mich vom Klaren weg zum Dumpfen hin bewegte, und zwar kriechend, verschämt vorbei am hellgetünchten Tor der Aufklärung, hin zu den roten Höhleneingängen der Magie.

7

Woher hatte Tadeusz Zukrowski das Holz? Und warum wollte er es mir schenken? Es war vorzügliches Brennholz, bis in den Kern hinein ausgetrocknet. Eine Rarität in den umliegenden Countys, wo es so gut wie keine Wälder gibt. Ich traute ihm zu, daß er es irgendwo geklaut hatte. Was für ein Aufwand! Und wozu das Ganze? Damit ich ihn bewundere? Um mich als seinen Freund zu gewinnen? Lenny hatte mich gewarnt, Parkaufseher kontrollierten die Gegend; daß ich beim Fischen aufpassen soll, meinte er. Und wenn nun einer von denen kommt und den großen Haufen Holz vor meinem Haus sieht? Ich wußte nicht, wo ich es noch stapeln sollte. Das Haus war mit Holzscheiten eingepackt. Und ich war fix und fertig. Jeden Muskel spürte ich am Körper. Ich haßte die Hackerei! Welche Strafe stand in dieser Gegend auf Holzdiebstahl? – Ich dachte viel zuviel über Tadeusz Zukrowski nach, und das verdarb meine Schreibarbeit. Kaum ein Absatz, der nicht von Ressentiments beherrscht wurde. Was andererseits wiederum gut in einen Text über meinen Vater paßte; er war schließlich ein Virtuose des Vorurteils gewesen, ein Meister der Paranoia, ein Märtyrer seiner eigenen Einbildungskraft.

Nach einer Woche war ich immer noch nicht mit dem Holz fertig. Zum Glück hielten die schönen Tage an. Es war kalt und die meiste Zeit windstill. Ich setzte die Fenster über der Balustrade ein; die Sonne hatte noch genügend Kraft, um die Veranda zu wärmen.

Als ich mit Suka von einem Spaziergang zurückkam – einem kurzen Spaziergang, ich war einfach zu k. o., um nach dem Sägen und Hacken auch noch drei Stunden oder länger unterwegs zu sein –, sah ich wieder den blauen Pickup beim Haus stehen. Ich stieg auf den Felskegel, der vom Weg aus die Sicht auf das Haus versperrte, und beobachtete Tadeusz Zukrowski, wie er mit der Behendigkeit und der Geschwindigkeit eines Rumpelstilzchens die zersägten Baumstämme in Scheite spaltete. Aus dem Haufen neben dem Hackstock schloß ich, daß er unmittelbar, nachdem ich und Suka das Haus verlassen hatten, die Arbeit aufgenommen haben mußte; und daraus wiederum schloß ich, daß er uns beobachtet hatte, daß er sich versteckt und gewartet hatte, bis wir das Haus verließen, um möglichst viel Zeit für die Arbeit zu haben. Was wollte dieser Mensch von mir? Ich war mir unsicher wegen Suka, deshalb blieb ich dem Haus fern – wie sie reagierte, wenn sie ihren ehemaligen Herrn vor sich sähe; ob sie wie Krambambuli, hin- und hergerissen zwischen zwei einander ausschließenden Loyalitäten, jede Fassung und jede Zufriedenheit verlöre und zuletzt unter Gewissensqualen womöglich zu Zukrowski überliefe. Aber sie gab mir nicht den geringsten Anlaß zu zweifeln, wem sie sich zugehörig fühlte. Sie bezog klar Position, drückte sich gegen meinen Schenkel; aber nicht, um von mir Sicherheit und Schutz zu fordern, sondern um mir diese zu geben. Und sie fletschte die Zähne – nicht aus einer Marotte heraus diesmal, sondern weil sie meine Erregung spürte und weil auch sie empört war, daß sich jemand bei unserem Haus zu schaffen machte; und vielleicht ja auch, weil sie in dem Störenfried ihren ehemaligen Herrn erkannte. Falls letzteres, war bewiesen, daß sie ihn haßte; und wenn sie ihn haßte, so hatte sie wohl einen Grund dafür; und wenn Suka einen Grund hatte, Tadeusz Zukrowski zu hassen, dann hatte ich für mein Teil noch einen dazu. – Ich drehte um, und wir unternahmen nun doch noch eine längere Wanderung.

Als wir endlich nach Hause kamen, war alles Holz verarbeitet und sauber in zwei Stößen aufgeschichtet und mit einer Plane abgedeckt. Motorsäge, Treibstoffkanister, Äxte, Keile, Helm, Brille und Handschuhe hatte mein Wohltäter wieder mitgenommen. Aber diesmal fuhr ich nicht zu ihm hinaus, um mich bei ihm zu bedanken. Statt dessen besuchte ich Lenny, fragte ihn nach Tadeusz Zukrowski. Er kenne ihn flüchtig, sagte er, habe aber keine Meinung vom ihm. Ich solle, wenn ich nicht noch einmal sein Haus betreten wolle, was er verstehen könne, im Touristenzentrum beim Eingang zum Nationalpark nach ihm fragen; dort treibe er sich herum, er sei so eine Art Unter-

unterhausmeister. Lenny schlug vor, ich solle Zukrowski für alles zusammen wenigstens hundert Dollar geben.

»Wenn du ihm für das Holz und den Hund gar nichts gibst, das wäre sehr unüblich«, drückte er sich aus.

Ich traf Zukrowski beim Touristenbüro nicht an – war mir lieber so. Also hinterlegte ich ein Kuvert für ihn, darin waren hundertzwanzig Dollar und ein in die Maschine getippter Brief:

Lieber Mr. Zukrowski,
Danke für Ihre Mühe. 100 Dollar sind für das Holz. Ich hoffe,
das genügt. Die 20 Dollar sind, wie vereinbart, für den Hund.
Freundliche Grüße
Sebastian Lukasser

Am folgenden Tag fuhr ich noch einmal zum Büro. Er war wieder nicht da. Die Sekretärin versicherte mir, daß sie das Kuvert an Mr. Zukrowski weitergegeben habe. Damit war die Sache für mich erledigt.

Der Winter brachte tatsächlich Unmassen an Schnee. Erst Schnee und dann Temperaturen bis minus dreißig Grad – was beim ersten wolkenlosen Morgen ein Panoramawunder aus Blau und Weiß vor Sukas und meinen Augen erstehen ließ (täuschte ich mich, oder war in ihrem Gesicht tatsächlich Entzücken; daß mein Hund also einen Sinn für Ästhetik besaß?), aber fatale Folgen hatte, nämlich erstens: Der Toyota war eingeschneit, so daß nichts mehr von ihm zu sehen war als ein weißer Hügel, der seine Konturen gerade noch erahnen ließ. Ich schaufelte ihn frei – nachdem ich mich mühsam zu ihm durchgeschaufelt hatte. Die zweite fatale Sache: Er sprang nicht an; es war zu kalt. Aber was hätte er mir genützt? Selbstverständlich wurde der Weg zu meinem Haus nicht geräumt, vom wem auch. Bis zur Interstate waren es etwa zwei Meilen. Es war vollkommen unmöglich, mich bis dorthin zu Fuß durch den Schnee zu kämpfen – um vielleicht ein Auto anzuhalten. Auf einen Wärmeeinbruch wie in den Alpen konnte ich hier nicht hoffen. Einen halben Tag lang verbrachte ich in der Angst, bis ins Frühjahr hier eingeschneit zu sein. Erfrieren würden Suka und ich nicht, aber verhungern. Dann kam Rettung.

Rettung in Form meines selbsternannten Schutzengels. Im verglasten Führerhaus am Steuer einer riesigen Schneeräummaschine, die der Aufschrift zufolge Eigentum des National Park Service beim U. S. Department of the Interior war, saß Tadeusz Zukrowski, auf dem Kopf eine Pelzmütze wie ein sibirischer Wachsoldat, über dem obligatorischen Overall ein daunengefüttertes Holzfällerhemd. Er winkte mir zu, rief, er sei befördert worden, der Mann, der die Wegeordnung im Ostteil des Parks unter sich habe, heiße von heute an Tadeusz Adam Wojtek Zukrowski; er bekomme mit ziemlicher Sicherheit auch ein eigenes Büro, auf dessen Tür sein Name stehe, sogar sein voller Name, wenn er es wünsche, das überlege er sich aber noch. Er brüllte von oben auf mich herunter; hielt es nicht für nötig, von seinem mythischen Gefährt herabzusteigen, dessen Räder mir bis zum Hals reichten. Er kurvte jauchzend einen Platz vor dem Haus frei und fuhr wieder davon. Seine Hand ragte aus dem Plexiglaskopf dieses Ungetüms, bis es hinter dem Kegelfelsen verschwand.

Der Winter brachte keinen weiteren Schnee mehr. Und keinen weiteren Besuch von Tadeusz Adam Wojtek Zukrowski.

Daß sich *Musicians* gut, eigentlich sensationell verkaufte, erfuhr ich aus einem Brief von Dr. Kupelian, und es wurde durch die Frühjahrsabrechnung und meinen Kontostand eindrucksvoll dokumentiert. Für Marti Lipman war ich eine Nummer, im Verkauf durchaus im oberen Mittelfeld angesiedelt, um nicht zu sagen: in der unteren Spitze; über mir – allerdings in beträchtlichem Abstand – lagen in dieser Saison nur noch zwei Sachbücher, eines über Richard Nixon, das andere zu einem Gesundheitsthema.

Im April besuchte mich Dr. Kupelian. Ich holte ihn am Flugplatz in Bismarck ab. Ich hatte auf seine ausdrückliche Bitte hin im teuersten Hotel von Dickinson ein Zimmer reservieren lassen. North Dakota lag für ihn jenseits der Zivilisation. Vor Suka fürchtete er sich – mit Recht; ich selbst fühlte mich ebenfalls nicht wohl auf der Fahrt von Bismarck nach Dickinson, als sie im Fond des Wagens, sozusagen in Dr. Kupelians Nacken, stand und, wie ich im Rückspiegel sah, unentwegt auf denselben starrte. Sie war eifersüchtig. Ich hatte sie schon einmal in diesem Zustand erlebt. Ich hatte im Institut mit einer Studentin gesprochen, und prompt war sie außer sich geraten, hatte die ganze Belegschaft zusammengebellt; ich mußte ihr die Leine anlegen und sie knapp halten, weil sie sonst der jungen Frau ins Gesicht gesprungen wäre. Zwischen der Frau und mir war ein Interesse gewesen, das sich für Suka aber anders darstellte als zum Beispiel das Interesse zwischen Toni und mir oder Lenny und mir. So interpretierte ich ihren Anfall. Auch wenn zwischen Dr. Kupelian und mir nun gewiß kein wie auch immer geartetes erotisches Attachement bestand, projizierte ich doch Erwartungen in ihn, die meinen Ausdünstungen womöglich einen Duft beimischten, der dem des Libidinösen ähnlich war – schließlich ging's ums Schreiben. Ich sperrte Suka im Haus ein, Dr. Kupelian und ich saßen auf der Veranda. Mit besorgter Neugier begutachtete er das Haus. Als ich ihn am Abend in die Stadt fuhr, ließ ich Suka allein zurück – zum ersten Mal.

Ich hatte Dr. Kupelian zu Weihnachten eine Karte geschickt und darauf erwähnt, daß ich mich zur Zeit ausschließlich von Shakespeare ernährte. Als ich ihm nun die hundertzwanzig Seiten der Novelle gab, die ich über den Winter geschrieben hatte – er hatte mich gebeten, erst gar nicht zu versuchen, eine Übersetzung herzustellen; das werde der Verlag in die Hand nehmen –, fragte er, was ich als nächstes vorhabe. Ich sagte, ich wisse es noch nicht. Er drückte mir ein mürbes Buch in die Hand, *Tales from Shakespeare*, erschienen im Jahr 1807 in London – »ein Geschenk des Verlags«. Die Autoren waren Charles und Mary Lamb.

»Tun Sie wie die beiden«, sagte er, »und Sie werden ein reicher Mann.«

Und damit begann ich an dem Abend, nachdem ich Dr. Kupelian zurück nach Bismarck gebracht hatte. Bis in den Herbst hinein dauerte diese Arbeit; sie »machte mich glücklich und heilte meine Wunden« (wie ich später im Klappentext zum Buch zitiert wurde, nachdem ebendort erzählt worden war, daß Charles Lamb auf die gleiche Weise die Geisteskrankheit seiner Schwester Mary zwar nicht geheilt, aber doch gemildert habe). Ich erzählte in Prosa die Geschichten von *Macbeth* und *Othello*, vom *Wintermärchen* und vom *Sommernachtstraum*, vom *Kaufmann von Venedig* und von *Romeo und Julia* (worin mich besonders die Figur des Mercutio bezauberte, dessen manische Rede in ihren Andeutungen beinahe universell ist; in meiner Nacherzählung des Stücks hat der spottende Parteigänger Romeos, solange er am Leben ist, denn auch die titelgebenden Personen deutlich in den Hintergrund gedrängt); die Geschichten von *König Lear, Richard III.* und *Hamlet*, von Falstaff aus den beiden Heinrichen, die Geschichte von Rosalinde aus *Wie es euch gefällt*, die Römerhistorie *Julius Cäsar*, die irre Komödie *Ende gut alles gut* und das bittere Lehrstück über Timon von Athen. Wenn ich eine Geschichte fertig hatte, schickte ich sie nach New York. Dr. Kupelians Antworten waren enthusiastisch und kritisch in einem. Wenn er enthusiastisch war, bildete ich mir ein, ich sei der Beste; wenn er kritisch war, glaubte ich, ich werde, wenn ich mich anstrenge, sogar noch besser. Es tut mir bis heute leid, daß ich in ihm nie etwas anderes als meinen Lektor gesehen habe, daß ich mich zu selten und auch nur floskelhaft nach seinem Befinden erkundigt hatte – ich wußte gar nichts über ihn, weder ob er verheiratet war und Kinder hatte, noch woher er stammte oder wie die Bedingungen seiner Arbeit im Verlag waren; andererseits vermittelte er mir den Eindruck, er sehe auch in mir ausschließlich den Autor und daß es ihm recht sei, wenn wir uns in unserer Kommunikation auf unsere Rollen beschränkten. Bald nach Erscheinen meines Shakespeare-Buches verließ er Marti Lipman und zog nach Los Angeles, wo ihm bei Paramount Pictures ein Job angeboten worden war; da lebte ich bereits nicht mehr in Amerika. Ich habe nie mehr etwas von ihm gehört.

8

Im Herbst 1985 kam Carls Brief. Ich überredete Lenny, daß er Suka für eine Woche in seine Obhut nehme. Im Leben meiner Mutter kündige sich eine grundlegende Veränderung an, sagte ich. Mit Lenny und Toni war Suka immer gut gewesen, von Anfang an. Sie schätzte die beiden als nicht konkurrenzfähig ein. Als ich ihr den Kopf streichelte und mich der Tür zuwandte, blickte sie mir nach, als würde ich nur schnell die sprichwörtlichen Zigaretten holen; was mich wiederum in meiner Einschätzung ihrer Instinkte etwas ernüchtern ließ, hatte ich doch damit gerechnet, sie werde die Unruhe, die mich in den letzten Tagen befallen hatte, richtig deuten.

Ich blieb eine Woche in Österreich. Das genügte allerdings, um meinen Lebensplan – wenn ich überhaupt einen gehabt hatte – über den Haufen zu werfen. Meine Mutter wollte also ins Kloster gehen. In was für einer Welt lebte ich eigentlich? Auf dem Rückflug beschloß ich, nach Hause zurückzukehren. Nach Wien nämlich. Nach Wien, wie ich es mir auf dem Friedhof in Queens so sehr gewünscht hatte. Als wäre dort die entscheidende Abzweigung in unserem Leben gewesen. Vor zwanzig Jahren war mein Vater aus Amerika zurückgekehrt, und von diesem Zeitpunkt an waren wir den falschen Weg gegangen. Meine Mutter versuchte auf ihre Weise eine Korrektur; ich hatte es auf meine Weise versucht.

Suka hatte das Fressen verweigert. Sie war in einem erbärmlichen Zustand. Sie hatte sich das Fell an den Pfoten zerbissen, die Haut darunter war wund, an manchen Stellen eitrig. Ihre Augen waren trüb. Als ich vor ihr stand, erhob sie sich mühsam, wartete, bis ich mich zu ihr niederbeugte, dann erst wedelte sie mit dem Schwanz. Ich glaube, wenn ich zwei Tage oder drei Tage früher gekommen wäre, sie hätte ihre Sprünge vollführt, die aussahen, als wäre sie in die Luft geworfen worden; jetzt winselte sie bloß – nicht weil sie zu schwach zum Springen gewesen wäre, sondern weil ihr Mut und ihre Freude gebrochen waren. Sie fand nicht mehr aus dem Schmerz heraus. Lenny und Toni waren verzweifelt – und auch zornig auf mich. Ich hätte das voraussehen müssen, meinten sie – ein Tier, das dermaßen auf einen einzigen Menschen fixiert sei.

Ich erkundigte mich telefonisch bei den Zollbehörden, womit bei einer Ausreise zusammen mit einem Hund gerechnet werden müsse. Genau Bescheid wußte niemand. Sicher war, daß ich eine Bestätigung eines Tierarztes brauchte; der Hund müsse auf jeden Fall gegen alle möglichen Krankheiten geimpft werden. Ohne diese Bestätigung dürfe er das Flughafengebäude nicht einmal betreten. Unmittelbar vor dem Abflug bekomme er ein Beruhigungsmittel gespritzt, anschließend werde er in einen Käfig gesperrt. Wie groß der Käfig sei, fragte ich. Nicht groß genug, daß er sich darin umdrehen könne, hieß es. Die Ausreisebedingungen waren soweit klar; über die Einreisebedingungen in Österreich lagen bei den Zollbehörden am Flugplatz von Bismarck keine gesicherten Bestimmungen vor. Ich solle mich an ein österreichisches Konsulat wenden. Beim Konsulat in New York meinte ein freundlicher Herr, es sei sehr wahrscheinlich, daß mein Hund nach der Ankunft in Wien in Quarantäne genommen werde. Für wie lange, fragte ich. Bis zu drei Wochen. Daraufhin erkundigte ich mich bei der Schweizer Botschaft, wie es die Schweizer Behörden mit einreisenden Hunden hielten. Ich dachte nämlich so: Ich fliege nach Zürich, fahre mit dem Zug bis zur Grenze und schleiche mich bei den Baggerlöchern des Rheins nach Österreich hinüber; ich kannte die Gegend, es würde kein allzu großes Risiko sein. Die Einreise mit Hund in Zürich war allerdings nicht weniger scharf geregelt als in Wien. Ein Tierarzt, hieß es, werde am Flughafen entscheiden, ob der Hund in Beobachtung genommen werde oder nicht. Wie wahrscheinlich es sei, daß er in Beobachtung genommen werde, fragte ich. Das konnte mir die Dame bei der Schweizer Botschaft in New York nicht beantworten.

Schließlich schien mir die einzige Möglichkeit, Tadeusz Zukrowski zu fragen, ob er für Suka einen neuen Platz wisse. Ich würde so lange noch hier bleiben, bis sie sich eingewöhnt habe; und falls sie sich gar nicht eingewöhne, werde ich sie wieder zu mir nehmen. Ich rechnete nicht damit, daß er mir helfen würde. Aber ich irrte mich. Er gab sich sehr verständig. Ins Haus bat er mich freilich nicht. Wir verhandelten auf dem morastigen Platz vor der Scheune. Wenn es allein nach ihm ginge, sagte er, würde er auch lieber heute als morgen abreisen und nach Polen zurückkehren. Ich solle den Hund getrost bei ihm lassen. Er würde sich um die beste Lösung kümmern.

Suka wehrte sich. Ich zerrte sie aus dem Fond des Toyota, sie schnappte nach mir, ich war grob zu ihr, sprang auf den Fahrersitz und fuhr davon, raste über den Freeway bis zur Grenze nach Montana, brüllte gegen den Motor an. Nach drei Stunden kehrte ich nach Hause zurück.

Suka lag auf der Veranda. Sie war tot. Mund und Nase waren blutverschmiert, wo das linke Auge gewesen war, klaffte ein Loch. Zukrowski hatte ihr in den Kopf geschossen und den Kadaver vor mein Haus geworfen.

Ich holte das Gewehr. Ich wollte ihm die Mündung gegen die Stirn hämmern, bis dort auch so ein schwarzes Loch war. Sollte sich bei dieser Gelegenheit ein Schuß lösen, dann hätte sich bei dieser Gelegenheit halt ein Schuß gelöst. Als ich sein elendes Haus vor mir sah, schlug ich mit der Faust auf die Hupe. Der Jeep schlitterte über den Hof und stellte sich quer. Ich sprang heraus und rief, er soll aus dem Haus kommen. Die Tür flog auf, und ich war es, der die Mündung eines Gewehrs an der Stirn hatte. Zukrowski war bleich wie Mehl, er hatte das Gewehr im Anschlag, drückte sein Gesicht gegen den Kolben und stieß mit dem Lauf gegen meine Stirn, wie ich es bei seiner Stirn hatte tun wollen, dabei schrie er mit sich überschlagender Stimme.

»Spierdalaj, ty chuju! Zajebie cie na smierc! Scheißemann! Nazi! Scheiße! Fuck you! Kurwa! Fuckscheißemann! Chuj! You are a loser! You are a dickless donkey nazi! Wypierdalaj, bo odstrzele ci ten glupi leb! Ich ziel auf deinen Kopf, Nazi!«

Ich rannte zum Jeep zurück, drehte mich im Laufen immer wieder um, warf das Gewehr durch das offene Fenster ins Wageninnere. Er marschierte breitbeinig hinter mir her, ohne Eile, das Gewehr immer noch an der Wange. Und dann schoß er! Ja, er hat tatsächlich geschossen, dieses Arschloch! Das Projektil durchschlug meine Windschutzscheibe. Ich duckte mich hinter die Tür des Jeeps und kroch über den Beifahrersitz ans Lenkrad. Er fing wieder an zu brüllen. Ich sah ihn durch die Windschutzscheibe, das Gewehr lang vor ihm im Dreck, er stützte die Hände auf die Knie und schrie aus Leibeskräften und beugte sich vor, als würde er sich gleich übergeben, und was ich hörte, war weder Englisch noch Deutsch und wahrscheinlich auch nicht Polnisch, sondern ein absurder Kauderwelsch, den ihm pur sein Jähzorn eingab. Ich zitterte so sehr, daß ich Mühe hatte, den Rückwärtsgang einzulegen. Ich trat das Gaspedal voll durch. Der Jeep nahm einen Satz nach hinten, ich schlug das Lenkrad ein, die Reifen drehten durch, im Rückspiegel sah ich, daß Zukrowski das Gewehr wieder auf mich anlegte, sein zweiter Schuß knallte in den rechten vorderen Kotflügel, ich rutschte im Sitz nach unten, haute den ersten Gang hinein und raste davon, ohne etwas zu sehen.

An dieser Stelle war die Geschichte meines tintendunklen Amerikas an ihr Ende gekommen.

»Weiß ich nun alles über dich?« fragte Carl

»Ich bin durch«, sagte ich.

Der alte, gottbärtige Hofrat Mader fällt mir ein, von dem mir Carl erzählt hatte; der wenige Wochen nach Ende des Krieges im halb-zerbombten Café Mozart in Wien darüber spekulierte, ob sein bibli-sches Ebenbild sich unter Umständen und in höchst besonderen Fällen vielleicht dazu überreden ließe (zum Beispiel von Präsident Truman, dem Entfacher des höllischen Feuers im Himmel über Hiroshima und Nagasaki), die Zeit zurückzudrehen, um uns Kreaturen eine zweite Chance zu geben. Carl hatte sich lustig über ihn gemacht. Er hat sich am Beispiel des Hofrat Mader über das schlechte Gewissen im allge-meinen lustig gemacht, dem ja bekanntlich die Tendenz innewohnt, dunkler zu malen als die Wirklichkeit, und in dessen atomarem Kern die Sehnsucht steckt, die Zeit außer Betrieb zu setzen: Würde der lie-be Gott das Weltgeschehen tatsächlich zurückdrehen, wäre es dann nicht zielführend, wenn wir dies auch merkten? Damit wir wenig-stens beim zweiten Versuch die richtigen Scheiben treffen? »Was für einen Sinn«, habe der Hofrat in die verständnislose neue Luft hinein gefragt, »hätte sonst der ganze Aufwand?« Und als wäre er vom lieben Gott persönlich eingeladen, seine Argumente vorzutragen, habe er mit ausgebreiteten Armen dargelegt: »Als Wilhelm II. das alles an-dere als ernstgemeinte Rücktrittsgesuch Bismarcks annahm, hatte er seine Gründe gehabt. Die mögen noch so dämlich und wichtigtue-risch gewesen sein, es waren immerhin Gründe. Warum sollten die-selben Gründe nicht abermals den Ausschlag geben, wenn der Kaiser bei einem zweiten Anlauf kein besseres Wissen mitbrächte, wenn ihm nicht höheren Orts eingehämmert worden wäre, welche Auswirkun-gen sein Entschluß haben wird?« – Das Kreuz des Abendlandes ist das schlechte Gewissen. Vor sechsundzwanzig Jahren ist mein Vater gestorben, vor zwanzig Jahren Margarida, vor achtzehn Jahren May-belle; vor sechzehn Jahren hat sich meine Mutter aus der Welt verab-schiedet; vor einem Jahr ist Carl gestorben, wenige Wochen zuvor hat David versucht, sich das Leben zu nehmen.

Heute habe ich meine Wohnung geputzt – als schabte ich ihr eine alte Haut ab. Weil ich Evelyn am Telefon mitgeteilt hatte, es sei zu Ende mit uns, deshalb habe ich die Wohnung geputzt. Sie sagte: »Es ist dir ernst, stimmt's?« Ich sagte: »Natürlich ist es mir ernst.« Die Matratzen habe ich über die Treppe zu meinem Arbeitszimmer geschleppt und auf dem Dach in die Sonne gelegt, die Betten über das Geländer gehängt. Die Böden habe ich mit Seifenlauge gescheuert und mit Wachsmilch eingelassen. Die Fenster habe ich poliert, die Möbel in der Küche mit Essigwasser abgerieben. All die Gegenstände, die keinen anderen Zweck haben, als zu Markierungen der Erinnerung zu dienen, habe ich abgestaubt – darunter das Geschenk von Maybelle zu meinem dreiunddreißigsten Geburtstag. Es ist ein Buchschoner aus flaschengrünem Krokoleder mit Reißverschluß im Schnitt, geräumig genug, so daß auch größere Formate darin Platz haben, innen gefüttert mit Seide und versehen mit einem Fach für ein Notizbuch und einem schmalen Schlitz, in dem ein Bleistifthalter aus Bakelit mit einem Spitzer steckte, der mir leider verlorengegangen ist.

Seit einiger Zeit telefonieren Dagmar und ich wieder fast jede Nacht miteinander. Wir gliedern damit unser Alleinsein – das sie nicht und ich nicht mit Einsamkeit verwechselt haben möchten. Gestern nacht um eins wollte sie wissen, wer Maybelle Houston sei. Wie sie auf den Namen komme, fragte ich.

»Was denkst du!« spielte sie die Empörte. »Daß ich deine Bücher nicht lese? Wahrscheinlich habe ich nicht alle gelesen, aber dein erstes habe ich gelesen. Es ist einer gewissen Maybelle Houston gewidmet.«

Da habe ich auch ihr alles über Maybelle und mich erzählt.

Heute mittag rief sie an und sagte: »Wir sollten das nächtliche Telefonieren lassen. Es verdirbt mir den nächsten Tag, weil ich zuwenig Schlaf kriege, und es bringt nichts.«

Vor allem der Erinnerung zuliebe und weil ich doch wissen wollte, wie sich so ein Satz anfühlt, zitierte ich Maybelle und sagte: »You can't do that to me!«

Noch etwas – nämlich, um diesen Teil abzurunden, bevor ich mit dem letzten beginne: Am 16. September 2001, ein halbes Jahr nach Carls Tod, es war ein Sonntag, rief nachts um zwölf – jawohl! – Chucky an. Ich weiß bis heute nicht, wie er zu meiner Nummer gekommen war, im Telefonbuch steht sie nicht. Auf dem Display konnte ich sehen, daß er, bevor ich nach Hause gekommen war, bereits sechzehnmal meine Nummer gewählt hatte. Ohne Begrüßungsfloskel sagte er, er habe mich im Fernsehen gesehen und müsse dringend mit mir sprechen. Genau sagte er: »Ich muß dringend mit Ihnen sprechen.« »He«, sagte ich, »wir kennen uns doch! Chucky! Wir müssen doch nicht Sie zueinander sagen.« Das ignorierte er. Also sagte ich: »Worüber wollen Sie mit mir sprechen, Herr Rottmeier?« »Über die Sendung«, sagte er. »Alles weitere nicht am Telefon.«

Ich hatte an diesem Abend an einer Fernsehdiskussion des ORF teilgenommen. Es ging um Afghanistan, um einen eventuell geplanten Militäreinsatz der USA gegen das Regime der Taliban als Folge der Terroranschläge vom 11. September. Ein Oberst des österreichischen Bundesheeres war eingeladen, ein ruhiger, sympathischer Mann, mit dem ich am Ende der Sendung Visitenkarten tauschte; weiters ein Journalist, der seit vielen Jahren Afghanistan, Usbekistan, Tadschikistan, den Iran, Pakistan und Indien bereiste und Bücher darüber schrieb und der jede Wortmeldung mit »Nein« begann, aber nicht im Sinne eines Widerspruchs, sondern als wolle er sagen: Jetzt im Ernst; weiters eine Ärztin, die für Ärzte ohne Grenzen tätig war und gleich in ihrem Eingangsstatement klarstellte, daß sie es für möglich halte, daß George W. Bush eine Atombombe auf Kabul werfe, natürlich nicht aus militärischen Überlegungen, dort unten sei ja eh nichts mehr kaputtzumachen, sondern einer nationalen Befriedigung willen. Neben mir saß eine Friedensaktivistin – als solche wurde sie jedenfalls vom Moderator vorgestellt –, eine attraktive Frau um die Vierzig, die uns ermahnte, keine »Denkvariante auszuschließen«, auch nicht – nach dem Prinzip *cui bono?* –, daß die Passagiermaschinen am 11. September von Agenten der CIA im Auftrag der amerikanischen Regierung auf die Türme des World Trade Center und auf das Pentagon gelenkt worden seien. Ich war wohl eingeladen worden, damit nicht eine reine Fachleutedebatte stattfinde. Man hatte uns vor der Sendung gebeten, unsere Argumente (wofür oder wogegen eigentlich?) in einem Kernsatz zusammenzufassen. Meiner lautete: »Selbstmördern kann man mit dem Tod nicht drohen.« (Als ich meinen Satz anbrachte, griff die Friedensaktivistin neben mir nach meiner Hand und drückte sie. Ich tat das gleiche mit ihrer Hand bei entsprechender Gelegenheit; ich spürte ihren Daumen über meinen Handrücken streichen, und das hatte mit

Gewißheit nichts mit unseren Argumenten zu tun. Nach der Sendung fuhr ich gemeinsam mit ihr im Taxi in die Stadt, und wir setzten uns in der Bar des Imperial in eine Nische und tranken etwas, sie Rotwein, ich Jasmintee. Sie hieß Sabine und war verheiratet. Sie gab mir ihre, ich gab ihr meine Handynummer, und wir versprachen einander, anzurufen. Beim Taxistand vor dem Imperial küßten wir uns, öffneten dabei die Lippen, sie berührte meine und ich berührte ihre Zunge, ein schneidender Wind blies, der in unseren hohlen Mündern leise aufheulte. – Sie hat mich nicht, ich habe sie nicht angerufen.)

»Ich wohne im Sechzehnten«, sagte Chucky. »Treffen wir uns zum Mittagessen im Café Vorstadt, Ecke Herbststraße Haberlgasse. Um zwölf.«

»Das will ich nicht«, sagte ich. »Ich werde selbstverständlich nicht kommen.«

Eine Weile war es still. Schließlich fragte er: »Gibt es eine palästinensische Botschaft in Wien?«

»Herr Rottmeier«, sagte ich, »vor zweiundzwanzig Jahren in Frankfurt haben Sie mir einfach keine andere Wahl gelassen, als Sie zum Narren zu halten. Ich bitte Sie, dieses Spiel nicht noch einmal mit mir zu spielen. Damit auch ich nicht noch einmal so ein Spiel mit Ihnen spielen muß.«

Wieder ignorierte er, was ich gesagt hatte. »Sie sind ein bekannter Schriftsteller, man hat Sie im Fernsehen gesehen. Ich möchte nur, daß Sie mich zur palästinensischen Botschaft bringen. Alles weitere ist nicht Ihr Problem.«

Ich legte auf. – Was auch immer folgen wird, dachte ich, den weitaus größeren Teil meines Lebens werde ich in jedem Fall nach meinem Willen und meinem Plan geführt haben, auch wenn beide meistens doch nur aus purer Wirrsal bestanden hatten.

Interlude

Am Anfang meiner Unternehmung dachte ich noch, es wird sich ein richtiger Zeitpunkt finden, um vom Tod meines Vaters zu erzählen. Aber diese Tragödie läßt sich in keine Dramaturgie zwängen. Ich kann das nicht. Sie sträubt sich gegen einen Zusammenhang. Sie widersetzt sich gar der Chronologie. Ich will nun hier von ihr berichten, und so als wäre sie eine Geschichte für sich. Und das ist sie ja auch.

Womit beginnen? Und wann? – In San Diego 1964.

Während der Tournee mit Chet Baker war mein Vater im Süden von Kalifornien dem Komponisten Harry Partch begegnet, und der hatte ihn zu sich in sein Haus eingeladen, wo sich die beiden einen Tag lang und bis tief in die Nacht hinein über Musik unterhielten. Chet Baker und die übrigen Mitglieder der Band, Joel Jahoda, Chris Turner und Marcus Kreil, hatten ursprünglich mitgehen wollen, waren aber im Suff abgestürzt oder hatten einfach Schiß gekriegt, weil Partch im Ruf stand, alle anzuschnorren, die sein Haus betraten. Das Gegenteil war der Fall, Mr. Partch war ein liebenswürdiger, aufmerksamer Gastgeber, der Rücksicht darauf nahm, daß mein Vater keinen Alkohol trank. Er zeigte ihm die Instrumente, die er selbst gebaut hatte, weil er auf den herkömmlichen Instrumenten seine Mikrotonleiter aus dreiundvierzig Intervallen per Oktave nicht bedienen und vor allem nicht die Klänge erzeugen konnte, die er in seinem Kopf hörte. Er spielte ihm vom Tonband einige seiner Kompositionen vor – *The Wayward, The Bewitched, Delusion of the Fury* ... Mein Vater war erschüttert. Er war wirklich erschüttert. Ihm war zumute, als hätte dieser Mann, der viele Jahre als Landstreicher durch die USA gezogen war, ihm klipp und klar bewiesen, daß alles, was er bisher gemacht habe, »Scheiße« sei. Aber gleichzeitig habe er zum erstenmal in seinem Leben die Musik gehört, nach der er immer gesucht habe. Partch hatte ihm erklärt, daß die Inspiration zu vielen seiner Stücke beliebige Gespräche gewesen seien, die er zufällig mit angehört habe. Er sei von den konventionellen Tonleitern, auch der dodekaphonischen, abgekommen, als er versucht habe, die Melodik von Sprechstimmen wiederzugeben. Der Ursprung aller Musik sei die menschliche Stimme; jedes Instrument ahme einen Aspekt der menschlichen Stimme nach, und die der menschlichen Stimme ureigene Ausdrucksform sei das Gespräch. Der Gesang sei bereits eine Abstraktion, ein Filtrat; auch der Gesang ahme die gesprochene Sprache nach, vergrößere, übersteigere und isoliere die jedem natürlichen Sprechen innewohnenden Melodien – nichts anderes leiste der Gesang. Das Gespräch, je näher am alltäglichen Verkehr, um so besser, sei die Urmusik; ihr spüre er in seinen Kompositionen nach, erklärte Harry Partch meinem Vater. Die Melodien eines Gesprächs seien immer authentisch, immer originell, mögen der Inhalt belanglos oder die Sprecher Lügner sein – in diesen Fällen hörten wir eben die Melodien der Belanglosigkeit und der Lüge.

Als mein Vater später am Gymnasium unterrichtete und soviel Freude an der Leitung des Chores hatte, kam ihm der Gedanke, mit Harry Partchs Theorien zu experimentieren; zunächst gar nicht mit der Absicht, daß dabei Musik herauskomme, er hatte einfach »Lust zu basteln« – Lusthaben bedeutete bei meinem Vater immer Zwang. Er besorgte sich ein Aufnahmegerät und ließ es bei den Proben mitlaufen. Aber nicht der Gesang interessierte ihn, sondern was die Chormitglieder in den Pausen miteinander redeten. Er vermutete nämlich, daß Menschen, die sich zusammenfanden, um zu singen, in den Gesangspausen anders redeten als üblich, nämlich »irgendwie musikalischer«; daß die jedem natürlichen Sprechen innewohnenden Melodien in solchen Momenten »aufschwellen« und somit leichter zu erkennen und aus dem Zusammenhang zu lösen seien. Stunden über Stunden saß er zwischen dem Unterricht am Gymnasium und den abendlichen Chorproben in der Scheune, die er mit Hilfe einiger Chormitglieder zu einem Studio ausgebaut hatte, und hörte die Bänder ab auf der Suche nach einer »Urmelodie«.

Das erste Stück seiner »neuen Musik« trug den Titel:

Ich kann mir genausogut vorstellen, ich fahr von jetzt an mit dem Bus in die Stadt, weil, was soll ich mich durch das Churertor drükken und dann find ich eh keinen Parkplatz am Marktplatz.

Und das war bereits der gesamte Text des »Librettos«. Der Satz war von einem Mann gesprochen worden, der in Nofels wohnte und in der Stadt in einer Steuerberaterfirma arbeitete und im Chor eine der Baritonstimmen sang. Mein Vater hatte den Gesprächsfetzen aus gut zwölf Stunden Tonband herausgepickt. (Der Mann hatte den Satz zu meinem Vater gesagt und aus diesem Grund auf hochdeutsch; er wußte ja, daß mein Vater Schwierigkeiten hatte, den Vorarlberger Dialekt zu verstehen.) Er analysierte die Melodie dieses Satzes, entwickelte aus der Melodie eine zweite, dritte und vierte Stimme und setzte sie in Noten für den Chor. Die herkömmliche Notation ließ sich nur unzureichend verwenden; also zeichnete er die Melodiebögen mit verschiedenen Farbstiften auf Papier und sagte den Sängern, sie sollten sich nicht um Tonhöhe oder Takt kümmern, sondern jede Gruppe, die eine Stimme singe, solle selbst herausfinden, welche Tonhöhe und welcher Rhythmus für sie die geeigneten seien; Gespräche zwischen verschiedenen Leuten würden ja auch nicht vorher »gestimmt«, im Sinne von: heute reden wir in A-Dur oder in c-moll. Er erweiterte sein Equipment, indem er für wenig Geld vom Rundfunk drei ausgediente, aber intakte Aufnahmemaschinen erwarb und dazu ein Mischpult; so konnte er die verschiedenen Stimmen, die von jeweils fünf bis sechs Sängern und Sängerinnen erarbeitet worden waren, in einem Verhältnis zusammenbringen, wie es ihm behagte. Das Ergebnis war die Vorlage für das endgültige Stück, das schließlich mit dem Chor einstudiert wurde.

Es war eine Sensation. Zunächst nach innen. Der Chor und sein Leiter erlebten einen Motivationsschub, der dazu führte, daß eine Zeitlang nicht nur einmal in der Woche, sondern jeden Abend geprobt wurde. Die Partner mancher Chormitglieder protestierten; mein Vater lud sie ein, ebenfalls mitzusingen. Es sprach sich herum, daß in dem Dorf Nofels eine aufregende Musik erfunden werde; täglich riefen Leute an oder kamen vorbei, sie wollten mitmachen. Bald trafen sich in unserer Scheune ein- bis zweimal in der Woche fünfzig bis sechzig

Männer und Frauen. Und mein Vater komponierte – »bastelte« – weiter, schürfte weiter Musik aus Gerede und verfeinerte das Verfahren, das gewonnene Erz zur Vielstimmigkeit zu veredeln.

Es gelang ihm – unterstützt durch meine Mutter –, den Leiter der Arbeiterkammer zu überreden, den Saal für eine Vorführung zur Verfügung zu stellen. Zwei Drittel des Programms bestand aus herkömmlicher Chormusik, ein Drittel aus »neuer Musik« – wobei auch der erste Programmteil für die meisten Zuhörer verrückt neu war, weil er aus Stücken bestand, die zwar den meisten bekannt waren – *Am Brunnen vor dem Tore, In Muatters Stübele, Der Mond ist aufgegangen* und andere –, die mein Vater aber jazzig arrangiert hatte. Der Abend wurde ein großer Erfolg. Wenn einige Zuhörer bei den »herkömmlichen« Liedern noch die Nase rümpften, weil sie ihnen zu »neumödisch« klangen, war die Begeisterung bei der tatsächlich neuen Musik einhellig – wahrscheinlich, weil diese Klänge gar nicht mit einer vorhandenen Vorstellung von Musik zusammengebracht wurden; was meinem Vater nur recht war.

Zuerst war allein dieses eine Konzert vorgesehen gewesen, aber immer mehr Veranstalter interessierten sich für die Musik dieses »bunten Vogels aus Nofels«. Konzerte an anderen Orten in Vorarlberg wurden vereinbart, schließlich auch in der Schweiz, in Liechtenstein und in Süddeutschland. Das lokale Radio lud meinen Vater zu einer Sendung ein. Eine Stunde lang wurde er interviewt, dazwischen einige Stücke seines Chors gesendet. Meine Mutter und ich saßen zu Hause in der Küche, die Arme auf der Tischplatte verschränkt, den Kopf schief über dem Radioapparat. Er sprach in gemäßigtem Tempo und charmanten Wendungen, erzählte und erzählte alles mögliche – nur, verdammt noch mal, nicht, daß er in Wien der begehrteste, weil mit Abstand beste Jazzgitarrist gewesen war, und erwähnte auch mit keinem Wort, daß er in New York mit Barney Kessel und John Coltrane gespielt hatte und fast ein Jahr lang mit Chet Baker durch die Vereinigten Staaten von Amerika gezogen war. Meine Mutter und ich waren baff! Warum stellte er sich in den Hintergrund? Schließlich war er ein Weltklassemusiker, spielte in einer Liga mit Wes Montgomery und Django Reinhardt! Daß er sich hier, in dieser Provinz, mit einem Laienchor abgab, hätte vom Reporter wenigstens mit Staunen kommentiert werden müssen, vorausgesetzt, der Reporter hatte auch nur einen blassen Schimmer vom Jazz. Mein Vater hatte ihm vor der Sendung keinen Hinweis auf seine bisherige Karriere gegeben. Meine Mutter und ich waren voll Sorge gewesen, daß er auf seine panisch ungeschickte Art angeben würde; nach der Sendung sorgten wir uns, weil er *nicht* angegeben hatte. Wir rätselten, was diese Zurückhaltung bedeutete. Meistens, wenn wir nicht wußten, was etwas bedeutete, hatte es etwas Schlechtes bedeutet.

Ja, mein Vater hatte sich vom Jazz verabschiedet. (Nur einmal noch ließ er sich auf diese Musik ein – wenn man von den Konzerten absieht, die er gelegentlich im Treppenhaus der Familie Lukasser vor Frau und Sohn gab; wenige Monate vor seinem Tod spielte er zusammen mit Toots Tielemanns in einem Studio in Zürich, und das auch nur, weil ihn Toots in fast einem Dutzend Briefe darum gebeten und ihm versprochen hatte, selbst nicht auf der Gitarre, sondern nur auf der Mundharmonika zu spielen.) Sicher wäre der Bruch nicht so radikal ausgefallen, wenn nicht ein junger Mann namens Walfried Andergassen bei uns aufgetaucht wäre. Walfried Andergassen – er hatte die Schreibweise seines Namens in »An der Gassen« geändert – war noch nicht dreißig; in Feldkirch geboren und aufgewachsen, hatte er in Wien, Köln und Paris Musik studiert. Er spielte passabel Klavier, hatte auch versucht zu komponieren, war aber in beidem vor seinen Ansprüchen gescheitert und sah sich inzwischen nur noch als Theoretiker. Seit seiner Studienzeit besuchte er regelmäßig die Internationalen Ferienkurse für Neue Musik in Darmstadt, dieses alle zwei Jahre stattfindenden Treffen der musikalischen Avantgarde; seit kurzem gehörte er dem Programmbeirat an, der den Leiter des IMD (Internationales Musikinstitut Darmstadt), Ernst Thomas, in der Erarbeitung von Vorschlägen unterstützte. An der Gassen war beim Anhören der Musik meines Vaters außer sich geraten; er müsse, bestürmte er ihn, unbedingt in zwei Jahren (das meinte 1974) zu den Kursen kommen, um dort seine Musik vorzustellen. Mein Vater schrieb mir einen Brief nach Frankfurt – den einzigen, den ich je von ihm bekommen habe –, in dem er mich bat, Informationen über das IMD und seinen Leiter einzuholen und mich nach den Komponisten und Musikern zu erkundigen, die in den vorangegangenen Jahren dort aufgetreten waren – ob das etwas Seriöses sei oder »eben wieder nur so ein Blödsinn«. Ich fuhr nach Darmstadt und erkundigte mich an Ort und Stelle im Schloß Kranichstein, wo die Musiktage stattfanden; und kehrte mit großem Respekt vor meinem Vater zurück, denn ich hatte erfahren, daß nur die Besten der Allerbesten dorthin eingeladen würden, um ihre Kunst zu präsentieren.

In den folgenden zwei Jahren arbeitete mein Vater an der Musik, die er in Darmstadt vorspielen wollte. Walfried An der Gassen war sein Assistent – sein Assistent, sein Schülerlehrer, sein Kritiker, seine Putzfrau, sein Chefideologe, der Deuter seiner Äußerungen, sein Puppenspieler, sein Dr. Frankenstein – sein neuer Carl Jacob Candoris, mit dem Unterschied, daß er ihm kein Geld zukommen ließ, denn Walfried An der Gassen besaß selbst so wenig davon, daß meine Mutter mutmaßte, er inszeniere das Brimborium nur, um regelmäßig an eine warme Mahlzeit zu kommen; tatsächlich wohnte er in diesen zwei Jahren manchmal über Monate in unserem Haus in Nofels. Ich habe ihn bei einem meiner Besuche kennengelernt – ein gedrungener Mann, der kleiner wirkte, als er war, was er einem kurzen, breiten Hals und zwei im rechten Winkel zum Schädel abstehenden Ohren verdankte; ein nach Rasierwasser riechender Mann mit Kurzhaarschnitt und abgekauten Fingernägeln, der nach jedem Satz geräuschvoll die Luft in die Nase zog; übernervös, voll von Ideen, witzig und schnell im Kopf. Meine Mutter und mich behandelte er ausschließlich unter einem Aspekt: Anhang von Georg Lukasser. Es verging kein Gespräch mit ihm, in dem er uns nicht klarzumachen versuchte, mit was für einem Genie wir unter einem Dach lebten. »Das wissen wir längst«, sagte ich. Er zog eine Braue hoch und blickte mich an, als würde ich Lagerobst verkaufen wollen. »Vergiß den Jazz, Sebastian!« sagte er. »Er hat ihn längst vergessen, tu's du auch!« Ich setzte dem Herrn An der Gassen auseinander, was er, wenn er sich in einschlägigen Kreisen, zum Beispiel in New York, nach George Lukasser erkundigte, dort zu hören bekomme; einmal wurde ich beinahe ausfällig: Weder meine Mutter noch ich würden es dulden, wenn hier einer eine Gehirnwäsche an Ehemann und Vater vorzunehmen beabsichtige. Nicht New York sei der Olymp, konterte Herr An der Gassen lässig nachsichtig lächelnd, sondern Darmstadt, Darmstadt; Mister John Cage komme aus New York nach Darmstadt, Darmstadt; Monsieur Pierre Boulez komme aus Paris nach Darmstadt, Darmstadt; Signor Luigi Nono komme aus Rom nach Darmstadt, Darmstadt. Úr György Ligeti komme aus Budapest nach Darmstadt, Darmstadt; Pan Krzysztof Penderecki komme aus Warschau nach Darmstadt, Darmstadt; Señor Mauricio Kagel komme aus Buenos Aires nach Darmstadt, Darmstadt …

»Aufhören! Aufhören!« schrie mein Vater. »Bitte aufhören, bitte!«

Die Gibson rührte er nicht mehr an; nicht in den zwei Jahren, in denen er sich auf die Internationalen Ferienkurse vorbereitete. Er mied den Kontakt zu Carl. Es kam oft genug vor, daß er sich von meiner Mutter verleugnen ließ, wenn Carl anrief. Und als Carl und Margarida uns einmal während der Semesterferien besuchten und meinen Vater baten, ihnen doch zu erzählen, mit was für einer Art von Musik er sich zur Zeit beschäftige, knurrte er nur etwas von »ausprobieren« und »eh ein Blödsinn« und erfand Ausreden, um sie nicht in die Scheune führen zu müssen. Carl war zornig. Er sagte aber nichts. Als Margarida ihren Besuch am Telefon angekündigt hatte, war mein Vater vor meiner Mutter und mir auf die Knie gegangen und hatte uns mit gefalteten Händen angefleht, vor Carl ja nicht die Worte Walfried An der Gassen und Darmstadt auszusprechen.

Walfried An der Gassen hatte großen Einfluß auf ihn, er konnte ihm vieles einreden; aber er konnte meinem Vater nicht einreden, etwas sei gut, was dieser für schlecht hielt. Und für schlecht hielt mein Vater bereits die Wiederholung des Guten. Nach einem Jahr der Experimente kam er dahinter, daß die »Sprechmelodiemethode« – eine Worterfindung An der Gassens – nicht schulfähig war. Alle Stücke, die er inzwischen nach dieser Methode komponiert hatte, ähnelten dem ersten. Er warf kurzerhand sämtliche Unterlagen der anderen Stücke ins Feuer – Notenblätter, Buntstiftzeichnungen, Tonbänder. *Ich kann mir genausogut vorstellen, ich fahr von jetzt an mit dem Bus in die Stadt, weil, was soll ich mich durch das Churertor drücken und dann find ich eh keinen Parkplatz am Marktplatz* – das wolle er vorführen, dieses Stück und nur dieses sei die Quintessenz seines Lebens als Musiker. An der Gassen, der erst entsetzt gewesen war, begeisterte sich bald an dem Gedanken. Das Minimalistische, das gegen null Tendierende hatte es ihm angetan. (Ich war der Meinung – und bin es immer noch –, daß seine gesamte Theorie auf einen Rachefeldzug gegen die im Überfluß Begabten hinauslief.) Nachdem im Programm der Internationalen Ferienkurse 1974 bereits angekündigt war, daß der Komponist Georg Lukasser einen Abend bestreite, das Stück aber gerade einmal acht Minuten lang war, schlug An der Gassen vor, besser: verfügte er, daß der Abend folgendermaßen ablaufen sollte: 1. Abspielen des Tonbandes mit der Musik von Georg Lukasser – 8 min; 2. Vortrag von Walfried An der Gassen mit dem Titel »Theorie der Sprechmelodiemethode anhand eines Stücks von Georg Lukasser« – 75 min; 3. Abermaliges Abspielen der Musik von Georg Lukasser – 8 min. Mein Vater war ohne jeden Einwand damit einverstanden. Meine Mutter nannte An der Gassen einen geisteskranken Dieb, sie drohte meinem Vater, Carl anzurufen; worauf mein Vater ihr ruhig ins Gesicht sagte, in diesem Fall würde er sie verlassen. Ich hielt mich raus.

Sobald sich mein Vater entschlossen hatte, nur dieses eine Stück zu präsentieren, meinte er, Fehler und Schwächen daran zu entdecken. Er begann zu »überarbeiten«. Und ließ sich nicht beraten. Von niemandem. Die Chorproben wurden immer seltener, weil der Chorleiter oft keine Zeit hatte; die Zusammenarbeit mit Walfried An der Gassen kam völlig zum Stillstand – es gebe nichts mehr zu besprechen, war die Begründung meines Vaters. Die Korrekturen an seinem Prototyp waren vielfältig. Zunächst mischte er unter die Chorstellen das »Original«, nämlich den aus seinem Zusammenhang gelösten Satzfetzen des Steuerberaters. Der Chor war aber viel länger als der Satz, also vervielfältigte er den Satz und baute aus den Kopien eine Schleife, verdoppelte und verdreifachte diese Schleife schließlich sogar und breitete sie zu einer Art Soundteppich aus. Um dem Ganzen Körper zu geben, mischte er den Satz, nachdem er das Band auf ein Viertel seiner Geschwindigkeit heruntergefahren hatte, darüber; der Satz war nun zwar nicht mehr zu verstehen, so langsam war er, aber in der Funktion des Basses war er genau richtig. Zum Baß gehört – jedenfalls im Jazz – kontrapunktisch das Hi-Hat beim Schlagzeug, das den Rhythmus erzeugenden Baßtönen die Begrenzung liefert. Um diesen Effekt zu erzielen, vervierfachte er die Geschwindigkeit des Bandes – der Satz wurde zu einem stakkatoartigen Zwitschern und war ebenfalls nicht mehr zu verstehen –, und plazierte ihn als Schleife im Stereo sowohl auf der rechten als auch auf der linken Seite, so daß er zusammen mit dem Baß in der Mitte und der unbehandelten O-Ton-Schleife als Teppich darüber ein stabiles Dreieck bildete. In diesen Rahmen setzte er den Chor – nachdem er auch an ihm einige »Verbesserungen« vorgenommen hatte.

Mit An der Gassen zerstritt er sich schließlich, weil der ihm zu anmaßend gegenübertrat. Er werde, sagte mein Vater, sein Musikstück in Darmstadt präsentieren; aber vorher werde es niemand zu hören kriegen. Niemand. Auch der Herr An der Gassen mußte einsehen, daß die Sturheit meines Vaters nicht zu brechen war. Er kannte ja die erste Fassung des Stücks und wird sich gedacht haben, allzuviel würde sich daran ohnehin nicht ändern. – Er täuschte sich gewaltig!

Darmstadt, Darmstadt. – Die Zuhörer glaubten zuerst an ein technisches Gebrechen. Daß irgend etwas mit dem Abspielgerät nicht stimmte. Nach einer halben Minute schaltete Ernst Thomas das Gerät ab und versuchte, den Tonkopf zu säubern. Aber daran lag es nicht. Mein Vater sagte nichts, er saß auf seinem Sessel, die Arme hochverschränkt und starrte grimmig in die Wand.

Was die Zuhörer so irritierte, war das Rauschen. Das Rauschen überdeckte die Musik; die klang von weither, so als sei ein Sender nicht richtig eingestellt. Zuerst meinten einige der Zuhörer, sie würden zum Narren gehalten – »den Teilnehmern der Darmstädter Ferienkurse kann man alles aufbinden …«; daß mein Vater und Herr An der Gassen sich tatsächlich einbildeten, sie könnten Bandrauschen als Musik verkaufen, nach dem Motto: Früher benutzten die Komponisten den vorhandenen Vorrat an Tönen, um sie in einem Kunstwerk neu zu ordnen, hier schafft ein Kunstwerk neue Klänge pur aus dem verwendeten Material. Tatsächlich probierte der vor Scham und Ärger zitternde An der Gassen diese Argumentation – bis ihm mein Vater kurzerhand widersprach: Das Rauschen sei Folge des oftmaligen Kopierens, das sei alles. Woraufhin An der Gassen auf sein Referat verzichtete.

In der allgemeinen Ratlosigkeit meldete sich einer der Seminarteilnehmer zu Wort. Wenn man leider schon nicht hören könne, was Herr Lukasser komponiert habe, ob er wenigstens bereit wäre, quasi als Ersatz, etwas auf der Gitarre vorzuspielen. Dieser Herr war der einzige, der hier offensichtlich genug von Jazz verstand, um zu wissen, daß mein Vater in dieser Sparte – einst – ein großer Mann gewesen war. Alle waren erleichtert, niemand wünschte sich eine Blamage. Eine Gitarre und ein Verstärker standen in einem der Räume – das Schloß Kranichstein beherbergte während des Jahres verschiedene Musikschulklassen –, man holte die Sachen, und mein Vater, vernichtet und überrumpelt, saß auf einmal inmitten eines Halbkreises, hatte eine minderwertige E-Gitarre auf den Oberschenkeln, und weil ihm gar nichts einfiel, nichts Originelles, keine Kunst, spielte er das alte Zeug, das er vor fünfundzwanzig Jahren in Wien im Embassy-Club in der Siebensterngasse gespielt hatte: Cole Porters *In the Still of the Night*, Ellingtons *In a Sentimental Mood*, Tschaikowskys *Pathétique* im Arrangement von Django Reinhardt, einen Walzer von Lanner, auch den Cowboysong, den er bei seinen Auftritten im Strohkoffer extra für meine zukünftige Mutter in sein Programm genommen hatte; spielte, was er draufhatte, sogar ein, zwei Schrammeln, spielte, was seine Finger draufhatten. Die Seminarteilnehmer waren begeistert, sie wollten mehr hören, immer mehr, noch niemals zuvor sei ein solcher Meister auf seinem Instrument zu den Ferienkursen eingeladen worden!

Aber mein Vater war tieftraurig, und am nächsten Morgen, als alle noch schliefen, verließ er Darmstadt und fuhr nach Hause. Das Tonband, an dem er fast ein Jahr geschnitten und kopiert hatte, war in seinem Koffer, eingewickelt in die frischen Sachen, die gar nicht zum Einsatz gekommen waren. Niemand hatte sein Stück bis zu Ende angehört. Warum auch? Rauschen ist Rauschen ist Rauschen, und wer zehn Sekunden kennt, kennt alles. Er weinte in den Armen seiner Frau. Und fing wieder mit dem Trinken an.

Den Chor gab er auf. Er unterrichtete weiter an der Schule, aber es freute ihn nicht mehr. Ein Jahr lang wollte er von Musik nichts wissen. Er betrat die Scheune nicht, und wenn im Radio Musik gesendet wurde, schaltete er aus oder verließ den Raum. Eines Tages besorgte er sich neue Saiten, spannte sie auf die Gibson auf und spielte wieder. Und er fing auch wieder an, in der Scheune zu basteln. Vielleicht reichte der Mut nicht aus; ich denke, der Mut hatte sich in Whisky aufgelöst – darf ich das sagen? –, am 11. Februar 1976 nahm sich mein Vater, Georg Lukasser, das Leben.

Vierter Teil: Adonai

Dreizehntes Kapitel

1

Elf Sekunden Film: Ein Mann in weißem Hemd taucht zwischen den Demonstranten auf. Als hätte er sich aus der Hocke gestreckt. Er hebt einen Arm, reckt ihn weit über seinen Kopf und die Köpfe der anderen. Er blickt in die Kamera. Sein Arm färbt sich dunkel. Sein Hemd färbt sich dunkel, vom aufgekrempelten Ärmel über die Schulter und an der Seite. Wer immer wir auch sein mögen, er winkt uns zu. Blut quillt aus Streifen, die sich von den Handwurzeln bis in die Achselhöhlen ziehen. Das Gesicht des Mannes versinkt wieder in der Menge, aus der es vor elf Sekunden aufgetaucht war.

Elf Sekunden Schwarzweiß aus einer Reportage des japanischen Fernsehens vom Juni 1960, die das deutsche Fernsehen übernommen und bearbeitet hat. Berichtet wird von einer Großkundgebung der Tokioter Studenten gegen den bevorstehenden Besuch des amerikanischen Präsidenten Eisenhower. Zu hören sind fauchende Sprechchöre, im Vordergrund die verzerrte Stimme eines Mannes aus einem Lautsprecher. Darüber der deutsche Kommentar: Die Lautsprecherstimme, so heißt es, warne den Ministerpräsidenten, den Sicherheitsvertrag mit den USA zu verlängern. Die Kamera ist über den Köpfen der Menge positioniert, vermutlich auf dem Rednerpodium, sie hält starr auf ein engbegrenztes Feld. Es läßt sich nicht abschätzen, wie viele Menschen hier versammelt sind. Wenn man allerdings weiß, daß es fast eine halbe Million war, urteilte Carl, liege der Verdacht nahe, daß die Reporter angehalten waren, die Sache herunterzuspielen. Der Mann hatte sich während der Kundgebung mit einer Rasierklinge beide Arme der Länge nach aufgeschnitten. Als die Sanitäter zu ihm durchgedrungen waren, lebte er nicht mehr. Der deutsche Kommentator sprach von einem Selbstmord aus politischen Motiven, bei dem Mann handle es sich um einen »nationalistischen Kamikaze«.

Makoto Kurabashi, Dozent am Mathematischen Institut der Universität Tokio, vierunddreißig Jahre alt. Der Selbstmord hatte mit Politik nichts zu tun gehabt. Warum er sich auf so spektakuläre Weise um das Leben gebracht habe, darüber könne man nur Vermutungen anstellen, sagte Carl; aber das wolle er nicht und könne er nicht, japanische Mystik sei ihm ebenso unzugänglich wie alle andere Mystik auch. Der Grund für diese Tat allerdings sei ihm in Umrissen klar: »Makoto Kurabashi war dahintergekommen, daß Zahlen einen nicht trösten können, daß man mit ihnen keinen Spaß haben kann, nicht über eine ausreichend lange Zeit, daß sie einem nicht zuhören, wenn man sich etwas von der Seele erzählen möchte, etwas Schönes, das man erlebt hat, eine Nacht mit einer Frau zum Beispiel, die beinahe stattgefunden hätte, daß sie weder nach etwas riechen noch nach etwas schmecken, daß man mit ihnen keinen Sex haben kann und daß sie keine Kinder zur Welt bringen.«

Carl fragte mich, was ich von der Szene auf dem Videoband halte.

»Ich finde sie abstoßend«, sagte ich und meinte damit, ich finde abstoßend, wie er die Szene kommentierte.

Er schüttelte den Kopf und ächzte und antwortete, als hätte er meine Gedanken gelesen: »Sag das nicht! Es kränkt mich. Die Zauberwirkung des Abstands bewirkt, daß es beinahe schön ist.« Dann schaltete er mit der Fernbedienung den Fernseher aus.

Carl hatte Makoto Kurabashi gekannt; mehr noch: er war sein »Entdecker« gewesen. Als Master Sergeant Jonathan C. Cousins von der 11. Luftlandedivision den jungen Mann – Makoto war damals gerade neunzehn – zu Carl in das provisorische Büro gebracht hatte, das für seine Abteilung (in der er der einzige Zivilist war) in einer C-47-Transportmaschine mit Motorschaden auf dem strengbewachten Flugplatz Atsugi bei Tokio eingerichtet worden war (die »Büros« waren mit Dekken voneinander abgeteilt, damit, falls es eine Interview- oder Verhörsituation notwendig erscheinen ließ, der Anschein von Diskretion entstehen konnte), hatte Makoto eine lange Nacht hinter sich, in der er die Soldaten mit seinen Rechenkünsten und seiner Fähigkeit, sich auch über den Zeitraum einer Stunde ein Dutzend zwölfstelliger Zahlen zu merken, unterhalten hatte, wofür er von ihnen mit Essen und Trinken belohnt worden war. Mit seinen verstrubbelten Haaren, die er sich, wie er Carl erzählte, mit einer Papierschere selbst geschnitten hatte, sah er wie ein Clown aus; dieser Eindruck wurde durch die zwei schiefen Schneidezähne, die ein wenig vorstanden, noch verstärkt. Er wirkte unkonzentriert und nicht bei der Sache. Das Gegenteil war der Fall; vorausgesetzt, die Sache war seine Sache. Sergeant Cousins meinte, der Bursche könne für Carl interessant sein (später breitete er vor Carl seine Theorie aus, nämlich daß Makoto deshalb so gescheit sei, weil er eine Überdosis von den »Atomstrahlen« abbekommen habe; die Tatsache, daß die beiden Bomben ja nicht über Tokio abgeworfen worden waren, brachte ihn keinen Millimeter von dieser Überzeugung ab). »Ein interessantes Studienobjekt«, genau so drückte sich Sergeant Cousins aus – in Makotos Anwesenheit übrigens, der jedes Wort verstand. »Man hat ihn durch die halbe Stadt hierhergeschleppt, weil es hieß, hier sei ein Professor, der von solchen Abartigkeiten etwas versteht. Sie sind doch Mathematiker? Beweisen Sie, daß das mit rechten Dingen zugeht, was der kann. Sollte es nämlich nicht mit rechten Dingen zugehen, habe ich meine Befehle.« Sergeant Cousins stammte aus Los Angeles, seine Mutter war Mexikanerin, sein Vater Nachfahre von Franzosen. Er war verheiratet und hatte Sehnsucht nach seiner Frau und seinen beiden Söhnen, die gerade erst auf den Füßen zu stehen gelernt hatten – er zeigte Carl Fotos, die Buben sahen darauf aus wie Muster vom kleinen traurigen Elefanten. Hier war er für die Quartiere verantwortlich; seine genaue Funktion werde erst noch definiert. Er ließ sich täglich den Hinterkopf kahl rasieren, das Vlies oben sah aus wie eine zu klein geratene schwarze Kappe; er war breit in den Schultern und an der Brust und schmal überall sonst. Noch vor wenigen Wochen hätte Cousins nicht einen Gedanken an einen Rechenkünstler verschwendet, auch an einen feindlichen nicht; inzwischen aber war so viel geschehen, was auch die Klügsten nicht für möglich gehalten hatten, daß eben vieles andere auch möglich schien, nämlich alles mögliche, und es deshalb ratsam war, jedes gemeldete Unerklärliche mit aller zu Gebote stehenden Vorsicht und militärischen Präzision zu behandeln; das hieß in diesem Fall: Untersuchung durch einen Experten – und so einer war Dr. Jake Candor vom DMAD, warum wäre er, ein Zivilist, sonst wohl hier. »Und worin«, fragte Carl, »bestehen Ihre Befehle, falls irgend etwas nicht mit rechten Dinge zugeht?« Die Frage gab Sergeant Cousins die militärische Selbstsicherheit zurück, die er vor diesem hochgeschossenen Mann in dem lässigen hellen Sommeranzug, der angeblich als einer der *crackpots* bei der Herstellung der beiden Wunderbomben beteiligt gewesen war, immer wieder einbüßte. Er straffte sein Rückgrat, ließ Augenbrauen und Mundwinkel in ihre gewohnten unerschütterlichen Positionen schnellen und sagte:»Darüber Auskunft zu geben bin ich nicht befugt, Sir. Aber die Kontrolle über diesen Mann untersteht mir. Vergessen Sie das bitte nicht.« Er ließ sich von Carl unterschreiben, daß er Makoto Kurabashi zur Begutachtung übernommen habe – für drei Stunden. Carl ärgerte sich, vor allem weil ihm nicht die geringste Notwendigkeit zu bestehen schien, daß der Sergeant so einen schnarrenden Ton anschlug; und als er mit dem jungen Japaner, der nichts weiter als ein Unterhemd und eine Hose am Leib trug, allein war, entschuldigte er sich für Cousins' Verhalten: Soldaten seien eben so, amerikanische genauso wie japanische; er selbst habe deshalb nie auch nur den Gedanken gehabt, einer zu werden.

Dies war geschehen am 8. September 1945 – sechs Tage nach der Unterzeichnung der Kapitulationsurkunde durch Außenminister Shigemetsu Mamoru und General Umezo Yoshijiro; dreißig Tage nach dem Abwurf einer Plutoniumbombe auf Nagasaki; dreiunddreißig Tage nach dem Abwurf einer Uranbombe auf Hiroshima.

Wie Frau Mungenast vorausgesagt hatte, war es wärmer geworden. Der Föhn allerdings war ausgeblieben; die Gerüche, die in der Nacht über das Stoppelfeld auf das Haus zugetrieben waren, hatten mein Herz mit so viel euphorischer Wehmut erfüllt, daß alle Sorgen um meine Gesundheit und mein weiteres Leben zerstoben und ich mich am Morgen in hoher Stimmung fühlte, obwohl draußen leichter Regen fiel und ein eher düsterer Tag bevorstand. Ich hatte lange geschlafen, Frau Mungenast und Carl erwarteten mich bei gedecktem Frühstückstisch. Als ich im Morgenmantel das Wohnzimmer betrat, streckte mir Carl seine dünnen Arme aus dem Rollstuhl entgegen.

»Verzeih mir«, sagte er, »bitte, Sebastian, verzeih mir meine gräßliche Laune gestern!« Wir umarmten einander; ich spürte seine zitternde Hand über meinen Hinterkopf streichen, als suche sie in meinen Haaren nach etwas. Seine Stimme war noch ein wenig schleppend infolge des Morphiumpflasters, das ihm in der Nacht frisch aufgelegt worden war. »Wenn dich Frau Mungenast nicht im Hotel Central abgeholt hätte«, fragte er, »was hättest du unternommen?«

»Was hätte ich schon unternommen«, lächelte ich verlegen. »Ich hätte in Innsbruck unten Semmeln eingekauft, hätte mir ein Taxi genommen und wäre rechtzeitig zum Frühstück hier gewesen. Wohin hätte ich denn sonst gehen sollen?«

»Genau das war meine Meinung«, sagte Frau Mungenast und begann, die Semmeln, die *sie* besorgt hatte, aufzuschneiden und mit Butter zu bestreichen.

Nachdem sie Carl in der Nacht ins Bett gebracht hatte, waren wir noch lange in der Küche gesessen. Sie hatte ein weinrotes Kostüm getragen, das gut auf ihre Figur geschnitten war und sich vorteilhaft in ihre resoluten Bewegungen fügte. Das Rot ihrer Haare biß sich ein wenig mit der Farbe ihres Kostüms. Ihr Mund war mir etwas zu auffällig geschminkt erschienen, auch die Augen, aber vielleicht kam mir das nur so vor, weil sie während ihrer Arbeit ungeschminkt war. Sie erzählte von sich. Daß sie geschieden sei, schon seit fast zwanzig Jahren, daß ihr Mann längst wieder verheiratet sei, daß sie sich manchmal sähen, er lebe in Innsbruck, auch mit seiner Frau habe sie Kontakt, deren Kinder sagen »Tante« zu ihr, was sie gar nicht störe, zwei Mädchen, achtzehn und sechzehn, leider beide fett; daß sie es seither erst einmal wieder mit Heiraten probieren wollte, mit einem Mann, der allerdings so viel geschäftliches Unglück gehabt habe, daß sie sich schließlich von ihm trennte, und zwar mit dem glücklichen Gefühl, noch einmal davongekommen zu sein; daß sie eine Tochter und einen Sohn habe; die Tochter lebe als Anästhesistin in Salzburg, sei verheiratet, aber kinderlos, wolle auch keine Kinder, ihr Mann auch nicht, er besitze eine Apotheke und ein Labor in der Stadt, ein geldgieriger Zyniker, der seine Frau betrüge, Mitglied der ÖVP sei und im Gemeinderat sitze; ihr Sohn sei Techniker in Zürich, woran er genau arbeite, wisse sie nicht, sie sehe ihn selten, ein sensibler Mann, sie habe sich immer gewünscht, er werde ein Künstler, er habe eine sehr hübsche Frau, die mir sicher gefallen würde, und zwei Kinder, zu denen sie leider keine warme Beziehung habe aufbauen können, bisher nicht. Ich hatte mich vor Frau Mungenast geschämt, weil ich auf Carls schlechte Laune so kindisch reagiert hatte; in der Folge sogar doppelt geschämt, weil sie mich im Hotel Central aufgespürt und mich wie mein Kindermädchen in Carls Mercedes zurück nach Lans gebracht hatte. Nicht eine einzige meiner Stärken (1. ?, 2. ?, 3. ? ...) hatte sie bisher kennengelernt, aber viele meiner Schwächen und Gebrechen. Das gab mir die seltsame Macht dessen, der nichts zu verlieren hat. Sie fühlte sich zu mir hingezogen, das spürte ich, und ich war mir sicher, wenn ich sie gefragt hätte, ob sie sich in dieser Nacht zu mir legen wolle, sie hätte nicht nein gesagt. Ich dachte auch, sie hat sich für mich schön gemacht; und ich hätte mich gern für sie schön gemacht. In meinem Zimmer hing ein Anzug, der schon seit zehn Jahren dort hing, ein schicker, kakaobrauner Dreiteiler, der mir wahrscheinlich immer noch paßte. Und wenn ich mich rasiert hätte. Und wenn ich mir die Haare frisch gewaschen hätte. Und wenn ich ein bißchen mehr Sonnenfarbe im Gesicht gehabt hätte. Es wäre freilich nichts daraus geworden; hätte ja gar nichts daraus werden können. Sie zupfte ein borstiges Haar in meiner Braue zurecht; ich sah, daß nun sie verlegen war, weil sie darauf wartete, daß ich den nächsten Schritt setzte. Wenn sie lachte und die Lippen wieder schloß, sah es aus, als nehme sie noch einen Schluck Luft; ihr Mund blieb ein wenig spitz und ließ eine kleine schwarze Öffnung. Ich hielt ihre Hand fest, wußte kein anderes Entgegenkommen, als mein melancholisches Lächeln aufzusetzen, das eines meiner besten ist, und preßte mein Auge gegen ihren Daumenballen. Und das war alles, aber es war schön gewesen. Und dann hörten wir Carl in seinem Bett schreien, und wir zuckten zusammen, als hätte uns derselbe Pfeil durchbohrt.

»Er träumt nur«, sagte sie. »Haben Sie ihn nie schreien hören?«

»Nein«, sagte ich.

»Was für Kraft er noch hat!« sagte sie.

Am nächsten Morgen hatte ich mit der Geschichte meines tintendunklen Amerikas begonnen. Nach zwei Tagen war ich durch. Wie geplant. Wie von Carl geplant. Wie von ihm gestattet.

Er sagte: »Kann jetzt ich wieder?«

»Ja«, sagte ich, »jetzt kannst du wieder.«

Da hatte er mich gebeten, die Videokassette, die über die Tage auf dem Kaminsims bereitgelegen hatte, in den Recorder zu schieben. Er habe, erzählte er, vor etlichen Jahren beim Archiv des Westdeutschen Rundfunks in Köln nachgefragt, ob die Fernsehnachrichten vom 15. Juni 1960 mit den Beiträgen über die Studentenunruhen in Tokio aufgehoben worden seien.

Zu seiner Überraschung habe er nach drei Wochen das Band zugesandt bekommen.

»Über Makoto«, sagte er, »habe ich nicht einmal mit Margarida gesprochen. Er sollte mein gutes Werk sein, das um so schwerer wiegen würde, weil es ein stilles Werk war. Nachdem mir Sergeant Cousins im Sommer 1960 aus Los Angeles geschrieben hatte, daß sich Makoto auf diese Weise das Leben genommen habe, hatte ich mir alle österreichischen, deutschen und amerikanischen Zeitungen unten in der Uni-Bibliothek durchgesehen, aber auf den Bildern habe ich ihn nicht erkannt. Auf dem Band erkenne ich ihn. Nein, ich weiß wirklich nicht, warum er das getan hat. Und dann auf diese Weise!«

2

»Schon während unseres ersten Gesprächs«, setzte Carl seine Erzählung fort, »faßte ich den Entschluß, mich um ihn zu kümmern. Eine Wiedergutmachung zu versuchen. Glaub' nicht, daß irgendein Pathos dabei war oder womöglich so etwas wie religiöse Erhebung, ethischer Qualm! Ich kann's, also tu' ich's. Mehr war es nicht. *Queo, ergo facio.* Die bewährte Fortsetzung des *cogito, ergo sum* ins technische Zeitalter. Daß ich bei dieser Gelegenheit der Menschheit ein Genie erhalte – natürlich kam mir dieser Gedanke, als mir allmählich klar wurde, was für einen brillanten Geist dieser junge Mann besaß. Wer das Große nicht in Gott findet, findet es nirgends. Er muß es entweder leugnen oder schaffen. Was aber, wenn er es weder leugnen will noch schaffen kann? Die Zerstörung hatte ich vor Augen. Die Ab-Schaffung der Welt sozusagen. Und daran hatte ich meinen Anteil gehabt. Ich war beim

DMAD gelandet, beim Department of Measuring and Analysis of Destruction. Zunächst war meine Arbeit ja rein theoretischer Natur gewesen. Was geschieht, wenn? Ich hatte nach dem Ernstfall nicht die Leiden der Hölle, sondern ihre exakten Maße aufzuzeichnen. Zum Beispiel in welchem Umkreis die Dachziegel der Häuser geschmolzen sein würden, ab welchem Radius nur die Oberfläche und bis zu welcher Tiefe, woraus sich die Temperaturen berechnen ließen. Ich hatte ein mönchisches Büro auf der Mesa von Los Alamos besessen. Die Mesa, das war ein steiniges Plateau zweitausend Meter über dem Meer; ein Altar in Wahrheit, ein Altar, auf dem die Genies meiner Generation in bis dahin nicht beobachteter Einigkeit opferten und geopfert wurden – darunter ein mysteriös überdurchschnittlicher Prozentsatz an Göttingern. Ich habe viel später irgendwann meine Aufzeichnungen verglichen mit dem, was mir Valerie erzählt hat: An jenem Abend des 10. September 1944, als meine Mutter von einem Bombensplitter getroffen wurde und starb – in Los Alamos war es später Vormittag –, da saß ich zusammen mit Oppenheimer und zwei Dutzend Physikern und Kollegen und General Groves, auch Luis Alvarez war dabei und Louis Slotin, wenn ich mich recht erinnere. Wir hielten Spekulierstunde, jeder phantasierte sich frei ein Szenario zusammen, und einer, ich weiß nicht mehr wer, hielt es sogar für möglich, daß die Kettenreaktion auf die Atmosphäre übergreife, also weiß Gott die *totale Zerstörung* herbeiführen könnte. Das hat natürlich niemand ernstgenommen. Homerisches Gelächter. Während dieser Stunden starb meine Mutter. Dahin also reichte *meine* Schaffenskraft, *mein* Schöpfertum. Keine rosigen Aussichten für einen, der einzig an das zu glauben vermag, was Menschen hervorbringen. *Therefore I'll give no more; but I'll undo / The world by dying, because love dies too.* John Donne war Oppenheimers Lieblingspoet; der Prophet sozusagen, der die Apotheose des obersten Thermonuklearikers ankündigte. Wenn es Oppie auch noch gelungen wäre, seinen Zigarettenkonsum von achtzig auf, sagen wir, dreißig zu reduzieren, wir alle hätten in ihm ohne großes Erkenntnisproblem die Reinkarnation Christi gesehen. ›Ich bin gekommen, um Feuer auf die Erde zu werfen.‹ Jesus Christ, der sich auf Wunsch von General Groves Bart und Haare hatte scheren lassen. So war denn auch die erste Bombe, die in der Wüste von New Mexico gezündet wurde, Oppies Wunsch entsprechend, *Trinity* genannt worden. Er erkannte nicht nur Jesus Christus in sich selbst, sondern offenbar noch dazu Gottvater und den Heiligen Geist. Los Alamos war sein Golgatha, die Bombe war sein Kreuz. Ich erinnere mich, daß ein betrunkener Chemiker bei der Feier im Anschluß an den geglückten Versuch in der Alamogordo-Reservation ihm genau das an den Kopf warf. Nun hat Oppie, wie sie ihn alle immer noch nannten und – wow! – auch ganz offiziell nennen durften, seinen berühmten Geisterblick aufgesetzt und nach einer Weile, als es endlich still geworden war um ihn herum, gesagt: ›Wir haben die Reise des toten Mannes hinter uns und sind wieder auferstanden.‹ Das Testgelände hieß *jornada del muerto*. Mr. Oppenheimer hatte einen Witz gemacht, wie schön, aber war es denn auch ein Witz gewesen? – Und nun bat ich diesen japanischen Jungen, in dem brütendheißen Flugzeugbauch Platz zu nehmen auf einer der öligen Werkzeugkisten, und hielt ihm meine Zigarettenschachtel hin. Ich muß sagen – und, bitte, ich war schließlich ein Fachmann –, seine Stadt war sauber zusammengehauen worden. Was Tokio betraf, standen die Konventionellen den Atomaren in nichts nach. Die Destruktion Tokios war nicht auf dem Altar von Los Alamos beschlossen und geplant worden, aber sie war einwandfrei. Die USAAF hatte fast 10.000 Tonnen Napalm auf die Wohnviertel der Stadt geworfen, die Feuerstürme – von meinen britischen Kollegen vom Bomber Command anhand der deutschen Feuerstürme bis ins kleinste studiert und ausgewertet – hatten ihr Werk getan, und übriggeblieben war: nichts. Als ich nach Japan kam, hieß es, die Baustelle dürfe bis auf weiteres nicht betreten werden. Gemeint waren Hiroshima und Nagasaki. Wegen Verstrahlung. Ein Pilot Officer teilte es mir mit. Zwei Kollegen von mir – Mitglieder der Army, versteht sich – hätten die Städte bereits überflogen und fotografiert. Vorläufig genüge das. Japanische Wissenschaftler seien dort gewesen, die hätten gemessen, was es zu messen gibt, mit ihren Geigerzählern und ihren Röntgengeräten, ihren Marinellibechern und Szintillationszählern, ihren Dosimetern und Rariometern und womit sonst noch, denen könne die Army das nicht verwehren – ›Ist ja schließlich ihr Boden!‹ –, und sicher würde man bald gut mit denen zusammenarbeiten. Sollte ich derweil – diese Bitte habe er an mich weiterzuleiten – die Stadt Tokio mit meinen Leuten untersuchen. Die Stadt Tokio? Dort gab es nichts zu untersuchen. Es interessierte sich auch niemand mehr für die Untersuchungsergebnisse des Department of Measuring and Analysis of Destruction und bestimmt nicht für die Ergebnisse der Vermessung und Analyse der konventionellen Zerstörung. Es wäre gewesen, als würde der Gast nach einem scheußlichen Essen Rechtschreibfehler auf der Speisekarte kritisieren wollen. – Und nun saß also dieser Junge vor mir, *ao-otoko*, wie die Japaner sagen: ein unreifer junger Mann. In Hemd und Hose. Barfuß. Und grinste gutgelaunt. Wie man nur grinsen kann, wenn man nichts im Rücken, aber alles vor der Stirn hat. Er wollte, daß ich mein Geld auf ihn wette. Einen Dollar, wenn er sich sechs fünfzehnstellige Zahlen merken könne. Ich habe ihm zehn Dollar gegeben. Dafür wollte ich mich mit ihm unterhalten. Wir saßen im Bauch der C-47 und rauchten und redeten über Zahlen. Die Einstiegsklappen standen offen, damit die Luft durchziehen konnte. Dennoch war es unerträglich heiß. Ich besaß eine Schachtel in der Größe eines Koffers voll mit Maiskeksen von Billings & Co., die waren mir zugeteilt worden für meine Abteilung, aber keiner meiner Kollegen mochte die handtellergroßen gelben Taler, ich auch nicht. Makoto aber mochte sie. Die Kekse machten Durst. Er trank dazu Coca Cola. Das machte ebenfalls Durst. Er trank dazu Wasser, das wir abgekocht hatten. Dieser Bursche war fasziniert von Zahlenreihen. Er wolle mir für meine zehn Dollar etwas vorführen, sagte er. Wie viele Möglichkeiten gibt es, fünf Kekse auf verschiedene Haufen zu verteilen – wobei bereits ein Keks für sich als ein Haufen gilt? Es gibt sieben Möglichkeiten. Erstens: fünf Haufen zu je einem Keks. Zweitens: Drei Haufen zu je einem, ein Haufen zu je zwei Keksen. Drittens: Zwei Haufen zu je zwei Keksen, ein Haufen zu je einem. Viertens: Ein Haufen zu je drei Keksen, zwei Haufen zu je einem. Fünftens: Ein Haufen zu je drei und einer zu je zwei Keksen. Sechstens: Ein Haufen mit vier Keksen, ein Haufen mit einem Keks. Schließlich siebtens: Ein Haufen zu fünf Keksen. Man nennt das die Partitionen einer Zahl, in diesem Fall der Zahl 5. Die Anzahl der Partitionen für die Zahlen von 1 bis 15 ergibt folgende Zahlenreihe: 1 läßt sich in 1 zerlegen; 2 in 2; 3 in 3; 4 in 5; 5 in 7; 6 in 11; 7 in 15; 8 in 22; 9 in 30; 10 in 42; 11 in 56; 12 in 77; 13 in 101; 14 in 135; 15 in 176. So, und nun die Vorführung: Er habe, behauptete er, eine Formel gefunden, mit deren Hilfe sich berechnen ließe, wie viele Partitionen es bei jeder beliebigen Zahl gebe. Für zwanzig Dollar verrate er sie mir. Ich muß sagen, ich war fassungslos. Nicht, weil ich glaubte, er habe so eine Formel gefunden, das wäre eine mathematische Weltsensation ersten Ranges gewesen; schon eher staunte ich, weil dieser verdreckte, streunende, komische junge Mann über die einschlägige Terminologie verfügte; am meisten aber überraschte mich seine nahezu traumwandlerische Fähigkeit, Zahlen in den verschiedensten Darstellungen zu denken. Zum Beispiel, wenn er anstatt 2, scheinbar ohne zu überlegen, als habe er einfach einen Schalter umgelegt, 1 durch 2 hoch minus 1 schrieb. Oder ein anderes Beispiel – eine nun tatsächlich mysteriöse Begebenheit, die sich drei Wochen nach unserer ersten Begegnung zutrug: Ich lud ihn zu einem Gottesdienst für die Opfer von Hiroshima und Nagasaki ein, den die Army auf dem Gelände von Atsugi organisiert hatte und zu dem extra ein Chor und ein Orchester aus den Staaten eingeflogen worden waren. Es wurde die Matthäuspassion von Bach aufgeführt. Makoto hatte solche Musik noch nie gehört, er war verzaubert und lachte und hüpfte auf dem Nachhauseweg über die Rollbahn vor mir her. Ich sagte, diese Musik sei eigentlich traurig. Ich erzählte ihm von Johann Sebastian Bach und erwähnte, daß er das Stück im Jahr 1729 komponiert habe (was ich auch nur zufällig wußte und womit ich, zugegeben, prahlen wollte, ich befand mich damals nämlich in Konkurrenz zu Sergeant Cousins, was die Gunst von Makoto betraf). Er blieb abrupt stehen und starrte vor sich ins Leere. Schließlich sagte er: Nun wisse er auch, warum diese Musik so schön sei, 1729 sei nämlich die kleinste Zahl, die sich auf zwei verschiedene Arten als Summe zweier Dreierpotenzen darstellen lasse. Es stimmte! Herrgott, es stimmte! Makoto Kurabashi war alles andere als ein naiver Zahlenkünstler! Er hatte bereits als Sechzehnjähriger an der kaiserlichen Universität von Tokio Vorlesungen und Kurse in Mathematik belegt. Seit er denken könne, sagte er, habe ihn nichts mehr interessiert als Zahlen.

Nach unserer ersten Session im Bauch des Flugzeugs fragte ich ihn, wo er wohne. Ob er eine Unterkunft habe. Hatte er nicht. Nichts hatte er mehr. In diesem Augenblick beschloß ich, für ihn Sorge zu tragen. Als Sergeant Cousins kam, um ihn abzuholen, erklärte ich, ich sei noch nicht fertig mit ihm, er sei ein komplizierter Fall, der weiter beobachtet werden müsse; er solle ihn mir noch für wenigstens einen Tag lassen. Das könne er nicht, sagte er, höchstens für eine halbe Stunde. Ich sagte, ich benötige mindestens drei Stunden, um zu einem Ergebnis zu gelangen, bis zum Abend brauche ich ihn. Das sei entschieden zu lange, lehnte er ab, am Abend sei ja niemand mehr in der Nähe der C-47, und er könne nicht für meine Sicherheit garantieren. Ich hielt ihm vor, daß ich bereits den ganzen Nachmittag allein hiergewesen sei, daß meine Kollegen anderweitig beschäftigt seien. Schließlich feilschten wir uns auf eine Stunde zusammen. Es war seine Freizeit, das wußte ich. Der gute Jonathan Cousins faßte noch am gleichen Tag seinerseits einen ähnlichen Entschluß wie ich, und das aus ähnlichen Motiven. Wiedergutmachung. Wiedergutmachung in Form von Mäzenatentum sozusagen. Wir beide, Cousins und ich, beschlossen, jeder auf seine Weise und nach seinen Möglichkeiten, diesem Jungen Gutes zu tun. *Viele* Soldaten und *viele* Wissenschaftler hatten *vielen* Menschen Böses angetan; *ein* Soldat und *ein* Wissenschaftler wollten *einem* Mann Gutes tun. *We do, 'cause we can.*«

Als Kind war Makoto Kurabashi oft krank gewesen. Bis zu seinem zehnten Lebensjahr hatte er an keinem Ort länger als ein halbes Jahr verbracht. Sein Vater litt unter manisch-depressiven Schüben, und wenn er in seiner Hochphase war, packte er zusammen und schleppte seine Familie hinter sich her – Frau, Tochter, Sohn. Als Makoto elf Jahre alt war, verließ die Mutter die Familie. Der Vater erzählte den Kindern, sie habe sich in einen anderen Mann verliebt. Die Kinder wußten es besser: Die Mutter hatte dieses Leben nicht mehr ausgehalten. Makoto wurde wieder krank, diesmal lebensgefährlich: Tuberkulose. Er wurde von seinem Vater und seiner Schwester bis vor das Sanatorium begleitet. Durch das Tor mußte er allein gehen. Seinen Vater sah er nie wieder, seine Schwester erst nach Jahren.

Durch die Fenster des Schlafsaals hatte er einen weiten Blick auf das Gewirr der Oberleitungen eines Verschiebebahnhofs. Er sah weißen Dampf und schwarzen Dampf in den Himmel steigen, in Säulen oder in Ballen, die ihr Inneres nach außen stülpten, sah kompakten braunen Qualm mit kleinen Funkenschwänzen gespickt, und bald wußte er, ohne daß er dazu das Bett verlassen mußte, zu welcher Lokomotive welcher Ausstoß gehörte. Wenn er aufrecht in seinem Bett saß, konnte er von den hohen, geschlossenen Waggons, die draußen vorüberfuhren, gerade das Dach sehen; manchmal stand dort ein Mann, der trug einen Helm über dem Kopf und hatte Handschuhe an, die aus der Ferne wie Schaufeln aussahen. Diesen Mann nahm er mit in seine Träume. In der Nacht hörte er die Puffer aufeinanderkrachen und die Trillerpfeifen der Arbeiter. Er lag mit offenen Augen in seinem Bettchen und blickte durch die Dunkelheit hindurch auf bunte Felder von Zahlen. Die Geräusche der Räder auf den Schienen, Eisen auf Eisen, gaben ihm das befriedigende Gefühl von Vorhersehbarkeit, so als würden sie nicht aus der wirklichen Welt zum Fenster des Schlafsaals empordringen, sondern aus den Zahlenfeldern, die er vor sich sah, Felder ohne Horizont. Es gab Zahlen, die von innen heraus leuchteten, andere waren wie Scherenschnitte vor einem Licht. Wieder andere traten aus der Ebene hervor und überragten ihre Umgebung; die ließen sich niederdrücken, und wenn man das tat, schnellte an einer anderen Stelle eine andere Zahl empor. Der Mann mit dem Helm und den Schaufelhänden war sein Diener und Verbündeter, er führte aus, was ihm Makoto auftrug. Er hüpfte von Zahl zu Zahl, übersprang in einem Lidschlag Millionen, pflückte, jätete, spann feine Fäden zwischen Verwandten, verschraubte stählerne Spangen von Primzahlenzwilling zu Primzahlenzwilling. Makoto kannte sie alle. Es gab freundliche Zahlen und unfreundliche Zahlen, solche, die sich hingebungsvoll seinen Gedanken fügten, und solche, die ihn verwirrten und unglücklich zurückließen. Und immer wieder standen rätselhafte Zahlen dazwischen, die so trüb und staubig waren, daß Makoto und sein Diener ihren Wert nicht erkennen konnten. Denen gingen sie aus dem Weg, der Diener kurvte elegant um sie herum, wenn er über das Feld turnte. Zahlen, die blau waren oder ins Blaue spielten, liebte Makoto besonders. An den Vormittagen hatten die Kinder Unterricht, aber das war eher Beschäftigungstherapie als Schule. Ein Lehrer für alle Fächer. Der war allerdings beeindruckt von den Rechenkünsten des inzwischen Dreizehnjährigen; freilich konnte er nicht einmal annähernd abschätzen, mit was für einer Begabung er es bei Makoto zu tun hatte. Er freute sich, daß sich sein Schüler wenigstens für ein Fach begeisterte, und beschaffte ihm alle Literatur, die er wünschte – soweit sie ihm zugänglich war. Als Gegenleistung bemühte sich Makoto, Deutsch und Englisch zu lernen.

Schließlich mußte Makoto das Sanatorium verlassen. In seinem Koffer war alles, was er besaß: zwei weiße Hemden, Strümpfe für Sommer, Strümpfe für Winter, Unterwäsche, eine Uhr, eine Logarithmentafel und Papier. Und eine kleine Taschenlampe, die war ihm das wertvollste. Die Batterie war längst leer, aber er beabsichtigte, sobald er Geld verdiente, eine neue zu kaufen. Die Heimleitung hatte ihn auf einen Weg geschickt. Makoto aber hatte nicht richtig zugehört und vergessen, was ihn am Ende dieses Weges erwartete. So ging er durch die Straßen, wechselte die Seiten, bog nach links ab, bog nach rechts ab, wechselte abermals die Seite, als wäre die Stadt ein Zahlenfeld und er der Mann mit dem Helm und den Schaufelhänden und ein anderer aus einem anderen Traum gäbe ihm die Befehle. Schließlich stellte er seinen Koffer neben sich auf das Trottoir und wartete. Die Hände in den Jackentaschen. Die Schultern ein wenig hochgezogen. Eilende Schritte waren um ihn herum. Er stand niemandem im Weg. Störte niemanden. Selbst die Spatzen kümmerten sich nicht um ihn und nahmen zu seinen Füßen ein Staubbad, hinterließen kleine, kreisrunde, saubergefegte Flecken auf dem Asphalt. So flach atmete er, daß er meinte, er benötige bald auch die Luft nicht mehr. Der Hunger erlosch, und die Gedanken erloschen. So stand er bis in die Nacht hinein neben seinem Koffer. In seinem Gesicht ein aufsteigendes Lächeln. Das hielt er fest mit unbewußter Kraft, damit er, falls ihn doch jemand anspräche, leichter zu sich zurückfände.

Jemand sprach ihn an – es muß wohl so gewesen sein. Makoto erinnerte sich nur an wenig; er sei in ein Krankenhaus gebracht worden, aber dort habe man ihn nur ein paar Tage behalten. Dr. Yamazaki, einer der Ärzte, habe in seinem Haus ein Bett für ihn aufgestellt; aber auch hier konnte er nur wenige Tage bleiben. Er wurde in einem provisorischen Sanatorium aufgenommen, das überfüllt war und nur wenig Personal hatte. Dr. Yamazaki besuchte ihn und brachte ihm Medikamente. Das war nicht legal. Makoto mußte ihm versprechen, daß er mit niemandem darüber redete. Der Doktor hatte zwei Söhne, die waren etwas älter als Makoto, beide dienten in der Armee, der eine war in

der Mandschurei stationiert, der andere kämpfte auf der Insel Guada-
canal gegen die Amerikaner. Dr. Yamazaki hatte Makoto seiner Frau
zuliebe in sein Haus aufgenommen, damit sie in ihrer Sorge abgelenkt
würde; aber dann war sie zum Arbeitsdienst eingezogen worden, und
auch er hatte nicht die Zeit, sich um den Patienten zu kümmern, wie
es notwendig gewesen wäre. Nach einem halben Jahr wurde Makoto
aus dem Sanatorium als geheilt entlassen. Wieder nahm ihn das Ehepaar Yamazaki bei sich auf. Makoto hustete noch, aber seine Genesung
schritt voran. Als er genügend Kraft gewonnen hatte und auch nicht
mehr so stark schwitzte, verschaffte ihm der Doktor eine Arbeit als
Pfleger im Krankenhaus, in dem er als Arzt tätig war, und auch eine
Unterkunft, und er setzte sich dafür ein, daß Makoto an der Universität Vorlesungen besuchen durfte, bei denen es um Zahlen ging.

Die amerikanische Luftwaffe flog Angriffe auf Kobe, Osaka, Nagoa-
ka und auch Tokio. Dr. Yamazaki ließ seinen Schützling in die Wä-
scherei des Krankenhauses versetzen, er fürchtete, sein labiler Gesundheitszustand könnte unter den Belastungen des Pflegedienstes
leiden. Erst arbeitete Makoto an den dampfenden Bottichen, in denen
die Verbände und die Wäsche ausgekocht wurden, später nahm ihn
eine der Frauen zu sich in die Büglerei. Sein Husten hatte sich in den
Laugendämpfen wieder verschlimmert. Er war der einzige Mann hier
unten. Die Frauen mochten ihn. Er unterhielt sie, indem er dreistelli-
ge Zahlen im Kopf schneller miteinander multiplizierte, als es ihnen
auf dem Papier trotz Vorsprung gelang. »Wie machst du das?« fragten
sie, und er lächelte, und sie liebten ihn, als wäre er ein Verwandter. Die
Frauen waren sich einig, daß aus ihm einmal ein schöner und erfolg-
reicher Mann würde, er sollte sich nur vornehmen, mindestens eine
halbe Stunde am Tag seinen Daumen gegen seine Schneidezähne zu
drücken, damit die sich geradestellten. Er spannte die Leintücher in die
Pressen und faltete sie, ließ das Eisen über die Verbände gleiten und
wickelte sie auf einer Handkurbel zu prallen Rollen, legte Nachthemden zusammen und stapelte sie in die Gitterwägen.

Vom Untergang der Stadt Hiroshima erfuhr er vierundzwanzig
Stunden, bevor die Bombe auf Nagasaki abgeworfen wurde. Eine ein-
zige Bombe, berichteten die Frauen, habe alle Häuser zerstört und alle
Menschen getötet, hunderttausend. Makoto glaubte es nicht, und die

Frauen glaubten es auch nicht. Aber als die zweite Bombe fiel, glaubten sie es. Sie meinten, nun komme eine Stadt nach der anderen an die Reihe, als letzte die Hauptstadt. So, sagten die Frauen, würden sie es machen, wenn sie die Amerikaner wären. Sie fürchteten sich nicht. Sie verrichteten ihre Arbeit, wie wenn ihnen jemand garantiert hätte, daß auch nach dem Untergang gedämpfte Leintücher und gebügelte Nachthemden gebraucht würden.

In der Nacht fiel eine Bombe auf das Krankenhaus. Am nächsten Morgen, als Makoto zur Arbeit antreten wollte, fand er die Straße nicht mehr. Von nun an trieb er sich zwischen den Ruinen herum. Er wurde von amerikanischen Soldaten aufgegriffen und wieder freigelassen, nachdem er ihnen mit seinen Rechenkünsten einiges Vergnügen bereitet hatte. Er kam wieder, führte neue Tricks vor, nahm Dollars dafür, obwohl er damit nichts anfangen konnte. Man gab ihm Essen und Zigaretten und ließ ihn schlafen, wo er sich gerade hinlegte. Manchmal warf man ihm eine Decke zu. Selbst die Katastrophe vermochte ihn nur kurze Zeit von seinen Zahlen abzulenken.

3

Es entsprach der von Carl bevorzugten Dramaturgie, bei einer Geschichte an ihrem Ende zu beginnen und in der Erzählung nachzuholen, wie es dazu gekommen war. Ich vermutete hinter dieser Methode einen Bescheidenheits-Trick; ich meine damit, er suggerierte dem Zuhörer zunächst, daß es im folgenden nicht um ihn, den Erzähler, sondern um einen anderen gehe, um dann in der Vorgeschichte doch von sich selbst zu erzählen; damit bekam die Geschichte des Erzählers doppeltes Gewicht – erstens ihr eigenes, zweitens das als Vorgeschichte zu einer anderen, bereits als sensationell angekündigten Begebenheit. Ich weiß nicht, ob sich Carl des Raffinements dieser Strategie bewußt war, ich denke aber, man würde ihn unterschätzt haben, wenn man geglaubt hätte, er wäre es nicht.

Die Vorgeschichte zu der Begegnung mit Makoto Kurabashi – »diesem Erwählten, hätte er die Wahl nur angenommen«, »meinem verlorenen

Bruder« – beginnt im Frühling 1935 in Kinnelon, New Jersey, bei der Party zu Ehren von Emmy Noether, auf der Carl, wie ich bereits berichtet habe, Abraham Fields kennengelernt hatte.

Ebenfalls lernte er bei dieser Gelegenheit Major Rupert Prichett von der britischen Royal Air Force kennen. Ihn nun traf er dreieinhalb Jahre später in London wieder – und dieses Treffen war folgenschwer.

Carl war geschäftlich in London, für Bárány & Co., es ging um schottischen Whisky und den Gegenhandel mit Portwein. Er war aus Paris gekommen, wo er sich mit einem belgischen Kakaohändler, einem Senfkocher aus Dijon und zwei selbstbewußten Vertretern einer Käsereigenossenschaft aus der Auvergne getroffen hatte. Außerdem – und das war der Grund, warum er an diesem und auch an den folgenden Tagen in einer – wie er es nannte – »so leichtfertigen Stimmung« war – hatte er am Abend im Hot Club de France in der Rue Chaptal am Fuß des Montmartre Django Reinhardt gehört – zum erstenmal. Merkwürdigerweise waren es die Bauern aus der Auvergne gewesen, die ihn auf den Club und seinen Star hingewiesen hatten. »Django, il était la musique fait l'homme!« Carl war schon an den Abenden zuvor durch die Stadt gezogen, von einem Jazzclub zum anderen, wie immer, wenn er in Paris war, auf der Suche nach einem Erlebnis, das den Flash erneuern sollte, den in New York das Konzert mit Billie Holiday – die Initiation! – in ihm ausgelöst hatte. Er hatte die fabelhafte, in diesem Sommer in Paris so heftig umjubelte kubanische Frauenband Anacoana im Nobelclub Les Ambassadeurs an den Champs-Elysées gehört; er war begeistert gewesen und vom Tisch aufgesprungen und hatte, was gar nicht seinem Naturell entsprach, laut »Brava! Brava!« gerufen; aber in der Nacht im Hotel war er aufgewacht in der zehrenden Unbefriedigtheit eines Süchtigen. »Allein die Tatsache, daß ich bei meinem Ausbruch die weibliche Form der Begeisterung gewählt hatte, sagte mir: Das war's nicht.« Django Reinhardt an der Gitarre, Stéphane Grappelli an der Geige – das war's. Im Zug nach Calais hatte er nur diese Musik im Kopf gehabt; die Felder und Dörfer, die Hügel und die Kathedralen am Horizont waren an ihm vorübergezogen wie Illustrationen zu den Klängen aus der Geige und der Gitarre. Besonders angetan hatte es ihm *My Serenade*, diese träge Melodie voll melancholischer Erotik, bei der, wie bei den meisten Stücken des Quintetts, die Gitarre den männlichen Part, die Geige den weiblichen übernahm. Grappellis rhapsodischer Legatostil mit den verschleppten Akzenten, der für sich zu weich, zu schnulzig gewesen wäre, war von den harschen, kantigen Gitarrensoli an die Kandare genommen worden – eigentlich schamlos, mitten auf der Bühne. Die Band hatte das Stück gleich dreimal an diesem Abend gespielt, jedesmal in einer anderen Improvisation. Promiskuitiv!

»Diese Musik war schuld. Jawohl!« rief Carl aus – und in diesem Moment kam Frau Mungenast herein und fragte, ob es uns recht wäre, wenn sie beim Wilden Mann zum Mittagessen drei Portionen Hirschgulasch mit Knödel bestelle; er deutete mit seinem porzellanweißen Finger auf sie und sagte: »Alles ist mir recht! Aber Sie! Sie! Hüten Sie sich vor der Musik!«; worauf Frau Mungenast mir einen Blick zuwarf, mit den Schultern zuckte und hinausging. – Er war nun etwas verlegen wegen seines Übermuts, den er wohl für zu jugendlich hielt – aber dennoch für angebracht. »Diese Musik, die ich für die beste des vergangenen Jahrhunderts halte, sie hämmert einem ein, mir hämmerte sie ein: Die Welt ist sexy. Und wo sie es nicht ist, braucht man nicht hinzusehen. Sex ist mehr als geschlechtliche Betätigung, er ist eine Sicht auf die Welt, eine prinzipielle Lebenseinstellung, eine gefährliche – Achtung! –, aber eine, die glücklich machen kann. Die einzige, die wirklich glücklich machen kann. Daneben ist alles andere zweitrangig und harmlos.«

Alle Monate reiste Carl zu den Orten, wo er geschäftliche Kontakte unterhielt, meistens fuhr er allein. Am Anfang hatte ihn Margarida begleitet. Seit Mariana und Angelina bei ihnen waren, blieb sie zu Hause; es wäre zu aufwendig gewesen, die beiden mitzunehmen, außerdem besuchten sie die Schule. Carl war nicht ungern allein. Er fuhr mit dem Schiff von Lissabon nach Nantes (er hätte auch durch Spanien mit dem Zug fahren können, aber seit Ausbruch des Bürgerkriegs war das nicht ratsam und lange Zeit auch gar nicht möglich gewesen), und von Nantes fuhr er mit dem Zug nach Paris, nach Brüssel oder nach Calais und mit der Fähre nach Dover und weiter mit dem Zug nach London. Manchmal mietete er sich in Paris einen Wagen und gondelte über die schmalen Landstraßen nach Deutschland hinüber, nach Köln, Hamburg, Aachen (wo er nach einem ihrer Vorträge Edith Stein traf – zum letztenmal). Oder er flog von Paris nach Berlin. Das Interesse an amerikanischem Bourbon war ungebrochen, jedenfalls in der deutschen Hauptstadt, daran hatten die politischen Umstände nichts ändern können. Es kam auch vor, daß er Zwischenstation in Göttingen machte; dann übernachtete er bei seinen Tanten, mied aber längere Gespräche mit ihnen, gab sich einen halben Tag Zeit für die Stadt, schlenderte, die Hände auf dem Rücken, durch die Hallen der Universität, besuchte Herrn Beyerchen in seinem Kabäuschen, den Hauswart, der immer noch seinen Dienst tat, ein Mannsbild von gargantuanischen Körpermaßen, plauderte mit ihm einen Streifen und schaute noch im Mathematischen Lesezimmer vorbei, stöberte ein wenig und spazierte, als die Sonne sich senkte, zu den Tanten hinauf und nahm sich vor, nie wieder hierherzukommen, wo alles so fremd war; und kam doch wieder, in der Hoffnung, er habe sich beim letztenmal geirrt.

Margarida, er und die Zwillinge führten ein ruhiges Leben, luxuriös, aber nicht protzig. Die Papierarbeit im Kontor überließ er zur Gänze den Angestellten – worüber Senhor Costa Caeiro auch sehr erleichtert war. Am Morgen nach dem Frühstück lief Carl, oftmals in Hausjacke und Hausschuhen, die zwei Treppen hinunter zu den Büros und wünschte allen einen guten Tag, rief sein »São os empregados quem manda agora!« und war schon wieder davon. Mittags verließ die Familie – so nannten Margarida und er die kleine Vierergruppe um ihren Frühstückstisch – das Haus in der Rua do Salitre und aß in einem der Restaurants in der Nähe des Botanischen Gartens. Danach trennten sie sich; Margarida und die Kinder spazierten zum Tejo hinunter und setzten sich dort in die Sonne, oder sie gingen zurück nach Hause. Carl erkundigte sich derweil in den Buchhandlungen der Altstadt, ob seine Bestellungen eingelangt seien, oder er hielt in der Universität seine Vorlesung und trank anschließend mit den Mathematikern den obligaten Fünf-Uhr-Tee. An sonnigen Wochenenden fuhren sie alle miteinander im Auto nach Ericeira ans Meer (wo inzwischen eine rege Bautätigkeit eingesetzt hatte; wie Carl in Erfahrung brachte, ließ Salazar eine Bungalowsiedlung bauen – für Flüchtlinge aus Deutschland). Carl und Margarida hatten dort ein hübsches, weißgestrichenes Häuschen gekauft, das auf einer Klippe stand und über zwei Räume und eine riesige Terrasse verfügte – und über einen eigenen Stufenweg aus Eisenbahnschwellen hinunter zum Strand, den die Mädchen nie gingen, ohne von oben bis unten oder von unten bis oben ein Lied zu singen, zweistimmig, schön parallel. Hier waren sie tatsächlich eine Familie – gingen spazieren, die Kinder in der Mitte, vorbei an den vornehmen Hotels mit ihren stuckverzierten Balkonen, die wie kleine Servierschürzen aussahen.

Nur ein Mal in diesen Jahren war Carl in Wien gewesen, um mit seinem Großvater über das Geschäft zu reden. Der alte Bárány vertraute ihm; über das Kontor im fernen Lissabon zerbrach er sich den Kopf längst nicht mehr. Seine Mutter sah Carl bei dieser Gelegenheit nicht; sie sei gerade auf Besuch bei einer Freundin in der Wachau, hieß es.

Im Sommer 1938 also sprach ihn Rupert Prichett auf der Straße an, es war in der Nähe des Kensington Garden. Carl erkannte ihn sofort. Er könne nicht glauben, daß dieses Wiedersehen ein Zufall sei, sagte er und drückte seinen Finger gegen die Brust des Mannes. Es sei in der Tat kein Zufall, gab Prichett ohne Zögern zu – und drückte nun seinerseits, Carl parodierend, einen Finger gegen Carls Brust. Er respektive seine Mitarbeiter beobachteten ihn seit geraumer Zeit, gab er freimütig zu und bat Carl, ihm eine Stunde zu schenken. Es war ein angenehm kühler Tag, der mit einem leichten Jackett im Freien verbracht werden konnte. Sie setzten sich im Park auf eine der Bänke, die um einen Ententeich standen. Prichett nahm aus seiner Aktentasche eine Thermoskanne mit Tee und eine Aluminiumdose mit belegten Brotschnitten; er sei gerne bereit, mit Carl zu teilen. Die beiden sahen einander durchaus ähnlich; auch Prichett war groß und hatte hellblondes Haar, allerdings kurzgeschnitten, und auch er hatte beim Sprechen die Angewohnheit, allem ein ironisches Zucken in den Mundwinkeln nachzuschicken. Sie waren einander sympathisch gewesen, als sie sich auf der Veranda des Hauses in Kinnelon, New Jersey, unterhalten hatten; und dabei war es geblieben.

Er wolle nicht herumreden, sagte Prichett mit vollem Mund, er arbeite mit dem SIS, dem Secret Intelligence Service, zusammen. Er habe sich in Kinnelon, nachdem Carl nach New York City zurückgefahren sei, bei Frau Professor Noether nach ihm erkundigt; sie habe sehr warmherzig von ihm gesprochen und sei mit ihrem Wort dafür eingestanden, daß ihr ehemaliger Student Candoris erstens: ein hervorragender Wissenschaftler sei, einer der besten auf seinem Gebiet, ohne Zweifel der beste, den sie jemals zu einer Dissertation begleitet habe; vor allem aber, daß er, zweitens: mit den neuen Machthabern in Deutschland mit absoluter Sicherheit nichts zu tun haben wolle. So traurig er darüber sei, daß Frau Professor Noether nicht mehr lebe, wisse er doch, daß ihr dadurch viel Kummer erspart geblieben sei, wenn man bedenke, wie es vielen ihrer Freunde in Deutschland seither ergangen war. Inzwischen sei auch den friedliebendsten Politikern in Europa klargeworden, daß Herr Hitler einen Krieg wünsche; er, Prichett, sei sogar der Meinung, daß dieser Führer in Wahrheit den Krieg um seiner selbst willen anstrebe, seit allem Anfang an angestrebt habe, daß alle Gründe, die er nennen werde, wenn er ihn erst vom Zaun gebrochen habe, vorgeschoben sein würden. »Er will den Krieg. Die Ziele sind zweitrangig, die Gründe nicht einmal das. Also wird dieser Krieg kommen, denn es kann gar keine Bedingung geben, unter der er darauf verzichten wird.« Wie kein anderer Krieg in der Geschichte werde dieser Krieg ein Krieg der Maschinen sein, und er werde entscheidend am Himmel ausgetragen; diese Einschätzung gründe nicht in der Tatsache, daß er selbst Offizier der Royal Air Force sei, sondern werde von allen Waffengattungen geteilt. Und: Dieser Krieg werde in den Laboratorien und den technischen Versuchsanstalten, den Universitätsinstituten und Forschungseinrichtungen gewonnen.

»Seit Hitler an der Macht ist, bemühen sich England und Amerika um die deutschen Wissenschaftler. Die besten haben uns die Nazis von selber geschickt. Aber viele sind in Deutschland geblieben. Es sind hochkarätige darunter. Heisenberg, von Weizsäcker oder der hochverehrte Max von Laue, den Sie sicher aus Ihrer Göttinger Zeit noch kennen, auch Otto Hahn. Frau Dr. Noether hat mir versichert, daß sie keinem ihrer ehemaligen Kollegen zutraue, daß er mit den Nazis zusammenarbeite. Frau Noether war ein grundgütiger Mensch, politisch naiv, sie hat in niemandem das Schlechte gesehen, das brauche ich Ihnen nicht zu erzählen, Sie kannten sie besser als ich. Sie hatte sich geirrt, das wissen wir definitiv.«

Ohne daß ihn Carl auch nur einmal unterbrochen hätte, kam Mr. Prichett zum Schluß: »Sie sind für uns ein idealer Mann, Dr. Candoris. Sie haben sich während Ihrer Zeit in Deutschland nicht politisch auffällig engagiert, Sie leben in Portugal, aber nicht als Flüchtling, Sie sind inzwischen Geschäftsmann, der oft in Deutschland zu tun hat. Sie sind – verzeihen Sie, das ist in dieser Zeit nicht unbedingt ein Kompliment – durch und durch unverdächtig. Sie kennen viele deutsche Wissenschaftler und können mit ihnen in Verbindung treten, ohne daß jemand argwöhnisch würde. Woran arbeiten Ihre Kollegen in Deutschland? Das wollen wir wissen. Helfen Sie uns, es herauszufinden!«

Mr. Prichett sagte, er müsse sein Wasser abschlagen; so lange gebe er Carl Zeit, sich zu entscheiden. Er stellte sich ein paar Schritte von der Bank entfernt an einen Baum; Carl konnte zwischen seinen leicht gespreizten Beinen hindurch sehen, wie der Urin schäumend am Baumstamm entlanglief und im Gras versickerte.

»Ja«, sagte er, »ich werde es tun!«

Im Jänner des folgenden Jahres fuhr Carl nach Berlin; dort besorgte er sich – wie immer, wenn er in einer deutschen Universitätsstadt war – die neueste Nummer von *Naturwissenschaften*, jenem Periodikum, in dem deutsche, aber auch – noch – internationale Naturwissenschaftler ihre Erfahrungen mitteilten und diskutierten. Diese Ausgabe nun enthielt einen Aufsatz von Otto Hahn, der in einem merkwürdig unsicheren, beinahe zum Greifen wackeligen Stil verfaßt war. Der »Kernchemiker«, wie er sich nannte, berichtete von Experimenten, die Madame Joliot-Curie vor ihm in Paris angestellt und die er zusammen mit seinem Kollegen Straßmann mit exakten radiochemischen Methoden nachgeprüft habe. Es handelte sich um die Beschießung von Uran mit langsamen Neutronen. Dabei sei ihm und Straßmann ein physikalisch unerklärliches Resultat gelungen, nämlich: In den Reaktionsprodukten fand sich ein Stoff, der vorher nicht dagewesen war; es handelte sich ohne Zweifel um Barium, ein Element von nur halbem Gewicht des Urans. Dieses unbegreifliche Vorhandensein des Bariums könne nur durch vorausgegangenes »Zerplatzen« des Urankerns und einer daraus folgenden Umwandlung eines Elements in ein anderes erklärt werden, wobei sich ein Teil der Materie in Energie verstrahlt habe.

Er habe zuwenig von Kernphysik verstanden, um die Tragweite dieser Entdeckung abschätzen zu können, sagte Carl. Aber er habe an der Art und Weise, wie der Artikel formuliert war, gespürt, daß hier einer die Sätze in Eile niedergeschrieben hatte, zitternd gleichermaßen vor Begeisterung und Entsetzen; und er erinnerte sich an die Gespräche mit dem Freund Eberhard Hametner in Göttingen, als der versucht hatte, ihm darzulegen – auch er zitternd vor Begeisterung und Entsetzen –, daß in dem winzigsten Winzigen unvorstellbare Energien gebunden seien, die eines Tages zu befreien allerdings nur *eine* Institution das Geld aufbringen werde, nämlich das Militär. – Dafür, dachte Carl, würde sich Major Prichett sicher interessieren. Prichett sah ihn aus zusammengekniffenen Augen an, sagte, auch in England verstehe man wissenschaftliche Aufsätze zu lesen, inzwischen sogar, wenn sie in deutscher Sprache geschrieben seien; das hier wisse man bereits alles. Aber er lobte ihn auch; Carl bohre genau an der Stelle, für die man sich interessiere.

Carl hielt sich nicht an das Versprechen, das er Prichett gegeben hatte, mit niemandem über seinen Auftrag zu sprechen. Carl hatte »selbstverständlich!« – Margarida von Anfang an alles erzählt. »In ihren Augen war ich nun ein Widerständler. Sie war stolz auf mich. Ich wußte, daß sie stolz auf mich sein würde, und deshalb hatte ich ihr erzählt, daß ich von nun an eine Art Agent gegen Nazideutschland war. Daß mir irgend etwas zustoßen könnte, nun, daran wird sie schon gedacht haben, aber geglaubt hat sie es nicht. Sie hielt mich immer für einen alten Mann. Für einen sehr alten Mann. Für einen Mann, der in seinem Inneren immer schon so alt war, wie ich jetzt erst geworden bin. Und so einer stirbt nicht, bevor er nicht auch äußerlich dieses Alter erreicht hat. – Ich war damals dreiunddreißig ...«

Carl ließ seinen Vertrag an der Universität Lissabon nicht weiter verlängern und übersiedelte – allein – im Frühsommer 1939 nach Berlin. Er mietete ein Büro, von wo aus er den Handel mit amerikanischem Whiskey (über das Kontor in Lissabon) organisierte – sehr erfolgreich übrigens, wie Senhor Costa Caeiro voll Sorge und Bewunderung zugeben mußte –, wohnte aber im Hotel, weil er vor den Behörden weiterhin als seinen Wohnsitz Lissabon ausweisen wollte – das hatte ihm Prichett geraten. Er knüpfte Kontakte zu Wissenschaftlern – was ihm als »Göttinger« nicht schwerfiel. Zwei Männer seien, hatte ihm Prichett gesagt, »zum Einstieg« besonders wichtig: Paul Rosbaud und Manfred von Ardenne.

Rosbaud war wissenschaftlicher Lektor beim Julius Springer Verlag, in dem die Zeitschrift *Naturwissenschaften* erschien; er hatte für den Aufsatz von Hahn und Straßmann das Dezemberheft in letzter Minute umgestaltet – die Neuigkeit müsse so schnell wie möglich in die Welt hinaus. Er stammte aus Österreich; er habe sich, wie er in breitem Berlinerisch in die Runde verkündete, seit Jahren danach gesehnt, endlich wieder einmal in den sieben Wiener Dialekten zu sprechen – ottakringerisch, meidlingerisch, hietzingerisch, hernalserisch, leopoldstädterisch, josephstädterisch und alsergrundlerisch. Rosbaud ließ keine Gelegenheit aus, ein Fest zu feiern; außerdem hatte er im Verlag einen wöchentlichen Jour fixe eingerichtet, an dem sich vor allem Autoren des Verlags, aber auch Gäste aus dem Ausland sowie aufgeschlossene Dilettanten trafen. Er schien jeden interessanten Menschen zu kennen, der Deutschland noch nicht verlassen hatte. Carl nahm er in den Kreis auf, als wäre er ein alter Freund. Über Rosbaud lernte Carl Wissenschaftler kennen, die an den Kaiser-Wilhelm-Instituten von Berlin und Heidelberg experimentierten, aber auch Mitarbeiter des Amtes für Technik der NSDAP wie den nachgerade monströs ehrgeizigen Professor Drescher-Kaden (dessen Lebensziel es war, Dekan der Universität Göttingen zu werden; was er 1940 auch wurde, nur war diese Universität dann nicht mehr, was sie weiland gewesen war) oder Otto Haxel vom Marinewaffenamt oder Heinz Große-Allenhöfel, den persönlichen Assistenten von Abraham Esau, dem Präsidenten der Physikalisch-Technischen Reichsanstalt. Und er lernte Wilhelm Jobst kennen, einen jungen, eierköpfigen Physiker, der gerade von der Universität Jena nach Göttingen gewechselt war, aber oft »in der Hauptstadt zu tun« habe, wie er mit flatternden Augenbrauen und in wichtigtuerischem Geheimniston Carl verriet. Jobst sah in Carl einen Vertreter des »goldenen Göttinger Zeitalters«, einen aus der »alten Garde«, womit er ja wohl nur jene Wissenschaftler meinen konnte, die zu einem großen Teil von seinesgleichen aus Göttingen vertrieben worden waren – Jobst war selbstverständlich Mitglied der NSDAP, aber auch Mitglied der SS im Rang eines Obersturmführers, er hatte an der Universität Jena den sogenannten »Assistentensturm« gegründet, eine Vereinigung des akademischen Mittelbaus, die in ihren Statuten als Ziel die Definition einer deutschen Physik, einer deutschen Chemie und einer deutschen Mathematik angab. Er wollte Carl imponieren; seine strebernische Eitelkeit würde sich, dachte Carl, vielleicht ausnützen lassen.

Manfred Baron von Ardenne – neben Rosbaud der zweite, den Prichett als Anlaufstelle genannt hatte – war Besitzer und wissenschaftlicher Leiter des Forschungslaboratoriums für Elektronenphysik in Berlin-Lichterfelde, das in der Öffentlichkeit den sagenhaften Ruf einer modernen Hexenküche genoß, spätestens seit der Funkausstellung von 1931, als er das erste vollelektronische Fernsehen vorstellte, womit es der Baron, der sich rühmte, der Enkel von Fontanes »originaler« *Effi Briest* zu sein, auf das Titelblatt der *New York Times* schaffte – was als nächstem »Deutschen« erst Adolf Hitler gelang. Ardenne, geschickt in der Akquisition von Aufträgen, hatte sich gleich nach dem Erscheinen von Otto Hahns Artikel mit dem Reichspostminister Ohnesorge in Verbindung gesetzt und ihn auf die ungeheure Bedeutung der Hahnschen und Straßmannschen Entdeckung aufmerksam gemacht. Ohnesorge verfügte nämlich auch über den Etat der Forschungsanstalt der Post, der beträchtlich war. Die Deutsche Reichspost schloß mit Ardenne einen Vertrag über ein Projekt »für die technische Entwicklung von Verfahren und Anlagen auf dem Gebiet der Atomzertrümmerung«, dessen Gegenstand unter anderem der Bau von Zyklotronen für das Institut in Berlin-Lichterfelde war. Als Carl dies Rupert Prichett bei einem Besuch in London erzählte, wurde der Major blaß.

Am 1. September marschierte die Wehrmacht in Polen ein. Daraufhin erklärten England und Frankreich dem Deutschen Reich den Krieg. Ende September meldete Carl nach London, im Forschungszentrum des Heereswaffenamtes habe unter der Leitung von Abraham Esau und Oberst Schumann – nach dessen eigenen Angaben ein Nachfahre des gleichnamigen Komponisten und außerdem überzeugtes NSDAP-Mitglied der ersten Stunde – eine Versammlung von neun Kernphysikern stattgefunden, darunter Walther Bothe, Direktor am Kaiser-Wilhelm-Institut für medizinische Forschung in Heidelberg, Gerhard Hoffmann, Professor für Experimentalphysik aus Leipzig und – Wilhelm Jobst. Ergebnis dieser geheimen Sitzung: Gründung des sogenannten Uran-Vereins. – Nächste Meldung nach London, nur wenig später: Die Deutschen verbieten die Ausfuhr von Uranerz aus der Tschechoslowakei – außer dem Uran der Belgier, das aus der Kongo-Kolonie stammte, besaß sonst kein Land in Europa wesentliche Mengen dieses Metalls. – Nächste Meldung: Die I. G. Farbenindustrie AG übernimmt in großem Stil die Zulieferung von gasförmigen Uranverbindungen und schwerem Wasser an den Uran-Verein. – Dann: Das Kaiser-Wilhelm-Institut für Physik in Berlin wird zum wissenschaftlichen Zentrum des Uran-Vereins. Sein bisheriger Leiter, der Holländer Peter Debye, wird abgesetzt, er verläßt Deutschland; sein Nachfolger wird Werner Heisenberg – was um so bemerkenswerter war, als es sich bei letzterem nicht um einen Eiferer aus der zweiten oder dritten Reihe handelte, sondern um einen der hervorragendsten Forscher auf dem Gebiet der Atomphysik, Nobelpreisträger des Jahres 1933. Aus Gesprächen mit Jobst erfuhr Carl, daß Heisenberg soeben eine theoretische Arbeit abgeschlossen habe, die den Unterschied zwischen dem Bau eines Uranmeilers, in dem die Kettenreaktion dosiert und auf beliebig lange Zeit gestreckt werden könne, und einer Uranbombe darstellte, bei der die Reaktion ungesteuert und innert dem millionstel Teil einer Sekunde einer Explosion entgegenlaufe, über deren Ausmaß sich vorläufig keine Aussagen treffen ließen, außer, daß sie gewaltig sein werde.

Wilhelm Jobst entwickelte zu Carl eine »studierenswerte Anhänglichkeit« (Carl). Der junge, schneidige Professor mit dem polierten Bubengesicht war bis zum absoluten Nullpunkt der Kritikfähigkeit gerührt, weil ihm die Vorsehung einen Siegfried als Freund geschickt hatte, groß und blond und blauäugig, vielleicht etwas zu groß, etwas zu sehr in die Länge gezogen und somit zu dünn, dafür aber eben ein »Göttinger« (als ob sich der Göttinger Geist nach Subtraktion von Emmy Noether, Hermann Weyl, Max Born, Richard Courant, Viktor-Moritz Goldschmidt, James Franck, Edmund Landau, Paul Hertz und so vielen anderen schlußendlich in destillierter, das ist: arischer Form noch unterschieden hätte vom Mief der NAPOLA und des BDM). Sie trafen sich bald regelmäßig zum Mittagessen in einem der Restaurants unter den Linden oder zu Kaffee und Kuchen im Kranzler am Kurfürstendamm. Manchmal war auch Jobsts Ehefrau Marianne dabei, die nicht viel redete und den Eindruck vermittelte, als wäre sie immer ein bißchen eingeschnappt. Sie hatte weiche Wangen, ein niedliches Doppelkinn und regimekonforme blaue Augen, flirtete mit jedem Mann, was ihr selbst wahrscheinlich nicht einmal bewußt war, und legte Wilhelm gegenüber, zumal in der Öffentlichkeit, eine Kratzbürstigkeit an den Tag, die verkündete: Nicht ich muß froh sein, daß ich ihn habe, er muß froh sein, daß er mich hat. Carl hatte schon beim erstenmal, als Wilhelm sie zum Essen mitbrachte, das Gefühl, dieser mißbrauche seine Frau zu Zwecken, die ihr nicht einsichtig waren, und er vermutete, einer dieser Zwecke war, ihn, Carl, etwas aufzuweichen, um ihn zu ebendiesen Zwecken zurechtbiegen zu können. Jobst war ein gieriger Karrierist und zugleich süchtig nach Hingabe und Unterwerfung. Carl beschloß, ihm zu geben, was er offensichtlich so dringend brauchte: Anziehung und Abstoßung in einem. Es bereitete ihm einen sadistischen Spaß zuzusehen, wie Wilhelm litt, wenn er sich mitten im Gespräch von ihm abwandte, einen anderen am Ellbogen faßte und so tat, als werde er endlich von der Gegenwart dieses immer schwarz Uniformierten erlöst; oder zuzusehen, wie ihm die Finger vor Freude zu zittern begannen, wenn er ihn mit »Wilhelm, mein lieber Freund!« begrüßte. Es dauerte nicht lange, und Wilhelm sprach mit Carl über alles, was im Uran-Verein verhandelt wurde, Carl brauchte nicht einmal zu fragen. Dennoch hütete er sich, diese Informationen in einem Maßstab von eins zu eins zu übernehmen. Wilhelm war bemüht, sich in Carls Meinung eine höhere Warte zu erobern, als er sich selbst zugestand; daß er also übertrieb. Für sich genommen waren Wilhelms Informationen die reinsten Horrormeldungen: Deutsche Wissenschaft und Technik schritten in Siebenmeilenstiefeln voran, mit dem Bau eines Prototyps der Uranbombe durfte innerhalb der nächsten zwei, höchstens drei Jahre gerechnet werden. Wenn er Jobsts Geschichten unüberprüft an Prichett weitergäbe, dachte Carl, würde das in der Royal Air Force ein Chaos auslösen. Allerdings verfügte er über keine andere, vergleichbar sprudelnde Quelle. Jobst ging ihm furchtbar auf die Nerven, auch meinte er bald, alles erfahren zu haben, was dieser wußte; jeder weitere Umgang mit ihm wäre nicht mehr nutzbringend gewesen. Was ihm dieser an Details seiner Arbeit bereits verraten hatte, würde genügen, damit er von den Seinen an die Wand gestellt würde. (Tatsächlich versuchte sich Jobst, als er nach dem Krieg eingesperrt wurde, als Widerstandskämpfer zu stilisieren, der unter Lebensgefahr Informationen über die Arbeit des Uran-Vereins an die Alliierten weitergegeben habe. Auf die Idee, Carl als seinen Zeugen zu benennen, kam er freilich nicht. Mit quietschendem Pathos rief er vor Gericht aus, er sei vielleicht der Naivität, gewiß aber nicht des bösen Willens schuldig. Man glaubte ihm, er kam frei und setzte seine wissenschaftliche Karriere erst in Westdeutschland und später in Italien fort und beendete sie schließlich an einer Universität in den USA, wo er auch seinen Lebensabend verbrachte – zusammen mit seiner inzwischen alkoholkranken Frau – und seine Erinnerungen niederschrieb: *Der Faden der Ariadne. Wie man in Irrsal und Wirrsal den richtigen Weg nicht verliert. Erinnerungen eines Physikers unter dem Nationalsozialismus.* Er starb 1984; sein Wunsch, in Princeton begraben zu werden, wurde nicht erfüllt.) Beim nächsten Jour fixe ließ ihn Carl abfahren; dreimal in der folgenden Woche rief ihn Jobst im Büro an, Carl blieb kühl, und als er merkte, daß Jobst aus dem Häuschen geriet und irgend etwas von Männerfreundschaft stammelte, empfand er nicht einmal mehr Häme. Aber schließlich verabredete er sich doch mit ihm zum Mittagessen, weil er fürchtete, die Anhänglichkeit könnte in Haß umschlagen und Jobst seinen SS-Freunden Lügen über ihn erzählen. Jobst kam gemeinsam mit seiner Frau, aber noch bevor der Nachtisch serviert wurde, verabschiedete er sich, sagte, er habe zu tun, und zwinkerte dabei auf so unnachahmlich schmierige

Weise, daß Carl meinte, er müsse sich auf der Stelle übergeben. Carl, nun mit Marianne allein, sagte, er wolle gern einen Cognac mit ihr trinken, müsse sich dann aber ebenfalls verabschieden. Sie schlüpfte aus ihren Schuhen und streichelte sein Hosenbein. »Es war so exorbitant widerlich«, erzählte er, »und zugleich auch herzzerreißend. Ich sagte ihr auf den Kopf zu, was ich vermutete, nämlich daß ihr Mann sie gebeten hätte oder gar ihr befohlen hätte, das zu tun. Sie fing sofort zu heulen an und gab alles zu. Und genauso wie ihr Mann unaufgefordert alle seine Geheimnisse vor mir ausgebreitet hatte, beichtete sie mir, ohne daß ich gefragt hätte, Wilhelms Plan. Sie hätte mich zu sich nach Hause abschleppen sollen, und wenn wir beide im Bett lägen, stehe plötzlich Wilhelm vor uns, aber er würde gar nicht böse sein, sondern sich mit einem Dreierverhältnis einverstanden erklären. Und warum er das wolle, fragte ich sie. ›Er hält dich für ein großes Tier‹, sagte sie, weiter verzweifelt die Verführerin spielend, mit einer Stimme, so intim wie das Rascheln eines Bettlakens.«

Es dauerte gerade achtzehn Tage, bis die Deutsche Wehrmacht die polnische Armee zerschlagen hatte; die technische Überlegenheit der Naziarmee war schockierend. Hitler hielt in Danzig eine Rede, in der er damit prahlte, es werde »sehr schnell der Augenblick kommen, daß wir eine Waffe zur Anwendung bringen, durch die wir nicht angegriffen werden können«. Der britische Premierminister Chamberlain beauftragte Admiral Sinclair vom SIS, mit Hochdruck in Erfahrung zu bringen, um was für Waffen es sich dabei handelte. Der einzige im SIS, der wenigstens über naturwissenschaftliche Grundkenntnisse verfügte, war Major Rupert Prichett; er nahm an den Sitzungen der Arbeitsgruppe teil, in der die Hitlerrede analysiert wurde. Er war auch der einzige, der halbwegs Deutsch sprach (er selbst war es gewesen, der Otto Hahns Aufsatz ins Englische übersetzt hatte). Er erklärte den anderen Herren, daß »Waffe« Singular, nicht Plural sei; daß Hitler also von einer, *einer einzigen Waffe* gesprochen habe. Das löste eine Panik aus. – Im Mai 1940 trat Chamberlain zurück, und Winston Churchill bildete eine Allparteienregierung.

Im selben Monat traf Carl seinen Studienfreund Eberhard Hametner wieder – und zwar in Ardennes Forschungslaboratorium für Elektronenphysik. Hametner hatte dort eine vorläufige Anstellung gefunden. Er sah ausgezehrt aus, niedergebrannt, ein Schneidezahn fehlte ihm, auf seinem Kopf waren mehrere münzgroße haarlose Flecken, er trug eine dunkle Brille, weil seine Augen nur wenig Licht vertrugen. – Er hatte, weiß Gott, einen weiten Weg hinter sich.

5

Gleich nach Hitlers Machtantritt war Eberhand Hametner nach Kopenhagen gefahren. Er hatte eine Einladung von Niels Bohr erhalten, an dessen Institut über seine Forschungen zur Frage der Kernschmelze in der Sonne zu sprechen. Dort erfuhr er, daß in Deutschland Kommunisten eingesperrt wurden. Er schrieb Geoffrey Brown nach England und bat ihn, er möge ein Stipendium für ihn besorgen. Das gelang auch, und Hametner zog nach London. Aus Dank gegenüber Geoffrey spannte er ihm seine Freundin aus. Eberhard habe ja nicht aufgehört, in Helen Abelson verliebt zu sein, und das habe auf sie wohl irgendwann Eindruck gemacht, meinte Carl. Um Geoffrey zu beweisen, daß er nicht einfach ein schäbiges Spiel treibe, machte er Helen einen Heiratsantrag. Sie stimmte zu; knapp ein Jahr später wurde ihr Sohn geboren. Als das Stipendium abgelaufen war, bekam Hametner eine wenig attraktive Stelle im Television Laboratory bei EMI (*His Master's Voice*) angeboten. Er und Helen zogen mit dem Kind nach Hayes in Middlesex. Die beiden und auch Geoffrey Brown setzten viel in Bewegung, um Freunden und Kollegen in Deutschland zu helfen, vor allem Einladungen an verschiedene Institute durchzusetzen, damit die Betreffenden Deutschland verlassen konnten. Zu diesem Zweck fuhr Hametner öfter nach Paris. Er lernte Frédéric Joliot-Curie kennen, der damals ebenfalls Mitglied der Kommunistischen Partei war. Auch Sascha Leipunski lernte er kennen; der russische Physiker war auf ein Gastsemester nach Paris gekommen. Leipunski schwärmte Hametner von dem neuen Physikalisch-Technischen Institut in Charkov in der Ukraine vor. Man suche dort dringend Wissenschaftler, die Bedingungen seien außerordentlich komfortabel, in mancher Hinsicht sogar fruchtbarer und animierender als an den Universitäten in den

USA. Unter anderem waren dort Kapazitäten wie Weissberg, Pomerantschuk oder Hellmann tätig. Das Institut bot Hametner eine ordentliche Professur und die Leitung eines Kernphysikalischen Instituts an, wenn er sich entschlösse, für wenigstens fünf Jahre in die Ukraine zu kommen. Er sagte zu und übersiedelte mit der Familie nach Charkov. Auch Helen fand Arbeit, sie unterrichtete russische Wissenschaftler in englischer Sprache und leitete zudem einen Literaturkurs. Ihr Kind wurde tagsüber in dem institutseigenen Kindergarten versorgt. Hametner hatte große Freude an seiner Tätigkeit, finanzielle Mittel schienen nahezu unbegrenzt zur Verfügung zu stehen. (Er untersuchte die Wechselwirkung von Neutronen mit Materie. Seine Forschungen bekamen nach der Entdeckung der Kernspaltung Bedeutung für den Aufbau und die Dimensionierung von sogenannten Uranmaschinen.) Und dann änderte sich in kurzer Zeit alles. Der NKWD verhaftete Mitarbeiter des Instituts. Als Hametner protestierte, wurde er ebenfalls verhaftet und ins Butyrka-Gefängnis nach Moskau gebracht. Helen verließ mit ihrem Sohn die Sowjetunion, floh über Riga nach Dänemark; sie bat Niels Bohr zu helfen. Und Bohr half wieder. Er organisierte eine internationale Protestbotschaft, die unter anderem von Irène Curie, ihrem Mann Frédéric Joliot-Curie, von Jean Perris und sogar von Eleanor Roosevelt, der Gattin des amerikanischen Präsidenten, unterzeichnet und an Stalin weitergeleitet wurde. Tatsächlich kam Hametner frei. Aber nicht, weil sich Stalin von den Wissenschaftlern und Amerikas First Lady hatte erweichen lassen, sondern weil er inzwischen einen Pakt mit Hitler geschlossen hatte, in dem unter anderem vereinbart worden war, daß in die Sowjetunion geflüchtete deutsche Kommunisten ausgeliefert würden. Die Beamten des NKWD übergaben den gefolterten, halb verhungerten, an Augenschmerzen leidenden Hametner in Brest-Litowsk an die Kollegen der Gestapo, die ihn nach Berlin in das Gefängnis in der Prinz-Albrecht-Straße brachten, wo er bis zur seelischen Erschöpfung verhört wurde. Diesmal half der Nobelpreisträger Max von Laue, der sowohl Hametner als auch Helen noch aus Göttingen kannte. Er sprach forsch bei der Gestapo vor, nahm alles zusammen, was er an Stimme zur Verfügung hatte, fragte, ob die Herren denn überhaupt eine Ahnung hätten, wen sie da im Gefängnis festhielten, ob sie denn nicht wüßten, was dieser

Mann für die deutsche Wissenschaft bedeute. Das zeigte Wirkung. Hametner wurde an von Laue übergeben, damit der ihn für deutsche Zwecke einsetze. Es war allerdings klar, daß er das Land nicht verlassen durfte und daß er von der Gestapo beschattet wurde. Von Laue besorgte ihm die Stelle am Institut von Manfred von Ardenne.

Wahrscheinlich vermutete Hametner, daß Carl mit englischen oder französischen Wissenschaftlern Kontakt hielt und an diese weitermeldete, was er ihm erzählte. Er sprach ihn nicht direkt darauf an. Carl meinte es jedoch zu spüren. Er vermochte aber aus dem wenigen, das er als eine Andeutung in diese Richtung interpretierte, nicht abzuschätzen, wie Hametner, falls er zur Auffassung gelangt war, Carl spioniere für die Feinde Nazideutschlands, diese Sache beurteilte. Hätte ihm Carl vor zehn Jahren gesagt, er würde eines Tages mithelfen, einem faschistischen Regime zu schaden, es wäre sonnenklar gewesen, wie der Kommunist Hametner darauf reagiert hätte: Er hätte ihm den Bruderkuß angeboten. Nun waren zehn Jahre vergangen. Es war auch nicht einfach, mit Hametner mehr als fünf Sätze zu sprechen. Sie hätten sich im Café treffen können, oder sie hätten über den Kurfürstendamm spazieren können oder sich in ein Kino setzen. »Nicht, weil ich fürchte, es belauscht einer, was wir reden«, wehrte Hametner solche Einladungen ab, »aber hinterher werden sie mich ausfragen, was wir geredet haben, und mit Ihnen, Candoris, werden sie vielleicht auch dieses Spiel spielen, und zuletzt können wir überhaupt nicht mehr miteinander reden.« Es war nicht nötig zu fragen, wer »sie« waren. »Es hat nichts mit Ihnen zu tun, glauben Sie mir. Außer mit Helen spreche ich grundsätzlich mit niemandem unter vier Augen.« Sie trafen sich beim Jour fixe im Springer Verlag. Dort kam es vor, daß Hametner Carl einen Witz erzählte und ins Lachen hinein, noch aus dem breiten lachenden Mund heraus, die eine oder andere Information weitergab, meistens nichts von Bedeutung. Carl hielt solche Vorsichtsmaßnahmen für kindisch und nicht angebracht.

Eines Abends aber formulierte Hametner überraschend deutlich: »Angenommen, Candoris, angenommen, ich wäre in der Lage, meinen englischen, französischen und auch amerikanischen Kollegen einen

Ratschlag zu geben, in diesem Fall, in diesem Fall würde mein Ratschlag lauten: Sorgt euch nicht! Sie können es nicht.«

Helen litt nicht unter einem so ausgeprägten Verfolgungswahn wie ihr Mann; vorsichtig war sie trotzdem. Carl begleitete sie bei einem Spaziergang durch den Zoologischen Garten. Sie blickte sich andauernd um, schob einen Kinderwagen, in dem ihr und Eberhards zweites Kind, ein Mädchen, lag. Der Bub, inzwischen schon ein Volksschüler, ging neben ihnen her oder lief seinem Reifen nach. Die Kinder hatte sie mitgenommen, um dem Spaziergang einen harmlosen Anschein zu geben. Helen sprach es noch einmal aus – ohne »angenommen«, ohne Konjunktiv:

»Wir wissen, daß Sie Kontakte zu emigrierten Kollegen haben, Carl. Klären Sie diese bitte auf, daß Deutschland *nicht* in der Lage ist und für lange Zeit auch *nicht* in der Lage sein wird, Uran in gefährlichem Stil zu spalten. Eberhard wurde gebeten, den Kontakt zum Ausland herzustellen. Er geht davon aus, daß Sie auch mit dem englischen Geheimdienst in Verbindung stehen. Er und seine Kollegen befürchten, daß die Engländer mit Hilfe der Amerikaner Uranwaffen herstellen werden, eben weil sie meinen, Hitler sei bereits im Begriff, die Bombe zu bauen, und daß sie nicht davor zurückschrecken werden, diese neuen Waffen präventiv gegen Deutschland einzusetzen, aus Angst, Hitler werde ihnen sonst zuvorkommen. Was das bedeuten würde, brauche ich Ihnen nicht zu sagen.« Im weiteren nannte sie Details, zeigte sich in einem erstaunlichen Maße kompetent und zitierte Aussagen von Kollegen ihres Mannes, die ihren Bericht überaus glaubhaft erscheinen ließen.

»Von wem wurde Eberhard gebeten, mit mir Kontakt aufzunehmen?« fragte Carl.

»Von den Kollegen, die guten Willens sind.«

»Und nun«, erzählte mir Carl, »nun fand abermals eine Umpolung statt. In mir. In meinem Kopf, weißt du. Wie damals, als mir Hametner geraten hatte, an eine amerikanische Universität zu gehen. Als er gesagt hatte: ›Candoris, seien wir ehrlich, Sie haben gar keine andere Wahl.‹ Und ich deshalb, nur deshalb, nur um – vor allem mir selbst – zu beweisen, daß ich eben doch eine Wahl hatte, Amerika abgesagt und mit meiner Professorin nach Moskau gefahren war. Nun dachte ich: Das Gegenteil ist wahr! Nimm einfach von allem, was er und Helen dir gesagt haben, das Gegenteil! Der Ratschlag an Hametners englische, französische und amerikanische Kollegen mußte also lauten: Sorgt euch! Sie können es! Sorgt euch in höchstem Maße! Sie können es sehr gut, sie sind nahe daran! Hametner ist übergelaufen, dachte ich. Nein, ein Nazi wird er nicht geworden sein, er nicht, dazu ist er zu intelligent; aber er tut bei ihnen mit. Und auch Helen tut bei ihnen mit. Das dachte ich. Und ich konnte ihn verstehen. Auf was alles hatte dieser Mann in seinem Leben verzichtet, nur wegen der Scheißpolitik! Keine Einladung an eine amerikanische Universität, keine seiner Qualifikation entsprechende Stelle in England, Gefängnis und Folter in Rußland, Gefängnis und Folter in Deutschland. Später – viel später, tausend Jahre später –, da war er ein angesehener Bürger der DDR, einflußreiches Mitglied der Akademie der Wissenschaften, Ordinarius in Leipzig, Lenin-Preisträger, von Helen geschieden, verheiratet mit seiner Sekretärin, irgendwann in den siebziger Jahren erzählte er mir von den Verhören im Gestapo-Gefängnis in der Prinz-Albrecht-Straße. Diese Fragen, die man ihm stellte! Sie sollten in eine Anthologie mit surrealistischen Texten aufgenommen werden. Die Beamten hatten ja nicht die geringste Ahnung, was sie einen Kernphysiker fragen sollten, sie hätten aus seinen Antworten nicht erkennen können, was von Bedeutung und geheim war und was belanglos. Es gibt eine verblüffend einfache Methode, doch zum erwünschten Ergebnis zu kommen. Man stellt ihm Fragen wie: ›Was ist Ihrer Meinung nach wichtiger – einen Telefonmast in Indien oder einen Telefonmast in Finnland aufzurichten?‹ Oder: ›Das Blau des Himmels kann bleiben, habe ich recht?‹ Oder: ›War Ostern in diesem Jahr eine Berühmtheit?‹ Und egal, was man antwortet, immer folgt: ›Ich wiederhole: War Ostern in diesem Jahr eine Berühmtheit?‹ Und so weiter. Es dauert gar nicht lange, und man gibt alles preis, was man für ein Geheimnis hält, und mehr wollten die Beamten ja gar nicht. – Mensch, Hametner hatte zwei Kinder und eine englische Frau! Helen hatte ihre Staatsbürgerschaft nach der Heirat behalten. Alle englischen Staatsbürger, die sich nach dem 1. September 1939 im Deutschen Reich aufhielten, wurden in Gewahrsam genommen;

634

Helen durfte im Zoologischen Garten spazierengehen. Warum? Hametner hatte eine gutbezahlte Stelle an einem mit staatlichen Mitteln reichlich ausgestattetem Institut. Ein ehemaliger Kommunist! Man ließ ihm seine Familie, man gab ihm Gelegenheit, seine Fähigkeiten unter Beweis zu stellen. Man sicherte seinen Kindern eine anständige Ausbildung zu. Er wurde unter Beobachtung gehalten, gut; er war nicht irgendein Linker gewesen, das darfst du nicht vergessen, er war aktives Mitglied der Kommunistischen Partei gewesen. Stalin brachte die Kommunisten um, Hitler sperrte sie in Konzentrationslager, die Engländer und die Amerikaner ließen sie nicht herein, oder wenn doch, hielt man sie von den guten Jobs fern. Verrat? Wohl eher eine tragische Verstrickung aufgrund der Umstände. Und für die Umstände, nein, für die konnte man Hametner gewiß nicht zur Verantwortung ziehen, er hatte unter ihnen gelitten wie keiner von uns. Für seine Familie und sein Leben aber hatte er die Verantwortung zu tragen, er allein. ›Hametner, tritt vor: Was hast du aus deinem Leben gemacht?‹ ›Ich bin Kommunist gewesen und habe deshalb nichts machen können, aber meine Frau und meinen Sohn und meine Tochter habe ich durch meine Sturheit ins Unglück gestürzt.‹ So eine Bilanz sieht nicht gut aus, verdammt, nein, wirklich nicht. Also hatte er sich anders entschieden. Das war meine Meinung. – Diese Meinung war falsch.«

Bis zum Ausbruch des Krieges hatte Carl in unregelmäßigen Abständen England besucht und hatte sich dort mit Major Prichett getroffen – bei schönem Wetter aus alter Gewohnheit auf der Bank vor dem Ententeich im Kensington Garden. Ab September 1939 flog Carl zweimal im Monat nach Lissabon – was ohne Probleme möglich war, Portugal war neutral, und die Beamten am Flughafen kannten ihn bereits, für sie war er ein ostmärkischer Kaufmann mit reichsdeutschem Paß, der in Lissabon lebte und den Deutschen gute Dinge aus aller Herren Länder brachte. In Lissabon berichtete Carl einem Verbindungsmann, den Prichett schickte – der allerdings so gut wie gar nichts von physikalischen oder chemischen Dingen verstand, weswegen es wenig Sinn hatte, mit ihm zu diskutieren, welcher Stellenwert den Berichten von Wilhelm Jobst und Eberhard Hametner zukam. Nun teilte er dem Verbindungsmann mit, er müsse dringend nach London reisen; Prichett solle ihn am Flughafen erwarten.

Diesmal trug Prichett Uniform. Er brachte Carl in ein Hotel außerhalb der Stadt, wo dieser noch nie gewesen war. Am selben Abend fand ein Empfang bei Winston Churchill statt, zu dem Carl zusammen mit Prichett eingeladen war. Dieses Zusammensein hatte privaten, überdeutlich privaten Charakter – unter den Gästen befand sich auch Charlie Chaplin. Nach dem Essen bat der Premierminister Carl in die Bibliothek, wo Major Prichett und zwei weitere Herren, beide in Zivil – sie stellten sich nicht vor und wurden nicht vorgestellt – auf ihn warteten. Churchill bat Carl, in der gleichen Ausführlichkeit zu wiederholen, was er dem Major mitgeteilt hatte. Carl legte Jobsts Informationen in allen Einzelheiten dar, schilderte den Fall Hametner (erwähnte allerdings nicht, daß er mit ihm befreundet war; Prichett hatte ihm dazu geraten; er könnte sich damit – im besten Fall – unliebsame Kommentare zuziehen), beschrieb dessen Position an Manfred von Ardennes Forschungslaboratorium für Elektronenphysik, faßte alle Hinweise zusammen, die er von Hametner und dessen Frau Helen – einer der anonymen Herren ergänzte: »Geborene Abelson, vor Hametner mit Professor Geoffrey Brown vom Cavendish-Laboratorium in Cambridge liiert« – bisher erhalten hatte, und sagte, als einer der anonymen Herren ihn fragte, ob er der Meinung sei, Hametner lüge, ohne zu zögern: »Yes«.

Am nächsten Morgen gegen fünf Uhr wurde an die Tür von Carls Hotelzimmer gepocht; draußen stand die Polizei; er wurde als *enemy alien* verhaftet und nach einem Tag und einer Nacht unter offenem Himmel im Hof einer Polizeistation in ein Internierungslager auf der Isle of Man gebracht (ein Gedanke war übrigens: Jetzt werde ich Wilhelm Jobst nicht mehr sehen, alles hat sein Gutes). Nach vier Tagen wurde er auf das Schiff *Dunera* verfrachtet und zusammen mit Hunderten anderen Bürgern des Deutschen Reiches, viele davon Kommunisten, Sozialdemokraten, aber auch Juden, die vor Hitler geflohen waren, nach Australien deportiert, wo er für die nächsten drei Monate in dem mit Stacheldraht und Wachtürmen gesicherten Lager Tatura/Victoria gemeinsam mit sechzehn anderen eine Baracke bewohnte. Schließlich wurde er noch einmal um den halben Globus gefahren, diesmal nach Kanada in ein weiteres britisches Internierungslager, das allerdings im Vergleich zum australischen wie ein Fünfsternehotel war. Dieser Aufenthalt dauerte nur eine knappe Woche. Er wurde in das Büro des »Direktors« geführt, und dort wartete Major Prichett zusammen mit einem Herrn in Zivil auf ihn. Dieser Herr kam Carl bekannt vor. Als er lächelte und ihm die Hand entgegenstreckte, wußte er, wer es war: J. Robert Oppenheimer.

Carl: »Prichett versicherte mir, er sei, sobald er erfahren habe, was mit mir geschehen war, augenblicklich mit Margarida in Verbindung getreten, um ihr zu sagen, daß sie sich nicht sorgen müsse; zweitens sei er von Pontius zu Pilatus gerannt, um mich rauszuholen, was ihm aber leider erst nach einem knappen Vierteljahr gelungen sei. Irgendwie habe ich ihm nicht geglaubt. Aber wenn wir schon bei Pontius Pilatus sind: Was ist Wahrheit? Vor allem: Wen interessierte eine alte Wahrheit, wenn es inzwischen neue Wahrheiten gab, die um so vieles bombastischer waren. Während wir friedlich und unwissend wie Schafe in der australischen Steppe unsere Unfreiheit bei Kaninchensuppe genossen, war Amerika in den Krieg eingetreten. Und Oppenheimer? Was hatte der hier verloren? Die Deutschen, erklärte er mir, seien dabei, die Atombombe zu bauen, das wisse man aus absolut verläßlichen Quellen – eine davon war wohl ich gewesen; kein Geringerer als Albert Einstein habe Präsident Roosevelt angefleht, den Deutschen zuvorzukommen. Und Roosevelt habe das eingesehen und das größte Waffenentwicklungsprogramm der Menschheitsgeschichte gestartet. Und die wissenschaftliche Leitung dieses Programms sei ihm, Oppenheimer, übertragen worden. Und er wolle die besten Köpfe um sich scharen – Physiker, Chemiker, Elektrotechniker, Mathematiker –, und einer dieser Köpfe sei ich. Wenn ich mich aufraffen könnte, mich ihnen anzuschließen, würde es für mich ein leichtes sein, ein Permit zu bekommen, und nach einem Affidavit eines unbescholtenen Amerikaners würde man mir einen Paß ausstellen und so auch mich in kurzer Zeit zu einem Bürger der Vereinigten Staaten von Amerika stempeln. Fast ein Jahr lang war Oppenheimer unterwegs – durch die USA, durch England, Kanada, Mexiko, wo immer die Klügsten der Klugen saßen, um zu tun, was man ihnen in Europa nicht mehr zu tun erlaubte; dieser fragile Mann ließ sich von Universität zu Universität chauffieren, von Labor zu Labor, von Institut zu Institut; er hatte die Anwerbung der Wissenschaftler, die den inneren Kreis des *Manhattan Project* bilden sollten, niemand anderem überlassen; mit jedem einzelnen, den er in seiner unmittelbaren Umgebung haben wollte, hatte er persönlich gesprochen, er hatte geglüht vor Begeisterung, als wäre sein Blut mit Uranstaub angereichert. – So bin ich also dazugestoßen. Was hatte Hametner in Göttingen zu mir gesagt? ›Sie haben gar keine andere Wahl, Candoris‹ – als mich in den immerwährenden Ausnahmezustand dieses irisierenden Mr. Oppenheimer zu begeben, hatte ich den Satz für mich vervollständigt. Darin besteht das Schicksal eines Mathematikers: Systeme zu vervollständigen. Und auch wenn uns der verehrungswürdig spielverderberische Kurt Gödel ausreichend bewiesen hat, daß Systeme nie vollständig sein können, versuchen wir es doch immer wieder. Als Trinity auf der jornada del muerto in der Wüste von New Mexico gezündet wurde – übrigens mitten hinein in das Gequake von Tausenden Wüstenfröschen, die nach dieser stürmischen Regennacht aus ihren Löchern geschlüpft waren, um sich zu paaren –, da gehörte ich zu den zweihundertsechzig Auserwählten, die niederknieten wie Moses vor dem brennenden Dornbusch und den Kopf in den Sand steckten, damit sie vom Blitz nicht geblendet würden.«

6

Nachdem sie einen Nachmittag lang im Rumpf der verwundeten C-47 gesessen hatten – Makoto Kurabashi mit geradem Rücken auf der Werkzeugkiste, Carl auf dem Mittelstück einer Fallschirmspringerbank, die einer der Soldaten mit dem Schweißbrenner in drei Teile zerschnitten hatte, damit in jedem der provisorischen »Büros« des DMAD eine Sitzgelegenheit stünde –, fragte ihn Carl, was er weiter vorhabe, wo er zum Beispiel die heutige Nacht verbringe. Makoto hob die Arme und drehte sich, ohne sich von seiner Sitzgelegenheit zu erheben, um die eigene Achse, was genauso Himmel wie Erde heißen konnte oder einfach nur: Ich weiß es nicht. Carls Kollegen, die mit ihm das Büro teilten, Captain Hersh und First Lieutenant Zoreg (nach der Kapitulation Deutschlands waren beide am ALSOS-Einsatz beteiligt gewesen, dessen Ziel es war, herauszufinden, wo die Atomforschung der Nazis am Ende tatsächlich gestanden hatte – nämlich, verglichen mit dem Manhattan Project, noch nicht einmal in den Kinderschuhen: in einem Bierkeller in Haigerloch), hatten sich am Nachmittag freigenommen – was einfach nur hieß, daß sie, anstatt an diesem Ende des Flugplatzes, an einem anderen Ende herumsaßen; zu tun gab es dort genausowenig wie hier, aber es war mehr los. Wären sie zusammen mit Carl in der Maschine gewesen«, als Sergeant Cousins Makoto Kurabashi brachte, das Gespräch hätte in anderer Form stattgefunden; nicht unbedingt gleich als ein Verhör, aber gewiß nicht als Rätselraten über die mögliche Anzahl von Haufen aus fünf realen beziehungsweise beliebig vielen fiktiven Maiskeksen der Firma Billings & Co. Was wäre mit Makoto Kurabashi geschehen? Sergeant Cousins hätte ihn nach der vereinbarten Zeit abgeholt, hätte ihn wahrscheinlich in den nächsten Tagen Soldaten mitgegeben, die ihn irgendwo in der Stadt – soweit man dieses Brandfeld überhaupt noch so nennen konnte – ausgesetzt hätten. Und weiter?

Carl bat Makoto, einen Augenblick zu warten, er solle die Maschine unter keinen Umständen verlassen, er werde gleich wieder hier sein. Ein herumstreunender Japaner auf dem Fluggelände bei einbrechender Dunkelheit – man hätte Wetten abschließen können, wie lange der noch zu leben hatte. Das DMAD war an der äußersten nordwestlichen Ecke von Atsugi untergebracht, nämlich auf dem Platz, der als Reparaturwerkstätte für beschädigte Flugzeuge reserviert war. Carl lief über die Betonplatten zu den provisorisch aufgestellten Baracken, die den hier diensttuenden Soldaten und Offizieren als Quartier dienten. Er traf Master Sergeant Cousins an, als der in der Unterhose auf seiner Pritsche saß und sich über einem nierenförmigen Rasierbecken die Zähne putzte.

»Ich muß mit Ihnen sprechen«, sagte er.

Auf dem Weg zurück zum Büro erklärte Carl dem Sergeant, daß er sich bemühen wolle, diesen jungen Japaner zu adoptieren, und daß er ihn bitte, ihm dabei behilflich zu sein. Darauf reagierte Cousins mit einem Geräusch aus Seufzer, Husten und Aufschrei, und weil er in

Laufschritt verfallen war, um dem verrückten Professor, der einen guten Kopf größer war als er, folgen zu können, lief er nun noch schneller, überholte Carl sogar, als gelte es, den Burschen, der in dem dunklen Riesenvogel am Ende der Piste wartete, vor ihm zu beschützen.

»Wie denken Sie sich das!« rief er aus. »So etwas hat es noch nie gegeben. Es müßten neue Gesetze erfunden werden!«

»Ebendarum wird es möglich sein«, sagte Carl.

Etwas abseits arbeitete ein Mechanikertrupp an einer B-29, deren Wanst über die Flanke aufgerissen war. Ihre Schweißbrenner zuckten und sprühten vor dem letzten Licht des Tages. Radiomusik klang dünn herüber.

Als sie vor der C-47 angekommen waren, hielt Carl den Sergeant am Arm fest. »Ich habe keinen Witz gemacht«, sagte er, dabei jedes Wort betonend.

Sie sahen durch die große Ausstiegsluke ins Innere des Flugzeugs. Von der Decke herab hing eine Glühbirne, die mit einer Schnur ein- und ausgeschaltet werden konnte. Sie warf einen grellen Lichtkegel. Es wäre leichtfertig gewesen, Makoto im Dunkeln sitzen zu lassen; wenn ein Soldat vorbeigekommen wäre, der nichts Deutliches gesehen, nur Undeutliches gehört hätte und dem auf Anruf nicht die richtige Antwort gegeben worden wäre – das hätte ebenfalls schlecht ausgehen können. Sie sahen Makoto aufrecht auf der Kiste sitzen, die Hände auf den Oberschenkeln – so, wie Carl ihn verlassen hatte. Sein Kopf bewegte sich kaum merklich in Achterschleifen.

»Er ist ein außergewöhnlicher junger Mann«, flüsterte Carl dem Sergeant zu. »Und wir, ja, wir beide sind in einer außergewöhnlichen Lage.« – Als ihn Sergeant Cousins unterbrechen wollte, hob Carl die Hand zu einer zugleich zärtlichen und despotischen Geste, die Cousins – wie er fünfzehn Jahre später nach Makoto Kurabashis Tod in seinem langen Brief an Carl schrieb – »mit einem Schlag von der Bedeutung dieses Augenblicks überzeugt sein ließ«. – »Wir sind in der außergewöhnlichen Lage«, fuhr Carl fort, »allein auf uns gestellt, ohne die Rückendeckung eines Befehls, über Sein oder Nichtsein eines außergewöhnlichen Menschen entscheiden zu können.«

»Professor Candor«, flüsterte Cousins zurück, »ich weiß nicht, ob ich der richtige Mann bin, den Sie als Verbündeten brauchen.«

»Sie haben ihn gefunden, Sergeant, ich habe ihn erkannt. Wir beide können die Verantwortung an niemand anderen auf der Welt abgeben.«

»Von Makoto Kurabashis tatsächlicher Außergewöhnlichkeit hatte ich mir damals natürlich noch keinen Begriff machen können«, erzählte Carl. »Wenn ich ehrlich bin, war ich weniger von seiner als von meiner Außergewöhnlichkeit berauscht. Ein solches Pathos, dazu von solcher Überzeugungskraft – immerhin gelang es mir innerhalb weniger Minuten, das Soldatenherz von Master Sergeant Cousins aufzuschließen –, entwickelt jemand nur, wenn es um ihn selbst geht, meine ich. Ich war gerührt von dem Gedanken, etwas Gutes tun zu können, ohne Zweifel. Ich möchte diese edle Anwandlung um Himmels willen nicht verkleinern. Wahr ist aber auch, daß ich mich selbst an diesem späten Nachmittag neu erfand: Ich erfand mich als Mäzen. Der Mäzen ist das säkularisierte Genie. Es gehört einiges dazu, in der schier unendlichen Fülle von vollendeten und klar voneinander geschiedenen Wesenheiten das Außergewöhnliche zu entdecken. Das originäre Genie kreiert Schönheit. Der Mäzen definiert sie. Das ist auch nicht schlecht. Er zieht sie hinüber in den Bereich der Übertreibung. Vielleicht läßt sich ja ein wenig Glanz des Einmaligen abzweigen. Alles, was man tut, tut man für sich selbst; wenn dabei auch etwas für einen anderen rausspringt, ist das ein Zufall; wenn man es dabei beläßt und den Zufall nicht stört, ist man ein guter Mensch.«

Sergeant Cousins fragte Makoto, ob er einen Lastwagen fahren könne.

»Ich glaube schon«, antwortete Makoto, »es kommt nur darauf an, wie breit die Straße ist.«

Von dieser Antwort an, schrieb Cousins in seinem Brief, habe er den Jungen gemocht – jawohl, eine kluge, eine lustige, eine pragmatische Antwort, die er seither oft weitererzählt habe. Von diesem Augenblick an sei es ihm ergangen wie Carl: Er habe bei sich beschlossen, sich um Makoto Kurabashi zu kümmern.

Cousins, dieser in allem allzu schnell zuversichtliche Mann, ordnete einige Umstellungen an. Carl zog zu ihm in die Baracke, er be-

kam dort ein eigenes Zimmer – vorher war er zusammen mit First
Lieutenant Zoreg in einem Raum untergebracht gewesen. Außer zwei
Soldaten, die Cousins zur Bewachung zugeteilt waren und zur Unterstützung seiner Aufgaben (niemand wußte, worin die eigentlich
bestanden), wohnten hier von nun an nur er, Carl und Makoto; zwei
Räume in der Baracke waren noch übrig, die blieben leer – »aus Gründen der Sicherheit« (so lautete der Argumentations-Joker, der noch in
der unsinnigsten Sache den Stich machte). Cousins rechtfertige die
Entscheidung damit, daß Makoto Kurabashi eine Art hochkomplizier-
te Rechenmaschine sei, deren Wartung nur Professor Candor beherr-
sche, der auch der einzige sei, der sie für seine Arbeit benötige. Einer
der Soldaten sollte Makoto Fahrunterricht erteilen – das sei Teil der
»Wartung«. Carl fragte Cousins, was für einen Sinn das habe, wozu
Makoto diese Ausbildung nütze, ob er ihn zu einem LKW-Fahrer aus-
bilden wolle. Cousins antwortete: »Es ist nicht gut, wenn er den lieben
langen Tag nur rechnet. Was nützen ihm die Lösungen, wenn er sie
herauskriegt? So muß die Frage lauten. Soll er im Zirkus auftreten?
Er soll etwas Praktisches tun. Ich könnte ihn auch Gemüse neben der
Rollbahn anpflanzen lassen. Man würde mich für einen nervenkran-
ken Tyrannen halten und ihn uns wegnehmen. Wenn ich ihn aber
in ein paar Wochen als meinen ortskundigen Fahrer ausgeben kann,
wird man oben keine Fragen stellen.«

Carl und Sergeant Cousins teilten sich den Tag. Die Vormittage verbrachte Carl mit Makoto; an den Nachmittagen bekam Makoto Fahrunterricht – bereits nach zwei Tagen spielte Cousins selbst den Lehrer.
Makoto schien sich für beides zu interessieren – für die Mathematik
am Vormittag und fürs Lastwagenfahren am Nachmittag. Anfänglich, als Carl und Cousins noch gemeinsam an ihrem Schutzbefohle-
nen »arbeiteten« (und es durchaus auch so formulierten), tauschten sie
ihre Beobachtungen und Erfahrungen noch aus. Ihre Phantasie reichte
allerdings nicht bis dorthin, wo sich ein Bild von dem entwerfen ließ,
was in dem jungen Mann vorgehen mochte. Makoto war immer gut
gelaunt, immer zu Clownerien aufgelegt. Die Soldaten drüben beim
Reparaturfeld hatten ihren Spaß mit ihm. Sie riefen ihm sechsstel-
lige Zahlen zu, damit er sie multipliziere, wobei Makoto das Ergebnis wußte, ehe der Frager Atem geholt hatte. Bei Divisionen, die nicht

aufgingen, rechnete er bis auf zehn, zwölf, fünfzehn Kommastellen; dabei schloß er die Augen und vollführte mit dem Kopf seine Achterschleifen, verzog das Gesicht, als hätte er Schmerzen, beschwichtigte Carl und Cousins aber: es tue ihm nichts weh, gar nichts. Die Soldaten lachten und äfften ihn nach; aber sie meinten es nicht böse, es war eben ihre Art zu staunen. Carl und Cousins ließen das bald nicht mehr zu. Sie hielten die Mannschaft von ihrem Wunderkind fern – und das Wunderkind von der Mannschaft. Auch das schien Makoto recht zu sein. Er beschwerte sich nicht, fragte nicht nach. Genau damit aber hatte Carl gerechnet; er hatte ihn beobachtet, wenn er mit den Soldaten zusammen war; er schien sich bei ihnen wohl zu fühlen, er kannte einige beim Namen, und er genoß es sichtlich, wenn der Jubel ausbrach, nachdem einer der Soldaten mit Bleistift und Papier eine Division oder eine Multiplikation nachgerechnet hatte. Bei den Soldaten gab sich Makoto anders als bei Carl. Er spielte ihnen etwas vor – den naiven Tor nämlich, der weder über die Situation, in der er sich befand, noch über sich selbst reflektierte; was war er denn: ein vater- und mutterloser junger Mann, dessen gesamter Besitz in seine zwei hohlen Hände paßte, der sich am Rande einer zur Unkenntlichkeit zerbombten und verbrannten Stadt bei jenen Männern aufhielt, die an der Zerstörung seiner Welt mitgewirkt hatten. Die Soldaten mochten ihn gern; aber so, wie man ein abgerichtetes Äffchen gern mag. Bald langweilte sie seine Zauberrechnerei, und sie wandten sich anderen Themen zu – Frauen und Geld; und in diese Gespräche bezogen sie Makoto nicht ein. Der blieb noch eine Weile bei ihnen sitzen, bewegungslos, still, und schlich sich schließlich davon, ohne daß sie es merkten. Sie wollten im Grunde nichts mit ihm zu tun haben, das war offensichtlich, er war ihnen zu kurios, ein *freak*. Jeder andere wäre darüber gekränkt gewesen – Makoto war es nicht. Daraus schloß Carl, daß er seinerseits mit den Soldaten im Grunde nichts zu tun haben wollte; daß sie ihm mindestens ebenso gleichgültig waren wie er ihnen.

Cousins gegenüber verhielt sich Makoto wieder anders. Er bewegte sich anders, als er sich in Carls Gegenwart bewegte. Sein Gang wurde schwer und plump, mit den Armen schlenkerte er weit aus, die Hände waren geöffnete Fäuste, als hätten sie gerade derbes Gerät fallen lassen; er kaute Kaugummi, blinzelte auf einem zugekniffenen Auge, spuckte durch seine schiefen Zähne einen weiten Bogen. Seine Stimme senkte sich; seine Sprechweise und sein Englisch, die sonst – das heißt, wenn er mit Carl sprach – satzvollendend und erstaunlich wortreich waren, wenn man bedenkt, daß er zuvor nie mit genuin Englischsprachigen zu tun gehabt hatte, präsentierten sich nun floskelhaft und abgehackt, aufdringlich verschliffen; bereits nach wenigen Sätzen hatte Carl Mühe, sich vorzustellen, daß derselbe junge Mann noch am Vormittag eine so überraschend originelle Überlegung, betreffend einen Beweis für die Annahme, daß sich jede gerade Zahl als Summe von zwei Primzahlen schreiben läßt, vorgetragen hatte. Am Nachmittag gab Makoto den LKW-Fahrer, den Mann, der für alles zu gebrauchen war, auf den man sich in jeder Situation verlassen konnte, der auf jede Theorie pfiff, der zur Crew gehörte. Cousins jubelte: »Ich habe etwas völlig Falsches in ihm gesehen. Ich dachte, er ist ein verwöhnter Intellektueller, bei dem man aufpassen muß, daß er sich nicht erkältet, wenn man beim Fahren das Fenster öffnet.« – »Und wie ist er wirklich?« fragte Carl. – Darauf wußte der Sergeant freilich keine Antwort, die ihn selbst zufriedengestellt hätte. Carl, der mit einem Gemisch aus Rührung, Eifersucht und Forscherneugier die Veränderung in Makotos Wesen beobachtete, hätte wohl eine parat gehabt: Makoto ist, wie sich Sergeant Jonathan S. Cousins wünschte, daß seine Söhne eines Tages werden. Cousins nannte ihn auch »mein Sohn«. Daß Makoto eine »komplizierte Rechenmaschine« sei, wollte er nie gesagt haben. Wie Carl nur auf so einen Ausdruck komme! »So falsch ist der Ausdruck gar nicht«, entgegnete Carl kleinlaut.

Nur wenn Makoto mit ihm zusammen war – daran zweifelte Carl nicht einen Augenblick –, war er er selbst. Sie spazierten von den Baracken zum Stacheldrahtzaun am Ende des unbenutzten, vom Unkraut aufgerissenen Teiles der Landebahn, spazierten weiter am Zaun entlang bis zum äußersten Wachposten (hier stank es nach dem Müllhaufen auf der anderen Seite des Zauns; die Soldaten hatten aus Jux eine Art mittelalterlicher Schleudervorrichtung gebaut, mit deren Hilfe sie den Abfall der 11. Luftlandedivision nach draußen beförderten); kehrten um und gingen den gleichen Weg zurück. Das waren zusammen knapp drei Kilometer unter dem immer gleichmäßigen Stahlglanz des Himmels; meistens gingen sie die Strecke dreimal hintereinander. Sie sprachen über nichts anderes als über Zahlen – »Erkundung des Zahlenuniversums« nannte es Carl, als wäre der Vormittag Schulunterricht mit nur einem einzigen Fach. Makoto gab sich in Carls Gegenwart weder verspielt wie bei den Soldaten noch als der Haudegen wie bei Cousins; er war bescheiden, selbstbewußt, in seiner Art zu sprechen präzise und sachlich – erwachsen. Und brillant! Carl erzählte ihm von Hilberts Problemkatalog von 1900 – in Erinnerung, daß die Ambition, wenigstens eines dieser Probleme zu lösen, einst den Ausschlag gegeben habe, daß er selbst Mathematik und nicht Ornithologie studiert hatte. Manchmal blieben sie stehen, weil Carl mit einem Stück gelber Kreide das Koordinatensystem oder irgendwelche Gleichungen auf den Asphalt malte. Er merkte bald, daß er Makoto Anspruchsvolles zumuten durfte. Eines Tages hielt er ihm einen zweistündigen Vortrag über die Riemannsche Landschaft und deren Nullstellen, dieses merkwürdige imaginäre Bergmassiv, auf dessen höchstem Gipfel das Geheimnis der Primzahlen verwahrt war. Wie es schien, hatte er damit genau Makotos Interesse getroffen – »Interesse« war natürlich ein viel zu schwaches Wort, Makoto war süchtig nach diesen Kernbausteinen der Mathematik. (Erst viel später kam Carl der Gedanke, daß Makoto vielleicht nur die Begeisterung seines Lehrers reflektiert und verstärkt hatte – wäre es nicht ein höchst merkwürdiger Zufall gewesen, wenn diese manische Fixierung auf die Primzahlen sie beide betroffen hätte? –, daß Makoto also lediglich ein bereitwilliger Spiegel gewesen war und er, Carl, in ihm, dem übertalentierten Chamäleon, nur sich selbst gesehen hatte, allerdings ins Monströse überzerrt. Damals hatte ihm Makoto noch nicht von den Zahlenfeldern erzählt, die er vor sich sah, wenn er die Augen schloß, und natürlich auch nicht von dem kleinen Mann mit dem Helm und den Schaufelhänden, der für ihn die tingeltangelhaft rasanten Multiplikationen und Divisionen durchführte, sozusagen als lockere Freizeitbeschäftigung zwischen seinen gedankenschnellen Läufen zum unendlich weiten Horizont seines Weltkreises, dabei alle Zahlen markierend, die durch eins und durch sich selbst und sonst durch nichts geteilt werden können, in der verrückten Hoffnung, irgendwann einen Algorithmus zu finden, der ein Schlüssel wäre, der in alles, *in alles* paßte. Diese Landschaft, erzählte er Carl zehn Jahre später während eines Kongresses, habe sich durch Carls Erläuterung der Riemannschen Vermutung zu einem Gebirge gehoben, und zwar innerhalb weniger Minuten.) Daß er ihm nicht ebenfalls nur etwas vormachte, schloß Carl aus der Tatsache, daß Makoto Sergeant Cousins belog, als dieser ihn einmal fragte, was sie beide denn bei ihren vormittäglichen Spaziergängen redeten. Makoto sagte: »Jake hat mir von seiner Kindheit in Wien erzählt und ich ihm von meiner Kindheit hier.« Nicht ein Wort in dieser Richtung war jemals zwischen ihnen gefallen. Ohne daß sie es ausgesprochen hätten, waren sie sich einig, daß ein Mann wie Cousins es nicht zu verstehen *vermochte*, daß es eine Lust war, über Zahlen zu sprechen und dabei keinen Gedanken über den Gebrauch außerhalb ihrer selbst aufzubringen. Carl erinnerte sich an die Spaziergänge mit seiner Professorin Emmy Noether in Göttingen; auch damals war es den meisten seiner Kommilitonen unverständlich gewesen, drei Stunden nichts anderes zu tun als »Mathematik zu reden«. Carl hatte lange Zeit nicht genug kriegen können von der »Erkundung des Zahlenuniversums«. Makoto hatte die Flamme in ihm wieder angefacht.

Eines Tages – Carl war seit sechs Wochen in Tokio und hatte den Flugplatz Atsugi noch nicht ein einziges Mal verlassen – nahm ihn Sergeant Cousins am Arm und teilte ihm wie ein Geheimnis die Entscheidung seiner vorgesetzten Stelle mit, daß er bis auf weiteres in Japan stationiert bleiben werde. »Ich werde meine Familie herüberholen. Es ist bereits alles abgesprochen. Wir werden in einem der Blocks wohnen, die unsere Leute bauen werden. Ich habe die Pläne gesehen. Praktisch, einfach und hell. Irgendwann werden die Buben dafür dankbar sein, daß es ihnen mein Job ermöglicht hat, für eine gewisse Zeit den Pazifik von der anderen Seite zu sehen, auch wenn sie jetzt heulen.«

Carl fragte, warum er ihn für diese Mitteilung beiseite genommen habe, das hätte doch jeder andere genauso erfahren dürfen, Makoto zum Beispiel, man wisse doch schon lange, daß die Amerikaner Truppen in Japan stationieren werden.

Ohne Carl anzusehen, antwortete Cousins: »Sie haben recht. Ich habe hinter Ihrem Rücken gehandelt. Das war nicht fair. Aber eigentlich sind Sie hier gar nicht existent. Sie können Ihren Koffer packen und jederzeit gehen. Ich kann das nicht. Das hier sind militärische Angelegenheiten. Bilden Sie sich nicht ein, Ihre Welt habe mit der meinen irgend etwas gemeinsam. Wir hier schnapsen alles untereinander aus. Hiermit, Mr. Candor, setze ich Sie davon in Kenntnis – obwohl ich das nicht müßte –, daß meine Frau und ich über meine Vorgesetzten den Antrag gestellt haben, Makoto Kurabashi zu adoptieren. Mit an Sicherheit grenzender Wahrscheinlichkeit wird der Antrag angenommen. Makoto wird bei uns wohnen. Eine Familie. Meine Buben, meine Frau, Makoto und ich.«

7

Carl: »Cousins und ich vereinbarten, daß Makoto die Ausbildung bekommen sollte, die er sich wünschte, egal, was es koste. Mein Teil war es zu bezahlen. Außerdem ließ ich mir von Cousins unterschreiben, daß er mir viermal im Jahr ausführlich berichte, wie es um Makoto stehe, und daß er, sollte etwas Außergewöhnliches vorfallen, mich unverzüglich davon in Kenntnis setze. Ich verließ Japan. Cousins hat sich an unsere Abmachung gehalten. Makoto holte im Eiltempo alle seine Prüfungen nach und begann bereits im Herbst 1946 mit seinem Studium der Mathematik an der Kaiserlichen Universität in Tokio. In der kürzest denkbaren Zeit schloß er ab und bekam eine Stelle erst als Assistent, später als Dozent. Cousins hatte mich gebeten, mich nicht mit Makoto in Verbindung zu setzen, er befürchtete, der Junge werde in einen Konflikt stürzen, wisse zuletzt womöglich nicht, wohin er gehöre. Ich habe das akzeptiert. Ich habe Makoto fast zehn Jahre lang nicht gesehen. 1955 traf ich ihn auf dem Mathematikerkongreß in Tokio. Er war die Sensation der Tagung. Alles drehte sich um eine seiner Theorien.«

Aus purem Instinkt heraus habe er, referierte Kurabashi bei dem Kongreß, die Terme der Reihe einer bestimmten Modulform mit den Termen der Reihe einer bestimmten elliptischen Gleichung verglichen und festgestellt, daß diese identisch waren. Er berechnete weitere Reihen und fand jedesmal identische Entsprechungen. Warum die beiden Objekte, die von entgegengesetzten Enden der Mathematik herstammten, eine Korrelation aufwiesen und worin diese ursächlich bestand, konnte er nicht sagen. An immer neuen Reihen von Modulformen und elliptischen Gleichungen hatte er seine Berechnungen angestellt, und immer war seine Vermutung bestätigt worden: M-Reihe und E-Reihe waren identisch. Die Vermutung einer Beziehung zwischen der modularen und der elliptischen Welt, mit schüchterner Selbstgewißheit von diesem jungen japanischen Wissenschaftler vorgetragen, der auch gar keinen Hehl daraus machte, daß diese Idee seiner Intuition entsprungen war, führte zu heftigen Auseinandersetzungen während des Symposions. Jede weitere Demonstration versetzte zwar jedesmal aufs neue alle Anwesenden in Erstaunen; eine Vermutung aber sei, belehrte uns Carl, vom Beweis – und nur darauf komme es in der Mathematik an – ebenso weit entfernt wie der Traum der Nacht von der Wirklichkeit des Tages.

Carl sprach dabei hauptsächlich zu Frau Mungenast hin. Nach dem Essen hatte er sie gebeten, sich zu uns zu setzen.

Das Wildgulasch vom Wilden Mann war vorzüglich gewesen. Noch vor dem Essen, während Carl und ich unten am See saßen, war Frau Mungenast nach Innsbruck hinuntergefahren und hatte in der Konditorei Hetzenauer Kuchen besorgt. Carl mochte Kuchen, Frau Mungenast mochte Kuchen und ich auch. Linzertorte, Sachertorte, Kardinalsschnitte, dazu Espresso und für Carl und Frau Mungenast einen Mandellikör; Carl rauchte eine Zigarette und blies uns den Rauch ins Gesicht, worum wir ihn als ehemalige Raucher gebeten hatten.

»Mathematik«, dozierte er, »ist zugleich Wissenschaft und Kunst. Die Kunst der Tautologie. Der Beweis, dem alle Sehnsucht gilt, ist eine Gleichung. Eine Gleichung aber ist immer tautologisch. Sie besagt: Es ist, was ist. Und mehr nicht. Unwiderlegbar und läppisch. Was auf der linken Seite steht, wird auf der rechten Seite bestätigt. Und wenn rechts eine Null steht, können links noch so viele Teile aufgeführt sein, sie verpuffen, wenn die Gleichung stimmt, zu null. Als ob in null alles enthalten wäre. Aber in null ist nichts enthalten. Mathematik ist elegantester Nihilismus. Aufgrund ihrer Apriorität genießt sie eine Art Unanfechtbarkeit. Dabei ist sie nicht nur sinnlos, sondern auch unpraktisch – auf letzteres ist sie sogar stolz. Schon der Kubikinhalt eines knorrigen Eichenstammes ist rechnerisch fast unzugänglich – wozu also die Theorien komplexer Veränderlicher?« Er selbst habe die Mathematik, obwohl sie ja sein Beruf gewesen sei, immer wie eine Liebhaberei betrieben, immer im Bewußtsein, daß sie nichts, aber auch gar nichts bedeute. »Nein, ich korrigiere mich«, sagte er leise, »die Mathematik war ja gar nicht mein Beruf! Sie zu lehren war mein Beruf, mich mit den Studenten herumzuärgern, über sie zu spotten, mich über sie zu freuen, in seltenen Fällen über sie zu staunen, die Lehrveranstaltungen für ein Semester zu planen und vorzubereiten, das war mein Beruf. Fachschaftssitzungen abzuhalten, meiner Sekretärin Briefe zu diktieren, an das Ministerium oder an die Malerfirma, die unsere Büroräume über die Semesterferien ausmalen sollte – das war mein Beruf. Die Mathematik war mein Hobby, nicht mehr und nicht weniger. Sie zu einem Hobby zu degradieren, das ist die einzige Rettung vor ihr. Du bringst es zwar nicht sehr weit, im besten Fall zum Universitätsprofessor wie ich, aber sie gewinnt keine Macht über dich und dein Leben und das Leben als solches.« Genau das geschähe nämlich, wenn die Mathematik zur Metapher werde. Zur Metapher für die Welt. »Das haben Metaphern nämlich so an sich: daß sie größenwahnsinnig sind. Sie sind die geistige Lieblingsspeise der Jugend. Als junger Mathematiker hat man den Ehrgeiz, sich ausschließlich mit jenem Bereich seiner Wissenschaft zu befassen, der auch philosophische Relevanz besitzt. Schau sie dir an, wie sie alle Gödels Theorem verehren. Die meisten, weil sie nichts davon verstehen. Sie plappern falsch nach: Ein System könne aus sich selbst heraus nicht bewiesen werden. Etwas kann sich selbst nicht verstehen. Das gilt ihnen als Rechtfertigung ihrer eigenen Dummheit und Ignoranz, aus der heraus sie dem gesunden Menschenverstand jegliche Erkenntnisfähigkeit absprechen. Die Metapher ist das Opium des Hochnäsigen. Metaphern sind Idiotenleim. Sie haben die Tendenz, sich zum Sinnbild für alles aufzuschwingen. Tatsächlich für alles!« Dieses »alles« aber sei ein Begriff, sei lediglich ein Begriff, nicht mehr; ein höchst abstrakter Begriff dazu, er enthalte kein Stück Leben, nicht ein Stück Welt. Und weil die Mathematik nun einmal die ausgefeilteste Art sei, mit dem Abstrakten umzugehen, es vorzuführen wie ein Dompteur seinen Tiger, darum biete sie sich als Metapher für dieses »alles« an. »Aber wenn du das zuläßt«, flüsterte er nun nur noch, »dann bist du angeschissen! Dann wird dir alles tautologisch. Dann ist für dich eins wie das andere. Und alles läuft auf die

Null hinaus. Auf nichts.« Er räusperte sich mühsam, und etwas außer Atem kam er zum Schluß: »Mathematisch gesehen, kann man durchaus brauchbar zwischen mehreren Nichtsen verschiedener Mächtigkeit unterscheiden; philosophisch gesehen mag das Nichts sogar ein attraktives Etwas sein, zu dem sich schwarzes Gewand und weiße Gesichter assoziieren lassen; in der Wirklichkeit aber ist Nichts einfach bloß – nichts.«

»Das habt ihr bei diesem Mathematikerkongreß in Tokio besprochen?«

Er blickte mich erst irritiert, endlich triumphierend und trotzig an. »Wir beide hatten eine Auseinandersetzung, denke ich. An deren Ende mich Makoto fragte: ›Wer bin ich?‹ Und ich ihm antwortete: ›Genaugenommen nichts.‹«

Vierzehntes Kapitel

1

Bei unserem letzten Spaziergang hinunter zum Lansersee dachte ich, er gefällt sich in der Rolle eines Mephisto.

Er war überaus gut gelaunt gewesen, als wir das Haus verließen. »Sieh dir das an!« rief er. »Das ist mein Wetter, alles auf einmal!« Während des Frühstücks hatte Frau Mungenast die Fenster geöffnet, der Föhn kündigte sich in heftigen, warmen Streifen an; sie wußte, wie gern Carl und ich ihn mochten. Gegen die warme Luft vom Patscherkofel stemmte sich aber ein Schneewind von der Nordkette, und über unserem Haus trugen sie ihre Rauferei aus. Dazwischen schickte die Sonne ihre Spots, als wäre sie in der Rolle des Ringrichters. Carl hatte es eilig gehabt hinauszukommen. »Du wirst noch sehen«, sagte er, als ich ihn über den Weg nach unten zur Bahnlinie schob, »die Jahreszeiten, die Wetterstimmungen, der Regen, die Sonne, der Wind, der Schnee, die Wechsel, das alles gewinnt an Bedeutung mit dem Alter. Eigentlich müßte ich sagen, es findet erst seine wahre Bedeutung. Und manchmal scheint es, als habe alles andere keine Bedeutung mehr. Frag einen alten Mann nicht nach dem Wetter, du stürzt ihn damit in Verlegenheiten.«

Er bat mich, bei der Bahnstation nicht nach rechts auf unseren Weg zum See zu gehen, sondern nach links am Wald entlang; erfahrungsgemäß sei dort die Schneise, die der Föhn vom Berg wähle, um sich in die Stadt hinabzustürzen und alle, die anders tickten als wir beide, verrückt zu machen. Der Föhn drückte gegen meinen Rücken, kippte aus dem Gleichgewicht, überließ seinem eisigen Bruder vom Norden das Feld, den hatten wir herankommen sehen als graue Schneewand, die uns für einen Augenblick in Düsternis hüllte, ehe sie von der Sonne und dem Föhn wieder abgedrängt wurde.

»Wie hat dir die Geschichte gestern abend gefallen?« fragte Carl.
»Wäre sie nicht eine Novelle für sich?«

»Sie ist grauenhaft«, sagte ich.

Plötzlich war es ruhig; war, als würden die Winde neuen Atem holen für den letzten Kampf, der entscheiden sollte, wer den Tag beherrschen würde, der Nord oder der Süd. Der Himmel öffnete sich, die Sonne wärmte meinen Nacken.

»Laß uns dort vorne anhalten«, sagte Carl.

Neben gefällten und entasteten Fichtenstämmen stand eine Bank. Ich stellte die Bremse am Rollstuhl fest und setzte mich.

»Dreh mich bitte so, daß ich die Sonne im Gesicht habe«, sagte er. Er legte den Kopf in den Nacken, schloß die krausen, blassen Lider, die wie winzige Wirsingblätter aussahen. – Und nun erzählte er weiter, wo er am Vorabend geendet hatte:

Von Makoto Kurabashis spektakulärem Selbstmord habe er im Juli 1960 aus Cousins' Brief erfahren, einem Freitag. Einen Tag später war ich nach Innsbruck gekommen, um dort für ein Jahr bei ihm und Margarida zu bleiben. Sergeant Cousins lebte damals längst nicht mehr in Japan. 1952 hatten die Amerikaner ihre Truppen von der Insel abgezogen. Cousins, seine inzwischen wieder schwangere Frau Karen und seine beiden Söhne waren zurück nach Los Angeles gezogen – allein, ohne Makoto. Der habe sich, wie Cousins berichtete, besonders gut mit Karen verstanden; er sei so liebevoll hilfsbereit gewesen und habe sie mit Komplimenten überhäuft. Als Makoto noch nicht einen Monat bei ihnen gewohnt habe, habe sie zu ihrem Mann gesagt, sie sei anfänglich skeptisch gewesen, daß ein Fremder in ihre Familie aufgenommen würde, dazu einer, der einer anderen Rasse angehöre, deren Mitglieder eine verdächtig glatte Haut hätten und Kindergesichter und fast noch brutaler seien als die Deutschen; nun aber könne sie sich kaum mehr vorstellen, wie es ohne ihn wäre. Auch die Buben mochten ihn. Makoto spielte mit ihnen, nicht wie ein Erwachsener mit Kindern spielt, sondern wie ein Kind mit Kindern spielt. Sie schliefen zu dritt in einem Zimmer, und am Abend, nachdem das Licht gelöscht war, erzählte Makoto von dem kleinen Mann mit den Schaufelhänden, das war gruselig und schön. Er brachte den beiden ein paar

Zahlentricks bei, mit denen sie in der amerikanischen Schule auf dem Areal von Atsugi Erstaunen und Neid ernteten. Die Familie wollte selbstverständlich, daß Makoto sie nach Los Angeles begleite; dort besaßen die Cousins' ein großes Haus, er hätte sein eigenes Zimmer gehabt und hätte seine Studien an der UCLA fortsetzen können. Das war auch alles genau so besprochen worden, beteuerte Cousins in seinem Brief. Aber wenige Tage vor dem großen Aufbruch teilte Makoto seinem Ziehvater, dessen Frau und Kindern mit, daß er in Tokio bleiben werde. Er habe nicht gesagt: Ich *will* in Tokio bleiben; er habe gesagt: »Ich *werde* in Tokio bleiben.«

Carl hatte daraufhin die monatliche Überweisung an Makoto verdoppelt. »Aus dem einfachen bösen Grund, weil ich ihm herzlich dankbar war, daß er Cousins doch noch einen Korb gegeben hatte.« Nun fühlte er sich auch nicht mehr an sein Versprechen gebunden, mit seinem Schützling keinen Kontakt aufzunehmen. Er schrieb einen kurzen Brief an Makoto und erhielt eine ebenso kurze Antwort. Er schrieb einen längeren Brief, nun war auch die Antwort länger. Es entwickelte sich eine sehr lebhafte Korrespondenz zwischen den beiden, die fast ausschließlich Fachliches zum Inhalt hatte. Weil Carl Makotos neue Adresse nicht wußte, schickte er die Briefe an die Universität, und um Gleiches mit Gleichem zu vergelten, vermerkte er als Absender, »9. Gemeindebezirk, Boltzmannstraße 12«, das war das Mathematische Institut in Wien, wo Carl zu dieser Zeit noch einen Lehrauftrag innehatte.

Ich fragte ihn, ob ich mir den einen oder anderen von Makotos Briefen ansehen könne.

»Sie existieren nicht mehr«, antwortete er.

Im Sommer 1955, drei Jahre nach dem Abzug der Amerikaner aus Japan, in den Semesterferien, bevor Carl den Lehrstuhl an der Universität Innsbruck übernahm, trafen Carl und Makoto einander wieder, eben bei jenem Mathematikerkongreß in Tokio. Carl war der stolze Zeuge von Makotos großem, wenngleich umstrittenem Triumph. Aber am Abend gerieten sie in Streit miteinander, und am folgenden Tag tauchte Makoto nicht mehr beim Kongreß auf, und niemand wußte, wo er war. Etliche, die ihn und seine Thesen und vor allem seine intuitive Herangehensweise kritisiert hatten, sahen in seinem Fernbleiben eine Bestätigung ihres Verdachts, daß dieser junge Mann ein Scharlatan sei, ein Bluffer, ein Spieler, ein Spinner. Makoto Kurabashi nahm am weiteren Verlauf des Kongresses nicht mehr teil. Woraufhin auch Carl abreiste. In Wien teilte ihm die Bank mit, der Dauerauftrag für das monatliche Salär sei vom Empfänger storniert worden. Makoto wollte kein Geld mehr von seinem Mäzen. Carl schrieb ihm einen Brief. Er bekam keine Antwort. Er schrieb ihm einen zweiten Brief und bekam wieder keine Antwort; und auch auf einen dritten Brief bekam er keine Antwort.

Einen Tag, bevor mich meine Eltern auf den Zug nach Innsbruck brachten, damit sie ungestört in Kreta ihre Liebe, ihre Ehe, ihr Leben reparieren könnten, kam der Brief, worin der völlig entgeisterte Sergeant Cousins Carl mitteilte, daß sich Makoto Kurabashi während einer Demonstration gegen den amerikanischen Präsidenten mit einer Rasierklinge die Schlagadern an beiden Armen aufgeschnitten habe.

Er sei, erzählte Carl, in die Uni-Bibliothek gelaufen und habe im Zeitungsarchiv alle verfügbaren Tageszeitungen ab dem 15. Juni durchgesehen.

»Auch am Tag deiner Ankunft war ich in der UB. Ich habe zu Margarida gesagt, sie soll von der Anichstraße zum Bahnhof gehen, wir würden uns dort treffen, um dich gemeinsam abzuholen. Ich war sehr verwirrt, wirklich sehr verwirrt. Ich hatte ihn auf einigen Bildern in den Zeitungen erkannt. Meinte ich jedenfalls, sicher war ich mir nicht. Ich habe gespürt, daß du enttäuscht warst, weil ich mit meinen Gedanken nicht bei dir war, und ich hatte deswegen ein schlechtes Gewissen. Du hast von der Fahrt erzählt. Eine so lange Reise für einen Zehnjährigen ganz allein, und ich konnte dir einfach nicht zuhören. Ich war zu aufgewühlt. Auf einem der Bilder, ich glaube es war in *Le Monde*, habe ich Makoto erkannt. Das war er. Das Bild war zwar ziemlich grob gerastert, weil sie es vergrößert hatten, um die Szene heranzuholen. Die Arme weit in die Luft gestreckt. Und das weiße Gesicht. Er war es. Und du hast geredet und geredet. Irgendwann bist du verstummt. Beim Abendessen zu Hause hast du kein Wort mehr gesagt. Margarida hatte alles schön hergerichtet. Sie wußte, daß du Senfgurken so gern hast und Essiggurken, sie hat verschiedene Sorten eingekauft. Und Salami aus Italien, die hat sie am Markt besorgt. Du bist dagesessen und hast ein Gesicht gezogen, als würdest du auf Rache sinnen. Ja, das ist wahr. Margarida hat mir in der Nacht Vorwürfe gemacht, hat gefragt, was mit mir los sei und so weiter.«

Ich kann mich nicht erinnern, daß Carl auf mich geistesabwesend gewirkt hätte oder in irgendeiner Weise verwirrt oder aufgewühlt. Im Gegenteil. Nach dem, was bei uns zu Hause los war, vor allem, was in den vorangegangenen Monaten los gewesen war, empfand ich die Atmosphäre in der Anichstraße auf angenehmste Weise entspannt. Meinetwegen hätte niemand etwas sagen müssen, und niemand hätte mir zuhören müssen, und wenn ich plötzlich verstummt war, dann weil mir klargeworden war, was für eine Last das Reden ist. Ich war in den dauerhaften Frieden eingekehrt. So sah ich das.

Ich fragte ihn, ob er mir schildern wolle, was weiter in ihm vorgegangen sei, nachdem er den Brief von Sergeant Cousins gelesen und die Bilder in den Zeitungen gesehen habe. Er dachte lange nach – so lange, daß ich wieder einmal meinte, er sei auf dem Strom seiner Gedanken aus der Welt gedriftet und nehme gar nicht mehr wahr, was um ihn herum vor sich gehe.

»Nichts weiter«, sagte er endlich. »Ich habe mir jedenfalls nicht die Schuld daran gegeben, falls du das meinst. Ich habe versucht, ihn zu vergessen.«

»Und ging das?«

»Es ging sogar sehr schnell. Zum Glück bin ich ein Unmensch. Außerdem: *Du* warst ja bei uns. Du hast unser Leben verändert, Sebastian, meines und auch Margaridas Leben. Weißt du das? Meines hast du vielleicht sogar gerettet.«

Ich wollte darauf antworten, dies sei eine Last, die ich nicht tragen könne; der Einwand wäre einundvierzig Jahre zu spät gekommen – damals hatte ich die Last offensichtlich tragen können, nur hatte ich nichts davon gewußt.

»Aber doch nicht wegen eines mathematischen Problems habt ihr gestritten?« sagte ich.

»Wer hat sich gestritten, Sebastian?« fragte er, eine Veränderung zum Spitzen hin war deutlich. Ich ahnte, daß *wir beide* uns gleich streiten würden.

»Du und dieser junge Mann.«

Carl hielt die Hand über die Augen, ein zusammengeschobener transparenter weißer Fächer, und blinzelte mich an. »Natürlich wegen eines mathematischen Problems. Weswegen sollten wir sonst streiten?«

»Und er hat jeden Kontakt zu dir abgebrochen? Bis zu seinem Tod?«

»Auf ewig, würde ich sagen.«

»Wegen einer Meinungsverschiedenheit mathematischer Natur?«

»Aber ja.«

»So etwas tut doch kein Mensch!«

»Du weißt das, stimmt's?« Und damit war seine gute Laune erledigt.

»Du willst, daß ich über dich schreibe«, lenkte ich ein, bemühte mich um einen versöhnlichen Ton. »Deswegen bin ich hier, Carl. Ich will mein Bestes geben.« Ich stand auf und löste die Bremse, drehte den Rollstuhl um und schob ihn auf den Weg zurück, der an den Geleisen entlangführte. Der Wind sprang uns aus allen Richtungen an, wirbelte Schnee um uns, und doch waren unsere Gesichter in der Sonne. »Du hast mir dieses erschreckende Video gezeigt. Du hast mir die traurige Geschichte dieses jungen Mannes erzählt. Ich weiß nun, daß du dich um ihn gekümmert hast, daß du zurückgesteckt hast gegenüber diesem Sergeant, daß du dich selbstlos um diesen jungen Mann gekümmert hast …«

»Keine Sentimentalitäten!« fuhr er mir ins Wort. »Und sag nicht dauernd ›dieser junge Mann‹! Er hat einen Namen. Und ›dieser Sergeant‹ hat ebenfalls einen Namen. Hast du sie dir nicht notiert? Tu es jetzt! Du hast doch dein kluges Heft bei dir. Schreib die Namen auf!«

»Ich habe die Namen aufgeschrieben, als du sie zum erstenmal genannt hast. Ich habe dich gefragt, wie man sie schreibt, und du hast sie mir diktiert. Hast du das vergessen?«

»Sprich nicht mit mir wie mit einem Schwachsinnigen!« Er klammerte sich an den Lehnen fest und richtete sich auf. »Warum sind wir nicht sitzen geblieben, wo wir waren? Dort war es doch schön! Es hat angenehm nach Fichtenrinde gerochen. Ich kann es mir nicht leisten, auf solche Sinneseindrücke zu verzichten. Was gab es an diesem Platz auszusetzen? Du hältst es nicht lange an einem Ort aus, das ist *dein*

Problem, Sebastian. Wohin schiebst du mich? Ich will nicht nach Hause! Fahr mich jetzt ja nicht nach Hause! Ich will zum See hinunter, hörst du! Wo fährst du mich hin?«

»Wenn du es wünschst, fahr ich dich zum See hinunter. Es wird aber gleich heftig zu schneien beginnen. Wenn es dich nicht stört, mich stört es nicht.«

»Es wird nicht schneien.«

»Versuch' dich bitte zu erinnern, worum es bei dem Streit ging!«

»Es ging um ein Problem der Zahlentheorie, das du ohnehin nicht verstehen würdest. Also, was soll's! Schreib einfach: ›Sie haben sich gestritten.‹ Punktum.«

»In diesem Fall kann ich die Geschichte nicht erzählen. Punktum.«

»Natürlich kannst du sie erzählen!«

»Ich werde sie höchstens in einem Nebensatz erwähnen.«

»Nein, auf gar keinen Fall in einem Nebensatz! Was fällt dir ein! Die Geschichte soll ein breites Kapitel ausfüllen. Das muß sie! Das will ich! Das ist mein Wille. Wenn du es so ausgedrückt haben willst. Schreib: ›Das war sein Wille. Punktum.‹ Oder besser: Erfinde einfach etwas!«

»Das ist nicht dein Ernst, das weiß ich.«

»Du weißt alles. Du weißt, wann ich im Ernst rede und wann nicht, und du weißt, worüber sich Mathematiker streiten und in welcher Art und Weise sie es tun. Also wird dir auch einfallen, was du darüber schreiben sollst.«

»Carl«, sagte ich, »ich bin doch nicht dein Feind.« Und dann sagte ich nichts mehr, bis wir unten beim See waren. Und er sagte auch nichts.

Ich schloß das Gittertor auf und gleich wieder hinter uns zu, ich nahm mit dem Rollstuhl Anlauf und schob ihn durch den Schnee, der nach so vielen unserer Besuche zertreten und durch die Räder zerschnitten war, und schob ihn über den Aufgang zur Seeterrasse hinauf. Unter dem Dach des Cafés hob ich Carl aus dem Stuhl und ließ seinen Arm erst los, als er am Geländer festen Halt gewonnen hatte. So hatten wir es immer gemacht. Diesmal spulte ich die einzelnen Handgriffe betont routiniert ab, auch etwas grob, um ihm zu zeigen, daß ich gekränkt war wegen seines ruppigen Tons.

Wir hatten beide recht: Es schneite, und es schneite zugleich nicht.

Wir waren in Flocken gehüllt, aber auf der anderen Seite des Sees glitzerte das Wasser über der feinen Eisschicht, und die Sonne fiel satt auf das Schilf, die Halme steckten in Futteralen aus Eis. Carl atmete schwer und laut, und nach einer Weile hatte er sich gefaßt, und da hörte ich ihn sagen: »Lieber Gott, zeig mir den Weg, ich will ihn gehen!«

Mir wurde übel. Ich ließ seinen Arm los und trat von ihm zurück und setzte mich auf die schmale Bank an der Wand des Cafés. Er hatte denselben Satz bereits gesagt, bevor ich ihn aus dem Rollstuhl gehoben hatte. Ich hatte ihn aber augenblicklich verdrängt. Weil ich dachte, er wird sterben, sobald er den Satz zu Ende gesprochen hat. Dem Zauberlehrling wird es im ersten Augenblick auch schlecht geworden sein, als er die Besen vor sich tanzen sah; mir war, als hätte ich den Tod von ihm ferngehalten, indem ich sein Kommen ignorierte.

»Daß sich dein Vater das Leben genommen hat«, sagte er, »hätte ich verhindern müssen.«

»Wie hättest du es verhindern können!« suchte ich ihn zu beruhigen. »Carl, wenn sich einer nichts vorzuwerfen hat, dann du. Du.«

»Ich hatte eine böse Absicht, als ich dir die Geschichte von Makoto Kurabashi erzählte«, fuhr er schließlich fort. »Das sollst du wissen. Der Streit zwischen ihm und mir spielt keine Rolle, glaube mir, jedenfalls nicht der Gegenstand des Streits. Sicher, ich hatte ihn verletzt, und ich wollte ihn verletzen. Er war so arrogant geworden, hatte sich eine krude Welttheorie zusammengeschustert aus Shintoismus und Zahlenmagie. Er sei, sagte er, in der Lage, alles, was die Welt zu bieten habe, in einem neuen Zeichensystem zu formalisieren. Der Mann mit den Schaufelhänden habe viel dazugelernt. Anstatt zu beweisen, daß die Termen seiner Modulformen mit den Termen seiner elliptischen Gleichungen identisch sind, und zu begründen, warum sie es sind, hat er seinen wunderbaren Verstand mißbraucht, um ein Weihespiel aufzuführen, in dem er als eine Art Gottgesandter auftrat, durch den die Geister von Euklid, Leibniz, Gauß und Euler sprechen und der von allen anderen Menschen verlangen durfte, daß sie seine Zuträger seien. Die Studenten in seinem Institut, hieß es, würden ihn verehren, aber nicht wie das Sprachrohr von Euklid, Leibniz, Gauß und Euler, sondern wie die Reinkarnation von Amaterasu oder Susano oder wie diese Gottheiten heißen, ich mache keinen Witz, und, so wurde weiter berichtet, er lasse sich das nicht nur gefallen, sondern halte seine Vorlesungen tatsächlich in Form von Quasigottesdiensten ab, und das schlimmste: Offensichtlich gab es nicht einen am Institut, keinen Studenten, keinen Kollegen, der sich an die Stirn tippte und den Humbug als das bezeichnete, was er war, nämlich ein Humbug. Das war alles sehr lächerlich und sehr ärgerlich, aber letztlich auch so skurril, daß du darüber in deinem Buch nicht viele Worte verlieren solltest. Warum auch. Wichtig sind andere Fragen: Was wäre aus Makoto geworden, wenn Sergeant Cousins ihn an jenem Nachmittag *nicht* zu mir gebracht hätte? Wenn ich mich vor ihm *nicht* ›neu definiert‹ hätte? Wenn dieser Bursche *nicht* meinem Leben einen Sinn gegeben hätte? ›Der Mäzen‹ – was soll das bedeuten? Es bedeutet, daß einer die Form ausschlägt, in der ein anderer gebacken werden soll. Vielleicht wäre Makoto ohne mich heute noch am Leben. Warum hat er sich das Leben genommen? Die bizarre Weise, wie er es tat, schreibe ich nicht mir zu. Aber *daß* er es getan hat. Oder, Sebastian, unsere Fragen, unsere Fragen: Was wäre aus deinem Vater geworden, wenn ich ihn *nicht* angesprochen hätte, nachdem ich ihn im Embassy-Club gehört habe? Wenn ich nach Hause gegangen wäre? Einfach nach Hause gegangen wäre. Wenn ich mich *nicht* zu seinem Mäzen aufgeschwungen hätte. Was, wenn ich mich *nicht* von Agnes als Kuppler hätte einspannen lassen. Wenn ich *nicht* dieses Interview für *down beat* gemacht hätte. Wenn ich ihm *nicht* die Gibson gekauft hätte. Wenn ich ihm *nicht* Geld gegeben hätte, um diesen Jazzclub in dem ehemaligen Bierlager in der Taborstraße zu eröffnen, mein Gott. Und so weiter. Antworte mir bitte nicht!«

Ich saß noch immer auf der niedrigen Bank hinter ihm und atmete flach. Ich zog C. J. C. 7 aus meiner Manteltasche und notierte mir Stichworte. Er rechnete damit, nahm ich an, erwartete es wahrscheinlich sogar. Nach einer Weile, die er brauchte, um sich aus seiner Betrübnis ein Stück nach oben zu wühlen, setzte er zu einer Vorlesung über Logik an, die den *mortal terror* relativieren sollte, indem derselbe ins Exemplarische gehoben wurde: »Auf der gediegenen Standfestigkeit der Logik behauptet sich der Glaube an die Vernunft, und die Vernunft hielt ich während meines Lebens für die wesentliche Grundlage der zivilisierten Menschheit …« – Aber die Logik schaffte es nicht, ihm die Bodenhaftung zu sichern, die er so dringend nötig hatte, nachdem der Tod, abgeschreckt von einem Banausen wie mir, an ihm vorübergegangen war. Also befahl er mir, ihm in den Rollstuhl zurückzuhelfen, und legte sich weiter mit mir an; fragte, was mir im Augenblick am meisten weh tue, nannte mich einen dummen Hund, sagte, die Abgeklärtheit eines Mannes in mittleren Jahren, die ich ihm vorspiele, gehe ihm auf die Nerven. Und hielt mir vor, daß Dagmar und ich uns getrennt hatten (ohne ihn vorher zu fragen!).

»Fahr' mich vor zur Straße«, raunzte er mich an. »Ich möchte noch nicht nach Hause! Ich möchte Autos hören und Autos riechen! Ich habe noch nicht genug davon abbekommen.«

Zorn, Streitsucht, Rechthaberei und Keiferei führten ihn ins Leben zurück und hießen ihn darin willkommen.

2

Nach dem Mittagessen, als sich Carl hingelegt hatte, klingelte das Telefon. Es war die Journalistin, die einige Tage zuvor mit einem Kamerateam hiergewesen war, um Carl zu interviewen. Sie habe nun doch noch einen zusätzlichen Termin bekommen, und zwar einen sehr attraktiven Sendeplatz für ein wirklich umfangreiches Porträt über Professor Candoris, sagte sie (bei ihrem ersten Besuch hatte sie noch versichert, sie plane gar keine bestimmte Sendung); Filmmaterial habe sie genug, das sei kein Problem, aber sie benötige noch einige Informationen für den Off-Text; sie könne nun doch etwas in die Tiefe gehen, wie sie es von Anfang an vorgehabt habe; ob sie noch einmal, diesmal allein, vorbeikommen dürfe, nur sie und ihr Schreibblock. Ich sagte: »Der Professor wird sich freuen.« Ob es schon heute nachmittag sein könne. »Aber selbstverständlich«, sagte ich.

So eilig hatte man es in der Redaktion? So wenig Zeit gab man dem großen Zeitgenossen noch? Und dieser »Sendeplatz« – wann war der? Noch im Laufe dieses Monats? Oder erst im März? Oder im April? Oder im Mai? Bis wann mußte Herr Professor Candoris unbedingt gestorben sein, damit der Termin eingehalten werden konnte?

Ich brauchte bei Carl nicht erst nachzufragen, ob ihm ein weiteres Interview recht sei. Es war offensichtlich gewesen, wie gut ihm die junge Frau gefiel. Mir hatte sie auch gefallen. Und weil ich inzwischen auf der Rekonvaleszenzleiter acht Tage weiter war und diesmal nicht den finsteren Charismatiker spielen wollte, der sich im schwarzen Mantel ins Freie verdrückte, während der Meister vor der Bücherwand angehimmelt wurde, richtete ich mich her: Ich badete, rasierte mich, wusch mir die Haare, fönte und zerwuselte sie, warf mir eine Handvoll Rasierwasser (Chanel pour monsieur) ins Gesicht, riß vor dem Spiegel hundert Grimassen, um meine Mimik etwas aufzumischen – herauskam ein ziemlich törichtes Raubvogelgesicht –, und zog den kakaobraunen zeitlosen Dreiteiler an.

Veronika Brugger – so hatte sie sich am Telefon vorgestellt –, ich war gerade mit meiner Toilette durch, da klingelte sie bereits an der Tür. Carl schlief noch. Frau Mungenast entweder auch, oder sie beschäftigte sich anderweitig in ihrem Zimmer. So hatte ich Gelegenheit, mit ihr allein ein paar Worte zu wechseln.

Sie war mir nicht so aufregend in Erinnerung; sehr hübsch, aber etwas ausgehungert war sie mir erschienen. Sie war in einem silbergrauen Golf mit ORF-Logo an den Seiten von der Stadt heraufgekommen, eine gesteppte Bomberjacke in Militärfarbe hielt sie unter den Arm geklemmt und blickte mir gerade in die Augen, als ich ihr die Tür öffnete. Sie hatte sich an diesem Tag in enge Jeans gezwängt, der Bauchnabel war frei und genoß den Föhn, über dem Gürtel rechts und links an den Seiten war der gerüschte Rand eines schwarzen Slips zu sehen; die Haare, so blond, daß kein Zweifel an ihrer Unechtheit aufkommen konnte, hatte sie diesmal zu einem zerzausten Knoten aufgesteckt. Mit weit offenem Mund lachte sie mir entgegen.

Sie kannte mich. Sie kenne mich natürlich, sagte sie. *Musikanten* habe sie gelesen (wenn ich das höre, muß ich die Augen schließen, damit man nicht sieht, wie mir die Augäpfel nach oben schnellen; da habe ich über zwanzig Bücher geschrieben, die meisten davon eindeutig besser als mein erstes, aber das erste kennen die Leute; die meisten nur das erste). Auch verschenkt habe sie das Buch schon mehrere Male. Als sie noch beim Hörfunk gearbeitet habe, habe sie zwei Literatursendungen aus *Musikanten* gestaltet, als Sprecher habe sie Christian Brückner gewonnen, die Synchronstimme von Robert De Niro, und als irgendwann vor Weihnachten die *Tiroler Tageszeitung* eine Umfrage unter Journalisten, Künstlern und anderen Persönlichkeiten abgehalten habe, welches ihre zehn Lieblingsbücher seien, habe sie als Nummer zwei – »Sorry!« –, hinter *Die unerträgliche Leichtigkeit des Seins* von Milan Kundera, *Musikanten* von Sebastian Lukasser genannt. Am besten habe ihr die Geschichte über diesen genialen amerikanischen Sandler-Komponisten und Johann Sebastian Bach gefallen und auch die Geschichte über Johann Strauß und Robert Johnson. »Ich liebe Robert Johnson. Ich habe mir eine CD gekauft, ja, wegen dieser Geschichte. Das ist wahr. Und seither liebe ich Robert Johnson.«

»Niccoló Paganini, nicht Johann Strauß«, korrigierte ich.

»Aber Johann Strauß kommt auch vor.«

»Duke Ellington und Johann Strauß.«

»Wirklich Duke Ellington?«

»Ja, ich denke schon.«

»Wie sind Sie auf die Idee mit den Doppelporträts gekommen?«

»Es hat sich so ergeben.«

»Wie ergibt sich so etwas?«

»Wenn jemand, der gut zahlt, etwas von einem will, und zwar sehr schnell.«

Sie lachte auf einer Seite ihres Mundes und hob die Braue darüber; als wollte sie sagen: interessanter Aspekt, schon gespeichert, wird demnächst eingesetzt. »Sind Sie mit Professor Candoris befreundet?«

»Ja.«

»Sind Sie verwandt mit ihm?«

»In gewisser Weise.«

»Wie kann man ›in gewisser Weise‹ verwandt sein?«

»Genau das versuche ich herauszukriegen.«

Ich sei ihr beim letztenmal schlechtgelaunt vorgekommen (ich kam mir bei *diesem* Gespräch schlechtgelaunt vor, dabei war ich es gar nicht; ich sah nur wieder einmal ein, daß ich kein sehr geschickter Stratege in solchen Angelegenheiten war). Sie habe ihr Gewissen durchgehechelt. Ob sie vielleicht irgend etwas gesagt habe, was mich verstimmt haben könnte?

»In mir«, entgegnete ich, *in mir herrscht zur Zeit ein solcher Ausnahmezustand, daß jedes Wort, das eine Frau an mich richtet, nur eine Verstärkung der guten Kräfte sein kann.* Das habe ich natürlich nicht gesagt. Wär' aber die Wahrheit gewesen. Ich sagte einfach nur: »In mir …« und brach ab und fuchtelte mit meiner Hand irgendeine Figur in die Luft, aus der sich bei gutem Willen eine charmante Andeutung auf was auch immer lesen ließe.

Ich brauchte dringend eine Frau – die Stimme einer Frau, den Geruch einer Frau, einen Blick in ihre rosa-warme Mundhöhle, ein bißchen glaubwürdige Bewunderung, gerade so viel, damit ich nicht in Verlegenheit geriete –; das alles um so dringender, als eine sexuelle Befriedigung außer Reichweite und deshalb als Ziel erst gar nicht anvisiert war. Die Männerkrankheit war meine Quarantäne; ich war abgeschirmt gegen Brüste, Arsch, Venushügel und Schamlippen, gegen gaumentiefe Küsse und Hand anlegen und Hand anlegen lassen; ich war angewiesen und reduziert auf liebe Blicke, liebe Worte, Umarmung – kurz: das Herz. Ich sah der Frau Brugger an, daß sie mich durchschaute; und es störte sie nicht, daß ich den Umweg über ihre mütterlichen Gefühle wählte, um sie auf mich – auf *mich*, nicht auf meine Bücher – aufmerksam zu machen; sie würde mir ihre mütterlichen Gefühle zwar nicht zur Verfügung stellen, aber sie würde mir wenigstens den Anschein geben, als wäre dieser Weg möglich. Tatsache ist, daß mir das genügte. Vorläufig. Irgendwann, dachte ich, werde ich wiederhergestellt sein, und dann ließe sich ja vielleicht an diesen Nachmittag anknüpfen.

»Schreiben Sie an etwas Neuem?« fragte sie.

»Ich recherchiere noch.«

Ich bat sie, auf dem Sofa beim Kamin Platz zu nehmen. Ich setzte mich in Carls Lehnstuhl. Ob sie rauchen dürfe. Sie zog eine Schachtel rote Gauloises aus der Bomberjacke, ich ritzte ein Streichholz an, sie hielt mit den Daumenballen meine Hand fest, als sie die Flamme einsog, burschikos, kumpanenhaft, sie trinkt lieber Bier als Wein, dachte ich.

»Kommt Professor Candoris darin vor?«

»Ja.«

»Sind Sie deshalb hier?«

»Auch deshalb.«

»Wieder ein Doppelporträt? Wer ist der andere?«

»Nur ein Porträt.«

»Das verstehe ich. Dumme Frage von mir. Wen sollte man an seine Seite stellen? Er ist der intensivste Mensch, den ich je kennengelernt habe. Ich gebe zu, ich verstehe nicht viel von seinem Fach. Ich habe mir sagen lassen, seine Vorlesungen seien sehr anspruchsvoll gewesen, und er habe wenig Toleranz gegenüber den Begriffsstutzigen geübt, und eine solche bin ich, glaube ich. Ich habe gestern und vorgestern ein langes Gespräch mit Dr. Hechenberger geführt. Kennen Sie Dr. Hechenberger? Er ist Dozent bei den Mathematikern und mit Professor Candoris befreundet. Er hat mich gebrieft. Ich habe ihn gefragt: ›Was ist Professor Candoris für ein Mensch?‹ Vor allem, sagte er, vor allem sei er ein sehr hilfsbereiter Mensch.« – So hilfsbereit manchmal, daß es an einen Charakterfehler grenzt, hätte ich ergänzen wollen. – Sie blickte zur Decke, als lausche sie einer Musik. »Ich beneide Sie um Ihre Arbeit, wissen Sie das? Ich muß mir überlegen: Was sagt der Kameramann? Was sagt die Cutterin? Was sagen die von der Redaktion in Wien? Sie schreiben, was allein Sie für richtig halten. ›Porträt des Mathematikers als sehr alter Mann‹!« Ihre Stimme klang satt, dunkelbraun, wie Samt.

»Ein Buch werde ich über ihn schreiben«, sagte ich.

»Ein ganzes Buch über Professor Candoris!« Und als entwerfe sie den Klappentext: »›Minutiös beschrieben die letzten Tage dieses Mannes‹. Das ist schön.«

»Sozusagen.«

»Also müßte ich eigentlich auch darin vorkommen.«

In diesem Augenblick betraten Carl und Frau Mungenast den Raum. Er hatte den Arm um ihre Schultern gelegt, sie ihren um seine Hüfte.

Der Unwille in Frau Mungenasts Augen, als sie Frau Brugger vom ORF sah, war schamlos blank. Ich überließ Carl den Platz, sagte, ich wolle Kaffee aufstellen, und war schon draußen, ehe Widerspruch möglich war. Ich wollte Luft holen. Erregung, Traum und Vernunft benötigten ihre liebe Zeit, um zu einer Proportion in mir zu finden, die mich nicht als Idiot dastehen ließ. Ich setzte Wasser auf, zerschrämmte Kaffeebohnen in der elektrischen Mühle, schüttete das Pulver in einen Papierfilter, schaltete das Radio ein, das Frau Mungenast Carls

Haushalt spendiert hatte – ein Moderator legte Opernarien von Giuseppe Verdi und Giacomo Puccini auf und erzählte Anekdoten. Ich ließ mir Zeit. Ich wartete auf Frau Mungenast; daß sie zu mir in die Küche komme – ›Ich werde Sebastian helfen!‹ –, daß sie zu mir sagte: ›Warum lassen Sie mich mit dieser grellen Kuh allein!‹; es wäre eine gute Gelegenheit gewesen, mich so dicht vor sie hinzustellen, daß ihr nur übriggeblieben wäre, entweder einen Schritt zurückzutreten, oder ihren Körper an meinen zu pressen. Sie kam nicht. Ich breitete die Ingwerkekse, die ich schon vor einigen Tagen in einem Winkel des Küchenkastens entdeckt hatte, über einen Teller und trug ihn zusammen mit Tellern und Tassen und Kaffeekanne auf einem Tablett in den Salon.

Frau Brugger war an das eine Ende des Sofas gerutscht, so daß sie möglichst nahe bei Carl war; Frau Mungenast hatte sich in die andere Ecke gedrückt, die Arme verschränkt wie ein trotziges Mädchen, das sich weigert, sich zu entschuldigen. Ich nahm mir einen Sessel vom Eßtisch und rückte ihn neben sie.

Frau Brugger notierte und fragte, der Block auf ihren Knien hatte schon einen beträchtlichen Schopf aus vollgeschriebenen Seiten bekommen. Als ich Kaffee in ihre Tasse schenkte, fragte sie gerade: »Befassen Sie sich mit der gegenwärtigen politischen Lage?«

»Aus der Ferne«, antwortete Carl. »Nur aus der Ferne.«

»Wie darf ich das verstehen?«

»Ich meinem Alter sieht man alles aus der Ferne. So dürfen Sie es verstehen.«

»Und wie sieht die gegenwärtige politische Situation in Österreich aus der Ferne aus?«

»Österreich hat Glück, daß es im großen und ganzen keine Rolle spielt.«

»Was wäre sonst?«

»Wie meinen Sie das?«

»Was wäre, wenn Österreich international eine Rolle spielte?«

»Sie übersetzten ›im großen und ganzen‹ mit ›international‹?«

»Wie würden Sie es übersetzen?«

»Sie haben das sehr gut übersetzt. Ich rede ungenaues Zeug. Sie präzisieren. Was verstehe ich unter ›eine Rolle spielen‹? Schlagen Sie etwas vor, liebe Frau Brugger!«

»Die USA spielen eine Rolle, Rußland spielt eine Rolle, Deutschland, Frankreich, England, China spielen eine Rolle. Sogar die afrikanischen Staaten spielen eine Rolle, die Opferrolle. Israel spielt eine Rolle, die Palästinenser spielen eine Rolle.«

»Ein einziges großes Welttheater.«

»Fragen Sie sich manchmal, wer das Stück geschrieben hat, Professor Candoris, und wer Regie führt?«

»Nein, das frage ich mich nicht. Das ist eine Frage, wie sie jemand stellt, der versucht, sich in einen sehr alten Mann hineinzudenken und hineinzufühlen, jemand, der sehr jung ist. Gilbert Keith Chesterton sagte einmal, er bewundere über alle Maßen einen Menschen, der sich sein Leben lang von jeder Handlung fernzuhalten vermag und dennoch Einfluß ausübt. Können Sie damit etwas anfangen? Es wäre doch ein schönes Motto für Ihre Sendung.«

Sie schrieb den Satz auf. Carl wiederholte ihn geduldig und mit Gefallen und buchstabierte, ohne daß sie ihn darum gebeten hätte, Chestertons Name.

Ich mischte mich ein. »Frau Brugger, denke ich, will wissen, wie du zu unserer schwarz-blauen Regierung stehst, Carl. Hab' ich recht?«

Sie antwortete nicht, blickte Carl an und mich nicht, blickte ihn an aus bestürzend leichtgläubigen Augen. Ich war gar nicht anwesend. Frau Mungenast und ich waren nicht anwesend. Ich schenkte Frau Mungenast und mir Kaffee nach und versuchte mir vorzustellen, wie es wäre, wenn sie an meine Tür klopfte und unter meine Decke schlüpfte und die Textilien zwischen ihrer Haut und meiner Haut nach oben und unten schöbe – so wie ich es mir in der vorangegangenen Nacht vorgestellt hatte.

Ich ließ nicht locker. »Was du von den Sanktionen der EU hältst, Carl. Ich glaube, das will Frau Brugger wissen. Und ob du der Meinung bist, daß Jörg Haider und seine Partei außerhalb des Verfassungsbogens stehen, zum Beispiel. Oder: Für wie groß du den Schaden für Österreich hältst, weil diese halbbekennenden Nazisprößlinge Ministerämter bekleiden. Oder: Du, als ehemaliger Bürger der Vereinigten Staaten von Amerika: ob du dafür bist, daß über Bundeskanzler Schüssel ein Einreiseverbot in die USA verhängt wird wie bei Waldheim.«

»Das wollen Sie wirklich wissen?« fragte er Frau Brugger vom ORF.

Sie antwortete nicht, hielt aber seinem Blick stand und drückte die Kulispitze auf ihren Block, eine kleine Geste, die besagte, daß hier unter anderem auch Karriereschritte getan wurden.

»Gut«, sagte er. »Was für eine Antwort können Sie für Ihre Arbeit brauchen?«

»Jede.«

»Aber was für eine Antwort wünschen Sie sich?«

»Ich verstehe nicht, wie Sie das meinen.«

»Ich meine: Was für eine Antwort würde am besten zu Ihrem Konzept passen? Es soll ja ein gelungener Film werden. Welche Antwort würde am elegantesten rüberkommen?«

»Damit Professor Candoris am besten dasteht«, übersetzte ich.

»Um Gottes willen«, verwahrte sie sich, »so geht das nicht, bitte!«

»Aber doch, ich hätte gern, wenn Sie mich bei diesen Fragen beraten«, sagte Carl ruhig und ohne das leiseste Anzeichen von Provokation in seiner Stimme. »Herr Lukasser hat recht: Ich möchte gut dastehen. Obwohl ich ja davon ausgehe, daß ich nicht mehr am Leben sein werde, wenn die Sendung ausgestrahlt wird, so daß von ›stehen‹ also nicht die Rede sein kann. Ich denke aber, es klingt gut, wenn es heißt: ›Noch mit fünfundneunzig interessierte er sich für die Tagespolitik.‹ Oder klingt das gerade nicht gut? Ich weiß es nicht. Was meinen Sie? Respektiert man einen Greis mehr, wenn er schon halb weg ist oder wenn er sich händelsüchtig in die Gegenwart verkrallt? Ich weiß es wirklich nicht. Sie müssen mir helfen! Sie basteln an einem Nachruf über mich. Nein, nein, das braucht Ihnen nicht unangenehm zu sein. Wann sollten Sie denn Material für einen Nachruf zusammentragen? Wenn ich tot bin? Wenn ich tot bin, wenden Sie sich an Herrn Lukasser. Er weiß alles über mich. Er wird auch die Frage klären, wie ich zur gegenwärtigen österreichischen Regierung gestanden bin. Diesen Gefallen wirst du mir und Frau Brugger doch tun, nicht wahr, Sebastian?«

»Aber selbstverständlich, Carl«, kumpelte ich zu ihm hinüber, drückte beide Augen fest zu und schürzte die Lippen.

»Gib Frau Brugger deine Adresse, Sebastian! Damit sie sich nach meinem Tod mit dir in Verbindung setzen kann. Und Sie, liebe Frau Brugger, schreiben Ihre Telefonnummer in dieses Heft. Herr Lukasser wird Sie nach meinem Ableben verständigen. Ihr beide müßt euch austauschen, unbedingt!«

An dieser Stelle erhob sich Frau Mungenast und ging hinaus und warf hinter sich die Tür ins Schloß, daß es krachte.

Nachdem sich Frau Brugger verabschiedet hatte, sagte ich zu Carl: »Gib mir die Nummer von Frau Mungenast! Ich will sie anrufen. Damit sie zurückkommt.«

Er lachte hämisch, künstlich hämisch, als ob er bloß ein Lachen zitiere. »Warum denn? Ich möchte sie heute abend nicht hier haben. Ich habe heute abend mit dir Dinge zu besprechen, und ich wünsche niemanden außer uns beiden im Haus. Du wirst sie nicht anrufen! Sie wird schmollen, und morgen um halb sieben wird sie mit frischen Semmeln vor der Tür stehen. Sie ist eifersüchtig. Sie hat sich in dich verliebt, Sebastian! Das ist komisch! Jawohl, das nenne ich Komik!«

»Was soll daran komisch sein. Wir beide sind etwa im gleichen Alter. Ich gefalle ihr, und sie gefällt mir auch.«

»Daß du dich in deinem Zustand in eine Krankenschwester verliebst, liegt auf der Hand, obwohl ich dir eine solche Trivialität nicht zugetraut hätte. Aber wollen wir wetten, wenn du erst über dem Berg bist, wirst du dich daran erinnern, daß diese in jeder Hinsicht vortreffliche Frau Brugger vom ORF ihre Telefonnummer in dein Heft geschrieben hat. Ist es nicht vernünftiger, mit dieser Frau etwas anzufangen, es wenigstens zu versuchen, als sich auf lindernde Krankenschwesterhände zu kaprizieren. Und vor allem: Es ist bestimmt vernünftiger, Frau Brugger anzurufen und sich zum Beispiel irgendwo auf halbem Weg zwischen Innsbruck und Wien mit ihr zu verabreden – warum nicht in Salzburg im *Österreichischen Hof*? –, als weiter mit einer Frau zusammenzusein, die es neben dir mit zwei anderen Männern treibt, und dazu noch gleichzeitig. Frau Brugger vom ORF würde deinen Heilungsprozeß rasant beschleunigen. Ich meine ja nicht, daß du für immer mit ihr zusammenbleiben sollst. Nicht für immer, nicht einmal für länger. Sie ist viel zu jung für dich. Sie würde dich genauso betrügen früher oder später. Außerdem: Was hat sie an deiner Seite zu suchen? Du brauchst ein wenig Hilfe für einen Neustart, und die kann sie dir bieten. Die will sie dir bieten. Mehr will sie dir nicht bieten. Mehr sollst du von ihr nicht erwarten.« – Er erklärte mir auch – ungefragt –, wie seiner Meinung nach ein Neustart für mein Leben aussehen sollte. Ich sollte nach dem kleinen Abenteuer mit Frau Brugger vom ORF nach Frankfurt fahren und mich um meine Familie kümmern. – »Es war ein Fehler, daß ihr euch getrennt habt. Man muß einen Fehler gutmachen. Er macht sich nicht von alleine gut. Auch in zwanzig Jahren nicht.«

Ich ging darauf nicht ein. »Worüber willst du mit mir heute abend sprechen?« fragte ich. »Wobei stört Frau Mungenast?«

Erst schickte er mir einen wütenden Blick zu; nach einer Verschnaufpause, die wirklich eine solche war – ich meinte, er begänne gleich zu hyperventilieren –, nahm er resigniert meine Frage auf: »Erinnerst du dich an den März 1961, als wir beide von Lissabon nach São Paulo geflogen sind?«

»Wie könnte ich das vergessen haben?«

Kein Zweifel, woraus seine Resignation erwuchs: Nicht aus der Einsicht, daß es ihm nicht mehr gelingen würde, meine Familie zu retten, sondern daß es kein Thema gab, dem es gelingen könnte, abzuwehren oder wenigstens hinauszuschieben, was in der Dramaturgie seines Abschieds an dieser Stelle vorgesehen war.

»Darüber möchte ich mit dir heute abend sprechen: über unseren Frühling 1961 in São Paulo und in Lissabon. Und dabei stört Frau Mungenast.«

3

Am 12. März 1961 gegen siebzehn Uhr brasilianischer Zeit dachte ich zum erstenmal, Carl sei der Teufel; das Datum läßt sich leicht anhand meiner Tagebuchhefte bestimmen.

Ich war zehn Jahre alt. Was durch die Jahrhunderte über die Hölle buchstäblich zutage gefördert worden war, das hält ein unschuldiger kleiner Heide, auch wenn er alles für möglich hält, natürlich nicht für möglich; und wäre mir Einblick in dieses Dossier gewährt worden, selbstverständlich hätte ich nicht einen Augenblick lang meinen lieben Carl für eine Aufsichtsperson an diesem Ort gehalten – als eine solche stellte ich mir den Teufel vor: die Verdammten waren seine Gefangenen auf ewig, nicht einmal der Tod konnte sie von ihm scheiden, denn dort unten wurde nicht mehr gestorben; nur daß der Teufel nach meinem Begriff die ihm Anvertrauten nicht zusätzlich noch mit eigenen Inspirationen folterte, sondern sie bloß bewachte, auch über sie wachte, sie auf seine Art sogar beschützte. Verstört war ich, als er mir am Ende seines Lebens beichtete, was ausgerechnet in jenen Tagen, ja, besonders in jener Stunde sein Hauptgedanke gewesen war – die fixe Idee, die ihn wie in einem »furchtbarlich« flammenden Gefängnis hielt – nämlich: der kaltblütige Plan eines Mordes.

Es war nicht das erste Mal während meines Besuchs, daß für einen Augenblick das Ambiente in Carls Wohnung wie in einem Vexierbild sich auf surreale Weise neu ordnete – das Samtsofa, auf dem ich lag, in dem plötzlich die Schwerkraft um ein Vielfaches zu wirken schien, Carls grüner Ledersessel, der sich in den Kelch einer fleischfressenden Pflanze verwandelte, das rußige, mit angekohlten Scheiten bezahnte Maul des Kamins, auf dessen Sims wie auf der Lippe die Belege bereitlagen, mit deren Hilfe Carl sparsam, aber effektvoll sein Leben illustriert hatte (Leopardis *Zibaldone*, der Brief seines Vaters, die Abschrift des Tonbandinterviews von Karls Tante Kuni Herzog, das Videoband, auf dem Makoto Kurabashis Selbstmord zu sehen war); ein *flash*, dessen Nadelstiche ich bis in die Fingerspitzen spürte – und ich uns beide von außen betrachtete, als wäre ich aus der Szene – weit schlimmer! –, als wäre ich aus unserer gemeinsamen Geschichte, aus meiner Person herauskatapultiert worden. Obwohl seine Hinfälligkeit so offenkundig war, besonders in den Stunden, wenn das Morphiumpflaster allmählich seine Wirkung verlor, spannte sich in mir alles an, als befände ich mich in äußerster Gefahr – einer hinterhältig selbstbezüglichen Gefahr, weil sie zur Hälfte von mir selbst ausging und in meinem Teil darin bestand, daß sie von mir selbst nicht zu berechnen war. In solchen Momenten war mir Carl auf eine metaphysische Art fremd und abstoßend. In seinem Gesicht bemerkte ich Züge, die ich entweder vergessen hatte oder die sich mir für gewöhnlich nicht zeigten. Aufgedunsen schien er mir, altweibisch, ungepflegt, das gelbli-

che Haar wie angeklebt, die Haut überempfindlich, entzündlich; seine
wäßrigen blauen Äuglein blickten verschwörerisch schlau und zugleich dumpf; der Mund, durch das mangelhaft sitzende Gebiß entin-
dividualisiert, war gespenstisch starr. *Er hat mir, seiner Frau, unserer
Familie immer etwas vorgeführt, ein Leben gleichsam als ein Experiment. Soviel Arbeit, um als ein anderer zu erscheinen! Aber warum?* Es stand ihm ins Gesicht geschrieben: Weil wir ihn, den Fehler-
losen, sonst nicht aufgenommen hätten. Fehlerlos war in seinem Fall
gleichbedeutend mit: nicht teilhabend am menschlich Fehlbaren – was
neben den bekannten Mißlichkeiten auch Mitleid, Vergebung, Vergessen beinhaltet. Ein Dorian Gray, der das grausige Bildnis, das die
Wahrheit zeigt, nicht in einer verriegelten Kammer seines Hauses versteckt hielt, sondern unter einer zweiten, gleichsam angelernten Haut
trug – manchmal schimmerte die Wahrheit durch. Aber was war die
Wahrheit? Robert Lenobel würde sagen: Das, was *du* unter seine Haut
projiziert hast; er war alles, was *du* wolltest; *du* hast ihm seine Rolle
geschrieben. Und er würde mir einen Vortrag halten über das ihn immer aufs neue in Erstaunen versetzende Phänomen der psychischen
Projektion, von der inzwischen jeder Kutscher wisse, wie sie funktioniere, auf die aber doch immer wieder alle hereinfallen … – Sobald er
zu sprechen begann, verflüchtigte sich der Alptraum; und das war mir
am wenigsten geheuer. Mit seiner plötzlich wieder erstaunlich kräftigen, vornehm spöttischen und verführerischen Stimme vermochte er es spielend, mich wieder an sich heranzureißen, nahe an sein
Herz; sie bestimmte mich zum Ziehsohn, zum Freund, zum Adepten,
zum Mitwisser, zum Chronisten *seiner* Zeit (nicht nur in dem Sinn,
daß er in ihr gelebt hatte, sondern durchaus besitzanzeigend gemeint),
zu seinem Eckermann, seinem Biographen; zuletzt tatsächlich zu seinem Kumpanen, dem sich bei den Worten »kaltblütig« und »Mord« ein
Grinsen in Mund- und Augenwinkel schlich, das niedrig war.

Während ich dies schreibe, sitze ich oben in meinem Arbeitszimmer.
Ein Sturzregen prasselt auf das Blechdach vor meinem Fenster und
beugt die ausgedörrten Tomatenstauden nieder, die ich im letzten Jahr
in Plastiktröge gesetzt hatte und die so prächtig gewachsen waren. In
meiner gegenwärtigen klausnerischen Existenz nehmen Bücher die

Positionen von Freunden ein, die mich beraten und trösten, mit denen ich mich bespreche, an die ich meine Wange legen kann (wie ich mit einiger Besorgnis feststelle, inzwischen sogar die Positionen von Familienmitgliedern). Weil ich heute vormittag durchgelesen habe, was ich über meinen Besuch bei Abraham Fields geschrieben habe, und dabei wieder über die »Bibliothek« staunte, die er sich auf seinem Küchentisch eingerichtet hatte, war ich in meine eigene hinuntergestiegen und hatte *Das Verlorene Paradies* aus dem Regal genommen – und auch, um mir Urteil und Rat eines Fachmanns einzuholen. John Milton, der von Jugend an alte, im Alter blinde Dichter mit der unbeirrbaren, alttestamentarisch-kindlichen Phantasie, hätte mir recht gegeben – ich meine, er hätte dem recht gegeben, der ich als Elfjähriger gewesen war:

> Er (Luzifer) *sieht, soweit als Engel können sehn,*
> *In seiner Lage wüst' und elend sich,*
> *Ein furchtbarlich Gefängnis flammt um ihn,*
> *Gleich einem Feuerofen, doch den Flammen*
> *Entstrahlt kein Licht …*

Zugleich mit *Paradise Lost* habe ich meine Tagebücher aus dem Jahr 1961 aus meinem Archiv geholt (die ehemalige Duschkabine ist endlich zu einem solchen umgebaut worden). Es sind Schulhefte, je 40 Seiten, kariert, eingebunden in orangefarbene Pappe. Auf den Schildchen steht: »Erdkunde«. Das war als Tarnung gedacht gewesen. Ich wollte verhindern, daß meine Mutter oder mein Vater läsen, was ich mir notierte. Ich hatte sehr früh angefangen, Tagebuch zu führen. Das erste Heft, in dem nur acht Seiten beschrieben sind, enthält (in penibler Rechtsschrägschrift) eine Liste von Whiskynamen – Jim Beam, Vat 69, Johnnie Walker, Jack Daniel's, Wild Turkey, Black & White, Ballantines … – und ausschließlich Beobachtungen, die meinen Vater und seine Launen betrafen, wobei »Launen« für Saufen steht. Nicht ein Wort über mich selbst, nicht ein Wort über meine Mutter; auch nicht ein Wort über Carl und Margarida. Das zweite Heft schrieb ich voll. Da war ich bereits in Innsbruck. Ich glaubte nicht, daß sich Carl oder Margarida für mein Tagebuch interessierten; ich behielt trotzdem die Tarnung bei, schrieb auf das Schildchen »Erdkunde 2«. Jeden Abend setzte ich mich an den Schreibtisch in meinem Zimmer in der Anichstraße und repetierte den Tag. Ebenso tat ich, als wir in Lissabon waren. Und selbstverständlich hatte ich mein Heft – inzwischen bereits das vierte – nach São Paulo mitgenommen, als ich Carl zu dem Mathematikerkongreß begleitete. Beschriebenes Papier wegzuwerfen war mir immer schon schwergefallen. Ich habe alle Hefte aufgehoben – auch später führte ich mein Diarium in Heften, nicht in Büchern; freilich nicht mehr unter dem Titel der Erdkunde; ich habe sie geordnet und in Kartons verschnürt und nie mehr hineingeschaut – mit Ausnahme heute: »Erdkunde 4«, 12. März 1961.

Am Abend dieses Tages war ich in meinem Hotelzimmer geblieben, das von Carls Zimmer durch eine Schiebetür getrennt war. Carl war zusammen mit seinen Kollegen und Freunden unten im großen Festsaal des Hotels, wo sie den Ausklang ihres Symposions feierten. Ich erinnere mich sehr gut an diesen Abend. Ich war so aufgewühlt vor Angst und Entsetzen, daß ich es nicht wagte, in deutlichen Worten niederzuschreiben, was mir zugestoßen war, weil ich fürchtete, ich würde damit das Geschehene wieder heraufbeschwören und beim zweitenmal darin untergehen. Die Stelle liest sich wie ein verschlüsselter Hilfeschrei auf einem Kassiber, so verschlüsselt allerdings, daß niemand anderer etwas damit anfangen könnte. Sicher, ich war ein Bub, der gegen Bilderfluten zu kämpfen hatte wie Odysseus gegen das Meer, aber ein verschwärmter, gar mit divinatorischen Fähigkeiten ausgestatteter Geist war ich nicht – meine Mutter, die mir vielleicht nicht sehr nahe stand, mich aus ihrer Ferne aber doch präzise abschätzen konnte, hat mich mit Gewißheit nicht für einen Träumer oder Spinner oder einen Verrückten gehalten, sonst hätte sie mich erbarmungslos einen solchen gescholten; und Carl, als ich ihm im Alter von zwanzig Jahren eröffnete, daß ich Schriftsteller werden wolle, begründete seine Zweifel daran damit, daß er mir zuwenig imaginative Kraft zutraute: zwei gewichtige Zeugen für meine diesseitig nüchterne Grundhaltung, die ich betonen muß, bevor ich die folgende Begebenheit berichte (die ja nur die Vorgeschichte zu der Geschichte ist, die mir Carl an diesem Abend – unserem letzten – erzählte). Mein Vater freilich hielt mich für einen weltfremden Narren, aber er behauptete ja auch über sich selbst, er sei ein granitharter Realist. Und um die Familie vollständig vorzuführen: Margarida gewichtete uns beide – sich selbst und mich – in die Mitte; wir beide waren für sie die Normalen in diesem unvergleichlichen Verband; und ich denke, sie hatte recht damit.

4

Vom 8. bis 13. März 1961 fand in São Paulo ein internationaler Mathematikerkongreß statt, bei dem Carl eines der Hauptreferate hielt (den genauen Titel seines Vortrags habe ich mir während meines Besuchs leider nicht notiert, und es war mir auch nicht möglich, ihn zu recherchieren; ich weiß nur, daß er sich mit der Typentheorie aus der *Principia Mathematica* von Bertrand Russell und Alfred North Whiteheat auseinandergesetzt hatte und daß er dafür, wie er mir, dem Elfjährigen, mit vor Stolz roten Backen am selben Abend berichtete, stürmischen Applaus geerntet habe). Eigentlich hatte ihn Margarida begleiten wollen, das Hotel war schon ein Jahr zuvor gebucht worden, die Flugtickets bereits ausgestellt; und nun war das Unvorhergesehene dazwischengekommen, nämlich ich. Margarida schlug vor, sie werde in Lissabon bleiben, und ich solle Carl begleiten; bestimmt sei es keine Sache, die Tickets umschreiben zu lassen, für mich werde so eine Reise zu einem großen Abenteuer werden, sie selbst sei schon zweimal in São Paulo gewesen und werde sicher noch zwei weitere Male hinüberfahren. Carl gefiel das alles nicht, das merkte ich wohl. Er argumentierte aber nicht, er reagierte mit Mißmut. Ich hätte gern gesagt, nein, ich möchte nicht nach Brasilien, diese Art von Abenteuer interessiert mich nicht. Aber ich hätte Margarida enttäuscht. Sie hatte ausgerufen: »Wie gern wär ich so alt wie du! Wie gern wär ich an deiner Stelle!« Was ich ihr allerdings nicht glaubte. Eine andere Version war nämlich weit irritierender für mich und leider auch wahrscheinlicher, nämlich: daß sowohl Margaridas Begeisterung als auch Carls Laune nichts, aber auch gar nichts mit mir zu tun hatten, sondern allein mit ihnen beiden. Ich bangte, ich könnte in der Nacht, wenn sie meinten, ich schliefe, wieder Ohrenzeuge von Carls Weinerlichkeit werden, die mich keine drei Jahre zuvor in solchen Schrecken versetzt hatte.

Am Flughafen kaufte mir Carl ein Mickey-Mouse-Heft auf englisch (das ich heute noch besitze); im Flugzeug, nachdem ich mich an den Wolken und am Ozean satt gesehen hatte, las er mir das Heft vor – erst englisch, anschließend in deutscher Übersetzung, Sprechblase für Sprechblase. Er wirkte dabei pflichtbewußt und geistesabwesend; was nichts Besonderes gewesen wäre, er war oft mit seinen Gedanken weit aus der Gegenwart und dann wieder tief in ihr, nun aber, da ich fürchtete, ich falle ihm zum Last und auf die Nerven – nicht weil ich war, der ich war, sondern weil ich ihn in seinem Brüten störte –, bedrückte mich die plötzliche Fremdheit zwischen uns so sehr, daß sich in meiner Kehle ein Schmerz festsetzte, als hätte sich ein Knorpel quergelegt, und ich bald Schwierigkeiten hatte, überhaupt ein Wort herauszukriegen. Ich zählte die Stunden bis zu unserer Rückkehr; auf meinem Ticket stand, wann wir am 15. März wieder in Lissabon landen würden. Hoch im Himmel über dem Atlantischen Ozean schrieb ich in mein Tagebuchheft: »In 168 Stunden«, »in 167 Stunden«, »in 166 Stunden« und so fort, bis zu »in 158 Stunden«, als wir zur Landung auf dem Flughafen in São Paulo ansetzten. Wobei ich nicht vergessen hatte, die Zeitverschiebung zu berücksichtigen; Margarida hatte mir über dem Globus in Carls Arbeitszimmer (das übrigens eine ziemlich genaue Kopie seines Arbeitszimmers in Innsbruck war, das wiederum seinem Arbeitszimmer in Wien sehr ähnlich sah) erklärt, daß wir uns beim Hinflug vier Stunden ausborgen würden, die wir beim Retourflug wieder zurückgeben müßten. Ich wollte sie fragen: Von wem ausborgen? Drei Monate zuvor, in Innsbruck, wäre die Frage noch zulässig gewesen, nun, in Lissabon, nicht mehr. Ich fragte: »Und was wäre, wenn wir nicht auf der gleichen Route zurückfliegen, sondern um die Welt herum und von der anderen Seite wieder nach Lissabon kommen?« Das könne mir sicher Carl beantworten, sagte sie. Es wäre während unserer Zeit am Himmel tatsächlich ein gutes Thema gewesen; es hätte sich daraus eines jener Frage-Antwort-Spiele ergeben können, die ich so sehr geliebt und die er, wie ich doch glaubte, ebenfalls genossen hatte. Ich kam zur Auffassung, daß mit dieser Reise die Zeit für solche Spiele vorbei sei, daß ich nun ein Erwachsener sei oder eine

Art Vor-Erwachsener, jedenfalls einer, der sich Respekt nicht mehr allein dadurch verschaffen durfte, daß er kluge Ideen für kluge Spiele hatte. Als Kind war ich ein Gewinn und eine Freude gewesen, hatte überraschende Antworten auf schwierige Fragen und nicht minder überraschende Fragen zu den komplexesten Materien gewußt; als »Erwachsener« war ich unter Niveau. Zwei wirkliche Erwachsene hätten sich nicht ernsthaft über Zeitverschiebung unterhalten, so war meine Einschätzung vom Zustand des Erwachsenseins, dem ich mich merkwürdigerweise zu Hause in Wien bei meinen wirklichen Eltern spätestens seit dem Eintritt in die Schule zugerechnet hatte – in jedem Fall widerwillig allerdings, denn dieser Zustand bürdete mir eine unwirkliche Verantwortung auf, die mich nicht sein ließ, der ich war –, den ich nun zwar nicht an der Seite meines wirklichen Vaters, dafür aber in der »wirklichen Welt« als ein für mich nicht erfüllbares Ziel erkannte, auf das ich mich nicht anders als in einem Als-ob zubewegen konnte, listig, vorsichtig, hinterlistig, schlau – diese Eigenschaften mußten aber erst erlernt werden. So saßen Carl und ich im Flugzeug nebeneinander und sagten die meiste Zeit nichts, und ich versuchte mir ein Bild zu machen, wie ich mich in seinen Gedanken wohl darstellte. Seit wir in Portugal waren, hatte er mir nicht eine einzige Geschichte erzählt; in Innsbruck war das Erzählen strenges Abendprogramm gewesen, die Geschichten mit den verwegenen Namen, die viel mehr zu berichten hatten als die Geschichte selbst. In Lissabon hat er mich auch nicht zu sich gerufen, damit ich mich in den Lehnstuhl setze und mir ein Musikstück anhöre. Und womit er in Innsbruck begonnen hatte, nämlich mir zu erklären, wie ein gewisser Giuseppe Peano die gesamte Mathematik auf drei Grundbegriffe und fünf Grundsätze zurückgeführt habe, das hatte er in Lissabon nicht fortgesetzt, und das lag nicht an mir, ich hatte mich gar nicht so dumm angestellt. Oder vielleicht doch? Ich vermutete, es gab nur eine Sache, worin er mich bewunderte, nämlich das Fischen. Wir waren einmal an einem Bach in einem Tiroler Bergdorf gewesen, Carl, Margarida und ich, ich weiß nicht mehr, wo das war, auf jeden Fall hatte ich mit bloßen Händen eine Forelle unter einem Stein herausgeholt, hatte ihr fachmännisch das Rückgrat gebrochen, indem ich ihr mit dem Finger ins Maul fuhr, hatte sie mit meinem Taschenmesser aufgeschlitzt und ausgenommen und die Filets auf einen Stein gelegt, den wir vorher im Feuer erhitzt hatten, sie mit einem Tuch abgedeckt, nach vier Minuten umgedreht, mit Pfeffer und Salz gewürzt und den Anwesenden zum Verspeisen angeboten. Das hatte ich gelernt, als ich ein Jahr zuvor in einem Ferienlager der Kinderfreunde im Waldviertel gewesen war. Carl hatte mich mit einem neuen Blick angesehen, und während wir mit den Fingern kleine Brocken von den Gräten zupften, war er mir ziemlich kleinlaut erschienen.

Das Hotel in São Paulo war ein moderner Bau mit einer wahrhaft riesenhaften Lobby, in die man spielend eine Tiroler Dorfkapelle samt Turm hätte stellen können. Man befand sich in ihr wie im Inneren eines gigantischen Kochtopfs; an den runden Wänden entlang liefen Gänge mit goldblinkenden Geländern, von dort gingen die Zimmer ab, es müssen Hunderte gewesen sein. Von der Decke herab hing – und das war die Sensation – an vier schweren, ebenfalls goldenen Ketten eine Plattform, auf der ein Konzertflügel stand. Er schwebte, schätzte ich, sechs Meter über den Köpfen der Menschen unten in der Halle. An den Abenden saß dort ein Pianist im Frack und spielte, und ich wußte nicht, wie er zu der Plattform gelangt war, es gab nämlich keinen Steg. Carl meinte, er sei wohl, während wir das Abendessen eingenommen hatten, mit einer Art Kran dorthin gehoben worden.

Der Kongreß fand nicht weit vom Hotel statt. Am ersten Tag fragte mich Carl, ob ich mitkommen wolle, um mir anzusehen, wo er sich den Tag über aufhalte, für den Fall, daß mir langweilig werde oder ich ihn für irgend etwas brauche; vielleicht hätte ich ja Lust, mir einen Vortrag anzuhören (tatsächlich war er der Meinung, ein neugieriger Mensch lerne auch, wenn er zuhöre, ohne etwas zu verstehen; Argument und Beweis: am Beginn seines Lebens lernt jeder Mensch, obwohl er nichts versteht; wäre es nicht so, wären wir gar nicht in der Lage, irgend etwas zu lernen). Eventuell seien andere Kinder dort; schränkte aber gleich ein, das glaube er eigentlich doch nicht. Ich wäre lieber durch alle Stunden des Tages in der Hotelhalle gesessen und hätte hinauf zu dem schwarzen Flügel gestarrt, der mir wie ein riesiger abgeschossener Vogel vorkam, als bei Gleichaltrigen zu stehen oder zu sitzen oder mit ihnen zu laufen oder zu raufen und dabei zu schweigen und schweigend zu lernen. Was lernen? Ich sagte, er solle sich über mich nicht den Kopf zerbrechen, ich käme zurecht; er zerbrach sich ja auch gar nicht seinen Kopf. Er sprach keine Verbote aus und keine Gebote, gab mir keine Ratschläge, warnte mich nicht, ermahnte mich nicht.

Ich hatte mich mit Lektüre eingedeckt, las in diesen Tagen zum weiß-nicht-wievielten Mal den *Tom Sawyer* und den *Huckleberry Finn*, ich schrieb in mein Tagebuchheft; aber ich schrieb nicht hinein, was ich erlebte, denn ich erlebte ja nichts, ich dachte mir Geschichten aus, eine spielte unter Wasser in einer Glaskugel. Ich blieb die meiste Zeit im Hotel, streifte durch die Gänge, umrundete den Kessel auf den verschiedenen Stockwerken, schwamm eine halbe Stunde im Pool oben auf dem Dach; selten trat ich vor die Tür auf die Straße hinaus, die ein breiter Boulevard war, so breit, daß ich nicht auf die andere Seite schauen konnte. Draußen war es schwindelerregend heiß. Im Hof zwischen dem Gästehaus und dem Betriebsgebäude hielt sich die kühle Luft der Nacht bis in den Nachmittag hinein. Ich setzte mich in einen der Korbstühle unter einen Sonnenschirm. Die Kellnerinnen und Kellner und die Herren und Damen an der Rezeption sagten »Mr. Lukasser« zu mir, und sie sagten es, ohne ihren Mund zu einem ironischen Grinsen zu verziehen; wahrscheinlich, weil ich immer in Anzug und Krawatte war. (Margarida hatte gesagt, ich solle meine Turnsachen mitnehmen, kurze blaue Hosen und ein ärmelloses gelbes Unterhemd, aber das wollte ich nicht, die Reise wäre für mich noch weniger gewesen, als sie, wie ich befürchtete, wegen Carls distanzierter Laune ohnehin sein würde.) Ich trank Unmengen Limonade mit Eis und Minzeblatt. Zum Mittagessen kamen die Kongreßteilnehmer ins Hotel, ich saß mitten unter ihnen und schaute nicht von meinem Teller auf.

Am letzten Tag des Kongresses, eben am 13. März, war ich es überdrüssig, mich nur in unserem Zimmer oder in der Halle oder im Innenhof des Hotels aufzuhalten. Ich wollte ein Stück die Straße hinunterschlendern und nach hundert oder zweihundert Metern umkehren und in die andere Richtung gehen, ebenfalls hundert oder zweihundert Meter, und noch einmal in die eine Richtung, diesmal aber auf der anderen Straßenseite, und zurück in die andere Richtung, ebenfalls auf der anderen Straßenseite. Ich hatte noch nie so hohe Häuser gesehen, sie waren so hoch, daß ich mich gar nicht richtig mit dem Gedanken abfinden konnte, es seien Häuser. Wie kann man solche Gegenstände, die eher wie glatte Felsen mit viereckigen Löchern darin aussahen, mit dem gleichen Wort belegen wie die Einfamilienhäuschen, an denen man vorbeispazierte, wenn man mit der U4 nach Hütteldorf gefahren war, um am Wienfluß entlang ins Grüne zu gelangen? Es waren so viele Menschen auf der Straße! Dauernd stieß ich an jemanden an. Ich sah nicht sehr viel mehr als Bäuche, Rücken, Beine und Arme in bunten Hemden, Blusen, Schuhen. Und Gesichter sah ich, wie ich noch nie welche gesehen hatte – schwarze, braune, sehr weiße, bläuliche. Aber die verschiedenen Hautfarben beeindruckten mich nicht so sehr wie die verschiedenen Faltungen der Haut. Manche Gesichter erschienen mir wie auf ein kleineres Format zusammengelegt; wenn der Mann oder die Frau redete oder lachte, konnte ich mir ausmalen, zu welchen Dimensionen der Mund, um nur ihn zu nennen, aufgedehnt werden könnte. Und alle redeten. Einer redete mit dem anderen, der ebenfalls redete, aber nicht unbedingt mit dem einen. An die Musik des Portugiesisch der Lisboer war ich gewöhnt; das Portugiesisch der Bürger von São Paulo, wenn es im freien Chor der offenen Straße erklang, hatte etwas Trommelndes an sich, als bezöge es seinen Rhythmus vom immergleichen Aufsetzen der Füße auf dem Pflaster. Und ich bewegte mich in ebendiesem Rhythmus vorwärts. Ich zog meine Jacke aus und löste den Krawattenknoten, mein Rücken war naß, und der Schweiß rann mir über das Gesicht und bis hinunter zum Hals. Alle schwitzten. An einem Stand mitten auf dem Gehsteig – der Gehsteig schien mir nicht schmaler zu sein als die Fahrbahn der Ringstraße in Wien – war ein Stand aufgebaut mit einem Dach aus grüngelbem Stoff, an dem gab es Eis und farbige Zuckerkugeln in der Größe von Tischtennisbällen zu kaufen. Ich nahm ein Eis und eine weiße Kugel mit roten Meridianen. Ich drückte mich in eine Seitengasse, in der nicht so viele Leute waren, stellte mich in den Schatten und leckte abwechselnd das Eis und die Zuckerkugel.

Ich wußte nicht, wie weit ich auf dem Boulevard bereits gegangen war, ob tatsächlich nur hundert oder zweihundert Meter oder schon einen Kilometer oder gar weiter. Die Hitze, der Lärm, das Gedränge hatten mich erschöpft und mir jedes Gefühl für Proportionen genommen in Zeit und Raum. In der Seitengasse fiel die Sonne nicht bis zur Straße herab, die Häuser standen zu eng, auch zog ein kühler Wind hindurch. Als ich das Eis aufgeschleckt hatte, ging ich weiter in die Gasse hinein. Ich hatte Durst. Ich konnte das Ende der Gasse nicht sehen, weil sie in einem leichten Bogen nach rechts zog, der nicht aufzuhören schien, und bald wußte ich nicht mehr, in was für einem Winkel zum Boulevard ich ging. Hier fuhren nur wenige Autos, es waren hier kaum Geschäfte, und wenn, hatten sie keine Auslagen, sondern nur spärliche, angestaubte Türöffnungen, die nicht bis zum Boden reichten und vor denen Holztreppen mit drei oder vier Stufen standen. Die Läden vor den Fenstern waren angewinkelt, in den höheren Stockwerken, wo die Sonne die Hauswände erreichte, waren sie geschlossen. Nach vielleicht einem halben Kilometer verbreiterte sich die Gasse zu einem Platz, die Fahrbahnen teilten sich um einen kleinen Park, in dessen Mitte ein Springbrunnen seine Fontäne in den Himmel schickte. Ein Trinkbrunnen war auch dort, man mußte mit der Hand auf einen Messinghebel drücken, dann sprang eine schmächtige Kopie der Fontäne aus dem Messingbecken, und wenn man sich drüberbeugte, mitten in den Mund hinein. Ich trank, bis mir der Bauch weh tat. Ich zog die Schuhe aus und die Strümpfe, krempelte die Hosenbeine hoch und stellte mich ins Wasser. Ein Schleier des Springbrunnens traf mich wie ein kühler Nebel. Ein paar dunkelhaarige Buben, die nur Unterhosen anhatten und sonst nichts, reichten sich gegenseitig einen Plastikstutzen zu, auf dem ein windradähnliches Gebilde steckte; sie zogen kräftig an einer Schnur, der Propeller drehte sich und hob sich rasant in die Höhe; einer schaffte es bis über die Baumwipfel, es bestand Gefahr, daß der Propeller dort hängenblieb. Ich saß in dunkler Hose und weißem Hemd, eine Krawatte um den Hals, den Knoten gelockert, am Rand des Springbrunnens, die Jacke sorgfältig zusammengelegt auf den Knien – natürlich war ich eine Provokation für sie. Sie bauten sich vor mir auf, trauten sich aber nicht näher als fünf Schritte an mich heran. Sie fuchtelten mit den Händen und sagten Sachen zu mir, die ich nicht verstand. Aber ich hatte keine Angst vor ihnen, sie wollten mir nichts tun; ich war ein Ärgernis für sie, und dafür wollten sie mich ein wenig ärgern, das war alles. Nach einer Weile wandten sie sich von mir ab und spielten weiter. Irgendwann kam einer von ihnen zu mir, hielt mir den Stutzen hin und ließ mich den Propeller steigen. Sie fragten mich etwas, was ich nicht verstand. Ich sagte: »Não entendo.« Da trotteten sie davon, die Gasse hinunter, woher ich gekommen war.

Ich wollte aber nicht hinter den Buben hergehen, sie hätten sich etwas denken können, und vielleicht wären Mißverständnisse daraus entstanden. Ich dachte, wenn ich die Gasse weitergehe und bei der nächsten Abzweigung nach rechts abbiege, müßte ich wieder auf den Boulevard kommen. Ich dachte, es sei gar nicht anders möglich.

Es war aber anders möglich. Als ich merkte, daß ich den Boulevard auf diese Weise nicht erreichte, sondern im Gegenteil, wie ich am Stand der Sonne ablesen zu können glaubte, mich immer weiter von ihm entfernte, drehte ich um, prägte mir aber den Wendepunkt ein, eine Kleidernäherei – offene Türen, offene Fenster, auf der Straße übermannshohe Kleiderständer, dazwischen zehn Nähmaschinen, vor denen Frauen saßen, Strohhüte auf dem Kopf. Ich ging, woher ich gekommen war, kam an keiner zweideutigen Gabelung vorbei; aber den Platz mit dem Springbrunnen fand ich nicht. Alles erschien mir bekannt, alles sah aus, als wäre ich eben erst daran vorbeigegangen, und doch war alles anders. Die Straße war breiter, als ich sie in Erinnerung hatte, und sie war schnurgerade, und sie ging leicht aufwärts. Wo war ich gelandet? Ich kehrte abermals um, wollte noch einmal bei der Kleidernäherei starten; aber nun fand ich die Kleidernäherei nicht. Statt dessen war an ihrer Stelle ein Viadukt. Die Häuser waren hier höchstens drei Stockwerke hoch, dazwischen dehnten sich freie Plätze, auf denen Betonrohre lagen oder Ziegel gestapelt waren oder wildes Gras wucherte. Niedrige Hütten lehnten aneinander. Als wäre ich in eine andere Stadt geraten. Die Menschen bewegten sich anders, schneller, zielgerichteter, ungeduldiger, schweigend. Sie würden mir nicht helfen wollen, dachte ich. Aber wie hätten sie mir helfen können? Ich wußte den Namen des Hotels nicht. Seit vier Tagen hatte ich das Hotel nicht verlassen, aber den Namen wußte ich nicht! Ich drehte um, lief, bis mir der Schweiß über den Rücken und die Brust rann, zwang mich zum Gehen, ging mit hängendem Kinn; die Jacke band ich mir mit den Ärmeln um den Bauch. Ich kämpfte gegen die em-

porsteigende Panik an, die mich unaufmerksam sein ließ und meine Erinnerungen löschte. Bald kam mir alles unbekannt vor, und ich
marschierte nur noch vorwärts, weil Stehenbleiben ein Eingeständnis meiner Hoffnungslosigkeit gewesen wäre. Ich ging auf die hohen
Häuser zu, die so weit entfernt waren, daß ich nicht glauben konnte,
von dort gekommen zu sein. Aber einen anderen Anhaltspunkt hatte ich nicht. Ich merkte, daß ich laut vor mich hin redete. Daß ich mit
meiner Mama redete. Ich war überzeugt, sie spürte weit weg von hier
auf der Insel Kreta, daß ihr Kind verlorengegangen war; zugleich aber
mißtraute ich meinen Gefühlen und war mir alles andere als sicher,
ob es sich bei dieser Mama um meine handelte. Schließlich setzte ich
mich im Schatten eines Hauses auf den Boden und war nur noch starr
vor Entsetzen.

Ich schlief ein und erwachte, weil mir jemand eine Hand auf die
Schulter legte und sich zu mir niederbeugte. Es war der liebe Gott. Als
ich die Augen öffnete, bestand für mich kein Zweifel. So war er uns im
Religionsunterricht vorgestellt worden. Ein weißer Bart bis zur Brust.
Lange, borstige weiße Haare. Der Schnauzbart über dem Mund gelb-
lich. Auf der Stirn strenge, steile Furchen. Die Augen eines Adlers. Er
sagte etwas. Ich verstand ihn nicht. Das bestätigte meinen Eindruck.
Wie soll ein Mensch den lieben Gott verstehen? Portugiesisch sprach
er nicht. Deutsch auch nicht. Gott spricht die Sprache aller Menschen,
die allerdings kein Mensch versteht. Er zog mich an einer Hand hoch
und ließ meine Hand nicht mehr los. Er führte mich, und nach wenigen Minuten waren wir vor dem Hotel. Bevor er die Lobby betrat,
beugte er sich abermals zu mir nieder, legte den Finger auf meinen
Mund, legte den Finger auf seinen Mund, sagte einen Satz in seiner
Sprache und ließ mich stehen.

Ich wartete ein paar Minuten vor der Drehtür, wartete auf die Freude darüber, daß ich gerettet war. Eine dumpfe Erleichterung strömte
von meiner Magengrube aus; es war nicht Freude, aber es tat gut, und
ich hätte mich gern eine Stunde hingelegt.

Durch die Glasscheibe sah ich den lieben Gott und Carl in der Halle beieinanderstehen. Sie unterhielten sich; das heißt, der liebe Gott
sprach auf Carl ein, als wollte er ihn von etwas sehr Wichtigem überzeugen. Und da schoß mir der Gedanke durch den Kopf, Carl könne

doch nur der Teufel sein. Mit wem sonst würde der liebe Gott so wortreich in seiner Sprache sprechen können? Mit wem sonst würde er es wollen? Wen sonst gab es, den der liebe Gott so wortreich zu überzeugen versuchte? Mir hatte niemand von Faust erzählt oder von Hiob. Ich wußte nicht, daß sich die beiden von Zeit zu Zeit treffen. Aber es war doch logisch, oder? Es gab Dinge zu besprechen. Es mußte Dinge geben, die nur auf höchster Ebene besprochen werden konnten. Und ich? Was war mit mir? Ich war als Begleiter des Teufels in diese Stadt gekommen. Ich hatte mich in dieser Stadt verirrt. Der liebe Gott hatte mich gefunden. Und er hatte mich dem Teufel zurückgebracht. Was hatte das alles zu bedeuten? Wie hätte ich mich verhalten sollen? Hätte ich mich dem lieben Gott widersetzen sollen? Wäre das meine Prüfung gewesen? Wie sollte ich mich nun verhalten? Was erwartete der liebe Gott von mir? Meine Eltern hatten sich davongemacht und mich dem Teufel anvertraut. Wußten sie, was sie getan hatten? War mit ihnen abgesprochen worden, was mit mir in dieser fremden Stadt geschehen würde? Und Margarida? Sie würde auf meiner Seite sein. Davon war ich überzeugt. Ich wußte es. Ja, das wußte ich.

Was ich für die Sprache aller Menschen gehalten hatte, die ein Mensch nicht versteht, war Schwedisch gewesen, und der liebe Gott hatte einen Namen; er war kein Geringerer als der Logiker Per Johan Bexelius von der Universität Stockholm gewesen. Er hat Carl nicht verraten, daß er mich auf der Straße gefunden hatte; und ich habe Carl diese Geschichte nie erzählt. Margarida habe ich sie erzählt. Und Maybelle.

(Übrigens: Erst als wir wieder in Lissabon waren, erfuhr ich – und auch nur zufällig –, daß São Paulo in Brasilien liegt. Ich hatte es tatsächlich nicht gewußt! Ich, der ich mich so sehr für Erdkunde interessierte, daß ich sogar mein Tagebuch danach benannte! Margarida und Carl hatten immer nur von São Paulo gesprochen, hatten als selbstverständlich vorausgesetzt, daß ich wisse, in welchem Land diese Stadt liegt. Brasilien! Ich war in Brasilien gewesen! In dem Land, in dem Vava, Didi und Mario Zagallo lebten, Zito, Bellini. Und Pelé, der beste Mittelstürmer der Welt. Ich war in dem Land gewesen, in dem Garrincha lebte, mein absoluter Liebling, dem ich nach der Fußballweltmeisterschaft von 1958 ein pralles Sportheft gewidmet hatte: Manoel Francisco dos Santos, geboren im Urwald, rechtes Bein O, linkes Bein X, linkes Bein zudem sechs Zentimeter kürzer, der »Engel mit den krummen Beinen«, wie er genannt wurde, »Der Stolz des Volkes«, der Clown, der seine Gegner mit seinen Dribblings in Verwirrung jagte. Eine Zeitlang hatte über meinem Bett ein Zeitungsbild von Garrincha gehangen. Meine Mutter hatte es ausgeschnitten und mit einer Stecknadel an die Tapete geheftet. – Ich war in Brasilien gewesen und hatte es nicht gewußt!)

5

Nachdem ich uns ein paar Brote mit Wurst und Käse gerichtet und eine Kanne von Frau Mungenasts Kräutertee aufgewärmt hatte, sagte Carl, ich solle mein Diktiergerät holen und es neben ihn auf den Beistelltisch stellen, wie ich es an unserem ersten Abend getan hatte; er wolle mich »nicht in die Verlegenheit bringen, das Folgende in eigene Worte fassen zu müssen«.

Wenn seine große Rede an unserem ersten Abend in ihrem Duktus etwas Memoirenhaftes gehabt hatte, so war sie nun, an unserem letzten Abend – was ich jedoch nicht wußte –, eine Beichte und nichts anderes.

Carls Stimme: »Sebastian, hörst du mir zu? Als wir beide, du und ich, in São Paulo waren – hörst du mir zu? –, war mein Hauptgedanke zu jeder Stunde gewesen: Ich werde mit großer Wahrscheinlichkeit nicht umhinkommen, einen Menschen zu töten.

Margarida dachte, ich sei Daniel Guerreiro Jacinto nie begegnet, ihrem Geliebten, ihrem ehemaligen Verlobten, dem schönen Mann mit dem schönen Namen. Das stimmte aber nicht. Ich habe ihn beobachtet. Ich würde sagen, bei jedem unserer Besuche in Lissabon fand ich Gelegenheit, ihn zu beobachten. Es war nicht schwer gewesen herauszubekommen, wo er arbeitete, wo er wohnte, wie seine Lebensverhältnisse waren. Dieser gutaussehende Mann. Einer, den nichts aus der Ruhe zu bringen schien. Auch nichts Interessantes. Angenommen, man hätte den Zeigefinger Gottes ausgegraben, er hätte zu denjenigen gehört, die mit der Schulter gezuckt hätten, wenn überhaupt. Ich war irgendwann neben ihm an einer Bushaltestelle gestanden. Von mir beabsichtigt natürlich. Ich habe ihn beobachtet. Schamlos. Ein wenig gekränkt war ich. Empört sogar. Weil er mich nicht kannte. Woraus ich schloß, daß Margarida mit ihm nicht viel über mich gesprochen hat. Warum nicht? Aus Diskretion? Margarida war nicht diskret. Wenn sie etwas nicht war, dann diskret. Aus Loyalität mir gegenüber? Kaum. Bei einem so extrovertierten Menschen wie Margarida würde sich Loyalität gerade darin geäußert haben, daß sie mit ihm über mich gesprochen hätte. Er wußte, daß sie verheiratet war. Das war alles. Und er hat sich nie nach mir erkundigt. Ist das normal? Es ist nicht normal. Ich habe ihm zehn Minuten lang ins Gesicht gestarrt. Ein Mensch, der das nicht bemerkt, ist krank. Einer, den das nicht stört, ist ebenfalls krank. Er hat sich nicht gefragt, wer ist dieser Kerl, was will der, oder ob ich vielleicht Margaridas Mann sein könnte. Ich an seiner Stelle, du an seiner Stelle, wir hätten das gedacht. Neunundneunzig von hundert Männern hätten das gedacht. Neunhundertneunundneunzig von tausend. In diesen zehn Minuten – verzeih die Arroganz, es ist keine – habe ich Daniel Guerreiro Jacinto durchschaut: ein Kinderschwimmbecken, angefüllt mit klarem, kaltem Wasser. Was gibt es darin zu sehen? Ich habe Margarida einmal gefragt, ob zwischen Daniel und mir eine Gemeinsamkeit existiere. Sie sagte: ›Keine Ahnung.‹ Immer, wenn ich sie nach Daniel fragte, sagte sie: ›Keine Ahnung.‹ Oder: ›Denk nicht darüber nach, es bringt nichts, es bedeutet nichts.‹ Ich glaubte, etwas Gemeinsames entdeckt zu haben. Daniel trug einen diskret eleganten Anzug, anthrazit, ein rohweißes Hemd, eine tiefrote Krawatte mit gelben Punkten, schwarze Schuhe und einen Staubmantel in der Farbe von nassem Sand. Tadellos. Perfekt. So tadellos, so perfekt, daß keine Improvisation mehr möglich war – und auch nicht nötig war. Ich fragte Margarida, ob sich Daniel – wie ich – immer die gleichen Sachen schneidern lasse. ›Ja‹, sagte sie. Na also.

Ich weiß, Sebastian, Margarida hat dir alles erzählt. Alles, was sie wußte. Wie wir beide sie kennen, dürfen wir davon ausgehen, daß sie keinen Rest für sich behalten hat. Sie unterhielt ein so eindeutiges Verhältnis zur Wahrheit, daß man wegen Nicht-Vorhandenseins von Unwahrheit und Lüge in einem dialektischen Sinn nicht einmal von Wahrheit sprechen konnte. Sie hat einfach immer gesagt, was der Fall ist. Das ist eine merkwürdige Gabe oder ein merkwürdiger Mangel, ich konnte mich in der Beurteilung dieser Eigenschaft nie für das eine oder das andere entscheiden. Als sie während des Krieges nach Los Alamos kam, erzählte sie mir an unserem ersten Abend, daß sie Daniel in Lissabon getroffen habe. Aber erst auf meine Frage hin, ob etwas Außergewöhnliches passiert sei, seit wir uns das letzte Mal gesehen hätten. Ja. Es sei. Daß sie Daniel aufgesucht habe. Sie ihn! Sie hat ihn verführt. Daß sie mit Daniel Guerreiro Jacinto in seiner Wohnung zusammengelebt habe wie Mann und Frau. Fast vier Jahre lang. Von Ende 1939 bis Mitte 1943. Ich fragte, ob sie sich von mir trennen wolle. Sie sagte – wörtlich: ›Was für eine verrückte Frage!‹ Sie hatte tatsächlich nicht ein einziges Mal über Scheidung nachgedacht! Während der ganzen Zeit nicht. Sie hatte natürlich auch nicht mit Daniel über eine Scheidung gesprochen. Auch er hat nicht ein Wort darüber verloren. Nicht ein Wort in vier Jahren! Worüber haben die beiden denn geredet! Sie sei einsam gewesen, sagte sie, habe lange nicht gewußt, wo ich sei, ob ich überhaupt noch sei. Die klassische Antwort der klassischen Soldatenfrau. Sie hätte sich jeden anderen nehmen können. Warum gerade Daniel Guerreiro Jacinto, von dem sie sich ja getrennt hatte, weil sie mich hatte haben wollen? Über diesen Daniel Guerreiro Jacinto hatte sie gespottet. Sie und ihr Vater hatten über ihn gespottet. In meiner Gegenwart. Weil er mit Dreißig noch immer im Ornat eines Studenten der ehrwürdigen Universität von Coimbra in der Stadt herumstolzierte. Der alte Durao ist mit leicht nach hinten hängendem Oberkörper durch die Gänge seiner Wohnung gehatscht, und Margarida hat gebrüllt vor Lachen. Ich hatte damals die Partei ihres ehemaligen Verlobten, seines ehemaligen Schwiegersohns in spe ergriffen, hatte sie beide zurechtgewiesen. Es war mir unfair vorgekommen. Neben so einem Verlierer will man nicht der Gewinner sein.

Nein, das hatte alles nichts mit Einsamkeit zu tun gehabt, daß sie Trost brauchte und so weiter. Sicher hat sie das selbst geglaubt, irgendwie hat sie es wohl selbst geglaubt, aber auch nur irgendwie. Ich denke, diese Anhänglichkeit an diesen Mann, diesen schwachen Mann, diesen so wenig intelligenten, an rein gar nichts interessierten Mann war ihr selbst ein Rätsel, muß ihr ein Rätsel gewesen sein. Eheleute sind einander Zukunft und Vergangenheit in zunehmendem Maße und immer weniger Gegenwart, und zwar, paradoxerweise, je mehr Alltäglichkeit sie zusammen anhäufen. Eheleute leben in der Gewißheit, daß sie schon lange zusammenleben und daß sie noch lange zusammenleben werden. Margarida und Daniel aber hatten keine nennenswerte gemeinsame Vergangenheit und keine gemeinsame Zukunft, ihr Leben fand ausschließlich in der Gegenwart statt. Ich kann mir so einen Zustand nicht einmal vorstellen. Wahrscheinlich ist Gegenwart wie eine Droge, die die meisten von uns nur in rasender Flüchtigkeit ertragen. Daniel war einer, der diese Droge unverdünnt in sich aufnahm. In diesen vier Jahren – gut, sie hätten genügend Zeit gehabt, einen See von Alltäglichkeit aufzustauen, um die Gegenwart damit zu verdünnen – aber diese vier Jahre, sagte ich mir, waren eine Ausnahme – Krieg, ich verschollen, sie hatten in einem widersinnigen Ausnahmezustand gelebt: Quasi-Eheleute und Liebespaar in einem. Ich sah das Unverwechselbare ihrer Beziehung in deren Bedingtheit begründet, nicht in den Charakteren der Beteiligten – vielleicht sollte ich eingrenzen: nicht in Daniels Charakter. Das war wohl ein Irrtum.

Margarida durfte nicht oben auf der Mesa wohnen. Das war nur den Frauen einiger weniger Wissenschaftler erlaubt, nur denen, die von Anfang an dabeigewesen waren. Wir besorgten uns am Fuß des Jemez-Plateaus in einem Ort namens Pojoaque eine kleine Wohnung, und ich fuhr am Abend hinunter, blieb über Nacht. Ein Zimmer mit einer Küche, die halb im Freien war, und ein Schlafkabinett, in ein Mückennetz gepackt. Und blühende Kakteen draußen. Ich wußte nicht, ob die Blüten echt waren oder aus Seide und nur aufgesteckt. Ich fand es sehr romantisch. Aber Margarida wurde es bald zu eng, und wir zogen nach Santa Fé. Dreimal in der Woche übernachtete ich bei ihr, den Rest der Zeit verbrachte ich bei meiner Arbeit oben auf der Mesa, es wäre sonst zu aufwendig gewesen. Das erinnert mich übrigens an meinen Vater. Wie er in seinem Brief geschrieben hatte, daß er die Erlaubnis bekommen habe, drei Nächte in der Woche zu Hause zu verbringen und nicht in der Kaserne. So ähnlich war es. Ich mußte zwar nicht um Erlaubnis ansuchen, aber man riet mir, meine Zeit in der genannten Weise einzuteilen. Es gibt wahrscheinlich keine langweiligere Stadt als Santa Fé 1944. Ich konnte es Margarida nicht verdenken, nach drei Monaten hat sie sich auf die Heimreise nach Lissabon gemacht, eine Odyssee, meine Güte! Und natürlich nahm sie die Beziehung zu Daniel wieder auf.

Als nach dem Krieg meine Arbeit für den DMAD beendet war, hatte ich zuerst vor, von Tokio nach Lissabon zu fliegen, Margarida abzuholen und mit ihr nach Wien zu fahren, um dort endlich unser gemeinsames Leben zu beginnen. Aber ich entschied mich schon nach ein paar Tagen in Lissabon, allein nach Wien zu ziehen. Ich war zu feige, mich zu stellen. Was für ein ungleicher Kampf wäre das gewesen! Profane Zeitlichkeit trifft auf ewige Gegenwärtigkeit. Und was, wenn Daniel immer der Geliebte bleiben würde, gleich, was geschähe? Vielleicht war er ja zum Geliebten geboren, vielleicht bestand ja sein einziges Lebensziel darin, Margaridas Geliebter zu sein. Ich war immer der Meinung gewesen, der Mensch weiß bei den meisten Dingen, die er tut oder läßt, nicht, warum er sie tut oder läßt, und zwar nicht deshalb nicht, weil er die Zusammenhänge nicht versteht, sondern weil gar keine Gründe für Tun und Lassen existieren. Nur weil in der logisch-physikalischen Welt Kausalität herrscht, heißt das noch lange nicht, daß es Gründe gibt, warum Margarida nicht von diesem Mann, dessen Bestes sein Name war, loskommen konnte. Ich schrieb Margarida aus Wien einen Brief, gleich nachdem ich gelandet war. ›Wenn Du es willst, komm!‹ Die Wahrscheinlichkeit, daß sie der Brief erreichte, war sehr gering. Tatsächlich hat sie ihn nicht erhalten. In Wien bewegte ich mich in einem Niemandsland und in einer Niemandszeit, im Nirgendwo und Nirgendwann. Das hat mir die Brust erleichtert.

Im Herbst 1947 trafen wir uns in Marseille. Ich hatte mit ihr telefoniert, hatte sie angelogen, hatte gesagt, ich müsse in Marseille etwas erledigen, etwas Geschäftliches. ›Treffen wir uns auf halbem Weg‹, hatte ich am Telefon zu ihr gesagt. Aber Margarida hat dies nicht in einem übertragenen Sinn verstanden, wie es von mir beabsichtigt war. Am Abend sind wir trotz der Warnung des Hotelmanagers durch den Hafen spaziert, der sich immer noch in einem schreienden Zustand befand. Wir waren uns vertraut wie ein altes Ehepaar. Ich fragte sie, und sie antwortete: ›Ja.‹ Ich habe nur gefragt: ›Hast du ihn getroffen?‹ Mehr nicht. Mehr wollte ich nicht wissen. Weil ich mich vor den Details fürchtete. Solange ich die Box nicht allzuweit öffne, dachte ich, so lange darf ich Hoffnung haben, die Katze sei moribund und nicht in der Lage, mir ins Gesicht zu springen. Nach diesem Treffen haben wir fast zwei Jahre lang nichts voneinander gehört.

Schließlich schrieb ich ihr noch einmal einen Brief. Das war im März 1949. Ich hatte deinen Vater kennengelernt und deine Mutter und hatte meinen Beitrag geleistet, damit sie zueinanderfanden, und nun wollte ich, daß auch Margarida und ich wieder zueinanderfinden. ›Ich lebe in einem leeren Haus‹, schrieb ich. ›Komm zu mir!‹ Und sie ist gekommen. Wieder habe ich sie gefragt. ›Ja‹, sagte sie, ›ich habe Daniel getroffen.‹ ›Getroffen?‹ fragte ich. ›Wir haben zusammengelebt‹, sagte sie. ›Ihr habt zusammengelebt‹, sagte ich, ›wie wir beide nie zusammengelebt haben. Du kennst ihn viel besser als mich. Du hast viel mehr Nächte neben ihm gelegen als neben mir. Wäre es nicht logisch, sich einzugestehen, daß er der richtige ist für dich? Willst du die Scheidung?‹ Und sie sagte wieder: ›Was für eine verrückte Frage! Natürlich will ich mich nicht scheiden lassen.‹ Sie zog zu mir nach Wien. Nicht die geringsten Anzeichen von Sehnsucht konnte ich an ihr feststellen. Daß ihr Daniel fehlte. Nein. Was für eine kapitale Frau! Wir haben nie mehr über ihn gesprochen.

In den folgenden Jahren waren Margarida und ich dreimal in Lissabon, jeweils im Sommer, in den Semesterferien. Ich weiß es nicht, aber ich nehme an, sie hat sich bei diesen Gelegenheiten mit Daniel getroffen.

Als wir gemeinsam mit dir in der Rua do Salitre waren, habe ich es ihr eines Abends angesehen. Überdeutlich. Ich sah ihr an, daß sie soeben mit ihm aus dem Bett gestiegen war. Ich sah es ihr an. Und ich fragte sie wieder. Und sie sagte: ›Ja.‹ Wir waren noch keine fünf Tage in Lissabon. Ich fragte: ›Wirst du ihn weiterhin treffen?‹ Sie sagte: ›Ja.‹ Sie verabredeten sich an den späten Nachmittagen nach seiner Arbeit in einem Hotel. Er war inzwischen verheiratet, ein Mann Mitte Vierzig, hatte einen Job in einem biologischen Institut, einen Verwaltungsjob. Ich wußte, es mußte etwas geschehen. Wenn nichts geschähe, würde es so weitergehen bis an unser Lebensende. Würde ich mich daran gewöhnen können? Vielleicht. Aber ich wollte es nicht. Unter gar keinen Umständen! Und wahrscheinlich würde ich mich gar nicht daran gewöhnen können. Als Margarida vorschlug, daß du mich an ihrer Stelle nach São Paulo begleiten solltest, sagte ich zu ihr: ›Denk' über eine Lösung nach, Margarida! Denk' darüber nach! Und wenn ich aus São Paulo zurück bin, sag' mir, was du rausgekriegt hast!‹ Ich wolle ebenfalls darüber nachdenken, sagte ich. Und ich habe darüber nachgedacht. Das Ergebnis dieses Nachdenkens lautete: Entweder läßt sich Margarida von mir scheiden, oder sie bricht jeden Kontakt zu Daniel Guerreiro Jacinto ab, sofort und für immer. Wenn weder das eine noch das andere, werde ich Maßnahmen ergreifen müssen. Ich zählte die Stunden bis zu unserer Rückkehr.

In der Nacht, nachdem du und ich wieder in Lissabon gelandet waren, fragte ich sie wieder. Sie sagte: ›Ja, ich habe Daniel getroffen.‹ ›Und die Lösung?‹ fragte ich, ›was ist die Lösung?‹ ›Wir fahren ja in ein paar Monaten wieder nach Wien zurück‹, gab sie zur Antwort.

Es war klar, es würde so weitergehen. Bis zu unserem Lebensende. Also ergriff ich Maßnahmen.«

Ich höre mich auf dem Band aus der Ferne sagen: »Ich ahnte in São Paulo, daß du etwas Furchtbares vorhattest.«

Carl sagt: »Das will ich dir glauben, ja. Du bist ein sensibler Mensch. Ich erinnere mich, daß du auf dem Rückflug sehr einsilbig warst, und ich dachte: Was habe ich falsch gemacht? Womit habe ich ihn gekränkt?«

Ich: »Ich dachte, du nimmst mich gar nicht wahr.«

Er: »Dieser Eindruck war falsch.«

Ich höre, wie er die Teetasse auf den Unterteller setzt, ein Geräusch, ungeheuer nahe – die Tasse stand auf dem Beistelltischchen neben dem Diktiergerät –, so nahe, als wäre im Vordergrund ein Dritter, der Dinge tut, aber nichts sagt, der mithört, auf den aber nicht Rücksicht genommen wird.

Carls Stimme: »Jemand, der keinen Mord begangen hat, kann nicht wissen, was in ihm nach einer solchen Tat vorgehen wird. Ich aber wußte es, denn ich hatte zweiunddreißig Jahre zuvor Lawrentij Sergejewitsch Pontrjagin ermordet. Er war zwar nicht daran gestorben – wenn ich diesen Witz loswerden darf –, aber das hatte ich sechs Jahre lang nicht gewußt. Sechs Jahre lang hatte ich geglaubt, einen Menschen getötet zu haben. Also durfte ich behaupten: Ich weiß, was in mir vorgehen wird, wenn ich einen Mord begangen habe. Der Gedanke, ein Mörder zu sein, war für mich sehr unangenehm, wirklich sehr unangenehm gewesen, aber ich hatte ihn ausgehalten, und irgendwann hatte wieder Normalität in meinem Kopf geherrscht, so viel Normalität, daß ich mich mit dem besten Gewissen über eine Mordtat empören konnte, von der ich in der Zeitung las. Als mir Frau Professor Noether in Kinnelon, New Jersey, mitteilte, Lawrentij Sergejewitsch Pontrjagin lebe in New York und sei wohlauf und lasse mich grüßen, da stellte ich zu meiner heiteren Verwunderung fest, daß ich mich neben aller Erleichterung auch mit einem Gran Wehmut von dem Gedanken verabschiedete, ein Mörder zu sein. Der Mörder hatte sich mir eingebrannt, er war zu einem Teil meiner Identität geworden, zu einem Element meines Ichs. Ich hatte eine Tat abgelitten, die ich zwar beabsichtigt, aber nachweislich nicht begangen hatte.

Ob ich ein Verbrechen begehe oder nicht, hängt selbstverständlich von mir ab, das will ich um Himmels willen nicht bestreiten, aber es hängt *nicht nur* von mir ab. So viele Gelegenheiten hat ein Mensch im Laufe seines Lebens, ein Verbrechen zu begehen! Wie lange dauert dieses Leben? Je länger es dauert, desto öfter, statistisch gesehen, gerät er in Zusammenhänge, die ihm ein Verbrechen nahelegen. Zu welcher Zeit findet dieses Leben statt? An welchem Ort? Ein Mann, der im vierzehnten Jahrhundert in der Nähe von Paris lebt und siebzig Jahre alt wird, hat gute Chancen, ein Verbrechen zu begehen, eine Menge Faktoren kommen zusammen, die ein Verbrechen begünstigen – außer er ist ein halber Heiliger oder hat einfach Glück. Du siehst, Sebastian, ich versuche, die böse Tat zu relativieren. Und das im moralischen Sinn Fatale daran ist, daß ich das Wort ›relativieren‹ völlig korrekt verwende, daß ich mich nicht zu schämen brauche, nicht von ›rechtfertigen‹ oder gar von ›entschuldigen‹ gesprochen zu haben. Diese beiden Begriffe hätten ja nur Bedeutung in bezug auf eine Gemeinschaft, die moralisch höher steht als der, der diese Begriffe zu seiner Verteidigung vorträgt. Zur Zeit des Hundertjährigen Krieges waren Verstöße gegen Gesundheit und Leben an der Tagesordnung, es wurde gemordet nicht nur aus Gier oder Haß oder perverser Lust, sondern bereits aus purer Bequemlichkeit oder einfach weil einem langweilig war. Das Gewissen der Gemeinschaft war auf dem Hund. Wie sollte man vom Gewissen eines Mannes verlangen, daß es sich über den Konsens erhebt? Außer eben, er ist ein halber Heiliger oder ein ganzer oder er hat das Glück und ist gierig, wenn gerade kein anderer in der Nähe ist, oder er haßt, wenn gerade kein anderer in der Nähe ist, oder er hat perverse Gelüste, wenn gerade kein anderer in der Nähe ist, an dem er sie ausleben könnte, und das gleiche, wenn er sich unbequem fühlt oder wenn ihm langweilig ist. Im Vergleich zu meinem Jahrhundert aber war das vierzehnte Jahrhundert ein Lehrling. Ich war gerade acht Jahre alt, als eine Massenschlächterei begann, wie sie die Welt noch nie gesehen hatte. Und in was für schönen Bildchen wurde für diesen Krieg geworben! Und dann: Zu der Zeit, als Stalin sich anschickte, Hunderttausende, ja Millionen umbringen zu lassen, war ich als Student für ein Semester in Moskau und habe Lawrentij Sergejewitsch Pontrjagin die Faust gegen die Brust geschlagen, so daß er in den Vodootvodnyi-Kanal gefallen ist – was soll's? In der Blüte meines Lebens habe ich drei Jahre mitgeholfen, eine Bombe zu bauen, die in Sekunden achtzigtausend Menschen getötet hat. Nach dem Krieg bin ich in ein Land zurückgekehrt, in dem Abermillionen Menschen ermordet worden sind, weil sie … es gibt kein Weil. Was sollte mich mein Gewissen quälen bei dem Gedanken, Daniel Guerreiro Jacinto aus dem Weg zu räumen, wenn er doch mein und – davon war ich überzeugt – auch Margaridas Glück gefährdete? Außerdem, ja, außerdem hatte ich bereits Sühne geleistet – für ein Delikt, das gar nicht geschehen war. Ich hatte also genaugenommen einen Mord frei.«

6

»Ich wollte, daß es geschah, aber ich wollte es nicht tun. Und eigentlich war ich mir auch nicht sicher, ob ich wirklich wollte, daß es geschah. Diese undefinierbare Zwischenlage beförderte meine planende Phantasie. Allein die Vorstellung, mich in die Lage zu versetzen, Daniel Guerreiro Jacinto tot zu sehen, und zwar als Folge eines Entschlusses, den ich allein gefaßt hatte, verschaffte mir Zufriedenheit.

Diese bestand darin, daß ich glaubte, mir versichern zu können: Du schaust nicht einfach nur zu, wie dein Leben ruiniert wird, du unternimmst etwas dagegen. Der erste Schritt war getan, als ich beschloß, ihn zu töten. Da war noch kein Gedanke an das Wie. Ich werde es tun. Ich eröffne mir diese Option. Ich werde es tun, wenn. Dieser Gedanke bestimmte die fünf Tage in São Paulo, inklusive die Stunden des Rückflugs. Als das ›wenn‹ eingetreten war, genügte dieser erste Schritt nicht mehr. Hätte mir Margarida mitgeteilt, sie habe mit Daniel gebrochen, sie werde ihn nie mehr wiedersehen – und so weiter –, dann wäre damit meine Option zwar nicht geschlossen worden – weiterhin hätte ich gelten lassen: wenn wieder, dann –, aber ein zweiter Schritt wäre nicht nötig gewesen. Nun war er nötig. Nach dem Ich-werde-es-Tun des ersten Schrittes konnte der zweite nur lauten: Ich werde es auf eine bestimmte Art und Weise tun. Wie? Ich wollte kein Blut sehen, und ich wollte nie wieder ein Geräusch hören, das so oder so ähnlich war wie das Aufschlagen eines menschlichen Körpers auf einer Eisdecke und das Durchbrechen derselben. Ich wollte in einem materiellen Sinn nichts damit zu tun haben. Ich würde einen Killer beauftragen. Der Konditionalis ist beachtenswert. Er besagt: Wenn ich einer *wäre*, der einen Mann tot sehen will, dann *würde* ich einen Killer beauftragen. Der Konjunktiv ist deshalb interessant, weil er sich abermals als ein vitales, antreibendes Element erweist. So lange ich ›wäre‹, ›hätte‹, ›würde‹ sage, so lange ist nichts entschieden, so lange bin ich kein schlechter Mensch, kein Verbrecher, so lange bin ich unschuldig in einer aufgeklärten Definition, die ein höheres Wesen, das einem in die Seele schaut, als Axiom nicht akzeptiert. Im Konjunktiv darf ich bis ans Ende gehen, und sei das Ende noch so entsetzlich. Ich bleibe rein, denn der Weg, den ich gehe, ist imaginär. Die Gedanken sind frei. Ich darf mir Zeit lassen, um mich an die Warnschilder der Tabus zu gewöhnen, die diesen Weg säumen. Ich stumpfe mich ab. Das Trainingsprogramm des Konjunktivs besteht in Abstumpfung: Wenn ich einer *wäre*, der einen Mann tot sehen will, dann *würde* ich …

Diesmal bestimmte *ich*, ob und wann das Wenn eintreten sollte – *ich*, nicht Margarida, nicht Daniel Guerreiro Jacinto. Allein ich. Das machte die Sache einfacher, aber natürlich auch viel gewichtiger. Ich war an der Peripetie meines Dramas angelangt. Bisher hatte ich nur reagiert, von nun an läge es in meiner Hand zu agieren. Ja, man muß sich mit solchen Gedanken Zeit lassen, man muß sie absinken lassen, man muß ihnen ihre eigene Bewegung zugestehen, ihre eigene Geschwindigkeit, ihr eigenes Gewicht. Man muß sie behandeln, als wäre man selbst nicht ihr Hervorbringer. Erst wenn sie sich verankert haben, darf man sie analysieren, darf man sie nach ihren Implikationen abtasten. Das dauert ein paar Tage, mehr nicht. Auch Hamlet hat nicht länger mit sich gerungen. Er hat viele Worte darum herum aufgehäuft, bei Gott, ja, aber schließlich ging's doch ziemlich flott. Die Fragen spazieren von alleine daher. Erstens: Wie stellt sich jemand wie ich an, wenn er einen Menschen finden will, der für Geld bereit ist, jemanden zu töten? Unsereiner bezieht sein Wissen über professionelle Killer aus Kriminalromanen oder Gangsterfilmen. Andere Quellen kannte ich nicht. Zweitens: Ein Killer, so er sich in der Wirklichkeit ähnlich verhält wie in den Romanen und den Filmen – und sehr wahrscheinlich trifft das zu, denn Killer-Sein stellt eine so ausgefallene Existenzform dar, daß ein Mensch, der den Entschluß faßt, diese zu leben, sich an wenig anderem orientieren kann als an den Vorbildern aus Buch und Kino – ein Killer, sagte ich mir, tut, wenn man seine finanziellen Forderungen erfüllt, was man ihm aufträgt. Also: Wie lautet, präzise formuliert, mein Auftrag? Soll es aussehen wie ein Unfall? Oder wie ein Raub mit Totschlag als Folge? Die technische Ausführung ist Sache des Fachmanns. Sehr wichtig: Wann soll er es tun? Bis zum Semesterende würden Margarida, du und ich in Lissabon bleiben, Ende Juli würden wir nach Innsbruck zurückkehren. Es wird mir möglich sein zu verhindern, daß Margarida und ich in den nächsten zwei Jahren Lissabon besuchen. Wenn ich sage, ich will den Urlaub nicht in Lissabon verbringen, wird sie nicht darauf bestehen. Also: Die Tat soll in einem oder in eineinhalb Jahren geschehen. Ich meinte, mir damit ein gutes Alibi zu verschaffen.

Die vorläufig wichtigste Frage aber lautete: Wo finde ich einen Killer? Der Konjunktiv wirkte auch bei dieser Frage in mehrerer Beziehung förderlich. Der Konjunktiv führt einen vor weite philosophische Horizonte, er kann einen Mann mit der Aura der Unbezwinglichkeit umgeben, er ist aber auch der Pate scharfsinniger Irrtümer, und er ist ein äußerst geschickter Betrüger. Selbst wenn du bereits im Begriff bist, Taten zu setzen, dich also bereits im Indikativ bewegst, wiegt er dich noch in der Illusion, es sei nichts getan, solange es nicht bis zum Fait accompli getan ist. *Wenn ich einer wäre, der einen Killer suchte –* dann würde ich zum Beispiel … eine Prostituierte konsultieren, ihr das Doppelte von dem geben, was sie für ihre Dienste fordert, dafür aber nichts anderes verlangen, als daß sie mir ein Gespräch mit ihrem Zuhälter vermittelt. So, stellt sich der Unbedarfte vor, knüpft ein Unbedarfter Kontakt zu einem professionellen Mörder. Der Kenner würde vielleicht sagen: Niemals führt eine Prostituierte einen Kunden zu ihrem Zuhälter. Was aber, wenn sie es doch tut? Wenn der Unbedarfte recht bekommt? Sie hat mich zu ihrem Luden geführt. Und der sah genauso aus, wie sich ein Unbedarfter einen Luden vorstellt. Nun herrschte nicht mehr allein der Konjunktiv. Der erste indikativische Schritt war getan. Was sollte ich ihm sagen? Wenn ich einer wäre, der will, daß ihm ein Zuhälter Kontakt zu einem Killer herstellte, dann würde ich zu dem Zuhälter sagen: Ich suche einen Killer, können Sie mir helfen? Und genau das sagte ich. Wenn sich Schwierigkeiten ergäben, könnte ich mich immer noch auf die Socken machen und die Sache hinter mir fallenlassen. Geld würde ich wahrscheinlich verlieren. Und wenn schon. Ich bewegte mich im Indikativ, operierte aber immer noch mit dem Konjunktiv. Auf manche Menschen üben Zuhälter eine kontrapunktische Faszination aus, auf manche Literaten und Filmleute zum Beispiel. Ich denke, das liegt daran, daß Zuhälter gar nichts vom Konjunktiv halten, und das fasziniert Menschen, deren eigentliches Element der Konjunktiv ist. Mein Zuhälter jedenfalls hielt nichts vom Konjunktiv. Er nannte eine Summe, sagte, ja, er könne mir helfen. In dieser Reihenfolge. Das Geld war für die Vermittlung, er wollte es sofort. Es war eine nicht unbeträchtliche Summe. Ich sagte, ich hätte nicht soviel bei mir. Wir verabredeten uns für den kommenden Tag an einer bestimmten Stelle auf dem Fußweg am Tejo entlang in Richtung Belém, zwei Kilometer außerhalb der Stadt. Dort stehe ein Baukran, blau und nicht zu übersehen, zwanzig Meter weiter werde er auf mich warten.

Er war nicht allein. Als ich den Mann neben ihm sah, wollte ich umdrehen. Das ist der Killer, dachte ich. Wenn ich mit ihm das Gespräch aufnehme, verlasse ich den Konjunktiv endgültig. Sie hatten mich kommen sehen und mir den Rücken zugewandt. Vielleicht wollten sie mir die Chance geben, mich frei zwischen Konjunktiv und Indikativ zu entscheiden. Andererseits, sagte ich mir, was soll schon geschehen. Der Killer wird mir seine Bedingungen unterbreiten. Wenn ich damit nicht einverstanden bin, wird nichts sein – und wird auch nichts gewesen sein. Ein bißchen etwas gekostet haben wird es. Spesen.

Es war nicht der Killer. Es war sein Agent. Das ist kein Witz. Als solchen stellte er sich mir vor. Der Zuhälter wollte sich an unserem Gespräch nicht beteiligen, er nahm die Vermittlungsgebühr und verschwand.

Der Agent sagte: ›Wir brauchen Name, Adresse und Fotos.‹

Ich sagte: ›Ich habe keine Fotos.‹

Er sagte: ›Ich verstehe.‹

Er verstand wirklich. Er verstand, daß ein Mensch zwar einen anderen Menschen umbringen lassen will, daß er aber nicht den Mumm hat, ihn vorher zu fotografieren.

Er sagte: ›Wir werden das erledigen.‹

›Was erledigen?‹ fragte ich.

›Das Fotografieren.‹

›Und wenn Sie den Falschen fotografieren?‹

›Bestimmt nicht.‹

Wir standen nebeneinander und schauten auf den Fluß hinaus, auf dem ein Frachter auf den Hafen von Lissabon zusteuerte. Zwischen der Kajüte und den aufgestapelten Holzcontainern war eine Wäscheleine gespannt, an der bunte Hemden und weiße Unterhosen hingen. Eine Frau stand davor, die Fäuste in die Hüften gestemmt, ein Kopftuch über den Haaren, sie blickte zu uns herüber. Ich war so aufgeregt, daß ich mir den Mann neben mir bisher gar nicht richtig angesehen hatte. Er war klein, stämmig, kurzhalsig und kurzatmig. Obwohl erst früher Nachmittag war, zeigten sich schon die Stoppeln an Wangen, Oberlippe und Kinn. Die ganze Zeit lächelte er breit. Über Geld hatte er bisher noch kein Wort verloren. Er sprach Portugiesisch mit einem französischen Akzent. Er sah weder unheimlich noch verschlagen aus. Wie ich es mir vorgestellt hatte, fragte er mich, ob ich es gleich oder erst später erledigt haben wolle. Mit dem folgenden Satz habe ich die Sache im Indikativischen, in der Wirklichkeit verankert.

Ich sagte: ›Erst in eineinhalb Jahren.‹

›Ich verstehe‹, sagte er wieder. Und ich war überzeugt, es war wieder nicht nur eine Floskel.

›Und was geschieht jetzt?‹ fragte ich.

›Sie nennen mir Name und Adresse‹, sagte er. ›Ich gebe die Fotos in Auftrag. Wir treffen uns noch einmal. Ich zeige Ihnen die Fotos. Sie bestätigen, daß es sich um die Person handelt. Sie bezahlen das Honorar. Und damit ist die Sache für Sie erledigt.‹

›Das gesamte Honorar?‹ fragte ich.

›Ja‹, sagte er.

›Und welche Sicherheit habe ich, daß Sie mich nicht bescheißen?‹

›Keine‹, antwortete er und enthob mich der Peinlichkeit weiterzufragen, indem er ausführte: ›Ich weiß, sie dachten, die Sache läuft anders. Daß sie bei Auftrag die Hälfte bezahlen und bei Erfüllung die andere Hälfte. So ist das vielleicht irgendwo anders. Vielleicht in Amerika.‹ Dabei zeigte er mit der ausgestreckten Hand stromabwärts. ›Aber bei uns ist es nicht so.‹

›Das gesamte Honorar auf einmal‹, sagte ich, ›werde ich nicht bezahlen, unbeachtet, wieviel es ist.‹

›Dann kommen wir nicht ins Geschäft.‹

›Dann kommen wir nicht ins Geschäft‹, wiederholte ich in trotziger Verlegenheit.

Er dachte nach. Ich solle morgen noch einmal hierherkommen, sagte er. Vielleicht lasse sich etwas machen. Vorläufig wolle er meinen Namen und meine Adresse aufschreiben. Ich sagte, ich werde ihm meinen Namen und meine Adresse selbstverständlich nicht geben.

›Dann kommen wir nicht ins Geschäft‹, sagte er.

›Dann kommen wir nicht ins Geschäft.‹

Wieder dachte er nach. Ich solle morgen zur gleichen Zeit hierherkommen und ein Viertel des Betrages mitbringen. Einen Vorschuß auf die Spesen sozusagen. Er benötige zehn Tage für die Vorbereitungen. Nun endlich nannte er den Betrag. Es war so viel Geld, daß ich laut herauslachte. Er lachte mit. ›Ja, was haben Sie sich denn gedacht, daß ein Menschenleben kostet?‹ lachte er.

Ich diktierte ihm Daniels Namen. Er trug ihn in Blockbuchstaben in ein Notizbuch ein. Ich diktierte ihm Daniels Adresse. Nach jedem Wort hielt er mir das Buch hin, damit ich überprüfe, ob es richtig sei. Ich solle ihm den Mann beschreiben, sagte er, zur Sicherheit. Ich nannte ein paar Merkmale. Es könnte jeder sein, meldete sich noch einmal schwach der Konjunktiv in mir.«

Pause. – Auf dem Band ist nichts weiter zu hören, außer daß Carl einmal die Teetasse hebt und sie gleich darauf absetzt. Von mir kein Laut. Zwei Minuten Stille.

Carls Handy klingelt. Ein Ton wie ein Kinderxylophon.

Nach dem dritten Mal höre ich mich aus dem tiefen, hohlen Hintergrund sagen: »Es liegt auf dem Schreibtisch. Soll ich es dir bringen?«

Carl: »Es hört gleich auf.«

Ich: »Es wird Frau Mungenast sein.«

Carl: »Sie ruft nie auf meinem Handy an.«

Stille.

»Vielleicht hat dir jemand auf die Mailbox gesprochen«, sage ich. »Willst du sie abhören?« Meine Stimme klingt rauh, als wäre ich krank.

»Nein«, sagt er.

Womöglich habe ich mich unbewußt seiner Stimme angeglichen, auch sie hörte sich verwundet an. Der Grund dafür war: Die Wirkung des Morphiumpflasters ließ nach. Frau Mungenast gestand mir am nächsten Morgen, als wir beide allein frühstückten, daß sie gleich nach dem Mittagsschlaf das Pflaster hätte erneuern müssen, daß sie es aber wegen des Besuchs von Frau Brugger vergessen habe und später nicht mehr aus der Stadt herauffahren wollte, jedenfalls nicht, ohne daß man sie gerufen hätte.

Carls Stimme: »Ich war während dieses Treffens zu verwirrt gewesen, um vernünftig zu denken. Auch der Agent eines Killers, mag er noch so primitiv sein – er kam mir übrigens gar nicht primitiv vor –, vertritt seine Sache mit einer gewissen Logik. Auf dem Fußweg zurück in die Stadt wurde mir die makabre Schildbürgerei dieser Aktion deutlich. Die beiden, Zuhälter und Agent, wollten mein Geld und sonst nichts. Sie haben nicht den geringsten Ehrgeiz, korrekte Geschäftspartner zu sein. Sie kennen keinen Killer. Sie kennen ebensowenig einen Killer, wie ich einen Killer kenne. Sie sehen einen obergescheiten dummen

Idioten vor sich, der aussieht wie ein reicher obergescheiter dummer Idiot. Sie sagen sich: Gehen wir auf ihn ein! Nehmen wir ihn aus! Der Zuhälter ist dumm wie Bohnenstroh. Aber der Agent hat Grips. Er ist der Psychologe in dem Duo. Er sagt: Wir spielen die Profis, die es gerade *nicht* so machen, wie man es im Kino macht. Er wird sich denken, sieh an, die machen es nicht wie im Kino! Und das wird ihn überzeugen, daß wir Profis sind. Genau so denken reiche obergescheite dumme Idioten, sagt der Agent. Womit er völlig recht hat. Was können die beiden verlieren? Nichts. Was können sie gewinnen? Im billigsten Fall bleibt ihnen die Vermittlungsgebühr für die Prostituierte und die Vermittlungsgebühr für den Zuhälter. Das ist zusammen nicht allzuviel, aber es ist nicht schlecht, auch geteilt durch zwei ist es nicht schlecht. Im besten Fall kriegen sie alles, und das wäre viel, sehr, sehr viel. Im zweitbesten Fall, denkt sich der Agent, holen wir die Vermittlungsgebühr plus ein Viertel des Honorars heraus. Sie sind Halunken, Gauner, Falotten, aber keine Mörder. Aber – das schoß mir glühendheiß ein, während ich am Tejo entlangging –, aber sie können mich erpressen. Ich habe ihnen zwar nicht meinen, aber Daniels Namen gegeben und seine Adresse dazu. Was tun sie, wenn ich aussteigen will? Werden sie sich mit den Vermittlungsgebühren zufriedengeben? Wahrscheinlich nicht. Sie werden mich suchen. Wie? Über Daniel. Die beiden sind vielleicht keine Mörder, aber sie verfügen über Möglichkeiten, einen Mann zu überzeugen, daß er den Namen und die Adresse eines anderen Mannes preisgibt – was ihm übrigens nicht schwerfallen wird, hat er doch eine alte Rechnung mit ihm offen. Agent und Zuhälter werden mich aufsuchen und zu mir sagen: Zahl weiter, oder wir besuchen ihn noch einmal und verraten ihm, was du wolltest, daß wir mit ihm anstellen. Was würde Daniel tun, wenn sie ihm erklären, daß ich ihn umbringen lassen wollte? Würde er zur Polizei gehen? Nicht anzunehmen. Was sollte er denen erzählen? Für eine solche Behauptung braucht man Zeugen. Es war wenig wahrscheinlich, daß Zuhälter und Agent vor der Polizei als Daniels Zeugen auftreten würden. Würde Daniel mit Margarida sprechen? Das allerdings war sehr wahrscheinlich. Und sie? Sie würde ihm glauben. Nicht, weil sie mir so etwas zutraute, würde sie ihm glauben, sondern weil sie Daniel nicht zutraute, daß er so etwas erfinden könnte. Was würde sie tun? Es war nicht sicher, daß damit unsere Ehe beendet sein würde. Es war nicht einmal wahrscheinlich. Ebensogut könnte es sein, daß ich ihr damit imponierte. Margarida liebte das Extravagante, sie liebte es mehr, als sie die Sünde haßte. Wahrscheinlich würde sie sich denken, ich hätte den Zirkus inszeniert, nur um ihr zu imponieren. Daß ich in Wahrheit natürlich nicht eine Sekunde daran gedacht hatte, Daniel tatsächlich umbringen zu lassen ... – Schon steckte ich wieder bis zum Hals im Konjunktiv. Aber vielleicht ist es ja genau so geschehen. Wer weiß, vielleicht war Margarida einmal in ihrem Leben tatsächlich verschwiegen.

Dieser Abend war besonders schön. Margarida und du, ihr habt gekocht. Erinnerst du dich? Ihr habt Caldeira de Carne gekocht. Deine Lieblingsspeise. Dazu Reis. Margarida hat Kuchen eingekauft. In dieser vornehmen neuen Konditorei bei der Praça da Alegria, die mit dem poetischen Namen, den ich leider vergessen habe. Pão-de-açúcar. Kann das sein? Du erinnerst dich nicht? Wir waren sicher zweimal mit dir dort. Eine Kuchentheke aus Kristall, Aluminium und schwarzem Holz, geschwungen wie eine Sichel unter einem Sonnenstrahlenrad aus Neonröhren. Du warst ein merkwürdiges Kind. Hast Knoblauch gemocht, hast Fisch gemocht, hast Lammfleisch gemocht, hast Spinat gemocht, aber vom Kuchen hast du immer nur probiert, immer hast du mehr als die Hälfte auf deinem Teller gelassen. An diesem Abend war es in der Rua do Salitre, wie es in der Anichstraße in Innsbruck gewesen war. Wir waren wieder eine Familie. Du hast den Tisch gedeckt, wie Margarida es dir beigebracht hatte. ›Das Menü schmeckt um so besser, je mehr Besteck und Teller und Schalen und Gläser auf dem Tisch stehen.‹ Was war der Grund für diese Feierlichkeit? Du hast dich sogar zum Essen umgezogen. Margarida auch. Sie trug einen schwarzen Hosenanzug und hat ihre Zigaretten mit einer Spitze geraucht. Du hast den Butler gespielt. Hast mir Suppe in die Schale gegossen, bist auf der richtigen Seite gestanden, die linke Hand hast du dir dabei in den Rücken gelegt. Nach jedem Handgriff hast du zu Margarida geblickt. Oder du hast gesagt: ›Darf ich dir noch einmal nachlegen?‹

In der Nacht, als Margarida und ich das Licht gelöscht hatten, hat zum Abschluß dieses bemerkenswerten Tages nun auch Margarida Konjunktiv gespielt. Im Konjunktiv gilt alles. Nichts, was im Konjunktiv gesagt wurde, darf einem je angerechnet werden: ›Angenommen, Agnes und Georg kommen nicht mehr zurück‹, sagte sie leise. ›Ich wünsche mir ja nicht, daß ihnen etwas passiert, um Gottes willen, nein. Das weißt du doch.‹ ›Ja, das weiß ich‹, sagte ich. ›Angenommen‹, wollte sie fortfahren, aber ich unterbrach sie: ›Ja‹, sagte ich, ›in diesem Fall bleibt er bei uns.‹ Und nun entwarf sie ein Szenario einer imaginären Familie. Teilte mir deren Grundsätze mit. Die schlagwortartige Handlichkeit ihrer Thesen verwandelte das Unwirkliche in Wirklichkeit. So überzeugend operierte sie mit dem Konjunktiv, daß er schließlich alles Konjunktivische verlor.

Ich habe dich vor etlichen Tagen nach deiner ersten Erinnerung gefragt, und du warst so freundlich, mich darin vorkommen zu lassen als derjenige, der dir das Schwimmen beibrachte. Du hast mich bei dieser Gelegenheit und, wie ich annehme, nicht ohne Hintergedanken, gefragt, ob ich mich an einen anderen gemeinsamen Besuch in den Donauauen erinnere, an damals, als in Simmering das Reifenwerk abgebrannt war und über der Stadt eine himmelhohe schwarze Rauchwolke stand. Ich sagte, ich erinnere mich nicht. Aber das war nicht wahr. Ich erinnere mich sehr gut. Das war zwei Jahre bevor wir mit dir zusammen nach Lissabon gefahren waren. Ich sei plötzlich verschwunden, hast du gesagt. Ja. Ich war plötzlich verschwunden. Ich war eifersüchtig. Ich war auf deinen Vater eifersüchtig. Das heißt, nein, Eifersucht beschreibt es nicht. Ich wußte ja, daß Margarida nichts von deinem Vater wollte, ich meine in erotischer, in sexueller Hinsicht. Aber in familiärer Hinsicht – wenn ich mich so ausdrücken darf. Sie hätte besser zu ihm gepaßt als zu mir. Margarida und Georg wären die richtigen Eltern für Sebastian gewesen. Und deine Mutter und ich, ich denke, wir hätten auch gut zusammengepaßt. Das weiß sie. Aber frag' sie nicht danach, wenn du sie triffst. Tu' das bitte nicht.«

Ich höre mich sagen: »Was war weiter?«
   Carl: »Du meinst in der schrecklichen Sache? Gar nichts. Ich bin am nächsten Tag nicht mehr am Tejo entlanggegangen. Ich war in der Position eines Mannes, der nur gewinnen konnte.«
   Ende dieser Bandaufzeichnung.

Fünfzehntes Kapitel

1

Gegen Ende seiner Erzählung hatte er Mühe zu sprechen. Die Wirkungskurve des Morphiums, so erklärte mir Robert Lenobel, müsse ich mir als eine entlang eines Viertelkreises nach unten weisende Linie vorstellen; das heiße, die Wirkung nehme nicht geradlinig ab, sondern stürze ihrem Ende entgegen. Die Schmerzen stellten sich nicht allmählich ein, sie überfielen den Patienten. Es werde deshalb dringend empfohlen, die Wirkung nicht an ihr Ende kommen zu lassen; wenn sich die ersten Anzeichen des Schmerzes meldeten, solle unverzüglich ein neues Pflaster aufgelegt werden. Frau Mungenast wußte das. Allein die Anwesenheit von Frau Brugger hatte bewirkt, daß sie diese erste ihrer Pflichten ignorierte.

Ich schob Carl im Rollstuhl in sein Schlafzimmer hinüber. Da war es bald Mitternacht. Sein Kopf wippte über der eingefallenen Brust. Wenn er einatmete, drang ein leiser, klagender Laut aus seinen Bronchien, den ich aber nicht als Schmerzenslaut deutete, sondern als rein physikalischen Effekt, ausgelöst durch die leichte Schaukelbewegung seines Oberkörpers. Die Haltung von Nacken und Schultern zeigte, daß er sehr müde war. Auch entmutigt? Weil er etwas ans Licht gezerrt, aber dennoch nicht erhellt hatte? Weil sich in seinem Stadium alles nur noch zwischen Schlaf und Verausgabung abspielte? Alle Dinge waren wesentlich geworden, ihre Betrachtung und Beurteilung aber eilig; keine Muße blieb mehr für ein tastendes Experiment oder für eine Tändelei; nicht leisten konnte man sich verschwenderische Begründungen für Haltungen, die man ja doch nur probeweise einnahm, um zu prüfen, wie es sich anfühlte, ein Mensch mit solchen Gedanken zu sein; aber auch keine Kraft war mehr übrig für den Kampf, der den Zweifel verdrängte; alles lief auf Kapitulation hinaus; und der

Stolz der Wissenschaft, das Gerüst dieser Persönlichkeit, wurde im Endstadium dieser Person nur mehr als Sturheit registriert, als rührendes, kurioses, kleinhäuslerisches Sichgrämen, es könnte jemand oder etwas eine Perle aus der Krone seiner agnostischen Integrität brechen. So klaffen Person und Persönlichkeit am Ende auseinander; die eine wird konkret wie ein Klumpen Lehm, die andere verflüchtigt sich zur reinen Idee, steigt auf zur Sonne, leichter als Helium. Früher hatte er im ersten Stock der Villa geschlafen, in einem schmalen Zimmerchen nach hinten hinaus zu den Tannen. Seit fast zwei Jahren habe er das Erdgeschoß nicht mehr überwunden, erklärte er mir sarkastisch. Das Zimmer oben war unverändert; museal, als wäre der wahre Besitzer verstorben. Ein Bett und ein Hometrainer standen dort; das Bett, nichtssagend spartanisch, ebenso die Stehlampe am Kopfende. Keine Bilder waren an den Wänden, kein Bücherbord; statt eines Nachtkästchens ein Schemel mit einer Wasserflasche und einem Wecker und einem Transistorradio (er war jeden Morgen wenige Minuten vor sechs aufgewacht und hatte die ersten Nachrichten gehört). An den Wänden ein heller ockerfarbener Anstrich. Fußboden aus unbehandelten Fichtenriemen, kein Teppich. Seine Kleider und Wäsche – alles im Dutzend und gleich – verwahrte er in einem Schrankzimmer, das mit Zedernholz ausgeschlagen war, um die Motten abzuhalten, und das den Kleidungsstücken zusammen mit dem seit Anbeginn gleichen Rasierwasser und einem feinen Hauch von Tabak den unverkennbaren Geruch gab, den ich so sehr geliebt hatte. Mir war die Kargheit von Carls Schlafraum unheimlich. Insektenhaft erschien sie mir. Als vollzöge sich hier in der Nacht eine Metamorphose zurück in ein puppenhaftes Dasein. Vor dem einzigen Fenster hing ein Rouleau aus schmalen Holzleisten, das die Welt draußen wie durch ein Facettenauge zeigte. Er sehe die Dinge, wie sie seien, weshalb ihm Vergleiche schwerfielen. Margarida hatte das gesagt, als ich einmal vor ihr meine Verwunderung darüber ausdrückte, daß Carls Schlafzimmer gar so mönchisch eingerichtet sei. Ich dachte lange über ihre Antwort nach; ich glaubte, es sei eine kluge Charakteristik ihres Gatten, aber ich wußte nicht, warum ich das glaubte. Weil *sie* es gesagt hatte. Mit ihren ungefügten Bildern und den ohne ersichtliche Kausalität darin verwobenen Argumenten bewies sie für mich ihre liebenswerte Vitalität; ich war vernarrt in ihr sprachliches und gedankliches Kauderwelsch. »Aber«, fragte ich weiter, »sein Arbeitszimmer, es quillt über von Papier und Büchern und Schallplatten und Bändern und Bildern und den kleinen Dingen, die er gesammelt hat.« »Was Quatsch ist, stammt von mir«, antwortete sie. »Das Arbeitszimmer ist sein Tag, und am Tag ist dieser Mensch nicht nur, was er ist. In der Nacht aber trifft er allein sich selbst.« Der Ausdruck »dieser Mensch« hatte mich beunruhigt – ein Ableger des großen Verrats: *Ich kenne diesen Menschen nicht.* In der Nacht trifft dieser Mensch sich selbst und träumt dort weiter, wo er in der vorangegangenen Nacht unterbrochen worden war: träumt vom schwankenden, zuckenden, mit keiner Formel berechenbaren Flug des Schmetterlings.

Margarida hatte ebenfalls im ersten Stock geschlafen, sie: mit Blick nach Süden; ein freundlicher, heller Raum, den sie mit Hilfe mehrfarbiger, spinnwebfeiner Vorhänge noch freundlicher gestaltete. Ihr Bett war breit und üppig mit Kissen belegt und von ähnlichen hauchdünnen Vorhängen umschleiert wie die Fenster. Ein dreiteiliger Spiegelschrank stand hier, Kirschholz, ein Wäscheschrank und ein rundes Tischchen mit zwei weichen Stühlen – manchmal hatte Carl, der Frühaufsteher, sie mit Kaffee und frischen Semmeln geweckt, sie hatten in ihrem Schlafzimmer gefrühstückt. (In ihrem Schlafzimmer rauchte sie nicht; wenn sie in der Nacht aufwachte, weil ihr Körper nach Nikotin verlangte, begab sie sich in eines der beiden winzigen Turmzimmerchen an den Seiten der Westfront des Hauses, in denen gar nichts war außer ein randvoller Aschenbecher, und rauchte zu dem ovalen Fensterchen hinaus.) Ich hatte Carl gebeten, mir zu erlauben, mich in ihrem Zimmer aufzuhalten; und er hatte gesagt: »Das erlaube ich dir gern. Grüße sie von mir!« Noch immer war in ihrem Zimmer ihre erstaunliche Fähigkeit zu spüren, abrupt eine nahezu transzendente Wärme auszustrahlen, Weltliebe, Gottesliebe. Unzählige gerahmte Fotografien hingen an den Wänden; unsere Familie war zu Besuch in dutzendfacher Ausfertigung – zum Beispiel: Georg Lukasser, auf einem Barhocker sitzend, die Beine übergeschlagen, die Arme auf der Gibson verschränkt, den Kopf schief, Zigarette zwischen den Schneidezähnen; oder: Agnes Lukasser im Wiener Wurstelprater, ein Gewehr im Anschlag, ein Auge zugekniffen, eine Haarsträhne bis zu

den gekräuselten Lippen, sehr ernst, zielt vielleicht auf einen Teddy-
bären, den sie ihrem Sohn schenken wird; oder: Sebastian Lukasser,
zwanzig und in Farbe, auf dem Sofa schlafend, ein aufgeschlagenes
Buch über dem Bauch – ein Krimi von James Headly Chase –, die Haare schulterlang, lederbrauner Schnurrbart mit Frank-Zappa-Kanten.
Erst als David bereits seit vier Tagen bei mir in Wien war, fiel mir ein,
daß ich mit ziemlicher Sicherheit auch ein Bild von ihm in Margaridas Schlafzimmer gesehen hatte: Ein junger Bursche um die Fünfzehn
oder Sechzehn, der an einem Laternenmast lehnte und verlegen grinste. Weil ich ihn ja nicht gekannt hatte, war mir das Bild nicht aufgefallen. Es hätte irgendwer sein können, ein Verwandter oder ein Nach-
barskind. Und wieder dauerte es eine Weile, bis mir ein Widerspruch
auffiel: Als Margarida starb, war David zwei Jahre alt gewesen – also
hatte Carl dieses Foto in Margaridas Schlafzimmer an die Wand gehängt. Daß er ihre Sammlung weitergeführt hatte? Daß er, den Blick
auf diesen Raum begrenzt, versucht hatte, die Welt zu sehen, wie seine Frau sie gesehen hatte; daß er ihren Aufenthalt darin nachgeahmt
hatte, um seine Frau *post mortem* zu begreifen? Margarida hatte keinen Geschmack gehabt, keinen guten, keinen schlechten; ästhetische
Überlegungen hatten weder bei der Möblierung noch bei der Gestaltung der Fotowände ihres Zimmers eine Rolle gespielt. Sie hängte die
Fotos dorthin, wo Platz war und wo sie, wenn sie auf dem Bett lag, sie
betrachten konnte, ohne sich verrenken zu müssen – die großen Fotos
ferner, die kleinen näher beim Kopfende. Auch die Vorhänge – rosa,
gelb, malvenfarben, lindgrün –, ich bin mir sicher, sie hat sie allein
nach Überlegungen ausgesucht, welche Farben ihren empfindlichen
Augen wohltaten und welche nicht. Carl plante, Margarida plante nie.
Sie trat nie einen Schritt zurück, um Gesamtschau zu gewinnen; das
Gesamte interessierte sie nicht, das Gesamte war für sie ein Begriff,
für den es in der Wirklichkeit kein Äquivalent gab. All die Einteilun-
gen und Zusammenfassungen waren ihr eigentlich fremd – ein Jahr,
ein Monat, eine Stunde; sie sagte: »Jetzt!«, und sie dachte genauso.
Als Antipode und Kontrapunkt: Carl. Tagtäglichkeiten empfand er als
beklemmend banal. »Daß ein Augenblick etwas zu bieten hat, ist so
wahrscheinlich, wie wenn ein blinder Schütze aus einem Ballon über
dem Atlantik eine Briefmarke trifft, die auf dem Wasser treibt.« Dage-

gen die Vergangenheit: Die Vergangenheit zeigte ihm nicht, was war, sondern was *er* im Akt des Sicherinnerns gestaltete. Oder die Zukunft: was *er* antizipierte. Die Gegenwart war nur mühsam und dem Denken und Ausdenken hinderlich. Dennoch: Die ungenierte Gegenwärtigkeit seiner Frau, die den Zusammenhängen so brachial und rücksichtslos entgegentrat, entzückte ihn; und war ihm zugleich nicht geheuer. Weil er jedoch im Innersten immer der Meinung gewesen war, so und nur so, nämlich im Bad der Phänomene, spiele sich wirkliches Leben ab, glaubte er – und hier zitiere ich ihn (am Ende traue er sich, es zu bekennen), »daß ich die meiste Zeit irgendwie tot war«. Die Musik und die Mathematik hätten ihn, aber auch nur in den glücklichen Phasen, aus diesem Hypnoseschlaf geweckt.

Carls Geschmack zielte auf das Abgeschlossene, das Fertige, das Klassische, das er, wenn er es für sich gewonnen hatte, über Jahrzehnte nicht änderte. Er ritualisierte die Dinge und seinen Umgang mit ihnen. Dahinter wirkte die Idee, daß in einer säkularisierten Welt das Sakrale nur als das Ästhetische erscheinen könne. Exakt so drückte er sich mir gegenüber aus, als ich Makoto Kurabashi mit meinem Vater verglich, daß sie beide ihre Sache, mein Vater die Musik, Makoto die Mathematik, in einer nachgerade priesterlichen Art und Weise betrieben hätten. »Sie verwandeln Religion in Schönheit«, faßte er es in eine Formel. Ich widersprach ihm. Sagte: Sowohl mein Vater als auch Makoto Kurabashi – soweit meine Schlüsse, die ich aus den Erzählungen gezogen hatte, richtig seien – verwandelten, eben genau umgekehrt, das Ästhetische in das Sakrale, Kunst in Religion. Nicht für sie, für ihn, für Carl, lasse sich, sagte ich im Tonfall des Vorwurfs, das *Heilige* in das *Schöne* übersetzen, ohne daß dabei etwas verlorengehe – nicht für den Mathematiker und den Musikanten. Mein Vater hatte einmal nach einem besonders schönen Solo, vorgetragen im Stiegenhaus zu Nofels – Publikum: meine Mutter und ich –, zornig ausgerufen: »Ja, glaubt ihr denn, das kommt von mir? Ich könnte nicht einmal halb so schön spielen! Das kommt von Gott!« Makoto Kurabashi sah es wohl nicht anders, nur daß er seine Sache wesentlich zusammenkürzte, indem er sich selbst zu einem Gott erklärte. – Wenn Carl in einer Aufwallung von Verzweiflung oder Fremdheit am Morgen dieses Tages nach dem lieben Gott gerufen hatte, so denke ich, der Weg, den er ihn bat ihm zu zeigen, sollte ihn aus dem Reich der Ästhetik und der Logik in das Reich des Numinosen führen.

Sein Gesundheitszustand hatte es nahegelegt, daß er ins Parterre übersiedelte. Das Eßzimmer war ausgeräumt und nach pflegerischen Gesichtspunkten zu einem Schlafzimmer umgebaut worden. Carl: »Wozu brauche ich allein ein Eßzimmer?« Nun standen hier ein Bett, das auf Knopfdruck alle Stücke spielte, und eine fahrbare Toilette; an der Wand waren zwei Waschbecken angebracht worden, eines tiefer, damit sich der Patient Gesicht und Hände waschen konnte, ohne aus dem Rollstuhl aufzustehen, das andere für das Pflegepersonal. Ein Telefon baumelte an einem Kran über dem Bett, ein weiteres klemmte neben den Waschbecken an der Wand. Ein Arzneischrank, verglast und aus weißlackiertem Eisen, stand in einer Ecke; darin stapelten sich die Arzneischachteln, auch eine elektrisch betriebene Kühlbox war da. Von der Decke herab hing eine milchweiße Glaskugel, die Lampe konnte vom Bett aus geschaltet und gedimmt werden. Die Wände waren weiß, die Vorhänge ebenso. Ein deprimierender Anblick; fehlte nur noch, daß der Boden gekachelt wäre.

Er werde zurechtkommen, sagte er kurz angebunden; ich solle mich nicht um ihn kümmern, es genüge, wenn ich den Rollstuhl parallel zum Bett stelle.

»Wenn du mich brauchst«, fragte ich, »wie merke ich das? Kann ich dich oben unter dem Dach hören? Doch sicher nicht. Soll ich im Wohnzimmer auf der Couch schlafen?«

»Ich nehme den Wecker und schmeiße damit die Fensterscheibe ein.«

»Ich verstehe diesen Witz nicht.«

»Ich brauche dich nicht.«

»Sebastians Zimmer« zeigte nach Süden und Westen, freier Blick auf den Patscherkofel und den Lansersee; es lag unter dem Dach, über Margaridas Schlafzimmer, und war über eine schmale, steile Holzstiege zu erreichen. Von dem engen Flur davor gingen noch zwei weitere Zimmer ab und ein nicht ausgebauter, fensterloser Raum, der vollgestopft war mit Koffern und Gerümpel. Die beiden anderen Zimmer waren hübsch für Gäste eingerichtet und waren, soweit ich weiß, nie gebraucht worden, weil in den unteren Stockwerken genügend Platz war. (Frau Mungenasts Zimmer lag zwischen den ehemaligen Schlafzimmern von Carl und Margarida. Ich habe es nie betreten.) Meines war das geräumigste der Dachzimmerchen, wegen der beiden Erker auch das verwinkeltste, und es war mit denselben Möbeln und in ähnlicher Ordnung eingerichtet wie ehedem mein Zimmer in der Anichstraße. Eine Dusche und ein WC waren da, und alles, was ich brauchte an Kleidern und Wäsche, sogar ein Paar Bergschuhe der Firma Hanwag stand unten im Kasten, gut hundert Bücher waren alphabetisch nach Autoren in einem Regal aufgereiht, ein Radioapparat und ein kleiner Fernseher und ein Plattenspieler und ein gutes Dutzend Schallplatten – Jazz, Folk, Blues, Rock'n'Roll, aber auch *Die Winterreise* von Schubert, die Margarida so sehr geliebt, und eine schwere Box mit Mozarts *Don Giovanni*, die Carl aus seiner Sammlung ausgemustert hatte, als er auf CD umgestiegen war. Margarida hatte dafür gesorgt, daß es mir an nichts mangelte; ich hätte nackt ankommen können zu jeder Tages- und Nachtzeit. Wenn sie irgendwo auf ein Buch gestoßen war, von dem sie meinte, es könne mir gefallen, kaufte sie es und stellte es in »Sebastians Zimmer« ins Regal. Sie hatte meine Kleidergrößen und meine Schuhgröße gekannt und natürlich meine Vorlieben, und bei jedem Besuch fand ich etwas Neues im Kasten, ein Hemd oder eine Krawatte oder einen ärmellosen Pullover.

Ich setzte mich an den Schreibtisch, der vor dem westlichen Erkerfenster stand, und formulierte eine Inhaltsangabe des vergangenen Tages, damit ich ein Gerüst hätte für meine Notizen. So hatte ich es gehalten während meines Besuchs, das war Teil meiner Eckermannarbeit. Vermerkte dazu auch meine eigene Befindlichkeit; was mich am meisten beeindruckt hatte – an diesem Tag nicht so sehr Carls Geständnis, daß er in São Paulo 1961 den Plan gefaßt hatte, Daniel Guerreiro Jacinto zu ermorden, auch nicht, daß er sich in Lissabon einen Killer besorgt hatte, sondern sein Zusammenbruch am Vormittag, als er unten beim See zwischen Sonnenschein und Schneetreiben nach dem lieben Gott gerufen hatte. Erinnerte auch an Carls Sticheleien über mein Zusammenleben mit Evelyn; fügte in Klammern eine Rüge an mich selbst hinzu, weil ich ihm von ihr überhaupt erzählt hatte, vor allem, weil ich ihm erzählt hatte, daß sie gelegentlich gleichzeitig zusammen mit einem Deutschlehrer und einem Sportlehrer ins Bett ging. Ich schrieb noch einmal – in Volksschülerschrift, wie ein Kind, das den Wunschzettel fürs Christkind aufsetzt – Name und Telefonnummer von Veronika Brugger auf. Am Ende der Seite stehen der Name »Dagmar« – ohne Kommentar – und darunter der Name »David« – ebenfalls ohne Kommentar. So endet C. J. C. 7, das letzte der Notizhefte, die ich in Lans geführt habe.

Nie wieder werde ich ein solcher sein, der sich an sich selbst erinnert als einen, der einen Abschiedsschmerz empfand, wie ich ihn im Augenblick empfinde, da ich mich an den Abschied von Carl erinnere. – Er hätte an diesem Gedankenmäander seine kleine Freude gehabt. Über die syntaktische Selbstbezüglichkeit der Vorzukunft hatten wir uns irgendwann einmal ausführlich am Telefon unterhalten; das war in Zusammenhang mit Douglas Hofstadters berühmtem Buch über Kurt Gödel, Maurits Cornelis Escher und Johann Sebastian Bach gewesen, das er für die Zeitschrift *profil* rezensieren sollte, aber nicht wollte, und dem Redakteur als Ersatz mich empfohlen hatte; wenn ich mich recht erinnere, war es im Frühjahr 1986 gewesen, bald nachdem ich aus North Dakota zurückgekommen war. Ich hatte ihn angerufen und ihn gebeten, mir einige Dinge zu erklären, zum Beispiel Gödels Unvollständigkeitssatz – und warum, wie ich irgendwo gelesen hätte, manche Kritiker der Meinung sein konnten, dieser sei ein erster Schritt zu einem tatsächlich schlagenden, nämlich unschlagbar logischen Gottesbeweis. Er hatte schallend gelacht und geantwortet, wenn seiner Meinung nach irgendwo ein Gottesbeweis verborgen liege, dann im Phänomen der Erinnerung, das eigentlich als Urbild der Selbstbezüglichkeit in Hofstadters Buch eine zentrale Stelle hätte einnehmen müssen. Die Erinnerung beschreibe einen denkwürdigen Kreis, der sich von der Gegenwart in die Vergangenheit dreht, bis er die 180 Grad erreicht, also sozusagen in der Gegenwart desjenigen ankommt, an den erinnert werden soll, gleich darauf aber in die Zukunft wechselt, weil Erinnerung immer auch die Reflexion des Sicherinnernden über sich selbst mit einschließt, er sich also sagt, so, wie ich mich jetzt an diesen erinnere, werde ich mich eines Tages an mich selbst erinnern, nämlich, daß ich einst der war, der ich jetzt bin – womit er aber bereits in der Vorzukunft, im *futurum exactum*, angekommen ist, also bei 270 Grad, wo sich der Kreis zum Ausgangspunkt zurückkrümmt. Die Erinnerung sei wie die Treppe der Mönche auf dem Bild des Maurits Cornelis Escher, die immer nach oben – oder nach unten – führt, in Wahrheit aber nie die Ebene verläßt, weswegen dieser Zustand irreal und irrational sei, in seiner Wirkung jedoch ungeheuer mächtig. Die pure Erinnerung, sozusagen die Erinnerung an sich, lasse sich in der Musik beobachten, in besonders reiner Form in der kanonischen Kunst des Johann Sebastian Bach (unübertroffen in der *Kunst der Fuge*), wenn er ein Thema immer wieder aufnehme und verändere – als Krebs oder horizontal gespiegelt, in die Quint transponiert oder um einige Töne versetzt oder in allen erdenklichen Permutationen –, was ja voraussetze, daß bei jeder Verformung das Original des Themas vom Zuhörer erinnert werde, ansonsten die Konstruktion in sich zusammenfalle. Die Erinnerung verleihe uns, zumindest in gedanklicher Form, Allgegenwärtigkeit, woraus der Verfasser der biblischen Genesis wohl die Chuzpe bezogen hätte, zu behaupten, Gott habe den Menschen ihm zum Bilde geschaffen. Ein möglicher Gottesbeweis, so führte Carl weiter aus, könnte eventuell in der Antinomie des *futurum exactum* gründen, und zwar in der selbstbezüglichen Schleife – *ich werde einer gewesen sein, der dachte, er werde einer gewesen sein, der dachte, er werde einer gewesen sein, der dachte, er werde einer gewesen sein* ... und so weiter bis in alle Ewigkeit. Denn bis in alle Ewigkeit wird der in Form des *futurum exactum* sich an sich selbst erinnernde Geist aufgespalten sein, weil dieses System zwar widerspruchsfrei, aber nicht vollständig sei. Das Ding an sich, in diesem Fall das sich erinnernde Ich, wird zum Spiegel im Spiegel, dem Auge ins Unendliche entrückt; die Wiederholung der Wiederholung der Wiederholung; und plötzlich werde klar, was Kierkegaard meinte, als er die Wiederholung *eine Erinnerung in die Zukunft* nannte. Wenn die formale Logik a priori sei, also Menschenwerk, müßte es zumindest denkbar sein, sie widerspruchsfrei *und* vollständig zu gestalten, denn dies läge in diesem Fall ja allein in Menschenhand. Gödels zweiter Unvollständigkeitssatz aber führte allen agnostischen Formalisten, zu denen auch er, Carl, sich zähle, vor Augen, daß sich die Unergründlichkeit des Dinges an sich durch einen Nachweis der Widerspruchsfreiheit formaler Systeme nicht aus der Welt schaffen lasse. Womit Gödel zum Leidwesen seines – Carls – hochverehrten Lehrers David Hilbert bewiesen habe, daß die Logik uns nur geborgt worden sei. Aber wer könne uns so etwas borgen, wenn nicht ER? – Warum er dann weiterhin nicht an Gott glaube, fragte ich ihn. Seine Antwort: »Weil er aus mir eben so einen gemacht hat.« – Wieder einmal war ich mir nicht sicher gewesen, ob er scherzte – oder ob er scherzte, um zu verbergen, wie ernst es ihm war.

Als ich den Eintrag in mein Notizheft abgeschlossen hatte, stieg ich über die Treppe hinunter und betrat Carls ehemaliges Schlafzimmer. Wie ein Hund mit Hörnern erschien die Silhouette des Hometrainers im Halbdunkel des schmalen Raums. Das Rouleau war nach oben gezogen. Der Vollmond schien auf die Tannen, deren Äste nun keinen Schnee mehr trugen. Ich öffnete das Fenster, nahm die Überdecke von dem unberührten Bett und legte sie mir über die Schultern. Der Föhn hatte sich aufgelöst, es herrschten wieder eisige Februartemperaturen.

Alle Zimmer des Schlosses darfst du betreten, nur dieses eine nicht. – Carls Schlafzimmer war tabu gewesen. Nicht, daß er mir verboten hätte, mich darin aufzuhalten; es verbat sich von selbst. Margarida hatte es mir gezeigt. Ohne daß ich sie gefragt hätte, sagte sie eines Tages: »Ich denke, du würdest gern einmal Charlies Schlafzimmer sehen, hab' ich recht?« Am Tag ihrer Beerdigung betrat ich es zum zweitenmal. Carl und meine Mutter waren spazierengegangen; sie hatten mich gefragt, ob ich mich ihnen anschließen wolle; diese Formulierung sagte mir, daß sie allein zu sein wünschten. Ich wünschte ebenfalls, allein zu sein. Ich wollte mich in Margaridas Zimmer setzen und an sie denken. Aber das ging nicht. Es hat mir zu sehr weh getan. Ich war in Carls Schlafzimmer gegangen. Auch damals hatte ich mich ans Fenster gestellt und hinausgeschaut. Keine zehn Meter von mir entfernt saß ein Eichelhäherpaar in der Tanne. Und da hatte ich mich an den fernen Nachmittag erinnert, als ich zusammen mit Carl über Hütteldorf hinaus und weiter am Wienfluß entlanggefahren war, weil er mir die Stelle zeigen wollte, wo er als Bub zusammen mit seinem

Großvater ein Eisvogelpärchen durch ein Fernglas studiert hatte. Wir waren gleich alt gewesen, ich in Wirklichkeit, er in seiner Erinnerung, und er erzählte mir, daß ihm sein Großvater erzählt habe, daß auch er, als er in unserem Alter gewesen sei, zusammen mit seinem Großvater in Ungarn, in der Nähe von Budapest, auf Vogelerkundung ausgewesen sei. »Wann war das?« hatte ich Carl gefragt. »Vor hundert Jahren«, hatte er geantwortet.

2

In der Nacht pumperte es an meine Tür. Weich. Dumpf. Ich meinte, es sei Frau Mungenast. Ich knipste das Licht an. Der Wecker zeigte auf kurz vor drei. Ich schlüpfte in den Morgenmantel. Merkwürdiger- und perfiderweise rechnete ich damit, daß sie betrunken sei. Im Flur auf dem Fußboden, der Tür gegenüber, mit dem Rücken an der Wand, saß Carl, ein Bein angewinkelt, das andere schräg von sich gestreckt, in einer Hand einen Krückstock. Er winkte mir zu. Lächelte selig. Er war vollständig angezogen – braune Kordhose, braune polierte Schuhe, dunkelgrüne Socken mit roten, gelb umrahmten Rauten, sein kariertes Sakko in der Farbe von herbstlichem Buchenlaub, darunter das rote Wollwams und ein zartgemustertes Hemd mit Kragenknöpfchen und eine weinrote Wollkrawatte. Er hatte sich rasiert, Parfümduft stieg zu mir auf. Erfrischt sah er aus.

»Erschrick nicht«, sagte er mit heiterer Stimme, blinzelte gegen das Licht, das aus meinem Zimmer fiel. »Es ist nichts. Gar nichts. Kein Grund zur Beunruhigung. Glaub' mir. Ich konnte nicht schlafen. Das ist alles. Hock' dich zu mir. Und lösch' bitte das Licht aus.«

Ob wir uns nicht lieber in mein Zimmer setzen sollten, fragte ich, oder hinunter in den Salon. – Ich werde einen Arzt anrufen müssen, dachte ich; den stoppelbärtigen Doktor mit den perfekten falschen Zähnen, der ohne jeden Optimismus war. – Nein, sagte er, es genüge, wenn ich ihm ein Kissen gebe, damit er es sich unter den Hintern schiebe. – Oder Frau Mungenast; ihre Nummer und die des Arztes waren neben jedem Telefon des Hauses an die Wand geklebt. – Für ihn, sagte er in seinem charmantesten Singsang, sei es ein Abenteuer, mit einem Freund mitten in der Nacht im Hausflur auf dem Fußboden zu sitzen. »Bitte, Sebastian, schau' nicht so ernst!«

Als ich dann tatsächlich neben ihm saß und nichts vor mir sah als Schwärze – er wollte, daß ich die Tür zu meinem Zimmer schließe, damit von nirgendwoher Licht in das Treppenhaus dringe –, war mir, als träumte ich und als würde in diesem Traum gleich etwas Unerhörtes geschehen, was mir nie wieder erlaubte, der zu sein, der ich bisher gewesen war; allerdings floß bereits zu viel Adrenalin in meinem Blut, als daß ich mich auf irgend etwas Unwirkliches glaubhaft einlassen konnte.

»Ich möchte dir eine Geschichte erzählen«, begann er. »Eine letzte. Ich schiebe sie vor mir her. Schon die längste Zeit. Ich wollte sie dir heute abend erzählen. So hatte ich es jedenfalls geplant. Wir haben aber nicht die Kurve gekriegt.«

»Und morgen?« fragte ich. »Hat die Geschichte nicht Zeit bis morgen.«

»Hätte sie natürlich. Aber vielleicht auch nicht. Versteh' mich nicht falsch, bitte. Ich rechne nicht damit, daß ich heute nacht sterbe. Es könnte sein, es könnte nicht sein. Ich fühle mich sehr wohl im Augenblick. Aber es könnte immerhin sein. Es ist mir nicht gelungen einzuschlafen, und ich habe Tabletten gegen die Schmerzen geschluckt und dazu etwas Aufhellendes, was es nur in der Schweiz gibt und was mir regelmäßig ein Freund zuschickt. Es sind sehr gute Tabletten, ihre Wirkung hält einen Tag lang an. Die Wirkung der Schmerzmittel ist deutlich knapper begrenzt, und wenn man Schmerzen hat, kann auch dieses sagenhafte Trazodonhydrochlorid einem nicht viel Licht aufsetzen. Nun, zwei, drei Stunden werden uns genügen. Dann wird ja auch Frau Mungenast bald kommen. Schelte mich nicht, Sebastian! Sag' einem Mann wie mir nicht, was vernünftig ist und was nicht. Was hätte ich denn tun sollen? Die einen Tabletten nehmen den Schmerz, die anderen machen wach und tatsächlich auch ein bißchen glücklich. Hätte ich wach, schmerzlos und glücklich im Bett liegen sollen, ohne es zu nutzen? Solche Verschwendung möchte ich mir nicht leisten. Ich habe ein Bad genommen. Ich kann das. So weit wird es nie mit mir kommen, daß ich ohne Hilfe kein Bad mehr nehmen kann. Frau Mungenast traut mir zuwenig zu. Sie würde mir nie und nimmer zutrauen, daß ich allein über die vier Stiegen zu deinem Zimmer emporsteige. Und trotzdem habe ich es geschafft. Ich hätte es sogar ohne die Krükke geschafft. Sie war mehr lästig als hilfreich. Gehen und steigen ist besser als stehen. Darum habe ich mich auf den Boden gesetzt. Ha, das Hinsetzen, das hätte mir Frau Mungenast am wenigsten zugetraut! Ich bin froh, daß sie nicht hier ist. Sie hätte uns nur den Abend verdorben mit ihrer Eifersucht. Es gibt einen Trick beim Hinsetzen. Ich lehne mich erst mit dem Rücken an die Wand. Nun schiebe ich einen Fuß vor und gleich den anderen. Man muß aufpassen, daß man nicht rutscht. Deshalb habe ich die Schuhe mit den Kreppsohlen angezogen. Noch einen kleinen Schritt, erst mit dem einen, dann mit dem anderen Fuß. Mit den Händen stütze ich mich auf die Krücke. Deshalb habe ich sie mitgenommen, und damit ich an deine Tür klopfen kann. Und zum Schluß knickst du die Knie ein und gleitest mit dem Rücken an der Wand nach unten und landest einigermaßen sanft. Letzteres ist mir nicht so gut gelungen. Aber fürs erstemal war's nicht schlecht, fast so, wie ich es mir gedacht hatte. Nach dem Bad habe ich mich angezogen. Auch das kann ich allein, und ich tue es gern. Ich habe mich immer gern angezogen. Und jetzt habe ich Lust, mit dir im Treppenhaus zu sitzen und dir diese Geschichte zu erzählen und dabei nichts anderes vor mir zu sehen als die Nacht. Diese Geschichte ist sehr wichtig für mich, Sebastian. Deshalb habe ich mich ordentlich angezogen. Es ist keine Morgenmantelgeschichte. Wenn du über mich schreibst, mußt du diese Geschichte erzählen. Auch wenn ich darin eigentlich keine Rolle spiele. Versprich mir, daß du sie erzählen wirst!«

In der Situation, in der wir uns befanden, bestand gar keine Möglichkeit, ihm eine Bitte abzuschlagen.

»Ich habe dich nach deiner ersten Erinnerung gefragt. Ich will dir nun von meiner ersten Erinnerung erzählen.

Auch ich war vier Jahre alt. Ich war in Wien. Ich habe keine Ahnung, wie ich nach Wien gekommen war. Ich erinnere mich nicht einmal, ob ich zusammen mit meiner Mutter dort war. Ich schließe aber aus dem Folgenden, daß sie mich nicht begleitet hat. Ohne meine Mutter, ohne meinen Vater, natürlich ohne ihn. Wahrscheinlich hatte mich meine Großmutter in Meran abgeholt. Das kam schon vor: Daß meine Großmutter an meine Eltern schrieb, es sei wieder einmal Zeit, den Enkel nach Wien abzugeben. Es war Sommer, und den Tag über spielte ich vor dem Haus unter den Bäumen auf dem Rudolfsplatz. In den heißen Monaten waren dort Karussells aufgebaut und eine Schießbude und Stände mit gebrannten Mandeln und Limonade. Auf der westlichen Seite des Parks standen zwei Fiaker. Von dort roch es nach Pferd und nach dem Tabak, den die Kutscher rauchten. Meine Großmutter gab mir ein paar Münzen, die durfte ich verprassen. Sicher hat man mir ein Dienstmädchen zur Aufsicht nachgeschickt. Es wird einigen Abstand gehalten haben. ›Er soll sich nicht kontrolliert vorkommen.‹ Ein kleiner Erwachsener.

Woran ich mich nun wirklich gut erinnere: meine Großmutter in einem schwarzen bauschigen Kleid, auf ihrer Frisur ein schwarzer Hut, ich an ihrer Hand, wir stehen auf dem Bahnhof, die riesenhafte Dampflokomotive, Räder bis über den Kopf meiner Großmutter und die Transmissionsstangen. Dampf. Weißer, blauer, brauner, schwarzer. Wir fahren nach Berlin. Ich sage vor mich hin: ›Wir fahren nach Berlin, wir fahren nach Berlin.‹ Meine Großmutter und ich. Ich trage einen Lederranzen auf dem Rücken, mit einem Fell auf der Klappe. Darin bewahre ich ein Pferd und einen Reiter auf. Aus Blech. Manchmal hole ich die beiden hervor, stecke den Reiter auf das Pferd, stelle das Ding auf das Tischchen unter dem Zugfenster und denke mir, ich sei der Reiter mit dem bunten Turban und sprenge neben dem Zug über die Felder, setze über die Gräben, hetze durch die Wälder und springe, wenn wir durch eine Stadt fahren, von Dach zu Dach.

In Berlin treffen wir Tante Franzi. Sie fragt meine Großmutter: ›Hast du den Jungen mitgebracht?‹ Warum fragt sie das? Sie sieht mich ja. Auch Tante Franzi trägt schwarze Kleider und auch sie einen schwarzen Hut. Wir steigen in einem sehr vornehmen Hotel ab. Ich bin geneigt zu glauben, es war das Adlon. In einem anderen wären meine Großmutter und Tante Franzi nicht abgestiegen. Meine Großmutter hatte mir nicht erklärt, was wir in Berlin tun würden. Aber das spielte ja keine Rolle. Tante Franzi konnte gar nicht genug davon bekommen, mir im Gesicht herumzufahren, und immer wieder wollte sie mich auf den Arm nehmen. Und immer wieder hat sie ausgerufen, wie glücklich sie doch wäre, wenn sie auch so was Schönes, Liebes hätte. Zuerst hat sie getan, als ob ich gar nicht anwesend wäre, und nun dieses Übermaß. Sie war sechs Jahre älter als meine Großmutter, hatte aber einen Mordsrespekt vor ihrer jüngeren Schwester.

Am nächsten Tag fahren wir mit der Straßenbahn. Bald stehen wir vor einem furchteinflößenden Gebäude. Es ist das Polizeipräsidium von Charlottenburg. Ein Mann mit zwei schneidigen, scharf begrenzten Schnauzbartstreifen und einer dicken Hornbrille mit kreisrunden Gläsern wartet auf uns. Er stellt sich als Dr. Zitschin vor. Er gibt mir die Hand und deutet eine Verbeugung an. Er hat Papiere bei sich. Die zeigt er den beiden Uniformierten, die beim Eingang stehen. Ihre Kopfbedeckung sieht ähnlich aus wie das Dach des Polizeipräsidiums. Das Papier, das mich betrifft, darf *ich* herzeigen. Meine Großmutter hebt mich hoch und nimmt mich auf den Arm. Und dort bleibe ich, bis wir das Gebäude wieder verlassen. Dr. Zitschin geht voraus, ihm folgt ein Polizist. Wir gehen durch Flure, schließlich betreten wir einen niedrigen Raum. An der Wand entlang zieht sich eine Bank. Sonst ist nichts in dem Raum. Auch kein Fenster. Wir warten. Dr. Zitschin geht auf und ab. Ich sitze auf dem Schoß meiner Großmutter. Tante Franzi weint und sucht immer nach der Hand ihrer Schwester. Die Tür öffnet sich. Ein Mann tritt ein, rechts und links von ihm zwei Polizisten. Der Mann ist glattrasiert. Auch sein Kopf ist rasiert. Er lächelt. Er hat sehr weiße Haut. Und sehr weiße Zähne. Und helle Augen. Mich schaut er nicht an. Tante Franzi umarmt ihn und weint nun noch lauter. Einer der Polizisten sagt, man dürfe den Mann nicht angreifen. Der Mann setzt sich auf die Bank uns gegenüber. Zwischen uns und ihm sind gut fünf Meter. Neben ihn setzen sich die beiden Polizisten. Eng neben ihn.

Meine Großmutter sagt zu mir: ›Carl Jacob, das ist dein Onkel Hanns.‹

Er war nicht mein Onkel, er war mein Großonkel. Der Bruder von Tante Franzi und meiner Großmutter. Hanns Alverdes.

Hanns Alverdes war wegen zehnfachen Mordes zum Tode verurteilt worden. Vorübergehend saß er in einer der Zellen im Polizeipräsidium von Charlottenburg. Am Tag nach unserem Besuch sollte er in ein anderes Gefängnis gebracht werden und dort auf seine Hinrichtung warten. Köpfen. In welches Gefängnis, wurde nicht verraten.

Dr. Zitschin – er war der Anwalt meines Großonkels – sagte, es bestehe noch eine Chance, im September nämlich finde der Juristentag in Danzig statt, bei dieser Gelegenheit werde ein Antrag zur Abschaffung der Todesstrafe vorgelegt. Bis dahin jedenfalls werde das Urteil nicht vollstreckt, das sei ihm versichert worden.

Ich erinnere mich nicht, wie lange wir im Gefängnis gewesen waren, und auch nicht, was dort sonst noch vorgefallen war. Am Ende unseres Besuchs erlaubten die Polizisten meinem Großonkel, daß er mich auf den Arm nehme. Aber ich wollte das nicht. Ich schmiegte mich an meine Großmutter, umklammerte ihren Hals mit meinen Armen, spreizte meine Beine und umfing ihre Taille und biß in den Kragen ihres Kleides. Da spürte ich den Zeigefinger des fremden Mannes in meinem Rücken. Er hackt mit dem Zeigefinger in meinen Rücken, genau dorthin, wo darunter mein Herz ist, und sagt: ›Laß' dich doch mal von mir drücken, Carljacobchen! Das tut mir gut und dir nicht weh. Ich will dich doch nur einmal drücken! Ich hab' noch nie so einen sauberen, kleinen Herrn auf dem Arm gehabt.‹ Er spricht leise und nah an meinem Ohr. Ich habe mein Leben lang diese Stimme nicht vergessen, glaub mir. Diesen Tonfall. Die Vokale wie durchhängende Seile. Ich wiiiill dich dooooch nur einmaaaal drüüüücken … In den unspektakulärsten Gesprächen kam es immer wieder vor, daß irgend etwas diesen Tonfall in meiner Erinnerung aufgerufen hat. Wenn ich mich zum Beispiel mit unserem Rektor unterhalten habe, dem lieben, hochverehrten, etwas unterbelichteten Dr. Ramsauer, auf einmal hörte ich in meinem Kopf diese Stimme, die Wort für Wort die Rede dieses harmlosen, im großen und ganzen liebenswürdigen Mannes nachäffte, indem sie die festgezurrten Selbstlaute aus ihrer Verankerung riß, und auf einmal war er nicht mehr harmlos und auch nicht im großen und ganzen liebenswürdig. Und bei anderen Menschen ging mir das genauso, Männern, Frauen, immer wieder. Ohne daß ich einen Anlaß gesehen hätte. Als würde sich diese Stimme immer wieder in Erinnerung rufen. Auf dem Arm meiner Großmutter, an die ich mich klammerte, wußte ich, warum man mich hierhergebracht hatte. Ich wußte es, ich wußte es. Ich soll diesem Mann übergeben werden. Wenn er mich erst auf dem Arm hält, läßt er mich nicht mehr herunter. Wenn er es schafft, mich festzuhalten, dann gehöre ich ihm für immer. Er wird sich umdrehen und mit mir fortgehen. Meine Großmutter und meine Tante wollen mich diesem Mann schenken. Darum hat mich meine Großmutter hierhergebracht. Ein Entsetzen erfaßte mich, so elementar, daß mir die Tränen aus den Augen fielen und der Speichel aus dem Mund tropfte und ich mein Wasser nicht halten konnte. Die Bluse meiner Großmutter war naß und ihr Nacken auch. Aber sie verriet mich nicht. Sie sagte nur: ›Wenn du nicht willst, Carl Jacob, mußt du auch nicht.‹ Aber das glaubte ich ihr nicht. Sie ist nicht auf meiner Seite. Sie tut nur so. ›Carl Jacob, Carl Jacob‹, wimmert Tante Franzi, ›Carl Jacob, stell dich nicht so an! Er will dich doch nur halten. Darf er denn nicht einmal das mehr?‹ ›Willst du nicht vielleicht doch?‹ fragt mich meine Großmutter. ›Nur kurz, Carl Jacob. Ich bin ja hier. Du würdest Onkel Hanns eine große Freude bereiten.‹ ›Aber er will doch, der kleine Mann will doch‹, höre ich wieder seine Stimme in meinem Rücken. ›Gib ihn mir einfach! Er will ja. Du stellst dich an. Du. Warum so ein Theater!‹ – Duuuu stellst dich an. Duuuu … Waruuuum so ein Theaaaater … – Sein Finger hackt weiter zwischen meine Schulterblätter, fester nun, und er drückt bei jedem Stoß die Kuppe eine Weile gegen mein Rückgrat, ich spürte seinen Fingernagel durch mein Hemd. Und noch leiser als bisher sagt er: ›Um Himmels willen, soll ich denn zu so einem Dreikäsehoch bitte sagen, nur damit ich ihn wiegen darf, wie schwer er ist?‹ – Wiiiiegen darf, wie schweeeer er iiiist … – ›Friederike, bitte, laß ihn los!‹ kreischt Tante Franzi und legt ihre Hände um meine Rippen und versucht, mich von ihrer Schwester wegzureißen. ›Laß den Bengel doch einfach los!‹ Der Mann kichert: ›Mensch, Carljacobchen, das tut doch nicht weh. Ich hab' doch keine Eisenpranken.‹ Einer der Polizisten mischt sich ein: ›Sehen Sie denn nicht, daß der Kleine nicht will?‹ Nun bohrt der Mann den Finger nicht mehr in meinen Rücken. Ich höre ihn ausatmen. Wie nach einem verlorenen Kampf. Meine Großmutter sagt: ›Hanns, es ist gut. Franzi, es ist gut. Es soll nicht sein. Schluß jetzt! Franzi, setz dich hin!‹ Sie dreht ihrem Bruder und ihrer Schwester den Rücken zu. Ich gucke an ihrem Hals vorbei, durch die Haare hindurch, die unter ihrem Hut hervorquellen. Ich sehe Tante Franzi den fremden Mann umarmen, der unbedingt *mich* umarmen wollte und der nun dasteht und nichts tut, die Arme hängen läßt und die Augen offen hat. Jetzt schreit Tante Franzi sogar. Das ist kein Heulen mehr. Der Mann tut wie ich, er schaut über die Schulter seiner Schwester, schaut durch ihre Haare hindurch, zu mir herüber schaut er. Ich denke, er denkt sich, dich krieg' ich noch, wart's nur ab. Die Polizisten reißen Tante Franzi von ihm weg. Zu zweit schaffen sie es nicht, Dr. Zitschin muß mithelfen. Er streckt die Arme aus, faltet die Hände, als würde er gleich vom Sprungbrett ins Wasser hüpfen, und schiebt die Arme wie einen Keil zwischen Tante Franziska und den Mann und gibt dabei Geräusche von sich, wie wenn er ein schweres Paket auf den Kutschbock stemmte. Wir müssen den Raum verlassen. Wenn man das gewußt hätte, sagt einer der Polizisten. Draußen macht Dr. Zitschin Tante Franzi Vorwürfe. Weil sie sich so wenig zusammengenommen hat. Ihr Verhalten habe ihm geschadet, sagt er. Und auch ihrem Bruder. Aber er sagt auch, ihm würde es nicht anders ergehen als ihr in so einer Situation.

Dr. Zitschin hat sich nämlich sehr bemüht. Ich war sein Trick. Ohne mich hätte der Gefängnisdirektor die Schwestern von Hanns Alverdes nicht eingelassen, damit sie sich von ihrem Bruder verabschieden. Dr. Zitschin hat vor dem Gefängnisdirektor mit erstickter Stimme den letzten Wunsch des Delinquenten vorgetragen: Er wolle noch einmal seinen kleinen Neffen sehen – den Stammhalter der Familie. Gelogen. Der letzte Wunsch gelogen, der Stammhalter gelogen. Aber der Trick hat funktioniert. Man unterschätze preußische Sentimentalität nicht. Gut, hatte der Direktor gesagt und war nobel gerührt gewesen, daß auch eine Bestie ein Herz hat, gut, er darf den Kleinen einmal auf den Arm nehmen, ausnahmsweise und gegen die Vorschriften. Und nun wollte der Kleine nicht.

So sieht meine erste Erinnerung aus. Schläfst du schon, Sebastian?«

»Was fragst du denn! Natürlich schlafe ich nicht, Carl!«

»Als Bub war mein Großvater mit seinen Eltern von Budapest nach Wien gekommen. Sein Vater – also mein Urgroßvater – war Jurist, er hatte im Justizministerium unter Ferenc Deák gearbeitet, den noch heute in Ungarn jedes Kind kennt, und war an der Ausarbeitung der ungarischen Verfassung beteiligt gewesen. Nach dem Ausgleich zwischen Österreich und Ungarn sah er mehr berufliche Möglichkeiten in der westlichen Hauptstadt der Doppelmonarchie. Es war die Zeit der Weltausstellung, und Wien war eine einzige riesige Baustelle. Mein Großvater sagte immer, einen besseren Spielplatz habe es auf der Welt nicht gegeben als die Baugruben, wo heute die Ringstraße ist. Die halbe Sippschaft Bárány ist nach Wien umgesiedelt, unter anderem auch der spätere Vater des berühmten Robert, der 1914 den Nobelpreis für Medizin bekommen sollte. Mit diesem Zweig der Familie hatten wir nie etwas zu tun gehabt. Mein Großvater, der gewiß nicht eitel und auch nicht mißgünstig war, empfand es als ›unausgewogen‹, daß nach all den Jahren der Mühe um sein Geschäft nun einem anderen Bárány die Aufmerksamkeit der Welt zuteil wurde, und das nur, weil ein paar eingebildete schwedische Spinner es so wollten … – Aber soweit sind wir noch lange nicht.

Wir schreiben das Jahr 1885. In Europa war ein großes Interesse an Afrika erwacht, besonders in Deutschland, und mein Großvater wollte unbedingt ins Geschäft kommen. Also setzte er zuverlässige Geschäftsführer in Wien und in der Filiale in Prag ein, zog nach Hamburg und eröffnete ein Kontor. Von den Handelsniederlassungen in Deutsch-Südwestafrika wurde Sagenhaftes berichtet, daß ein neuer Umschlagplatz für Elfenbein, für alle Arten von exotischen Früchten und Gewürzen und exotischen Hölzern im Entstehen begriffen sei, daß bald Massen von Siedlern aus Deutschland sich dort niederlassen würden, die natürlich mit Lebensmitteln aus der alten Heimat beliefert werden wollten. Mein Großvater träumte von Schiffen, die mit Kisten beladen waren, auf die in schlichten, selbstbewußten Lettern der Qualitätsname *Bárány* gebrannt war. Er wollte eine eigene Handelsgesellschaft in Windhoek aufbauen, wollte Scouts ins Landesinnere schicken, die mit Eingeborenen Handelsbeziehungen knüpfen sollten. Daß dort unten hauptsächlich Wüste war, davon wurde nicht geredet. Daß unter der Wüste Gold lag, das hat damals noch niemand gewußt. Mein Großvater hat sich mitreißen lassen von der wilhelminischen Aufbruchstimmung. Aber es wurde nichts daraus. Seine zukünftige Frau hat er in Hamburg kennengelernt, und bei ihr war mit Sicherheit ein besseres Liegen als auf dem Sonnenplatz des unsäglichen Wilhelm Zwo, dessen aggressiver Ungeschicklichkeit mein Großvater die Schuld daran gab, daß der deutsche Kolonialismus zu einer Operette verkam, noch ehe er seine Kräfte gesammelt und seine Ziele erklärt hatte.

Meine zukünftige Großmutter, Friederike Alverdes, lebte allein mit ihrem Bruder Hanns in einem großen Bürgerhaus in der Nähe des Kontors meines Großvaters. Ihre Eltern waren gestorben, Mutter und Vater im selben Jahr. Woran und wie, weiß ich nicht. Das war ein Thema, über das nicht geredet wurde. Ihr Vater war Senator der Hansestadt Hamburg gewesen und Leiter der Deputation für Handel und Schiffahrt, ein sehr wohlhabender, angeblich sehr vornehmer, in seltenen Fällen sehr jähzorniger Mann. Von meiner Urgroßmutter weiß ich nichts. Es hatte Gerüchte gegeben. Die beiden seien verschwunden, seien auf und davon oder ein Unfall. Nein, behaupteten andere, sie ist an einer Infektion gestorben und er aus Gram. Diese Version halte ich für wahrscheinlich. Noch wahrscheinlicher scheint mir, daß er an der gleichen Infektion gestorben ist. Tante Franzi hat geheiratet, sie war gerade zwanzig, und meine Großmutter war vierzehn. Tante Franzi wohnte nun bei ihrem Mann, sie kam nur einmal am Tag vorbei und sah nach dem Rechten. Ansonsten waren meine Großmutter und Hanns allein. Und als Tante Kuni zur Welt kam, zog Tante Franzi nach Göttingen. Meine Großmutter hat nie auch nur ein Wort über diese Zeit verloren. Ich kenne die Geschichte von Tante Kuni. Als ich in Göttingen studierte, hat sie mir einmal Einführungsunterricht in unsere Familie gegeben. Ich mußte ihr schwören, daß ich es weder ihrer Mutter noch meiner Großmutter verrate.

Eines Tages jedenfalls sei das Fräulein Friederike mit ihrem Bruder Hanns, der gerade vierzehn war, im Kontor aufgetaucht, habe sich ohne Anmeldung in das Büro des Prinzipals begeben und diesen mit Charme und Nachdruck gebeten, den Jungen als Stift bei sich aufzunehmen, damit eines Tages ein Handelsmann aus ihm werde. So lernten sich mein Großvater und meine Großmutter kennen. Ein Jahr später heirateten sie. Sie wohnten zusammen mit Hanns in ihrem Elternhaus. Mein Großvater kaufte eine Hälfte des Hauses und legte das Geld auf ein Konto, das seinem Schwager bei Datum seiner Volljährigkeit zur Verfügung stehen würde.

Hanns war ihnen wie ein Sohn. Er liebte seine Schwester und verehrte seinen Schwager. Tatsächlich sah mein Großvater in ihm einen künftigen Partner. Hanns war der geborene Kaufmann. Egal, mit wem er sprach, jedem vermittelte er den Eindruck, hier werde eine gemeinsame Sache vertreten. Jeder schätzte ihn älter, als er war. Er verfügte über ein erstaunliches Talent für fremde Sprachen und Dialekte. Wenn der Schweizer Vertreter zu Besuch war, konnte er nach einem Tag dessen Sprachmelodie parodieren. Das typische ungarische Wienerisch meines Großvaters sprach er so, daß keiner glauben wollte, er sei noch nie in Österreich gewesen. Mit Achtzehn beherrschte er Englisch und Holländisch, konnte sich in Französisch unterhalten und nahm Privatunterricht für Spanisch. Dabei wirkte er nie angestrengt, alles ging ihm leicht von der Hand, im Gegenteil: er hatte etwas Müßiggängerisches an sich, etwas Träges, Müdes, Phlegmatisches, beinahe Somnambules.

Als meine Mutter zur Welt kam, war Hanns gerade sechzehn. Er ignorierte das Kind. Tat weiterhin so, als wäre er der einzige. Es muß ein Engelssturz für ihn gewesen sein. Bis zu seinem neunzehnten Jahr hielt er in der Familie aus, dann floh er auf und davon. Das hieß, er zog aus, arbeitete aber weiter im Kontor. Am Tag seiner Volljährigkeit räumte er das Geld von seinem Konto ab und verschwand.

Mein Großvater kehrte nach Wien zurück, zusammen mit seiner Familie, man beschloß, in Wien zu bleiben und ein Haus zu bauen – am Rudolfsplatz. An den Ausmaßen dieses Gebäudes kann man erkennen, daß mein Großvater überzeugt davon war, daß sein Geschäft über Generationen bestehen und weiter expandieren würde. Im Erdgeschoß sollte ein Lager sein, das Mezzanin war für Büroräume vorgesehen, darüber die *bel étage*, das waren rund um den Innenhof zwölf Räume in expensiver Ausstattung, wo die Herrschaft wohnte, darüber ein Stockwerk, das leer war, sozusagen zur Reserve, gedacht als späteres Domizil der Kinder und Kindeskinder, und im letzten Stock schließlich waren die Zimmer für das Personal. Mein Großvater kaufte zusätzlich ein Haus in der Wollzeile, dort eröffnete er sein Geschäft – ein Geschäft, vornehm und prächtig, wie es in der Stadt bis dahin keines gab.

Von Hanns hörten meine Großeltern nichts. Lange nichts. Erst im Jahr 1909 hörten sie von ihm. Das heißt, sie lasen in der Zeitung über ihn. Tatsächlich waren in jenem Herbst die Zeitungen voll von ihm.

Mein Großvater hatte drei deutsche Zeitungen abonniert, die *Norddeutsche Allgemeine Zeitung,* die *Frankfurter Zeitung* und die *Königlich privilegierte Berlinische Zeitung von Staats- und gelehrten Sachen,* die spätere *Vossische Zeitung.* Außerdem las er jeden Tag im Kaffeehaus die großen Blätter der Monarchie. Und in allen, in allen wurde über den ›Fall Hanns Alverdes‹ berichtet.«

Carl ließ eine lange Pause, eine sehr lange Pause, bis er mit der Geschichte von Hanns Alverdes begann. Ich hörte sein Ausatmen – Geräusche der in sich selbst versunkenen Natur.

»Aber du schläfst doch nicht?« fragte er.

»Carl, nein!« rief ich aus.

3

Nach Carls Beerdigung, als wir uns am Bahnhof in Innsbruck voneinander verabschiedet hatten und David und Dagmar nach Frankfurt, meine Mutter nach Fouquières les Béthune zurückkehrten und ich nach Wien, nahm ich mir vor, unverzüglich mit der Arbeit an »seinem Buch« zu beginnen. Der Gedanke, alles, was verloren war – und es war ja alles verloren –, schreibend neu zu gewinnen; noch einmal, auch wenn es nur im Imaginären sein würde, zu erleben, was ich als schön in Erinnerung hatte – nicht unbedingt, weil es schön gewesen war, sondern *weil es gewesen war* –, dieser Gedanke versetzte mich in eine Hochstimmung, der ich mich nur allzugern überließ – sie fühlte sich so jugendlich an! –, die aber, wie ich aus frustrierenden Erfahrungen wußte, dem Schreiben nicht zuträglich war; im Gegenteil: *Es ist nicht gut, sondern schlecht, sich in der Stimmung an den Schreibtisch zu setzen, die schreibend erst erzeugt werden soll.* Als ich fünfzehn war und meine erste Geschichte geschrieben hatte, genauer: nicht die erste Geschichte, die ersten paar Sätze meiner ersten Geschichte, war ich von einer Fremdheit erfüllt gewesen, die war während des Schreibens in mir aufgestiegen, die ließ mich Dinge denken, die ich vorher nie gedacht hatte, die gab mir auf, wie ich ein Wort hinter das andere reihen sollte – nach einer Stunde hatte ich abgebrochen, ich war zu aufgewühlt gewesen, auch zu erschöpft. Bei jeder Geschichte, die ich später schrieb, am Beginn zu jedem neuen Buch, war die Sehnsucht nach dieser Fremdheit gewesen. Nun ging es mir wieder so. Ich fuhr mit dem Bus zum Albernen Hafen hinaus und spazierte vier Stunden an der Donau entlang und fühlte mich jung, fühlte mich wie jemand, dem – nachdem er zwanzig Bücher geschrieben hatte – klargeworden war, worin seine Berufung bestand, nämlich im Schreiben von Büchern. Zu Hause setzte ich mich an den Schreibtisch … nahm den Laptop und setzte mich auf die Terrasse … nahm den Laptop und setzte mich in die Küche … in die Bibliothek … wieder auf die Terrasse … Ich fand keinen Einstieg. Wenn ich das Wort »ich« tippte, wie unverfänglich der Satzzusammenhang auch war, sah ich eine Lüge vor mir; wenn ich den Namen »Carl Jacob Candoris« schrieb, war es wie Verrat und Tücke; als hätte ich ihm den Namen genommen und einem anderen untergeschoben. Mir dämmerte, daß ich zum erstenmal die Wahrheit schreiben wollte; nicht Fiktion, sondern Wahrheit – »Aderlaß des Herzens« –, und dafür gab es keine Worte – richtig war vielmehr: Ich hatte keine.

Ich erinnerte mich, als ich an *Musicians* geschrieben hatte, hatten sich bisweilen auftretende Schreibhemmungen dadurch überwinden lassen, daß ich recherchierte. Aber Achtung! Die Recherche ist ein Hund, das hatte ich bei dieser Gelegenheit gelernt. Für den Schriftsteller kann sie zu einem bissigen Hund werden. Der gibt sich zuerst spiellustig, tut, als ließe er sich abrichten, sorgt für Erfolgserlebnisse bei seinem Herrn, und zuletzt zerfetzt er seine Geschichte. Der Hausverstand sagt einem, man kann nicht genug wissen von dem Gegenstand, von dem man erzählen will. Falsch. Man kann zuviel wissen. Der zweite Irrtum besteht darin, daß man sich einredet, man habe gearbeitet, wenn man doch bloß nur Vorarbeit geleistet hat. Arbeit drückt sich in Seiten aus oder in Zeilen. Und in sonst gar nichts. Wieviel Zeilen hast du heute geschrieben? Wenn null, hilft es auch nicht, wenn du fünf Stunden in der Bibliothek oder am Internet gesessen hast. Gelernt habe ich: Es ist nicht gut, im voraus zu recherchieren. *Such' erst nach der Antwort, wenn sich die Frage stellt!*

Nachdem ich mich eine Woche lang vergeblich an einer ersten Seite abgemüht hatte, beschloß ich, das oben formulierte Prinzip zu durchbrechen. Ich recherchierte den Hintergrund ausgerechnet zu jener Geschichte, die ich erst am Ende des Buches erzählen würde: die Geschichte von Hanns Alverdes.

Robert Lenobel gab mir den Tip, in Herwig Leopolds *Deutsche Kriminalprozesse* nachzuschlagen, einem Bestseller aus den frühen neunzehnsechziger Jahren, in dem der Autor – Volkskundler, Psychiater, Psychoanalytiker – spektakuläre Fälle der Kaiserzeit, der Weimarer Republik und den ersten Jahren nach dem Zweiten Weltkrieg aufführt und analysiert. (Die beiden Kriege und den Nationalsozialismus läßt er aus; begründet es damit, daß in diesen Jahren das Kriminale zur gesellschaftlichen Norm erhoben worden sei, wo es doch eigentlich einen Bruch derselben darstelle.) Ich borgte mir das Buch in der Nationalbibliothek aus, es ist ein faktenreicher Wälzer voll mit hilfreichen Querverweisen; tatsächlich sind darin Carls Großonkel fünfundvierzig (!) Seiten gewidmet. Leopold bezeichnet dessen Fall als den merkwürdigsten, der ihm begegnet sei. Und zwar deshalb, weil sich für die Taten des Hanns Alverdes nicht das kleinste Motiv rekonstruieren lasse. »Es scheint«, schreibt er, »als hätte diese Morde nicht er, sondern als hätten sie sich selbst begangen.« Als Motto über dem Kapitel zitiert er Seneca: *Ut homo hominem non iratus, non timens, tantum spectaturus occidat* – »Weil der Mensch den Menschen ohne Zorn und ohne Furcht, nur zur Augenweide tötet.«

Die zeitgenössischen Kommentatoren des Prozesses überschlugen sich in ihren Spekulationen, das Motiv der Morde betreffend, wie ich in den diversen Zeitungen aus den Jahren 1909 und 1910 nachlesen konnte. In jeder großen deutschen und österreichischen Zeitung wurde über den Prozeß ausführlich berichtet, ebenso in der *London Times* und in *Le Figaro* (Evelyn hat mir den Artikel aus dem Stegreif übersetzt), in Kolumnen wurde spekuliert, die Meinungen von nicht am Prozeß beteiligten Fachleuten wurden abgedruckt, über Diskussionen in psychologischen Vereinigungen und okkulten Zirkeln wurde berichtet. Sogar im Deutschen Reichstag wurde darüber gesprochen; dort fand sich wenigstens einer, der meinte, genau benennen zu können, was hinter den Morden steckte, und zwar ein geheimer kaiserlicher Befehl an einen selbstlosen Helden. Kaiser Wilhelm II. persönlich, so führte der konservative Abgeordnete von Oldenburg-

Januschau aus, habe in einem dem Normalbürger freilich unverständlichen Schachzug den tapferen Hanns Alverdes in die Schlacht geschickt; woraufhin ihm ein sozialdemokratischer Abgeordneter aus dem Plenum zurief:»In was für eine Schlacht denn?«; was der Redner parierte mit: nur die dumme Linke hätte noch nicht begriffen, daß längst schon ein Krieg tobe, ein Weltkrieg sogar (29.1.1910!).»Der deutsche Kaiser ist nicht nur jeden Moment imstande, zu einem Leutnant zu sagen: Nehmen Sie zehn Mann, und schließen Sie den Reichstag, sondern er verfügt, wie wir nun sehen, auch über eine anonyme Staffel von Spezialisten, die er jederzeit und an jedem Ort der Welt zum Einsatz bringen kann.«

Besonders danken möchte ich an dieser Stelle Herrn Dr. Michael Haritz von der Justizverwaltung des Geheimen Staasarchivs Preußischer Kulturbesitz in Berlin, der mir ein nachsichtiger Berater und ein kundiger Führer durch die Akten des Prozesses war.

Carls Erzählung als Grundlage, ergab sich aus meinen Recherchen folgendes Bild:

Im Frühjahr 1895 tauchte der dreiundzwanzigjährige Hanns Alverdes in Südwestafrika auf. Er reise für mehrere deutsche Firmen, vertrete aber auch Kollektionen portugiesischer, englischer, französischer, belgischer, holländischer, spanischer, ja sogar amerikanischer Waren. Er sei, sagte er, ein *scout*, worunter der Vorläufer des Handelsvertreters zu verstehen sei, welcher – eben wörtlich – dem eigentlichen Händler vorauslaufe. Solche Aufgabenteilung habe sich im Kongo, wo er bisher tätig gewesen sei, als nützlich und zukunftsträchtig erwiesen. Die Zeiten nämlich, in denen das alte Europa mit ein paar Kisten Glasperlen und ein paar Rollen Messingdraht hier einmarschiert sei und mit diesem unverschämten Plunder schwarze Arbeitskräfte für den Abtransport von Elfenbein angelockt habe, diese fröhlichen Zeiten seien vorbei; viele Eingeborene hätten sich inzwischen selbst zu prächtigen Händlern gemausert; die Zukunftschance gerade der deutschen Kolonien liege darin, Stützpunkte des Zwischenhandels zu sein. Was bisher ein Nachteil gegenüber Belgien, Frankreich und vor allem England gewesen sei, nämlich daß Deutschland erst verhältnismäßig spät sein Kolonialgeschäft aufgebaut und deshalb die beste Zeit der Ausbeutung verpaßt habe, verwandle sich nun in einen Vorteil; denn erstens sei der Ruf des Deutschen Reiches bei den Eingeborenen unbeschadet, zweitens seien Schürfen, Einfangen und Pflücken allemal teurer und risikoreicher als mit Geschürftem, Eingefangenem und Gepflücktem zu handeln. Außerdem und »unter uns gesagt«: Auch dem gierigsten Südwestler sei doch inzwischen klargeworden, daß aus diesem Land nichts zu holen sei, keine wertvollen Metalle, keine wertvollen Gewürze, kein Elfenbein. Dieses Land biete Lebensraum, das ja. Ein deutscher Farmer aber ist kein Eroberer. Der Bauer braucht Frieden, und Frieden beruht auf Handel, und Handel beruht auf Gleichheit. Die richtige Frage also laute: Wer braucht was? Und um genau das festzustellen, ziehe der Scout friedlich und freundlich von Farm zu Farm, von Negerkral zu Negerkral, von den Belgiern zu den Holländern, von den Franzosen zu den Engländern, vom Bergwerk zur Missionsstation und insbesondere von deutschem Bauernhof zu deutschem Bauernhof ...

In dieser Weise belehrte Alverdes den »Direktor der Deutschen Kolonialgesellschaft« in Angra Pequena. Der nahm diese Belehrung eifersuchtsfrei und gelassen entgegen, erwies sich der junge Mann doch als ein ausgezeichneter Kenner der Geographie des Landes; außerdem behauptete dieser, wenigstens drei Eingeborenensprachen – Otjiherero, Oshivambo und Nama – gut genug zu verstehen und zu sprechen, um mit den Häuptlingen zu verhandeln. Der Direktor (seinen Namen konnte ich nicht in Erfahrung bringen) befand sich bereits seit sechs Jahren in diesem Land und war in einem Ausmaß demoralisiert, das an Irrsinn grenzte. Ihm war alles recht. Den »Direktor« hatte er für sich erfunden, hier hätte er sich auch »Zar« oder »Papst« oder gleich »Gott« nennen können. Er trug ein Uniformhemd, von denen er zwei besaß, beide waren fadenscheinig wie ein alter Regenschirmbezug. Es irritierte ihn nicht, daß dieser beredte, in lässigem frischem Khaki gekleidete Mann mit den flinken, unsteten Augen und den zielfesten Gesten noch so jung war. Er fragte ihn auch nicht, auf welche Weise er zu seinen Erkenntnissen gekommen und wie lange er überhaupt schon in Afrika sei. Es war ihm alles recht, weil ihm alles egal war. Sie saßen auf der Veranda der jämmerlichen Baracke, die das »Büro des Direktors« darstellte, tranken saure Limonade, knabberten Bremer Kekse, die auf Schiffen über ein Viertel der Weltkugel hierhertransportiert worden waren, um Heimweh zu wecken und Heimweh zu stillen, saßen auf den breiten Sesseln aus Peddigrohr, die der Direktor am Beginn seiner Tätigkeit mit viel Begeisterung für Repräsentation (vor wem eigentlich?) und noch viel mehr Mühe erworben hatte. Sie blickten hinaus auf die Bucht. »Das Meer ist überall gleich, der Seemann trägt sein Haus mit sich und ist deshalb nie einsam. Aber die, die das Schiff verlassen, denken an das Meer wie an eine Prüfung, und was an Land vor ihnen liegt, ist gelb und bloßer Boden, auf dem ums Verrecken nichts wachsen will. Hier ist alles möglich. Deine Grenzen sind dir so nah an den Leib gerückt, daß sie zu einer Art Haut geworden sind und du dir einbilden kannst, du seiest grenzenlos.«

Hanns Alverdes predigte unbeirrt weiter: »Nicht fragen: Ist dieser hier ein guter Mensch oder ein schlechter? Ist er ein Christ oder ist er keiner? Ist seine Haut weiß oder ist sie schwarz? Solche Fragen gehören ins Private. Im Geschäft heißt es: A hat das eine, B hat das andere, C braucht das eine, D braucht das andere, und alle haben sie keine Zeit, einander zu besuchen, keine Zeit oder keine Lust. Geschäfte aber kann man auch mit dem Feind machen, man braucht nur jemanden, der sie für einen abwickelt. Wenn dir der Feind die Kugeln verkauft, die du zu deiner Verteidigung gegen ihn brauchst, kauf sie ihm ab, bezahle ihn anständig, du nimmst ihm damit einen Grund, gegen dich Krieg zu führen. Und wenn er dir so sehr zuwider ist, daß du ihm nicht in die Augen schauen möchtest, engagiere einen Scout, der die Verhandlungen für dich führt. Die Franzosen und die Engländer, die Portugiesen und die Spanier, die Holländer und die Belgier, mein Gott, sie alle plagen sich mit ihren Kolonien ab, verprügeln die schwarzen Hintern, anstatt ihnen Hosen aus Manchester oder Paris oder Antwerpen anzupassen. Was bringt's am Ende? Wenig. Seien wir ehrlich: heutzutage nur noch wenig. Mühe, Sorge, bisweilen Blut und einen recht matten Schimmer Ehre. Vor allem aber Haß und Aufruhr. Wir Deutschen in Afrika müssen uns ein Beispiel an den Juden in der Welt nehmen: nirgends sich einmischen, überall mitmischen. Sollen die großen Herren der Welt sich ruhig zusammensetzen, mit Lineal und Bleistift bewaffnet, und diesen Kontinent unter sich aufteilen!« faßte er, auf die internationale Kongo-Konferenz anspielend, seine Rede zusammen. »Ich bin ein deutscher Scout, und als solcher kenne ich keine Grenzen. Ich handle mit allen und mit allem.«

Nicht daß sich der Direktor von der Begeisterung seines Gastes anstecken ließ; aber das Heimweh und die Einsamkeit und der Teufel der Organisationslosigkeit, der alle Mühe in Müdigkeit untergehen ließ wie in einem Sumpf, hatten ihn restlos resignieren lassen, so daß er inzwischen in der Lage war, die Dinge realistisch zu sehen. Und realistisch betrachtet, gab es in der Rede des jungen Mannes nichts, was seinen Widerspruch erregte.

»Daß der Deutsche der Jude Afrikas ist«, brummte er, »das gefällt mir. Sagen Sie es nur niemandem weiter.«

Alverdes hatte, was die Lage der deutschen Kolonien in Afrika betraf, recht: Friede war mehr als ein ethisches Postulat, er war ein politisch lebensnotwendiges Programm. Die deutschen Handelsgesellschaften waren lang bar jeden Schutzes durch das Reich gewesen. Bismarck im fernen Berlin hatte sich heftig gegen die Forderungen der deutschen Handelskammern gewehrt, die in Afrika geregelte Handelskolonien errichten wollten. Er hatte nicht an eine Realisierung von Profiten irgendwelcher Art, die aus diesem Stück Erde gewonnen werden könnten, geglaubt. Nur um einem deutschen Minderwertigkeitsgefühl entgegenzusteuern (war auf Kaiser Wilhelm II. gemünzt), rentierten sich Investitionen und Verwaltungsaufwand nicht, war seine Rede gewesen. Jeder Mann, der diesen Kontinent kannte, wußte, daß die Portugiesen und Belgier im Norden und die Engländer und Holländer im Süden die in jeder Hinsicht profitabelsten Ländereien bereits unter sich aufgeteilt hatten. Die noch freien Streifen dazwischen bestanden zum größten Teil aus Wüste. – Erst nach Bismarcks Entlassung waren den Weltmachtsgelüsten des Kaisers die Zügel genommen. Dieser Teil Afrikas wurde ein Teil des Deutschen Reiches.

Wenige Monate nach diesem Gespräch wurde der »Direktor« entlassen. Der neue Landeshauptmann, wie der Reichskommissar nun genannt wurde, war Major Leutwein. Die Gebäude der deutschen Kolonialgesellschaft in Angra Pequena fand er »unmöglich«, er verlegte sein Quartier weiter ins Landesinnere nach Otjimbingwe. Dort mietete er von der Rheinischen Mission deren Augustineum als Büro. Er errichtete die erste deutsche Militärstation.

Hanns Alverdes wurde seine rechte Hand. Leutwein gefielen die Ansichten dieses jungen Mannes, seine Art: Enthusiasmus gepaart mit Gelassenheit – einer Gelassenheit, die manchmal sogar Züge von Gleichgültigkeit und Phlegma zeigte, so als setzte er in jugendlichem Feuer Taten, interessiere sich aber nicht für die Folgen.

Die praktischen Fähigkeiten von Hanns Alverdes lernte Leutwein bei einer Inspektionsreise in den Süden des Landes kennen. Bei Osona gerieten sie – Leutwein, sein Sekretär Nels, Alverdes und der Polizeimeister von Goldammer – in eine kriegerische Auseinandersetzung zwischen zwei Eingeborenenstämmen. Der Landeshauptmann und seine Männer warteten zu Pferd abseits des Feldes, nur symbolisch Deckung nehmend hinter einigen mageren Bäumchen, bei ihnen Alverdes. Nels und von Goldammer drängten darauf zu verschwinden, bevor sie entdeckt würden. Die beiden waren überzeugt, die halbnackten schwarzen Männer, die dort unten mit Speeren und Knüppeln aufeinander losgingen, würden sich sofort einig sein und sich zusammentun, wenn sie Weiße sähen.

Alverdes dagegen riet Leutwein abzusteigen, aus dem Schatten der Bäume zu treten, sich frei drei Schritte neben die Pferde zu stellen, die Arme zu verschränken, sich zu zeigen und zu warten. »Wir werden Vorteil daraus ziehen«, sagte er und ritt mit erhobenen Armen und laut rufend hinunter in die Senke, auf das staubige Durcheinander zu.

Die drei Deutschen oben auf dem Hügel, die sich abwechselnd das Fernglas reichten, sahen, wie ihr Landsmann in dem hellen Khakianzug mit den pfauenfedergeschmückten Häuptlingen verhandelte. Sie sahen, wie sich die Krieger nach verschiedenen Seiten zurückzogen. Und sie sahen, wie Alverdes mit den beiden Häuptlingen, die links und rechts von seinem Pferd gingen – während er ritt! –, den Hügel heraufkam. »Ein gutes Geschäft!« hörten sie ihn rufen. »Ein gutes Geschäft!«

Das Geschäft, das Alverdes den Häuptlingen Maherero vom Stamm der Herero und Hendrik Witbooi, dem »Kapitän« der Nama, vorgeschlagen hatte, war von verblüffend kindlicher Einfachheit: Die Deutschen würden Sorge tragen, daß alle Verletzten des Gefechts wieder gesund und stark würden; dafür sollten die Häuptlinge versprechen, für die Zeit der Genesung Frieden zu halten. Und ebenso habe es bei allen weiteren Konflikten zu geschehen.

»Und was schaut für das Deutsche Reich dabei heraus?« fragte Leutwein.

Das schaute dabei heraus: Witbooi, der Angreifer, versprach am selben Abend (tatsächlich am Lagerfeuer) feierlich, in alle Zukunft deutsche Staatsangehörige unbehelligt durch sein Land ziehen zu lassen. Maherero unterzeichnete sogar einen Vertrag mit dem Deutschen Reich. Darin verpflichteten sich die Herero, keinem Angehörigen einer anderen Nation größere Rechte und Vergünstigungen zu gewähren als den Deutschen. Auf alle Waren sollten die Herero deutschen Händlern Option geben. (»Auch Land ist Ware!« – fügte Leutwein dem ansonsten von Alverdes verfaßten Text hinzu.) Das Deutsche Reich werde sich im Gegenzug auch im Land der Herero an die deutschen Gesetze halten und die Herero mit allen zur Verfügung stehenden Mitteln vor Übergriffen anderer Stämme oder Nationen schützen. Wie das Deutsche Reich letzteres bewerkstelligen wollte, wo doch die deutsche Schutzmacht zu dieser Zeit inklusive Polizeimeister von Goldammer aus exakt einundzwanzig Mann bestand, wurde nicht vermerkt. Warum auch! Kapitän Maherero konnte zwar ein klein wenig lesen und schreiben, aber nur auf holländisch. Der Vertrag aber war in Deutsch gehalten. Wie sich später herausstellte, wußte Maherero in keinem Augenblick, was die Prozedur bedeutete. Er meinte, es handle sich um ein »exotisches« Ritual, eine Art Glückszauber. Er orientierte sich lediglich an dem freundlichen, ehrlichen Gesicht von Hanns Alverdes. – Und Hanns Alverdes *meinte* es ja auch ehrlich, und seine Freundlichkeit war nicht gespielt. Das Ergebnis, sagte er sich, würde seine Ideen befördern. Und nur darauf kam es schließlich an.

Leutwein und die beiden anderen brachten die Verwundeten in die Missionsstation von Otjimbingwe, Alverdes aber zog mit Maherero und seinen Kriegern nach Okahandja, wo der Häuptling zu dieser Zeit residierte. Er wolle auskundschaften, was die Herero zum Handel beitragen könnten.

Die Herero hatten schon seit zwanzig Jahren Kontakte zu den Weißen, vor allem zu den Missionaren. Sie hielten diese Männer wohl für kuriose Figuren, und weil sie an allem Magischen und Rituellen Interesse hatten und fremde Riten nicht weniger ängstlich respektierten als die eigenen, hatten sich viele von ihnen, ohne daß die Missionare große Überzeugungsarbeit leisten mußten, taufen lassen. Das Alte Testament wurde nach Namen für die neuen Christen abgegrast. So kam es, daß Maherero mit Vornamen Samuel hieß. Er war ein Stück älter als Alverdes. Die beiden freundeten sich miteinander an.

Für den Gast wurde eine eigene Hütte gebaut, es war ihm verboten, auch nur einen Handstreich zu tun; bis an sein Lebensende dürfe er im Dorf bleiben, wolle er allerdings kürzer als einen Monat verweilen, müsse er bedenken, daß er den Häuptling beleidige. Alverdes sah seine Sache gedeihen. Er hatte Zeit. Er ließ sich verwöhnen, alles schmeckte ihm, und als er, umringt von Frauen, Männern und Kindern, sich über das Loch im Boden beugte, um den ersten Schluck Bananenbier zu nehmen – eine Ehre! –, war nicht einmal ein Gedanke an Ekel in ihm, und das, obwohl der Gärschaum, der aus der Öffnung quoll, schwarz vor Schmeißfliegen war und er selbst ja zugesehen hatte, wie in den Tagen davor zahlose Weiber das Fruchtfleisch gekaut und viertelstundenlang im Mund zermanscht hatten, bevor sie es in das Loch im Boden spuckten. Er absolvierte Ausritte in die Gegend. Manchmal begleitete ihn Samuel dabei, sie unterhielten sich, und Alverdes erzählte von seiner Heimat, was sich in den wenigen Worten, die er beherrschte, fassen ließ, und die beiden vereinbarten, bei der nächsten Gelegenheit gemeinsam nach Deutschland reisen – das ja nun auch Samuel Mahereros Heimat war. Meistens aber war Alverdes allein unterwegs. Angst hatte er nicht. Sein Gewehr hatte er bei sich.

Einmal rastete er zu Mittag bei einem Brunnen. Er breitete seine Decke über die harten, ausgedörrten Zweige eines wilden Rosenbusches. Das war ihm ein Schirm gegen die Sonne. Sein Pferd sattelte er ab und ließ es frei grasen. Er war nicht weit vom Dorf entfernt. Er hatte keinen Plan für den Tag. Die Luft, konnte man meinen, habe die gleiche Temperatur wie das Blut im Körper. Er hatte Dörrfleisch bei sich, Fladenbrot, einen kleinen Glasballon mit Kognak, um daran zu lekken, und Wasser war leicht aus der Tiefe des Brunnens zu schöpfen. Er sah einen Mann durch das schüttere Gras kommen, ein alter Neger, der nichts weiter an sich trug als den üblichen Lederlatz. Er zog einen

Wasserschlauch hinter sich her. Der Schlauch war aus dem Fell einer Ziege gefertigt und hatte die Form einer Ziege, nur ohne Kopf und mit Stummeln von Beinen. Der Mann kannte Alverdes wohl, er blieb stehen, entblößte lachend seine Zähne und hob die freie Hand. Alverdes grüßte zurück. Er sah zu, wie der Mann den Schlauch an einem Seil in den Brunnen warf. Immer wieder blickte er zu Alverdes herüber, lachte, hob die Hand. Und Alverdes lachte auch und hob ebenfalls die Hand. Und weil das Gewehr neben ihm lag, zielte er und erschoß den Alten. Das Pferd war bei dem trockenen Knall zusammengezuckt, aber es scheute nicht, und gleich zupfte es mit seinen Zähnen weiter versteckte Kräuter aus dem Boden. Alverdes blieb noch ein oder zwei Stunden unter seinem Sonnensegel liegen, schließlich brach er auf. Den toten Mann hatte er sich nicht näher angesehen. Nach zwei Tagen kehrte er ins Dorf der Herero zurück. Samuel erzählte ihm, daß ein alter Mann von einem Nama erschossen worden sei. Der Friede habe nicht lange gehalten. Ob der Nama gefaßt sei, fragte Alverdes.

»Nein.«

Den Wasserschlauch des Alten sah er noch eine Zeitlang vor dessen verwaister Hütte liegen.

Den zweiten Mord beging er ein halbes Jahr später. Da war er längst wieder in der Station in Otjimbingwe. Der alte Herero bei dem Brunnen war ihm schon fast aus dem Sinn gekommen. Manchmal fiel er ihm ein, aber er empfand nichts dabei, erinnerte sich wie an die erste Berührung mit einem läßlichen Laster. Er nahm sich vor, es noch ein zweites Mal zu tun, und dann Schluß. Man reinigt Gleiches mit Gleichem. Aber der Gedanke verflüchtigte sich, und schließlich hatte er gar nicht mehr an die Sache gedacht. Die Mission führte jährlich Entwurmungskuren bei Eingeborenenkindern bis fünfzehn Jahren durch. Die Kinder bekamen das Mittel verabreicht und, um den bitteren Geschmack zu vertreiben, ein deutsches Karamelbonbon hinterher. Die Kinder kamen nicht gern. Es war, als genierten sie sich, einen weißen Saft aus einer weißen Tasse vor weißen Frauen in weißen Gewändern zu trinken. Manche der Kinder brachten ihre älteren Geschwister mit, Gekreische war in der Station, aber auch Lachen und Fußballspielen mit dem Lederball, der dem Leiter der Mission, Pater Martin, gehörte. Alverdes war gerade auf dem Rückweg von ei-

733

ner Fußwanderung durch die Hügel, als er drei Meilen vor der Station einem Jungen begegnete, nicht älter als zwölf Jahre, der sich wohl verträdelt hatte und hinter seinen Freunden geblieben war. Er ließ den Jungen an sich vorübergehen und schoß ihm aus nächster Nähe in den Rücken. Er ging weiter, besann sich aber anders, kehrte um und setzte sich neben den schmächtigen Leichnam, dicht neben ihn, wie ein trauernder Vater. Er riskierte es, erwischt zu werden, was ihm gleichgültig gewesen sei. Er habe nichts empfunden, sagte er später aus. Aber ein trauriger Gedanke sei ihm gekommen: daß die Eroberung der Welt, ohne Unterschied, was einer darunter verstehe und auf welche Weise er dabei vorgehe, immer darauf hinauslaufe, daß sie jemand anderem weggenommen werde. Ein toter Mensch ist wie der Kadaver eines Tieres. Und die Wahrheit gilt nicht überall in derselben Stärke. Sie nimmt ab mit der Entfernung. Meistens hat sie nur dort wirklich triftiges Gewicht, wo einer zu Hause ist. Als er so neben dem toten Jungen kauerte, habe er kein Gespür mehr für sein eigenes Lebensalter gehabt. Zukünftiges oder Vergangenes waren wie rechts und links, Ansichtssache, Frage des Standpunkts, belanglos. Als ob sich sein Leben auf die kleine Fläche reduziert hätte, die seine Stiefel benötigten, um ihn in der Hocke zu halten. Ein stiller, warmer, trockener Duft stieg vom Boden auf. Freilich sei ihm klar gewesen, daß es sich nicht gehöre, in so einer Situation nichts zu empfinden. Und dann war – wenigstens für ein paar Jahre – tatsächlich Schluß damit.

4

Hendrik Witbooi, der »Kapitän« der Nama, hielt den Frieden, den er versprochen hatte, nicht ein. Er war im Umgang mit den Kolonialmächten gewiefter als Maherero, hatte mit den Franzosen und Portugiesen im Norden einige Erfahrungen gewonnen und mit den Engländern im Süden, und diese Erfahrungen sagten allesamt das gleiche: daß er und sein Volk vor dem Zusammentreffen mit den Weißen mehr Rinder besessen und sich freier hatten bewegen können als nachher. Und auf die Deutschen war er nicht besser zu sprechen; spätestens seit ihm ein verirrter Däne auseinandergesetzt hatte, daß der Herr Lüderitz, der hier als erster die deutsche Fahne hißte, ein Betrüger gewesen war, der ein Vielfaches an Land schlicht dadurch gewonnen hatte, daß er deutsche Meilen gesagt, aber englische Meilen gemeint hatte. Nach einem unbedeutenden, von ihm selbst mutwillig angezettelten Scharmützel mit einer Schar Herero bat Witbooi um Dr. Leutweins und des Deutschen Reiches Hilfe – ein Trick, um den Landeshauptmann bloßzustellen: Die deutsche Schutztruppe bestand inzwischen aus neununddreißig so gut wie gar nicht ausgebildeten Männern, die über beinahe ebenso viele so gut wie schrottreife Gewehre verfügten. Das Deutsche Reich konnte die Nama nicht beschützen. Und: Es konnte das Eigentum seiner Bürger vor den Nama nicht schützen! Vor Leutweins Augen trieb Witbooi die Rinder von drei deutschen Höfen. Was die Farmer als dreisten Diebstahl bezeichneten, der von der Schutzmacht bestraft werden musse, nannte er Entschädigung für einen gebrochenen Vertrag.

Alverdes verhandelte mit dem alten Häuptling. Der legte den Boden mit Tüchern aus und bot ihm Platz in der Mitte. Fragte ihn Dinge, die mit der Sache nichts zu tun hatten. Vor allem interessierte er sich für den Kaiser. Was der trage. Wie viele Frauen der habe. Wie gut der rei ten könne. Ob er, Alverdes, einer seiner Söhne sei. Alverdes traf mit dem Häuptling eine private Abmachung: Gleich wie die Sache ausgehe, er, Hanns Alverdes, Sohn des deutschen Kaisers, werde sich nie an einem Zug gegen Witbooi beteiligen; Witbooi dagegen werde ihn für alle Zeit ungehindert durch sein Land ziehen lassen.

Einen Teil der Rinder brachte Alverdes zurück. Für die Farmer war er dennoch ein Verräter. Allein die Tatsache, daß er zu Verhandlungen geraten und Verhandlungen geführt hatte, war für sie ein Beweis, daß er die Argumente des anderen immerhin nachvollziehen konnte. Dem anderen aber, so war ihre Meinung, dem anderen könne man nicht mit Argumenten kommen, sondern nur mit Kugeln.

»Auf welcher Seite stehen Sie?« wurde Alverdes gefragt.

»Auf der Seite des Handels und des Gesetzes«, war seine Antwort.

Landeshauptmann Leutwein forderte einen Trupp Soldaten, und diesmal kam Berlin seinen Wünschen nach. Und schickte gleich ein paar Kanonen mit. Witbooi, der für den Landeshauptmann nichts weiter als ein Bandit war, wurde in den Norden getrieben. Mit den Herero dagegen schaffte er gutes Einvernehmen. Und wieder war es Hanns Alverdes, der sich als Übersetzer und Berater – Berater beider Seiten! – als unverzichtbar präsentierte. Am Ende zog Samuel Maherero über seinem Haus die deutsche Fahne auf, und ein musikalischer Gefreiter der deutschen Schutztruppe studierte mit einem »Negerchor« die deutsche Hymne ein. In diesem Jahr erschoß Alverdes fünf weitere Menschen, drei Frauen, zwei Männer, alle unterschiedlichen Alters, alle vom Stamm der Herero. Die Morde wurden den Farmern angelastet. die deutschen Gendarmen ermittelten, wenn man es so nennen will.

Mit jedem Schiff kamen Deutsche ins Land, und mit jedem Schiff waren es mehr, und, anders als ihre Vorgänger, wollten die neuen nicht mehr nur vorübergehend bleiben – Männer, Frauen, Kinder, sie wollten sich hier ansiedeln, feste, gemütliche Farmen gründen, neue Kinder zeugen, die hier Geburtsheimat hatten, die echte Südwestler sein würden. Andere träumten von Fleischfabriken, in denen diese merkwürdigen Rinder mit den gewaltigen Hörnern in Blechdosen gepreßt und verlötet wurden, damit sie sich platzsparend in den Bäuchen der Schiffe, die zurück in die alte Heimat fuhren, stapeln ließen. »Deutschland kaut Afrika!« kalauerte ein blonder Hesse, und das war die Devise. Land wurde gebraucht.

Land wurde erworben. Das war leicht und billig. Lachend gaben die Herero ihre Weiden und bekamen dafür buntes Zeug und Blechstücke, Draht und Drahtseile, Glaswaren, Herrenanzüge, Hüte, deren eine Krempe hochgeklappt war, Lederstiefel, Koppeln – auch Gewehre bekamen sie, ein Gewehr für hundert Hektar Land und noch einmal hundert Hektar gegen ein paar Kisten Patronen.

»Braucht es noch einen weiteren Beweis für die Dummheit der Neger?« bemerkte kopfschüttelnd ein Familienvater aus der Nähe von Schleswig zu Alverdes, der gern den Einschlag von Platt hörte, weil es ihn an eine Zeit erinnerte, die ihm ferner war als alles, was er von Geschichte je gehört hatte.

»Sie denken dasselbe über euch«, gab er dem Mann zur Antwort und erklärte dem biederen Gesicht, das ihm unfaßbar unvorbereitet schien für das Abenteuer, in das es getragen worden war, was er damit meinte. »Was würden Sie sagen, wenn ich Ihnen die Luft abkaufen wollte, die Sie atmen?«

»Ich würde lachen und Sie für einen Dummkopf halten. Sie gehört Ihnen ja schon. Sie brauchen dafür nicht zu zahlen. Die Luft gehört allen.«

Und dann, als die Herero weiter ihre Rinder über das Land trieben, holten die Farmer die Soldaten, die richteten die Gewehre auf die Köpfe und die Geschlechtsteile ihrer Geschäftspartner.

Bei seinem achten Mord hatte Alverdes einen Zeugen, nämlich einen deutschen Gendarmen aus Okahandja. Der Mann hieß Wipplinger und stammte aus dem Allgäu. Er war erst seit einem halben Jahr in Südwest und der friedlichste Mann, der sich denken läßt. Er war gerade im Begriff, einen jungen Heteromann, der beim Diebstahl einiger Küchengeräte erwischt worden war, in den Kotter zu bringen, als Alverdes auf den Platz trat. Es war mitten am Tag vor dem Amtsgebäude. Obwohl Alverdes dauernd unterwegs war, kannte ihn hier jeder. Die Farmer fürchteten sich ein wenig vor ihm, weil sie nicht abschätzen konnten, wie weit und in welche Richtungen sein Einfluß reichte; und sie ärgerten sich über ihn, weil er ein »Negerfreund« war; aber sie schätzten ihn auch, das heißt: Sie brauchten ihn, denn sie kannten keinen anderen, der über dieses Land so viel wußte und der vor Babel geboren zu sein schien, denn es gab keine Zunge, in der er nicht reden konnte; er kannte alle Gesetze des Deutschen Reiches, alle Bräuche und Riten der Eingeborenen, er konnte mit allen Geschäfte machen, mit den verschlagenen Belgiern ebenso wie mit den sturen Portugiesen, er brachte die hochnäsigen Engländer zum Nachgeben und hielt den brutalen Holländern stand. – Jeder Deutsche in diesem Land kannte Hanns Alverdes. Kaum einer war schon länger in Südwest als er.

Gendarm Wipplinger hatte gewartet, bis Alverdes ihn erreichte. Der junge Herero trug eine französische Gabardinehose, sonst nichts, am Gürtel hielt ihn Wipplinger fest.

»Er hat Eßbesteck gestohlen«, begrüßte er Alverdes.

Ohne ein Wort zog Alverdes seinen Revolver, hielt ihn dem schwarzen Mann an die Schläfe und drückte ab. Das Blut schoß in einem hohen Strahl aus dem Loch. Wipplinger schleifte den Toten an Gürtel und Arm über den Platz und hinein in seine Amtsstube. Nun erst fand er stammelnde Worte und keuchte irgend etwas vor sich hin, er müsse das melden, er wisse nicht, was der Grund für diese Tat sei, sicher gäbe es einen Grund, sicher einen guten Grund, nur hätte er die Sache gern anders erledigt gesehen – und so weiter. Alverdes saß währenddessen auf dem Amtssessel und nickte nur. Noch immer hielt er seinen Revolver in der Hand. Eine junge Frau betrat das Büro, eine Deutsche, Alverdes kannte sie, sie war zusammen mit einer Familie aus der Nähe von Braunschweig nach Südwest gekommen. Sie war nicht restlos richtig im Kopf, er wußte nicht, ob sie eine Tochter der Familie war oder eine Dienstmagd. Sie hatte Eimer und Wischer in den Händen, schaute auf den toten Mann mit der purpurschwarzen Gesichtshälfte, schaute auf Wipplinger, zuletzt auf Alverdes. Eine Miene absoluter Gleichgültigkeit zog über ihr Gesicht, sie wollte etwas sagen, aber sie schmatzte nur mit den Lippen.

»Du brauchst keine Angst zu haben«, sagte Alverdes. Dann schoß er Wipplinger ins Herz. Die Frau drehte sich um und ging aus dem Haus, langsam, so langsam, wie sie gekommen war, und Alverdes blieb zwischen den Leichen sitzen und wartete auf die Folgen.

Aber es gab keine Folgen.

Mit dem nächsten Dampfer der Reederei Troost fuhr er von Swakopmund nach Hamburg. Das war im Sommer 1901. Er änderte seinen Namen in Achim Herzog, beschaffte sich neue Papiere, bekam eine Anstellung bei einer Handelsgesellschaft, für die er in Afrika tätig gewesen war, lernte Veronika Schneidewind kennen, die Tochter eines Hamburger Großhändlers, und zog in die Geschäftsleitung des Hauses ein. Wenige Tage vor der Hochzeit verschwand er. Er fuhr auf einem Handelsschiff nach Kiautschou, blieb aber nur wenige Wochen in China, dann bestieg er ein Schiff nach Kapstadt.

Weihnachten 1903 kehrte Hanns Alverdes nach Deutsch-Südwestafrika zurück. Er wurde in Okahandja verhaftet und ins Gefängnis gesperrt. Die Frau, die Zeugin des Mordes an dem Polizisten Wipplinger gewesen war, hatte ausgesagt. Alverdes beteuerte, er habe im Gegenteil Wipplinger das Leben retten wollen, der Herero habe Wipplinger angegriffen und schließlich auf ihn geschossen; er habe dem Mörder die Waffe entwunden und sie auf denselben abgefeuert. Alle glaubten ihm. Zumal bei dem Geisteszustand der Frau mit einer zuverlässigen Zeugenaussage ohnehin nicht gerechnet werden durfte. Aber man ließ ihn dennoch nicht frei. Deutsch-Südwestafrika sei ein zivilisiertes Land, hieß es, hier sei das Deutsche Reich, hier herrsche Ordnung, nicht anders als im Deutschen Reich sei auch hier ein Gericht zuständig, wenn es um Mord oder Totschlag oder Tötung aus Notwehr gehe. Nur ein Richter könne darüber entscheiden, was weiter mit ihm geschehe. Bis das Gericht zusammentrete, bleibe er in Gewahrsam. Es wurde gut für ihn gesorgt.

Die Ordnung aber war seit einiger Zeit außer sich geraten.

Wegen der aus dem Süden eingeschleppten Rinderpest und einer Heuschreckenplage hatten die Herero in einem Jahr fast zwei Drittel ihrer Rinder eingebüßt. Als Folge war der Fleischpreis gestiegen. Etliche deutsche Farmer, die nur Ackerbau betrieben hatten, ergriffen die Gelegenheit, um auf Viehzucht umzusteigen, die bisher den Herero vorbehalten war. Die Herero standen vor dem wirtschaftlichen Ruin und waren gezwungen, ihre Lebensmittel auf Kredit bei den Deutschen zu kaufen. Als die Rückzahlfristen verstrichen, wurde ihnen das Land genommen. Inzwischen wußten die Herero, daß ihr Land einen Wert besaß. Ihre Weidegebiete, die nördlich von Windhoek bis zum Ovamboland reichten, wurden zerstückelt, die Farmer errichteten Zäune, sie hielten die ehemaligen Besitzer mit Waffen von den Brunnen fern. Im Januar 1904 griffen die Herero deutsche Siedler an. Ihr Anführer war Samuel Maherero. Gouverneur Leutwein – inzwischen ließ er sich nicht mehr mit Landeshauptmann ansprechen – stellte sich mit seiner Schutztruppe den Aufständischen entgegen. Das Ergebnis war ein Desaster: Ein Viertel seiner Leute wurde erschossen, die meisten mit Gewehren, die vor nicht langer Zeit gegen Land getauscht worden waren. Maherero stürmte das Amtsgebäude von Okahandja, verwüstete das Büro sowie die Wohnung des Polizeimeisters und – befreite den einzigen Gefangenen, der in dem engen Raum mit der eisenbeschlagenen Tür einsaß.

Es fiel Alverdes nicht schwer, seinem Freund zu erklären, warum er als Deutscher in einem Gefängnis der Deutschen sitze. Seine eigenen Landsleute, sagte er, seien über ihn hergefallen, weil er sie beschimpft hätte; er habe die Partei der Herero ergriffen, habe die Deutschen des

Betrugs und der brutalen Ausbeutung bezichtigt, habe am Ende geschworen, er werde sich nie gegen das Volk der Herero und dessen Kapitän, seinen Freund Samuel Maherero, stellen; daraufhin hätte ihn Gouverneur Leutwein ins Gefängnis geworfen.

Von nun an kämpfte Hanns Alverdes auf der Seite der Herero gegen die Deutschen. Er wußte, auf welchen Farmen die meisten Waffen zu finden waren, denen gingen sie bei Tag aus dem Weg; in der Nacht aber brachen sie ein, töteten die Bewohner im Schlaf und nahmen sich die Gewehre. Alverdes wußte auch, wo die Vorräte der Stadt aufbewahrt waren; sie plünderten und legten Feuer. Und: Er wußte, wo die Familie jener Frau lebte, die ihn verraten hatte. Unter der Angabe, dort halte sich einer der schlimmsten Scharfmacher gegen die Herero auf, führte er die Aufständischen vor die Stadt. Sie überfielen die Farm, töteten alle Tiere, töteten den Besitzer der Farm, töteten dessen Frau, töteten die drei erwachsenen Söhne, deren Frauen und deren sechs Kinder. Die Magd, die nicht richtig im Kopf war, fing wie wahnsinnig an zu schreien, als sie Alverdes erkannte, und sie hörte nicht mehr auf. Sie wurde zu Boden gerissen, und vier Männer stellten sich auf ihre Arme und Beine. Alverdes trieb zugespitzte Holzkeile durch ihre Hände und Füße und pflockte sie am Boden vor der Scheune fest. Er bat Maherero, ihn allein zu lassen. Er häufte Stroh auf ihren Körper und zündete es an. Er setzte sich neben die schreiende Frau, deren Leib brannte, legte Stroh und Holzspreißel nach, bis sie tot war.

Gouverneur Leutwein zog sich nach Swakopmund an die Küste zurück und sandte um dringende Hilfe nach Berlin. Seine Schilderung der Situation muß sehr eindringlich gewesen sein – was seine eigene Position betraf, sogar zu eindringlich. Der Kaiser schickte ein Expeditionskorps unter dem Befehl von Generalleutnant Lothar von Trotha, das aus gut tausend Mann bestand. Weitere Truppen würden folgen. Von Trotha beschimpfte Leutwein als einen weichen und unfähigen Charakter, setzte ihn von seinem Posten ab, stellte das Land unter Kriegsrecht und marschierte gegen die Aufständischen, wobei die Soldaten nicht nur die Erlaubnis, sondern sogar das ausdrückliche Wohlwollen ihres Anführers hatten, auf Schwarze, die sie unterwegs trafen, zu schießen, egal, ob es sich um Rebellen oder harmlose Bauern, ob es sich um Männer, Frauen oder Kinder handelte. Von Trotha war ein Experte im Neutralisieren von Revolten; er hatte sich bereits im Jahr 1896 bei der Niederschlagung des Waheheaufstands in Deutsch-Ostafrika einen Namen gemacht und seinen Ruf 1901 während des sogenannten Boxeraufstands in China bestätigt. Seine Methode charakterisierte er selbst so: »Gewalt mit krassem Terrorismus und selbst Grausamkeit auszuüben war und ist meine Politik. Ich vernichte die aufständischen Stämme mit Strömen von Blut.« (Zitiert bei H. Leopold)

Als von Trotha mit den Kämpfern der Herero in ersten offenen Kontakt geriet, befehligte er zwanzigtausend Mann. Die Truppe war mit Panzerzügen, Geschützen, Maxim-Maschinengewehren und den neuesten Nachrichteninstrumenten ausgerüstet; die Herero hatten dem einige hundert Gewehre, knappe Munition, Speere, Lanzen und Pfeil und Bogen entgegenzusetzen. Dennoch gelang es von Trotha lange nicht, den Feind substantiell zu schwächen; im Gegenteil, es schien, als würden seine Truppen von ihm an der Nase herumgeführt. Tagsüber war nicht ein Schwarzer zu sehen; die wenigen Hütten, die die Aufständischen nicht selbst abgebrannt hatten, waren leer; die Spurenleser – die meisten vom Stamm der Nama, dessen Anführer damals noch glaubte, ein Bündnis mit dem Deutschen Reich werde in Zukunft Vorteil bringen – mußten zugeben, daß sie ständig in die Irre geführt wurden, konnten aber ihrem Auftraggeber nicht erklären, was dabei das Ziel und die Absicht des Feindes sei, ob er die Deutschen in einen Hinterhalt locken oder bloß verwirren wollte. Eines Nachts wurde das Lager angegriffen, und als es hell wurde, war das Ergebnis zu sehen: Der bestbewaffneten Truppe des südlichen Afrika waren verheerende Verluste zugefügt worden. Die Stimmung bei den deutschen Soldaten war dementsprechend schlecht; die schon länger in Südwest dienten, begannen an den Fähigkeiten von Generalleutnant von Trotha zu zweifeln.

Die Taktik der Herero (heute würde man von Guerillataktik sprechen) sei, so behauptete Alverdes später vor Gericht, ausschließlich von Samuel Maherero entwickelt worden. »Bei aller Abscheu gegenüber diesem Mann«, so wird der Angeklagte im Prozeßprotokoll zitiert, »muß man doch zugeben, daß er ein außerordentliches militärisches Talent besaß.« Diese Aussage darf man relativieren: Niemals hätte Alverdes vor dem deutschen Gericht eingestanden, Maherero wenigstens beraten zu haben. Wahrscheinlich ist vielmehr, daß er als der Verantwortliche für dieses An-der-Nase-Herumführen des Expeditionskorps gesehen werden muß. Samuel Maherero hätte sich eine Kriegerschar wie die seines Feindes, bevor er sie zum erstenmal vor sich sah, nicht einmal vorstellen können. Die Kämpfe gegen die Nama oder gegen andere Stämme waren Massenraufereien gewesen, es gab keine Strategie und keine Taktik zu entwickeln; die einen kämpften gegen die anderen, und alle kämpften auf einmal und kämpften so lange, bis alle erschöpft waren. Daß die Deutschen ein Heer aufgestellt hatten, das zahlenmäßig ein Viertel des gesamten Volkes der Herero ausmachte, Frauen, Kinder, Alte mit eingerechnet, dazu Waffen von einer Zerstörungskraft besaßen, die den Herero als nicht von dieser Welt erscheinen mußten, dem Kapitän das zu erklären, dazu hätte die Zeit, die ihm und seiner Sache blieb, nicht ausgereicht. Herwig Leopold geht in seinen *Kriminalprozessen* davon aus, daß Alverdes, jedenfalls in dieser Phase des Kampfes, das Heer der Herero geführt hat. Die Rebellen zerstörten Eisenbahnbrücken und rissen Schienen aus ihren Kofferungen und behinderten so den Nachschub für die deutschen Truppen; sie kappten wichtige Telegraphenverbindungen in die Hauptstadt und überfielen die Höfe deutscher Siedler, raubten Lebensmittel und Waffen.

Die Hererokrieger hatten ihre Familien im Troß, weil sie fürchteten, das Deutsche Reich werde mit ihren Frauen und Kindern, wenn es sie unbeschützt träfe, kein Erbarmen haben (was die Soldaten des Deutschen Reiches dann ja auch nicht hatten); und sie trieben ihr Vieh vor sich her, weil es sonst vom Deutschen Reich requiriert worden wäre (was deutsche Farmer dann ja auch taten). Nachdem er sein Volk ein halbes Jahr lang kreuz und quer durch das Land geführt hatte, verschanzte sich Maherero am Waterberg bei Hamakari, um aus sicheren Stellungen heraus so lange dem Feind standzuhalten, bis der zu Verhandlungen und Zugeständnissen bereit wäre. Sicher rechnete er damit, daß Alverdes als Vermittler mit den Weißen rede. Hätte Gouverneur Leutwein die deutschen Truppen befehligt, wäre der Krieg wahrscheinlich auf diese Art und Weise beigelegt worden. Von Trotha aber dachte keinen Augenblick daran, mit diesen Menschen zu reden, er sah in ihnen nichts weiter als Affen, Paviane, die dem Deutschen Reich im Weg waren.

Am 11. August 1904 kam es zur letzten Schlacht. Gegen die neuen Geschütze der Deutschen boten die Stellungen der Herero wenig Schutz. Nicht ein einziger Speer, kein Pfeil, keine Lanze verließ das Knäuel der Schreienden und Sterbenden. Die Munition war verschossen. In Panik liefen die Frauen mit ihren Kindern auf dem Arm in die Kugeln der automatischen Geschütze. Maherero sah keinen anderen Ausweg, als alles zurückzulassen und mit dem Gros seines Volkes an der schwächsten Stelle der Umzingelung durchzubrechen – in die Omaheke, einen Ausläufer der Kalahariwüste! Die deutschen Truppen verfolgten die Fliehenden bis über die letzten Wasserstellen hinaus. Die Brunnen wurden mit bewaffneten Wachposten besetzt; die hatten Befehl, jeden, der sich dem Wasser näherte, zu erschießen. In breiter Front riegelte von Trotha die Wüste ab. Nach wenigen Wochen schickte Maherero fünfzehn Unterhändler, um die Modalitäten seiner Kapitulation auszuhandeln. Von Trotha ließ zehn von ihnen aufhängen, die anderen jagte er in die Wüste zurück. Eine Proklamation hatte er ihnen mitgegeben. Sie war in Otjiherero verfaßt, der Sprache der Herero:

»Ich, der große General der Deutschen Soldaten, sende diesen Brief an das Volk der Herero. Die Herero sind nicht mehr Deutsche Untertanen. Sie haben gemordet und gestohlen, haben verwundeten Soldaten Ohren und Nasen und andere Körperteile abgeschnitten und wollen jetzt aus Feigheit nicht mehr kämpfen. Ich sage dem Volk: Jeder, der einen der Kapitäne an eine meiner Stationen als Gefangenen abliefert, erhält tausend Mark, wer Samuel Maherero bringt, erhält fünftausend Mark. Das Volk der Herero muß jedoch das Land verlassen. Wenn das Volk dies nicht tut, so werde ich es mit der Groot Rohr dazu zwingen. Innerhalb der Deutschen Grenzen wird jeder Herero mit und ohne Gewehr, mit oder ohne Vieh erschossen, ich nehme keine Weiber oder Kinder mehr auf, treibe sie zu ihrem Volke zurück oder lasse auf sie schießen. Dies sind meine Worte an das Volk der Herero. Der große General des mächtigen Deutschen Kaisers.«

(Bundesarchiv Potsdam, Akten des Reichskolonialamtes, 10.012089 Bl. 7, Abschrift Kommando Schutztruppe 1 Nr. 3737, Osombo-Windhuk, 2.10.1904)

Von den hunderttausend Herero – so eine zeitgenössische Schätzung – starben achtzigtausend, die meisten an Hunger und Durst. Die überlebt hatten und aufgegriffen worden waren, wurden in Konzentrationslager gesperrt. Samuel Maherero gelang es, sich mit wenigen hundert nach Britisch-Betschuanaland, dem heutigen Botswana, durchzuschlagen, wo er 1923 starb. Von Trotha wurde abgelöst – nicht zuletzt, weil die Sozialdemokraten im Berliner Reichstag unter der Führung ihres Vorsitzenden August Bebel heftig gegen diesen »Vernichtungsfeldzug« protestierten. Als neuen Gouverneur setzte der Kaiser Friedrich von Lindequist ein.

Erst nach einigen Wochen wurde entdeckt, daß sich unter den Gefangenen ein Weißer befand, sein Name: Hanns Alverdes. Er wurde nach Deutschland gebracht und in Berlin vor Gericht gestellt.

Das war im Jahr 1907. Carls Großonkel war damals fünfunddreißig Jahre alt.

5

»In einem spektakulären Verfahren«, hörte ich Carls inzwischen atemschwere Stimme neben mir sagen, »wurde mein Großonkel Hanns zum Tode verurteilt. Er war zunächst zweier Verbrechen, nämlich des Landesverrats und des Mordes an dem deutschen Polizisten Wipplinger, angeklagt. In letzterem Fall stützte sich die Staatsanwaltschaft auf die Aussage der Zeugin, wie sie von einem Angehörigen der Schutztruppe in Okahandja niedergeschrieben und mit drei Tintenkreuzen von ihr bestätigt worden war, nämlich einige Jahre, bevor sie während des Aufstands auf bestialische Weise ermordet wurde. Das Gericht folgte den Ausführungen von Dr. Zitschin und glaubte Hanns Alverdes, der nach wie vor behauptete, der Hereromann habe Wipplinger erschossen und daraufhin er den Hereromann; und glaubte nicht den Schilderungen der Frau, die in dem Protokoll ihrer Einvernahme als

744

schwachsinnig bezeichnet wurde. Die Anklage wegen Landesverrats dagegen war nicht so leicht zu entkräften. Alverdes habe Seite an Seite mit Maherero am Waterberg und in der Wüste gekämpft; soundso viele deutsche Soldaten bezeugten dies – alle schriftlich übrigens, sie waren nämlich samt und sonders noch in Deutsch-Südwest stationiert, und der Generalstab dachte nicht daran, wegen so einer Veranstaltung den Männern die Fahrt von Windhoek nach Berlin und wieder zurück zu bezahlen. Sie bezeugten, sie hätten den Kaufmann Alverdes, den in Deutsch-Südwestafrika jeder kenne, in der Schlacht am Waterberg kämpfen sehen. Dr. Zitschin fragte, warum sie nicht auf der Stelle Meldung erstattet hätten. Der Staatsanwalt antwortete an ihrer Statt, die Männer hätten ihren Augen nicht getraut, weil sie einen solchen Verrat nicht für möglich hielten – womit er nicht nur Landesverrat, sondern vor allem Rassenverrat meinte, wie er unmißverständlich zum Ausdruck brachte. Eine Verurteilung schien zwingend, schon weil man ein Exempel statuieren wollte.

Und nun Achtung! Nun folgt, was den Prozeß zu einer Sensation werden ließ, über die noch viele Jahre gesprochen werden würde. Ohne daß sich mein Großonkel mit seinem Anwalt abgesprochen hätte, bat er den Richter, ihm das Wort zu erteilen. Er wolle dem Gericht und dem ganzen Land beweisen, daß er nicht nur kein Verräter, sondern im Gegenteil ein noch schärferer Rassist sei als der Staatsanwalt, ein grimmigerer Feind der Neger als selbst Generalleutnant Lothar von Trotha. Nein, er sei nicht ein Mitstreiter von Samuel Maherero gewesen, sagte er, sondern dessen Gefangener und Geisel. Und daß der Kapitän ihn beim Waterberg nicht zurückgelassen, sondern mit in die Omaheke geschleppt habe, sei, vom Standpunkt dieses Feindes des Deutschen Reiches aus betrachtet, durchaus folgerichtig gewesen, denn auch er habe, ähnlich wie es nun der Staatsanwalt von diesem Gericht verlange, an ihm, Hanns Alverdes – im Dienste des Deutschen Kaiserreiches Handelsmann in Afrika seit 1884 – ein Exempel statuieren wollen, habe er ihn doch als den erkannt, der er war: der Widersacher seines Volkes. Vor den fassungslosen Anwesenden breitete mein Großonkel nun seine Mordtaten aus, schilderte sie bis in die Einzelheiten, angefangen bei dem alten Herero an der Wasserstelle, weiter, daß er den Buben auf dem Weg zur Missionsstation in Otjimbingwe in den Rücken geschossen und versucht habe, seinen kleinen Finger abzubeißen, erzählte ohne Scham und Reue von den Männern und Frauen, die er gleichsam im Vorbeigehen erlegt habe; schilderte haarklein die bestialische Tat an der schwachsinnigen Frau; daß diese eine Deutsche gewesen war, bestritt er gar nicht, behauptete aber, daß sie sich den Negern als Hure verkauft habe – was aus der Luft gegriffen war. Was er bei seinen Taten empfunden hatte, nämlich nichts, daß er in Wahrheit in keinem der Fälle einen Grund für seine Tat gehabt hatte, außer dem letzten, als er die Frau vor der Scheune auf dem Boden gekreuzigt und lebendig verbrannt hatte, um sich dafür zu rächen, daß sie ihn angezeigt hatte, das trug er dem Gericht freilich nicht vor. Darüber sprach er erst viel später.

Aber: Mord ist Mord, und in Deutschland herrschen Recht und Ordnung. Jawohl, betonte der Richter, Mord ist Mord und bleibt Mord, und Mord an einem Neger werde von einem deutschen Gericht erst dann nicht als solcher gewertet, wenn ein Gesetz verabschiedet sei, das den Negern das Menschsein abspreche. Hanns Alverdes wurde vom Vorwurf des Landesverrats freigesprochen. Er wurde vom Vorwurf des Mordes an dem Polizisten Wipplinger freigesprochen. Er wurde schuldig gesprochen des Mordes an der deutschen Frau, und er wurde schuldig gesprochen des Mordes an acht Mitgliedern des Volkes der Herero. Und er wurde zum Tode verurteilt.

Aber das Urteil ist nicht vollstreckt worden. Die Strafe wurde in lebenslänglich abgemildert. Und weil die ersten Seelenexperten des Reiches meinen Großonkel für verrückt erklärten, und zwar so verrückt wie eine Scheißhausfliege, wurde aus lebenslangem Gefängnis lebenslanges Irrenhaus. Zuerst hat man ihn nach Plötzensee gebracht. Da hätte man ihn gleich an die Wand stellen können. Meine Großmutter und Tante Franzi drängten meinen Großvater, er solle alles, was in seiner Macht stehe, aufbieten, um ihren Bruder dort herauszuholen. Also, meinem Großvater war die Sache ekelhaft, er hätte am liebsten nie etwas davon erfahren, und er hatte absolut nichts dagegen, daß man so einen Kerl in eine Anstalt sperrte, es durfte sich dabei auch ruhig um die schlimmste ihrer Art handeln. Tante Kuni hat mir erzählt, es habe lange gedauert, bis er seine eigene Frau wieder so ansehen konnte wie vor dieser Geschichte. Mit den Göttingern wollte er von nun an nichts mehr zu tun haben, weder mit Tante Franzi noch mit Tante Kuni. Er wird sich gedacht haben, ein Dämon steckt in dieser Familie. Ich kann es ihm nicht verdenken. Ich habe mir das auch oft gedacht. Meine Großmutter und Tante Franzi ließen ihm aber keine Ruhe, und so hat er es gerichtet, wie er es eben richten konnte, nämlich mit Geld. Er hat seine Verbindungen spielen lassen und Bestechungsgelder bezahlt, daß man dafür eine Lokomotive gekriegt hätte, damit sein Schwager in die private Heilanstalt Stabenow in Berlin-Zehlendorf überführt wurde. Dort wurde er in ein Spezialzimmer gesperrt. Das mußte man erst bauen. Engvergitterte Fenster. Vor der Tür ein verschiebbares Stahlgitter. Man hatte den Anbau an den hinteren Teil des Hauptgebäudes gesetzt, damit man nicht gleich bei der Ankunft schon sähe: Halt, hier stimmt doch was nicht! Sogar im Versteckten hat man ihn noch versteckt.

Aber er hatte es gut dort. Er war ein Bevorzugter. Bestes Essen. Immer frische Wäsche. Tadellose medizinische Betreuung. Blick auf den Rosengarten. War natürlich teuer die Sache, sehr, sehr teuer. An jedem Monatsersten wurde das Geld überwiesen. Wie lange? So lange der Patient lebt natürlich. Er hat ja lebenslänglich bekommen. Also muß man auch lebenslänglich zahlen. Nicht einmal während der Wirtschaftskrise setzten die Zahlungen aus. Aber mein Großvater stellte eine Bedingung. Nie wieder, nie wieder, das ließ er sich von meiner Großmutter und von Tante Franzi schriftlich geben, nie wieder wird der Name Hanns Alverdes in der Familie erwähnt. Wenn er den Namen auch nur ein einziges Mal hört, läßt er den Dauerauftrag löschen und stellt automatisch die Überweisungen ein. Logischerweise der Sonderpatient nach Plötzensee zurückgebracht werde. Meine Großmutter und ihre Schwester gaben ihr Wort. Damit war der Fall für meinen Großvater erledigt.

Meine Großmutter hat ihr Wort gehalten, sie hat mit niemandem darüber gesprochen. Wenn die Rede auf ihre Familie kam, sagte sie, sie habe noch eine Schwester, die lebe in Göttingen, Franziska heiße sie, und sonst habe sie niemanden. Tante Franzi aber hat ihr Wort nicht gehalten, sie hat die Geschichte ihrer Tochter weitererzählt. Und Tante Kuni hat sie mir weitererzählt. Und ich erzähle sie dir. Und du schreibst sie auf. – Sebastian?«

»Ja?«

»Ich dachte, du schläfst.«

»Warum hast du das gedacht? Warum sagst du das dauernd? Ich schlafe nicht ein!«

»Dein Atem hat sich so angehört.«

Auf dem phosphoreszierenden Zifferblatt meiner Armbanduhr sah ich, daß es gleich fünf war. – Die Geschichte war aber noch nicht zu Ende.

Als Kuni Herzog mit Carl über Hanns Alverdes sprach, wußte sie nicht, ob dieser noch in der Irrenanstalt einsaß oder ob er vielleicht doch in ein Gefängnis verlegt worden war; sie wußte nicht einmal, ob er überhaupt noch lebte. Das war um 1930 herum gewesen, zwanzig Jahre nach dem Prozeß. Auch ihre Mutter wisse nichts Näheres; nicht einmal, welche Irrenanstalt es war, wußte sie; Carls Großvater hatte weder seine Frau noch seine Schwägerin informiert. Er sei in guten Händen, hatte er gesagt und sich nicht verkniffen hinzuzufügen: »In besseren, als er es verdient.«

»Natürlich hätte ich gern mehr gewußt«, sagte Carl. »Ich habe Tante Kuni von meiner ersten Erinnerung erzählt. Sie fand das ungeheuer spannend. Sie fand die Tatsache spannend, daß aus unserer Familie ein Ungeheuer hervorgegangen war. Alles war ihr recht. Wenn es nur gegen die Langeweile half. Ich habe mich manchmal gefragt, ob sie auch mit ihrer damaligen Freundin Edith Stein über unseren bemerkenswerten Anverwandten gesprochen hat. Ich bin überzeugt, sie hat. In jenem Sommer, als der Krieg ausbrach, war die Geschichte ja gerade einmal vier Jahre her. Jeder erinnerte sich daran. Es gab immer noch vereinzelt Spinner, für die war Hanns Alverdes ein Held. Diese Spinner hatten sogar Aufwind bekommen. Ein Deutscher, der dem niederen Teil der Welt zeigte, wo der Hammer hängt. Ich habe mich nicht getraut, Tante Kuni zu fragen, was für eine Meinung das Fräulein Stein in dieser Angelegenheit vertreten habe. Ich wollte ihren lieben Namen nicht zusammen mit dem eines Ungeheuers in ein Satzgefüge sperren. Ich sagte bereits, ich bin meinen Tanten während meines Studiums aus dem Weg gegangen. Ich hätte mich unter normalen Umständen auch nicht auf so ein Gespräch mit Tante Kuni eingelassen. Und ich muß auch zugeben, nicht sie hat damit angefangen, sondern ich. Ich habe sie zufällig in der Stadt getroffen, was des öfteren vorkam, dann haben wir uns die Hand gegeben und guten Tag gesagt und noch ein paar verlegene Worte, aber diesmal habe ich sie zu mir auf meine Bude eingeladen. Oh, sie hat sich überschäumend gefreut! Mein Gott, war sie häßlich geworden! Sie war Ende Vierzig und sah aus wie Sechzig. Und gleichzeitig wie Sechzehn. Ein zwischen Welten und Zeiten zerfetztes Gesicht. Sie sagte, es gehe ihr gut. Und Tante Franzi gehe es ebenfalls gut. Ich war gerade aus Moskau zurückgekommen und hatte Eis im Kopf, wirklich Eis im Kopf. Hab' mich im Mördersein noch nicht eingerichtet gehabt. In so einem Ausnahmezustand sucht man nach Rat. Man schaut sich um. Und findet etwas Vergleichbares in der eigenen Familie. Es liegt in der Familie! Also bitte! Ich habe sie gefragt, ob sie den Namen Hanns Alverdes kenne. Und jetzt ist es aus ihr herausgesprudelt. Es hat mir gutgetan. Es gibt einen, der hat's noch schlimmer getrieben als du. Du bist nicht der erste, und du bist nicht der einzige. Du bist etwas, das es vorher bereits gegeben hat. *Something that has existed before.* Ich schlug Tante Kuni vor, daß wir beide uns detektivisch betätigen und herausfinden, wo unser Onkel Hanns sitzt, und daß wir ihn gemeinsam heimlich besuchen und ausquetschen. Der Vorschlag war natürlich nicht ernst gemeint gewesen. Ich wollte lediglich ihre Phantasie etwas aufkitzeln. ›Ich würde ihm nämlich gern seinen Blick zurückgeben‹, sagte ich, ›diesen unheimlichen Blick, den er durch die Haare von Tante Franzi mir zugeschickt hat.‹ Sie hat die Augen nach oben verdreht, und ein Schauder ist über sie drübergelaufen. Und ihr Leben hatte einen Sinn. ›Du meinst, dieser Blick steckt immer noch in dir drin?‹ fragte sie in andächtigem Falsett. ›Ja, das meine ich‹, sagte ich und zog einen bitteren Mund, was pure Schauspielerei war. Aber nicht Tante Kuni war das Publikum, sondern ich selbst. Ich tat vor mir selbst so, als ob ich einen spielte, der so tut, als ob der Blick des Hanns Alverdes noch immer in ihm steckte wie ein rostiges Messer in einem Baumstamm. Um mir selbst vorzumachen, daß es nicht so sei. Derweil ich doch genau wußte, daß es so war. Immer wieder mußte ich Tante Kuni meine Begegnung mit dem unheimlichen Onkel Hanns erzählen. Sie war gierig danach. Sie selbst hatte ihn ja nie gesehen. Meine Vermutung war, er sitze in Rasemühle, dem Sanatorium bei Göttingen. Das schien mir naheliegend, aus der Psyche meines Großvaters geschlossen. Daß der Kerl möglichst nahe an die Göttinger herangerückt wird. Damit alles oder wenigstens das meiste an denen hängenbleibt. Wien ist weit, in Wien geschehen solche bösen Dinge nicht. Eine von den Alverdischen hatte er gerettet, nämlich meine Großmutter, mehr konnte man von ihm nicht verlangen. Die Bestie, die soll dorthin, wohin sie gehört. Nach Rasemühle waren das Fräulein Stein und ich hinausspaziert, ich mit meinen acht Jahren, daran erinnerte ich mich sehr genau, es war ihre Idee gewesen. Auch, daß wir uns in den Park des Sanatoriums schleichen und uns unter ein bestimmtes Fenster stellen, weil dort ein guter Platz war, um einem Jecken zuzuhören, der in seinem Zimmer wirres Zeug jodelte.

Tante Kuni hat sich nicht getraut. Ich habe sie aufgezogen. Und aufgehetzt, bis sie in Panik geraten ist. Sie hat sich vor mir zu fürchten begonnen. Und stell' dir vor, sie hat mir einen Brief geschrieben. Einen Brief! Sie hat Angst gehabt, mich zu treffen! Sie schrieb, sie habe erfahren, daß H. A. gestorben sei. Und sie bitte mich, den Brief zu verbrennen und nie wieder vor ihr diesen Namen auszusprechen und unter gar keinen Umständen vor meiner Mutter oder vor Tante Friederike zu erwähnen, daß sie mit mir über deren Bruder gesprochen habe. – Nun, ich habe Tante Kuni geglaubt. Die Canaille ist tot. Fragt nicht nach ihr!«

»Und du hast nie mit deiner Großmutter über Hanns Alverdes gesprochen.«

»Nein. Natürlich nicht.«

Herwig Leopold, als er 1962 seine *Deutschen Kriminalprozesse* schrieb, war ebenfalls davon ausgegangen, daß Hanns Alverdes nicht mehr lebte (damals wäre er neunzig gewesen), daß er irgendwann in den späten dreißiger Jahren gestorben sei. Leopold spricht das zwar nicht dezidiert aus, legt aber den Schluß nahe. Ich zitiere den letzten Absatz des betreffenden Kapitels:

»Das berüchtigte Geständnis des Hanns Alverdes, von ihm selbst als Verteidigung gedacht, hätte die nationalsozialistischen Behörden, die sich als zuständig für die Hygiene des Erbgutes betrachteten, in einige Verlegenheit gebracht. Einerseits macht man mit Verbrechern dieses Kalibers kurzen Prozeß. Andererseits: Kann ein Regime, das in der Vernichtung von minderwertigen Rassen seine vordringlichste Aufgabe sieht, einen Mann in einem Irrenhaus belassen, der von sich selbst behauptete, neun Menschen aus dem alleinigen Grund getötet zu haben, weil ihre Haut schwarz war? Wenn Alverdes ins Irrenhaus gehörte, gehörte das gesamte nationalsozialistische Deutschland dorthin. Goebbels hätte ihn wohl mit Ehrengeleit rausgeholt.«

Zu der Zeit, als Joseph Goebbels dies hätte veranlassen können, lebte Hanns Alverdes noch; und zu der Zeit, als Herwig Leopold sein Buch schrieb, lebte er auch noch.

(Daß die Nazis Alverdes beließen, wo er war, und an der Sache nicht rühren wollten, hatte durchaus einen Grund. Im Herbst 1933 erschien in dem der rassistischen Typenlehre von Erich Rudolf Jaensch nahestehenden, pseudowissenschaftlichen Periodikum *Blätter für Psychologie und Anthropologie* ein Artikel über Alverdes, dem ein Gespräch mit demselben folgte. Ein anonymer Autor hatte den Einsitzenden besucht, und dieser hatte sich erstaunlicherweise bereit erklärt, Rede und Antwort zu stehen. Zweck dieses Gesprächs war es wohl tatsächlich, erste Schritte zu einer Rehabilitierung zu setzen. Das Interview ist in mehrerer Hinsicht bemerkenswert. Erstens sind die Fragen durchwegs um ein Vielfaches länger als die Antworten. Die Tendenz ist ihnen deutlich anzumerken. Der Autor wollte offensichtlich von Alverdes dessen damals vor Gericht vorgetragenen rassistischen Standpunkt bestätigt haben – nach dem Motto: Rassenkampf auf eigene Faust. Im Kontra dazu zweitens: Alverdes läßt keinen Zweifel daran, daß ihm die Hautfarbe seiner Opfer in Wahrheit völlig egal war. Sein letzter Satz: »Ich habe es getan, weil ich wissen wollte, wie es ist, wenn man so etwas tut.« Warum die Zeitschrift das Interview dennoch abdruckte, scheint rätselhaft; vielleicht weil die Redakteure der Meinung waren, Neger umbringen ist gut und nicht schlecht, gleich, aus welchem Motiv.)

Carl: »In den ersten Tagen des Jänners 1976 bekam ich einen Brief von einem gewissen Dr. Jens Lengerke, Psychiater und Leiter der Nervenheilanstalt Stabenow in Berlin-Zehlendorf. Er schrieb, er selbst, aber

751

schon sein Vorgänger, Dr. Schwarz, und auch dessen Vorgänger, Dr. Bredekamp, hätten sich nach eventuellen Angehörigen des in ihrer Anstalt einsitzenden Patienten Hanns Alverdes erkundigt. Ich, Carl Jacob Candoris, sei der einzige, der sich habe finden lassen. Er wolle mir mitteilen, daß mein Anverwandter – in welcher Beziehung ich zu ihm stehe, hätten er und seine Vorgänger nicht herausfinden können – im Sterben liege. Vielleicht wolle ich ihn ja sehen. Er halte das zwar nicht für wahrscheinlich, denn wie er aus den Aufzeichnungen der Anstalt lese, habe Hanns Alverdes seit seiner Einlieferung vor – die folgende Zahl unterstrich er zweimal – 66 Jahren keinen Besuch eines Familienmitgliedes bekommen.

Er lebte also noch. Er war hundertundvier Jahre alt!

Als erstes erzählte ich Margarida die Geschichte. Das dauerte gut einen Tag. Ein Tag war also gewonnen. Ich hatte bis dahin mit niemandem darüber geredet. Ich habe mein Versprechen gehalten. Nun waren sie alle tot: mein Großvater, meine Großmutter, Tante Franzi, Tante Kuni. Alle, nur er nicht. Ihm hatte ich nie etwas versprochen. Margarida bat mich, nicht nach Berlin zu fahren, händeringend bat sie mich, flehte mich an. ›Er macht dich kaputt‹, prophezeite sie mir: ›Quatsch‹, sagte ich, ›er ist hundertundvier Jahre alt, was kann er mir tun? Den hau' ich doch um mit links!‹ Wieder war ein Tag vergangen, ich habe die Entscheidung vor mir hergeschoben, von einem Tag auf den nächsten. Margarida sagte, wenn ich fahre, werde sie mich begleiten. ›Ich fahre doch nicht in den Urwald, mein Liebling‹, sagte ich, ›nur nach Berlin.‹ Und ich scherzte: ›Er wird mich nicht mehr hochheben und auf den Arm nehmen wollen.‹ Wir haben gelacht. Ein Hundertundvierjähriger hebt einen Siebzigjährigen hoch und nimmt ihn auf den Arm. Ist das nicht komisch? Und schon war wieder ein Tag vergangen. Ich habe noch ein paar Tage verstreichen lassen und noch ein paar Tage. Und als ich mich endlich aufraffte und mich in den Mercedes setzte und über die westdeutschen Autobahnen raste und durch die DDR tuckerte und in Westberlin ankam und ein Zimmer im Kempinski nahm und am nächsten Tag hinausfuhr nach Zehlendorf und dort das Sanatorium Stabenow suchte und es fand – da lebte er nicht mehr. Hanns Alverdes sei vor sieben Tagen gestorben, teilte mir Dr. Lengerke mit. Ohne Vorwurf. Ein noch junger Mann. In deinem Alter, ein, zwei Jahre älter vielleicht, lange lockige Haare. Ich fragte, ob ich mir das Zimmer meines Großonkels ansehen dürfe, ob es noch erhalten sei. ›In eine Gedenkstätte werden wir es nicht umwidmen‹, lachte er. Es sei noch alles so, wie es sechsundsechzig Jahre lang gewesen war. Genau so. Soweit er das mit Hilfe der Aufzeichnungen der Anstaltsleitung überblicken könne, sagte Dr. Lengerke, habe Herr Alverdes nichts in diesem Zimmer verändert. Er führte mich in den hinteren Teil des Gebäudes. Das Haus sei im Laufe der Jahre um die Zelle ihres Dauerpatienten herum umgebaut und renoviert worden, dabei faßte er mich am Ellbogen, das ist etwas, was ich nie leiden konnte. Vor der Tür blieb er stehen. Er werde eine der Schwestern bitten, mir Kaffee zu bringen, sagte er. Ob ich ein Stück Apfelkuchen dazu wünsche? Gern, sagte ich. Und drückte die Klinke zu dem ältesten Zimmer in dieser Anstalt nieder.«

Inzwischen machten ihm die Schmerzen so sehr zu schaffen, daß er seine Worte in knappen Portionen vorbrachte, ohne daß allerdings der Satzbau darunter gelitten hätte. Keine Kontaminierung des Geistes durch den Körper. Der da sprach, war nicht, der da saß. Als stemmte der, der er einmal gewesen war, den, der vor Schmerzen an sich selbst niedersank, ein letztes Mal und mit der Kraft all der Ichs, an die er sich erinnerte, vor die Schwelle zwischen Sein und Nichtsein. Tatsächlich hörte ich seine Stimme inzwischen nahe dem Fußboden; er war zur Seite gesunken.

»Wir wollen es gut sein lassen«, sagte ich, »bitte, Carl! Du kannst dich in meinem Bett ausruhen, bis Frau Mungenast kommt. Erzähl mir das Ende, wenn du geruht hast, wenn wir gefrühstückt haben. Erzähl's mir unten am See oder beim Wald.«

»Nein, nein«, sagte er, aber ohne Ungeduld, »nein, nein, nein! Frau Mungenast wird kommen, sie wird nicht schimpfen, weil sie nämlich ein schlechtes Gewissen hat, ihr werdet mich gemeinsam nach unten bringen, ich werde lange schlafen, weil sie mir eine Spritze geben wird. Aber, Sebastian, wenn ich aufwache, möchte ich, daß du nicht mehr hier bist. Versteh' mich nicht falsch, und laß' es mich dir nicht erklären müssen.«

Er habe, erzählte Carl weiter, bei Apfelkuchen und Kaffee eine gute Stunde lang in dem Zimmerchen gesessen, in dem sein Großonkel durch einen geraumen Teil des Jahrhunderts aufbewahrt gewesen sei. »Aufbewahrt« nenne er es mit Absicht; nämlich, damit er kein Leid anrichte, aber auch, damit ihm kein Leid geschehe. In dem Raum habe ein Geruch geherrscht – scharf, nach altem Holz, das kam von der Vertäfelung an den Wänden und den unbehandelten Holzriemen und dem Mobiliar; vor allem aber nach Zeltplane, anders könne er den Geruch nicht bezeichnen, nach alter Zeltplane, muffig und zugleich hitzespröd, als wäre hier irgend etwas einem raschen Wechsel von Feuchtigkeit und Hitze ausgesetzt – er habe sich auch nach einer Stunde nicht an diesen Geruch gewöhnt, seine Kleider hätten sich damit angesoffen, was ihm tagelanges Unwohlsein bereitet habe. Die Einrichtung sei spärlich gewesen; kein Bild an den Wänden, nirgends auch nur eine Spur von Schmückung; kein Radioapparat, kein Fernseher. Nichts Eigenes – abgesehen davon, daß nach so langer Zeit die Einrichtungsgegenstände – Bett, der Polsterstuhl, auf dem er saß, ein quadratischer Holztisch, ein Nachtkästchen, ein schmaler Kleiderschrank – durch Berührung, vielleicht schon durch das viele Anschauen sich der Person des Einsitzenden angeglichen hätten und schließlich doch zu etwas unverwechselbar Eigenem geworden seien. Ein monströser Gedanke sei ihm gekommen: »So, wie ich hier sitze, dachte ich, so ist er gesessen durch sechsundsechzig Jahre, Tag für Tag. Als mir mein Großvater erzählte, daß Roald Amundsen als erster den Südpol erreicht habe, saß er hier. Als mir mein Großvater vom Untergang der Titanic erzählte, saß er hier. Als Kandinsky sein erstes abstraktes Bild malte, saß er hier und auch, als Freud in der Berggasse seine Wunder wirkte und Herr Carnap in der Boltzmanngasse über die Sinnlosigkeit der Metaphysik referierte. Als ich dem Fräulein Stein half, meine Tanten ins Leben zurückzuholen, saß er hier. Als Lenin in dem verplombten Zug von Zürich durch Deutschland und nach Finnland fuhr und weiter nach Petrograd, saß er hier. Als ein Dollar eine Billion Mark kostete und zehntausend Kronen gegen einen Schilling umgetauscht wurden und ein Erdbeben Tokio und Yokohama zerstörte und sich Hitler nach seinem gescheiterten Putsch das Leben nehmen wollte und die unglückselige Helene Hanfstaengl ihm die Waffe aus der

Hand riß, saß er hier. Als mein Großvater sein Viertel jüdischen Blutes dreimal hintereinander verriet und kein Hahn krähte, saß er hier, Als seine beiden Schwestern starben, erst Franziska, dann Friederike, beide in Frieden, wie mir versichert wurde, saß er hier und blickte hinaus auf den Rosengarten. Als meine Mutter von dem Bombensplitter an der Schläfe getroffen wurde, saß er hier, und als Valerie vergewaltigt wurde, saß er hier. Als Bruder Kurabashi sich mit Maiskeksen vollstopfte, saß er hier, und als er sich die Arme aufschnitt und sie jauchzend in die Kamera reckte, saß er auch hier. Und er war hier gesessen, als der armenische Riese Aszaturow wie ein Schwein Kopf nach unten aufgehängt wurde, vielleicht nur deswegen, weil er zur unrechten Zeit den Namen Stalins ausgesprochen hatte. Als die Deutsche Wehrmacht in Polen einmarschierte, als die Konzentrationslager in Auschwitz, Bergen-Belsen, Mauthausen, Treblinka, Sobibor errichtet wurden, als die Atombomben fielen und die Bomben auf Korea und Vietnam, als Mao mordete, als *In my Solitude* und *Them There Eyes* und *Sophisticated Lady* und *Round Midnight* komponiert wurden, als Lumumba ermordet wurde und John F. Kennedy und Martin Luther King, als Neil Armstrong und Edwin Aldrin auf dem Mond spazierten, saß er hier, und auch als *George Lukassers Lassithi Dreams* aufgenommen wurde, die schönste Musik, die ich kenne – hat er in diesem Polsterstuhl gesessen. Und als Edith Stein heiliggesprochen wurde, hat er hier gesessen, wie er schon hier gesessen hatte, als Frau Professor Noether an jenem Abend in Moskau den Tee aus dem Schnabel der Kanne trank. Und jedesmal, wenn Einstein und Gödel miteinander in Princeton vom Institute for Advanced Study nach Hause spazierten, saß er hier. Ja, und als ich 1952 Abe in New York besuchte und ihm einen Tag und eine Nacht lang half, Wahlaufrufe für den demokratischen Präsidentschaftskandidaten Adlai Ewing Stevenson zu falten und er mir noch einmal, zum letztenmal, Avancen machte und ich mir ehrlich überlegte, ob ich darauf eingehen sollte, nicht weil ich Lust dazu verspürt hätte, nicht die geringste, sondern weil mich noch einmal, zum letztenmal, eine Gier auf ein abenteuerliches Leben erfaßte – da saß er hier. Und jedesmal, wenn sich Margarida mit ihrem Geliebten, den sie gar nicht liebte, traf, saß er hier, und als deine Mutter deinen Vater kennenlernte, war er auch hier gesessen. Und als du, Sebastian, geboren wurdest und dein Leben hattest bis zur Matura und dein Studium in Frankfurt aufgenommen hast und diese wirklich originelle Hausarbeit über Apuleius geschrieben hast, über den ich vorher so gut wie nichts gewußt hatte, saß er hier. Hat nichts getan, als hier zu sitzen, sechsundsechzig Jahre lang. Zum Mittagessen hat man ihn abgeholt, dann zum Spaziergang durch den Garten, dann zum Abendessen. Er habe, erzählte mir Dr. Lengerke, keine Zeitungen gelesen, er habe nicht Radio gehört, und Fernsehen habe ihn auch nicht interessiert. Er habe mit niemandem Kontakt gehabt und mit den Pflegern nur das Notwendigste gesprochen.

Das ist nicht gerecht.

Es ist nicht gerecht.

Es ist nicht gerecht.

Bald nachdem ich aus Berlin zurückgekehrt war, hat mich deine Mutter angerufen und hat mir das Schreckliche mitgeteilt. Das heißt, Margarida war am Apparat. Sie hat geschrien. Und als ich ins Zimmer gelaufen kam, kniete sie am Boden und hielt mir den Hörer entgegen. ›Georg hat sich das Leben genommen.‹ Ich habe dich in Frankfurt angerufen. Weil mich deine Mutter darum gebeten hatte. Sie konnte es nicht.«

Sechzehntes Kapitel

1

Erst zehn Tage nach Carls Ableben fand die Beisetzung statt. Ich weiß bis heute nicht, was der Grund für diese ungewöhnlich lange Frist war. Zweimal rief mich Frau Mungenast an, um mir mitzuteilen, daß die Freigabe des Leichnams abermals verschoben worden sei. Ich schickte jedesmal ein Fax nach Fouquières les Béthune – in Deutsch und in Französisch (Evelyn buchstabierte mir die Übersetzung am Telefon) –, in der Hoffnung, meine Mutter würde von ihrer Oberin verständigt und würde die Erlaubnis erhalten, zur Beerdigung eines mit ihr nicht verwandten Mannes zu reisen, und vielleicht gleich auch die Erlaubnis, bei dieser Gelegenheit mit ihrem Sohn und ihrem Enkel zu sprechen. Antwort aus Frankreich bekam ich nicht. Dagmar konnte es sich einteilen. Die dauernden Verschiebungen verunsicherten sie allerdings; es sei »kein gutes Omen«, sagte sie. Was sie damit meine, fragte ich. Sie wisse es nicht, es sei nur so eine Ahnung. Ich hörte einen Ton heraus, der mir bekannt war. »Ist die Schwäbin esoterisch geworden?« fragte ich – beherrschte mich im letzten Augenblick, um nicht »deine Schwäbin« zu sagen. Ich solle sie in Ruhe lassen, entgegnete sie – ohne Wut, ohne Lust zu streiten, ohne genervt zu wirken.

Ich hatte für David Lukasser, Dagmar Lukasser und mich im Hotel Central drei Zimmer bestellt und sicherheitshalber noch eines für meine Mutter, falls sie doch aus Frankreich käme – auf den Namen Schwester Benedicta Teresa.

An der Rezeption fragte ich, ob Frau Lukasser bereits eingetroffen sei. Der junge Mann mit der Kapitänsuniform, dem kahlrasierten Schädel, dem Bocksbärtchen am Kinn und den Tätowierungen, die bei manchen Bewegungen aus dem Hemdkragen und unter den Manschetten hervorlugten, drehte sich zum Schlüsselbord, fuhr mit dem Finger in der Luft die Zimmernummern ab und plapperte unseren Familiennamen vor sich hin.

Ja, Frau Lukasser sei eingetroffen.

David schwang den Rucksack über die Schulter und zog mich über die Stufen hinauf. Er klopfte bei 217, die Tür wurde geöffnet, und meine Mutter stand vor uns. Sie hatte sich unter ihrem – sagt man in diesem Fall bürgerlichen? – Namen eingetragen: Agnes Lukasser.

Alle drei waren wir sehr verlegen.

Sie trug eine Brille, die Hälse an ihren Zähnen waren länger geworden, sie hatte zugenommen. Die Haare hatte sie unter dem Skapulier versorgt. Das grobe, braune Kleid reichte bis zur Mitte der Waden, die waren nackt, die Füße steckten in klobigen Sandalen mit silbernen Schnallen. Ich hatte David ihre Geschichte erzählt, er war darauf vorbereitet, daß sie uns in Ordenstracht gegenübertreten würde. Er erschrak trotzdem. Er gab ihr die Hand und deutete eine Verbeugung an. Sie drückte ihn an ihre Brust und ließ ihn lange nicht los, ihre Hand zitterte über seinen Hinterkopf, und einen Finger drehte sie in seine Haare hinein. Daß ich sie vermißt hätte, hörte ich mich sagen, daß wir endlich wieder alle zusammen seien. Eben nicht alle, korrigierte sie mich. Sie blickte mir auf den Mund, während ich redete, aber das kannte ich von ihr, sie blickte jedem auf den Mund. Mein Vater hat sich einmal bei mir darüber beklagt, weil er meinte, sie höre ihm nicht zu, sie schaue durch ihn hindurch, und ich hatte zu ihm gesagt, sie schaut nicht durch dich hindurch, sie möchte eben nichts von dem verlieren, was du sagst, und darum schaut sie dir auf den Mund, kapierst du das denn nicht?

Auf der Ablage im Eingangsbereich stand ihr Koffer. Es war derselbe, den sie gepackt hatte, als sie sich vor fünfzehn Jahren aus der Welt verabschiedet hatte. Ich war damals bei ihr gewesen in unserem Haus in Nofels, das bereits an jemand anderen vermietet war, der uns aber erlaubte, Dinge, von denen wir nicht wußten, ob wir sie noch brauchten, vorläufig in der Scheune abzustellen. (Eine Frage, um deren Beantwortung wir uns beide drückten: Was sollte mit dem Studio meines Vaters werden, den Aufnahmemaschinen, dem Mischpult, den Mikrophonen, den unzähligen Bändern?) Sie war fröhlich und aufgeregt gewesen, als würde sie als Au-pair-Mädchen nach England fahren. Einen Gegenstand, der sie an meinen Vater erinnere, und einen Gegenstand, der sie an mich erinnere, wolle sie mitnehmen, sagte sie, nur Kleines, und ein Bild von Carl und ein Bild von Margarida. Mehr von der Welt könne sie nicht vertragen. Was, fragte sie, soll mich an dich erinnern? Mein Kopfkissen hatte sie mitgenommen.

David fragte, ob die Kutte angenehm zu tragen sei. Sehr angenehm. Ob das Klosterleben angenehm sei. Sehr angenehm. Ob sie es nie bereut habe. Nie. »Wenn die Menschen wüßten, wie es im Kloster ist, würde niemand mehr draußen leben wollen.«

R und Ü klangen französisch. Bildete ich mir das ein? »Du bist eine richtige Französin geworden«, sagte ich.

»Wie meinst du das?«

»Auf jeden Fall nicht böse.«

»Ich habe sehr gut Französisch gelernt, ja. Falls du das meinst.«

»Sebastian hat mir erzählt«, plauderte David weiter, »ihr dürft im Kloster nicht reden.«

»Dein Vater erzählt viel.«

»Es ist sein Beruf«, kam ich David zuvor, preßte alle entwaffnende Selbstironie, die sich über so einen schlichten Satz transportieren ließ, in meine Stimme, »und er hat von solchen Dingen in Wahrheit keine Ahnung.«

David schien von dem Kampf, der sich zwischen meiner Mutter und mir anbahnte, nichts zu bemerken. Noch keine fünf Minuten waren wir in ihrem Zimmer, und schon hatte mich eine Streitlust ergriffen. David legte sich auf das Bett, die Füße ließ er an der Seite herunterhängen, die Arme verschränkte er im Nacken. Meine Mutter und ich saßen uns gegenüber und vermieden es, uns in die Augen zu sehen. Der Raum war durch eine Neonröhre beleuchtet, die hinter einem altdeutsch furnierten Deckensturz verborgen war. Ich sah mein Gesicht in dem Spiegel an der Wand hinter dem Rücken meiner Mutter.

»Ich habe einen Krebs gehabt«, sagte ich.

»Ich auch«, sagte sie.

Ich griff nach ihrer Hand. »Und? Ist alles gut?«

»Alles ist gut. Und bei dir?«

»Ist auch alles gut.«

Sie wußte nicht, wie sie aus meiner Hand herausfinden sollte, ohne in mir den Eindruck zu erwecken, das Gute sei damit beendet; und mir erging es gleich.

»Darf ich hier bei dir eine rauchen?« fragte David.

»Gern.«

»Möchtest du auch eine?«

»Nein, danke.«

»Dürft ihr nicht rauchen?«

»Wir tun es nicht.«

»Aber grundsätzlich dürftet ihr?«

»Ich glaube schon.«

»Und wenn ich dich besuchen käme, dürfte ich bei euch rauchen?«

»Natürlich.«

»Dürfte ich dich überhaupt besuchen kommen?«

»Wenn du dich vorher anmeldest.«

»Und würdest du das haben wollen?«

»Und wie gern!«

»Und du dürftest mit mir reden?«

»Das dürfte ich selbstverständlich, mit meinem Enkel reden.«

»Also ihr dürft völlig normal miteinander reden?«

»Zu bestimmten Zeiten.«

»Was heißt das?«

»Eine Stunde am Tag.«

»Und jetzt ist gerade diese Stunde?«

»Nein, ich habe eine Sondererlaubnis. Heute darf ich so viel reden, wie ich für richtig halte. Und morgen auch noch.«

David wandte sich an mich. »Das ist doch interessant, oder? Mehr als eine Stunde am Tag reden muß man eh nicht, findest du nicht?« Er hielt mir die Schachtel hin. »Möchtest du eine, Sebastian?«

»Vielleicht gehen wir besser hinunter in den Speisesaal«, antwortete ich, und mein Ton war so ungeduldig, daß sie mich beide erschrocken ansahen. »Vielleicht ist deine Mutter ja inzwischen gekommen und wartet«, versuchte ich zu relativieren.

David sprang vom Bett. »Ich geh und schau nach, ob sie schon angekommen ist. Ich kann mir vorstellen, daß ihr mich im Augenblick nicht brauchen könnt.« Und war zur Tür hinaus, Zigarette zwischen den Zähnen.

Langsam bis auf zehn gezählt und noch ein Stück weiter in die Zwanziger hinein, war es still zwischen uns.

»Laß uns gemeinsam an etwas Gemeinsames erinnern«, sagte sie schließlich, und ich wollte es nicht denken, aber ich dachte es doch: Das nun ist das süße Vokabular der Kerzenschlecker. Haben sie dich also vollständig umgedreht, erst umgedreht und am Ende gegen den Rest deiner Familie losgeschickt?

»Du zuerst«, sagte ich.

Immer noch hielt sie meine Hand fest. So souverän beherrschte sie den Raum, daß ich überall Symbole für unsere Situation entdeckte – die Kälte des Neonlichts, das Vorspielen von Bürgerlichkeit durch falsches Nußholz, die bilderlosen, leeren Wände …

»Als ich im Zug gesessen bin«, begann sie, »habe ich daran gedacht, wie wir beide fast ein Jahr lang allein gewesen waren, als Papa in Amerika war, als du deine Sporthefte geklebt hast, Läufer und Weitspringer, weißt du das noch? Vielleicht hast du die Hefte ja noch. Hast du sie noch? Du hebst doch alles auf. Alles, was du schreibst oder bastelst, hebst du auf, immer noch, habe ich recht? Eine Schnelläuferin gab es, eine Amerikanerin, ich weiß ihren Namen nicht mehr, alles Amerikanische hat uns interessiert, weil Papa ja in Amerika war, als Kind hatte sie eine schwere Krankheit gehabt, sie konnte nur mit Krücken gehen, glaube ich, irgendwo stand das, du hast gesagt, sie sieht mir ähnlich. Das war natürlich ein Blödsinn. Erstens war sie viel hübscher als ich, und sie war schwarz. Du hast das natürlich gewußt, daß sie mir keine Spur ähnlich sieht. Aber ich war eine Woche lang stolz. Und sie hat mir so leid getan. Obwohl sie soviel Erfolg gehabt hat. Sie hat mir so leid getan, ich kann es dir gar nicht sagen, wie. Jetzt läuft sie und läuft sie, aber laufen wie ein Kind kann sie nicht nachholen. Irgend etwas ist passiert, und wir haben uns nicht mehr vertragen. Aber ich weiß nicht, was es war. Weißt du, was es war? Es war sicher meine Schuld. Aber wenn du dich nicht daran erinnerst, war es sicher nichts von Bedeutung, und ich rede mir das nur ein, aber es hat mich gequält. Ich habe mir gedacht, du erinnerst dich daran. Nein, du erinnerst dich nicht daran, ich sehe es. Im Kloster ist jeder Tag genau gleich wie der andere, darum braucht man sich an nichts zu erinnern, es gibt nichts zu erzählen, und ich bin froh darüber, es bleibt alles so, wie es ist, und darüber bin ich froh, Zeit spielt keine Rolle, und man kommt aus der Übung, wenn man sich erinnern will, irgendwann kann man es gar nicht mehr, das Wichtige ist da, als wäre es nicht vergangen, man braucht sich nicht daran zu erinnern, nicht einmal daran denken muß man, es ist einfach da wie dein linker Fuß. Ich dachte, als ich im Zug saß, du wirst dich sicher an viel mehr erinnern als ich, und hoffentlich stellst du mich nicht auf die Probe und prüfst mich ab von früher. Ich habe so viel vergessen. Ich habe vergessen, wie die Straße geheißen hat, in der wir in Wien gewohnt haben, denk dir. Oder wie das Geschäft geheißen hat, wo wir immer telefoniert haben. Als wäre ich damals nie richtig wach gewesen. Jetzt geht es wieder. Aber eine Zeitlang habe ich viel vergessen. Auf einmal waren fünf Jahre vorbei. Aber sicher erinnerst du dich daran, wie wir am Abend in der Küche gesessen waren und Radio gehört haben, und ich habe die Kuverts für die Gewerkschaft beschriftet und frankiert, weil ich zu Herrn Dr. Korab gesagt habe, ich erledige es daheim, ich wollte ja ein paar Stunden am Abend mit dir zusammensein. Das habe ich besonders schön in Erinnerung, du auch?«

»Ja, ich auch.«

Die Haut unter ihren Augen hatte sich rosa gefärbt, sie blickte unter halbgesenkten Lidern auf meine Lippen; über ihrem Ohr tauchte ein Strang grauer Haare unter ihrer Kopfbedeckung hervor. Noch etwas war neu an ihr – eine sonderbare Bewegung der Augen, die sie manchmal wie im Schrecken aufschlug und schnell und gleichsam rundum schielend im Kreis herumrollte. Ich erinnerte mich, wie sie einmal zusammen mit meinem Vater gesungen hatte, ein Wienerlied, sie die untere Stimme, aber eine Oktave höher als seine Stimme. Sie hatte an seiner Schulter gelehnt, es war in unserer Küche in der Penzingerstraße gewesen an einem gewöhnlichen Nachmittag, beide hatten sich einen Hut aus der *Kronenzeitung* gefaltet und über den Kopf gestülpt, und meine Mutter hatte den Mund aufgerissen und die Augen geschlossen, und sie hatte sich von meinem Vater durch die weich durchhängende Melodie führen lassen.

I bin die höchste Quintessenz
Vom urwüchsigen Wean
Und singen is mei Leidenschaft
Das tu i gar so gern
Da kenn i kein Schenira
Und fahr tartarisch füra
Mein Wahlspruch ist und bleibt bei jedem
Liad und beim Couplet:
Nur aussa mit die tiafen Tön
Und aufikralln in d Höh!
Nur aussa mit die tiafen Tön
Und aufikralln in d Höh!

»Jetzt du«, sagte sie.

Aber ich kam nicht dazu, ihr von meinen Erinnerungen an unsere gemeinsame Zeit zu erzählen. Es klopfte an die Tür. – Dagmar und David waren da.

2

Ihr Haar war lockig und hennarot – damit hatte ich nicht gerechnet. Das erschwerte mir den Einstieg. So kam es, daß wir uns nur flüchtig begrüßten. Sie blickte an mir vorbei David nach, der zwischen uns hindurchgeschlüpft war. Sie trug weite Sachen im Schnitt chinesischer Bauersfrauen; auch darauf war ich nicht vorbereitet. Ich hatte zu Hause »Dagmar Lukasser« und auch »Dagmar Vorländer« in den Google eingegeben; drei Eintragungen, die eindeutig auf sie Bezug nahmen, hatte ich gefunden, sie hatten alle mit ihrer Arbeit in der Abteilung für Stadtentwicklung und Flächennutzung des Planungsamtes der Stadt Frankfurt und der vorgesehenen Verbauung des Rebstockparks durch den Architekten Peter Eisenman zu tun; aber kein Bild von ihr war im Netz aufgeschienen. Sie roch, wie sie vor zwanzig Jahren gerochen hatte, nach Veilchen. Das war einer der typischen Giftlerdüfte gewesen, im gleichen Laden zu kriegen, in dem es auch die Patschuliräucherstäbchen und die klingenden Kugeln gab.

Dagmar gab meiner Mutter die Hand, nannte sie Agnes – »liebe, liebe Agnes«. Die Ordenstracht schien sie nicht zu irritieren, kein Kommentar zu diesem Thema. Ich hörte, wie sich ihre Stimme mit der von Agnes und David zu einem fröhlichen Chörlein aus Sopran, Alt und Bariton verband; hier kannte jeder seinen Part und den Part des anderen. Die Tür stand noch offen – ich, einen Fuß im Zimmer meiner Mutter, den anderen draußen im Gang, überlegte, ob ich nicht einfach weglaufen sollte. Wie ich es nach Margaridas Beerdigung getan hatte. Hatte ich mich je näher bei mir selbst gefühlt als in Brooklyn in meinem Zimmer über Mr. Alberts Wohnung? Ich und meine Genossinnen und Genossen – William Blake, Emily Dickinson, William Carlos Williams und William Butler Yeats: *I came upon a little town / That slumbered in the harvest moon, / And passed a-tiptoe up and down, / Murmuring, to a fitful tune, / How I have followed, night and day, / A tramping of tremendous feet, / And saw where this old tympan lay / Deserted on a doorway seat, / And bore it to the woods with me …*

Ein Mann und eine Frau, beide weit oben in den Siebzigern, kamen den Korridor herunter. Sie winkten mir zu. Die Frau hielt mir im Vorübergehen die Hand hin, eine kleine, stämmige Person. »Wir sehen uns morgen oben in Lans«, sagte der Mann mit einem Akzent, den ich nicht zuordnen konnte. Sie sagte: »Vielleicht finden wir morgen ja Zeit für ein paar Worte, das würde mich sehr freuen.« Ich glaubte nicht, die beiden schon einmal gesehen zu haben.

David stand neben mir. »Ist was mit dir? Komm doch zu uns! He, komm doch zu uns! Mach die Tür zu und komm zu uns!«

»Du hinkst ja«, rief Dagmar aus dem Zimmer. »Warum hinkst du denn?«

»Tatsächlich, du hinkst ja immer noch«, stimmte meine Mutter ein.

»Der Bocksfuß wächst mir heraus«, sagte ich.

In der Nacht klopfte ich an Dagmars Tür. Sie öffnete, und wir fielen einander in die Arme; sie hielt mit abgespreizten Ellbogen mein Gesicht zwischen ihren Händen, legte dabei ihren Kopf ein wenig schief, wie ich es so gut kannte, und küßte mich auf die Augen und auf die

Nase und auf die Stirn und auf mein Kinn und auf meine Wangen und vermied, meinen Mund mit ihren Lippen zu berühren. Ich suchte ihre Ohren mit meinen Lippen, einmal hatte sie nämlich gesagt, wenn sie meine Zunge in ihrem Ohr spüre, sei sie erledigt, und ich wollte sehen, ob es noch so ist. Wir legten uns auf ihr Bett und drückten uns aneinander, aber die Kleider zogen wir nicht aus, und wir achteten darauf, daß wir nicht übereinander und untereinander zu liegen kamen, und das Licht löschten wir nicht.

»Wollen wir das in Zukunft weiter tun, nachts miteinander telefonieren?«

»Jede Nacht? Dann kannst du mich nach einer Woche zusammenkehren. Ich muß ja arbeiten.«

»Einmal in der Woche? Freitags?«

»Aber warum? David kommt mit mir mit. Es gibt keinen Grund mehr zu telefonieren. Er kommt doch mit mir mit?«

»Darüber haben wir nicht gesprochen. Ich gehe davon aus.«

»Du hast es gut gemacht.«

»Danke.«

»Du hast gut auf ihn aufgepaßt.«

»Danke.«

»Was, denkst du, soll daraus werden? Du denkst doch, es soll etwas daraus werden. Also, was?«

»David wünscht sich, daß seine Eltern wieder zusammenkommen.«

»Das wünscht er sich nicht. Das hast du jetzt erfunden. In diesem Augenblick. Du willst wissen, wie ich reagiere, wenn du so etwas sagst. Aber vor allem willst du wissen, wie du selbst reagierst. Mach' keinen Witz aus der Sache, bitte, Sebastian! Oder verschwinde in dein Zimmer. Er wäre wahrscheinlich empört, wenn er wüßte, daß wir miteinander im Bett liegen.«

Ich stand auf und ging ins Bad, zog die Tür hinter mir zu und ließ Wasser in die Wanne laufen. Ich schloß eine Wette mit mir ab: Wenn sie kommt, wird alles ohne mein Zutun gut, wenn sie nicht kommt, nicht; und definierte auch gleich, was »es wird alles gut« heißen sollte, nämlich: es wird mir alles in allem ein wenig besser gehen als bisher – so viel sollte verlangt werden dürfen. Ich zog mich aus, stieg ins Wasser, wusch mir die Haare mit Seife aus dem hoteleigenen Seifenspender, verteilte den Schaum über meine Haut, putzte mir mit Dagmars Zahnbürste die Zähne, rieb mich mit dem weißen Badetuch ab, trocknete die Haare mit dem Fön, dessen Schnur kurz genug war, um nicht bis an den Wannenrand zu reichen. Ich zog mich an und setzte mich auf den Toilettendeckel. Elvis Presley fiel mir ein; daß er auf der Toilette gestorben war; irgendwo hatte ich gelesen, sein Leben habe um ein paar Traummotive gekreist, die gleichsam die musikalische Substanz dieses Lebens gebildet hätten. Rettung könnte von Chuck Berry kommen. Wenn wir in der Küche miteinander geschlafen hatten, war ich hinterher hinübergegangen, hatte *Norma* vom Plattenspieler geräumt und Chuck Berry aufgelegt. Ich besaß eine Platte mit alten *Chess*-Aufnahmen, der unsentimentalste Blues, der mir je begegnet ist; völlig zu Recht war eine Jury der Menschheit übereingekommen, Chuck Berrys Musik ins Weltall zu schießen, um anderen Zivilisationen einen guten Eindruck von uns zu vermitteln; Bellini mußte zu Hause bleiben, auch Maria Callas und Ebe Stignani durften nicht mitfliegen. Wir hatten uns etwas übergezogen und waren durch die Wohnung getanzt, und Dagmar war hungrig geworden und hatte über der Abwasch Essiggurken und Kartoffelsalat gegessen. *Wee Wee Hours*, wenn ich mich recht erinnere, Willie Dixons *I Just Want to Make Love to You* und *Blues for Hawaiians* – also für uns beide. Unsere hawaiianische Küche in der Danneckerstraße, dreieckig und mit einer türkisgrünen Badewanne auf einem Podest. Wie lange hatten Dagmar und David dort noch gewohnt, nachdem ich ausgezogen war? Weihnachten gefeiert, Geburtstage gefeiert, Freunde eingeladen, Hausaufgaben gemacht, über mich geredet oder nicht über mich geredet.

Dagmar war eingeschlafen. Es sah jedenfalls so aus.

Als ich wieder in meinem Zimmer war, war es Viertel vor eins. Ich zappte durch die Fernsehprogramme. Punkt eins wählte ich ihre Handynummer. Sie nahm nicht ab. Ich rollte mich unter die Zudecke, löschte das Licht. Wartete. Wettete wieder mit mir. *Ich zähle auf hundert.* Bei vierunddreißig klingelte das Handy.

»Also gut«, sagte sie, »immer am Freitag nachts um eins. Versuchen können wir es ja.«

»Jetzt *ist* Freitag nachts um eins.«

766

»Heute gibt es nichts zu besprechen. Darf ich auflegen?«

»Laß mich auflegen.«

»Fühlst du dich sonst verlassen?«

»Ja.«

3

Frau Mungenast holte uns im Hotel ab. Wir verteilten uns auf zwei Taxis. Als wir in Lans über den Berg kamen, sahen wir schon von weitem die Autos, die an dem Weg durch das Maisfeld standen, Stoßstange an Stoßstange. Für uns seien Plätze ganz vorne beim Grab reserviert, sagte Frau Mungenast. Wir stiegen bei der Haltestelle der Lanserbahn aus und gingen an den Autos entlang zum Dorf. Ich hakte mich bei David unter. Nach ein paar Schritten drehte er sich um und blickte zur Villa hinüber. Nun blieben wir alle stehen. Ich stellte Frau Mungenast den anderen vor, im Hotel war keine Zeit dazu gewesen. David sagte, sie kennten einander vom Telefon. Ihr Blick wich mir aus. Sie trug ein schwarzes Kostüm. Ihr Gesicht war voll Schminke. Zu meiner Mutter sagte sie, Carl habe viel von ihr erzählt, sie habe den größten Respekt vor ihrem Entschluß, der Welt den Rücken zu kehren.

»Was geschieht mit dem Haus?« fragte ich.

»Die es wissen müssen, die wissen es«, antwortete sie, und zwar in einem Ton, der so abkanzelnd war, daß ich mich in den Boden schämte, obwohl es keinen Grund dafür gab.

Meine Mutter schob sich flink zwischen David und mich und hängte sich bei uns beiden ein, warf den Kopf zurück und lachte in den Himmel, wie man es von Bildern mit glücklichen Nonnen kennt. Ich zog Dagmar zu mir herüber, nun bildeten wir vier eine Phalanx, und wir nahmen die gesamte Breite des Weges ein, es wäre kein Platz mehr an unserer Seite gewesen. Frau Mungenast drehte sich um und hackte voran. – Was bildete sie sich eigentlich ein! Daß ich, daß einer von uns auf ein Erbe spekulierte? Natürlich hatte ich mir meine Gedanken gemacht, aber andere Gedanken, als sie mir unterstellte. Ja, ich hielt es für wahrscheinlich, daß Carl zumindest David etwas hinterlassen würde; und eigentlich auch wahrscheinlich, daß er mich in seinem

Testament bedacht hatte – wir waren schließlich seine Patenkinder. Und Dagmar würde er auch etwas geben, und wie ich ihn einschätzte, nicht weniger als David und mir. Meine Mutter war aus dem Schneider, ihren Anteil würde das Kloster kassieren. Und wenn wir vier alles bekämen? Die Villa, das große Haus am Rudolfsplatz. Ich weiß nicht, was Carl sonst noch besessen hatte, Aktien, Konten, Anteile an Geschäften und Kontoren, er hatte nie ein Wort darüber verloren. Carl war mit Sicherheit sehr reich gewesen, sehr reich. Wem sollte er sein Vermögen hinterlassen, wenn nicht seiner Familie? Was für eine Familie wir gewesen waren, würde Frau Mungenast nie begreifen! Ich hatte schon in Wien den Vorsatz gefaßt, ein Erbe abzulehnen. Ich wollte nichts. Als Grund dafür nannte ich vor mir selbst meinen Wunsch, der Schatten des Schutzengels möge nicht über seinen Tod hinaus auf mir liegen. So las sich meine innere Propagandaschrift. Und der wahre Grund für meinen Verzicht? Der Wunsch, ein Held zu sein? Ein Vorbild? Ein autonomer Anarchist? Einer, als wäre er aus einem Song von Woody Guthrie gestiegen? Ich hatte mir vorgenommen, gleich nach der Beerdigung vor meiner Mutter, vor David, vor Dagmar, auch vor Frau Mungenast, wenn sie zufällig anwesend wäre, meinen Standpunkt darzulegen, gar nicht erst abzuwarten, bis wir von einem Notar kontaktiert würden. Frau Mungenast hatte mir meinen Auftritt vermasselt. Andererseits: Wie kam ich eigentlich dazu, mich als heiliger Franz von Assisi aufzuspielen? In was für eine Lage würde ich damit David und Dagmar und meine Mutter bringen? Was sollten sie tun? Ebenfalls verzichten? Blieb ihnen etwas anderes übrig? Allein das Haus am Rudolfsplatz hatte einen Wert von mindestens hundert Millionen Schilling – ich hatte keine Ahnung von solchen Dingen, ich schätzte einfach. Die Villa drüben am Hang plus das Grundstück rundherum peilte ich auf dreißig Millionen. Margarida hatte von ihrem Vater ein Vermögen geerbt, das mußte dazugerechnet werden. Carl wird es gewinnbringend angelegt haben. Einmal hatten wir doch über Geld gesprochen. Ich hatte ihm erzählt, daß ich Ende der neunziger Jahre – zum Teil auf Kredit! – Aktien eines Technologiefonds gekauft hätte, dessen Kurs im Jahr zuvor um fast dreihundert Prozent gestiegen war; daß sich mein Einsatz im ersten Jahr tatsächlich verdoppelt habe, ich aber, trotz Anraten eines freundlichen Bankangestellten, die Aktien nicht verkaufen wollte und in den folgenden zwei Jahren achtundneunzig Prozent meines investierten Geldes vernichtet worden sei. Carl hatte gesagt, er habe mit Geld nie einen anderen Umgang als einen konservativen gepflegt. Nein, er wird sein Vermögen nicht verspekuliert haben. – War es schäbig, auf dem Weg zur Beerdigung über Geld nachzudenken? Es war schäbig. Wahrscheinlich. Sicher. Aber. Was, wenn es sich alles in allem um zweihundertfünfzig Millionen Schilling handelte? Oder mehr? Bestimmt sogar mehr. Wir werden uns wundern! Sagen wir zweihundertvierzig Millionen, weil es sich leichter durch vier dividieren läßt und weniger schwindlig macht. Weniger schwindlig? Fast sechzig Millionen Schilling für meine Mutter, ebenso viel für Dagmar, ebenso viel für David, ebenso viel für mich. Gibt es einen Menschen auf dieser Welt, gab es jemals einen, würde es jemals einen geben – Diogenes, den heiligen Franziskus, Mutter Teresa und Robespierre abgezogen –, der *nicht* darüber nachdächte? Ich hatte damit gerechnet, daß Carl während meines Besuchs selbst die Rede darauf bringen würde; ich hatte damit gerechnet, und ich hatte es zugleich befürchtet. *Also gut, du willst nichts von mir haben. Und wenn es sich um fast siebzig Millionen Schilling handelt? Also was?* Man nimmt, weint, ballt die Faust und schwört, man werde die Wohltat dem Wohltäter nie verzeihen? Ich hatte mir gewünscht, er würde mich fragen, welchen Gegenstand ich mir als Erinnerungsstück an ihn aussuchen wolle (nach dem Tod von Margarida hatte er meiner Mutter und mir genau diese Frage gestellt – ich hatte mir ihren Füllhalter ausgesucht, weil es so logisch war: derjenige, der ein Schriftsteller werden möchte, kriegt den Füllhalter); und ich war wieder mit mir in die Bredouille geraten, denn es gab nur einen Gegenstand, den ich wirklich gern gehabt hätte, nämlich die Gibson meines Vaters – ich wußte nicht, wie sie überhaupt zu Carl gekommen war, wahrscheinlich hatte sie meine Mutter ihm geschenkt; Bredouille deshalb, weil ich ihn damit vielleicht noch mehr gekränkt hätte als mit einer Zurückweisung seines Geldes … – Um es gleich vorwegzunehmen: Carl hatte kein Testament hinterlassen; es war ihm vollkommen egal gewesen, was nach seinem Tod mit seinem Besitz angestellt würde. Es nahm also alles seinen vom Gesetz vorgesehenen Verlauf. Er hat darauf gepfiffen! Und ich bin ihm dankbar dafür … obwohl es mich doch verblüfft hat …

Die Straße durch das Dorf hinauf zur Kirche war voll von Menschen. Zur Kirche hin staute sich die Menge. Von manchen Häusern hing eine schwarze Fahne. Vor dem ADEG stand die junge Frau, die beim Brot bediente, und winkte mir mit einer kleinen, schnellen, verschämten Hand zu. Der Bürgermeister kam uns entgegen und schüttelte kräftig unsere Hände. Es sei bereits beschlossen, daß der Weg zur Villa hinauf, der keinen Namen hatte, »Carl-Jacob-Candoris-Weg« benannt werde. Er verwahre den Schlüssel zur Villa; wenn wir es wünschten, werde er ihn uns gern geben, falls wir den Geist des großen Verstorbenen in seinem Haus spüren wollten ... Frau Mungenast war durch das schmale Tor zum Friedhof vorausgegangen. Ich erkannte die Wissenschaftsministerin, sie nickte mir zu. Ich erkannte Frau Brugger vom ORF, sie nickte mir zu. Der marmorne Obelisk mit Margaridas Namen war beiseite gestellt worden, er lehnte ein paar Meter abseits des Aushubs an der Friedhofsmauer. Die Umstehenden machten Platz für uns. David stand zwischen Dagmar und mir. Meine Mutter hatte den ganzen Weg herauf meinen Arm nicht losgelassen. Wir waren die Angehörigen, sozusagen.

Neben uns traten der Mann und die Frau, die mich gestern im Korridor des Hotels gegrüßt hatten. Die Frau reichte mir die Hand.

»Sie wissen nicht, wer ich bin. Hab' ich recht? Ich bin Valerie. Carls Schwester. Sie sind Sebastian. Ich habe Sie im Kinderwagen durch den Prater geschoben. Dies ist mein Mann, Poul Findsen. Wir sind gestern aus Kopenhagen gekommen. Frau Mungenast sagte uns, Sie steigen im Hotel Central ab, also wollten wir auch dort absteigen. Wie geht es Ihrer Mutter? Ist sie auch hier?«

»Mama«, sagte ich, »das ist Valerie.«

Valerie riß die Arme hoch, als sie meine Mutter sah, preßte die Hände vor den Mund und rief: »Mein Gott!«

Die Glocken hinter uns begannen zu läuten. Der Sarg wurde aus der Kirche getragen. Sechs Männer trugen ihn. Sie stellten ihn vor der Grube ab, schoben Seile unter ihm hindurch und ließen ihn in die Erde sinken. Ein Mann mit großer Brille und rotem Gesicht, der sich als Rektor der Universität vorstellte (was irgendwo mit einem kleinen Lacher quittiert wurde), hielt eine Ansprache, der ich nicht folgen konnte. Ich neigte mich nach hinten zu Frau Mungenast, legte eine Hand an ihr Ohr und flüsterte: »Bitte, seien Sie nicht feindselig zu mir, nicht heute.« Sie faßte nach meiner Hand und drückte sie.

Frau Mungenast hatte uns gefunden, Carl und mich, aneinander gelehnt, die Beine von uns gestreckt, vor Sebastians Zimmer sitzend. Sie war früher als gewöhnlich gekommen. Sie hatte ein schlechtes Gewissen gehabt. Sie habe, erzählte sie mir, als Carl in seinem Bett war und wir miteinander in der Küche frühstückten, gespürt, daß etwas geschehen war; sie habe, sagte sie wörtlich, »gefühlt, daß der Tod über Herrn Professor Candoris steht«. »Warum steht?« hatte ich sie gefragt. Und sie: »Ich habe mir vorgestellt, Herr Professor Candoris liegt am Boden, und der Tod stellt sich über ihn.« – »Wie?« – »Einen Knochenfuß rechts von ihm, den anderen links.« – »Und hatte er die Sense bei sich?« – »Sie machen sich lustig über mich.« – »Sie haben ihn doch gesehen.« – »Ich hatte so ein Gefühl, das ist etwas anderes.«

Zweimal hatte ich uns aus meinem Badezimmer ein Glas Wasser geholt. Ein Kissen zum Unterlegen hatte Carl mehrfach abgelehnt. Nachdem er in seiner Geschichte geendet hatte, war er zur Seite gesunken. Ich hatte versucht, ihn aufzurichten, aber es war so wenig Stabilität in seinem Körper. Schulter und Kopf lasteten im Übergewicht auf den Rippen, deswegen tat er sich mit dem Atmen schwer. Ich sagte, ich würde versuchen, ihn aufzurichten und in mein Zimmer zu schleifen, damit er sich auf das Bett legen könne, bis Frau Mungenast ihren Dienst anträte. Er gab eine Antwort, aber ich verstand sie nicht. Es war zuwenig Luft für die Stimmbänder in ihm. Ob ich ihm die Medikamente holen solle, fragte ich. Wieder murmelte er etwas, ich verstand ihn wieder nicht. Ich schob ihn etwas von der Wand weg, stellte mich hinter ihn, ging breitbeinig in die Hocke, so daß ich seinen knochigen Rücken zwischen meine Schenkel bekam. Das verhinderte, daß er zur Seite kippte. Ich fuhr mit meinen Unterarmen unter seine Achseln. Aber ich hatte zuwenig Kraft, ihn vom Boden aufzurichten. Er schrie. Vielleicht hatte die Wirkung der Tabletten mit einem Schlag nachgelassen. Ich solle ihn nicht mehr anrühren, keuchte er. Ich schob ihn zur Wand zurück. Der Fußboden um ihn herum war naß. Aber ich konnte nicht mit Bestimmtheit sagen, ob er oder ob ich das Wasser nicht hatte halten können. Ich holte die Zudecke und den Kopfpolster aus meinem Zimmer, rollte sie zu einer Barriere zusammen und klemmte sie an seine eine Seite, an die andere setzte ich mich. Das hielt ihn einigermaßen aufrecht. Mir war, als werde er neben mir weniger. Er solle langsam atmen, sagte ich, er solle bitte nicht sterben. Das sagte ich, weil ich dachte, er könne mir darauf nicht mehr antworten; es war, als redete ich mit mir allein. Aber er fand seine Stimme wieder, und sie war so kräftig wie zuvor.

Er sagte: »Weißt du, daß mir keiner von euch je erzählt hat, wie es zum Tod deines Vater gekommen ist?« Und er sagte, er wünsche sich, daß ich es ihm nun erzähle. Ich fragte, was der Grund sei, daß er gerade jetzt diese Geschichte hören wolle. Er antwortete, es verkürze die Zeit, wenn man sich Geschichten erzähle, es sei auch gut gegen Schmerz. Ich sagte, daß ich ihm nicht glaube, daß ich eher annehme, er habe diese Nacht geplant, also daß dieser Nacht eine Dramaturgie zugrunde liege, und daß als letzter Akt die Erzählung vom Tod meines Vaters vorgesehen sei; daß ich aber nicht einsehe, was für einen Sinn das habe, und daß ich auf gar keinen Fall meinen Vater und seinen Tod zu ästhetischen Zwecken mißbraucht sehen möchte. Er sagte, das sei nicht der Fall, wie ich nur so etwas von ihm denken könne. Ich sagte, es tue mir leid. Er sagte, es tue ihm leid, wenn er in mir so einen Eindruck erweckt habe. Er lehnte seinen Kopf an den meinen. Ganz sicher war ich mir nicht, ob es Absicht war oder bloß die pure Schwerkraft. Er sagte, in gewisser Weise seien wir doch eine großartige Familie gewesen, mein Vater, meine Mutter, Margarida, ich und er. Ich sagte, nicht nur in gewisser Weise. Diese Formulierung hatte eine Bekräftigung sein sollen, mehr nicht; aber er fragte, was ich damit meine. Ich sagte, nicht nur in gewisser Weise seien wir eine großartige Familie gewesen, sondern in jeder Hinsicht. Obwohl ich mir nicht denken konnte, daß er tatsächlich nicht wußte, wie mein Vater gestorben und was seinem Tod vorausgegangen war, erzählte ich, was ich wußte.

Als Frau Mungenast kam, war er eingeschlafen. Oder hatte das Bewußtsein verloren. Wir trugen ihn nach unten. Er war ja nicht schwer. Frau Mungenast hob ihn unter den Armen hoch, ich ging voran und hielt seine Beine. Im Bad kam er zu sich. Frau Mungenast drehte den Wasserhahn auf, und wir zogen Carl aus. Seine Haut war weiß und schien robust zu sein. An manchen Stellen, besonders in der Hüftgegend, waren blaue und gelbe Flecken. Die Knie waren ungewöhnlich groß und schrundig wie Auswüchse an Baumstämmen. Nun war er wieder bei sich selbst. Er lächelte mich an und sagte zu Frau Mungenast, sie solle nicht mich schelten, ich hätte keine Schuld, im Gegenteil, ich hätte *ihn* bereits ausgiebig gescholten, ich stünde auf ihrer Seite. Er fühle sich wunderbar, sagte er, der Ausflug in den Dachboden seines Hauses habe ihm gutgetan. Während Frau Mungenast ihn wusch, verließ ich das Badezimmer. Ich setzte in der Küche den Wassertopf auf und bereitete den Kaffee vor. Nach einer Weile rief mich Frau Mungenast. Sie hatte Carl ins Bett gebracht. Er wolle mich allein sprechen, sagte sie.

Carl lag hoch in den Kissen. Er trug ein weißes Nachthemd. Seine Hände lagen auf der Zudecke. »Machen wir es kurz«, sagte er. Ich kniete mich neben sein Bett und legte meinen Kopf an seine Brust. Er streichelte mir übers Haar. Wir küßten uns, und ich verließ ihn.

Fadeout

Heute vor einem Jahr ist Carl gestorben. Ich erinnere mich – und das heißt wohl auch, ich lüge mir eine Ordnung in die Dinge. Der April-himmel ist, wie er immer war; die Weiden an der Donau beim Alber-nen Hafen sind nicht anders als vor fünfundvierzig Jahren, als ich zum erstenmal ihre Unterseiten im Wind blinken sah und dachte, es sei etwas Schreckliches passiert; Hunde mit blauen Augen sind seit-her in Mode gewesen und wieder aus der Mode gekommen und wie-der Mode gewesen, nicht viel anders als die Stöckelschuhe; das Boh-nerwachs im Stiegenhaus zu Roberts und Hannas Wohnung riecht, wie das Bohnerwachs in der Anichstraße in Innsbruck gerochen hatte (was mit Bestimmtheit einer der Gründe ist, warum ich die beiden so gern besuche); und jeden Freitag nachts um eins telefonieren Dagmar und ich miteinander, sie unter ihrer Zudecke in Frankfurt, ich unter der meinen in Wien; nun schon seit fast einem Jahr tun wir das, mit wenigen Ausnahmen. Nicht zu jeder Zeit meines Lebens würde ich mich zwischen *noch nicht* und *nicht mehr* für das erstere entschieden haben; aber meistens doch. Ja: Es bestehen gute Aussichten! Dagmar fährt mit einer Gruppe von Architekten und Städteplanern im Som-mer nach Hongkong. Sie hat mich gefragt, ob ich sie begleiten wolle. Ich habe nicht nein gesagt. David geht es sehr gut. Dagmar und ich ha-ben uns letztes Jahr überlegt (nachts um eins am Telefon), ob wir drei gemeinsam Weihnachten feiern sollten. Aber im letzten Augenblick habe ich abgesagt. Plötzliche Panik. Ich bin in Wien geblieben, Evelyn hat gekocht, wir haben die Kerzen auf dem kleinen Tannenbäumchen angezündet und sind keusch nebeneinander auf dem Sofa eingeschla-fen. Seit Carls Beerdigung habe ich David zweimal gesehen – im vo-rigen Herbst bei der Buchmesse in Frankfurt; und erst vor kurzem, im März in seinen Semesterferien, hat er mich zusammen mit seiner neuen Freundin in Wien besucht. Sie heißt Christiane und ist still und liebt ihn. Damals während der Buchmesse war Dagmar leider nicht in Frankfurt gewesen – ebenfalls eine Exkursion mit Architekten und Studenten, nach Berlin. Es war ein Mißverständnis gewesen, sie hatte sich im Datum geirrt, hatte gemeint, die Buchmesse beginne eine Woche später ...

Dank

Christian Berger, Reinhold Bilgeri, Heli Burtscher, Bernhard Dostal, Hubert Dragaschnig, Oliver Friedrich, Uli Streatfeild, Conny Gstrein-Rümmele, Hartmut Häfele, Walfried Hauser, Lorenz Helfer, Alfred Hobisch, Peter Huemer, Sonja Kato, Radek Knapp, Harald Kloser, Birgit Köhlmeier, Peter König, Michael Krüger, Undine Loeprecht, Hanno Loewy, Karl Löbl, George Nussbaumer, Christian Mähr, Gebhard Mathis, Robert Menasse, Susanne Randolf, Karl Ratzer, Traugott Schneidtinger, Andi Schreiber, Willi Sieber, Rudolf Taschner, Thomas Tebbe, Karl Woisetsschläger, Jill Zobel, Konrad Zobel sowie Sr. Margarita Maria, Sr. Maria Dorothea und Sr. Maria Johanna vom Karmel Mater Dolorosa in Maria Jeutendorf, Niederösterreich

Besonderen Dank Monika Helfer

Inhalt